U0164061

臺灣文學叢刊

臺灣日治時期
翻譯文學作品集

卷三

總策畫
主編

許俊雅

序

翻譯是不同文字、文學、文化交互融合的產物，日治時期臺灣的翻譯文學則同時在東學、西學、新學方面的選擇與接受的制約下發展。而日治的翻譯文學與臺灣新文學的發展關係密切，透過全面深入的研探可以更清楚釐清補充其間的漏洞空白，為臺灣文學史書寫提供參考的價值，同時得以認識到東亞社會的共性與區別，呈現東亞不同國度在接受西方思想時的再創造作用，以及這種再創造對於理解近現代世界發展多樣化的意義。過去臺灣文學史的書寫，鮮少將翻譯文學納入討論的框架（若有也僅僅零星點到為止），並沒有對文學翻譯的情況做出全面性的考察。但臺灣的文學翻譯與文學運動有著互為表裡、互為因果的密切關係，因此不談論文學翻譯的臺灣文學史書寫，將會使得日治時期臺灣文學運動的整體性產生極大程度的闕漏。

透過本套書可以管窺日治臺灣文壇對於世界文學的接受狀況，並理解以下若干問題。其一，臺灣青年在知識養成的過程中，從世界文學的接受上獲得怎樣的養分？其二，殖民地臺灣語言使用現象的駁雜（hybridty），在文學翻譯的過程中被如何呈現與表達？其三，在歐美具有「歷時性」的、線性發展的文學現代性、文學思潮與文學風格，在臺灣社會被如何以「共時性」的面貌呈現？其四，文學翻譯者所扮演的「中介」（intermediary）角色所發揮的「看門人」（gate-keeper）之作用，在特定作品的引介與否之間，所透露出來的權力關係等等。透過全盤整理，吾人得以發現當時「譯」軍突起──翻譯文學在臺灣的傳播與形成的圖像以及戰爭期的翻譯與時局、漢文的關聯，尤其翻譯文學對臺灣文學從古典形態走向現代形態變革的影響及當時臺灣翻譯文學的特色。

本套書為本人執行國科會（今科技部）計畫的副產品，該計畫幸獲國科會支持，在主要學術論文撰寫之前，本人及研究團隊廣泛蒐羅各雜誌期刊（書目較少）所刊之譯文，所運用之文獻史料有《臺灣日日新報》、《漢文臺灣日日新報》、《臺南新報》、《高雄新報》、《新高新報》、《三六九小報》、《赤道報》、《洪水報》、《臺灣青年》、《臺灣》、《臺灣民報》、《臺灣文藝》

（1902）、《語苑》、《臺灣警察協會雜誌》、《臺灣警察時報》、《臺灣教育會雜誌》、《臺灣愛國婦人》、《臺灣文藝叢誌》、《明日》、《曉鐘》、《人人》、《南音》、《フォルモサ》、《先發部隊》、《第一線》、《臺灣文藝》、《臺灣新文學》、《臺灣文學》、《風月報》、《臺灣大眾時報》、《新臺灣大眾時報》、《南方》、《南國文藝》、《文藝臺灣》、《臺灣文藝》（1942）、《臺法月報》、《專賣通信》、《實業之臺灣》、《熱帶詩人》、《臺灣教育》、《The Formosa》、《第一教育》、《翔風》、《臺高》、《媽祖》、《臺大文學》、《臺灣婦人界》、《南巷》、《ネ・ス・パ》、《南文學》、《臺灣》（1940）、《相思樹》、《紅塵》、《臺灣遞信協會雜誌》、《臺灣道》、《南瀛教會誌》、《愛書》、《臺灣時報》、《無軌道時代》等等報刊雜誌及數位典藏的《臺灣府城教會報》及《芥菜子》（北部臺灣基督長老教會教會公報）等。並將翻譯作品彙編，分為「白話字」、「臺語漢字」、「中文」以及「日文」四卷。《白話字卷》除了有原始的「全羅版」白話字（或稱「教會羅馬字」、「臺語羅馬字」）之外，亦有「漢羅版」的譯文以供對照參看。《日文卷》所收錄之篇章，皆敦請精通日文之專業譯者重新將文章內容再翻成中文。並對每篇譯作原作者與譯者予以簡介，凡三四百位之多。當時原文多未標出處，譯者亦有不少難以追查，本人在不計成本，努力以赴，以克服困難，解決問題之後，備加感到將資料公諸於世的迫切性及重要性。雖然蒐集、整理、翻譯作品，並進而編輯出版，凡此皆極繁瑣且所費不貲，對筆者學術成績無多大助益，這部分亦非本計畫之要求成果，唯基於學術乃天下公器，個人認為唯有不藏私，方能提升日治臺灣翻譯文學的研究深度，並引發更多研究者投入。

　　特別值得一提的是，本套書參與成員甚多，或蒐集複印整理資料，或分工撰寫作者、譯者簡介，或承擔日文翻譯工作，其間作者的辨識確認並非易事，此乃因當時臺灣譯者多不注明譯本之來源、譯本之原文及原作者姓名之外文，而且各人的翻譯不一，與現今譯名又多所出入，考察極其不便。如泰戈爾譯名有泰古俞、太歌爾，尼采譯名用「尼至埃」、「ニイチエ」，如果是知名度很高的外國作家作品，問題尚比較容易解決，但如是知名度不高的作家作品，則是難上加難，因此盡力追尋其身分背景，以更充分掌握相關知識

氛圍，是出版這套書在作者譯者介紹上，首先要解決的問題。其後之翻譯更是重責大任，非常感謝東吳日文系賴錦雀教授（時任文學院院長）推薦系內傑出師生協助，不計甚是微薄的翻譯費，鼎力完成這批日文翻譯，喃此謹致本人最高謝意。本套書前後參與人員有：王美雅、王鈺婷、伊藤佳代（いとう かよ）、吳靜芳、李時馨、杉森藍（すぎもり あい）、阮文雅、林政燕、張桂娥、許舜傑、彭思遠、楊奕屏、趙勳達、劉靈均、潘麗玲、龜井和歌子（かめい わかこ）、謝濟全、顧敏耀、鄭清鴻等，以及王一如、林宛萱、康韶真、蔡詠清、黃之綠、謝易安同學等人協助校對，沒有他們的幫助，這套書不可能出版。最後更要向萬卷樓梁經理、張晏瑞、編輯游依玲、吳家嘉致意，願意支持可能不太有銷路的翻譯文學史料。由於能力及時間有限，本書缺點及不足在所難免，敬請廣大讀者批評指正。

　　此外，以上序文原寫於二〇一一年十月二十五日滬上途中，由於個人諸事紛紜，加上後續又有增加的材料，並編製卷五日文影像集，不外是希望能將此套書朝更嚴謹的學術性邁進，同時省卻研究者蒐尋原文的時間，這部分圖檔來源不一，登載報刊上的版式亦非常參差，尤其多數報刊距今時間久遠，圖影效果不彰屢見，為求盡量一致及清晰的效果，顧敏耀博士付出相當大的心力剪裁修正，這種種因素因此延宕至今，時間竟匆匆兩年半載了。在這段時間，也發現了眾多議論的譯文及中國譯作轉刊於日治臺灣報刊，但刊登時不見譯者之名，如未經追查，難以確認本為譯作，甚或有些為偽譯作，如要一一辨識，恐又耽誤出版時程，念及第三卷中文卷已收部分（嚴格說來不宜列入臺灣日治翻譯文學集，考量刊登臺灣報刊，寬鬆處理），而個人亦將於未來幾年出版另一套日治報刊轉載中國文學之校勘本，至於遊走在文學類邊緣的各譯文或者世界語的譯作等等，也都因時間因素，不再繼續增添補強，留待他日有餘力再說罷。

許俊雅

二〇一四年五月十五日

導 讀

許俊雅

一 前言

關於二戰前的臺灣翻譯發展史，較諸其他國家可能更多元。臺灣因為地狹山多，在漢人移居之前，諒必在各個原住民語族之間，就有通曉兩種以上語言的原住民翻譯人員存在。荷西時期出現了學會臺灣原住民語的神職人員，還曾經出版過西拉雅語的〈馬太福音〉和〈約翰福音〉。明鄭與清領時期在各個原住民部落往往都有「通譯」以協助經商或政令推行。清領時期因為迴避制度的施行，來臺文官往往都由閩粵二省以外派來，在施政或審判之際，更是需要翻譯人員[1]。當時具有代表性的翻譯作品則為首任巡臺御史黃叔璥《臺海使槎錄》所記載的「番歌」[2]，這是漢譯文學之始。厥後直至清領結束，雖有馬偕在一八八一年於淡水創立「理學堂大書院」[3]、劉銘傳在一八八七年於大稻埕開辦「臺灣西學堂」[4]，也培養出一些通曉雙語或多語的人才，例如艋舺秀才黃茂清就曾在該學堂就讀，據稱「閱時未久而於英國

---

1 在清末來到臺灣的馬偕博士曾如此描述衙門開庭之實況：「滿大人由他的隨從護著坐轎子來到，進入衙門大廳坐正，又邊站著通事（原註：翻譯官）。因為是滿大人，從中國來的，就理該不懂得本地話，所以旁邊必得有個通事……滿大人經由通事來審理被告」，見氏著：《福爾摩沙紀事》（臺北市：前衛出版社，2007年），頁98。

2 黃叔璥：《臺海使槎錄》（臺北市：大通書局，1987年），頁94～160。黃氏於一七二二至一七二四年在臺期間所譯之平埔族歌謠收錄於〈番俗六考〉，〈北路諸羅番一〉當中收錄的〈灣裏社誡婦歌〉云：「朱連麼吱夠裏乞（娶汝眾人皆知），加直老巴綿煙（原為傳代）；加年呀嗄加犁蠻（須要好名聲），拙年巴恩勞勞呀（切勿做出壞事），車加犁末礁嘮描（彼此便覺好看）！」（括號中皆為原註），是用漢字的官話語音來記載當時平埔族的歌謠，譯音雖不夠精確，然實為珍貴之記錄。黃叔璥：《臺海使槎錄》（臺北市：大通書局，1987年），頁94～160。

3 戴寶村：〈馬偕──上帝使徒在臺灣的宣教、教育與醫療〉，《什麼人物、為何重要──臺灣史上重要人物系列・二》（臺北市：國立歷史博物館，2011年），頁17～18。

4 季壓西、陳偉民：《從「同文三館」起步》（北京市：學苑出版社，2007年），頁177。

語言文字，大有所得」[5]，然而可能較為著重宣教或經貿過程中的翻譯事宜，未見有文學作品漢譯[6]之紀錄。文學作品之漢譯除黃叔璥之的平埔族歌謠外，清領末葉開放傳教之後，臺灣的基督教長老教會開始運用羅馬字將不少西方文學作品、聖經故事或是神學著作翻譯成臺語（俗稱白話字），刊於《臺灣府城教會報》、《臺灣教會報》等[7]。

　　進入日治時期之後，白話字依舊翻譯不少文學作品，而漢譯文學有較為不同的變貌。本文謹就日治時期文學譯作討論，由於臺灣翻譯文學必然牽涉到東學、西學與新學的譯介，因在十九、二十世紀初期，日本、中國、臺灣的知識分子莫不處於東學、西學、新學的潮流中，而透過明治日本吸收西方近代思想，正是東亞近代文明形成的重要一環，這一過程並非僅僅是由西方到明治日本再到中國或臺灣的單向運動，在此過程中，既透過明治以來日本思想界的大量成果吸收西方近代精神，並受明治以來思想界對於西方思想的選擇與接受樣式的制約，又有基於本土文化和個人學識的再選擇與再創造，由此產生的思想體系的變異。日本大量譯介西書，並成為當時中國、臺灣易於接受的「東學」，雖然東學無一不從西學來，但二者如何溝通聯繫，並做適當的取捨，成為適合自己需求的新學（李漢如和日本人曾創立新學會，會員有一千五百人，主要介紹外國翻譯小說並出版刊物），則是研究日治臺灣翻譯之必要考量。

　　本文重點在於理解當時臺灣文壇對於世界文學的接受狀況，並試圖釐清臺灣青年在知識養成的過程中，從世界文學的接受上獲得怎樣的養分？殖民地臺灣語言使用現象的駁雜，在文學翻譯的過程中被如何呈現與表達？文學翻譯者所扮演的「中介」角色所發揮的「看門人」之作用，在特定作品的引介與否之間，所透露出來的權力關係。以臺灣新文學運動為例，在其推展之

5　不著撰者：〈臺秀錄　縉紳紀實（其八）〉，《臺灣日日新報》，1898年10月23日，第5版。

6　此處「漢譯」不包括「臺譯」。1885年（光緒11年）由英國長老教會巴克禮牧師（Rev. Thomas Barclay）在臺南創辦的《臺灣府城教會報》之中，便曾刊載不少臺譯文學作品。以上參顧敏耀未刊稿。

7　目前皆已收錄於「臺灣白話字文獻館」（http://www.tcll.ntnu.edu.tw/pojbh/script/index.htm）。

初,其實是有著標榜中文書寫、以小說為主、以寫實主義精神為依歸的本質。因此,臺灣新文學運動所進行的文學翻譯或轉載,也必然符合此象徵秩序。不過必須理解的是,此等象徵秩序只存在於臺灣新文學運動這個場域之內,在此之外,不同的語言、文類、主題都獲得了不同程度的取捨。例如以「白話字臺灣話文」進行文學翻譯的《臺灣府城教會報》、以「漢字臺灣話文」進行文學翻譯的小野西洲與東方孝義等《語苑》集團、以文言文進行文學翻譯的魏清德、李逸濤、謝雪漁、蔡啟華、許寶亭等傳統文人、以及以日文進行文學翻譯的村上骨仙、石濱三男、南次夫、西川滿、矢野峰人、島田謹二、中里正一、上田敏、西田正一、中尾德藏、根津令一等日人作家或曾石火、翁鬧等臺人作家,以中國白話文翻譯的李萬居、劉吶鷗、張我軍、林荊南、黃淑黛、湘蘋、楊雲萍、洪炎秋等,對於文類與主題都有不同的傾好。這當然與各立場知識分子自身的文化資本的積累以及其性情傾向有絕對的關係。這多語情形也呈現了翻譯是不同文化之間的「協商」過程,在同一個語境內進行文化協商必然是殖民地臺灣這個「多語的」社會所必然面對的現象與難題,但也是日治時期臺灣文學翻譯語言之多種的必然現象。

　　臺灣翻譯語言多種,當時的官方語言以及各級學校所推行使用的語言皆為日語、通曉日文的臺灣人日漸增多、許多經典性的歐美作品都已經有日譯本將,日譯本進入臺灣,還出現譯成淺近文言或是白話文之譯作,在一九三〇年代的譯文中,仍然可見使用文言文翻譯的情形,如《南音》XYZ 翻譯了英國 Goldsworthy Lowes Dickinson 的〈戰爭與避戰〉。或像吳裕溫〈阿里山遊記〉,將漢語文言文直接改譯成日文,保留許多文言文之痕跡,又如「與謝野晶子」從古代日文翻成近代日文,「新譯紫式部日記」即是。或將語體譯文直接據此增刪,或略去或增飾,不一而足。他如臺灣譯本將文言文翻譯為語體文,如簡進發所譯〈無家的孤兒〉[8],簡譯本並非直接從愛克脫・麥羅法文原著譯出,亦非自日譯本轉譯,而是根據包天笑文言譯本《苦兒流浪記》再「轉譯」為語體文(白話文),簡譯本對於包天笑譯作的承

8　刊《南方》1943年10月,包譯《苦兒流浪記》刊1912年7月至1914年的《教育雜誌》4卷4號至6卷12號(其中5卷3、7號,6卷1、5、7號未載)。

襲，其痕跡十分明顯。當時也有極多中文譯作自中國報刊書籍轉載（或改寫）引進臺灣。也有如《語苑》將中國古典文學作品翻譯成臺語漢字者，同時有些翻譯使用了臺灣話文翻譯，翻譯情況從文言文到白話文、臺灣話文及後來將中文、臺語翻譯為日文（日譯《臺灣歌謠集》），或者將日文劇本翻譯為臺語，或將《紅樓夢》、《西遊記》、《水滸傳》、《三國志演義》翻譯為日文，這種種轉折變化，正與時局改變，翻譯的意圖目的也隨之改變有關。

　　為便於考察臺灣翻譯文學的發展脈絡，本文將它分為三階段分期敘述。（一）臺灣翻譯文學的萌芽期（1895～1920）。（二）臺灣翻譯文學的發展期（1920～1937）。（三）臺灣翻譯文學的衰微期（1937～1945）。

二　臺灣翻譯文學的萌芽期（1895～1920）

　　臺灣初期之翻譯，多由日人初登舞臺（臺灣新報），以日譯稿／中國文獻、歷史小說之翻譯改寫為主。在〈本刊　譯書善鄰〉[9]上，說明了翻譯的情況：

> 我國文士。學邦文與漢文洋文者。今度將善鄰協會。議改作善鄰譯書館。其發起創立之旨趣。在導清國以開拓文明。贊清國以保全權勢。而即以維持東洋平和大局也。故凡書冊足啟發人智者。如泰西有用之書。曾經譯述供我國民讀之。茲急宜更譯漢文。輸入清國。以便清國人士閱購。又依我國三十年間。及將來有用之書。胥譯漢文。為輸入清國地步此種籌畫。經於前月廿三日。開會決議以外又有要議四條。一將譯述之書，必經從事選定。二上海地方，宜設置印刷所。三請清政府保護板權，俾免翻刻滋謬。四請我國政府，保護一切事宜也。持其議者。文學博士。則重野安繹。元良勇次郎。星野恒。井上哲次郎四氏東宮侍講。三嶋毅一代鴻儒根本通明。法律學博士則富井政章。華族女學校教諭土屋弘等諸氏也。

9　《臺灣日日新報》第178號，頁3，明治三十一（1898）年12月6日。

　　這則資料與探討日本的亞細亞主義有關，也與中國的翻譯史有密切關係，然而中國翻譯史論著從未提起或連結思考，日本學者狹間直樹〈日本的亞細亞主義與善鄰譯書館〉一文首先提出來，該文極具參考價值。不過，他所使用的文獻年代有些還比《臺灣日日新報》上所刊載的晚，有些推論則可以《臺灣日日新報》所刊直接證實。翻譯之被重視，以此可見端倪，此時相關之譯作，如〈喬太守〉[10]記作者「安全」某日見到某臺灣人邊看小說邊笑，於是借來此書回家閱讀，因覺得和眼中所見的臺灣人極為相似，於是興起翻譯的念頭，希望能不失性情與風俗地翻譯此篇小說（此小說原題為「喬太守亂點鴛鴦譜」）。初時多為日人之譯作，或漢譯或和譯，二者並見。故三溪居士之〈譯述 詞苑／源氏箒木卷〉[11]提到紫氏部《源氏物語》其中一卷，前言云：

> 　　紫氏部，本朝三才媛之一也，所著《源語》五十四帖，雖率多浮靡之詞，而寄託深遠，訓戒其存，宜千百載之後學者，推以為一大奇書也。故菊池三溪翁嘗以漢文譯之，其措詞之富麗，使人驚心動魄。茲錄箒木卷一帖，蓋篇中出色文字也。讀者嘗一臠之肉，亦足以知全鼎之味與。（標點為筆者所加）

　　又如赤髮天狗〈桃花扇〉即為讀者消暑，特翻譯明末英俊侯雪苑之傳奇，又如梅陰子（伊能嘉矩）的藍鹿州（即「藍鼎元」）〈臺灣中興の為政家〉[12]，即中國文獻之翻譯改寫。小說內容總是先引用一段中文文稿，再加以闡述介紹，似引用野史文獻重寫／改寫的歷史敘事小說。也有像黑風兒所譯，介紹托爾斯泰不只是俄國奇矯的大詩人，也是世界上傑出的人物，因此特翻譯最近ロング氏寫的「評論之評論」，藉以窺看其思想及活動。尚有來城小隱《鄭成功》，是一部翻譯、引用文獻撰寫的臺灣歷史小說，並於文中寫道

10　《臺灣日日新報》第453號，頁11～12，明治三十二（1899）年11月3日。
11　《臺灣日日新報》第801號，頁13，明治三十四（1901）年1月1日。
12　《臺灣日日新報》第531號，頁1，明治三十三（1900）年2月10日。

「引用書目如左：御批歷代通鑑揖覽 聖安皇帝本記行在陽秋 兩廣記略／賜
姓始末東明聞見錄／吳耿尚孔四王全傳粵遊見聞／烈皇小識 嘉定屠城記略
／海外異傳 鄭將軍成功傳碑／鄭將軍碑 鄰交徵書／元明清史略澎湖廳志／
淡水廳志 臺灣外記／鄭成功 臺灣志／史料通信叢誌大清三朝事略／鄭延平
事略 臺灣史料……等等。」

　　這時期譯作早期多為日本文人之譯介，之後本土文人譯作方登場。如李
逸濤、謝雪漁、魏清德[13]等傳統文人的翻譯，以上現象說明了日治時期的臺
灣處於一個全球化新興的文化場域，各式文本和文化移植轉手進入臺灣文學
場域，對於當時文化論述的衝擊有著深刻的影響。而傳統文人亦通過日文建
構他們對於域外世界的想像，在翻譯與摹寫的過程中，可見其文化觀及知識
養成背景。如從李逸濤所翻譯的《袁世凱》傳展開研究，可見李氏翻譯袁世
凱逐漸成為「親日主義者」此一認同的轉變，其翻譯撰述目的乃是在強化袁
世凱對日本軍事武力的高度認同，並且將袁世凱塑造為與現代脈動相聯結的
改革者形象，這除了顯示出日本殖民主義和帝國主義發展過程中往往透過
「再現」來加深中國之刻板印象，因而成為「落後中國」與「文明開化之日
本」的對比，一方面也創造出一套日本地位優越的策略，將日本與西方文明
接合，形塑出先進的日本代表西方近代文明的優越性。另外也指出日本重視
東洋文明，並且處於與中國人種、文字與宗教同一性的亞洲，這種以日本為
本位的東洋文明論述，隱含有大東亞共榮圈的雛形，以此鞏固日本在東亞的
領導地位，這樣的翻譯實踐對中國此一異域文化的再現，同時對中國的翻譯
也建構了殖民地臺灣特殊的認同形式，呈現出文化翻譯之間多元而重層的影
響，及文化翻譯中與文化再生產與文化身分塑造有關的重要議題。
　　基本上李逸濤此篇之譯作尚忠實於原作，但此時期的譯作，實則譯述、

---

13 魏清德、謝雪漁等傳統文人曾習日文，較早地進行了日文中譯的文學活動。如謝
　雪漁在《漢文臺灣日日新報》的〈陣中奇緣〉、〈靈龜報恩〉，魏清德的日本〈赤
　穗義士菅谷半之丞〉，魏氏在《臺灣日日新報》及《漢文臺灣日日新報》上撰
　寫、譯寫了二十餘篇漢文通俗小說。

譯意、演述、演義、衍義為多，日治初期文人對於「翻譯」一詞，也有相當清楚的體會，在一篇〈譯文不如譯意〉一文中說：

> 邦文之與漢文，第就文字上觀之，其意義有時似相去不遠。至句法之順逆，字眼之安放，虛字之轉接，其法有大相懸殊者。何則？世界之文字，莫不各因其方言，言語之不同，斯文字文法亦因之而差異。不待論矣。第以文字畧同，而運用見解亦隨而各異者，又未始非方言有以致之也。顧用邦語與漢語較，邦語所先發者，漢語後之，漢語在上句者，邦語下之，其同為是言也，同此意也，而先後上下已各相反。且俗語口頭禪。亦有此有彼無之分，此運用見解之所以不同也，乃世之譯者，就邦文所譯之漢文，篇中每有漢文所無之字眼，罕見之文法句法，牽強之轉接，紛亂剟雜乎其間，于此而欲求千人共喻，一目了然，不亦難乎？即有一二深通漢文文法者，亦狃于時俗，習焉不察，甚至降格求合，潦草闟茸，推原其故，蓋恐意譯有違背乎邦文之義，不如直譯以求無過，且易為力耳，不知欲求無過，而過反因是而滋深。如訓令規則，關係于行政法律上諸大端，不善譯者恒囫圇吞棗，且顛倒參差，致閱者或誤會，或難解，因而逕行者悖謬，闕疑者失機，誤人一至於此，其過豈鮮淺哉？夫譯文之道，祇求意義相符，旨趣明晰耳，如必強邦文與漢文之文法，順序一致，是將戕賊杞柳而以為桮棬，其意旨因之而愈澌愈晦矣，苟能將邦文之意旨体會了當，然後認定漢文之文法以譯出之，雖文法判和漢之別，而意旨無毫釐之差，于句法字眼轉接間（原作閒），漢文所有者有之，漢文應無者無之，無庸依樣，不失廬山，縱云出藍，自成粉本，下筆無挂漏杜撰之患，閱者無晦悶蒙蔽之虞，斯譯文之能事畢矣，吾因而斷之日，直譯者不如意譯之為愈也，司是事

者，苟以芻蕘為可採，于譯文一道，未必無小補云。[14]（標點為筆者所加）

　　可知在翻譯的過程中，原意絕不可能與譯意完全相同，只能按譯者理解的方式來做翻譯。傳統文人在進行文學翻譯時，對於筆下的文字究竟是屬於譯作、擬作、或摹寫，常常沒有清晰的界定。若是譯作，往往不見「翻譯」字樣。若是擬作（imitation，或稱譯述），則類似於林譯小說（晚清林紓所譯之小說），也是廣義的譯作，但不同於林紓將其擬作作品視為「譯作」，臺灣的傳統文人則往往不加上「翻譯」字樣，例如李逸濤改寫朝鮮名著〈春香傳〉、以及魏清德譯述日本故事〈赤穗義士菅谷半之丞〉、〈塚原左門〉、〈寶藏院名鎗〉、〈塚原卜傳〉等皆是如此。若是摹寫，則與文學翻譯的定義有段差距，例如魏清德的〈齒痕〉（1918）與〈百年夫婦〉（1925）。這類的摹寫作品雖非譯作，但在受西方文學影響的研究議題上，亦是不容忽視的題材。由於報刊篇幅所限，加上傳統文人多缺乏西方語言能力，需仰賴中、日文譯本，如魏清德因接受日本新式教育而熟諳日文，在和漢文的翻譯也受到尊重，但其〈南清遊覽紀錄〉（十三）中提到：「……沿途多設備種種，余管見又於英文不精，故不能識。……」其英文不精，因此無法對原作「直譯」，只能將已譯的中文或日文譯本再「意譯」，且往往是摘錄式的意譯。

　　其翻譯情況尚可以蔡啟華譯〈小人島誌〉[15]為例，此文即 Jonathan Swift 原作《格列佛遊記》（*Gulliver's Travels*, 1726）四個章節之一，故事中的主角 Gulliver 譯為「涯里覓」，與今日習見的「格列佛」或「格里佛」相距甚遠，其實也是日語譯音「ガリヴァー」或「ガリバー」再轉成臺語漢字[16]。文中還有一段描述：「嘗考小人島，名曰リヽブウト，國之縱橫，十有二里，國中最繁盛都會者，曰ミルレンド都」，這當然是未及將片假名改為漢字的更為明顯之轉譯痕跡。

14　《臺灣日日新報》第2205號，頁2，1905年9月6日。
15　見《臺灣教育會雜誌》第91〜94號，1909年10月25日〜1910年1月25日。
16　「覓」字在臺語有多種讀音，其中之一為〔bā〕，與「ヴァー」相似。

　　至於翻譯作者之不詳亦累見，可分為三種情況：其一，全無署名。其二，以中文或以日文片假名擬音的方式署名，其原名不詳。其三，已可由中文或以日文片假名擬音追溯其原名，但也許是較不知名的作家，其人不詳。譯者的不詳，亦可分為三種情況：其一，全無署名。其二，使用筆名，原名不詳。其三，使用原名，其人不詳。作者與譯者的身分，決定了文學翻譯究竟是從何而譯、為何而譯、為誰而譯這種種的問題。不署名原作者或譯者的情況極多，這類中譯本多出自中國報刊書籍，臺灣轉錄時未做任何的交代，如刊登《臺灣日日新報》上的〈女露兵〉、〈旅順勇士〉（原題〈旅順土牢之勇士〉），出自王瀛州編《愛國英雄小史（下編）》（上海交通圖書館一九一八年版）〈女露兵〉、〈旅順土牢之勇士〉原作者分別是龍水齋貞一、押川春浪，皆為湯紅紱女士譯。改寫之後，將譯者姓名改署他人者，如一九〇六年六月五日在《漢文臺灣日日新報》刊載了署名「觀潮」翻譯的〈丹麥太子〉，這是莎士比亞作品在臺灣譯介史上的極為早期的紀錄[17]。其最源頭的文本即為英國作家莎士比亞的著名作品《哈姆雷特》（*Hamlet*，或譯《王子復仇記》），但是卻非臺人自譯，而是略加改寫了林紓與魏易同譯《吟邊燕語・鬼詔》之些微字句而已[18]。林譯也不是從莎翁劇本直接譯來，其來源文本則是英國作家查爾斯・蘭姆與其胞姐瑪麗・蘭姆（Charles and Mary Lamb）共同改寫的《莎士比亞戲劇故事集》（*Tales from Shakespeare*，或譯為《莎士比亞故事》、《莎氏樂府本事》）[19]，在漢譯之前業已歷經了改寫以及「變體」（由戲劇變成小說）的過程。這種情形多發生於傳統文人的譯作上，發生於萌芽期（1895～1920）。

　　由於譯家不多，多數文言譯作轉錄自中國報刊（前述），如不才意譯〈寄生樹〉、何卜臣意譯〈借馬難〉、梅郎、可可譯《大陸報》的〈滑稽之皇

17　關於莎士比亞在臺灣，戰後不僅有梁實秋以流暢的文筆完整譯出全集，還有被改編為歌仔戲《彼岸花》（來源文本為"*Romeo and Juliet*"）以及京劇《慾望城國》（來源文本為"*Macbeth*"）等。

18　筆者：〈少潮、觀潮、儀、耐儂、拾遺是誰？——《臺灣日日新報》作者考證〉，《臺灣文學學報》第19期（2011年12月），頁1～34。

19　周兆祥：《《哈姆雷特》研究》（香港：中文大學出版社，1981年），頁6。

帝〉，曙峰譯〈滑稽審判官〉、（程）小青譯〈愛河一波〉、碧梧譯述〈騙術奇談〉、〈疆場情史〉、井水譯〈二萬磅之世界名畫〉、囂囂生譯述瑣尾生潤辭〈排崙君子〉及中覺一意譯〈偵探小說：梅倫奎復讐案（復朗克偵探案之二）〉（易題作〈孝子復仇〉）等等。轉錄之風迄日治結束一直風行不輟，這是值得留意的特殊現象。

　　翻譯引進的大量外國作品中，文學名作等純文學作品的譯介尚屬少數，占主要地位的還是一般觀念上的所謂通俗文學，其中尤以偵探小說數量最多，影響也最大[20]。其目的在於輸入文明借鑑其思想意義，同時有消費娛樂及市場商業利益之考量。透過翻譯的閱讀自然展現了時人對現代情境的想像和渴慕。同時此時的文學翻譯較無系統可言，甚至沒有署名原作者，使得文學翻譯行為似乎只重視文本的「審美因素」，至於作者的「心理因素」與創作背景的「文化因素」則相對受到漠視。總體而言，萌芽期（1895～1920）的文學翻譯往往有隱身的現象，且以意譯及譯述（譯介）為主要方式，譯者主要遵從的不是逐字逐句的直譯方式，而是撮其大要，因此「譯述」還可理解為譯者就原文的內容重新復述。譯者都不是亦步亦趨、字斟句酌地緊隨原作。譯者經常鋪張敷衍，或者刪節原作的冗贅部分以使譯作的情節發展更加緊湊。

三　臺灣翻譯文學的發展期（1920～1937）

　　討論此期之翻譯與臺灣新文學創作之關係，先理解中國短篇小說在經歷了古典形式的衰落之後，旋即在晚清時期又開始了新內容、新形式的努力探索。這其中的內在動因自然是晚清動盪的社會現實對作家思想情感的有力觸動以及由此引發的表達需求有關，臺灣早期的傳統通俗小說在一九二〇年代被批評，即因殖民下的各式問題已不是此前筆記、傳奇的小說格局能容納表述的，小說家必須在原來的文學傳統上有所突破和創新。而域外小說譯作的某些新形式和表現技巧，對此時短篇創作的革新有所啟發和幫助，特別是那

20　《智鬥》發表於一九二三年《臺南新報》，改寫底本是 Maurice Leblanc 的《Aresene Lupin Versus Herlock Sholmes》。譯寫過程尤其是在地化的改裝。

些偵探小說設計精巧、匠心獨具的情節，思維縝密、膽識過人的偵探形象，
都能彌補傳統小說的空缺和不足。因而賴和小說〈惹事〉，不免有著偵探推
理的情節以推動敷衍故事。臺灣新文學（小說）的興起，正與轉介中、日小
說、譯作有相當程度的關聯，尤其是中國方面的引介。第二階段的翻譯文學
在臺灣民報系統（從《臺灣青年》、《臺灣》始）[21]轉載了不少中國作家如魯
迅、周作人、胡適、張資平等人的翻譯或是創作。力倡白話文的張我軍，在
不遺餘力地介紹當時中國大陸新文學的「文學理念」之餘，也寫過《文藝上
的諸主義》，向臺灣介紹歐亞兩百年來的文藝思潮。通過翻譯小說（《臺灣民
報》刊過都德的《最後的一課》、莫泊桑的《二漁夫》、愛羅先珂的《狹的
籠》）引介西方文學。在翻譯作品方面有王敏川翻譯多篇日本《大阪朝日新
聞》、《滿州日報》的文章；王鍾麟翻譯羅素對於中國問題的看法；林資梧翻
譯傑克倫敦的短篇小說；黃郭佩雲翻譯賀川豐彥的〈兩個太陽輝耀的臺灣〉
等多篇關於西方與日本的文學作品。及黃朝琴翻譯英國凡爾登的〈初步經濟
學〉（一卷二號起連載）；蔣渭水翻譯《大阪朝日新聞》、《大阪每日新聞》、
《萬朝新聞》社說、《讀賣新聞》社說等等日本重要報紙的社論；陳逢源翻
譯〈大亞細亞同盟在脅威分裂的歐洲〉（第六九號）、羅素的〈公開思想與公
開宣傳〉；連溫卿翻譯〈蘇維埃與教育〉等左傾作品，並介紹世界語；張我
軍將山川均一九二六年完成的『植民政策下の臺灣』論文翻譯成『弱小民族
的悲哀』，刊在《臺灣民報》上[22]。李萬居留法，在上海展開其文藝、政治
的活動，翻譯法國作家的作品及一些政論譯著等，其選材眼光獨到，所譯文
學作品之藝術性皆極高，具有世界文學的視野。

　　此期特別需留意的是關於轉載者與譯者主體性的體現。中國在一九四五

21　《臺灣》自一九二二年四月十日發行開始，發行至一九二三年十月止。
22　鄧慧恩博士的碩博士論文，對於臺灣民報的翻譯及世界語的研究，值得讀者留意
　　關注。本文參考了她的相關著作，同時感謝她惠贈大作。有關世界語的翻譯，本
　　套書亦選取若干作品。相關研究還可以參考呂美親系列著作，如〈日本時代台灣
　　世界語運動的展開與連溫卿〉、〈《La Verda Ombro》、《La Formoso》，及其他戰前
　　在臺灣發行的世界語刊物〉、〈關於連溫卿的〈台灣原住民傳說〉〉。以及中研院李
　　依陵〈從語言統一實踐普世理想 —— 日治時期臺灣世界語運動文獻〉，網址
　　http://archives.ith.sinica.edu.tw/collections_list_02.php?no=26

年以前所產生的漢譯文學作品不勝枚舉，臺灣日治時期報刊的編輯如何從中
揀擇轉載？日譯文學作品與日本自身的文學創作更是琳瑯滿目，臺灣譯家又
以怎樣的動機與標準來挑選翻譯？此中因素頗多，略可區分為二：首先是內
在的「文本變數」（text variable），包括譯者對於語言的掌握能力、文本本
身的吸引力等，這在前文已經有相關論述。其次則是外在的「語境變數」
（context variable），包括任何與翻譯活動相關的社會文化因素，如政治局
勢、外交格局以及文藝動向等[23]，透過後者的考察往往更能看出編者與譯者
在翻譯過程當中所體現的主體性以及與時代背景之間的關聯性。例如《臺灣
民報》之所以在一九二三年轉載胡適譯作〈最後一課〉的原因，與胡適翻譯
這篇作品到中國的原因相似，都是有意藉此激發人民的民族情操——小說
中描寫了法國因為在普法戰爭中敗績，阿色司省必需被割讓出去，當地的小
學被迫要放棄教授法文。故事透過一名小男孩的眼光來描寫，更讓人體會到
其中的悲憤與無奈。胡適本身就是庚子賠款公費留學，對此感受更深，也希
望當時處於列強環伺的中國人民能夠有所覺醒[24]。臺灣當時的處境與小說場
景更為相符：都是戰爭失敗被割讓出去的地方、學校語文教育都必需改為以
新統治者語文為主要內容、民眾都感到悲憤交加而無力回天，想必當時的臺
灣讀者讀後也會感到心有戚戚焉[25]。

　　同樣轉載於《臺灣民報》的胡適譯作還有刊於一九二四年的吉百齡原作
〈百愁門〉以及莫泊桑原作〈二漁夫〉。前者的譯者小序云：「吾國中鴉片之
毒深且久矣，今幸有斬除之際會，讀此西方文豪之煙鬼寫生，當亦啞然而
笑，瞿然自失乎？」，日治時期臺灣一樣有不少鴉片吸食者，統治當局更藉

23　李晶：《當代中國翻譯考察（1966～1976）——「後現代」文化研究視域》（天津
　　市：南開大學出版社，2008年），頁29。

24　趙亞宏、于林楓：〈論胡適對新文學翻譯種子的培植——從翻譯《柏林之圍》與
　　《最後一課》看其文學翻譯觀〉，《通化師範學院學報》第31卷5期（2010年5
　　月），頁41。

25　〈最後一課〉在戰後臺灣的國文教科書中也被選錄為課文，同樣也是站在宣導愛
　　國觀念的立場，然而十分反諷的的是：小說中的人民被迫放棄在學校傳授自己的
　　語文的描述，與當時臺灣的福佬、客家、原住民無法在教育場域學習自身母語的
　　情況，其實也若合符節。

由鴉片專賣以賺取龐大稅收[26]，編輯應該也有想要藉由此篇以喚醒臺灣讀者之用意。〈二漁夫〉（今譯〈兩個朋友〉）則是描寫普法戰爭（1870～1871）期間，巴黎被普軍包圍，兩個法國人難耐愁悶，相約前往市郊釣魚，結果被普軍抓走，因為不肯透露法軍當天哨卡的口令，慘遭槍決。這篇與〈最後一課〉相同，在中國的接受史上也被視為具有濃厚的愛國主義思想，屢次被選入中學教科書中[27]。至於〈二漁夫〉在日治時期臺灣的時代脈絡中獲得轉載的緣故，應該是想要提醒臺人認清一項事實：相異民族或國家之間的鬥爭是十分殘酷的，甚至連一般民眾也會遭到無情的殺戮。對照日治前期的漢人抗日活動遭到慘酷鎮壓之情形[28]，洵然如是。

而在「多元文化主義」的催化下，《臺灣民報》轉載魯迅翻譯的俄國盲作家愛羅先珂的童話作品，〈魚的悲哀〉、〈狹的籠〉，在日治時期這樣特殊的時空，以中文呈現俄國作家的童話作品，這在臺灣兒童文學發展史上是件罕見的事，而轉載之動機目的尤耐人思索。表面上似乎透過中國作家介紹俄國作家的童話作品，實質上是透過作品傳達訊息，希望臺灣人能夠凝聚文化抗日的民族情結，灌輸臺灣人敵愾同仇的民族意識。「文化抗日」的意識型態隱藏在兒童文學作品之後，這中間夾雜著臺、日、中、俄等國家地區複雜的多元文化，在臺灣兒童文學發展史上的確是一種別開生面的特殊文化現象[29]。

---

26 陳小沖：《日本殖民統治臺灣五十年史》（北京市：社會科學文獻出版社，2005年），頁148～149。

27 劉洪濤：《二十世紀中國文學的世界視野》（臺北市：秀威資訊科技公司，2010年），頁73。

28 例如最後一次漢人大規模武裝抗日活動，史稱「噍吧哖事件」或「西來庵事件」（1915年），軍事鎮壓期間可能有屠村行為，事後有千餘人遭逮捕，其中八百餘人獲判死刑，最後真正處死近百人，其餘改判無期徒刑。見李筱峰：《臺灣史100件大事・上》（臺北市：玉山社，1999年），頁122～124。

29 此段解讀普遍見諸目前學界研究論點，提出者有鄧慧恩、邱各容等人。事實上，翻譯外國著名童話寓言故事用以教育兒童，甚至也適合成年人閱讀的觀點，在當時極為普遍。童話、寓言所寄寓的深刻思想，在殖民統治下有其方便之處，不致動輒得咎遭食割命運。此外，漢字臺灣語譯文學《伊索寓言》的〈狐狸與烏鴉〉、〈螻蟻報恩〉、〈皆不著〉（父子騎驢）、〈諷語〉（旅人與熊）〈凸鼠〉〈老鼠開會〉、〈不自量龜〉（烏龜與老鷹）、〈欺人自欺〉（狐狸與鶴）、〈兔の悟〉（兔與青

　　此時的文學翻譯與文學運動的進行產生了緊密的結合，所以系統性明顯強烈許多。此時的臺灣文壇出現兩支重要的文學翻譯路線，其一是集中在中文部分的文學翻譯，主要刊載於《臺灣民報》、《人人》、《南音》、《フォルモサ》、《先發部隊》、《第一線》、《臺灣文藝》、《臺灣新文學》等刊物，其文學翻譯的目的是為了新文學運動的推動，希望透過世界文學的養分，讓方興未艾的臺灣文學創作能在「美學」與「形式」上能獲得一舉兩得的成長。世界文學之「美學」洗禮固然是文學翻譯的動機之一，然而「形式」的洗禮甚至可以說是更重要的理由。我們知道，中國五四新文學運動本質上就是一種西化運動，而模仿了五四新文學運動的臺灣新文學運動，其西化的本質自不待言。五四新文學運動不僅要創造以「為人生而文學」為美學判準的「人的文學」（周作人語），更重要的是要創要依種脫離貴族文學桎梏與文言八股窠臼的新文體，此即胡適、陳獨秀等人發起文學革命的初衷。就這樣，外國文學的「形式結構」成為中國文壇模仿的對象。然而，模仿中國新文學的臺灣新文學，在這個層面上考慮得更多。

　　臺灣新文學不僅要模仿外國文學的「形式結構」，它更要模仿中國文壇翻譯外國文學時所使用的「白話文」，因此當時臺灣文壇轉載了相當多中國文壇對於世界文學的翻譯，就是為了要在「美學」、「形式」與「白話文範本」的模仿上畢其功於一役。因此，中文部分的文學翻譯實與臺灣新文學運動的發展互為表裡。可以說翻譯文學（外國文學）的引進，對臺灣新文學的影響是無庸置疑的，我們在很多著作中可以看到痕跡。如學界多言楊華詩作受泰戈爾、日本俳句的影響，但並未展開進一步的探討[30]。愚意以為日治傳統文人受泰戈爾影響應是不可忽視的，楊華本身新舊文學兼具，在當時風潮

蛙）、〈弄巧成拙〉（下金蛋的母雞）、〈譽騙〉（狐狸與烏鴉）、〈鳥鼠報恩〉（獅子與老鼠）、〈螻蟻報恩情〉、〈金卵〉、〈田舍鼠と都會鼠〉等，都可列入兒童文學，不過當時以此提供日人警察學習臺語之用。在《臺南新報》的兒童文學譯作也非常多，其中有一部份還是「世界小學讀本物語」，多由天野一郎翻譯，此部分材料提供了世界語翻譯的現象，在臺灣、日本、中國有相互流通的現象，如《臺灣民報》連溫卿之譯作。

30 我的學生許舜傑二〇一三年十月時於本系敘事學會議，發表了楊華詩作其中沿襲中國詩人詩作的論文，也是篇力作。

下，他極有可能讀了不少泰戈爾詩作。泰戈爾《飛鳥集》第八十二首：「使
生如夏花之絢爛，／死如秋葉之靜美。」楊華《晨光集》第三十首：
「生──／是絢爛的夏花，／死──／是憔悴的落花。」二者意象近似。
傳統文人對泰戈爾的介紹不遺餘力。如一九二四年林佛國在《臺灣詩報》創
刊號提到印度泰古俞，勉勵臺灣詩人頌其詩，關心社會，改造時勢。連橫在
《臺灣詩薈》也曾刊登《佛化新青年》雜誌的廣告，內有多篇與泰戈爾相關
的論述，而在《臺灣文藝叢誌》、《三六九小報》上都有刊載泰戈爾的相關材
料，蘇維霖在《臺灣民報》也發表了〈來華之印度詩人太戈爾〉，凡此種
種，實在可據此建構泰戈爾在臺灣的發展史，理解他對臺灣文壇的影響。

　　此外，臺灣日治時期的知識階層當中，同情無產階級、反抗階級壓迫、
宣揚社會主義的左翼思想亦曾風靡一時，尤其是在一九二〇年代最為盛行，
農民運動與工人運動此起彼落，直到一九三七年日本對華戰爭爆發之後才被
強力的壓制下來[31]，這樣的時代風潮亦或隱或顯的呈現在當時許多漢譯文學
作品之中。一九三四年時，郭秋生就認為臺灣新文學運動應有熱烈的生命
力，並以楊浩然[32]翻譯的北村壽夫〈標緻的尼姑〉這篇歌頌勞動、帶有社會
主義色彩的小說作為範例。〈標緻的尼姑〉[33]藉由一個受雇到寺廟裡作粗工
的年輕人說出對於勞動本身的反思、讚揚與歌頌：「你們底三餐是誰供給
的？誰給你們吃飯？你們終日所幹何事？你們不是無事忙，而且吃白飯嗎？
不是不勞而食嗎？……我雖然窮困，但窮困不是恥辱。我天天出汗勞動，這
是人類底義務。我不願依靠他人，用自己的力維持自己底生活。哈！這樣可
說是不幸嗎？可以說不幸福嗎？唉！你們都是不知勞苦的天使！但是勞你想
一想，把你們底生活想一想，那時候，你就要來求我救你了」，這對於受到

---

31 蘇世昌：《1920～1937臺灣新知識份子思想風貌研究》（新竹市：清華大學中文研
　　究所博士論文，2009年），頁335。
32 此外，有關劉吶鷗在上海引進的新感覺派，如就楊浩然譯作觀之，他在上海同文
　　書院讀書，後轉到暨南大學中國文學系。在暨大就讀期間，加入「秋野社」，是
　　日語翻譯高手，《秋野》每期必刊其譯作，橫光利一、片岡鐵兵和川端康成的一
　　些短篇就在當時開始登陸中國，楊浩然可謂「新感覺派」在中國最早引介者之
　　一。
33 刊於《臺灣民報》，第260、261號，1929年5月12、19日。

儒教封建觀念影響而仍舊認為士人是四民之首、「勞心者治人，勞力者治於
人」的傳統臺灣讀者而言，應頗具當頭棒喝之效。此外松田解子〈礦坑姑
娘〉寫礦坑姑娘梅蕙在她到礦坑裡做工時，被色鬼主任強姦一事。梅蕙憤激
自殺，工人們群起而自謀解放。篇末傳單上的「我們需要有團結的有組織的
力！」「我們要用力來鬥爭！打倒擁護資本主義的黨！」「他們要加入我們的
真摯的團體裡面來共同奮鬥！」三個口號，可以很明白看出，資本主義高漲
的結果，不但資本家藉著經濟來壓榨被壓迫者，還要藉著他的地位來蹂躪女
性。張資平譯的山田清三郎〈難堪的苦悶〉，寫「我」對於因「饑餓與病
苦」而自殺的 K 君的回憶。K 君是位隻身漂泊的革命青年，以發散鼓吹軍
隊赤化的宣傳標語的罪名而入獄。一年後出獄了，但是「心臟和肺部發生了
毛病」，他沒有托身之所，只得跑到「我」家來。「我」是這樣主張的人：
「沒有參加實際運動的人，應該援助因為參加過實際運動而失敗受罪的
人。」「我」收容了他。可是「我」因著「生活的壓迫」，稿件被退回，經濟
也有問題，「我」很客氣的得著 K 的許可，把 K 逐出去了。但僅僅兩個月，
K 竟因「饑餓與病苦」自殺了，這引起「我」無限的內疚和衝突，構成了
「我」的「難堪的苦悶」。「我」逐出 K 君，是為妻所逼，妻逼迫的起源卻
是由於米店、菜店拒絕他們的賒欠，他們沒有法子得以維生。所以「我」一
面內疚又一面衝突、矛盾。「我」把這一切的錯誤，歸結到「完全是制度不
良的結果，組織不良的結果」。「我」一面憐憫 K 君的死亡，一面拼命的自
責。「我」終於感到另一種悲哀，「自然而然的叫了」起來：「我要怎樣去解
決自己呢?!」這一喊叫，形成全篇所留下的一個沒有解決的問題。這一種
「難堪的苦悶」不是 K 君一人所有，這一種無法兩全的悲哀依舊的瀰漫在
我們各個人的心胸。然而有什麼辦法呢？──在這樣的制度的人間。這篇
譯作代表當時部分革命者的苦悶與衝突。在日本是如此，在中國、在臺灣也
是如此。這幾篇譯作均是從中國轉錄刊登，可見當時臺灣知識分子關心的議
題。因此簡進發於《臺灣新民報》發表中篇小說〈革兒〉（1933），便以知識
青年「革兒」為中心，描繪臺灣社會的赤貧化、批判日本資本主義擴張及隨
之而來「九一八」侵略戰爭，以及因階級門第的懸殊造成感情路上挫折等現

象。面對這些問題，〈革兒〉皆以馬克思主義的觀點闡述，並透露出嚮往蘇維埃政權、以馬克思主義作為出路的個人選擇。此作批判「九一八」侵略戰爭一事，是當時臺灣左翼小說中相當罕見的主題[34]。

還有李萬居譯 Josef Halecki 原作〈鄉村中的鎗聲〉，描寫地主與官府對於貧農的壓迫與掠奪，甚至開槍打死了意圖反抗的農民，牧師竟然還在葬禮中說這是「上帝的意旨」云云，結果有一位鄉民高聲反駁：「鄉民們，我來跟你們講，並不是上帝在責罰你們。這三個人被害，並不是因為他們犯罪，乃是因為他們擁護自身的利益和身體。這樣，在官府的眼中看來就是罪人了。人家殺害他們，因為他們窮的緣故！」、「因為他們的壓迫，我們餓死了。他們拉去我們的母牛和僅有的馬匹。既沒有同情，又沒有人心。如果我們自衛，他們就把我們當做狂狗一樣的射擊，或把我們當作強盜監禁。為什麼他們不監禁那些偷我們東西的大地主！因為有他們保護，強盜不偷強盜的東西。」這同樣表現出對於被壓迫者的同情，甚至還揭露了宗教本身的欺騙性以及成為階級壓迫共犯的常見惡行。至於刊登於社會主義刊物《赤道》與《明日》的葉靈鳳（筆名曇華）譯〈新俄詩選〉、黃天海（筆名孤魂）譯〈是社會嗎？還是監獄嗎？〉、〈無益之花〉，其左翼色彩之濃厚自不待言。

此期亦見朝鮮作家之譯作，提供了跨國譯本之比較，深入掌握東亞各國流通影響之情況，以《自助論》為例。朝鮮作家朴潤元曾於《臺灣文藝叢誌》發表譯作，由於今日《臺灣文藝叢誌》仍無法蒐羅完整，因此只能看到〈堅忍論（一）（二）〉與〈史前人類論（續）〉，當時發刊時，並未載明是譯作，而作家朴潤元相關資料，我們能掌握的也相當有限，今遍查各文獻，查得朴潤元還有三篇文章，即〈臺遊雜感〉、〈在臺灣生活的韓國兄弟的狀況〉、〈臺灣蕃族與朝鮮（上，中，下）〉，有助於釐清若干問題。刊載於《臺灣文藝叢誌》的〈堅忍論（二）〉是翻譯自崔南善《時文讀本》第三卷第十課與第十一課，而其來源出處為「《自助論》弁言」。比較《時文讀本》裡的〈堅忍論（上）〉與《臺灣文藝叢誌》裡的〈堅忍論（二）〉內容，可發現兩

34 〈革兒〉一段為趙勳達未刊稿。

者使用的漢字都是一致的，朴潤元在翻譯韓漢文混用的文章時，其漢字都是直接使用。

　　沿上所述，《臺灣文藝叢誌》除了刊載朴潤元譯作外，又刊登了為數不少的西學新知、中國歐美歷史文化介紹的譯文。如〈德國史略〉、〈亞美利加史〉、〈伍爾奇矣傳〉、〈俄國史略〉、〈支那近代文學一斑〉、〈中華之哲學〉、〈南宋文學〉、〈救貧叢談〉、〈現代經濟組織之陷落〉等，文學譯作則有〈愛國小說：不憾〉、〈神怪小說：鬼約〉等。可知當時譯介文章除從日文選取外，也直接從中國作家轉手進來。所刊著重新思潮的引介，以及社會經濟、救貧助窮、中西文明衝突、體育、美術發展等問題的譯介。

　　日治時期臺灣文學翻譯不只有漢文（以及臺灣話文），事實上，以當時的國語亦即日語為所進行的文學翻譯行為，更是文學翻譯界的主流，其數量遠勝於漢文文學翻譯作品。這可以西川滿為首的日文部分的文學翻譯路線說明。西川滿主張之「為藝術而藝術」的文學風格，顯然與臺灣新文學運動的主流思維大相逕庭。在《臺灣日日新報》與《媽祖》上，西川滿努力譯介法國的象徵主義詩風，影響所及，矢野峰人、島田謹二等人也在《翔風》[35]、《臺大文學》上承繼了此一文學翻譯路線。於是西川滿等人的文學翻譯，實與其主張的文學路線並無二致；簡言之，日文部分的文學翻譯與西川滿等人欲構築的文學路線實乃互為因果。

　　此時期的討論尤其值得留意深度翻譯的現象。文學作品有三個要素：審美因素、心理因素和文化因素。而「深度翻譯」便是充分翻譯並詮釋了文學作品的意境（審美因素）、心境（心理因素）與語境（文化因素），這也就是將翻譯文本加以歷史化與語境化，「以促使被文字遮蔽的意義與翻譯者的意圖相融合」。更有甚者，「深度翻譯」還會基於「作者已死」的「讀者反應理論」（reader-responsecriticism），提供一種超越作者對自身文本詮釋的詮釋。

---

35 臺北高校生的刊物《翔風》、《臺高》都有不少翻譯，此外尚未複刻的《杏》、《雲葉》，亦可見臺高學生透過翻譯文學的接觸，提升教養之途徑，可參津田勤子的研究議題：《台日菁英與戰前教養主義 —— 以台北高校生《杏》《雲葉》雜誌為中心》。

在日治時期臺灣的文學翻譯上，一個關於「深度翻譯」的例證可由西川滿於
一九二九年的譯詩〈理想〉來加以說明。

> 月圓天晴，
>
> 星光滿佈，大地慘白。
>
> 萬物之靈魂，現在天空上。
>
> 我只想著幸福的星星。
>
> 不被一般人所承認的那顆星，
>
> 但我知道那道光
>
> 發光到大地之盡頭，
>
> 讓後世人的靈魂，
>
> 激動澎湃。
>
> 啊！那一天，
>
> 這遙遠美麗的星星
>
> 發出光芒時，
>
> 在我後面的人們啊，請你們告訴星星吧！
>
> 你才是他的愛人矣。

Sully Prudhomme（1839～1907）作的詩。在先驅者的心裡所描繪的理
想，在不被當時的風潮所接受之下，只好將自己所抱持的真理寄予後世的人
們之手。這首詩是歌頌這樣的心情。將理想比喻為星星，是 Prudhomme 的
心境，因此我想，我們也互相為了真正的教育，在很大的理想之下，進展下
去。在翻譯之後，又詮釋作者的心境，以及譯者對作者的認同，實乃「深度
翻譯」的最佳例證。Sully Prudhomme 是法國詩人，一九〇一年首屆諾貝爾文
學獎得主，獲獎原因為「詩歌作品是高尚的理想主義、完美的藝術的代表，
並且罕有地結合了心靈與智慧」。這首〈理想〉便完全體現了 Prudhomme 的
理想主義，這是作者心境的表達。不過真正的重點不只在此，重要的是譯者
西川滿藉由〈理想〉又想傳達何種心境呢？翻譯這首詩的一九二九年，西川

滿正返日就讀於早稻田大學文學部，專攻法國文學，師承於吉江喬松、西條八十、山內義雄，因而養成浪漫且藝術至上的文藝美學。不過這樣的美學並非當時日本文壇的主流。當時最如日中天的文藝思潮，是普羅文學（無產階級文學）。日本自大正末期到昭和初期間（1921～1934），遭逢關東大地震（1923），以及全球性經濟大恐慌（1929）等不安因素，因而帶動普羅文學進入全盛期。當普羅文學日正當中時，當然也產生了若干追求「純粹的文學性」為主的文藝路線。其中又以「新感覺派」最為知名。最具代表的作家包括橫光利一和川端康成。《文藝時代》創刊號中，橫光利一著作的〈頭與腹〉的開頭寫道：「日正當中。特快車滿載著乘客，全速飛奔而去。沿途的小車站就像頑石般，完全被漠視了。」在談論新感覺派時，這段文字經常被引用，不過在當時文壇這卻是眾矢之的。

　　由此我們可以想見，同樣追求「為藝術而藝術」的西川滿面對社會上普遍質疑的聲浪，便以〈理想〉一詩明志，全然以不為時人所認可的美學「先鋒派」（avant-garde）自居，它的價值在越是遠離「大眾」（mass）的地方越是彰顯，追求文學自律（literary autonomy）的作家總是將迎合「大眾」品味的文化商品視為屈尊降貴。這是西川滿之文藝美學與文學路線的選擇，這樣的選擇也預告了西川滿日後的文學走向。一九三三年自早大畢業，恩師吉江喬松勸他回臺灣「為地方主義文學奉獻一生吧！」於是西川滿帶著「先鋒派」的實驗精神回到了臺灣。一方面，西川滿努力以地方主義文學／外地文學的文風作為進入日本文學場域的策略（strategy），企圖在日本中央文壇中獲得特殊性與能見度；另一方面，西川滿則是努力以「為藝術而藝術」作為標誌自身的表徵，以便在重視寫實主義文風的臺灣文壇另闢蹊徑。至此，我們可以清楚看出作為「先鋒派」的西川滿的心境，尤其是「在先驅者的心裡所描繪的理想，在不被當時的風潮所接受之下，只好將自己所抱持的真理寄予後世的人們之手。這首詩是歌頌這樣的心情。」這段話，真是說得太貼切了。

　　如上所述，一篇好的「深度翻譯」可以帶領我們理解作者甚或譯者所強調的意境，以及他們立身處世的心境與語境，成為我們進行研究時不可或缺

的材料[36]。一九二〇年代臺灣新文學運動發展之初，以轉載中國的文學翻譯作為文化啟蒙的手段，等到一九三〇年代西川滿所帶領的象徵詩風興起，又帶給臺灣文壇不同的翻譯目的與翻譯主題之選擇。總之，臺灣文學翻譯或肇因於文學運動的文化自覺，或肇因於譯者個人的美學選擇與心境，都是一種意識的文化傳遞行為。因此，正如安德烈·勒弗菲爾（Andre Lefevere）所言，翻譯是創造文本的一種形式，譯者通過翻譯，使文學以一定的方式在特定的社會中產生作用；因而實際上，翻譯不僅僅是語言的轉變、文字的轉換，而且是不同文化、不同意識形態的對抗和妥協，翻譯就是一種文化改寫，一種文化操縱。這種多元文化系統之間的文化改寫與文化操縱，正是本文關注之重點所在。

四 臺灣翻譯文學的衰微期（1937～1945）

這種對文學翻譯的積極態度，到了中日戰爭爆發以後開始產生轉變，亦即進入文學翻譯的衰微期（1937～1945）。戰爭期的翻譯，則因禁漢文的關係，將中國傳統小說翻譯為日文，或諸如日譯《臺灣歌謠集》，或者將日文劇本翻譯為臺語，同時因敵國的關係，減少對英美的翻譯。臺大所藏《臺大文學》的翻譯偏重文學，其中多篇論文的內文都是和文與邦文交雜，是「比較文學」氣味濃厚的刊物。主要翻翻譯者有：島田謹二、矢野峰人、西田正一、稻田尹、椎名力之助、從宜等等。雜誌屬性比較偏重純文學的部分，其中比較文學的論文尤其出色，帶有學術研究氣質的文學刊物。根據目次知道《臺大文學》內設有「翻譯」專欄，「翻譯」在學術界得到另一種層次的晉升。主要翻譯者有島田謹二、矢野峰人等，其他還有看到日本文學翻譯等。《臺大文學》在一九三六年由臺北帝國大學內的師生一起出版，雖是傾向於純文學創作趣味的小眾刊物，但有不少翻譯文章，甚至有大學生將老師的論文（疑為英文寫作）再譯為日文文章（文末註明「×××譯」），或者是日本文學翻譯等等。臺北帝大學界人士與臺灣文化界在戰時下具有多面的合作關係來看，翻譯的研究將使戰爭期的臺灣文化狀況更為清晰。《臺大文學》以

---

36 西川滿部分的論述由趙勳達撰文。

梁啟超為主的翻譯事業，所佔篇幅幾乎是每期的二分之一以上，這些訊息都提供了相當有趣的研究課題。值得留意的是這個時期的國家文藝政策主張為學必須「協力國策」，必須謳歌聖戰，成為「大東亞共榮圈」的政治宣傳品。因此不但「為藝術而藝術」的文學受到壓抑，就連「為藝術而藝術」的文學翻譯也不免有所節制。一向自詡「為人生而藝術」的臺灣本島作家在此氣氛下也顯得無用武之地，所以中文部分的文學翻譯隨之式微，僅存的少數文學翻譯刊載於《風月》、《南方》、《南國文藝》等刊物，卻可以看出刻意減少歐美文學的翻譯，取而代之的是對日本文學的譯介。日文部分的文學翻譯方面，雖然翻譯工作也受到影響，不過由於日文的國語地位在戰爭期的國策權威下獲得強化與鞏固，致使日文的文學翻譯比起中文的文學翻譯還是活躍許多，而且此時諸如矢野峰人等人，已經開始著力於探討文學翻譯的美學標準，亦即怎麼樣的翻譯才能兼具達意（文化性）與美感（詩學），這也就是文化詩學（cultural poetics）的層次了，這個當時臺灣本島作家鮮少正視的問題，如今我們不得不注目了。

　　《風月》在此時刊登之中文譯作，轉載者不少，如〈心碎〉[37]。原作署名「浮海」。實則此篇為譯作。譯者於題目下交代「美國華盛頓歐文原著」，文末有譯者識語曰：「按愛爾蘭與英吉利。民族不同。釁端時啟。愛人日思脫離政府之羈絆。其少年男兒，尤以運動獨立為天職。此篇所謂少年某乙。即埃美脫氏。Emmett 為愛爾蘭總督署醫官之子。遊學大陸。往謁法拿破崙。求助愛爾蘭獨立。一八〇三年歸國。謀攻督署。佔據愛爾蘭。謀洩被拘，旋處死刑。女郎則演說家 Curran 之女也。」他如介紹西方科學知識之作，亦皆出自《西風》，洪鵠〈深海奇觀〉[38]，描述海洋與人類的密切關係，及深海中的生物奇觀。羅一山〈時裝潛勢力〉[39]，描述女性時裝的興起

---

37 《風月》第5、6號昭和10（1935）5.26、29《小說月報》第6卷第5號，頁1～6。

38 刊《風月報》第50期第10月號（下卷），昭和12年（1937年）10月16日，頁5～6。刊出時未署名，亦未交代出處。實出自《西風》1937年第5～6期。原節譯自洛杉磯《泰晤士雜誌》。

39 《風月報》第50期第10月號（下卷），昭和12年（1937年）10月16日，頁7～8。刊出時未署名，亦未交代出處。出自《西風》1937年第5～6期，頁754～758。

對世界經濟與各國產業的影響力。默然〈海外趣聞：謊言檢察器〉[40]，描述人在恐懼或緊張等情緒下，身體會自然地發生變化。於是芝加哥西北大學的基勒教授發明一種「謊言檢察器」，能透過受測者的呼吸、脈搏和血壓的變化紀錄，判斷其是否說謊。「謊言檢察器」的試驗雖未獲得法律上的承認，然其確實已幫助美國警局和私家偵探破獲不少案件。何渾介〈談考古學〉、王貽謀〈盜屍〉描述十八世紀末葉和十九世紀初葉時，因外科醫校需要死屍作為解剖研究之用，盜屍之風油然而生。直至一八三二年，法律將為研究而收購屍體合法化後，並明定公開買屍的辦法，非法的盜屍行為才徹底消失。文中即茲舉數則世界著名的盜屍案件。胡悲〈趕快結婚吧〉描述美國某保險公司作了一份統計報告，顯示出已婚者比未婚者長壽，且罹患肺炎、傷寒等疾病的機率較低。作者據此分析已婚者較長壽之原因，並奉勸上年紀之未婚者，趕緊結婚吧！凌霜〈天才的怪癖〉描述詩人席勒、歌德，音樂家貝多芬、蕭邦等天才及普魯士王的怪癖。史丁〈賢父教子記〉描述璧西不慎打破母親房中的大鏡子，母親覺得自己無力管束，因而叫父親鞭打他以作懲罰。然璧西的父親，未真正鞭打他，反而透過挑選鞭子的過程教育他，甚至引起他日後研究工程學的興趣。轉錄譯作之頻繁，遠超出吾人之想像，也引發吾人好奇，何以在禁止漢文之際，《風月》此時刊載《西風》如此多的譯作？此後《風月報》、《南方》時期的翻譯文獻，則較多以文學翻譯為主，如〈血戰孫圩城〉、〈青年的畫師〉、〈林太太〉、〈海洋悲愁曲〉、〈復歸〉、〈秋山圖〉、〈女僕的遭遇〉、〈安南的傳說〉，不乏知名、藝術性高的作品，此時甚至還出現劉捷、水蔭萍的日文作品被翻譯成中文的現象。到了《南方》，翻譯文獻多以政令宣傳或精神講話作為翻譯對象，具有十足的協力國策之意味，此時純粹的文學翻譯，比例較低。

臺灣不僅在地緣政治上成為東亞各方勢力交錯競逐的關鍵地帶，通曉雙語的臺灣人更儼然成為日本與中國這兩個東亞大國之間的重要中介[41]，利用

---

[40] 《風月報》第76期第12月號，昭和13年（1938年）12月1日，頁25～27。出自《西風》1937年第5～6期，頁786～790。節譯自一九三六年九月號美國《McCall's》月刊與《刑法和犯罪學雜誌》。

[41] 位於關鍵地理位置的國家或地區往往成為傳播與轉譯異文化的重要媒介，譬如在

漢文以及大東亞共榮圈的宣傳，在日華戰爭爆發之後，日方廣泛宣傳著「東
亞新秩序的建設」以及「日華文化的提攜」，事實上漢文並未銷聲匿跡，《風
月報》的主編吳漫沙在當時就曾發表此番論述：「日華文化提攜的先決問
題，是要兩民族間切實認識，誠心互相愛護和同情與寬容。在兩民族間的傳
統習俗，更要互相尊重理解……可是要完成這個使命，非先明瞭兩國的社會
生活不可。要明瞭理解兩國的社會生活，又必須從文化和語言方面著手，才
能生出信賴和尊崇的觀念。那末，興亞的大業，就可計日而完成了……我們
知道，日華兩國的朝野，都關心著兩國文化的提攜了，我們又知道，要研究
介紹兩國的藝術歷史與習俗語言，本島人最為適任，這是誰也不會否認的。
那末，本島文藝家的任務是很重大了」[42]。由此可見，當時的臺灣並不是如
一般人刻板印象所想的那樣完全籠罩在日本政府強力的同化政策之下而讓漢
文傳播受到壓抑，相反的，國際情勢與政治氛圍也推進了臺灣的漢譯。

　　該刊謝雪漁翻譯的〈武勇傳〉亦值得關注，原作者 Sir Walter Scott
（1771～1832）是英國鼎鼎大名的詩人與小說家，著作甚多，尤其《艾凡
赫》（*Ivanhoe*, 1819）更是其代表作，影響了英國的狄更斯、法國的巴爾札
克、大仲馬、雨果、俄國的普希金等歐美作家[43]，中國在一九○五年就出現
了林紓與魏易合譯的版本，題為《撒克遜劫後英雄略》，林紓於序文中更是
對此部著作讚不絕口，認為足以與司馬遷《史記》與班固《漢書》媲美[44]，

佛典漢譯史上，初期許多佛典都是透過「西域」（包括焉耆、龜茲、月支等國，
即今中國新疆，又稱東突厥斯坦）的吐火羅人（Tochari）先譯成當地語言，再
輾轉傳入中國。參考季羨林：〈浮屠與佛〉、〈再談浮屠與佛〉，收錄於氏著：《佛
教十五題》（北京市：中華書局，2007年）。

42　吳漫沙〈卷頭語：復刊三週年紀念談到日華文化提攜〉，《風月報》第113期
　　（1940年7月），扉頁。

43　孫建忠〈《艾凡赫》在中國的接受與影響（1905～1937），《閩江學院學報》第28
　　卷1期（2007年1月），頁82。

44　林紓、魏易譯：《撒克遜劫後英雄略》（上海市：商務印書館，1914年），頁1～
　　3。林紓在一九○七年繼續譯出 Sir Walter Scott 的作品《十字軍英雄記》
　　（Talisman）以及《劍底鴛鴦》（The Betrothed），見高華麗：《中外翻譯簡史》
　　（杭州市：浙江大學出版社，2009年），頁78。

日本也從明治時期就陸續出現許多譯本，包括大町桂月譯本[45]、日高只一譯本[46]等，但謝雪漁在一九三九年選擇〈武勇傳〉譯成漢文而不選《艾凡赫》或其他？

　　《艾凡赫》描述了英國十二世紀「獅心王」理查聯合了綠林英雄以及底層民眾，一起將篡奪王位的約翰親王趕下臺的曲折過程；至於其他同樣具有高知名度的作品，如《威弗利》（*Waverley,* 1814）以及《羅伯‧羅依》（*Rob Roy,* 1817）則是描寫十八世紀蘇格蘭山地人民起義反抗英國政權的故事。反觀〈武勇傳〉則是描述蘇格蘭的某座湖中原本有個割據一方的反抗勢力，人才濟濟，文武兼備，原本可能與女王發生戰爭，但是後來由首領出面安撫部將，接受招安，獻出土地，「女王十分優遇，賞賜許多瓊寶，永垂子孫」。相較之下便可看出〈武勇傳〉描述的故事內容其實與譯者素來的政治傾向與意識型態較為接近，遑論其中的山水美景描寫以及大團圓喜劇結局亦與刊登此篇譯作的《風月報》之調性頗為符合，選擇翻譯這篇作品倒是順理成章而毫無窒礙，從中可理解殖民下選擇譯作的諸種因素考量[47]。

　　此時不乏臺灣日文作家將中文譯為日文之現象，徐坤泉的通俗言情小說《可愛的仇人》曾於一九三八年由張文環譯為日文並由臺灣大成映畫公司出。賴和遺稿、散文〈高木友枝先生〉、〈我的祖父〉由張冬芳譯成日文，一九四三年四月刊載於《臺灣文學》三卷二號「賴和先生悼念特輯」。吳守禮於一九三九年開始進行中文日譯的活動，一九四〇年將閩粵民間故事「董仙賣雷」（林蘭原著）譯為日文，一九四二年將《相思樹》（林蘭原著）譯為日文。根據蔡文斌的研究，一九四〇年代臺灣大量出現以日文譯寫漢文古典小說[48]，如吉川英治《三國志》（《臺灣日日新報》1939年8月26～1943年11月6日）、黃得時《水滸傳》（《臺灣新民報》、《興南新聞》，1939年12月5～1943年12月26日）；雜誌連載：劉頑椿《岳飛》、江肖梅《包公案》及《諸葛孔

45 較早的版本是《世界名著選‧第2篇‧アイヴァンホー》（東京：植竹書院，1915年），爾後還有再版為《アイヴァンホー》（東京：三星社，1921年）。
46 《世界文學全集‧第7卷‧アイヴァンホー》（東京：新潮社，1929年）。
47 〈武勇傳〉之分析，為顧敏耀所撰。
48 劉寧顏：《臺灣省通志稿》。

明》（1942～1943）；單行本發行：黃宗葵《木蘭從軍》（1943），劉頑椿《水滸傳》（1943）、楊逵《三國志物語》（1943～1944）、西川滿《西遊記》（1942年2月～1943年11月）、瀧澤千惠子《封神傳》（1943年9月）。呂赫若也在日記中表示欲日譯《紅樓夢》，而上述連載於報章雜誌的作品幾乎都集結為單行本發行。《諸葛孔明》原以單篇形式於《臺灣藝術》連載（四卷十一至十二期）。江肖梅的《諸葛孔明》僅連載兩回，即遭檢閱官植田富士男下令中止連載，改以其譯作《北條時宗》連載（五卷一至八期）。蔡氏引李文卿之文，認為當時臺灣作家的思考是：譯介中國古典文學既可配合國策，又可避免創作過於表態的皇民文學[49]。楊逵《三國志物語》序文云：

> 目前正處在大東亞解放戰爭的血戰之中。
> 活在東亞共榮圈裡的每個人喲，讓我們也效法三傑的精神，同舟共濟吧！
> 我要把這部大東亞的大古典贈送給諸君，作為互相安慰、規勸、鼓勵的心靈食糧，以衝破這條苦難之路。[50]

從以上引文，不難發現「同甘共苦」、「為了聖戰」是當時譯作之際的共同話語[51]。此外柳書琴對新發現的《南國文藝》雜誌的研究，其中特別提出林荊南的翻譯和創作路線在《風月報》和《南國文藝》有明顯的不同。在《南國文藝》林氏翻譯了〈愛蟲公主〉，在《風月報》中，翻譯火野葦平戰爭小說〈血戰孫圩城〉（《麥與兵隊》的部分譯作）；《南國文藝》還重視對外國文學與中國文學的介紹，以及對臺灣文獻的整理。在文學介紹方面，刊出

---

49 李文卿：《共榮的想像：帝國日本與大東亞文學圈》（1945年11月20日），頁86～87。
50 彭小妍編：《楊逵全集（第六卷）》（臺南市：國立文化資產保存研究中心籌備處，1999年6月），頁156～157。
51 以上「日文譯寫漢文古典小說」段落，參考蔡文斌：〈漢文古典小說日文譯寫研究：以江肖梅《諸葛孔明》為例〉一文，中譯文為蔡氏所譯，蔡氏另有〈戰爭期漢文古典小說日文譯寫之研究：以黃得時、吉川英治、楊逵、江肖梅為例〉碩士論文專門處理，值得重視。

了淵清翻譯、俄國作家托爾斯泰以基督救贖精神為主題的短篇小說〈愛與神〉及上述林荊南翻譯、日本平安時代短篇小說集《堤中納言物語》中的〈愛蟲公主〉。她進而提及林荊南進而翻譯劉捷〈遺產〉一文,作為民間文學整理的方法論。在譯文之前,她特別以「保存先代的意志,感情思想」及「整理文化財」的概念,陳述其對民間文學工作的意義及重要性之看法《風月報》「民俗學欄」中原稿,皆為「臺灣民俗研究會」所編輯,且研究會正把該欄刊載的作品譯成日文,將漸次在內地的雜誌上發表[52]。

五　有關白話字及臺語翻譯的作品

　　《府城教會報》是一份基督教的報紙,使用白話字傳教,除了傳教以外還有新聞、歷史、宗教、勸世、小說、散文等等[53]。其翻譯文學自一八八六年所翻譯刊載《天路歷程》(Pilgrim's Progress 1678)的宗教文學,另外〈貪字貧字殼〉、〈大石亦著石仔拱〉、〈知防甜言蜜語〉、〈貧憚 e 草蜢〉、〈貪心的狗〉、〈狐狸與烏鴉〉、〈獅與鼠〉、〈塗炭仔〉等《伊索寓言》故事。〈塗炭仔〉是〈灰姑娘〉故事所翻譯改編。〈水雞變皇帝〉是翻譯自《格林童話》故事。所翻譯之作幾乎都經過改編,人名、地名及敘述口吻合乎在地習慣,以白話字翻譯世界各國文學,教會報刊扮演了很早就引進世界文學的角色,不能不說是臺灣非常特殊的現象。

　　日治時期,當局為了讓在臺官吏充分瞭解臺灣本地語言,發行了《語苑》雜誌,卻也因此讓臺灣首次出現了多篇以臺語(少數以客語)翻譯的中國文學作品,在文學翻譯與傳播史上具有重要的意義。

　　《語苑》由設在臺灣高等法院的「臺灣語通信研究會」創刊於一九〇八年(明治四十一年,確切月份待考),在一九四一年(昭和十六年)十月因

52　見柳書琴:〈遺產與知知識鬥爭——戰爭期漢文現代文學雜誌《南國文藝》的創刊〉,《臺灣文學研究學報》第5期,2007年10月,頁217～258。

53　請參本套書第一冊共同主編李勤岸教授之著作,如〈清忠與北部台灣基督長老教會公報《芥菜子》初探〉,《台灣 kap 亞洲漢字文化圈的比較》(臺南市:開朗雜誌事業公司,2008年)及〈白話字文學:台灣文學的早春〉,網址:http://museum
02.digitalarchives.tw/ndap/2007/POJ/www.tcll.ntnu.edu.tw/pojbh/script/about-12.htm

為戰爭局勢日趨白熱化，改為著重實與簡易的《警察語學講習資料》刊行，《語苑》也從此正式停刊。該刊固定在每月十五日發行，總共發行了三十四卷十期，作品篇數共有七千餘篇。主要提供給當時臺灣日籍警察作為學習臺灣語言的教材，內容以臺語（今或稱福佬話）為主，兼及客語，少數篇章述及「高砂語」（今稱原住民語）以及「官話」（或稱「北京話」），內容採用漢字記錄臺語，並且在每個漢字右側用片假名與音調符號來標示讀音。

　　《語苑》作為臺語書寫發展史上足以與基督教會羅馬字系統分庭抗禮的漢字表達系統之代表刊物，其中總共刊載了共五十六篇中國文學作品，全部皆為小說（含笑話作品，以下同）與散文，其中又以小說作品佔多數，小說作品則特別選譯了《包公案》與《藍公案》，這些公案小說對於以警察為主要職業的閱讀對象而言，對於瞭解漢文化的辦案傳統亦頗有助益。至於其他小說或笑話則有提升閱讀興趣之效。其次，這些譯文在用字遣詞方面大致都能將原文轉化為流暢且精確之臺語，只是在選擇對應之漢字時，偶有未臻完善之處。這些現象的影響層面包括譯者與讀者皆為日籍人士、載體本身的宗旨是為了作為學習臺語的輔助、日治前期掀起一股瞭解臺灣舊慣習俗的時代風潮等。透過《語苑》上所刊載的中國文學作品之翻譯成臺語白話文，大致上頗忠於原文，如《語苑》中的第一篇包公案〈佛祖講和〉[54]，其中故事地點（德安府孝感縣）、人物姓名（許獻忠、蕭淑玉、蕭輔漢、蕭美、吳範等）與情節發展（男女戀愛、和尚殺女、男方遭誣等），幾乎都保持原貌，其譯作的主要改動之處為口語化、簡易化以及在地化的轉化需求。

　　口語化現象如原文是書面閱讀之用的半文言小說作品，雖然臺語也可以用文讀音從頭到尾一字不改的念出來，不過如此一來則與《語苑》想要藉此教導日籍讀者學習臺語日常語言之宗旨相違背。因此，譯作便宛如說書人之口述一般，將原文翻譯成白話的臺語，諸如「屠戶」改成「刣豬的人」、「甚有姿色」改成「生做真美」、「簪」改為「簪仔頭插」、「戒指」改為「手指」、「為官極清」改為「做官無食人的錢」（臺語稱「貪官」為「食錢

---

54 原文內容採用「明清善本小說叢刊初編・第三輯・公案小說」之《新鐫繡像善本龍圖公案》（臺北市：天一出版社，1985年）。

官」),儼然為「我手寫我口」之實踐。簡易化現象如原文有些詞句較為繁複雕琢,運用典故還使用對偶修辭,「心邪狐媚,行醜鶉奔」,譯文則將此二句簡易譯為:「心肝無天良,品行真歹」,能與上下文連貫而不悖於原意。在地化現象,例如原文出現的駢體文句:「托跡豐門,桃李陡變而為荊榛;駕稱泮水,龍蛇忽轉而為鯨鱷」,在譯文則變作「此個許獻忠身軀是秀才,親像龍變做海翁魚要食人」,原本是兩個譬喻,譯文不僅略其前者而僅擇取後者(此屬「簡易化」的手法),且因為臺灣並不出產鱷魚,故僅取原文之「鯨」(臺人十分熟悉)而捨其「鱷」,並且把鯨魚正確的翻譯成臺語慣用詞「海翁」[55]。

《語苑》刊載的《藍公案》作品共九則(集中於該書上半部的〈偶記‧上〉)譯者主要有上瀧諸羅生及三宅生[56]。以《藍公案》的〈死丐得妻子〉,比較二人之翻譯,可看出上瀧諸羅生之譯文,對於原文頗予簡化,省略段落,有時有誤譯與改譯之處,如原文「因蕭邦武匿契抗稅,恨夫較論」,上瀧則譯為「講鄭侯秩因為藏蕭邦武的契,想要漏稅,叫伊賠償致恨」,頗有不知所云之感。可能就在上瀧的譯文刊出之後,讀者曾有所反應,故隔年又刊出三宅生的譯文,相較之下則顯得較為穩當合適,例如前引誤譯之段落,三宅生改譯為:「因為要叫蕭邦武稅契,蕭邦武抗拒,不肯獻出契卷來稅,阮夫參伊較鬧,伊不止怨恨」,便十分文從字順,亦與原意相符。

藍鼎元與包拯之審案,其實有類似的問題,往往不是透過科學性的證據蒐集來讓嫌犯啞口無言,而是透過行政、檢察與審判等權力的總綰一身,以

55 「鯨魚:一名海鰍,俗呼為海翁。身長數十百丈,虎口蝦尾;皮生沙石,刀箭不能入。大者數萬斤,小者數千斤」,見胡建偉:《澎湖紀略》(臺北市:大通書局,1987年),頁182。

56 上瀧諸羅生亦署名「上瀧生」、「上瀧南門生」,「上瀧」(うえ たき)。在臺日人,初居嘉義,後遷至臺南南門附近。曾於一九一六年至一九二七年間在《語苑》發表作品十二篇,包括〈雜話〉、〈面白い對照〉、〈料理小話〉、〈鹿洲裁判:死丐得妻子〉、〈糞埽堆〉三宅生,偶亦署名「三宅」(みやけ),在臺日人,寓居臺南,曾在一九二〇年至一九二八年間在《語苑》發表臺日對照作品共七十八篇,包括〈論勤儉〉、〈論節儉〉、〈韓文公廟的故事〉、〈三體文語〉(皆取材自《鹿洲公案》,共31篇?)、〈酒精〉(與冬峰生合譯)、〈舊慣用語〉(共16篇)、〈臺灣的の神佛〉(共15篇)、〈廟祝問答〉(共8篇)、〈訴冤〉(共4篇)等。

傳統儒教「家父長制」的父母官身份來處理刑案與糾紛。最明顯的在〈兄弟訟田〉之中，藍鼎元對於該份田產到底要如何分配給哥哥或弟弟，並沒有鑑定其遺囑及相關文獻之真偽，竟將兄弟二人用鐵鍊鎖在一起，並且作勢要將二人子嗣交付乞丐首領收養，「彼丐家無田可爭，他日得免於禍患」，最後當然是兄弟二人痛哭撤告，「兄弟、妯娌相親相愛，百倍曩時，民間遂有言禮讓者矣」，字裡行間可以看出作者得意自詡之情。

臺灣在日治時期的司法制度業已隨著現代化統治者的來臨而歷經了一番重大的司法改革——從一八九六年開始，專職行使國家司法裁判權的西方式法院機構正式在臺灣成立：刑事案件由檢察官偵察起訴後，由判官（即今「法官」）審判，再由檢察官指揮裁判之執行；民事案件則由人民起訴，判官審判，總督及其他行政官員在制度規範上對於司法機關已無指揮之權。

說穿了這帶有落後、封建、保守的十分「前近代」（Pre-Modern）色彩，只是呈現了漢人在貪污腐化的封建社會當中，對於公平正義的期盼與需求，「也凸顯華人社會所受儒家倫理薰陶的影響及對司法審判所需程序正義觀念的缺乏認知」[57]，然而，無論是《包公案》或《藍公案》，在《語苑》翻譯刊登時，翻譯者對於作品本身並沒有批判、質疑或抨擊，而是維持著一定的距離，採取一種單純提供語言教材或者作為讀者（大部分是警察與司法人員）認識瞭解漢人傳統司法風俗的態度而予以翻譯與傳播。

《語苑》也刊載不少中國古代的經典散文作品，其中包括寓言（出自《孟子》、《韓非子》、《莊子》、《淮南子》等）、歷史故事（出自《二十四孝》、《史記》、《舊唐書》、《新唐書》等）以及其他已經成為膾炙人口的經典古文作品（如韓愈〈祭十二郎文〉、蘇軾〈前赤壁賦〉、李白〈春夜宴桃李園序〉等），年代最早的是春秋戰國諸子之作，最晚是清末曾國藩（1811～1872）所作的〈討粵匪檄〉，其中少數是篇幅較長的作品，如〈祭十二郎文〉連載數次才刊完，大部分屬於短篇之作。在這二十八篇作品當中，共有六位譯者，其中翻譯最多作品的是小野真盛（おの まさもり，1884～？），

---

57 林孟皇：《羈押魚肉》（臺北市：博雅書屋，2010年），頁40。

號西洲，日本大分縣人，通曉漢詩文[58]，來臺之後，師事臺南宿儒趙雲石，
嫻熟臺語。其他譯者還有：坂也嘉八（さかなり かはち，？～？），寓居羅
東之日人。東方孝義（とうほう たかよし，？～？），日本石川縣人，主持
《臺灣員警協會雜誌》之「語學」專欄，著有《臺日新辭書》（1931）與
《臺灣習俗》（1942）。小野真盛譯李白〈春夜宴桃李園序〉，譯文十分流
暢，保留了原作之逸興遄飛與瀟灑豪氣，對於古典漢語中的詞彙也都能找到
合適的臺語詞與其對應，例如「逆旅」之於「客店」，「過客」之於「人
客」，「游」之於「迌迌」等。東方孝義翻譯四篇中國先秦時期的寓言，其中
的〈苗ヲ助ケテ枯ニ至ラシム〉之譯文，對照原文的「今日病矣，予助苗長
矣」，一般按字面則譯成：「今仔日足悿〔tiam〕矣，我幫助彼的蔞〔iN〕大
欉啊」，但譯者的改寫「共人講：『今仔日我看見田裡的稻仔攏不大，不止煩
惱，我卻有想著一個法度，可幫助伊大欉。』」，頗有自得而故做神秘之態，
顯得更為生動而可笑。

　　在短篇小說及極短篇體裁的笑話，年代最早的是南朝吳均的《續齊諧
記》，繼而有唐人沈既濟的〈枕中記〉、宋人小說〈梅妃傳〉、明人浮白齋主
人的《雅謔》，其餘八篇皆為清人作品，包括清初蒲松齡的《聊齋誌異》三
篇與褚人獲的《隋唐演義》一篇，清中葉的沈起鳳《諧鐸》一篇，清末的俞
樾《一笑》三篇，可見當時譯者在取材時對於清代作品頗多著意。笑話在
《語苑》之中亦屢見不鮮，具有增加趣味性的功用，可以吸引讀者閱讀。惟
於當時對於臺語漢字的選定頗受日文的影響──日文之漢字讀法有「音讀」
（おんとく）與「訓讀」（くんとく）之別，音讀是日語所吸收之漢語讀音，
訓讀則是將日語原本之語詞讀音搭配一個表示相同或相似意義的漢語字詞，
例如「どこ」對應於「何處」之類。日治時期在《語苑》中的臺語漢字選定
則有類似「訓讀」之處理手法，傾向於注重漢字之書面表達而較為疏忽語音

58　小野真盛曾於報刊發表數篇漢詩文，如於1911年4月18日在《漢文臺灣日日新
　　報》第1版發表古文作品〈艋津江畔觀櫻花記〉，在《臺灣時報》第101期（1918
　　年2月15日）發表四言組詩〈周子〉、〈程伯子〉、〈韓子〉、〈邵康節〉、〈董仲舒〉
　　（頁12）等。

與漢字之間的密合程度。戰後則頗有更動，如前引譯文中出現的「事情」現今已改為「代誌」，「返來」改為「轉來」、「尚未」改為「猶未」、「何處」改為「叨位」、「何貨」改為「啥貨」等[59]，選定之漢字與語音本身較為貼近。

　　《語苑》在臺語漢字書寫發展史、臺灣漢學傳播與研究發展史、臺灣翻譯發展史等各個層面所具重要意義有數項：第一是關於譯者與讀者。《語苑》的譯者與讀者都以日籍人士佔大多數，在翻譯、閱讀與學習臺語之際，同屬東亞漢字文化圈的背景便成為可資利用的基礎／先備知識，採用漢字並且借用日本的訓讀經驗以翻譯或記載臺語譯作便為順理成章之事。此外，因為譯者與讀者都是任職於警察局或司法機構之中，自然而然的特別留意於廣泛流傳於漢人社會中的公案小說，對於日人耳熟能詳的楊貴妃故事亦予以收錄。第二是關於載體本身。《語苑》創刊的宗旨主要是讓當時的在臺日籍基層官吏（主要是警官）能夠熟悉臺灣在地之語言，以便於施政、溝通與聯繫，若選錄文學作品則是借重其故事性與趣味性，俾能能提升讀者在學習語言時的興趣，故文體之選擇自然以小說最受青睞。第三是關於時代背景。日本統治臺灣之初，頗費心於舊慣習俗之整理與調查，一九〇一年（明治三十四年）由臺灣總督府成立「臨時臺灣舊慣調查會」，邀請岡松參太郎、愛久澤直哉、織田萬等學者專家，就各專業領域進行調查與編纂工作，並且將調查結果出版成書，包括《臺灣私法》、《清國行政法》、《調查經濟資料報告》及《番族慣習調查報告書》等[60]。在《語苑》當中刊登這些中國古典文學作品，亦能使其主要的讀者群體（日籍人士）藉此認識臺灣在地文化當中的傳統漢文化部分。第四是關於臺語漢字書寫發展史。臺語因為本身就含有不少非漢語的成分，並且在發展過程當中更進一步吸收了其他語言進來，因此要完全用漢字記載時便容易有窒礙難通、方枘圓鑿之情形，從清領時期在各地方志書當中開始陸續用漢字記載臺灣此地之特殊語詞（如地名、物產、風俗

59　運用「臺語／華文線頂辭典」（http://210.240.194.97/iug/Ungian/soannteng/chil/Taihoa.asp）之查詢結果。

60　鄭政誠：《臺灣大調查：臨時臺灣舊慣調查會之研究》（臺北市：博揚文化事業公司，2005年）。

等），到了日治時期則由在本國已經受過基礎漢文教育的日籍文士進一步研究審定，當時臺籍文士亦有少數進行此項研究者（如連橫撰寫《雅言》[61]），將臺語漢字書寫表現系統更往前推進一步。第五是關於臺灣漢學傳播與研究發展史。臺灣原為南島語族（Austronesian 或 Malaypolynesian）的生活領域，漢學（Sinology）的傳播與研究要從明鄭時期開始萌芽，當時不只有「海東文獻初祖」沈光文的來臺，亦有「全臺首學」臺南孔廟的設立，到了清領時期更是透過科舉考試與學校教育等方式，產生了更多研讀漢學卓然有成之士人（最具代表性的是清領末期的吳子光），亦有不少鼎鼎大名的漢學研究者來臺仕宦（如「詩經三大家」之一的胡承珙便於一八二一年任臺灣兵備道）[62]，此時期是臺灣漢學傳播與研究發展史上的重要階段。到了日治時期，一般刻板印象可能認為當時臺灣的漢學已經進入蟄伏期，的確，日治時期的臺灣隨著新式教育與現代性觀念的引入而以西學居於標竿與核心之地位，然而藉助著現代化的傳播與印刷媒體，漢學在臺灣的傳播與發展毋寧獲得不少正面而積極的動力，這在以日籍人士為主要讀者群體的雜誌《語苑》都有不少中國古典文學作品刊載亦可略窺一二。

　　總而言之，透過《語苑》上所刊載的中國文學作品，可看出這些作品飄洋渡海來到日治時期的臺灣並且翻譯成臺語白話文之際，所經歷的口語化、簡易化以及在地化的轉化過程，並且在臺語書寫史、臺灣漢學發展史以及臺灣翻譯史等各個層面都有重要的意義[63]。

六　結語

　　日治時期臺灣的翻譯語言極其複雜多元，以上所述之外，尚有中國作家

---

61 連橫於其《雅言》（臺北市：大通書局，1987年）即云：「臺灣文學傳自中國，而語言則多沿漳、泉。顧其中既多古義，又有古音、有正音、有變音、有轉音。昧者不察，以為臺灣語有音無字，此則淺薄之見。夫所謂有音無字者，或為轉接語、或為外來語，不過百分之一、二耳。以百分之一、二而謂臺灣語有音無字，何其慎耶！」（頁2）。

62 顧敏耀：〈臺灣清領時期經學發展考察〉，《興大中文學報》第29期（2011年6月），頁193～212。

63 《語苑》部分由顧敏耀先生所撰。

以日文譯臺人作品為中文的，最早的單行本小說，應該是胡風從日本《文學評論》上將楊逵的〈送報夫〉與呂赫若的〈牛車〉翻譯成中文，分別刊登在一九三五年五月的《世界知識》和八月與《譯文》，並結集出版的《山靈──朝鮮臺灣短篇集》，一九三六年四月由巴金創辦的上海文化生活出版社出版發行。另外，同樣將日文譯成中文的在中國的臺灣人士有張我軍、李萬居、洪炎秋、劉吶鷗諸人，他們所選擇的日文之作或法文之作，皆有極高的藝術水平，足見其鑑識眼光。此外，《臺灣府城教會報》以「白話字臺灣話文」翻譯的文學作品，《語苑》以「漢字臺灣話文」翻譯的文學作品多達六七十篇，其中有兩篇甚至是以「客語」譯成，分別是五指山生譯〈邯鄲一夢〉（1922年10月15日）與羅溫生譯〈因小失大〉（1925年1月15日），以及北部教會報《芥菜子》多篇翻譯文學等，皆可謂臺灣文學翻譯史上的瑰寶。

　　日治翻譯文學，也由日本人譯家承擔了大宗任務，所譯之作亦極精彩，如果統計翻譯原作家、國別，可見法國文學、俄國文學、日本文學英國文學之影響不小，雖然影響大小不能僅僅取決於譯作數量的多寡，但是文學接受譯作數量的多寡，可以明顯地反映一個民族對外來文學態度的冷熱。此外，促銷煙品的廣告小說亦譯為日文，極力宣傳，鼓動讀者消費慾望，此一情形竟與中國英美菸月刊所載小說之作法雷同，亦是可以留意之現象。

　　臺灣的文學翻譯與文學運動的進行有著不可分割的緊密關係。作為殖民地的臺灣社會，其文化語境比起日本與中國而言顯得複雜許多，因此在臺灣，歐美文學（以及歐美文化）與日本性、中國性以及臺灣本土性的交會，造就了不同的文化風貌。文學翻譯理論的權威學者佐哈爾（Even-Zohar）曾經以「多元系統理論」（Polysystem Theory）指出，文學翻譯是文學發展的重要塑造力量，這股力量的能量取決於文學翻譯在文學創作中的相對地位，為此，佐哈爾提出了「強勢地位」（primary position）與「弱勢地位」（secondary position）的概念，剖析翻譯文學與本國文學之間的權力關係（power relationship）。佐哈爾認為翻譯文學在大多數的正常情況都是處於「弱勢地位」，它只能作為本國文學的附庸或補充，不過當一個多元系統尚未形成或處於幼嫩時期；文學處於多元系統的弱勢或邊緣狀態；多文學多元

系統處於轉折、危機或真空時期，翻譯文學即會佔據主流和強勢的地位。對日治時期的臺灣文壇而言，上述前兩項的情況可謂兼而有之，也因此翻譯文學也就在臺灣文壇佔據了明顯的「強勢地位」。佐哈爾認為「幼嫩的文學要把新發現的（或更新了的）語言盡量應用於多元文學類型，使之成為可供使用的文學語言，滿足新湧現的讀者群，而翻譯文學的作用純粹是配合這個需要。幼嫩的文學的生產者因為不能立即創造出每一種他們認識的類型的文本，所以必須汲取其他文學的經驗；翻譯文學於是就成為這個文學中最重要的系統。」[64]關於這種情況，我們馬上可以聯想到的是一九二〇年代萌芽的臺灣新文學運動。當時為了新文學的啟蒙以及推翻文言文的書寫霸權，白話文運動需要創造自己的形式與語言，因此往往乞靈於外國文學的翻譯，甚至是轉載中國文壇對於外國文學的翻譯。於是，翻譯文學在此時期不但不是附庸，而是處於強勢地位。至於佐哈爾所說的第二種情況，是與第一種大致相仿，不過主要是出現在相對弱小的文學（或小國文學）上：「一些歷史較悠久的文學由於缺乏資源，又再一個文學大體系中處於邊緣的位置，往往不會如鄰近的強勢文學般發展出各式各樣的（組織成多種不同系統的）文學活動。面對鄰近的文學，這些弱小文學看見一些文學形式上人有我無，於是就可能感到自己迫切需要這些文學形式。翻譯文學正好填補這個缺陷的全部或部分空間。（中略）有些文學處於邊緣的位置，即是說，它們在很大的程度上是以外國的文學為楷模的。對這些文學來說，翻譯文學不僅是把流行的文學形式引進本國的主要途徑，而且也是帶來改革和提供另類選擇的源頭。」[65]對日治時期的文學翻譯狀況來說，這種現象恰恰存在於三種不同立場的翻譯者身上：其一是臺灣傳統文人，其二是臺灣新知識分子（尤其是新文學啟蒙期過後、一九三〇年代的新知識分子），其三是在臺日人知識分子。這三類知識分子都不約而同地將西方文學視為現代性（modernity）的化身，他們不

64　佐哈爾：〈翻譯文學在文學多元系統中的位置〉，收入陳德鴻、張南峰編：《西方翻譯理論精選》（香港：香港城市大學出版社，2006年），頁118。進來中國學者亦借用「多元系統理論」來討論中國五四時期的翻譯狀況，請參見任淑坤：《五四時期外國文學翻譯研究》（北京市：人民出版社，2009年），頁73。
65　同上註，頁119。

僅學習西方文學的形式，更學習西方文學的詩學（poetics），亟欲從西方文學身上獲取革故鼎新的養分。因此，翻譯文學也在臺灣文壇佔有強勢地位[66]。

綜上所述，不同時代、不同語境決定了「翻譯文學」不同的豐富內涵。本套書涵括內容極為多元，譯者、譯作多采多姿，藝術性極高者觸目可見，本文無法一一介紹，個人相信讀者只要讀過這一批「翻譯文學」，我們將更為科學地透視二十世紀以來臺灣文學的曲折變遷與意義生成，並在具體的歷史情境與文化情境中構築起更為完整的二十世紀臺灣文學地圖。

---

[66] 從「臺灣的文學翻譯與文學運動」至此為趙勳達所撰。

凡　例

一　本套叢書是日治時期臺灣報刊上的翻譯作品彙編，分為「白話字」、
　　「臺語漢字」、「中文」以及「日文」四卷，及第五卷日文影像集。

二　每冊所收錄篇章皆按照發表之先後順序排列，篇章出處以臺灣報刊為
　　主，中文譯作方面則兼及刊登臺人譯作之中國報刊。

三　每篇譯作首標篇名，右下方則標示作者與譯者，日文卷則加註中譯
　　者。繼而有作者與譯者之簡介，如果有重複出現的作者或譯者，僅於
　　首次出現時予以簡介，排列在後者僅標示「見某某〉」，以供查考。篇
　　末則以不同字體標示確切出處與日期。

四　原文模糊難辨之字，以□標示。錯字以【　】更正，漏字則以〔　〕補
　　之。至於時代性習慣用法或日文漢字，以（　）標示，如里、裡，
　　彎、灣，到、倒，很、狠，少、小等。

五　《白話字卷》除了有原始的「全羅版」白話字（或稱「教會羅馬
　　字」、「臺語羅馬字」）之外，亦有「漢羅版」的譯文以供對照參看。

六　《臺語漢字卷》因為原始文件在漢字右側使用日文假名以及音調符號
　　作為標音，若重新打字不僅十分困難，亦有容易失真的問題，因此以
　　原始圖檔方式呈現其原貌。

七　《日文卷》所收錄之篇章，皆敦請精通日文之專業譯者重新將文章內
　　容再翻成中文，以便利用。凡是原文難以辨認之處則標示並加註說
　　明。

八　本叢書除了《臺語漢字卷》及日文影像集採用原貌之直行排列之外，
　　其餘皆採用現代學界通用之橫式編排，俾於安插英文與阿拉伯數字，
　　及節省版面。

九　各冊若有文字校對、內容說明或是必須附上日文原文以供參照等需
　　求，皆統一以隨頁註的方式說明。

十　本叢書所收錄篇章之來源十分多元，字體與標點符號之使用也頗為紛

　　雜歧異，現皆一律採用教育部公布之標準字體與新式標點符號，原文
　　若有錯字也逐一校對改正，俾今人閱讀與研究。

十一　本編凡遇長篇文字，俱為重新分析段落，以清眉目，而無繁冗之苦。

十二　各篇之作者與譯者簡介皆於文末標示撰寫者姓名。各冊書末則附有本
　　　叢書之主編、中譯者以及所有參與編撰者之簡介。

第三卷
目 次

童 話

某侯好衣[*]

作者　安徒生

譯者　不詳

【作者】

安徒生（Hans Christian Andersen, 1805～1875），丹麥詩人、小說家，十九世紀的世界童話大師。自幼家貧，父親早逝，卻不妨礙他對文學的想像力，從小立志成為一位藝術家，卻四處碰壁。個性乖僻，不善與人交往，因此旁人並不看好他會成功。三十歲那年，完成長篇自傳體小說《即興詩人》（*The ImproviSatore*），聲名大噪，奠定了他在文壇的地位。此後，開始思考未來的走向，便決定為丹麥兒童寫作，安徒生童話也就因此誕生。其童話文體簡潔樸素，極為口語化，但富含想像力與濃厚詩情及哲理，又能反映所處時代和社會生活，表達平凡人的感情與想法，因此不僅適合兒童，也適合各年齡層的讀者閱讀。著名的童話作品有〈醜小鴨〉（*The Ugly Duckling*）、〈拇指姑娘〉（*Thumbelina*）、〈國王的新衣〉（*The Emperor's New Clothes*）、〈豌豆公主〉（*The Princess and the Pea*）、〈賣火柴盒的少女〉（*The Little Match Girl*）、〈美人魚〉（*The Little Mermaid*）等，都已成為世界文學的瑰寶。（趙勳達撰）

【譯者】

不詳。

昔者有某國侯，好美衣裳殊甚。所製衣服，千百不啻，更著之者日數回。有適意者，則著以騎馬，逍遙城下之市，使群眾集觀而贊嘆【嘆】以為樂。

---

[*]　原出處於標題後註明：「重譯泰西說郭」。此故事即今人耳熟能詳之〈國王的新衣〉。

會有外國織縫師二人來，其術太奇，傳道其工所織布帛，質文共美，世不見其儔，而昏愚者、邪惡者及不忠其職者視之，質文皆不見。事聞於國侯，侯曰：「速命織吾衣。」二師承命，先請精絹絲與純黃金甚多，新設織場，造二座大機，日坐其中而織之。

居數日，侯以謂既織成幾何，欲往觀之。既而自顧謂是非尋常織布，若其質文不見，則為大恥，害於封侯之威，先使人試之，乃遣家臣某往視之。

某走赴織場，則二師方坐機動手，似孳孳織者，然唯見其機之動，而不視絲與布。某憮然立於其側，忘失為禮，織師顧曰：「何如？此文果中君侯意乎否？」而某之眼，不能見其所謂文者，然曰不能見，恐被以為昏愚邪惡而不忠者，第曰：「甚佳，君侯必嘉之。」織師乃又指其機而誇說曰：「此文是稱某文，此色是稱某色。」某皆不能見，特記其言而返。侯竢之急，某返至，輒問曰：「如何？」某第陳其所記，侯意愈急，日使近臣更往見之。而其人皆不能見，曰不能見，則恐被以為昏愚那【邪】惡而不忠，故皆復命如前。

己【已】而織成，織師乃問侯身長及袖裾襟衽等廣狹，裁而縫之，擇吉日而上之。

其日侯坐正廳，家臣盡朝服，駢列左右，威儀儼然。已而織師執白木臺机，兩手恭捧，進置諸侯前，曰：「所蒙命服物，謹茲奉上焉。」手做展之之狀，侯暨諸臣之眼，皆不見其物。侯先慊然驚愧，自顧有不盡為君之職者，又有不信於民者，故不能見歟？然故做不然之態，曰：「甚佳甚佳，卿其勞矣。」

已而侯將服其衣，脫舊衣以待，織師曰：「是為襯衣，是為中衣，是為上衣。」衣之侯身，而君臣之眼，俱不見其衣。家臣中有怪之者，然曰：「不見則恐為不忠也。」故曰：「好觀好觀。」譽者如出一口，侯雖有裸身之思，被眾口惹了，自以謂盛飾者。是日也會大祭，市民麕集，侯乃下令，新服自行市中，而厚賜織師黃金以賞之。

市人素既傳聞侯製新服之事矣，及聞侯服之而出，爭出觀之，沿路男女群立如山。久之，侯騎馬，從者數十人，徐行而至。

　　雖然衣裳之美，眾目不見，或謂：「我是昏愚，故不能見之歟？」或謂：「我肚裡邪惡，故不能見之歟？」然無敢口言不見者矣。

　　眾但任口呼虛，曰：「壯麗無比，珍奇珍奇。」嘖嘖嗟賞，中有一童孺走而至，視之曰：「咄咄哈哈，可笑可笑！裸而上馬，呵呵！」齊聲拍手而叫唬，聞此真摯無偽之言，人始自反曰：「真是裸矣！赤條條矣！」其聲漸傳播，數萬人眾，一齊哄笑。

　　至此侯及群臣始憮然自悟，為姦人所誑也。急還館，罵曰：「疾呼二織師來，將寸斷之！」而二織師既逃去，杳無蹤跡矣。

　　　載於《臺灣教育會雜誌》，第五十期，一九○六年五月二十五日

克老司

作者　安徒生

譯者　不詳

【作者】

安徒生，見〈某侯好衣〉。

【譯者】

不詳。

一

五十年間，英國有農夫二人同居一小村。其一畜四馬，名大克老司；一曰小克老司，則僅有一馬。小克老司日明入【為大】克老司作工，並假以己馬。每逢星期日，大克老司假四馬與之，權作酬報，習以為常。小克老司為人謹慎，作工亦頗勤，每日揚鞭策馬，六日中而一日未嘗稍懈也。

一日，為星期日，禮拜堂鐘聲堂堂鳴矣。居民皆盛服詣教堂，聽教師說經。道經小克老司耕田處，見小克老司方鞭策五馬，呶呶作聲曰：「我可愛之五馬乎！速努力！」言未已，為大克老司所聞，斥之曰：「汝僅有一馬耳，安可自云五馬？」然小克老司未之聞，仍呼如前。

大克老司怒甚，大呼曰：「小克老司，汝誌之，若再言者，必殺汝馬矣！」小克老司至是，始聞其言，乃柔聲曰：「先生恕我，謹如先生言，我自後決不復爾爾。」

未幾，有一人過，向小克老司請晨安，小克老司大樂，欲顯己之富有，乃揚其鞭而呼曰：「吾可愛之五馬乎！速努力！」此言又為大克老司所聞，操刃而出曰：「我今日必殺汝之馬！」遂取刀寸斷之。

馬死，小克老司仰天大慟曰：「今而後我不能復為馬之主人翁矣！」乃剝其皮，烘其肉，捆成一囊，負置肩上，步行入城市。城未至而失道，摸索良久，始得出。天已【已】向晚，黑暗中不可辨徑，欲作歸計，為程亦遠，

徬徨卻顧，進退維谷，乃復前行，冀得一休憩之所。

彳亍久之，見道旁有一草舍，窗半毀，可望見舍內之動作。小克老司自忖：「倘主人仁慈，許我逗留一宿，則較之露宿於外，受益良多。」因舉手叩其扉，聲逢逢然若播鼗。

俄頃，一農婦應聲出，小克老司具以所請告。農婦心滋不悅，冷然曰：「妾夫不在，未便容客留宿，請明日來如何？」寥寥數語，即返身入，門亦啞然閉。

小克老司，答【嗒】然若喪，回眸而視，但見一片荒野，人煙寥寂，疊山層疊，野草蒙蒙而已。瞥覩小屋之前有草棚，棚頂覆麥草，實一天然臥所。蓋麥草雖不潔，然頗茵軟，較之地上野宿，相去奚啻霄壤，乃匍匐而上，臥於草棚之頂，殊覺安然。極目遠望，則見農舍之窗半，燈光熒然，自內射出，與小克老司臥所，適成一直線，故窗內種種動作，見之歷歷如繪。

二

其內有三桌，上敷以潔白之布，酒黍魚肉之屬，羅列其上，似方開夜宴者。頃應門之農婦，方與一少年，相對而飲，卿卿我我，狀至親呢【昵】。少年裝束，絕類教堂中之牧師，二人談笑甚樂，然室中除二人外，更不見他人。

小克老司此時饑甚，見盛筵，乃大飢，目明如炬，口張如箕，垂涎滴滴滿襟，既忽狂呼曰：「噫，可愛之麵包，又置於桌上矣！」呼時頻頻吞涎不置。

時萬籟寂然，行人絕跡，但聞野鳥哀號，亂蟲悲鳴。既而履聲橐橐然，一少年彳亍而來，蓋農婦之夫歸家矣。農夫頗和善，然生有癖性，不願見牧師之面。設此時室中情狀，不幸為農夫所覩，必且痼發。故當農夫外出之時，其妻始引牧師至家。及聞叩門聲，知其夫歸，即幽牧師於室隅大櫃中，牧師如其所指，蛇行而入。農婦復以桌上之物一一藏於碗櫃內，恐其夫見而致疑也。

小克老司坐草棚上，目擊農婦所為，洞若觀火。及見佳肴撤去，不覺失

聲而呼曰：「汝技雖巧，然不能逃吾之目也。」時農夫在門外，聞小克老司呼聲，詫曰：「汝何人？胡為臥草棚上？審不畏冷霜侵肌耶？」

小克老司乃下，以失道對，並謂：「在此暫宿一夜，明晨即行，無妨也。」農夫曰：「君行旅頻日，必備且飢矣，曷速來與吾同餐？」小克老司謝之，偕農夫入室。農婦殷勤，相款以禮，與頃間冷靜之態，判若兩人。

少頃，張破穢之布，出粥糜二碗以餉。農夫餓甚，食之乃甘如飴，狼吞鯨吸，轉瞬即盡。小克老司則意有所屬，不願食此粥碗糜，蓋思彼可愛之魚肉，明明在碗櫃中，豈不能分我杯羹乎？

時小克老司所攜之馬皮囊，置於櫃下，情急智生，以足蹴之，格格作響。農夫託【詫】曰：「汝囊中藏有怪物耶？何以能作聲？」小克老曰：「然，此一可怪之魔術家也。」曰：「然則作此聲胡為者？」

小克老司曰：「此魔術家言：『我儕不宜食此粥糜，碗櫃中乃滿藏山珍海味也。』」農夫曰：「伊言信乎？」曰：「安得不信？汝試啟之，始知彼言為非妄。」

農夫乃啟碗櫃，則其所匿之魚也、肉也、麵包也，畢呈眠【眼】簾矣。農婦驚不敢聲，立取佳肴置案上，二人食之，立盡其器。食畢，小克老司復以足蹴囊，囊又作響。

農夫曰：「汝魔術家，又發言矣！此時云何？」小克老司曰：「伊言：『在碗櫃後面，尚有美酒三瓶，可取而飲之也。』」農婦乃出其所藏之酒。農夫飲之大樂，復刺刺問曰：「此魔術家殊佳，彼作何狀？汝有術使之現形乎？吾欲一觀之，以擴眼界。」

小克老司曰：「否否，此魔術家不能現形，惟能宣召魔鬼，祇須吾命之，無不立應。」遂以足蹴囊，怪復作，既而謂農夫曰：「此魔面目猙獰，令人心悸，不如不見為佳。」農夫曰：「吾非怯者，奚驚為？然而果作何狀？幸速見告。」小克老司曰：「似一教會中之牧師也。」

三

農夫失聲呼曰：「汝言何指？設彼一牧師，我殊不願與之見面。然我深

信此魔鬼，決不變形為牧師也。」小克老司曰：「汝不信可向魔術家一詢其寓所。」乃蹴其囊，二人屏息聽之。

農夫曰：「彼作何言？」小克老司曰：「彼言魔鬼匿居木櫃內，汝可啟視之。」言次，以手指室隅之木箱，箱中乃農婦幽藏牧師處。

時牧師居箱中，聞小克老司言，驚悸亡魂，幾欲失聲而號。農夫如小克老司所指，行至箱旁，初猶不信其言，及啟蓋，儼然一人在焉，不覺驚退數步，狂呼曰：「可怪可怪，不料此魔鬼，乃真似吾所習見之牧師也。」

小克老司大樂，手之舞之，足之蹈之，狀戲園中之小丑。二人復入座，且談且飲，不知東方既白。

翌晨，農夫謂小克老司曰：「吾願以羅卜[1]一升，易汝之魔術器，汝其允我乎？」小克老司卻之曰：「否否，我與此物嘗相依為命，一朝握別，情何以堪耶？」

農夫堅求不已，小老克【克老】司乃曰：「吾二人萍水相逢，便成知己。汝之待我，不可謂非厚。今特割愛相贈，聊報一飯之恩，且為日後之紀念品也。」

農夫大喜，臨行即以羅卜一升，復謂小克老司曰：「汝去可攜此箱同行，誠不容此萬惡之物，留於我家也。」小克老司允之，負箱於背，與農夫握手言別。

此時可憐之牧師，在小克老司肩上，死生之權皆操於小克老司之手矣。小克老師【司】于彳久之，林盡一川在焉，水流湍急，潺潺作聲，一橋駕其上。

小克老司至橋上，氣喘喘，汗淋淋，不能前行。乃置箱於地，作片刻之休息。喃喃自語曰：「可厭哉此箱，龐大無匹，累人不淺，吾不能再攜以行，計唯有沈諸河中耳。」言次，高舉其箱，作欲擲狀。

牧師在箱中，大呼曰：「止止，待余出箱，然後擲之，未晚也。」小克老司佯驚曰：「此魔鬼豈尚在箱中乎？我必欲擲之。」牧師哀求曰：「止止，

1　原註：幣名。

倘許余出箱，必賞汝羅卜二升，決不食言，決不食言。」

　　小克老司曰：「汝言信乎？請誓之。」曰：「倘食言，有如此日。」曰：「如是，則可以成議矣。」乃啟箱出牧師。牧師引小克老司至其家，如數贈以羅卜二升。小克老司，欣欣然攜之歸。途中自語曰：「我以一死馬，得如此鉅金。」既至家，用錢置案上，倩兒童至大克老司家借衡器。大克老司心焉異之，以為小克老司一窮漢，需衡器何用？既乃異想天開，用柏油塗於器內。以為無論何物，如經衡後，必黏其物於內。窺小克老司之秘密，不難一索而得。已而其策果驗矣。[2]

　　　　　　　載於《臺灣日日新報》，一九二四年八月五、六、八日

2　按：安徒生原作仍有後續情節發展，此處卻戛然而止。翻查《臺灣日日新報》隔
　　日同一版面之同一「小說」專欄，業已改刊其他作品矣。

魚的悲哀

作者　愛羅先珂

譯者　魯迅

【作者】

愛羅先珂像

　　愛羅先珂（Василий Яковлевич Ерошенко, 1889～1952）。俄國詩人、童話作家、世界語推廣者。出身農家，四歲時罹患麻疹失明。童年在莫斯科盲童學校讀書，李鴻章出訪俄國參觀盲校時，兩人有過交談。後經國際世界語協會的協助，轉赴倫敦皇家盲人師範學校學習。一九一四年離開俄國，先後在泰國、緬甸、印度、日本等國流轉，並加入日本社會主義同盟。一九二一年因參加「五一遊行」，日本政府以「宣傳危險思想」罪名將他驅逐而前往中國，隔年經蔡元培特聘，到北京大學教授世界語，借住在魯迅、周作人兄弟的八道灣住宅裡。他的作品充滿俄羅斯文學的人道主義傳統。一九二二年魯迅編譯的《愛羅先珂童話集》出版。一九三一年開明書店又出版巴金編輯的愛羅先珂第二部童話集《幸福的船》，足見當時中國作家對他的重視與友情。（許舜傑撰）

【譯者】

魯迅像

　　魯迅（1881～1936），原名周樹人，中國浙江紹興人。二十世紀中國現代著名的文學家、評論家、翻譯家，新文化運動領導人。一九〇二年赴日本，兩年後進入仙臺醫學專門學校學習現代醫學。一年後棄醫從文，希望用文學改造中國人的「國民劣根性」。一九一八年首次用筆名「魯迅」，在《新青年》發表〈狂人日記〉。其作品題材十分廣泛，形式多樣靈活，風格鮮明獨特。他的小說對中國人的國民性、中國社會的弊端予以深刻的闡釋，是具有批判精神的知識分子。代表作品有小說〈狂人日記〉（1918）、〈阿 Q 正傳〉（1921）。結集

作品有小說集《吶喊》（1923）、《彷徨》（1926），散文集《朝花夕拾》（1932），雜文集《華蓋集》（1926）、《二心集》（1932）等知名著作。此外，魯迅主持過《譯文》，一生翻譯了十五個國家一百多位作家的文學作品與文藝理論，在中國新文學史上具有不容抹煞的地位，有《魯迅譯文集》。（潘麗玲撰）

一

　　那一冬很寒冷，住在池裡面的魚兒們，不知道有怎樣的窘呢！當初不過一點結得薄薄的冰，一天一天的厚起來，逐漸的迫近了魚們的世界。於是鯉魚、鯽魚、泥鰍等類的魚們，都住【聚】在一處，因為要想（一）個防冰的方法，開始了各樣的商量，然而冰的壓迫從上面下來的，所以毫沒有什麼法。到歸結，那些魚們的商議，徐【除】了抱著一個「什麼時候會到春天」的希望，大家走散之外，再沒有別的方法了。所有的魚兒們，都悄悄的回到家裡去。

　　那池裡面，住著鯽魚的夫妻，而且兩者之間，已有了一個叫做鯽兒的孫【孩】子。鯽兒在這夜裡一刻也不能睡，只是「冷呵！吟【冷】呵！」的哭喊著。然而在這池底下，是既沒有火盆，也沒有炬燵，既下【不】能蓋上五條六條煖和的棉被去睡覺，也不能穿起兩件三件的棉衣服來的。鯽兒的母親毫沒有法子想，窘急得不堪，只好安慰鯽兒道：「不要哭罷，不要哭罷，因為春天就要到了。」

　　「然而母親，春天什麼才到呢？」鯽兒招【抬】起淚眼，看著母親說。

　　「已經快了。」母親便溫和的回答。

　　「這怎麼知道的呢？」鯽兒說，看母親的臉，有些高興起來了。

　　「因為每年總來的。」母親說。然而鯽兒卻顯出憂愁（似）的顏色，問道：

　　「然而母親，倘若今年偏不來又怎麼辦呢？」

　　「沒有那樣的事，一定來的。」母親撫慰似的說。「但是，母親，為什麼一定來？」鯽兒想像不通的問，母親卻不再說什麼語【話】，點【默】著

了。

「但是，母親，鯉公公曾經說，『倘若春天一回不到來，大家便都死了。』這是真的麼？」鯽兒又訊問說。

「這是真（的）呵。」

「那麼，母親，『死』是什麼呢？」

「那就是什麼時候總睡著，你的身了【子】不動彈了，怕冷的事、要喫的事都沒有了，並且魂靈到那遙遠的國裡去，去過安樂的生活去了。那個國土裡是有著又大又美的池，毫沒有冬天那樣的冷，什麼時候都是春天似的溫和的。」

「母親，真有這樣的好國土的麼？」鯽兒又復有些疑心似的，仰看著母親的臉問。

「哦！有的。」母親回答說。

「那麼，母親，趕快到那個國土去罷！」鯽兒這樣說，母親便道：「那個國土裡，活著的時候是不能去的呵。」鯽兒又有些想像不通模樣了，問道：「為什麼活著的時候不能去呢？母親，認不得路麼？」母親說：「是的，我不認得路呢。」「那麼，尋路去罷，快快，趕緊去。」鯽兒即刻著起忙來。

「唉唉，這真窘人呵，」母親吐一口氣說，「沒有死，便不能到那個國裡去，不是已經說過了麼？」

「那麼，趕快死罷，快快，趕緊，快！」

「說這樣的話，是不行的。」

「便是不行，也死罷。快點，因為我已經厭惡了這池子了。」鯽兒全不聽父親和母親的話，只是糾纏著嚷。因為這太熱鬧了，鄰居的鯉公公喫了驚，跑過來了，而且問道：「哥兒怎麼了呢？」母親便詳細的告訴了鯽兒嚷著要死的事。於是鯉公公向鯽兒說：「哥兒，魚到這池子裡來，並不是為了專照自己的意思鬧。是應該照那體面的國裡的神明爺所說的話生活著，游來游去的。」

「公公，那神明爺怎麼說？」鯽魚問。

「第一，應該馴良，聽從父親母親和有了年紀的的話。其次，是愛那池裡的大哥們和陸上的大哥們，並且拚命的用功，成一條體面的魚。那麼辦去，那個國土裡的神明爺便會來叫哥兒，給住在那好看的池子裡面的罷。」考【老】頭子說。

從這時候起，鯽兒便無論怎麼冷、無論怎麼餓，也再不說一句廢話，只是嬉嬉的笑著等候那春天的來到了。

二

春天到了，鯽兒一樣的誠懇賢慧的小魚，池裡面和鄰近的河裡面都沒有。而且鯉魚哥哥和泥鰍姊姊們，也是愛什麼都比不上愛鯽兒，鯉（魚）哥哥們和泥鰍姊姊們，雖然都比鯽兒年紀大得多，但因為鯽兒很賢慧，所以無論什麼時候總是一起到各處去遊玩。

因為是春天了，細小的流水從四面八方的流進池裡來，因此無論是山裡、林裡、樹叢裡、田野裡，隨便那裡都去的【得】。鯉魚哥哥們便將鯽兒介紹給山和林裡的高強的先生們。這些先生們中，有一位稱為免【兔】的有著長耳朵的和尚。這和尚，是一位很偉大的和尚，暗地裡喫肉之類的事，是一向不做的。也從有【有從】別墅裡回來的黃鶯和杜鵑等類的音樂的先生們，還有長著美的透明一般的翅子的先生們，因為鯽兒好，也都非常之愛他，並且將地上的世間的事，各式各樣的說給鯽兒聽。而鯽兒最愛聽的話，便是講人們。那談話裡說：「名叫人類的哥哥們是最高強最賢慧的東西。」對於這一事，是大家意見都一致的。也說：「自然，山上政治家的狐狸、藝術家的猿孀姆、鸚哥的語學家、鳥的社會學家、天文學家的梟博士，高強固然也高強，但比起人類的哥哥們來，到底趕不上。」

有的又說：「人類的哥哥們雖然比陸上的哥哥們走得蠢，但是不特會借用馬的脊梁，還造出稱為自動車呀、電車呀、汽車呀、自轉車呀的這些奇的東西來，坐在上面走，比別的還快得多呢！游泳的本領並不很高，飛在空中是絲毫不會的，然而人類的哥哥們卻做了很大的火魚，大的翅子的鳥，坐在這上面，在水上自由的游泳，在空中自在的飛翔。人類的哥哥們可真是不可

思議的東西呵！」鯽兒遇到這類的話，便聽得不會倦，幾次三番的重重說，而且愈是聽，便愈是不由的想要見一見所謂人類了。

三

那春天實在很愉快。從早晨起，黃鶯和杜鵑這些音樂的高強的先生們便獨唱，蜜蜂的小姐們和胡蜂的姑娘們是合唱，胡蝶的姐兒們是舞踏[1]。到晚上，青蛙堂兄的詩人們便開詩社，開演說會，一直鬧到深夜。這些集會裡，鯽兒也到場，用了可愛的口吻去談「那個國土」的事。

「倘若我們大家個個都相愛，快樂的生活起來，便可以到那更好的更美的國土裡去的。那個國土裡，沒有缺少糧食的事，沒有寒冷的事，也沒有不順手的事。魚也在地上走，能在天空裡飛，鳥也能在透明的水裡面進出，和魚們一起游泳的。」鯽兒常常這樣說。而且不多久，這「那個國土」的事，便成了音樂的作曲材料，舞踏[2]的動作，演說和歌詩資材。於是連那些蒼蠅、蚯蚓、水蛭之流的靠不住的東西，也都談起「那個國土」的話來了。

到黃昏，遠遠的教堂裡的鐘一發響，魚的哥哥們便浮到水上，蛙的堂兄們便蹲在岸上，胡蝶的姊姊們便坐在花上，都靜悄悄的聽這晚鐘的聲音。

這鐘聲，正是人類的哥哥們，為了自己的小兄弟們的，那住在樹上的鳥，浮在水裡的魚，宿在花中的蟲而祈禱，祝他們平安[3]和快樂的過活呢！於是魚和蛙和黃鶯，也都禱告，願人類的哥哥們也都幸福的過活。這禱告帶著花朵的美麗【麗】的香，和黃昏的金色的光，靜靜的升到「那個國土」的神明那裡去。

那在遠地方的教會裡，有著一位哥兒，那哥兒也如鯽兒一樣，又賢慧又馴良，所有的人們都稱讚。小狗哥哥也極愛這哥兒，每逢來喝池水時候，往往提起哥兒的事。鯽魚久聽了這些話，也漸漸的愛了這哥兒，想要和他見一回面，極親熱的談談心了。

---

1 按：魯迅譯文為「舞蹈」，此處改為日文漢字「舞踏」（ぶとう）。
2 按：魯迅譯文作「舞蹈」。
3 按：魯迅譯文無「安」字。

四

　　或一時，池旁邊很喧鬧，鯽兒不知道甚麼事，出去打聽時，卻見蛙的堂兄們軒著眉，聳著肩，興奮之極了，閣閣閣閣的吵架似的說著話。鯽兒試問是什麼事呢，卻原來就是剛才，免【兔】和尚仍如平日一樣的坐著禪，正在夢中的時候，那教會裡的哥兒便走來，撮住免【兔】和尚的長耳朵，捉了帶回家去了。

　　都愕然，在這裡茫然的相視，無所適從的慌張，其時又飛到了燕孀母，來通一件駭人的事，是就在此刻，哥兒又捉了黃鶯去了。黃鶯因為想造一個不知甚麼歌的譜，剛在熱心的用功，便被捉去了。而且這一夜恰是十五的夜，蛙的堂兄們以為時世雖然這樣不安靜，但如並不賞月，卻去睡覺，對於月亮頗有失禮的情，於是依舊登了山，在那裡開詩社。這時候，哥兒又跑來，捉了一個最偉大的詩人逃走了。

　　堂兄的詩人們很驚駭，這晚上所做的詩都忘卻了。這一晚，池裡面無論誰，都沒有一合眼，只是談著各種的話，一直到天明。（而且一到天明，）大家便立刻都出來，開一個大會，商量對於哥兒這樣的胡鬧，應該想一個什麼方法的事。

　　在這會議上，鯽魚是跟了父母來出席的。鯽兒彷彿覺得世間很黑暗，似乎什麼都莫名其妙了。鯽兒問父親說：「為什麼，哥兒做出這樣的事來呢？」父親道：「在地上的人類的哥兒們，高強固然高強，但常常要做狡獪的事。而且這世上，是再沒比人類的孩子沒更會狠心的胡鬧的了。過幾時，那些孩子們還要擎了鉤和網，到這邊的池上來，種種惡作劇，給我們喫苦哩！」鯽兒憂愁似的，慌忙又問他父親說：「孩子們做了這樣的事，怎麼能到『那個國土』去呢？可有什麼搭救他們的方法麼？」問的話還沒有完，從陸地上，胡蝶姊姊像被大風捲著的一片樹葉似的，慌慌張張的飛來了。那臉已經鐵青，翅子和觸角都嚇得慄慄的發著抖。大家圍上去，問是怎麼了呢？胡蝶姊姊好容易略略定了神，這才坐在花朵上，說出話來了。那是這樣的事：

　　這早上，天氣非常好，恰恰閒空（的）胡蜂們，便忽然來約去看花，到牧師的庭園裡。春天正深了，這庭園中，紅的、白的和通黃的花，無論在庭樹間，在花壇上，都繞【繚】亂的開著，花蜜的濃香，彷彿要滲進昆虫們的喉嚨裡似流了進來。胡蜂們因為太高興了，便志【忘】卻了（怕）這現在的世間的憂愁，或歌或舞的玩耍，不料又來了那照例的牧師的哥兒，突然取出小網，將許多同伴捉去了。

　　這新消息，使這日裡的會議更加喧鬧了。樣樣的議論之後，那結果，是待到黃昏，聽教會鐘鳴，人類的哥哥們開始禱告的時候，就請金色的胡蝶姊姊到教會去，對人類的哥哥們說了分明，請他們勸止了哥兒的胡鬧。

　　黃昏到了，聚在這裡的動物們，卻都放心不下，不能回（到）自己池中的洞穴裡和巢上去。默默的，定了睛互（看）著各人的臉，心的【底】裡只是專等那金色的胡蝶姊姊回來。

　　不多久，金色的胡蝶姊姊回來了，一看見悄然的那臉，聚在這里（裡）的大眾便立刻覺得自己的心，彷彿從荷梗上抽（出）來的曼陀羅華似的，很不穩定了，而且誰也不說什麼話。

　　「一切都是誑呵！」沒精打采的坐在花上的胡蝶姊妹【姊】說：「我們是無論怎樣，總不能到『那個國土』裡去的。」聽了這語【話】，大家都駭然了，根究說：「為什麼不能去呢？」卻說[4]：「我們沒有靈魂，靈魂是單給了住在地上的人類的哥哥們，單是有著這靈魂的人類的哥哥們，才能到『那個國土』裡去呢！」聽了這話，大家都駭然了，個個一齊回問說：「這沒有錯麼？」或說：「這不是有些弄錯著麼？」胡蝶姊姊答道：「不，一點都沒有錯的。因為在『那個國土』的神明的書上，明明白白寫著呢！」大家接著的質問是：「那麼，我們究竟到那裡去呢？」胡蝶姊姊道：「說是我們的被創造，是專為了娛樂人類，給人類做食料的。」這樣說著，用了悲哀的[5]眼睛，憐憫似的愛情【惜】似的對著大家看，但因為早晨以來的疲勞和心坎上所受的傷，也便倒了去，成了可慘的收場了。大家對於單為給人類的哥哥們

4　按：「說」，魯迅譯文作「道」。
5　按：「悲哀的」，魯迅譯文作「悲哀的大的」。

做食物而被創造的自己的命運⁶，都很悲哀。魯莽的鯉魚哥哥們已經很興奮，叫道：「胡鬧，沒有這的話！」彷彿那將自己造出這樣命運⁷對手的神明。就在這裡似的，怒吼著直跳（起）來。而溫順的泥鰍姊姊們，卻昏厥了，許多匹躺在池的【底】裡。

為大家盡了力，死掉了的金色胡蝶的葬禮，在所有動物的熱淚中，舉行得很鄭重。胡蝶【蜂】哥哥們奏演葬禮的樂，黃鶯姊姊們唱著「傷心呵我的朋友」的哀歌，田鼠叔父掘墳洞。

這晚上，大家都很淒涼。而且歎著氣，早就絮叨的說：「作為人類的東西而活著，可是不堪的事呵！」一面各自回去了。

五

在這一夜，回到池裡以後，鯉魚和泥鰍和蛙的堂兄弟們是怎樣的只是哭，只是哭到天明呵。而且朝日也（就）起來了，然而出來迎接太陽的，卻一個也沒有。

鯽魚的悲哀也一樣。懷著對於這世間毫無希望的心情，正在不見魚影子的水際徘徊的時候，哥兒將小小網伸下水裡來了。「這是來捉我們的呵！」鯽兒一經這樣想，便因了憤怒，全身彷彿著了火，索索的顫抖得生起波瀾來。「請罷，捉了我去，沒有捉去別個之前，先捉了我去。看見別個捉去被殺的事，在我，是比自己被殺更苦惱哩！」一面說，也就走進網裡去。哥兒很高興，趕緊捉住鯽兒，放在自己的桌上了，這屋的牆壁上，掛著黃鶯先生的皮和免【兔】和尚的皮，桌子上還散著他們的骨殖。玻璃匣裡，是用留針穿通【過】了心臟，排列著先前多少親密的好幾個胡蝶姊姊們。桌上的解剖臺中，前晚恰在賞月時候所捉去的蛙的大詩人，現在正被解剖了，摘出的心，還是一跳一跳的顯出那「死」的惋惜。

見了這樣的東西，鯽兒是心胸都梗塞了。要想說，然而一開一合的動著嘴，說不出什麼來，只用了尾巴劈劈拍拍（的）敲桌面。

6　按：魯迅譯文作「運命」。
7　按：魯迅譯文作「運命」。

　　過了一會，哥兒也便解剖了他，但看見鯽兒的心臟，是早已破裂的了。為什麼，這小鯽魚的心臟破裂（著）呢？卻沒有一個能將這不可思議的事解說給哥兒的人。能將這因為悲哀，鯽魚的心所以破裂的事給哥兒說明的，是一個也沒有。

　　這哥兒，後來成為有名的解剖學者了。但是，那池，卻逐漸的狹小的【了】起來。蛙和魚的數（目）也減少了，花和草也都凋落了，而且到了黃昏，即使聽到了遠處的教會的鐘聲，也早沒有誰出來傾聽了。

　　我著者，從那時起，也就不到教會去了。對於將一切物，作為人類的食物和玩物而創造的神明，我是不願意禱告，也不願意相信的[8]。

　　　　　　　載於《臺灣民報》，第五十七期，一九二五年六月十一日

8　以上校對依據愛羅先珂著；魯迅等譯，《愛羅先珂童話集》（北京市：商務印書館，1922 年）。

狹的籠

作者　愛羅先珂

譯者　魯迅

作者

　　愛羅先珂（Василий Яковлевич Ерошенко），見〈魚的悲哀〉。

譯者

　　魯迅，見〈魚的悲哀〉。

一

　　老虎疲乏了……

　　每天每天總如此……

　　狹的籠，籠裡看見的狹的天空，籠的周圍目之所及又是狹的籠……

　　這排列，儘接著儘接著，似乎渡過了動物園的圍牆，儘接到世界的盡頭。

　　唉唉，老虎疲乏了……老虎疲乏極了。

　　每天每天總如此……

　　來看的那癡獸的臉，那癡獸的笑聲，招嘔吐的那氣味……

　　「唉唉，倘能夠只要不看見那癡獸的下等的臉呵，倘能夠只要不聽到那癡獸的討厭的笑呵……」

　　然而這癡獸的堆，是目之所及，儘接著儘接著，沒有窮盡，渡過了動物園的圍牆，儘接到世界的盡頭。那粗野的笑聲，似乎宇宙若存，也就不會靜。

　　唉唉，老虎疲乏了……老虎疲乏極了……

　　老虎便貓似的盤著，深藏了頭，身體因為嫌惡發了抖，想著：

　　「唉唉，所謂虎的生命，只在看那癡獸的臉麼？所謂生活，只在聽那癡獸的哄笑的聲音麼？……」

從他胸中流露了沉重的苦痛的歎息。

「喂，大蟲哭著哩！」看客一面嚷，一面紛紛的跑到這邊來。虎的全身因為憤怒與憎惡起了痙攣，那尾巴無意識的猛烈的敲了檻裡的地板。

他記起他還是自由的在林間的時候，在那深的樹林的深處，不知幾千年的大樹底下，飾著花朵的石頭的神祇來了。人們從遠的村落到這裡來，都忘卻了他在近旁，跑【跪】倒在這石頭的神祇面前，一心不亂的祈禱。

時時漏出歎息來，時時灑淚在花朵上，這淚混了露水，被月光照著，可難解，夜明石似的發光。或者充滿了歡喜在花上奔騰，或者閃閃的在葉尖耽著冥想，而且區別出人的淚和夜的露來，在那時的他是算一種心愛的遊戲。

有一夜，他試舐了落在石神祇面前的，寶石一般神異的閃爍著的人間的眼淚了。他那時，還沒有很知道在神祇之前，人們的供獻中，無論比寶石，比任何貴重的東西，都不能再高於眼淚的供獻。因此他只一回，但是只一回，舐著看了，於是就在這一夜，他被捉住了，他以為這是石神祇的罰。

現在一想到，虎的胸脯便生痛，痛到要哭了。他也學那人類在石神祇面前，虔誠的跪著祈禱這模樣，向了石神祇，跪下【了】叫道：

「神呵，願只是不看見那癡獸的臉呵，願只是不聽到那癡獸的笑呵……」

這其間，不知什麼時候，那癡獸的笑聲已經漸漸的遠了開去，低下了去，春夢似的消在幽隱裡。老虎側著耳朵聽，在他耳中，只聽得清涼的溪水的微音，而且要招嘔吐的人類的臭味，也消失了，其中卻瀰滿了馥鬱的花的香氣。

老虎愕然的睜開著眼睛，張皇的四顧。

誰能想像這老虎的歡喜呢！覺得窘迫的籠中，人類的癡獸的影子，此刻全都不見了。他睡在不知幾千年的大樹底下的飾著花朵的石神祇面前，人的眼淚，還是映著月光，神奇的在花上閃爍。

現在才悟得，當想舐淚珠的時候，他便睡著了。

「阿阿愉快，一切全是夢，唉唉好（高）興呵！」

老虎跳起來，尾巴敲著脅肋，在月光中歡喜的跳躍奔走，那胸膛裡滿了自由，那身體裡，連到細小的纖維也溢出不可思議的力，凜凜的顫動。

「阿阿愉快，我只以為狹的籠和人類的癡獸是真實的，卻也不過一場可厭的夢罷了，但無論是夢是真，可再沒有別的東西比籠更可厭。

只有這一點是真實，只這一點，我便是到死也未必忘卻的。」一面說，老虎並無目的的在樹林間走。

二

忽而跳，忽而走，在草地上皮球似的翻騰，或則輾轉，老虎自已【已自】不知經過了多少里了，待到或一處，正要走入【出】大平原去的時候，他嗅到異樣的氣味，急忙立定了，他的巨大的鼻子，因為要辨別這氣味，哆索的動了。

「哦，是羊哪，什麼近處該有羊在那裡……但是，彷彿覺得久違了似的……」

一面說，老虎暗暗地藏著足音，將羊臊氣當作目標，在高的草莽中匐過去。

暫時之間，他前面看見高峻的圍牆，而且漸聽得圈在那牆裡面的羊的懵懂的聲息，這樣的圍牆，老虎是已經見過幾百遍的罷，而且，幾百遍跳過了這樣的圍牆，捕過羊與小牛的罷。但今夜，一見這圍牆，虎的心裡卻騰起了不可言說的憤怒的火燄了。

「籠，狹的籠……」

他說著，疾於飛箭的撲上去，吐出比霹靂更可怕的咆哮，用了電光一般的氣勢，徑攻這圍牆，被那非將一切破壞便不罷休的大風似的，他的足一掊擊，用這大柱子堅固的造就的圍牆便如當風的蛛網一般搖蕩起來。一剎那時，那出【茁】實的粗壯的柱子，彷彿孩子玩的積木的房屋似的，一枝一枝的倒下去，兩三分間，高峻的圍牆便開了一個通得馬車的廣大的門

「喂，羊們，可愛的兄弟們，到自由的世界去，快出籠去呵！」他一面電也似的吼，一面仍接續著圍牆的破壞。但怕得失神的羊群，卻在牆角裡擠作一堆，毫不動彈，只是索索的抖，老虎以為從羊群看來，似乎再沒有比自由世界更可怕，於是烈火般怒吼起來了。

「喂，人類的奴隸，下流的奴隸們，不要自由麼？狹的籠比自由的世界還要捨不得麼？下劣東西！」

他說著，攻進了發抖的羊群中間，從一端起，用了他的強力的足，一匹一匹的捉了摔【摔】出圍牆外面去。

雖然如此，那放出外面的羊，卻發出一種彷彿用了鈍的小刀活活的剮著肚腸似的，悽慘的哭聲，又逃回原地方來了。牧人和守犬卻被這情景嚇住了，只是惘然的拱著手看，但元氣漸漸恢復轉來，要打退這老虎，便一齊來襲擊。兩三粒槍彈打進了老虎的身中，犬群發出可怕的吠[1]聲，擺好了伺隙便咬的身段。

「羊呵，你們才是下流的奴隸，你們才是無法可想的畜生哩！比愚昧的狗還要下等的東西，你們才是永久不得救的！」

老虎吐血似的獨自說，只五六跳便進了樹林，於是那形相隨即不見了，蹲在石神底面前，他舐著傷痕，而且哭著。

「唉唉，但願只是不聽到那悽慘的聲音……」

他塞住兩隻耳朵，祈禱石神祇。

「只是不聽到那可怕的聲音……那一直響到世界盡頭的悽慘的奴隸的聲音……」

他哭著。

三

老虎經過了拉闍[2]的壯觀的別館的旁邊，他動身向著喜馬拉牙的嶮峻的山作長路的旅行的時候，在孟加拉未加斧鉞的鬱蒼的森林和荒野中，來往奔馳的時候，他在這別館前面，已經走過好多回了，對於那高的石牆和深的濠溝，他常給以侮蔑的一瞥。

然而，這一回剛到別館前面，老虎卻彷彿被魔鬼攫住了似的，突然在濠端立定了。心臟的動悸很劇烈，呼吸也塞住了。

1　按：「吠」，魯迅譯文作「嘷」。
2　原註：Rajah，東印度土著的侯王，舊翻曷囉闍者即此。

「籠，又是狹的籠……」

宏壯的別館裡，拉闍的二百個美人花一般裝飾著，在那裡度著豪侈的生涯。

走過這別館的村人們，不知怎樣的羨慕著那些女人的生活呢。年青的女兒們，當原野的歸途中，許多回佇立在濠溝的樹影裡，而且背著草籠，反覆的揣想著那奢華的卻又放恣的生活，直待走到伊的窮乏的茅廬。然而怎的呢？老虎現在覺得明明白白地聽到那美的女人們仰慕自由的深的歎息了。

他軋軋的切著牙齒。

他前面，看見石牆圍著的別館的高壯的屋頂，在樹縫【縫】裡，映了強烈的太陽，黃金似的晃耀，牆外是鎖鏈一樣，繞著深的二三丈的濠溝。

老虎是從小便嫌憎人類的。從很小的時候，從還捧著他母親的乳房的時候，但雖如此，現在卻連自己也不能解，一想到那高的石牆圍著的女人們，他的心便受不住的突突的跳，那呼吸也塞住了。

他巡視了別館兩三回，他剛在大的鐵門前面，惘然的看那從濠的那邊曳起的長橋，便聽得大路上有人近來了。

老虎跳進叢莽裡，將身體貼著地面，等待人類的到來。停了一會，許多侍從環繞著的華麗的行列，從樹木間通過了。在行列的中央，看見奴隸抬著的美麗的帖金的肩輿兩三乘。一乘是拉闍的肩輿，一乘是拉闍的妙齡的第二百零一位新夫人的肩輿。沒有知道叢莽陰裡躲著的老虎，靜靜的過去了。老虎看見了拉闍的燃著歡樂之情的愉快的臉，而且也看見了從頭到腳裹著寶石和綺羅的拉闍的第二百零一位新夫人，然而顏面遮了面幕，他欲【卻】沒有見，只看見美而且柔的春天似的蔚藍潤澤的眼，美麗的生光。一見這眼，老虎禁不住慄然了。

「我確乎在什麼地方見過這眼的，確乎。那優美的，悲哀的，因為恐怖而顫抖的眼……

哦，有了。確乎是的。」

老虎悲哀的笑了。這眼，和老虎捉過許多回的鹿的眼，是完全相像的。

老虎淒涼的笑了。

　　想著這些事情的時候，拉闍的行列已經走到別館這邊去。長橋徐徐的放下，大的鐵門開開了。將臉藏在這門的面幕後邊的拉闍的二百夫人們，含著笑迎接這兩人。

　　然而，橋便曳上，門便關閉了，虎的耳朵中，只聽得下鎖的大聲長久的長久的響。

　　太陽跨過了西方的山，看不見了。豺犬的吠聲來告人夏夜的將近。別館的屋頂在樹木深處溶入暮靄裡，老虎彷彿受了石牆的蠱惑一樣，茫然的佇立在濠溝的旁邊。

　　老虎也有做不到的事。這二三丈闊的濠溝和那高的石牆，誰能夠跳過去呢？

　　老虎歎息了。

　　「唉唉，老虎也有做不到的事……」

　　正對面有些聲音，有誰逃著，有誰趕著。老虎睜了眼向著石牆那邊看。這上面忽然現出面幕蓋著臉的美眼睛的妙齡的女人。伊還穿著結婚的衣裝，跣足立在石牆上。伊的孅娜的身軀充滿了恐怖在晚煙中發抖，老虎很懂得，這全如鹿被老虎所追逐似的。

　　伊想跳到濠溝裡，但當伊將跳的時候，伊的眼突然遇到了立在對岸的看定伊的閃得奇異的眼。伊本能的一退後，這瞬間，後面奔來的拉闍便捉住伊，老虎啣鹿一般，硬將伊帶走了。

　　虎耳裡只留下伊的絕望的微聲，一聽到這聲息，老虎便忘卻了一切，全身火焰似的燃燒，慄慄的顫抖了，他出了全力忘其所以的跳下濠溝去。兩三分時之後，他攀上石牆如一匹極大的貓，於是不久，他在牆頭出現了，在這裡立了片時，他便消失在拉闍的庭園裡。

　　這地方已經一切都寂靜。只時【是】噴泉的清涼的聲音，只是花的低語……虎的心逐漸沉靜了。他暫時站住，嗅著什麼似的，使鼻子翕翕的動。

　　瀰滿了花香的夜氣，茫漠的漂流，覺得消融了人類的臭味，老虎深吸了這香氣兩三次，這才分別出正在尋覓【覓】的香來。他全不出聲的上了寬闊的廊沿，窺向天鵝絨的帷幔裡。廣大的華麗的房屋裡，沒有一個人，老虎偷

偷的進去，再看一回這房屋。空曠的屋，因為壯麗的器具和寶石的光氣，滿著奇妙的光輝。靠近廊沿，放在雲石臺上的大玻璃匣中，金魚正和月亮的光線相遊戲。屋的一角裡，金絲雀在豪華的籠的泊木上，靜靜的睡眠。老虎一見這，忘卻了一切，又復怒吼起來了。

「籠，又是狹的籠……到處都是籠。」

老虎輕輕一跳，到了鳥籠的近傍。

「金絲雀呵，快出去，外面去罷，飛到自由的世界去。那美麗的樹林浴著月光，正在等你呢！」一面說，老虎將一足輕輕一撲，便打破了這籠的一半了。金絲雀吃了一³驚，抖著身子，逃向籠的最遠的角落裡，想躲起來，拍拍的鼓翼。

「我是給你自由的，快飜出這狹的籠去，快飛到自由的世界去……」

但似乎在金絲雀，是再沒有比自由更可怕，再沒有比自由世界更不安的嚇人的東西了。

「人類的下流的奴隸，下劣東西，不要自由麼？」

老虎將一足伸進籠中，抓住了拍拍的金絲雀，扯出外面來，但到了外面的金絲雀已經不呼吸了。老虎將小死屍托在掌上，暫時就月光下茫然的只是看。

「雖然是奴隸，卻可愛哪，而且美呢……」

然而似乎忽而想到別的事了，他將死了的冷的金絲雀放在屋正中最亮的處所，又輕輕的跳到金魚這邊去，他由月光透了水看那玻璃匣裡的金魚。

金魚張開大口，一口一口喫著映在水中的月，時時一翻身，顯出肚子，和月光遊戲起來。

虎眼中露出同情之色了。

「可憐的小小的金魚呵，

我帶你到廣而且美的恒河去罷，在那裡是流著更乾淨的水。我帶你到廣大自由的無限的海裡去罷……在那裡是浮著更美的月亮，同到這自由的美的

3　按：魯迅譯文無「一」字。

世界去罷……」

　　但金魚嚇得沉下去了。似乎在金魚，是再沒有比美的恒河更可怕，再沒有比廣大自由的海更不安的嚇人的東西了。

　　「奴隸，又是人類的奴隸，到處都是奴隸！」

　　老虎將右側的前足伸下水裡，想去捉金魚，然而金魚卻嘲笑他似的，毫不費力的滑出他足外去，老虎憤怒了。用後足坐著一般的直立起來，兩個前足都浸在水中，要捉金魚，潑削潑削的攪著水。

　　雖然這樣，金魚卻箭似的從足間巧妙的滑出了。

　　「畜生，人類的奴隸！」

　　老虎很憤怒，更勵【厲】害的攪水，因這勢子，玻璃匣失了平均，一聲很大的聲響，落在地板上了。被這聲音喫了驚的虎，便本能的跪【跑】到門口去。不出二三分時，從屋的深處，忽然掣開了帷幔，跳出右手拏著手鎗，只穿寢衣的拉闍來。奮然的飛奔前來的拉闍的眼和怒得發抖的虎的銳利的眼，一剎那，只一剎那，對看了……

　　尖銳的手槍聲，連別館的根基都震動了的虎吼，人類戀慕生命的最後的呻吟。

　　於是又接著印度之夜的不可思議的寂靜。

　　只是噴泉的清涼的聲音，只是花的低語……而壯麗的大廈的地板上，浴著月光，金魚潑剌的跳著，拉闍的二百零一個女人們，連呼吸也停著[4]。

四

　　老虎睡在森林深處的神祇面前，舐著胸間的深傷。胸脯、足、全體，無不一抽一抽的作痛，但他已〔經〕不願意哭了，他只露出痛楚的深的太息。他並沒有向（石）神祇祈禱，要治好他胸間的傷，他單是裝著憂鬱的臉，沉沒在思想裡，他已經不願意像人類一般，向石的神祇求救了。

　　印度的夏夜又近了晚間，用那黃【黑】的外套靜靜的掩蓋了一切，豺犬

4　按：魯迅譯文作「連呼吸的根也停著」。

的遠吠來報告他的來到了。虎也想睡，而遠地裡聽得禽鳥的帶著憂慮的聲音，這不平安似的夜的寂靜，使老虎難于平心靜氣的睡覺。他抬起頭來，聳著耳朵，看定了前方。

「什麼呢？許是人吧……

哦，大約又有誰來祈禱了……阿，還不止一個人。

幾個呢？一個兩個三個四個……呵，了不得，來的多著呢[5]。」

他憂愁似的要辨別出氣味來，使鼻子凜凜的動。

「呵，也有認識的在裡面，是誰呢？

不是獵人的及謨……

也不是樵夫的阿難陀……

也不是托缽和尚的羅摩……哦，是了。像鹿的女人麼？呀，也有拉闍的氣息……

不要胡鬧。將他的頭本已打作四片了的……確乎是打作四片的了。

還有婆羅門在裡面。一個兩個……究竟什麼事呢？

哦，秘密的組織又是將活的女人和棺木燒在一處麼？未必便是那像鹿的女人和拉闍的棺木燒在一處罷？」[6]

他抖著說。

「這卻不許的，

無論怎樣，只這像鹿的女人是。」

他躲在叢莽的陰影裡探著動靜。正在這時候，相反的方面起了一陣靜風，將新的氣息，通過林木送到虎的鼻間來了。

「那究竟是什麼呢？」

他翕翕的動著巨大的鼻子，很注意的要辨別這氣息。

（「阿阿，又是人類麼？」）

5　按：魯迅譯文「呢」字作「哩」。
6　原註：這便是所謂「撒提」，男人死後，將寡婦和屍體一處焚燒，是印度的舊習慣。印度隸英之後，英人曾經禁止這弊俗，但他們仍然竭力秘密的做，到現在還如此。

也有火藥氣。哼，印度土兵麼？

還有白種人，許是官……

危險，似乎就要圍住這地方，不給誰知道……

究竟想要怎樣呢，彷彿就要捉誰似的……

未必要打獵罷？來的好多呵……

也許有百人以上哩。」

婆羅門引導著的，二三十人的壯觀的葬式的行列，停在石神祇面前了。但是婆羅門以及伴當的人們，都似乎有所忌憚，怯怯的，竭力的要幽靜，而且都露出恐惶【怖】的顏色，慌慌張張的看著近傍，像鹿的女人也將憂愁似的眼光射向樹林裡。這在老虎也分明感得，伊彷彿等著什麼人，想有誰快來，將伊救出婆羅門的手裡去。

「等著我罷，沒有知道我便在這里（裡）……

叫我出林去呢。」

老虎的心喜歡……老虎欣然的笑了。

奴隸們動手做起事來，不到十分時，美的森林中央便成了一坐高的柴木的山。然而像鹿的女人還在祈禱，這悲哀的祈禱似乎沒有窮盡，婆羅門和別的人們都焦急了。

「趕緊罷，趕緊罷，聖火等著你呢，提婆[7]等著你的靈魂，等著你的清淨的靈魂呢！」

奴隸們將壯麗的金飾的拉闔的棺材靜靜〔的〕放在柴木上。然而像鹿的女人還在祈禱，沒有忘【忙】。伊用了絕望似的眼，透過了印度的夏夜叫著誰。老虎欣然的笑了。

婆羅門的小眼睛，針似的在骨出的臉上，鋒利的發光。

「趕快罷，趕快罷，

摩訶提婆等著你的最後的清淨的犧牲，等著你對於丈夫盡了最後的義務。」

7　按：魯迅譯文於此處有註解：「此翻天。後文又有摩呵提婆，此云大天。」《臺灣民報》轉載時刪除。

奴隸們執著蛇舌一般通紅的燒著炬火，等久了婆羅門的號令，點火於柴木之[8]山。

像鹿的女人向林間一瞥伊最後的眼，被兩個婆羅門幾乎強迫的引上柴木的山去，在微風飄動的面幕底下，老虎分明看見伊的比面幕更加蒼白的容顏。

婆羅門開始了異樣的祈禱，奴隸們四面點起火來。

稀薄的煙如最後的離別的歡【嘆】息一般，靜靜的升上夜的空中去。

老虎已經忘卻了一切，便想跳到人中間去了。然而這剎那，卻有直到這時候，誰也沒有留心的紅的軍隊，箭似的從四面飛到葬地這邊來。婆羅門的臉和那伴當的臉，一見這印度土兵，便化成恐怖，都站住了。而且像鹿的女人的滿心的歡喜的呼聲，彷彿到那遠的喜馬拉牙山也還發響。

這呼聲，便短刀似的穿透了老虎的心胸了。

「並非我，是等著白人。」

他用兩足抱了胸膛，使他不至於痛破……他用兩足按了胸膛，使他不漏出悲哀的痛苦的歡息來。白人飛【揮】著異樣的紙片，發了什麼號令，於是忽然將像鹿的女人帶下柴木，抱在自己的胸前。一見這，婆羅門的眼是閃電一般發光，而虎的心胸是拆【坼】裂似的痛。

不知道因為恐怖呢還是憤怒，婆羅門全身發著抖，高擎了兩手，大叫道：「印度的神明，伊古以來守護印度國的神明眾，今以無間地獄之苦，詛咒離叛諸神明的這女人！」

那伴當們都谷應似的覆述道：「詛咒這女人！」

「詛咒愛印度之敵，愛印度的國民之敵，離叛了服役於印度諸神明的我輩的這女人！」

伴當們都一齊叫道：「詛咒這女人！」

聽了詛咒的話，像鹿的女人顫抖了。然而白人愈聽詛咒，卻愈將發抖的女人緊抱到自已【己】的胸間去。因為得勝而閃出喜色的白人的臉，湊近了

8　按：「之」，魯迅譯文作「的」。

像鹿的女人的臉了，而且老虎覺得聽到了戀愛的言語。

於是拉闍的棺被奴隸抬著，婆羅門和那些伴當被軍隊帶著，像鹿的女人抱在白人的手裡，彷彿夏夜的夢，毫無痕跡的消滅了。

只有稀薄的煙如最後的歎息一般，微微的舞上空中去。

五

老虎跳起來了，那胸脯是受不住的痛，那胸脯是燃燒著連自已【己】也不知道的到現在未嘗感著過的苦痛的熱情。他不出聲音的，不使石神祇看見，也不使人留心，靜靜[9]在高的草莽裡匐過去，去追躡那夏夜的夢一般的消去了的人蹤。印度的夏夜是悄悄的深下去了，不知幾千億的樹林的葉片們，浴雨似的浴著月光，都入了深沉的酣睡。

突然聽得有誰在尖利的叫聲，破了夜之寂寞了，接著是槍聲兩三發，人們的動搖，暴風一般飛過樹陰中的黑的影，於是那不可思議的夜之寂寞又復連接起來。

老虎暗暗地出了平原，那路上還看見微溫的血跡，他從旁邊一瞥石神祇的臉。

「不妨事，什麼也不知道，便是知道也沒有什麼大干礙，不過少了一個白人。」

個【他】自己說著，又隱在叢莽的陰影裡。但便是他，卻也沒有再到石神祇面前睡在那花上的勇氣了。印度的夏夜以黑外套掩蓋一切，很安靜。

豺犬的遠吠來通知到了夜半了。

忽而破了夜的黑外套，從林中到石神祇面前，來了那像鹿的女人，雪白的面幕拖在後邊，那毫無白色的蒼白的臉上披著頭髮，那美的潤澤的眼正如失望的象徵，伊的纖柔的手裡閃著鋒利的銀裝的匕首。

跪在石神祇面前，伊想祈禱了，然而一切祈禱，一切祈禱的話，伊便是一句也忘卻了。

9　按：魯迅譯文此處多一「的」字。

這被月光照著的，將祈禱的話便是一句也忘卻了的像鹿的女人的臉，石神祇定是永遠不忘的罷。即使一句也好，伊要想出祈禱的話來，然而無效，因為那祈禱的話，在伊是便是一句也忘卻了。

「我是為國裡的諸神明所詛咒的，我是違背了聖婆羅門的意志的。我愛了印度的敵人，印度諸神明的敵人，在我只膡【賸】了到地獄裡去的路。」

伊手裡的銀匕首，明晃晃的閃在伊的胸前。

老虎如自己的胸脯上中了利刃似的叫喊起來，而且跳出欃莽中，他用一足舉起那倒著的像鹿的女人的頭來看。他從伊胸前拔出匕首來看……石神祇是先前一樣的立著。向這神祇作為最後的供獻的，女人的胸中的血，滴在花机【朵】上。老虎看著漸次安靜下去的女人的臉而且想。

他這才分明悟到，人類是被裝在一個看不見的，雖有強力的足也不能破壞的狹的籠中。一想到籠，老虎又憤怒了。

「人才是下流的奴隸，人才是畜生，但是將人裝在籠裡面，奴隸一般畜生一般看待的，又究竟是誰呢？」

他從旁一瞥石神祇的臉。

「不，不是那東西，那東西是什麼都不知道……那麼，誰呢？……」

落在花上的血點，和了露水，映著月光，不可思議的寶石似的晃耀。

「奴隸的血很明亮，紅玉以的。

但不知什麼味。

就想嘗一嘗……」

他又從旁一瞥石神祇的臉。

「不妨事，不知道的，只嘗一滴——只一滴……」

他悄悄的要嘗那落在花上的寶石一般發光的奴隸的血去。

這其間，寶石一般發光的血，石，石的神祇，都漸漸的遠離了去。溪水的清涼的小流，不知幾千年的大樹的低語，都漸漸的變成了人聲了。消融心神的花香，不知什麼時候變了要招嘔吐的人類的群集的臭氣了。

　　老虎睜大了眼睛向各處看，他盤睡著[10]在狹的籠裡面。向這籠的前面看，旁邊看，目之所及都是狹的籠，以及烏黑的攢聚著的癡獸的臉，此外再不見一些別的東西了。老虎失望似的怒吼起來。

　　「狹的籠和人類的癡獸的臉，也終於是事實……」

　　看客喧嘩著，大得意的喝采道：「大蟲吼哩！大蟲起來哩！」

　　老虎跳起身，用全力直撲鐵欄干，但他的足已經沒有破壞鐵闌的力量了。

　　他又發出可怕的呻吟，重行跳起，而且將自己的頭用力的去撞鐵闌干，浴了血倒在檻裡的地板上。

　　當初嚇得逃跑了的看客，又擠到虎檻這邊來，高興的笑。

　　「唉唉，那癡獸的臉，那癡獸的下流的笑聲……」

　　老虎閉了眼睛。

　　於是在自己面前，再憶出一回石神祇的形像來。

　　「石的神祇呵，

　　將這血獻給你，作為最後的供獻，

　　但願只是不看見那癡獸的臉，

　　但願只是不看見【聽到】那癡獸的下流的笑……」

　　這是對於印度的石神祇的，印度的虎的最後的祈禱。

　　這其間，癡獸的笑聲漸漸遠離了去，變為印度夏夜的低語了。

　　人類的群集的臭氣，漸漸的變了印度原始森林的香。然而虎，已經不因為看那自已【己】所愛的美的空地，石的神祇，不知幾千年的大樹，寶石一般不可思議的發光的奴隸的血，再睜開眼睛來。要睜開眼睛，在他已經沒有這勇氣了[11]。

載於《臺灣民報》，第六十九～七十三期，

一九二五年九月六日～十月四日

10　按：魯迅譯文此處作「他盤著睡」。

11　以上校對依據愛羅先珂著；魯迅等譯：《愛羅先珂童話集》（北京市：商務印書館，1922 年）。

露西亞偶語四則

作者　伊索等

譯者　薛瑞麒

【作者】

伊索像

　　第一則〈馬與驢〉之作者為希臘作家伊索（Aesop, 620
～560 BC）[1]。相傳為奴隸出身，由於聰明機智而獲得主人
賞識，恢復自由之身，遊歷希臘各地。曾於呂底亞（Lydia）
首府撒狄（Sardis）協助國王克洛索斯（Croesus）處理政
務，在擔任國王特使前往德爾斐（Delphi）時，遭當地居民
以褻瀆神明為由而殺害。他擅於以動物為主角來創作寓
言，反映了底層人民的處境，也諷刺貴族與富人的兇惡與
偽善。其寓言故事在一八九六年隨著基督教牧師巴克禮刊行的《臺灣府城教會
報》而傳入臺灣。這篇寓言〈馬與驢〉後來又由法國詩人拉封丹（Jean de La
Fontaine, 1621～1695）改寫為寓言詩[2]。

克雷洛夫像

　　第四則〈狼與貓〉作者為俄國作家克雷洛夫（Ivan
Andreyevich Krylov, 1769～1844）[3]，生於莫斯科，父親為
軍醫官，幼年未受正式教育，僅在家自學。一七八二年遷
居聖彼得堡，任稅務局職員，開始撰寫喜劇作品，一七八
九年創辦《精靈郵報》，一七九二年與人合辦《觀察家》雜
誌，因勇於抨擊君主的專制、農奴主的殘酷、官吏的貪污
以及貴族的奢侈揮霍，先後被勒令停刊。一八〇六年開始
寫寓言，一八一二年起在彼得堡公共圖書館任館員近三十
年。先後創作詩體寓言二百多篇，後人集結為《克雷洛夫寓言集》，書中諷刺統治

1　伊索著，羅念生等譯：《伊索寓言》（北京市：人民文學出版社，1981年），頁131。
2　拉封丹著，遠方譯：《拉封丹寓言詩選》（北京市：人民文學出版社，1998年），頁
　　116。
3　克雷洛夫著，辛未艾譯：《克雷洛夫寓言集》（上海市：上海譯文出版社，1992
　　年），頁393～394。

者的殘酷、執法人員的貪婪以及官僚的魚肉人民，具有現實主義特質，語言簡潔平易，具有強烈的諷刺效果與概括力量，十分膾炙人口，與《伊索寓言》齊名。

另外兩篇寓言〈犬與乞丐〉、〈象與鼠〉之出處待考。（顧敏耀撰）

【譯者】

薛瑞麒（？～？），號浪月、一鶴，今臺南市人，生父潘智，後由薛景文及黃氏夫妻兩人收養。畢業於公學校及師範學校，分派至臺南州新豐郡安順蓁庄（今臺南市安南區）擔任訓導，曾因拒絕按月奉養其養母黃氏且態度惡劣，一九二一年六月三十日被披露於《臺灣日日新報》第六版。目前所見之發表作品有一九一八年四月九日與五月十七日發表於《臺灣日日新報》第三版的兩組俳句短詩，題名皆為〈俳日記より〉，以及同年五月一日在《臺灣教育會雜誌》第一九一號發表之譯作〈露西亞偶語四則〉。在戰後初期之一九四六年則曾撰寫《最新國語教本》，由臺南崇文書局出版。（顧敏耀撰）

其一　馬與驢

吾人若施善於人，其善必再歸於我；若施惡於人，其惡必再歸於我，故人當常懷互相祐助。一日有馬與驢同列而行，馬全不戴【載】荷，而驢即戴【載】甚重。行數百武，驢喘息甚急，無力戴【載】荷，殆將被荷壓死。無奈乃向馬曰：「吾力不足，未屆彼處，必斃於途。望君憐之，為我分多少量而背，余所願也，望勿辭為幸。」馬有難色，驢再告之曰：「在君豈不比一塵一介更輕，然在我即非常重量。」馬遂辭焉。驢不得已，竭力而曳，遂斃於途。馬之心亦酷矣，然其報遂歸於我，驢已死獨留此馬，此馬至此當獨戴【載】所載之荷，困屈異常，乃悔前非，然已不及矣。

其二　犬與乞丐

有護衛貴族府之犬，見一老丐，衣服褸襤，上門乞食，犬即舉巨聲而號吠。老丐戰慄而祈曰：「望犬君憐之，余飢餓已一晝夜矣。」犬曰：「余所巨聲吠者，欲報府人，以早多惠君之量耳。」外貌易欺，如野獸之面者，反為

善；而溫和之面貌者，反害人。

其三　象與鼠

象雖力強而軀大，被人類之智慧，終難免捕獲之難。一日有象，運重踵而步樹枝樹葉滿落之地，忽墜深壕（露人設此壕以捕象，上用樹枝葉以蔽而迷之）一時間餘。有一疋小鼠亦墜此壕，然彼身小而敏，故雲時登攀跳上野原，得意而逃。此巨象在壕內，身不能動，號叫曰：「噫，俺身體肥滿有何益乎？軀大有何益乎？身矮小即無篏【嵌】壕之憂，懸罠之時則小鼠比俺更自由。」

其四　狼與貓

有狼被獵人追逐，大驚，盡出生平之力始逃出林外，而入村落。回顧獵之群愈迫，狼思若有人家之門，即欲奔入。然村落數拾家，門俱嚴閉，正值此時，見有一匹貓屋上徐下，狼極口呼貓謂之曰：「貓君貓君，今後有獵犬號吠及人馬驅馳之聲，此皆欲追捕我者，未知何家最適避難之所乎？望早賜教。」貓對曰：「某甲之家如何？彼乃善良之人，必能救君。」狼曰：「某甲之家乎？然余前盜彼之牡羊，奈何？」貓又曰：「然，即黃某之家如何？」狼對曰：「黃某乎？彼必深恨我無違，我曾盜彼之山羊故也。」貓再曰：「誠如是，即遁於林家可乎？」狼曰：「林某？不可不可，我曾食殺彼家之羊兒。」貓又曰：「此亦不可，然即王某之家何如？」狼又對曰：「不可，貓君，余曾殺彼之犢。」貓至此乃曰：「若此即君於此村中，盡作暴逆，而尚欲求救乎？此乃君自作孽，必被獵人捕獲無疑矣。」

載於《臺灣教育會雜誌》，第一九一期，一九一八年五月一日

池邊

作者　愛羅先珂

譯者　魯迅

【作者】

愛羅先珂（Василий Яковлевич Ерошенко），見〈魚的悲哀〉。

【譯者】

魯迅，見〈魚的悲哀〉。

黃昏一到，寺鐘悲哀的發響了，和尚們冷清清的唪著經。從廚房裡，沙彌拿著剩飯到池塘這邊來，許多鯉魚和赤鯉里【魚】，喫些飯粒，浮在傍晚的幽靜的水面上，聽著和尚所念的經文。太陽如紫色的船，沉到遠處的金色的海裡去，寒蟬一見這，便淒涼的哭起來了。

有今朝才生的金色和銀色的兩隻胡蝶，這兩隻胡蝶，看見太陽沉下海底去，即刻嚷〔了〕起來。

「我們沒有太陽，是活不成的，這究竟是怎麼一回事呢？」

「呵，已經冷起來了，沒有怎麼使太陽不要沉下去的法子麼？」

近這【這近】旁的草叢中，住著一匹有了年紀的蟋蟀，蟋蟀聽得這年青的胡蝶們的話，禁不住失笑了。

「真會有說些無聊的事的呵！一到明天，又有新的太陽出來的。」

「這也許如此罷！但這太陽沉了豈不可惜麼？」金色的胡蝶說。

「不可惜的，因為每天都這樣。」

「然而每天這樣的太陽沉下海裡去，第一豈非不經濟麼？還是想些什麼法子罷。」

「不要做些無聊的事罷，這怎麼能行呢？況且明天太陽又出來的。」

但是今朝才生的年青的胡蝶，不能領會那富於常識與經驗的蟋蟀的心情。

「我無論如何，總不能眼看著太陽沉下去。」金色的胡蝶說。

「大約未必有益罷，總之先飛到那邊去，竭力的做一番看。」於是金色的胡蝶對那銀色的說：「成不成雖然料不定，但總之我們兩個努力一試罷，要使這世界上沒有一分時看不見太陽。你向東去，竭力〔的〕請今天的太陽再回去，我們兩面，也不見得竟沒有一面成功的。」

有一匹聽到了胡蝶的這些話的蛙，他正走出潮溼的陰地，要到池塘裡尋吃的東西去。

「講著這樣的無聊的話是誰呀？我喫掉他！世界上有一個太陽，已經很夠了，熱得受不住。池塘裡早沒有水，還不知道麼？今天的太陽再回來，明天的太陽早些上來，要這世界有兩個太陽，是什麼意思呢！其中也保不定沒有想要三四個太陽的東西，這正是對於池塘國民的陰謀。喫掉！誰呀，講著這樣的話是？」

蟋蟀從草叢裡露出臉來說。

「並不是我呵，我的意思是以為什麼太陽之類便沒有一個也很好，因為這到（倒）是於池塘國民有益〔處〕的。」

然而胡蝶說一聲「再會」，一隻向東，一隻向西的飛去了。

寺鐘悲哀的發了嚮【響】，太陽如紫色的船，沉到金色的海裡去。寒蟬一見這，便淒涼的哭起來了。

老而且大的松樹根上，兩三匹大蛙在那裡大聲的嚷嚷。這松樹上有衙門，貓頭鷹是那時候的官長。

「稟見，稟見！」蛙們放開聲音的喊：「禍事到了，請快點起來罷！」

「豈不是早（得）很麼？究竟為得【的】是什麼事呢？」貓頭鷹帶著一副睡不夠的臉相，從高的枝條的深處走了出來。

「不是還早麼？」

「那里（裡）那里（裡），已經遲了，已經太遲，怕要難於探出蹤跡了。」那蛙氣喘吁吁的說：「樹林裡有了造反，有了不得了的造反了。」

「什麼，又是造反？蜜蜂小子們又鬧著同盟罷工了麼？」

「不不，是更其可怕的事，是要教今天夜裡出太陽的造反。」

「什麼，怎麼說？」貓頭鷹這才嚇人的睜開了他的圓眼睛，「這是與衙

門的存在有直接關係的問題了。這就是想要根本的推翻衙門,這就是想要蒙了一切官長的眼。這亂黨是誰呢?」

「喳,亂黨是那胡蝶,一個向西去去尋太陽,一個向東去尋太陽早些上來。」

於是貓頭鷹太【大】吃一驚了。

「來!」他拍著翅子叫蝙蝠,「來,蝙蝠快來!鬧出大亂子來了,趕快來!」

蝙蝠帶著一副渴睡的臉,打著呵欠,走出松樹黑暗的深處來。

「有什麼吩咐呢?大人!」

「現在說是有一隻向東,一隻向西飛去了的胡蝶,趕緊捉了來。」

「喳,遵命。但是,大人,怎能知道是這胡蝶呢?」

「一隻金色,一隻銀色的。」

「而且是四扇翅子的。」蛙們早就插嘴說。

「你們不是早有研究,只要一看見無論是臉、是翅子、是腳,便立刻知道是否亂黨的麼?」貓頭鷹因為蝙蝠的質問,很有些生氣了。「還拖延些什麼呢?趕緊去,要遲了!」也【他】怒吼的說。

兩匹蝙蝠當出發之前因為要略略商量,便進到樹林裡。

「不快去是不行的,我們要辦不出胡蝶的蹤跡的。」

「你以為現在去便辦得出來麼?哼!」

「但是造反的亂黨,豈不是須得捉住麼?」

「呵呀,你也是新腳色呵!一到明天,胡蝶不是出來的很多麼?便在這些裡面隨便捉兩隻,那不就好麼?用不著遠遠的到遠地方去。」

「只是捉了別的胡蝶,也許說道我們不知情罷。」

「唉唉,你真怪了,便是捉了有罪的那個,也總是決不說自己有罪的,這是一定的事。倘若這麼辦去,即使小題大做的嚷,這嚷也就是損失了。走呀,山裡去罷。」

明天,小學校的學生們被教師領到海邊來了。在沙灘上,看見被海波打上來的一隻金色胡蝶的死屍。學生們問教師道:

「胡蝶死在這裡，淹死的罷？」

「是罷，所以我對你們也常常說，不要到太深的地方去。」先生說。

「但是我們要游水呢！」孩子們都說。

「倘要游水，在淺處游泳就是了，（用）不著到深地方去。游水不過是一樣玩意兒，在這樣文明的世界上，無論到那里（裡）去，河上面都有橋，即使沒有橋，也有船的。」教師擎起手來說，似乎要打斷孩子們的話。

這時那寺裡的沙彌走過了。

「船若翻了，又怎麼好呢？」沙彌向教師這樣問，然而教師不對答他的話（這教師受了校長〔的〕褒獎，成為模範教師了）。

中學校的學生們也走過這岸邊，中學的教師看見了這胡蝶的死屍。

「這胡蝶大約是不耐煩住在這島上，想飛到對面的陸地去的，現在便是這樣的一個死法。所以人們中無論何人，高興〔他〕自已【己】的地位，滿足於他自己的所有，是第一要緊的事。」

然而那寺的沙彌，不能滿意於這教訓了。

「倘是沒有地位，也毫無所有的，又應該滿足於什麼呢？」

沙彌這樣問，站在近傍的學生們，都嘻嘻的失了笑，但教師裝作並不聽到似的，重復【複】說：

「只要能夠如此，便可以得到自己的幸福〔與國家的幸福〕，使人們滿足於他自己的地位，這是教育的目的。」（這教師不久陞了中學校長了）

同日的早上，大學生們也經過這地方。教授的博士說：

「所謂本能這件東西，不能說是沒有錯。看這胡蝶罷，他一生中除卻一些小溝呀、小流呀之外，沒有見過別的。於是見了這樣的大海，也以為不過一點小溝，想飛到對面去了。這結果，就在諸君的眼前。人生最要緊的是經驗，現在的青年們跑出了學校，用自己的狹小的經驗去弄政治運動和社會運動，正與這個很有相像的地方。」

「但青年如果什麼也不做，又怎麼能有經驗呢？」沙彌又開了一回口，然而博士罩是冷笑著說道：

「雖說自由是人類的本能，而不能說本能便沒有錯。」（聽說這博士不

遠就要受學士院的賞【賞的】表彰了，恭喜，恭喜。）

（沙彌在這夜裡，成了衙門的憎厭人物了。）

但是兩隻胡蝶，其實只因為不忍目睹世界的黑暗，想救世界，想恢復太陽罷了，這卻沒有一個知道的人[1]。

載於《南音》，第一卷第五期，一九三二年三月十四日

1　以上校對依據愛羅先珂著，魯迅等譯：《愛羅先珂童話集》（北京市：商務印書館，1922 年）。

小孩子的智慧

作者　托爾斯泰

譯者　春薇

【作者】

托爾斯泰像

托爾斯泰（Leo TolStoy, 俄文為 Лев Николаевич Толстой, 1828～1910），俄國小說家、評論家、劇作家和哲學家，同時也是非暴力的基督教無政府主義者和教育改革家。出身貴族，家族曾出現多位知名作家，他是其中最有影響力的一位。托爾斯泰內心充滿深刻的矛盾，他是個人主義貴族，而在晚年卻很不成功地試圖過一種窮苦農民的生活；他起初曾耽於聲色，而最終卻成為一個徹底的清教徒；他具有非凡的生命力，卻幾乎時時害怕死亡。這種奇特的雙重性格使他在人生的中年捨棄他單純的小說作家的生涯，而成為一名虔誠的基督教徒。托爾斯泰曾參加克里米亞戰爭，戰後漫遊法、德等國，返鄉後興辦學校，提倡無抵抗主義及人道主義。創作甚豐，皆真實反映俄國社會生活。托爾斯泰之所以獲得不朽的聲譽，主要是由於他的兩部小說《戰爭與和平》（*War and Peace*, 1865～1869）和《安娜・卡列尼娜》（*Anna Karenina*, 1875～1877），使他被公認是最偉大的俄國文學家。（趙勳達撰）

【譯者】

春薇，僅知曾於一九三五年七月一日在《臺灣文藝》發表譯自托爾斯泰原作的短篇小說〈小孩子的智慧〉，其餘生平不詳。（顧敏耀撰）

　　《小孩子的智慧》一書中，共有三十一篇的童話，其中有幾篇是托爾斯泰僅以備忘而記錄起來的，內容頗帶著社會的諷刺性。

一　宗教

孩子　媽！你今天怎麼穿起這樣漂亮的衣裳，也給我穿上新的襯衫呢？

媽媽　因為今天是祭日，我們就要到教會去。

孩子　什麼祭日？

媽媽　昇天祭。

孩子　昇天祭是什麼？

媽媽　是基督昇天的日子。

孩子　昇天？那是怎樣說？

媽媽　就是說他——基督——飛上天國去。

孩子　怎樣飛法呢？是不是用翅膀？

媽媽　不！他是神，不用翅膀，隨便就得飛上去。神是什麼事情都幹得來
　　　的。

孩子　他是飛到什麼地方去？爸爸教過我：「天是根本就沒有的」，不過我們
　　　想是有吧[1]？空中是只有星星，星星的上面還是星星，再去是沒有底
　　　止的。那末，基督飛去的是那兒？

媽媽　（微笑）小雞巴兒！你還是懂不了許多；你是不能不信的。

孩子　信什麼？

媽媽　信老人家的話。

孩子　我說人家告訴我，有個人給掉下來的鹽粒打傷，媽媽豈不是教我不可
　　　信那種的傻話嗎？

媽媽　是的，傻話當然信不得。

孩子　傻話不傻話，我那裡懂得來呢？

媽媽　所以，你只要信真的信仰告訴你的話，別的傻話什麼都不可信。

孩子　那末那個話才是真的信仰？

媽媽　我們的信仰就是真的信仰。（向自己）我說的也許是傻話呢？（高起
　　　嗓子）你去向爸爸說，要去教會的一切都準備妥當了，你的外衣也去
　　　拏來。

孩子　教會回來，媽媽就要給我牛乳糖是不是？

1　按：原文此處有衍字「了」。

二　國家與祖國

　　柯保利（夥計），是預備兵。呂西安（小主人）。

柯　別吧，小少爺，以後也許不能再會了！

呂　你真的要去了嗎？

柯　不去是不行的，又打起仗來了，我是預備兵。

呂　跟誰在打仗？是誰跟誰在打仗？

柯　神曉得。這要給大家都知道是很為難的，我也曾在報上看過，卻還不十分明白。大概是墺太利，又有了什麼怨恨我們的人吧。

呂　那末，你是為誰要去打仗？

柯　當然是為了天子，為了國家和正教的信仰。

呂　你很願意去不？

柯　願意去嗎？拋妻棄子……你想，我是願意離開這樣幸福的生活嗎？

呂　那末，你為甚麼要去？就說不願意去，住在這裡好了，不行嗎？」

柯　（笑著）不行，有人家要硬拉我去。

呂　誰要硬拉你去？

柯　跟我同一地位的人，但是非我卻不得不服從。

呂　既然同一地位，怎麼要拉你去？

柯　是上司的致蔭，他們要是受到「拉我去」的命令，就不得不照辦。

呂　他們要是不願意的話呢？

柯　也須服從的。

呂　怎樣說？

柯　為著法律。

呂　什麼法律？

柯　你真是奇怪的小孩子，和你談天實在很有趣。然而，我還是準備去的好吧。這也許就是永別了。

　　　　　　　　——這是譯自日文《托爾斯泰全集》的第三十七冊——

　　　　　載於《臺灣文藝》，第二卷第七期，一九三五年七月一日

小說

丹麥太子*

作者　莎士比亞
譯者　觀潮

【作者】

莎士比亞像

　　莎士比亞（William Shakespeare, 1564～1611），英國詩人、劇作家。出生於破敗的商人之家，只受過小學教育，卻創作了三十七部悲劇、喜劇和歷史劇以及一百五十多首十四行詩。他的劇本迄今已經被翻譯成世界上所有主要使用著的語言，並且表演次數遠遠超過其他任何劇作家。其藝術成就被認為是英國文學史和戲劇史上最傑出的詩人和劇作家，馬克思甚至稱之為「人類最偉大的天才之一」。莎士比亞早期創作以喜劇為主，如《仲夏夜之夢》（*A MidSummer Night's Dream*, 1596）、《第十二夜》（*Twelfth Night*, 1600）等都是知名劇作。後來逐漸轉向創作悲劇，如《羅密歐與朱麗葉》（*Romeo and Juliet*, 1595）、《哈姆雷特》（*Hamlet*, 1601）、《奧賽羅》（*Othello*, 1604）、《李爾王》（*King Lear*, 1605）、《麥克白》（*Macbeth*, 1606）等，後四部並稱莎士比亞四大悲劇。悲劇作品被認為極致地展現了他的文學天份，成為其藝術成就的象徵。（趙勳達撰）

【譯者】

　　觀潮，即李黃海（1877～1936），原名漢如，字少潮，又字夢清、耐儂，號瀛西者、東海呼船客、泛槎生、清夢散人、同情生、西瀛最不羈生等。澎湖湖西港底（今成功村），一九〇四年由總督府國語學校國語部畢業，返鄉任職於湖西公學校。一九〇六年轉任《臺灣日日新報》、廈門《全閩日報》記者，亦曾與羅秀惠、伊藤政重等創立「新學研究會」，發行《新學叢誌》。一九一二年前往中國北京、天津發展，改名黃海，與中國政要、名流交遊，頗受看重。一九二〇年林獻堂在東京共組「新民會」，創辦《臺灣青年》雜誌社，李黃海受邀入會，被推舉為名譽會員。一九二八年晉見日本首相田中義一，有詩〈田中首相邀飲腰越別墅即席賦

---

* 今譯為《哈姆雷特》（*Hamlet*），又名《王子復仇記》，是莎士比亞著名的悲劇作品。

贈〉刊於《臺灣日日新報》。一九三一年任《天津庸報》社長，曾以〈澎湖八景〉為題，發表於《臺南新報》。一九三六年逝世於天津市，享年六十歲。著有《耐儂詩話》[1]。（顧敏耀撰）

　　丹麥王漢姆來德暴崩，才彌月，其后傑德魯，即下嫁王弟克老丟，克老丟遂即王位。克儀表猥陋，性復狡險，國人咸疑王之死，殆克鴆之也。其太子仁怒【恕】雄略，夙以孝稱，痛王之崩，又恥母失節，遂起厭世之念。視大器如敝屣【屣】，居恆怏怏，每疑父死狀，為人所圖，然究不得其奧，焦思益甚。

　　一宵與近侍霍雷旭，隨喜宮中，忽有被甲冠胄，威毅凜然，龍行虎步而來者，即之乃王也。顏色沮喪，似重有憂，太子曳其裾哭曰：「父王何忍捨兒去也？」王招太子至隱處，霍雷旭恐有詐王者，將不利於太子，堅諫不可即。太子弗聽，奔即王，王告曰：「余爾父漢姆來德也，爾忘乃父之仇乎？余實見鴆於克老丟，爾母又忘恥事仇，余甚恨焉。然爾欲報仇，誅克老丟，勿傷爾母，令彼自羞，以終餘年可矣。」太子泣而承命，王遂不見。

　　太子自是復仇之念，長印腦中，恐克老丟疑，不能近，遂佯為顛癇，惘惘無所聞知。克與后私議，以為太子發癇之源，為未受室故。先太子與大臣普魯臬司之女公子偎斐立有夙約，佯狂後，頻作書貽偎斐立，詈其負約，言次顛倒，中夾摯語，偎斐立喜甚，知太子未忘前誼。遂呈諸其父，其父連夜進諸新王及后，王后信太子之癇，果為偎斐立也，立宣太子入宮慰之。

　　太子見克老丟，觸動心疢。言間偶洩憤懟，克老丟怒而起，使侍者燈導入寢。后責曰：「奈何觸爾父怒？」太子聞言，奮然曰：「觀母后所為，誠不堪以對吾父耳，為王后，復為夫弟妻。」后怒叱曰：「狂悖至此，將何以堪！」

拂袖欲入。太子弗聽命，后防其癇發，大號。

忽帷中有人呼曰：「趣救后！」太子意新王之匿其中也，驟發刃射之，刃至聲歇，意其死也。揭帷灼【燭】之，即普魯臬司，非王也。后罵曰：「爾於宮內行戮大臣耶？」太子曰：「濫殺固矣，然與自弒其夫，下嫁其夫弟者，比例差幾何乎？」語出知過妄，復變其詞，以為母后所為，實攖天怒。奈何父骨未寒，遂忘身事仇，以貽死父之咎。九京有知，其能已已乎，后羞不可耐。

時空中有呼曰：「止，臣兒勿爾爾。爾仇不在是，更偪若母者，將蘊怒而死，爾罪巨矣。」遂隱。后知王之靈見，不敢仰視，太子告后曰：「兒為父仇非癇也。」語已遂出，克老丟本欲害太子，即以妄刃大臣，謫之遠邊，后哀於王，乃免。命兩大臣監太子至英，時英尚臣屬於丹，王乃以書抵英王，囑以計毒太子。途次遭海盜劫，太子素勇，出刃踴過盜舟，盜審其為太子，俱伏求赦，遂送太子歸。

將入國門，見有駕輛而出者，詢之，乃知其妻之歿，而葬之也。先偲斐立痛父之死，遂亡其心，長日躑躅江畔，戲折柳枝，以作消抑，枝折遂隕。時太子妻弟萊梯斯，為姊送殯，哭甚哀，自念：「彼兄弟尚如斯，況吾乃其夫耶？」遂近抱喪車而慟。萊梯斯認為太子，恨不得生食之，以為父洩恨，遂相搏。

時王與后亦迤邐從其後，力為解之。然克老丟見太子益憾，乃佯撫之曰：「二人均勇士，明日當以藝相角。」陰以利匕首淬藥授萊梯斯，命乘間刺之。又恐太子勝，隱貯鴆酒以勞焉。屆日即於庭中格，格時萊梯斯佯卻，王偽悅，稱太子能，少選太子誤中藥刃。怒，奪而猛刺，萊梯斯僵，王欲以酒勞之。后渴遽飲，立斃，太子疑甚。

忽萊梯斯僵倒血中，呼曰：「是謀王授我者，然太子命亦俄頃耳！」罵王不休，遂死。太子哭曰：「仇且莫復，而身欲死，將何面目見吾先君於九京乎？」頓挺其藥刃剚王腹，王立僵。太子伏地號曰：「臣兒幾負先王靈之詔，死有餘辜。」

　　衛士霍雷旭見太子垂斃，欲殉焉。太子曰：「君勿爾，君能為我敘冤抑之事，告諸天下後世，俾天下後世知丹麥太子之抱憤以沒，則我死不朽矣。」霍雷旭遂止，臨薨復囑國民曰：「善事新王，勿替國體，則孤受賜多矣。」時觀者皆垂淚。

　　　　　　　　　　載於《漢文臺灣日日新報》，一九〇六年六月五日

志士傳

作者　二楸庵主
譯者　逸濤山人

【作者】

平山周像

　　二楸庵主，即平山周（ひらやま しゅう，1870〜
1940），又號萬里，日本筑前國（今福岡縣）人，畢業於
東京的麻布東洋英和學校，投入著名政治家犬養毅門下。
一八九七年前往清國調查反清秘密會黨，同年回到橫濱
與孫文會晤，並陪同前往東京拜訪時任眾議院議員的犬
養毅，爾後持續支持並實際參與革命黨人的相關活動。
一九〇五年加入「同盟會」。一九一一年武昌起義後，受
日本「友鄰會」派遣，赴中國與革命黨聯絡。一九一六年參與中華革命軍東北軍
在山東的活動。一九三一年獲聘為中國國民政府海陸空軍總司令部顧問。著有《支
那革命黨及秘密結社》。（顧敏耀撰）

【譯者】

　　逸濤山人，即李逸濤（1876〜1921），本名李書，又號亦陶、煙花散人、雪香
山房主人、海沫。臺北蘆洲人。為奇峰吟社、竹社社員，亦为瀛社創社員，任職
《臺灣日日新報》漢文記者近二十年。精通日文與三度往返中國的經歷，有助於
對域外知識的取得，開拓了他在臺灣的視野。其小說內容涵蓋海外各國奇情異俗
的世界想像，乃臺灣文言通俗小說創作的先驅者之一。小說大抵使用淺近文言文，
且多採章回體式書寫；在創作類型上起先以俠義小說為主，一九一〇年後更傾力
於公案小說、偵探小說。詩作及小說作品有〈蠻花記〉、〈天長節觀感記〉（1902）、
〈留學奇緣〉（1905）、〈春香傳〉（1906）、〈春江次韻二首〉（1908）、〈蕈鏡緣〉（1910）
等。（潘麗玲撰）

一

　　宋賢邵康節嘗從客過天津之橋，會有杜鵑鳴而過，先生愁【愀】然曰：「天下其將亂矣，夫地氣自南而北，則天下將治。今地氣乃自北而南，洛陽無杜鵑，而亦鳴之，飛禽常得氣之先，天下其將亂矣。」

　　蓋在宋以前，英雄豪傑之士，以仁義為標榜，一起一仆，而爭天下。每當朝廷政治腐敗，紀綱廢弛，達于極點之秋，則南方之強，群起割據，而為內亂之先驅，如秦末之陳涉吳廣輩皆是也。

　　泊乎宋衰而元盛，蒙古遂入主中夏。未幾明弱而清強，滿洲復入主中夏，于是頓起人種之爭。然其間之能為內亂之先驅，驅逐異族于塞外，起而代之者，前後亦有兩人焉。蓋在元則有淮右布衣朱元璋，在清則有粵西教主洪秀全，惜乎洪軍雖其鋒極銳，而功不果，十八年而遂亡。種界之問題，遂將解決而猶未解決也。

　　今日江西省之萍鄉、宜春，湖南省之衡山、醴陵、瀏陽、湘潭一帶，竟有敲革命之鐘，搥革命之鼓，翻革命之旗，飛驅滿之檄，布安民之令，宣保外之文，直進長沙而進。一舉一動，皆不失為文明的革命軍。為問為其居間籌畫者，果何人耶？豈非志士馬福益兆其端，其部下乃繼其遺志耶？

　　馬福益，湖南人，產于湘潭之碧水灣。幼學書史，頗有大志，嘗讀王船山之遺集，頗興滿漢人種區別之心。每念及之，則頃刻不能排遣。會某友在座，因顧謂曰：「吾儕漢人，其數及四億而上，乃甘心俯首，而為少數滿酋之牛馬，不思脫其羈絆，何異奉賊為父？反抵死擁護之，恥孰甚焉。彼曾國藩、胡林翼、左宗棠、彭玉麟之輩皆漢人，竟為滿酋效死力，以顛覆太平天國，胡不明大義至是耶？」

　　由是以恢復中夏自任，投身于下等社會之中，奔走南北，聚眾數千。旋即乘機舉義，不幸所聚皆烏合，終歸失敗。

　　後知烏合之不足恃，乃于湘潭上游，自營鑛業，以之為根據，得數千之心腹。復自萍鄉坑夫中，擇剽悍者數千為其爪牙，潛蓄購軍器，勢力已成，器械已足，遂于前三年（甲辰）大會其黨于瀏陽之普蹟市。此時其部下來會

者二萬餘人，咸誓出其死力，圖祖國之恢復，刻期將襲長沙。事未及發，忽為政府所偵知，部將蕭桂生、游得勝二人皆被捕，並處死刑。

二

彼事既敗，遠走東西粵。益厚集其軍器，乃歸于萍醴之間，將圖再舉，其間已間不容髮，竟以事機不密被捕，臨刑謂眾曰：「我為漢族而死，死不足惜。惟願我兄弟相繼而起，我死有餘榮矣。」辭氣慷慨，聞者皆為掩袂。

今起于江西湖南間之革命軍，雖收功幾何？尚難逆睹，然決非尋常之暴徒所得同年語也。無已，試一徵其經歷可乎？

先時安源鎮有炭礦，常有坑夫數千人，以表將軍監督之。營中置兵二百五六十人，駐屯礦山者則百餘人，嗣因城外有事，駐屯兵額頓減，素為夫坑【坑夫】等所推戴之頭目，遂以為時不可失，即襲擊礦局附近之案山關而被之。吉安防營及湘撫駐屯之兵，接此警報，亦疾馳而至其地。革命軍以礦山為其根據地，地甚狹隘，多兵未由入，惟遠作鯨波之勢，聊試其威壓耳。

時有張將軍者，率兵五十人，馳至案山關外，革命軍已定其根據地，直邀而擊之。官軍為之辟易，醴陵、萍鄉益陷于危急，且官軍中多與革命軍有關係者，乃反戈相向，官軍力益不支。

革命軍以瀏陽為最多，散在上粟市及案山關者，數亦不下六七千。其軍器則用洋槍、鳥槍、檯槍、劈山砲等，陣法更整而嚴。首領為龔姓，湘潭人，出入常乘四抬轎，駿馬六七騎從諸共後，威儀凜然，有不可輕侮者，人稱白巾頭領。其人嘗游美國，頗知世界之大勢。

端方、張之洞二督，知事不易，一面電奏至京，一面增派援兵，協力剿討。

以上云云，固自謂略得其真相矣，第以通信不便，類據新聞所載而言，不無言之未盡之憾，尚願俟之異日焉。獨是吾人有不能已于懷者，則今之為者雖龔姓，而先之者則馬氏也。遙望江西、湖南之天，猶怳見馬氏之魂魄，立馬于革命軍之陣頭，英姿颯爽，毛髮畢動也。

附史堅如傳

　　史堅如，廣東番禺人。資性深厚，夙醉心于自由平等，日以支那革命號于眾。

　　我明治三十二年，由上海溯長江，深與哥老會頭目相結納。漢口事件爆發前，曾入漢口會見唐才常，以主義不相合，遂去而游日本，往依孫逸仙，約舉大事于將來。

　　居旬餘，一日忽毅然曰：「天下事原任有志者自為之，今豈吾輩安坐之時耶？」遂別孫而返粵東，一意謀為革命。

　　孫之惠州革命軍起，彼與之通，陰為牽制運動，隻身潛入羊城。裝置爆裂彈于督署之傍，及乘機爆發，果轟斃署吏二十餘人。因膽過于大，欲自見其結局，在傍近注視不即去，忽被巡捕發覺，遂捕而投之獄。粵督得之大喜，欲藉知其黨之內容，及黨人之姓氏，鞫問至再，彼終默默無一言，從容就死。

　　彼姿儀秀美，一望如少艾，而深厚尤酷似之。似非敢為流血者，太史公傳留侯，謂如婦人女子，不稱其志氣，乃子房之所以為子房，吾于史氏亦云然也。或乃移「容貌婦人風骨仙，博浪一擊膽如天」之句以贈者，亦可謂適切也矣。

鄒容傳

　　鄒容，字威丹，四川巴人。年十七留學于日本，會江南武備學生監督姚某，有姦淫之事，彼與同學十餘人，突入其室而毆之。事既發覺，乃微行而歸上海。

　　時章太炎方在愛國學社，彼至是始識章。未幾示以《革命軍》一書，請敘刊行，章尤常主排滿主義，于是清政府目二人為首逆，假英租界巡捕之手，捕章投之獄，章之繫獄也。彼聞之，乃徒走赴獄曰：「我鄒容也。」巡捕曰：「豎子僅五尺，審能作《革命軍》？可速去！勿自苦。」彼曰：「試取《革命軍》來一書，我即解說之。」巡捕因開鐵窗使入。

　　明年獄決，章處禁錮三年，彼則二年。其因為獄卒所酷虐者，初非語言

所能盡，章自以我死則容寬，因圖餓死，絕食及七日，終不能死。

明年二月，彼竟憤恚成疾，越二十日，疾益甚。是夜，積陰不開，天寒雨濕，晨雞初唱，遂死于獄。天下最悲怛慘怛者，孰有過于此者乎？念之不禁嗚咽。彼有絕命詞曰：「願力能生千猛士，補牢未及恨亡羊。」嗚呼！言猶在耳而感憤興起者誰耶？擲筆四顧，曷勝天地皆秋哉？

三

陳天華

天華，號星臺，湖南新化人。幼歲家貧，曾登山縱覽，慨然有驅逐異族，澄清天下之志。常書一聯于路亭曰：「莫謂草廬無俊傑，須知山澤起英雄。」見之者皆駭而卻走。

明治三十六年，留學于日本，時因滿洲事件，日俄開釁，是冬又盛傳支那分割之說，彼遂如醉若狂，見友人則潸然涕下，蓋其愛國心之所奮發，恒流露于不自知也。

及日俄風雲益急，復孑然歸國，日唱革命主義，著《猛回頭》及《現世政見評決》二書。翌年三月，再渡日本，著《警世鐘》一書，由是文名大噪，盛傳于革命主義者之間。

六月復歸故國，周游各地，結納綠林諸豪傑。時有湖南志士謀于其地為獨立者，彼因參畫其事。事發，同志之士，風飄雲散，彼乃轉走日本，著《支那最後方針》及《國民必讀》諸書。

是歲四五月亙十一月，留學生約束問題起，彼不勝痛憤，著遺書萬餘言，十一月十二日，遂投大森之海而死。

諸友聞而憫之，乃相謀迎其遺骸，歸葬于其故鄉。嗚呼！岳陽之山蒼蒼，瀟湘之水決決【泱泱】，先生之風，山高水長。

吳樾

吳樾，字孟俠，其家為安徽皖北之巨族。品學思想，皆高拔乎時流，而慷慨義烈，亦視古人或過之。

　　夫支那自戊戌變政後，時機一變，種族之思想，勃然興起于人心。非曰「驅逐胡虜之客帝」，即曰「恢復中華之主權」。于是革命之聲，遂播滿于四百餘州。今日口頭之志士，筆底之英雄，讀其文則如病哭之賈誼，聞其語則如激烈之陸游，殆滔滔皆是也。為問敢有一人，願學聞雞起舞之祖逖，願學枕戈待旦之劉琨，坐而言即起而行之者乎，吾恐尚留以有待也，詎不痛哉？

　　獨樾則不然，彼能犧牲其身為國民造幸福，效虛無黨之手段，圖為暗殺者，不止一再。去歲孟冬，鐵良南下，刺之不果。今春鐵良、那桐、徐世昌等，往查保陽學堂，射之又不得其間。及秋間，偵知出洋五大臣行將出發，思近其身，復恐不易近，乃變從僕之服裝，竊混之車傍。自踏爆烈彈，彈發死其數人，己亦遂死。

　　是役也，雖不得致五大臣之命，事不成而身亦死。然一舉而能墜其心膽，使五大臣不敢即發，不可謂非人傑也。彼常謂人曰：「支那四萬萬同胞，如能前起後繼，何憂大事不成？我請為之前焉。」嗚呼！彼已前起矣，誰為繼其後者？

　　譯者曰：「或云革命派之蠢動，乃所以破壞社會秩序也。」是大不然，自立憲之機一發，滿臣中之頑固者，類主立憲利漢不利滿之說，清廷遂遲遲有待未即頒布其條規，不如是之蠢動。烏足迫成立憲乎？蓋東西各國之立憲，鮮不以頭顱心血購之者也。

　　又篇【篇】中有馬氏以不能為漢族造幸福責曾文正一事，意謂當金陵克復時，如敢為之，則舉義以興漢而滅滿；不敢為之，亦可乘機為漢族謀立憲，效匈與奧之分治。抑知曾文正固不能為第一義，即云第二義，是時立憲之事，支那尚鮮能知者，尤何責焉？

　　總之，今日革命派之暴熱至是者，亦以清國國權既墜，憤為各國所凌辱，故欲恢復其祖國，期開一新紀元也。但士各有志，或主排滿興漢，或主滿漢分治，皆任有志者自為之耳，初何必以革命為是，保皇為非哉？

載於《漢文臺灣日日新報》，一九〇七年二月八、十三、十四日

花麗春

作者　馮夢龍
日譯　不詳
中譯　中洲生

【作者】

　　馮夢龍（1574～1646），明代通俗文學家、戲曲家。字猶龍，又字子猶，別號龍子猶、墨憨齋主人、顧曲散人、詞奴等。出身長洲（今江蘇蘇州）的士大夫家庭。天資聰穎，博學多聞，曾與文震孟、姚希孟、錢謙益、侯峒曾等名士交往。雖有仕進之心，卻屢試不售，落魄天涯，宦遊四方。曾以坐館教書為生，一六二六年（天啟六年），受到魏忠賢之閹黨迫害，在家發憤著書。一六三○年（崇禎三年）考取貢生，任丹徒縣訓導，一六三四年升福建壽寧知縣。四年後任滿返鄉，晚年仍繼續從事小說創作以及戲曲編纂與研究。一六四四年（崇禎十七年），因明王朝被李自成推翻，他以悲憤的心情編纂了《甲申紀事》。清兵南下之後，輾轉流離於浙閩之間，刊行《中興偉略》等書，宣傳抗清。一六四六年（隆武二年／順治三年）憂憤而死。編著作品甚多，包括民歌集《掛枝兒》、《山歌》，短篇小說集《喻世明言》、《警世通言》、《醒世恆言》，長篇小說《平妖傳》、《新列國誌》，戲曲傳奇作品《雙雄記》和《萬事足》，笑話集《笑府》、《廣笑府》等，現已編成《馮夢龍全集》出版。本篇出自《情史》（又名《情天寶鑒》、《情史類略》），一向認為是馮氏編述，全書廿四卷，共八八二條。主要是選自歷代筆記、小說、史籍以及其他文學作品中的有關有關愛情故事並經馮氏加工編纂而成。將中國歷史上著名的愛情故事、傳說中的男女主人公分類列出，以男女主人公的名字、姓氏為標題，簡要地介紹了其籍貫、性格及愛情遭遇，後世戲曲和擬話本常從中取材。（許俊雅、顧敏耀撰）

【譯者】

　　中洲生，生平不詳。本文應是譯自日文，或者是自《情史》〈花麗春〉改寫。原文未署原作者及日譯者。（許俊雅撰）

　　支那宋朝天順年間，慶元縣人，有宗魯者。年廿一。文采風流。長於吟詠。聞杭州山水之美。思欲一覽其勝。乃攜一僕往。凡名山古跡寺社。無一不到。又聞會稽之奇觀。更策馬趨之。下馬玩賞。不期誤入山裡。無何夕陽已下。岩壑暝然。方躊躇間。忽見燈光從叢林中出。意必農家。急向前。視之。華屋也。宗方驚疑際。忽瞥一青衣者。乃近前施禮曰。失路之人。意欲在貴邸借宿一宵，以免虎狼。明朝當早行也。青衣遽返，俄頃出。逆客人。遙望一如花少女端坐中堂少女見宗。降階以迎。寒喧畢。命獻茶。已而設讌流連。女問訊鄉貫姓名。宗俱告之。反詢之。女眉間一顰曰。妾本姓花。小字麗春。祖籍臨川。僑居於此已二百年來矣。先夫趙禕。表字咸淳。娶妾同棲十年而卒。爾來寡居焉。嘗自誓如有能詠四季宮詞。稱吾意者。不問其門戶。願事之。然卒未遇其人。先生其有意乎。倘得如願。當從終也。宗謙辭曰。拙筆恐污清聽。然何敢方命，乃賦四絕獻上云。

禁院花開日乍晴。長門深鎖晝淒清。側倚銀屏春睡醒。綠楊枝上一聲鶯。（春）
簾波薄暮迷青瑣。粉汗凝香濕絳紗。宮禁日長人不到。笑將金剪剪榴花。（夏）
桂吐清香滿鳳樓。細腰消瘦不禁愁。朱門深閉金環冷。獨步瑤階看女牛。（秋）
金爐深炭搖紅燭。碎剪瓊瑤舞亂風。紫禁孤眠長夜冷。自將錦被添薰籠。（冬）

　　女讀畢正賞其秀逸。乃謂宗曰：「妾意決矣。萬君不可推辭也」。宗喜甚。乃就堂上成禮。夜深雙入洞房，于飛甚樂。夫婦之間，十分親密。女禁宗不許出戶庭，將近一年。一日忽謂宗曰：「向本欲與君百年偕老，不料上天降罰，禍害迫在目前，請從此別。明旦可早逃也，遲恐禍及君身矣。」宗驚問故。女不答，但咽泣而已。宗撫其背而慰之。女長嘆吟曰：「倚玉偎香甫一年，團圓卻又不團圓。怎消此夜離別恨，難續前生不了緣。艷質竟成蕙悵怨，風流化綺羅煙。誰知大數明朝盡，人定如何可勝天。」翌朝女急催宗出，宗大悲。行里許，忽黑雲四起，咫尺不能辨黑白，天地闇黑。宗大驚，急避林中。轉瞬間雷雨驟至，霹靂一聲，山谷為震。無何雲收雨過，紅日當天。再往其處，則華屋已烏有矣。惟見路傍有石墓，為雷震壞，骸骨碎散其傍，隱隱有血痕。

宗戰戰兢兢【兢兢】，急尋舊路而返。至寓，問之鄉人云：「山有宋度宗妃花
麗春之墓。」乃大悟所謂姓趙名諶，乃度宗之諱，咸淳其年號也。自宋咸淳
至天順恰二百餘年，是必花麗春無疑，即刻整裝而歸。宗感花麗春之情，終
身不復娶。後削髮空門，至老乃入天台不返。[1]

載於《漢文臺灣日日新報》，一九〇七年五月一日

1　馮夢龍《情史》〈花麗春〉原文如下：

　　　天順間，鄒生師孟，字宗魯，慶元縣人。年二十一，丰姿韶秀，長於吟詠。
素聞杭州山水之勝，遂令僕攜囊以往。凡遇勝跡名山，琳宮梵宇，無不登臨。又
聞會稽天下奇觀，策馬往遊，愛其秀麗，下馬步行，進不知止。頃間，斜陽歸嶺，
飛鳥爭巢，天色將晡，退不及還。正蜘躕間，忽睹叢林中燈光外射，生意為莊農
所居，疾趨至彼，則巋然巨室也。街衢整潔，松竹鬱茂。俄一青衣僮子，自內而
出，鄒生前揖之，因假宿焉。青衣入報，出，致主母命，延入。遙望中堂，有少
年美人，盛妝危坐，顏色如花。見生，降榻祗迎。相見之後，茶畢，酒繼至。美
人叩生鄉貫姓名畢，生亦叩之。美人顰蹙曰：「妾本姓花，名麗春，臨安人也。僑
居此二百餘年。先夫趙諶，表字咸淳，娶妾十年而卒。妾今寡居，曾設誓：『有人
能詠四季宮詞稱妾意者，不論門戶，即與成婚。』杳無其人。不知先生能之乎？」
生曰：「但恐拙筆，有污清聽。」遂濡筆吟四絕云：

花開禁院日初晴，深鎖長門白晝清。側倚銀屏春睡醒，綠楊枝上一聲鶯。
鎖窗倦倚鬢雲斜，粉汗凝香濕絳紗。宮禁日長人不到，笑將金剪剪榴花。
桂吐清香滿鳳樓，細腰消瘦不禁愁。朱門深鎖金環冷，獨步瑤階看女牛。
金爐添炭燭搖紅，碎剪瓊瑤亂舞風。紫禁孤眠長夜冷，自將錦被傍薰籠。

　　　美人覽畢，誇其敏妙。因曰：「妾不違誓，願托終身。君亦不可異心。」生起
致謝。已而夜靜酒闌，入室就寢。自是情好日密。每旦，令生居於宅內，不容出外。
　　　將及一年，忽語生曰：「本期與君偕老，不料上天降罰，禍起蕭牆。盡此一宵，
明當永別。君宜速避。不然，禍且及君。」生固問之，美人終不肯言，但悲咽流
涕而已。生以溫言撫慰，復相歡狎。美人長歎，吟一律云：「倚玉偎香甫一年，團
圓卻又不團圓。怎消此夜將離恨，難續前生未了緣。豔質馨成蘭蕙土，風流盡化
綺羅煙。誰知大數明朝盡，人定如何可勝天。」
　　　次日黎明，美人急促生行，生再三留意，不勝悲愴。行未數里，忽然玄雲蔽
空，若失白晝。生急避林中。少頃，雷雨交作，霹靂一聲，火光遍天。已而雲散
雨收，生復往其處視之，無復華屋，但見道旁古墓，為雷所震，骷髏震碎，中流
鮮血。生大恐懼，急尋舊路回至寓所，詢問鄉人，曰：「此處聞有花麗春者，乃宋
度宗妃嬪。其墓在此山之側。」生因憶其言，所謂姓趙名諶，即度宗之諱。而咸
淳，乃其紀年。又況宋之陵寢，俱在此山。自宋咸淳，至我朝天順，實二百餘年。
其怪即此無疑矣。急治裝具，回至慶元縣，備以前事白之於人，眾皆驚異。生感
其情，不復再娶。後修煉出家，入天臺山不返。

小人島誌*

作者　斯威夫特

譯者　蔡啟華

【作者】

斯威夫特（Jonathan Swift, 1667～1745），十八世紀英國最傑出諷刺小說家和政論家，也是英國啟蒙運動中激進民主派的創始人。他以大量政論和諷刺小說等抨擊地主豪紳和英國殖民主義政策，影響深廣。早期兩部諷刺作品《一個澡盆的故事》（*The Tale of a Tub*, 1704）和《書的戰爭》（*The Battle of the Books*, 1704）乃其諷刺才華的最初展現，故此高爾基（Maxim Gorky）稱他為世界「偉大文學創造者之一」。由於同情愛爾蘭人民在英國政府專制統治之下的痛苦生活，斯威夫特猛烈地攻擊英國政府，為愛爾蘭人民爭取早日獨立和自由搖旗吶喊，贏得了「偉大的愛爾蘭的愛國者」的稱號。在晚期的作品中，斯威夫特斥責了英國統治集團的腐朽政治，並揭露了資產階級唯利是圖的剝削本質。除了最著名的文學作品寓言小說《格列佛遊記》（*Gulliver's Tvavels*, 1726）外，還寫了關於愛爾蘭的著作《一個小小的建議》（*A Modest Proposal*, 1729）等作品。本篇刊出時未標作者。（潘麗玲撰）

【譯者】

蔡啟華（1864～1918），祖籍福建泉州惠安縣，幼隨父渡臺。其父以舌耕為業，啟華隨侍讀書，詩文一道，頗有心得。曾任大稻埕公學校漢文教師，後任總督府學務課員。一九〇七年以臺灣人的身分擔任編輯《臺灣教育會雜誌》漢文報，其漢詩等文學作品亦登載於此，如論說雜錄欄的〈生蕃人國法上之位地論〉（1906）、〈海內十洲記錄〉（1907 年）、〈遊圓山記〉（1911）；傳記作品有〈鈴江先生略傳〉（1912），抄譯作品有〈小人島誌〉（1909）等。一九一四年，協助平澤丁東主編的《臺灣俚諺集覽》在有必要的地方做註解，具有濃厚的傳統文人風格，亦是臺

---

* 本篇於原刊連載時，第一輯題為〈小人島〉，爾後數輯才改題〈小人島誌〉。

人於日治時期協助民間文學的採集整理之例。一九三一至一九三二年間亦曾擔任由小川尚義主編的《臺日大辭典》的編輯工作。此外，他也曾在《臺灣時報》發表過〈敬步竹窗方伯瑤韻〉（1915）、〈鳥松閣雅集〉（1915），在《臺灣日日新報》上有〈輓阿美女史依鄭君毓臣原韻〉（1902）、〈秋梧〉（1905）、〈披裘公〉（1905）、〈南菜園〉（1906）、〈送陳漢藩君之榕城有序〉（1911）等詩作。（潘麗玲撰）

一

世界之大，萬物之眾，紛紛異類，種種殊形，無奇不有，無巧不具。嘗讀《山海經》，有交脛貫胸、三身一臂諸類。罕見者見之，無不以為至奇至怪也。然品物流形，賦稟不一。我以彼為奇，安知彼不以我為奇；我以彼為怪，安知彼不以我為怪。易地而觀，同此意想。夫羽民毛民，各隨煦育，無腸無臂，各任生成，乃益嘆造物賦界之奇且巧也。然而造物不以為奇也，人以為奇耳；造物不以為巧也，人以為巧耳。試於公退無聊之候，偶檢逸史，為述一絕奇絕巧之事，譯而出之，以當奕碁觀劇之趣云爾。

英吉利者，恰如我邦之島國也，四圍環海，瀕海之人，每好遊於海，故關於航海之談話，自古以來頗多，其中最趣味者，為魯猛爽及涯里覓，遊小人島及大人國之談。其涯里覓者，是英吉利船之醫師也，素以船為宅，往來遠近大洋。爾時欲往印度，中途遇烈風，飄向西北方去。忽觸大岩，船遂瓦解。船中人，悉為魚鼈。幸免者，僅涯里覓一人而已。彼雖同時沉溺，然素識水性，不致凶占滅頂，獨能奮勇泳抵海岸，欣然登陸。

于時日已下山，四處昏黑，莫辨為何境，然既離洪濤之阨，得就淨土，意謂待到天明，必有人來救助，且尋一石上，少安其身，只因衝波力泳，疲勞殊甚，不覺昏昏睡去。

迨東方既白，一輪上升，華夢初醒，方欲輾轉，忽全身拘束，手足皆不能展，乃大驚曰：「我如何至於斯耶？」更欲舉頭，而髮亦被制，不得伸縮。於是周身諦視，不知為誰所戲，手足胸腹等，皆被細繩束縛甚急，而髮亦繫在樹頭。仰倒石上，正無可奈何之際，俄有如蚊鳴之聲，或集在耳旁，或攢

在腋下。方訝不知何物，睨之則眾小人也。其身約有六寸之長，各執弓矢，從脅腹而上，將及面。涯里覓惶恐厲聲曰：「不圖此奴敢如此！」忽而眾小人皆如彈丸爆烈，悲鳴喧噪，一齊逃去。但其中有倉惶者，由肩躍下，足挫腰折，大擾一場。時涯里覓見此光景，不禁破啼為笑。

　　涯里覓既從海裡逃生，又在野中受困，其狀可憐，其情殊愴。然於恢恢世界中，得覯一平生最罕覯之小人，亦趣甚奇甚。以為：「我之身材，雖非魁梧奇偉，有十尺九尺之稱，然以方此小人，其大奚啻十倍。或者彼等見我，輒疑為妖怪者，亦情之常也。但我因遭難托足其間，正如虎入羊羣，有威莫展，不如示之以溫柔，處之以鎮靜，沉機觀變，待其所為若何，然後應之。」於是復安臥如故。

　　忽見紛紛陣陣，蜂擁而來。一聲呼喊，四面包圍。弓開新月之形，箭下驟雨之狀。渾身上下，蝟集蟻簇。但此矢之長，不過五分或一寸而已，雖齊射無慮數百，卻於性命無妨。然如擊破蜂窠，突遇群蜂集螫，未免針痛不堪。

　　涯里覓於怒髮上衝，方待掙起，欲左右擊殺，既又沉吟三思，謂若殲滅此輩，於我何益，姑忍斯須，以齕鼠之技待之可耳。仍復平氣，不動聲色，以觀將來伎倆。

　　豈意此輩矢忽停射，尋在面旁架一小棧，中有衣服麗都，高坐棧上，疑即小人島王。頃焉，語聲唧唧，似諭臣下，但見一輩小人，將繩謹解，而縛稍緩。此時涯里覓知是救星，心中暗喜，以手作勢稱謝。又以手作勢，謂：「我決非妖怪，同為世界中人。昨因犯風舟覆，同行者盡溺於海，己獨逃生到此，決無他意。諸君憐而救之，惠賜一餐。再造之恩，沒齒不忘。」

　　幸島王獨解其意，遂諭臣下，給以食物。以長梯架在脅旁，約有百小人，各持牛肉麵包，盛之筐中，列在口前以奉。其所云牛腿，比之雀頭猶小，而麵包之大，亦不過如彈丸。雖合百數，不供一飽。小人見之，一同驚愕駭異，嘖嘖不休。

　　嘗考小人島，名曰リ・ブウト。國之縱橫，十有二里。國中最繁盛都會者，曰ミルレンド都，人口約有五十萬。其市廛最廣者五尺，最狹七八寸至一尺二寸，其所建家屋，三階或五階，周圍環列。蓋自古以來，概為四寸至

六寸之小人所居。其他鳥獸，亦皆細小。馬僅高至一尺，犬僅高至三寸。最大之樹木，亦尋常之英人手可及其杪。噫！異哉！其人小，而其物亦與之俱小也。

二

小人島人格雖小，其國王殊有勇氣，且極慈悲。故見此壯大修偉之涯里覓，獨坦然別無甚驚惶之狀。特命諸臣引至京都，暫時休養。諸臣領命，遂議引送之策，思：「此偉大之人，一旦縱其自行，或恐變生不測，悔之何及？」仍使仰臥如前嚴縛。遂即速造輪車，幅四尺，長七尺，高三寸。約聚百小人，扶起渥【涯】里覓之身，經三時之久，置於車上，繼以馬千五百匹，引過十四五町之程。計閱四時間，方抵京都。擁擠喧噪，紛紛推挽，如蟻運蟬之狀。

既至，即寓涯里覓于大寺。寺之周圍屏障高聳，充為捕虜安置之處，在小人島則稱為最大之寺，而一涯里覓住之，竟充塞而無餘地，如狗竇然。斯時有數百小人之裁縫，量其體以製寢具，稍供安臥。然渾身束縛，屈抑難堪，乃懇請于監視官曰：「我決靜處于是，不為亂暴之事，望君少紓吾縛何如？」頻以手作勢示意，托其請之於王。監視官曰：「既如此，姑解其縛，倘未受吾王恩命，爾宜靜坐毋出。」嚴諭畢乃解周身之繩，僅鎖其兩足，於是輾轉頗覺自如。但起立行步，尚多未便，惟靜坐以度晨昏。

爾時國中老幼人等，熙熙來觀者，日有數萬，混雜環繞寺前。雖有多數之小人巡查，亦不能制。其中有好事者，竟敢躍上涯里覓之身，由膝而腹而肩，循及面部，載舞載言，極其騷擾。涯里覓遭此非常之困，鬱而成病。監視官憫之，因於周圍限之以繩，使觀者不得迫近其身。寺之近所，曾築一五層塔，國王每登其上，俯察涯里覓之舉動。觀其身幹雖偉大，其性質則又溫良，絕少亂暴之狀。自此心安，漸近其身，常與言語。

先是國王曾命學士，教之島語，故稍解談話，特號涯里覓曰「人山」。言語稍通，更無猜忌。「若得人山為朝臣，居之國中，我國必強，無論與何國戰爭，決能取勝。」時有一大臣奏曰：「王勿輕用，有此驚人之大漢，安知無攜帶驚人之兵器？搜而取之，方無後患。」王准其奏。

　　隨命二三臣下，周身檢查。佩於腰間者，有長劍、短銃，貯于懷中者，有時計、幣囊。小人見之驚惶，皆不知其何作用。涯里覓乃戲試之，以俾眾人觀覽。先拔長劍舞弄一翻，作殺人之勢。時值日光照于劍鋒，其光芒燦爛，閃爍如電。小人目為之眩，不敢仰視。隨又發轟然之聲，如迅雷一震，羣皆倉皇掩耳。然非驟雨，何以發雷？正相怪訝，及仰而視之，乃知為短銃之聲。

　　即將此驚人之器，悉運去而藏之。乃封涯里覓為大臣，交情益摯。常有兒童環集遊戲，或伏于髮中，或躍于腹上，又有在股上競走。涯里覓日將此物為玩器，轉覺安之若素。有時以木作間架，上張以帛，令小人之騎兵，在此練習，教以種種兵法。國王觀之，甚然嘉獎。

　　一日國王特命人山，展其兩足，立在平野。俄焉國王舉全國之兵隊，騎兵、步兵、砲兵、工兵，皆武裝練習于野中，親出號令，舉行觀兵式。著諸兵隊胥從人山胯下過，如過城門然。涯里覓覩此奇景，不禁掩口而笑。倘一失足，定蹴死一大隊兵，故仍屹然正立。此以彼為玩器，彼亦以此為玩器，日過一日，頓忘身在虛無縹緲間也。

三

　　未幾烽煙告警，舉國騷然。有一鄰邦號曰「武禮夫士具」，依然小人國也，發軍艦五十艘，載兵十三萬人，泊在對岸，下書討戰。國王聞之大驚，急議戰守之策。因思人山如此壯大，若用之以為將，決可一戰成功，隨傳旨命人山統兵破敵。

　　涯里覓乃先察敵國之形勢，查軍艦之多寡，探兵士之強弱，量海水之淺深，一一瞭如指掌。遂奏曰：「如此不須勞一卒，費一矢，請王安心，佇候捷音。只臣一人，可使彼片甲不回。」言訖，單身向海飛奔而去。

　　抵海濱遙望對岸，果見無數軍艦泊于其間。適有司令長官升帳，傳令哨身前進。涯里覓望而冷笑曰：「如此兒戲，吾今一出，足令彼魂飛魄散，膽破心驚矣！」即脫去外衣，提出長鍊，渡海迎敵。此所謂海，最深不過五尺至六尺已耳，涯里覓縮身潛泳，頃刻間已達艦邊。然敵軍早已偵知，見此巨人，疑為海中怪物，悚然齊起欲擊退之，各引弓矢直射而來。

涯里覓毫無懼怯，從容以長鍊貫縛諸艦，如貫珠然，引起陸上敵軍大驚，
紛紛亂逃。其大將、兵卒、士官、水夫，悉棄軍艦，躍入海中。涯里覓將爰
捕獲，解獻京師。

是役也，以一人山，破敵兵數萬。國王大喜，賜爵褒功，愈加重用。時
朝中有一大藏大臣，妒賢嫉能，見人山得寵，心甚不平。又思如此強猛，終
不利於同僚。遂進讒於王曰：「此人山大我輩有幾百倍，以彼一人之食量較之，
當我輩有千七百二十八人之多。以千七百二十八人之食料，供彼一人之食，
則國之食物漸虛，而我等終必同為餓殍矣！王如不舍，是欲絕我國五十萬人
之口也，以彼饕餮之徒，留之則為我國之害，除之即為我國之利。」

王曰：「卿言未嘗不是，然既為我臣，且有大功，惡可除也？」諸臣曰：
「不然，既為臣子，生殺由君。」王曰：「如是將殺之乎？」一則曰：「焚死
最為妙策。」一則曰：「不如命諸將以毒矢射死。」一則曰：「焚死射死，顯
然之殺也，猶虞其有他變。以臣思之，不如陰以毒藥塗其衣服，使共【其】
聞腐爛而死，庶無後患。」

王聞諸臣之說，又思信用已久，雖云于國不利，終不忍置之死地。乃曰：
「殺之恐無罪名，姑戕其兩目何如？」眾曰：「只此何能使之死也，必更漸減
其食料，使之形消骨立，自無生機。如此彼之死，非我殺之也。」王不獲已，
姑許此議而行。

中有一人與涯里覓交善，聞其抉目餓死之謀，心為不忍，丞【亟】馳馬
飛報。涯里覓迎入延之座上，問：「何事倉皇乃爾？」其人曰：「人山兄禍將
至矣！」覓曰：「我何有禍？恐將是汝輩之禍，我何禍之有？」其人又曰：「實
有不測之禍，君尚不知耶？比者奸人忌君，決計害之，君須豫防，不然噬臍
何及！」覓曰：「若然，願聞其詳。」

其人一一密告，覓大驚。謂矢射火焚及抉雙目，此等猶易為防，獨此減
食之事，則終袖手無策，坐以待斃已耳。于是惱極怒生，思欲一展材能，蹴
壞其市廛，躪殺其君臣，以洩胸中之恨。既而沉吟三思，謂我隻身飄流到此，
約一年矣，賴彼食我衣我，得延餘生，今忿而為亂，人謂我恩將仇報，不如
逃也。遂向其人拜謝，飄然出門。走至海濱，脫上衣懸于艦竿，袒裼【裼】

渡海而去。抵一島，原來即「武禮夫士具」國也，前日曾因戰爭敗回，今遇
涯里覓，知其猛勇，不敢抵抗。又見赤身踉蹌而來，料是避禍，竟無疑忌，
欣然齊到海濱迎接。

四

　　當時涯里覓到「武禮夫士具」國，俄有二三小人，奉其國王之命，來此
歡迎，恭行大禮，迎至都城。國王下殿延入，謂涯里覓曰：「汝是人山將軍耶？
今日辱臨敝國，實天假之緣！」言畢，亦行大禮，視向在里里浮島之時，更
加厚待。涯里覓亦頗安心，自此在武禮夫士具國為食客。然雖受此厚待，終
是眷念故都，不能鬱鬱久居此。

　　計自流寓里里浮島，至逃來此國，前後約經一年。初到小人島甚奇之，
及久，遂生厭心，屢圖歸計，日往海濱延望。一日適于渚邊見一船舶，橫浮
其上，即出望遠鏡照之，知是遭難之船。乃大喜曰：「此天助我歸鄉也！」當
急取之，遂袒身入海，挽到岸上。船體卻有破壞，乃請國王命眾工修繕完竣。
於是拜辭國王，束裝就道。王乃率朝臣親送至海濱，并贈食料及品物。涯里
覓拜而受之，欲請十小人同往觀光，王不許，只賜生牛羊各八頭而已，此亦
是最小之物也。

　　涯里覓自去小人島以後，約行十二里程，至一島，草木繁茂，景色絕佳，
四望杳無居人，爰乃登岸休宿一夜，及明再刺舟前往。途遇一帆船，急豎英
吉利旗，希望救援。幸是本國商船，往日本商賣，將回本國，故載涯里覓同
歸。

　　時舉國喧傳涯里覓自小人島歸，攜帶最小之生牛羊，各爭覩為快。四方
來觀者，日數萬人，較昔日流寓小人島，來觀者更多十倍。旬日得金巨萬，
涯里覓素好航海，遂以此金造一巨艦，滿載食料，再遊大洋。自今以後，又
有最奇之大人島談，以傳于世云。

載於《臺灣教育會雜誌》，第九十一～九十四號，
一九〇九年十月二十五日～一九一〇年一月二十五日

赤穗義士菅谷半之丞

作者　不詳
譯者　異史

【作者】

本篇原作可能來自日本當地的「講談」（こうだん），即如臺灣之「講古」或中國之「說書」，確切之作者難以查考。（顧敏耀撰）

魏清德像

【譯者】

異史，即魏清德（1887～1964），字潤庵，筆名雲林生等，臺北人。日治時期重要的媒體人、傳統文人，曾任臺灣傳統詩社「瀛社」第二任副社長（1926～1953）。自幼即在古文詩學上培養良好的基礎，日治時期接受新式教育，不但具備文明啟蒙思想，也深受傳統文化的薰陶。一九一〇年進入《臺灣日日新報》工作，從開始的編輯員做到漢文部主任，主要工作包括漢文、漢詩的編審工作；文字撰述包含詩作、翻譯、改寫西洋偵探小說、日本歷史小說、發表藝術評論與對社會現實的批評等。他接收了日本帶來的現代化，以及西方在經濟、文明面上的力量。魏清德大部分的詩作發表在《臺灣日日新報》，作品有《滿鮮吟草》（1935），《潤庵吟草》（1952）、《尺寸園瓻稿》（1963）。一九六三年魏清德與林熊祥及其他來臺四位大陸詩人于右任、梁寒操、曾今可以及何志浩共同當選「桂冠詩人」。（潘麗玲撰）

第一回

春日照城櫓，亂禽啼向西。此時都下花片盛墜，有一美少年穿江戶流行衣服，唱謠曲一節，手執輕紈白扇，徐擊刀柄，刺【刺】斜裡悠悠從二丸外溝上經過。旋有一醉人叩其名，美少年急回顧，曰：「咄！瀨尾君何來？共攜手歡敘。」瀨尾年與美少年相稱，手拈櫻花一朵，自云：「今日公事停辦，是

花得自某公園來者，君如悅好，願即奉贈。」美少年受而荷諸肩，瀨尾氏復乘醉戲談。其中有令人腸中車輪轉者，行數百武辭去。

　　是時都下春宵良月，忽共美少年顏色慘憺，晴雲天際，鬱鬱若為誰不歡，而淡淡輕風，美少年已顰眉愁對之矣。美少年為誰？播州赤穗城主淺野采女正長友家臣、馬迴役兼攝代官、菅谷半兵衛長男菅谷半之丞也。芳年十九，家世累代列士籍，彼以天生宋朝麗質，為主君愛寵，近侍中鮮有其比。父半兵衛，亦因受祿不匙。然而月圓易缺，花不長紅，半兵衛四十一壯年，中饋忽然摧折，迎後妻絹子為續絃，年二十五，即半之丞之後母也。

　　見說加茂川之水，滌其顏則容色優美。半兵衛何修，何豔福竟能得此嬌妻美子？得毋加茂川靈氣萃於一身乎？絹子雪膚月貌，綽綽可人，眉黛一雙，尤惱殺闔國之游俠子。

　　半之丞自受瀨尾戲謔以來，回思乃父若母，年紀既不相稱，此間風潮，自不待外人道。而絹子又過美豔，尤物非福，興懷及此，有不禁對月而喟然增歎也。半肩櫻花，欲棄不忍，躑躅抵家中，徐徐卸下。忽聞美聲自內簾出，問：「半之丞歸來是否？」旋見蘭燈一盞，環珮姍姍來。半之丞知道是繼母絹子到，急向前行禮，雙手呈上櫻花。絹子接置清水燒膽瓶，無情花遇有情人，古人云所謂「誰能遣此」者是。

　　燈煌煌下，鮮花一朵，二美相映。絹子為陳殽菜，慇懃勸就食，並言：「久居內室，寂寞不堪。今宵得預談笑，快何如之？薄具杯酒，請歡飲勿辭。」遂前進為半之丞酌，半之丞惶恐一口飲盡。詢問：「父親今宵在家與否？」朱唇徐啟，笑答謂：「方就須藤宅鬥棋。」半之丞首額【頷】謂：「然然，碁固父親所好，若兒性情淡泊，黑白輸贏，在所不計。」

　　絹子掩袖笑曰：「子縱不為黑白計。其肯不為婦人計乎？聞子美貌，閨閣中婦女為子害【羞】殺者不知其幾人。子朝遊鶯鶯之宮，暮宿燕燕之宅，又何暇如汝老子偷閒作無聊之想乎？」半之丞聞言惶恐戰栗，汗流浹背，意謂：「絹子雖年齡與己若姊弟，實則彼母也。半之丞子也，今彼來戲余，明明在上，赫赫在下，豈容此無父無君之行為？況余亦曾身沾孔孟教誨，沐武士道栽培，其肯作此背倫背德之事？」益口訥耳赤，溫若處子，乃急遽畢餐飯，

倉惶欲辭出。絹子復自內取出一冊,命半之丞著意細視,其書為白樂天所著之《長慶詩集》。

第二回

半之丞入臥內,重添燈油,出所贈之《長慶集》觀玩。得繼母筆跡一札,表面書:「是子非子顏如玉之半之丞親展,絹子斂衽。」

星斗闌干,窗櫺半掩,扼腕興嗟,撫机長歎:「嗚呼!繼母乎?繼母乎?吾父吾父,吾半之丞,半之丞何辜?」珠淚紛紛,不禁泣數行下。因念:

「今日瀨尾乘醉戲我,謂繼母與之丞有繞【蹺】蹊[1],玉人一雙,何能確守母子關係?噫!可恨可恨,瀨尾亦人面,何忍以此語相加?之丞苟不念武士道不妄殺醉者,且平素交情不惡,業一刀揮兩段矣。噫!人言可畏,初不料竟為此無知小子一言早料也。半之丞得母前世多失修,而今生多不德乎?天耶?地耶?佛耶?神耶?天地何忍?佛神何忍?而必欲使惡魔兇鬼,繞我菅谷宅,瞰我菅谷家,之丞非癡非狂,其肯生陷地獄畜生鬼道?」

半之丞心如沸湯,緒如亂絲,雙眸耿耿若火,五體不動若木雞。

卻說絹子自授書之後,即潛蹤尾其後,到之丞臥室窗際窺視。意謂竭數日來心力,作為是書,不知半之丞一覽作何態度,定神鎮氣,一意窺伺。

其時胸膛間,動悸不已,雙足戰栗如有聲。

忽聞半之丞以小聲突叫曰:「母親赦罪!」同時復自窗際窺之丞以手持書起,絹子張皇意己行跡已露,急得顏如紅榴吐縠,伸隻手攀廊柱,復頻頻作響,然而半之丞毫不知也。之丞所云前此赦罪者,蓋欲以繼母手書付丙故。旋見之丞以手向燈,以盤盛灰,一種悽愴果敢之氣。片刻間將絹子書卷連封焚盡,白煙一道觸入絹子視覺臭[2]覺。絹子憤欲狂,忘顧前後,側身排闈欲入。忽聞敲門聲甚急,耳其音乃所天半兵衛歸家也。

郎顏如玉臉如霞。心事抍將一紙加,惆悵是生真鐵漢,不曾看取付燈花。

事有湊巧,半兵衛率碁敵須藤入門上榻,兵衛立命絹子溫酒待客,絹子

1　按:「蹺蹊」,義同「蹊蹺」。

2　按:「臭」,義同「嗅」。

臉含笑靨，粧成若無事然。須藤氏名數馬，年約三十許，骨幹軒豪。一見絹
子，神魂飄蕩，莞爾含笑，急向行禮，脅肩對絹子作無限趨媚。絹子亦以優
柔悠美態度答之，半兵衛出碁子偕須藤數馬氏對奕，寸暇之間，須藤輒目灼
灼視半兵衛及絹子兩人面貌，私為比較。老人少婦，梨花海棠，不禁含無限
深情讚笑。

　　夜過半，大地寂寥，兩人間爰酌爰奕。須藤數馬佯敗數著，以媚兵衛，
復作長談不絕如注。項莊舞劍，意在沛公，主人半兵衛已逐漸生厭矣。主人
半兵衛乃張睡眼示歸意，復言明朝有公事宜早睡早起為佳。數馬仍置不採，
滔滔雄弁，最終玉山頹倒，鼾臥床疊上。半兵衛乃為覆被，為消燈，然後偕
絹子入內室安寢。

　　茲述半之丞自焚書而後，鬱鬱輾轉不能寢，及聞數馬與父對奕，愈益不
快。蓋數馬之出入頻繁，形跡殊可疑也。痛念亡母，淚墜枕濕衿，料峭風寒，
益攪人愁睡。披衣起就廁，歸過父房，聞密語絮絮，心動大異。

第三回

　　耳其言，乃阿父半兵衛及繼母絹子密話。

　　絹子說：「余決無是事，何必怎樣見疑？昊天白日，皆可指證。」

　　半之丞毛髮欲豎，暗疑繼母如此辨明，得毋阿父疑己，復潛聽。

　　半兵衛說：「余亦不深怪汝，但見須藤今宵言語舉動，頗有形跡。」

　　絹子說：「不意汝竟能捕捉如此。」

　　半兵衛說：「然。彼以無用浮詞，無用態度，令人惱懊不堪。」

　　絹子說：「若然，則當與之交絕往來，何用終日鬥黑白為？」

　　半兵衛說：「原來碁之一事最害人不淺。彼實一東國武者，為碁故得與余
交，託余覓上進之路。今宵行動似誚余與子年紀不相稱，雖然，余亦何負於
子哉！」

　　半子丞聽到此，益悲老父憤憤。其戀想嫉妒之深，幾令為子者不忍長聽，
潛歸就臥室。夕陽西墜，明月東升，日過一日。半之丞一夜披書閒坐，忽聞
有聲自父臥房來者，其聲優美，呼之曰：「之丞來此，之丞來此！」墻外大風

颯爽，摧殘修竹之莖，庭中夜雨淋漓，滴碎新蕉之葉。半之丞聞繼母呼喚聲，忽自怨自艾。先是之丞自前夕焚書後，益警戒甚謹，凡於父不在時，皆遠避他宿，妨繼母戀己。是夕偶身上些有不快，不及避，詎意遂咄咄迫人來也。

然而其一則為繼母，此則子也。焉有母喚而子不之答乎？是時全身顫動，聲搖搖然勉強應之曰：「未知母親呼兒何事？」絹子說：「來茲！大風雨余心悸甚，請共坐談。」之丞吞唾息氣，凝膽就坐，絹子濃粧帶笑，玉手撥火爐灰。

旋自碗櫥內出煎餅饗之丞，徐徐問曰：「前夕間奴家呈一書，未知達尊覽否？」之丞推以不知，云：「或恐誤墜遺失。」

絹子曰：「不然。奴家經幾番細心緘固挾住，斷無遺失之理。郎君寧忍心焚諸？奴家非似善咒詛之天魔女，書中敘事，亦決非咒罵郎君。郎君寧忍心竟置不觀玩？夫江瑤柱在前面不朵頤者，蘇子猶且譏之，郎君其朵頤乎？奴家自入爾父門，所謂醉翁之意不在酒在山水間，郎君其亦念奴家乎？」言已推身前進一步，半之丞急退一步。

絹子笑曰：「奴非似吞象巴蛇，子毋恐。奴似蛙兒，郎君似大蛇，今蛙兒在前，郎君其食之。」言罷又推身進，半之丞復急退一步。

大風慘憺悽愴情，大雨淋漓戀愛聲。欲繪兩人心事出，殘燈無燄更重明。

武人氣節等黃金，欲激翻愁傷父心。不盡車輪腸裡轉，天心為我淚涔涔。

絹子復前進謂之丞曰：「嗚呼！爾之丞，何心肝似鐵也！奴為郎憔悴羞澀甚，郎得毋以奴貌不揚，平陽公主家往來，置阿嬌於不問。」言已涕淚交頤，鴉鬢鬖鬖，梨花一枝春帶雨，不能喻是態也。

第四回

半之丞亦珠淚涔涔滴滴，謂絹子曰：「阿母愛兒，兒感激千萬，雖然，兒……」絹子喜曰：「之丞子亦知奴家美意乎？汝父不在，子其毋使奴家想殺也。」遂不禁破涕為笑。

之丞曰：「以兒不肖生身，竟蒙阿母阿好如此，兒雖肝腦塗地，亦當知報。雖然，阿母，母也，高無過也；之丞，子也，低無及也。兒惟知菽水承歡阿

母，戀想一事，兒所不敢，阿母若或以兒為有外遇，兒願終身不娶，報阿母大德，望今宵事遷一相忘，兒不勝感戴之至。」

絹子玉腕擎嬌頰，澄秋波注視靜聽，覺之丞言言，義理貫金石。而此則戀嬌欲燒，殊不可遏。遽疊腕正襟坐歎曰：「之丞子言言合理，妾已明白。妾並不知子執拗如是。噫！捕月非難，戀子猶難，妾亦不敢以非理相強也。」

之丞意繼母為己婉言感動，連叩頭畢，欲辭出。絹子亦不之止，但注目直視，神欲出舍，連呼曰：「之丞子其忍心毋悔。」

曾聞閔母製蘆裘，大雪風寒臘月秋。今日之丞真異例，可憐拒戀竟成仇。

異史氏曰：「人生七十，亙古今稀。半兵衛不自知其頭黃，其齒齒，豈烈士暮年，而壯心未已。故借溫柔鄉，作排遣之方哉？不然，何上有無限量之君恩，而彼則忘卻之；下有不世出之孝子，而彼則棄置之，一意惟嬌妻絹子之言是聽，此申生所謂『辨則姬死。吾君非姬，寢食不安，不欲以是傷吾君心。』嗚呼！使獻公服益智之丸，一去其蒙昧，地下有知，聞申生言，當不知幾何涕出也。使半兵衛有知，聞嬌妻之戀戀，及愛子之婉諫不從，吾不知其如何設置也。而孰意事竟有大謬不然如左，爰試述之。」

半兵衛一據胡床，坐對如花愛妻，歡其言，悅其色，恍恍惚惚入如仙境。忽聞啼鳥一聲，雀兒自之丞臥室，破窗紙出，因異曰：「之丞不在耶？」絹子聞言，知報復之機已到。故意先瀝汪汪淚，刺戟良人心，遽銀海起暈，珠淚乍迸，灼灼視半兵衛不語良久。

平生汲汲買歡心，何事今朝滴淚涔。劇勝硫酸王水也，可憐老骨盡銷沉。

半兵衛大驚急問曰：「之丞逆汝耶？汝毋以己年少不敢督責。」絹子曰：「非也。之丞並不曾忤逆妾，妾亦不曾詈罵彼。嗚呼噫嘻！之丞子亦何面目歸見汝父耶？」言罷哭倒半兵衛之懷裡。半兵衛亟顰眉，手代整其髮，慰之曰：「愛卿有事不妨對余言，余雖老悖亦當知誨。」絹子但哭泣不已，兵衛又固強，絹子又哭泣。兵衛連固強，絹子連哭泣。

遂致午餐罷吃，半兵衛益惶惶不自安。謂絹子曰：「子毋以是傷余心，余方寸亂矣，子其亟言以安余心。」絹子歎曰：「妾恨不皇天促余壽，增子壽算，妾在非所以福子家也。妾今亦不得不一言，但祈勿怒，妾當競戰自持，斷不

敢辱亂汝家。」遂將平生幾許腹捏造事實,向良人吞吐,謂:「之丞乘父不在,
如何戲妾,妾如何婉拒。」道畢又哭,哭畢又道。半兵衛一面勸慰,一面憤
怒。立命家人,四處往尋之丞回家。

第五回

　　卻說半之丞自是夜拒絕繼母而後,如犯重罪被發覺欲捕,恒鬱鬱居處,
坐臥不能自安。因思三十六計,走為上策。暫避亂寄寓友人家,一面掛心家
裡,父老母少,絹子猶豐韻多情,此間風潮難保不起。暮宿友人家,忽聞杜
鵑啼月哀哀鳴,疑是阿爺喚兒怒兒叱吒【吒】聲。曉起友人家,忽聞簷鵲雌
雄囀嚶嚶,疑是阿母絹子啟戶喚之丞。言笑是假,懊惱是真,即主君之事亦
不過勉強逐人奔走而已。

　　一日之丞挾眾由主君家出,將如例往友人宅就宿。途被家人發見,強挾
以歸。之丞身搖搖作戰,勉強入門面父。家人辭出外宅,之丞仰見阿父怒髮
欲指,雷聲呼喝曰:「滅倫不肖子!余不意汝竟人類而畜鳴也。」半之丞恐懼
縮作一團,連叩頭問:「阿父何怒?」

　　半兵衛披髮跳叫,目皆欲裂,揮鐵拳飽之丞。恨恨作聲曰:「世間惟菜公
面為賊心,畜生背倫無父無母不肖之徒,皇天不覆汝,后土不載汝,鬼神不
容汝。嗚呼噫嘻!汝真人頭而畜鳴!」半之丞明知父怒為絹子唆讒,不忍面
辦【辨】其非,但兩眼濺淚如迸。半兵衛復手抓其髮,雄憤憤自架上取刀欲
殺。大風摧庭桂之枝,妒焰燃無情之火。

　　此時半之丞殘命如雞,危機一髮。白刃颼然,森森欲下。忽聞嬌娜一聲
云道:「慢些!」絹子自房內疾驅執刀柄,云:「刀放下!刀放下!」半兵衛
仍不肯放,云:「退!余屠此禽獸!」絹子曰:「禽獸不可污主君所賜刀,且
若殺之,世人不知者,將以我夫妻二人為何如人也?不如以之丞付妾,命其
自新改過。」兵衛怒稍釋,乃以足蹴之丞下庭下。落花狼藉,委頓不堪,此
時為之丞者將復何以為情也?

　　落紅悴憔下庭幃,詎忍面談父母非。不是之丞讀孔孟,一家麋聚有誰知。
　　落杖一聲獅子吼,填胸怒氣付冰消。拚將逝水流慈愛,祇為深閨惜愛嬌。

　　絹子一面解乃夫怒，一面率之丞歸食室。密謂曰：「之丞子負妾美意，故有今日。皇天不責改過，子能曲從，何患無排解之法？吾當往為子緩頰。」遂辭去。

　　半之丞旋即自食室逃出，潛踰牆迂道，蓬頭散髮，手執短刀一柄，入城主淺野侯塋域之華岳寺境內，直抵母墓。雙足跪地，是時新月微明，松楸搖曳，梟聲啁啾，螢燐下上。半之丞合掌望母墓直拜，嘆曰：

　　「嗚呼！阿母！兒之丞在茲！阿母生兒、飲兒、乳兒、衣兒，教兒禮義，非欲望兒長大成人報君恩、揚宗祖、光閭里乎？余亦知四大恩深，翼翼小心，日思圖報，初不意阿母竟棄兒以去。嗚呼哀哉！阿母亦知咱家庭中有大變乎？阿母不幸遺兒為繼母戀，兒不從，繼母唆父誣兒獸行，怒撻欲死。嗚呼！欲辨則傷父心、辱繼母，且阿父亦未必肯信，如不欲辨，則將誣趙璧為燕石，訾隋珠為魚目乎？畜生背倫、無父無母之言，父詈兒，兒甚不堪。阿母有知，必能明證。吾將隨阿母於地下，無面父【目】復見阿父，乞地下神祇，庇阿父、繼母改心，生肖子光嗣續，嗚呼哀哉！」

　　言罷噓噓涕泣，淚如泉湧，暈絕頃刻。復起，再拜天地四方，謝父母生身大德，徐徐將上衣脫下，拔刀欲刺。

第六回

　　殘碑半臥，荒塚纍纍，輪塔傍突出一武士大聲喝曰：「莫得自殺！子非菅谷氏子半之丞乎？刃付我！」遂將小刀奪取在手。半之丞微舒血眼，望武士直看。武士復謂之丞：「有事不妨為余明言，余非他人，內藏助良雄也。」

　　自年齡而論，內藏之助，僅長之丞一歲，然此則溫柔如處子，而彼則彪然高大偉丈夫也。內藏之助身雖為城代之家老，膺千五百石俸祿，然持身質素，服錦袴，衣布衣，一見便知為蕭灑拔群之人品。

　　半之丞急向前施禮，詢向家老安否，之助搖手戒毋須：「子何苦衷欲在母親墓前割腹？予視汝貌溫如，汝言靄如，今何故出此？」半之丞沉吟良久，欲不言。奈之助為一藩重鎮，城代家老，有時代君公出號令，握臣下生死與奪權，恐於菅谷氏一家不利，遂一一和淚縷述。

內藏之助良雄歎曰：「余不意於此救子。雖然，子行似可憫，而其志甚愚，一朝憤怒忘身，皆愚夫婦之所為。子不思身為國家之身，非之丞個人之身，子食君主祿，當思效力圖報。今子不出此，乃欲以一死竭已，非從容就義也。」良雄諄諄訓諭，之丞惟叩頭墜淚，自認不是。

且說赤穗町不遠，有小山面街上，近來山下有新開浪花酒店，極蕭灑。店小二夫婦復善款客，門庭常如市，車馬恆不絕。

一日，微雨紛紛，有青春弱女，及一三十許武士，入內室對酌。其人為誰？即須藤數馬及絹子也。一對可憐蟲偷老兵衛目，潛行不義。數馬曰：「子與之丞雖為母子，子寧無意於子丞？吾不信也。」絹子曰：「然然。妾戀之丞甚切，之丞終不肯。彼狡童兮，不與我言。妾寧因是憔悴死乎？妾得子足強妾意，妾今不特不繫戀之丞，恨之丞且徹骨也，之丞邇來並不回家。」

絹子話至此，忽顧左右，密聲謂數馬曰：「妾胸中有逐之丞策。」數馬問故，絹子復推膝前進，秋波四藨，啟櫻唇附數馬耳迹【邊】言如此如此。數馬莞爾笑曰：「知知知！子莫非欲誣之丞以放蕩無賴，激半兵衛憤怒乎？」絹子急搖手囑低聲，喻牆垣有耳。伸舌在杯中，謂數馬以成事全憑此三寸，數馬又笑額【頷】之。二人復對酌，絹子復語刺刺，數馬又笑渠渠。

異史氏歎曰：「半兵衛家有良孝子而不知愛，揮刃欲殺，卒致一門風波如是。婦人長舌，維屬可畏。彼豈特以小善結汝心，小誠結汝信。彼將逞其柔骨媚魂，惑汝神志，揮珠淚嬌啼夜半，酸汝心腸，而一面戀愛固執，偏僻殘忍。往往於停針罷繡之時，釀殺人之薑尾；往往於更深夜闌之際，下滔天之逆惡。慎哉慎哉！秦檜之東窗，比比皆是，如絹子者，是不過億萬中一例而已。」

第七回

卻說絹子自偕須藤數馬密會浪花屋以來，轉瞬已經二月。時盛夏氣候，炎陽欲焚。半兵衛議逐半之丞，大開親族會議，列席者妹一，從兄弟三，暨絹子家族一同六人。試列記其名如左：半兵衛從兄菅谷四郎、五郎、同田阪甚兵衛、同佐脅仁平治、妹婿久下織右衛門、絹子兄輕川玄之進及絹子伯父、

姐丈連兵衛，總計十餘人。

主人半兵衛當中坐下，親族列兩旁。日光爍石，汗氣薰蒸。半兵衛顧謂眾曰：「余今日特請諸位降臨，非為別事，乃我菅谷家不幸，產不肖子之丞。行年十九，年非不長。不思潛心習武，致力君國。稍有餘暇，輒閒遊花柳，傚登徒子所為。後母絹子，彼亦垂涎調戲，寧非天地之大變乎？家有金錢輒偷竊以去，屢懲戒不懼。余思此不肖千萬，終貽我菅谷家羞，辱我菅谷先祖。以余愚見，不如早為之計，斷絕父子恩義。諸君以為何如？」

半兵衛從兄前進曰：「老人家何必怎樣吃氣？」半兵衛怒目變色問故，從兄急改口調徐謂曰：「子有不肖，父懲斥之，理也。雖然，幸念之丞年幼，暫為寬恕。如不改悛，再重懲遣去未晚。」半兵衛勃然怒喝曰：「逆子能改悛，渭水當西流。予意已決，子毋多言。」絹子家族亦勉強囁嚅幾句，皆被半兵衛喝止。

分明欲去眼中芒，故意囁嚅勸一場。此等人真沒算等，虎豹不食彼心腸。

嗚呼！家有賢子，一家之福，眾人誰膺其福？賢子斥去，一家之禍，眾人誰膺其禍？況列席諸親族，皆家世寒微，平素仰給兵衛者，兵衛既固執，誰肯為半之丞效力，犯兵衛怒？咸唯唯諾諾，莫敢擬議。各取扇趨庭外梧桐樹蔭處，絹子在屏風後竊聽，知大勢已成，滿腹歡喜，維時六月二十六日也。

屏風後是伏魔殿，竊聽人真九尾狐。悽絕六親還勢利，楚歌四面楚軍孤。

御殿宵暝，松杉月黑。竹簾外風鈴震動，螢燄高低，照遍綠陰庭院。此時半之丞方憑燈讀史，忽傳城主采女正長友叫喚，急著衣入內侍。長友年齡約二十七八，身體羸弱，與太閤殿下北政所同胞，淺野彈正少弼長政公四世孫也。長眉慈善，多病多情。見半之丞平伏，由懷中取一書命之丞讀。之丞讀未竟，全身搖搖戰慄。長友問曰：「之丞汝知不知？」之丞滿腔怨恨，欲語無言。茫然久之，恰似海棠花一朵，低頭無語應東皇。

半之丞惟叩頭自認不孝罪重，致父親憤怒，出此手段，長友復問之丞：「汝果犯不孝之罪乎？」之丞唯唯。長友又問，之丞又唯唯。長友歎曰：「嗚呼！是真余之近侍，盛世之孝子也。凡論人善惡，須一視其平生。今汝不運，又不欲闡明父非。據余見，觀汝父書意，分明欲誅責汝不孝。汝其乘更深人靜，

潛蹤出國，一可免汝父叱責，一可全汝菅谷家名譽。」之丞又叩頭諭，長友
又自內取黃金一錠，命之丞收起沿途作盤費。是時之丞珠淚落如驟雨，再拜
依稀，不忍遽別，謂：「主君能為之丞計畫如此，之丞當生生世世，為犬馬圖
報，望主君玉體珍重！玉體珍重！」復再拜辭出門。

第八回

　　一肩行李，萬點星光。半之丞悽悽惶惶，別長友去，英雄忍淚，欲彈仍
咽。腸中轉車輪，五噫歎息。躊躇躑躅，連夜訪三丸城代家老大石內藏之助。

　　時夜過半，萬籟岑寂。家老門前臥犬迎人直吠，半之丞乃潛聲叩門，云：
「有菅谷某，深夜奉君公內命，欲見家老。」門內鼾聲忽息。少頃，見燈籠
自內出，有年少武士顧之丞曰：「使命勞苦，請入內少息。」之丞從之入，正
襟就坐。茶果紛陳，備極優遇。

　　內藏之助旋自內出見，之丞急平伏稽首，謝以詐稱君命，望賜死罪。談
今說古，旁通曲引，徹夜不眠。夫以知人賢明之內藏之助，遇溫良從順之菅
谷半之丞，宜乎開胸膛，披肝膽，沒城廓，彼此相愛相敬，自不待言也。

　　閑話休題，且說之丞。以薄命生身，阿母早世，繼母唆父逐己，此時心
事如結。強談笑間，珠淚欲滴。內藏之助察其意，慇懃問故，相對悽然。內
藏之助勸之丞赴京，就親戚家習文學劍，願代作書先為紹介。之丞唯唯稱謝，
之助又曰：「子其保重而身體，安靜而意氣。子年尚幼，其潛心勉強，幸勿急
歸。」之丞復唯唯受教，之助又言：「京師去我赤穗不遠，飛腳甚便[3]，子毋
懸念。」之丞復咽感淚稱謝不已。

　　知子囑言莫若父，隆恩我泣主君明。內藏家老庭前水，為半之丞咽別聲。
　　平生未解出他鄉，刀劍飄零總可傷。恰似失群孤隻雁，不勝哀怨獨飛翔。

　　半之丞別之助，趁茅店雞聲初起，板橋霜痕猶重，我行其東。東方微明，
殘星熠耀，曉氣朦朧。半之丞戴小笠，履草鞋，肩行李兩個。噫！旅烏[4]從此
飄零於驛路矣！感主君見諒，贈金三百；感內藏之助，用意備到，為籌整旅

3　原註：飛腳即今日之郵便夫。
4　按：「旅烏」（たびがらす）為日語漢字，意指流浪外鄉之人。

裝。噫！君主良友尚如此，而獨於乃親不見信。六親協議逐出，親之過大而不怨，是愈疏也。半之丞此時之心事，怨矣！

出鄉境回頭一望，赤穗城猶隱隱現曉霧間，若者為之丞及阿父第宅，若者為主君御殿，若者為家老內藏之助家。再拜謝主君，謝父母，謝畏友家老之助，並祝健康。濃露沾衣，草鞋濕透。其時曉日初出，薄霧漸消，赤穗城城櫓亦漸望漸小，後遂不見。念禍出於頃刻，變起於須臾。之丞並不曾一向親友告辭，先祖墓前告別，獨行獨泣，灑幾何許英雄淚下。

噫！先我去者，跨駿馬如龍；後我來者，乘寶車如水。即農工商賈，亦復欣欣然自得，冉冉征途間，誰似我憂鬱哉！

第九回

眼前淀川似練，浮小舟如屋【星】。由大阪溯伏見，船路十三里，舟大可容三十石，乘客紛紜，皆一樣待遇，末有差等。半之丞肩行李上船，顧視乘客有趺坐、有側臥、有談笑、有高歌，鼾聲鼻息，偕歌笑雜沓。半之丞無心觀聽，唯耳聆櫓聲，閉目假寐。旋聞乘客及舟子呼：「牧方！牧方！」乘客概都驚醒，有二三名上陸者。

餘多就船中呼餅呼麵、呼饅頭、呼蕎麥，責品惡、責價高、責麵粗而蕎麥澀、責餅冷而味淡。左叱右喝，購客之謔浪已自不堪，而小二亦毫不相讓，謂：「不必嫌！不必嫌！汝等廝子得飽此物，三生有餘幸，饒舌何用？速持錢來。汝錢惡，不汝賣。汝不識貨，妄顛倒是非，食之必腹痛。」嘻！是蓋牧方三十石船中一名物也。牧方住民特以殊功故，受豐太閣殿下授以不妨亂談之免許狀，故無論市人或武士，皆信口亂道。浪花之岸蘆，伊勢之濱萩，風俗不同，土地亦異。

半之丞覺有趣味，暫釋愁懷，悄然聽之。忽聞背後聲如破鐘，見二武士年齡各三十左右，其一面腔醜惡，其一服裝卑鄙，各帶怒色。揪一五十左右之市人罵得曰：「若胡得偷取我金，若證據歷歷，胡敢再諱？」其一曰：「彼不肯以盜取之金廿五兩還我，其不愛性命乎？」拔腰刀如雪，鏗然置地上有聲。市人戰慄云：「金非吾所偷汝，二十五兩，皆得自辛苦中經營來者，天地

神祇，皆可指證。」武士並不容分訴，伸手向懷中欲強奪。市人涕泣，抵死不放。是時餘人議論紛紛，咸謂武士無理，然終莫肯披髮攖冠救。

義俠半之丞憤然出為排遣，二武士欺其年幼，語侵之丞。之丞亦返報，二武士怒，欲鬥之丞，拔刀相向，市人一同注目視之丞。

分明白面妖嬌子，竟似黃衫義俠徒。果否真刀決勝負，不教合浦失原珠。

是時被誣竊盜之市人，急膝行就旁。半之丞亦怒氣上撞【衝】，拔刀相向。按之丞自習武以來，未嘗與人真刀決鬥。今日為義俠故，念臨行內藏之助贈語，謂武士扶正道，臨敵不懼。覺全力凝膽，白虹紫電，閃爍雷父之鞭，黃蛇青龍，驚破山魈之魄。彼以四手運兩劍，此則一劍當雙路，各凝乃力，各致乃神。未幾，二武士見勢頭不穩，各皆逃去。市人自草間匍匐出，叩頭向之丞謝恩云：「小人二十五兩銀子，不為強暴搶去者，恩公之賜也，願畢身不敢忘恩公德。小人在京師營骨董店，甚兵衛即小人名。小人宅居西洞院四條，洛中之最中。望恩公示小人以台甫貴姓，偕小人上京，宿小人家，小人當沿途導恩公觀八幡之正八幡、山崎之天王山、淀之河瀨水車諸處名勝。」未知之丞怎樣答應？肯從市人甚兵衛上京與否？

我如胡鴈御蘆枚，君似梁山泊遇災。微力不須詢姓字，英雄豈為報施來。

第十回

半之丞曰：「余特赤穗城中一浪人耳，身似浮萍斷梗，飄零無定。余隨子往，子亦不必強詢余姓氏，呼余為浪人可也。」甚兵衛喜，負金而導，半之丞肩行李相從。

我一個朱顏薄命，孤劍飄零；爾一個白髮何緣，隻身前導。白雲天際，指點陣雁來南；黃稻鈴邊，驚散群鴉向北。水流聲裡，何來蕭颯悲音；花發隄前，愁對嬌嬈艷色。況復深秋仁【紅】葉，何心坐愛停鞭？即此薄暮朱陽，無意偏令灑淚。卻說之丞偕甚兵衛一道觀勝，未幾到甚兵衛家。甚兵衛慇懃留宿，不敢怠慢，遂滯留該地二三月日。

卻說之丞自出入患難，離鄉井，覺全身稚氣脫盡，丰姿蕭灑，骨格出塵。宛似戲檯上所陳金馬超、玉呂布一樣，見者莫不欣羨。

　　一日，甚兵衛持壺酒來之丞室，慇懃勸之丞酌。先雜以浮談，次謂之丞曰：「恩公余有事相煩，萬勿見卻。恩公知三條通有伊勢屋惣平道具屋乎？惣平家有一女名小枝，芳年十七，肌態娟好，近代之尤物也。近抱病臥床，奄奄一息，玉容憔悴，花貌離支，惣平夫婦急為延醫祈神，毫無寸效。一日小枝流淚對母言：『兒病七情，非藥石所能癒。』母強詰其故，知屬意恩公。乃遣甚兵衛向恩公代陳委曲，願聯秦晉，俾入贅彼家，救其一命。」語正此，兩目直視之丞。

　　男兒不幸貌娟娟，到處情魔欲糾纏。悽絕暴風懷往夜，那堪復受女人憐。

　　此時之丞腹中吟哦許久，欲答不得。甚兵衛復致詞曰：「小枝不得恩公命必死，惣平夫婦哭泣異常，恩公義俠既能以武力救小人財命，又何惜以吉事援彼家一門三人性命？且彼家資產豐厚，僅有是女，若得恩公為館甥，彼將以全部相託。利人利己，恩公何事躊躇不可為哉？」半之丞只默然不應，甚兵衛又盛稱彼女嬌娜，世無儔匹，欲藉以歆動。

　　半之丞歎曰：「甚兵衛休，惣平只有一女，贅婿為彼家之大事，惜余非其人耳。予【子】謂余為何人？余播州赤穗刈屋城主淺野采女正長友侯家臣菅谷半兵衛子半之丞也。」因就離家緣起，及主君深恩，大石厚誼，逐一說出。且言：「俟父心改日，當歸家嗣續菅谷氏家督，子謂我能為惣平家贅甥乎？望致惣平曲意善解。」

　　甚兵衛聞言大驚，因自議曰：「余恒怪是人有來歷，今果然，是蓋播州有名閥閱，毋怪其不為惣平家所動也。」旋變其詞又曰：「恩公，小人不知恩公尊貴，妄以贅甥相濟，死罪之至。雖然，恩公盡思守經行變，暫入惣平家，救三人命，然後遣媒婚娶。夫以武士閥閱締商女，我邦非無其例。望恩公曲從，抑惣平女不獨花貌之艷絕當世也，書畫、琴棋、茶湯、活花[5]，無一不能。恩公盡賞識風塵，毋以商人資格是拘。」

　　之丞沉吟不語，尚未及答。忽見一青年武士排闥而入，蓋同藩藩士近習役早川織部也。因相對行禮，略敘寒暄，甚兵衛憤言語中途為人折斷，瞪目

5　按：「活花」即「活け花」（いけばな），在日語指「插花」之意。

視不已。旋見之丞及來人復滔滔談論，語甚親密，不得已告退。之丞詢以家國狀況，但見早川口中滔滔說出。

第十一回

半之丞曰：「敢問君公父親近況。」早川曰：「君公自子出奔後，旋罹重病逝去。」半之丞驚絕滴淚。早川又云：「大石、大野兩家老及一藩人士皆悲惋不置，今春少君又一郎相續，賜從五位。襲祖父內匠頭長直官名，現僅九歲。賴左右善佐幼沖，故一藩得以安堵。」勸之丞勿悲，當再道汝家不幸，半之丞胸益暴跳急詢。

早川曰：「汝父聽信愛妻讒言，逐汝出外。愛妻絹子權力，遂逐日益大。家中萬事，一任絹子是專。絹子又引浪人須藤數馬入室，汝父醋餤中燒，與之計較，殆無停日，後遂為絹子酖殺。先是主君未逝前，汝父與絹子夜酌，不覺沉醉。夜間腹痛如廁，七竅流血死。」半之丞聞至是，五內欲裂，強忍淚吞聲不哭。早川又云：「汝父埋葬未久，絹子偕食客須藤數馬捲資財遁去。」是時之丞又雙拳緊握，憤然擬揮擊，又強忍罷手。

早川知其意，急勸曰：「之丞君，萬事放懷下。自今尊仙逝，重役會議以相續人不在，欲將君家遺產設收分配。賴城代大石殿及用人奧野將監殿一意盡力，暫將遺產維持管理，待子歸來。家老大野九郎兵衛殿，亦極力排斥群議，望順變節哀，速為返國。」半之丞唯唯。不及辭主人，即刻裝束行李，潛出門外。

忽聞女墻畔叢柳陰邊一人喊聲曰：「嘻！恩公黃昏何往？當為我惣平骨董店美人勾欄。君不見頭上月，光團團，輸我美人小枝顏色之鮮妍。女墻畔，楊柳枝，勸郎攀折莫遲時。攀折即活不折死，小枝一命郎救之。郎兮郎兮去何為？我甚兵衛來致詞，勸郎攀折勿遲疑。」

半之丞嘆曰：「噫，甚兵衛子又來糾纏我也。我明告子，我父死，家督未續，急欲回家。子為我告惣平：『武士一言，斷金斬玉，俟予家督相續明白，然後婚娶。』久居汝家，蒙子厚意，並深深道謝。」語畢竟抽身去，甚兵衛追之不及，乃就骨董屋，向惣平老夫婦言明。小枝聞之亦歡喜，病亦漸愈。

杜甫詩篇驅鬼瘧，孔明談笑亦神醫。郎君一諾千金重，疾病能生弱小枝。

　　卻說之丞晝夜兼程，疾趨抵鄉里。域郭依舊，人民如故。而獨於天高地厚之君主，則變遭大故，感慨繫之矣。夕陽西下，人影散亂，入城市見綠柳陰中，二武士帶劍徘徊。無他，其一大恩人大石內藏助，其一同氏之家僕也。彼此各喫一驚，略述契闊。

　　藏助曰：「此間不宜長談，盍就余家一宿？」遂率之丞到往，備晚餐慇勤相接，喝退從人。遂將之丞出門而後，主君以疾病亡故，汝父如何死亡，重役如何會議，余如何周旋等事一一詳道。之丞涕泗交頤，憤然握拳曰：「之丞不肖，不能保全一家。深荷隆恩眷顧，今既歸國，當往尋絹子、數馬，碎尸萬段，以洩不共之憤。」欲知藏助及之丞二人計畫討論，須聽下回分解。

第十二回

　　藏助止之曰：「休，之丞子孝甚。子惟知急於復仇，不知絹子及須藤數馬罪惡未彰。若子殺彼，政府亦必以殺人罪誅子，子家聲不墜乎？是非孝子所以慰慈父母於地下也，盍暫忍待時機到來？」之丞恍然悟，復叩首請教。藏助云如此如此，之丞感激不置。

　　翌日藏助喚之丞至重役大野九郎兵衛及奧野將監前，代為述致衷曲。云之丞為修業武術故，過於熱心，忘前後思慮，獨自離家，其志殊堅，其情狀殊可憫也。復為極力斡旋，之丞因得復嗣亡父半兵衛祿俸百石，為馬迴役兼代官。至是黑雲慘淡，毒霧薰蒸之菅谷家始復見天日矣。

　　自是烏兔環轉，時序推移，半之丞與家老大石內藏助共致力主君，記昨如花似錦之美少年，倏忽已四十有三歲。其間小枝入門，伉儷相得，及種種小曲折小波瀾甚多，茲不盡道。

　　卻說一日之丞值休番在宅，攜小枝出庭中。見櫻花爛漫盛開，命烹茶移椅，坐賞春光。忽默然不語，若有所思，吟詩一章曰：

　　櫻花歲歲開相似，老攉生人何處去？二十年前此庭中，記曾阿父紛怒氣。

　　「嗚呼，余以不從繼母言，繼母讒誣，致余命幾喪阿父刀下。今也阿父沒久，而大仇未報。我何人斯，而坐甘長賚恨乎！」言罷仰天長嘆，是時小

枝亦徐娘半老,非復昔時之丰韻矣。

人生天地本無情,美者何物?醜者何物?戀者何物?愛者何物?金井梧桐葉乍柔,嚴冬霜雪花又出。算來都是扯淡間,大夢未醒終恍惚。

小枝亦愀然不樂,手拈半白鬢絲,歎曰:「噫!妾鬢如斯,君亦雞皮薄皺。孰意二十年前之戀戀,即今日之戀戀乎?安得致造物,與人駐顏光!」言罷視之丞不語良久,之丞亦相對唔歎不已。

小蜂畢竟無情物,盡日為花樂去來。顧我年華皆半百,幾曾談笑對花開。
（之丞）

櫻雲爛漫暈朝陽,鼓吹曾偕入洞房。記得相思羞不起,一簾病雨悶東皇。
（小枝）

時小蜂採蜜,囂囂枝上。樹下細蟻,噴垤如塔。半之丞夫婦二人,把往事從頭對說,如醉如夢。忽聞足聲跫然,扣扉甚急,之丞亟開門延入,視其人即僕從也。僕從入門連叫:「奇怪!奇怪!」僕從通身汗注,喘息不已。之丞夫婦急詢問,僕從曰:「是真未曾有之奇怪戰爭。」

第十三回

僕從曰:「適自城門經過,見人眾攢簇,睹數萬蜂軍,奮戰城門上。余疾足來報子,盍共我往觀往觀?」之丞亦驚訝曰:「有是哉?」囑小枝看顧門戶,遂捷足偕下郎出。

到時果見城門外,築黑頭人山,城門裡暗黑處聚蜂軍數萬,環繞如蟬大一山蜂,盛放銳針攻擊。山蜂亦極力相抵,戰逾時益酣。山蜂眾寡不敵,旋為刺殺墜地。「噫!山蜂來了!來了來了!」傍觀人眾,喊聲未已,西南角到蜂軍一隊,如烈風驟雨,直擣城門,挺翼奮針,與小蜂鬥戰,囂囂聲振如蠅。

山蜂針粗於小蜂數倍,軍數漸增。小蜂亦陸續自巢中出戰,彼嚙我刺,我刺彼嚙,皆有義勇奉公,奮不顧身之慨。但大小不敵,小蜂逐漸為山蜂螫殺,紛紛落地,有如暮春妒雨,摧殘萬朵之花。倏忽戰罷蠻雲,變作一場之霰,山蜂盡蕩平小蜂,奏凱而去。觀者咸眾口同音,呼怪不已。

見說大蛇鬥鄭門,而今何事戰蜂軍。分明一例傳先兆,互古潛機付討論。

時已過午，戰勝蜂軍，一去無跡。而小蜂則屍纍纍積城下，半之丞不勝驚異，獨徘徊悽惻不能去。忽聞背後有人呼其名，拍其肩，曰：「之丞子見蜂戰思謂何？」之丞回顧，同百石馬迴役千馬三郎兵衛也。

之丞驚問：「千馬氏子亦云何？」千馬曰：「蛙戰、鴉戰、雀戰、蟻戰，予皆曾聞，不意今得睹蜂戰。」並肩出城門。千馬復潛聲謂之丞曰：「嘻！蜂戰其凶兆乎？國家將亂，蜂戰其先之乎？」半之丞口唯唯，厥心未嘗不以為然。遂告別回家，道與小枝，小枝亦驚訝不已。

翌日，三月十九日，半之丞如常起服朝餐，忽城代家老大石內藏助急使到，云：「昨夜亥時野藤左衛門、萱野三平兩士星夜馳到，旋第二急使原惣右衛門殿、大石瀨左衛門殿亦到。大石家老傳呼本日一同在御本丸大廣間開評定會議，望即刻賁臨為幸。」

之丞胸膛暴跳，恰似白日青天起一個霹靂雷霆，無此【比】恐懼，意謂蜂兆已應，主君在江戶存亡堪繫。即時離宅偕急使到御本丸廣間，時藩中上下沸騰，疑惑未定。未幾城代家老大石內藏助著常務家老大野九郎兵衛、奧野將監、河村傳兵衛、近藤須四郎諸重役一齊入內，家老大石砠【踞】正中，一藩武士一同左右排列，寬裕沉毅、態度不迫之大石家老，悠悠然徐告眾曰：

「今日懇列位登城，非為別事，昨日萱野早見處所及今朝原大石兩所到，云主君淺野內匠頭殿，在殿中廊下，拔刀傷高家筆頭吉良上野介。即日上命敕賜切腹自裁，時元祿十四年三月十一日事也。先是敕使柳原大納言資廉，高野中肋言保春，院使清閑寺中納言熙定三卿臨將軍家，將軍派響應執事淺野內匠頭長矩、伊達左京亮宗春二人，指揮役高家筆頭從四位少將吉良上野介義央，是即禍機之媒孽也。」

第十四回

元來上野介義央，性奸佞，狼貪成性，將軍家之寵臣也。居官最久，於禮法無所不辨。歷年敕使饗應皆任為指揮役，饗應役之諸侯，皆當聽其指揮，爭納賄求歡。上野介竟恝然居之不疑，賄賂不到之諸侯，彼則含沙射影，構思以窘辱之。是真所謂黃白世界，無異今日，異史譯至此，不覺為之停筆長

歎息也。

　凡百諸侯，內雖憎上野介，而外則不得不承順上野介。咱內匠頭本來潔白正直，竟置是等小人於度外，不以賄賂結彼歡。上野介憤然怒甚，屢尋隙辱內匠頭。內匠頭時儘三十五歲之壯年，不能忍耐，遺恨徹髓。嗚呼！大事去矣！

　十二日將軍家與敕使三卿會，十三日開盛宴饗應，十四日將軍家在御白書院，行奉答敕使之式。其日自朝至午，天曇欲雨。德川氏三家及御老中、御側眾、普代外樣連天下大小諸侯，一同著禮服登城。當日饗應係役員皆在廊下，俟俟敕使院使降臨。

　內匠頭懼有失儀，乃謙恭就傲然坐上位之上野介問曰：「傳奏班御登營時，於門外式臺迎接？抑在式臺下迎接？伏乞指教。」上野介當眾人面前辱之曰：「噫！余不意子尚夢夢如斯，乳臭笑殺人也！」內匠頭色變，通身流汗。

　未幾，將軍家母君桂昌院殿內使梶川與之兵衛，前進謂內匠頭曰：「如上樣[6]奉答敕使式畢，懇為達知不肖某。」內匠頭點首應承。是時如鬼如蜮【蟻】之上野介在側曰：「梶川殿，子有何事，盍與上野某說知？彼一無知之鄉村武士，曉得甚麼東西？」言罷以怒目睨視，喝內匠頭退。

　諺云：「雞糞落地亦有三寸之煙。」內匠非韓信，已不能忍是等之奇辱矣。遂不顧前後，憤然拔刀奔赴曰：「上野奴，上野奴，汝胡得辱人如斯之甚！吾當以一刀了汝性命！」遽望上野介之烏帽子劈下，上野介應聲而倒。

　今古人人重感情，匹夫何敢辱吾生。颺然贈汝剛刀也，俾汝貪狼活不成。

　可惜荊卿劍術疏，挾圖枉自入秦都。無情忿燄未能雪，留與後人義俠徒。

　「噫！刃傷！」「噫！殿中殺人！」在列之諸侯一同驚叫。內匠頭氣稍挫，復以一刀砍之。惜乎上野介狗命運好，刃傷正淺，僅流血朱殷，並不曾傷及性命。上重介急匍匐逃遁，內匠頭三次往追。復為大力家之梶川與之兵衛攔住，喝曰：「此殿內也！氣貴靜毋狂！」內匠頭曰：「汝放！汝放！予誅此無禮匹夫！」盡力掙脫時，上野介業虎口逃生，不知走向何處去矣。

6　原註：「尊稱將軍者。」

第十五回

　　當時殿中大小諸侯，皆出奔喧動。有勸內匠頭氣鎮靜者，有謂須報與御老中，待御老中指揮。彼唱此叫，此喧彼嘩，極紛囂之沸騰點。時獨有志州鳥羽城主松平和泉守兼邑，年僅十五，毅然不動。眾愧之，遂一時鎮定。

　　上野介為品川豐後守所救，逃入高家詰所。內匠頭為眾人簇擁，恨填胸，退入蘇鐵間杉戶屏風後。未幾，上命：「傳內匠頭本日在內殿行兇，不憚公儀，敕使割腹自裁，家名斷絕，城池沒收。日三方酉，田村右京太夫於庭前正，大檢使莊田下總守，檢使多門傳八郎，大久保權右衛門檢視。」

　　噫！石林鐘振無常響，優曇花幻非真色。赤穗五萬三千石城主朝散太【大】夫朝官內匠頭竟以三十五歲一期春夢渡世。弟大學（官名）被出囚，鐵砲洲之上屋敷及赤阪之下屋敷別莊，皆被沒收。內匠頭內室落髮為尼，歸青山淺野土佐守長溫實家，手下家臣七零八散。內藏助語至此，一藩武士皆顏色青蒼，咽淚萬斛。

　　內藏助又云：「內匠頭血氣方剛，一時短慮，斯固無論。但以吉良上野介匹夫，何無禮辱人如斯之甚也？」座士皆慷慨激昂，皆欲裂而髮欲指。其中有拍案絕叫者，內藏助止之。又云：「上野介竟不受咎，上命賜醫師療治，獲無恙如舊出仕。」

　　素稱喜怒不形之內藏助，至是亦怒氣滿面，聲漸激烈。曰：「主君個人報仇成敗，至於割腹。主辱臣死，抑今日其即我一藩武士之死期乎？」霹靂一聲，蒼茫四顧，恰似睡醒獅子，臨風一捻【吼】，遂令漫山草木，肅然振動。

　　半之丞推膝前進曰：「願赴江戶取上野介首！」又有武士揮拳擊胸曰：「願死守擊敵，毋俾空城徒落敵手。」又有磨拳擦掌，願單身斬上野介，效荊卿、攝【聶】政之所為者。又有願破敵後，然後自裁，示赤穗武人之不弱，作萬古武夫之龜鑑。

　　時滿堂殺氣橫漲，議論沸騰。甲論乙馭，乙是甲非，死守說猶占多數。信乎赤穗城乃內匠頭祖父淺野內匠頭長直，用北條流軍學者小幡景憲門弟近藤三郎右衛門築法，依山本道鬼規則，壘為城壘，古人所謂一夫當關萬夫莫

開者，赤穗城之謂也。

內藏助以扇子置膝上，閉目靜聽。俟議論稍定，乃徐徐謂曰：「諸君所論，內藏助均已明白。今日已暮，俟明日重行決議。」翌二十、二十一日會議策略，大旨歸大石、大野二派。大石派即大石內藏助良雄、菅谷半之丞諸忠義派；大野派即大野九郎兵衞諸卑怯偷生派。

內藏助復改容顧三百餘人之武士曰：「諸君意見，其一為籠城而死者袒爾左；願依城代大野殿說，向上人懇求，乞勿絕主君繼嗣者袒爾右。」又云：「內藏助有一意見，願與諸君計議，與諸君之說異，未識諸君肯贊成否？」但見武士中有森然動魄欲逃走者，且待下回分解。

異史氏曰：「書生在窗下談忠義，淋漓激切，及乎死生關頭一到，則手足慌亂，東西盼顧者，皆不足以談大事。嘗謂赤穗義士之所以成名者，以其能慎厥始，故能全厥終也。不然，有一泰武陽在，則四十七子之勇士，終等於田橫門下之擾擾矣，夫安足以傳萬古、泣後世哉？」

第十六回

眾喜諾，內藏助曰：「盍於此處一同割腹死，以明不抵抗朝廷，主辱臣死不肯偷生，諸君以為何如？」言迄，拔刀置座上鳴鏗然。是時座中有戰慄失色者，內藏助心默記之。

內藏助又因眾人辨【辯】難致詰，乃轉詞曰：「凡事貴一致，諸君如不肯贊成，請更他議。」自懷中取出死守孤城誓書一卷，為首書大石內藏助良雄姓名。內藏助即刀削小指，血捺其下，命遞次傳捺，獨大野九郎兵衞不肯捺。原惣右衞門憤其不忠，咆哮跳叫，揮大刀欲斬之，大野恐懼抱頭鼠竄出。右捺印者計六十餘人，菅谷半之丞亦一人也。內藏助將爛斑血誓收起，茲不復道。

卻說五萬三千石之國家亡後，闔城騷動，全藩武士家中之驚愕恐惶，自不待言。有喧傳謂公儀大兵犇犇將來圍城，日前蜂戰之凶兆已應了。其中多有一意整理家財道具，以備取三十六計之生路者。

菅谷半之丞妻小枝，亦指揮男女收拾財產，以便進退。然此決非不忠不

義之亞儔也，蓋欲使所天無內顧憂耳。

　　然而半之丞殊悠悠不迫，自本丸歸。小枝以不安眼色視而問曰：「數日間評議如何？」之丞徐應曰：「現尚未臻決定。」小枝曰：「外人喧傳守城死，信乎？」之丞曰：「信有之。然或定議以空城繳還上使，闔藩武士，各引家族退去，亦未可知。」言罷目視庭櫻不語。

　　嗟汝櫻花錦簇開，共誰顏色帶悲哀。武人魂與櫻花魄，一樣清高沒點埃。

　　顧余生長卅三歲，行將棄汝庭櫻花。家財妻子亦何有？汝櫻復為誰開耶？

　　庭櫻刻字傳高德，千古精忠我亦然。獨恨主君齎恨沒，報仇有計奈生全。

　　嗚呼！今日之之丞非復昔日之之丞也，決死之之丞也。之丞與大石內藏助以下六十余人同士濺血神文[7]，待御城交附後，即俟機報仇，割腹以死，豈復有看庭櫻之心事乎？是不過作從容無事以誆家人。蓋事謀婦人，鮮有不敗，是以之丞謹秘焉而不宣耳。

　　之丞又云：「苟決議死守，則大軍猝至，赤穗武士當血塗城上。婦人在軍中，意義恐不揚。望子歸家，毋為我累，如何？」小枝聞之珠淚點滴，肝腸欲碎。泣曰：「語云：夫婦為二世之緣，在天願為鳥比翼，在地願為枝連理。死則同死耳，妾亦胡忍獨歸去以生。」言已不勝憤憤。

　　之丞復慰之曰：「子何必執拗如是，且子實案非赤穗，何必在此同死？子家有老父母可以相依，子其歸去毋留。」小枝又憤然悲泣曰：「妾固伊勢屋惣平商人之女也。雖然，亦嘗聞大義，能死則同死，幸勿謂巾幗中無男兒也。」之丞乃顧視四旁，潛聲假慰之曰：「前言戲子。上使一至，當即以城獻納。子宜先歸京料理百事，予徐徐歸耳。寧非計之得哉？」小枝容易不肯信，但哀泣不可仰【抑】。

　　曾聞帳下泣虞姬，絕代英雄淚落時。不是之丞心頭石，管教英氣莫支持。

第十七回

　　「菅谷君子毋須掛慮，小枝交付老夫帶去。」排闥而入者，小枝父惣平

7　按：「神文」（しんもん），日語漢字，由神佛作證的誓文。

老翁也。夫婦皆倉皇失措，向前行禮。惣平翁雞皮皺深，龍鍾潦倒，時年已七十有五矣。聞京師騷動，傳內匠頭在江戶割腹，赤穗家老大石為將，將全藩武士，明日將大戰一場。以故扶鳩杖，遙遙至半之丞家問訊。

之丞夫婦皆喫一驚，竊謂城門嚴固，彼老翁何由得入？前此夫婦之喧爭，得毋為所聞及乎？惣平為述途逢武林[8]因得藉以入。復漸憂色曰：「抵外門，四無人影。由門際以窺，見家中一切收拾明白，如將遷徙者。及至內室，聞小枝泣聲喞喞。汝夫婦二人言語，愚從頭抵尾聽明白了。」

小枝聞言又泣訴。惣平曰：「莫泣，莫泣，汝年四十矣，復作稚子氣耶？」然而自己實酸淚欲滴，顧之丞曰：「子大義在身，幸勿為兒女牽動情也。小枝愚當帶去，不為子累，子其決死報仇。」七十五歲之惣平老翁，已洞察之丞之肺腑矣。

之丞恐大事漏洩，急誑之曰：「夫以主辱臣死，今日固臣子死節之秋也。雖然，主君已死，即奮鬥馬前，亦誰憐惜？其愚不等於自填溝壑乎？是故之丞方躊躇而計議也。」惣平至是始憤然泣下，怒目如環，喝曰：「余雖商人，亦曉大義。汝毋以人畜視余也！」遽執小枝悻悻欲歸。適逢武林唯七突入，乃為道明調息，始各涕泣以別。

時赤穗城死守之說，振動內外。群謂家老大石內藏助，即山鹿甚五左衛門之高弟也，為文武之通人，忠義之傑物，統率全藩死士，決守五萬三千石之赤穗城，誠不易陷。

奉上命：諸山陰道、南海道各諸侯皆練兵揀將，以備廝殺。陸則備前岡山八百人，因州鳥取六百人屯札國境。海則讚州高松兵船三十餘艘，及同國丸龜阿波德島、播州赤石、同國姬路，皆率艨艟巨艦，朝瀨戶內海進壓。哀哉！赤穗一城直牛角中之鳥鼠不異也。

然而，城中有內藏助智囊在，指揮軍士嚴重把守，無異戰場。黎明大鼓聲動，城代家老大石內藏助就本丸會議。彼其態度，依舊安然定著，目煌煌

8　按：即後文之「武林唯七」，人名。

如星，似胸中已早具十分成算者。集神文瀝血諸同志，一同登城，行最終之決議，是即之丞別愛妻之翌日也。

未幾，半之丞及六十余人諸同志，皆漸次著席。內藏助以目四照默禮曰：「諸君皆割親戀、別妻子，欲從亡君地下諸忠義人士。忠肝激蒼穹，義膽貫鐵石，慷慨淋漓，咸來就席。信乎人之動物，不專為利我計。有時為大義捐血軀，犧牲利益，在所不惜也。」

座上掛冷光殿前少府朝散太【大】夫吹毛玄利大居士神位，即亡君淺野內匠頭之位牌⁹也。曉日照敗壘之城，亡國灑孤臣之淚。齊正襟危坐，對亡君靈前，森焉不語。

內藏助進一膝曰：「各位登城，內藏助無量感激。亡君有知，定感泣忠義於地下。」復出誓文示一般大眾曰：「此血足表我同志殉難之決心。自死守之說一傳，鄰國咸率兵到境。上使來臨，定應不遠。今日願與諸君在亡君靈前行最後決別，一同低頭默禮。」內藏助復自懷中取出書札一函，對大眾讀。

第十八回

蓋上命諭內藏助開城獻納云云。左右武士皆填【瞋】目瞠視。有絕叫謂既與神文反，寧死不開城。內藏助曰：「諸君莫瞋，請靜聽吾一言。竊謂主召【君】不共戴天之仇，非國家，乃上野介也。不殺上野介而願與國家抗者，愚也。諸君其與我協力殺上野介乎？」眾齊聲應諾。

方是時，藏助目如炬，聲如鐘，一種果敢決烈之氣，颯爽座上，眾皆稱願仰城代家老指揮。嗚呼噫嘻！忠義者如此，而不忠不義藩武士之徒，業已卷資資【財】、挈妻子遁去矣。

內藏助乃遣人置書上使，願於明日巳時開城獻納。一面如舊戒嚴，一面檢點簿書倉庫，以備上人檢閱。翌元祿十三年四月十九日，各道討伐軍恐內藏助言之不實，盛整軍容，以備廝殺。

大鼓一聲，城門砉然大開，內藏助率全藩武士，素衣素服出。上使前行，

9　按：「位牌」（いはい），日語漢字，意同漢語之「牌位」。

各道討伐軍逐隊武裝由城門入，內藏助報告城中所有簿書若干、輜糧若干、刀鎗若干、大小砲若干，皆明記有條不紊。交渡後，內藏助仍為首，率全藩武士蕭蕭以出。

噫！悲風颯颯，禾麥離離。城郭依舊，而猿鶴已非。半之丞前被阿父叱逐出境，及今日之亡國出境，前後興懷又增一番之感慨矣。悲哉！群雁哀鳴，嗷嗷荒野，一行同退歸主家之菩提所華岳寺。

孤臣去國淚潛潛【潺潺】，玉笛無聲暗漢關。腸斷月明砧杵夜，不勝清怨念家山。

主從相將盡素衣，河山回首已全非。稻粱縱有栖無所，欲向荒原何處飛。

國亡城破，赤穗之男女，亦各灑淚不少。光陰迅速，倏忽六月。一日，距赤穗城頗遠，赴尾崎村路，有戴深編笠武士，叩綠楊半掩之柴扉。旋有年少武士開門曰：「菅谷君！子何來？」武士即脫帽行禮，相將以入。是蓋大石良雄內藏助養痾之草廬也。

之丞入面內藏助，內藏助述邇來腕底生卵大腫物，痛疼難當。延之十餘日，始覺小瘥。之丞頓首詢曰：「現狀如何？」之丞竊謂大夫顏容麗澤，非若有採薪之憂者，時菅谷之丞不能無疑於內藏助矣。

內藏助首額【頷】曰：「然，當漸愈。子今滯留何處？」之丞曰：「現與拙內居三條町伊勢屋。」內藏助語言間，並不見有些少怒氣，露出欲狙擊上野介之破綻者，此全藩義士之所以不及也。

之丞愈疑形不安曰：「聞大夫將於洛東山科里，購十畝田歸隱，未知事實與否？代大夫奔走之原惣右衛門、吉田忠左衛門，余又不曾之遇，故遙遙來問教也。」內藏助歎曰：「子自誰聞？子欲急而不相機、不藏晦，敗事之尤也。子當知敵人為四位之少將，有上彈正大弼殿後援，豈得容易窺伺哉？望凡事一任內藏助勿疑。」

之丞豁然醒，遂別內藏助，欲往赤穗城下覓原惣右衛門。乘十七日明月，一路踉蹌，自思同事城十年間，轉不知內藏助心事，其實可愧。不識不覺唱少年行謠曲一節，從山坂經過。

忽聞松林中閃出二人大聲喝曰：「武士何往？留下金帛買路！」之丞在內

藏助處，經已飲酒泥醉半分，並不在意。二賊徒又喝曰：「既不肯放下金帛，須留下姓名，待汝爺結果性命！」之丞吟詩一絕曰：「欲詢爺姓名，菅谷半之丞。豪傑人人識，賊徒勿喫驚。」吟聲未歌，賊徒中其一抽刀進曰：「余須藤數馬也，汝果之丞，即當取汝首級。」

第十九回

半之丞聞言，勇氣百倍。竊謂：「天網恢恢，果然不漏。」揮劍直進，大喝一聲。照面不過三合，須藤數馬已悲鳴倒地矣。大刀亦墜地，其一賊膽潰欲走。半之丞追五六步，轉念父仇數馬，若被逃脫，豈不恨事？急掉劍返顧，時須藤數馬已流血滿面，欲從林梢間脫去。

半之丞喝曰：「狼心奴何走！汝誘我繼母，毒菌酖我父，可恨可惱！今日吾父有靈，欲令予以汝首級供祭奠也！」須藤戰慄無言。半之丞前而刺之喉，割其首以足履者十。連呼曰：「阿爺！兒代父報仇，梟逆賊須藤數馬，現首級在茲！」

果然天網足恢恢，報應終教一日來。寄語聰明諸子弟，快心過是孽之媒。

人道剛刀殺數馬，我云財色死須藤。冥冥不語難知處，應有至神具萬能。

腥風一道，斜響林梢。明月一輪，欲沉山谷。半之丞殺須藤數馬後，滿腹快意，復前行。

卻說赤穗五萬三千石之國家破壞，已是去年事件，倉庚唱法華之經，杜宇勸歸去之客，元祿十四年二月也。回憶去年六月，移居尾崎村之元城代家老大石內藏助，後更移居山科里，搬妻子一同居住，悠悠自適。嗣後歸田園，植杉檜，增第宅，殆不有為亡君淺野內匠頭報仇，狙擊上野介之形跡也。

彼蓋欲以是而瞞世，學劉玄德種菜自晦，彼蓋欲靜俟交動發機也。英雄之心事，豈常人所能料及乎？彼幾處密會義士，密計討仇之策，今日又其會議時也。有謂當於巳刻者，有謂當於申刻者，尚未一決。

本日列會，老者為吉田忠左衛門、小野寺十內，中老即主人內藏助、菅谷半之丞、原惣右衛門，壯少者為大高源吾、潮田又之丞及其他血氣之勇者等，而矢頭衛茂七之美少年亦在內也。於十二疊之廣座上各述意見，大抵皆

願急一日趨江戶斬上野介首。

原惣右衛門擊胸前進曰:「大夫每以時機當早,不知時機已過去矣!查江戶密報,上野介近以家嗣委其子佐兵衛,自移羽州米澤,似此好時機那可錯過?大夫以為何如?」而內藏助依舊一笑付之。

按是會議中分三派,其一為同志確信派,即小野寺十內、菅谷半之丞等,一意內藏助指揮是尊;一為急激派,為原惣右衛門、大高源吾等。一為曖昧派,即進藤、奧野諸徒,時優游左右,無所可否短長。而急激派大將原惣右衛門,竟與內藏助激烈論議。

內藏助唯微笑之曰:「凡輕舉者,失敗之原因也。故主君之仇未報,怨敵欲歸阮【隱】米澤,原惣君之急急,決非無理。雖然,現敵之疑我心未釋,故不可以舉事,宜令其無備,然後襲擊,然後與諸公以十文字割腹。」又曰:「主君令弟大學樣之處分未定,故吾輩今日不可輕舉。圖主君家之興起者,亦臣下之務也。」原惣右衛門愈急,歎曰:「自主君大變以來,至來月即一周年。吾輩不敢貪一日安,望大夫速賜英斷。」內藏助唯示以腹中業有定策,嘿不欲言。

第二十回

最后副頭領吉田忠左衛門、小野寺十內二人乃出為鎮定,代大將內藏助,引致近松勘六,為鎮撫江戶同志計,決意赴關東。

卻說不共戴天之吉良上野介,若被退隱羽州米澤,則對手有雄鎮上杉正彈大弼,且海山千里,遠隔遙遙,全藩武士赴出羽決斷,萬一消息有漏,焉能克達目的?且上野介已白頭種種,風中之燭,一旦吹滅而自斃,豈不令吾人抱憾終天乎?右原惣大高急激派之主張也,而菅谷半之丞,亦以復仇為急,睹內藏助之優柔決斷,殊不滿意。

厥後,咸知悉內藏助之遷延理由,蓋其一為待大學樣之處分,其一使敵疏於防備,皆漸鎮定。而吉田忠左衛門,又代大將內藏助向關東,之丞仍歸京,居妻小枝外家之三條通芝具屋。日往來京阪間會合同志,一面變裝入江戶,察怨敵上野介行跡。

未幾，故主君一周期將到，之丞奉內藏助命，赴赤穗華岳寺，於冷光院殿，行一周忌佛場。事畢，偕小野寺十內欲返報現在島原妓館遊蕩之內藏助。時斜日已暮，僧敲花下之鐘，新月乍昇，人語道傍之竹。半之丞停步，密翳身林木暗處，潛聽之。

其一人悄語曰：「聞今夜大石當在游廓遊興。」其一人答之曰：「然，彼誠流連五六日矣。」其一又曰：「裝呆弄痴之大石，果無報復之仇乎？」其一又云：「山鹿門之高弟，智者也，不可預測也。」其一又曰：「將同徒伺之，確得其實。」其一云：「然。」乃相率同赴島原。

半之丞俟彼去後，乃自林藪出，由別徑急赴馳島原。但見燈光萬點，皓月一輪。樓閣上凌，盡貯纖腰仙子；琵箏半撥，爭攜慧眼媚兒。銷金窩是銷魂臺，紅顏人攜紅豆粒。嗚呼！任他道學名儒，到此亦乍驚乍失；縱彼剛強鐵漢，逢場皆喚奈喚何。是蓋島原之盛況，而內藏助逍遙之處也。

內藏助時方以醉眼視秦姬，醉手擁楚女，逐三味聲歌莫愁一曲。忽見襖子一開，之丞自外而入。內藏助急呼藝妓為之丞酌，復自攜一妓，相對作赤風飛燕舞。平之丞乃急進一步小語曰：「隔鄰二武士窺伺，君其注意。」內藏助佯為不知，竟狂醉顛倒，以箸擊杯取節。

漸離擊筑思鋤暴，預【豫】讓漆身在報仇。二子成仁皆苦志，不知藏助最風流。

二武士窺內藏助無破碇，果然放蕩不堪，乃潛去。翌日，內藏助邀之丞及同志一同，自島原起程赴櫻山觀櫻。內藏助自乘綠哖大轎子，帽子半欹，宛似戲檯上之狂公子者。抵中途松林間，忽遇彪形二大漢，突出大聲喝曰：「無禮奴，何得無禮！不知路上尚有行人乎？轎中人為誰，速來陪【賠】禮！」言罷握拳張目，不勝恫喝。

無膽之轎夫及藝妓、舞妓、仲居等，皆一溜煙散去。之丞乃出轎，深深向二漢禮曰：「吾輩觀櫻至此，有失禮處，伏乞海涵。」細視之，乃夜間窺伺之二武士也。二武士毫不肯聽，仍喝曰：「休！欲予赦子，須匍匐食地上砂土！」

第二一回

　　半之丞色變，大石內藏助自綠呼轎中匍匐而出，叩頭曰：「大將大石內藏助在此謝過。」乃以武士足側土堆戴頭上，二武士及之丞皆意外喫驚。

　　二武士不顧而唾曰：「汝自稱內藏助，汝主非內匠頭？赤穗國家非破滅乎？汝為城代家老，不思報仇，乃沉湎酒色，真牛馬不若也。」取酒肴置足上，命內藏助取食，若不肯，望拔劍決勝負。

　　內藏助搖首曰：「決鬥乃無用之事，余願食酒殽。」遂恭恭敬敬以手承其足，接而食之。其視韓信之胯下辱有加焉，二武士乃歎息而去。

　　語云：「能負重者，必能忍辱。」若內藏助者真能負重矣。非二間諜之玩弄內藏助，實二間諜為內藏助所玩弄也。自此事一傳，內外人咸嗤內藏助為無骨漢，不以人類齒。而菅谷半之丞及諸同志，則信之而不疑。其舉動之光明，行藏之慎重，聯合之固密，臥嘗之困苦，則互東西南北罕見其例也。

　　歲七月十八日，大石內藏及諸同志一同上請，乞令主家淺野家再興，雖俸祿減剩萬石亦可。詔下竟不許，傳故內匠頭令弟淺野大學，退隱淺野家本家松平安藝守殿處。噫！無情之處分乃如是矣。

　　半之丞昂首決眥天一方，歌慷慨曰：「秋風已起白雲飛，時乎不再悔莫追，吾將與世永相違。」一日，三條町伊勢屋有同志大高源五來訪，之丞延入密室坐定。

　　大高源五謂之丞曰：「菅谷，子知僕來意乎？僕奉大夫命，謂前此赤穗國家破滅，同盟志士皆憤激瀝血神文，誓為主君報仇。奈大學處分未定，荏苒至今日，而大學之處分竟如是矣！主君家之再興無望也。大夫[10]命僕持誓文返子。人生一世，草長一春。望子將拇印取消，別尋主仕宦。」言訖將囊篋中神文取出，雙手呈上。

　　半之丞顏色慘淡，嗚咽曰：「疇發此議，大石殿得毋狂乎？」之丞觀其放蕩無賴，深信為欺敵之唯一手段。「其所謂神文取消者何也？今若是，余將獨

---

10 原註：指內藏助。

身斬上野介，回途殺大夫。然後割腹自裁，相將面主君地下。」遽以右手拔刀欲起。

大高源五急制之曰：「毋須，前言戲子耳。所謂神文取消者，以肝膽相照，不在形式也。大夫不日出府已定，命僕往四處糾合同志。」之丞聞言始喜色滿面。

十月七日，大石內藏助由京都三條旅館起程向東，同志菅谷半之丞、潮田又之丞、近松勘六、早見藤左衛門、三村次郎左衛門、家臣室井左等十余人相從。

先是，內藏助既訂下關東時日，旋遣妻子赴但馬親戚家，自己由山科徒京，準備一切。半之丞於起身前夜，託以他事，向岳父惣平告辭。久以【已】夙知厥婿心事之惣平翁，忙去眼鏡，流淚不已。之丞亦心酸強言曰：「久荷岳父大人豢養深恩，之丞感激，愧無奉報。近擬向東國覓一仕宦進途，特來告別。望岳父大人勉飯添衣，深自保重。」惣平翁亦不之驚、不之語，以手揮之令去，曰：「惟成功是祝。」

第二二回

今人出家門不數里，回頭顧妻子語，刺刺不休，而之丞抱報復大仇，欲為主君殺怨敵，一腔心事，效豫讓不告其妻子、不謀其岳父，而岳父竟能知其婿，為婦者竟能知其夫。所謂不言而喻者，欲使殺身成名，全一世之大義。彼非不愛倫常之親，不悲鸞鳳乖離死別之苦，蓋大義在上，有所不能掩焉者也。

讀此淋漓慷慨小說，其忠義之心，有不油然興起者，非人也。四十七人之義士皆不告其父、不告其母、不告其妻子者也。慘莫慘於斯劇，悲莫悲於斯劇，壯莫壯於斯劇。

之丞妻小枝聞言，早已哭倒在內室，又不敢令夫知道，挫夫義俠之心，乃潛聲嗚咽，勉強拭淚痕乾。

翌日，之丞早起出門，偕大石內藏助諸多志士同行，抵土山驛。之丞為小便故，從而後，獨行路傍枯草間，指亂山慘淡，白日無色。

過山坳，逢衣裳襤褸之女丐，遙遙自前面迫近而來，顧之丞曰：「望武士
助少許。」之丞厭其臭，急避之。女丐自後追趕呼曰：「之丞君！之丞君！」
其呼聲帶不勝狂喜之狀，之丞茫然不解，異之。女丐又狂呼曰：「之丞君謂妾
為誰？妾汝父後妻絹子也！」鬖如蓬髮鬼，顏如牛罵婆，患多年梅毒，眉根
落盡，鼻梁折凹，毒血被面。謂之丞曰：「自子出奔後，汝父誤中毒菌斃命。
族親謂妾所為，妾不堪乃逃出。今病如此，得邂逅之丞是處，乃天佑也。望
垂憐援助。」

噫，孰意二十五年前如花如月之阿婆，竟然如此。之丞聞言，咬牙切齒
大恨，謂：「是種不貞不義淫婦，讒我父子，毒我父命，破我一家。噫！父仇
父仇！」將欲拔劍揮兩段，轉自憶曰：「勿得，之丞還有大事在身。若殺之，
豈不妨我四十七人志士大事？」乃由懷中取金數件，擲之曰：「汝半兵衛妻耶？
何至於此？金持去，予非之丞，予有原孫兵衛也！」女丐絹子匍匐拾金又追
曰：「之丞何必云爾？」之丞睨而怒曰：「畜生！苟遇之丞，被斬兩斷矣！」
飛一腿蹴其腹而去。

絹子倒地哀叫，丐伴聞聲，七八人馳至，皆九分像鬼餘一分似人者，見
絹子懷金在握，群奪之，絹子抵死不放。有力丐頭，令羣丐抬往山谷間撲殺
之，分奪其金以去。

二十年前酒店間，曾誇妾貌好容顏。蓮花不爛偏生毒，茨草多情敢宿姦。
夏日武家親族議，秋風丐路鬼門關。若知報應終如此，悔不當初自檢閑。

凡人年少血氣方盛，智識大開，其思慮未周，憑一時之己見，往往失於
蕩檢。方其任慾直前，如悍馬脫鞍，不受羈勒，語之以報應，曾【皆】馬耳
而東風，行且唾之。孰意天地有循環之理，樂極而悲，熱極而涼，順境過而
逆境來。前之為我愚、為我騙者，行且張掎角而待我矣；其不為我愚、不為
我騙者，亦皆閉門而不納矣。此時信用墜地，身弱囊空，顧視六親朋友，皆
棄我以去。良心之念，信教之心，乃油然以生，然已不及矣。

茲為述淫婦絹子，自酖殺乃夫半兵衛，偕須藤數馬逃出，至為丐略歷如
左，垂為世戒。

第二三回

　　抑小說之作為紀實也，含勸懲也。紀其實則惡必有惡報，而善膺警賞。不寓勸懲，而勸懲之意自在。論者謂是蓋古小說之窠位，千篇一律，可厭孰甚！不知水之為性，趨下也；火性，燃也。草木逢春而發生，日月星辰，依一定軌道，一定期間，亙千萬年不變，何嘗有錯行哉？是蓋自然之理，而非千篇一律之可咎也。

　　絹子自隨奸夫須藤數馬逃走，握手赴播州赤穗，自謂兩人不義之歡樂可長。不知奸夫淫婦如負恩小人，既能負彼，何難負我？既能戀我，何難戀他人哉？而世之不自知者，輒謂彼婦戀我，彼男愛我，可以與之相終始而不變，皆自誤也、自暴也、自棄也。不知加減乘除，數學上之理無訛。未有乘加差錯，而除減能符者也。

　　須藤數馬旋有外遇，絹子亦偷其耳目，現其故態，日夜與情夫相晉接。後為數馬偵知，數馬憤甚，以繩縛五體，懸諸梁上，持棒擊之。絹子亦惡聲相詆，數馬愈憤，以綿塞其口，以布袋囊入，貪夜負而擲諸海，任潮流飄蕩。絹子到此方悔數馬之良心，不似半兵衛也，自思必無生理。復為某漁家救起，賣入某娼家為娼。賤骨之絹子亦曰甘心，反以為得計。後為某情人落籍，入其家為妾。淫心未死，復有外遇，夜半竊所天金，更隨奸夫逃去。

　　噫！報應來了，絹子積半年之花柳毒，一旦性發，其奸夫遂棄之以去。獨身顛倒，病疾愈深，臭穢襲人，無肯敢顧之者，遂流而為丐。終至被之丞一踢，膺之丞金，為諸丐奪去，斃諸丐拳足之下。

　　異史譯至此，急洗筆滌其污。願青春男女勿為無稽之艷情小說所惑，則幸甚！絹子報應事，茲按下不題。

　　卻說赤穗義士大石內藏助一行，過箱根關所，僦屋於大江戶[11]，對中日本橋石町三丁目小山屋彌兵衛裡面二部，日日圖復仇義舉。菅谷半之丞扮町人，自稱為政右衛門，日遊江戶市中，打探敵人舉動。大石內藏助父子亦變

---

11 原註：今之東京。

名，就本所松阪町，窺仇人吉良介內室。

居彌月，敵狀已悉，乃遣同志高田馬場，自友人手，取吉良家繪圖，觀玩抄寫。復令同志中之美男子磯貝十郎左衛門氏，與吉良家婦人通謀，盡知其隱情。

時機已熟，十二月十四夜，大雪盛降，漫天匝地，白皚皚如銀。四十有餘人志士分三路，由本庄三目橫町杉野十平次僑寓，及本庄相生町三丁目神崎與五郎宅，與前原伊助之穀物店三處起身，闖入怨敵吉良介家。餘人在外面包住，逢人便砍，遇敵便斬。

夜近丑刻，家人皆熟睡，群驚起，哀號哭泣。亦有睡眼朦朧被殺者，亦有即死於黑醋者，濺血滿地，倏成紅雪。半之丞氣憤憤持明亮把刀入殺內室，遇原惣右衛門，亦持鋼刀呼曰：「之丞，仇人在何處？」之丞答以不知。片岡源五右衛門高房等亦到，各持血刀，尋覓仇敵。

第二四回（大團圓）

咸云搜房闥、索壁箱及四圍內外、東西三十間、南北二十間，獨不見一吉良介。群頓足曰：「事殆矣！為所逃遁乎？」皆面面相覷。哀哉！志未貫徹而腹已將割，內藏助亦搔首不語。裡門組埋伏副將吉田忠左衛門，獨高聲跳叫曰：「此時不可躊躇矣！盍再搜尋？」眾氣壯，各持刀向四處，而怨敵上野吉良介之命遂休。

號笛一聲，群集置物倉庫，有拔刀者、有持鏢者、有攜銅盆欲盛血者。目的已達，各志士勇氣百倍。但未知上野吉良介，能脫出此天羅地網否？

翌日，江戶八百八町，透至山阪海角，及日本全國六十餘州，無一處不喧傳大石以下四十餘人之志士為主君報仇。

三條通骨董屋伊勢屋惣平老人，自外入，謂管谷半之丞妻小枝曰：「聞外人紛紛，謂之丞及大石以下志士四十餘人素志已徹，現一同候旨定奪。」小枝又悲又喜，喜的是從今得稱義俠之妻，悲的是未知上論，如何定奪？茫然久之。

當時輿論十中八九，咸謂如斯志士，定邀赦免。不圖竟以旨賜一同割腹

自裁，葬冷光院墓前。從此推義俠者，莫不以赤穗志士為模範。講談演劇，每至赤穗義士報復，則座客盈座，咸慷慨涕泣，其於武士道之教誨不匪鮮矣。

元祿月日大雪飄，乾坤倏忽成瓊瑤。怨敵上野正高枕，志士拔劍風蕭蕭。白刃颼飀照雪白，血汙濺染乃復赤。須臾怨敵納頭來，四十七人齊踢擲。主君一仇已報復，割腹十文字何惜。疇將性命願犧牲，當拚家族竟忘情。無如大義不可掩，從容就之知重輕。堂堂意氣愧聶政，轟轟刺擊羞荊卿。至今赤穗白河淨可掇，上生青松何軒豁。靈鍾孕毓有自來，義士一生此生活。

異史氏曰：「日本國以忠訓世，而支那以孝示天下。求忠臣必於孝子之門，未有孝而不忠者也。讀赤穗四十七義士復仇之快舉，益知我國忠義之所由來，然而未嘗有一不孝者，如菅谷半之丞，亦大孝之人也。我臺灣隸版圖未久，忠字之觀念未生，孝字之印象已沒。牛鬼蛇神，泊沉道德，不可慨乎？方大石氏之佯狂放浪也，小說稱上野介遣二武士來試大石，而林長孺乃有〈喜劍烈士碑文〉，茲略之如左，以備參考。」

喜劍者不詳何許人，或云薩藩士，蓋奇節士也。元祿中，赤穗國除，大石良雄去在京師，時物論囂囂，言其有復仇之志。良雄患之，故假歌舞遊衍，以滅人口。

一日，遊島原妓館，會喜劍亦來遊焉。喜劍素與良雄不相識，然竊希物論不虛，及聞其游蕩不已，心甚不懌，乃招良雄，同飲于一樓。良雄不應，因更反復直言，良雄猶不應，笑言自若，無承服色。

喜劍乃怒目大罵曰：「汝真人面而獸心也！汝主死，汝國亡，汝為大臣而不知報仇，非獸而何？余將獸待汝！」於是展左腳，盛魚膾數臠于腳指頭，使良雄食之。良雄夷然，俯首喫之畢，舐指頭餘瀝。時良雄啞啞之笑聲，與喜劍叱叱之罵聲，喧然聞乎樓外矣。

既而喜劍役于江戶，適聞赤穗人報仇事，問之則同謀四十六人，良雄其首也。喜劍愕然曰：「吁，余死矣。夫余目獸視良雄，乃我目之罪也；余舌罵良雄，乃我舌之罪也；余足獸食良雄，乃我足之罪也；余心獸待良雄，乃我心之罪也。一身皆罪，吁！余死矣！」

　　於是託病歸國，公私了事，復來江戶，則良雄既與同謀之士皆賜死，葬之江戶泉岳寺中。乃詣其墓，拜曰：「我當面謝萬罪于地下耳！」乃拔刀屠腹而逝。有人為葬之其墓側，而中西伯基別建石于泉岳寺，使余作文略記事蹟以示後人。

　　　　　　　　　　　　　　（赤穗義士菅谷半之丞小說完）

載於《漢文臺灣日日新報》，一九一○年五月二十九日～八月十一日

排崙君子

作者　不詳

譯者　囂囂生

【作者】

不詳。本文內容所述為詹姆斯五世（James V，文中譯為「其姆司第五」，1512～1542）的傳奇故事。他是蘇格蘭（Scotland，文中譯為「蘇革蘭」）斯圖亞特王朝（The House of Stuart）的第七任國王，詹姆斯四世之子，在位期間為一五一三年至一五四二年。文中藉由兩則小故事以刻畫其英勇與慧黠之形象，可能由民間傳說改寫而成。（顧敏耀撰）

【譯者】

囂囂生，真實姓名與生平不詳。本文轉載自一九一一年十月十六日的中國上海《申報》「自由談」，標「短篇小說」，署「囂囂生譯述、瑣尾生潤辭」，此二人之真實姓名待考。《臺灣日日新報》轉載時未標譯者。（許俊雅撰）

當千五百十三年，英王其姆司第五，即位於蘇革蘭。王好拓弛，喜盤游，在潛邸時，常馳騁原野以為樂。邇以蟄居宮闕，出入不能自由，拘苦萬分，鬱鬱不自適，乃密與心腹之臣計，易服僑裝以出。蓋意欲藉知民間疾苦、官吏橫暴事，兼可飽覽外界之風光，假以自娛樂也。王每出，從親信之貴臣二，自稱為排崙奇克之君子。排崙奇克者，為司兜陵砲臺之要道。

一日，王又出游，至排崙奇克小憩。時馳驅半日，腹內已空，乃命從者進酒，而苦無下酒物。玉食萬方之王者，今日乃始嘗飢餓之況味。不得已，命從者荷槍裹彈，獵鹿近郊，為佐酒饌計。王飢腸雷鳴，擊杯以待。雖有酒盈樽，其奈難以果腹何？

正延頸盼望時，遙見獵者已紛然返。王大喜，躍起以迎之，以為嘉肴已至，可以熄我餓火矣，而不料獵者皆兩手下垂，懊喪之色形於面。王乃大愕，急呼而叩其故。蓋纍纍斃鹿，方捆載以歸，而逾【途】遭亞痕潑里亞[1]之蒲乞

1　原註：砲臺名。

難痕司族所掠奪也。緣彼亦張飲，有酒無肴，而暮色沉沉，難再行獵，適見運鹿者來，於愁思無著之中，遂悍然一試其野蠻之伎倆。獵者舉王物明告，懇以返璧。蒲酋憤然不顧，悻悻曰：「渠為蘇革蘭之君，余為開噴[2]之君，其奈我何？」

王叩知顛末，擲杯以出，躍馬逕造蒲門。有凶猛之守門軍，持斧徘徊於前，堅拒不納曰：「吾君方飲，胡纏擾為？」王曰：「吾為排崙奇克君子，特來與開噴君同飲耳！」門軍啁噥不已，怨恨之色，見之生怖。然見王英姿颯爽，氣概異常，不敢終拒。遂入告其主曰：「外有紅髯人，自稱排崙君子，欲來與吾君同飲，待報外門。」

蒲酋聞之大恐，知王親來也，倉皇出，長跪求救。然王固無加罪意，特欲殺其狂威耳，遂入，與共觴。時鹿已炙熟，陳列滿案。王乃高坐，而為屠門之大嚼焉。從此亞痕潑里亞之蒲乞難痕酋長，人皆以開噴君呼之，蓋舉其奪鹿時之無狀以誚之也。

厥後，其姆斯王復孤身易裝出。途與四五無賴鬩，眾寡異勢，大受窘辱，殊危急。幸旁有一小橋，名克辣姆，極狹隘。遂於稠人雜沓中，仗劍徑登，據以自衛。所謂一夫當關，千人莫敵者。

時路旁矮屋一椽，有貧窶子在倉中打麥，聞聲奔出。目擊此不平之情形，不覺大憤，即奮其勇氣，揮連枷為王助，諸無賴遂鳥獸散。因導王客彼，進以鹽漱，又護至以定衷[3]，恐歸途復逢宵小也。

途中王問曰：「君何名？操何業？」其人曰：「喬好槐含桑，余名也。在渤來海為農家備，即附近克辣姆橋，蘭【蘇】革蘭王之領土也。」王又問曰：「天壤間能致君光榮，而為君所欲得者何物乎？」喬竭誠對曰：「無他求，但願於此反奴為主，足矣！」

旋亦問王名，其姆司謙謙以寒素自存之排崙君子答，且告之曰：「僕在王宮，膺微職，明日適逢來復。如君惠然肯來，正可為君前驅，引覽宮廷以報德。」喬新然應諾。

2　原註：亞痕潑里亞之縣。
3　原註：地名。

翌日，喬假裝盛飾而往，然仍不脫窶人子之本相也。至宮門後，訪排崙奇克之君子所在，而王早已傳人引納，歡然晉接，喬乃得遇其新知焉。當時王去冠仍優孟也，故示下吏之態度，導之周游。禁內千門萬戶，金碧輝煌，其壯麗可想見。草莽間俗子，驟焉賭此，腦髓中殆成一新窶積，曷禁其兼驚詫愉快而有之？

少選，其姆司乃問客曰：「汝欲見王耶？」對曰：「不敢請耳，如不開罪於王，故所願也。」噫！排崙奇克之君子，王之變相耳，而奈此粗鄙之鄉人，茫茫如墮五里霧中何？復突問曰：「王與廷臣何別？」王曰：「易易，大眾侍而王獨冠冕【冕】耳。」

談話間，抵殿陛，群臣翼其左右。氣象肅然，鄉人惶駭，不克自持，挾王俱行，然終未審王為誰氏，喃喃私語，訝王之竟不之見也。王揚揚曰：「大眾侍而王獨冠冕，非早為君言乎？」鄉人舉目顧盼，岸然曰：「此芸芸儔侶中，冠者惟我儕兩人耳。汝耶？余耶？其孰為蘇革蘭之王耶？」王哂其愚，群臣咸大噱，乃實告之，而以渤來海地封之，償其奢願，所以報當日之為王將伯也。其後王裔過此，必款謹以為紀念云。

　　　　　載於《臺灣日日新報》，一九一二年二月十七日、二十一日

意大利少年[*]

作者　亞米契斯
譯者　包天笑

【作者】

亞米契斯（Edmondo De Amicis, 1846～1908）出生於義大利的奧奈格利亞，少年時在古尼奧和丘林求學，十六歲加入摩德納陸軍官校。一八六六年參加義大利第三次獨立戰爭中的庫斯托莎戰役，義軍慘敗的景象刺激了他，之後退出軍隊。在軍中寫過許多短篇小說於軍報上發表，此為其著作生涯的開始。一八六八年在佛羅倫斯出版了第一本書《軍旅隨筆》。其作品銷行最廣的一部是一八八六年出版的《愛的教育》（Cuore，意大利語「心」的意思），小標題為「一個義大利四年級小學生的日記」。以日記體小說敘寫，全書共一百篇文章，其中十則老師在課堂上宣讀的小故事，〈少年筆耕〉、〈尋母三千里〉及本篇尤為知名。本篇於《臺灣日日新報》轉載時未標譯者。（許俊雅撰）

【譯者】

包天笑（1876～1973），原名包公毅，筆名拈花、天笑等。江蘇蘇州府吳縣人，中國現代通俗文學家、著名報人、鴛鴦蝴蝶派作家。一九〇〇年與友人合資在蘇州開設東來書莊並發行《勵學譯編》，經銷中國留學生在日本出版的《浙江潮》等期刊，以及日文書刊。翌年，包天笑與其兄包子青在蘇州護龍街砂皮巷口創辦大眾化報紙《蘇州白話報》。一九〇六年，任《時報》外埠新聞和副刊《餘興》編輯，並編輯《小說時報》和《婦女時報》。隔年在《小說林》雜誌發表長篇小說《碧血幕》。因通日文，晚清時期即翻譯小說，首部譯作是《迦因小傳》。後翻譯小說多種，均為意譯，風俗人

---

[*]　主編按：本文原刊《申報・自由談》第一五〇九八號，一九一五年二月二十五～二十六日第十四版，後收入《愛國英雄小史下編》，作者署名「笑」，即「包天笑」。

情已中國化。一九〇九年加入南社。先後出任文明書局刊物《小說大觀》和《小說畫報》，大東書局《星期》週刊，以及《立報》《花果山》副刊主編。一九二五年任明星影片公司編輯主任，將翻譯小說《空谷蘭》改編為電影劇本，拍成電影。一九四七年，包天笑前來台灣，一九四九年後定居香港，寫作《釧影樓回憶錄》。一九六〇年在香港《文匯報》發表《我與鴛鴦蝴蝶派》等文。一九七三年香港病逝，享年九十七。一生著譯達百種之多。著有《上海春秋》、《海上蜃樓》、《包天笑小說集》等，譯有《空谷蘭》、《馨兒就學記》等。本篇於《臺灣日日新報》轉載時未標譯者。（許俊雅撰）

一

　　距今數十年前，奧大利與意大利邊開戰釁。時方七月二十四日，酷暑猶未退也，意大利之步兵，以六十人為一隊。當時欲占領某處小邱上之一民家，冒曉霧而進。日腳甫伸，作耀目之色。

　　俄而漸達目的地，忽出不意，敵兵四起，鎗彈之聲，錯落於空氣中。意兵固未及防也，轉瞬比【此】隊中已六七人僵矣，咸以鼻饗地。隊長乃令入民家，先閉其正面之門，次塞窗戶，樓上樓下，悉駐兵以守，為防敵之策。敵凡八百眾，屯聚邱下，作半月形之隊，徐徐邁進。

　　時則該隊中之指揮官者，霜雪盈頰之老人也。此外尚有士官數人，及軍中掌號者一人。此掌號手者，撒爾尼耶產也，年才十四耳。相度軀幹，又短小而精悍。隊長則立於門外之一室，以指揮兵士，鎮定不驚，似忘此身之在鎗林彈雨中者。少年掌號者，則微有驚恐之狀，以戰事烈，現方發軔之初，而遙聞敵陣鼓聲，則慘疾盈耳，乃潛隱於壁間，躡足登几案，自窗櫺中以窺戰爭之狀。見敵隊愈進愈疾，砲煙迷漫中，紅光閃爍，而時時隱現白衣兵隊之影也。

　　此所據之民屋，建諸斜坂之上，後臨千尋之絕壁，故敵兵以半月形之隊，三面來攻。整隊初無稍亂，砲聲隆隆，山石及牆基咸顛。彈子蚩然空氣中，偶觸牆垣，沙土震落，作蘇蘇聲。左邊巨闥，已粉碎如微塵，飛舞於空中，

而屋頂門窗，亦受巨彈之孔。玻璃受鎗而碎，飛散如冰花，彈入室中，觸者立殞，即生者亦負重傷，乃以兩手按創行，徬徨疾走於室中。

此時極力禦敵，不能動其他種之思想。雖死者踵接駢臥於地上，而萬念俱泯，唯有為國復仇之一念，似乎彈火鎗鋒，均不足置念者。敵軍愈進，室中但聞受彈震擊之聲，至為慘厲。半月形之敵陣，乃作包圍之勢，鎗矛之鋒，照耀如雪，又似麥穗受風，蠕蠕而動。

隊長目無他瞬，以注視敵兵之行動。既而歸室中，乃傳令呼掌號者。掌號之少年，隨士官至隊長前聽令。乃見隊長方倚壁作書，已乃以書入封套，呼曰：「兄弟，今有機密要事，煩君一行，不知君有此膽力否？」

少年立隊長之前，舉毛【手】加帽簷，以施軍禮曰：「願聽隊長軍令。」隊長乃自後窗中遙指曰：「而不見山岡之上，閃閃鎗矛之光者，非吾本隊乎？今我令若速持書趨本隊，遇第一士官，即以書授若，以汝身輕，縋此懸崖而下，越隴畝一直線行，即達本隊。注意注意！」

少年曰：「諾。」即以隊長手書，敬謹藏諸衣囊中，卸其背上所荷之物，以為疾走之準備。副隊長乃以繩繫少年之衣帶，得縋此絕壁，以達本營。隊長復鄭重言曰：「兄弟，此重大之命令也。吾一隊之生死，全軍之勝負，均繫汝一人之身，責任固非輕也。千萬注意，千萬注意！」

二

驀聞巨炮如雷，自前面之岡而發，開花彈子，忽轟落於敵人之頭上，幾疑此軍從天外飛來也。於是隊長乃集合傷殘，為迎擊之準備。忽見敵軍背面受敵，自相凌亂，鎗聲亦斷續弗整。則意大利之騎車一隊，風捲雲馳而至。統領者，頤張而鬚磔，為狀甚怒，直以全隊衝敵軍。

第見軍刀閃閃，塵起土飛，兩軍合搏如火力團聚而焚。敵軍初不虞有此生力之軍，從空而降，幾不能支。而殘軍亦悉眾而前，如亡其魂魄，舉其刀矛鎗械及逼炮之鐵杖，直衝敵軍。敵以背腹受敵，隊腳亦亂。而意軍之步兵兩大隊，方輦大炮二門，追奔逐北，至於數里外。此日之戰，乃以意大利占全勝也。

翌日，兩軍復大激戰。顧以奧軍數倍於意兵，眾寡不敵，遂退守至於密奇遏河。隊長以兩日間之激戰，亦憔悴無人色，且以帛束臂，知左腕受傷也。顧萬不自創，仍當後陣與後軍徒步以戰。至於日落黃昏，方及密奇遏河。此時每念部下之或死或傷，不禁淚為之落。蓋爾日同胞乃大半拋骨於沙場，容有存者，亦至於肢體殘毀，甯得不為之憫歎也？

時則傷兵纍纍於道，為借郊外及教堂，作野戰病院。至其處則負傷之兵，陳陳然。軍醫與看護之婦，奔走雜踏，似不勝其忙迫者。而呻吟呼痛之聲，至於慘絕，不能入耳。隊長入病院，覺有無窮慘慄之狀至於腦中。方撫慰其素識之部下，忽聞室隅一病榻上，有細聲呼曰：「隊長閣下，別來無恙？」隊長疾回首，則小榻之上，正臥此少年掌號手也。

此時少年面色灰敗，兩眶深陷，亦幾不復有血色，僅以窗幕蔽半身。隊長乃行近少年之傍曰：「兄弟，若亦居此耶？若乃勇敢可嘉，竟達我告急之文，至於大營。吾隊得以不覆沒者，汝之力也。然則汝功為匪細矣，汝功為匪細矣！」

三

少年曰：「我當先謝隊長之嘉獎。我自奉隊長命令，知此為至重要之事件，不第全隊之存亡，直繫大軍之勝負，故併我全身之氣力，以求得達大營。不圖為敵所偵，乃自後狙擊不絕。我自恃身體趫捷，騰躍而進，固不知足之已受創，至是頓減其速力，然猶顛頓而行。至於足脛復著一彈，而余遂仆地不能起矣。顧念我一身雖死，而所負之擔匪輕，必強行而後可。乃余欲試立，而竭其力，僅能起坐。既而以手據地，類於獸行，乃得遇參謀士官，而書遂得達矣。」

隊長曰：「敬謝吾兄弟，非是者，全隊歿矣。」少年曰：「是天不亡本隊耳，余何功為？雖然，隊長亦氣色不佳，負何傷也？」隊長曰：「傷腕耳。」語時見所裹之繃帶，血涔涔下。

少年曰：「隊長創甚矣，臂血漬於帛也。」語時欠伸欲起，乃仍眩暈於榻上。隊長急止之曰：「勿爾，君創尚未愈，勿重勞也。矧我乃微創，勿以為意。」

少年乃點首，而顏色益復衰褪無血華也。

　　隊長曰：「觀君為狀甚疲弱，想失血多也。」少年曰：「失血良不鮮。隊長試觀吾足。」乃以一手輕揭其被。隊長見之，不禁顏色慘變。蓋少年竟成一足變也。其左足自膝蓋以下，已為醫師所截斷，而斷口尚作血股，衾裯亦為之赤也。

　　時醫生在側呼曰：「將軍，此少年真不愧為意大利之軍人也。渠以一脛活全隊之性命矣。彈丸躍地，自下而上，貫其脛骨，非斷之不為功。此勇敢之少年，方我施術時，嚙齒忍痛，既不涕泣，亦不呼號，自云：『我意大利之男兒也！』令人生感。」隊長默不一語，遽脫帽致敬於少年之前。少年曰：「隊長何行此盛禮也？」此時威嚴無倫之老隊長，不覺垂其淚曰：「兄弟，我不過一全隊之隊長，君真勇士哉！」語時，緊握少年之手，接吻於其額也。

　　　　　　　　　　　載於《臺灣日日新報》，一九一五年三月十～十二日

醫生之決鬥

作者　不詳

譯者　小青

【作者】

　　不詳，由內容出現的地名「法蘭西」與人名「利勃藍克」、「伯爵樸哀斯洛掔」等推測，殆為歐美作家。（顧敏耀撰）

程小青像

【譯者】

　　小青，疑為程小青（1893～1976），原名程青心，又名程輝齋，江蘇吳縣人。少年家貧，曾在鐘錶店當學徒，自學外語又極熱愛看書，十八歲時開始從事文學寫作，先是與周瘦鵑合作翻譯柯南道爾作品，後來創作《霍桑探案》而有名。因編者將其主人公「霍森」誤為「霍桑」，遂將錯就錯，後來所寫偵探小說，皆以「霍桑」為主人公，成為「福爾摩斯式」的系列偵探小說。二十八歲時，與嚴獨鶴、周瘦鵑等用文言翻譯《福爾摩斯探案全集》，並陸續為上海明星影片公司等編寫、改編電影劇本三十餘部。後又用白話翻譯《福爾摩斯大全集》，由世界書局出版。一九三三年後，將自著偵探小說先後輯為《霍桑探案彙刊》、《霍桑探案外集》出版。四〇年代初，世界書局為之陸續出版了《霍桑探案》三十冊，計收長篇、中篇、短篇共七十三種，約近三百萬言。他熟讀美國作家威爾斯的《偵探小說技藝論》和美國心理學家聶克遜博士的《著作人應知的心理學》。其小說設計雖類似福爾摩斯與華生醫生，但在案件的取材上，著重描寫舊中國社會弊病引發的兇殺案，注重人物的心理分析，將兇殺與現實生活緊密結合，形成了自己的特點與風格，鄭逸梅譽之為「偵探小說的巨擘」。《臺灣日日新報》在一九一五年九月四～七日曾轉載其作〈愛河一波〉。（許俊雅撰）

　　時方陳餐，廣室中列桌甚修，食客滿之。座中有少年利勃藍克者，高冠佩劍，法蘭西騎士也。食時，頻頻以目光注射一人。其人為醫生，列席桌之

他端，而面色殊峭厲怖人，若將尋仇。已忽斗起，弩【怒】目嚮騎士。騎士亦離座起，作勢備之，然面上仍留笑容，似不措意。

蓋醫生瘦削類侏儒，厥狀至奇，好夸言，膽小乃如鼠。利勃藍克輒作雅謔戲醫生，醫生怒，以為辱己不校且匪勇，則含忿而前，一手執觴，一手執戟指騎士，言曰：「麥歇！」聲銳而顫，座客盡愕，乃爭注醫生之面。

醫生復戰慄曰：「麥歇利勃藍克，汝僉壬也！」聲未已，遽揚其觴，而紅色之葡萄酒，遂直濺騎士之面。騎士暇閒如恒，怡然無忤容，徐徐出巾拭之。答曰：「麥歇祈而迭買司，幸稍自愛，弗逞小勇。此間方集客，奈何用武？果不嫌者，吾等可決之於二十步中。」語時，仍作微笑。

醫生聞言似震，勇氣盡退，顏色亦灰堊，嘿坐無語。眾復爭目視醫生，俟其答覆，而醫生終無語。利勃藍克乃笑曰：「麥歇既不屑置答，意已默許矣。今茲且別，圖再見。」因向眾鞠躬而出。

翌晨，乃有一人直造醫生之廬，謂貴人某君，方於聖逮尼路寓中侯駕，幸麥歇趣行。醫生躊躇有頃，毅然從之。既至，一人鞠躬迎，狀殊足恭，請曰：「麥歇迭買司，僕名亨利凡拿，業律，因有微事候商，乃勞降趾。」復指一人曰：「此為伯爵樸哀斯洛辮，敢為麥歇引見。」

醫生乃一一報之如儀，凡拿即移椅肅醫生坐，己亦歸坐。言曰：「昨夕之事，吾已聞利勃藍克詳愬。在渠意，一任麥歇制裁，不審君意奚若？幸即見示。」醫生遽曰：「否，此事吾初不承應，曲在彼也。」兩人聞言愕然，似不解醫生之言。

少斯，伯爵曰：「麥歇，吾等今所商榷者，為事甚簡。初匪論斷兩造之曲直，蓋利勃藍克一切咸都準備，惟令君擇其時地耳。至鬥時或鎗或劍，亦憑尊意選擇，渠無不承諾。」當伯爵語時，醫生方踱行室中，若不置意。迨聞言及鎗劍，則立戰足弗行。詢曰：「彼乃以鎗劍令吾選擇耶？」伯爵曰：「麥歇，然也。」醫生曰：「此胡能行？吾一生未習槍劍，烏能應敵？苟吾手執一短鎗，則吾心中之忐忑，直逾御定婚約指時也。」

兩人復相顧睅眙，伯爵乃冷然曰：「雖然，律意如是。吾等僅遵率而行，胡能為君計此？」醫生似不聞，但曰：「彼果令吾選擇者，吾亦願之，第吾之

兵器非鎗劍耳。」凡拿聳肩微哂。伯爵則沉色曰:「麥歇所言,殆近於諧,殊弗協律意。以僕計之,擇鎗優也。」

醫生亟答曰:「否,否。密歇[1],吾滋不願持鎗死人,如死一鴿。設彼必欲決鬥者,當如吾言。吾之兵器,初亦匪奇。」醫生且語且探,懷出一圓形之小盒,以兩指撮之,舉示兩人。復揚聲曰:「密歇,試觀之,是即吾之兵器也。」語次,為狀甚得。兩人復大奇,以為醫生必瘋作,乃縱聲而笑。

醫生立止之曰:「密歇,且聽吾言,弗遽訕笑。吾頭腦滋清,匪狂易也。此中為藥丸二,一則無毒,服之且以滋神;一則含有烈性之藥品,苟融化入腹,半小時中立足致命。然兩者中,以外觀言之,殊無異別,無論色樣重分,一一相同,即吾亦莫辨其孰毒孰否。第物為吾有,君等或難見信,則鬥時可令彼先為選擇,疑當立解。此舉雖微覺新異,實則吾行事至坦白,良無疑弊可言。幸密歇轉述言語,果利勃藍克必欲鬥者,吾兩人即當以此物判其勝負。」

時兩人聞醫生言,木立不知答。比竟,凡拿乃言曰:「麥歇迭買司,此匪法也。毒藥殺人,在律為悖,以君輩上流人,烏可徇理而行?吾等實不能許君。」醫生即應曰:「然則外此,吾亦不敢承命,幸密歇見恕。」語已,隱含笑容,遂收盒納諸囊底,鞠躬作別。

無何,凡拿以狀告利勃藍克,並力言其非。而利勃藍克若不覺其奇,拊拿【掌】笑曰:「彼侏儒一身,實無半磅之勇。今敢以毒藥鬥人,乃不畏死耶?」凡拿立間之曰:「否,此舉殊背律意,君必弗承諾!」伯爵亦同聲曰:「此著荒謬已極,吾良未前觀。蓋毒藥決鬥之俗,惟下流中人間或有之。君胡可應受?」

利勃藍克顏色頓莊,目光炯炯視兩人言曰:「兩君幸勿沮吾,彼既允鬥,吾胡為(拒)之?詎不示弱於彼?弗論鬥法若何,吾決應之矣。」

越日,此勇敢之騎士,遂造醫生之門請鬥,醫生許之。鬥時,證人凡四:一為伯爵樸哀斯洛搰,一為律師亨利凡拿,餘二人則為醫生之友。醫生延眾人入一小室中,乃出盒置桌上,令眾檢視。

1　原註:法語兩人以上之稱。

利勃藍克近前略視之，即迴身向醫生曰：「麥歇，乃令吾先擇耶？」醫生肅然應曰：「麥歇言然，以物為鄙人所製，苟吾先取，而或得其無毒者，君等謂吾能辨識。曷若麥歇先吾而擇？足以避嫌也。」

利勃藍克不答，立回，引指撮其一，張吻嚥之，不稍疑滯。醫生睹狀，忽嚙其唇，須臾亦取藥，如法嚥之。於是室中全寂，眾人聲息亦渺，暗忖半小時內，藥性融發，兩人中必有一人僨然而僵，則爭以目光旋轉兩人之面，候其變狀，伯爵則出表以計其時。

已而逾五分而兩人仍如恆，十五分，二十分，此時陡聞有極微之喟聲，破此靜寂者，則醫生也。聲似挾有電力，眾人之目光，乃盡為所吸引，顧醫生循壁而坐，態尚安閒，殊無變異之狀，眾奇之。

迴顧利勃藍克，則方躞蹀室中，且行且噫作聲，既乃憑窗外矚【望】，而腦海中思潮，驟忽犇湧，似瞬息間，世界已變，眼中所見，萬物都呈絢爛之狀，即己身亦若滿被陽光，燦色四騰。又如置身叢綠中，萬鳥啾哲【啾】，鳴聲闐耳。已忽斗然迴身，兩手力抓其胸，襟衣盡綻，顏色堊白，而唇角乃露獰笑，作哽嗌聲曰：「麥歇迭買司，吾深拜汝惠，汝能醫吾宿疾也。」語竟，晃蕩不能自制，少選仆矣。

眾立趣前撫之，惟麥歇祈而迭買司仍垂首枯坐，漠然似不聞見。眾中有一人亦業醫，迭買司友也，乃蹲身伏胸次聽之，有頃，報曰：「已矣！以勢卜之，數分鐘中當氣絕，實無藥可救矣。」驀聞有人攙言曰：「麥歇，汝誤也，安言無藥？」眾大奇，知言者為迭買司，乃復集其視線於醫生之面。

伯爵即詢曰：「麥歇，汝言信耶？」醫生答曰：「信也，吾友謂無藥足救，此語殊非確。蓋吾尚有藥足以重生其人，安得云無？」因從容出一瓶，以掌承之，示眾。瓶為玻璃質，中貯銀色之小丸殆滿，閃閃作光。眾相顧失色，覺此佝儒詭秘之行，令人莫測。

醫生復詢曰：「今其人己殭，諸君果欲生之否？」眾同聲曰：「願之。」醫生曰：「然則幸暫離此室，俾吾施技。」眾從之，醫生闔其扉，即力起利勃藍克之身，置諸椅間，一手發其口，一手傾藥進之。越二分鐘，此已死之騎士，忽行蘇甦，神色來復，氣息亦調，乃令眾進觀之。於是懽聲大縱，咸感

醫生之仁。

　　醫生遂徐言曰：「諸君聽之，吾今日良足自慶，脫不幸毒為吾得，則必死無疑。蓋吾雖備解藥，又安能自為營救？」伯爵鞠躬曰：「麥歇，仁勇亡匹，僕心實深佩也。」

　　數分鐘後，眾人盡散。室中僅醫生一人，乃出銀扦一，張口就牙縫中剔之。斯須出一白色之物，即擲之窗外，已復臨鏡而笑，久久弗已。

　　　　　　　　　　載於《臺灣日日新報》，一九一五年四月十六、十七日

再世約*

作者　莎士比亞

譯者　飛雲

【作者】

　　莎士比亞（William Shakespeare），見〈丹麥太子〉。本篇於《臺灣愛國婦人》刊出時，未標作者。

【譯者】

　　飛雲，疑為金栗飛雲（？～？），「南柯吟社」（俳句會）臺中支社成員，曾在《臺灣日日新報》以及《蕃ざくろ》發表俳句作品，在《臺灣愛國婦人》發表〈家庭衛生：胃腸之話：消化器與全身之關係〉、〈孝女〉以及小說譯作〈再世約〉，其餘生平待考。（顧敏耀撰）

一

　　伊太利之荏薈那市，有二長者，一曰克友禮篤，一曰文太壽，均富紳也。世代相仇，綿綿不斷，迨至今日，經已五代矣。非獨兩家之主人若是，則此家之僕輩，偶於道上遇彼家之僕輩，亦必譁然互毆焉。

　　一日，兩家之僕傭四五輩，相逢於街上。始則以言相嘲罵，繼則拔劍用武，兩不相讓，狼狼【狠狠】相毆。無何，塵風鼎沸，人噪馬嘶，蓋兩家之大隊至矣。慘雲密布，日色無光，人聲銃聲，轟然有如雷鳴。警官聞聲，不知所措，倉皇四出，意欲喝止，而鬭鋒方銳，非可立止者。於是木立其傍，觀其鬭狀，迨後領主曲牙烏氏，臨場命和，乃得罷鬭。

　　時文家有子曰綠澪，翩翩少年也。天姿敏哲，才學富博，為都里之所欽，常勸乃父，息此爭鬭。而父不之聽，然已終不與於鬭事，日惟閉戶靜讀，倦則姿【恣】領黑甜之味。時出遊野，長享清鮮之空氣。每有浮生若夢之感，則惟有效少陵之哭江頭，雖至風襲肌骨，寒透五中，亦猶依依然不知吾身為

---

*　今譯為〈羅密歐與茱麗葉〉。原刊於題前標示「悲劇小說」。

何許人也。

一日，夕陽斜照，光彩薄紅之時，一少年翩翩由林中出，面容枯槁，目瞼浮紅，蓋已啼破夕陽，將歸故宅。少年為誰？綠澪是也。緩步至家門，俯視步入，將至寢室，忽聞有聲喚己名者，出自右方。回首一顧，蓋應接室中，親友翩甌郎在焉。因急趨至其前，與之握手，道及失迎，並問以「何事枉駕？」

翩甌郎笑曰：「弟在是待兄久矣，兄其往阿嬌處乎？何乃面含愁容？得無為阿嬌所責乎？弟乃與君談論者，兄可自為允諾否？抑當再受意中人之許可者？」綠澪蹙眉遽應曰：「君何其謔弟如是哉！弟意中人，豈得如是之易得？苟能如兄所言，固所願受也，第以不能，奈何？」

翩甌郎曰：「君何其愚哉！世界廣矣，美人豈特兄之所戀者，須知此外更有較艷者，則兄又當如何？」綠澪曰：「否否，世界雖廣，美人雖多，固必不能及吾意中人之萬一。倘或有較艷者，然亦非吾之所願。親愛之吾兄乎！兄有何策能使吾與意中人通一息？俾得解吾心中悶鬱者，余當結草以圖補報。」

翩甌郎俯視良久，乃仰首微唱曰：「此事固非易求者，容弟三思。二日之後，必有以報命，今可息此論而談及弟之事者。」於是兩相談論，約半時久，方起身告別。

綠澪於是送至門外，方握手時，忽聞路上行人相語曰：「今夜為克友禮篤之大宴會，兼有麗人舞，吾儕盍往觀焉？」翩甌郎聞是言，忽面現喜色，謂綠澪曰：「余計得之矣！余計得之矣！今夜克友家之宴會，彼美必亦出舞者。兄何不假裝，以語心上人？除此計外，余不再可得矣。」綠澪亦點首示諾意，相約今夜七時起行。話畢，乃再握手珍重而別。

二

玉蟾皓朗，涼風敲樹，咄咄作聲，綠澪已裝迴國巡禮，與友翩甌郎，偕僕備三四人，暢然赴行矣。

時克友家中，電光清亮，室中照同白晝，音樂雅奏，玉人兒數輩，婷婷都作蝴蝶舞。忽閽者，報道有客至，主人乃倒屣出迎，導之入舞座中，延之上坐。飲以烏龍，吸以雪茄，殷勤備至，不知為仇家也。美人見有客至，益

顯嬌舞，溫香滿室，幾疑秋日為春候矣。

　　綠澪且飲且觀，目光注處，則一佳麗，蓋意中人也。乍舞乍歌，柳腰輕轉，儼如柳楊隨風。歌聲嬌亮，恰似春鶯柔囀。玉容與燈光相映，會同仙子臨凡。舞畢玉立，娉婷嬌麗，秋波一轉，默然魂銷。綠澪此時身如在廣寒，飄飄不復塵世人矣，不覺揚聲讚曰：「美哉麗人，得婦若是，願足心滿矣。」舞座寂寂，忽聞是聲，俱目注綠澪。

　　中有一人窺破其為仇家，乃急向主人宣言曰：「主人歟，彼仇家數輩也。假裝冒名，以辱吾門，余劍頗利，以願斬其首以獻。」時主人之克友禮篤溫容而言曰：「毋妄動，余固知之者。然彼乃吾邑之名士，殺之將自害，其忍之以示我度。」該僕乃憤然而退。

　　時假裝之綠澪，目注麗人，不一少瞬。忽起身離坐，至麗人前，緊握其手，且求與之接吻。而玉人則已飛霞上頰，片片作脂色，低首弄裙帶，意似允可者。綠澪於是親玉澤，蓋破題兒第一遭也。忽一媼，由室內出，謂麗人曰：「姑娘！夫人喚汝。」於是緊握之手，因而遽釋。

三

　　綠紹[1]既得親玉澤，不禁喜氣若狂。席散後尤不忍遽歸自宅，因翩遍郎之強拖力挽，乃戀戀而歸。迨至其家，時已十一時，默然回思，先時彼美之娉婷玉影，儼猶在眼前也。不覺精神紛亂，皇然起立，行至門前，反手閉戶，倉皇而去。蓋其身已為戀氣所網，不復常時之精神矣。

　　冷風襲樹，寒月照窗。紅樓一角，室中燈影輝煌，一麗人端坐簹前，仰首望月。兩頰薄紅，與月光相映，秋波俏俊，脈脈含情，已而垂頭微動，微聞唔歎之聲。繼之櫻口微動，喃喃而語。側耳聽之，則聞曰：

　　「噫！吾愛之綠紹君！吾至愛之綠紹君！胡不一至與儂共語？使儂訴盡心中之情懷，免使儂時懷抑鬱！噫！吾愛之綠紹君！君何為生在敵家，以致儂不得常與聚首攀談？噫！君何不姓克友，而常在吾家？則儂朝夕可望聚談

1　按：即前文之「綠澪」，未知何者為是，茲保留原文。

矣。否否！君倘愛我者，儂雖姓文亦儂所願也！」

　　語甫畢，忽見柳陰下突出一人，先疑為月移花影，凝視之，則心愛之人也。蓋綠紹之倉倉出門者，乃越克友家之牆，而欲祈得與玉人一晤也。既睹玉人在簷前望月，乃隱身樹下，聞其所作何語。及聞其念己，則不覺心躍躍，而不能自持，於是乃現身而出也。

　　柔麗方自語時，以為牆垣無耳，故悲然自訴苦懷與明月青天共語。及睹一人現身出，不覺為之一震，幾欲跌於椅下。既而諦視，而知為所思念之人，則又乍驚乍喜，頓時飛霞上頰，低首弄帶而已。

　　時綠紹則心悸勃動，直立向柔麗作揖曰：「麗姐晚安。」柔麗亦急起立，回一萬福。於是綠紹乃緩步直前，輕握玉纖，道其羨慕之意。女郎答曰：「微微賤質，得荷惠愛，實幸甚矣。君乃不自珍重，而越牆來此。君意妾固感激，然倘被家人睹見，則君將遭不幸矣。」

　　綠紹曰：「為麗姐故，死復何辭？今之來此者，特欲與麗姐締訂百年約耳。愚意固自知麗姐必下許者，故敢冒險而求於麗姐也，未知姐意若何？」三示一音，言畢直視女郎，則女已低垂玉頸，面泛紅潮，意殊許諾者。已而微言曰：「蒙君不棄，得奉箕掃【帚】，固所願也。然惟望君慎毋覆【負】心，使妾有白頭之歎可耳。」

　　時綠紹不禁喜氣湧湧，方欲再言私懷，不意由室內有喚女郎名者。女乃匆遽起坐，言聲少待，忽忽而入。既而飄然而出，面向綠紹曰：「君盍歸矣！時已將曉，吾母有事使儂，阿儂不得再與君攀談矣。明日早起，儂當遣婢至君家，願示以誓婚式將於何時何處舉行，儂當如命赴約可也。」於是相與握手，道聲珍重而入，綠紹乃抱滿懷喜氣而歸。

四

　　旭日初升，色泛薄紅，枝頭小鳥，嘻嘻而噪。非為樂天明者，蓋欲歡迎今日之婚誓式也。

　　時綠紹遍身禮服，滿面春風，一路飄揚，蓋欲赴該市之大寺老蓮寺者也。迨至寺前，即老蓮上人手攜竹籃，將往深山採藥，因與之握手行禮，歡然導

其入寺內，即有獻茶獻菓，味極清香。

上人乃詢其來意，綠絹則歡然道其來意。上人素知相仇，一聞此言，知兩家之恨仇，將於二人身上消散，不覺歡命【喜】應命。隨令沙彌，清掃寺內，焚香燃燭，一室朗然，綠絹乃欣然歸家。適彼美之婢已候門多時，乃急語之，云於十時欲於老蓮寺舉行，命其速歸報命。

己乃轉身入寢室，洗手臉已，乃再啓老蓮寺，則上人於已靜坐，乃一揖禮，而入坐與上人談論。然固狂喜，望彼美之速來，故雖談論，亦殊彷彿。每寺外之風敲寺門，則頻回首顧盼，誠其心不在談論間也。上人亦識其意，故意腐論，以安其心。

無何香風陣陣，釘鐺響然，遠聞有蓮步之聲，急一回視，則玉人果下廣寒矣。不禁心花怒放，急起席迎揖。女郎既至席前，即滿面春風，掩手胡盧，睹綠絹之揖迎，亦急回一萬福。上人觀其二人相禮，而夫婿佳翩，玉人嬌媚，非綠絹不足以配女，非女郎不足以配綠絹，誠女貌郎才，天作之合，非偶然也。

二人禮畢，則女郎再轉玉腰，與上人道萬福，上人亦急回揖畢，則命沙彌奏樂。於是一對玉人互相攜手，拜倒神像之前，兩口相誓，俱願為百年和偕，不願中途分散，倘誰先背誓言，神其厭之。誓畢，乃入席，蓋是席為綠絹豫設者。已坐定後，則互相暢飲歡談，並肩兒相訴情懷。至日中午，乃相攜手與上人道別而歸[2]。

載於《臺灣愛國婦人》，第八十五、八十七卷，
一九一五年十二月一日、一九一六年二月一日

---

2 按：本篇連載中止，未刊畢。

忠勇愛國之小女*

作者　不詳

譯者　楊萬吉

【作者】

　　不詳，然由文中地名「佛蘭西」、「西班牙」、「沙栗國沙城」以及人名「阿鶩士之那」推測，殆為歐美作家。（顧敏耀撰）

【譯者】

　　楊萬吉（？～？），臺中大肚人，曾在《臺灣愛國婦人》於一九一五年發表〈宜貯金說〉與〈女子宜受教育論〉、一九一七年發表〈三造之敵〉與譯作〈忠勇愛國之小女〉，其餘生平待考。（顧敏耀撰）

　　約今百餘年前，歐洲佛蘭西與西班牙間忽起戰爭。彼時西班牙之沙栗國沙城（サラゴッサ），為佛兵所困，城將陷落。城中兵士，僅有二百餘人，其他男婦老幼，俱是無用之輩。佛兵是以不損彈藥、兵器，唯在遠遠圍城攻取耳。然城中人人，全無思為解圍，徒堅死守，盡忠報國，死而為已。

　　兵圍二箇月，一向城不陷落，佛兵遂開軍國會議。「難求者人心」，如此艱難之際，西班牙兵中，出一不忠義者，突將火藥庫放火，忽聞爆裂轟音，煙焰滿天。佛兵以為有內應之人放火，乘勢來取。城中之人莫不膽戰心驚，逃東走西，亂竄一場，城中大亂。

　　此時有一少女身穿白衣，跪往禮拜堂前，心思：「何故如此人民走的狼狽也？」因大聲呼道：「軍士君要死乎？要勝乎？快隨我而進！」眾人一視，見一少女，年可十歲，胸前正掛十字架，手提利劍，突向已斃兵士之銃取起，向敵陣而進。

　　諸兵士一見，甚是感心，一時勇氣百倍，順少女向前，硝煙彈雨，追攻敵兵於城外而回。此少女之名曰阿鶩士之那（アゴスチナ），西班牙國本城平民之女也。此少女奮勇進軍，鼓舞西班牙兵士氣，九死一生之本城被救，時

* 小女，即「少女」，此為當時用法。

即六月二日之事也。

　　自此以後，佛兵不再來攻，但築圍遠遠困住，專待城中兵糧缺乏。西班牙兵受此少女之勇戰，士氣大振，雖兵糧全無，亦不畏也。大眾參議將設何計，忽佛兵遣軍使前來勸降。西班牙兵大將，見此時又無兵糧，然欲守則皆餓死，欲戰則兵漸減少。事在兩難，求計於少女。

　　少女見大將頗有降意，因厲聲曰：「我與此城同斃，還不讓他一步！願今五六日間，使我為守城之任，若我體粉碎時，再另相量可乎？」云罷淚如泉湧。大將被少女之言所勵，不再談及投降，令城中兵士決心防守。

　　越數日，兵糧已盡，將議皆自殺乎？欲退敵乎？此二計不得不行其一，此少女遂知覺悟，指揮部下兵士，於天尚未明之際，乘其無備，殺進敵陣。此一戰，佛兵意外大敗，遠退數百餘里。噫！誠天運有護此忠勇無雙之少女也。

　　戰已大勝，大將各各論功行賞，時眾皆舉此少女為首功。大將即呼少女言曰：「此回之戰，九死一生之城，幸得保全，皆汝之力。今汝有所望乎？若有何所希望，我當奏知聖上也。」

　　此女對曰：「我願此城得存，別無所望。唯欲為記念之故，為機關手，身掛本府徽章，望祈許諾，則無上之光榮也。」此事以後，此女安營清貧，靜送一生，遂於西曆一八二六年別世。

　　此女雖少，能身先士卒，突進敵陣解圍得勝建功，而戰功謙遜。嗚呼！如此之少女，誠忠勇無雙盡忠愛國之小女，吾輩所當崇拜也。

載於《臺灣愛國婦人》，第七十八卷，一九一七年二月二十七日

佳人奇遇

作者　柴四朗

譯者　小野西洲

【作者】

柴四朗像

　　柴四朗（しば しろう，或作「柴四郎」，1853～1922），筆名東海散士（とうかい さんし），日本安房國（今千葉縣）會津藩出身，少年時期在大藩校日新館學習漢學。一八六八年先後參與「鳥羽伏見之戰」與「戊辰戰爭」，站在支持幕府的一方，後以慘敗告終，除了自己被俘之外，父親受傷，次兄戰死，母親和妹妹也都喪身戰火（這段慘痛的經驗在日後就表現於小說《佳人奇遇》之中）。會津廢藩之後被赦免，輾轉在日本各地就學，一八七七年「西南戰爭」爆發，以臨時軍官身份參與，在戰場上寫作戰況報導，寄給《東京曙新聞》與《東京日日新聞》等報，開始顯露文才。一八七九年留學美國，先後就讀於舊金山商法學校以及賓州大學，專攻經濟學。一八八五年學成回國，以東海散士的筆名撰寫政治小說《佳人奇遇》。翌年應農商務大臣谷幹城之邀，前往埃及、土耳其以及歐洲各國考察。返國之後，曾組織東邦協會、同盟俱樂部、立憲革新黨等，強烈抨擊當時政府的施政，一度被捕。一八九八年和一九一五年分別就任農商務次官和外務參政官，退休之後在熱海的別墅居住，安養天年。文學創作方面除了代表作《佳人奇遇》（1885～1887）之外，還有《東海美人》（1888）、《埃及近世演義》（1889）和《日俄戰爭‧羽川六郎》（1903）等。（顧敏耀撰）

【譯者】

　　小野西洲，即小野真盛（1884～1965），「西洲」為其號，日本大分縣人，一九〇三年任臺中地方法院通譯，翌年轉任臺北地方法院通譯，一九〇七年再調臺南地方法院通譯。一九一九年任華南銀行囑託，不久便調任臺灣銀行囑託。一九二四年任警察官司獄官練習所講師、一九三二年任高等法院通譯。翌年，任第二回長期地方改良講習會講師。一九三四年改任臺灣總督府法院通譯，翌年任臺

灣總督府警察及刑務所職員語學試驗委員，同年調臺灣總督府評議會通譯。一九
三七年升敘高等官五等、從六位。一九四〇年敘正六位，不久又敘勳五等，授瑞
寶章。公餘之暇，勤於著述，在一九〇九至一九四一年間於《語苑》發表了多達
五百餘篇的作品，諸如〈警察官對民眾注意一百首〉、〈警察官語學講習自習資料〉
等，在一九〇六至一九一一年間於《漢文臺灣日日新報》、一九一八年於《臺灣時
報》也都發表過多篇古典漢詩文[1]。（顧敏耀撰）

一

　　佳人奇遇一冊，柴四郎氏著述之長篇小說也。予數年前，取其小部分，
譯載《臺南新報》，頗愜讀者之意，嗣因有事中絕。茲已全編譯完，擬續載《時
報》，但詳閱原文，間有議論激烈，不合時勢者；有記事簡略，未盡充分者。
故予酌加增損，欲使本島人讀此，無不可欣賞者，讀者諒之。

　　東海散士自敘云：散士幼遭戊辰之變，全家淪落分離，或飄流荒野，或
投筆從戎，愴愴惶惶，席暖不暇。既而負笈遊海外，志求實業，汲汲焉經濟
營商、殖產諸課。以故殖產創業之心日以長，花月風流之情日以消，所缺乏
者從事筆墨之餘閑。

　　雖然，多年作客，憂國慨世，跋涉千萬里之山河，觸物興懷，發而著作
者，積十餘冊。是皆偷閑漫錄，間有和文、漢文、英文之不一。是年歸朝，
養痾于熱海浴舍，得閑者六旬。乃傚本邦近世之文，集錄校正，顧【題】是
編曰《佳人奇遇》。散士非詩文專門家，編中難免瑕玼互見，諺曰：「當局者
迷，旁觀者清」，散士此作殆憬然于諺語之不我欺者。

　　獨是編之成也，漢儒評之曰：「文多近戲作，有似稗史體裁，且導西洋男
賤女貴之澆風，俾婦女尚矯矜而壞女德。」稗史家則難之曰：「卷中罕見癡情
鍾愛之語，遨遊歌舞之談，自首迄末，不外慷慨悲傷已耳，宜其乏【凡】人
見之輒生厭念。」

1　可參楊承淑：〈譯者的角色與知識生產：以臺灣日治時期法院通譯小野西洲為例〉，
　　《編譯論叢》第七卷第一期，2014 年 3 月，頁 37～80。

　　鐵子曰：「惜哉是集，所憾者對句幾希，不務鋪飾麗詞，倘加以聯句對偶，咀嚼英華，斯完璧矣。」隱生又曰：「徒泥漢魏六朝之文，駢詞對句，縱極美豔，質之西洋大家，非所貴，尤非所取。且所效顰者擬東西之稗史，適形其稍遜耳。」若華生則反之曰：「稗史家中，別出機杼，不傚東洋思構，不假西洋體裁。不說鬼神，不談怪異。感時事，記事實。宜乎詞旨光昌，精神雄邁；句句珠璣，字字金玉也。」更有一士，讀數行未竟，掩卷笑之曰：「是亦遊歷外洋書生，自由論耳，何堪入眼？」

　　於是散士喟然歎曰：「難哉！鉛槧操觚之士，作者勞而讀者逸，疵者易而辨者難。況人人以己心杼【抒】己意，義同而見解有不同者乎？由是論之，凡讀是編者，朝臣誤以為譏諷官吏矣，勤王家以其好論自由，謂為不忠于王室矣，民政黨以其拂戾共和，謂為媚諂乎皇家矣，教法家以其擬議夫道之是非，嫌其猖狂，道理家以其顯洩天道之循環，嘲其頑陋，道德家謂是書近於鄭聲淫穢，和漢小說家謂是書未能品評悉當，激烈少壯輩詈其同怯懦之迂論，練達老成輩笑其等書生之空談歟？噫嘻！皇天仁慈，且猶未能滿天下人之冀望，何欵夫《佳人奇遇》一書乎，故讀者之評論，非所關也。躁釋矜乎【平】，不拘文字，統覽全編，但勿誤微意之所存，則幸甚矣！」

　　一日者，東海散士登費府某閣，仰觀破鐘，俯誦遺文。因思曩者米人建豎義旗，除英虐政，卒能發奮為共和國。低徊流連，不勝感慨，遂悉然焉，倚窗而凝眺之。

　　時有二姬，繞階而進，翠羅覆面，幻影疏香，戴白羽之春冠，衣輕縠之短衣，曳文華之長袖，風輕高標，有足令人驚訝者。二姬忽指一小亭相語曰：「那處即一千七百七十四年間，十三州之名士，開始聚會，相與計畫其國家急務之急也。」又遙指山河而言曰：「那丘呼竈豁，那河稱蹄水，噫嘻晚霞丘，往事如昨耳。」

　　散士曰：「晚霞丘，在慕士頓府東北一里外，左控海灣，右接群丘，形勢巍峨，咽喉之要地也。一千七百七十五年，米國忠義之士，夜竊占據此地，以截英軍之來路。明朝敵兵水陸夾攻甚銳，米人拒之，再破英軍。敵三增兵，丘上之軍，外無援兵，內竭硝藥，大將窩連戰歿，米國人力

不能支，卒為敵所陷。後人建碑於此，以表忠死者之節。明治十四年暮春，散士遊晚霞丘，吊古傷今，憂時憤世，髩髴類放翁之梗概。爰賦詩以述懷曰：

孤客登臨晚霞丘，芳碑久傳幾春秋。爰舉義旗除虐政，誓戮鯨鯢報國仇。解兵放馬華山陽，凱歌更盟十三州。政重公議風俗淳，策務保護國用優。東海不競自由風，壯士徒抱千載憂。豺狼在野何問狐，外侮未禦況私讎。歎息邪說攬財政，年舶寶貨輸五州[2]。感時慨世他鄉晚，飛絮落花增客愁。

時有與散士同鄉者曰鐵硯子，遊覽三萬里之外，好論文，感時事，續散士晚霞丘之詠，即夜賦長句贈之焉。其詩曰：

長嘯復長嘯，玻窗對月所思悠。晚霞丘畔君正住，佩蘭土上我倚樓。二丘對峙呼欲答，中有一葦海水匝。暮潮日落蒼煙飛，丘樹夏中綠加合。此水此丘雖相望，會面期少空斷腸。想起去年桑灣曲，館亭夜雨話平生。當時聽君驪豪語，識君胸間萬丈虹氣橫。三日又相別，任意各分析。東去我踏六嶧山頭雪，西留君哦太平洋間月。月乎雪乎本無情，對之可寓[3]相憶意。一別東西三千里，夢魂夜夜繞兩地。君復蓬頭野服歌鴻[4]鵠來，相逢大都十字街。街頭車馬何喧譁，徒令東客增慨歎。建國如彼僅百歲，文物典章日濟濟。生民得業各欣欣，六日勤勉一日憩。食有美肉出有車，其室是石其衣毳。家家店頭電線織，處處層樓爐煙䲹。輪船走海魚龍驚，火車穿山地軸壞。田間老嫗解自由，閭巷倉父說國勢。誰能令如此？其基在法制。反想我國事，憂患堪歔噓。疆魯窺北門，狡英攬藩籬。諸老事苟且，大勢日萎微。財度失其節，生靈號凍飢。當此累卵危，邪說亂是非。經國要變通，俗士豈易知。一朝誤其道，毫釐千里差。可憫馬服子，死法御活機。海內三千餘萬眾，曾無一人策一奇[5]。欽君獨講經濟術，

2 譯文作「州」，據原文改。
3 按：「寓」字於原刊遺漏，據東海散士《佳人之奇遇》補，《明治文學全集 6 明治政治小說集 (二)》（東京：筑摩書房，1967 年），頁 5。
4 按：「鴻」字於原刊遺漏，據東海散士《佳人之奇遇》補，《明治文學全集 6 明治政治小說集 (二)》，頁 5。
5 按：自「憂患堪歔噓」以下至此，原文空白，依據東海散士《佳人之奇遇》補，《明

欲振長策拯沒溺。求道萬里接賢達，潛心夙夕耽群箱。腹裡文章觸事發，往往落筆響金石。嗚乎！壯士古來多杞憂，感時慨世不暫休。我有斗酒君且來，欲將百事付一甌。

二姬復語曰：「□□□□□[6]，草創于此閣，□□□□□[7]，表明于環球。當此之時，邊郡之民，捨耒雲集，荷戈蜂起。織女截布為旗，倉父齎糧應急。慈母之諭子也，誠其子揮淚赴戰場；貞婦之勵夫也，勸其夫勤王列隊伍，踴躍焉恐後爭先。觸白刃，冒銃丸，不懼撓傷，不虞死喪。為自由故，誓甘斃命，以抗彼英軍，結兵不解者計七年。慕士頓府委于敵，新府繼陷，費都復被蹂躪。於是大將華聖頓率其疲兵，退而陳竉谿。時天寒，積雪千里，堅冰塞途，援兵不到，糧運不通，士氣沮喪，兵卒咸有菜色。諸將相議曰：『今茲若不併力一戰，以鼓舞軍威，四方忠義之師，勢必將至於瓦解。』即夜發竉谿，卷旗銜枚，渡蹄水，襲英兵，大破之，自由之師復振。妾聞此役也，將士貧，覆足無履，防寒無衣，以徒跣踏冰雪。脛足破裂，流血淋漓，數里之積雪，遂為之赤。爾時凍死軍中者，不可勝數。噫！人誰其樂死惡生乎？難得此士氣強壯，志堅如城，急國之難而忘身家，但求盡報國之大義已耳。無怪乎米人頹勢挽回，凱歌旋興，馬歸華山之陽，牛放桃林之野。外而憑藉歐人，抵敵鄰國之謀議，聽抑強扶弱之公議；內而建庠序，鍊鋒鏑，勵工賈，課農桑，奮然為一時富強之大國。人樂共和，士爭用命，凱歌之聲，感動風雲之色，所謂兵氣銷而為日月光者此也。如斯景運，我輩不知何日躬逢其盛耶？」二姬由後思前，長嘆息者久之。

散士聽之謂：「今者嬝婉佳人，棲息自由之邦畿，沐浴文明之德澤，其慨歎悲哀竟如此其懇切者。是殆如晉之末，王導與諸人會于新亭，舉目憤山河之異，遂感觸南冠空戴，淚灑楚囚者何哉？其怪訝洵有情不能自禁者。」

時倦鳥歸林，遊客盡散。散士亦出費府之郭門，步還西費。輕靄模糊，晚風拂袖，遙望竉谿之依稀，曠觀蹄水之浩蕩。懷古之情，有難以自遣，爰擬古風一篇，行行重行行，吟之曰：

治文學全集6明治政治小說集（二）》，頁5。

6　按：原文日文，可譯為「獨立之檄文」。

7　按：原文日文，可譯為「自由之大義」。因獨立、自由字眼有顧忌，故刊出時空字。

晚降獨立[8]閣，行唫蹄水潯。蹄水流滔滔，竈谿煙霓霓。疎鐘響夕陽，倦鳥還遠林。微風吹輕裳，新月照素襟。對此風景好，何為獨傷心。當年汗馬地，桑滄不可尋。英雄皆枯骨，鐵戟半銷沉。義士建國檄，百年欽餘音。成敗有定數，白眼睨古今。

穆堂仙史，同里之友，住新府者也，次散士韻，詠之曰：

吊古不堪感，徘徊水之潯。落花春寂寂，清流雨霓霓。有閣名獨立[9]，巍巍拔晚林。有溪呼蹄水，潺潺洗幽襟。美哉山河色，空傷壯士心。遺跡長可仰，古人不可尋。諸將富謀略，元帥稱深沉。功業垂青史，四海傳芳音。爾來百餘載，自由隆於今。

又一日者，春風駘蕩，朝霞如煙。散士獨棹輕舟，高歌吟詠，溯蹄水之支流，漸近竈谿。有一派清流，出自竈谿幽谷，兩岸碧蘚與數種櫻桃相掩映，水色澄清，游泳之魚可數。

散士停棹于枉渚，笑云：「是其今世之桃源也，但恨無避秦之人共話前朝之逸事。」遂吟曰：「扁舟來訪武陵春。」聯句未成，時忽有微風遙送琴聲。側耳聞之，聲漸近，有一小艇自上流駛來。一姬操棹，一姬彈琴，風姿綽約，望之宛如神仙，相去數武。

二姬注視散士，相與附耳語，似有駭色。散士不解何故，目送者久之，妃亦回顧之至再。舟回岸，卒不知其所之，徒觀河水之汪洋、微波之蕩漾而已。

散士常歎米人乏雅致風流，難得共談花月韻事之友。今於殘春花間，邂逅遇此一彈再詠之仙姬，其風韻清高，令人難已於景慕。懊然曰：「余情繾綣，願藉微波寄此情以達彼岸，使之知之可乎？」因思昔者王昭君飄零胡地萬里，漢帝為之傷懷；楊太真消為馬嵬之露，明皇眷戀，夢憶長生殿裡之舊情。宣其然乎？良有以也。

獨自惆悵，溯流而搖舟，翩翩萬草，隨風飄飛，嚶嚶黃鸝，繞樹頻囀。枕水一小屋，幽雅逸致，脫盡俗塵，松柳盈庭，飄拂自若。門前雖不見長者

8　按：「獨立」，原文空白，依據東海散士《佳人之奇遇》補，《明治文學全集6明治政治小說集（二）》，筑摩書房，昭和42年（1967）8月15日，頁6。

9　同前註。

之車，一見已知為偉人之宅。散士舟繫屋外之岸柳，越丘涉水，漸至竈谿。瞥眼春草如菌【茵】，菜花微風搖動，牧羊者倦臥綠陰之間。回首瞻望，汽車餘煙，向平野而疾走，帆檣如織，赴蹄水而競爭。

　　散士懷古思今，忽憶夫昔者波斯王勢氣佐師，提百萬軍，將吞歐洲。至歐亞境上，駐馬高丘，慨然曰：「今與百萬犯狄，共渡滄溟，百年後，將盡為枯骨，無復有一人存者乎？」嗚乎！世上無萬年之天子，天下無不敗之邦國，悲夫！淚下涔涔，遂不禁憂從中來焉。

　　有頃，復思夫英國，文章之宗主，歷史之方家，麻浩冷氏者，曾望其家鄉于海天茫渺之間，萬感交加，慘然不樂。意謂赫赫威名，英雄一世者，其大英國乎？千載而後，其壯麗之聖寺故址，難保其不傾頹焉！其彩虹之西橋舊觀，難保其不變易焉！至爾時學士文人，追想夫英國盛時，必將有坐西橋之朽檻痛書聖寺之改觀者，奈何奈何！

　　余也感懷如斯，欲求有一人來此自由戰場為之憑弔也，甚恨乎無其人。于焉尋歸路，經通谷，涉景山，行數十武。遙觀二妃，聚江濱，摘翠草。余唯自嘆無良媒，空抱眷戀之深情已耳。

二

　　散士彷徨徙倚之際，偶焉一姬曳輕裾，徐徐前進，逼近散士之傍。年約二十有三四，絲眸皓齒，鬢髮如金[10]，冰肌細腰，文履輕拖，纖手徐揚，攀折一枝之綠柳。其態度姿容，有如含露之梨花，浴雨之紅蓮。顧而揖散士曰：「郎君非前此相見於河上者乎？特以幽谷深山，牧童漁父，到此猶覺其幾希，矧夫世家翩翩公子也？妾想郎君頭髮黑如，眼光爛如，其殆西班牙之士人乎？」

　　散士曰：「非也。僕東海士人，負笈來遊此土者。今值百花盛開，春草滿野，流鶯飛鳴，鮮魚游泳。當此之時，即景動情，因而偷閒盪槳，憑弔乎古戰場。乘興流連，俯仰吟詠，心藏心寫，遂爾樂而忘歸，娘子其幸釋疑焉可？」妃驚訝曰：「誠如是言。郎君之來，其自扶桑日出之帝都來乎？山海跋涉，經

10　原註：西人綠眸毛髮如金光者為美人。

歷三萬里，風塵僕僕之中，得無有感懷焉？忽觸夫故鄉之念乎？」

散士曰：「否，否，以娘子嬋婉仙品，但令撫箏低吟，不特使雲夢洛川之神女對之減色，抑且使妃蓮（希臘之美人）、蘇皇（蘇蘭之女王，當時以才美冠一世）諸輩聞之，亦應退避三舍。而今振冠南嶽，濯足滄浪，卻紅塵而隱遯焉。風度如是，其端擬【凝】也，孰不欽之、敬之？丰姿如是，其瀟灑也，孰不仰之、慕之？僕也僥天之倖，道左相逢。諺曰：『一樹陰、一河流，偶然交袖，是亦屬因緣。』詩云：『有美一人，清揚宛兮，邂逅相遇，適我願兮。』僕幸矣，僕誠無意而得此奇遇也乎？」

姬以柳枝半掩其面，莞爾曰：「妾何敢當，郎君之所稱者，其殆稱那柳下佇立者乎？請問疇昔遊費府獨立閣者非君也耶？」散士曰：「然！」

姬曰：「妾名紅蓮，有故與阿孃棲遲此地者。猶憶見郎君河上時，阿孃謂妾曰：『奇哉邦人，昔曾相見於獨立閣，今復相值於竃谿，浪遊足跡，遇【偶】不一遇，何其殊途同歸乃爾？倘得共話風流韻事，胸中抑鬱，或得藉是而渙然冰釋乎？』阿孃又駭曰：『那人眼髮盡黑，恐或西班牙之人，亦未可知。』以故委妾探君之來歷焉。妾礙無紹介之便，不得已假托折柳，聊以言試君耳。唐突失敬，幸勿見咎。妾將架鵲橋於蹄水，使星客獲渡乎？」含笑疾趨至柳下，與那一姬躡足附耳，遂攜手而入一匡廬焉。

有頃復來告余曰：「阿孃久待君矣，伏望光臨。」散士剛纔舉頭，那一姬已立門首。望之有如浮雲之遮新月，近即之又如白鶴之立仙垤。年約弱冠，朱粉不施其貌之美，恍似梨花之冷艷。眉之秀，儼若遠岫之黛痕，鬢整綠雲，眼運秋波，炯炯射人。姣媚之中，隱寓禮儀焉。而且紅頰解頤，皓齒微露，蜂腰纖紐，飄綺縠之長裾，蓮步均勻，曳文華之輕履。餘香襲人，徐徐下階以迓。散士斯時，疑其天上仙女，下降人寰乎？心驚胸悸，但答以一揖耳。

姬曰：「郎君來此，妾之幸也。」手自下榻相延焉。獨赴是廬也，臨蹄水之分流，據竃谿之片壤，東對費府，西接芳林，幽閴深邃，爽豁寬宏。庭前櫻花盛開，楊柳低拂，芬香醲馤，綠蔭婆娑。窗外懸一花籠，中蓋白鸚鵡，簷前高揭扁額，題句云：

幽谷蕙蘭空自年，年年全節待鳳凰。

　　架上橫一玉蕭，壁間掛一風箏，大琴小琴，彼此相對，妥貼安排。須臾坐定，言談溫粹，謙恭遜順，晉接之下，令人豁然開胸，頓消磊塊。散士詢其隱逸之故，姬憮然曰：「妾豈若自好而高尚者乎？特遭時不偶，事與願違，是以置身幽谷，自甚【甘】沉淪耳。」

　　散士意中想：「此美人也，苟非忼儷違願，恨人世而幽棲焉，必其情人見背，傷天道之無知，因而貞操自守，來居此僻壤者歟？」謂姬曰：「曩日相見於獨立閣者，非孃子乎？」姬曰：「然。」散士曰：「獨立閣下，聞二孃子互相對語，感慨悲憤之詞，心竊怪之。謂爾等何為其然也？」姬答曰：「避世逃難之人，苟述往事，徒增悼嘆耳！」散士固問其故，姬默然不應，一似深有顧慮者。紅蓮進謂姬曰：「妾素知日本人肺腑矣，阿孃談來歷，妾保其無他焉！」於是姬慨然曰：

　　「妾名幽蘭，生長西班牙京城麻戶立郡者也，農家累代名族。昔時西班牙人，剛強勇敢，踰萬里之波濤，歷千般之艱險，發見米國大陸，俾歸我版圖。爾來國旗揚溥海，威名震歐州，富強甲天下焉。

　　雖然，滿招損，盈易虧，上下驕矜，風俗頹靡。先王過信舊教，嫉新教，謂其迷天惑人，欲佐法王，胥教徒而勦滅之，以故剽掠四出，殘暴橫行，戮婦殺兒，法權盡委僧侶。於焉僧侶弄權，救人之菩薩變而為害民之豺狼，猙獰然競以殺伐為能，壞法亂紀，誤國戕民，炮烙湯鑊，殺人百萬。其貪婪酷烈，洵千古史乘所未曾見者。

　　此害歷久尤甚，逞威以鐵鎖，虐下以鞭笞。有訴隱情者，目為譏君誣上之氏，有說自由者，視為背義忘恩之士，其意盡數處以重刑不為快。國勢陵遲，綱維廢弛，內憂外患，紛至沓來。荒服屏藩，叛心離德，幾【畿】內朋黨，相軋相傾，五裂四分，幾成瓦解。

　　甚至用度失宜，南米年貢億萬之金銀，無裨國計。從以充獻媚爭妍之宮費【妃】，飽貪得無厭之僧徒，供窮奢極侈之貴族已耳。費用泛濫，國步艱難，森林荒廢，地瘦民貧。人盡急于救生，不暇顧夫廉恥，盜賊橫行，國無寧歲。無惑乎冤民無處得伸其屈抑，志士無日獲展其才猷。

　　尤可痛者，如女皇伊佐米剌，逐皇兄頓加羅而篡其位，寵臣僧侶，專擅

政權，賄賂公行，賦歛無定。外焉受鄰國之欺凌，內焉負羣黎之怨望，猶復驕樂晏安，歌舞遊獵，沉醉馳驅，不知朝綱之日壞。妾之父兄，日夜憂國民，急欲挽回，與其忠義之士，秘密籌謀。將以廢置暴君，更立賢主，革除敝政，減輕稅歛，俾斯民安堵無虞，含哺鼓服，歌頌太平。特以時機未至，尚猶有待耳。

時一千八百六十八年秋九月，女皇將與佛帝三世之拿破倫會盟。扈從車騎，行未數里，喧譁騷擾，齊聲呼曰：『我皇無道，謠讟肆虐，不知體恤于民，速黜其帝位，讓寶祚于賢王。』市民聞之，雲集響應，爭攀鳳輦，迫而從之，僅三日而舉國皆叛。於是女皇與其近臣遁佛京，同依拿破倫。

拿破倫拂鬚喜曰：『奇貨可居，時乎時乎，不再來！』擁廢皇之王子，屯兵境上，移檄國民，曰：『弊邑仗義，興有名之師，赴友邦之難，今爾正統之皇子在茲矣。爾人民曷不早除脅迫之奸人，以共事明主乎？皇子有才有德，實能戡定危亂，保全爾有眾也，其肯改圖歸順者，盡許之勿問。』當此之時，間有奉戴皇兄頓加羅者，傳檄遠近曰：

夫婦女竊神器，秉國鈞，是我祖我宗，法所不容者。初僧侶貴族，營謀私利，立其不可立之婦女，為社稷人民之主。逐其雄才大略之皇兄，擅攬國政，橫行放恣，靡所不為。今民離眾散，女皇遁逃，宗廟無主。吾濟【儕】立皇兄，俾登大寶，以順民心，除弊政，去私仇，勉行立憲公議之急勢。今有願奉祖宗之大法，希望宇土之安寧者，其速來同心戮力，勿躊躇退縮，貽後悔之無及耳！

檄至而應者甚多。時有書生輩，高談自主自由之利，其呼唱共和民政者，或才鬱而思發憤，或家貧而思妄為，此唱彼和，以是煽動人心。其勢有若滿岸水漲，堤防之潰決，祇在一時，事後知之，有愈形其激烈耳。且也共和之黨，又分而二：一主急進之說，一主漸進之說，兩黨不相容。眾口囂囂，滋擾已極。於是國中有識之士，始恍然一於輿論之莫能定，由人心之未歸一也。爰會集諸議院，磋商國務前途。

時有宰相風雷夢者，豪邁果斷，起而告於眾曰：『今觀國勢瓦解者人心，蠹起者黨派。二黨合而四派分，一派去而一黨來。上下紛擾，伊於胡底？是

豈非一時有所激而然哉？蓋宿怨相尋，私恨相結，至有今日之不幸。為今之計，不如別立一英主，與各黨派不相涉者，以糾合人心，而離散朋黨。其人為誰？即普國皇子理烏佛是也。普國者，歐州之強邦，皇子聰明睿知者也。其品超貴冑，其行冠宗潢，擁而迎之，奉為我國之君，實足以安社稷于苞桑，奠邦基於盤石。此舉計畫，余籌之熟矣！』

　　滿場人眾，或逢迎而褒贊之，或拂戾而違棄之。民政黨諸人且大聲抗之曰：『嗚呼！宰相其墮彼普相此【比】須麥克之計者乎？其惶恐普王之威聲，輕賣人國者乎？』痛責排擠，議論沸騰。

　　當此之時，姜之父，徐起語其同人曰：『廢女皇一事，實我之唱論。曩時我與諸將士盟誓，謂我等宜廢橫行之暴主，立正統之賢王，以慰萬民之願望。彼營私利挾私者，非吾黨也，抑非吾民也。果有行為不軌者，我等宜同心禦之，戮力除之，毋或逡巡而退縮。豈料賣國求榮，欲舉一國之政柄盡委彼歐州雄邦之皇子？如相公之獨斷獨行者，信如是言，將使天下聞之，竊笑西班牙，何其墮入普相之術中而不悟，抑何其國之無人一至於斯？

　　況乎，以普王之豪傑與普相之詭謀，所謂逐逐其欲者，當不止如是。今佛帝復托言姻戚，屯兵境上，聲言欲立廢皇之皇子。無奈我人民嫉女皇之不德，恨入骨髓，故即使依佛帝所欲立而立之，難保人心之不解散。更何論佛帝之存心巨【叵】測，有令人不可意擬者乎？頃南方諸州，群推皇兄頓加羅登此王位，組織立君公議之行為，皇兄正統之皇子也。立君公議，天下之義舉，竊願與諸君竭力圖之。』

　　滿場議論，為之愈激，各有相搏擊之勢，議論如何定局尚未可知。惟是迎合宰相之意者過半，前議遂於是決定。

　　於是遣使赴普國，表推戴之誠，請皇子速登大寶。皇子諾之，佛之君臣聞之大憤，急馳書乞止皇子即位之舉。皇子亦慨然見許，乃佛帝猶請求無厭，傲慢不恭，故犯普帝，迫令開戰端。何哉？蓋以普國日講富強之術，駸駸乎雄甲歐州，佛之君臣見之，心不能平。其立意欲乘普國之羽毛未豐滿，挫辱而摧折之，使之一蹶不能復振。

　　詎料普國隱然收斂其雙翼，靜以待一飛沖天之機。佛國則君臣乖離，將

驕卒怠，無怪其一敗塗地，轉割地為城下之盟，佛帝降虜，淪落他鄉。我國民於是不得已奉伊國之皇子，尊之為民牧焉。

三

　　先是大冤【宰】相風雷夢者，被刺客戕斃。黨派之紛爭日甚，皇子能忍耐艱難之國步，調停分裂之黨朋，藉以鎮定民心。乃無如自風雷夢歿後，各黨領袖，各懷自立之志，不能相下，其智略亦互相匹敵，所惜者未得一俊傑為之統楫耳。共和黨因唱激烈之論，投合時好。縱談橫議，冀望秉國之鈞。一時是非混合，朝廷紛擾，尤甚於干戈之騷亂。時事日非，政權日壞，王於是大怒，決意宣告乎四民。其詞曰：

人生誰不希富貴乎？誰不慕功名乎？初爾有眾，不棄寡人不才，妄相推戴，猥以國是委寡人。寡人不自揣度，漫以為幸膺此重任，菲躬諒無大過，於焉拜辭雙親之前，弗聽臣下之諫，自誓死生榮辱，當與爾國共之。端賴爾群臣贊襄，倚仗爾人民協力，俾功業永垂諸竹帛，與爾眾庶，同享幸福。

所恨者爾有眾浮薄輕動，挾私仇頓忘公道，為朋黨罔顧是非，終日嗷嗷，紀綱紛擾，致令國勢衰頹，難以挽回。寡人誨爾諄諄，饒舌不憚，爾有眾乃聽我藐藐，怙惡不悛。今也術竭智窮，幾于末奈爾何，事勢已知其不可為。苟猶竊神器，違民望，撫心其何以自安？計將辭王位，還故里。古人云衣錦歸鄉，榮莫榮乎是。憂心悄悄，難以久居。日恨無道以得民，深慚重見父老於故鄉，未免有情，誰能遣此？雖然，與爾曾一日結君臣之義，去此猶有戀舊之思。歸與！歸與！願爾有眾，解釋舊怨於何有，挽回國勢之陵夷。拂淚瀝情，長此訣別！

遂去而歸伊國，我國遂復失其主矣。民政黨乘機而勢燄愈張，大權旁落，而事機日壞。姜之父心憂之，聚眾語之曰：

『頃聞我國非厭王政、喜非政，因亦風氣使然，無足怪者。但據全局觀之，其如計之未得何？不見夫共和政治，文物粲然，駸駸焉富強可冀者，僅北米合眾國一邦已乎？北米之人民，生長于自主自由之習俗，沾濡善政善教

之恩膏，能去私心而衷公議，不拘常理而求實務，其得以創建民政，雄冠宇內者，本非一朝一夕之故。

我民則不然，泥常理，荒實業，輕佻躁暴，沾沾然直有不膚撓、不目逃，思以一毫挫於人，若推之於市朝然。彼墨西哥國者，與米國比鄰，同時建立民政者也。惜其朋黨相恨，首領相仇，近五十有三年間，更帝一，攝政一，所統領者但五十三人，其政紀朝更暮改，其人民又安上躋郅治之文明、優游自由之土宇乎？

嘗攷墨西哥人，原係我南【西】班牙之苗裔，其風土人情，與我國等，殷鑒其不遠矣。且我國制度典章，與夫人民之梗概節操，遠不及米人焉。今必欲強智識未開之編氓，使之馳騁乎民政之境界，余知其利少害多，於事鮮濟。即有一二好事者，極方發憤，聊效響於一時，恐難免黨類紛爭，綱常紊亂，幾事叢脞，內外混淆。遂至貽悮渙汗之無常，太阿倒持，姦宄掌權，軍人執政，彼此爭奪，擾亂不知其紀極。

抑又聞之，佛國當帶命之際，民厭王政，擁將軍鑣柄斗，衣以紫袍，欲立為民政之首領。將軍固辭，曉眾人曰：「余自十八歲，讀米國獨立檄文，髮立淚下，奮袂崛起。以孤劍誓救援，以孤舟漂巨海，乃至被陷重圍，與將士分食推衣，枕戈辛苦者計七年。爾時余蓋深慕米人獨立之誠心，有確乎不可拔之概，意將取其法，以啟牖我民。無如我民教化風俗，不適自治之行為，奈何！奈何！不得已思迎賢主振興立君公議之舉，斯我國於焉得計，我人民於焉相安耳。」以師獨立卒至阻於勢，將軍侃侃之言，不又前車可鑑乎！』

姜父備述前事，意氣懇到，聲淚苦下。無奈忠言逆耳，大聲之言，難動人聽，築舍道旁，議論多而難成，古今之通患耳！黨人等視姜父與自由為對敵，誣民權為偽妄。一犬之吠，其勢孤；萬犬之吠，其勢大。清議不容，詬詈唾斥，熙熙攘攘，咸思啗其肉而寢其皮，遂下命，誣以反逆之罪，將處以死刑。姜父與姜兄，於焉間行避難。誠懿忠直之士，因而遠引者，亦復不少。

厥後黨人驕橫愈無忌憚，沉迷民政之空理，痴想自由之樂境，遂慨然布告民政于天下矣。一時京都市民，如醉如狂，麕聚寺院，鳥集道途，群呼乎共和萬歲。未幾，彼此各唱自由之權，因爭奪而鬥狠者，競起而殊【誅】戮

僧徒，殛逐貴族，以暴易暴，尤而效之。幾自以為是，焉知其非。乃黨首者，猶復組織章程，執行法令。黨朋相姤【妒】，首領相疑，處士橫議，妄獻太平之策，對實業渺不相關。億兆哀號，冀遽稅斂之輕，於政權遂致稍滯。

　　果然時僅歲餘，統領五易，氏【民】嫌其躁急，商厭其誅求，士惡其行為，兵欺其法律，痴夢自由之樂境，忽變而為政令不行之苦境。諸黨人相傾軋，視若仇讐，卒至衣我表，動干戈，以供好殺行威之一快。誠哉姜父之言，信而有徵，人于是群服其先見之明矣。雖然，離索多年，仁心未泯。姜與姜兄，遠在他鄉，不忍聽聞故國之阽危，不得糾合義士，擁皇兄為盟主，痛除弊端，更立善政，內平擾亂，外禦覬覦，破去僧徒貴族之陋習，使吾民得棲息乎自由之真鄉。

　　由是伏大義而遍傳其檄焉。天下慕皇兄之賢名，雲集響應，贏糧而景從，旌旗蔽空，軸艫相望。黎民悅脫，歌吹焉有觀【歡】聲，士卒奔馳，樂從焉如歸市，聚會如林，兵威大振。黨人屢戰敗，漸即潰頹。乃普相逞其陰謀，餽贈兵饟，救援黨人，以故死灰復燃，兵鋒猶銳。兩虎傷殘，彼我智勇，有[11]極其困苦者。

　　爾廢皇之皇子，猶在境上，乘機入都，誘眾以利。適舉國久厭擾亂，且苦兵士之剽掠，因疾趨爭附皇子者如水之就下，沛然莫之能禁。於焉民政黨之首領，亦乞降馬前，屈服稱臣，為新主先驅。新主乃命姜父之友，作書相邀。姜父復書，責其變節反覆。其詞曰：

士之所貴者節義耳，苟無節義，何足謂之士？曩者，足下主唱共和民政。爾時僕以立憲公議之舉相抗，致令忠言逆耳，眾口鑠金，視僕為自由之公敵，誣僕為誤國之冥頑，言猶在耳，足下當亦不忘。且足下於某日誓眾，謂民政舉行此身願與民政其斃。為斯言也，舌猶未乾。今乃厚顏羞，膝行自縛，跪降馬前，惴惴焉唯後是恐。

嗚呼！出乎爾，反乎爾，是誠何心！是豈略解節義，稍知廉恥者，忍而為此事乎？疇昔拿破倫破三世之民政，陟彼帝位。爾時法國之名士，威

區士留飛豪，發憤然揮臂抗之，及事至無可奈何，遂退而隱處一孤島。是士也，是真可稱之為大丈夫焉！夫新主之封，領新主之賞，不自慚愧，且欲邀致舊友，使為不義，等於變節之徒，足下尚有何面目以對天下乎？噫嘻！疾風至始知勁草，變故來乃見忠臣，孰是孰非，蓋棺論定，千載斷無容昧昧耳！戎馬倥傯，書難盡意。

四

敵之將士，閱復書大怒，興兵攻我。我應之，大小百餘戰。我師敗績，殞命于鋒鏑者居多，妾之兄陣亡。已矣乎！前功盡棄矣。妾之父與皇兄，飲泣訣別，立誓恢復，不得已攜妾遠逃，來遊此地。

父年逾古稀，跋涉歐米萬里之山海，交結有為之士，其果敢之氣，剛方之概，矍鑠焉老而彌堅。矧妾年紀尚少，豈以死生窮途，獨無血性，頓忘我父兄之宿志乎！國家喪失，親友凋零，望月徘徊，則憂愁百結，對花吟詠，悲憤叢生。回首故國，氣之激恍似雲之騰，情之傷，甚於風之烈。興思及此，寢食俱廢。妾之苦心孤詣，甚望有心者憐而察之。」言畢淚涔涔，沾盡衣襟。散士聞之，為之感泣。

幽蘭稍久收淚，正襟復謂散士曰：「妾因奇遇，深信紅蓮女史之言，邂逅間，遽敘淪落之由來，說終身之大事，未免饒舌，殊甚羞恥。雖然，多年積懍，一旦流露，有出于不自覺者，君幸勿笑。特漫然縷述近幽愁，難免令人討厭，得罪得罪。」

散士答曰：「孃子胸中爽闊，毫無芥蒂。所謂自抒生平，可對青天，無愧白日焉。僕焉得不心感？但惜教我者言盡於此耳！」顧謂紅蓮曰：「娘子亦西班牙人乎？」紅蓮曰：「否！否！妾生長愛蘭者。」散士曰：「娘子與幽蘭孃子，偕隱于此，想亦必有故，僕請聞其說。」

紅蓮曰：「妾之父，諳熟牙籌之計畫，貨殖貿遷米國，又估貨輸出東洋，轉物能投世之所需，贏餘輒過意之所度，以此居積，富冠一時。初英王藐視我王，詐欺我民，陽誘我以聯合友助之美舉，陰害我以鯨吞蠶食之兇殘。名雖友邦，實似君臣，繼復英蘇同謀，畏嫌我國繁盛，妒忌我國富強，苛刻暴

殘，靡所不至。窘我職工，蹙我製造，病我貿易，妨我結會。奪政刑，禁刊刻，使我不得自由。卒至工業衰頹，商人疲弊，黎民顛沛，官吏驕矜。不計民間之疾苦，必欲重斂而橫征。升斗未輸，催科焉加以刑罰；脂膏已竭，榜掠焉恣其貪婪。毒逾荒野之蛇，猛過泰山之虎。五穀不登，民有飢色，野有餓莩。

數十年前，我國志工，奮袂而起，脫英廷之羈絆，行獨立之政權。因而工業重興，農功再振，賢士群思一旦中興，慰彼蒼生再造之願望焉。詎知昊天不惠，禍患頻仍，我國復束縛於英之虐政，慘受其貴族污吏，攘奪舉國之田園。英王暴戾，英民詭黠，欺我國孤而無援，強我民賤價鬻田。卒不償其直。甚至以倍利之債，稱貸貧民，惟利是圖。我民不堪其刻剝，餓死者踰八十萬之多。

妾聞剖胎殺夭，則麒麟不至其郊；覆巢破卵，則鳳凰不翔其邑。其故何哉？凡物惡傷其類耳！夫以禽獸於不義之行為，猶知退避，況人也乎？尤可恨者，對岸英民，幸我國之顛連，不惟坐視不救，反欣然謂愛蘭之困窮，由其人民過多所致。災祲荐至，人民飢渴頓踣，死亡相續，我英即將因是以謀富強焉云云。

諺曰：『非道行則正理退』誠哉是言。蓋自英人邪說惑眾，我國老羸轉乎溝壑，壯者散而之四方者，數年來不知其幾千萬人。國內生靈之數日以減，團結之力日以衰，黎民之艱難疾苦，年年見其增加焉。（中略）

妾聞洪波振壑，川鱗無復安恬，驚飈拂野，林柯難獲寂靜，時勢使之然也。愛蘭之士，群唱議獨立之正理。無奈以人數稀微，被黜于英國之議院者於茲二百餘年。嗟嗟！威權太峻，民命不堪。矧夫凶年飢餓之秋，復加以虐政苛求，其能已於結眾與為仇焉。吾民向者懷畏死之心，猶知法紀，今已絕求生之路，慾不畏死矣。身家性命，遑恤乎哉！舉國之士民，咬牙切齒，但知扼腕咨嗟，無一計畫一策者。

時妾之父，以挽氣運自任，田畝概予貧民，傾家產，結英豪，惟熱籌愛國之獨立，乃機謀幾經，決算幾經，佇望成功。不幸奸人洩漏其計，妾父被囚，憂憤病釀，遂歿獄中。機事不密則害成，其斯之謂歟！時妾尚幼，家財

被奪，親戚株連，煢煢一身，無所倚依，悲夫！

　　刺史暴留苦[12]愛蘭人也，夙無節操，諂媚英王，恃勢凌人，視妾幼而孤，以黃金為餌，甘言引誘欲納妾為小星。妾滿腹憂愁，中懷憤悶，遂責其賣主求榮，詈其污行醜態，藉以消遣。渠大怒，誣妾獲罪，禁妾不得居住愛蘭，妾吞恨去國。臨行時誓曰：『妾自今不復為英民，但願冀愛蘭獨立之後，報復英國之虐政，聊以雪恨耳！』

　　始也萍寄歐洲，今也蓬飄米國，以待時機，邂逅識幽蘭女史，結莫逆交。嗣與我義士波寧流之妹及姪等，密通聲援，糾合志士，圖謀恢復。惜寡謀輕舉之徒，橫行狂暴，妄作非為，忘獨立自治之大計，壞法紀，蔑道義，肆兇殘。試爆裂於怠武林府，戮殺賢刺史加腕跎，自是天下遂目愛蘭為兇頑之巢窟，爆烈之淵叢。波寧流諸士，輒慨歎繫之。

　　獨是愛蘭志士，所期者無他，但據大義，冀解脫英人之羈絆，回復我民被奪之事權，與夫財產田土，以矯橫征暴斂之非，極生民塗炭之厄已耳！苟幸而如願，妾雖萬死不避，豈懼水火、慮災殃哉！

　　嘗觀史籍，歷徵前代，概然謂我國困厄運極者，為古今所未有。妾每思及此，不禁憂憤交縈、悲愁靡已焉。今夫強窘弱、狡欺樸，見之而不怪者，豈得稱為開化之邦、文明之世？此景此情，蓋天下敦誠慕義之士，所為之耳聞而痛惜者。妾自淪落以來，輒復獎勵愛蘭之獨立，其以此也夫。」紅蓮之言，語語出自肺肝，聲聲隱含哀憤。散士聞之，不禁為之扼腕興歎。

　　紅蓮復問散士曰：「妾昨閱新報，載日本三士會于新府某樓，談論時事，深憤英人之恣睢自如，毫無畏忌。一士曰：『愛蘭若舉義兵，以抗英人何如？』二士答曰：『拙等將杖劍直航愛蘭救援其獨立焉！』噫！此三士者，其高風義氣，妾甚敬之慕之。君與之生長同邦，若知此義士之名氏，幸為妾告之毋隱。」散士答曰：「其一士不肖是也。」

　　紅蓮起立，執散士之手，揮淚謝之曰：「愷悌君子，今何幸而得見，妾唯恨我邦義旗倡始者不知為何人？舉事在於何日？吁嗟！大事去矣！」潸然淚下，嗚咽復若不能言者。

---

12 原註：一千八百八十二年于公園被人暗殺。

　　時有一清人，杯盤歡樂，應對舉止，迥異庸流，其芳齡大抵逾知命。聞幽蘭紅蓮之談，眉宇激越，局外愴懷，正襟直進，揖幽蘭而謂之曰：「今方知兩孃均是為國為家之忠烈賢女，老奴亦亡國孤臣，漫不自量，竊有志恢復前朝者也。憐我亦憐卿，爾我忠義發憤，乃不期而晤會于此。此何天假之緣，為事之湊巧者乎？」幽蘭愕然，即席應之曰：「噫！子亦亡朝之遺臣乎？真可謂奇遇耳，願子明以告我，勿諱是幸。」（未完）[13]

　　　　　　　　　　　載於《臺灣時報》，一九一八年七～十月

---

13 按：本文連載中止，未刊畢。

疆場情史

作者　不詳

譯者　碧梧

【作者】

不詳。

【譯者】

碧梧，即張碧梧（1891～？），江蘇揚州儀徵人。自幼聰慧過人，少年時其文才便獲李涵秋先生賞識，然而，弱冠之年即因家道中落被迫放棄學業。其表兄畢倚虹時為《小說時報》主筆，便將其帶到上海讀書，並購買一些英文偵探小說讓其翻譯。因聰慧機敏又專心刻苦，張碧梧陸續翻譯了《斷指手印》、《海盜賊》、《電賊》等偵探小說，逐漸在報壇引起了注目。後來又翻譯了《人猿泰山》與《俠盜亞森‧羅蘋》，此二部書對當時中國文壇影響頗大，飲譽於上海小說之林，也促使張碧梧後來走上偵探小說的創作道路。其第一部長篇偵探小說《雙雄鬥智記》發表於一九二一年十二月二十日的《半月》上，代表其偵探小說創作實績的是他的《家庭偵探宋悟奇新探案》系列。曾通過畢倚虹的介紹，到無錫《商務日報》和《梁溪日報》主持筆政，並在這兩份報紙上發表了一些文章，亦經常在嚴芙孫主編的《薔薇花》上發表文章及小說。著作極多，有《劫後餘生》、《跛足畫師》、《毒瓶》、《國民軍北伐演義》及偵探小說《白室記》、《張碧梧說集》（大東書局，1927 年），後者內收〈月語〉、〈鄰舍家的夫妻〉、〈黑夜飛刀〉、〈眼波〉、〈悲苦之愛〉、〈棄兒〉、〈豹頭山〉、〈視死如歸〉八篇小說。本篇譯作原發表於《申報》「自由談」，臺灣轉載時未著錄原作者、譯者。（許俊雅撰）

歐戰四年，全球為震，愛國男兒，咸效死疆場，為國家增榮光，為人類爭幸福，心志至壯，功業殊偉也。年來常讀外報及雜誌若干種，其中頗多戰時軼事之紀載，茲擇其關於情字者，走筆譯之。或為哀情，或為豔情。情之類雖不同，而其為情也則一，吾故統名之曰〈疆場情史〉。

一

英軍中有麥根少佐者，年事尚輕，而殊勇驍善戰。初隸後備隊，繼調赴前敵，轉戰歐西，積功升至少佐職，同隊中人，莫不欽羨之也。某夜，天黑風疾，德軍來襲營，顧英軍已早為備，即出隊迎擊。德軍大潰敗，死傷無算。

是役也，麥根少佐尤有奇功。蓋當兩軍鏖戰時，少佐曾率軍百數十人，抄至德軍之後夾攻之，德軍力不支，乃潰敗。惟麥根少佐，身亦中兩彈，雖未致命，亦已暈矣。既昇【昇】至醫院，得醫生之施救，施復蘇曰：「當吾殺敵時，血熱如沸，幾欲裂膚而出。幸而被創，流血少許，吾今方覺身體甚清暢也。」

看護麥根少佐者，為一青年看護婦，名瑪麗，問煖噓寒，洗創敷藥，慇懃熨貼，無微不至。麥根少佐甚感之，少佐固未婚，探悉瑪麗亦尚待字，更動情愛之思。待創少愈，乃向瑪麗微露求婚意。瑪麗固傾心少佐，因亦不拒，第曰：「必俟君之軍服上，佩有鐵十字勳章之日，方為吾二人結婚之時。吾非不愛君而強君苦戰，蓋吾欲借兒女私情，激奮君之英雄壯志耳，君其誌之。」

麥根少佐曰：「脫吾不幸戰死，卿當如何？」瑪麗曰：「吾將以看護婦終生可已。」少佐頗嘉其志，後此每作戰，輒身先士卒，較前尤奮勇。嘗曰：「吾欲得瑪麗，必先得鐵十字勳章，然則吾豈容不力戰哉？」苦戰經年，厥功甚偉，果得一鐵十字勳章。時適戰事已停，麥根少佐乃與瑪麗行婚禮，險難姻緣，伉儷尤篤。時人知其前情者，咸稱為鐵十字勳章結婚，是亦奇趣已。

二

倫敦城中，有女名綠綺，貌美麗，性剛烈，與奧商亨堡，締不解緣。每日夕陽在山，二人輒把臂映【散】步於城南公園，情意密切，無與倫比，婚期已在邇矣。不幸戰禍肇始，鼙鼓聲喧。亨堡固嘗入軍籍，乃被召返國從征，頗擬提早婚期，挾綠綺偕歸，而綠綺堅持不可，曰：「就吾二人本身而言，固為甜蜜之情人，早日行婚禮，伴君同行，吾心至為快慰。然以國家眼光觀之，吾二人今已處於敵體地位，吾不殺敵，則亦已矣，奚能婚敵而伴敵行乎？」

亨堡無如之何，亦含之。

　　此後一年中，戰事日亟，奧藉德軍之淫威，所至焚殺，慘酷萬狀。綠綺切齒痛恨，頗欲少盡國民天職，乃投入女間諜隊。其次，至某村，見適有奧兵四人，方踞地嚼乾糧，凶險如狼虎。

　　綠綺隱身叢林中窺之，復見近處立一峨冠而佩刀者，蓋為奧之軍官，諦視其面，不禁自語曰：「是非吾情人亨堡耶，亦即吾英之公敵也。今率四兵潛然來此，諒有詭謀，詭謀果售，吾英或被其創。然則吾安能不禦之？而禦之之道，最簡捷者，莫如先殺亨堡。亨堡雖為吾之情人，然吾不欲因個人之私，而遺國人以大患。吾甯負亨堡，不能負國人及國家也。」於是亟拔手槍，自隱處向亨堡射擊。

　　亨堡本不為備，立中彈仆。四兵聞聲欲起，綠綺已轉槍擊之，斃其三，餘一兵固不知事變所由來，更以勢孤無援，即倉皇遁去。綠綺終無少恙，奇已幸已。

三

　　法軍第五聯隊目兵弗勞蘭，有情人名凱菲，向居烏保得村。村因處法之邊境，接近德界者，德軍既破村，盡虜村中人，無一倖免。弗凱勞蘭聞軍報，大憤，自語曰：「則吾摯愛之菲，亦為德軍所虜矣。吾誓必殲盡萬惡之德軍，而奪回吾愛也。」

　　衝冠一怒為紅顏，嗣後弗勞蘭每與德軍戰，必設法生捕其一二人，詢其曾否身預烏保得村之役。如其未也，立殺之；如有身預之者，必詢其所虜之村民中有無凱菲其人？現拘於何地？顧無論其能詳言與否，仍以一殺了之。如是者期年，凱菲生死，猶未可知。弗勞蘭大懊喪，然初心未嘗少屈。

　　某次法軍又敗德，截獲俘虜若干人。弗勞蘭查視其中，不料竟有凱菲，惟是憔悴萬狀矣。弗勞蘭大喜欲狂，呼上帝曰：「謝上帝之仁慈與默佑，吾終能復得凱菲也。雖然法人見虜於德者，為數當甚眾，吾必鼓君餘勇，一一營救之，俾令他日一般復得其情人者，如吾今日之狂喜也。」

四

英兵華司特，一日隨大隊赴前敵，路過亂山叢樹間。忽與大隊相失，復昧於路徑，不能前進，且不敢盲行。自念殘暴之德兵，方張牙舞爪，見人輒噬，脫不幸遇之，此身必無倖理，然亦不能久留此間。旁皇道左，計無所出，迨天色已暝，方徐徐循大道行。

未及數百碼，道旁荒草間，忽竄出一人，揮手止之。華司特以為德兵來襲擊也，亟揚槍按機待之，而此人已疾足追來。華司特就昏暗之天光觀之，覺其身短而瘦，不類虎狼之德兵，且其後無繼出者，心方少定。

及近，再視之，乃一年少村女，據謂名霞娜，適過某地，見有德兵一隊，方預計於今夜襲攻某村。其計若售，村中數百戶，必悉被蹂躪，故亟欲報告英軍，調隊抵禦之。並導華司特登正道，疾追英軍大隊。山路崎嶇，步行至苦。

幸未幾，即遇英之斥堠隊，華司特詳述前情，斥堠隊飛報大隊，立派兵若干，馳至某村，分佈近處。入夜德兵果來，英軍突出擊之，德兵乃大敗，某村方得保全。

論功行賞，自以霞娜居第一。惟是役華司特身受微傷，即養病於村人家，霞娜自任看護職。華司特與霞娜年俱少，且身相處不免涉於情愛。待華司特傷愈時，二人已早訂婚約矣，其因果亦至奇突也。

五

英人瑪克與情人勞埃得結褵，方閱一月，英德邦交已斷絕，戰禍肇始。瑪克曾入軍籍，自當赴日從戎，惟戀戀於新婦，不忍捨去。勞埃得深明大義，毫無尋常女子態。嘗向瑪克曰：「君以愛吾故，致不欲為國而戰。愛吾之深如此，吾固甚感君，然殊不願君若此戀吾也。君果真愛吾者，當暫時拋棄吾二人之愛情，而激奮愛國之心，執槍殺敵，俟敵已殲盡，再恢復吾等愛情，此方得情之正也。」

瑪克曰：「兵凶戰危，脫吾不幸而戰死，則吾等愛情，將恢復無期，奈何？」

勞埃得曰：「吾愛君至摯，自不願君之死。然君若為國而死，則吾於萬千悲戚之中，或得一二快慰之念。且君身雖死而吾愛君之情，猶永永存在，決不澌滅也。」

　　瑪克既入伍，旋即調赴前敵，努力苦戰，積功甚偉。戰後餘暇，必致書勞埃得，擇軍事之可述者，列舉而詳告之。勞埃得之覆函，則均為勉激勗勵之詞，無一涉及兒女之私者，蓋恐紛瑪克之心，而挫其勇氣也。

　　迨戰事既停，瑪克隨隊凱旋返國，職位已至大佐，胸前勳章纍纍。有豔羨而稱譽之者，瑪克必笑應曰：「非吾至愛之勞埃得激動【勵】於前，再鞭策於後，吾安能有今日？故吾之職位勳章，名雖國家所賜，實則不啻勞埃得所賜也。」

　　　　　　　　載於《臺灣日日新報》，一九二○年十二月六～十三日

不憾[*]

作者　不詳

譯者　西巫時用

【作者】

不詳。

【譯者】

西巫時用（？～？），曾在《小說月報》第十一卷第五號發表譯作〈不憾〉（1920年5月25日），後又在第十一卷第七號「小說新潮」發表〈紐約的扒手〉。本篇譯作於一九二一年《臺灣文藝叢誌》轉載。其餘生平不詳。（許俊雅撰）

紐英蘭省有地名勃朗克司者，余夫婦居焉，去吾家不數步一漁夫居焉，吾家所需魚蛤之屬，咸仰給於彼，選購諸事，恒吾妻任之。

一日，吾妻返謂吾曰：「彼漁夫之子入軍籍為志願兵矣。」余僅知漁夫年老矣，傴僂屈曲，若患僂麻質斯病者。有子一人，年二十三，英爽活潑少年也。老漁居恆默默，不苟言笑，顧與其子則言談極歡，語絮絮不厭。蓋老漁甚愛其子，子亦甚愛其父，父子之間，天性之愛深也。

余雖與老漁鄰，初未知其姓字，然其子之名，則所習聞，以老人常謂顧客曰：「吾當令瓊納生為君碎蛤」，或高聲呼曰：「瓊納生！趣為客碎蛤」，則一活潑少年即應聲蹌踉而前，以故人咸知其子之名為瓊納生也。

余既聞老漁子為志願兵之說，翌日乃自造其廬，選魚蛤數事。老人坐而為余碎蛤，室頗靜寂，但聞老漁之鎚聲而已。余目視土壁，壁上懸一星之小旗，其上則一舊式之來福鎗。余意此殆有子從軍之表示耳，乃徐問曰：「聞老人子已從軍為志願兵，信乎？」

此問一發，久久不聞老漁答語，余亦既置之矣，而鎚聲歇處，老漁忽答曰：「然瓊納生固能盡心力以報其國者。」余曰：「此壁上之舊來福鎗又何也？」老漁曰：「此先兄所遺，兄蓋於雪洛大戰中陣歿者也。」余曰：「然則此鎗又

---

[*]　原文標題於「不憾」之前標示：「愛國小說」。

何由入君之手乎？」老漁曰：「余時年方十六，逃學從軍，適為該營之鼓手，吾兄既死，吾遂得其遺鎗，且將永永保此悲慘之紀念物，與吾生以俱窮。」

余曰：「然則老人蓋亦嘗出入於鎗林彈雨中者。」老漁曰：「然石河之役，余亦與焉，傷重幾殆，醫治年餘始愈。」言已，解衣示余，傷痕宛然。余默念瓊納生平日必已熟聞此等鐵血故事，老人所絮絮不厭者，必自道其在戰場中之經驗。使余與瓊納生易地以處，余伯則以戰死，余父則以戰傷，一旦有致力國家之機，當亦奮然起矣。

其後余夫婦有南方之行，歸時新聞紙上已滿載歐陸陣亡將士姓名。歸後數日，余復過老漁居，曖離日久，已忘其子從軍事矣。因坐與老漁閒談日來貿易狀況，老人仍為余碎蛤，恰如曩日。室中靜肅殊甚，僅門外轔轔車聲時一破其沉寂而已。

既而余忽游目壁上，陡覺有異，旗中白色之小星，已易金色。星旗之下，多一小照，照中人為一戎服少年，英姿颯爽，而小照之邊，墨緣甚重，則知其人已為國盡忠矣。余驟睹之下，余目眩，余身顫，兩耳隆隆，不聞聲息，滿腔熱淚，幾欲突余眼而出。念彼英爽活潑之少年，曾幾何時，遽為異域之鬼，此豈即戰爭之所賜於吾儕者乎？

此時又欲覓一言以慰老漁，顧倉卒不能成辭，良久始謂之曰：「余敢敬弔老人。」老漁默不一聲，余知其心碎矣。是時老漁為余紮束魚蛤已畢，余攜之欲行，然仍駐足問曰：「此為老人僅有之嗣乎？」老漁曰：「然。余娶也晚，此兒生未數歲，其母又以病長辭人世。」

余曰：「然則老人當有憾矣。」老人忽昂然起立，一改其傴僂屈曲之狀。其勇敢威毅之態，固猶是吾國軍人之度也。壯聲答曰，「否……否……不憾……余無所憾，苟瓊兒當時不入軍為志願兵者，斯為憾耳。」余不復言，黯然而出。老漁也，一星之旗也，舊來福鎗也，瓊納生之小照也，永永留余腦中勿能忘。

載於《臺灣文藝叢誌》，第三卷第二期，一九二一年十二月十五日

鬼約

作者　不詳
譯者　蜀魂

【作者】

不詳。

【譯者】

蜀魂，曾於一九一八年於《小說新報》第四年第四號發表〈言情小說 飛行家豔史〉，在一九一八年於《小說新報》第四年第五號所發表之譯作〈鬼約〉在一九二一年四月十五日被轉載於《臺灣文藝叢誌》第三卷第四期。其餘生平不詳。（許俊雅撰）

　　意大利之羅馬府，素以橙花耀名于世界。方吐蕊揚芬時，車水馬龍，遊人如織。席地陳俎，飛花作觴。美人香草，芳澤微聞。墮釵遺珥，怡然自得。

　　有卑德女郎者，依其寡母，卜居此間。色麗醉霞，美驚奪月。席貲雄富，睥睨群倫。朝逐茵塵，夕耽鞠影。門羅珠履，座列三千。揮砂土之黃金，極人生之幸福。惟無情二豎，得入肺巢，朝扁夕和，丹爐失色，奄奄弱息，漸與角枕為並頭蓮。其母韋氏，鐘【鍾】愛掌珍，日夜憂搗【禱】，乞神拜佛，耗盡心液。

　　某夜，握卑德手而吻之曰：「汝乃我掌中之明珠，汝於斯世，尚有願聞見之事乎？」言未畢，頹顏衰髮，倍形蒼白。卑德徐徐應曰：「阿母，阿母，兒之擺脫塵寰，殆在旦暮間耳。顧春蠶雖老，餘絲猶夢。言聽聞，其為谷里亞娘之琴奏乎？言目睹，其為臨聖喜門之山色，及佛拉西湖之遠景乎？倘此二願未了，雖死亦難往天國。」言至此，聲細如縷，將斷若續。

　　韋氏聆言，肝腸寸寸斷絕。欲哭則恐傷女心，欲忍哭則淚竟簌簌下。低頭面壁，遲之又久，始強顏曰：「阿女，余將盡力以償汝願，待天微明，即命駕訪亞娘。」亞娘者，當代擅名之音樂家也。其時承英皇遠聘，已航海而去，人邈室邇，望洋徒嘆。韋氏大失所望，乃決計裝點湖山，藉安女夢。逾日，

步遊聖嘉門山，行至中腹，天宇開敞，左挹威爾靈海，橫攬佛拉西湖，奇景絕倫，雖天下名區，亦無有出其右者。

　　韋氏因出重金，購地一弓，督工造作，星夜兼營。桂斧鐫丹，蘭斤運素。磨霄盪日，構造神麗。殆天公故留此佳境，以為伊人特設歟？卑德知之，喜形于色，急乘肩床，與母偕往。病室即定于背山面湖之樓中，開軒四眺，山色迎人，湖光可鑑，無限煙波，都捲入錦屏以內，洵偉觀也。

　　從此卑德臥倚東軒，斜臨西闥，飽餐佳景，遊夢亦甜，韋氏方私慶之。不料廣寒特召，青鳥頻催，六月二十八日午後十一時，遂捧憔悴癯顏，含淚而言曰：「阿母，吾對此湖山，誠不欲捨去。且亞娘彈奏，尚未傾聽，吾雖死，其如私願未了何？」言猶在耳，而攝魂使者，竟挈此美人以長去矣。

　　卑德死後，其臥病樓居，時有恐怖物影，驚擾群侍。韋氏心懼之，遽返故廬，飾詞出售。幸地介畦僻，雖幽靈屢現，世間尚少知者。未幾，適有酷愛湖山明媚，投鉅貲以購此別墅者，即卑德願聆雅奏之著名音樂家亞娘也。亞娘為某富家之季女，前渡英國，頗受王室寵遇。黃花垂晚，始歸故里，行經聖喜門山，忽睹卑德遺居，頗愜心緒，遂購居之。亞娘僅一母，迻入後，仍居卑德臥樓，因別墅諸室中，實以此為最佳耳。

　　亞娘耽息樓中，蟾圓計八度矣，亦無怪異印影。迨六月廿八日夜，即薄命卑德之第一週期，於時素月橫空，流水不波，橙花競豔，香氣襲人。亞娘獨憑危窗，眺望夜景，心懷暢適，幾不知身在何地。無何，鐘聲震動，恰報十一時，忽聆闢門音，隱約達于耳際，震浪未已，而優美之女靴聲、婦女之絹裳聲、繞廊之蓮步聲，一時並作。由漸而近，約及闇閨，始戛然而止。

　　亞娘頗驚異，亟問為誰，歷片刻，寂無一應。又問之，言方出口，而身上之毛髮，不知何以竦立。皓齒震動，魂驚天外，疑物疑人，心旌靡定。猶幸生性沉毅，且素知卑德飲恨事，低頭沉思，若有所感。俄而戶外之履聲復作，似繞長廊而降階者，絹裳之曳地聲，女靴之欤步聲，歷歷不爽，仍循故道而去。

　　亞娘對此，百感迸集。翌日，頓得一策，因於其夜，洞開己闥，憑几而立，獨居深念，如伺故人。忽鐘聲丁丁澈耳，仰視之，正十一時也。彼無風

自開之闢門聲，繞廊升階之欵步聽【聲】、絹裳聲、女靴聲，仍與昨夜無少異。漸近已闢之闐，又戛然而止。亞娘向外探望，渺無一物，然中卻似有人佇立彼方。

亞娘心知之，急離几而向門前，呼曰：「卑德君！卑德君！汝真卑德君之魂耶？妾乃谷里亞氏也，君之蛻化于斯室，妾早聞知。今君不歸天國，重淆人世，其殆有未了之願乎？妾欲竭其棉力，以慰君之幽魂。倘靈爽式憑，次宵此時，乞惠然顧我。」言次，踵聲又作，陟階而降，絹裳之音較微，步履之聲漸碎，峭【悄】然遠去，不知何之。

亞娘既定鬼約，翌晨，糞除已【己】室，如迓王侯。室內橙花四綴，中央特置安椅，蒙以白絹。已則潛練鋼琴，廢餐輟飲，雖王宮未聆之秘曲，如天伎歌，如浮世夢，不惜循環絡繹，至再至三。入夜，仍鏗鏗不絕。

逮十一時，鐘聲甫動，而循例之闢門聲，卻又不先不後。飄然而至，且升階繞廊聲、曳絹聲、款履聲、較前尤急。剛及戶限，突然中止。冬冬之扣門音，連響數次，亞娘肅然起敬曰：「請進。」已則屏立鵠俟，而迎賓之闐，不引自開。亞娘少避牆側，形影均無所睹，但聞步行之橐橐聲、絹裳之拂地聲，宛然在耳。

亞娘毫不畏縮，直指絹椅而言曰：「卑德君，汝真守昨約而來耶？請入座。」彼華麗香椅，若有物踞其上，其聲迸然。亞娘暈漲桃花，微露半瓠而稱曰：「卑德君，今宵招待草率，中心彌歉。但妾欲獻其末技，以瀆清聽耳。」

旋即欵移蓮步，上琴臺，撥絕調，先奏天伎歌，次彈浮世夢。大珠小珠，錯落玉盤。纖纖弱指，若有神助。橙花弄姿，妍然欲笑。天籟清越，時聞妙香。瑟韻方酣，而白絹之麗椅中，漸發微聲，如怨如慕，乍抑乍揚。

少選，亞娘靨暈倦容，欠伸而下。移坐椅，傍幽靈。微拂汗珠，屏息而坐。恍惚間，宛如天仙麗容，隱紋于月簾間。逾片刻，亞娘以凝重之音，起立而言曰：

「卑德君，今已聆余彈奏矣！余以巴人俚句，妄塵慧聰，罪甚罪甚！然余私臆，蓋欲竭生平之拙藝，上慰知已【己】之靈也。顧余尚有一言，君之脫離濁世，已歷一週矣。人死歸天，古有明訓。胡乃捨神明之安榮，而履此

秕糠之浮世？汝之思想，毋乃謬歟？且浮生若夢，一現曇花，過眼雲煙，同歸澌滅。今余以天伎【使】歌及浮世夢，披露于君前，君其了晤此旨乎？雖余之微藝，不足以辱大雅，然清夜聞歌，會心不遠。汝其解脫此煩惱，以向天國而安身乎？」

　　亞娘言至此，聲浪微震，似含有無限叮嚀之意者。旋又續曰：「卑德君，汝其了解余言乎？願君一現其靈異，俾妾得睹君歸天之證。」言畢，亞娘即凝神壹志，瞑目祈禱。俄而微塵飛揚，電光閃亂，竟不能張目。矇瞳之中，恍睹妙齡女郎，縞素練，襲白衣，飄曳臨風，竟薄丹霄而去。

　　是時亞娘不覺昏倒，其母居樓下，數日間，見亞娘神宇蕭瑟，頗訝之。晨起，又睹其藻飾己室，如迎顯賓，且以曠世秘調，窮晷研練。夜中琴聲幽邃，細語清徹，忽聞天崩地坼之聲，瓦屋皆震。驚急狂呼，群侍奔至。登樓入女室，則見兩拳緊握，白涎封頤。群奴倉皇四顧，橋舌不下。幸一老寵婢略耽岐黃，乃以醒神湯灌之。

　　經一小時，亞娘始蘇，眾侍環問之。亞娘曰：「無他，練習風琴，中心作惡，遂至於此。」對于幽靈事，絕不稍露，惟默暗祈禱，祝卑德早歸天界耳。其母屢次訊之，終不肯洩，然幽靈聲息，亦從此絕跡矣。

　　閱數日，荷飄弄馥，秋意催涼。亞娘乃步行山麓間，拾翠尋芳。迨歸別墅，忽見案上，遺卻橙花一束。色白如銀，中篆金蕊，宛然歐文謝字。惟芳輝四射，秀色餐霞，殆非人世所有。亞娘深異之，把玩再三，供于膽瓶，比及隆冬，其鮮豔猶未改也。

　　　　載於《臺灣文藝叢誌》，第三卷第四期，一九二一年四月十五日

旅順勇士

作者　押川春浪
譯者　湯紅紱

【作者】

押川春浪（1876～1914），原名方存，愛媛縣松山市人，是日本科幻小說的開創者，深受凡爾納影響。一九〇〇年在東京專門學校（今早稻田大學）時就發表了著名的科幻小說《海底軍艦》，此為一本描寫未來戰爭的冒險小說，預言了四年後的日俄戰爭，這使押川春浪成了當時有名的冒險小說家。成名之後，押川春浪擔任《冒險世界》和《武俠世界》雜誌的主筆，陸續發表科幻作品和冒險小說，主要有《武俠的日本》、《新造軍艦》、《武俠軍艦》、《新日本島》、《東洋武俠圖》、《怪人鐵塔》、《北極飛船》、《千年後的世界》等等，其中許多與現代意義上的科幻小說很相近。一九〇三年時，海天獨嘯子翻譯《空中飛艇》，稱譽押川氏為「日本小說名家，久為學界所歡迎」的人物，並謂該作綜合了「高尚之理想」與「科學之觀察」。然而所謂「高尚之理想」，無非是以科技擴充軍事，增強殺人奪國能力的手段而已，而這正合乎晚清中國人的胃口。原作刊出時未著錄作者。（許俊雅撰）

【譯者】

湯紅紱（？～？），浙江仁和人。精通日文，譯作均譯自日文，晚清女性翻譯家。郭延禮先生稱其為留日學生，但不悉所據為何。譯作有《無人島大王》（即《魯濱孫漂流記》），一九〇九年六月十三日至二十七日連載於《民呼日報》第三十至四十四號圖畫版，署小波節譯，紅紱重譯，紅紱即湯紅紱。譯作還有《朝鮮故事龍宮使者》，一九〇九年五月十六日至三十日連載於《民呼日報》第二號至十五號圖畫版，近於神話寓言故事。《臺灣日日新報》轉載其譯作〈旅順土牢之勇士〉（省題作〈旅順勇士〉）、〈女露兵〉。二作先後收入《旅順雙傑傳》（世界社，1909 年版），王瀛州編《愛國英雄小史（下編）》（上海交通圖書館，1918 年版）及波羅奢館主人編《中國女子小說》（上海廣益書局，1919 年 2 月版）。其創作有〈短篇小說：鶴熊夜話〉，近於動物寓言，〈滑稽小說：蟹公子〉，近於譴責小說。〈龍宮

使者〉、〈無人島大王〉、〈鶴熊夜話〉後收入《紅絨女史三種》一書（1909 年民呼畫報本）。原作刊出時未著錄譯者。（許俊雅撰）

一

自日俄戰事開，而忠勇義士，麏聚蝟起，拚性命，薄血肉，出入硝煙彈雨中，以博一死。死之烈者，不於海則於陸，墮危崖，葬絕壑，斷頭折臂，刳腹流腸。故自旅順包圍以來，以戰鬥死、以偵探死、以疾疫死者，不勝僂指數。而獨有一奇偉之日本男兒，拚萬死，留一生，日錮于懸崖絕壁、腥風血雨中，與嚴寒戰、與穢氣戰、與毒蛇猛獸戰，閱數月而志氣不稍挫。又復雄心勃勃，靜睨戰機，曾不旋踵，而大功立，而盛名傳。吾故迻譯之，而欲使頑夫廉，懦夫立，舉天下而聞風興起也。翳何人？翳何人？則吾所崇拜之土牢勇士是。

旅順舊市街之東，黃金山之麓，有一奇異幽險之土牢在焉。險臨絕壁，俯瞰千仞，苔蘚叢生，幾經剝蝕，而土牢之周圍，復環以極堅固之鐵柵。積久則鏽【鐵】鏽轉紅色，猰㺄之檻，虎兕之柙，以此仿彼，殆無稍異。

此土牢之歷史，說者謂自某大員搆之，以投界罪人者。首以毒蛇置其中，而後投之以重囚。地中犴狴，赫赫驚人，一入其中，則永晝如漆室，陰森如地獄，穢臭不可觸鼻，卑深不可著足。而種種慘毒之情形，實較尋常之牢獄為更甚。故雖以極壯健之鐵漢，一旦錮閉於其中，曾不轉瞬，遂成塚骨。此土牢也，實為有史以來所不數覯，而俄人自佔旅順，遂一開千固【古】魔窟之門。

先時日軍之謀堵塞旅順也，聚死士，沉巨艦，一試再試，而不得奏厥效，而第三次閉塞之策興焉。時俄艦以敗衄故，蟄伏港內不敢出。東鄉大將迺召諸將而謀之曰：「此兩度閉塞之奇策，俄軍雖未大挫衄，然已足以破其膽、寒其心、梗其咽喉，今欲為第三度之閉塞，諸公誰敢往者？」一言未畢，而座上之趦趄一武夫，已挺身起。眾視之，則佐賀大尉也。

大尉軀幹豐偉，嫻兵謀，優膽略，目炯炯有光。日清一戰，有功旅順，

繼以俄人干涉，以臺澎易遼東半島去，報復之志，寢饋不忘。故東鄉一問，彼銳然自任，英姿颯颯，旁若無人，艦兵翔躍，不勝欣賀。時則日色昏暮，風平浪靜，諸艦員晚餐畢，乃為第三次閉塞之豫備。

更初靜，豫備已竣，佐賀大尉與諸將登甲板上，飲酒訣別。英風凜凜，豫祝勝捷，同行者八九十人，咸慷慨有捐軀志。夜將半，大尉與同人，登甲板去，率領諸艦，魚貫而進。忽覺黑雲蔽天，狂風陡作，驚濤怒浪，不啻亂山重疊。大尉乃衝先猛進，悲歌擊楫，一若不奏厥功，誓不欲生還祖國者。

約一時許，抵旅順港外，而已為俄人探海電燈所瞥見，電光一閃，萬砲雷鳴，彈雨飛來，海水為沸。大尉乃從容不迫，使諸艦排作一字，可數秒時，乃燃爆藥，轟巨艦。既竣厥功，復提刀下舢舨去，此誠所謂臨大難而不驚者。不謂一剎那間，而巨彈飛來，適中乘艇，舢舨一葦，化為虀粉，而艦內諸將，已悉為狂飆怒濤一捲而去。

二

斯時也，旅順港口，砲聲震天，沉沒艦之檣檣，微露水面，隨波蕩漾，擊碎之舢艇，復與浪浮沉上下，如一群海鷗之散浴。大尉乃怒目切齒，對敵壘而指詈曰：「露兵乎？汝以我佐賀大尉為斃汝彈丸下乎？抑以為我逐波臣而去乎？否否否否！我將乘風破浪，薄汝壘，入虎穴，得虎子，以雪我部下之讎恥！」

言次，乃以手為槳，體為艦，兩目為羅針，衝波逆浪而入旅順。曾不數刻，已泅至黃金山麓，而獨登彼岸矣。不謂一波方平，一波又起，大尉方披榛棘，攀籐葛，登彼陵谷，而已為巡視之俄兵所探見，乃乘其猝不及防之際，突舉佩刀，奮然揮去。寒光一閃，已中頭顱，繼則並其衣服而剝奪之。嗚呼！狹巷短兵相接處，殺人如草不聞聲，心目豈復有俄兵在乎？若佐賀大尉之神勇，真所謂一身都是膽也。

斯時也，大尉復崎嶇山谷，化險為夷。仰視天空，明星閃爍。寒威砭骨，肌膚欲裂。乃解淋漓之濕衣，易俄人之軍服，解佩刀，枕巖石，假黃金山為黑甜鄉，直有臥榻之旁，不容鼾睡之意。不數秒鍾，而鼻息齁齁矣。

　　無何而晨光熹微，狂飆稍息，砲臺寂寂，若與諸守兵作酣睡狀。而不料萬籟岑寂之中，而突有俄兵其人者，情形狼狽，膽小如鼠，直向黃金山蹀躞而來。而浪頭一激，彼兩人僵臥之情形，忽射入于該兵之眼簾，始而錯愕，繼而驚疑，終乃伸頸張口而旁睨：「噫噫！適從何來，遽集於此？彼何人斯？一生一死。」乃故張其膽以諦視之，覺頭顱一顆，鬢髮模糊，赤身之屍，冰臥崖石。

　　約距數武，而復有英姿爽颯之日本男兒挺臥其旁，鼻息雷鳴，佩刀之血跡未乾，面部之餘怒未息。蓋一望而知為作晚閉塞隊之勇士於舳艫沉沒後，單身殺人，突誅一邏守之俄兵而倦臥於此者也，噫，奇矣。

　　於時俄人疾馳入營內，不逾一刻，而一隊之俄兵已統於警備隊長達倫司將軍，如風馳電掣而來。鎗上之刃閃閃作光，軍律森嚴，如臨大敵。俄將軍察閱一週，而號令一聲，山谷為應，彼如羆如虎之大尉，已在睡夢中束手而受縛矣。嗚呼！蛟龍困於灣蹄而不免揶揄於魚黿，虎豹繫於鐵檻而不免受侮於雞豚。俄兵以殺同胞之恨，忿忿曳大尉而去。

　　離海岸，入旅順，經過十數繁盛之街市，呵罵促步，如獲重囚。由是風聲一播，婦孺咸知，觀望之人，途為之塞。祇覺攘攘熙熙中，有憐大尉之英雄而扼腕太息者，有疑大尉為偵探而懌遭鎗斃者。雜遝喧嘩，莫衷一是。

　　獨俄人以陰鷙之性，敗衄之恥，不啻藉大尉而一雪之，而一群紫髯碧眼兒，遂有向大尉而嘲笑者、罵詈者、凌辱者、拍掌欣賀者，人聲鼎沸，聒耳不絕。悲哉悲哉！人孰無情，誰能遣此？況絕世英雄，如大尉者耶？

三

　　雖然，丈夫可殺不可辱，可死不可侮，可囚可禁而不可屈。大尉乃於四面楚歌之裡，怒髮冲冠，瞪目直視。三尺無明火，直欲冲霄漢而上，而無如自顧藐躬，如蠶在繭。欲遁不可遁，欲鬥不可鬥，欲死不得死。束手無策，將奈彼何？

　　一躊躇間，乃忽見有某將軍者，若嘲若譃於己之左右，遂欲盡一身之力，騰一踔去以制其命。適一舉足，而忽有女子之聲，自道左來，如疾雷之掩入

耳鼓者曰：「閉塞隊之勇士乎？毋輕自隕滅！」

噫嘻！此聲也，嬌而婉，清而越，非清人也，非俄人也，其殆我日本之女子耶？我日本女子而忽發此聲，殆所謂英雄惜英雄，豪傑慰豪傑耶？大尉忽舉足，忽停趾，正如萬丈怒濤，陡然平落，於是且行且思曰：「此聲也，胡為乎來哉？」側目微睇，不知所起。而一羣前推後擁之俄兵，復引領作左右顧，狀猙獰，睛灼灼若欲嚴究聲之所自來而不可得。乃不數武間，而十餘麗姝，聯襟綴襟，燕燕鶯鶯，若群聚於旅順之街頭，而亦來觀此被縶之武士者。粉黛盈盈，附耳私語。

大尉張目一顧，覺此十餘麗姝中，獨有一嫣嫣亭亭之美人，絳脣微動，汗粉交頤，若有意、若無意，若相識、若不相識，其視線若注射大尉之一身，而不遑他顧。噫！此豈我扶桑三島之好兒女耶？一剎那間，而大尉前去，已等於煙雲之過眼。

佐賀大尉既被縶，且匆匆至俄營矣。俄將達倫司將軍者，一暴戾恣睢之人物也。彼自經日艦兩度之閉塞，蟄伏軍港，銳氣沮喪，兼之日本【軍】游弋無定所，不能測其根據之所在，於是以為：「大尉者，彼海軍中人物也，吾果誘之以甘詞，餌之以厚幣，無慮秘密之不吐，即或不然，而吾以刀鋸威其前，鼎鑊列其後，無慮日軍根據之不吾告。終不然，而吾有幽僻危險之土牢在，不難藉此以為最後之恫嚇。」

謀既定，乃踞座而見大尉曰：「汝來前，汝來前！汝國以螳臂當車轍，暗襲我軍港、私燬我鐵甲、堵塞我要口，我歐羅巴艦隊一至，汝軍為齏粉矣。汝今日者，降則生，否則死，汝能供汝海軍中之秘密乎？吾尤厚賚汝。」

言未畢，大尉一聲狂笑，笑聲震帷幄，乃栩栩然呼其名而嘲之曰：「達倫司，汝毋瀆，試靜聽乃公之一言。乃公不幸為汝執，頭可斷、肢可裂、心可剖，而日本海軍之秘密，決不能為汝道隻字。否則汝試割吾舌，再向吾舌而細探之。詳詢之，爾時日軍之秘密，非復我佐賀之所能自主矣！」

言次，復大笑，俄將軍忿怒作色曰：「然則汝降否？」大尉曰：「吾國有斷頭將軍，無降將軍也。」俄將曰：「然則汝懼死否？」大尉曰：「吾何懼，

吾大尉今日求死而不得，爾可速死我。」斯時也，俄將乃老羞成怒，而遂有禁錮大尉於土牢之命令。

四

　　此土牢之情狀、之歷史，前既言之矣。一旦而錮於此，一佐賀死，百佐賀亦死。斧鉞也，鼎鑊也，固皆無如此土牢之慘、之毒、之酷烈者也。命令一下，而數十輩如鷹如狼之俄兵，遂倖倖然擁大尉而去。

　　大尉於此，抗之不能，辦之不得，而於是且行且思：「將欲鬥耶？一身被縶如檻獸，勢必不足以敵數十之俄兵，而遽離旅順之虎口；將欲死耶？七尺鬚眉，遽爾隕滅，捐軀不足以報國，而又如匹夫之溝瀆何？」

　　由是躊躇審顧，且行且思，彷彿前時呼我之女子，如在目前，而「閉塞隊之勇士乎，毋輕自隕滅」之一言，尤歷歷如在吾耳。於是一聲大笑，遂從容徐步而入土牢矣。嗚呼！斯時之大尉，若虎在檻，若豚在笠，穢氣流薰，陰寒刺骨，使庸庸者而閉於此，則有朝入而暮死已耳、搖尾以乞憐已耳。否則疾病痛苦以自貢其秘密，甘賣其祖國已耳，曾謂大尉何人而忍出此？

　　烏飛兔馳，歲月如流，大尉之錮閉於土牢也忽匆匆數月矣。俄將以大尉為非常之捕虜，而特遣數十健兒，輪流監視於土牢之門首，且或冀一吐其秘密也。而堅強不屈之大尉，則曰：「是土牢者，為吾鍛煉地、砥礪場，設吾出而不能拔旅順、擒俄將，建吾東亞男兒之偉業，則亦毋寧坐錮於此窟耳。」

　　無如英雄閒散，髀肉復生，眼前咫尺，如隔萬里。「吾日軍包圍之攻擊，究不知鹿死誰手？而旅順街頭之一絕世美人，又不知為死為生？」一念及此，覺坐臥俱有難安，而甚願我日軍之一砲彈，速化此旅順為飛塵，並速燬此土牢為虀粉已耳。

　　居無何，而臘近矣，冰寒矣。彤雲如墨，雪花怒飛，長夜漫漫，裂膚墜指。土牢中之大尉，忽而悲歌，忽而起舞，忽而嘻笑怒罵，一更饗盡，萬籟俱寂。而忽有崩天摧地之聲，自西南來。大尉乃攀柵而狂喜曰：「砲彈砲彈！」聳耳聽之，而砲聲隆隆，地雷轟發。

　　自是而軍樂聲、槍砲聲、城郭轟燬聲、廬舍坍塌聲，聒耳不絕。而守門之俄兵，又復觳觫戰慄，如木雞、如寒蟬，大尉乃恨不碎鐵柵，搏俄兵，提刀躍出，而效死於攻圍軍之麾下。

五

　　乃不料一轉瞬間，而同時之腥風血雨中，壯士擲頭顱，弱卒填溝壑，而忽有悠悠揚揚，不疾不徐，雜砲彈聲而繼入於大尉之耳膜者，噫！此聲耶？何聲耶？錚錚者非管弦聲耶？鏗鏗者非絲竹聲耶？喧闐雜遝者，非歌舞歡笑聲耶？前有三軍之懼，而後有桑中之喜。意某俄將於更闌夜靜中，擁名姬，設盛筵，唱斯拉夫歌，飲白蘭地酒，以為我平章軍國事耶？大尉乃頓足搥胸而指旅順曰：「吾不料俄人之將[1]者，如是如是，吾不料俄人之所謂東方艦隊者，又如是如是。」

　　斯時也，大尉忽怒忽歎，忽笑忽罵。忽而日光一閃，墨雲盡撤，積雪如鏡，覺此昏黯之土牢口，飄飄然來一人影，彷徨瞻顧，徘徊不定，人耶鬼耶？胡為至此？

　　大尉乃攀鐵柵而微眴之，而但覺戰戰慄慄之一俄兵，身鵠立，口菸斗，冷而似鐵，長髯似戟。而其旁復立一妙齡之女子，垂西施之鬌，衣縞白之衣，相映於積雪皎潔之下，而益顯其柔荑瓠犀、螓首蛾眉之美態。

　　「噫！此人也，胡為乎來哉？」無何而見此女子作懇求狀，俄兵作拒絕狀，再懇而拒，如是三四，女子廼於懷中出一篋呈俄兵。俄兵見之，色作喜，乃點[2]首佯作左右顧。噫嘻！此殆為金錢主義所運動，而已許可此女子之進彼土牢耶？

　　斯時也，大尉又如癡如狂，如醉如夢。對此女子而駭異曰：「以女子而子身入戰地，奇矣！以女子而入戰地中危險幽僻之土牢，尤奇矣！入戰地之土牢而獨在硝煙彈雨之夜半，尤奇之奇矣！噫！吾佐賀自數月來，形影相弔，四壁相對，雖欲見吾日軍之一砲彈，已如蜃樓海市之不易睹，而忽於戰雲黯

1　按：原文此處有衍字「將」。
2　按：經比對〈旅順土牢之勇士〉，此處「點」原作「舉」。

淡，雪夜岑寂中，突來一漠不相識之麗姝，此情此景，得無我佐賀在醉夢中耶！」

　　孰知方駭怪間，而忽然嬌音微吐，如春鶯乍囀，而嚶嚀一聲曰：「閉塞隊之勇士乎？汝乎？」此聲也，一入大尉之耳鼓，不啻如恩綸，如慈諭，一字一淚，深入腦際，有必非尋常酬答之語言，所能比擬於萬一者。

　　嗚呼！讀者諸君，欲一悉此女子之歷史乎？彼自數年前，曾卒業於大阪某女校，性聰穎，多機警，同學無能及者。繼為某地教授，輒講演女子報國事，彼以為地球人類無等級，無男女，驚世絕俗之事業，男子所奮身而優為者，女子皆可以奪其功。而心思之巧，機事之密，形跡之詭祕，有時且駕男子而上之，其言論之驚人類如此。

六

　　義【雖】然，欲建功，必冒險；欲報國，必捨身。至明治三十六年秋，日俄以東三省事，兩國開交涉，陽開談判，陰增軍備。既而大勢將決裂，戰雲漸迫，風聲益緊，彼乃審鐵血之必不可免。而深知旅順一區，復為吾國甲午之戰勝物，揮汗血，塗肝腦，百戰而得之中國者，俄人獨以筆舌攘之去，抑且建軍港、築砲臺、屯鐵艦、造船隖。吾日軍而欲言戰，必先以全力攻擊旅順。欲攻擊旅順，而軍事之偵探尤為此戰之要著也，於是此女子乃潛身而至旅順。

　　雖然，既至旅順矣，而彼一弱女子，果處於何等地位乎？繼乃知俄將之淫亂、之暴虐，而一旦開戰必不容吾日人處其地，故俯首屈節於妓寮，藉其色藝與俄將暱，而得由此以刺其隱祕、探其形勢、察其軍情，而服飾之改變，尤其形跡之詭祕也。嗚呼！張祿耶？陶朱耶？彼漆身吞炭之俠士，又何多讓耶。

　　居無何而戰事啓，俄艦燬，旅順圍，港口塞。彼益顯其敏妙之手腕，以偵得俄軍之秘密，而念我佐賀之處此土牢也。於是冒炮火，披風雪，經山路之崎嶇，入土牢之幽僻，而期與大尉謀一面。曾不知幾經阻礙，而始達目的。

　　迨至趨近鐵柵，而陰氣襲人，毛髮都豎，穢臭薰蒸，刺鼻貫腦。於是撫

鐵柵而問之曰：「閉塞隊之勇士乎？汝乎？」大尉奮臂突起曰：「唯唯！汝為誰？」

此聲也，如洪鍾、如怒獅，一若狂喜之後，不擇其聲之何若者。而絕代之姝麗，不覺大驚失措，倒退幾步曰：「險矣哉！汝果閉塞隊之勇士乎？豈前日旅順街頭之一女子，汝果忘之乎？」大尉聞之，而又復大聲曰：「否否！吾憶之，汝究為誰乎？」言次，守門之俄兵，頗驚疑，目灼灼視鐵柵，若欲施其干涉之手段者。

此女子急低聲曰：「汝亦知俄兵之疑視我等乎？妾來此，無他意，不過有一語以報告君耳。妾旦旦來此，苦不得當，今則罄妾所有之金錢，而賂俄兵，乃得與足下謀一面，請勿聲。」

大尉會其意，乃趨近鐵柵而微語曰：「然則，汝果何人乎？」女子笑曰：「妾一賤妓耳，名梶川凜（子）。」大尉聞之，乃猛然若有所省曰：「梶川凜（子）乎？梶川凜（子）乎？果爾則為日本海軍陸戰隊中驍勇梶川少佐之令妹乎？」

梶川曰：「唯唯！妾曾見足下，足下何忘之乎？」大尉曰：「噫！吾忘之矣！梶川少佐，予患難交也。予聞其令妹為近世一女豪傑，數年以前，嘗子身入旅順矣，而今果尚在乎？」

梶川曰：「唯唯，妾之入旅順有年矣。變姓氏，易服飾，與娼寮伍，以徐圖報國之機會。而兩國戰起，風鶴頻驚，我日本人之僑寓於旅順者，悉為俄人下逐客令，即有一二留此以偵探軍事者，一旦為俄人獲，則又槍殺之、禁錮之，以肆其殘殺之手段，妾以秘密得漏網，且得於暗中偵察其形勢。」

言次，梶川若甚惡者。大尉曰：「然則汝果偵得秘密乎？」梶川曰：「然。」大尉曰：「汝既得此，盍速去旅順，以報告我攻圍軍，以為攻破順旅【旅順】之向導乎？」

梶川曰：「悲哉！悲哉！大尉尚未知俄軍防守之密乎？妾自探得秘密後，幾次冒炮彈，踐血肉，欲越危城而去日壘也，而皆為俄兵所阻。今則軍事之警察密布如蛛網，欲求一出入旅順而無阻者，祇有空中之砲彈已耳。妾以一弱女子，安敢探虎口？」

大尉曰：「然則我日軍已逼近旅順乎？」梶川曰：「然。」言次，復回顧俄兵數次，但見其倚壁作睡態。乃探懷中出一篋，摺疊如地圖，遂以一手從鐵柵中遞給大尉曰：「此敵軍秘密圖也。」大尉以一手接之，遂借土牢外些微之雲影，展讀之。

嗚呼！此景此情，固視俄國虛無黨人之雪下讀禁書尤為有味也。蠅頭糢糊，略可辨認，其中如斯帶克之所在、火藥庫之所在、山上砲臺之建築所、港中水魚沉沒所、旅順地雷埋伏所，以及俄軍種種之通信法，恍如掌上螺紋，歷歷如繪。觀乎此，而知畫沙聚米者之未足為奇也。

七

大尉閱畢，乃歎曰：「使我攻圍軍而得此，當得如何之便利乎？」梶川曰：「妾今休矣！日處危城中，無出險望，足下偉丈夫也，旅順陷落之日，即足下出險之日。足下倘能攜此以歸日軍，妾雖為虀粉，不恨矣！」

大尉曰：「否，如【汝】勿餒。汝今為自由之身體，予則一海外捕虜耳。性命之危，等於朝露。且汝偵之而予得之，掠人之美，丈夫不為。汝速自藏好，毋為俄虜見。」言畢，若有不勝驚喜之色者，乃哄然大笑。

笑未已，而土牢口之守兵，已搓其朦朧之睡眼，略一欠伸，攜槍入土牢來。履聲橐然，目光四射，遙遙以麾手作勢。迨至鐵柵，復更發其冷酷之聲，以責大尉曰：「默默！捕虜何無禮？汝豈以此為演說場乎？」

又復麾梶川而叱之曰：「汝旦旦來此，不審何故？今者一見之後，刺刺不休，汝豈為日人來作偵探耶？予有職守在，不能聽汝輩無禮！去者去，不去將辱汝！」梶川方欲再辯，而已為俄兵一曳而出。嗚呼！大尉雖勇，其如梶川何？其如俄兵如何？

梶川之見曳於俄兵也，大尉目送之而無如何，而回頭一顧，百感俱生。山路嶮岨，寒威凌骨，當此漫漫長夜中，而雪花徧灑，一白無餘，獨有此豪俠美麗之女子，踽踽夐夐，疾馳而去。曾不轉瞬，竟如黃鶴。而於是十數監守之俄兵，有相嚮而不勝疑訝者。甲曰：「此必日軍偵探也！不然，今夕何夕，遽然來此？」乙曰：「此清國服飾也，或與日虜有舊好，未可知。」丙曰：「此

名妓也,昔時嘗與某將軍暱,吾數數睹之矣,又何足為吾國慮?」

然自茲而日軍益益逼,旅順益益危,土牢之監守益益嚴。堅強不屈之大尉,又復困頓寂寥,孑身寡偶。自梶川去後,而土牢之中,仍不見有一人之蹤跡,所恃以慰其寂寞者,亦惟黃金山麓之風濤,與旅順街頭之砲彈已耳。嗚呼!月復一月,日復一日,曾幾何時,而已為明治三十七年十二月之末日。

是日也,我日本之旅順攻圍軍何如乎?旅順港口閉塞矣,遼東半島封鎖矣,黃金山、老鐵山之砲臺燬矣。旅順全市,前不得進,後不得開,橫屍累累,瘡痍滿目。斯帶克氏之麾下,戰兵已不敷調遣,而又藥彈盡,糧食匱,軍機告竣,士無鬥志,其不至於羅雀掘鼠、析骸易子者,殆幾希耳。

日軍乃占得旅順之一高壘,架巨砲,樹國旗,俯瞰旅順,幾如困獸。日將暮,戰愈奮,由是以速射砲之攻擊,全注俄營。砲聲隆隆,乘風呼嘯,著物物燃,觸屋屋燬,俄軍以死力相抵抗。而一壘皇皇之兵士,有僵臥者、有蹶仆者、有奔走救火者、士〔有〕背負傷兵者、有修築營壘者,人聲嘈雜,有〔士〕卒錯亂。至此而旅順之命運,乃不絕如縷矣。

八

斯時也,我土牢中之大尉何如乎?人人賀新年,除舊歲,而我猶禁錮;人人登俄壘,捕俄兵,而我猶縲絏。舉念及此,惟恨不身為砲彈以轟此旅順耳。

大尉方悲憤無可訴,而忽聞百萬雷霆,從天而降,烽火橫飛,極目如晝。號呼之聲,入耳縈心,乃不禁撫鐵柵而狂喜曰:「旅順破矣!旅順破矣!何為而旭日之國旗,尚未耀吾眼乎?何為而槍上之利刃,尚未炫吾目乎?又何為日本軍之馬蹄得得,革履橐橐【橐橐】,尚未注入吾耳鼓乎?」

方極樂間,而忽有嗚嗚一巨彈,掠大尉之土牢而過。轟然一聲,山谷震動,守門之俄兵,已不知遁於何處。大尉乃對鐵柵而祈禱曰:「砲彈乎?砲彈乎?汝速化旅順為虀粉,速化土牢為虀粉,並速化吾佐賀為虀粉!」

一言未竟,而斗大之彈,已直向土牢而落,巍巍石門作【炸】為平地,而四圍鐵柵,不啻如魯靈光殿之獨存斯時也。大尉之驚喜,幾於不可言喻,

輿【軞】然曰：「眼前魔障，剗除一空。旅順烽煙，歷歷在目，大尉其以此鐵柵為觀戰台乎？」

不謂此槍林彈雨之中，而忽有嬌婉之聲音，如鶯啼，如燕語，「大尉安在？大尉安在？」之聲，不啻挾砲彈以俱來。噫嘻！人耶？鬼耶？醉耶？夢耶？大尉方四顧驚詫，而黑煙繚繞之中，已有一花容玉貌之女子，直向鐵柵而來。噫嘻！此非前日之梶川乎？迨至鐵柵之外，而粉汗盈盈，情急氣喘，若有千言萬語，而不能道其隻字者。直待半晌而始言曰：「我日軍大……」言至此，氣復喘，須臾又曰：「我日軍大勝利、大勝利！敵壘之一角，已全破矣！」

大尉曰：「破乎？」梶川曰：「然，汝可速歸日軍，以獻汝秘密事。」梶川泫然曰：「妾來此，豈欲舍足下而獨歸乎？」大尉曰：「否否，汝速歸，汝但誌此一坯土，使異日之收吾骨者，不致吾暴露足矣。汝試視此鐵柵者，寧有出險望乎？」言未已，彈若雨下，大尉大聲曰：「梶川速避！」而轟然一聲，一砲彈已直落土牢之頂。

斯時也，但覺黑煙一縷，盤旋空際，鐵柵內外，走石揚塵，梶川趨近一望，而大尉已挺臥地上，絕無聲息。驚視之下，不覺痛哭，曰：「大尉死矣！大尉其果隨此硝煙去耶？」一剎那間，而大尉一聲狂號，挺身直立曰：「否否！梶川以為我死乎？我因避此砲彈故，特僵臥於地上，以防其一震之威耳。」言次，乃握拳張臂，不勝狂喜。

既而梶川復以一手指鐵柵大呼曰：「大尉大尉！試視此處！試視此處！」大尉一望，不禁狂喜，蓋五六株之鐵柵，已為砲彈轟斷，乃大喊一聲曰：「天乎？天乎？予佐賀應不絕於此窟乎？」言次，一躍而出。斯時也，如鷹脫韝，如虎出柙，驚喜之象，有非區區之筆墨所能形容者。

大尉既出土牢，梶川乃突掖大尉臂，且呼且躍，且行且笑，借砲火為指南針，一直向砲林走去。斯時也，但覺日軍高壘之砲彈，直注旅順，如飛蝗、如貫珠，一地雷觸機轟發，砲壘兵房，空中化作片片舞。匋訇之聲，纍纍不斷，一如迎迓新年之爆竹。無何而雞犬驚飛聲、老幼啼哭聲、兵士號喊聲，入耳不絕。

大尉等方猛進，間而一群敗北之俄兵，已踉蹌而過其前，皇皇如喪家犬，

惴惴如走險鹿,大尉一諦望之,而為首一人,非俄兵【將】克羅司克乎?彼其委砲壘,棄殘槍,手無寸鐵,抱頭鼠竄,而豈料此間有土牢之英雄在乎,大尉一見而狂喜曰:「梶川請少待,予將撲殺此獠,以洩吾忿!」乃疾駛而去。

九

一殺【剎】那間,而已至俄將前,大尉乃突伸其猿臂,捉俄將之襟而力曳之,髣髴若提一小兒,乃止而叱呼之曰:「何物俄將,汝曾識土牢之勇士否?請一試乃公之老拳!」俄將百計支撐,而忽為大尉一擲,已仰跌數丈之外,匒然一聲,頭顱已碎。而一羣俄兵,不啻若驚弓之鳥,俱恐懼戰慄而去。

大尉乃握拳狂笑曰:「弱蟲,弱蟲!一人敵且不能,乃欲鬥萬人敵乎!有能與乃公角者來,來,來!」言已,復磨掌擦拳,大步猛進。

方行時,而忽聞背後有相呼聲曰:「大尉乎?亦知窮寇不可追,困獸不可鬥乎?吾輩盍乘此以歸日軍?」於是大尉轉而攜梶川之手,而與之踐血海,越尸場,奔走於炮火中者凡數里,夜氣沉沉,火光熒熒,時蓋臘月三十日之最後期也。

無何而砲聲稍緩,晨光熹微,紅日一輪,已將出扶桑而射及旅順,此殆明治三十七年最後之末光,而亦明治三十八年開幕之光明也。

大尉與梶川,跋涉於旅順兵燹中,但覺多露厭浥,曉霧溟濛。一片降旗,飄搖於旅順街頭;十萬貔貅,照耀於黃金山麓,且一旒日本國旂,高插於砲壘之上。而一位雄風凜凜之海軍士官,方手握指揮刀,以督領無數健兒,檢降虜、收殘兵,檢視俄軍之輜重,勒繳俄軍之槍械。指揮刀光,忽起忽落,僉不曰此蓋蓋一少年將軍也。嘻嘻!果何人與?果何人與?

大尉漸趨漸近,而砲臺一角,遽現眼簾,荼火軍容,色色可辦。於是翹首一望,而大尉心中,不覺私相詫異曰:「此趄趄者,何其似我舊友梶川少佐乎?」且行且思,不旋踵間,而已趨至砲臺之下。

忽聞梶川凜子曰:「大尉大尉!此砲臺上,非凜子阿兄乎?」大尉引領一望,狂喜欲絕曰:「此非我舊友梶川海軍少佐乎?」梶川凜子乃左手捧圖,右手扶大尉,一躍而同登砲臺之上,大尉乃發其千古未有之大聲曰:「梶川少佐!

梶川少佐！賀君新年劈頭大成功，僕已偕令妹，備得最上之一大賀禮來！」

　　斯時之梶川少佐，忽而驚，忽而喜，曰：「君非佐賀大尉乎？我軍第二【三】次之閉塞隊，無一人得免於俄軍之砲彈者，而君竟依然無恙乎？」於是凜子以旅順地圖進，而備述大尉禁錮之苦狀，土牢之魔窟。日軍聞之，莫不感動鼓舞，交口稱頌，不須臾而一軍皆驚矣。

　　於是攻陷旅順之捷書達東京，自朝廷以至庶民，莫不懸燈慶祝，如癡如狂。閱數日，尾【梶】川少佐又送大尉等回日本，軍樂震天，傳為盛事。及至東京而萬民之來瞻太【大】尉、凜子者，莫不花圈以迎之、揮巾以送之、開會以歡迎之、攝影以傳佈之。而全國之新聞記者，亦復玼筆以詳其事實，載之報端，而一時上上下下，老老幼幼，莫不相率而高呼曰：「佐賀萬歲！梶川凜子萬歲！」

　　　　載於《臺灣日日新報》，一九二一年八月二十七日～九月五日

女露兵

作者　龍水齋貞一
譯者　湯紅紱

【作者】

　　龍水齋貞一，生平不詳。原作刊出時未著錄作者。

【譯者】

　　湯紅紱，見〈旅順勇士〉。原作刊出時未著錄譯者。

一

　　吾讀李華〈弔古戰場文〉而悄然悲，吾讀木蘭〈從軍歌〉而奮然壯。李華之文，悲矣麗矣，然而一披讀，則兒女情長，英雄氣短，勢必率全國人而流於文弱驕奢之一途。若夫木蘭，一女子耳，目不識鋒鏑，耳不聞鼙鼓，身不習矛戟。獨能以躬代父，萬里從戎，買馬配鞍，釋笲而弁，閱幾許之艱難辛苦，而同伴不及察。七尺鬚眉，得無愧煞，此所謂巾幗中之錚錚者耶？至若梁夫人親執桴鼓，秦良玉躬冒矢石，亦足為深閨吐氣，而俱不如木蘭之悲壯之雄奇。

　　不謂事閱數千載，竟有以閨閣之深情，效孟堅之投筆。其悲壯雄奇，若與我木蘭相頡頏，而捐軀之烈，從戎之苦，且或過之。斯何人耶？則吾所崇拜所迻譯之女露兵是。

　　伉儷之篤，糟糠弗棄，東亞西歐，無累黍異。俄人夙以勇猛聞世界，故於家庭情尤篤，彼虛無黨之充配西伯利亞者，類皆得眷屬以俱東。冒風雪，歷險阻，志氣不稍挫，故謫發者不覺其苦。彼女露兵何人耶？自東清鐵道延長後，白山黑水，形勢一變。哈爾賓[1]為俄國人東來逆旅，市場之繁盛，百貨之充牣，歐斐美澳商賈之輻輳，攘攘熙熙，興盛無比。而俄人中之素封者，或盡室東來以為寓公，或稍備母財以事貿易，而女露兵之軼事，遂出現於此

1　按：原文「哈爾賓」與「哈爾濱」兩者混用，茲保留原貌。

矣。

　　初，哈爾賓街之西端，有一小酒肆，肆中雅而潔，種種陳設皆歐風。俄兵中有劉伶癖者，過此輒入門博一醉，故肆中主人得藉此博蠅頭利，生涯頗不惡，朝而啟扉，暮而收帘。此中當罏人，即吾所譯女露兵之小影也。

　　女露兵者，名哈拉冬，俄國之木司科人也。其夫名哈露麥恩，嚮為沽酒業，年三十六，貌中人，性沉摯，服犢鼻裙，與肆中傭保雜作勿輟也。哈拉冬齒二十六，美而賢，勤懇而樸實，持籌握管，俱親為之，且性情和藹，工於應酬。一二糟邱之良友，莫不與哈夫婦相往來。

　　閱數年，母子倍徙，囊橐頗豐，結廬數楹，購田數頃，若有終老哈爾賓之意焉。奈好事多磨，情天易缺。自日軍封鎖遼東，圍攻旅順，血肉飛薄，驚電紛傳。俄軍以坐困一危城，壯士百戰，死亡接踵，徵兵之符，急如星火。故自木司科窪以東，軍事旁午，風鶴頻驚。凡隸名於後備兵籍者，至此莫不為從軍之預備，哈露麥恩之不免於徵召，情也亦勢也。

二

　　雖然，悲莫悲於生別離、背鄉井、離父母、別妻子。人孰無情？誰能遣此耶？一日，哈露麥恩于晚餐後，忽謂其妻曰：「哈拉冬，汝亦知近日旅順戰況乎？敗耗傳來，使人心悸。近聞旅順戰士，死者死，病者病。倘朝廷徵發補充兵，予名必在其列。然予非懼戰者，得為陛下敵王愾，以揚我俄羅斯之光榮。即使馬革裹吾屍，亦大快事。」

　　言次，復聞笛聲，嗚嗚入耳鼓。復曰：「聞此屆火車，已有數十軍隊出發矣。」言未畢，哈拉冬已欷歔不能成一語，以手支頤，雙輈帶慼，久之曰：「然則君將行乎？」哈露麥恩曰：「然，此亦恆事，奚用是鬱鬱者？」

　　哈拉冬又泫然曰：「妾之命薄，一至此乎？妾自襁褓失怙恃，遭世變，零丁孤苦，事事酸心。及稍長，復因受我伯父之白眼，故常鬱鬱。自以為與君締姻後，可脫此一層壓制矣。今來此不過數載，稍稍豐衣食，享自由，而君忽以戰事去，妾一女子將誰賴？」言次，意殊悲慘，若有不勝別離之感者。

　　哈露麥恩曰：「何必是？予因國家之召集，盡國民之義務。予行後，卿能

為予繼厥業，則生計當不寂寞。且予於此役，倘得蒙上帝之呵護，託俄羅斯陛下之威靈，一旦戰勝，覯【凱】歌而返，卿何獨非榮施乎？卿自為計，毋以我為念。」

言未畢，突聞門外撲【剝】啄聲，大驚愕。哈露麥恩急趨至門邊，但聞人語鼎沸，馬蹄得得，東西鄰相傳述，有謂此警長係來自木司科窪者；有謂彼來召集後備兵以赴旅順者。

啟扉後，悉來故，知不出昏暮所料，乃入告哈拉冬，且謂：「限明日午刻，將發出矣。予一身床第之福，自今夕止，從軍之樂，自詰朝始，卿安睡可也。」

哈拉冬聞之，不啻一聲霹靂，從空而降。悲苦填膺，淚涔涔，襟盡濕，哽咽不能成聲，哈露麥恩百端慰解。少選，乃收淚言曰：「君果明日行乎？妾惜一弱女子，不能與君執桴鼓，赴戰場。否則易笄而弁，為君執鞭。赴旅順，穀同室，死同穴，亦大快意事。今乃為巾幗所縛，語所謂人生不幸，為女子身，其妾之謂乎？」

哈露麥恩忽粲然笑曰：「卿志誠可佩。然地球鐵血事，例不得廁女子。卿試思硝煙彈雨中，舍彼赤十字會有看護婦女外，曾見有一纖纖者蹤跡否？且予為國盡力，卿為予盡力，一理也，請勿復戀戀。」

斯時也，日影慘淡，夜靜更闌，哈爾賓街頭，電燈半明滅。彼沉鷙勇敢之哈露麥恩，對此佳麗，夜半私語。殆所謂兒女情長，英雄氣短者也。

三

翌日，哈露麥恩閉肆停貿易，為休息日，乃檢行裝，摒擋什物，出一革囊，置牛乳、餅乾各少許。復攜數十羅布，為資斧，與哈拉冬飲酒話別。忽覺門鈴響處，二客攜手入，高聲曰：「哈露麥恩君，將從軍去乎？僕來賀君戰勝。」哈夫婦視之，見為東鄰黃桃源夫婦。桃源，支那黑龍江省人也，寓哈爾賓，為牛乳販，性誠懇無城府，與哈氏夫婦甚得也。

哈露麥恩笑迎曰：「黃君來何巧？僕適有一事相懇，君肯慨諾否？」黃曰：「數載以來，殊蒙青眼，儻不以異族見嫌，尊閫有事，僕等可相助為理，祈弗見責足矣。」哈露麥恩曰：「謝君盛德，感佩無垠。」言次，聞汽笛聲，出

時計觀之，曰：「時迫矣，僕行矣，請從此別。」

於是哈露麥恩別黃桃源等，與哈拉冬攜革囊出門去。但覺羲和亭午，市上囂塵，出哈爾賓街東，抵車站，可半里許。長亭贈策，南浦春波，千古傷心人，祇此數分鐘耳。

哈拉冬且悲且行，且行且語，至則雙鶿之旐，隨風飄揚，槍刃森森，如銀如雪。而復有種種商界、工界、農界、學界，唱徵兵歌來歡送者，「祈戰死！祈戰死！」之聲，不絕於耳。

哈拉冬淚珠盈盈，與其夫為最後之訣別，最慘之接吻，謂之曰：「願我夫前途珍重，願上帝救護吾夫，願天父……」，言未畢，而汽笛嗚嗚，如箭離弦。「俄羅斯軍人萬歲」之聲，歡如雷動，哈拉冬乃揮巾送之。凝睇一望，覺其夫哈露麥恩尚探半身出汽車窗外，揮巾頻頻，與己身相遙答。一刹那間，而人影車影，杳然俱冥，但遠見黑煙幾縷而已。

斯時也，遊客星散，人跡已稀。哈拉冬徘徊車站，如醉如痴，一念哈露麥恩昨日家庭，今宵戰壘，此景此情，不覺淚落。道旁觀者，亦泣數行下，無何而踽踽歸來，若喪魂魄。翌日，哈拉冬循例事貿易，眷念良人，若無心緒。幸黃桃源夫婦，時相過從，聊解寂寞，鄰誼之厚，於此可見。

四

未幾，烏迅兔馳，轉瞬半月。朔風怒號，寒威砭骨。哈露麥恩一去之後，儼如黃鶴。戰電傳來，風謠莫卜。哈拉冬對鏡兀坐，屈指行蹤，萬里關山，恨難飛渡。噫嘻！哈露麥恩乎勝耶負耶？生耶？死耶？豈郵程阻滯耶？抑魚雁在途耶？古人詩云：「可憐無定河邊骨，猶是深閨夢裡人。」哈拉冬其古今同慨耶？由是積思成憂，積憂成疾，痡瘵輾轉，而尋夫之念，萌于此矣。

一日桃源之婦，自哈氏室中歸，謂其夫曰：「桃源君亦知近日哈拉冬心病乎？渠自良人出，寢饋未嘗忘。而兩旬以來，復不見夫婿尺素，妾見其精神迷離，神思恍惚，實滋不忍。」

桃源曰：「卿言亦良是，然地球上之榮譽，莫若兵；地球上之艱苦，亦莫若兵。設哈拉冬為男兒，旅順非戰地，則自此達彼不過十日程，或有可以覘

面之一策。今則彼一女流耳，而旅順四圍，戰線密布，報章所載，大有草木皆兵之勢，即使卿身為哈拉冬，將奈何？」

黃婦曰：「以予度之，哈其將瘋乎？」桃源曰：「情之所鍾，諒有同病。卿設思旅順數萬戰士，誰無家室？誰無妻子？以情度之，與哈拉冬等耳，可憐哉！」

言次，忽見哈拉冬入門來，淚睫盈盈，眉梢帶戚，滿腔愁恨，如露目前。桃源笑迎之，方欲訊問慰藉，而哈拉冬已泫然曰：「桃源君，君義士也。妾將束裝至旅順，訪丈夫。今來此，恐肆中乏人，懇君庖代耳。君素盛德，祈勿卻。」

桃源聞之，詫異曰：「卿見委，何敢辭？然卿亦知邇日來，旅順坐困，驚耗頻傳，當此天氣嚴寒中，卿以一弱女子，跋涉數千里，鐵血阻爾前，霜雪滯爾後，僕為卿計，不如弗往。」

哈拉冬慨然曰：「妾志已決，雖使赴湯蹈火不足懼。君若見許，妾之往還，不過數日程耳。」桃源知其不可奪，乃唯唯如命。斯時也，哈拉冬之激烈、之愉快，殆有非筆墨所能形容者。

五

時則為西歷一千九百四年十二月上旬，哈拉冬忽忽備行裝，攜一革囊，往車站，道經友人柯禮檬家，叩扉入辭別。柯禮檬者，亦俄木司科窪人也。精測繪，少卒業于鐵道學校，自俄政府租借旅大後，彼東來，就職于東清鐵道，督建築事。性戇直，有韲藜癖。自哈露麥恩設肆後，彼時時來覓飲，久之，諗為同里，益親暱，遂與哈露麥恩為刎頸交。

是日，哈順道辭柯，柯禮檬一見詫異曰：「哈拉冬何行色忽忽乎？」哈拉冬曰：「然，妾良人從軍去，迄今無消息。妾此去，往旅順耳。」

柯禮檬躊躇半晌曰：「卿真癡耶？自遼東半島封鎖後，日屢勝，我屢負，旅順幾如甕中鱉，欲出不得出。今者以卿弱質，隻身渡遼去，輾轉於冰天雪窖、腥風血雨之中，其何以支耶？且由茲附車抵大石橋，而大石橋以南，又必費無數跋涉，經無數險難，受無數關吏之盤詰。而且鬍匪馬賊，出沒關東，

一旦遇險，疇是救卿者？且卿行矣，又疇為卿守此室者？」

　　哈泫然以鄰右黃某對，柯禮檬復曰：「此義士，殆難多得。卿果欲行，僕不敢阻。第前程遼遠，不可不善為預備。僕有舊友某，高義士也，今為大連灣鐵道技師。僕試繕數書，為卿作介紹，萬一途中遇他故，可將此以備緩急。」言次，柯禮檬乃架眼鏡，握筆沾墨水，忽忽作數短簡，付哈拉冬去。哈乃置簡于懷，感謝不置，少選，慷慨出門去。

　　斯時也，黃桃源夫婦與柯禮檬等均來送。哈拉冬至停車場，買一上等客票，與諸人略敘數語，忽忽上車去，未幾而汽笛一聲，已首途矣。輪聲隆隆，疾如飆風。推窗眺望，黑煙如墨。

　　方橫覽間，忽聞座右俄語聲，視之，客五六，聳高冠，足革履，身衣俄羅斯皮外套，腰佩刀鏗鏗然。口操俄音，相對譚近日戰況。哈拉冬若逢舊友，聳耳靜聽。有謂近日諸戰事，日軍攀絕壁，登危崖，多有墜而死者；有謂旅順將陷落，俄軍不久將投降者；有謂歐羅巴俄艦隊，已逼紅海，約不久可至旅順者；有謂海參威艦隊，將與旅順諸殘艦聯合者。杯蛇市虎，莫衷一是。

　　哈拉冬自念此去安危不可測，萬一予去，而旅順果陷，將奈何？即旅順未嘗陷，而予以非戰鬥員，格于軍律，不得處其地，將奈何？即處其地，而戰事方殷，予雖來，仍不得見哈露麥恩一面，將奈何？輾轉籌思，肝腸欲裂。迴首窗外，又復風翏翏，雲墨墨，殊有晚來欲雪之意。嗚呼！悲哉哈拉冬！苦哉哈拉冬！

六

　　未幾，車聲忽停，人語喧騰。車站中書青泥窪三俄字，闤闠雲連，煙突高聳。仰望洋樓，聳立雲表，俄關吏二三人，慮藏有日軍偵探，紛紛檢行李，搜坐客，既而坐客蟬聯下。站夫爭來肩行李，哈拉冬亦同時攜革囊下車去。徘徊峽【歧】路，何所適從。萍水相逢，莫通一語。俄見有數人立道左，急出函訊問之，均搖首不能作一語。

　　正躊躕間，而忽有一人迎而來，口菸斗，服俄裝，年可四十五六，頰稍稍窄，眼窪睛作綠色，射人有光，一望而知為堅深耐苦之士。哈竊自幸曰：「茲

必鐵道中人。」乃趨前數武，出懷中書，指問其人曰：「謹勞足下，足下居此，亦知有蒲乞利其人乎？」

此人遽驚曰：「是即僕也，夫人為誰？」哈拉冬欣然曰：「然則足下，即柯禮檬之高友乎？」蒲乞利曰：「然，柯禮檬，僕之恩人也。」哈聞言驚喜欲狂，出懷中數書付之。蒲乞利接書後，心頗詫異，諦視其貌，風姿尤絕世，乃謂哈拉冬曰：「此地非立談處，夫人若不嫌屈瀆，請即降寒舍一敘。」

須臾，抵蒲乞利家，蒲啟函讀之畢，謂哈拉冬曰：「僕讀柯君書，已盡悉夫人來意。倘得效棉薄，雖勞不敢辭。」言次，呼妻孥出見哈拉冬，款以盛饌，慰勞備至。

少選，蒲乃從容謂哈拉冬曰：「夫人豪誼，令人心佩，所謂巾幗而英雄者也。雖然，僕有一言，不能不為夫人告。夫人亦審開戰以來，日軍屢屢勝，我軍數數北。華亭鶴唳，夜半驚心。青泥窪留住之客民，率已去者去，遁者遁，徙者徙，攜家往覓桃花源，恨不能插翼飛去。且數日來，凡非戰鬥員，已下逐客令矣。僕為妻孥……」語未已，突見門外數人過，喧傳日本軍已在大連灣上陸矣。

蒲聞之，意殊憂悼，復言曰：「僕為妻孥累，不能隻身去，夫人一女流，乃敢向槍林彈雨中念家室耶？僕為夫人計，不若遄返哈爾賓，先寄郎君一紙書，以訊消息。他日相見，尚未晚也，夫人以為何如？」

哈拉冬曰：「過蒙厚愛，沒齒不忘。第妾身既來此，斷斷無返理。敢煩高誼，為妾設策，妾雖萬死不敢避。」言次，殊哽咽不能成語。蒲妻孥聞之，皆為酸鼻。蒲乞利蹀躞一室，苦不得策。

久之，乃謂哈拉冬曰：「果如夫人言，此去已逼近戰地，叢林伏莽，榛棘橫生，夫人必欲以巾幗往，勢恐不能達，將若何？」哈拉冬奮然曰：「此易易事，妾可釋笄而為弁耳。」蒲乞利笑曰：「善善！」須臾，攜一鐵道技師衣服至。哈拉冬見之，喜極。一經改裝，惟妙惟肖。突然望之，儼一鐵道老技師也。

蒲乞利復曰：「自此以往，類多僻地，夫人一纖纖弱質，冒霜露，踐鋒鏑，勢甚危險。曷若傭一人為途中伴？負行李，慰寂寞，計誠兩得。」言次，適

有鐵路小工支那人某甲過，蒲遂呼而止之，曰：「來來！汝可善送此先生往旅順去？予將厚汝直。」甲：「唯唯。」居為奇貨，呼為洋先生，不敢正眼覷。

蒲復出餅乾麵包各數事，置諸革囊。哈拉冬部署已畢，一聲告別，揮淚出門去。嗚呼！張祿耶？陶朱耶？巾幗耶男兒耶？哈拉冬遂得坦然而至旅順耶？

斯時也，彤雲如墨，狂飆悲號。寒山無聲，鴨綠堅冰。哈拉冬慷慨向旅順去，曾不一時，陡覺風飄飄，剪耳過。雲花怒飛，亂山皆白。道路泥濘，墮指裂膚。但聞前行之支那人，身瑟瑟，頓如蝟縮，且行且顫，且顫且歎，曰：「冷耶！冷耶！」哈拉冬鼓勇前進，不稍卻。無何而道途漸狹，碎石崎嶇，斷壁危崖，左右高聳。跋涉數小時，仍復眼前昏黯，萬籟寂寂，仰視天空，白雪紛紛如亂絮，蓋已一更嚮盡矣。

無何，過一山坡，羊腸曲徑，蜀道艱難，四顧茫茫，積雪盈寸。哈拉冬問某甲曰：「前嚮何地耶？」某甲曰：「約去水師營不遠矣。」哈拉冬曰：「果如是，可速行。」某甲膽小如鼷鼠，欲疾而反徐。正躑躅間，已遙見一片荒郊，茫茫無垠，燈火寒宵，遠望如豆。

斯時也，忽覺風雪撲而來，有聲觸耳鼓，靜聽之，則閒村犬吠聲、深巷擊柝聲、高樓人語聲，隱約不可辨。又復風聲、濤聲，如泣如訴；槍聲、砲聲，如斷如續。噫嘻！此殆旅順前後左右之方面耶？哈拉冬且行且喜，曰：「吾至此，吾何懼？」益鼓勇進。

方疾騖間，而道左高粱田中，若遙立數團黑影，影動蠕蠕，猱伏而進。人耶？鬼耶？猛獸耶？伏莽耶？哈拉冬正驚疑間，擬欲一躍過，而一聲呼嘯，已有一劇盜斜出其前，舉巨鋌擊某甲，戛然中頭顱。某甲大號一聲，擲革囊于數步外，抱頭奔竄，不知去向。

哈拉冬乃大喝曰：「何處逆賊？乃敢……」，言未畢，而盜首已操刃劃胸前，寒光閃閃，映襯白雪，曰：「勿聲！聲則死！」乃發胠篋，一聲嗚嗚，六七人聯襼至，掠得行李去。盜首乃剎拉哈奪冬【剝奪哈拉冬】衣服，正搜索間，忽大聲駭詫曰：「咦？女子！女子！」遂一曳而至田間。

斯時也，彷彿如飢鷹，如餓虎，哈拉冬之不為強暴所污辱，其間不容髮。

正危急間，哈拉冬已心膽裂，氣力竭，自分必死。而一刹那間，馬蹄得得，
履聲橐橐，健兒十餘人，倏從田間過，大喝曰：「何物狂賊！」一言未畢，遂
一躍入田中來搜察。群盜逸驚，紛紛若鳥獸散。方欲諦視，而哈拉冬已一聲
戰戰曰：「謝諸君救護，當銘肺腑。」

　　斯言既出，諸兵益群相駭顧，曰：「此非女子之聲音耶？此非我俄羅斯女
子之聲音耶？噫，胡為來此？胡為來此？」諸兵乃於雪影中，諦視哈拉冬之
貌，則一二十許之麗人也。審視哈拉冬之服飾，則一東清鐵道之技師也。「奇
異！奇異！」之聲，不絕于口。

　　哈拉冬乃略述其尋夫旅順，易裝改服之顛末。諸兵聞之，「義哉此女！勇
哉此女！智哉此女！吾輩家屋中，安得有此綢繆懇摯之情偶耶？然則汝夫何
名？又在旅順何聯隊耶？」

　　哈拉冬曰：「妾不知其詳，但聞有松樹山一砲臺，即為良人駐戍處。感謝
諸君，望一援引。」兵曰：「果松樹山乎？訪察亦易事，今則夜深矣，風雪漫
漫，寒威砭骨，汝可在吾輩營中留一宿。明旦，予當往引見太尉。」言次，
二十餘人為前導。走長街，通短衢，忽忽（匆匆）約趨一里許，遂入水師營。

七

　　盔恩克夫大【太】尉何如人乎？彼蓋一天性寬和，強武絕倫，待下士復
優禮，俄將中之賢者也。一見哈拉冬而詫曰：「美婦人乎？美婦人乎？汝夫即
哈露麥恩乎？」哈拉冬唯唯。

　　繼而盔恩克夫又言曰：「汝來尋汝夫，歷如許之辛苦艱難而不稍挫，汝義
頗可嘉。雖然，汝亦思吾輩，方在戰鬥中，寢饋共硝彈，性命隨鐵血。汝一
婦人，例不得逗留戰地。且汝夫以從軍來，義不得顧家室，汝亦思旅順十數
萬健兒又誰無妻孥乎？汝休矣！速墮汝志，離開旅順！」

　　哈拉冬聞之，不啻空中霹靂，從天而下，五內摧傷，慘無人色。繼自念
從哈爾賓以來，黃桃源阻之，柯禮檬阻之，蒲乞利阻之，而我殊不餒。於是
改服飾，冒風雪，經千百危險，而始得達旅順。今乃為軍律所縛，而一旦廢
然以返，有是理乎？一經回首，悲從中來，不得已乃婉言向大【太】尉曰：「將

軍之言，妾何敢違？然妾之來此，固已經百險，歷萬苦，欲死者屢矣。妾雖婦人，亦識忠義，使得見收於將軍麾下，妾願荷軍械，習戰陣，以報我俄（羅）斯皇帝陛下。」言次，勇氣勃勃不可遏。在旁諸兵士，咸為之驚歎不置。

未幾，而威武嚴厲之盉恩克夫，惻然而心動捻髯而微笑曰：「槍砲，危器也；戰陣，死地也，而汝弗懼乎？汝果能執軍械，耐力役，與吾諸兵同甘苦，予可以破格許汝。」斯時也，哈拉冬如聞綸音，如得玉寶。赳赳干城，其樂曷極？曾不轉瞬，而前之為鐵道技師裝者，今則為雄風凜凜之武裝軍人矣。夫人陣裡、娘子軍中，哈拉冬而竟能任戰事，得不令女子愧煞？得不令鬚眉愧煞？

哈拉冬之役于軍營也，出而戰，入而守，晝而炊掃，暮而刁斗。難則難矣，然未奇也。至十二月廿六而戰事起，日軍來攻勞律嘴（譯音），砲聲如貫珠，砰訇不少輟。盉恩克夫還擊之，軍旂飄揚，如荼如火。兩陣既交，血肉飛舞。彼奔走往來于俄軍之陣前者，非哈拉冬乎？粉汗盈盈，軍刀閃閃，撥槍林而冒彈雨。數萬健兒，遂各各自相奮勵，戰益勇，進益猛。

不數小時，日軍卒收軍而退。斯時而獲得數人之日俘者，又非哈拉冬乎？越數日，再戰於綠山（譯音），三戰于勞律嘴（譯音），哈拉冬勇敢不少餒，而日軍雖猛，終不能越雷池一步。于是盉恩克夫召哈拉冬而獎之曰：「奇女子！奇女子！予嘉汝志，佩汝勇，許汝以特別之權利。汝果有機會，可與汝夫同處一營壘，以遂汝初願。」哈唯唯，感激不置。

八

自茲以後，哈拉冬巡營壘，試馳騎，儼與諸兵等，以剽悍淫虐之俄兵，一見哈拉冬，不惟不敢作褻語、進昵辭，而且脫帽致敬，歙容相接。

獨有哈露麥恩者，自抵旅順以後，大小數十戰，勝負互見，並不致大有挫衂，而一自戰後蕭條，徘徊壁壘，眷念家鄉，閨中寂寞，輾轉寤寐。若謂如我愛妻哈拉冬者，意或有臨風流涕，而綺念夫婿者乎？抑或有想望家書，而盼我捷音者乎？將與黃桃源夫婦等，挑燈對坐，談我戰事者乎？抑與柯禮檬探問戰地，訊我消息者乎？嗚呼！我哈露麥恩，惜羈于戰事，而不能插翅

以回哈爾濱。我愛妻哈拉冬,惜遠隔於哈爾濱,而不能至旅順。天涯地角,魂夢縈縈,哈露麥恩之想望,如是如是。

不意別鵠離鸞之後,忽而調琴瑟之音。硝煙彈霧之間,忽而睹唱隨之樂。機緣之來,千里咫尺。

一日,哈露麥恩于某大將部下,奉一使命,直向十三中隊而來,迨既至而公事畢,且將去矣。倏而入,倏而出,而無端一聲大呼曰:「哈露麥恩乎?」其聲浪直貫入於哈露麥恩之腦海,哈露麥恩不覺詫異曰:「何其聲之似哈拉冬乎?」一刹那而已有一兵趨其前,哈露麥恩不勝驚駭曰:「何其貌之似哈拉冬乎?」

諦視其人,則腰軍刀,衣武裝,淚珠盈睫,若驚若喜。哈露麥恩自度曰:「此非我愛妻哈拉冬乎?而胡為至旅順耶?其醉耶?其夢耶?」方欲慰問,而忽聞盍恩克夫笑言曰:「哈露麥恩,汝亦知此即汝妻哈拉冬耶?彼自哈爾濱子身來旅順,冒風雪,服軍役,艱苦險阻皆歷盡,而莫非為汝。予今賜汝二十分時間,以敘汝夫婦之情愫,可速去。」

於是哈露麥恩夫婦,謝太尉,攜手入營後,手如舞,足如踏,如異域逢知己,如天涯遇情人。纂哀纂喜纂驚纂樂實有,非繪畫家所能繪,文章家所能寫者。

於是自太尉下,若特務曹長、若軍伍長、若小隊長、若上等至一等卒,其千萬視線,莫不注射於哈露麥恩夫婦。而此如麕如蟻之兵士,又復相驚歎、相羨慕、相妒忌、相詫異。有謂哈拉冬斯際,不識作如何絮語者。有謂哈露麥恩此際,不知有如何愉快者。有謂哈拉冬夫婦,不知有何幸福,而吾輩別家鄉,拋婦子,終不能謀一函者。議論紛紛,一時盈耳。未幾而哈拉冬復謝太尉出,臨別依依,無限眷戀。自此而哈露麥恩又復歸營矣。

九

斯時也,日軍攻圍益猛。旅順四隅,戰線密布。巨砲轟天,聲澈晝夜。俄兵之百戰者,死者死,病者病。城邑崩摧,廬舍破壞,旅順全市,不堪觸目。哈拉冬乃益憤怒,益猛進,每一臨陣,輒不惜以身當其衝。噫嘻!勇哉

哈拉冬！危哉哈拉冬！

　　時則為十二月之二十七日，日軍率全隊撲克羅烏亨山（譯音），砲彈續續至，不啻百萬雷霆，從空疾下。哈拉冬往來奔救，勇氣不稍挫，迨至數點鐘之久，而卒因日軍砲彈勢益猛烈。前列之兵，死傷枕籍。于是俄軍陣地有傷股者、有破額者、有斷頭折臂者、有決腸【腹】流腸者。哈拉冬趨救其間，從容不亂，而忽覺一彈掠面來，嘶然一聲，已突中哈露麥恩之右臂，驟然蹶仆，血流殷地。

　　斯時也，哈拉冬相距不數武，猛然見之，魂魄若失，於是亟趨而前，以手扶其背，以巾拭其血，以假繃帶縛其傷處，而負之于背，至臨陣之軍醫處，敷以止血藥。又復負之於旅順病院，臥之榻上，解傷臂，示軍醫，醫以藥。且敷且灌，不數分鐘，而哈露麥恩之身稍稍動，睫稍稍啟，痛稍稍止。一轉瞬而見哈拉冬立其前，乃泫然而淚下，曰：「悲哉！予之愛妻乎？汝之來旅順，乃竟為救我地乎？」既而見臂上之血，沾染襟袖，復凄然謂哈拉冬曰：「此血勿瀚【瀚】，吾所以報俄羅斯陛下也。」自是而哈露麥恩困于病院矣。

　　此時俄軍雖有死傷，然因形勢之優，日軍終不能掠砲臺而去。所患者，屢戰之後，瘡痍滿目。病院之中，呻吟澈旦。查核病者之數，已積有一萬三千餘人。呼號之聲，耳不忍聞；殘廢之形，目不忍睹。同是赤子，而一經戰禍，遂遭此至慘至痛之惡果。仁慈勇敢之哈拉冬，一入其中，親見此受苦受難、疾痛呼號之同胞，彼尚能遽然舍去乎？由是躊躇焉，擬議焉，務欲使己之有恩造於病者而後已。

　　久之而得一策焉，彼意謂欲調護良人，非身為看護婦不可。欲調護諸病者，又非身為看護婦不可。由是以惻隱之請求，蒙小隊長之許可，昔之由技師而軍人者，今又由軍人而為看護婦矣。

十

　　哈自入醫院後，時時調護其夫，又得以閒暇之時，為諸傷兵調藥餌，施飲食，給溲溺器，勤勤懇懇，幾等於家人父子。閱數日而諸傷兵中，有瘥愈者，有全健者，均嘖嘖感哈拉冬不去口。閱數星期，而哈露麥恩之傷漸漸愈，

哈拉冬扶掖其間，或與之散步空郊，以吸取清氣；或與之遊覽公園，以練習筋骨；或與之閑覽報章，以察近來之戰況。知旅順之守備，積三星期，而哈露麥恩已平愈矣。

　　一日，謂哈拉冬曰：「哈拉冬，予此番蒙卿調護，得不殉於敵彈之一擊。紉佩深情，無任感激。第予以傷臂之後，不耐苦戰，英雄撫髀，辜負君恩，卿能為我出而一戰乎？則上可以報君國之深恩，下亦可以盡伉儷之私誼。立功業，成名譽，此其時矣。卿可速歸本隊，毋以我為念。」

　　哈拉冬曰：「唯唯，君果已愈，妾將自去，焉能鬱鬱久居此乎。契別之後，千祈珍重。」言竟，檢什物，攜革囊，偏視病榻諸傷兵，以安慰之。復謂隊長醫官等曰：「妾不揣蟻力，願為俄羅斯陛下出而一戰。妾夫哈露麥恩，將重煩諸君顧慮。」言畢，慷慨出醫院去。

　　未幾，與日軍戰於本源地（譯音），兩軍接近，鏖戰益烈。哈拉冬賈其餘勇，握軍刀，攜手鎗，與數十日軍劇戰於狹巷。短兵相接，殺人如草，戰罷歸來，戰血猶腥。如是十餘戰，幾幾一軍皆驚矣。

　　迨至十二月廿八日，哈拉冬來病院中，謂哈露麥恩曰：「君今已健康乎？」哈露麥恩曰：「然，予心頗愉快，第不知戰事何如耳？」哈拉冬曰：「唯戰事故，妾將往第六中隊之營壕塹外，傳命令，恐不能與君常常相見矣。」哈露麥恩曰：「明公理者不必戀私恩，審大義者不得拘小節。卿能力戰以報國，亦我俄羅斯女人之光榮也。卿速去，毋徒以我為累。」

　　言次，諸傷兵戀戀不忍舍，有慕哈拉冬之懇摯，而願其常留者；有佩哈拉冬之勇猛，而望殺敵者。獨哈拉冬，以一縷柔情，如蠶在繭。揮淚言別，語語傷心。一倏忽間，乃與哈露麥恩為最後之接吻，而絕代勇壯，奇偉之佳人，遂不轉瞬間與世長辭矣。

十一

　　嗚呼！古人詩云：「人生自古誰無死，留取丹心照汗青。」死則死耳，何足以懼。且哈拉冬自哈爾賓以來，歷險阻，薄血肉，倏而技師，倏而軍人，倏而看護婦，錚錚佼佼，固早已視性命為犧牲矣。不謂至十二月廿九日，而

遂有最後之一戰。

斯日也，日軍以屢戰之後，不能得志，故對於俄軍第六之壕塹，肆其猛烈之攻擊。架巨礮，逞血戰，巨彈飛來，勢如群隼，著屋屋燬，觸壘壘燬，墮地地裂。哈拉冬仍從容不迫，盡力防禦，血雨腥風，掠鬢而過。

傍有一卒，稍稍謂哈拉冬曰：「卿盍稍退以避辭彈乎？」哈拉冬憤然曰：「今日之戰，可進尺不可退寸。」一言未畢，而忽覺訇然一聲，如天崩，如地坼，烈燄騰空，黑煙捲地，彼勇壯奇偉之哈拉冬，已與七八健兒，猝然化為虀粉。嗚呼悲哉！

或謂斯日也，為哈拉冬二十六歲之生誕。未戰之前，哈拉冬將與營中諸兵士，備小酌，供精饌，聊由祝意以誌其盛。夫豈料賀者未在[2]門，而弔者已在室乎，驚耗傳來，人人悼惜。甚至有留藏彼之遺物，而長為記念者，有購得其照片，而時加敬禮者。

閱數日而旅順全隊之俄兵，遂為之醵義金，斂遺骨，瘞諸松樹山之麓，而立以碑，篆以表。會葬之期，花圈以百計，送者以千計，沿途聚觀者以萬億計。風聲所播，朝野咸知。

日俄兩國之報紙，競採得其生平之事蹟，若何而尋夫，若何而改裝，若何而勇戰。報紙一載，莫不先睹為快。而當時之居住旅順者，復親至松樹山以憑弔之，想望流連。遂爾千古後，有人誦其墓表之文者曰：

君諱哈拉冬，俄之木司科窪人也。家世仕宦，幼失怙恃，嘗依伯父某，肄業于俄京某女學校。畢業後，適同邑哈露氏。生平豪爽明決，顧盼自雄，尤好虛無黨，慕蘇飛亞之為人，豐貌英美，工於詞令。處俄舊京時，常苦伯父壓制，與哈露氏東來哈爾賓，隱身商界，逑好甚敦。

至一千九百四年，俄政府與日本開戰釁，遼河以北，風鶴頻驚，徵兵之符，驛使旁午。哈露氏固隸後備兵籍者，至是卒應募赴旅順，閱數十晝夜，音信隔絕。君乃立志往旅順，或勸阻之，卒不聽。時則日軍圍旅順益急，遼東一帶，草木皆兵。君獨涉險阻，冒風雪，跋涉至戰地，艱苦

2　按：原文此處有衍字「有」。

之狀，聞者酸鼻，然未嘗不慕其心志之堅忍也。

抵旅順後，君復與士卒同甘苦，充兵役。勞律嘴（譯音）數戰，嘗奮勇殺敵，不稍卻。膽略之優，不愧男子。厥後哈露氏為敵彈所中，傷重不能起，冬乃親至醫院，以調護之，而慈惠所及，全院感之。最後君以全力之防禦，受日軍猛烈之砲彈，絕世英雄，遂以長逝。時十二月廿九日也。嗚呼慘已！

跡其行事，類多英敏勤懇，故雖託身商界，無不藹然與人以可親者。第性情貞烈，志節矯然，雖在軍中，人輒敬禮之。曾不旋踵，乃卒殞於無情之砲彈。誠可痛哉！為約旅順俄國軍人百餘人，卜地松樹山麓葬焉。用表其墓，以告世界之軍人，並以告世界之女子，俾知捐軀報國之事，而尚想其烈，永垂不朽，且使奉為千古之儀型云。謹表。

嗚呼！如是而哈拉冬，死猶不死矣。然而噩耗傳來，英雄墮淚，千古芳型，僅得與旅順殘陽、黃海悲濤以為永好。而沉摯勇敢之哈露麥恩，方且與諸傷兵談戰況，時盼哈拉冬之一至醫院，為之調藥餌，供飲食，存問慰藉。而一聞其戰死之信，驚哀欲絕，淚下如雨，泫然曰：「天乎！何奪我哈拉冬之速乎？」

當時病院中，莫不感哈拉冬生前之慈惠，下幾點之熱淚。悲慟之象，見者酸心，未幾而病院長謂哈露麥恩曰：「哈露麥恩君，汝何過悲乎？汝豈不知戰陣死地也，殉節美名也。以一女子而至旅順，而殺敵，而捐軀，尤歷史上之所罕覯也。君聞此消息，當為之殺敵人，勉同仇，以慰哈拉冬于地下，何尚作楚囚態乎？」

哈露麥恩乃改容起謝，而同時病院中人，復于倉皇戎馬之中，開一絕大之追悼會以誌其哀。而展掃其墓者，復往來於松樹山之麓而不絕。

此蓋詳載于關東報中，而日俄大戰之一段軍事美譚也。

載於《臺灣日日新報》，一九二一年九月十三日～十月二日

鷹中鷹

作者　不詳

譯者　許寶亭

【作者】

不詳。

許寶亭像

【譯者】

許寶亭（1901～1978），號劍亭，臺北人。歷任《臺灣日日新報》記者、編輯、《自強日報》董事長、《自立晚報》常務董事、臺北旅遊公會理事長、照相公會理事長、許氏宗親會顧問等。原隸「天籟吟社」，後加入「瀛社」，與任職於《臺灣日日新報》的社員如謝汝銓、林馨蘭、黃茂清、李逸濤、魏清德等，藉由此一全臺最大官方報紙的傳播訊息、刊登作品。此後因為漢文版面減少，刊登機會遞減，但仍可見許寶亭頗具新意的創作，如〈春日同夢周夢梅二詞兄游圓山作〉（1922）、〈敬次竹窗總督賦示瑤韻〉（1924）、〈血鴛鴦〉（1926）、〈得多字〉（1927）、〈詠熊夢賀社友少櫻詞兄弄璋〉（1927）、〈獅山紀遊〉（1933），譯作有〈鷹中鷹〉（1922），亦有不少詩作收錄在林欽賜編的《瀛洲詩集》裡，如〈上野公園〉（1933）、〈南普陀〉（1933）、〈道頓窟夜景〉（1933）、〈日光岩〉（1933）等。（潘麗玲撰）

一

星河沉影，墨汁如流。時近三更，紐育郊外，現出一韋【偉】大監獄。依稀黑影一條，由丈餘之煉瓦屏上，貿然而下，捷如猿鳥，低徊四顧，若有所思，油然而逝。倏若電光一閃，突失其蹤。俄聞人聲喧嚷，第曰：「破獄！破獄！」當路立張非常線，警官四出，深夜之紐育市，轉瞬間化為修羅場。

時東方已白，空騷一夜，話頭一轉。斯時也，市內富豪羅列屈家，見有

二人在一室，喃喃語，似有所爭執。觀其人，一則瘦身而隆準，即披靡紐育社會之蛇蝎，名芝眼，號鐵者也。一則身體肥胖，即助桀為虐之屈律諸，號牛者也。嗣見芝眼步至大金庫前，以鍵啟扉，由札束中，抽出金票數枚，仍閉如故，即向屈律諸曰：「謹奉薄儀，聊酬一臂之力。」

詎意屈律諸微特不受，且屬聲曰：「戔戔微物，何殊盂飯禱豐收？」言已，瞪目直視，似恨其不履前約者。芝眼聞是，亦忿然作色曰：「取則取，否則去，無厭之求，雖一毫不與也。」

屈律諸則翻然欲出，突聞一嚮【響】，窗櫺為之粉碎，一物墮于芝眼膝上。屈律諸愕然，不解為何物，急還舊席，細察之，乃一紐育監獄記號之手錠也。此時芝眼面如死灰，而屈律諸出，芝眼亦步入房後，俱不知其所之。

須臾見一怪影，掠羅列屈宅後而過。數分鐘後，怪影直潛至市內某家，手拏銃，伏于樓下右房。窺健【鍵】際，內一年可二十四五之翩翩少年，靜坐閱新聞，怪影竟啟扉蛇行入室，闃然無聲嚮【響】，少年不覺，閱報如故。

唯時怪漢，漸迫少年，似欲一發銃射殺之。因視其態度莊毅，遂趑趄不敢發。躊躇間，少年起，而怪漢急匿影于椅下。少年似不知其背後有欲殺己之惡漢在，尚從容吸雪茄。比怪漢舉銃欲擊時，當危機一髮間，少年所立地板，忽自迴轉，竟失其所在。

怪漢方錯愕間，覺背後有摑己肩者，驚而回顧，即少年也。怪漢雖欲逃，奈兩臂已被捆，見少年口含雪茄，且吸且哂曰：「奴輩技只此耳，來此何為者？」言已，遂將怪漢禁于一室，己則取一鷹覆面，翻然而出。

二

是夜羅列屈家，突現屈律諸。彼窺人靜，潛至金庫室，出夙備鍵，啟其庫扉。金票盈然，利令智昏，全不計其有無警戒。意欲悉為搬出，然芝眼自屈律諸去後，料其必復來，早已籌策待之，伏俟窗外。屈律諸盛將金票，納諸袋中，甫回顧時，而一極明亮之拏銃，直射眼簾，熟視之，乃芝眼也。自知事敗，不敢小動。

芝眼立叱令速盡取出金票，否則必無寬貸。此時屈律諸念己命如置俎上，

意欲將此阿堵物反還，而後乘機奪其拳銃，則其璧猶在也。默念至是，遂出金票，置諸桌上，他如納在袴袋者，故意不取出，並以手打袋示其無。而芝眼固知之，即欲向前搜之，指其袋而叱曰：「此何物？」

屈律諸默然，佯為惶恐狀。芝眼誤為受己察覺，故至是，然其實則不然。彼于芝眼迫身時，立握其右腕，欲奪其銃器，一刹那間，遂演成猛烈爭奪之戰鬥矣。

屈律諸素以勇力過人聞，故號稱為牛，實芝眼所不敵。亡何，拳銃竟為所奪，斯時也，有人伏伺于窗外，望之歷歷，是即以鷹覆面之少年也。立放一彈入室，身亦躍入，蹲于床下。轟然一聲，白煙濛濛，嗣有呻吟者。迨鷹起時，屈律諸早已遁去矣。鷹查其傷痕，非中要害，唯一時暈絕。家人俱驚起，少年聞履聲漸近，即拔一鷹毛，插於電話器後，仍由窗躍出。

時外間聞銃聲奔入者，即芝眼之子普斯，及羅列屈之女仁娘也。見芝眼臥地上，大駭，仁娘呼曰：「普斯君，叔父被誰傷倒矣？」急扶起之，其容若不勝憂。普斯呼父親者再，而芝眼已陷于人事不省，僅開微眼而已。

家人立搜證跡，于電話機上，發見一鷹毛，以為兇人，必與鷹有關係者。急延醫診療，一面欲將電話，報知警署，而芝眼之眼光忽大開直射，意似不欲，乃不果。

須臾，醫至，診療後，為之注射，且告以注射後萬事應不自由，祈勿介意可也。翌日，果然僵臥于床，仰人周給。最可憐者，苗條之仁娘，時不離其左右，殷勤侍奉。而戀慕仁娘之普斯，為貪接其香澤，亦日夜相將不離。

三

先是，仁娘之父讓羅列屈，生有女公子二，長即仁娘，次為屈列亞。母于幼時病沒，仁娘貌美如花，而妹亦女子中之楚楚者。其父視如掌珠，頻有相攸之念。詎福未至，而禍先來。讓羅列屈適于某日視察炭礦後，竟以無病亡，唯留此姊妹花在，其痛苦有不可勝言者。嗚呼！家私富有，如何掌理？不有仁人為之擁護，其能無陷于狼貪虎視者乎？且治喪之事，亦未遑計及。哀戀之餘，唯日到其親屍前，飲淚默禱而已。

涉兩日，突有不速之客來，自稱為芝眼羅列屈者，仁娘含淚，欲令婢導至應接室，客率爾問曰：「汝何人耶？」仁娘答之，客驀然發出一副最哀慘的假惺惺形容，前握仁娘手，唈嗚不出聲。此時仁娘吃驚不少，遽問曰：「汝究為誰？」客曰：「余汝之叔父，即汝父之弟，名芝眼者。」

仁娘聞是，茫然莫解，蓋其父之生前，未常【嘗】聞有弟也。良久，疑團莫釋，客窺知其意，且曰：「汝不識余，誠非無謂。顧余少時，與兄不和，參商兩地，長遂疏闊。抵今同胞兄弟，久不相問聞，然個中自有同氣兄情在。吾兄臨危時，曾以遺言書寄余，若弗信，視此自毋用疑焉。」

言次，隨將什襲之一封書類提出，付與仁娘看。仁娘初猶猜疑，比睹其書，確系其父筆蹟。書中，略謂余之資產，終應分配于仁娘、屈列亞，並期代為少女相攸暫委任為後見人云云。信後所書月日，適去世之前數日也。客曰：「還疑乎？」而彼乏有社會的智識之少女，誠無發見其詭詐之理由，于是垂首無言，客曰：「信則速導余至靈側，藉以謝不弟之愆。」

仁娘被詒，遂導之至置屍體之室，芝眼甫至，立伏于地，哭失聲，淚如雨下。妹屈列亞怪而問之曰：「彼何人耶？」仁娘答之：「叔父。」妹注視良久，細語曰：「得毋誤耶？」姊云：「余亦不解，但彼有遺言書在。」

言至是，忽聞客呼曰：「仁娘，余聞兄死之日，信偽參半。迨今於靈前，最後相見，始不得不信。」言已復嗚咽不成聲，仁娘聞是，大為感激，以為叔父可託，立傳呼奴婢，指客謂曰：「此乃亡爺之弟，吾之叔父也，宜以主事事之。」

越日芝眼遂攜其子普斯，入羅列屈家，讓羅列屈之葬儀，悉由彼手盛為辦理，而賦性慈善之仁娘更事芝眼猶父矣。唯其妹屈列亞殊不以為然，且不喜近之，姊或問時，則喟然曰：「家庭不幸，何來不速之客，是決非叔父也。」久而漸傳入于芝眼之耳，而屈列亞之行衛，遂因之而不明。

四

蕭條房裡，四無人聲。仁娘靜坐，心潮時至，以為月未兩圓，而禍事頻屆，何命宮磨蠍若是。少選，普斯入，仁娘問曰：「叔父病如何？」普斯曰：

「休矣，似無蘇生之望。」

仁娘嘆曰：「何至于斯耶？兇犯為誰？何不藉警官之力捕之？若是，則此事件或可解決，亦未可知。嗟乎！普斯君！以余度之，現妹事件宜訪問于犯罪學者之讓加先生，並可暗告叔父之事件，且因叔父輕快之稍間，漸可遽離，未知高意如何？」普斯曰：「是。」

仁娘大喜，立束裝欲出。普斯曰：「余與汝偕。」於是兩意已決，遂到芝眼處曰：「兒等有些事，欲漸離左右，祈且自珍衛，少頃就回。」芝眼許之，言已俱出，而視其背後姿容之芝眼則冷然而笑。

未幾，仁娘及普斯之自動車，經現于犯罪學者之門前，適讓加在其宅，入謁之，略敘起居，互通姓氏，遂託其辨理妹之行衛不明，並叔父芝眼被擊事件，且出鷹羽一枝，為之參考。

讓加曰：「犯者之跡，自有水落石出之日，唯恐今後再發生意外事件，亦未可知。現為未雨綢繆計，先派余之部下一名，暗中保護之。」言至是，普斯、仁娘謝去。

迨彼等出後，犯罪學者旋入一室，將鬢髮脫去，以藥水盥面，油然鬢髮，則乍間之龍鐘老叟，轉眼間已變為翩翩之少年也。閱者諸君，此人得毋前受惡漢所襲，以鷹覆面，潛入羅列屈家之怪客乎？實亦如是，其破獄因，即以鷹覆面者，鷹覆面者即犯罪學者是也。筆之漸進，自可猜得其祕密也。

斯時彼翩翩少年，立到仁娘家，以假名特書之「絲衛律覽[1]」名刺進，並言己係犯罪學者所派來者。仁娘一見，喜出望外，以其風彩堂堂，動作非凡，俱有可托之人格，立為導入。而普斯見一殊昧生平之少年，與仁孃甜言蜜語，不覺怒容滿面。迨聞仁孃言，疑團始釋，急握其手。仁孃為之紹介曰：「是即余之從兄普斯者。」於是三人協議後，絲衛律覽遂辭出。仁娘送至門首，重囑其辨理，殷殷握手而返。

斯時普斯睹此情狀，怫然不悅，叉手悵立，及仁娘至，亦不之顧。仁娘呼曰：「普斯君，有何事不喜若是耶？」普斯答曰：「無他，只為爾事。夫為深閨蘭蕙，似宜自重，何可與外人甜蜜如是乎？」仁孃聞言，霞旋兩頰，良

1　按：本篇之「絲衛律覽」或作「糸衛律覽」，兩者混用，此將其統一，以免混淆。

久乃曰：「實不相瞞，家君在時，任我自由。但君之忠告亦決非汎汎者，無奈司空見慣，自今而後，切勿爾爾。」言已轉身而去。

五

萬籟無聲，四邊寂靜，情意纏綿，淒涼自警。普斯迨仁娘去後方就寢，因思仁娘自睹彼豸以來，態度頑然突變，不若當時之與己親，更漠然若不相關係者。言念及此，輾轉不能成寐，遂起，披衣而出。

步至其父臥室時，適芝眼望【臥】於醉翁椅上，身雖失其自由，尚能以妖術察人。一見普斯至，遽生忌嫉之懷，不問維何，默然無語。普斯則悶座【坐】於其前，但痴呆而已，此芝眼早經運動其魔術，侵於普斯。

普斯驟覺身上不安，軟如綿絮，意識朦朧，精神滯澀，如中催眠術者，竟昏昏坐而睡去。而芝眼之眼光，閃若星芒，須臾右眼光線忽消，見現出普斯半體，左眼則斜騰一短劍，俄然復閉。而普斯之半體，貫于短劍。

驀地裡之普斯覺，徐徐而起，則幻術已滅去。聞芝眼執劍，付半意識之普斯，且厲聲叱曰：「速斃仁娘，毋容稍怠。」而為魔術所迷之普斯，遂踽踽攜劍而出，兇猛無情，更闖至仁孃臥室，危哉黑甜卿卿仁孃也。於燈光下、錦帳中，儼若兩【雨】絲梨花，月中海棠，那知此時欲遭此一劫哉。

迨普斯之劍起時，危機一髮間，窗外突飛入五彈，轟然一聲，而芝眼之妖術立解矣。不知不覺之普斯，精神復明，愴惶莫措，遁回室中，取視短劍，警【驚】訝弗勝，深霄自問，究不知身之何自來也。冷汗浸背，茫然莫解所以。

先是羅列屈家，有二怪漢潛入，怪漢者何，一即絲衛律覽，一即屈律諸。屈律諸初于園之叢草下，已見站為偵探，伏伺以窺，而絲衛律覽，不之知也。絲衛律覽潛至于仁娘臥室時，適見普斯手攜短劍闖入欲殺仁娘狀，思欲待其下手救之，詎知屈律諸突現於背後，掣其兩手欲仆之。

然素號為牛之怪腕家，其力量究難及鷹。一刹那間，突然一聲，肥胖之牛，跌倒於地上矣。此時絲衛律覽倉卒不及顧，急察室中動靜，乃以其拳銃向窗中擊之，先前一彈，即彼偵探所放，自無待贅。

於是絲衛律覽至芝眼室，安然坐于前普斯所坐之椅上。芝眼知之，怒髮上衝，欲施其妖術，以制絲衛律覽，奈被識破，遂不能行。旋見彼偵探之眼，亦如前狀，燦爛有光，雙眸一閃，突現仁娘及一印度人。蓋彼欲提醒仁娘之迷徑，亦藉妖術，以迷其精神也。

斯時室中之仁娘，卒然起，似夢非夢，低首若有所思，忽憶起彼印度筮師，欲往問之，於是復沉沉睡去。蓋為印度筮師者，自昔紐育，以卜迷惑無智婦人，而為占其休咎者，庶於未來之吉凶，可先期趨避，是即中絲衛律覽之魔術也。此時絲衛律覽，以己術有效，乃冷笑芝眼一聲，越窗而去。

六

印度筮師者，擁有巨資，積之不以運用，若紙幣入手，則盡換金銀貨藏之金庫中。每于無人時，輒出以相擊為戲，使之鏗鏗然，致足樂也。其妻則一美洲產之麗妹【妹】，幼失怙，初為筮師灶婦，嗣以其善體主人意，納之。是日復有眾婦人來，欲詢休咎，後至者為仁娘，坐于末席。

少選，筮師出，怪面黑眼，飄然曳長袖若胡蝶，與諸人敘禮，舉坐【座】為之燦然。時筮師，突覺背後若有窺己者，回顧之，見一以鷹覆面伏於窗外，手按拳銃，若欲斃己者，且以闇示，令其歸己室，否則銃下無情。筮師悟，愴惶莫措，即向諸婦人託言辭去。

初屈律諸聞筮師家饒裕，于是日亦集其爪牙，潛來其家。適逢仁娘在，竊喜好機莫失，遂令其爪牙曰：「汝曹其為我速擒彼妹，盜金事，余一己擔之，無妨也。」方在指揮中，其妻因夫久不出，亦辭諸人下去。

至臥室，呼數聲，寂無應者。從門間窺之，中一不相識之男子在，奪易其夫衣履，坐于鏡前化裝。傍則裸縛一人，細視之，蓋其夫也。一時怒豎蛾眉，握劍劈門入。而弱不勝衣之女子，究非鷹所敵，旋亦被綑。

鷹語之曰：「俟余事畢，當釋汝。」乃化裝為偽筮師，贗鼎難分，復如前之行禮，諸人亦莫之辨。蓋鷹之意，欲因是指迷仁娘。立呼仁娘先，而諸婦人以先至者後，後至者先，俱懷不平，一時閧然，紛紛作鳥獸散。

偽筮師爰向仁娘曰：「汝命途多舛，舉目無親，荊棘滿眼，殊【例】如汝

所可信賴之芝眼，其尤甚焉者。」後云：「余更要事示爾，因有些事，幸稍待之。」言已匆匆出。

斯時也，屈律諸之爪牙，早已望之歷歷，於偽筮師出時，仁娘已被虜擁矣。而屈律諸亦竊得巨金來會，遂欣欣然偕其爪牙遁去。比偽筮師復入時，仁娘則杳如黃鶴，僅從椅下，拾得頸飾一條已耳。急憑窗望之，見自動車一臺，中乘五六人，疾飛而去。

偽卜師立將外衣脫下，躍窗而出，運轉戶前之自動車，加以速力，轟然追去。詎甫至中途，突沒前之車影，再縱全速力疾馳間，驀現一片長屋，荒涼滿目，傍棄一自動車。偽筮師料仁娘必陷于此中，遂即降下，逞險入巢窟。

七

偽筮師絲衞律覽，蛇行至一處，遙聞有聲鏘然，至則聲已寂，料仁娘必禁於此室，乃屏息於鍵隙，窺其動靜。其時傍置一箱，而其箱蓋忽自掀起，由箱中突出一怪漢，潛至絲衞律覽背後，欲捕之，竟為絲衞律覽所覺。一刹那間，演成猛烈之格鬥矣。而室中之屈律諸，亦恍然有悟，立將仁娘另押於鄰室，縛於椅上，又以巾塞其口，嚴命其爪牙監視之，始反扃其門而出。

而被綑之仁娘，意欲脫開縛索，身一動時，忽傾其傍之洋燈，一時摧倒，燃及臥床之帳幔，烈火炎炎，漸及坐椅，其時性命危若風前之燭，漫騰騰地。一而【面】這邊絲衞律覽立將該惡漢摧倒，排闥而入，並不見仁娘隻影。適鄰室煤煙四起，其火焰勢已燭天，急復蹴門入，爰烘烘，室內黑霧濛濛。遂躍入猛火中，解仁娘縛。迨欲救出時，而外扉已被惡漢所扃，彼勇敢之偵探，更無懼色，亦不愴惶，爰將焦餘之椅，破窗櫺一方，始得脫出險地，甫離數武，該室已成焦土矣。

仁娘猶戰慄不勝且感恩無既，迨欲別回時，偵探叮嚀者再，囑其萬事無忽，此後務宜謹慎。話頭一轉，是日之芝眼聞仁娘出外，不禁勃然大怒。因身體已漸恢復，緩步至鄰室，手電話器喋喋言，不知先方為誰。唯聞云：「現有一麗姝欲往貴處，倘到時，切莫令其他往，可別禁於密室，餘容面談。」

辭甫畢，適聞仁娘歸來之聲。急草書一札，置諸案上。沿後門避出，買

鷹之覆面，驅自動車疾飛而去。仁娘至時不覺失驚，竊意暈迷之叔父，何遽不見，細察四週，始由案上發見一書，內略曰：「予現為北京街七番地之鷹所困，急來相救。」

斯時仁娘心如麻亂，更忘偵探所囑之言，亦驅自動車往。車聲轟然，傳入普斯之耳，以為仁娘歸回，遽出門視之，而車影已漸渺矣。狐疑莫解，隨反身欲告其父。入室中，忽見是書，驚惶莫措，立決意往救。但所謂北京街七番地者，乃支那人防芳所居之宅也，彼曾與亞米利加惡漢團等互通氣脈，四散爪牙而隱無限之罪跡者。

是日忽接芝眼電，不禁啞然大笑，立令各爪牙，准待擒之，就中一人，愴惶走出支那街，叱止自動車，立乘往犯罪學者之家。蓋犯罪學者，咸知防芳與諸惡漢通往，早已料及，派其部下，化粧為支那人，混入其家，以探其消息。至是隨惶然來報曰：「有變！有變！」立將乍間之事，詳為說明。

絲衛律覽聞之，頓覺不安，旋轉身入化粧室，移時現出一支那紳士，坐於自動車上，貿然而至防芳之門前，旋下車向守門者曰：「予係賣寶石者，曾受防芳之招到此。」而守門者，卒被說過，於是彼偽紳士之偵探，隨昂然而入。

八

先是，彼若不勝衣之仁娘，早絲衛律覽一步，到防芳門前，立舉纖手押門上鈴。移時洞然闢，一長辮之支那人出，笑容可掬，導其入內，蓋一污澀之室。防芳爪牙，正在吞煙吐霧。一見彼姝，囂囂爭起，褻辭百出。

少選，防芳至，叱退部下。導仁娘至鄰室，仁娘即請釋其叔父。防芳頷之，唯虛與委蛇，而全不言及。彼仁娘何躬久待，頻請不息，防芳至是，勃然怒曰：「究汝欲何為者？」言已隨將仁娘抱住。並不知作何暗號，唯見鄰室，突來一物，高不及三尺，面如人形，長毛被身，來接而去。

彼仁娘卒再被人猿禁于一室，然彼賦性雖女，因冒幾多險地，故此時不特不懼，且慎視四圍，思隙逃去。遂於壁上發見一鈴，爰伸手押之，而窗自開，喜出望外，遂越窗下。其鄰室乃東比所居，東比係防芳之婢，蓋一醜丫

頭也。不自鑑其形穢，常期獲寵于主人，勿奈防芳厭之，遂不果，但雖如是，而心猶縈縈不能忘情也。

是日適悶坐室中，忽見一女，由鄰室越窗而至，意為因彼妹而家主遂致棄我者非歟？胡思至是，不禁大怒，出母夜叉手直視仁娘。斯時也，化裝南京人絲衛律覽雖已入彼家，奈尚隔數間，故莫能察及。一面芝眼早至防芳家，並提出金票道謝，且曰：「若殺仁娘後，余尤厚資相報。」

防芳聞是，頓起粗心，握刀入仁娘室。同時芝眼亦以鷹覆面，迴屏後而去。防芳到時，愕然無語，竊以此女何知此窗之秘，立分派部下，四處搜捕。

時芝眼經發見彼偽商人，乃向防芳曰：「仁娘雖逃，究亦難脫此街，爾曹其速斃之。余現發見一怪客，待余尾其後，窺其如何動作。」言已，各分身去。

而絲衛律覽經漸進而入，于眼前突現一列小屋，女聲聒耳。迫近時，覺室內混有仁娘聲，乃伏于閣際窺之。斯時假鷹之芝眼，經尾至背後。迨絲衛律覽覺時，則彼之拳銃已發，絲衛律覽亦應聲而倒。

九

時芝眼見中絲衛律覽，並不切視，揚然以去，而絲衛律覽亦貿然而起。蓋彼覺背後有人，甫回首時，白光一閃，料事有乘，急將身裁倒。適芝眼發銃，故一見似被擊倒也，彼單身侵入巢窟，理宜如是，自勿庸贅。

迨絲衛律覽起時，經見防芳握劍迫近仁娘身，竊為時不或緩，推門入，與之格鬥。仁娘與東所俱惴惴然，蹲于一隅，鬥一小時，防芳之劍，被絲衛律覽奪去。防芳急由壁邊之大刀搜出，重與惡戰。而偵探之部下，亦向前助戰，三人戰為一團，唯見刀光劍影而已。繼而彼假鷹之芝眼亦奔來，仁娘一見不禁愕然，為救己之支那人，素不曾會過，今再見鷹，不覺失聲。

絲衛律覽回顧時，見一以鷹覆面之男子，早奔於其前。偵探大驚，以為己之秘蜜【密】，被人奪去，咄嗟之間，防芳之刀飛來。芝眼之拳銃亦起，絲衛律覽早已察及，瞠然而倒，而流彈傷及防芳，隨亦倒下，席地呻吟。斯時芝眼已知誤擊，心殊不安，亟走上樓，由屋頂逃去。

　　欲下時，適來一人，是則普斯。普斯經如前報，為父被鷹所困，故一見
假鷹，立鼓勇追上。芝眼心中愴惶，不敢下，回身欲走。時普斯已迫得，於
是父子，各盡死力格鬥，卒假鷹竟被逃去，普斯既不見鷹，無奈旋回。

　　入門，睹仁娘無事歸來，且與絲衛律覽密語，普斯頗不耐，第不便當前
抵觸。步入於其父臥室，則前不在之芝眼，經靜坐於安樂椅上。普斯大疑，
復見棹上置帽一，意其父暈迷，何能出去？探視之，尚有餘溫，至是恍然有
悟。步至其傍，假以煙草餘火，墜落父手。

　　芝眼忽於朦朧中驚醒，且叱曰：「何奴敢爾？」普斯視此，曰：「汝病已
復乎？何至今假暈迷若是耶？」芝眼頷之，且曰：「適為仁娘事，赴彼支那街。」
普斯曰：「然則汝以假書，欲誘去仁娘乎？」芝眼曰：「否，是即彼偵探之策
略也。」

　　普斯因仁娘事，夙已服之甚，聞是宛若火上添油，信以為真，遂欲往犯
罪學者讓加處，與之抗議，悻悻然出。斯時芝眼冷然而笑，再取棹上帽，皇
然出，乘門前之自動車，電掣風馳而去。

十

　　話頭一轉，自前回來，行衛不明之屈列亞，蓋受芝眼之惡辣手腕，禁于
市外某地下室，彼女自被禁以來，唯飲淚吞聲而已。

　　某日地下室前廣庭，有二童戲球，若伏于板隙，可以窺知。球適滾至室
前，遂心生一計，俟彼童來拾時，呼之，繼以力去一枚，謂之曰：「余受惡漢
監禁於此，現有一書，託爾送于羅列屈家，若送得去時，有厚謝爾。」童許
之，屈列亞遂草一書，堅囑其勿交與他人，「宜交余姊，即彼美麗之姑娘也。」
二小孩連聲承諾，持書馳往。

　　及門適芝眼受子追擊歸來時，見二小孩，叱問尋誰，無知童子，遂盡洩
其情。芝眼乃收其書，出數錢與之，直入邸內，坐于椅上，不覺沉沉睡去。
普斯至則以言賺之去，出書翻示，置諸棹上，旋赴幽閉屈列亞之土窟。

　　繼而仁娘入，發見是書，開緘觀之，中略曰：「妹受惡漢禁於市外十二番
地之地下室，書到之時，祈急來救。」仁娘愕然，立將書持示絲衛律覽，謂

己決欲往救。

偵探曰：「稍待，或者彼等反間之謀，亦未可知，宜熟慮之。」而仁娘答以是係妹筆蹟，絲衛律覽曰：「然則余偕爾去。」仁娘曰：「勿勞先生，余一人可矣。」言已驅自動車而去。絲衛律覽亦不拂其意，俟彼去後，潛驅車隨之去。

須臾，仁娘之自動車，已至彼十二番地者。一見惡漢巢窟，係一粗造之屋。屋後苔蘚叢生，料為兒童戲球處。即巡其後室，審顧四周，見殘板四五，橫雜于地上。傍有一窗，仁娘立近前，探首欲察動作。不防內有二怪漢，更將仁娘攄入。先是芝眼故意將書置於棹上，欲餌仁娘到此，己則先到，將屈列亞別拘樓上。斯時芝眼乃令其爪牙，擁仁娘至樓上，禁于其妹之鄰，正於樓下同其部下鳴其得意，談笑自若，以為二女禁於此，自今可以無患。

時一部下忽指外曰：「自動車！自動車！芝眼急憑窗望之，知為儸人鷹絲衛律覽來矣。立令其爪牙曰：「汝曹宜將此奴誘入！」言已抽身入地下室。

無何絲衛律覽之自動車，車輪遽止，即由車上徐徐降下，步至門首。其部下詢其何自來胡為者，絲衛律覽曰：「適以弱體不快，未能驅車運轉，欲貴居借宿一宵，何如？」部下曰：「倘不廉【嫌】湫隘，儘堪容膝，請入內。」即導之至上樓一室，是正屈列亞之鄰室也。絲衛律覽偽為勞頓狀，且將上衣脫下，假寐以窺其變。

十一

良久，聞足音跫然，屏息待之。忽于正面額中，現一人首，若欲察室中動作者，移時，額面如故。絲衛律覽覺事有變，急掀身伏于床下。無何足音又起，一人握刀入，刺于被中，寂然無聲，惶疑甚，急啟被視之，唯藏一內衫及袴而已。錯愕間，絲衛律覽早躍出，將該漢捉住縛之，以巾塞其口，換穿彼之洋服，歷階而下。俄聞一異嚮【響】，急抽身而上。

先是，仁娘禁于室中，意思逃出，奈外鍵已下，究難望其開。自思姊妹兩人之運命如此坎坷，不覺潸然淚下。維時室中燦爛，光奪入目，方疑懼間，倏而消滅。旋見一貓突如其來，油然復去。

仁娘心惴惴然，亟將身避于屋隅。忽又現一小窗，由其中伸一同金色之手，來摑仁娘肩。正回身欲遁，突見一似人非人，似獸非獸之厲鬼。睨而視之，而背後亦再現一鬼婆，吃吃作笑聲，驚而逆仆。是蓋惡漢之機關，藉以嚇彼者，而絲衛律覽所聞之異音，即仁娘裁【栽】倒之聲也。

斯時，絲衛律覽經至鄰室，竊以先前之聲，應出自是，必有怪異離奇者。遂出夙備鍵，啟之入，呼仁娘者再，默無應者視室內，乃一不相識之女子，即屈列亞也。

屈列亞見扉自關，亦異常戰慄，以為惡漢爪牙，復欲來辱己者。迨聞呼姊之名，始問為誰，偵探曰：「勿懼！爾非仁娘之妹歟？余特來救爾，速從余出！」遂帶至窗邊，以長繩纏其身，徐徐然由窗墮下，迨安全抵地，已始匆匆下樓。至時，復失屈列亞之所在。

十二

閱者諸君，茲不俟鰍生說明，諒亦于心了徹。蓋假為讓羅列屈之弟者，則鐵之芝眼，彼為最有名之惡漢，以為彼富豪之羅列屈若死，則乘一對幼弱之姊妹花，自易墜【墮】其術中，故與彼所謂屈律諸者謀，偽造遺言書，愚其姊妹，卒遂為羅列屈家之後見人。而第一回成功時，有如前記，因芝眼對屈律諸不繳報酬金，遂生惡感。自第二回以降，則彼一人任之，即欲除去其姊妹，藉以占其家財。然而屈律諸，務欲奪還羅列屈財產，最少亦應如最初之主張，不得其半不已。

至是，遂再謀生別計，召其爪牙二三，潛入芝眼巢窟，適逢屈列亞由窗墜下，致瞬息間再落彼群之手，而禁于其妾處。其妾號眉娘，夙抱禍心，突見其夫率一麗姝至，大肆咆哮，醋潮揚波，與之一番胡亂。而屈律諸並不之理，遂將屈列亞別囚一室，以一人監之，乃復去。

監者名利霧，夙迷於主人妾，因無機可承【乘】，不敢唐突。至是適逢是事，竊喜機不可失，則倚近眉娘香肩，百般告慰，並陳相慕之誠。眉娘曰：「惓惓深情，妾豈不知？但應承余命，去彼麗姝，方消我恨。而後不難陽為主僕，陰若夫也婦者。」

利霧搖首曰：「難，彼麗姝者，家主愛之如玉，珍之若璧，若一事生，于何可追？」眉娘答曰：「若是，則汝亦愈到此間擾人。」言罷，不即不離，半推半就，勿【忽】現出一種嬌態。

斯時也，利霧經受情魔所迷，覺心中纍纍然有如撞鹿，遂含糊應之，握刀奔入。忽覺背後有人，摑其腕叱曰：「誰遣爾為是者？」利霧刀已下，唯睨視眉娘默默而已。屈律諸亦早已明白于心，立將屈列亞復移禁某于【于某】市內某酒場樓上，是蓋諸惡漢烏集之處也。然而絲衛律覽夙已料及，亦曾遣其部下，化裝為傭者，混入其間。

是日芝眼、屈律諸、利霧等，亦相前後到此，而利霧因深恨其主，於酒場遇芝眼時，知為主人所忌嫉者，遂浸潤其主之非，而化裝為傭人之偵裝。其個中之消息，經全探得，遂佯為腹痛，向主人曰：「余腹痛苦難堪，請暫告假，命我家弟來代庖，未知可否？」主人許之，且囑以「現場忙碌異常，歸後速呼爾弟來」。

於是偽傭人之偵探，立飛到絲衛律覽處，報告是事。絲衛律覽亦即改一傭人裝，疾足至酒場，稟曰：「余即某傭人之弟者。」主人呼之入，旋見彼終日營營，不憚勞頓，故甚悅之。而芝眼因受利霧之讚，遂到屈律諸處，厲聲叱之曰：「爾此豸太不見識，爾將屈律亞禁于何處？速速見還，否則休相怪。」屈律諸忿然曰：「禁于何處，權由于我，汝其奈何？」芝眼怒，遂相衝突，場內一時，極大混亂。

斯時絲衛律覽乘機潛到樓上，奔至其部下所報之一默室，急欲下鍵啟扉救屈列亞。而監者睹是，油然遁下，急報曰：「禍事！禍事！先來之傭人，現欲救彼女。」斯時芝眼及屈律諸正在酣鬥中，聞言始各停手，共奔上樓。

至梯時已有潛來之偵探部下二三，闌于梯上，手拳銃，喝曰：「有敢上來者，當喫此！」於是絲衛律覽得完全將屈列亞救出，寄之母家，且慰之曰：「無妨於此安睡一宵。」言已而去，屈列亞不勝感激，遂油然睡去。斯時也，忽復有怪影，掠窗外而過。

十三

　　須臾怪影漸近，窗帷間突現一拳銃，且厲聲曰：「起！起！」安眠屈列亞由夢中驚醒，而彼怪影經立于前矣。斯時屈列亞身慄慄然，蓋彼經跳出火坑，登彼岸，不意復逢奇禍，唯垂首默然，卒遂于偵探不知不覺間，再彼【被】如狼似虎之屈律諸爪牙擁去。

　　一面普斯因夙戀之仁娘頓失其行衛，異常愁煩。某日耳聞仁娘為惡漢拘于荒屋，莫解其所以，遂決意往救之。不圖甫至時，竟被芝眼爪牙捕去，誤以為偵探派來者，虜之至芝眼室。芝眼一見呼之曰：「爾非吾兒普斯乎？」普斯茫然，芝眼即命左右釋之，曰：「彼輩誤爾與鷹同類，致將爾擒來，若非余在，事誤矣。」言罷，笑吃吃不休。

　　普斯立詢其故，並問此有無仁娘在。芝眼答曰：「自仁娘行衛不明後，余亦甚念之，四處派人搜索，嗣知彼係被鷹捕去，但不知禁于何處。兒若欲得其行衛，非誘鷹到海岸倉庫，俟余設計擒下，而後審之不可。」

　　普斯聞是，信以為真，以為鷹戀仁娘，或者視己為贅瘤，故偽出此手腕，陽為查仁娘，陰則將仁娘禁下，亦未可知。遂誓與鷹不兩立，悻悻而出。歸後如父所言，草一書於絲衛律覽，略謂仁娘行衛已明，祈急來磋議。

　　是日偵探適無事在家，偶接是書，因念仁娘之心切，遂即束裝往，至則詢仁娘所在，普斯指曰：「在彼海岸倉庫中。」鷹被其說過，遂奔至，不意甫入時，而芝眼設伏之爪牙，即將門鍵住，彼忠俠之偵探，卒亦遭幽閉之苦。一面屈律諸以小人結習，急欲親善於芝眼，藉以得其巨金，更到芝眼家，向芝眼曰：「余經捕得屈列亞，特為謝禮來。」芝眼曰：「拘在何處？」屈律諸答以禁于東渠船屋之食室。於是兩人遂友好如初，款款而談。

　　詎知屬恆有耳，早為偵探二部下，完全以蓄音器聽入。蓋其部下，自前奉偵探命，每夜伏于庭樹，手蓄音器，以探其消息也。繼復聞屈律諸曰：「雖然，奈彼偵探何？」芝眼揚揚告之曰：「無妨，彼亦受余禁于海岸空倉庫中矣。自今而後，自不費事。」至是該二部下，一聞此信，驚訝異常。急由樹巔跳下，直奔海岸而來，意欲從陸地，恐耳目太多，遂雇一自動艇，由水路而入。

十四

絲衛律覽既受禁于倉庫之中，思欲脫此樊，除卻破其扉上之鍵無他策。正以臂力破壞之之時，忽有光線射入，遂伏于扉隙窺之。但見其外蒼芒無際，水光接天，唯一小自動艇破浪而來。未幾扉鍵已去，惶然奔出，視之，不禁大喜，蓋即己之部下也。

移時艇上復發光線，似示其若躍入海中，難保無危。敏捷之偵探，皇皇四顧，逆料必有監視者，竊以若不冒險，恐難逃此虎口。默思至是，乃附身拾起亞屑，以化學應用之，發射光線暗示其部下，以己欲跳入海中，急驅小艇近岸。

斯時也，果有二惡漢飛到，然此獠究非偵探之力所敵，先到者，略一交手，即頹然躓，後至者遂不敢前，彼偵探乃徐徐躍入海中，沖波捲浪，奮其精神。迨近自動艇，一躍而上，急問屈列亞消息如何。一部下答曰：「不妨，吾等經以聽音器，探知其被禁于飯屋中。」偵探曰：「然則事不宜遲，當乘此機救之。」言已，疾驅自動艇至岸傍。

適逢一老船夫，酊然被酒，貿貿而來。絲衛律覽隨生一計，將該船夫縛住，衣其衣履，狂然至飯屋。斯時屈律諸爪牙正歡宴中，偽船夫遂佯醉呼酒，步梯而上，入室呼曰：「酒來來來！」是室面海，自動艇中之二部下，亦以軟索鉤住，由下而上，潛入室內。

偽船夫以計離間走臺者後，遂同部下，遍尋諸室，卒得將屈列亞救出，由索墜下，入自動艇。時適走臺到，立將他縛住，以巾塞其口，乃徐徐俱下，油然遁去。維時芝眼及屈律諸亦俱來，屈律諸立令其爪牙，押出屈列亞，欲付與芝眼，藉邀其謝金。

未幾，乍間受命之爪牙，押一走臺者到，惶然言：「屈列亞經被人救去，此奴被所綑。」屈律諸愕然，莫明【名】其妙，爰詢走臺者曰：「誰為之者？」走臺答以：「適來老船夫，亦未知何時與二人潛入室中，余至時，即被綑下，唯見彼一行，以軟繩由窗下艇而去。」

屈律諸惘然若失，芝眼曰：「老船夫必彼偵探之化裝者。」言罷，復激之

曰：「汝之手腕萬不及彼，尚猶忙【茫】然不計及耶。」屈律諸聞是，厲聲曰：「若不奪回屈列亞，誓不為人！」

十五

屈列亞既脫重險，同絲衛律覽還見其母，母為之悲喜交並，慰之曰：「以君弱質，而何頻遭此荼毒？未知有無仇怨，或者君家有何秘密，使人可以為懷？」屈列亞聞是，恍然有悟，曰：「余父臥房，有甚麼秘密在，亦未可知。」絲衛律覽曰：「然則汝可靜養于此，待余一探之，便詳其端委。」

時夜將半，彼偵探直潛至羅列屈家，蛇行入讓羅列屈生前之房，中椅棹各一，傍置一大洋琴。爰揭起其蓋，以手按之，而蓋忽墮落，細視之，有英字母在，愕然莫解。爰試彈 JEAM 仁娘之名，而傍壁一額忽自動，中有小金庫，庫扉自開。此時絲衛律覽驚其創設之巧，奇其周密之甚。

比視其中，有大鍵一，註有暗號，自念是經入余手，必無大事，一喜非常。移時履聲橐橐，窗外現一女人，身披黑衣，偵探細問曰：「汝非屈列亞乎？烏乎來？」答曰：「然。」

偵探戒之曰：「夫惡漢之計，足以寒心，又況以一介弱女？自潛至巢窟，何異委肉當餓虎之蹊哉？曷不靜養在余家？萬一有失，豈不復費予昔日相救之一片苦心也耶？」

屈列亞答曰：「雖然，但家父之祕，合應于余之手得之為宜，故特冒險至此。」絲衛律覽乃還舊處，備述乍間之事。屈列亞曰：「然則再彈余名，或者仍有何發見，亦未可知。」

詮議中，芝眼早于朦朧中驚起，竊謂洋琴之聲，胡為乎來？遂隨聲默察。見絲衛律覽及屈列亞在室中喁喁細語，不禁大喜，以為自投羅網，者番應難脫去矣。旋向廊下壁上，以手按機。斯時屈列亞正按 CLA 自己之名至半，而背後絲衛律覽所立地板忽陷，一翻筋斗，栽入地下室。

比屈列亞回顧時，地板經復舊，現于眼前者，正芝眼也。既而芝眼不知作何狀，屈列亞忽已昏倒，弗論可知為中其妖術也，彼且步至屈列亞身傍，檢查之，復換穿其黑衣欲出。

適屈律諸至，一見暈倒之屈列亞，不覺大怒，曰：「此女在此，而爾偽言為鷹所奪，何必欺人若是耶？」芝眼雖為之言明乍間之事，而彼還不信，如犬如狼之頑嚚不靈，遂復演成格鬥。彼陷于地下室之絲衛律覽，經悠然脫出，手拳銃，再復到于讓羅列屈房。格鬥中之芝眼及屈律諸俱愕然，不敢動，偵探遂將屈列亞救起，翻身欲出。

先是屈律諸曾派部下二人，徘徊于絲衛律覽家，藉以乘機冀能再奪回屈列亞。故一見穿黑衣之屈列亞出，遂尾其後隨之，然而絲衛律覽，亦于出門時先已料及，每夜命部下二人，徹宵巡視，至窺彼惡漢行動，亦尾之而來。迨絲衛律覽救出屈列亞欲出玄關時，突由兩傍躍出兩惡漢，而外玄關，亦射出二道極明亮的光線，直指兩惡漢。於是諸惡漢計窮，只默然視彼絲衛律覽及其徒眾駕自動車，悠然而去。

十六

芝眼謂屈律諸曰：「彼偵探之妙腕，誠非吾輩所能及，吾前言不謬矣。況吾二人，猶自內訌，奚可以此冀其成功哉？自今而後，吾二人宜協力除之，方不為漁人所利也。」屈律諸悟，並告以欲使其婦美【眉】娘殺之，芝眼亦大贊同，遂同乘自動車往。至則美【眉】娘出迎，相與步至客廳。

屈律諸告之曰：「吾與芝眼君同謀一事，欲殺與吾等為仇敵者之絲衛律覽，職在卿，卿其為之，事成吾尤厚待卿，而芝眼君亦欲厚資爾。」美【眉】娘曰：「妾一婦人耳，彼勇敢之偵探，是非妾所敢當，然計將安出？」

芝眼曰：「如此如此，君誘其來，僕自有處分之法。」乃復附耳語之曰：「再宜……，勿慮其不來。」眉娘許之，言已，遂相與鼓掌大笑。

話頭一轉，再說彼屈列亞，自脫險地而後，以為己一身頻苦累彼偵探，密有終身之念而未發也。而絲衛律覽，亦有相慕之誠，各防禮自持，含情脈脈而已。

是夜彼偵探適閒暇無事，正調查參考其書類。何來一自動車，至邸前，車輪遽止。繼聞有呼救之聲，十分危急。細聽之，有如鶯簧巧囀。揭窗帷探首視之，見車上有二運轉手，將一盛裝之貴婦人，正欲行其不法行為。

彼忠肝義膽之偵探，遽觀是狀，情何以堪？詎有不相救之之理哉？即躍身出，立將該運轉手，痛揮其老拳，而兩者各狼狽逃去。遂救起該婦人，詢以何貪夜至此？

該婦人謝曰：「妾因有急事，不得已而出，不圖遇此惡人，若非先生相救，妾必受其辱矣。」「然則無有伺機者，待余送汝還若何。」婦人喜。偵探即回自邸，草一短書於卓【桌】上，示屈列亞謂：「余有要事，不久便回。」旋反身出，乃運轉自動車，送被【彼】婦人至一逆旅。該旅館高數十丈，四邊空曠，彼婦人遂導之至最上層歡待室，且曰：「乍間有勞先生，于心甚感激，未將圖報。」即開筵，欲為道謝。

已而婦人，託言欲持葡萄酒，使其坐于安樂椅上。絲衛律覽觀其愴惶之狀，覺事有乖異，急立起細察其四周。少焉，所坐之椅，崩然自飛於窗外，蓋是椅其機巧置於鄰室，略一按之，則椅自飛，坐其上者，必由窗外裁落。是窗離地凡數十丈，墜下之人，必無幸免。彼偵探睹是狀，猶尚為之戰慄。復念何以以怨報德？顏為之餒。

繼聞履聲漸近，急匿身於洋琴後。初絲衛律覽草書置于卓【桌】上，留與屈列亞之出門時也。即有一怪漢，至屈列亞處，且出絲衛律覽名刺，內書現有急事，應隨此人來。屈列亞莫明其故，然因心縈縈不能忘情於彼，遂不加詳察，隨彼怪漢而出。

十七

斯時由鄰室來者，即彼美娘妖婦也。入視坐椅如故，不覺喜形眉宇，全不知洋琴下已蹲有絲衛律覽在。遂步至電話器邊，呼出屈律諸，語之曰：「現事經如所豫謀，料彼身應化為齏粉矣。但所約之金，速宜持來。」

至是，偵探始識彼女亦係惡漢一流者。維時彼女束裝出，絲衛律覽密隨之。途遇其部下二人，乃使一同尾其後。至中途，遂將彼妖婦擒下，命其部下送下自邸，己則單身再訪羅列屈家。一面屈列亞亦經被惡漢誘至，芝眼厲聲叱曰：「爾是夜潛來，於洋琴中，發見何等祕密？速即自白，否則，予不汝容也。」

　　屈列亞聞言，戰戰競競【兢兢】，唯答以不知。芝眼曰：「余是夜適見爾與彼奴，在室中喃喃，何還支吾如是耶？」答曰：「是誠不知耳。」言罷默然，卒遂再受其辛辣之術，瞠然暈絕于地。

　　斯時一部下，愴然來報曰：「禍事！禍事！彼偵探不死，且美娘亦受縛往矣。」芝眼聞報，顏色一變，遂命備自動車，且呼屈律諸曰：「若使彼奴來，則異當不便，急宜將此女處分之。」言罷立將暈絕之屈列亞，扶上自動車，飄然而去。而潛入羅列屈家之絲衛律覽，步至讓羅列屈室，靜無人影，唯于床下拾得遺巾，署屈列亞，並于卓【桌】上，發見誘屈列亞之假名刺，絲衛律覽恍然有悟。且由窗外頻聞自動車汽笛，料彼屈列亞，必再受惡漢拿出，憑窗望之，車影已沒，亦無如之何已。遂心生一計，更欲借真鷹之力，以探其消息。

　　諒閱者諸君，難無疑惑，是即惡人團團長號牛之屈律諸，及與號鐵之芝眼並鷹者，夙謀橫領羅列屈家財產，而鷹不幸于中途被他罪受監。然而聞鷹之名，于亞米利加，雖三尺童子，亦莫不知，是豈甘久居于監獄乎？

　　最先覺悟者，為彼絲衛律覽偵探，即犯罪學者讓加也。彼一面以犯罪學者，貢獻社會甚多，一面以偵探效勞，藉展其技能，故鷹為絲衛律覽所逆料，卒遂不能呈【逞】其謀，且被禁于己之祕密室。

　　因鷹貌酷似彼偵探，故偵探欲探芝眼之罪跡，遂同時假為破獄囚之鷹，以眩芝眼之眼；而芝眼亦以同謀者再出一人，恐羅列屈財產難免瓜分，故于投下紐育監獄號錠時，以為真鷹逃出，立派其爪牙尾其後，謀行弒之，不圖為偵探所捕。

　　閒話休題，茲絲衛律覽所計畫者，即欲以惡人制惡人也。爰驅自動車返，至家將真鷹放出。叱曰：「現將爾送于監獄如何？」鷹聞言嗒然若喪，絲衛律覽曰：「否則，宜從余命，余始為爾保放。」鷹大喜曰：「萬事惟命，雖赴湯踏火，亦不顧己。」

　　偵探曰：「現屈列亞再被芝眼捕去，汝速往探其消息。」鷹答曰：「諾。」悠然欲出，偵探曰：「稍待，茲限爾十二時間。」鷹許之。於是久困于無天日之鷹，一旦遂再能高飛矣。而偵探於彼去後，急以電話，通各部下，謂現已

放真鷹出，各宜慎察其動作。諸事設定後，乃靜以待之。而芝眼之巢窟，是非一二處。鷹夙知其一在某村舍，即向村莊而來。

　　實則屈列亞亦如鷹所推測被禁於是，真鷹遂潛至一室，中有芝眼及屈律諸在，唯不見有屈列亞。甫旋步時，突見鄰室黑煙濛濛，火舌捲天，僉請羅列屈家所有屈列亞之別莊失火，而于火燄中，屈列亞再由彼惡漢別以自動車載去。

十八

　　越日，羅列屈家公然發表喪事，謂仁娘及屈列亞遊于郊外別墅，被火焚死。自朝來，極大混雜，執紼者盈門。

　　是日，絲衛律覽部下亦化裝為新聞記者，混入其間。弔慰後，並詢家財，應相續于誰，普斯立紹介其父芝眼。

　　偽記者去後，再來者為鷹。手拳銃，厲聲叱曰：「余即鷹也，羅列屈家家財之半，宜分余。汝之罪跡，余悉已探得，汝輩何遽忘初謀之鷹耶？」言已復去。

　　芝眼及屈律諸，俱呆然無語，而傍之普斯亦茫然莫解，全不知其親為何如人也。旋問曰：「彼何人斯，敢言要分羅列屈之財產？」芝眼立詒之曰：「是蓋狂者。」屈律諸亦接口曰：「然。」普斯卒被說過，遂不復問。

　　話頭一轉，再說絲衛律覽正在盼望中，突見鷹歸來，立問可否知屈列亞之行衛乎。鷹答曰：「知之。」偵探曰：「然則在何處？」至是鷹默然。厲聲叱時，則其手中之拳銃一閃，似行其不穩之行為。絲衛律覽急以足暗踏靴下之電線，曰：「欲擊余乎？欲擊便擊。」迨鷹之拳銃甫一起時，身已受鐵壁吸住，而拳銃亦落。

　　絲衛律覽曰：「尚不言乎？」斯時鷹亦不懼，遂冷然答曰：「若要知屈列亞之行衛，欲以幾何為謝？」絲衛律覽聞是，以為與爭之無益，且彼敏腕之偵探，欲知屈列亞之行衛，不由鷹之口，是亦不難。故彼遂故意將電力一鬆，而彼真鷹遂得再脫出羅網，絲衛律覽亦立命其部下尾其後而去。然後旋身入室，電話聒然，聽之，始知其部下報屈列亞被禁于羅列屈家所有之礦山。遂

命部下化裝為工者而去，己亦變裝為一測量師，向該礦山而來。

話再說到屈列亞之身上，彼受閉于山莊一室，燃火焚燒，恰于焦熱地獄之時，再被惡漢由猛火中救出，以自動車載往亡父所有之礦山，重被監禁。屈列亞禁于是地，欲尋出生路，毋奈一女監者在傍，無計可施。

至深更，彼女忽睡去，乃蛇行至其傍，竊鍵啟扉而出。因亡父生前，曾隨到幾次，故其路徑尚稍能記憶，急向間道而走。倏見前面突來芝眼，不覺大驚，遂不敢前進，回身而還。詎知甫數步時，前面突貿來一人，視之，則屈律諸。蓋彼亦俟芝眼去後，欲探礦山之祕蜜【密】，召其爪牙潛來。

至是，屈列亞進退維谷，爰不得已，躍入傍之廢坑。其中黑不見掌，乃匍匐而進，突現一室于前。窺其中，若無人跡，爰信步而入。內無裝飾，置一大金庫，是即珍藏羅列屈家重大之書類，及多大金額者。然而彼女，亦不之知也。竊謂此無生路，忽聞履聲迫近，遂蹲伏于椅下，屏息不敢動。

繼見入來者，即屈律諸及其爪牙。蓋彼夙知礦山內者秘密室，故入礦山時，四處搜索，卒遂于是室，發見大金庫，不禁大喜，乃與其爪牙協力將金庫扉破壞之。盛將金銀及秘密書類，納諸袋中。而椅下之屈列亞，亦探首頻視。

及袋完時，屈律諸且命部下曰：「汝曹宜速置火藥，將此室爆發，藉以消滅余等之罪跡。」其爪牙如命。俟裝置完備，乃向導火線，出火點之。先是變裝為測量師之絲衛律覽，以望遠鏡，早知屈列亞身落廢坑。迨至時，經在彼惡漢點下導火線之後，斯時絲衛律覽頓覺坑內異臭，漸近秘密室時，聞呼救之聲，立蹴扉而入，將屈列亞救出，同時秘密室，亦轟然一聲，如天崩地裂，經已爆發矣。

十九

屈律諸將袋使爪牙背負，走至崖上，欲下時，忽墜落。其爪牙急回身欲拾時，屈律諸頓生慾念。叱之曰：「爾暫先回去，勿用于爾。」諸爪牙聞是，不敢唐突，紛紛作鳥獸散，屈律諸乃肩負之行。不及數武，突飛來一彈，中其右手，所負之袋，亦因之而卸。

　　回顧時，即鷹在後，來奪其袋。屈律諸因負傷，不能與之爭，遂愴卒逃至芝眼處，曰：「禍事！禍事！余所發見之祕密書類，乍間受鷹奪去！」且伸手示之以傷，並曰：「宜速奪還！」於是二人聯袂遵鷹之跡而來。至崖下已發覺，然惡漢自料究非鷹之所敵，未敢迫近。倏而飄然落下一彈，中屈律諸而倒，是即鷹所擊也。於是彼助桀為虐之兇漢，遂一命嗚呼，是亦彼罪惡貫盈，致受同類之害也。

　　閑話休敘，再說那芝眼，情知經失一臂，方驚愕間，突于前面，現出絲衛律覽。蓋彼自念單身，前後受敵，殊非得計。故有如前記，故意放出真鷹，使惡漢自相踐踏，已乃於中取利。斯時絲衛律覽親見牛被鷹擊倒，自喜除去一害。繼見在崖下之鷹，正將袋移入于凤備之籠，遂攀索下崖。

　　斯時望其事者，為芝眼及屈列亞。芝眼俟彼下崖後，立向前切斷其索，然後悠然而去。絲衛律覽下崖後漸迫鷹身，叱曰：「在此何為者？」鷹回顧時，知為彼偵探，劇烈與之鬥。

　　是或鷹之命未絕而偵探之運拙，絲衛律覽卒被鷹摔倒，四足朝天，陷于人事不省。鷹亦不之顧，立抬起籠，跳岩石而下。是處有蹊介然，僅可步，若一失足，則墜落于萬丈溪澗。是亦彼命之將絕，突一足陷於石礦間，難得拔起，遂抱籠而呻。

　　再說絲衛律覽，雖一時暈倒，因水量漸增，遂漸蘇醒。仰視崖索已斷，且澗水漸漲，而崖上之屈列亞，亦代為之急。計窮智生，立步往自動車中，持一繩至，縋而下之。絲衛律覽遂沿繩而上，兩人步至自動車側，視其車經破壞，欲行修繕，究非一日可成，於是遂露宿于是處。屈列亞因極疲勞，一時睡去。唯彼偵探，一夜未曾合眼，不覺東方已白，遂再起修理。迨告成後，始驅之而去。

　　須臾，屈列亞指曰：「是非芝眼耶？」細視之，見芝眼漕一小舟，至岩石邊跳上，其前則一抱籠而死之男子在。少選，彼芝眼將該籠移載于舟，油然以去。絲衛律覽料抱籠而死者必鷹，芝眼所得之籠，必藏彼祕密書類也。言念及此，乃安然歸還。

　　越日，即吩咐部下細護屈列亞，自己遂再向羅列屈家而來。轉瞬眼間，

彼屈列亞，再于不知不覺間，受彼惡漢之手捕去，監于監禁仁娘之室。姊妹一見，相抱而泣，各訴已往之慘情，唯期天祐而已。迨絲衛律覽由芝眼家逃出遺言書，至中途時，始知屈列亞再被捕，遂回家熟籌救出之策。

二十

芝眼既將彼姐妹禁于巢窟內，且奪還遺言書，意氣揚揚，以為羅列亞【屈】家財產，應全部屬己。不圖甫入臥室時，見一人坐于椅上，視之即鷹也。蓋鷹經狹【猝】死于岩石間，何能到此？全不知彼為鷹酷似之偵探，一時大驚，疑鬼出現，倉皇欲逃出。

絲衛律覽莞爾而起，步近其身，芝眼心惴惴然，避于一隅。偵探曰：「爾勿恐。余非鷹也，鷹則如爾所知，已死矣。」芝眼曰：「然而汝非鷹乎？」答曰：「然，余則偵探絲衛律覽是也。」芝眼聞是，吃驚非少。

繼彼偵探還接言曰：「余自任患【犯】罪學者以來，始終得出入于監獄。某日余適與監守長議事，適一囚徒遇余側，驚惶迴避曰：『彼非鷹乎？』余疑甚，乃問監守長。巨【彼】答曰：『所謂鷹者，與爾之形容唯肖，乃一彼【巨】[2]盜，彼係誤認也。』余聞之，興味斗然，以為己酷似巨盜，可資犯罪學上之參考，遂向監守長求與鷹面會。迨至鷹之受禁處，余始知爾之名姓。」

言至是，芝眼面色頓變，偵探叱之曰：「芝眼！汝以余由鷹口，探得何事歟？」芝眼答以不知。偵探曰：「汝若不知，余代爾言之。彼見法網恢恢，漸穩【隱】身於羅列屈所有礦山，以為坑夫，爾亦化裝為坑夫長。究在彼山中，計畫何事？」偵探雖言至是，而彼猶不吐實，唯假若不相關者。於是偵探欲一一摘其罪狀，再言曰：

「讓羅列屈某日視察礦山，而彼家遺產，則密藏于坑內一室，知之者為鷹。鷹遂萌慾望，潛入金庫內，盜出巨款。欲出坑時，受一物拔足而倒，細視之，一小形之電氣爆發機也。

斯時鷹欲追源搜本，乃沿電線而出，乃于叢草中，發見裝置者，是自勿

2　按：原文此處版面上，鄰近之兩行，末字恰為「彼」與「巨」，然而卻左右錯置，故有此誤。

論為汝此獠。蓋汝曹欲謀羅列屈財產，遂出此計劃。維時誤入者，為彼讓羅列屈，而汝曹經窺機點上電線，致將坑道爆發。

汝曹正喜計成，詎知背後突現出鷹，於是汝曹求彼勿曳【洩】是事，而約謝禮若干，鷹始首肯而去。先是爾之計畫，以為無人知之乎？彼鷹則知之。

某夜，彼欲取前約之金，到爾房內，不圖爾只虛與委蛇，實則密喚警官越室而入，卒鷹竟被捕去。勿論爾即乘機以鷹殺害羅列屈為名而陷害之，此時鷹雖欲言辯，毋奈已往之罪跡，擢髮難數，遂墮爾術中，受禁於監獄內。至是汝以為知爾秘密之鷹，經已中計，自可久饗羅列屈之家財，遂假冒為羅列屈之弟，偽造遺言書，欺彼姐妹。汝尚言不知乎？」

然絲衛律覽斯時並不言讓羅列屈被其妙腕求去，安置於其家之秘密室。蓋彼于是時，將病餘垂死之坑夫一人，加以化學，使酷似羅列屈以瞞芝眼，並瞞過其女也。

且曰：「余因鷹全悉爾之罪狀，故與監守長協商後，將彼之獄衣，與己穿下，並以鷹若放出，頗礙於己之辦事。爰將彼鷹另禁于余家中。於是余首尾假破獄，為查此案件，直冒鷹至今。然則不是鷹，汝其知之乎？」芝眼聞是，垂首默然。

二一

絲衛律覽叱之曰：「何尚沉迷不返？宜速白彼姐妹行衛。」斯時芝眼聞偵探言，且頑抗曰：「是，余之罪狀，誠如君所言。但余決不垂首，為汝甘心，則彼姐妹之死生，猶屬吾矣。」偵探曰：「然則應難逃法網。」

芝眼曰：「余假若伏法，則彼之行衛，究亦難明。余雖處此，略一為號，則余之爪牙，可以立斃彼女。」言已，以足密踏地下之機。其鄰室有二人在，一見電燈，倏明倏滅，知為芝眼之號令，各手拳銃，潛至芝眼室，伏於窗隙間窺之。而室中之芝眼，暗示以眼色，令殺彼偵探。

二爪牙潛至絲衛律覽背後，閃出二拳銃，直加諸胸間。然偵探並不驚惶，而芝眼步近箱前，叱曰：「余不在時，汝先在此室。或者竊去何物，亦未可知。比開箱檢點後，最重要之遺言書，經不翼飛去矣！」乃向偵探曰：「此必爾所

竊，速宜交出。」偵探搖首示之無。芝眼遂步前搜其身，卒亦無有。眉上一
縐，乃向部下曰：「汝曹其代吾監視之，余將往此奴家，追還遺言書去。」言
罷倉皇而出。

聞是之爪牙，則靜以銃擬之。絲衛律覽哂之曰：「何苦若是耶？傍有椅，
何不坐下？余為查其罪狀，特來此者。假若喚余去，余亦不去，何苦堅立若
是耶？」斯時二爪牙，不覺失笑，以為彼善腴辭，矷木立良久，不無生倦，
乃如偵探言坐下，而拳銃則仍擬之。

比偵探欲起立時，兩者愴然曰：「逃則必無幸免。」按銃直抵絲衛律覽。
偵探曰：「無他，現今欲吸雪茄。」旋由懷中出雪茄三枝，以二分與之，並曰：
「手拳銃燃火未便，余代點之。」二爪牙乃一手握銃，一手吸雪茄，而彼偵
探，亦吸雪茄靜閱傍邊雜誌。移時二爪牙沉沉睡去，是蓋中彼偵探之麻醉藥
也。睹是之偵探，大笑而出。

一面芝眼自出門後，直奔到絲衛律覽家，因偵探部下，欲尋列亞亞【屈
列亞】行衛，四散而出，故彼遂得安然潛入。于諸抽斗，搜索殆遍，唯不見
遺言書。意為臨時倉卒，乃緩緩注意搜之。卒得於抽斗內深處，發見遺言書，
不禁大喜，取納諸袋中。步至電話側，呼出其爪牙曰：「遺言書已到手，若彼
姐妹在，尤難行事，汝曹可速斃之。」蓋先方即幽閉仁娘、屈列亞之巢窟也。

斯時彼偵探已到，伏於扉際，窺之歷歷，乃啟扉入，厲聲叱曰：「芝眼！」
而彼芝眼正自洋洋得意之時，忽聞是聲，自知事敗，乃回顧時，則茫然莫解
其何能到此。

二二

絲衛律覽責之曰：「爾罪惡貫盈，尚無改悛之心。若能自白罪愆，自宜宥
爾。」芝眼聞言，始怛然心安，乃曰：「既往之罪跡，洵如君所言。彼姊妹實
余監禁之，遺言書亦是余所偽造，欲橫領羅列屈財產者。今受爾察出，頓覺
從前之非。自今而後，務一洗前之愆，唯期寬我可。」遂盡白其罪，慄然欲出。

偵探叱曰：「少待！」命出時錶，限以一點鐘，速送彼姊妹來。芝眼滿口
承諾，出邸而去。芝眼寧有改過之念哉？偵探冷然笑，旋入變裝室，與一人

振手為號。彼究為誰？唯于黑暗裡，弗能明白。

隔數十分後，電（話）機突鈴然鳴【突然鳴鈴】，聽之，即芝眼也。言所約束之彼姊妹，經帶到巴利斯旅館第四號室。言至是，即行切斷，

絲衛律覽默念彼夛萬無悔遇之理，不可不除之。遂帶二部下往，一為迄今並未使用之高齡者。且令警官十數名，私服赴巴利斯旅館，為之警戒，務期一網打盡。

再說彼芝眼自出偵探邸後，果無改悔之心，竟奔到巢窟，向其爪牙曰：「禍事至矣。」遂言明乍間之事，諸爪牙曰：「若然，則高飛可矣。」芝眼搖首曰：「否，今應將彼二女為餌，不難藉此為最後之一決。」

言已，步至監禁彼女之室，將二女縛下，以巾塞口，帶至巴利斯旅館四號室內，捆于椅上。芝眼出一電氣爆發機，置于一隅，接一電線，沿壁至扉張之，且叱曰：「汝之生命，全在彼偵探之身上。彼偵探若到此啟扉，則爆發機應發。那時，爾等可與彼偵探，同赴極樂之國矣。」言已飄然出。

其爪牙一見芝眼，遽問曰：「計能行歟？」芝眼答曰：「余經先以電話告之矣。彼專望救彼女，若到此啟扉，則三人應化為虀粉，何患財產不完全歸吾乎？」遂四散分伏于旅館外，靜俟之。

少選，絲衛律覽同部下至，先命部下警戒于外，彼則一人入，至第四號室。欲啟扉時，忽覺心上怦然，為慮其萬一，伏于鍵隙窺之。然鍵已破壞，室裡全不明。偵探再舉扉銓欲開，而室中之彼姊妹，見扉銓一轉，不覺魂飛魄喪，為必喪于賊人之手矣。默念至是，惟閉目待斃而已。

斯時也，突一部下倉皇登梯至，厲聲曰：「稍待！彼芝眼與其爪牙五六人，彷徨于街隅，恐此室中，有裝機在。」偵探眉上一縐，經胸有成竹，乃曰：「爾可通報諸警官，將其爪牙捕下，唯帶芝眼來。」並咐耳不知作何言。部下出，略一舉號，十數名之警官，立將該惡漢團員捕住，卒未曾漏網一人。

二三

移時其部下押芝眼至，絲衛律覽命之入。只其見彼猶頑強抵抗，偵探叱曰：「確否二女在此室？」芝眼頷之。偵探曰：「若則爾先導余入。」芝眼聞

是，心惴惴然，委頓不能成步。蓋有如前記，室中置有爆彈，引線裝于扉上，一啟扉時，略一動機，則爆彈應爆發也。

偵探曰：「何至於斯？其室中有張諸機乎？」言已，眼光直射，至是芝眼唯囫圇吞棗而已。偵探再毅然曰：「若還不啟扉，當饗此。」視之，則彼右手握一拳銃，直加諸彼肩。芝眼慎覺不安，汗背交流，雖死亦不敢入。

偵探厲聲曰：「若若不開，余代爾開之。」言已，將芝眼推入，瞠然一聲，經橫倒於室內矣。最可怪者，莫若前所安置之彈，偏不爆發。芝眼不覺大驚，甫抬首時，而先前縛下之姊妹花已不見矣，唯其父讓羅列屈立于目前。斯時也，芝眼以為彼之幽魂顯靈，遂嚇倒于地而絕。

閱者諸君，室中所裝置之爆彈，不爆發者，是蓋彼犯罪學者之計略也。彼于先前欲來巴利斯旅館時，帶有部下二人，其高齡者，即讓羅列屈之化裝也。迨至第四號室，彼洞破其謀，乃密令部下越後窗入，卸下爆發機，救出仁娘並屈列亞，且將讓羅列屈送到室中，藉以嚇彼，不圖彼竟嚇死。若以其罪跡論之，則彼之極步雖是，亦可謂幸矣哉。

於是絲衛律覽及向讓羅列屈曰：「現諸惡漢已死，餘黨亦全拘下，茲欲交還二女。」遂令部下率仁娘、屈列亞至。彼姊妹一見其父復生，不覺大喜，繼且淚下。偵探睹是狀，亦頗得自慰。嗣對彼二女道歉曰：「實則爾父于礦山負傷時，即在拙宅療養。因諸犯未捕，致隱至今，而是日乃父之葬儀，乃一酷似爾父之坑夫也。」言已，別還自邸。

隔數日，讓羅列屈家盛張祝宴，招待最大恩人之彼偵探，及朝野諸名士，百樂融融，無非為其家庭祝福。同時以其如花似錦屈列亞，妻彼勇敢之偵探絲衛律覽為室，其長女仁娘則配與惡漢之子普斯為妻。初未敢遽配，蓋以普斯之行為，有異諸父，且于仁娘有骨肉之情焉。所謂鯀殛而禹興也，配之何傷？而仁娘亦願愛之，有情眷屬，遂得長饗【饗】其無窮之幸福矣。

載於《臺灣日日新報》，一九二二年十月七日～三十日

最後一課

作者　都德

譯者　胡適

都德像

【作者】

都德（Alphonse Daudet, 1840～1897），法國小說家。一八五六年擔任教師謀生，一八五八年開始了他的文學創作之路。都德的作品主要以其富於幽默感和描繪法國南方風土人物的人情味而聞名於世。曾以長篇小說《小弟弗羅蒙和大哥黎斯雷》（*Fromont jeune et Risler aine*, 1874）榮獲法蘭西學院獎。都德重視觀察，並慣於隨身攜帶小手札，以記錄生活的資料做為自己寫作的題材，是屬於以左拉為首的自然主義派。他的作品忠實反映現實世界的多樣色彩，多愁善感、細膩敏銳地描寫各種人物內心的交錯縱橫。在都德的作品中，可以看見樂觀的因子在真實與幻想、諷刺與同情、絕望與醜陋中跳躍。代表著作有《小東西》（*Le Petit Chose*, 1868）、《磨坊書札》（*Lettres de mon moulin*, 1869）、《塔拉斯孔城的達達蘭》（1872）、《女戀人們》（Les Amoureuses, 1858）等。短篇小說〈最後一課〉（*La Dernière Classe*, 1873）已被翻譯成多國語言，是一部愛國主義教育的典範小說，已成為世界文學的珍品。（潘麗玲撰）

【譯者】

胡適像

胡適（1891～1962），字適之，中國安徽績溪人。因提倡白話文與文學革命而成為新文化運動的領袖之一，與陳獨秀同為五四運動的軸心人物。胡適也是中國自由主義的先驅，他以《新青年》月刊為陣地，宣傳民主、科學，倡言「大膽的假設，小心的求證」的治學方法。一九一〇年前往美國，先後在康乃爾大學、哥倫比亞大學就讀。一九一七年獲博士學位回國，曾任北京大學教授、北大文學院院長、中央研究院院長等職。一九一七年發表〈文學改良

芻議〉極大地衝擊了中國的傳統文學觀念。一九二〇年出版中國新文學史上第一
部白話詩集《嘗試集》。獨幕劇〈終身大事〉為第一次用白話寫作,從而確立了現
代話劇的新形式。主要著作有《中國哲學史大綱》(上卷,1919)、《白話文學史》
(上卷,1928)、《中國中古思想小史》(1932)、《四十自述》(1933)、《中國新文
學運動小史》(1958)等,此外他還翻譯了都德、莫泊桑、契訶夫等人的小說。胡
適一生著述豐富,在學術界影響極為深遠。(潘麗玲撰)

　　著者都德 Alphonse Daudet,生於西歷【曆】千八百四十年,卒於千八百
九十七年,為法國近代文章鉅子之一。

　　當西歷【曆】千八百七十年,法國與普魯士國開釁,法人大敗,普軍盡
據法之東境,明年進圍法京巴里,破之。和議成,法人賠款五千兆弗郎,約
合華銀二千兆元,蓋五倍於吾國庚子賠款云。賠款之外,復割阿色司、娜戀
兩省之地,以與普國。此篇托為阿色司省一小學生之語氣,寫割地之慘,以
激揚法人愛國之心[1]。

　　這一天早晨,我上學去,時候已很遲了,心中很怕先生要罵。況且昨天
漢麥先生說過,今天他要考我們動靜詞文法,我卻一個字都不記得了。我想
到這裡,格外害怕,心想還是逃學去玩一天罷。你看天氣如此清明溫暖,那
邊竹籬上兩個小鳥免【兒】唱得怪好聽。野外田裡,普魯士的兵士正在操演。
我看了幾乎把動靜詞的文法都丟在腦後了,幸虧我膽子還小,不敢真個逃學,
趕緊跑上學去。

　　我走到市政廳前,看見那邊圍了一大羣的人,在那裡讀牆上的告示,我
心裡暗想,這兩年我們的壞消息,敗仗哪、賠款哪,都在這裡傳來,今天又
不知有什麼壞新聞了。我也無心去打聽,一口氣跑到漢麥先生的學堂。

　　平日學堂剛上課的時候,總有很大的響聲,開抽屜的聲音、先生鐵戒尺

---

[1]　按:胡適《短篇小說》之譯文於此處原有小註:「民國元年九月記於美國」,《臺灣
　　民報》轉載時刪除。

的聲音、種種響聲，街上也常聽得見。我本意還想趁這一陣[2]亂響的裡面，混了進去。不料今天我走到的時候，裡面靜悄悄地一點聲音都沒有。我朝窗口一瞧，只見同班的學生都坐好了，漢麥先生拿著他那塊鐵戒尺，踱來踱去。我沒法，只好硬著頭皮，推門進去，臉上怪難為情的。幸虧先生還沒有說什麼，他瞧見我，但說：「孩子快坐好，我們已要開講，不等你了。」我一跳跳上了我的坐【座】位，心還是拍拍的跳。

　　坐定了，定睛一看才看出先生今天穿了一件很好看的暗綠袍子，挺硬的襯衫，小小絲帽。這種衣服，除了行禮給獎的日子，他從不輕易穿起的。更可怪的，今天這全學堂都是肅靜無嘩的。最可怪的，後邊那幾排空椅子上也坐滿了人，這邊是前任的縣官和郵政局長，那邊是赫叟那老頭子，還有幾位我卻不認得了。這裡【些】人為什麼來呢？赫叟那老頭子，帶了一本初級文法書攤在膝頭上。他那副闊邊眼鏡，也放在書上，兩眼睜睜的望著先生。

　　我看這些人臉上都很愁的，心中正在驚疑，只見先生上了坐【座】位，端端敬敬的開口道：「我的孩子們，這是我最末了的一課書了。昨天柏林（普國京城）有令下來說，阿色司和娜戀兩省，現在既已割歸普國，從此以後，這兩省的學堂只可教授德國文字，不許再教法文了。你們的德文先生明天就到，今天就是你們最末了一天的法文功課了。」

　　我聽了先生這幾句話就像受了雷打一般，我這時才明白，剛才在政廳牆上的告示，原來是這麼一回事。這就是在最末了一天的法文功課了！我的法文該怎呢[3]？我還沒學作法文呢！我難道就不能再學法文嗎[4]？唉，我這兩年為什麼不肯好好的讀書。為什麼卻去捉鴿子、打木球呢？我從前最討厭的歷史書、文法書[5]，今天都變了我的好朋友了。還有那漢麥先生也要走了。我真有點捨不得他。他從前的【那】副鐵板的面孔，降沉沉的戒尺，我都忘記了，只是可憐他。原來他因為這是末了一天的功課，才穿上那身禮服，原來後面

―――――――――
2　按：原刊於此處有衍字「種」。
3　按：「該怎呢」，胡適原譯作「才該打呢」。
4　按：「嗎」，胡適原譯作「了」。
5　按：「歷史書、文法書」，胡適原譯之次序相反。

空椅子上那些人，也是捨不得他的。我想他們心中也在懊悔從前不曾好好學些法文，不曾（多）讀些法文的書。咳，可憐的很！……

　　我正在癡想，忽聽先生叫我的名字，問我動靜詞的變法。我站起來，第一個字就回錯了。我那時真羞愧無地，兩手撐住卓【桌】子，低了頭不敢抬起來。只聽得先生說道：「孩子，你【我】也不怪你，你自己總夠受了。天天你們自己騙自己說，這算什麼？讀書的時候多著呢。明天再用加【功】還怕來不及麼？如今呢？你們自己想想看，你總算是一個法國人，連法國的語言文字都不知道……。」先生說到這裡，索性演說起來了。他說我們法國的文字怎麼好，說是天下最美、最明白、最合論理的文字。他說我們應該保存法文，千萬不要忘記的。他說：「現在我們總算是為人奴隸了，如果我們不忘記我祖國的語言文字，我們還有翻身的日子。」

　　先生說完了，翻開書，講今天的文法課。說也奇怪，我今天忽變聰明了。先生講的，句句都易懂得[6]。先生也用心細講，就像他恨把不得【恨不得把】一生的學問今天都傳給我們。文法講完了，接著就是習字。今天習字的本子也換了，先生自己寫的好字，寫著「法蘭西」、「阿色司」「法蘭西」、「阿色句」四個大字，放在卓【桌】上，就像一面小小的國旗。

　　同班的人個個都用心寫字，一點聲色【息】都沒有，但聽得筆尖在紙上颼颼的響。我[7]一面寫字，一面偷偷的抬頭偷偷【瞧瞧】先生。只見他端坐在上面，動也不動一動。兩眼瞧瞧屋子那【這】邊，又瞧瞧那邊。他【我】心中怪難過。暗想先生在此住了四十年了，他的園子就學堂在【在學堂】門外，這些的櫈子、檯子[8]都是四十年的舊物。他手裡種的胡桃樹也長大了，窗子上的朱藤也爬上屋頂了。如今他的【這】一把年紀，明天就要離去此地了。我彷彿聽見樓上有人走動，想是先生的老妹子在那邊收拾箱籠，我心中真替他難受。先生卻能硬著心腸，把一天功課一一做去，寫完了字，又教了一課歷史。歷史完了，便是那班幼稚生的拼音。坐在後（面）的赫臾【叟】那老頭

6　按：「句句都易懂得」，胡適原譯作「我句句都懂得」。

7　按：原刊此處有衍字「我」。

8　按：「櫈子、檯子」，胡適原譯之次序相反。

兒，載【戴】上了眼鏡，也跟著他們拼音[9]Ba、Be、Bi、Bo、Bu（巴、卑、比、波、布）。我聽他的聲音都哽咽住了，很像哭聲。我聽了又好笑，又要替他哭。這一回事，這末了一天的功課，我一輩子也不會忘記的。

　　忽然禮拜堂的鐘敲了十二響，遠遠的（地）聽得喇叭聲，普魯士的兵操演回來，踏踏踏踏的走過的我們【我們的】學堂。漢麥先生立起身來，面色都變了，開口道：「我們【的】朋友們，我……我……」先生的喉〔嚨〕哽咽住了，不能再說下去。他走下座，取了一條粉筆，在黑板上用力寫了三個大字：「法蘭西萬歲。」他回過頭來，他[10]一擺手，好像說：散學了，你們去罷。

　　　　　　　　　載於《臺灣民報》，第一卷第三號，一九二三年五月十五日

9　按：「音」，胡適原譯作「那」。
10　按：「他」，胡適原譯作「擺」。

有罪有罰 *

作者　杜思妥也夫斯基
譯者　張耀堂

【作者】

杜思妥也夫斯基（Fyodor DoStoevsky, 1821～1881），俄國小說家，生於莫斯科，聖彼得堡軍事工程學校畢業，一八四六年完成第一部短篇小說《窮人》，獲得俄國著名文學評論家別林斯基（Vissarion Belinsky, 1811～1848）的讚賞，並被譽為第一部俄國社會小說。一八四九年被指控資助反對沙皇尼古拉斯一世而遭逮捕，接下來度過了十二年的勞役生活，使其原本保守深刻的宗

杜思妥也夫斯基像

教哲學思想有所轉變。回到聖彼得堡後，與兄長創辦《當代》雜誌，創作小說《死屋手記》，獲得屠格涅夫（Ivan Turgenev, 1818～1883）的稱揚，托爾斯泰評為「最優秀的作品」。爾後陸續發表許多長篇小說，其中以《罪與罰》、《白痴》、《卡拉馬助夫兄弟們》最為膾炙人口，此外還有《附魔者》、《被欺凌與被侮辱的》、《冬天裡的夏天印象》、《地下室手記》等。其小說具有高度的戲劇張力，情節十分緊湊，擅長描寫人物角色的善惡矛盾性格以及深層心理活動，後人評論云：「托爾斯泰代表了俄羅斯文學的廣度，杜思妥也夫斯基代表了俄羅斯文學的深度」，獲得極高評價，影響十分深遠。（顧敏耀撰）

【譯者】

張耀堂（1895～1982），臺北木柵人，出身當地世家（父親張德明曾任木柵區長、深坑庄長、庄協議會員，獲頒紳章），一九一四年臺灣總督府國語學校公學師範部乙科畢業，旋即獲得公學校訓導免許狀（證書），負笈日本，就讀

張耀堂像

＊ 原刊於題後括號註明「俄國小說」。本文即杜思妥也夫斯基代表作之一的《罪與罰》之濃縮提要版。

於東京高等師範學校（今筑波大學）預科，一九一七年考入本科，就讀於文科第二部。一九二一年畢業後回臺任臺灣工業學校（今臺北科技大學）教諭，一九二六年轉任臺北師範學校教諭，翌年該校分為第一與第二兩校，任臺北第二師範學校教諭。一九三五年出版《新選臺灣語教科書》，成為師範學學校的授課教本。一九三九年敘勳八等授瑞寶章，翌年改姓名為「新村益壽」。一九四三年臺北第一與第二師範學校合併為臺北師範學校，升任助教授，一九四五年再升任教授。戰後歷任建國中學校長、臺灣省行政長官公署參議、臺灣省政府參議、臺灣工業研究所課長等職，屆齡退休，安享晚年。在日治時期曾經發表多篇作品，涵蓋漢詩、新詩、散文、評論、翻譯等，散見於《臺灣日日新報》、《臺灣婦人界》、《臺灣警察協會雜誌》、《臺灣教育會雜誌》、《臺灣教育》等，表現出廣泛的涉獵與深厚的學養。（顧敏耀撰）

　　大學生魯而枉，天性敏感聰明，然在大學，屢學屢悶，憂鬱日集。如此不知不識之中，已帶神經衰弱病症。病既重也，自然廢學，而枉遂連日缺席大學課程，不過在俄京旅館起居。元來家貧，學資時常不足，及其罹病也，雜費加倍，對館主食費將不得清楚。

　　而枉於是屢憤，以為世間大不公平，夫愛正義者皆屬清貧，夫不正直者各有巨富。而枉於是奮起雄心，觀街內有一大當店，店主婆婆所擁家財不少，將此婆婆密暗殺死，後巧奪家財，家財既甚豐，亦可行慈善於世，救濟貧苦於人，此計無乃太妙耶？

　　而枉變出此種思想，細察之則有根柢。而枉以為殺人奪物果有罪也，雖然世人所稱犯罪者，究竟是何物乎？試觀古來英雄，如奈破崙、如回教祖、如阿歷山，均犯殺人罪者也。而後世史家不特不問其惡，且讚賞作萬世英雄，大書為絕世偉人者何耶？噫嘻可見正論也，彼等不過為世人幸福，殺去一部小犧牲矣，如是不可言有罪惡也。

　　予欲殺婆婆之計，宜類此而解焉。婆婆開當店絞取民膏血，家雖有巨財，不過貧民之血海耳。此強慾無道婆婆，罪當百死，是以可殺之。殺後將婆婆所有家財巧奪遠逃，逃後將其大富徐行慈善，此非所謂挾富助貧者歟？

　　一夜而枉入酒樓自慰，席上有一個白髮翁，翁名馬流迷。馬流迷時已大醉，且歌且舞。翁昔日嘗作官吏，為退職以後，家內日貧，甚至衣食不足。翁口醉心不醉，再與而枉同飲。同飯【飲】中翁忽然飲泣，淚涕兩流不止，其慘不可正視。而枉悲問其故，翁曰：「吾家有老妻，夫婦生兩女一男。自我官吏退職以來，家財漸散，今也赤貧如洗。長女既達妙齡，我吞淚忍辱，為救一家生計，賣之娼窟。吾每思吾女為一家貧困，日夜在苦海受難，不得不切齒悲哭焉。」而枉聽過老翁直言，亦同流淚嘆息。

　　而枉聽過老翁家庭悲慘，心中不平屢大，決意屢固。一夜深更，將店主婆婆、婆婆之妹、婆婆之女，三人齊殺之。殺死之後，取了少許金錢與老翁馬流迷，欲救其貧苦。然而枉殺了當店三命，胸中突起暴風，婆婆遺財雖多，亦無意盜取。

　　而枉最初所想英雄偉人之殺人固屬合理，今日自己所行殺人者似有不合理也。而枉曰：「英雄偉人皆生於鐵，鐵身、鐵志、鐵行，吾不過生於肉與血，溫眼、溫情、溫順，今日自己殺人，皆反俗人美風，均背世人善行。」

　　可見而枉兇行之後，自覺其誇大妄想。誇大妄想也者，發于神經衰弱，神經衰弱也者，發于生活不安，生活不安也者，發于不守本分，於是而枉大悲欲狂。

　　老翁馬流迷長女素蓮，身雖在娼窟，事出不得已，故身污心不至污。又聞大學生魯而枉，同情其家庭。夫同情其家庭者，乃既同情妾身。素蓮親會而狂，先道謝焉，次勸反省有罪必也有罰，當自首可祈輕減處分而已。

　　話說而枉受素蓮訪問，又素蓮貌美言正，不宜作娼妓之類，心中大起戀戀愛情。素蓮見而枉雖兇犯之徒，聰明溫順，尚堪慕蘭，於是兩個青春言外有相愛，約外有相信，目瞬之間，已成未來夫婦之契。素蓮曰：「可惜妾污體也。」而枉答曰：「不然，卿乎吾人心中豈能污焉？」素蓮曰：「妾雖無學，唯神是敬，唯天是懼。妾願早早自首，以輕君罪。人無良心，可以謂人乎？君之輕舉也，病耳。」於是素蓮跪地祈禱，熱淚如雨。

　　而枉為素蓮忠告，即時自首警察，言以手斧殺當店婆婆、婆婆之妹、婆婆之女，警官遂補焉。後開公判，名判官波留飛，以為而枉狂殺之案，乃屬

青年妄想而已，罪可惡也。然今有深甚反悔，自首待罪，亦可憐之至矣。罪減一等，處分流罪，押送西比利阿，終生不許住居歐洲俄羅斯。而枉大謝從令，遂被押送西比利阿。後苦心耕耘荒野，且素蓮言甘願同往，已完人生受難萬一，聞者莫不哀憐之。（完）

載於《臺灣教育》，第三〇三卷，一九二三年十一月一日

百愁門

作者　吉百齡
譯者　胡適

吉百齡像

【作者】

　　吉百齡，今多譯為吉卜齡（Joseph Rudyard Kipling, 1865～1936），生於印度孟買，英國作家及詩人。他是英國十九世紀至二十世紀中很受歡迎的散文作家，以撰寫兒童故事聞名，被譽為「短篇小說藝術創新之人」。一九〇七年獲諾貝爾文學獎，也是第一位英國諾貝爾文學獎得主。這位世界名作家的作品以觀察入微、想像獨特、氣概雄渾、敘述卓越見長。內容簡潔凝鍊，充滿異國情調，歌頌大英帝國主義，有多篇描述駐紮在印度的英國士兵之故事和詩歌。筆下的文學形象往往既是忠心愛國和信守傳統，又是野蠻和侵略的代表。然而他的部分作品也被普遍視為帶有明顯的帝國主義和種族主義色彩，長期以來人們對他的評價各持一端。他一生共創作了八部詩集，四部長篇小說，廿一部短篇小說集和歷史故事集，以及大量散文、隨筆、遊記等。主要著作有《叢林之書》（*The Jungle Books*, 1894）、《金姆》（*Kim*, 1901）、《營房謠》（*Gunga Din*, 1892）、《如果》（*If*, 1895）以及許多膾炙人口的短篇小說。（潘麗玲撰）

【譯者】

　　胡適，見〈最後一課〉。

　　吉百齡（Rudyard Kipling）生於西歷【曆】千八百六十五年，著小說長短篇無數，亦工詩，為當代文學鉅子之一。

　　此篇寫一嗜鴉片之印度人，其佳處在於描畫昏惰二字。讀者須紳【細】味其混沌含糊之精神，與其衰孄不振之氣象。吾國中鴉片之毒深且久矣，今幸有斬除之際會，讀此西方文豪之煙鬼寫生，當亦啞然而笑，瞿然自失乎？

　　篇中寫煙館主人老馮叔姪，窮形盡致矣。而一褒一貶，盛衰之變，感慨

無恨【限】。始知地獄中亦有高下之別，不獨諸天有層次也。

　　此篇非吾所作也。吾友米計達未死之前六月，於曉月已落、初陽未升之
際，隨余所詢，歷歷言之。而余就其口授之辭，筆之於書焉。

　　米計達之言曰：百愁門在銅匠衙【衖】與煙桿市之間，去華齊可汗之祠
約三百尺耳。吾雖明言其所在，然吾公等即洞知此間市肆，亦必不能尋至此
門。君等雖身在衙【衖】內經過百回，亦不知此間【門】果此【在】何所。
吾輩名此衙【衖】曰烏煙衙【衖】，其土人所名，自與此異，余不復省記矣。

　　衙【衖】隘甚，騾背載貨，即不能過。¹百愁門非門也，乃一屋之名。五年前，
華人老馮僦居是屋。老馮嘗業製履，居加爾各達（印度都城）。人言一夕老馮
大醉，乎【手】斃其婦，遂戒酒而吸鴉片。後北徙，設煙館於是。公等須知
此乃上等煙館，非復尋常之齷齪煙榻可比。老馮工於營業，在華人中為好潔
者。其人眇一目，長約五尺，兩手之中指皆被截去（講【譯】者按：此蓋謂
老馮會羅【曾罹】刑罹【罰】也。）

　　然吾生平未見能燒煙打泡如老馮之工者。老馮雖嗜煙，而殊不為煙所迷，
日夜吸煙如【而】小心如故。吾居此門中凡五年，吾煙量殊不遜於他人，然
目【自】視終不如老馮之謹慎。老馮嗜煙而填【慎】於錢財，此則吾所不解
矣。吾聞老馮生（時）積財甚富，今皆歸其姪，老馮之柩亦已送歸支那待葬
矣。

　　百愁門中之上房，為館中上客所集。老馮經營此室，靜²無匹。室之一隅，
為財神座，神像醜陋，幾如老馮。神前焚香，日夜不絕。然吾輩煙霧濃時，
殊不聞香氣。面神座為老馮之棺，老馮生時，經營此棺，不遺餘力，每有生
客至，輒指以誇示之。棺用黑漆，上有朱書金字。老馮告我，此棺來自中國
云。每余早來，老馮輒為余布席於棺前，以其幽靜，又面窗，時有涼風自衙
【衖】入故也。室中諸席之外，別無陳設，獨黑漆之棺，與彼老財神耳。

　　老馮未嘗語人何故名其肆曰百愁之門。在加爾各達之華人，多喜用吉利

1　按：本文此處有衍文「百能過」三字。
2　按：胡適原譯於此處有「適」字。

之字。其用此種逆耳之字者，吾惟見老馮一人耳。吾輩久之亦稍稍悟老馮命名之意，蓋天下之物，無如鴉片中人之深者，白種人當之尤甚。黃種人似有天賦異稟，殊能禦煙毒。白人黑人則不然。雖間亦有能不為煙所毒者，其人初吸煙時，都能酣睡如恒人，晨興操業，一如平日。余初吸鴉片時，正如此輩。然余操之已五年，今大非音【昔】比矣。

余有一姑居亞葛拉，死時遺產歸余，余每月得六十羅比（幣名）。六十羅比為數甚戔戔，當吾在加爾各達經理伐木時，吾每月所入，乃至三百以上，然此已成往跡。及今思之，如隔百年。吾不能久於所業，鴉片之力乃不容吾更治他事。吾之中煙毒未必甚於他人，然吾今雖刀鋸在頸，亦不能作一日之工矣。

其實六十羅比，適數【敷】吾用。老馮生時，每為余取錢，自留其半，而以其半為余日用，余所食甚徵【微】也。吾在此門中自由無匹，欲吸煙則吹【吸】煙，欲睡則睡，故余殊不屑與老馮較計。吾明知老馮賺利甚鉅，然此何與吾事？實則天下何事足關吾心者？況此六十羅比，每月源源而來，不虞乏絕乎？

百愁門初創時，凡有十客，吾之外有兩巴布，來自阿那古里，財盡而去。一為老馮之姪，一為商媼，頗有所蓄。一為英人，其名則余忘之矣。此人吸煙無算，而（未）付一錢。人言此君在加爾各達作律師時，曾救老馮之命，老馮感恩，不受其值云。一人來自馬德拉，與余為同鄉。一為半級婦人，餘二人來自北方，非波斯人即阿富汗人耳。

此十人者，今惟五人存，皆日日來此。其兩巴布今不知所終，商媼入此門六月而死，人言老馮藏其首飾及鼻上金環，不知確否。其英人既吸煙，復從酒，久絕跡矣。其一波斯人，一夕與人鬨，為人所斃。越日，警察得其屍於可汗祠側大井中，封井禁汲，謂有穢氣存焉。今所餘者，老馮之姪，半級婦人，馬德拉人，其一波斯人，與余耳。

半級婦人依老馮為生，余彷彿猶記此門初創時，婦似尚少年，今則衰老矣。然館中之客，今都衰老，不獨婦也。此中無有歲月，歲月亦何與吾事？吾每月得六十羅比足矣。當吾月得三百餘羅比之時，吾亦有妻，今亡矣。人

言吾之嗜鴉片，實吾婦致死之因，此言或未必無據。然此事久成陳跡，何必重提？吾初入此門時，中心尚耿耿不甯，今久不作此種癡念矣。吾月月得六十羅比，正復足樂，非醉於煙而樂也，此間靜寂，吾又逸豫知足耳。

公等欲知吾嗜煙之由來乎？吾吸煙始於加爾各遠【達】，初在家嘗試之，癖殊未深，吾妻蓋死於是年。吾亦不知何以身在此間，何以與老不【馮】相識。蓋老馮語我以此門所在，入門以來，遂而【不】復捨去。公等須知此為上等煙館，老馮在時，煙客來者，皆暢適滿意，非如彼下流煙榻，但可供黑奴橫陳而已。此間地既寂靜，來客又稀，無擁擠之厭。吾所記十客之外，蓋上【尚】有他人。惟吾十人，人據一席，媵【騰】以高枕，枕席上都有朱漆龍文。初余吸煙至三筒以上，則席上群龍都奕奕飛舞，若相搏噬。余每視龍鬥，則止不復吸，以自節制。今歷年久，須十二三筒，龍始蠢動，席又敞【敝】壞，龍文剝落，而老馮亦死久矣。

老馮死二年矣。死時以余今所用煙鎗為贈，鎗為銀質，煙斗之下，刻怪獸為飾。余裹【囊】用竹鎗，銅斗而翡翠嘴，竹性似能收受煙乳，不待控【挖】拭。今所用銀鎗，須時時挖之，深以為苦。然此乃老馮遺物，吾不忍棄也。老馮得吾財必不少，然彼所供析【枕】席煙膏，皆佳潔上品，不可沒也。

老馮既死，其姪正林繼業，改百愁門為三寶殿。然吾輩老客，結習難忘，猶呼為百愁門如故。正林治事殊苟且草率，而半級老婦，裹【囊】與老馮居者，今轉依其姪，助其經紀。業乃益下，來客流品亦日雜。下流黑人，公然侵入。而館中烏煙，亦不如往日之佳。

今膏中雜煙灰甚多，若老馮生時，決無此也。室中無人灑掃，席敞見地亦不復更置。室隅之棺，久不復在，蓋載老馮回支那去矣。室中財神所受香火，亦不如前之盛，此衰徵也。神像積塵，亦無人問，此老婦人之過也。正林每焚紙錢，婦輒止之，以為無用，又言若以膠潤香，則可久焚不盡，神未必較計，可節費也。今神前之香，乃作膠臭，室中積氣已不可耐，況益以此乎？似此經紀安有起色？財神厭棄之矣。

吾每於深夜煙霧濛籠中，恍惚見財神面色更變，由青而綠而紅，有時復見神目怒睜，猙獰若魔鬼。然吾亦不解吾何以不舍此而他適？然吾苟去此，

正林必置吾死地無疑。正林今月得吾六十羅比，豈肯從【縱】吾他往？且別覓一席地亦大費心，吾居此門又已久，終難捨去也。門中已非復舊觀，然吾不能去。

吾居此閱人多矣，見【吾】屢見人死於此間席上，今吾老矣，頗不願死於門外。老馮選客極慎，未嘗納醴齪之流。正林則大異於是，彼逢人輒稱其煙鋪，來者漸眾，而品益下，黑人尤眾，正林至不敢納白人。白人獨吾與其一馬德拉人及半級老婦存耳（印度人屬高加索種）。吾輩不可動也。然正林殊慢吾輩，至不容一筒之欠負云。

他日吾當死於百愁門中，其波斯人及馬德拉人，已衰邁不堪，今皆需人為燒煙。吾尚健，不侍人助。尚及見此二人先吾死耳，然吾或死於半級老婦及正林之先。婦人不易死，正林雖賤，然尚健也。十客中之商媼末【未】死前二日，即前知死徵，乃易席潔枕而沒。死時，老馮懸其煙槍於財神之側，以示哀，然老馮不以此而不取其首飾也。吾甚願死時能如此媼，席潔而涼，佳膠在口而逝，吾願足矣。吾死期近時，當告正林作如此措置，許以每月之六十羅比，彼當首肯，然後吾乃仰臥，靜觀席上群龍作最後之搏【搏】鬥。

其實此種後事，何必關心？天下何事足縈吾心者？吾惟願正林勿以煙灰入膏耳。

載於《臺灣民報》，第二卷第一期，一九二四年一月一日

二漁夫

作者　莫泊桑

譯者　胡適

【作者】

莫泊桑像

　　莫泊桑（Guy de Maupassant, 1805～1893），法國自然主義小說家，著有近三百篇短篇小說及六部長篇小說，被公認為法國最偉大的短篇小說家。一八七〇年投筆從戎，參與普法戰爭，親歷的戰爭經驗亦成為他優秀短篇小說的素材。出身於沒落貴族之家，長期生活於中下階層社會，對於階級差異及兩性關係的矛盾有深切體會，也成了他創作的泉源。少年時期的莫泊桑親受寫實主義大師福樓拜（Gustave Flaubert）的薰陶，這位摯友對於莫泊桑的寫作生涯影響至深，造就了其小說語言的精鍊，尤其擅長描寫現實社會的人情世態，並從平凡瑣屑的事物中截取富有典型意義的片斷，以小見大地概括出生活的真實。莫泊桑筆下法國人的清純和他們形象的精確，是他的作品中兩個最成功的部分。代表作有長篇小說《她的一生》（*Une Vie*, 1883）、《兩兄弟》（*Pielle et Jean*, 1888）、《如死一般強》（*Fort comme la most*, 1889）；短篇小說《脂肪球》（*Boule de Suil*, 1880）大獲好評，奠定作家之名，也因而贏得「短篇小說之王」的美譽，對後世產生極大影響。（潘麗玲撰）

【譯者】

　　胡適，見〈最後一課〉。

　　巴黎圍城中（此指普法之戰，巴黎被圍之時），早已絕糧了。連林中的飛鳥，溝裡的老鼠，也漸漸稀少了。城中的人，到了這步田地，只好有什麼便吃什麼。還有些人，竟什麼都沒的吃哩。

　　正月間（1871 年），有一天天氣狼（很）好，街上來了一人，叫做麻利沙。這人平日以造鐘表為業，如今兵亂時代，生意也沒有了。這一天走出來

散步，兩手放在褲袋裡，肚子裡空空的。正走得沒趣的時候，忽然抬頭，遇著一個釣魚的老朋友，名叫蘇活的。

當沒有開戰之先，麻利沙每到禮拜日早晨便去釣魚。手裡拿著魚竿，背上帶著一只白鐵小厘【匣】子，趁火車到閣龍，慢慢的走到馬浪島。到了那裡，便坐下釣魚，有時一直釣到天黑，才回巴黎去。他來的時候，每回在這裡遇著這位又矮又胖，在諾丹街上開一個小店的蘇活先生。這兩個人都是兩個「釣魚迷」，常常同座【坐】在一塊地方，手裡拿著釣竿，兩腳掛在水上。不多幾時，兩人竟成了最相好的朋友了。

有時他們兩人來到這裡，終日都不說話。有時兩人座【坐】下細談，但是他兩人同心同調，不用開口，也能相知了。

有時春天到了，早十點鐘的時候，日光照在水上面，發生一種薄霧。日光照在兩人背上，又暖又溫和，麻利沙往往回過頭來對蘇活說：「這裡真好呵！」蘇活回答道：「再好也沒有了。」這寥寥幾句話，儘夠了，不用多說了。

這一天，這兩個釣魚朋友在路上相遇，握著手不肯放，覺得在這個時候相遇，情形大變了，心中怪難受的。

蘇活嘆一口氣，低低說道：「這種日子狠（很）難過呵！」麻利沙搖搖頭說：「可不是麼？更加上這種怪悶人的天氣，今天是今年第一個晴天呢。」

這一天的天氣卻真好，天上一片雲也沒有，萬里青天，真正可愛。這兩個朋友一頭走，一頭想。忽然麻利沙說道：「如今魚是釣不成了，我們從前那種快樂也沒有了。」蘇活說：「只不知道幾時我們方可再去釣魚呢。」

說到這裡，兩人走進一家小酒店，喝了一鐘燒酒解悶。喝了出來，還同著散步。

忽然麻利沙停住腳，問他的朋友道：「我們再喝了些燒酒罷？」蘇活說：「隨你的意。」於是兩人又找一家酒店再喝了些燒酒。

喝了出門，兩人的腳便有些不穩了。原來他倆兒肚子都是空空的，酒入饑肚，更易發作。到了外面被冷風一吹，醉的更利害了[1]。走了一會，蘇活忽

1　原註：法國之「阿不醒」Absinthe 酒力最利害，最近吾國之燒酒。

然停住腳，問他朋友道：「我們再去，你說好麼？」麻利沙問道：「那裡去？」
蘇活說：「釣魚去。」麻利沙問道：「那裡去釣呢？」蘇活道：「到我們的老地
方去，法國的守兵屯在閣龍的附近，帶兵的杞【杜】木能中尉是我的熟人，
他定許我們出去的。」麻利沙聽了大喜，說道：「妙極了，我一定來的！」

　　兩人約好了，各回家去，取了魚竿釣絲，不到一點鐘，他兩兒同行出城。
不多一會，到了杞【杜】中尉駐兵的所在。中尉聽了兩人的要求，笑著允許
了。兩人得了出入的暗號，辭了中尉，再向前行。

　　不多時，他兩人離法國守兵的汛地已遠了。他們穿過閣龍，走近瑟恩河
邊許多葡萄園子的外邊，那時已是十一點鍾【鐘】了。前面便是阿陽泰村，
望去好像久沒有生氣了。再前面，便是倭（曼）崗和散鶯崗兩座高崗，下望
全境，底下一片平原，全都空無一物，但見鉛色泥土和精禿的櫻桃樫【樹】
罷了。

　　蘇活手指高崗說道：「那上面便是普魯士（兵了）。」兩人對這種荒廢的
鄉村，心中頗不好過。他們雖不曾見過差【普】魯士的兵，但這幾個月以來，
巴黎的人心中誰沒有個普魯士兵到處殺戮搶掠的影子呢？這兩個朋友走到這
裡，心裡頗覺又恨又害怕這般不曾見過的普國的兵，麻利沙開口道：「我們倘
碰著些普魯士兵，如何是好？」蘇活笑答道：「我們送他們幾條魚就是了。」
嘴裡雖如此說，他倆兒卻到底不敢冒險前去，因為這裡四面寂靜，無一毫聲
響，狠（很）可使人疑懼，後來還是蘇活說道：「來罷，我們既到這裡，總須
上去，不過大家小心就是了。」

　　兩人躲在葡萄園裡，彎著腰，在葡萄籐下低看行去。過了葡萄園，還須
過一片空地，方到河岸。兩人飛跑過了這塊空地，到了岸邊，見蘆柴很長，
便躲在裡面。麻利沙把耳朵伏在地上，細聽左近有無腳步聲嚮【響】。聽了一
會，聽了【不】出什麼，料想這裡是沒人的了。兩人把心放下，便動手釣魚。

　　前面便是馬浪島把他們遮住，使對面的人看不見他們的所在。島上一個
飯店，門也閉著，很像幾年沒人來過的樣子。

　　蘇活先釣得魚，麻利沙隨後也釣著了。兩個的【釣】魚朋友，接著釣上
了許多魚，高興得了不得。他們帶了一副密綱【網】，把釣著的魚都裝在網裡。

他兩人許久不到這裡了，如今重享此樂，好不快活。那太陽的光線正照在兩人背脊上，兩人都出了神，只顧釣魚，別的什麼事都不管了。

忽然轟的一聲，地震山搖，原來敵軍又開砲了。麻利沙回頭一看，望見左邊岸上一陳【陣】白煙，從轘勒甯山上衛【衝】出來。一霎時，第二陣又嚮【響】了。過了幾秒鐘，又是一砲。從此以後，那山上接連發砲，砲煙慢慢的飛入空中，浮在上【山】頂上，像雲一散【般】。

蘇活把兩肩一聳，對他朋友說：「他們又動手了。」麻利沙氣念念【忿忿】的答道：「人殺人，殺到這樣，豈不是瘋子嗎？」蘇活道：「這些人真是禽獸不如了。」麻利沙剛釣上一條小魚，一面取魚，一面說道：「一天有政府，一天終有這些事，想起來真可恨。」蘇活道：「要是民主政府，決不至向普國宣戰了。」[2] 麻利沙接著說道：「君主的政府便有國外的戰爭，民主的政府便有國內的戰爭，終免不掉的。」[3]

兩人越說越有味了，遂細細的議論起政府來了。談了一會，兩人都承認人生無論如何終不能自由。那時轘勒甯山上的大砲不住的嚮【響】，也不知掃蕩了多少法國的房屋，也不知打死了多少的生命，也不知打破了多少人的希望夢想，也不知毀壞了多少人的快樂幸福，也不知打碎了多少爺娘妻女的心肝。

蘇活嘆口氣道：「人生不過如此。」

麻利沙答道：「不如說死也不過如此。」

兩人話尚未了，忽聽得背後有腳步聲嚮【響】，急忙回看，只見身後來了四個高大有鬍子的兵，衣服都像巴黎的馬夫一般，無【頭】上各載【戴】平頂小帽，四個人把四桿鎗對住了這兩漁人。兩人嚇了一跳，手裡一鬆，兩條魚竿都棹【掉】下水去了。不到幾秒鐘，兩個人都被綑起，裝上一隻小船，載過河送到馬浪島上。

島上那間飯店，初看似久沒人到的，其實裡面藏著二十多個普魯士兵。

2　原註：普法之戰始於法帝拿破崙及西丹之敗，帝國破壞，巴黎市民宣告民主政府，自為城守。

3　原註：譯者按：此時在美國南北戰爭之後五年，此語蓋指此也。

有一個滿臉鬍子的大漢子座【坐】在一張椅子上，嘴裡啣一條長柄的煙袋，說著狠（很）好的法國話，對他倆兒道：「汝[4]兩位今天釣魚的運氣不壞麼？」那時一個兵便把他兩人所釣得的一綱【網】魚放在那兵官的腳下，那兵官看了微笑道：「倒也不壞，但是我們且談別的事，你二人莫要害怕，且聽我說。依我看來，你二人是兩個奸細，派來打聽我的行動消息的。如今被我捉到，不用說得，該用鎗打死。你們假裝釣魚，想朦哄我，好刁滑！如今撞到我手裡，莫想逃生。這是戰時常[5]事，免不得的。」

那兵官說到這裡，忽然換了口鋒，說道：「但是你們既經過守兵的汛地來到這裡，一定有一句暗號，方可回得城去，汝[6]們把那句暗號告訴了我罷，我便放汝[7]們回去。」

這兩個鐘【釣】魚朋友面如土色，站在一塊，不做一聲。那兵官接著說道：「你們告訴了我，誰也不會知道。你們平平安安回家去，誰疑心你們洩漏了消息呢？你要不肯說時，我立刻鎗斃你，你們自己打魚【算】罷。」

兩個漁人也不動手，也不開口。

那兵官把手指著河水說道：「你們想想看，五分鐘之內，我要把你們葬到河底下去了！五分鐘！我想你們總有些親人罷？」

那時轆勒寧山上的大砲正響得利害[8]，兩個漁人站在那裡，總不開口。

那兵官回過頭來，用德國話，發一個號命，他自己把椅子一拉，退後了幾步。當時走上了十二個兵，拿著鎗，離兩個囚犯二十步，站住。

那兵官喝道：「我限汝[9]們一分鐘，決不寬限。」說了他自己站起來，走到兩個漁人身旁，把麻利沙拉到一旁，低聲說道：「你告訴我那暗號罷！你的朋友不會知道的。你說了，我假裝怪你不肯說。」

麻利沙只不開口。

4　按：「汝」，胡適譯文原作「你」。
5　按：原刊此處有衍文「時常」。
6　按：「汝」，胡適譯文原作「你」。
7　按：「汝」，胡適譯文原作「你」。
8　按：利害，通「厲害」。
9　按：「汝」，胡適譯文原作「你」。

那兵官又把蘇活拉到一旁，同樣勸他。

蘇活也不開口。

兩個人又送回原處，那兵官下一號令，那十二個兵舉起鎗來。

麻利沙的眼睛忽然見地上那一綱【網】的魚，在日光裡面，那些魚個個都像銀做的。麻利沙心裡一軟，眼淚盛滿眶子，他勉強開口道：「蘇活哥，再會了。」蘇活也答道：「麻利沙哥，再會了。」

兩人握握手，渾身索索的這【抖】個不住，那兵官喝道：「開鎗！」十二槍齋【齊】放。

蘇活立刻向前倒下死了，麻利沙身體稍高，斜倒下來，橫壓在他朋友的身上，面孔朝天，胸口的血直流出來。

那普魯士官又下號令，教那些兵到外面搬些大石塊進來，綑在兩個死朋友的身上，綑好了，抬去河邊。

那時轆勒寧山上抖【的】大砲，還正在轟（轟）的響。

兩個兵抬著一個死屍，用力一丟，拋在水中。兩個死屍，各打一個回旋，滾到河底去了。河水被死屍打起些白浪，不到多時，也平靜了。但只見幾帶鮮血翻到水面上來，更只見風送微波，時打河岸。

那魯普士兵官始終不動聲色，見事完了，笑著說道：「如今該輪到那些魚了。」說著，走進屋去，看見那一大網的鮮魚，他提起網來，仔細看了一會，高聲叫道：「維亨！」一個穿白圍裙的兵應聲走上來，那兵官把那兩個死朋友的魚交給他，說道：「維亨，趁這些魚沒有死，趕快拿去，替我煎好，這碟魚滋味定不壞的。」

說了，他還去吹他的煙袋。（完）

載於《臺灣民報》，第二卷第三期，一九二四年二月二十一日

女郎之自述

作者　查爾斯·蘭姆

譯者　黃超白

【作者】

查爾斯·蘭姆像

查爾斯·蘭姆（Charles Lamb, 1775～1834），英國作家。生於倫敦，自幼喜好讀書，博覽群籍。一七八二年進入倫敦基督慈幼學校，一七九〇年輟學。兩年後進入東印度公司任簿記員，直至一八二五年退休。創作文體包括詩歌、劇本、兒童文學、隨筆等，詩作深受柯爾律治（S. T. Coleridge, 1772～1834）的影響，格律十分嚴謹，作品包括〈熟悉的舊面容〉（1798）和〈曇花一現的嬰兒〉等。劇本方面有詩劇《約翰·伍德維爾》（1802）和鬧劇《H君》（1806）。兒童文學作品有《莎士比亞故事集》（1807），運用散文複述莎士比亞部分劇作的內容，風行一時，流傳至今。一八〇八年編選《莎士比亞同時代英國戲劇詩人之範作》，收集十七世紀各個著名劇作家作品的片斷，附有簡短的評論，重新引起讀者對伊麗莎白時期文學遺產的興趣。評論方面主要散見於其書信中，對各時期的寫實作品都感興趣，至於矯揉造作或世外桃源式的田園詩則表示厭煩。最大的成就是在隨筆創作方面，有的風雅幽默、情趣橫生，有的哀惋淒切、俳惻動人，富有個人特色，從中亦可看到蒙田（Michel de Montaigne, 1533～1592）等隨筆作家的影響。一八二五因為共同居住的胞姐病情加重，一同移居加拿大愛蒙頓（Edmonton），一八三四年病逝當地。（顧敏耀撰）

【譯者】

黃超白（？～？），一九二八、一九二九年間入學燕京大學本科生，同學有朱賓文。曾有譯作〈迷信之種種〉（R.Y.L.U 著）以及〈女郎之自述〉在一九二四年三月二十一日發表於《臺灣民報》第二卷五號，其餘生平不詳。（顧敏耀撰）

我本生長於鄉間，少即身體羸弱，精神衰損，並患驚鬱的病症，我的雙

親都有很奇異的品性，而尤其以我的母親為最，他們時常去我【找】適合他
們品性的樂趣：遊玩、宴會、訪友，但是他們深知我的脾氣是回【同】他們
完全相反，所以他們並不來干涉我的行動、並且由我的意是適。靜寂靜寂地
獨自坐在家裡，不願意跟他們到外面游蕩。

我最喜歡獨處，但又恐怕沒人保護，我母親的臥室對面有一所小小的書
室，我時常閉在裡面，任意取一本覽閱，並不管是否配合我的年紀和我的學
力。我又喜歡在幽靜之地行動，可是每不如意輒為用【傭】人阻擾。

我的雙親外出時，我就獨自在小書室裡，翻閱書中的圖畫，但到了後來，
不其然而然的漸漸出生許多恐懼，我立即跑出躲在女婢或我姑母的身上。我
的姑母看見我面上發了青白，她就說：「芳麗又被那污穢的書驚怕了！」這是
她平常的說法，以為我那可愛而又不忍分離的書本是污穢的、不可看的？……
這也不怪，因為我的姑母是不大看書的——不是不看書，是不看我所看的
書——所以她常常說：「看書會傷眼呵！」但是我默默地想著她這種說法確是
自相矛盾，因為我覺得她那微弱的眼睛，每日總有十小時以上注視在那禱告
書及她所心要【愛】的三馬沙金比書上。她所謂污穢和傷眼的書，或許是指
她所讀的書以外也未可知。

她是我父親的姊姊，並且還未曾嫁人。我父親的年紀比我母親大了許多，
而她還要比我的父親大上十歲。我孤獨的怪癖很能適合他的稟性，因此一種
很親蜜【密】的感情，發生在年老的她和稚弱的我之間了。她常對人說：「世
上只有芳麗是我最愛的。」但她與我雙親的感情並不甚和好，所以我的雙親
對於她也不大敬重。然她自己亦不以人家之敬重為榮，於是她對我的情感越
加濃厚，而我亦不其然而然的也生了愛她——我並不敢說我愛她的熱度是比
我雙親的加上一等，她年紀已老而又愛寂靜，除了來表亦【示】對我的愛外，
未嘗有別種的舉動。但是她這種行為越使我生了許多的驚怕。

有時我想親近她的嘴與她接吻，可是從她的眼鏡底窺去，看見一部分可
怕的面孔，使我立即逃走到我的小房裡，躲在我的小被窩底。我又時常聽見
她獨自喃喃不休，糊念那警世的語句和宗教上的格言。這都會使我驚怕逃避
的，我衰弱的神經與驚鬱的病症都是處我於無上的困苦。我每遇見一個年老

或稍為奇異的人，必定戰慄慄連一句話也說不出來。諸位，設要以我為不肖，把家庭中的事通通公布出來，但是，諸位，須明白我所講的目的，切不要誤會啊！

我現在要轉述到我在小書室的[1]生活中所看幾部書上去。有一部很大的殉教者的記錄，是我最常看的。但我這時候並沒有什麼學識，而所認得的字也不多，故其中的義理多不甚了解。然這本書大約是敘述那無辜的良民喪身在火焰之中為他們的教犧牲，我雖不能盡明其句解，但還有一小部分是適合我的小腦袋的。故我常自比為勇敢者，並且效他們的殉教，把雙手放在書裡所繪的火架上。但是，諸位，一個圖上的火架和一個真的火架是多麼迴【迥】別呵！我現在回想少時那種自誇為勇敢而欲效可憐的殉教者的行為，實屬可笑！

另有一本客筆比的植物志，並不甚厚，而內中插圖則極多，皆系樹木及草類，圖畫雖好而我並不十分注意。此外還有一本沙岡斯近世史，內中繪有中國的神仙同那頭部很大的毒蛇，這些圖都很深刻在我的腦袋裡。又有幾本法律書，因那奧深的古字，使我一字都不懂得。

總之，我最愛的一本書，就斯托虎斯的聖經故事。此書有一幅很大的船圖，船內裝滿了那飛禽和走獸，這圖是我最歡喜的，因而引起我種種的幻想——後來我的頭痛病就是由此而起。蓋我極喜歡深究船裡的構造，那一個是房，那一個是室。又時時自想，設若天再降大洪，則我可以坐在船裡，左右世界諸動植物，那幾種美麗的獸禽是可以保存，那幾種是不可的。蓋我欲便【使】世界所有醜陋的東西、都要改變為極美麗的才成。這種不過是一片的痴想，因而陷入於不可救藥之地。

唉！蠢女孩！世上那有一種是可醜的？殊不知天之生物，雖至微的手足，都具有很美麗而靈巧的體質。總之，宇宙間之萬物惟有「美」之一字而已，然這又豈是我的小腦袋所能知的？

諸位，我以前這些幻想，或者不算為愚蠢呢[2]！因為六歲的小孩是可以原

諒的啊！在下面接續敘述的或者要比先前更加愚蠢！但是這種的教訓是使我永遠深記不忘。

除上面所述那船圖外，其餘的都記不清了，但斯托虎斯的聖經故事裡還有一圖，表明撒母耳——希伯來著名的牧師及預言家——的起事，亦為我小腦海深刻的一個痕跡。

我對於那種關於女巫的書亦極喜看，在這小書室裡有一本女巫克年呢書，封面印了許多的指印，這很夠表明這本書是已經過了多數人的手了。此書宛似我的寶庫，因為我的奇異故事多從這裡面得來的。但我並不能盡明其中的句讀，所以裡面的奇特、荒誕的故事，都不能完全領略。而我所看過的大部分都是那些年老的女巫，她們是損害人類——蓋她們專講究像她們一樣的神經來騙人，她們的用意極險惡！非使「羊破其足，五穀絕其根」的樣子不可。她們又用臘做人形以替一人的本體，然後把這臘人損壞——她們以為是傷害那被代替的人——放在緩火燒之，再用針針其面。她們相信那些被替的人也要受同樣的痛苦。

這些可怖的故事，我都是由那鄙陋的女巫書上得來的。可是我在這本書上加增了無限的學識，並且得了許多的教訓。其實這些故事都是荒唐的話語，斷不至於印上在讀者的腦中。但我前受了這種故事的恐懼罄竹難書，現在所能記憶而與諸位一談的不過極少的一部分罷了。

在這女巫書上並無插圖，但他給我的印象和引起我許多的幻想，與撒母耳起事圖互相起落。我這書並不能明白種種愚蠢的故事——敘述女巫的權力，其實她們是動物中最無用的——與聖經所說的有何分別？因這種女巫的故事有的與聖經裡所說的相混亂，而我的腦肋【筋】又很簡單，那能辨出真偽呢？況且這女巫又時用恫嚇的手段來擾亂人家，用幻術來欺騙平民，並演怪劇來亂視聽。而我對於斯托虎斯的聖經故事，並不能了解其中的深意，不運【過】時時翻閱那些美麗的繪圖罷了。

這些可怕的女巫故事，時時使我從夢中驚醒，又時夢見那可怕的女巫與我同臥在房間裡。我現在已覺得這種幻想都由於神經衰弱所致，回想以前的事，不但諸位好笑，就使我自己亦未嘗不然。諸位設你們明了我的遭遇，你

們必定感謝我，得著我這易感覺的人的教訓，好的教訓！但我的幻想好像春天的野草，一天繁盛一天。

有一晚我正因那可怕的幻想充滿了我的腦袋，閉眼後就覺得猙獰滿室。所以我由床上躍下、輕輕地跑到毗連的房──我姑母所住的房裡，她常常獨自坐在裡面──當我進去的時，為欲解救我的恐懼，但是我看見她還未曾睡著，兩隻眼睛半開【開】半合，獨自一個靜靜地坐在那裡。那極少（小）、不配她的面部的眼鏡，搖擺在她的鬷上。她的額部已與她的禱告書平行了，口內又是喃喃不休，不悉是默誦還是囈語。

她這種假寐的態度，狂忙【茫】的怪像及那些舊式的裝束，與我在斯托虎斯的書裡所看那死人的圖繪無異。四周靜寂寂地連一點聲息都沒有，宛似深黑的死夜──我剛從夢中初醒，所以有這樣的感覺──但是這種情形，越引起我那可怕的幻想。凝視我姑母的怪像，越信書上所述的女巫的可怕！她口中喃喃的禱告很能證實我的恐懼。

勢所必然的，我想她現在或許是在那裡背誦那得意的禱告，必定無暇顧及還驚怕的我啊！所以我那種求助的念頭完全打消，只好逃回我的房間，很驚恐的、很困乏的躲在被窩裡。這時我並不能安睡，因那惡夢，我最怕的惡夢時時纏擾。直到黎明，我的驚恐才漸漸減少，但是腦內深刻的痕跡是不能消滅的。

一到白天我看見我的雙親很和藹的和她說話起來，我的驚恐也記不得了。她又抱我在她的膝上，表明親愛的樣子。這時我腦海的恐懼已與我的姑母的愛同化了。我很想告訴她，我那種種愚蠢的幻想，但又不敢。

一到晚上，那可怕的幻想仍舊填滿在我的腦海中。可怖的狀態、半開的眼睛、喃喃的禱告，我前晚所聽所見的都在我的腦海起伏了。一個人昏昏亂亂，並不能說出我前晚所見的是誰！我的姑母嗎!？她是最愛我的，或者在那裡禱告我的好？不是我姑母嗎？那可惡的女巫嗎？上帝的罪人！人類的罪人啊！讀禱告文的她，或許也是要損害我的!？

我被可怕的幻想纏了好久才得到救星，我現在要搬到我母親的親戚家去──在一個很遠的村下──這親戚是時常到我們家裡來的，看見我這樣孤

寂，又且患了許病症，所以她要我到她的家裡去調養。

　　我起初很不願意離開我靜寂的房子和愛我的姑母，後來不得已離開了，我的病症和一切的幻想果然好了。從前那憂愁抑鬱、黑暗的房子與死板板的繪圖和樹木都已消滅了。而美麗的房屋，青翠的樹木與天真爛熳的伴侶，都會使我「樂而忘返」。

　　我所讀的書都是理論的、格致的，使我得了無限的進益。我三四個月離開，現在回去情性已是遷殊了。我的姑母仍似舊日那樣的愛我——世上惟有我是她最愛的——我也不像舊時那樣的怕她。

　　我不曉得要怎麼樣感謝這位親戚才好！她能夠使我把從前種種可怖的幻想消滅，更變成為一個社交的建【健】將，和我的雙親同化。我雙親也很歡喜我的改變，現在她們的朋友我已不覺得討厭了，所以時時也同她們出去遊玩，從此後得了許多的新生活。我這樣磐【盤】旋在親朋之間已過了一二年，後來才由我親戚的勸導，送我到校裡念書。諸位！我這種可笑的故事是從來未嘗告人的，這回算是第一次罷！（完）

　　　　　　　　　　中華民國十三年二月十三日寫於上海南方大學

　　　載於《臺灣民報》，第二卷五號，一九二四年三月二十一日

比勃里斯

作者　皮埃爾・盧維
譯者　周建人

皮埃爾・盧維像

【作者】

　　皮埃爾・盧維（Pierre Louÿs, 1870～1925），法國小說家、詩人。盧維的文學名望主要建立在性愛描述上，他的多數作品刻畫了女同性戀的形象並以完美的手法描繪異教徒放蕩的情慾生活。盧維經常出入於高蹈派和印象派詩人的團體，並成為作曲家德布西（Achille-Claude Debussy）的朋友。期間創辦了一些為期甚短的文學雜誌，著名的是一八九一年辦的《海螺號》（La Conque）雜誌。盧維於十八歲開始了他撰寫情色小說的創作之路，他關於薩福（Sapph）愛情的散文詩《比利蒂斯之歌》（Chansons de Bilitis, 1894），自稱譯自希臘文，甚至專家也沒有識破。一八九六年，盧維發表了他的第一部小說《阿佛洛狄忒》（Aphrodite），這是一本描寫古代亞歷山大里亞高級歌妓生活的小說，亦是當時法國作家中最為暢銷的作品，使他聞名於世。盧維最著名的小說《婦人與傀儡》（La Femme et le pantin, 1898），是以西班牙為創作背景的小說。直至臨終前，盧維仍持續創作著他畢生所愛唯美淫慾的詩歌。（潘麗玲撰）

【譯者】

周建人像

　　周建人（1888～1984），字松壽，又字喬峰，浙江紹興人，魯迅與周作人之胞弟。著名社會活動家、生物學家、魯迅研究專家、中國民主促進會創始人和婦女解放運動的先驅者之一，幼年輟學，刻苦攻讀，自學成才。一九二〇年在北京大學攻讀哲學，翌年於上海商務印書館任編輯。周建人經常在《民主》、《週報》、《新文化》、《文萃》、《文匯報》、《聯合晚報》上發表文章，抨擊中國國民黨政權賣國、獨裁、內戰的政策。一九四九之後，他在政務工作繁忙之餘，

仍然孜孜不倦地關注自然科學和哲學的研究。這些科學小品更集成《科學雜談》
（1962）出版。晚年（1970 年開始）眼底出血，以致雙目失明，但他仍不放棄學
習與寫作。其作品尚有《動物學》、《生物學》、《植物學》、《物種起源》、《進化與
退化》、《論優生學與種族歧視》、《花鳥魚蟲及其他》、《略講關於魯迅的事情》等。
（潘麗玲撰）

　　亞瑪里利斯對著三個青年婦女及三個哲學者，好似他們是小孩子一般，
講這個故事給他們聽。

　　「我所知道的有些旅行者，下了離牧人區域很遠的梅安特爾河到加里勒
去的時候，曾見過河王睡在岸旁的樹陰下。他有長而綠色的鬚，他的面孔是
皺了的，好似那生著下垂的草木的、灰色而且多石的河岸一般。他的眼睛是
永遠瞎的，他的老的眼瞼閉著，好似已死了的。如果現在有人去尋著他，他
大概是不會再活著了罷。他便是比勃里斯的父親，因為與仙女古亞納結婚而
生的，我現在將告訴你們這不幸的比勃里斯的故事。」

一

　　在那窟洞中，便是河水很神秘的湧出來的地方。仙女古亞納生下兩個雙
生的小孩，一個是男孩，取名考諾斯，又一個是女兒，給她取個名字，便叫
比勃里斯。

　　他們兩人都在梅安特爾的岸邊長大起來。古亞納常常指示他們，在透明
的水面底下，他們父親的神聖的容貌，他的靈魂便是擾動那河中的流水的。

　　小孩們所知道的唯一的世界，是他們降生的那個山林。他們不曾見過太
陽，除卻從林枝的空際中偶然望見。比勃里斯從來不曾離開過伊的兄弟，走
時總是手臂圍在他的頸上。

　　伊穿一件小衫，青灰色，正如朝陽初起的微光，這是伊的母親在河水深
處給伊織成的。考諾斯不穿別的東西，只在腰間束一圈薔薇花，上邊垂著一
條黃的腰裙。

　　在地上有一點光明，使他們可以在林中游行的時候，他走到深山裡去，

　　取了落在地上的果實玩耍，或者去搜尋最大而且最甘香的花。他們兩人常常分取他們所尋得的東西，從來不曾爭鬧，所以他們的母親對伊的一班女友常常誇獎他們。

　　現在從他們出世的那一天以來，十二年已經過去了。他們的母親覺得不安，常常跟隨著他們走。

　　那兩個小孩不玩耍了，他們在林中遊戲一天之後，到家裡來，不曾採得什麼東西，沒有鳥、花、果實，也沒有花園【圈】。他們並著走，挨得這樣密切，他們的頭髮混在一起了。比勃里斯的兩手挽在伊的兄弟的臂上，時時向他的頰上接吻，他們兩人隨後默然的停住了。

　　天氣太熱的時候，他們挨到低偃的樹枝下去，俯臥在芳香的青草上面，說著話，而且互相端詳，還是擁抱著不曾釋放。

　　隨後古亞納將伊的兒子領在一旁，對他說道：

　　「你為什麼悲傷呢？」

　　考諾斯答道：

　　「我並不悲傷，我在玩耍或戲笑的時候，我常是這樣的，現在凡一切已更變了。我不復再要玩耍，並且如果我不笑，那便因為我是喜歡。」

　　古亞納問他：「你為什麼喜歡呢？」

　　考諾斯給伊的答語是：「因為我看著比勃里斯。」

　　古亞納又問他：

　　「你為什麼現在不看樹林呢？」

　　「因為比勃里斯的頭髮比草更柔軟而且更香，因為比勃里斯的眼睛——」

　　但古亞納便止住他道：「小孩子！不要說了！」

　　伊想要醫治他的不正當的愛慕，即刻將他送到一個山上仙女那里（裡），伊有七個女兒，都非常的不可言喻的美麗。

　　他們兩人經過一番商量之後，對他說道——

　　「考諾斯，你選擇罷！你所喜歡的那一個，便給你做妻子。」

　　但考諾斯看這七個少女全不動心，如同看著七塊岩石一樣，因為比勃里斯的印象充滿了他的小靈魂，沒有空位可以容訥【納】外來的愛了。

　　古亞納帶伊的兒子從這山到那山，從平地到平地，如是者一個月，想遣散他的慾望，都是全然無效。

　　到後來，伊知道不能遷移他的固執的熱情的了，於是伊遂恨他，並且詛咒他有不名譽的行為了。但那兒子全然不知他的母親為什麼責罵他，為什麼在許多婦人中間，不准他要他所愛的那一個人呢？為什麼這個撫愛在別人的討厭的懷抱中是許可的，在他所愛的比勃里斯是罪惡呢？為了什麼神秘的理由，他所認為好的、溫柔的，值得一切的犧牲的感情，卻被認為應受任何刑罰呢？宙斯，他想，曾娶他的姊妹亞浮羅迪締，竟敢欺瞞伊的兄弟亞來斯與別的兄弟海法斯多斯結識。因為他還不曾知道，只有那神們自己有的是明白的道德律，卻用了不能了解的法律來擾亂人們的道德。

　　現在古亞納對伊的兒子說——

　　「我不認你是我的兒子了！」

　　伊遂使了一個手勢，給那正要向海裡去的馬人，將考諾斯放在他的背上，隨後那獸很快的走去了。

　　古亞納的眼睛暫時跟著伊的兒子看。考諾斯驚慌的抱住了那獸的肩膊，時時陷沒到怪異的鬃毛裡去。馬人跨著大而有力的腳步，一直走去，漸遠漸小了。隨後轉過一個蘆葦檬林，在林後復現出來，遠遠望去好似一個小的、幾乎不動的斑點。終於古亞納不能再看見他了。

　　比勃里斯的母親緩緩的回進林中去了。

　　伊覺得悲傷，但伊同時又覺得高傲，因為伊能用強力拆散，救了兩個兒童的命運，伊感謝神們給伊這樣的力量，能夠行了這樣傷心的義務。

　　「現在，」伊想：「比勃里斯剩了一個人了，當能忘記為伊犧牲了的兄弟罷。伊將愛戀那一個知道撫愛伊的人，並且從那個結合，將正當的產出半人半神的種族，永生的神祝福了！」

　　但伊回到洞穴的時候，小比勃里斯已經不見了。

二

　　比勃里斯本來每夜是睡在伊的兄弟的旁邊的綠葉的小床上，現在只是一

個人了，便是想睡也總是睡不著，在那夜裡，「夢」竟不到伊這里（裡）來了。

伊起來，走到溫和的夜中，空氣的溫和的呼吸動搖著林中的黑暗。伊坐下，注視那流著的泉水，伊想：

「考諾斯為何不回來呢？什麼事情叫他去，使他離開我呢？這是誰，父親使我們分離的呢？」當伊想到這里（裡）的時候，伊傾向著泉水。

「父親！」伊重複說：「父親！考諾斯在那里（裡）？肯把這秘密告訴我麼？」

水喃喃的答說——

「去遠了。」

比勃里斯恐懼的連忙續問道——

「他什麼時候回來？什麼時候他再回到我這里（裡）來呢？」

泉水答道——

「永不回來的了。」

「死了？莫非他死了麼？」

「不。」

「什麼地方我能夠再見他呢？」

那泉水不再說了。他的柔和的波紋再放出單調的聲音，現在似乎沒有神住在這澄清的水中了。

比勃里斯起來就走，伊知道考諾斯與母親同去的路。那路極狹，兩旁的樹相接，好如埋在樹中一般。伊從來不大走過這路，因為前面是一個山谷，很多毒蛇猛獸的。到這時候，伊的情欲征服了伊的恐懼，伊遂顫顫兢兢【兢兢】的儘著伊的一雙赤著的腳的力量，趕快的沿著路跑去。

那夜不很黑暗，只是被月光映下來的影卻極黑，在大樹林的後面，比勃里斯須得摸索著去才行。

伊到了道路分叉的地方，伊應從那一條路去呢？伊跪下去找尋足跡，看了許久，但泥土是乾燥的，比勃里斯看不出什麼來。伊抬起頭來，看見隱在一科【株】槲樹的葉後面，有一個兩乳綠色的樹仙帶著微笑看伊。

「阿？」比勃里斯叫道：「他們從那條路去的？如你曾看見他們，請告訴

我。」

那仙女伸出一隻像樹枝一般的長臂向著右邊，比勃里斯用眼光對伊致謝了。

伊在夜中走了許多路，那條路似乎是沒有盡頭的。下面盡鋪著敗葉，更不容易看出他不住的曲折，因了泥土的性質及樹木的位置定他的方向，那路彷彿是永昇降在陰影裡面似的。

到後來比勃里斯倦極了，倒在地上便睡熟了。

伊到早晨醒來，這時候太陽已高照在天上。

伊的攤開的手上感著柔軟的溫暖。伊睜開眼睛，看見一隻白的母鹿，正和善的舐著伊。比勃里斯醒來一動，那美麗的獸便嚇了一跳，豎起耳朵，定住可愛的黑色眼睛，看著遠處，如山上溪水一般的發光。

「鹿呵，」比勃里斯說：「你是誰的？倘如你的主婦是亞爾退米斯，請引我去，因為我是認識伊的。我在滿月的時候，我用山羊乳供獻伊，伊很喜歡羊乳，伊極其愛我。如果你是伊的一個同件，請聽我苦痛的話，你可以相信，你這樣做，那仁慈的夜的獵女決不會惱你的。」

那鹿似乎懂得伊的話，立刻動身就走，但走得很慢，使伊可以跟隨。他們穿過了一個大山林，模【橫】渡了兩條溪澗，那鹿只須一跳而過，比勃里斯卻須徒涉，水直沒到膝頭。比勃里斯十分信託伊，伊現在確信已經尋著了正路。那鹿一定是女神差遣來引導伊的，那神獸將領伊穿過樹林到伊的親愛的兄弟裡去，永遠不復與他分離了。伊多走一步，便覺得與考諾斯的地方更近一步了，伊此刻已經能夠在胸懷中覺著那個逃走的人的親愛的擁抱。他的呼吸似乎有一部分直透入空氣中，與微風相混和了。

那母鹿忽然站住了。伊把長的頭探在兩株小樹中間，同時見牡鹿的角伸了出來，好似伊已經走到目的地的樣子，便屈膝臥下，將頭擱在地上。

「考諾斯，」比勃里斯高聲的叫：「考諾斯，你在那里（裡）？」

這時候回答伊的只有那隻牡鹿，他向伊走近幾步，用他那可怕的，糾結一起，像是十條棕色的蛇似的角來恐嚇伊。

於是比勃里斯知道那母鹿原來同伊一樣，也是為會晤伊的戀人而來的，

並且覺得想靠那全為深切的情欲所支配者的幫助，大概是無效的了。

　　伊回過去，但是迷了路了。伊走錯了別一條路，前去即沒有分明的路經【徑】了。伊的可憐的疲乏的腳磕著石子，或被樹根絆住，在地上松針堆成的棕色地毯上滑跌了。在那沿著溪流的不平路上轉過一個彎，伊便立在一對仙人的面前。

　　他們是兩個不同類的仙女，一個是主宰山林的，又一個是管泉水的。那山林的女神，將從人間受來的祭品送來給那泉水的女神，他們於是就在溪中洗浴，並且玩耍而且擁抱。

　　「泉水的女神，」比勃里斯說道：「你曾看見古亞納的兒子麼？」

　　「是的。他的影子曾在我的上面過去的，在昨日太陽西沉的時候。」

　　「他從那一方面來的呢？」

　　「我不知道。」

　　「他往那里（裡）去的呢？」

　　「我不曾跟著他。」

　　比勃里斯發出深沉的歎息。

　　「你呢？」伊問別一個女神說：「看見古亞納的兒子麼？」

　　「是的。離此地很遠，在那山裡。」

　　「他從何處來的呢？」

　　「我不曾跟著他。」

　　「他向何處去的呢？」

　　「我忘記了。」

　　伊又說下去，同時便在流水中間走起來。

　　「同我們在這里（裡）罷，小姑娘，住在這里（裡）罷。他是不在了，你為什麼還是想念著他呢？我們為你留藏著無限的現在的喜悅，世上沒有未來的幸福值得追求的。」

　　但比勃里斯並不相信女神的話。伊雖然不表白伊的小靈魂中的理想，但伊總覺得沒有比這追求幸福的苦更快樂的了。在伊第一天無益的旅行中，伊曾信任那不知的人物的幫助與熱誠，後來伊見不能幫助伊，伊遂單獨自己做

去，離開彎曲的路徑，冒昧的穿入林中的迷路裡去了。

但那兩個仙神複述伊們的智慧的言語。

「留在我們這里（裡）罷，小姑娘，留住。為什麼你還想著不在的人呢？這尋求的困苦，世上沒有未來的幸福值得尋求的。」

那小女孩穿過那神秘的山去，走了許多之後，還聽見兩個很清晰的聲音，遠遠的叫道——

「比勃里斯！」

三

一日一夜之久，比勃里斯穿過那山。伊盼望的問過各個森林的、喬木的、曠地的及檖林的諸神。伊多次重感著悲苦，伊顫顫兢兢【兢兢】的懇求他們的幫助，搓著伊的細弱的手，但是沒有一個人曾經看過考諾斯。

伊已走得這樣高，在那里（裡）伊所遇見的，已都不大知道伊的母親的聖名了，而且（那）些（無）關係的女神，連伊也不知道了。

伊想尋原路回來，但伊已經迷失了。四周盡是雜亂的大松林，沒有路徑，也望不見地平線。伊周圍都跑遍，伊絕望的呼叫，但是連一個回聲也聽不見。

隨後伊的疲乏的眼瞼慢慌【慢】的垂下來，伊遂臥倒在地上，一個經過的夢低聲告訴伊道——

「你將永不能見你的兄弟了，你將永不能看見他了。」伊突然驚醒，張著伊的兩臂，伊的口開著，但伊這樣的淒涼而且悲痛，伊連叫喊的氣力都沒有了。

月亮如血一般的紅，從松林的黑蔭後面昇上來。比勃里斯不大能望見他，伊的眼前似乎有濕氣的幕遮著一般。一個永久的寂寞包圍了這沉睡的樹林。

隨後伊的左眼角裡積聚著一粒大的眼淚了，比勃里斯以前從不哭過。伊知道伊已將死，似乎覺得神的慰藉已經很神秘的到來幫助伊，於是伊歎息了。

眼淚漸漸大起來，顫動著，還是漸漸加大，隨後突然向伊的左頰上滴下來了。

比勃里斯定著眼睛，依然不動，在月光之下。隨後一顆大的眼淚充滿伊

的右眼角，淚珠大起來，也如左邊的一樣的沿著右頰滴下來了。

又有兩粒眼淚出來，這兩粒灼熱的淚珠沿著前次流過的濕痕流下去。淚珠直到了口邊，一個快樂的悲苦已經制服了這疲乏的小孩了。

從此伊的手不能再觸著考諾斯的可愛的手了，伊永不能再看他的黑色眼睛的光，他的可愛的頭和彎曲的髮了，再不能在樹葉的床上相並著互相擁抱而睡了，山林將也不再知道他的名字了。

伊感著沉重的絕望，將兩手掩住了臉，但許多眼淚出來，濕了伊發熱的兩頰，彷彿覺得一種神異的泉水將伊的苦痛洗去，正如在急流水上的敗葉一般。

眼淚逐漸生長，湧到眼裡，泛溢出來，流到外面成了溫熱的洪水，沿著兩頰流下，洗濕伊的小乳房，直流到伊交叉著的兩腳。伊並不覺眼淚在伊的長的睫毛中間一顆一顆的流出。他們是柔和的，無窮的川流，不可竭的洪水，神變的海的傾瀉。

被月光所催醒，山林中諸神從四面聚集。樹皮忽變了透明，使仙女的面貌都可以看見，便是那震動的水的女神也離開了水和岩石，來到林中。

他們圍著比勃里斯，對伊說話，他們出驚了，因為小孩的淚河在地上畫成一條戀【彎】曲的痕，漸漸向著平地展開去。

但是比勃里斯此刻不能聽見語聲、足步聲或夜中的風聲了。伊的姿態漸漸成為永遠的，伊的皮膚在眼淚的洪水之下，成了為水所洗的大理石的光潔的白色。風不能復吹動一根伊的手臂一般長的頭髮了。伊死了，像是純淨的大理石。一種渺茫的光還映在伊的眼裡，忽然間光消滅了，但眼淚仍接續的從伊的兩眼裡流出來。

於是這樣的比勃里斯變成了一個水泉了。

載於《臺灣民報》，第三卷第八、九號，
一九二五年三月十一、二十一日

俠盜羅賓漢

作者　不詳

譯者　不詳

【作者】

不詳。羅賓漢（Robin Hood）為英國民間傳說中的一位劫富濟貧、行俠仗義
的綠林英雄。本篇之故事情節可能由作者不詳的民間故事改編而成。（顧敏耀撰）

【譯者】

不詳。

俠盜羅賓漢，英人也。性剛毅而慷慨，有強力，善劍擊格鬥，見義勇為。
貧而安者時濟之，富而驕者恆誅之。盜能如斯，誠宜名之以俠焉。今舉其一
行，可概之矣。

日者，羅賓漢伺劫叢林，有少年經其前，衣婚服，笑容可掬，禹禹而行。
羅睨之，識為新夫，不之擾。明日，羅仍伏原處，少年復歷此，形頗悵鬱，
踉蹌以前，欷虛【噓】而言曰：「哀哉此日！」

羅聞異之，出叱之曰：「汝有財乎？」少年答曰：「諾，惟一金戒耳。」
羅又曰：「金戒乎？容余視。」少年舉手示之。羅詫曰：「此婚戒也，汝手戒
舍斯？」

少年慘然曰：「速取之，請勿多言，然而余心碎矣。憶此戒守年年，將以
贈新婦也。孰意伊父貪婪，另迫適富翁，今晚結婚焉。噫！余碎矣！」

羅大憤曰：「有是哉？余心何能平也？汝何名？以實告，並示余新婦處，
當令汝破鏡重圓也。」少年長跪而呼曰：「恩主乎！余名愛林多，新婦距北約
半里。彼巍然矗立之禮拜堂，即結婚所也。」

羅聽言，囑之曰：「事急矣！余先往，汝靜立此處，聞角三鳴，可直趨該
地焉。」於是羅喬裝為彈箏者，佯入堂中，蓋箏為英國婚樂之一種也。

未幾，富翁盛服出。駝背龍鍾，行將就木。其旁隨一美女，顏色慘淡，
淚痕界面，顯為迫就者。

　　羅睹此情，怒呼曰：「此不平等之婚姻也！曷強為？」語畢，直出，鳴角三次。須臾，數十壯者，持械趨前，少年亦接踪【踵】而至。

　　羅導眾入，顧謂女子曰：「汝願適誰乎？」女視眾答曰：「愛林多者，余之未婚夫也。」羅聞女言，立命少年與之成禮。既而痛斥富翁，囑不得究。自是二人遂安然為夫婦矣。其後少年報以重金，羅不受而去。

　　　　　　　　　　　　載於《臺灣日日新報》，一九二四年四月十六日

噴水泉

作者　列尼葉
譯者　李萬居

【作者】

列尼葉（Henri de Régnier, 1864～1936），今譯作亨利・德雷尼爾，法國象徵主義詩人、小說家。有戲劇《女看守員》。芥川龍之介在〈遺書〉提到亨利・德雷尼爾的小說中描寫了一個自殺的人，這個短篇的主人公自己也不知道為何要自殺。芥川說「這裡面包含著複雜的動機，正如我們的行為所表明的那樣。」其作品騰播眾口，內涵意象皆極豐富。李萬居曾翻譯其作品〈噴水泉〉刊登

列尼葉像

於孫怒潮編《注釋國文副讀本（中冊）》（北京：中華書局，1925）以及〈大理石女子〉、〈山中之夜〉分別刊登於《文藝月刊》第一、四期（1930年8、11月）。（許俊雅撰）

【譯者】

李萬居（1901～1966），號孟南，雲林人。知名報人、政治家，敢言人所不敢言而有「魯莽書生」之稱。出身貧農家庭，十歲喪父，十九歲時，母親不堪日本保警不時催租而自縊身亡。一生充滿反日思想，留法時加入極右具中國民族主義的中國青年黨，且終身為該黨黨員。一九二四年到上海，受教於章炳麟門下，隨後赴法留學，於法國巴黎大學文學院就讀，攻讀社會學。一九三二年

李萬居像

秋返回上海，從事法文著作的翻譯。中日戰爭爆發後進入國民政府工作，一九四五年九月隨國民政府回臺，出任行政長官公署新聞專業專門委員，接收《臺灣新報》改名《臺灣新生報》，任社長，二二八事變中任處理委員會委員。一九四七年《臺灣新生報》改組，權力被架空，遂另創辦《公論報》，任社長，一九四六年起

歷任五屆省參議員與省議員，在省議會中對保障民權、中央民代改選、國民黨專
政等多所質詢，致力於民主政治與言論自由的爭取。同雷震往來，積極籌組「中
國民主黨」，一九六〇年雷震被捕後，李萬居也受到當局打壓，十一月《公論報》
因其一貫持反對立場，而招致改組訴訟案敗訴，次年該報經營權被迫易手。譯著
有《關著的門》、《詩人柏蘭若》等。（許俊雅撰）

　　「喂，放我吧！不必這樣抓住我。……啊！你把我抓得痛了……你看得
清清楚楚我不是個扒手。我沒有帶武器，請看我的手啦。你可以搜查我，你
可以翻轉我的衣袋。你找不到什麼東西，連一把小刀都沒有。並且請你放心，
我不想逃跑，請你盤問我吧，我會回答你，但是你也許並沒有什麼事情可以
盤問我。喂，讓我們坐在這張凳子上吧。我要源源本本告訴你，我是非常鎮
靜，非常講理的。我所幹的事情，是因為我太過於痛苦才幹的。」

　　「我首先向你發誓，我並沒有越過這鐵柵和鑽進你的庭園的意思。我是
昨天到的，我住在客棧，你可以去打聽，客棧的主人會把我的姓名告訴你的。
我確實不應該來這兒的。世上有些衝動是應當抑制的，有些紀念是不應該回
想的，有些地方是不應該再看的。對啦，我錯了，但是一種抑不住的衝動誘
惑著我，我便來到了這兒。就是這種力量今晚把我推出房門，引我到這鐵柵
前面，叫我用肩來捐它，並且使我進了你的府裡。我再告訴你吧，這並不是
我故意做的。我是個很有教養的人，從沒曾犯過夜間失體統的事情，而且是
夜間半身浸在噴水池裡面！我雖很不願意，然而事情卻已做過了。……」

　　「我覺得你已相信我了，並且現在你已不再把我看做竊盜了。你有道理。
那麼，再說今晚我來這兒的本意，就是想從鐵柵眺望你庭園中的那些幽徑，
那些樹木和面前有銀絲般的噴水泉聳立著的你那座家宅的正門。我想來聽噴
水泉的波聲，聽它那永遠不息的音調、那沖激而清明的音調、那日夜不斷的
音調，我想來重看這些樂土的月光的魔力，並且打聽那些魔力是不是還保留
著那些消逝的幻影、失掉的幸福和往日的繁華。」

　　「因為現在你所住的房子，是我以前享受著幸福和愛情的地方。是我以
前相信信誓的悠久，兩心混鎔在同一跳動裡相愛相依的地方。我一生的好夢

就是在這些樹下，在這些幽徑中做的；我在這噴水池周圍漂游過我的願望，嘗試過我的快樂。是啦，這座住宅是我得到幸福的住宅，並且是我付了許多代價和重大犧牲而得到幸福的住宅。我排除了許多障礙，才得到當時所經過的快樂日子。千不該萬不該，我不（該）得到愛，不該完成了這奇蹟，不該從極低微的身分一直提高到我以為值得尊敬的最高身分。多麼慚愧啊，我不能供獻她玉笏和王冠，而只獻給她一些極無價值的禮物！可是這禮物，她看做最稀奇的禮物，看做御賜的禮物一樣接受了。她同意拋棄一切而隨我，她願意在我領著她去的地方過活，在那偏僻和寂寞的地方，在那與世人交際和娛樂隔絕的地方過活。這樣我們才來到了這兒，來到這偏僻的谿谷、險峻的深山、人跡罕到的鄉村，隱藏在那被噴水泉的白漪襯得美麗起來的樹木中間的住宅。」

「有一部分愛情是適合社會生活的，並且可以混入社會生活裡面，但另有一部分卻不願意與它接觸，避免與它親近，憤慨社會的束縛。當人們達到這種絕對的、獨一的愛情時候。千萬不要想把它應用在社會的需求上面，應該服從於它所強制的法則。它使你們與一般人隔離，同時賦與你們一種異常的奇特，而這種奇特使你們能夠安居於孤寞的地方。這些事情，我們倆，妃梨霞（Felicia）和我都懂得。野外的秀媚風景、氣候的溫和、大都會的隔離，這幾種條件都使我們逗留在這極自由的地方。我們買了現在你所住的這座住宅。我們是在六月的某晚進來的。花園裡的玫瑰散出香氣，噴水泉與月光相輝映；繁星在天空閃動，宛如今晚一樣。我們超過了這鐵柵，我把妃梨霞的手挾在我的手裡。這屋子的銀色的正面向著我們輝耀。我們沉浸在異常的靜默中，那裡面只有噴水泉迸射的音調、它那沖激不竭的音調、它那飛躍和希望的音調。……」

「呀！先生，我們不知道有幾次聽過這噴水泉滔滔地飛躍！它那銀光閃耀耀的直立著，好像我們的守門人一般。而它受著那使它沖射到月光裡面的地壓力的壓擊，用著怎樣的力量迸出諧和的激烈音調啊！整天整晚，在涼快的早晨，在令人頭暈的熱烘烘的下午，在漫長的黃昏，在靜默的夜間，我們倆多麼愛過這噴水泉哼！我們倆，妃梨霞和我，不知有過多少次曾坐在這張

凳子上看這噴水泉！時間過去了，近黃昏的時候，樹葉漸漸【淅淅】地微響
著；花兒熏香了柔和的空氣，從地中出來的水聲的神秘歌唱，仍繼續它那不
可思議的魔術。」

「噯喲！愛情像一切的魔術，有沉迷和覺悟。有一天我從村裡回來，便
不見妃梨霞在那裡，我讓他一個人留在那兒的房裡了。有人告訴我說她騎了
一匹馬在那條谿谷中的路跑去了。到日暮的時候，我沒有看見她回來，於是
我就起了煩悶了。隨著時間的消逝，我越加苦惱。我忽然明白地領會那是災
禍了。我渾身流著冷汗，我意識到妃梨霞出去了，將不再回來，而且永遠不
為我所有了。先生，我應當死，我不應當活在人世，甚至想設法來忘卻；我
曾以為可以忘卻的。」

「因為要消除這懷疑，所以我要再看看這間屋子，這座花園。這是一椿
註定的災難，但我卻想來試試看。這就是我來到這谿谷中的緣故，這就是今
夜我一直到這鐵柵來的緣故。我自己覺得很鎮靜，那些往事，我已日漸模糊
記不清了，一切事情我都覺得遼遠而渺茫。先生，我已從過去的一切悔恨中
解放出來了，再沒有什麼幻影能引起我的紀念。先生，當我忽然聽見一個笑
聲的時候，我就要去了，啊！那不是從嘴脣發出來的笑，不是人間的笑，而
是一種怪誕無窮飄紗的笑，有【是】使我毛骨悚然，臉孔冰冷的笑，是一種
譏諷和輕蔑的笑。於是，先生，就是我剛才告訴你的那種抑不住的力把我推
到這鐵柵來，就是它使那奔向我的敵人，奔向這個不要我忘記的東西，奔向
我手掌裡握著的這個喘嘻嘻的喉嚨，我想抑住它那討厭的聲音、水沫的喉嚨。
總之，這噴水泉，我要塞住它，使它靜止不流！你不願意我聽這噴水泉的聲
音──我一生受它譏誚和嘲笑的噴水泉的聲音咧！放我吧，不必這樣抓住
我，放鬆我的手，放鬆吧！……」

載於孫怒潮編：《注釋國文副讀本（中冊）》（北平：中華書局，
一九二五年六月）。

鄉愁

作者　加藤武雄
譯者　周作人

【作者】

加藤武雄像

　　加藤武雄（かとうたけお，1888～1956），號東海。生於日本神奈川縣，小說家。曾任小學訓導，投稿文學刊物而漸次知名。一九一一年入新潮社編輯《文章俱樂部》等刊物。一九一九年，描寫農村的自然主義短篇小說集《鄉愁》出版，始被認定為作家。一九二二年寫作〈久遠の像〉以後，成為通俗小說、少女小說的寫手。一九二〇代與中村武羅夫、三上於菟吉並稱三大通俗小說家，刊行《長篇三人全集》。戰時曾創作戰意昂揚的小說，戰後依舊大量創作通俗小說。（趙勳達撰）

【譯者】

周作人像

　　周作人（1855～1967），浙江紹興人，其兄魯迅（周樹人），其弟周建人。中國現代知名散文家、翻譯家、民俗學家，歷任北京大學、燕京大學教授。一九〇六年隨魯迅赴日求學，先學海軍技術，不久改學外國語。一九一二年與日籍妻子回國後，除創作散文、詩歌外，致力譯介外國文學，是新文化運動代表人物之一，當時《新青年》的重要同人。一九二〇年加入北大學生社團「新潮社」任主任編輯。一九二一年與鄭振鐸、許地山等人發起文學研究會，一九二四年又與魯迅、林語堂等人創辦《語絲》。因抗戰時曾出任汪精衛政府官職，戰後遭漢奸罪判刑，一九四九年出獄後定居北京，專心從事翻譯以稿費維生。精通英語、日語、古希臘語，重要翻譯作品包括《域外小說集》（與魯迅合譯）、《苦雨齋譯叢》等。（許舜傑撰）

　　伊雖然是一個顏色淺黑，身體矮小，沒有什麼出色地方的小孩，但是那種急口說話的樣子，有說不出的可愛。伊名叫芳子，大家卻都叫作芳姑兒。那對門的芳姑兒，斜對門的里姑兒——本名是里子——同我們家裡的凸哥兒[1]都是同年同月生的。三個年青的母親，各自抱了一個小孩，聚會在橫街的電線柱的底下，互相稱讚，或是互相撫弄同伴的小孩，常是這樣很親密的談講，過去了傍晚的半個時間。

　　一人說：「我家裡的——」別一人便說：「我們的是——」年青的母親們的興味，差不多全注在他們最初的收穫，他們懷抱中的小小的人的身上了。互相謙遜的言語裡面，不免各含有一種競爭的心思。「對門的芳姑兒聽說已經能夠爬了，這個孩子還不能坐呢。」或者又說：「我家的凸哥兒也須給他買一件同里姑兒一樣的外套才好。」妻平常便只是說著這樣的話。

　　但是，芳姑兒正將週歲的時候，伊的母親得了急病，死了。芳姑兒的父親，穿著黃色的軍衣，掛著刀，每日在砲兵工廠辦事，是一個軍人風的樸訥寡言的人，便是相見招呼的時候，也要張皇紅了臉的，我對于他覺得很是歡喜。但因為他是這樣的人——我也原是這樣的一個人——所以大家雖然早晚見面，也不過真是形式上的招呼，可以稱得「交際」的往來，卻是不曾有過。他的愛妻死後，他的那種非常傷心、沒有元氣的青白的臉色，我雖然看了十分感傷，只是胸中一腔的同情，終於沒有對他發表的機會。

　　「芳姑兒真可憐呢，家裡的凸哥兒，無論怎樣，總還是幸福的——這樣兩親都完全在這裡。」妻很興奮的說。芳姑兒的家裡，來了一個三十五六歲的，同芳姑兒的父親彷彿同年紀的乳母，替代母親的事情。這乳母是一個顴骨突出，口邊寬懈，講話也很散漫的下品的女人。

　　「可是，那個乳母，彷彿人倒很好呢。伊照管芳姑兒，也還很用心呢。」妻對我說。

　　「或者不如早點續娶了，豈不是好。在此刻，芳姑兒也就容易熟習了罷。」

　　「但是，」妻說是從乳母那裡聽來的：「芳姑兒的父親說：十六歲的時候

---

[1]　原註：按原意是前額突出的小兒，後來只當作一種親愛的諢名

娶了來，以後十年間使伊嘗了種種的辛苦，所以不能將伊忘記，而且想到芳子的事，也就無論怎樣不能引起再娶後妻的心了。」他對了乳母，這樣的懇切的陳述他的胸懷。我在空中描出芳姑兒母親的姿態——雖然缺乏愛嬌，但是容貌端正，服裝也很整飭，常常梳著光澤的丸髻[2]，很整齊的穿著長的外衣——也不禁替芳姑兒的父親傷心。而且對於乳母笑著對妻所說的：「家裡的主人倒也很能說他的癡情話呢！」這種下等的話，又不禁起了憎惡了。

但是無母的兒他漸漸的長成起來了。芳姑兒、里姑兒與我家的凸哥兒，一齊的都長到三歲、長到四歲了。這「山手」[3]地方的邸宅街內的樹蔭濃深而且寂靜的橫街裡，可愛的童話的世界就開始了。三個小孩平常總是很和睦的一同遊戲著，有時候路上畫著白粉的圓圈或三角形，塗紅的橡皮球旋轉著，或是玩具的電車遺忘在那裡。

芳姑兒的衣服，平常總很整齊，可以見得父親的愛與注意很是周到。伊的衣服與玩具，比家裡的凸哥兒與里姑兒差不多還要華麗豐富。但是——這或者是我們這樣想的緣故也未可知——芳姑兒的神氣，不知怎的總有點寂寞無聊的地方。伊急口的很會講話，又高聲的笑，在三個人中間是最熱鬧的小孩，但時常忽然的沉默了，現出憂鬱的樣子。三個人都用了單句談著天，在院子裡弄著泥土，或是什麼遊戲。里姑兒的口氣最是豪爽，有大人的模樣；芳姑兒最多話，照例是急急忙忙的，彷彿是拾起了又傾出，拾起了又傾出的一般，急口講說。凸哥兒畢竟是個男孩子，用了含著有壓迫的威嚴的言語，只是在那裡發威呢！我心裡微笑，時常聽著他們的話，機械的做著著述的工作。忽然注意的聽，芳姑兒的聲音沒有了，等了許久還是沒有。心想：「這是奇了，」開了紙窗去看，芳姑兒離開了他們二人，獨自陰沉沉的立著。

「怎麼了？你們不是欺侮了芳姑兒麼？」我這樣問。里姑兒與凸哥兒一齊說：「不！」用力的搖頭。

「你們好好的和芳姑兒一同去玩去！」我說。他們二人用了小孩們的慰

2　原註：已嫁的女人所梳的頭。
3　原註：原意是近山的地方，此處卻專指東京本鄉一帶高地，與深川等「下町」對稱。

藉方法，想將芳姑兒精神振作起來，但是伊總是很憂鬱頹唐的樣子。就是在這個小小的靈魂裡，已經有人間的寂寞，很固執的附著在裡面了。我無端的心裡覺得感傷，便對他們說：

「凸哥兒和里姑兒好好的同芳姑兒去玩耍，因為芳姑兒的母親是沒有了。」

我的辦事的地方，沒有一定的時間，但大抵下午五點鐘總回家了。里姑兒的父親差不多同我一樣的時刻也回家來，只有芳姑兒的父親回來最遲。里姑兒與凸哥兒等到他們的父親回家，大抵就都叫回家裡喫飯去了。這時候，芳姑兒總是一個人留在後面。

「芳姑兒，進來罷！」乳母雖然叫伊，芳姑兒卻仍然不回家去，獨自一個人在那里（裡）唱著什麼歌。這孤寂的歌聲，從窗間進來，落到我們的食卓【桌】上，這時候再沒有別的事物，更能使我們感著無母之兒的悲哀的了。過了一回【會】，聽見「父親！」這一聲迸躍的呼聲，重而且懶的靴聲中間，夾著小小的足音，隨後便是戛的開門的聲響。——

「唉，芳姑兒的父親回來了！」妻這樣說，臉上彷彿現出「這可好了」的一種意思。

芳姑兒五歲的那個春天，芳姑兒的家遷移到同一區內卻相離頗遠的 A 街去了。隨後便有新婚少年夫婦的快樂家庭搬來住下了。

同年月同地方出生的，又同是將這橫街當作世界，每日在一處唱歌游玩過活的三個人中間，那個別離——人間的一切悲哀的根元的別離，終于到了。在里姑兒與凸哥兒一方面，這最初的別離，確也是他們的最初的悲哀了。三個人變了二個人了，兩個人雖仍然是和睦的游玩著，但也似乎時時想起芳姑兒的事情。

「好罷！我會到芳姑兒那裡去遊玩去的。——」里姑兒同凸哥兒爭鬧的時候，常常這樣說。

「芳姑兒到那裡去了呢？」凸哥兒也很寂寞似的這樣問。

大約經過二十日，兩個人差不多已經忘記了芳姑兒的事情的時候，一天是禮拜日，芳姑兒同了乳母，來訪他們了。

「里姑兒！賢哥兒！」芳姑兒這樣交互的叫喚著，同小雀兒一般的高興，玩了二小時光景，這才回去了。兩個人也各自拿出新買的玩具來，很親熱的款待芳姑兒。乳母將芳姑兒每日只是說要到里姑兒那裡去，到凸哥兒那裡去的事，到現今的家裡，總是不慣，只是說「回家去罷，回家去罷！」很令大人們為難的事，都說給我們聽了。

我想著芳姑兒的小小的鄉愁，覺得幾乎要含淚了。乳母又說，本想辭了回去，因為這個小孩很是可憐，所以不能脫身。曾聽得有人說乳母實在已經扶正了，變了芳姑兒的母親了，但我卻不信。實際上，也好像沒有這樣的事。我雖然覺得這乳母是粗俗的可厭的女人，但如妻所說的話一樣，心裡卻是一個很好的人。

這回以後，芳姑兒又來玩了二三次。每次都很高興的游玩了，這才回去。乳母告訴我們，才走進橫街口的時候，芳姑兒便大聲的「賢哥兒！里姑兒！」的叫起來了。

「那邊雖然也有朋友，但是無論怎樣，似乎總不能忘記你家的凸哥兒和里姑兒。——」乳母笑著說。

最終的一次，芳姑兒來的時候，里姑兒在三日以前，說往外婆家去，早已出門了。便是凸哥兒也湊巧正同母親上街去了。

芳姑兒很孤寂似的，彷彿將要哭出來的樣子，暫時立在柵欄門的外邊，後來經乳母的勸慰，才懶懶的回去了，當作贈品帶來的三個大而且紅的蘋果，留在門口的臺上——。

我們得到信息，說芳姑兒因了急性肺炎，只病了一天，便死去了，這是二十多天以後的事了。

「芳姑兒終於到母親那里（裡）去了。」妻歡【歎】息著說。「父親還不知怎樣的頹喪呢！」

「唔。」我的心裡，也被深的憂鬱鎖住了。

以後妻在街上遇見乳母，聽哭著告訴伊說——說到父親的頹喪，真是不忍見他，每到傍晚聽見沒有氣力的靴聲，隨後是戞的開門的聲音，心裡想這是歸來了，只是正做著事放手不下，便不去迎接，等了好久，卻總不再聽見

別的聲響，出去看時，只見主人坐在門口板臺上面，兩手捧著臉俯伏在膝上，他大約連脫靴的勇氣都沒有了。……

我聽了這話，不覺眼淚流下來了。

里姑兒和凸哥兒仍然很和睦的每日在一處游玩。二人都已知道芳姑兒是「死了」，但是「死」這件事裡所含的意味，他們是不知道。──不，有誰知道呢？我只想念著催逼著說「回家去罷！」的小小的靈魂的鄉愁，而且覺得芳姑兒如今（終）於回到什麼地方的家裡去了。

載於《臺灣民報》，第六十三、六十四號，

一九二五年八月二、九日

約翰孫的懺悔

作者　霍爽

譯者　朱賓文

霍爽像

【作者】

　　霍爽，今譯為霍桑（Nathaniel Hawthorne, 1804～1864），出生於美國麻薩諸塞州塞勒姆鎮（Salem），代表作《紅字》（*The Scarlet Letter*, 1850）被公認為世界經典名作。曾在緬因州的博多因（Bowdoin）學院就讀，學生時代即立志成為作家。一八四二年遷居康科特（Concord），專心從事寫作。一八四五年全家又搬回塞勒姆，這是他創作的成熟期，在故鄉完成了《紅字》。他的寫作中心圍繞著新英格蘭，是最早反映美國生活特色的作家之一，內容多充滿清教徒道德探討的寓言意味，部分被認為具有「黑暗浪漫主義」（Dark Romanticism）的風格，警示著內疚、罪惡、邪惡等固有的人類素質，開創了美國小說中象徵小說的傳統，並直接影響了許多後來的美國作家。他最傑出的作品都有著心理和道德描寫的深度，如〈教長的黑面紗〉（*The Minister's Black Veil*, 1836），深入探討「罪」是人類固有品質的問題。朱賓文所譯的《約翰孫的懺悔》同屬霍桑此一類型的作品。（許舜傑撰）

【譯者】

　　朱賓文，生平不詳。一九二八、一九二九年入學燕京大學本科專生。中國現代文學家。一九二七年翻譯美國作家霍桑（Nathaniel Hawthorne）的小說〈約翰孫的懺悔〉，載於廈門《民鐘報》。一九二九年創作小說〈阿憨〉、翻譯英國高斯華綏〈生之歡樂〉，分刊《燕大月刊》一九二九年第四卷第三、四期及第五卷第三期，一九三二、一九三三年於《出版消息》撰稿，該刊主要介紹上海新書業之概況、出版界、作家的消息、作家素描、文壇縱橫錄、文壇春秋、小消息、新出版書目錄、特別消息、文化通信、徵文發表、情報、來信等。一九三三年〈新興的廈門與落後的文化〉，即刊《出版消息》，大嘆廈門當地建設的長足發展。一九三七年

與程新元共譯布魯美治（A.W. Bromage）《美國縣政府》一書，由北京商務印書館出版。（許俊雅撰）

「撒【撒】兒！」老約翰孫一天早上道：「我今很疲倦，並且頭痛得狠[1]，你應當替我到握託西特去看守那邊市場的書攤罷！」

說話的是英國里其非爾特地方賣書的老年人，他每逢市集之日，便到握託西特的附近村鎮上一個書攤去賣書。

當老約翰孫說話的時候，撒兒撅著嘴口裡咕咕嚕嚕，接著他直望在他老父的臉上說：「先生，我不要到握託西特的市場去！」

「好吧，撒兒。」老約翰孫拿起他的帽子和手杖說道：「如其你專憑著一昧【味】的愚蠢驕氣，你甘忍得你可憐帶病的父親，在那市場的嘈雜紛擾中，終日站著，當他應該臥在床上的時候，我便沒話可說了。可是，撒兒，等我死了之後，你要思念及此啊！」

於是可憐的老人——也許在他的眼眶裡含著一點淚球【珠】，而毫無疑義他的心中是愁悶的——動身到握託西特去了。撒兒用一種倔強的神情望老約翰孫的背後，直至視線之外。但【但】當老人沿街傴僂而行的影子不能再看時，這孩子的良心才開始動了一動。

他幻想著他父親站在握託西特的貿易場，將書遞給他四圍喧鬧的一大羣人的影像，使他痛楚異常。「我可憐的父親！」撒兒自己想道：「他的頭要怎樣的疼痛，他的心要怎樣的悲傷，我不依他吩咐的去做，真覺得難受。」

後來這孩子跑到他母親那裡，伊正在忙著家務，伊不知道伊丈夫和撒兒的中間平白有了什麼芥蒂。

「母親，」他說：「你以父親今天似乎不狠舒服嗎？」

「是啊，撒兒，」他母親正在烹弄他們儉約的午餐，從爐火那邊轉過紅熱的面孔來回答說：「你的父親的確似乎是狠不舒服，他不叫你[2]到握託西特去，實在是一樁憾事。你如今是個大孩子了，而我準知道假如你能替你可憐

1　按：本文「狠」與「很」混用，茲保留原貌。
2　按：原刊此處有衍字「他」。

老父服勞，你定要很踴躍的，因為他曾替你做過狠多的事啦。」

撒兒不回答什麼，可是他心裡暗想道：「我一向是個不孝子！上帝恕我吧！上帝恕我吧！」果直他是內疚於心呢，他就該立刻跑到握託西特，跑在他老子腳邊，甚至在人叢的市場上萬目睽睽中，亦所弗顧。在那裡他要供認他的錯誤，央求老約翰孫回家休息，將那天未完的工作交給他。然而撒兒是這般的自大，使他竟不克略受委曲。

⋯⋯⋯⋯⋯⋯⋯⋯⋯

五十年荏苒過去了。握託西特的村鎮重為市集之日，街上擠滿了做買賣的人和牛、豬、車、馬，有一處正在演著傀儡戲，劇中的小丑裝鬼變怪，引起眾人捧腹大笑。

在市集最熱鬧的點鐘——正午以前的一點鐘——大家看見一個外來的老紳士向人叢裡亂擠，他很魁偉而胖大，可是他垂頭喪氣地走著。他穿一件棕色外掛和褲子，黑色毛織襪及有鈕扣的靴，頭上戴著一頂三角帽，帽下露出灰色的蓬鬆假髮，很是雜亂的。

那老紳士用肘推開眾人，從他們的中間強擠出他的路來，東顛西到【倒】地亂擠，以致一個人占了兩個人的地位。「借光呵，先生！」若遇著有人阻其前進，他使用一種高亢粗澀的聲音叫嚷道：「先生，你把你的身子推向通衢去吧！」

「那老頭子是何等古怪！」眾人喃喃自語道。但當他們留神到這可敬底外客的臉上時，就連他們當中最鹵莽的人，也不敢加以絲毫無禮的，在他的容貌中，隱藏著威嚴和智慧，使人皆望之而肅然致敬。

於是他們站在兩邊，讓他過去。這老紳士一逕穿過市場，到靠近那被常春藤所蒙蔽的禮拜堂轉角，方才站住腳步。當他到那裡，時鐘剛敲了十二下。

正在這外客站立的地點，有些老前輩記得是老約翰孫曾經擺著他的書攤的，那些曾向老約翰孫買過帶圖書的書籍的小孩，如今已做人家的父親成【或】祖父了。

「是的，這正是那個地點。」老紳士自言自語道。這無人認識的人物在那裡立定著，並從他的頭上脫去那頂三角帽子。這時正是全日中最忙碌的點

鐘，人聲的鬧鬧、牛豬的嘷叫及小丑逗人的嘩笑，都混在一起，真是紛亂異常。

　　然而這外來的人似乎沒有瞧見這種忙碌的光景，他只覺得他是在寂寞的荒野之中。他被他自己的心思所包圍著，有時他蹙著額仰天，好像是祈禱；有時他低著頭，若在重憂之下。

　　熱日射在他不戴帽子的頭上，可是他似乎不覺得炎熱，俄而天上黑雲密布，市場內雨滴漸瀝而下；可是他不注意大雨的傾盆，眾人才驚奇地注目這神秘莫測的老紳士，他到底是誰呢？他從何處來呢？他為什麼光著頭站在市場內呢？連那些小學堂生也離開小丑，跑來眼睛睜得圓圓地直瞪在這魁偉怪相的老人。

　　那鎮上有個販牛商人，剛到過倫敦才回來，這人一擠入人叢之中，向那無人認識的人物瞧了一回，便對他的一個朋友耳語道：「我說，鄰人哈金，你願意知道這老紳士是誰嗎？」

　　「是我要知道呀？」哈金答道：「像這奇怪的人，我一生未曾見過的，不知怎樣，我一見了他，就使我覺得自己卑小，不是個平常人呢！」

　　「你說的很對。」販牛商人答道：「哼！他就是鼎鼎大名底撒母耳約翰孫博士啦！據人家說，他是現在英國最偉大最博學的人呢！有一天我看見他和波士威爾先生在倫敦的街上行走呢。」

　　是的，那可憐的孩子，無人顧問的撒兒居然變成那鼎鼎大名的撒母耳約翰孫博士了。一般人都說他是那時候英國活著底最智慧、最偉大的著作家。

　　因他所著的字典，他對於祖國的語言，已使牠有規模而確立不變的。成千累萬的人，都讀過他的書。貴族富翁和閨閣名媛就是他的伴侶，甚至英皇亦欲和他結交，曾對他說：像他這樣大人物，竟生在他領土之內，他視為何等榮耀啊。他如今在文學上的聲譽，真是登峰造極了。

　　然而他有一件良心內疚的事，使他終身懊惱難堪，即有一切盛名，也是打消不了的。他永遠不曾忘記他父親的愁容，雖然那老人的苦況，已經成了那麼多年的陳跡，可是那兒子兀不能自寬自解，因為給老人受了如許的苦痛。

　　如今在他的暮年，他跑到握託西特的市場，立在老約翰孫曾經擺過書攤

的那個地點，為的是要懺悔。

　　這位年高望重的人物已做了那頑皮孩子所拒絕做的事，他這樣地表白他的深悔和心中的委曲，希望得著良心底平安和上帝的赦免。（完）

──《民鐘報》

　　　　載於《臺灣民報》，第一八二號，一九二七年十一月十三日

描在青空

作者　小川未明
譯者　劉吶鷗

小川未明像

【作者】

　　小川未明（おがわ みめい，1882～1961），日本童話作家、小說家。原名小川健作，生於新潟縣高田市。高田中學(今新潟縣立高田高等學校)、東京專門學校(今早稻田大學)專門部哲學科、大學部英文科畢業，受到當時著名作家坪內逍遙的指導。一九○四年就讀大學期間就曾發表處女作〈飄浪兒〉，刊登於《新小說》雜誌。畢業後曾擔任《少年文庫》、《讀者新聞》等報刊編輯以及《北方文學》雜誌主編。一九一○年發行的第一本童話作品《紅色的船》，內容具有趣味性，並且營造出浪漫的氛圍，改變了之前屬於民間故事性質的日本童話風格。一九二六年發表〈童話宣言〉，表明將專注於童話創作，成為日本童話作家的代表，一生總共創作了七千八百篇童話，大多為短篇，具有濃厚的抒情風格，其中代表作有〈野薔薇〉、〈牛女〉、〈紅蠟燭和人魚〉、〈星星的故事〉等。一九五一年獲日本藝術院獎，一九五二年獲選為藝術院委員，曾任日本兒童文學家協會會長，被譽為「日本的安徒生」。童話作品已編成《小川未明童話全集》共十二卷。（顧敏耀撰）

【譯者】

　　劉吶鷗（1905～1940），本名劉燦波，筆名還有吶吶鷗、莫美、葛莫美、夢舟、洛生等。生於查畝營（今臺南柳營），一九○八年舉家遷往新營。先後就讀於臺南鹽水港公學校（今鹽水國小）就讀、臺南長老教中學校（今長榮中學），一九二○年轉往日本東京就讀青山學院中等學部、高等部文科（英文學專攻）。一九二六年畢業後赴

劉吶鷗像

中國上海，就讀震旦大學法文特別班，因此結識戴望舒、施蟄存、杜衡，成為「新感覺派」的重要成員。此外也創辦文藝雜誌《無軌列車》、《新文藝》，並且翻譯日文小說與新詩。一九三〇年出版中文小說集《都市風景線》。一九三二年之後陸續拍攝電影《猺山艷史》、《民族兒女》、《密電碼》。在日本佔領上海期間，一九三八年與日本東寶映畫株式會社合作，創立上海光明影業公司，先後拍攝了《茶花女》、《王氏四俠》、《薄命花》、《大地的女兒》共四部影片。一九四〇年接任汪精衛政府機關報《國民新聞》社長，不久遭到暴徒（推測可能是重慶的蔣政權派出之特務人員）槍擊身亡。（顧敏耀撰）

將軍

　　將軍愛了一個中國女人，可是真奇怪，他所愛的女人的臉他都想不起來。

　　雖說是想不起來，卻不是看著她的臉會不知道是她。假如是這樣，那就可以知道他的精神有點異狀；只是將軍雖一心地想把他所愛的女人的臉想出來，那臉卻很朦朧，浮不到他的頭上來。但是不能夠為了這原故，便說將軍沒有真實地愛著她。將軍真心地愛著她是不錯的。

　　「我這頭腦真奇怪了。」將軍有時自己獨語著。

　　但是當他在頭裡空想到別的女人的時候，那女人的臉，連她的笑聲卻每次都很明白地想得出來，所以這不能夠說他的頭腦是狂亂了的。到底是怎麼一回事？將軍不能不疑惑起來。

　　「我想我是真心地愛著那個女人的，但從傍邊可看不出嗎？……」將軍有一天，這樣問他僱用了很長久的年老的中國僕人。

　　「將軍，那有你不愛著那女人這回事？那是真過於光榮的。在我們的眼裡，你的溢滿的愛情是很看得出的。」老人回應。

　　將軍聽了這話，一邊點著頭說：

　　「這樣地看著的女人的臉卻常常自己想不出來，這是為了什麼呢？是我的頭腦狂亂了的嗎？這一定有個原故。」

　　老人閃動著眼皮，暫時沉默著，於是說，

「將軍，這是真有個原故的。不怕地獄的女人，你這樣待她，她卻一點都不愛慕你。身體中沒有靈魂的人是等於幽靈的，就想要明白地把牠[1]想出來，也不能在眼裡明白地描出牠的⋯⋯」

將軍忽然感到胸中好像被騷擾著了似的心境。從來的這樣心情，在她卻一點沒有反應。這樣一想，就感到無限的悲哀了。

「難道是這樣的嗎？你對於這事，可知道些什麼嗎？」

老人恐怖地舉著頭望了將軍。

「你想不出女人的臉來，就是最明白的證據了，這是因為你沒有捉住女人的靈魂的。」

將軍有點怒意了。老人雖然很謹慎地講話，將軍卻感覺得好像受了侮辱一樣。

「即使萬一她不愛我也好的，不想著我也好的。這些都是和我愛著她這事沒有關係的。愛著她是我的自由啊。」將軍說。

老人只是沉默著。於是，將軍好像催促著老人的回答似的，從他頭上說：

「可不是嗎？」

老人浮出寂寞的笑臉，嘴邊牽動著，回答說：

「用你的權力，是什麼都可以自由的。」

一瞬間，將軍的眼睛有了燐光，臉色變成蒼白：

「是說用權力強求服從嗎？那末，幾年間你的服從也是怕權力怕暴力的嗎？但是我並未曾強迫人家做奴隸過。」

好像很微弱的老人，怕著將軍的權力，手足都在顫動著。

「那敢，像我這樣的人，是無用的東西。除了這樣地替將軍擦皮鞋以外，是什麼也沒有用的東西。⋯⋯」好像求著憐憫一樣，老人把頭低下去。

看了他這個樣子，將軍雖有滿腹的不滿，卻也不能再加憤怒了。朦朧地把眼睛由老人的禿頭移開，只是默想著。

這時，老人卻重新舉起頭來了。

1　按：當時「牠」字亦可作為無生命的第三人稱代名詞，亦即等於現今慣用之「它」。

「你倘要想起她的臉，你只想戴在她的手指上的那黑色的寶石的指環就是了。你若是這樣做，她的臉是會自然而然地浮出來的。」

「……唔，是什麼道理？」

「因為她的靈魂是在那黑色的寶石裡面的。」

將軍閉了眼，像試試看一樣地沉默了片刻，忽然非常熱心地說：

「到──到底是怎麼一回事？你把牠說一說吧。」

老人在白色的頰上浮著冷冰冰的笑容，顯出好像在看遠方的白雲一樣的眼色。

「那我不能，請你現在不要問吧。」

將軍終究不能拒絕老人的懇求。

把那緊緊地咬著雪白的女人的手指的那黑寶石的指環在眼裡描摹著，女人的臉就真的自然而然地浮了出來……將軍現在已經沒有那為要想出他所愛的女人的姿態，而感到煩躁的事了。

「這一定有個理由，我要知道牠。」

他知道這個問女人是無益的。因為女人是對誰也不大開口的。將軍要知道這底細，不得不責成老人。

「我是不願說她的祕密的。但是你的權力叫我說。」老人這樣說。

一天，坐在將軍面前的老人講出下面的故事來，將軍默默地聽著。

……她曾有一個相愛的青年。青年是個志士，因此不能和她常常在一起。又因為是有今天沒有明天的身命，所以不能和她安樂地一塊地度日，僅僅以會合來做安慰而已。青年是中國南方的人，他不知道在那兒怎樣地弄到的，拿了一個鑲寶石的指環來送給了她。那寶石是黑的，但那時候，在夏天的夜空下卻又顯著青色。而且它有時又像有霧的薄暮一樣灰色；有時又像光亮的盛著紅酒的酒瓶那樣的紅色。加之，青年又曾向她說：

「這塊石是印著你的心影的。你悲哀時，它就變為悲哀的顏色；你歡喜，它就變為歡喜的顏色。倘若你想我，我就在這石中露出來。」

她很愛惜這指環。她寂寞的時候，就定著眼睛凝視自己的手指。

這是老人對將軍說的話。

「青年已經死了。她完全是你的了。」

雖然老人這樣說，可是將軍卻覺得有幾分寂寞。自從那時起，每遇著這女人，那有黑石的指環就映入他的眼裡。

他想把女人的姿容喚到眼前的時候，就把那戴在纖白瘦弱的指上的——那黑石說它是方的，卻不如說它是長方形的——指環想出來。然後，那眼皮浮突著的，平時俯首時又大又黑的眼睛總被它蓋了的，有點帶憂愁的臉就浮出來。

「真的，和老人所說的一樣，她的靈魂確是在那指環中的。」

將軍有時看著那指環，就感到嫉妒。但是青年已經死了，現在再講起嫉妒，那是應該自己知羞的。這樣想著，將軍就把一切都隱藏在心裡，對於她的指環，一句話也不去講起。

將軍恰好在南方。入秋後，頭上的蒼空裡的行雲是常常紛亂著的，四周圍的山裡刮起風來，樹林的枝葉，不論白天夜裡，時時嗚咽著。

不但季節，就是世界也都像不安起來了，將軍想。一天，他所愛的女人，說要暫時回到故鄉的遼東去一次，向將軍請求。

將軍疑她是要永久離開他去了的，躊躇著不回答她。

「我是馬上就回來的。未到冬天以前一定回到這兒來的……」她說。

在遼東有她的年老的父母，和一個她和那青年所生的男孩子。但孩子的話卻未曾上過她的嘴，這也是將軍從老人那兒知道的。

「你把你的指環交給我，就准你去……」

將軍這樣說著，就想讀女人的眼色。

女人率直地脫了指環，交給將軍說：

「我回來時，請你還給我。」

南方的海色，北方的薄暮的空色，有時是匕首的銳利的閃光，以及戀人的笑顏，這塊黑石會把這些東西映出來，是只限於她的。她去了後，將軍雖把指環拿出來，在日光透亮的窗前或在燈光的下面看了好幾回，可是映到他眼裡的，卻只有她的姿容。他本不想看別的東西，所以他也是滿足。

　　山景變成荒枯，像要下雪的冬天漸漸近了。將軍近來天天都在等她回來。她真的並不失約回來了。

　　「故鄉裡有沒有什麼事？」

　　將軍問著不開口的，像旅行疲倦了的她。

　　她一邊眼裡露著玻璃一樣的冷光，一邊說：

　　「我和以前的丈夫的中間曾有了一個兒子。現在他剛到了十歲，他那頭髮的捲縮的樣子和眼色，是和先夫沒有兩樣的。外祖母不知道為了什麼，並不喜歡這小孩。這小孩卻極會忍耐，有了痛苦也不肯給人知道，只大開著嘴笑著，這也很像他死去的父親的。因為太像了，所以我感到非常的難過，同時也覺得可愛。我將要離開他們的時候，他是用了怎樣的怨恨的臉色看著我的呵……」說完，她拭淚了。

　　將軍知道她手指上沒有指環，但卻故意不去說到它。

　　「好像我把你從小孩那兒奪了來的啊。」

　　「是這樣啊。」

　　將軍暫時沉默著。

　　「而且，小孩又是病著。已經病了好久，因此身體很瘦，只有頭顯得很大。」

　　「你不會忘記那小孩吧。」

　　「怎能不想念……」

　　「就馬上回去看他，好嗎？」

　　「路途太遠了。回到家的時候氣候一定是寒冷了的，那時孩子或者已經死了也說不定。他說他死了要變做烏鴉。」

　　「做烏鴉？……」將軍將頭斜傾了。

　　她是眼不移地凝視著將軍。於是說：

　　「我對你約定下雪以前回來，現在我回來了，請把指環還給我。」

　　將軍一時不知怎麼回答她，可是忽然大笑起來。

　　「指環？……哦，不錯，好像有那樣的東西寄在我這裡。可是，不知在那兒失掉了。好，我就買一個新的你愛的指環賠你吧。」

　　聽了這話，她的臉像褪色的花瓣一樣地變成蒼白了。強者常常對於弱者可以沒有履行契約的義務。而且用權力，什麼都可以聽其自由。是誰也不會去譴責將軍的行為的。

　　此後不久，有史以來未曾有的戰爭起來了。

　　這是荒涼的曠野，留著激烈的戰爭的痕跡。四圍的樹木有被砲火裂開的，有燒焦的。野草染著黑色的血，一望都是人的屍體。敵人、自家，都沒有分別地混在一起。俯著的、仰著的、高舉著手的、重疊著的，都緊咬著牙齒，反映著最後的痛苦。接著剛過去的大聲的吶喊襲上來的，是一種淒涼的沉默。

　　偶或聽到遠方大砲轟轟的聲音，廣野的長天和平常沒有變異，白雲連結起來，片刻又解開了。在那中間的清朗的碧蒼，使人想到自然的悠久。

　　有誰會想到倒斃在那兒的人，在故國的時候，是良善的父親，是勤勉的兒子呢？但一切都在腐朽著去了。這時在許多的屍體中，只有一個還在動著，又好像還有呼吸的。

　　看他的服裝，那是將校的，但是腰間似乎穿透過了彈丸一樣，不能站起來。他像是早已有了知覺，但是靜著等待人們的救助。他把手放到袋裡去，一會兒取出一個鑲黑石的女人戴用的指環來。他定著眼睛看著它。他就是將軍。

　　在黑石的裡面，那一天的光景一層層都映出來了——而且這只是和她離別的一個月前的事。

　　「對啦，把我從小孩那裡奪了來的是你。我的小孩是剛十歲。長久病臥著，只有頭大，身體是消瘦了的。將要離別時他怨恨地看著我，說他死了要變做烏鴉。」……她是這樣說的。

　　這時，不知道那兒，烏鴉啼了。忽然看見黑黑的影子，像彈丸一般地向前後飛來。黑色的烏鴉落下來在屍身上，好像啄著什麼東西似的。將軍拚命地掙起上身來，想去看牠。

　　「呵！在啄著眼睛！」他這樣喊。

　　剛才以為都是死人的，不意偶然聽到了人聲的黑鳥們，就都向這邊襲來。

　　將軍知道他是要被烏鴉啄死的了。但這時，他覺得這也像是運命。便拔出佩劍來，但卻不能趕開集在他身邊的無數的烏鴉。一頭身子很瘦頭兒大的烏鴉，早已就止在那樹枝上，窺候著空隙，飛來把將軍的一隻眼睛啄去了。黑血流了滿面。戰疲了的，負傷了的將軍，仰天倒斃。這時，黑的烏鴉們開始把他的肉不停地啄食著了。

她笑的時候

　　父親和女兒兩個人，營著儉約的生活。

　　父親是在一個機械工場裡做工的勤勉的職工。——昨天和今天當不會有什麼改變的。大街上人們依然一群群的跑著路。電車在軌道上走著，它來到彎曲的地方就發出鐵和鐵摩擦著的聲音。這樣，這一天又即刻就要被人們忘卻了⋯⋯。

　　至少，她不能忘記這一天。是這天的午後，父親在工場裡誤觸著了齒輪的。無神經的機械將抓住的人不客氣地捲了進去。由齒輪間滴滴地流出來的赤黑色的血，被從玻璃窗透射進來的鈍色的光線照得很明白。那齒輪將一隻腕和一隻腳奪了去後，就把那失神的人拋出到冷冰冰的混凝土的上面了。這是幸虧那伙伴在驚慌裡把機械的運轉停止了的。

　　「真的，我們都是在認真地工作著的，我們幹的並不是騙人的生活啊⋯⋯」

　　騷鬧了一陣，伙伴就這樣嘆息著。

　　在別人是和平素一樣並沒有變動的這一天，在女兒卻永久地留下了一個很深的印象。為什麼呢？⋯⋯因為在工場裡起了那悲劇的時候，在大街上的金銀鋪裡是一個由汽車中下來的太太正在物色著一支鑲鑽石的編針。並且在一間美食家們常集會的料理店裡，是一位紳士看著菜單，想把肚子用美味的東西來裝得滿滿，把滋養分貯藏著，好使天亮時不致沒有氣力。還有，在銀行的支收處是鈔票一束束的由這手經過那手；那樣子好像要說要得一二塊工錢，勞働者的拼命地工作是不成問題的一樣輕快的。⋯⋯女兒怎麼能不想到自己們的身上去呢？

　　她，從此以後，就變做一個不像從前一樣會說會笑的女子了。

　　她把變成殘廢了的父親放在一輛小小的手推車裡，推到熱鬧的街上來，兩個人分開了座位，各在面前舖著草蓆，女兒就在那上面放著這些小孩子的玩具，父親就放著那天的報紙，賣給過路的人們。

　　父親是在那邊紅色電桿的下面，女兒是在小巷的巷口，都老凝視著一個地方。

　　「媽，買水鎗……」從面前走過的一個小孩子，手被他媽牽著，眼睛落到蓆上說。

　　年青的母親強把小孩子的手曳著，像叱著似的說：

　　「別這樣胡鬧，家裡不是有鎗了嗎？」

　　「買水鎗……」

　　但是小孩終於被牽走了。女兒只是不能即刻忘去剛才年青的母親對她兒子所說的話。……世間的人們若是真的把這買玩具的錢都節省起來，那末到底我們的生活要怎麼樣呢？

　　她暫時無心地眺望著在眼前走著過去的男女的腳尖。白的腳，黑的腳，都像很有趣地動著。最後，它們就好像離開了人們，自己活著似地，在近傍巡遊起來。突然，她把頭伸進那渦捲中去，無數的腳就像早已等著她來的一樣，踏著她的頭了。……她耽在這樣的幻想中。

　　一天晚上，把賣剩的東西弄在一塊，放在父親坐著的車裡，從黑暗的路推回家裡去。街市的囂聲，已在後面漸漸地遠去了。路的這一邊的商家大都關了門。另一邊是成為大邸宅的外側的土牆，牆上是這繁茂的樹木和枝葉高高地把天空遮蓋了。

　　呼呼地鳴著的夜風吹著樹木。黑沉沉的像天蓋一樣的樹梢在星光疎稀的朦朧著的空中搖動著。在黑夜的底裡，父親所坐的小車不過是一個在地面爬行的甲蟲而已。很微弱的車的軋轢聲，使人覺得它像是被四面的靜寂吞沒了的。

　　這時恰有一輛繞著前面的路角迅速地馳來的汽車。遇著了那眩目的照燈的光，她的眼睛是撩亂的了。想把父親所坐的車強推在路旁躲避的瞬間，像

野獸一般的汽車竟罩上了那小車，把它轢得粉碎，還把它拖走了五六尺遠。父親的悲鳴，接著汽車夫的狂喊聲，她聽見了；但是喊聲好像是轢了後發的，可以想到這時車夫確是在打睡。

她做了咖啡館的女招待，是這以後的事。心裡的隱痛是長久到什麼時候都不會痊愈的。於是，不知道在什麼時候，連她的性質都被變換了。不知道在她的過去發生的悲慘的事件的人們，常這樣說：「有那麼好看的臉兒，為什麼不再愛嬌一點兒呢？」

她常坐在椅上默看著一個地方。窗子的上面，映出著種種的色彩，有趣地，可笑地，人生的影子流著去了。拭得很明亮的鏡裡，女伴們雖把燃著青春的血的唇兒像花一樣地照著，可是她卻一個人似乎忘了歡笑一般，心裡像被那無論怎麼也再想不出來的東西占住了一樣地沉默著。

在這社會上，常識所不能理解的事是很多的。想要使不開口的女人獨自向自己一個人饒舌起來，而還使她笑，這樣欣欣地自負著而來玩的客人也不少。

為這種目的而來的男子們本來是不會引起她的注意的，但是聽著了現在坐在一邊的桌子旁的她認識的客人，對他朋友說的話，她卻不知不覺地想那話題中的男子真是一個怪人。

「……他所願望之職業那裡找得到呢？想要自由地看書、旅行，在服務的身體是不可能的。他卻每天一從下宿裡出來，就在街上亂走，探求著：可沒有這樣的職業？那當然是沒有的啊。終於下宿都被他吃窮，被趕了出來，就再找別家，這樣一家又一家。……」

「恰好這時候，他的叔父來找他談話。這在他是再幸福也沒有的了。好像是說，他們遠親中幾年前曾有一對年青的夫婦到南洋去謀生。他們倆一到就專心地作工，遂得耕著廣大的土地，又生了一個兒子，過著那很圓滿的生活，可是忽然一天那丈夫死了。現在那年青的妻子怎樣能夠拋去那廣大的土地回來呢？就是這樣，這一段的姻緣就走到他身上來了。他又是在窮困中，而且絲毫不費勞力，而可做富翁的，這不是再好也沒有的嗎？但是他卻拒絕

了⋯⋯」

「真是怪人，可是偉大的。」

「沒有飯吃，偉大有什麼用呢？你靜靜聽我來說，他於困苦之極，不知怎麼樣想，竟賣起卜來了。自己的運命都不知道，卻想看別人的運勢，你說大膽不大膽。就在 F 公園前的那一半已經破爛的三層樓的最上層租了一間房間，在那兒看著白雲而笑，聽著風聲而想的⋯⋯」

「那樣的地方可以生活的嗎？其實他那樣的怪人，做那樣的生意倒是很適宜的也未可知。」

「他確實同我們兩樣地看這世界的。」

這時，聽了這話的她舉起頭來看客人：

「無論誰去，他都願意看的嗎？」

兩個客人對著她：

「那是他的生意啊⋯⋯你想要他看嗎？」

「啊啊，所以你不時憂鬱著。」

那個漢子雖然是自求地住到三層的屋頂去，但畢竟是像被拋出了大地外去的一樣的。在那狹窄的滿是塵埃的房中央，放著一張像經几一樣的小桌子，上面就放著木籤、筮竹和相面的大眼鏡。

這些相命的職業，確是世界大戰以後增加起來的。好像世界是要再度回復到迷信時代去了的。但是這兒並沒有很多的客人來。

在等著這寥寥不多的客人的他，因常盤坐在小桌前，不久就生起腳氣病來了。兩腳漸漸地重起來、腫起來。自從變成了這樣以後，他是怎樣的戀慕起大地來的呵。

「倘若赤著腳在冷冷的地面上跑，這病是會好的⋯⋯」他這樣地不知道想了多少次。

但是現在卻不能容易地從這三層樓上下去了，因為職業和生活緊緊地將他因在這屋頂。他從那又長又狹的格格地出聲的黑暗的樓梯下去到街上去的，是只在日暮要到公共食堂去的時候。就說是出去也是吃吃飯就到這屋頂

上回來的。

房裡有一個小窗。有時也可以聽見廊下麻雀的叫聲。暴風的日子，淒涼的風聲也可以從那兒聽到。但是在天氣好的日暮，卻有像石竹花一樣紅的飛雲從小窗來探窺著他說：

「倘若到南洋的島上去，水波是白光光的啊。椰子是青青地綠著，又有滿裝著香花的園圃……怎麼你不想去看了呢？」

那雲在斜照裡，半邊的翼上染著黃金色，像大鳥飛著一樣，一刻便不知到那兒去了。

在他的叔父對他說親的時候——他曾夢想著在絕海的那邊的島裡的一個寂寞的森林。他眼睛是不得不描出築在那森林中的只有一個的墳墓的。這時歪著在那下面的人，是自從來到那兒的那天起到死的那日止，四肢被日光燒得漆黑，滿身泥土，天天都是勞働著的。他的土地我怎麼可以拿來當做我的呢？……他曾這樣想著。

「我是沒有那樣的慾念的。所以被人看做傻子。這些世間的事情，沒有一件是我想要真心地去做的……」

公園的附近，雖然有種種的人在過路，但是也許因為招牌太小，眼睛看不到的緣故，上來相面的人是非常的少。他只是無聊賴地向著桌子，等待著。

偶然扶梯邊有了聲音，便想不可是有誰來了嗎？於是便回頭去看；但是那卻是一隻從後面的紙壁的破洞裡出來的老鼠，正在想把放在房角處的，用報紙包著的吃剩的麵包碎片拖了去。恐怕住在這兒的老鼠，因為未曾嗅過美味，是常常都飢餓著的吧。

這個他也知道。但是他並沒有特別想去趕牠的意志，回轉頭來，即刻就去看著窗外，顯出著憂鬱的臉色。

「唉唉，腳兒痛。」

他好像記起來似的這樣叫著。便伸直了腳，開始擦起痛的地方。他在這樣的時候，是真實地感到大地的可戀的。雖然是自己願意選【遷】移到這兒來的生活，只因踏不著大地他就感到不幸了。他走近窗邊，向下一看，無數的人們，浴著眩目的日光，把影子落在瀝青的舖道上，像散布著螞蟻一樣；

他們是並不覺得自己的幸福，在動著的。

他暫時看著。恰好這時，有一個張著華麗的陽傘的年青的女人，離開了群眾，走進這所房子的入口來。

「是到我這兒來的嗎？不然，就找二層樓的裁縫師……」

他奇怪地感到好像發生了異常的經驗似的心境。要是那女人真的到這屋子裡來呢？……就回到桌前，頭裡繼續著空想。

「為什麼我會感覺到這些？第六感……她的姿態……步勢……」

他像等著當然到他這兒的人一樣地，傾著耳聽著。他甚至覺得這好像是長期的約定。

果然小小的，一級，一級，像拾東西似的女人的足聲，上來，近來了。這回，他的胸裡卻和平日兩樣地奇怪地顫動起來。

常到店裡來的客人的朋友就是這人嗎？女人一邊這樣想一邊就不絕地看著他。他搖了搖筮竹，就卜起卦來了。

「此後，你的運勢是漸漸地向著好的方面來的。」他說。

「要怎麼樣，才能夠走上好的運勢呢？」

「不外是工作呵，認真地工作著，幸福就漸漸地向這兒來。」

「就是這個不懂。人們不是都認真地工作著嗎？若是不騙詐，不偷別人的東西，怎麼能夠得到幸福？就是這個不懂。」

「唉唉，這些事《易》上是不明白的。」

「我以為《易》上是可以明白的。所以我來……」

他的眼睛放出光輝，蒼白的臉上生出血氣來了。

「真的，你說得有理。但是《易》上是卜不出它來的。唉唉，我不想做這生意了……」

「你這樣自由地過日不是很好的嗎？聽到人家說你是自己拒絕了做富人，不要和人們，願意和雲、鳥、風說話的怪人的時候，我真不禁地喜歡起來的。」

「錯了，我也一樣戀慕著大地的啊！」他說。

她現著驚呆的臉色，——

「唉唉……」這樣地嘆了一口氣。

他緊緊地握住她的手。

「我是因為你才這樣決心著的，我原是一個若是為我自己，什麼事也做不出來的……」

「你甚麼時候這樣決心的？」

「剛才，就是我從這屋頂上看到下面的街上，看見你將要走進來的姿勢的瞬間……」

「呀……」

她眼睛張大了。然後她天真地，很滿足地微笑起來。

載於《莽原》，第二卷二十三～二十四期，一九二七年。後收錄於《色情文化》（上海：第一線書店，1928 年 9 月）、以及《劉吶鷗全集》（臺南：臺南縣政府文化局，1999）。此根據《色情文化》之版本。

蛇蛋果*

作者　左拉

譯者　李萬居

【作者】

左拉像

　　左拉（Émile Zola, 1840～1902），法國小說家、自然主義文學大師。出生於巴黎，父親是義大利的工程師，母親是法國人。一八六四年出版第一部短篇小說集《給妮儂的故事》（Contes à Ninon），此時還未有自然主義的寫作傾向，但到了一八六七年小說《黛萊絲‧拉甘》（Thérèse Raquin）的問世，宣告了自然主義文學的誕生。自然主義是一種寫實主義文學的科學性的提升，以材料考證與客觀描寫等手法，從物質影響的角度看待人的作為。左拉從一八七一年開始每年出版長篇連續小說《魯貢瑪卡家族》（Les Rougon-Macquart）的一部分，實際上是普法戰爭前後法國社會的寫照，透過對五代人生活的書寫，探索遺傳對人性、人類社會的影響，包括探討酗酒問題的《酒店》（L'Assommoir, 1877），以及社會環境迫使女性出走的《娜娜》（Nana, 1880）等名作。另外，他也親自撰寫《實驗小說論》（Le Roman expérimental, 1880）闡述自然主義文學的觀點。一九〇二年，在巴黎寓所意外死於煤氣中毒（一說是政敵所害），這種科學性、工業化的死亡，為其自然主義寫作的一生劃下句點。（許舜傑撰）

【譯者】

　　李萬居，見〈噴水泉〉。

一

　　六月的一天早上，在開窗的時候，我接受著一陣迎面吹來的新鮮的空氣。前天夜間下了一場激烈的暴雨，天空好像嶄新的一般呈出一種蔚藍色，一直

---

* 原文於篇名之後夾注：「イチゴ」，即今稱「草莓」。

到牠的那些最小的方隅都被暴雨洗濯過了。那些人家的屋頂，和我能看見高大的枝條聳立在煙筒中間的那些樹木，都還濕漉漉的。遠遠的地平線露笑於黃金色的太陽光下，一種地濕的香味由緊鄰的花園裡發散出來。

「我們去罷！妮列特！」我高興地叫：「戴你的帽子，我的姑娘……我們到郊外去走走罷。」

她拍起手來了，她在十分鐘間就弄完了她的打扮，在一個二十歲的嬌娜的女郎，這種打扮是很值得讚賞的。

九點鐘的時候，我們就在麥里也爾的樹林裡了。

二

樹林是何等地沉默，在那裡有許多戀人吟玩著他們的愛情！這星期間，斬伐過的樹林是寂寥的，人們並肩而行，手臂兒攬在懷中，嘴唇兒互相喂貼，不致有被叢木中的白頰鳥窺見的危險。

那些高而且闊的道路延長到穿過了大樹林，地面鋪了一疊纖美的草氈，太陽穿透過樹葉，投射許多金塊在那上面。有幾條不平坦的道路和羊腸小徑都很幽暗，在那兒可以使人互相衝撞。還有些箭穿不透的蜜【密】林，就是接吻的聲音很響，人家也不知道他們是在那兒。

妮朗離開了我的手臂，小犬一般地奔跑，愉快地感到那些草兒搔著她的足踝，隨後她再跑來軟洋洋的嫵媚的伏在我的肩上。樹林石【不】斷地展拓，好像大海中無際的綠波。襲人的沉寂和從那些大樹墜下來的生氣盎然的陰影，印入我們的腦際，春季燃燒的樹脂把我們薰醉了。在這新萌芽的樹林的神秘裡面，誰都會再變成小孩子。

妮朗好像驚逃的母山羊一般，從一條濠溝裡跳來狂叫道：「呀！蛇蛋果、蛇蛋果！」她一面又在探索那些荊棘。

三

「蛇蛋果，呀！沒有了。」然而這些蛇蛋果樹，它的全面積直擴張到那些薔薇的下面。

　　妮朗再不想到她所害怕的那些野獸，她兩隻手高興地在草裡搜來搜去，每片葉兒都擎起來，她失望以為再也不會碰到半個菓子。

　　「人家已經在我們的面前揀過了。」她帶著不高興的樣子怨恨地說：「……喂！」我說：「我們好好地找罷，一定還有呢。」

　　於是我們用心地找，曲著腰，伸著頸，眼睛直釘在地上，我們小心謹慎的慢步前進，絕不敢響一聲，怕使那些蛇蛋果跑去。我們竟忘卻了樹林，沉寂和陰影，忘掉了大路和羊腸小徑。蛇蛋果呢？一個也沒有，我們凡遇到一個草堆，就俯下身來，我們顫慄的手就在草底下搜尋。

　　我們去了一里路以上的光景，彎彎曲曲，或左或右，連最小的蛇蛋果都沒尋找。那些高大的蛇蛋果樹，已有許多濃絲的葉兒。我看見妮朗的唇兒緊緊地閉著，她的眼睛已潮濕了。

四

　　我們到了對面的廣闊的斜坡，太陽帶著沉悶的熱度，直射到牠的上面。妮朗靠近這斜坡，決定以後不再找了。突然間她放出一種尖銳的叫聲，我立即跑去，驚慌著以為她是受了傷呢。我看見她蹲下身來，高興地坐在地上，並且指示一個小蛇蛋果給我看，差不多同豌豆大，僅僅熟了半面。

　　她用一種嬌柔的聲音對我說道：「你把那個給我摘下來罷。」我就坐在她身傍，是在斜坡的下面。

　　「不。」我回答：「這是你找到的，歸你把牠摘下來。」

　　「不！你要使我快樂，給我把它摘下來。」

　　我極力地拒絕，卒使妮朗決定用她的指甲去切那根莖。但這是一樁很有趣的故事，當人家定要知道我們倆吃了這個足足費了一個鐘頭才找來的可憐的小蛇蛋果。妮朗竭力要把牠放在我的口裡，我堅決地拒絕。後來，我竟給了她的許可，決定把牠分做兩份。

　　她拿了一份放在她的嘴唇裡，帶著微笑對我說：「我們去罷，你拿你的那份。」

　　我就拿了我的那份，我不知道這蛇蛋果怎麼分到這樣平均。我也不知道

我怎麼嘗試蛇蛋果，使我覺得很好，等於妮朗的甜蜜的親吻。

五

　　這斜坡被蛇蛋果樹掩蔽了，這裡的蛇蛋果樹是一些嚴整的蛇蛋果樹。收穫很多，而且使人愉快。我們鋪了一塊白手帕在地上，為作我們莊重的盟誓，在那上面擺出我們的採集物，沒有走失半個。然而有好幾次，我恍惚看見妮朗用手送往她的口裡。

　　當弄好了採集物，我們便感覺到是應找一角樹陰來暢快地用午飯的時候了，在前幾步我找到了一個樂窩，一個葉片的巢窟，這塊手帕就謹慎地鋪在我們的身傍了。

　　偉大的神明喲！天氣這麼清朗，在蒼苔的上面，竟沉浸於這種清麗幽涼的歡樂中。妮朗用她的一雙淚濕的眼睛瞅著我，陽光投射淺淡的玫玖【瑰】色在她的玉頸上，當她看出我的眼睛裡充分的柔情，她便向我身上倒來，用一種毫無顧忌的熱愛的姿勢，把兩手向我伸出。

　　太陽放射光熱在高聳的樹葉上，投射金塊在放在細草中的我們的足上，那些白頰鳥寂無聲響也不窺視我們。當我們找蛇蛋果來吃的時候，我們茫然地感到我們已經酣睡在這塊手帕的上面了。

載於《臺灣民報》，第一九七號，一九二八年二月二十六日

威爾幾妮與保羅

作者　維耶利

譯者　李萬居

【作者】

維利耶

維利耶[1]（Auguste Villiers de l'Isle-Adam，1838～1889），或譯作「瑋里耶」，全名譯作「奧古斯特・維利耶・德・利拉唐」，法國詩人、劇作家、短篇小說家，出生布列塔尼的沒落貴族家庭，性格孤傲，在貧窮中度過一生。一八六〇年，酗酒、放蕩不羈的維利耶遇見他心儀的偶像波特萊爾（Charles Pierre Baudelaire），並鼓勵他閱讀愛倫坡（Edgar Allan Poe），日後他的作品風格充滿神秘、肉慾的黑暗浪漫主義色彩，受兩者的啟迪甚大。比如戲劇《阿克塞爾》（Axël, 1885～1886）和短篇故事集《冷酷的故事》（Contes Cruels, 1883）充滿恐怖與性虐待的描寫，反映他內心的黑暗面。此外雖然他和馬拉美（Stéphane Mallarmé）是密友、與華格納（Wilhelm Richard Wagner）也有深交，但因為作品風格離經叛道，不僅主流書店不願出版，劇院也很少敢冒險演出他的作品，直到去世前五年他才為人所知。一八八六年問世的科幻小說《未來夏娃》（L'Ève future）是他最經典的作品，開創了機器人故事，影響後世甚大，尤其是當代動漫創作者，如日本漫畫家士郎正宗所創作的科幻漫畫《攻殼機動隊》。（許俊雅撰）

【譯者】

李萬居，見〈噴水泉〉。

1　主編按：鄧慧恩《日治時期外來思潮的譯介研究：以賴和、楊逵、張我軍為中心》（臺南市：臺南市立圖書館，2009年），認為本文作者為李萬居誤植，訂正為聖皮耶（Bernardin de Saint-Pierre, 1737～1814）。然聖皮耶此文的篇名為〈保羅和維吉妮〉（Paul et Virginie），並非〈威爾幾妮與保羅〉（Virginie et Paul），故事內容部分相近，但二文的文字脈絡不同。Villiers de l'Isle-Adam 的原作 Virginie et Paul，其法文版內容可見 http://fr.wikisource.org/wiki/Virginie_et_Paul_(Villiers_de_L%E2%80%99Isle-Adam)，即李萬居中譯文所本。至於聖皮耶的 Paul et Virginie 其篇幅較長，此篇中譯本可參考李恆基譯《法國中篇小說選》（人民文學出版社，1994年）。

這是寄宿舍古庭苑的鐵柵，遠處的鐘聲響了十下。四月的一夜，天空澄藍而深邃，那些星兒好像銀子一般。成浪的輕颭掠過新開放的薔薇，葉兒漸漸地響，在這些荳球花樹（Acacia）的大路傍，噴水像雪一般飛落。在極沉默的中間，夜的精靈——鶯兒，放射出魔術般的音雨。

當十六年華、夢幻的天國把你包裹了的時期，你愛過妙齡的女郎麼？你記憶著你曾失落你的手套在涼棚下的椅兒上麼？突然有個不曾料到的人兒來，你感到不安麼？放學時候，你父親母親微笑，你緊貼人家的那種羞澀，那時你感到臉上發燒麼？你用你的嘴唇接觸過那胸襟，喜得發抖，她的鼓盪直達到你的心臟，顫動而又突然蒼白的女兒嘴唇麼？你曾把你晚上結伴歸來在河邊採摘的那些青花藏在箱子底下麼？

自從兩人分別的數年以後，隱藏在你的心房最深處，這樣一種回憶，正同封藏在寶貴的瓶兒中東洋香油的一滴。這一滴香油有這麼精美，這麼強烈，假使有人把瓶兒投到你的墓穴，牠的空漠的永存的香氣，將比你的骸骨化成了塵埃更能持續。

啊！假使因孤寂的黃昏而心情柔漫，那是再一度表示這甜美的回憶的訣別。

現在正是孤寂的時候：街頭工作的噪音已靜默了，我的腳偶然把我領來此地。這個宏大的建築物往日是一座年老的修道院，月亮的光線透出鐵柵後的石階，一半照在雕刻的年高的聖者們上面，聖者們是作過一些奇蹟的，他們因祈禱而光輝的謙遜的額，那是無疑義地觸過這些磚石的。

當英人還領有我們的安若（Anjan）州諸市的往時，不列顛的騎士鳴響過他們的馬蹄之聲——現在呢，這些清新嫵媚的剪秋蘿蘇甦了黝[2]暗的窗石牆壁。修道院變成少女們的寄宿舍了。日間她們類似廢墟中的小鳥，在那裡嬌啼婉囀。入睡了的少女們中間，復活祭的第一個假日，在弱冠少年的心中，喚走了崇高神聖的印象的，將不止一人，並且恐怕已經……噓！有人說話。一個很溫柔的聲音在呼喚（極低）：「保羅！……保羅！」白絹長袍，碧色帶

2　按：原文誤將「黝」拆成兩字「黑幼」。

兒剎那間在大柱旁飄動。幾次像一位少女將露出她的豐姿。

　　現在她走下來了，她是此地少女們中之一，我看見寄宿舍的肩巾和頸上的銀十字架，我看見她的面龐。夜色和她的涵著詩味的面的輪廓，溶合在一塊兒了。啊！還攙雜兒時色彩的少女的黃髮！啊！蔚藍的眼睛，牠的青蒼，直使人想起還帶著太初的以太。

　　但是潛藏在樹木間這位最年青的人是怎樣呢？他忽忙地走出來，摑著鐵柵的柱子。

　　「威爾幾妮！威爾幾妮！是我。」

　　——喂！聲音再放低些！我在這裡，保羅！

　　他們兩人都是十五歲。

　　這是最初的密會！這是不朽的戀歌的一頁！兩人怎樣互相地喜得發抖！祝福、神聖的潔白！回想！蘇甦的花！

　　——保羅，我的親愛的表哥！

　　——請從鐵柵伸過你的手來，威爾幾妮。啊！怎樣可愛的手！拿著，這花束是從爸爸的庭園中摘下來的。不是用錢買來的，但是是用我的心。

　　——謝謝你，保羅。但是為甚麼氣喘，是跑來的罷？

　　——呀！爸爸作了一椿事體，今天，一椿很得意的事體。他用半價買了一個小森林，因為人家急於把牠賣出，一個好機會。爸爸因此整天高興，我想他給我一點小錢，我便留在他的身邊了，隨後，我想不要遲了約會的時間，趕到這裡來的。

　　——保羅！若是你的試驗能好好地通過，我們在這三年中可以結婚吧？

　　——是的。我會作律師，一個律師等待有名氣要好幾個月，其次也要弄一點錢。

　　——錢那是常有的。

　　——是的。你住在寄宿舍裡還愉快麼？我的表妹。

　　——愉快的，保羅。尤其是從巴尼耶太太把宿舍擴張以來，開始沒有甚麼好，但是現在這裡有許多貴族人家的小姐，我是她們每個人的好朋友。啊！她們都有許多漂亮的東西，她們來到這裡以後，我們大家都非常舒暢，真的，

非常舒暢，因為巴尼耶太太比從前肯多拿出一點錢來使用。

——但是這陳古的牆壁和從前一樣……住在裡面的人不見得很愉快吧。

——愉快的！大家習慣了沒有看見牠的一般。是的，保羅，你肯和我一同去看看我們的好伯母嗎？再六天就是她的生日，定規要寫封祝賀的信給她，她那麼好。

——我、我的伯母，我不大喜歡。前次她給我的禮物，精緻的錢袋也好，放在裝錢盒子裡面的小錢也好。她不給我那樣的東西，偏偏給了我食後吃的陳舊的糖果。

——保羅，保羅！你這不好。無論甚麼時候，你要給她喜歡，你要用心地待她。伯母有年紀了，說不定有點遺產給我們。

——這是真的。啊！威爾幾妮，你聽到鶯聲沒有？

——保羅，不是只有我們兩人的時候，請你留神，不要太親暱了。

——我的表妹，現在我們已經結婚了，然而我更要留神。多麼美麗，鶯！她們的聲音多麼澄澈，像銀子一般清脆。

——好聽的聲音，但是驚擾人的睡眠。今晚卻是叫得很溫柔的，月色如銀，真美！

——我很知道你歡喜詩，我的表妹。

——詩，我很歡喜。我現在在習鋼琴。

——在學校裡，我記了許多美詩，預備唸給你聽的。波埃洛（Boilean）的，我差不多全記得。若是你願意，結婚後，我們可以常到鄉村裡去逛，是麼？

——當然的，保羅。媽媽還有一座小小的村莊，那裡有農場，她會作為奩資賠【陪】給我，我們可以常到那裡避暑去。若是能夠，我們儘可把牠擴大些，農場也有一點收入。

——呀，那再好沒有了，鄉下過活比在城裡過活要節省些，爸爸媽媽都這樣對我說過。我高興打獵，也許打得許多鳥獸，打獵也可調息出一點錢來。

——並且，那是鄉間，凡是詩的我都歡喜，凡是詩的我都歡喜。

——我聽到樓上有聲息，嚇？……

　　——嘸！我定要上樓去了，巴尼耶先生醒了也未可知？再會，保羅。

　　——威爾幾妮，再六天你要去看我的伯母嗎？……會在那裡晚餐吧？我擔心爸爸知道我不在家，不再有錢給我。

　　——握手，快點……。

　　在聽到天使接吻的響聲中間，我失神了，兩位天使已經逃去。殘留廢墟中的反響，渺漠地反覆著：「錢！給我一點一兒錢！」

　　啊！青春，人生的春期！孩兒們，我為你們的陶醉祝福！你們的靈魂像花一般單純，你們的言語喚醒了差不多和這第一次密會相等的別種回憶，使一位行人淌下許多溫暖的淚珠。（完）

　　　　　　載於《臺灣民報》，第一九八號，一九二八年三月四日

生活騰貴

作者　Pierre Valdagne
譯者　劉吶鷗

Pierre Valdagne 像

【作者】

Pierre Valdagne（1854～1937），法國小說家、劇作家，生於巴黎，著有《會議》（*Une rencontre*, 1889）、《愛的原則》（*L'Amour par principes*, 1898）、《全部》（*Touti*, 1905)、《康斯，我親愛的朋友》（*Constance, ma tendre amie*, 1922）、《兩個朋友》（*Deux Amis*, 1930）、《我們應該在哪裡？》（*Faut-il mentir?*, 1934）等。（顧敏耀撰）

【譯者】

劉吶鷗（1905～1940），見〈描在青空〉。

　　普魯斯貝・特拉費老先生，在他已經成年了的外甥黎恩思的面前，燒著他愛情的紀念物。

　　他翻看著以前的舊信，檢驗著褪色的彩帶。這些都喚起了他以前的小情炎、失意的憔悴和那些愁悶到眼前來。

　　他回想著往昔的情感。就將那底細，含著熱情、諷刺和溫柔，高聲地講了出來。他當然並不明言什麼名字，可是黎恩思卻覺得很有趣，好像眼前看見了一百個可愛的女主角在一百本異香頻來的小傳奇中，一個個活潑地出現了一樣地。

　　普魯斯貝・特拉費是一個多情人，好幾個女人愛了他。他就想在這人生的暮年再度把那些用盡心血愛了他的女人的感動的幻影叫喚起來。

　　為了這一個感傷的儀式，他便招待了黎恩思，對著他說：

　　——我要在你的面前回想。當先，我想在這人生的記憶中，長談一點也並不是沒有趣味的。就是你也可以由這中間汲些教訓。你這一輩的人們是再

也不曉得愛女人的了。我便指教你這巧細的藝術，順便把我的戀愛史講給你
聽。

這是我跟一個如麗也，跟一個也示曼思，跟一個馬爾克麗多，跟一個曼
麗・路易如的戀愛史……從一個寫字檯的大抽屜出來的這些簡帖兒、彩帶、
乾了的花、照片，一件件就在兩個人的臉前發著光燄的炭火中燃燒了。

忽然，從抽屜裡提出來了一隻茶色的緞子小女鞋，普魯斯貝・特拉費就
很敬虔地把指頭伸入裡面，好像牠還在履著人所崇拜的女人雪白的小足的時
候一樣，使許多的優美和媚力一時再在眼前活現出來。

──日爾曼！普魯斯貝・特拉費老先生叫著。

他的聲音，因為感情戰慄著，一忽他沉醉了。

──說吧，舅父，黎恩思懇求著他。

普魯斯貝・特拉費于是便把那隻古物仔細地放還原處，然後說：

──別去動牠，除了用著敬虔的心以外！因為未曾有鞋子履過那麼巧
細、那麼純潔、那麼神聖、那麼媚魅的足！牠使我回想起何等記憶的波瀾呵！
何等熱狂的「華爾茲」的音樂，何等流滑的「馬日爾卡」，實在，我的甥兒，
比你們的「狐步」，你們的「沁迷」，和那癲癇性的「卻爾斯登」，是多麼銷魂
的音樂！我老實對你說吧，你們實是不曉得女人是什麼。

──但是，舅父，你不是要把這個戰利品怎麼會留在你的手裡說給我聽
的嗎？

──那是這樣：那時我已經伺候著日爾曼好久了。她是一個寡婦，她是
自由的。有一個晚上，我在朋友的跳舞會裡碰到了她。那時我很是急促。我
是感覺得到她那騷擾了的小心臟的。她用著新的情燄的眼睛看我：我便對她
說了許多狂氣的話，使她笑，……最後使她起來跳舞。你曉得吧，黎恩思，
當一個情炎已發的人覺感到了他所攜入華爾慈【茲】的旋律中的女人，已把
全身託付了他的時候，他若不長驅一直到了勝利，他一定是不懂手段的。

當我送了日爾曼回到她門口，而在那門口，要她許諾我進她家裡去是用
不到多大的懇求的。

她脫去了外套。就在沙發上深深地坐著，我是跪坐在她足傍的。起初我

便向她那巧細的小足開始讚美。我鼓起著熱情和詩藻，讚美著牠們的存在。我一面讚美牠，一面就把那一邊的鞋子脫了下來，在那包蔽在足上的絲襪上連續地吻了好幾下。

但是，一會兒，不知道為了什麼，那絲襪子卻隨自脫了下來，而我就得在這戰慄著的，可愛的小足上，印下了我的嘴唇。

這樣過了兩個鐘頭，當我將要辭去日爾曼的時候（那時天快要亮了），我還在愛情的熱狂中，便求著她把這茶色的緞鞋子賜給了我，當做我們倆同在一塊兒生活著的神聖的幾瞬間的紀念物。

——後來這日爾曼怎麼啦？

——她，她嫁了一個笨漢子，她做了人家的祖母，這會兒大概穿著了半節鞋了吧！

在那光燄燄的火裡那隻小鞋樣曲著，不片刻便化成一團黑灰了。

黎恩思戀愛了。他愛上了一個伊蓮·香達尼亞。她很悅人心目，是已經結婚了的，但是她的丈夫，在印度的內地做著不明的生意，已經兩年不在家裡了。

黎恩思，女人方面，是不得像往昔他舅父普魯斯貝那麼樣成功的。他雖是一個可愛的男子，但是在今日的女人看起來，他像是太荒誕、太浪漫了的。今日的女人多是不願意混入麻麻煩煩的戀愛的，因為那種多半不能得到好的結末。

黎恩思回想看他舅父的好教訓，想把牠照樣利用一下，時常走了錯路。舅父普魯斯貝把一種熱狂的感傷拿來加上他的熱情，最後得到了勝利。可是這熱狂的感傷卻使美麗的香達尼亞夫人有點害怕起來。幸而黎恩思還不至於使她不快。

我們不能說黎恩思的戀愛沒有進展，只是牠的進展遲遲不進就是了。

然而他們的戀愛，在一個晚上，當他帶著伊蓮到舞場去吃晚餐，使她在各碟菜的中間照樣跳舞，直到喝醉了一點格外不甜的香檳酒的時候，卻急遽地進展了。

　　將近午前一點鐘，當他送她回到家門口的時候，要她應許跟著她爬上她房間是用不到多大的懇求的。

　　走進房裡，她便脫去了夜用的外套，在沙發上坐下。黎恩思，這時回想起他的好舅父和日爾曼的美麗的故事，就想照樣重試一下。他向伊蓮足邊一個墊子上坐下，便對著那隻小靴開始了熱情的讚美。

　　那是一隻，像舌頭一樣尖，高跟上鏤著紅玉，和那晚上這美麗的女人所穿的眩耀奪目的夜服的顏色相配的小銀鞋。

　　黎恩思，學著他舅父普魯斯貝一樣地做。他把那銀的小靴脫了下來之後，我不曉得怎麼說才好，那隻絲襪子竟隨自滑入他手裡。而這以後他就得把嘴唇湊近這裸的、雪白的、柔膩的足上去。

　　兩個鐘頭之後，當黎恩思將要向伊蓮辭別的時候，他已經在愛情中耽醉了。啊，知道甜蜜的奇遇的不獨是舅父一個人了，他這外甥的成績卻也不壞，現在他是可以蒐集一些驚人的紀念物的了。

　　他向伊蓮交換了一個最後的接吻。

　　──心愛的，他對著她說，請你把這剛才還履著世上最可愛的小足的靴子給了我，拿去當做我在你身邊過去的神聖的幾分鐘的紀念物吧！好讓我不在你身邊的時候，給牠以頻繁的親吻。

　　聽了這話，香達尼亞夫人，兩隻眼睛圓睜睜地，一會兒才克復了自己說：

　　──可是，我的朋友……你是狂了的嗎？這隻鞋子費了我一千兩百法郎，我是不能天天付出這樣大錢的呵！

載於《無軌列車》，第五期，一九二八年十一月十六日

死人

作者　高爾斯華綏
譯者　可夫

【作者】

高爾斯華綏像

　　高爾斯華綏（John Gals Worthy, 1867～1933），英國小說家、劇作家，一九三二年獲諾貝爾文學獎，得獎作品為連續長篇小說《福爾賽世家》（*The Forsyte Saga*），內容描寫第一次世界大戰後福爾賽一家的故事。出生於英格蘭的薩里（Surrey），家境富裕，曾在牛津大學新學院學習法律，一八九〇年成為訴訟律師，但沒有馬上開業，而是出國幫忙家族航運事業的利益，在旅行途中結識康拉德（Joseph Conrad），成為親密的朋友，當時兩人都還未投入寫作。短篇故事集《天涯海角》（*From the Four Winds*, 1897）是他出版的第一部作品，畢生作品豐碩。他被認為是愛德華七世時代首批挑戰先前維多利亞社會的小說家之一，直接以小說探討社會問題，包括監獄改革、女權、動物福利和政府對反對黨的檢查。他的戲劇同樣處理的是階級制度和社會問題，兩個最著名的作品是《鬥爭》（*Strife*, 1909）和《騙局》（*The Skin Game*, 1920）。（許舜傑撰）

【譯者】

沙可夫像

　　可夫，疑為沙可夫（1903～1961），原名陳微明，又名維敏，字樹人，號有圭。中國劇作家、翻譯家。一九二六年留學法國巴黎期間加入中國共產黨，任旅歐支部領導工作，並負責編輯《赤光報》。一九二七年到蘇聯進莫斯科大學。蘇聯老師給他取名為亞歷山大·阿列克賽·沙可夫，從此自稱沙可夫。一九三一年歸國後被捕下獄。一九三二年起歷任中共要職，包括該黨機關報《紅色中

華》主編、中央教育人民委員部副部長、中華蘇維埃大學副校長。中華人民共和國建國後歷任文化部黨組副書記、文化部辦公廳主任。他是中國文聯的發起人之一，曾任中國文聯秘書長、中國作協常務理事、中央戲劇學院黨委書記兼第一副院長。從莫斯科時期開始，創作了幾十部話劇。其中以《廣州暴動》、《血祭上海》、《團圓》等大型話劇最為知名。他還翻譯過大量蘇聯和西歐名著和理論著作，如普希金的《漁夫和金魚的故事》，高爾基的《義大利童話》，杜勃羅留波夫的《給詩人》、《什麼時候才有好日子？》等。（趙勳達撰）

　　一九〇五年的春天，一個律師和他的一個朋友坐下喝酒吃核桃。律師說：「前幾天翻我父親的文稿，我尋出這篇從報紙上剪下來的東西。日期是一九〇〇，十三【二】月，很簡單的文件。你若是喜歡，我就唸給你聽。」

　　「唸罷。」朋友說。

　　律師起首唸：

　　「昨天倫敦警察局有一件事很使我感動。有一個穿得襤褸，形象可敬的人，到局長那裡求事。」我們照錄他們的談話：「大人，我可以問一個問話嗎？」

　　「只要是我能回答的。」

　　「就是這樣，我是活著的嗎？」

　　「去喲！」

　　「大人，我是完全正經的，那是我極想要知道，我是一個做鍊子的匠人。」

　　「你的神經清醒嗎？」

　　「大人，我是十分清醒的。」

　　「那末，你跑到這裡來問那樣一個問話是甚麼意思？」

　　「大人，我沒有工做。」

　　「那有甚麼關係呢？」

　　「大人，是這麼的，我已經兩個月沒有了工做，這並不是我自己的錯處。大人，你一定聽說過，我們成百成千的漢子。」

　　「是，往下說罷！」

　　「大人，我沒有加入那個協會，你知道我這個行業是沒有協會的。」

「是的，是的。」

「大人，三禮拜以前我已經把我的財產用盡了，我會盡力去尋求工作，但是總沒求著。」

「你求過你縣裡濟難委員會沒有？」

「我去過，大人。但是額已滿了。」

「你到過教堂管理員那裡沒有？」

「是的，大人，也到過教堂。」

「你有甚麼親戚朋友能幫助你麼？」

「大人，一半的親戚和我是一樣的情形。其他的呢，都被我弄的困乏了。」

「你已經……？」

「別的都困乏了！他們所能節省的都給我了。」

「你有妻室兒女麼？」

「沒有，大人。那是我的對頭，使我無處招留。」

「是的，是的，好，你有貧民律，你有權去。」

「大人，我已經去過兩處——但是昨晚上我們十多個人都被趕出，因為沒有供給。大人，我需要飲食，我有工作權麼？」

「祇有在貧民律之下才有。」

「我已經告訴你，老爺，昨晚上我不能進去。未必我能佔強別人給我工做嗎？」

「我怕不行。」

「大人，我急要飲食，請你讓我在這街上討口嗎？」

「不行，不行，我不能讓你，你知道我不能。」

「大人，我可以偷竊嗎？」

「喂，喂！你別耽擱局上的時候。」

「但是，大人，那對於我是極難過的。我簡直要餓死了，我實在是要餓死了。你可以讓我賣了我的衣裳褲子嗎？」解著衣紐，求事的人現出他的赤裸胸膛，「我沒有別的來……。」

「你不能那樣輕褻的模樣跑來跑去，我不能讓你跑出法律以外。」

「那末，老爺，無論如何，你能允許我睡在外邊過夜，不算我是無賴來促我嗎？」

「總而言之，我沒有權力詛【阻】你做這些事。」

「那末，我怎麼辦呢？我告訴你的是真話，我想遵守法律。你能夠給我設個法子，活著不用吃飯嗎？」

「我到希望我能夠。」

「那末，我請問你，老爺，從法律眼光上看，我是全然活著的麼？」

「唉，那是一個我不能回答的問題。面子上你似乎只有破壞法律才能生活，但我深望你不要那樣做，我很為你抱歉。你可以從箱子裡取一先令。」

律師停住了。

「是啊，」他的朋友說：「很有趣的，實在是簡單，那時候有很多奇怪的事情。」

──由《國聞週報》

載於《臺灣民報》，第二一六號，一九二八年七月八日

七樓的運動

作者　橫光利一
譯者　劉吶鷗

【作者】

橫光利一（よこみつ りいち，1898〜1947），日本小說家，新感覺派的重要代表人物。原籍大分縣宇佐郡，生於福島縣。一九一六年入早稻田大學預科，中途輟學，與友人創辦《十月》、《街》等雜誌，一九二三年參加菊池寬創辦的《文藝春秋》，發表了〈蠅〉和〈太陽〉，構思新穎，風格獨特，引起文壇的注目。翌年與川端康成等人創辦《文藝時代》，發起「新感覺派」運動，短篇小說〈頭與腹〉以及長篇小說〈上海〉頗具新感覺派之風格。一九三〇年發表〈機械〉，開始轉向新心理主義。主要作品還有《家徽》（1934）、《旅愁》（1946）等。其創作手法受到表現派、結構主義以及意識流的影響，大多採用心理分析方法描寫人物的內心世界，並且運用了奇異的修辭和絢麗的詞藻，極富感染力。（顧敏耀撰）

橫光利一像

【譯者】

劉吶鷗（1905〜1940），見〈描在青空〉。

今天是昨天的連續。電梯繼續著牠的吐瀉。飛入巧格力糖中的女人。潛進襪子中的女人。立襟女服和提袋。從陽傘的圍牆中露出臉子來的能子。化粧匣中的懷中鏡。同肥皂的土牆相連的帽子柱。圍繞手杖林的鵝絨枕頭。競子從早晨就在香水山中放蕩了。人波一重重地流向錢袋和刀子的裡面去。罐頭的谿谷和靴子的斷崖。禮鳳和花邊登上花懷。

久慈捉著一疊疊進行過來的鈔票，走避著競子的視線。她的眼睛從香水中反射到賬櫃。

「好，你這個人！」

「此刻是午前哪。」

能子在陽傘的中間痛快地微笑。她在一對新婚的少年夫婦的眼前，像要說青春就是這個樣子似的，把鵝絨枕頭劈拍地打著。

「是，是，這個是很牢的。」

當然，能子不記得什麼。昨夜監視了競子和久慈半夜回來，目的是要妨害他們。不是因為她愛著久慈，是要用嶄新的諧謔壓倒競子的漫了半世紀的肉感。她把賣了鵝絨枕頭的錢拿到久慈的身邊去。

「咳。」

「呀。」

「稍稍看一看我會怎麼呢？」

「等一下子。」

競子用腳踝著地板，想，賣三瓶香水就可以向久慈的領帶吹噓三次。但是這個發獸的「西客拉曼・奧迪可郎」卻可憎地發著光。能子要檢驗競子的肉感，故意由她的臉前走回來。

「你像是很忙。」

「可不是嗎！」

和合著鈔票進行曲，百貨店向中午沸騰。電梯的僕歐¹在那七層的空間中上上下下地消磨著一日的時間。

久慈不是為著生活來貼坐賬櫃的。這百貨店業主的放蕩子是為要創造永遠的女性而來的。生活在他是像虛偽一樣的方便。他是要把這七層的女店員一個個嘗試的鐵鑼。永遠的女性在他是聚積而成的。競子是胴體，能子是頭。肩膀和手足還在七層的甄子和櫃子中行動，容子、鳥子、丹子、桃子、鬱子。他一個月的零用錢是二萬元。從百貨店的七層樓上向街路上散下去，恐怕電車和汽車的速力也要鈍慢的。

久慈上了二層樓。鬱子在半襟中像胃袋一樣地動作著。她在久慈是永遠的女性的右腳。但是肩上背著他，一腳把監督穿做靴子跑卻也是有趣的。

1　按：僕歐，即英文「boy」之音譯，指侍者、僕役。

「呀，久慈先生，真熱哪？」

「下面更熱。」

「這兒也很熱。」

「給我再笑一點兒哪。」

「但是，我冰水也不能喝哪。」

久慈給她一張十元的鈔票，登上三層樓。像牌號紙一樣地埋在信封中的是輕佻的桃子。

「你不再活動一點。」

「可是，熱哪。」

「可是，你手有帕【有手帕】吧。」

把十元的鈔票包在手帕裡丟了給她以後，久慈便上四層樓去。夾在婚禮用品的大鯛小鯛的中間，丹子流著汗等著日暮。

「嘿，怎麼，不停就走啦？」

「今天不是沒有人嗎？」

「所以，停一停不好嗎？」

「沒有人，是會引人眼目的。」

「不便於急忙要上五層樓吧。」

「四層就疲乏了，是太無意志。」

丹子是像俾【婢】女一樣地饒舌。在這兒被她揪住，五樓的會話就要短縮了。把走開費塞入鯛的腹內，便急忙上五樓。鳥子像有刺的花一樣地浮在金屬物中。她向走近來的久慈舉起指頭。

「今天不要開玩笑。」

「我，休憩時間呢。」

「可是，我，還不是呢。」

「剛到五樓就被踢了，怎麼下得去呢？」

「走開一點哪。」

「這麼離開著的，不會流汗的吧。」

「那兒不是有人窺看著嗎？」

「那麼，這個多少錢？」

「咳，那是三毫五。」

久慈買了一只剪指刀，給了十元的鈔票。

「找錢，就送上公館。」

上到六層樓，笑著的容子鏡中竟有五個。

「那一個是你？」

「嘿，今天的巡禮真早哪。」

「所以，我說練習應該要的。」

「所以能子變了那麼地饒舌。」

「那是你哪。」

「我變了饒舌的了嗎？」

「我聽到人家說著哪。」

「那是因為我在六樓。」

「離了人家獨住，是會關心下界的。」

「我不要在這兒變了一個老媽媽。」

「不，凡事都應該從高處著眼的。」

「可是，高處，男人不常來的呢。」

「不錯，你，今天是滿分。」

兩張的十元票，忽【忽】然塞入容子的腰間。

「嘿，打算走了是嗎？」

「時間到了。」

「那是的，下面好納涼，又有濕氣。」

急轉直下，久慈運動了後就從七樓搭電梯下來。他走近了能子的旁邊。在他，能子是個勁敵。在這「永遠的女性」的頭腦，他的十元票從未曾見過一點的效力。所以他的心理學一到此地就錯亂不對了。他好像輸了錢的癲人一樣地把十元票在她的面前疊上去。但是，能子的話是這樣的。

「先生，先生怎麼給我這麼多的錢呢？」

「因為不見得你要收去。」

「那麼，我收了。可是，你真傻呢。」

「不，是你比我聰明。」

他的誘惑，她什麼地方都跟去的。但是，她卻不曾一次被他誘惑過去。

「先生，先生怎麼不知道我的心事呢。」

「知道了，那就不行了。你可一個人逆著百貨店的法則進行好。」

「那麼，我就可以得到這麼多的錢嗎？」

「不，那是你看輕金錢的賃金。」

「但是，我是看輕你給我錢的。」

「那是你的自由。但是不要因為我給你錢就把我當作一個傻子。」

「可是，這麼來，不一會你是要變做像金錢一樣的。」

「就所謂，不像是人？」

「對啦，你是金錢。只是金錢。」

「這卻把我當做鬼了。」

「可是，那不是你的願望嗎？你是好像一個用金錢來試驗人們的感能會發達到什麼地步的機械。喂，你從我這兒得到了什麼參考沒有？」

「你，在現在的百貨店的收入總數，是不知道的。」

「那麼，我幫忙你用功一點吧。慢慢，我把從你那兒得到的錢分給我的同事。那麼，貨品的能率就增加。那麼你就多得到錢。那麼，我也多得些來分給她們，這樣，你就在這中間練習飽滿許多種類的女人。現在是你的過渡期，所以我來靜靜地看著。那麼，我現在暫時是你的溫柔的監督了。」

「再不當心，你恐要變做社會主義者了。」

「對啦，我是你們這兒的勞動者。我要說『全世界的勞動者，團結起來吧』的。可不是嗎？我從早晨八點起老是站著。像你一邊運動著，一邊登到七層樓，一張張分著鈔票，然後下來帶競子坐汽車兜風一樣，我不相信那是什麼新的工作。」

「那麼，新的工作在什麼地方呢？」

「有，在這兒。你拿張鈔票出來看。」

「好啦，那種手段我知道了。」

「你的豪處是在這種地方。」

「什麼，再說一遍看。」

「嘿，又來了。你同我正好一對。我雖然常常把你當作傻子，但是我可以這樣，也全是為了你的人品。到底你是運動七層樓的，又豪爽，又闊達，又有理解，又良善，雖是明朗地光耀著，但是沒有半點傲慢的地方。」

「嘿，又要一張了。」

「你這個人，不要這樣。這是你的壞處。可惜你運動的好處都完了。」

「但是，被迫了，不是叫他閉嘴安全嗎？」

「因為你拿用于別的女人的手段用到我這兒來，所以我要窘迫你。我拿你的錢只是要幫助你的生活。散錢是你的總生活。」

「你可以說是粗蠢的女人。你的教正我是很感激的，可是你對於我的散錢總也要表示一點好意的。」

「但是，沒有表示好意的時候哪。我稍為撒嬌，你就說：『又要一張了嗎？』那麼，就是撒出來的愛嬌也當不起。我知道你在你腹中填著我的愛嬌的分數。從這兒起，你要記得我若是撒嬌了，就是看你不起。」

這樣的是能子。久慈拿錢創造成的永遠的女性的頭，不時都搖動著。久慈碰到能子，世界就轉變新鮮。她是酒。他是描準能子的嘴唇傾倒過去的患者。

水滴型的汽車，用那膨脹的尖端，像落下街道一樣地疾馳去了。是久慈同能子要到旅館裡去。高架鐵橋的腰下。指著描寫在鐵的皮膚上的粗大的朱色的十字，能子說：

「瞧，我怕那個哪。」

久慈回顧的時候，從鐵橋上一列貨車驀地進來了。擦過去的足踏汽車。電車的腹部。擦過著巡捕的兩手運貨車跳了起來。在運河的水面上光耀著的都會的足。在水溝口休息著的浚渫船。

「喂，我愛那個。」

旅館裡，從墊子中出了百貨店的氣味。久慈卸了上衣去站在眺台上。兩隻鵝像做著夢一樣地游泳在噴水的圓池中。

「呀，你瞧哪。那是古風的戀愛。我一看見那樣的就想拿鵝絨枕頭狂亂地打他一下。」

「你像沒有情緒似的。」

「對啦，我一看見那樣的鵝，就想在這欄干上翻筋斗。」

「我同你相反。我先在這兒抽枝香煙。」

「在你，進化是沒有的。假如我是你，除了吊死以外是沒有辦法的了。」

「假如我是你，我還是到刑務處去的好。」

「那麼，我和你是沒有希望的。我雖然在做著這種事情，可是我還想明天早上在電車裡不被人踏了足。」

「可是，我很歡喜你。」

「啊，再講得好聽一點也罷。」

「不，你這麼一說，我倒害羞起來。」

「我，看到你的臉子，就想不應該不給競子說一聲才來。」

「競子是競子。」

「能子是能子嗎？哪，你看看哪，我今夜是來洗臉的，不是女店員了。鵝們也那麼樣溫柔地在兩個人的臉前游泳，我，我就踢一踢此地的僕歐有什麼做不來呢？」

「不，今夜，請你靜一點兒。」

「我愛你哪，這麼樣地，就說這麼樣地也……。呀，那是許愛拉若爾特，看哪。」

能子捉住站在石上的久慈的手，揪他下來，就跳舞起來。

「你真粗暴。」

「是你的店不好。我稍為任性一點，頭骨就痛起來。我若是靜靜地不動一動，就變成像草一樣要傷風了。」

「那真野蠻。」

「野蠻人，我卻很喜歡。看他那裸體，身體就像風一樣地擴張起來想飛他一飛。」

「那是因為你沒有進化的原故。假如我是你，除吊死以外沒有辦法。」

「哈，是你沒有進化，所以這樣說的。輕蔑野蠻人是文明人的缺點。」

「那麼，你最好同你的父親結婚。」

「嘿，你好像不知道結婚是什麼東西的。」

「別開玩笑吧。就是像我這個樣子，結婚一事卻還未曾幹過。」

「那麼，請你自由吧。那時我要偷看你的臉子，看牠像不像野蠻人的臉子一樣，說：哼，結婚大概不過是這樣的。」

「那麼，最好是同我來結婚看。」

「你別用那麼樣可怕的臉色說。結婚我是不用的。」

「呀，我從不想結婚是這麼樣費事的。請來吧。」

能子用扇子徑往久慈所指的房間，像呆笑的假面一樣地進去。久慈一躺上房裡的鵝絨枕上，就默默地用指頭輕打著能子的膝頭。

「你好像不很喜歡我的衣服。可是這卻是你店裡給我的呢。」

「嘿，真是這麼要緊的衣服，我就再給你一件也好。」

「好，就請你給吧，我會合著你，就很想要衣服。這必定是因為你太高尚了的原故。假如你是野蠻人，我必定在你的臉前裸體跳舞。」

「我正想看你那麼樣。」

「你只在那樣的時候，對野蠻人表示好意。」

「在這鵝絨枕上並睡，不要講什麼野蠻人的話。」

久慈的一手臂絡住能子的胴體了。能子跳上久慈的膝頭，就像搖櫓一樣地把身體向前後搖動著。插在她頭上的克里力迦斯的髮針刺了久慈的眼鏡。他顰著臉，向她的嘴唇湊出他的頰。能子旋轉著燈罩說：

「鬱子、桃子、丹子、鳥子，正多得熱鬧。」

「這兒不是百貨店哪。」

「可是，給你唱支歌有什麼不好呢？」

「今天是可賀的結婚式，別講那不吉的話。」

「你這麼說的時候，競子怎麼說呢？」

「喂，起來，今夜我不是要來受侮辱的。」

「呵，那麼，你要同我結婚嗎？」

久慈長久默然。

能子從久慈的膝上站起來。她瞪著久慈,把燈罩用力轉了一下,靜悄悄地走出房外去。

今天是昨天的第二天。電梯繼續著牠的吐瀉。嗅提袋的女人。浸在化粧匣中的女人。裝飾品和立襟衣服。能子大清早就在陽傘的圍牆中,好像在說青春是這個樣子一樣地,劈拍地拍著鵝絨枕。久慈一到休息的時間,就一步步地走上七層的樓上去,看沒有頭的「永遠的女性」的手足。

載於《色情文化》(上海:第一線書店,1928 年 9 月),後又收錄於《劉吶鷗全集》(臺南:臺南縣政府文化局,1999)。此根據前者之版本。

縹緻的尼姑

作者　北村壽夫
譯者　楊浩然

【作者】

北村壽夫（きたむら　ひさお，1895～1982）。日本劇作家、兒童文學作家。在早稻田大學學習英語時，開始寫童話，學生時代便以童話作家的身分出道。他以日本新劇之父小山內薰為師，積極參與廣播劇的各項活動。一九五二年創作〈新諸國物語〉為其代表作，並由 NHK 電視臺以冒險活動劇的形式播送，風靡一時。其後，相繼寫出〈紅孔雀〉與〈風小僧〉等七部作品，皆是讓人興奮且又害怕不安的冒險故事的作品，受到世人極高的評價。北村壽夫與臺灣文化界亦有淵源。一九三四年，郭秋生認為臺灣新文學運動應有熱烈的生命力，並以北村壽夫〈縹緻的尼姑〉這篇歌頌勞動、帶有社會主義色彩的小說作為範例。一九三六初，在臺北成立了「臺灣新劇研究會」，成立大會上，亦排演北村壽夫的〈怪貨物船〉一劇，由張維賢、宋非我為戲劇指導。（趙勳達撰）

【譯者】

楊浩然（？～？），臺灣作家。起初和同窗好友林華光在上海同文書院讀書，後轉到暨南大學中國文學系。在暨大就讀期間，加入「秋野社」。那時的暨大，文藝團體之多可謂「雨後春筍」，秋野社、麗澤社、景風社、檳榔社、暨南文藝研究會、暨南劇社、大道劇社等相繼出現，其中尤以秋野社最為人所熟知。秋野社所發行的文學月刊《秋野》，刊有夏丏尊、徐志摩、梁實秋、葉公超等名家的作品；此外，由於楊浩然和林華光都是日語翻譯高手，《秋野》每期必刊兩人的譯作，橫光利一、片岡鐵兵和川端康成的一些短篇就在當時開始登陸中國，稱「新感覺派」，這是「新感覺派」一詞的由來。因此，楊浩然等人可謂「新感覺派」在中國最早的引介者。（趙勳達撰）

上

洛北的尼庵裡，有一個年輕而縹緻的妙淨尼。大約是在兩三年前，她從

子爵的家裡出家到這裡來修行。她時常穿著潔白無垢的紫色法衣，掛著水晶的念珠。看去，她好像菩薩的化身。

她曾有這樣的故事。

前幾天，尼庵裡曾發生一件新鮮的趣事。這不是別的，就是說，近來時常有一個清秀的大學生拖著小車到庵裡來。

原來，所謂尼庵，是絕對不許男子出入的。所以庵裡年輕的尼姑們，一天到晚，也不曾看到一個男子的身影。就是賣菜的苦工，也是十分罕見，何況來的是一個清秀的，而且是拖著小車的大學生，怎不使年輕的尼姑們傾心呢？她們一見了他，比較聽著老尼說教，還要加倍的愉快。

「大學生！大學生！」這個讚嘆，近來也吹到她們庵裡來了。自從她們見了他以來，他就征服了她們底芳心了。太陽一經下山，她們天天把他當為話題，談得十分起勁。

不久，這個讚嘆也吹送到妙淨尼的耳朵裡了。她把小院裡的紙窗開了一洞，時時偷偷地看他。

然而他是多麼可襤【憐】而憐【襤】褸啊！他所穿的制服破爛得十分難看，他的足指時時伸到破爛的靴外，帶在腰間底手帕髒得好像汗巾。這種破爛的裝飾和他美麗的容貌比較起來，更能顯出他底貧困和不幸。或者因他底破瀾【爛】的衣服和清秀的容貌，而被她們欣慕的吧。

「唉，多麼可憐喲！……」她一經看見他，每次都這樣的感嘆。她每次所逢到的學生，個個都是穿著嫖【漂】亮的洋裝和閃閃的皮鞋，然而他卻這樣的勞苦，自然使她想像到他的家庭窮得好像乞丐。

「是的，他是一個苦學生！他是自己做工而得讀書的，他想必非常勞苦呀！」她想，「唉！多麼可憐的！多麼可憐的……」

然而她除了這樣的嘆息，別無他法。因為庵裡的老尼非常的嚴格，況且她活到現在都很少和男性談過話，她也沒有安慰他的勇氣。

這個學生每天都拖著車子到這裡來，而這個縹緻的尼姑也沒有一次不在紙窗裡偷偷地看他。有一次，因為老尼要到北陸巡錫，她底心中便感到十分

的愉快。

　　「這個人非救他不可！非使他安定一點不可！非使不勞而讀不可！是的，我非幫助他一點金錢不可！我在這裡，雖然沒有得到一點金錢，但是到父親家裡找一點錢是不難的。」她想，「是啊！出家人應幹的是甚麼？慈悲和仁愛，濟度眾生！這不是最關緊要的嗎？但是，但是這個可憐的人兒呢？是啊，這個可憐的人兒……」

　　有一天，她毅然決然地出了尼庵，追從【蹤】著這個大學生底足跡。等到她追到他的時候，已在金閣寺附近底鄉下了。

　　她毅然決然地鼓起勇氣，紅著臉輕輕地問。

　　「喂……喂……先生！」

　　他聽見是女人底聲音，忽得吃了一驚，回轉頭來，答了一聲。

　　「嘎！有何貴幹？」他匆忙地問道。

　　「是的，先生！我！」

　　「請等我把車子放下！」他把車柄放在地上，走近她底跟前。

　　「有何貴幹？我沒有時間，請你快說！」他忙急地問。

　　她立刻用了一種出家的信念和勇氣，說出自己心裡底希望。

　　「我真想使你幸福，使你不勞苦而得讀書，把你救出這樣不幸的生活。」她臉紅紅地說，「這是我們出家人底義務，我想到家裡拿點錢幫助你……」她充滿著愉快說。

　　然而他聽了她底話，反而覺得可笑。

　　「感謝！」他說。「感謝你底誠意，但我不想你來幫助！」

　　「討厭的！你怎麼這樣客氣。」她誠懇地說。

　　「老實說，不是你應該救我，而是我應該救你的。世界上沒有比你更不幸，更可憐的人哩！」他又微笑了。

　　「討厭！為甚麼呢？」

　　「你聽我說來！你不是救人的，是應該被人救的；不是可憐他人的，而是被人可憐的。」

「是嗎？……」

「可不是嗎？請你想想看吧！你們底三餐是誰供給的？誰給你們吃飯？你們終日所幹何事？你們不是無事忙，而且吃白飯嗎？不是不勞而食嗎？……我雖然窮困，但窮困不是恥辱。我天天出汗勞働，這是人類底義務。我不願依靠他人，用自己的力維持自己底生活。哈！這樣可說是不幸嗎？可以說不幸福嗎？唉！你們都是不知勞苦的天使！但是勞你想一想，把你們底生活想一想，那時候，你就要來求我救你了。」

他說完了以後，把失望的她擱在一旁，微笑著拉起車柄，道了一聲「再會」而去了。

她回到了庵裡，時時悶悶地把這個難解的疑問放在腦裡，獨自細想。

下

然而這些是多麼有力的話！她自從那天以來，時時把他底話，一句一句地細細咀嚼。

——世界上沒有比我更不幸，更可憐的人！為甚麼？——她想。但是她自己卻回答不出理由來。等到第二次，他重來的時候，她又再去問他了。

「先生！你說我不幸，究竟為甚麼呢？人們都說我是幸福，並且我自己也覺得……」

「不，你那裡幸福哩！你在這裡，也不知戀愛，也不知青春底快樂，就自己把自己的一生葬在墓裡。甚麼叫做幸福呢？唉！連一個『接吻』都不知道的人生，還有比這個更加不幸的嗎？」他在紅著臉兒的她面前，仍是決然地說。

她覺得非常的害怕，自從她活到現在，這樣自由的、新鮮的和大膽的話，她都不曾聽過。甚麼是「青春底樂事」？甚麼是「戀愛」？甚麼叫做「接吻」？對於這些事，她雖不能了解，而於她現在聽了這些新鮮的名詞，心中卻覺得有點害羞，兩片腮頰熱紅起來，心臟突突地跳著。

——唉！庵外有許多的事物！是的，庵外有許多自由的、新鮮的、快活的、人類的樂事啊！——她又回憶到小時在家的兒時了，回憶到翩翩地好像

一只蝴蝶的女學生時候了。她覺得那個時代怎會不可思議地忘掉，同時又感到這個陰氣沉沉的，不長進的，狹小如籠的尼庵裡底生活十分使她咀咒。

　　——唉唉！我不是具有可貴的處女底心嗎？我底心中不是具有青春的熱血在那裡流動嗎？這是多廢【麼】的可惜！為甚麼要把自己底一生葬在庵裡污【朽】爛呢？……

　　但是把她送到尼庵裡來的，不是出於她自己的本意，她父親有這樣的家憲，說：如果生了女兒，就把其中底一個送她出家。

　　——唉！犧牲！最可憐的犧牲！不幸的人間！——她好像在夢裡醒了過來！——是啊！被救的不是他，而是自己啊！並且能救我的，也祇有他一個人……

　　有一天，趁著看不見人面的黃昏，她偷偷地出了寺外，沿著小路走了出來。她蕭蕭地站在小路的邊旁等他，因她曉得他拖著小車歸去的時候，每次都要沿這條小路經過。

　　隔了一刻，他又拖著小車來了。

　　「呀！原來是你！這樣的黑暗，在這裡有何貴幹？」大學生吃了一驚，這樣的問了一聲。

　　「在此等你啦！」她輕輕地答。「但是在這黑暗的時候，你等我做甚？」他放下車柄，走近了一步。

　　「唉！你那次告訴我的，我到今才醒悟，我到了今天，才感到自己運命的不幸哩！是的，可憐的，卻是我。請你告訴我幸福底道路吧！唉！請你救我吧……」她全身顫動了起來，眼淚一粿【顆】一粿【顆】地落在地下。

　　他底兩手仍然曲在懷前，靜蕭蕭地聽著。隔了一會，他照例地說：

　　「我已了解了，已十分的了解。好！你就離開這裡，到我家裡！我就和你結婚吧。」

　　「甚麼？」

　　「做個大學生底夫人，不高興嗎？寫意呢！我以這可厭的兩手，緊緊地抱住你底一生，這是最幸福底一條道徑。我們兩個人，就用我們底力和汗去勞働，以建築生活和創造人生！你以為怎麼。喂！不必裝這樣的臉孔！」他

將名片放在她底手中說：「我住在棟割長屋的最後一間，你如果願意，就到這裡來吧！如果不願意，我也不在乎。不過，我老實說，我是愛你的，我願永遠愛你……」

他說了以後，又照例拖著小車走了。

她木然地望著他底影子在遠處消滅。

——哈哈！了不得！真是料不到！原來，我是要他告訴我幸福底路徑，不料他要我做他的……。——他【她】想到這裡，嫩白的腮頰，浮上兩朵紅暈，她心中非常的快樂。

那天晚上，她底心中忽然浮上新鮮的，無上的愉快。

她到了獨自一個人的時候，她真是忍不住了。她心中覺得非常需要一種的「強力」。尼庵裡的尼姑們，誰都不在她的心中了，誰也不是她的友人了。

「叛道尼！野尼！叛道尼！」她們這種冷嘲熱罵的聲音，時時吹到她的耳朵裡。

——還是趕快逃吧，趕快逃到他強力的手臂裡去吧。啊！強力的手臂！強力的手臂！只有他底手臂，才是強力的手臂！啊啊！緊緊地握著車柄的手臂！她被他的力吸了去了。她覺得不願世界上沒有他而生著。

——他也愛我，那末，兩人結了婚不是幸福是甚麼呢？唉！虛榮，世上無聊的虛榮，要牠做甚麼呢？去掉吧！還是走著自己要走的路！管她們說甚麼！快走自己所信仰的路，就是得到幸福的勝利啦！

她等到尼姑們都睡靜了，便偷偷走到寢房，脫去紫色的法衣，換上初次到這裡所穿的，小姐的衣裙。——雖然，頭上沒有頭髮，覺得有點懊惱，但是在這個時候，卻不是給她懊惱的時候，她便匆匆地帶了名斤【片】跳出了。

假使這時候在路中，如果有人問她：「尊姓大名？」的時候，她必定很闊氣地用一種小姐的口氣，十分快活地，大聲叫道：

「梅小路素子啦！」（完）

——譯自日本《令女界》七卷五號。——

一九二八，十，二十四、夜。

載於《臺灣民報》，第二六〇、二六一號，一九二九年五月十二、十九日

礦坑姑娘

作者　松田解子

譯者　張資平

【作者】

松田解子像

　　松田解子（まつだ ときこ，1905～2004），本名大沼華（大沼ハナ）。日本小說家。小學畢業後在礦山事務所工作，開始接觸文學，後成為教師。一九二六年前往東京開始文學創作，加入無產階級作家同盟，與小林多喜二、宮本百合子等左翼作家相識。一九三〇年代無產階級運動遭到壓制之後，轉而關心女性議題。戰後，參加新日本文學會（即後來的日本民主主義文學會），成為民主主義文學運動的代表性作家。其後，取材於二戰期間中國勞工在日本遭受非人折磨和殺戮的「花岡事件」，寫成《地底の人々》（地底的人們），為其代表作。另一代表作是以她母親為原型的《おりん口伝》（阿玲口傳），榮獲「田村俊子賞」與「多喜二・百合子賞」。二〇〇四年，她的十卷本《自選集》開始刊行，同年因急性心力衰竭病逝。（趙勳達撰）

【譯者】

張資平像

　　張資平（1893～1959），廣東梅縣人，原名張秉聲。一九二二年畢業於東京帝國大學理學部地質科，回國後在各大學任教，除了地理學、地質學外，也講授文學與小說學。一九二一年與郁達夫、成仿吾、郭沫若等籌組「創造社」，雖然隔年便退出，卻是社中最多產、暢銷的作家。一九二一年完成的《沖積期化石》，是中國現代文學第一部長篇小說，他先後出版了十八部長篇小說，且都是愛情小說，代表五四時期青年男女對自由戀愛、婚姻自主的嚮往，反抗封建社會的傳統倫理觀念。三〇年代黎烈文主編《申報・自由談》，中止連載其長篇小

說，「黎烈文腰斬張資平」成為當時矚目事件，魯迅則概括張資平小說學的全部精華，便是一個「△」（按：譏諷全是三角關係）。一九四九年後張資平的小資產愛情作品為中華人民共和國建國後的左派路線所不容，不僅書店找不到他的書，圖書館亦被迫將其著作下架。一九五九年病死於安徽某勞改農場，譯作有《文藝新論》（日本藤森成書原作）。（許舜傑撰）

一

　　梅蕙是個美麗而貧苦的女兒，父親二十年來都在礦坑裡做工，母親也在礦坑裡挑泥。因為窮，梅蕙在十七歲的那年春就在礦坑裡當小工，幫助她的父母工作。

　　岩窟沉默著含有無數的礦脈，在這裡面有一羣心血乾涸了，肺腑腐爛了的人們。他們的內臟只給一重蒼白的皮膚包裹著，他們都氣虛力弱地用鎚鑿在掘鑿岩壁，支撐著將要崩壞的岩石，不問如何的殘酷，如何的不合理的待遇，他們都忍受下去。他們都當他們是該永久埋沒在這個現實的地獄裡面的人，現在他們又歡迎作一個新犧牲者的梅蕙加入來。

　　「喂，這回到十二號窿裡來的姑娘滿嫖【漂】亮呢。」

　　T 在充滿著塵埃的空氣中動搖著他的不健全的肺在說。

　　「好像是……是個才紅熟的蘋菓。」

　　「的確長得不錯。不過她的運命是大概決定了的，你試看，她定給那個色鬼主任污弄的。」

　　Y 一邊把炸藥線插進岩壁的空隙裡，一邊冷冷地答應。吊在岩穴裡的兩個煤氣坑燈，燃著細長的藍色火焰，照出他們兩人的蒼白的臉，像死人一樣的陰慘的影兒映在岩壁上。遠遠地聽得見豎坑昇降機的亂嘈嘈的鈴音，昇降機像駛下來了。

　　「快點工作吧！有什麼講頭？在這礦坑裡，女人們都要給主任 XX 是有定例的了，管牠怎的，我真不願意黑下來後還在這裡拼命。」

　　T 很痛苦地在咳嗽著像對自己說。

「唔，趕得完吧，到十三號坑轉角那個地方？」

Y把煤氣坑燈改掛到上面的一個岩穴裡，然後在導火線端點著火。

「要六分鐘的光景，快些走。」

於是兩個人的影兒以本能的敏捷，遠遠地消失在這一邊去了。

像指示地下的秘密的紅色爬蟲類般的導火線幽靜地，但是很神速地燃燒起來了。過了一忽，巨大的岩窟發出一種可怖的音響在搖動，那邊再發現出一個大岩窟——落下無數的礦石的大岩窟，含有像血管般的礦細脈的礦塊在暗空中閃出一種金黃色。……再過了一會，一切音響都向地面沉沒下去，在暗中恢復了先前的幽寂。

他們兩個工人還不見來。

梅蕙提著坑燈，沿著十二號窿道推礦車走進來，她看見暗空的那一邊也有一個燈。

——是那一個呢？

她以一種和恐怖相似的好奇心，視線穿過暗空，注視那邊提著坑燈的人。

——是S了！

她不覺周身戰慄起來。

在這礦坑裡就不容易看見這樣豐滿的，富於脂肪的紅潤的面孔，映著坑燈不住地發亮。他壁直地走近前來了。

「慣了些麼？」

他挨靠近梅蕙說。掩藏不住的肉的衝動在他的聲音裡表示出來了。

二

「是的，稍微慣熟了點。」

梅蕙緊扶在礦車欄向他鞠躬。

「稍為休息一點吧，你太努力了。」

S一邊說一邊把像豬腿般的雙腕加到她的肩膀上來，她像肩膀上給人打了一槌般的吃了一驚，抬起頭來。

「到我的督工處房裡來一躺【趟】好麼？有件事要煩勞你的。」

「是的。」

這是如何的惡魔啊！但她不能不這樣回答。假定在這個地點，有太陽在照耀著，並且有一個人和她作伴時，她定向著他的醜臉吐了一臉的涎沫後，立即離開他吧。意識著像由頸項一直至腳趾尖周身淋了冷水般的恐怖，在這個時候，她只能默默地跟著他走。

看不見一絲的光線，也聽不見低微的人類的聲息，S 突然翻轉身來向著她站住了。他的眼像久不見肉的饑餓著的野獸的眼，有力的雙腕上的筋肉在跳躍著，他終於把在自己面前不住的戰慄的小姑娘緊緊地擁抱住了。梅蕙用盡她的力和聲量，拼命地狂叫起來。但距離太遠了，聽不見人聲的反應，祇聽見像雷鳴般的炸藥的爆音。

「快停聲！不然，我殺死你！」

S 一面威嚇她，一面伸張出粗厚的嘴唇到她的頰上。

「不准再叫！」

他再喝住她，但她求救的呼聲仍然不停止。還沒有給唧筒抽乾淨的地下水在他們腳底下淅淅地作響【響】，兩條肉體極其醜態地互相綑著滾進泥水裡去了。求救的呼聲和野獸般的罵聲相和著，由岩壁又嚮【響】過來。像瘋了般的憤怒著的 S 終於爬了起來，用隻腳去踢在泥漿裡的梅蕙。

「畜生！不受擡舉的賤貨！」

聽著他的由憤恨發出來的顫動的聲音，臉色蒼白了的小姑娘祇沉默著以滿溢著咒咀的瞳子反望那個男人。

「不受擡舉的蠢東西！你試看你的父親！早就不中用了的，一隻腳已經踏進棺材裡去了的。看他太可憐了，才保留他的位置，給碗飯他吃！你試看看！」

S 把坑燈向梅蕙的臉上擲去，但擲不中。撞在岩壁上打壞了，炭化石灰塊掉在地上水裡啾啾地發嚮【響】。

「不准你告訴那一個人！你這不中用的狗女兒！這回饒你過去吧！」

三

　　他想一氣地把激烈的憤恨的毒素吐得乾乾淨淨，不住地一面罵一面走向督工室裡去。梅蕙的濡溼【溼】的像海棉般的身體靠著岩石，慢慢地立起來了。想念及剛才那種恐怖的侮辱，眼淚再次流出來。……

　　——畜生！此讎決忘記不了！

　　在黑暗裡，衰老了的父母的姿態像幽魂般的幻現了出來，她胸裡愈感著一種痛苦。

　　——他真是個殺人的兇手！要向大眾把他的罪惡曝露出來！……但是這又有什麼用處呢？她想盡情地再痛哭一回，但眼淚像給責任的塵埃遏阻住了，乾涸了。

　　指向著十二號坑來時，忽然有一道籃【藍】光由背後射來，在她腳下動搖。

　　「祇差一分，沒有啣接進去。……」

　　一種不滿意的口氣聽得出是 T 的聲音。

　　「但是主任的臉色好看得多了，因為發掘了這末大的礦苗吧。」

　　Y 的聲音。

　　梅蕙扶著礦車欄慢慢地走，他們兩個走近來了。

　　「梅蕙，你為什麼一身的泥水？」

　　「那個……，那個主任……」

　　她嗚咽住了，說不下去了。她像忽然地傷心起來，再發聲痛哭。

　　「我明白了，那個癩【癲】狗！總有一天在白天下碰著我，那時候塗他一臉的泥巴！」

　　T 像自己的女兒的給與侮辱了般地，很憤慨脹著顴骨高張的頰，以銳利的眼睛凝視著督工處那方面。

　　鈴……鈴……鈴……的像葬式的鐘聲告訴工人們交代時間已經到了。由窿道至豎坑，再由豎坑至窿道，拖著倦怠的尾巴的鐘聲仍然在嚮【響】著。帶著坑夫和小工的電梯以極大的速度捲起來，再捲下去。雖然有點粗暴，但

是很爽利的歌聲由完全失掉了血色的坑夫嘴唇裡發出來，強烈地在狹窄的坑道兩邊反嚮【響】。

「在現實的地獄裡受罪的我們，就死了也沒有人過問。挖開了天然的無盡藏的寶倉，我們何曾有分！？」

「唱得好！唱得好！」

有個工人在拍手高叫，也有些工人用鐵鎚敲著洋鐵片和著他們唱，唱完後一齊狂笑起來。

「叱！」

「來了麼？」

「曉得他在什麼地方？！留心一點就好了。」

他們突然地沉默下去了。草鞋和鐵軌摩擦的噓噓的音嚮【響】，無氣力的呼吸及咳嗽，始終繼續著沒有間斷。梅蕙跟在他們的後面，覺得自己是個最可憐的女子了。她一面意識自己的不幸，一面向著有白光射進來的坑口走上去。

十燭光的炭素線電燈，發射著淡赤色的光線。S 像岩窟裡的王，坐在一張大案棹前，叫萎靡的老坑夫站在他面前，冷然地唧著一枝雪茄問那個老人。

「你怎麼樣，關於你的女兒的事，你不能作主麼？這是和你的位置很有關係的，你要曉得，每月產銅額減少了一噸多了。工人多了，只有裁員了。礦山的現狀如此你明白麼？」

老坑夫——梅蕙的父親——的咽喉像給什麼東西絞住了說不出話來，祇低垂著滿生白髮的頭，身體動也不一動。由 S 的口裡吐出來的白色的煙環觸著老人的白髮，慢慢地向著頂上的岩穴裡消滅。

「請先生，……」

他過了一會才想出答話來了。

「請先生讓我回去和小女商量一下。」

「那就要快點呀，報告的期日已經近了，你要知道。」S 說了後好像否定了那個老工人的存在，一翻身就推門進去了。

——這件事怎末能辦得到呢？我只有一個女兒！

老工人還恭恭敬敬地向著他的背鞠了鞠躬後，不敢發出音響【響】深深地歎了口氣。

「聽說梅蕙死了，在十二號的豎坑投身自殺了！」

「扯謊！」

「這樣的事情誰扯謊？」

「為什麼要自殺？」

「說是主任緊迫著她，她受迫不過，就生了短見。」

「可惜了，不該的，也不想想將來的出身呢。」

「真的可惜了！」

滿月照著滿堆著礦渣的山頂，聯結著工人住宅、電柱及橋腳的蜿蜒著 D 山脊高聳在乳色的天空中。山脊的一面像滿敷著銀箔，小工的阿秋和 Y 家的姊姊由洗澡堂回來，靠著橋欄，清風吹著她們的雙袖。他們正在談論梅蕙的事。

「真蠢極了，死了有什麼意味？雖然苦些，只要不死，可以到澡堂裡去舒服舒服。中元節又快到了，有假放，也有錢用。」

Y 家的姊姊覺得人總是不該死的，再附添了這幾句。

九點的汽笛由西面的發電所像貓獸般地打了一個呵欠，又沉靜下去了。急流向岸壁衝擊，碎成無數的波紋，像一條滿身銀鱗的蛇向西流去。

第二天早晨。

但在地平線下千數百尺的礦坑裡，T 抱著一束赤色的傳單，在黑暗中向工人們散佈。

「諸君！你們拼命地在這黑暗的地獄裡勞働，但你們所得的報酬是什麼東西呢?! 比喂¹豬的還要粗糙的糯米！

──但是你們的這一碗黑米飯，又能吃到什麼時候呢？終有打破的一天！

──你們的妻子和女兒不是都給 S 主任污辱了麼?! 你們還不知道麼？公

1　按：「喂」，通「餵」。

司將以產銅額減少的理由把你們淘汰！你們不久就要餓死了！

諸君醒來吧！我們要手握手團結起來！

我們需要力！需要有團結的、有組織的力！

我們要用力來鬥爭！

你們要加入我們的真摯的團體裡面來共同奮鬥！！」

工人們借著坑燈的光，都在讀這張紅色的傳單，他們都覺得由肺臟裡有種熱血騰沸出來。

「不錯！我們過於馴良了！」

「是那一個害了我們到這步田地的？」

「是那一個？不管他那一個！總之我們是在半生半死狀態中！未死之前，我們要奮鬥！要共同奮鬥！」

「贊成！贊成！」

「礦夫萬歲！礦坑工人團體萬歲！」

祇一刻間，他們知道他們的力不久要像他們所用的炸藥般地爆發起來了。他們都感著從來沒有感覺過的新力從全身發生出來，他們在黑暗中以閃光的瞳子尋覓閃光的瞳子，他們的手也在黑暗中捉摸著聯絡起來了。

一九二八，六，一日，夜，十二時，譯完。

載於《臺灣民報》，第二六〇、二六一、二六二號，一九二九年
五月十二、十九、二十六日

小人國記

作者　斯威夫特

譯者　不詳

【作者】

斯威夫特（Jonathan Swift, 1667～1745），見〈小人島誌〉。本文於《臺灣日日新報》刊出時，未標作者。

【譯者】

不詳。但此譯文乃根據韋叢蕪譯本《格里佛遊記》改寫，此譯本多被忽略，相關細節見本人論文。（許俊雅撰）

緒言

古人有云：吾人生於此天地間，有玩世者，有厭世者。其在玩世之中，有以麴蘖自放，或嬉笑怒罵，皆成文章。有不衫不履，視舉世若不當於意者，殊如小說著名批評家之金聖嘆，其怪行猶多。而馬遷有〈滑稽傳〉，滑稽如東方曼倩之游戲金馬門，尚矣。又有自標榜「姑與群小論一人之短長」，是真玩世之極。顧實際生活，若孜孜於群小爭論短長，勢必多受危險，寧託於筆墨婉曲道之，此《鏡花緣》小說所以多假藉也。

本報茲介紹英人斯偉夫特氏之〈小人國遊記〉，彼其用意，果欲與群小爭短長耶？吾人實未之知。惟其設想離奇怪誕，又能不背於理，有足多者。

氏生在西曆千八百年初葉，一生作品，如〈小人國遊記〉、〈大人國遊記〉、〈飛島旅行記〉、〈馬之國旅行記〉，皆有譯本，膾炙人口。而〈小人國遊記〉譬諸佛氏所說，維摩詰丈室中，能容數千萬佛、龍王、梵釋，兼有寶座，其說與蚊睫蝸角，想像略同。乃知東西人思想，何嘗不相及？惟彼詳此簡。

當今交通大啟，環地面國者，皆近若比鄰，南北極、非洲、西藏乃至深山¹、絕海，行將闡發無遺。當此之時，讀小人國之遊記者，能不生出一種懷

---

1 按：《臺灣日日新報》遺漏此「山」字。

疑之念？

雖氏東坡說鬼，未必喜鬼，非必有鬼。人性好奇，虛誕怪異，固一種快其心意之藝術，而且無害。生活窘迫，爭競激烈，神經易流於衰弱，讀此篇者，當能得不少精神快意。事之有無，在所不論，是為緒言云爾，詳細且看本文。以下皆用作者自述口吻。

一

英國勞亭漢省是我格里弗的生產地方，我父親在這地方，薄有小產業。我同胞兄弟五人，我排行在三。十四歲時，父親把我送到劍橋厄滿牛耳學院。在那學院讀了三年書，功課外喜歡看閒書。我父寄給我的費用雖說是不多，可是論起來，小康之家也就是不少了。

後來我在倫敦，拜了一位著名的外科醫生詹姆士柏茲先生為師，跟他學了四年工夫。可是我學醫的時候大留心學習那航海法子，所以我父親寄給我款子，我都用在遊歷應用的物件。我對於航海本有決心，因辭了柏茲先生，回見我父親，說明我的志向。遂由我父親和叔父約翰，還有幾位親戚幫湊了四十金磅，我父親並允許每年供給我三十磅在萊登用度。我又在萊登學了二年零七個月的醫學，因為我認成醫學於航行上有重要用處。

我由萊登回到家裡，不幾天，那位茲〔慈〕善老師柏茲先生便將我介紹到海軍少佐亞伯拉罕播列耳船長，他管的那「燕子號」船上充當外科醫生。我在這船上居住三年，到過幾次地中海及那東方各國等地方，後隨羯【羚】羊號海軍少佐維廉皮里洽爾，於千六百九十年五月四日，由布里司婁開船，向南海方面航行。

初走覺非常順利，在那大海中時常遇見奇怪景物，不堪煩述。惟到了東印度，被一陣狂風打向凡留滿蘭西北去了。此時波浪如山，到了南緯三十二度二分地方，十二名水手為積勞及食料不足，可憐先後死了，其餘則病倒，一息奄奄。體強者尚難勉強支持，我斯偉夫特可算是最體強者的一人。

二

　　十一月五日，在這里（裡）地方好像過了夏季，天氣迷濛。水手忽然發現一塊大岩，離著船也不過三百多呎。但是風勢很猛，船若是觸在岩石上，立刻要破。我與五名水手放下一隻小船，打算設法避開岩石，掉著小船大約走了九哩多地遠。可是我等在大船上的時候，已經累的筋疲力盡了，到了這時候可是一點氣力沒有，只好束手待斃，一任波濤險弄，到那裡是那裡罷。

　　纔在半點鐘工夫，小船被一陣狂風竟自刮翻，幾個同伴有逃在礁石上的，有剩在船裡的，過後如何我是一概不知道。至於我自己努著力、泳著水，狂風鼓浪，把我飄著，送到水淺的地方上。我兩腳掙扎著，可以一直落郅【到】海底上了。我便斜行奔那陸地，差不多約有半哩地遠才登了岸。

　　我向四外一看，並不見有什麼居民村舍，也看不出什麼居民的記號，或者因為我的身體太勞頓了，神智太昏迷了，所以沒看出什麼來。我是乏極了，又加天氣燥熱，而且我離開大船的時候，又喝了六兩多白蘭地酒，到此我便勉強不住了，不覺將身倒在那軟小平鋪的草地上，昏昏沉沉熟睡起來。我向來沒睡過這樣的熟覺，以我算計，這一覺總有九個鐘頭，因為我醒來的時候已經天亮了。

　　我想著起來，用了半天的力，仍然不能動轉。我是仰面向上倘【躺】著，好像我的臂及腿兩旁，緊緊的被什麼東西縛在地上。我的長而厚的頭髮，也髣髴被什麼東西縛在地上。我並覺得在我身上從肘腋到大腿，連我的胸部，都用細繩子橫著拴了若干道，我只能仰面朝天，向上直看。

　　太陽漸漸高起來了，光芒刺著我眼睛，又熱又難受。我聽見一陣嘈雜的聲音在我周圍，可是我的姿勢是什麼也看不見。忽然覺得有耗子大小的動物在我腿上行動，由肚子向前走過胸部，快到了下顎了。我盡力垂眼睛向下一看，原來一個六寸多高兒的人形動物，手中持著弓箭，身上背著箭弧，制服齊整，怒目橫眉，卻帶著十分勇武志氣。一看了這種東西，覺得害怕。

　　在這一會兒的工夫，覺著又走上來，至少也有四十多個，隨在頭在一個的身後，這一來可把我嚇著，我便大聲喊起來。這一喊，那些小東西驚得亂

跑，後來我聽他等告訴我，因為我一嚷，有一個由我身上往下跑，沒留神，順我腿上掉下去，把他小腿摧折。

三

在彼等逃跑後，不久工夫可又回來了。其中有一個膽大的，站在我胸膛上邊觀看我臉面，舉起右手來，睜著眼睛，好像示欽敬意思，並且喊出一陣尖銳的聲音。我細聽了聽，卻有分別的音義，一定是這小東西造出來傳達思意【意思】的言語。他重複著說了好幾遍，但是在那時候，我並不知他是什麼意思。讀者想想，我在這時候，這樣方法，那是極難受的。我最後一使力，把那線繩弄斷了好些根，把將我左臂的木釘也給扭下來了。我把線繩木釘舉到面前一看，我才明白彼等縛我方法。

我又慢慢的把頭髮拴的木釘上，活動了幾個，我的頭【人】才可以轉動約有兩寸。可是在我舉起手來的時候，我打算抓住那個小東西，豈料他等又都跑了。於是就聽見一陣大喊，好像多少尖聲兒嚷完成了後，便又聽見有一個大叫了一聲，好似發什麼口令。轉眼間，我覺得我的左手上著了一百多個芒刺似的，他等又向空中射了好多，大概落在我的臉上不少。我細細一看，原來是些少（小）小羽箭，我立刻用左手護住我眼睛。在這一陣亂箭射過後，我心裡十分難受，便痛苦呻吟起來。

我又一想不如努力解脫開，正在用力扎掙【掙扎】，彼等又放起箭來了，這次比前次更屬害，並且還有拿那尖的東西亂刺我的腿部。所幸我穿著一件軟皮短衫，力小刺不進去，後來我一想還是不動轉為是。意思拿定了，直到夜裡，我才把我左手完全鬆開，我從從容容把自己釋放。至於那些小東西，就使他開來最大的軍隊一齊攻擊我，我也相信我一個人，便能敵過，所以我安定了。在這些人看見我不那麼咆哮，也不放箭了，但是我所聽的聲音覺著人數兒增加的多了好幾倍。

我聽見髣髴在我右耳邊，約有四碼遠，乒乒乓乓的好像作工似的。約有一個鐘頭工夫，我慢慢的把那木釘和線弄鬆了些，能容我的頭項向左右轉動。我看見一座一【小】臺搭起來了，離地也不過一呎五寸。土面的面積，可容

四個小東西，旁邊還有三個小梯子。忽見一個人上了高臺，穿的衣履十分華麗。好像是一位貴官站在上邊，向著我搖頭擺手，大演說起來。他說了好大半天，於夜立刻便有五六十名前來砍斷了縛我頭髮的靠左邊的線，我的頭便容易向右轉動。

四

　　我觀察那演說小人，年齡約在三十多歲樣子，比那三個人都高些。其中有一人拖起他的衣裙，好像個使役，他的身量比我中指稍長一點。其餘兩個人分站在貴官兩旁，看那樣子必是貴官的衛兵。在他演說時候，我雖然聽不出說的是什麼，可是，我察看他那姿態，好像形容出些個威嚇的言語，和允許我、矜憐我仁慈的意思。

　　我既察出這等情形，我姑且以我的意思形之形【於】種種的狀態，表示我恭順他、感謝他。我舉起左手，睜開眼睛，向著太陽指天畫日宣誓。我看那貴官也像是了解我，但我是兩天沒吃過，幾乎餓要死，所以我實在不能忍耐。我只好用我的手指頭放我嘴裡，比了幾次。

　　那位貴官居然明白我的意思，急忙從那臺上下去吩咐，在我兩旁豎起幾個梯子。不大工夫，就見有一百多人由那幾個梯子登在我的身上，漸漸走向我的嘴邊來，背著籃子，裡邊裝著肉。原來這是國王在第一次接到大臣報告，他就下令準備食物送到這裡的。

　　我看有幾種動物的肉，嘗了嘗辨不出究竟是什麼走獸肉，可是有肩有腿有腰，其狀似乎羔羊烹調的有滋味，但是比那雲雀的翅子還小好些。我一口便能吃兩三塊，一嘴吃三塊麵包，這麵包也不過有槍子大小。彼等一百多人盡力奔馳供給我，可是對於我的身體和食量表示詫異。

　　我吃飽了，又作出手式來，向他要求飲料。他等極聰明機巧，就將他所用最大的木桶，吊起一個來送到我手的旁邊，然後敲去桶蓋，我便一口喝完了。這種飲料卻是好髣髴葡萄酒似的，但是我渴極，他所送來第二桶，也是一飲而盡。我又作出還要喝的手式來，彼等大大的為難了，原來就是這兩桶。在我演出這等奇怪事情的時候，彼等看著快樂極了，一群人在我胸膛上又是

樂又是跳，也照初次對嚷的那種音聲，一齊嚷嚷好幾遍。

五

　　彼等向我作出手式，叫我把那兩個小桶拋下去，可是先向底下人警告，令他躲開遠遠的，大概怕是撞著。當這桶懸在空中的時候，彼等又發了一陣普通喊聲。在我身上來回走動的時候，我想把前排的四十多人，抓住幾個拋在地上。我再一想，要是那樣無禮舉動，定受彼等所害；而且，經指天誓日表示恭順；三者，彼等供給我飲食，待我極厚，又勇氣可嘉，在我身上行走，看了大手，毫不介意，並不有絲毫害怕。

　　不大工夫，看我不再要求飲食，忽然來了一位貴人，威威赫赫，隨著許多的人員，好似英國皇上使命大臣一般。那位貴人上了我左腿肚子，走到身上，前進直來到我的臉前，身後跟著十幾個隨員。

　　他正顏厲色，恭恭敬敬捧出國王蓋了御璽的國書，放在我眼前，說了好半天的話，斯斯文文的，滿臉溫和之氣，頗有大臣的風度。可是他說話的時候，用手向前方指著，好像他受了皇上在國務會議中，商定了一種決定的辦法。他又屢次指了我的臉面，向前引著。這種意思，又好像要將我送到他國王那裡去。

　　我猜著他的意思，向他回答了幾次，不過是不生效力。後來我抬起我右手來，打了幾個手式，我又怕舉手時候，不留神傷了這位貴人和那幾個隨員。所以我抬起手來，仍然放在頭上或身上，並且表示我要求恢復我的自由。

　　那位貴人也似十分明白，因為看他連連搖頭，表示不行。又將手交搭在一處，表示一定要拿我作囚犯帶去。可是他極力作出種種手式，表示叫我放心，有吃有喝，還是最優的待遇。

　　後來我想掙開縛我的繩索，但是覺著手上臉上的箭傷，極是疼痛。我抬起手來細看，原來那些小箭兒還釘在肉上，一個一個的起了好多膿泡。我又看見我的左右，那些隊伍更加增多。我想了想那這些小東西，本領不過如此，我若是隨便用力，不知他等死在我壓力之下有幾千人。可是我又何必作那損人不利己的殘忍手段？

六

　　我想到此處，我便用手式告訴，願意服從國王的意旨，到了京城，怎麼處置，我完全不反對。那位貴官聽了我的話，對我表示欽敬的意思，帶著他的隨員禮貌退去。

　　工夫不大，我聽見一遍喧嘩之聲，不住聲兒喊了幾次，那音聲與前次所喊的一樣。我看了看，我的左邊有許多的人把綁我的繩子放鬆得相當程度，能使我右邊翻轉，一則叫我可以小便，二則我亦可以舒暢身體。我便要小解，他察知我的意思，立刻將人分開兩旁。我尿多，那些人看著，十分駭異，髣髴是大河開了口子。

　　在這時候他派了好多醫生，用了好幾桶膏子藥，把我手上臉上那些箭瘡都給敷上，立時便不覺痛癢，足見他等的醫學高明。我又得他飲食滋養料，又好又多，所以我便高枕無憂酣睡起來。

　　我睡了足足的八個鐘頭，後來我才聽人說，因為醫生奉了國王意旨，在我飲食裡頭加上了相當的催眠藥水。我細想這些舉動，好像在我初登此地已有人報告國王，國王也像知道我對於他這小人國家有這樣一段因緣。今天移我到京城裡去，又像是國王提出國務會，經國務會議決定應當照我說的話，把我縛起來。所以我醒了後，原來果然又把我照舊縛起。臨時給我充足飲食，且豫備了一架機器，把我運送到京城裡去。

　　看來他等人體雖小，可是膽量極大，還有自信力及勇敢、冒險的性質。這件事若是歐亞各國，任何君王，誰也不敢作的。不過在我詳細考查，這是極端謹慎且仁慈慷慨，因為是在我酣睡時候，他等若用那小矛小箭刺在我心目中，也可以制我死命。可有一層，我若是當時死不了，到那時候我感觸困苦，我或者把那細繩扎掙開了，激起我憤怒來，我一路亂跑，便把他等千軍萬馬都給踏成泥似的。到那時候，彼等既不能抵抗我，再想求饒恕也不可能。

七

　　這些人民是最優良的數學家，藉著皇帝的鼓舞和獎勵，機械學已經達到

完美的境地，因為皇帝是一個著名的提倡學術者。這位君王有幾架機器裝置在輪上，作運載樹木及其他龐大的重物用的。他時常建造他的最大的戰船，其中有幾隻是九呎長，在木料所生長的林中建造，把戰船載在這些機器上運三四百碼遠往海上去。五百木匠和工程師立刻著手預備他們所有的最大的機器。這是一個離地三吋的木架約有七尺長，四尺寬，在二十四個車輪上行動。我所聽見的喊聲就是在這架機器到了的時候，這機器彷彿在我登岸後四小時內出發的。在我躺著的時候，他們帶來和我的身體相並著。但是最大的困難是把我扶起來，放在這駕轉運車裡。八十根柱子，每根一呎長，都為這個用處豎起來了，很結實的打包用的大繩都用鈎子繫在許多縛帶上，工人們把這些縛帶綑著我的頸脖，我的手，我的身體，和我的腿。九百最強壯的人以許多緊緊在柱上的滑車忙著把這些繩子曳起來，這樣，不到三個鐘頭我便被他們扯起來，扔在機器裡，緊緊綁在那裡。這一切都是人家告訴我的，因為在全部的工作正在做著的時候，我因了那混入酒中的催眠藥的力量，酣然地躺著。一千五百匹皇帝的最大的馬，每匹約有四吋半高，忙著把我向帝都曳，離有半哩路遠，我已經說過了。

在我們起程後約有四個鐘頭，我因為一件非常可笑的意外的事醒了；因為車停一下，修理什麼壞了的東西，兩三個年青的土人懷著好奇心要看我酣睡的時候像什麼樣；他們爬進了機器，非常輕輕地進至我的臉跟前，其中一個是衛隊裡的官長，把他的短矛的尖頭從我的左鼻孔插好深進去，如同一根草搔我的鼻子一般，使我猛烈地噴嚏起來：於是他們偷跑不見了，三個禮拜之後我才知道我這麼猝然醒來的原因。那天未黑以前我們走了好遠，夜間歇下，我每邊有五百人，一半拿著火把，一半拿著弓箭，預備若是我圖動的時候，就射我。次晨日出的時候，我們繼續著走，約在午時到了離城門不到二百碼的地方了。皇帝與他所有的朝臣都出來迎接我們；但是他的大臣們決不容皇上登上我的身體以危險己身[2]。

2　據韋譯本頁 26～31 補。原刊 1930 年 3 月 10 日，《臺灣日日新報》缺此日。

八

在運我的機器停止地方，有一座古廟，是彼等全國最大最高建物。因數年前被一件冤殺案玷污，他國俗信仰便認作是褻瀆神聖，將廟宇充作公產，廟中祭器及裝飾物件全被沒收，我想他等大想是要放我在這大建物邊。

大門朝北，高約四尺，廣約二尺。我若爬進去，我【可】以暫避風雨，大門兩旁各有小窗戶，離地也不過六寸。門內左邊，皇帝命鐵匠運來九十一條鏈子，這鏈子同英國貴婦人的錶鏈子相似，而且大小也差不多。又用三十六把鉤鎖，銷【鎖】在我的左腿上。

還有一座大塔，約有五尺高，離大廈約二十尺，在大道那邊正對著這座古廟。皇帝登上這座大塔，身後隨著許多朝貴大臣，想得一個機會看著我，人家告訴我的。因為看不見他，我一想他皇帝及貴族都來看我，那一定是空街空巷的都來，開眼觀看來了。雖然有衛隊保護者【著】，我相信，由梯子爬上我的身體，陸續不斷，總有一萬多人。所幸不久皇帝意旨頒下，不准人民擅自登我身體，違者處以死刑。

在這時候，那些工人受了官長命令，便將那縛我的細繩盡數割斷，我才得起坐自由。可是因為鎖著我，我的心裡感受到十分難過。豈知我這一起來走動了，嚇的他等各各向後退。這一陣喧嚷，我聽著都顯出大來了。鎖著我的鏈子約有兩碼長，這條鏈子我可以在半環形式裡頭前後行動，大可自由。況且因為縛在大門四寸以內，還能容我爬進去，在那廟裡挺身躺臥著。

我躺著足有兩天多的工夫，眼睛總是望看【著】天，究竟這個國家是什麼樣子，我還沒有看見一小部分。當我初次站起來的時候，我自然向外望一望，我這一看他的國境四周好像一座不斷花園，一塊一塊的矮小房屋，普通都是四十方呎大小，好像許多花甎似的。這些圍地及那小小的樹林雜著，最高的樹我測量著，也不〔過〕六七寸高。

九

我看左邊有座城池，好像戲臺上畫景一般。此際我忽然間感覺肚裡頭一

陣難受，好像是受了什麼極端壓迫，原來在這驚恐之間，兩天沒有解手。但是在這諸多貴人及軍士圍繞時候，又因自己體面上關係，大大的不便。我想了許久，最高尚的方略只有爬進屋裡再作主意。

我于是就爬進去，將身後的大門關好。我直離開我的鏈子所能容我爬到地方，才把我身上擔負的重載卸出去。但是我這種舉動，若在普通國家的社會之間，可要犯了大大的不潔行為，及違犯警察規章。然而以我現在所處境遇，恐怕人人都要憐憫，還肯據理責備了我麼？

從今以後，常久辦法便是在早起的時候，就到這個地方去解手兒。每日早晨，即有多少人來問候我，他們並派出幾個人用幾輛車，把我所犧牲的老廢物，運到海邊上拋棄。這區區的事我本不願細說，可是初看或者沒有什麼重大，諾【若】是我不重我人格道德，及潔淨的地方去注意，我就不必這樣詳說。可是我不細說一番，讀者靜觀之下，加以研究，我自應受人大大指摘。

我在這初次冒險之後，我又爬出屋子外，吸些新鮮空氣。皇帝已經由塔上降階下來，騎著馬，向我這裡走到。我見皇帝騎馬向我，那匹馬很不樂往前走，大想那匹馬從來沒見過一座大山似的在對面搖搖動動。那馬險些站起來，但是那位皇帝是個善騎的能手，居然保住他的座位，直等他的侍衛趕上來抓住馬的韁繩，那時他才有工夫下馬。

十

當皇帝下馬，來在我的鏈子不及的地方，詳細看我一遍。我看他的面上帶著大大驚惶的賞識樣子，他便分吩廚役及侍臣給我飲食，用一種有輪運轉器，一直運到我能摸著地方。我便將那些飲食抓過來，不大工夫都吃淨了。其中二十件盛肉，十件盛酒，我把那小瓶裡的酒，十瓶合在一個轉運器，一口喝乾，其餘食品也是照樣辦理。

其時皇后以及年青皇子公主還有那些貴婦人等，都在遠遠的轎子裡拿著望遠鏡照著我，因為皇上的馬發生驚逸的時候，他等忙下了轎子奔到皇上身邊，慰問了半天。這位皇帝既在我面前，我便要描寫他的一切：

他站在他的臣民之間，比人民都高著有我的一個指甲，但就這樣高大，

足能使觀者驚畏。他那儀表不但強健，而且帶著剛武威嚴，面目相似[3]澳大利亞人嘴唇及鷹鼻，膚色如同橄欖，眉目清秀，氣度雍容，身幹四肢大小相稱，年紀約有二十七八歲。後來聽說，即位已有七年，把國家整頓的十分興盛，況且是勝利的。

我為著看他便利起見，我側身躺下，因此我的臉及他頭臉，可以成了平行線。他站在的地離我不過三碼遠，我有幾次把他弄在我的手裡，所以描寫他的情狀，斷乎不錯。他的服裝卻極樸素，服裝樣式是在亞洲、歐洲之間，頭上戴一頂極精緻王冠，冠上鑲嵌著珍珠鑽石，還插著美麗羽毛。他手中持著一口三寸長的寶劍，是保衛自己，又似乎我若要脫身，也可以用他的利劍來制我。那劍柄上及劍鞘上都是金鑲的，還嵌著寶石。

他的聲音十分尖銳，可是一字一板的卻是個豁達的君主氣象，使人望而生敬。我站起來的時候，他【也】能聽得明白。那些貴婦人及那些侍臣，都穿得十分華麗，因為他所站地方由我看著好像是舖在地上的一塊刺繡的金銀人物的一個圍【裙】相似。皇上時常向我說話，我也回答他，可是彼此談話，皆糊塗答應，全不明白。

十一

我看他之中有幾個打扮宛似牧師及律師一般，奉了皇帝諭旨，向我前來談話。我用那英、德、法、意各國的語言，又用拉丁、西班牙的話，也是完全沒用。約有兩個鐘頭之後，皇帝領著皇后、貴妃及各大臣等退去，只有那些強壯的軍隊衛兵等在我身旁防衛一切。遵照上諭，禁止暴徒在我身邊發生衝突或什麼惡舉動。

那些暴徒非常可恨，他等總是圍繞著我，又有幾個（膽）量大的走近我的前，當我坐在我的屋子旁邊的時候，忽然向我射起箭來。其中有一箭幾乎射在我的左眼上。那位侍衛大佐便下令捉拿首要罪魁，當時捉獲六名。他想懲治的辦法不如交給我，任我的意思處置，最為合宜。

3　按：「相似」，《臺灣日日新報》誤作「研能」。

他的兵士便將這六個暴徒，用矛柄把他推到我的面前。我把他都拿在手中，先把那五個裝在我的上衣口袋裡，那第六個我把他捏著，舉到我的嘴前。我作出惡狠狠的臉色來，瞪著眼，張著嘴，彷彿要把他一口吞了。可把他嚇死了，可憐他連忙放聲大哭，大佐及那官兵看著也甚害怕，我又拿出我的鉛筆刀，彼等便【更】是恐怖的不了。

我於是轉出和悅的顏色來，用鉛筆刀把那暴徒的綁繩兒，用刀子給挑斷了，輕輕的將他放在地下，使他逃命而去。隨手把那五個由兜裡掏出來，照樣都給開放了。那大佐及軍士看了我這種慈祥舉動，沒有一個不歡喜高興。這件事傳述到朝廷上去了，與我身上發生出許多的利益。可見人有善心，天必降祥。而對於小人輩，猶不可疾之以甚、處之以極端也。

十二

我每日在夜間，我略受些苦處，因為我得攢【鑽】進我的房裡，躺地上頭。過了兩個禮拜，身體覺著十分難過。不料正在這個時間，那位寬仁厚澤的皇上下了諭旨，命人給我預備一床褥子。他等就將他尋常用的床墊六百個，都用馬車運來，在我屋裡做。用一百五十個床墊縫成一塊，做成寬長，況且都是四層，還是比那光石頭滑【好】不了許多硬度，不過有勝於無就是了。不過我是久慣受苦的人，使用這項物件不論怎麼，也自可以湊合。

自從我到了這地方，消息已然是傳遍了全國。每日那些富貴的、貧賤的、好奇的、喜玩的、男女老少，空街空巷都來看我，於是農務廢棄了，營業虧損，甚至公家服務，也多有告假。為大臣密報了皇上，皇上連發下幾道諭旨，聲明為觀看我，國家受害莫大，人民虧失甚巨，應即嚴禁。他又命令凡屬看過者不准再來，以後不論何人，沒有朝廷的執照，不得擅自走進距我屋子五十碼以內地方，因此國務大臣收了一項鉅款。

自此，皇上時常偕國務員開會討論怎麼處理我。以後有一個我的好朋友，他是個位大爵尊之人，他時常與聞朝廷秘密會議，實在告訴我說：朝廷關於我的問題，感受不少困難。一則恐怕我逃脫，二則因為供給我飲食，不但靡費太甚，或者因此能使國家發生飢饉。有人主張把我餓死，又有人主張用毒

藥箭向我臉上、手上射去，便能立刻結果了我一命。但是他等又說，這麼大的一個屍身，發出來的臭氣便能在首都中發現一種瘟疫，或者傳遍全國，這種危險是防不勝防的。

　　正在討論的時候，幾個軍官前去報告，皇上傳見兩個。兩軍官便將我如何放了那六個犯人、如何慈祥，那會議場上，自皇帝以下各大臣各各心裡，都印了關於我的一種極好印象。

十三

　　皇上立刻下一道詔旨，命令距首都九百碼外村莊，每日早晨要交付牛六隻、羊四十隻及其他食物等，並要麵包、酒及飲料，多少與牛羊數目相等。其應付價錢，由皇室發給支票向國庫去取，年終再由皇室收入上扣留。

　　因為這國的皇上雖是君主，猶靠著自己財產度活，除了有大事之外，沒有向人民強取什麼稅。如果必須，在他戰爭的時候，他尚且自備軍餉。又定規六百人給我作使役，給他工錢維持生活，在我屋子旁邊支了許多棚帳，給那些使役居住。又派了三百名縫工，要仿照本國式樣給我作一套衣服。

　　皇上派出教員六名，每日到我的屋子，教導我一學彼等語言。最後又命他的御馬圈要將他的馬，及大臣兵馬拉在我的左右走動，好豫防他不驚逸。又命警衛騎隊，每日在我眼前操演。所有這些命令，先後都實行了。

　　約有三個禮拜，我習學他語言大有進步。在這期限裡，皇上時常臨幸我的房子，與我加了許多榮幸。我那幾位循循善誘的先生教我學語言，我已經是可以在一塊兒談話。我最初學的那幾句話便是表示我的願望，請求皇上還了我的自由。我每天跪著，重複著總對他說後來他答覆我的話，就我能饒【曉】的。便是這事，一定要經過國務會議許多時間。若是沒有國務會議的奏請，我是無法開口提出，因為王位是我的，國家是大眾的，所以才有這為難的地方。

　　第一我必須要立誓，不擾亂他及他等王國的治安，不過他要求優待我。他勸我總要忍耐些，總以謹慎和平說話行動，能博得他本人及他臣民好評。他又說，他這是一番好意，請我不要誤會，並且他還說他若下令派幾名負責

軍官前來檢查我的時候，或者因為我身上帶著幾件武器，檢查的人一定認為確是危險物，自然他按照國法應該收沒，他希望我不可拒絕。

十四

他這種表示，大概想著這麼大的一個人，幾個小武官焉能辦的到？必須要我轉助他，始能有效。我說：「皇上一定滿意。」因為我豫備脫了自己衣服，在他面前把我的衣上的那些口袋翻出來，這是我一半用手式表白，一半用學的話說的。

他回答我說，按照他國法，我一定應受他那武官搜查。他又說雖然是這樣辦理，可是不得我的同意及我的助力，他【任】誰也辦不到。他說他對於我的慷慨及正直，才有這麼好感，以致將那武官身體都託付我的兩隻手了。

先把兩個武官放進我的上衣口袋裡，復將他取出，另放進一個口袋裡。除了我的兩個表袋沒叫他進去，此外還有一個密祕【秘密】口袋，我想沒有必要，所以也沒叫他進去搜檢，其中有些小物品，除我之外，別人沒有關係。在我一個表袋裡，有一掛銀鍊，在別的一個皮夾裡，裝著一點金子。

這幾個武官，身上帶著筆、墨水及紙本，把他所見物件，詳細開個清單。當他查完時候，請我把他放在地上，他好把清單呈遞皇上。這個清單，我後來譯成英文，而且是按著字直譯的。呈單如下：

臣等奉命，首先在大人身右邊上衣口袋內，詳細檢查結果，僅發現一大塊粗厚的布，其尺寸之大，足供皇上的金鑾殿中一塊地氈。在左口袋裡，臣等看見一個鉅大的銀櫃，櫃蓋也是銀的，臣等因這銀櫃體質太重，拿不起來。臣等轉請他把櫃蓋打開，臣等僅進去一個人，發覺裡邊的那灰塵，是能埋到人腿的中部那種灰塵，偶然飛到臣等面部，使臣等連著打了幾個嚏噴。

在他右邊背心口袋裡，我【找】著一大捆又薄又白的物體，層層疊疊【纍纍】約有三個人大，有粗的結實的一根索鍊繫著，一層一層畫著黑字狀。臣等竊以為必是文字，每個字母都有我人半個手掌大小。在左袋裡有一種機器，從那機器後邊伸出二十根長樁子來，類似皇上宮殿上欄杆，臣揣度大人身，用那個機器梳頭。臣等不便以種種話煩擾他，因為臣看出來了，不過要使他

明白臣等檢查他，是一件極困難的事情。

十五

　　臣更在他的中部衣服[4]的右邊大口袋裡，看見一根空心的鐵柱子，有一人多長，連在一根比他還長的木料上。在柱子的一邊，凸出來有些大鐵塊子，彫著多多奇怪的像，這件類乎機器的東西，臣等不明白是作什麼用的。在左口袋裡，又查得一件同樣的機器。

　　在右邊較小的口袋裡，有幾塊又圓又平，白的、紅的、金類的東西，大小不同。白的裡頭，有幾塊好像是銀質，大而且重，臣等兩個人大概都舉不起來。

　　在左口袋裡，有兩根形狀不齊的柱子。臣等容易便到那柱子頂上，因為臣等站在他的口袋底上。其中有一根被蓋住了，好像一整塊似的。但是在那一根頂上，現一種白圓的物件來，約有我人的頭顱兩倍大，每個裡面包著一塊大鋼板。臣等以命令強迫他給我查看，臣等誠恐這些東西或者是危險的機器。他把這件東西由匣中取出來，告訴臣等，他說他在他的本國裡，習慣上是用其中的一個剃頭，一個切果子。

　　有兩個口袋臣等進不去，他說作錄袋。這是兩個大裂【袋】口，割在他的中部衣服的頂兒上。可是被他的腹子的壓力，擠的十（分）嚴緊。由那右邊口袋掛出一條大銀鍊子來，下端繫著一個驚人的機器。臣等命令他將那繫在練【鍊】子上東西，不論是什麼總得要抽出來。比及他取出來，臣等看來好像一個圓球，半邊是銀，那半邊像是某種透明的金屬，因為在透明的那面，臣等一見畫的奇怪字蹟，成個圓形。

十六

　　臣等心想用手摸著那奇怪字蹟，不想被那外面另蓋著那種透明體的東西給隔住了，才知道摸不著。他那機器放近臣等耳邊，機器內邊有一接連不斷的響聲，如同水車喧聲一樣，又彷彿有什麼人聲似的。

4　原註：大約是褲子。

據臣等揣測，這件東西或者是我不認識的，或者是他所崇拜的神。但是臣等更傾向以下的一種意見，因為他告訴臣等，他表示自己的意思極不圓全，他不論作什麼事情都得要看他，可以算是他神使，因為他一生每有動作，都那個東西告訴他的時間。

從左邊表袋裡取出一個大網來，其大足相當漁人打魚用的一個魚網，但是做得巧妙，開闔自如，如錢夾子一樣。原來他也用這個大網夾錢，臣等在那裡查著幾大塊黃色金屬，臣等不是礦師，不敢斷定真假。果然是真的，一定貴重極了。

此外在他腰的中間發現出一條帶子來，不知是什麼巨獸皮做的，帶子左邊提著五個人長的一把大刀，右邊一個囊袋分作兩個小窩，每個小窩能容三四人。在一個窩裡有幾個極重大的金類圓球及彈丸，那個面積比臣等的頭還大，必須強有力的人才能舉得起一個來。那一個窩裡裝著一堆好像是黑沙子，但是也不大不重，因為臣等能將兩隻手掌裡頭，可以舉起五十粒來。

以上所列，謹遵皇上諭旨，細心檢查大人由各項口袋內的物件，敬謹確實開單呈覽。

再者他待臣等極有禮貌，對於皇上的訓令到（倒）有相當的尊敬。此褶於皇上[5]興盛的御宇之第八十九個月四日簽牙【名】蓋章，在這個清單，遞到皇上。經皇上看過後，他用極溫和態度，命我將單子所列的物件交出去。

十七

第一先要我交出佩刀，同時他指揮精兵三千多名，遠遠的圍著我，準備著射我。但是我專心注意在那皇上身，所以我並沒有看見。他那時希望我把那刀拔出來，我這口刀雖然在海裡沾了點水，生了幾點鏽，大部分還是明亮的。我把刀抽出，所有軍隊立刻都害怕了，大驚小怪叫喊起來。原來是我的刀映著太陽光，如同閃電一樣，那反光照花了他等眼睛。我把刀拿在手中，前後左右舞了會子，皇上是個最豪爽的人，我認成他必是膽小，原來他極沉

5　按：《臺灣日日新報》此處有衍字「的」。

靜，這種舉動，挫不了他的銳氣。

　　他命我將刀仍舊放入鞘中，輕輕拋在地上，要離我的鏈子有六呎遠。其餘他要求的東西，便是空鐵柱子一根，他的意思是指著我的手銃。我抽出槍來，順著他的意思，我盡力向他說明了手銃的用處，然後我僅僅裝上點火藥，這火藥算是沒濕，大概航海的人在這要緊的物件，都要十分注意。

　　我在要發銃的時候，我便知會皇上，請他不要害怕，於是我便向天空裡放去。他等聽了我這銃聲，好像晴天霹靂的，這次驚駭，比看見我那灣【彎】刀還要加倍厲害。其中倒有幾百人被那聲音震的倒在地下，幾乎氣絕。就連皇上勉強立著沒動，可也有點兒失了常度。

　　我照交刀那態度，把兩支手銃交出來。接著就把那彈藥的囊袋也交出去，並且告訴他，不要叫火藥著了，因為著上一點兒火，他就要發作，能把他皇宮轟到雲端裡去。並把我的表也交出了，皇上好奇心盛，拿過去細看了半天，忙命他高等衛待二人用槓抬著，看著像是英國運貨夫抬著酒筒似的。那表的秒針的響聲兒及分針約【的】移動，他都容易看出，因為他眼光，比我看的清楚多多。

十八

　　皇上就我時表內容，問他國中學者，都說不對。于是我交出我的銀圓及銅鈔、我的九大塊金子、幾塊小金子及錢夾子，我的小刀及剃頭刀、梳子及銀鼻煙盒子、手巾及日記本兒都發還了。他把我佩刀、手銃及錢囊，都用馬車運到皇宮裡的庫房，存儲起來。

　　我先前已經說過，我有一個私口袋沒有給他查看，在那裡頭有一幅【副】眼鏡[6]，一個小望遠鏡，及幾件小的物件。這些物件於皇上沒有關係，我以為在道義上應該拿出來，交給了他。可是我實在有點兒可怕，就是我冒險地把他拿上，他會失落或毀壞的。

　　自是以來我屢用種種善行，所以才博得皇上朝貴及一般軍隊人民喜悅。我是希望及早獲得我的身體自由，我細心用我可能方法，培養這種於我有利

6　原註：因為我眼睛不好，我有時要他。

的性情。我有時把他小人裡五六個人，擎到手掌上跳舞。後來竟有小孩，在我的頭髮裡捉迷。我借著這些人也把他的語言，學的大有進步了。

這天皇上想著用他國的幾種技術娛樂我，在這種技藝方面，我在各國都沒見過。一面因為捷敏，一面因為堂皇，最是歡喜看的就是跳繩的人，在兩尺長一條細白繩子上玩弄。這件雖然不要緊，其中有關係，這種巧技只有那般朝臣中重要的人，或是在皇上面前得寵的人，才能演習。

這些人從年青的時候便受這種技術的訓練，他也不是出於世家名門或受了高等教青【育】，有時那個差使或因死亡、或因失寵失了缺，那般候補的五六名陳請皇上，要以繩上跳舞娛樂皇上及朝臣，誰能跳的高速不跌倒，便得繼續那個差使，還有時大臣自己也須奉了命令表演他的技能。皇上借此，也算是考查他等技能。

財政大臣夫尼列卜，能在一根繩子上跳舞，總比全國的那些勳爵大臣都高出一時。我至見他在現子繫有的木盤上，一氣翻了幾個斛斗。這繩子並不比英國一根普通打包的線粗。我的朋友內務大臣列德來索依我的評論，若是對我不偏心，除了夫尼列卜，他總應該列在第二把手，其餘大臣大致不相上下。

十九

這些消遣時常有跌傷了，甚至還有摔死在地上者。彼等對於傷亡，還有一本記錄備考。我親眼看見過三個折腰斷腿，可是那些大臣奉命表演，自己要顯露手段靈敏、危險更大，以超過同僚為榮。每演的時候，幾乎沒有一個不跌倒的，甚至有摔落好幾次。我聽說我沒到他這裡前兩年，夫尼列卜跌下來了。所幸皇上的坐墊，偶然放在那裡，他就摔在墊子上。

皇上放三根六寸長精細絲線在棹子上，一根是藍的，一根是紅的，第三根是綠的。這些線是皇上豫備賞給恩寵的特別記號獎品，儀式是在金殿舉行。在那里（裡）候補的人，要受一種與上次不同樣的試驗，考試他的靈敏。我在各國遊歷，總算是開過眼界，可是這種考驗的方法，實在沒有見過。

皇上手裡拿著一根棍子，兩頭兒離著地一般高。在這時候那此【些】候

補的人，相繼前進，有的跳過那棍子，有時在那棍子下鑽來鑽去，隨著棍子的高低，顯露他身手靈敏。

又有時皇上拿著一頭兒，命一個大臣拿著那一頭兒。又有時這大臣自己一個人拿著，誰扮相兒扮得最伶俐，而且誰鑽得最巧妙，跳得最長久，便賜給誰藍色絲線，紅色的給第二名，綠色的給第三名。他把這上賞的絲線都繫在腰間，纏了兩道，看他那些大臣不繫這種絲線者極少。

軍隊及御廄中的馬匹，因為每天都要拉到我面前，日久就不會驚逸了，而且老老實實的來到我面前腳底下。嘗用我的手放在地上，叫那騎馬的人騎著馬從我手上跳過去。皇上的一位獵官，騎在一匹馬上跳過我的手過，這確是空前絕後的技能。其膽子大的表示，這一天我走了好運了。我用一種特別的方法要娛樂皇上，我請求他給我派二人，取來幾根二尺長及普通手杖粗細的木棍，皇上當時允准，立派掌管禁苑樹木的官，照樣辦妥。

二十

次晨有六個樵夫帶著六輛馬車來到，每輛車用八個馬曳著，我拿了九根棍，緊緊插在地裡，成一個正方形，二呎半平方形。我又拿別的四根木棍縛在四邊，叫他成了極平的線度，離地約有二尺多高。一寸是我把我的手巾繫在九根棍子上頭四邊，縛緊成了極平的形式，如同鼓面一般。四角的根子，比手巾平面高五寸，當作四角架子。

我完了我的工作，我便奏請皇帝，派他一隊最好的騎兵為數二十四，到平原上頭去習練，皇上欣然允准我的建議案。我命騎兵全身被掛整齊，我把他一個個拿到手裡，送到這塊平原上。他素有相當訓練，軍官也大有軍事經驗及學術，我看他演練起來，我把皇上請到平原角兒上觀看。

他一見皇上親自檢閱，便抖擻精神，將一列陣便分作兩隊，演習假設敵的戰鬥，放鈍頭的箭，拔劍衝鋒、逃、追攻、退。那種步伐整齊，進退合法，總之我在各國遊歷這好多次，似這樣最好的軍事訓練，可稱得是絕無僅有。幸喜那平行的四根棍，比平原的水平線高一點，足以保持他的人馬不至於落下。皇上十分歡喜，他便吩咐這種遊戲與戰術上頗有利益，多多演習幾次。

這一次他要自己去發號令,而且他費了許多話,勸他皇后參觀這樣軍事教練,皇后勉強答應他。命我將皇后用手託承離那大操場二尺遠的地方觀看,這是我的好運到了。在這遊戲之中並沒發生什麼不祥的事情,只有一次。一匹兇猛的馬是一個官長騎著,兩蹄翻飛,把我的手巾搗破了一個小穴。他一歪,連馬帶人都摔倒了。

我一見發生危險,連忙把那馬及人都扶起來,我用左手堵著那小窟穴,用右手把他等照著每次運送法拿到地下,幸而右胯略受微傷,騎馬的軍官並沒有傷著。我盡力的補綴我的手巾,不過在這樣危險的事裡,我不信任他有什麼能力。

二一

在我恢復自由的前兩三天,當我正以這類的技能娛樂朝廷的時候,來了一個專使報告皇上說:有幾個百姓,在靠近我初次上岸的那個地方騎馬,看見一個大黑物蹲在地上,形狀非常古怪。其邊四周的寬大,究如皇上的臥室,中部高起來,足有一兩個人的高矮。並說那不是活的動物,因為他在草地上不動。就有幾個人繞著那個死的動物,走了幾次,他登著彼此的肩頭才得到頂上去。平而且光,踏在上面發覺裡面是空的,他認成是屬於人山的一種什麼東西。如果皇上樂意看看,願意把那東西用大馬車運來。

我聽見這話,我便知道是什麼了,心裡暗自喜悅。想來一定我那船破後,我最初登岸的時候,我是迷亂的,在我沒有到我睡覺的地方之前,我的禮帽必是那時候七【丟】失了。這個帽子在搖槳的時候,我曾用繩子繫在我的頭上,我泅水時候,禮帽始終沒有離開我頭上。後來總是繩子斷了,我在急難之中必是沒注意,後來只當是失落在大海裡。我聽了他的報告,我懇求皇上降旨,命他盡力快快給我取來,我又述說帽子的用處和失落情形。

次日百姓用馬車把那帽子運到,他在邊上給鑽了兩個洞兒,離著帽邊有一寸半寬,在洞兒裡繫著兩個鉤子,這些鉤子用一根長繩子繫在馬車轍子上,就地曳來,走了足有半里地。所幸那國的土地十分光潤而且平坦,所以還沒有損壞的地方,這是我意料外的事。

在這次壯舉之後，過了兩天，皇上用一種奇怪方法消遣看玩。他與我商議，命我照著巨大的石人一般，分開兩腿站著，於是命那駐紮京城的近畿警備隊的一部分，由一官長帶領。

二二

這位將軍是富有經驗的軍事家，他將全軍列成密集隊，步兵二十四名為一排，騎兵十六名為一排。敲著鼓，援著旗，高舉戈矛，懷抱馬刀，精神百倍，步伐整齊。大約步兵約有三千，騎兵約有一千，在我兩腿下，大演場操。

皇上下令：凡屬在操場的官兵，對我要遵守最嚴格的禮儀，違者以軍法從事。雖然還是不能制止那些年青軍官在他等從我下面通過的時候，不勉【免】翻著兩眼向上看。說句老實話，那時我棹子已經壞了，供給他好多笑話。

我為自由起見，上了許多奏章及請願書，皇上不得已提出此議。在國務院會議又經在樞密院會議，在那會議席上，除了思克列西薄格拉木之外，沒有一個人反對。這個我並沒有得罪他，他如何這樣出死力來和我結冤，可喜全場都反對他，皇上也認可了。

反對我的人便是海軍大臣，皇上最是信任他，素有幹練之名。不過他的性情兇惡，因為全體都可決皇上裁可，他只好服從多數意思。表面上也表示同情，但是他在別的方面可佔了優勝，便是他請求他要起草那釋放我的條件，並且要我對於條件一定要宣誓的。思克列西薄格拉木親身將那條帶來給我，還有二名高貴的大臣充任副使，這種典禮極帶隆重的意思。宣讀台【主】旨條件之後，便命我宣誓履行。

二三

起初是照著英國的規矩，後來按著他法律所定方法，便是以左手抓住右腳，把右手的中指放在我的頭頂上，大拇指放在右耳尖上。我勉強盡我力量，把那全部條約逐字翻譯出來，務必近於原文：

里里浦最有權勢的皇帝據有國土，展佈五千布拉斯特拉克[7]，達於地球的極端，萬君之君，居於人類的子孫之上。兩足壓住地軸，頭頂直摩天日，一點頭可使地上諸君王都得股慄。爽快如春，安適如夏，豐富如秋，嚴厲如冬。職長宇宙的皇帝陛下，向今新到我國漂來人山，提議下列諸條件，憑這莊重誓詞，使他必須履行神聖約法。

第一條　沒有皇上御飭蓋印的文書，人山不得離開我國土。

第二條　沒有皇上的專使命令，人山不得擅進京城。倘有進城的時候，居民須在兩點鐘前禁止出門。

第三條　該人山行走須循大道，不准在草地或田園內行走坐臥。

第四條　該人山於道上行走時，必須極端注意，不可踐踏我的親愛百姓及百姓的車馬等，並不准不得[8]我百姓同意，隨意拿在手中。

第五條　如遇專使需要特別急送的時候，人山應將專使及馬帶在口袋中，走六日路程，每月一次，平安送回到皇帝面前[9]。

第六條　布列發思加島現在預備侵犯我國境，該人山要作我國同盟，有打退敵人及盡力殲滅敵人艦隊責任。

第七條　該人山在閑暇時，要幫助我工人抬起大石塊，以便建造大公園及皇室宮殿。

第八條　該人山在兩月間，要交出一張我國土周圍大小精密測量，以他步度環繞海岸一週計算。

末一條　該人山鄭重宣誓遵從上列各條件，該人山每日得受有提供一千七百二十八名我國人民飲食，自由接近皇上聖躬，並自由享受我國其他恩惠。今上登極第九十一月十二日立于白爾法保拉克皇宮。

二四

這些條件雖然有不如我希望的那樣榮譽，因為出於海軍大將思克列西薄

7　原註：周圍約十二哩。

8　按：原刊於此處有衍字「不」。

9　原註：此則在必要時候。

格拉木意思，我總算是愉快滿足的。我所以立刻便立誓簽押之，當時我的鎖便開，我自由完內【全】恢復了。

任【在】舉行這大典禮的時候，皇帝親身始終沒有離開我左右，我便匍匐在皇上的腳下，表示我的感謝。皇上令我起來，向我說了許多的恩惠的話，最後他說，他希望我完成一個有用的忠僕，那才不愧他現在賜我的，或將來賜給我的一切大恩惠。

讀者須要知道，在我恢復自由約上最後有一條，皇上規定賜我以足供一千七百二十八個里里浦人的食量數，那是什麼意思？不多時，我詢問朝中一個朋友：「皇上怎麼決定我的飲食量數？」

他告訴我說，皇上左右的數學家，借著象線儀助力，測量出我的身體高度，察出超過他身體成十二與一之比。他身體既是相似，決定我的身體，一定可以包他一千七百二十八個，所以我的身體滋養料須要那麼多的里里人浦所需要的數目。由此可見那種人民的機巧細心。就仰皇上之尊榮，對於開支上還要這等謹慎精密。

二五

我得了自由之後，最急的希望便是要到那米爾登都城裡去參觀。經我一要求，皇上喜歡應允，可是再三叮嚀，囑付不要損壞了皇宮及居民的房屋，皇上立刻把我進城參觀的事佈告了他的人民。

這座周圍的城墻是二呎半高，約有十一寸寬，嘗有一輛馬車及幾匹馬平安順著城墻趕跑。城墻上邊每隔十尺便有一座砲臺，築的非常堅固。我邁過大西門，輕輕往裡走，側身走過兩條大街，因為怕損了他樓房，所以沒穿上衣，只穿了一件背心。我走道兒非常小心，恐怕不留神，糟【蹧】蹋了街上的遊人及民家。

雖然皇上已發命令，命居民都在房頂兒上觀看我，違者遭險，皇上不負責任。可是他那胡桃大的小孩仍然在街上亂跑，卻費了眼力，樓頂窗及屋頂上，壓壓剎剎的滿都是人。各國都城差不多我都到過了，沒見過這樣人煙稠密的。

　　這城是個合規短【矩】的四方形，城牆每邊是五百尺長，兩條大街有五尺寬，交叉橫道，將全城分為四區。小街窄巷有十二寸至八寸寬，我是不能進去，只好在我走著的時候看看他。

　　這城內足可容下五十萬人，房屋從二層至五層，商店、市場、公園，設備都整齊美觀。皇宮是全城的中心，兩條大街在那裡相接。圍著的紫禁城牆約有二尺高，離著宮殿約有二十尺遠，我得皇上的允准，跨進了皇城牆。

　　牆與宮殿之間空地是極寬敞的，我從容查看各方面，外宮是四十尺正方形，包括著別的兩座宮殿。在緊裡面是皇上的內室，從這一個四合宮到那一個四合宮去，那大門才有十八寸高七寸寬，現在外宮殿宇至少有五尺高。

二六

　　我如果從上面跨過去，必要碰著這高大的宮殿，那宮殿必要受大損害。這牆雖然砌的是斫過的石頭，築的十分堅固，有四吋多厚。這時皇上願意我看一看他的那巍峨宮殿，但是這件事，過了三天我才辦到。在那三天之內我用小刀砍下御花園的幾粿【棵】最大的樹，該園離城有一百碼遠，我用這些樹做了兩條橙【凳】子，每條約有三呎高，其堅固足可以支持我身體重量。

　　人民第二次見了我進城的報告，我又從城裡經過。到了皇宮，兩手拿著兩條橙【凳】子，我到了外宮的時候，我站在一條橙【凳】子上，把那一條橙【凳】子拿在手裡，將他舉過屋頂，放在第一座宮殿之間的那個八尺寬的空地上。然後我由這個橙【凳】子邁到那個橙【凳】子上，便輕的越過去了。再用一根帶鉤子棍把那條橙【凳】子鉤過來，用這個方法才到了緊裡邊的宮殿。

　　倒【側】身躺下，我將我的臉貼近了中間那層窗戶，我這才看見皇上所住的那個最壯觀最華麗的內屋。在那裡看見皇后及青年皇子，他在這幾間屋子裡，內侍環圍著他。皇后陛下十分高興的、殷勤的向我微笑，伸手到窗外給我吻。

　　我且不再敘述這類事項，因為我內有關於這個帝國一篇敘述，從他國第一次述起，經過許多君主並詳述他武功、政治、法律、學術、宗教、動植物、

特別風俗舊慣，以及其他奇怪而且有用的事務。我此刻目的只是要將我在他國裡住了九個月，關於公家或關於我自己所發覺的事件詳細敘出來。

二七

在我得了自由兩個禮拜後，一天早晨，內務大臣列德來到我家裡來，隨身只有一個僕人。代【他】吩咐他馬車在遠處等清【著】，請我給他一個鐘頭談話時間，我喜歡答應他了。因為他的地位和身分，又因為他在朝裡對於我的事情幫忙之處極多，我便稍下身，以他到我耳邊來說話。但是他客氣，他願意我把他托在手掌上。

他開口便賀我的自由，他說在這事情上要點名譽，又接著說，倘若朝中不是處個時這候【在這時候】，我絕不能這麼快就得自由。他說在外人看來我國好像是處在最興盛的景況中，其實內容處在兩大禍患之間，大費苦心。國內有劇烈的傾軋，還有外人侵略的危險。他告訴我在過去七十多月以前，他帝國中便有兩派相爭的事，名為高鞋根黨、低鞋根黨。

「這高鞋根黨於我的古制相合，雖說是如此，可是我皇上決定在國家行政上的官吏、皇上所任命者都是低鞋根黨員。這等現象，你總是看的出來，皇上的鞋特別的比諸大臣的鞋，低著至少也有一德拉[10]。兩黨因此仇恨愈弄愈深，這兩黨的人彼此不通往來，連交談都不肯。

我想高鞋根黨人較多，但是政權完全在我黨人手中。他人既多，我的危險終久是不能免，所以我對伊等不能不用高壓的手段。我現在緊防的，就怕太子殿下將來趨向了他，所以我至少也得要顯然的發現他，有一隻鞋把【根】比別的一隻高，使他在那行走的態度上，有一種蹣跚的樣。不幸在這內的時候，又加上布劉發思加島侵略的威嚇。他等也是宇宙間的一個大帝國，差不多及我帝國一樣大，而且一樣的有勢力。

二八

至於我聽你說世界上還有許多王國住著你那麼大的人類，我哲學家研究

10　原註：小人國的尺寸，約為一吋之十四分之一。

多少次，絕對不承認那個事實。他的測度，你不是從月球上飛墮下來的，便是由別的星球上落下來的，這個理是認定了。

因為若有你這麼大的人一百個，在短期間能把我大帝國所有的果實、家畜都能毀滅了。並且我六千月的歷史，除了里里浦相和布列發思加兩個大帝國之外，就沒聽說過什麼第三個國家。這兩個大強國，你要知道，已從事戰爭三十六個月，勝負不分，無法解決，因為什麼大事？我來告訴你。

當初我國裡的風俗，在要食雞子的時候，人人都是由大頭打破的。但是今上皇帝的祖父，在他少年的時候，因吃雞子照古法由大頭打破，偶然割了一個手指。因此那皇上的父親下了一道上諭，命令全國百姓都要從小頭打被那雞子，違者加以重罪。人民對於這樣厲害的嚴旨非常恨怨。我國歷史記載，因為這件大事反過六次，其中一位皇帝失了生命，還有一位失了皇冕。

這些內訌時常被布列發思加的君王鼓煽起來，當內訌平定之後，流犯多有逃避到他國帝國裡去，他國又借著這些獲罪犯人的憤怒，施用靈敏的方法，甚至有幾次請願由小頭打破雞子，甘心就死刑的，大概總數約一萬一千多人。還有一般學者出了幾百種書報，或研究這種問題，或駁論這種辦法。但書報都被禁止，大頭黨員依法不准在朝中任事。

布列發思加的皇帝利用時機，嘗派大使到我國，便假意規勸。責任仍在宗教上，妄自分派是違反。我非不知拉思特洛的布朗得克拉[11]五十四章中所說的本教義，不過是他強解經文，造成邪說，借此蠱惑民心。因為話是這樣，所有真正的信徒還有從方便的一頭打破那雞子的，究竟那一頭是方便？

二九

我竊以為但憑各人良心，或者可以由地方最高長官決定。現在大頭黨那些流犯，因為意氣作為，寧可造成內亂、不可收拾的禍，也是甘心。所以他贊揚敵國種種好處，在那布列發思加朝中皇帝的面前百般殷勤，博他信用，內訌外侮，接踵繼起。兩國鬥【間】血戰繼續了三十六個月，互有勝負。在

11 原註：是他等的聖經。

這戰鬥時期，我等損失四十隻大船，小船更無數了。並且損失三萬多最精的海陸軍，風轉【傳】敵國損失數目，比我更要【大】。可怕的是他又建了一個最大的艦隊，豫備來襲。皇上深信爾勇氣力量，命我將我國的事情詳細告訴爾。」

我告訴他說，我極希望爾把我願意效勞的忠心轉奏皇上，而且讓他知道我這外國人出頭干豫人家黨爭，恐未免不合適。但是我情願冒死保衛皇上聖躬安全及國家牢固，抵抗那些前來侵擾的敵人。

話說布列發思加帝國本是一個島，位置在里里浦東北方，與里里浦僅隔著一條八百碼的海峽。我時常到海邊，卻未嘗望見他的艦隊。是從得了此番消息，我不敢再到海邊，恐被敵人看見我，設法暗算我。為是里里浦皇帝下了一道封港命令，禁止一切大小船隻出入，違者處以死刑。

我向皇上奏明，情願設法把敵國艦隊悉數捕拿過來。敵國艦隊依海事密探報告，在他港口停泊，聲勢浩大，專等順風一起，立刻動員殺到，先古【占】有里里浦海岸。海軍人員關於海峽深度曾測量過，告訴了我最深【艦隊】的地方，約有英尺六尺，餘多在五天【十】之下。

三十

我聽後便走到對著布列發思加的東北海岸，在座小山兒後面躲下身子，用小袋中望眼鏡觀看他的停泊艦隊，總共起來也不過五十隻，此外還有數隻運輸船。看完了，我回到屋子，我有特許狀的，要大批最結實的錨纜及鏈條，錨纜有包的繩那麼粗，鐵條長及粗如同扁針。我將三根錨也絞到一處，顯著結實些。我把三根鐵條也絞起來，把鐵條頭兒灣【彎】成一個鉤兒，照這樣將五十根鉤桿子，鉤住五十根錨纜。

回到東北海岸，脫了上衣、鞋、襪，穿著皮短衫走入海中，在長【漲】潮以前約半個鐘頭，我盡力的渡。到當中我泅了約有三十多碼，直到我兩腳能踏海底的時候，沒有半個鐘頭便到了他艦隊那里（裡）了。敵人看見我的時候，驚嚇的了不得，都由船上跳仆到海裡，泅到岸上去。在那里（裡）至少也有三萬人，我便拿我的家具，用鉤在每隻船頭的上，將所有的繩子結在

一塊兒，挽在一處。

在我忙著工作的時候，敵人向我射了幾千支箭，其中有許多的箭射在我的臉上及手上，除去點疼痛之外，還擾亂我的工作。我最大恐懼，便是怕我的眼睛受傷瞎了。我急中生巧，便把我的眼鏡兒帶上。我以前是說過了，我的私口袋並沒有檢查，所以還留這副眼鏡。我有了這種防衛法子，僅勇敢繼續我的工作，不管他放箭。其中有許多射在我的眼鏡玻璃上，可是稍有點損壞，我的眼睛是完全沒受有【有受】什麼傷損。

三一

這時候我忙著把所有的鈎【鉤】子都鈎【鉤】好了，將結子擎在手中，這才往回來曳。曳了半天，連一隻也不能動，我看原來他們把那鐵錨拴得結實，這一來我倒奮勇放開繩子，用力持小刀子割斷那繫鐵錨的錨纜。這時我的手上及臉上，受了有二百多支箭。於是我拿起錨鐵打【鉤】子的一頭頭【兒】，我的鈎子便繫在這上面，這一來我便不費力的，就把敵人的五十隻大戰艦在我身後曳著。

布列發思加人一點也想不到我的用意所在，乍一見我的時候都驚昏了。他看見我割斷了錨纜，以為我的主意只是叫這些船都飄流或是相撞碰起來。但是他看見艦隊全部一齊移動，看見我在一端曳著，他發出這樣的一陣傷心與失望的呼號，差不多是想像不到、描寫不出來的。在我出險【發】的時候，我休了一刻，拔出射在在【我】臉上、手上那些箭，用點藥膏敷上。這點藥膏是我初到的時候他給我的，於是取下眼鏡，休息了約有一個鐘頭，我才曳著那五十隻大戰艦，由海中平平安安的回到里里浦的皇港。

皇上和滿朝文武大臣都在岸上站著，等著這件冒險的大事。他看見那夥艦隊成個半月形式向岸前進，但是我的身子都在水裡，僅僅露著頭，所以他辨不出我。在我進到海峽的中間時候，皇上及群臣大擔憂慮，因為水已淹過我的脖頸，皇帝斷定我要給水淹死。

三二

　　他又因為敵人艦隊逼近海岸，更加憂慮。我努力向前走，海水愈走愈淺，在這最短的時候，我的身體已經是露出多半截。岸上也可以聽見我的聲音，皇上的恐懼才算是消滅，顯露出一種驚喜的意思。我把繫著艦隊的錨纜的一頭兒舉起來喊道：「最有勢力的里里浦皇帝萬歲！」

　　這位大君主在我到岸登陸的時候迎接我，向我說了許多正式讚辭，立刻便封我一個最高、最榮耀、最尊貴顯爵。皇上更希望叫尋一個機會，把敵人的船都拿到里里浦的海港來。

　　凡屬君王野心，大概都是一樣。總想著全世界的勢力都得集到他一個人身上，其餘的人都得聽候他的命令，總要顯著別人都在弱小之列，惟獨他一個人是最強最大。必得要那布列發思加帝國，化作他的一行省，派一個親信人前去治理，以便毀滅那些反對他的大頭黨流犯，強迫那些民族服從他的宗旨，打破他的雞蛋的小頭，好像他才算是世界唯一的君主。

　　這樣侵略主義，我努力使他改變，我使用了許多政策上的、正義上約【的】理論勸他，我永遠不願意使一個自由的勇敢的人民，成了獨去【夫】的奴隸。在那國務會議討論這件事情的時候，國務大臣裡頭明白事務的大臣，都與我共表同情。

三三

　　我這種公然面諫的宣言，直接反對皇上謀畫政略。他面上並沒有顯出什麼意思，我想他永遠也【不】寬恕我。他在國務會議席上，用那詭詐言論提出這件事，我聽說有幾位聰明大臣，表示與我同意。還有幾位用那緘默不言的態度，無形中贊成我的主張，但是有幾位暗地與我作敵的人，不得不說幾句話，間接著射到我身上。從這時候皇上及那些有意害我的大臣所組的秘密黨裡頭，研究一條詭計，不到兩個月便發作出來，差不【一】點要把我結果。

　　大凡君主的思想，你對他有最大的功績，他臨時總要獎勵，可是有絲毫違反他的慾望，以前功勞統算完全取消。在這次功績之後約有二十多天，從

布列發思加來了一位鄭重專使，卑詞求和，便訂立了與里里浦皇上極有利益的條約。煩瑣事不用題，即有六位大臣、五百多隨員，威威赫赫來到這邊，好像這樣舉動一則表揚他皇帝威嚴，又好像對於這件事情非常鄭重。

在他訂定條約的時候，我仗著在朝中的名望，給他從中幹旋幾次，訂完了後，那些專使大人背地裡聽說我幫了他的忙，便正式來拜訪我。一見面便稱讚我的勇氣，又用他國君皇上的名義請我到他國去，還希望我在他國裡顯露我的大力出來。關於我[12]力大的事情他聽了許多奇事，在這點上我表出喜歡，使他滿意。

三四

當我在這一時娛樂那些外使的時候，我願他給我榮幸，致我的卑微致【敬】意於他國君皇帝，他的德望仁慈使全世界欽仰，他的聖躬在我國以前，我決定要奉侍的。

後來我見了皇上，陳明我要去奉事布列發思加的君王，請皇上發給我通行許可狀。奏完之後，我看著皇上的意思，作出非常冷淡的樣子，不得已允許我，但是我猜不出他。後來有一個人向我悄聲說一句話，我才明白了。夫尼列卜和簿戈拉謨在皇上面前，說我與那時專使往來，足以證明懷著二心，其實我自信我的心最是坦白的。

還有一事要說明白，那些大使是用一個翻譯向我說話，那兩國言語不同的程度，就如同歐洲兩國一樣。不論那國都要自誇自己的語言如何典雅、如何適宜、怎麼好聽、怎麼佔勢力，居然看不起鄰國的語言。現在我皇帝仗著把他艦隊擴獲優勢，強迫他用里里浦的文字呈遞國書及一切奏對。可是因為兩國間商務上往來，大多數的人又因為彼此總不斷互相發配流犯。兩國還有一種規定，要送青年子弟及那有力的紳董到別國去學藝，借著遊歷見見市【世】面，訪問此規矩增長經驗。所以負有聲望的富紳、或大商賈、或航海的人、或住在海邊上的人，十有八九都能說兩國的語言談話。

---

12 按：《臺灣日日新報》此處有衍字「的」。

三五

　　在幾個禮拜後，我才知道，在我去訪問布列發思加的皇上時候，恰在仇人設法要陷害我，所以這次拜訪的結果，是我一椿幸福的又極冒險。在相當的時候，我總要敘述出來。在我恢復自由簽訂條約的時候，因為有幾條大【太】是卑鄙了，我極不喜歡，若非萬不得已，不論如何也不能勉強叫我承認。不過現在我在這帝國裡，作了一等人物，所負的那種義務上比較起來，及我的尊嚴不相合。所幸皇帝從來沒有向我提過那些條件，我總想要在短期間得個機會，作一件有功於皇上的事情，也好達了我的心願。

　　這日半夜裡，我正睡著，忽被門外幾百個人喊聲把我嚇醒。我心裡人【大】是驚惶，我聽見快起來，不斷的亂嚷。這時候有皇上的幾個侍臣，由群眾裡頭擠過來，懇求我立刻便到皇宮裡去。原來是皇后陛下的寢殿失了大火，這火由於一個宮女不留神，所以引起大火災。

　　我聽了立刻站起來，此時清道的命令已然發下。又是明月當頭的日子，我便留著神低著頭，睜著眼睛向地下瞧著清清楚楚。來到皇宮，我見他等已將梯子豎在宮牆上，預備許多水桶。但那些水桶極小，不過一拇指大，火燄凶猛，這桶內之水，實不濟於事。我若穿有外衣，拿起來便得將那火撲滅，不過我來時太忙，沒有穿得。

三六

　　我穿我的皮短衫來。眼看那巍巍的皇宮就要成了焦土，情形非常可憐，救火的人都失望。我沉思一想，忽然有了主意：頭天晚上我喝了許多美酒，這酒最利小便。最有趣的是連一點也沒有灑出去，因為接近火焰，滿身一發熱，這酒完全化成小便。我把他都灑在火焰適中的地方，在三分鐘內，這場火災完全潑滅。其餘寶殿樓閣，多年的大建築，一概沒有損壞。

　　這時天已亮了，不等著恭慰聖躬，我便回到寓所。因我這救火的好法子，是犯了他的禁官【宮】。有個大不敬的罪過，我想皇上必定要恨我。原來這大不敬的罪名要宣告死刑，皇上對於我特赦殊恩，下了一道諭旨，是命令大法

官特赦我的不敬之罪。

皇上是如此深思厚澤，我聽說皇后大不快活，十分憎惡我，立刻搬到別的宮院去住，並且命令那些大臣，永遠不得重修這座宮殿。背地裡及他的親近宮女，說起來還要報復這個仇怨。

我本想把他這帝國的情形不敘述出來，留著另作一篇文字，不過讀者懷著好多疑團，只好把那普通的情形說出幾件。

他一般土人身材高矮，大約不足六寸，所有那些動物的大小及他的身材，成個正比例，草木也是一樣。例如最高的犬馬，只有四五寸，羊豬一寸上下，雞的大小宛然麻雀一樣。等而下之直到最小的，都是一樣比過【例】。在我目力，那看不見的東西，可就多了。

三七

可是他本國人的目力總是與要看東西十分合適，他看的清楚，可是看不甚遠。要說那小物件，在他眼前他看的非常快，還是清楚，那是令人佩服的。

我看一個廚子剝一隻雲雀，那雲雀還沒有普通蒼蠅大。還有一個年青的姑娘，他拿一條線穿針，我連針帶針【線】共總卻沒見。最高的樹約有七尺，大概除了大御花園幾株之外，就沒有那麼高的，其他的菜蔬也是一樣比例。我說的這瑣屑之事，其餘的大小可資想像。

現在我還要談談他學術，他們各種學術興盛了有許多年代了，但是他寫的方法非常的特別，既不是由上向下，像中國人寫法；又不是由左向右，像歐洲人寫法；也不是由右向左，像亞剌伯人寫法；更不是由下向上，像加思加景人寫法。乃是從這紙角向那個紙角斜寫，如同英國那些驕貴婦人一樣。

他埋葬人的方法實在有趣，頭向下，腳朝上，倒栽埋。據他說，在一萬一千個月之後，所埋的人還能都活，在那時候，大地將要倒轉過來，這樣埋法到了復活的時候，自然的腳就朝下，頭就朝上站在那裡。他也有學者承認這種道理非常荒誕、庸俗，照樣兒埋葬。在這帝國裡有些別法律及非常習慣，我還許說點話，指示他些正當的辦法，希望他改正改正。

三八

　　第一先說告發人的方法。他之法律非常嚴重，被告若在受審的時候，明白辯出自己無罪，原告的人立刻就得受不名譽的死刑，將原告的動產和不動產按四倍賠賞無罪的被告時間的損失、所遭的危險、坐獄的困苦、訴訟上所費的金錢，若是那筆款不償得到時候，大半由於皇上替他補足。身【皇】上還要賜他些恩物，將他被冤的情形佈告全城。所以他司法衙門長久沒有人照顧，他看著官員舞弊及人民欺詐，比上大盜的罪惡還甚著幾十倍。

　　凡屬犯了舞弊詐財的罪過，大概沒有脫出死刑。因為他深信一種道理：凡屬作官的、統兵的，都有權有勢，化費自然要大的，設個法子便可以舞弊。雖然查出來就處死刑，他這查辦方法，將一為官就先有人保證他財產有多少，在交卸的時候。還要詳查考他增了多少。若是超過俸給，那便有舞弊的嫌疑。這類人不必處以死刑，就是活著也沒有人與他來往。

　　他又說是防患於未然，小心無過虞。加以人民普通智識，可以保住一個人的物品產業，就不至被賊人偷盜。但是誠實的人仍然擋不住大奸巨滑，人民間的交往買賣及記賬生意，這是久許從容舞弊，倘設有嚴格的法律懲治，那誠實的商人便要時常吃虧，奸商可大佔便宜。

三九

　　記得有一次，我替一個犯人在皇上面前求情，這犯人是驅【騙】了他主人一項巨款，他把索來的貸款帶著逃跑。我偶然告訴皇上說，這不過是他失了信用罷了。皇上聽了我的話，他認成【為】極奇怪，他說這樣最重罪過，你怎麼替他辯護？他既犯了國法，皇帝也是救不了他。

　　這是人情國法，不同的習慣，我再沒有什麼法子向皇上說，因為我知道我冒然說這話實在有點兒慚愧。各國懲惡彰善、賞罰條例是政府倚著旋轉的樞紐，然而這執法不苟的君王，除了在里里浦見著，我從來還沒有見著這樣實行的。

　　在那裡無論是誰能舉出充分證據，證明他嚴格遵守了七十三個月本國法

律，此人便可要求一種特權，按照他的身分及生活的程度，從國庫裡在那專為獎勵此等人格的項下，抽給相當的錢數給他，並且還要一個篤實守法的尊號，加在他名字上，可是不傳給子孫。

我告訴這般人，我的法律只是用刑罰處理犯人，沒有賞獎的辦法，他認為是我法律上最大缺點。他說就因為這個緣故，在他法庭裡鑄有一個裁判官的像：頭上有六隻眼睛，前面兩隻，後面兩隻，左右一邊一隻，表明他能察知四方；右手提著一個口兒袋【袋兒】，裡頭盛著黃金，左手握著一口裝在鞘子裡的刀，表示他賞人的意思多，治人的意思少。

四十

關於官吏選拔，固然注意學識才能，可是對於品行上還要加倍重視。因為政府既是人群需要，他相信人類共具識見，必能適於一種職務。天地間至理，斷沒有辦理人時【群】的公共事務以祕密的，只有少數具有偉大天才的人所領會。但是他以為真理、正義、節制等等，是在人力所能作到，不論什麼都有服從國家資格。

但是他以為德性缺乏，即便他有過人的聰明及學識，也沒用處。所以國家公共事務永遠不能放在他等沒有德性的人手中，因為心善的人至多不過因愚拙有了誤過公罪，對於公共幸福絕對沒有故意破壞。如果一個人存心要破壞，而且這個人具有最大本領可以彌縫他的罪過，所以這類的人雖有大本事，仍然不如用道德高的穩當。

造化雖是神聖，不能使人人都能擔任辦理人民事情，所以皇帝都承認自己是造物的代表。里里浦人民都以為皇上所用的人如有不承認皇上威權，那算最可笑的事。

關於敘述這些事情以及下等法律，並不是說他人民有這種人類的劣根性，墮入這最缺德途境裡。至於借著跳繩可得好差使，或藉著跳棍和讚棍而得勳章，那些卑污的慣技最先採用的，是現今這位皇上的祖父。因為黨派漸增，而達至今日的極度。

四一

　　忘恩負義在他法律上，是個死罪。因為他以為以怨報德，人類絕對要與這賴【類】喪心痼【病】狂的人成為仇敵，這種人斷不許他再對社會盡些義務，所以不使他活在社會裡。

　　他關於父母及子女的責任，可是極端不同。因為男女的交合是自然的事，同為傳種的關係，里里浦的人，也像是別的動物似的，男女在一處居住，生了子女，也知道愛護溫存，可是他不承認他子女應該孝養父母。

　　因為他說人類生來本是苦境，父母生子女，又是由愛戀來的，子女也是由愛戀再生子女的，人的苦境便是遺傳不斷。既然根據這種消極理由，他在一座城鎮裡面設立公共育嬰堂，兒女到了二十個月便送在育嬰堂裡。這些學校有六七種，於各種身分及男女孩，都極適合。對於兒童的衣食住的情形，總要合於他父母的品位。

　　我先說他那處育嬰堂，出身貴族或高官的男孩所入的育嬰堂，頗為嚴肅，教習及那些管理員都是負時望有大學問的人。兒童衣食卻倒樸素，他教授兒童總以榮譽、正義、勇敢、貞潔、慈善、宗教及愛國等原理，作為教育方針。除了吃飯睡覺知【的】時間及兩個鐘頭的遊戲之外，他時時刻刻忙著作事，每日穿衣服都是職員代為辦理，直到四歲。

四二[13]

　　女僕在那裡頭就是作下等服役，永遠不許和那兒童談話。不論是大群或成大隊，總要在教習及管理員的面前，怕是受那下役男女薰染不良的學習，幼小染上之一生是掉不去。他的父母每年只許望兩次，一次只准一點鐘，在相見及分離的時候准許接吻。在這時候還得有一個教員或管理員，在旁邊監視，不准耳語或說什麼溺愛的話，並且禁父母送給兒童玩物及吃的糖果等物。

　　兒童的教育年金若不按期繳納，便請皇帝派官吏前去徵收。普通紳士、

13　按：原刊誤標為「四一」。

大商人、及小買賣人兒、以及工人等，這些人的兒童所進的育嬰堂不過按照比例小範圍的監識，身分高育嬰堂直到十五歲期滿，這類普通育嬰堂在十一歲便可以出去求營業。

在女育嬰堂裡，有身分的小女孩那教育也像男孩，不過穿衣服另有整潔的婦人替他個【們】辦理，五歲之後才能自己穿衣。若是發見了那些看護在女孩面前形容那些可怕或是愚蠢的事故【故事】，或者以那普通惡婦的言行來娛樂那女孩的時候，立時命他繞一周鞭撲三次，下獄一年，終身流於國內最荒僻的地方。

既是這樣嚴厲，那些尊貴小姐恥於及那愚蠢的人在一處，他極輕視那越出端莊整潔以外的一切隨意的裝飾。我總看不出來他在教育中生出什麼特別的舉動，就是在運動上不像男子那樣的猛烈。教科之中有家庭生活的幾種規矩，此外授給他範圍較小的空間，因為他有一種格言，大意是娶一個妻須要明理，才算是合適伴侶，好度那快活青年的樂【樂】境。

四三

女子十二歲便是結婚年齡，他父母或保護人把女孩接回家去，須向教師管理員表示最懇切感激。臨離開育嬰堂的時候，他的那些小伴侶差不多都要流些別離的熱淚。在較下一等女子育嬰堂教授的課程，都是合他身分、立意學徒的，在七歲便可領回。不願意領回的，至遠也不過留到十一歲。

有兒童在這些育嬰堂裡較下的一等家庭，除去年金之外，一定要將自己所收入的一部分給管是【理】員，算是孩子的教育費，因為父母所有的費用都受法律限制。

里里浦的人因為自己將小孩生在世間，卻將孩子的教養拋到公家，天上【下】沒有這樣不公平的事。至於有身分的人，他拿出一筆款項撥給育嬰堂作兒童的費用，不過他也極經濟，而且還要給到公平。

小農民及那些勞動的人到多有把兒童留在家裡的，他的職務只是耕地，因為他的教育對於公眾，是沒有什麼關係。但是他那些年老的人及病[14]人，

---

14 按：「病」，《臺灣日日新報》作「□」。

由醫院供養，因為行乞是他大帝國沒有的名詞。

　　以上是他們法律行政的大略，我再略為敘述我這九月零十三天居留在這大帝國我的家務，及我的生活種種的情形。我的腦想本來是傾向於機械學，因為便於自己起見，我自己在御花園取用最大的樹，做了一張桌子，兩個椅子。

四四

　　當我製成那張桌子及兩隻椅子的時候，突然間來了一位我的最好的朋友，他是里里浦重要地位的人，告訴我一件可駭可怕的要事。他說朝中有一派反對我的人，設法要害我。為首的是個海軍大臣，與皇后陛下相為表裡，曾經心腹建議對皇帝陛下，說爾通敵要害爾性命。

　　皇上以爾大有戰功，沉吟未決。於是對汝感情最好的內務大臣，忖摩著皇上的仁慈意思，又不敢顯然救汝。乃云爾於國家曾立大功，通敵情形未著，欲加以死罪恐無名義。而且將爾害死，萬一屍體腐敗起來，甚恐瘟疫，流遍全國。不如將爾雙目毒害，不至礙及爾的體力。但是這個建議，卻大遭全場反對。

　　海軍大臣忍不住氣，乃忿然起立，說道他不知內務大臣何以發表保留一個賣國賊性命的意見，他說你所立的功績，因之正可加重了你的罪，說你即能撒尿熄滅皇后陛下寢宮的火，就可撒尿淹沒全皇宮。而且說你可以用曳過敵人艦隊的那麼大的力量，在一個不滿意的時候便要曳回去。並且說他有充分理由可以證明你是大頭派，而且現在就有叛念在心理【裡】，不久就要發現了事實。因此他誣你以賣國賊之罪，所以堅持置你於死地。

四五

　　財政大臣的意見也大略相同，也表示因為供養你，皇上的收入弄怎樣艱窘，不久將不能支持。內務大臣的建請不能解除這樣困難，並且要增加了，因為從非【弄】瞎眼就可證明。眼瞎之後喫的更多更快，肥得也快。他並且說，神聖皇上及國務會議，他體【們】是你的審判官，在他良心上都認你是

有罪,這便是定你的罪十足的理由,並無須用法律明文。

皇上陛下決定不用死刑,施恩說道,既然國務院以為損壞你的兩眼為罰太輕,以後還可加以別罰。你的朋友內務大臣、財政大臣說道,大人既有處理皇上收入的全權,免除此禍是非常容易:用漸漸減少你的吃食方法。你既沒有充足的食物,便就變成軟弱無力,漸漸失食慾,因此幾月中你便可衰頹耗盡。那時你死了,屍體也不至發出臭氣,也沒什麼危險。皇上可用五六千庶民將你的肉從骨上割下來,用載重大車,三天就可運完,運到遠處埋葬,以防民疫。骨骼可存起來,給後世作紀念物。

這時候大家看著內務大臣的面子,議事才算通過了。又有嚴囑:不準【准】將逐漸餓死爾的計策洩露,但是弄瞎爾眼睛的定案卻登入記錄了。在三天內,爾的朋友內務大臣將奉命到這裡來,向爾宣讀彈劾的條款,並且表明皇上及國務院對於爾的寬恩,僅判爾失去兩眼之刑。

皇上準知道你的感激他,絕不能反抗他。那時有二十個御醫到場,預備好好的施手術,在那時你躺在地上之後,他用尖利的箭,射進你眼珠裡去,你用什麼方法去應付他,就請你自己去想。我因為避免嫌疑,必須像我來一樣,祕密的走了。

四六

我的朋友說罷,果然暗地走去,我亦不大驚惶,定神思想半響【晌】,才下了決心要逃往布列發思加的皇帝。我趁此機會在這三天之內,送一封信給我的朋友內務大臣,表示我決定遵照我所得的允可。

在那天早晨,沒等他回信,就動身往布列發思加去。我到了我前【們】的艦隊所在的島那邊去了。我拖了一隻大戰艦,在船頭縛了一條錨鍊,拔起鐵錨。我又將衣服脫下,及被單一齊放進船裡去,將船曳我的後面,我便半涉半泅的一直到了布列發思加皇港。

那裡的人民等候我好久,他派出來兩個嚮導指引我往京城去,城名與國名相同,我把他拿在手中,直達城門二百碼的時候,我便叫他進城,將我到臨的信告訴一個大臣,說我在這裡等候皇上的命令。

　　約有一個鐘頭的光景，得到了一個回信，說皇上率領滿朝文武大臣正出來迎接我。我前行了一百碼，皇上及他的御從由馬上下來，皇后及貴婦從馬車中下來，他並沒有一點怕我的樣子。我蹲在地上，去吻皇上及皇后的手。我告訴皇上，我是踐約來的，經過我主人的允准，今見了如此一個大有權勢的君王，真是榮幸極了。

四七

　　我並對國王誓願忠實，服從義務，並對里里浦國王亦不敢叛背。皇上也下了慰勞我的一道旨意，供給我的糧食，大約如在里里浦國所供給的數量，又別有一座大廟可以安頓了我。

　　我在伊國安頓了第三天，我好奇走到彼國東北岸，看見離岸有一里半遠搖著一件雜【什】麼巨物。我看見似一隻船，我便脫起鞋，涉了二三百碼的水，但是這大物藉著潮水的勢，離岸更近。我看清楚了，那一件正是小船，大想是被暴風由船上刮下來的。

　　於是我立刻回到京城，奏明皇上，叫他海軍次官統領二十隻最高大的船及三千水兵，掛起帆片，我便由最近的路到發現的小船那海岸，我見潮水將小舟推得更近。水兵都備有繩索，繩索都是我在事前絞到十分可用。

　　俟該船來到，我便脫下衣服，涉水到離船百嗎【碼】以內，復泅到那小船，將船之一頭縛住，一船縛在那一頭之戰艦上。因為這水比較深，我力量用不上，不得不泅水，我用一隻手盡力推進，那時潮水幫助我，直推到兩【面】額伸出水面，到腳也著地的時候。

四八

　　我休息兩三分鐘，又向前力推，其時海深僅及肘腋，將錨鍊繫在小船上，然後再繫在那跟著我的九隻船上。恰好風順，水兵力曳，我用水力推。直到離岸四十碼的時候，等潮水退了，我走到小船前，有兩千水兵幫助，還用繩及機械設法將翻他【他翻】過來使船著地。

　　我檢查了一番，僅損壞一點。我不述說我所受的那些困難，我費了十天

功夫作了一個漿，借該樂的力量，我把船弄到布列發思加港裡去。在我到的時候，那裡有一大群人看這樣大的一隻船，個個都現出驚奇面色。

我告訴皇帝道，這是我的好運賜給我的，載我到別處去，或者慢慢的我回我的祖國。並求皇上下令，還求他允許離開他國，後來我用了許多的話來勸諫，他才允許。

四九

這時候我甚然奇怪，我的里里浦皇帝並沒有派專使到布列發思加來質問，但是以後我才想起來，皇上陛下的計謀，他絕想不到我完全知道了。他相信我是遵守他所給我的許可往布列發思加踐約，這舉朝所共知，並且他信我在幾天內禮節完畢，就可回者【來】。

但是，看我許多天不回去，他可著急了，皇上及財政大臣以及他的祕密黨商議後，就差了一位極有爵位之人，帶著一份抄本的彈劾奏文。這位欽差奉命向布列發思加君王前，說自己主人的寬仁，僅罪我失去雙眼便足了。並說我逃避正罰，若在兩小時之內不回去，就要將我的爵號削去，而且被宣布為賣國賊。欽差更逼緊說，為保持兩帝國間的睦誼，他的主人希望布列發思加君王下令將我綑送回里（里）浦，受那賣國賊應得的罪。

布列發思加的皇帝計議了三天，回了一封覆文，裡面寫的大半都是客氣推託的話，他說要想將我縛送回去是不可能的事。因為雖然我奪他的艦隊，然而在構【媾】和時曾幫了他許多忙。不過，不久兩國的皇上就安頓了，因為我在海岸上發現了一隻極大的船，能在海上載我，他已下諭將該船修理起來，他希望兩帝國在幾個星期內都可放下如此擔負不了的重累。

使臣帶著這封覆文回到里里浦去，布列發思加的皇帝把一切情形告訴我，並且表示若我願繼續待他【著】，他願祕密的保護我。這一點我雖然相信他是誠懇，然而我已有絕【決】心，不再相信這輩小人國的君王及大臣了。

五十

因此我對于他的好意致以相當感謝，俯乞下諒。我告訴他，命運好歹先

不題【提】，既然有一隻船在我面前，我決心投海洋中冒險，不願作兩位如此有權勢的君王間不睦緣故。我也沒有看見皇上有什麼不喜歡、朝廷中不耐的（要）我走，並且對于我走的事樂意幫助。早雇了五百工人，按照我的吩咐，把他最結實的亞麻布用十三層縫在一塊，做了兩個帆。

我把他的繩索及錨鍊最粗最結實的，二十根或三十根絞在一起，當我的錨鍊等用處。又尋了好幾天，我偶然在海邊看見一大塊石頭，我便拿來作我的錨。我有三百匹半的油，作塗船及塗其他用具之用。我砍了幾株最大的樹作槳及桅，真是辛苦不堪。不過在這時，我備受皇家造船匠的幫助，在我做完粗做之後，他幫助我木料削就。

約在一個月內，一切都預備齊了，我派人去請皇上陛下的訓示，而且告辭。皇帝及皇后出了皇宮，我伏地的吻他手，他慈惠的遞給我，皇后及王子也這樣做。皇上送我五十皮袋錢，每袋二百個。

我裝在船裡的有一百條牛的肉身、三百匹羊及相當的飲食、四百個廚子所做的肉。我隨身帶了活著的六條母牛及兩條公牛，並帶一般多的羊及公羊，意思是想把他帶到我的本國傳種。我有一大梱乾草及一口袋穀粒，為著要在船上飼他。

我本想帶一打土人，但是這乃皇帝絕不會允許的一件事情。除將我的一些口袋搜檢一過[15]之外，皇上囑我自重，莫將無論他的那個百姓帶去，即使他自己同意而且希望，亦必不可。

五一

我便在一七〇一年九月二十四日早六時開船，當我向北走了約有二十哩的時候，東南風起。在晚間六點鐘，我遠遠望見一個小島在西北方，約有一哩半遠。我向前去，在該島避風那一邊拋錨。

此島好像沒有人居住，我于是吃了些食品便休息了。我睡的熟，以我忖度至少有六小時。因我在醒後兩個鐘頭，天便亮了。

我在日出以前吃的早飯，拔起錨，風是順的。我順著昨天所進行的方向

---

15 按：一過，猶言「一遍」。

駛去，關于這點我有我的小指南針指示。我的意思是倘若可能的話，要達到那些我所有理相信，位于凡笛滿蘭東北的群島中一個。

那一天，我什麼都沒有發現，但是次日約在下午三時，當我按自己的計算走了離布列發思加七十二哩的時候，我遠遠望見一隻帆船向東南駛去。我的航向是正東，我向他高呼，但是得不著回話。

因為風小了，我盡力張帆進駛，在半個小時那船望見我，于是掛出旗幟，放了一槍，在這料不到的希望再見我所愛的國家，我所留在那里（裡）的親愛的貨物之際，我的快樂的情況是不易表說的。

大船放了他的帆，在九月二十六日晚五六點我趕上他了，看見他的英國國旗，我的心在裡面跳將起來。我將我的牛和羊裝進上衣的口袋裡，並將我的一小宗食品都帶上船去。

這船是一支英國貨船，從日本取道南海及北海回國。船主是佛布得的畢得君，他是一個有禮貌的人，我現在是在南緯三十度地方，船中約有五十人。

在這里（裡）我遇見一個老同伴，一個彼得維廉，他向船長稱我品行好。這位先生仁慈的待我，希望我告知他我這次從什麼地方來，以及我去往何處。我說了幾句，但是他以為我說瘋話，並以為我所遭受的危險，擾亂我的頭腦。

五二

于是我便從我的口袋裡取出黑牛及羊來，大吃一驚，他明白我所說的話不假。我便將布列發思加皇帝所賜我的黃金給他看，以及皇帝的像片，及該國的幾種特別的奇物。我給他們兩皮袋錢，當我到英國的時候，我送一條牛、一隻羊及其所生之小牛羊禮物給他。

一九【七】零二年四月十三日，我到了黨斯海港，我只有一件不幸，船上的老鼠將我的羊弄去一支。我在一個洞中，我看他的骨頭，肉都咬沒了。其餘的牛羊都帶上岸，把他們放在格林稚【維】奇的一塊球場去吃草。那裡草的細軟，使他們吃得好。雖然我常怕相反的那方面，若是船長不將餅乾給我，我也不會（在）這麼長的一個船【航】行保全了他。我將餅乾磨成粉和上水，這便是他等食品。

　　我在英格蘭住了幾天，因為許多的人看我的牛和羊，我獲了多利。我在第二次開始航行之前，我把牛羊以六百磅之價賣去。從我上次回來以後，我及我的妻子家族僅僅在一塊住了兩個月，因為我要看外國的這種不能滿足的願望，使我不能再往下住了。

　　我留下了一千五百磅給我的妻子，而且給他安置在列里夫的一所好住宅裡，餘下的積蓄我自己帶著。一部分是錢，一部是貨，希望再賺點錢。我大伯父約〔翰〕遺下給我一份田產在近埃坪，一年可得三十磅。在腳鐐巷中，我的黑牛房舍長期租給人家，生息也如地租一般多。因此我將家放下，一些危險沒有。

　　我的兒子約翰涅在初等小學讀書，他是一個聽話的孩子，我的女兒柏特，那時正在作針線為活。我向我的妻子及兒女告別，彼此含淚上了冒險號船，這是一支載重二百噸的貨船，開往蘇喇去，船長是甲必丹約翰尼古拉，利物浦人。

載於《臺灣日日新報》，一九三〇年三月三日～五月十七日

大人國記

作者　斯威夫特

譯者　不詳

【作者】

斯威夫特（Jonathan Swift, 1667～1745），見〈小人島誌〉。

【譯者】

不詳。但此譯文乃根據韋叢蕪譯本《格里佛遊記》改寫。

緒言

昔楚襄王登陽雲之臺，景差以小言受賞，而宋玉則進大言上坐。先是差亦致大言，其詞曰：「方地為車，圓天為蓋，長劍耿耿倚天外。」王曰：「未也。」玉曰：「並吞四夷，飲枯河海，跋越九州，無所容止。」乃受獎就上座。又沈約之〈大言應令詩〉曰：「隘此大汎庭，方知九壇【垓】局，窮天豈彌指，盡地不容足。」乃知漢民族未嘗不喜為大言。

其關於小人國記載者，莫如《夜雨秋燈》之〈樹孔中小人〉云：「某島中枯樹甚多，大可十圍，樹多孔，小人長僅七八寸，居其中。有老幼、男婦、妍醜、尊卑之別，繫小腰刀、弓矢等物，大小與人稱。枯樹最高處有小城郭，高可及膝，皆黑石砌就。王者束髮，紫金冠，雙雉尾，銀鎖甲，騎半大雞雛。罵人曰：『黎二師四伊利！』飼以飯粒亦食，尤嗜松子果品，畏聞雷聲，一晝夜三宿。其人以幼為尊，幼者之中，猶以婦人為重，見道學龍鍾老輩者，匿不出。愛人著鮮衣闊服，見必舞弄刀棒獻技。若見破帽殘衫者，必指罵之云云。」

其關於大人國記事，則尚未之見。僅史稱共工頭觸不周山，天柱為折。又曰防風之骨，其大專車。本報前既介紹斯夫偉特氏之小人國記，其靈性遠勝於《夜雨秋燈》之〈樹孔中人〉，茲更紹介同氏所著之〈大人國記〉以餉讀者。夫小人之徒，既已十分發揮其小人之品性，而所謂大人者，果何物乎？

請拭目留意觀之。

一

　　英人斯偉夫特氏曰：余自小人國出險歸來，回見我的妻子，約有兩個月後，又離開我的故鄉，於一七〇二年六月二十日，在黨斯海港上了冒險號船開往蘇喇去。船長是大尉約翰尼古拉，一個康瓦人。

　　我一直到了好望角都是順風，我在該處登陸尋找淡水用，又是船上發見一個漏口，我便卸下貨物，不得已在那里（裡）過冬。又因為船長患瘧疾，直到三月底才離開好望角。

　　我那時開船一直經過了馬達加斯加海峽，航行都不錯，但是到了過該島往北去約在南緯度五度的時候，風便起了。風在這些海裡，據說從十二月初至五月初，往西北方間總是刮不斷的等勢大風。這次的風在四月十九日開始，刮得更兇猛的多了，比平常又偏西些，繼續一氣刮了二十天。

　　在這時期中，我被刮到摩鹿加群島略東一點的地方，約在赤道北三度。這是我的船長在五月二日測量出來的，那時風已息了，十分平靜【靖】。對於這情形，我覺得快活不少。但是他是航行在這些海中的極有經驗之人，吩咐我所有的人預備防著一陣風暴。這風暴次日便真起來，因為一陣南風叫作「南時令風」開始大作。

二

　　在這次暴風中，接連又是一陣偏西的西南大風，以我計算我向東被刮了約有一千五百哩，因此船上最老的航海家，都不能講我是在世界的那塊地方。

　　我的糧食支持堪好，我的船是結實的，水手都健康。但是因無水的緣故，在極苦楚的情況中，我想最好還是照著原來進行的方向走，比更往北較慢的多了，不然能將我這寬大韃靼里的西北部而進入冰海裡去。

　　一七〇三年六月十六日，一個水手在第二檣上發見陸地了，十七日我都看見一個大島或洲的南面，一條細小的地頸伸出海中。一條小河極淺不能走一隻二【一】百多噸重的船，我們在垂直小河三里以內拋錨，我的船長派出

十幾個人，帶好武器，坐划船去，帶著器皿裝水。我希望他允許我同他一塊兒去，我好看一看這個國，期有所發現。

當我登陸的時候，我們看不見河流或源泉，也有【看】不著有是何居民的記號。使【我】的人因此便在岸上徘個【徊】，要靠近海找點淡水。我就在別的地方，自己走了約有一哩。我看出這國完全是荒野而且多石，我輕輕地回向小河走下去，然已全現在我的眼前。我看見我的人已經上了划船，立即逃命到大船去。我去跟在他後面叫喊，雖然叫，並沒有什麼用。

那時，我看見一隻大動物在海裡跟著他後面，盡力快快地走。他涉水並沒有比他的膝蓋深，而且跳著大步。但是我船的人在他的前面有一哩半，而且那塊的海滿是尖頭的岩石。那怪物趕不上船，這是我以後聽說的。因為我不敢停住去看那段險事的結果，只是盡力照著我初去的路走去，于是便爬上一座陡峻的小山。

三

我上了小山略得睹該國景物，我看國土完全耕種，但是最先使我驚奇的乃是草的長度，生在那些好像作為長矛草用的地裡，約有二十呎高。我上了一條大路，因為我當他是大路，雖然他只作為居民經過麥地的一條小道用。在這里（裡）我向前走了好久，但是在兩邊都看不見什麼。

此刻靠近收穫期了，穀物長得至少有四十呎高，我一個鐘頭走到這塊地的邊沿。這塊地至少有一百二十呎高的藩籬圍著，樹木是那麼樣高聳著，我就算不出他們高到什麼程度。

從這塊地到下一塊地有一個台階，共有四層，到最高層的時候要跨過一塊石頭，攀登這個台階于我是不可能的，因為每層都是六呎高，而且上面的石頭有三十多呎高。

我努力在藩籬裡找個破洞，那時我發現一個居民在下一塊地裡向臺階走來，同我看在海裡追我們船的那人一般大小。他看來好像一座普通的尖塔，而且就我所能猜到的相近數講，他每一步約邁十碼，弄得我驚懼萬分，跑去藏到麥地裡。

從那里（裡）我看見他在臺階的頂上，回頭向右手下一塊地裡細看，聽見他叫喚，音聲比號筒還高許多，但是喧聲那般高在空中，起初我實在以為是雷。于是七個像他自己一樣的怪物，手中拿著割禾的鉤刀向他走來，每把鉤刀約有六鐮刀的大小。這些人們並不如頭一個人穿的好，彷彿是他的僕人或工人。

因為聽了他（說）了幾句話，他們便往我所在的地割禾。我盡力遠避著他們，但是被逼得難移動，因為穀幹有時相離不過一尺遠，因此我身【很】難從中擠出我的身體，不過我設法向前走。

四

直到一塊麥被風雨刮壓伏下來的地裡，在這裡再走一步，我都不能。因為穀幹交錯萬分，我就鑽不過去，而且垂穗的芒，硬而且尖，刺過我的衣服，戳到肉裡去。

同時我聽見割禾人在我後面不過一百碼遠，我累的十分疲苦了，完全為悲痛失望所征服，便在兩壠裡【兩脊間】下躺，誠心願意我在那裡，完結了我的活口。我慟哭我的寡婦及無父的孩子，我哀痛我自己的愚蠢與任性，還認為我的不幸的最小的。因為人類既然據說是對野蠻殘酷的程度加增，及任性不應要作第二次的航行，不聽一切朋友親戚勸告。

在這可怕的心緒紛亂中，我不禁想起里里浦那裡的居民，認我為世界第一次發見的最大的怪物，在那裡我能將一個帝國的艦隊曳在手中，並能做些別的事續【蹟】，將永遠記在該帝國的編年史記中。這使後世難以相信，雖然有數百萬人作證。

在我思想在這國顯得那麼微小，如同一個單單的里里浦人在我們中一般，這一定要使我蒙何等恥辱。但是這點，我的身體成正比例，那麼我除了作那碰巧抓住我的那些巨大的野蠻人中的頭一個人口中的一啖而外，還能希望什麼？

毫無疑義的哲學家是對的，當他等告訴我說，除非比較，事物並無大小的分別。這或者使命運之神高興，讓里里浦人找著某個國家那裡的人民，比

我起他真微小,亦如我比那大人國的巨人一樣。

五

我雖是驚恐慌亂,我卻不自禁的老是這樣地凝想著,那時一個割禾人逼近我所躺的土脊,只有十碼以內,他再走第二步,我就要在他腳下壓死,或者用他的割禾的鉤刀將我砍成兩段。因此當他又要走動的時候,我叫喊起來,於是這大動物停步,四下低頭望了此【些】時,最後見我那時我躺在地上。

他細想了一會,十分謹慎。最後他冒險把我從背後拿起來在他掌中,並將我拿到離他眼睛三碼以內,他好比較而完滿看視我的形狀。他觀看我的形狀,我猜到他的意思,我便非常沉靜。我決定任他把我拿在空中離地六十尺高的時候,一點都不動。

雖然他捏著我的兩旁,但是他因為怕我從他的手指中滑掉了,我所敢作的便是向太陽睜開眼睛,將雙手放在一塊,作出一種乞求的姿勢,用一種適合于我所處的境況的卑微的抑鬱的音調,說了幾句話。因為我時時明白,他把我摔在地上,就好像我時常對付我有心要毀害的什麼可惡的小動物一樣。但是我交了好運氣了,他看來好像高興我的語聲和姿勢,也以我為一個使人奇異的東西,非常奇怪聽我說出清楚的話,雖然他並不曉得。

就在這時候,我不能自禁呻吟而且流淚,將頭轉向兩邊,盡力讓他知道,他的拇指和食指的擠夾,是如何殘酷的使我疼痛。他好像明白我的意思,因為他開了他的上衣的口袋蓋,輕輕把我放進去,立刻帶著跑到他的主人面前,他的主人是一個小康的農人,就是我最初在地裡看見的那個人。

六

農人聽到了他僕人關於我的陳述之後,他便拿了一根小草,約有一根拐杖長短大小,將我的上衣的口袋蓋挑開,好像他以為這是什麼一種蔽體的東西自然賜與我的。

他將我的頭髮吹向兩旁,以便看清我的臉面,他叫喚他的四周的農僕,問在地裡曾否見過什麼像我的小動物。他于是把我輕輕地放在地上,四肢著

地，但是我立刻起來了，慢慢地來回走著，讓這些人看著我是無意跑開的。

　　彼等都坐下圍著我，成一個圓形，更好觀察我的動作，我摘下帽子向農人深深地鞠了一個躬，我跪下，舉起雙手，睜開雙眼，盡力大聲說幾句話。我從口中取出一皮袋金子，卑微的送給他。他接在手掌上，於是放近眼前，看看是什麼。以後用一根扣針[1]的尖頭把翻幾次，但是就不知道是甚麼。

　　因此我招呼他，把手放在地下。我於是取了皮袋打開，將所有的金子都倒在他的掌中。除開二三十塊較小的錢幣而外，還有六塊西班牙貨幣，每塊值四皮思脫爾[2]。

　　我看他將小指尖在舌上濕，拿起一塊於最大的錢幣，接著又拿一塊，但是他好像完全不知道這錢是什麼。他招呼我再把錢幣懷【裝】在我的皮袋裡，把皮袋再裝在我的口袋裡。在我獻給他幾次之後，我想最好還是裝起來。這時農人相信了我一定是一個有理性的動物，他時當【常】向我說話，但是他的話聲到刺我的耳朵有如水車的聲音。然而他的話清楚極了，我盡力大聲回答，用幾種語言。他時常將耳朵放近離我兩碼以內，但是都沒有用，因為彼此完全語言不通。

七

　　他于是打發他的僕人仍去工作，從口袋裡取出手帕，雙摺起來，攤[3]在左手上，左手平放在地下，手心向上招呼我走上去。我能容容易易的上去，因為並不過二呎厚，我以為我應當服從的，而且因為怕跌倒，直蹲身在手帕上。他以餘部把我抱至頭部，好更穩當些把我帶回家中去，把他妻子叫來，將我給他看。但是妻子驚叫且向後跑開，如同英國一般婦女一見蝦蟆或蜘蛛時一樣。不過，當他看了一會我的行為，以及我是如何貼然的遵從他的丈夫指示，一會兒便好了。漸漸地，變得十分溫存的對我。

　　這是約在正午十二點鐘的時候，一個僕人開飯進來了，僅僅的是實實的

1　原註：他從他的袖口裡拿出來的。
2　原註：每塊約值墨金七元二角。
3　按：「，攤」，《臺灣日日新報》作「□□」。

一盤肉，盤子直徑約有二十四吋。這班是農人及他的妻子、三個小孩、一個老祖母。當他坐下的時候，農人把我放在棹上離他不遠，棹面離地有三十吋高。我是在可怕的恐怖中盡力遠離棹邊，怕跌下去。他妻子切細一點肉，捏碎點麵包在大盤上，放在我面前。我向他深深地鞠了一個躬，拿出我的食器，開始喫飯，使他等非常歡喜。

女主人派他的女僕去拿一個小小的酒杯來，約盛兩加侖，倒滿了酒。我用兩隻手困難地拿起，且作出一種最恭敬的樣子，舉杯祝太太的健康。我盡力大聲用英文說話，使他一家笑得痛快，我幾乎叫他們的喧聲震襲了。

這酒味有如一種味清的蘋果酒，並不討厭。農家主人招呼我到他的木盤邊去，但是當我在棹上走的時候，始終是害怕。我碰巧了正絆著一塊麵包皮，四肢朝天倒，但是並沒有受傷。

八

我立刻起來，看見這好人兒十分關心，我便拿我的帽子在頭上面搖，歡呼三聲，表面我並沒有因為跌倒受傷。當時坐在我的主人下邊的幼子，一個約有十幾丈大的男孩子，提著我的腿，把我拿起來，那麼高高的把我拿在空中，我的四肢都發顫了。但是他的父親從他的手中把我奪下來，同時照他的左耳打了一拳，足可以將一排歐洲的馬隊打倒在地上，吩咐把他帶下棹子去。

此時我害怕這孩子要懷恨我，而且我又記得我國中的小孩子，對於麻雀、兔子、小貓及小狗，每加以危害，便跪下指著那個孩子，盡力使我的主人明白，我希望他饒恕，父親允許了。少年又上了座，於是我走到他的身邊吻他的手。我的主人拿著他的手，使他輕輕地撫摸我。

正在用飯時，我的女主人溺愛的貓，跳進他的圍裙裡去了，我聽在我後面一陣喧聲，如同一打織襪機在工作的聲音一樣。我轉過頭來看裡是【清楚】，這個動物的嗚嗚的叫聲好像比一匹水牛大可三倍。

這個動物外貌兇殘，使我十分不安。雖說我站在棹子極遠的那一頭兒，離有五十多吋，然而我的女主人緊緊的抓住了貓，怕他一跳把我抓在爪子裡。但是並沒有危險，因為我的主人把我放在離他三碼以內的時候，他一點也不

注意我。

　　因為我時常聽人說，並在旅行中的經驗，在一個兇殘的動物面前逃避或顯現恐怖，那時他便來追逐或襲擊。所以我決心在這個危險關頭，不顯出一點焦心的樣子。我就在貓面前勇敢地走了五六次，來到離他一碼以內，他於是自向後退，好像他更怕我似的。

　　關於狗，我更少憂心了。到屋裡來有三四條，這在農人們的家裡是常常的事。其中有一條是猛狗，有四隻象大，還有一條獵狗，比猛狗還高些，但是沒有那麼粗大。

九

　　當飯差不多用完的時候，乳母進來，懷抱著一個一歲大的孩子，進【這】孩子立刻觀我便號叫起來了，聲音（可）以從倫敦橋聽到契爾綏[4]。他照著嬰兒吻他，嬰兒要拿我作個玩意見【兒】。母親把我拿起來放向小孩面前，他立刻從腰把我抓住，把我的頭放進他的嘴裡。我在那裡面大喝一聲，以致把這頑童嚇住了，讓我掉起【下】來。若是母親不拿他的護胸在下面兜著，我一定要折斷子【了】頸子。

　　乳母因為使他的嬰兒安靜，便用一件發刮噪聲的玩具給他玩[5]，用一根錨鍊繫在小孩的腰間，但是完全無用。因此他不得不應【用】最後的方法，就是給他吮著。

　　我一定要自認沒有東西曾使我那麼十分討厭。如何看見他的碩大乳房，我說出用什麼比較形狀和顏色的一種觀念，他凸出六呎，四周不能少過十六呎。乳頭約有我的頭一半大，乳頭及乳房的顏色，那般雜著染點、痣和雀斑。他坐著餵乳，〔我〕站在棹上，所以我離他極近。看他使我回想我英國貴婦女白淨皮膚，然她自看來是十分美麗，大缺點是看不見出，除非經過顯微鏡，然後能看見是粗而且糙，而且色是壞的。

4　原註：兩地相距約三哩。

5　原註：這是一種空船，其中裝些塊大石頭。

十

我為是憶起在里里浦所見的那小人皮膚，是在世界上最美，個個好比布袋戲所演小生花旦。

飯畢時候，主人走出到他的工人那裡去，嚴囑他的妻子照顧我。我時已極困倦，思想安眠一頓。女主人看出，放我在他床上，用一除乾淨的手帕蓋我，該手帕是比戰艦主帆還大而且粗得【的】。我睡了約兩個鐘頭，夢見我在家中與我的妻子會見，團聚暢敘。

我醒來時候，看見我孤單在一廣大房內，睡著寬有二三百尺，高有三百多尺一張大床。女主人出去料理家務，把我鎖在房內。我所睡床板離地約有二丈餘，我如何跳得下？有事之時又不敢擅自叫喚，而且我呼喚也無益，因聲音太細，不能達到遠地的大人耳朵。

我正在這地方千思萬想之間，突然間有兩隻老鼠爬上帳子而來，其中一隻幾乎相去不遠，我驚得連忙躍起。定神一看，其大如山豬，牙爪尖利可怕，竟敢大膽分作左右陣勢，欲來加害于我。當其時我早已抽出腰刀，俟他迫近唧著我衣裾時候，我盡力望著他頸上一刺。

十一

那隻老鼠初蔑視我為無用的人，怠慢提防了我，被我刺翻倒在一旁，其一膽虛，高【意】欲逃避，亦被我回手一刀刺中要害，再加數刀結果了他的兩條性命。我俟我喘息略定，細思幸得我是睡醒，不然定被他等唧去果腹。我再看那鼠尾，足足有六尺長，我曳起鼠尾，將他拋落床下，便欲作嘔。

不移時，女主人進房，看我渾身是血，床上亦流著不少鮮血，把我提起來，在他手中吟味。我指著床下死鼠，微笑的，而且作著種種刺鼠之勢，表示武勇。樂得他笑得雙眼下垂，即叫他女僕用一雙火鉗夾起兩鼠，拋往外面。將我放在棹上，我給他看我的腰刀全然染著血，淨拭後再插進刀鞘裡去。

我希望放我在地上，以免跌死危險，然他全不曉得。經過許多曲折，始明白我的真意，將我帶進園裡，徐徐放下地上，我即便蹲下作出欲洩下大便

之狀。他了悟放心，我便開步，走入一堆小草叢中，放開了褲，行一番金水
及金塊解禁。

十二

　　我女主人有一個九歲大女兒，按他年紀一定是個天資過人的，做針線非
常靈巧，他與母親為我做張搖床，懸著在他房內，以防禦老鼠加害了我。我
同他住在一處，漸漸相習起來，開始學他語言，使彼我意思互通。這姑娘見
我在他前面，脫過一兩次衣服，便能給我穿脫。可見他只要讓我自己穿脫，
我亦不希望煩他。

　　他給我做七件短衫及內衫，他擇最精細之布，但據我看來，宛然若布袋。
他還不斷給我洗濯，有閒暇時便教我語言，我指著東西學習名詞，他便用著
他的語言告訴我，因此我漸漸曉他的語言。他雖是小孩，長約四丈，名叫「格
利」，將「格利」意思翻譯出來，是「矮人」的綽號，他是我一位絕好伴侶兼
大恩人。

　　現在鄰近漸漸知道我主人的家，在田中拾得一頭類人形的奇怪小動物，
用一種小語言，舉止動作，溫馴有禮法，喚他去他便去，喚他來他便來，皮
膚比三歲貴族小兒還倍加好看。我主人有一個特別親密的朋友，為著了我，
故意來訪，查探詳細事情。我主人笑嘻嘻，立【至】刻應接他，將我領出來，
放在一張棹上。

十三

　　我遵命拔出腰刀，又插進鞘內，遵命向來賓行禮，用他的語言請安，說
我歡迎他，表出十分敬意。這位來賓是個老頭子，眼花戴著眼鏡才能看清了
我，叫我不禁好笑。因為他一雙眼睛，宛然若一雙明月照在窗裡。那老頭子
因此生氣，而且失色，倒計畫設計害我。主人與他在一塊裡商量移時，有時
指著我似乎恐怕被我偷聽見。

　　事至第二日早晨，我的恩人，那格利姑娘，將他的陰謀全部都告訴與我，
他是從他母親那裡聽來的。可憐著這位慈善的姑娘，把我放在他胸膛上哭泣。

他是最懼怕粗俗的人加害於我，或把我粗暴拿來拿去，折斷我腰肢，損害我健康。他知道我性格謙遜，愛惜名譽，不忍把我當作把戲賺錢，給與一般下流社會粗夫俗子觀玩，他解釋這是一種侮辱了我。

他明白父親性格，去年愛養一頭小羊，然而小羊剛肥，但便賣與一個屠戶。自然對我但知賺錢，那還顧及我的名譽及健康。他問我有何妙計可行，我非【並】不希望他偷放走了我，但恐這位姑娘不肯離去了我，二則姑娘縱肯，定受他的父親打罵，三則恐脫不出難關，反喪失自家生命。

十四

我的主人果然從那老頭子勸告，於下一次集市日，把我裝在一個匣內，帶上市鎮，並帶他女兒格利姑娘沿途看護我，坐在他的馬後鞍上。盒子各方都閉著，僅留一個小門給我出入，留幾個錐眼給我通氣。幸賴格利姑娘細心照顧我，將他棉被放進匣，叫我躺在其上。

這大人國人大，馬更大，迅足直跑，比倫敦火車還速。幸我自幼學習馬術，雖被動搖，不甚覺苦痛。有時那馬一躍四丈餘，我便認做是列子御風，不則就是天馬行空一般樣。

如是行程約略經過一點鐘頭，已行過二十哩路。到了一個小旅館前下馬，主人對館老板商議一番，雇一個打鑼叫街的粗漢向全鎮報告，請到綠鶯招牌旅館去看一個奇怪人形小動物，能解語言樂人的把戲。

不移時，我被放在旅館最高房裡，坐在一張棹上，格利姑娘坐在棹邊椅上，指揮我要做把戲。初次只容三十人看我，我照姑娘命令在棹上走動，他問我些問題，我便大聲答應，對來賓表敬意，飲酒為來賓壽，時或拔出腰刀，學英國劍客舞劍。

十五

這一天計給十二起人看，勉強照法敷衍。身體疲倦欲死。姑娘憐我，代告訴父親，把旅館門閉起給我休息。我的主人為著擁護利益，恐我被人傷害，不容觀客手觸及我，這說是世界共存共榮的大情理。

　　觀客非無一二欲探手摸我，奈去棹太遠，固摸不著。但其中有一學生，大想在學堂一定品行是丁的，用一柄芋榛直接照著我頭上打來，幸我閃避得緊，不受傷害。我主人一見大驚，即刻替我復仇，將那品行是丁以下的惡生逐出房去。

　　我主人告大眾俟下一個集市之日，再要把我給大家觀玩觀玩，今日將寶貝收起來。分明是一個大英國有權威的國民一員，今日倒作寶貝，運命中合該晦氣。我若是支那國民，此運定要延道士作法，多燒金紙解運。

　　閒話休提，第二次集會，鄰近巨室都聞我芳名，要來拜候我，長個見識，扶老攜幼，接踵入門。我主人早已定下一個賺錢憲法，我若給人家看，不管他三名五名，可是單一個，總要支出全座價錢。

十六

　　因此那星期間，我得些安閒。又如第三日是伊休息日，我沒有被他帶往市上去，我的主人將我看做一箇奇貨可居，決定要帶我上皇城去賺利。他準備告齊，叫他的女兒在他後面騎著了馬。姑娘放我在他腰中的匣子裡，那匣子裡面係配上伊等所用最軟的布，下面用棉填塞極厚，並造就一床給我居住。床中安置我的日常必須品，將一切事情辦到方便停當。我的主人騎馬當前，其次為姑娘與我，最後一健僕。

　　皇城相去約三千多里，沿途所過市鎮都要拿我給人家看賺錢。姑娘愛惜我，託稱不慣騎馬，不肯多走了路，恐苦殺了我。我的姑娘常常將我提出匣外，給些新鮮空氣，叫我遊覽所過光景，但是永遠用一根繩子縛住了我。

　　我經過有六條河道，比我所知道的尼羅河、恒河還廣還深，至小的溪也比得如倫敦的泰晤士河。我行行約經過十個星期，在十八個市鎮給人家觀看。記得是十月二十六日，我一行始踏入皇城地面，在皇城大街上覓個寓居，約略去皇宮不遠。

十七

　　我的主人再照例發出無數廣告單，大都是敘述我的外貌及才能。他所租

的房間，寬約四百尺，房內安置一隻桌子，直徑可九十尺，我就在桌子上扮戲。四面桌的周圍設有欄干，高約三尺，恐我扮演跌落桌下。

我每天被拿出來給大家看有十次，人人驚奇，個個稱異，我此時經能與他用簡單語言答應，並曉得他字母，因為我利用旅行期間，我跟著我的姑娘勤習。我於語言上天才，幸不甚劣，而且我的姑娘在口袋中，教我讀一本小冊，簡單敘述他的宗教，並教我字母，解釋單字。

我每日所受不住勞苦，在此數星期中於身體上起莫大變化。勞力過多，食料品又不足，幾乎瘦死一架骨骼。我的主人恐怕我死，錢樹子便倒，決定從速帶著了我向皇宮裡去。

我等在皇宮外等候約半個時辰，即有幾個宮娥先前來看我，復入內報告皇后，說我這般俊美伶俐，然後傳我入宮。皇后及侍從一見了我，莫不喜歡，我便跪下行個大敬禮，恭請聖安。

十八

皇后親身問我幾句話，我恭恭敬敬奏上了我的國家及我的遊歷。他又問我願意居住宮中否，我便頓首謝恩，說聲我是我的主人奴隸，須得我主人願意。皇后點首稱是，便傳我主人進去，給他千塊黃金買收了我。我的主人似乎貪心未足，然恐違犯聖意，不敢多求，我與我的姑娘一齊跪下謝恩。

我再奏請皇后，乞將我的姑娘在宮中伴著了我。慈愛的皇后俯如所請，復得了我的主人同意，將我的姑娘留下，自退出宮外去，向我說聲再會。說完，將我放置在安全地位。我對他一個字也沒有回答，只向他鞠了一個躬。

皇后看出我那冷淡，問我理由。我便告訴皇后說，我對於我的舊主人，除了他在田地裡偶然看見一個可憐的無害的動物，沒把我打死之外，我並不忘他的情。因他把我展示半個王國所獲的利，及現在得到皇后這筆價錢，已經可報答了他。

我從那日以後所過的生活，勞苦得幾乎一命不保，我的身體因一天到晚消遣烏合之眾的不住的勞苦，大受損害。而且倘若我的主人不是以為我的生命危險，皇后亦不能用這價錢買到手。但是因為在此偉大良善的一位皇宮粧

飾極美，世界可愛的人類庶民樂園，我是完全不怕被錯待的。所以我希望我的舊主人的恐懼顯出來，是無根據的，因為我現已經看我的精神受他的最威風的顯影響而復活了。

十九

　　以上我說話概要，說得十分不當。時常停滯，下部完全照著那個民族特有的文詞編的。我從格蘭達學了其中的幾句話，當他帶我到宮庭，大有缺點。來的時候，皇后十分承認我在說話上大有缺點而且奇怪。這麼小的一動有許多智識。他把我拿在手中帶去給國王看，國王那時退朝到了。

　　這國王是一位有威風的君王，面貌嚴肅，他但一眼並未好喜歡看我，態度冷淡，喜歡問皇后從好久時候起，喜愛一個小動物？好像他把我當作蟲類。

　　當我伏臥在皇后的右手中的時候，這位皇后有無限的機智及詼諧，輕輕把我放在寫字臺上，分【吩】咐我向國王報告自己經過。我便說了幾個字，格蘭達在私室的門前侍候著，而且看不見我，他便不能受准他進來。

　　他證實了從我到他父親家裡以後所經過的一切，國王雖說是及他領地內，任何人一般有學問，研究過哲學數學，然而當精確的觀察我的形狀，看我直著走，在我未開始說話以前，以為我或者是一件機器。這在那個國度裡，達到十分完善的地步，一個技巧的藝人創造的。但是當（聽）見我的說話聲，而且看出我所說的話，規矩且有禮節，他不得不驚奇。

　　他決不滿意于我對他敘述關于我怎樣來到這裡的情形，卻以為這是格蘭達及他父親商定的故是【事】，教我一套話，使我賣更高的價錢。因為這種思想，他便問我幾句別的話，這是得有理性的回答。除了外國口音及對于言語不完全的識見，帶著些我在農夫家裡學的鄉音話，不合于朝廷文雅語言之外，並沒有別的缺點。於是皇帝遂召見三個大學者，那時他正值入侍，按著那國度的規矩，這些先生對我十分精細觀察。

二十

　　他等大都承認了我無自己保存生命能力，因為觀察我並無快跑、或爬樹、

或在地裡掘洞機能與本領，他看我是肉食動物，然而大多數四足獸，若田鼠等皆大敏捷，不似我遲鈍。他除想像了我除卻捕拿小昆蟲而食以外，決不能自作自活。

就中有一個專門學者，疑我為屬於一個胚胎或小產的，但此種學說被其餘二位學者舉起實例反對，論我四支完全發達，且用一把顯微鏡，發見了我的鬚鬢，使他不敢置辯。他等又承認我不是矮人，因為皇上所寵愛的矮人，大約有三十尺左右。

議論許久，最後將我決定為天地間一個怪物，我在傍聽得許久，乃懇求皇上容我說幾句話。說我是從英國來的，那國裡繁殖有若我的人類數千萬，樹木、房屋、動物，全都成正比例。所以我在那裡得有許多飲食物器用，保全了我的生命，與皇上的國民，一樣無異。

那三位學者聽了我一番辯論，一齊呵呵大笑，說我是受農夫所教，不露破綻。但國王理解力多，竟辭去此三位大學者，更召喚農夫，所幸被【彼】尚未出城，得受私下盤問，與我的姑娘所說和【相】同，乃信用我的陳奏為非託詞。

二一

皇上看見我與我的小姑娘感情融洽，下道恩旨著我的姑娘繼續留在宮中保護了我。並詔令備下一個方便房子，有一個好像媬姆派來教育他，一個女僕替他粧飾，外更附兩個操作僕婦。

皇后命一個綑木工人給我做一個臥室一樣的箱子，依照我的吩咐，在三星期之內，作成一間十六平方呎大、十二呎高的木方房，有帶格子的窗戶及一扇門，兩個耳房，如同倫敦的一個臥室。作為天花板的木是用兩個按紐上開下閉的，把皇后預先作好的一張小床放在裡面。格蘭達每天早晨把我拿出來，然後把小房裡給收拾好了，更把我放進去，每天如此。

後來有一個著名作小玩藝的人，皇后把他叫來看我，給我一張棹子、兩把椅子、一個籃子盛我的東西，房四面都墊上棉被，以防攜我出去因粗心發生意外之災，並且在我坐馬車的時候減少顛簸的力量。

　　我想要一把門鎖防在【止】大小老鼠進來，鐵匠試了幾次之後，作了一把最小的鎖鑰【鑰】。皇后又吩咐用那最薄的絲綢給我做衣服，並不比英國的毛毯厚，直到我穿慣了才好。衣服的樣式跟國王的一樣，一部分像波斯的，一部分像中國的，極壯觀而且合式。

二二

　　皇后十分愛我，跟他在一塊。他吃飯都離不開我，把我的棹子放在皇后吃飯的棹子上，還有一張椅子坐。格蘭達姑娘站在地板上，靠近我的棹子幫助我、照料我。我有一套銀質碟碗匙箸，及皇后用的那份一比，好像玩具店的陳設還小。我的小看護把這些東西裝在他的口袋裡的一個銀盒子內，吃飯的時候，我要什麼他便給我，這些東西都是他自己洗。

　　除了兩個公主之外，沒有人及皇后一處吃飯。大公主才十六歲，那小公主十三歲。皇后時常的給我一點肉放在我碟子裡，我把他切了自己吃。他的娛樂就為看我一點一點吃。

　　因為皇后「他的胃口不好」[6]，一口吃的東西還像英國一打農夫一頓吃的一般多。他在嘴裡咬著雲雀的翅肉，那隻雲雀有頂大火雞九倍大。再把一小塊面（包）放在嘴裡，價值一先令的面包一般大。他從一支金盃飲酒，一口飲了一大桶。他的小刀有英國單刀那麼大，匙叉及別的東西都成同樣的比例。我記得有一次宮中宴會，格蘭達把我帶去在那裡，或十把或二十把，那些刀叉一舉起來，我想我直到那處從未看見過那麼可怕的一種光景。

　　按照習慣[7]，國王及皇后帶著王子、公主一塊在皇帝的私室裡吃飯，我現在成了他一個得寵的人，在這時候，我的小棹小椅子，便放在他的左手邊，在一個碗盃之前。這位皇帝喜歡跟我說話，詢問歐洲的習俗、宗教、法律、政治、文化，關于這些，我盡力給他最好的敘述。他理解是十分清楚，判決亦十分切實，他對我所說的話，加以賢明的批評及按語。

6　按：此處標點符號與文字恐有錯誤，茲保留原貌。
7　原註：每星期三是他的安息日。

二三

但是我自己知有點太過于談論我自己最親愛的國家，我的商業、海陸戰事、宗教派別、政府黨派之後。他所受的教育，偏見那麼佔勢力，他不由的把我拿在手裡，輕拍我一下，一陣大笑之後，問我是一個自由黨還是一個保守黨？

于是轉身向一個大臣[8]，他說人類榮盛，是何可恥的一種東西，竟能為我這樣小小的昆蟲所摹擬。並且他說，我敢賭道，這些畜生，有他的爵稱及顯職，他構造小巢窟亦叫做房屋城市，他在服裝上使自己顯貴，也講戀愛及戰鬥爭雄、叛變賣主。

他這樣說著，我的臉一紅一白好幾次，帶著憤怒的聽著我的高貴國家之工藝軍器、女皇、法蘭西的皮鞭、歐洲的公正人德性、憐憫、榮譽和真理之家，世界之驕傲與妒羨，遭如此侮辱的談論。但是因為我不是在一種對於損害的表示怨恨的情況中，所以熟思之後，我是不受損害。

因為在這幾月，及這般人談慣了，而且看出我所注目的一切文件，都是可比例的。我初次因他等的身大與狀態而懷的恐怖，漸漸消滅起來。倘若是我那時看見一群英國的勳爵及貴婦人穿著華美的生日衣服，在幾方面裝出那最有朝廷氣派的樣子，高視闊步，鞠躬笑談，老實說我一定要笑他的，同皇帝與他的貴人笑我一樣的。

實在我也不能自禁的笑我自己，當皇后常把我放在他的手上對著鏡子照的時候，我兩個人一塊照出來，沒有東西再比這可笑的了。因此我實在開始想像我自己，比我平常身材縮小許多程度了。

二四

沒有東西叫我生氣，羞辱我如皇后的矮人那樣的。他是這國度裡身材最矮的人[9]，看見一個東西十分在他之下便顯得驕傲了。他時常假裝昂然而行，

8　原註：他在他後面侍候，拿著一根白手杖差不多有國王處船的主桅那樣高。
9　原註：因我確實想他不滿三丈高。

作出那個樣子來。這時在皇后的前廳，從我身邊走過去的時候，我正在棹上及宮廷中勳爵貴婦談話，他總要說一兩句對于我的微小的俏皮話。

　　一天正在吃飯的時候，這個惡意的小子對我說些不滿的話，立在皇后的椅子旁邊，拿著我的腰，把我舉起來。在我並沒有想到他有意傷害我，他故意把我掉在一大碗乳酪裡，他便急忙忙的（走）開了。

　　我耳朵及頭都淹了，幸而我會泅水，因為那時格蘭達正在房的那邊。皇后連忙慌了，這時格蘭達看見，急忙跑來救我，把我拿出來，我已經喝了一科特多的乳酪了。他把我放在床上，不過損失了一套衣服之外，我並沒受別的損害。

　　矮人被重重打了一頓，因此皇后便不寵愛他。後來皇后便把他賜給一個貴婦人，由此我再看不見他了。他在這回之前用一個卑鄙的法子戲弄我，引皇后玩笑，因為他用的法子太陰損，不但沒把皇后引笑，則把皇后招惱，立刻便要把他斥退。我急力排解，皇后便申斥了一頓，並未受別的懲罰。

二五

　　我常常因我害怕被皇后譏笑，他常問我本國的人民都是如我一樣的膽怯嗎？緣由是因這王國之內，在夏季十分為蒼蠅所苦。這些討厭的昆蟲，每個都有雲雀那麼大，在我坐著吃飯的時候，他在我耳朵周圍不住的嚶嚶著，使我一會都不能休息。有時還在我的食物上、有時還釘在我的鼻子上、或前額上，使我沒有法子對付這可惡的東西、保衛自己，十分麻煩。每當他落到我的臉上時，不由得我便一害怕。

　　我記得有一天早晨，格蘭達把我放在箱子裡，在一個窗戶上使我呼吸空氣。在我推開一個窗戶之後，坐在那裡吃一塊甜餅乾。被這氣引來一群黃蜂飛進屋來，嗡嗡聲音好像火車的汽笛。我是急端怕他釘我，不過我還有攻擊他的勇氣。我們把蜂子殺了四個，其餘的都飛走了，我立刻把窗戶閉下。

　　這些昆蟲大如鷦鶘[10]，我把他們的刺掌【拿】出來，這刺有一寸半長，其尖如針。我細心的把他保存起來，以後把他及別的玩藝，在歐洲幾處拿出

10　按：原刊於此處有衍字「入」。

來給大家看。在我回到英國時，我把其中三個給格列色大學，自己留下第四個。

二六

現在我想將這國家的事情簡單敘述出來，奉告讀者。就我所遊行所到的範圍以內，這國都羅布拿周圍二千哩，因為我常隨著皇后，伴著皇帝巡狩的時候，絕不再遠去，就在那裡等著，直等皇帝從巡察邊境回來。這國的領土全面積約達六千哩長，三千哩寬，我只能憑空推算。

我歐洲的地理學家大錯了，他猜想日（本）與加里佛利亞之間，除海以外什麼都沒有。因為我的意見，老實是以為一定有大小相等之地及轄輻大洲相平衡。所以他應當修正地圖及航海圖，把這大塊土地加到阿美利加的西北部，在這方面我情願幫助他。

這王國是一個半島，東北界于一個三十里高的山嶺，因為嶺上有火山，完全不能通過，最有學問的人也不知道山那邊住著的是什麼種族的人，或者是有居民沒有。其餘三面以海洋為界，在全國裡沒有一個港口、河流出口的。那些海岸都是十分充滿了尖頭石岩，海面的水浪都是十分狂暴。他就不敢用小船去冒險查看，因此這些人民完全被擯斥於世界其他各處那些商人往來之外。

但是大河裡充滿了船隻，魚類極多，可是那些海魚及歐洲的一般大小，所以不值得他捕捉。因此顯然自然產生這麼大的植物及動物完全限於這個洲，不過他有時也拿一隻偶而撞在岩石上的鯨魚，一般人都熱心吃。

二七

此等鯨魚我看見是十分大，一個人幾乎不能在肩上背一隻。有時為著〔好〕奇，把他放在大籃子裡，帶到國都去。我看見中有一隻在皇帝棹子，一個碟裡當作珍品看。但是我並沒有看出國王嗜好食他，因為我實在以為這魚大的使他討厭，雖然我在格林蘭曾看見一個比這還大些的。

這個國度居民頗多，因為他包有五十一個大城，將近一百有牆的小城及

許多村鄉。因為要使讀者滿意，敘一敘羅布拿，這都城跨河而建，兩岸所佔之地相等，他包括有八萬多住戶，約六十萬居民。（長）大約有五十四英里，寬有四十二里半，這是我在國王命做的全國地圖上自己測量的。這地圖故意放在地上給我看，有一百呎長。我用光腳量直徑及圓週幾次，用尺核算，量的精細。

國王的宮殿，並非齊整的建築，只是一片周圍有七哩房屋，主要的房間普通都是二百四十呎高，寬長成正比例。有一輛馬車賜給格蘭達及他的保姆，時常給坐車去看城市或到各商店去，我總是參加的。雖然把我放在箱子裡，可是這姑娘隨我的意思使我出來在他手中，我便可以更觀看房屋及人民。在我沿街經過的時候，我估計的馬車廂大約等于威思明特廳，但是沒有那麼高，不過我不能說準。

二八

有一天保姆吩咐馬車夫在幾家商店停住，那裡乞丐看著他的機會擁擠到馬車邊，給我一個歐人所未見過那最可怕的光景：有一個婦人胸上生一個毒痛【瘤】，腫大的怕人，滿是洞，其中有兩三個洞，能容我爬進進去；有一個頭【頸】上生一個瘤，比五個羊〔毛〕包袋還大；又一個人有兩隻木腿，每隻約有二十呎高，但是最討厭的是他衣服上爬的虱子，我用眼能清清楚楚，看見這些害蟲的肢體比用顯微鏡看一個歐洲虱子的肢體，及他用的如豬一般拱的鼻子，清楚的多了。他是我生平看見過的第一次，若是我有合適的器具[11]，我要十分好奇把其中一個解剖下來。雖然實在那光景是使人噁心，完全把我弄吐了。

除我常被帶進箱子之外，皇后又給我作一較小的箱子，約小有十二呎平方，十呎高，為著遊行方便，因為先那一個于格蘭達拿著太大了，在馬車裡也太重。這個箱子是我同一個藝人做的，在全部的構造中我指導著他。

這旅行小房是一個正確的四方形，在三面正方板的當中都有一個窗戶，

---

11 原註：我不幸把他置在船上。

每個窗戶外面有鐵絲格子，以防在長途中發生意外的事。在第四面沒有窗戶，釘上兩個結實的環，帶看我的人當我要上馬的時候，便用一根皮帶穿過鈎【鈎】環，然後著圍自己的腰上扣住，這是一個莊重可靠的僕役的職務。或者我跟著國王及皇后出去巡狩、或者要去看花園、或者去會朝中高官貴婦、當格蘭達偶爾有病的時候。

因為我不久便為那些大官員知道所尊重了，我猜想這大半因為國王與皇后寵愛的緣故。在旅途中我叫馬車弄厭了的時候，一個騎馬的御僕便把我箱子扣帶在腰上，在他前面把箱子放在一個坐墊上，在那裡我從那三個窗戶看三面的此地風景。

二九

我這小房裡有一張摺床及吊床在天花板上，一張棹子，兩把椅子，用極小的螺釘釘在地板上，以防為馬或馬車的顛動。我好久慣于航海，那搖動雖然有時猛烈，我並不十分覺得。

我無論何時有心要去看城市，格蘭達便帶我去，他托我放在圍裙中，坐著一輛亮轎。仿照本國的樣子，四個人抬著，兩個跟著，穿皇后僕役的號衣。人民也聽說我，亦非常好奇，四面擁擠著轎子。這小姑娘十分殷勤叫轎夫停住，把我拿在手中，好使我便方向就使給大家看。

我希望去看大廟，尤其是那廟的塔，算是這國中最高者。于是一天我的看護把我帶到那裡，但是我見[12]失望的回來了。因為他的高度才不過三千呎，從地上至最高的塔尖計算。即使不講那些人民及歐洲我輩大小之間的不同，也並非得景仰的大東西，在比例上及梭里伯利尖塔，倘若我記得不錯，一點也不相等。

但是我不去毀謗一個終身應承認自己萬分欠情的國家，一定要承認這著名的塔在高度方面有多少缺點，卻在華美與堅固兩方面充分的補上了。因為各牆將近一百呎厚，用鑿過的石頭築成，每塊石頭約因有四十平方呎大，牆

---

12 按：「見」，文義上似應作「卻」。

的各面飾以神與皇帝的彫像，用大理石彫的，比活人還大些，放在幾個神龕裡。

從這些彫像中一一掉下來的一個小手指頭，在垃圾堆中放著沒人看見，我量一量恰好四呎一时長。格蘭達把他用手絹包起來裝在口袋帶回家，保存在別的玩物中。這些小姑娘愛的在他那樣年紀的小孩們，常是那樣。

三十

國王的廚房實在是一個壯麗的建築，上面用圓頂約有六百呎高，那大爐並沒有聖保羅教堂的圓頂那寬，差有十步。因為我在回來後故意量了量那圓頂，但是我若敘述炙內爐柵碩大的盆及鍋，在炙串上翻轉的大肉片及許多別的細事，或者就許沒人信了。至少有個苛刻的批評家易于想我鋪張了，遊歷的人常受這樣猜疑。

因為我要避免這種責備，我恐怕我在別一方面太走極端了。而且倘若這篇文章偶而譯成布羅勃丁那格[13]的語言，而且傳到那裡去了，國王及他的人民將有抱怨我以虛假的縮小的陳述，給他一種損害。

皇帝在他的御廐裡差不多就沒有養過六百匹以上的馬，通常是五十六至六十呎高，但是當他在節日出宮的時候，為跟著他威武，有一團五百義勇騎兵衛隊。這我實在是親眼看見的，並且我還看著演操，關于這點我將另我【找】時機來說。

我本可以十分幸福的在那國度生活，若是我的矮小不使我發生幾件可笑的，而且難堪的意外之事。其中有幾件我趁機來敘一敘，格蘭達時常把我帶進御花園去，有時把我拿出來握在手中或把我放在地下走。

三一

我記得在矮人沒有離開皇后以前，他有一天跟著我進裡去。我的看護把我放下，與他緊在一塊。靠近幾棵矮小的蘋果樹，我定要表示我的機智，說一句關于他及樹的傻話隱語，這碰巧在他的語言是那樣說，如同在我們的語

13　原註：這是那個王國的普適名字。

言中一樣。

因此這惡意的流氓，窺伺著他的機會，當我在一棵樹下走著的時候，直接把物【樹】在我頭上搖。因此有好些蘋果，每個都有伯里斯多大桶那麼大，在我頭上滾落下來。其中有一個在我彎腰的時候正打在我的背上，把我平平打伏在地上，但是我並有受別的損傷。矮人因為我的請求，被饒恕了。

又一天格蘭達把我留己【在】一塊光潤的草地上，他自己便去消遣，同時他及他的保姆走遠了一點。這時忽然來一陣猛烈的冰雹，我便被打倒在地下。

當我被打倒的時候，冰雹在我渾身亂打，好像人用網球向我身上亂打似的。我便沒法在地上爬，爬在這樣樹下去避著。但是從頭至腳都被打傷了，一共有十幾天我都沒有出門。這也不消驚奇的，一塊冰雹差不多有歐洲一塊的一千八百倍大，這我從經驗上斷言的，我曾十分的好奇去秤量他。

三二

但是在另一個園裡遭過一件更危險的事。格蘭達把我放在一個安穩地方，我好享獨自思索之樂，而且把我的箱子已經落在家裡，免去攜帶的麻煩，他便同伊的保姆及幾位貴婦都到園裡別地方去游玩。

這時有一條獵狗走進園裡來了，狗隨著氣味一直便奔著我來了，把我咬在他的嘴裡，直奔他的主人，搖著尾把我輕輕放在地上。走運，他被教練的這麼好，我被他在齒間攜帶著，一點都沒有受傷，連我的衣服都沒有咬破。

但是可憐的園丁十分認識我，而且對我非常慈愛，這時萬分的驚駭。他輕輕地用手把我拿起來，問我好。但是我十分受驚而且急喘，連一個字都不能說，幾分鐘後我才恢復過來，他才把我給格蘭達送來。

他這時回到他先前放我的地方，一看不見我了，他呼叫也沒有答應的聲。他苦惱極了，他為著園丁的狗嚴厲責備他。但是這件事宮中的人，沒有一個知道的，因為小姑娘怕皇后發怒，而且我自己想這樣的一個故事若傳開了，於我的名譽也沒好處。

三三

自這次意外的事使格蘭達有了決心，若他不在眼前，決不把我放在門外。我早就怕他這樣辦法，所以當我一個人留下的時候，發生幾件小小不幸的事，我都瞞著他。一次有一隻鳶鳥在花園上翺翔疾下抓我，忙將我的腰刀抽出抵抗，一面抵抗一面跑在一個厚花棚，不然一定被他把我抓在爪中帶走去。

又一個時候我走到一個田鼠窩頂上去，跌出洞中，有我頭頸那麼深，那個動物就由這個洞往內扔土，我造了個謊不值得記住。後來我又碰著一個螺殼，把有脛骨皮弄破，那時我正獨自走著，想著可憐的英國的時候，我偶爾失足碰上他。

我不能詳說此時的光景，我是歡喜，我是喪氣，在那些孤寂的散步中。我觀察出來小些的鳥看來好像一點都不怕我，卻在三尺內外跳來跳去，找蟲食，那麼冷淡而且安頓。

我記得一隻畫眉，竟敢用他的嘴從我手中，把格蘭達剛給我作早飯的一塊餅乾抓去。我正要把這些小鳥捉一個來的時候，那畫眉便大膽的抗拒我，努力要來咬我的手指。我不敢冒險將他捉到，于是畫眉他毫不經心的跳回去，找蟲或螺，如同先前一樣。

三四

但是有一天我拿了一根粗棍，用我的全力擲去，十分走運打倒一隻紅雀，我用雙手抓住他的脛【頸】，帶著他，意氣揚揚走到我的看護那裡去。不過這鳥僅僅被打暈了，恢復過來之後，用翅膀在我的頭及身體兩邊亂打。我再三想把他放掉，雖然我拿他離我稍遠，他的爪抓不著我，但是我不久便為一個僕人所救。他把鳥頸扭斷，因為皇后的命令，第二天把他作了給我吃。這隻紅雀就我所能記得的說，彷彿比英國的一隻天鵝還大。

宮娥輩時常請格蘭達到他房裡去，故意要看我、撫弄我。宮娥輩時常把我從頭至腳都脫光淨，直身放在懷裡，十分討厭這樣，因為老實說從他的皮裡，發出一種極不可堪、難聞的氣味。我並非說這話或立意要敗壞那些卓越

的貴婦女名譽，對於他等有各種尊敬，但是我想我的感覺，按我矮小為比例是更敏銳。那些顯貴的人對於他的愛人或他彼此間，較之英國同樣身分的人，並沒有什麼不合適的。究竟我看他自然的氣味，比他等所用香料時候還好受些。在那香味之下，我立刻便要暈去。

三五

我不能忘記的是在里里浦，我一個親密的朋友，在一個溫暖的日子，運動了後，坦然申斥我身上有一種強烈的氣味。雖然在那方面我及大多數我同性的人，一樣沒有錯過，但是我猜想，他的嗅覺精細對于我如同我對於這些大人嗅覺一樣。在這點上，我情不自禁要對于我的女主人、皇后及我的看護格關【蘭】達，下公道批評：他【她】本人及英國的那些貴婦女一樣美妙。

在這宮娥之中有一件事最使我不滿意的，當我被（看）護帶去會他的時候，待我一點不客氣，好像一個不關重要的畜生似的。因他淡【脫】衣服就在我的面前，脫的赤裸裸的身體，但是我深信我絕不是一種誘人的光景，或者除恐怖和討厭之外，或別有〔興〕奮感情。

皮膚看來是那麼粗而不平，他那麼多的顏色，在我靠近看的時候，這樣一塊痣有一個木盤大，從那頂面垂下來的毛，比打包線還粗。關于他的本身，其餘的地方更不用說了。我在旁邊酌【的】時候，他一點也不躊躇，把他所喝的東西泄出去，佔量約有兩桶，在一隻盛三他【噸】的以上的盆裡。

在這些宮娥中，漂亮的有個十六歲的姑娘，又快活又嬉戲。他有時把我騎在他的一個乳頭上，還有許多別的戲弄，讀者要原諒我不能詳細敘述。但是我十分不高興，我懇求格蘭達放一個藉口，不再見那個青年小姐才好。

三六

一天有一個青年紳士，他是格蘭達保姆的姪兒，前來催逼著他兩個去看行刑，就是這個人刺殺了那個紳士的一個親近的人。格蘭達被他說好一同去，這事與他的性情非常相反，因為他是一個心軟的人，至于我雖然嫌忌這種示眾的光景，然而我的好奇心誘引我去看。

犯人坐在一個刑臺的椅子上，他的頭被一把約有四十呎長的刀一下砍掉了，血管噴出來的血，而且噴的高，好像凡爾賽的大噴水管。頭掉在行刑臺地板上的時候，那麼一跳，使我發驚，好在我離著足有半哩地遠。

皇后愛聽我談航海，利用一切機會消遣我，當我抑鬱的時候，問我懂不懂如何駕船或搖槳？問我操船運動會不會？於我的健康或有不便？我回答，我都能會。因為我本業是船上的外科醫生，然而常有緊急的時候，我就勉強工作，如同一個普通水手一樣。

但是我在他國度裡，如何能行？因這裡最小的船，等于我國第一等戰艦那麼大。皇后說，若是我願作一隻船，他的細木匠可以作，並且他還另給我豫備一個地方行船。這嫁【傢】伙是二個機巧的藝人，藉著我的吩咐，十天便作成一隻遊船、我一切船上所用的東西。船身大小能坐八個歐州人。船作得的時候，皇后十分歡喜。

三七

他把船包在裙子裡，跑到國王那裡去，他叫把船放在蓄水池裡，把我放在船中，為我試驗一下子。赴在那裡，我不能使用我的兩個槳，因為缺少地方。但是皇后先前另有個計畫，他叫細木匠做一個木水槽，三百尺長，五十尺寬，八尺深。漆得完好，以防漏水，沿墙放在皇后宮外房裡的地板上，靠底有一個放水管，在水弄【臭】了的時候便放去。兩個僕役把他灌滿，在這裡便掉起船來了。

為著我的消遣，也為著皇后、宮娥的娛樂，有時我把我的帆掛起來，于是我的事情，只是把著舵了。這時宮娥用他的扇子給我一陣大風，累了的時候，幾個僕人使用他的氣，吹我的前帆。這時我任意把舵，顯示我的技能。我弄完了後，格蘭達便把我的小船拿到他的私室裡去，掛在一根釘上涼【晾】乾。

在這種運動上，有一次遭了一件的事，幾乎傷了我的性命。因為一個僕人把我的小船放在木水槽裡後，格蘭達的那個保姆好管閒事，他把我舉起來，要放在船裡，忽然我由他手中滑下來了。若不是那貴婦肚兒上的一根大針帶

住了，我一定要從四十呎高掉到地板上。針頭掛在我的襯衣上，我這樣憑空掛在那貴婦的腰部，格蘭達急忙走來救我。

三八

又有一個時候，一個擔任每到三天木槽換新水的僕人，他不小心竟把一個巨蛙，為沒有看見倒在木槽裡。這蛙隱伏著，直到我被放進船裡的時候，那時見了一個休息的地方便爬上來，使船向一邊歪的十分利害[14]。我只得用我的全力壓在那一邊，好使兩邊一般重，船就不能翻。

當蛙上來的時候，他立刻跳船的一半遠，于是又跳過我的頭，不住跳來跳去。他的討厭的泥濘抹了我一臉一身，形狀顯出是人所能想到的最醜陋的動物。不過我希望格蘭達讓我自己對付，我用一隻槳打他好半天，他才跳出船去。

我在那個王國所遭最大的危險，是由于一個猴子，他是廚房一個辦事員飼的。格蘭達把我鎖在他的私室裡，這時他便往別處看人去了，天氣暖和，私室的窗戶開著，我的大箱子的門及窗戶也開著。這時我正在棹邊坐著默想事情的時候，忽聽由私室窗戶跳進一個東西來，雖說我非常受驚，我還冒險向外看，但是不動我的坐位。于是我看這個嘻【嬉】戲的動物，跳上跳下，直到最後他來到我的箱跟前，他帶著大大的快樂及好奇的心，從門際或窗戶往裡看，我退到我的房間[15]較遠的角落。

三九

但是這猿子由各方往裡看，使我害怕，忘將自己藏在床下，我本可以容易做到。窺看露著牙叫聲之後，他最後發見我，從門伸進一雙爪子，如同一隻貓對待一隻老鼠一樣辦法。我便滿處亂躲他，終被他抓住我的上衣，把我拉出去。

---

14 按：利害，通「厲害」。
15 原註：即箱子。

　　他用右前腳把我拿起來，握著我，如同一個乳母要乳小孩一樣，正如同我看見在歐洲這種動物對待一個小貓一樣。當我掙扎的時候，他十分緊緊捏著我，我想服從是更謹慎些。我有充分理由相信，他把我當作他自己同類的一個小的，因為他用一隻別的爪輕輕的摸我臉。

　　正在這消遣中，他被私室門外一陣喧聲打斷了，好像有人開門似的。因此他忽然跳上窗戶，他原來是從那進來的。從那裡又跳上鉛製玻璃廚及房簷，用三條腿走，把我握在第四條裡，便上了房頂上去了。

　　我聽見格蘭達在他把我帶出去的時候，發了一聲喊叫，可憐的小姑娘幾乎發狂。那時皇宮裡完全騷動起來，僕人輩跑去找梯子，宮中幾百人看著猴子坐在一個屋脊上，把我握在他的一隻前爪中，如同一個嬰兒一般。又用別一隻爪餵我，把他從牙床擠出來的食物往我嘴裡填，我不願意吃，他拍著我嚇騙，這下面的人有許多不禁大笑。

四十

　　我也並不怪他，因為這光景除我而外，在人人看來都是分外可笑。有些人取石上去，希望把猴子趕下來，但是這被嚴屬的禁止了，不然若萬一把我的腦漿打破流出來的如何是好？梯子現在應用了，有幾個人上去，猴子看見了，而且看出自己幾乎四面受了包圍，用三隻腿跑不了，便把我落在一塊房脊瓦上，自己逃跑了。

　　我在這裡座【坐】些時，忽被風刮下來，從房（屋）脊上滾到房（屋）簷，這時有一個少年，是格蘭達的僕從，爬上來了，把我裝在他的褲兜裡，平平安安帶下去。

　　我幾被猴子給塞閉了氣，但是我的親愛的小看護用一根小針，把他由我嘴裡戳出來，于是我發一陣嘔吐，我這才舒暢。然而我十分軟弱，而且兩膀疼痛，又使我在床上睡了兩個星期。

　　國王、皇后、全宮廷的人，每日派人問候我的健康。而且皇后在我病時，還來看我幾次。猿子被殺死了，並下一道命令：王宮周圍不準【准】著【養】這動物。

當我復原後，侍從國王的時候，我向他謝恩。他高興在這件偶遭的險事上嘲笑我，他問我在猿子爪中的時候，作何思想？如何歡喜他給我的食物、他口（餵）我的方法？並向房脊上的新鮮空氣，是否將我的胃口更【變】好？他願知道在我自己的國家，若偶【遇】這樣事情，應怎辦法？

四一

我告訴皇上說，在歐洲除了從別處帶來當玩藝的之外，我國沒有猴，而且我地方所產之猴極小，若是他來攻我的時候，我能打他十幾個。至於我最近碰上的那個巨大的動物，實在有一隻象那麼大，倘若我的恐怖，容我想到我使腰刀。我說話時作兇暴像，手在刀柄上拍著。在地【他】伸爪進我房的時候，或者我要給他這樣一個創傷，使他情願縮回去，比他放進來的時還快。

這是我用一種堅決的音調說出來，如同一個猜疑，惟恐人家不信我的勇氣。不過我的一番話，除了發生一次大笑之外，什麼用也沒有。那些在皇上周圍的人，對於他應盡的尊敬都忍不住。

這使我細想，一個人要在他一些所完全不平等或完全不能相比的中間，努力自尊，總是不發生效力。然而自從我回來或以後，時常在英國就自己的經驗得到這種教訓。一個小小的可鄙的流氓，一點家世、身分、智能、當職【常識】都沒有，自裝作大樣子，自列於大王國的最大的人物之中，搖搖擺擺，這可比著我流落在大人國的地方。

四二

我每天給皇后及那宮娥貴婦說些可笑的故事，格蘭達雖是愛我過度，然而他刁極了，無論何時，我作了一件事，他以為于皇后有趣的便告訴皇后。

有一次這小姑娘不舒服，他的保姆把他帶到離城約三十哩遠去逛，他在塊地裡的一條小路上便下了馬車。格蘭達把我的旅行箱放下，我走出來散步。小路有一堆牛糞，我一定要試試我的敏捷，要把他跳過去。我跑了一節。倒翻跌下去，我一看自己正在中央，直到兩膝，我困難的從糞裡出來。一個從僕用他的手絹，把我擦得乾乾淨淨的，因為我被染污呆了。我的看護把我關

到我的箱子裡，直到回家的時候也沒放我出來。

皇后不久便聽我這事，僕從等在滿宮庭中傳佈，因此大家笑我好幾天。我一星期有兩次侍候國王早朝，時常看見理髮匠他理髮。在我初次看見的時候，是非常可怕，因為剃頭刀差不多有兩把普通鐮刀長，皇帝按本國的規矩，一星期僅剃兩次。

四三

有一次我與理髮匠商量，給我一點肥皂水及皂泡，我從那裡面擇出來四五十根最結實的髮根，我於是拿一塊好木塊削像木梳背似的。我又從格蘭達那裡拿來一根極小的針，在木梳背上錐成等距的幾個針眼。我十分巧妙的把髮根安進去，用（我）的刀在梳齒頭上把他削尖，作成一把極可用的梳子，這是一件合時應用的東西。但是不多時，這梳子就壞了。這個國度裡的一個藝人極精細準確，又給我作了一把。

因為造梳子使我想起了一種消遣，在這件是我耗費去了我許多閒暇時間，我請求王后的女僕把皇后陛下梳掉下來的頭髮，給我留著。漸漸我得著頗多，我便向那細工木匠商議，他奉有給我作小活的總命令，我指揮他作兩個椅架，要比我箱子裡的還小，接著用細錐子，在我指定的椅背及坐板上面，錐成小眼。

我用我所擇出來的最結實的頭髮編這些眼，像英國的藤椅的樣子，把他作成了，我就拿物【他】當禮物送給皇后陛下。陛下保存在廚子裡，時常拿出來給別人當奇物看，實在人人看見都驚奇。王后叫我坐在椅子上，但是我絕對不聽從，抗辯道，我情願萬死也不能將我身體最污的部分，放在那些曾經裝飾皇后陛下的頭上寶貴的頭髮上。

四四

我又用這些頭髮作了一個約有五尺長的精緻的小錢袋，用金字編上皇后陛下的名子【字】，藉著皇后的允准，我把他送給格蘭達了。他經不住大錢重量，因此他把什麼也不裝，就裝幾件小姑娘所嗜好的小玩具而已。

　　國王喜歡音樂，宮中常有音樂會，我有時被帶去赴會，被裝在箱子裡放在一張棹上聽。但是喧聲太大了，我差不多聽不出音調來，就是一個皇家軍隊的鼓，正在我耳邊一齊吹打起來也抵不上這聲音。我將我的箱子移開奏樂的人所坐的地方，我能移多遠便移多遠，于是把箱子的門窗都關上，並拉下窗帷，這我才聽出他的音樂並不逆耳。

　　我在年青時學會一點彈琴，格蘭達的房裡有一架，樂師每星期來教他兩次，我就叫他琴者。因為他有些樂器都是像琴，彈法也一樣，這時我想在這樂器上彈一個英國調來娛樂國王及王后，但是這是一件極端困難的事。因為這琴幾乎有六十呎長，每個鍵差不多有一呎寬，因此我將兩腳伸開也達不到五個鍵以上，要把鍵按下去，需用我的拳頭用力一打，這未免太累人了，而且仍沒有用。

四五

　　後來我想出一個方法來，我預備兩根圓棒，一頭粗一粗細。我用一塊老鼠皮，包上較粗的一頭。有了鼠皮，在打的時候不至傷鍵頭，也不至亂音。在琴前放一張長凳，比鍵約低四尺，我被放在凳上，我盡力快快的橫著走過來，走過去。我用兩個木棒打相當的鍵，設法彈一個輕快的調子，使皇上及皇后陛下大大的歡喜。

　　但是這就是我經過的最劇烈的運動，然而我還彈不到十六個鍵以上，因此也不能像別的藝術家，那樣一起彈最低及最安【尖】的音，這是大不利於我的演奏。

　　我先前已經說過，這個國王是一個有理解力的君王，時常吩咐把我裝在箱子裡帶去放在他的私室棹子上。他于是便命我把我的椅子從箱子裡拿出一張，離他三碼，遠在廚頂上坐下，使我及他的臉差不多一平，這樣的我和他談過幾次話。

　　我有一天冒昧對皇上說，說及對于歐洲及世界其餘地方，顯的輕藐，好像不合于他所主有的心智那些優良的性質，理智並非因人身體之大小一樣大。我在我國度裡看那最高的人常是理智最差的人，在別的動物中，蜜蜂及

螞蟻著名比許多較大一類的動物更勤勉、更精巧、更敏捷。無論爾把我常【當】作如何無關重要，我希望我可以活著給皇上作一件大事。

四六

國王注意的聽我說，這時他胸中對我懷著的見解比從前好多了，也希望我盡力給他一個關於英國政府的最（精）確的報告。因為君王普通是十分受【愛】他自己的制度，高雅的讀者，你自己想像看我那時如何時常願有德莫司與或綏塞洛的口舌，可以使我能用一種將我親愛的祖國功績與興旺的語氣頌揚的榮譽。

我開始我的談話，先告知皇上我的領土，包括兩個島，兩個組成三個大王國、一個君主之下，除開在美洲的我殖民不算。我說了好久，我的土地肥沃，我國氣候溫和。

我接著說英國議院的組織，一部是顯貴的團體組的，叫作貴族院，都是最貴族的人，有最古最大的遺產的人。議院的別一部份，包括一個叫作眾議院的議會，其中都是主要的紳士，歸人民自己自由挑選出來的，為著他大本領與愛國心，代表全國的智慧。這兩個團體組成歐洲的最尊嚴的議會，全部的立法事情都付託給他的會議同君主辦理。

四七

我於是說到法庭、法官、那些可敬的賢者及法律的解釋者坐在上面，決定人民所爭的權利與財產，以及過惡的懲罰，及無辜酌【的】保護。我提到我的國庫辦理的謹慎，我海陸軍的勇敢及功績。我估計每個宗教派別或政黨，可以有好幾百人，藉以算計我國人民的數目。甚至於連我的運動遊戲或任何別的細事，我以為可以增我國的榮譽者，我都沒有省去不講。我結尾說了一陣，過去的百年的英國的歷史上大事的梗概。

這種談論，五次拜見都沒有說完，每次有幾個鐘頭。國王大大注意諦聽全部，時常把我說的話及他所想問我的問題，都記下來。當我把這些長的談話結束的時候，在我第六次拜見皇上時，斟酌著他的筆記，在每條上提出許

多懷疑、質問及反駁,他問我用什麼方法培養我的青年貴族的心智及身體的?他作什麼種事普通度個【過】他的生活?最好【初】的可教的部分,在任何貴族滅絕了的時候,我採用什麼方法補充那個議會?要被封為新貴族者必須要有什麼資格?在那陞進中是否其原動力有由於君王的意思?或由於行賄宮中貴婦?或首相或由於計畫增加達公眾利益的一黨的努力?

四八 [16]

皇上更問我,汝國貴族究竟有何知識?這麼不似紈褲子的驕傲昏懦,法官這麼不受賄或依感情作用?又眾議院所選舉的紳士並無許多報酬,這麼肯擔當煩麻的國事、為國擔憂?他等豈不是仗著幾個臭錢買收投票,以便結黨自私、掛著志工招牌,為貴族、為資本家走狗,以便欺侮細民?而且政黨的弊害,豈非有時能束縛君主的自由意思?

我說這件事都沒有,因為是平素善於教育、訓練、及宗教上信仰、人格陶冶得來。皇上雖聽著答復,仍對此點十分懷疑。

皇上又問我,甚麼為辯護士?辯護士既受人家用金錢所託,則貧民無金錢者,行且不堪,又同一殺人事件,他受被害金錢所託,便說被告幾句好話,被原告用金錢拜託也就替原告說幾聲冤慘,這豈不是十分矛盾?

我說法官遵法律,公平辦理,有情理處,始採用他,而且有官辦的辯護士,盡可替細民伸冤,無大感不便之處。

四九

皇上最喜歡的是問我的賭博種具,我羅列許多重要者,詳為說明。他十中僅曉一二,便下一個斷語說,消遣誠可,若用為賭博金錢,則斷斷不可。這是大有害於彼此的平和及消耗生產時間,論爾國家的禁賭法律,可算過於寬大。

皇上又聽我說起西班牙的鬥牛風俗,皇上說:「我的國牛是要耕作及運

---

16 按:「四八」,《臺灣日日新報》誤作「四七」。

搬，嚴禁不准他鬥。爾的國牛體大的幾何？」我說：「好比皇上國中的貓仔。」
皇上說：「我國中僅有鬥雞，但是皇宮內亦不准他鬥。」

　　格蘭達在傍聽著，想著我或希望看鬥雞。一日尋著機會便攜我出皇宮外，
先尋著一個安穩場所給我看鬥雞。

　　這大人國的雞，自冠以下，足足有一丈高，但善鬥的是雌的，不是雄的。
雄的冠小膽怯，交尾之際須遇著雌的產卵期，春季發動，伏在地上，雄的始
敢奔赴，騎上雌的身子，不則被雌的一睨，則瑟縮退去。而且這大人國的雞
不論是雌的，是雄的，皆不能作喔喔啼聲，所以自我流落到這國中來，尚未
感覺有所謂雞的動物。

五十

　　話頭一轉，且說格蘭達姑娘將我的箱子放置在一貴族花園中，窗子的內
面。他便同一位貴族的小姑娘走去雞栖中，走去放出一頭母雞出來，那貴族
的小姑娘早已準備向鄰家借到母雞一頭。

　　這大人國的雞，雌的是白的，雄是黑的。鬥雞之法，一人先按住一母雞，
然後再一人抱別一母雞，尚【當】那被按住母雞頭上，人工的示威幾次，被
按住母雞大怒，作聲啾啾，極力掙札【扎】，稍一放鬆，便奔趨騰啄起來。此
際別一母雞亦不客氣與他亂鬥，各羽毛紛落。

　　我的箱子穩置在窗子內，見那兩母雞鬥得猛烈。我的姑娘時常站著近我
的窗上，問我看的清楚有趣麼？我笑應他，我看得十分清楚，但是我不忍再
看那血流如泉的悲慘光景。

　　我的姑娘一聽我說，便停住了鬥雞，將其一仍放入雞栖內關好，其一則
繫在一不識名的樹下。我問我姑娘，貴國母雞每期產下幾個卵？姑娘說，每
期僅產下二個，有時一個，多者三個，孵化須要六十五天。

五一

　　我乘機說些大人國的花卉。有一種人頭花，開的花酷似人頭，其高不過
一丈高，花大如碗面。又有一種象鼻果，係寄生在大松樹上，垂垂的好像著

胡瓜，但形如象鼻，熟時作黃金色，味極甘脆，其大約略有冬瓜大，大人國的人時常採取，當作食胡瓜一樣看。

大人國的百合花，其大好比留聲機的大喇叭管，花有紅色的、有青色的、有白色的，其根瓣亦照著花色。大人國的人除著那紅色的根瓣以外不食，根球大好似南瓜。

我瞧著嘗爭喫那種的紅色百合根瓣，宛然不啻天上地下惟一的美味。我請他多少分甘與我食，不料一入口便覺粗硬，苦味刺喉。大人國的人卻以為十分嫩潤甘美，是為伊的牙齒與我的牙齒，大小構造不同使然的。

我又親身看見皇上及皇后陛下飲用大茯苓湯，他說那茯苓是十分滋補，他賞用茯苓好比支那人之愛用人參湯。我在大人國又碰著一遭危險。

五二

當我某日隨著格蘭達姑娘在某貴族花園發見一株蘭花，狀似石斛，花作金色，我就向前一嗅，覺得芳香撲鼻，沁透心脾，但未幾忽胸中作惡，次第嘔吐，幾欲昏倒。

格蘭達急從前打救我，飲我的茯苓湯，我的心地始漸漸明白起來。此種事情格蘭達不敢說，恐怕受皇后陛下叱責。格蘭達告我，那蘭花是有毒的，大抵花開的奇怪的，多半有毒。我說我遊歷各國，未聞蘭花有毒。

大人國的花卉，奇怪的大抵是我所說幾般，其餘的世界都有。總是他的花卉叢大得很，自然花開也大得很。莓苔像個矮松，真可愛的，花大如菫。皇宮各地喜種桃花、白榆，桃結若米斗大。若使支那人看著，一定說是瑤池的蟠桃。我自從飲茯苓湯，身子非常快活起來。

五三

一日皇上更召我說上一記的歐洲歷史，我滔滔說了約兩個鐘頭，皇上皺著眉頭，只給我數句惡評。皇上說著：「汝等小人輩住的地方，並沒有光榮的歷史，只是一意謀害、反叛、虐殺、屠戮、革命、徙流，均為貪婪、軋轢、假冒、無信、殘忍、忿怒、瘋狂、仇恨、忌妒、惡意、或野心所能產生這樣

最壞結果。」

　　在別一次謁見的時候，把我所說的一切話又加細的問了一遍。將他所問的問題及我所回答的比較，于是把我拿在他的手中，輕輕的撫弄我，說了這些話，我永久不忘，他說話的態度我也永不忘的：

　　「我的小朋友格利垂【弗】，爾對于爾的國家，發表了一篇最可嘉的頌辭。爾明顯著證明了無知、懶惰、缺德，是使一個立法者合格之適當的成分，法律是被那些興趣與本領就在曲解、混亂、逃避法律的人們，說明解釋應用得最好。

　　我在你等之中看出一種制度的大綱，原來或者還好，但是這些一半被抹去了，其餘的完全為腐化塗污了。就你所說一切話看來，並沒有顯出一個人，在你等中間要得任何一個職務，如何需要任何一種能力。

五四

　　牧師因為他的憐憫心與學問被提陞，兵士因為他的品行或勇氣，法官因為他的廉潔正直，議員因為他的愛國，律師因為他的智慧，至于你自己，將你生活最大部分都耗費在遊歷上了。

　　我心裡，滿希望你可以到現在避免了你國裡的許多過失，但是就我從你自己的述說中所集的話，我費力酌【的】從你嚙【嘴】裡搖出來的回答來看，我不得不斷論你國的人，大半都是小小可惡的害蟲之最惡的種族，大自然第一次容許爾等地面上爬的。」

　　我除了對於誠實的極愛，沒有東西能阻礙使我不隱諱我的一段故事，顯露我的忿恨是無用的，時常反成為笑柄。當我的高貴的而且最愛的國家被如此貶損、談說的時候，我只得忍耐著，我是真心忿恨推【聽】見這樣的一件事情。

　　但是這個國王逢在每件細事上，如此好奇而且愛打聽，我若是在對答不能使他滿意，在感情上及禮貌都未免說不過去。然而同樣我可以給自己辯護說，我巧妙的避免他許多問話，對於各點我都加以有利的改變，因為我對自己的國家，總懷著那頌揚的心，隱藏我的政治母親的弱點瑕疵，而顯揚他的

德政與美麗。此是我對那位大有權勢的國王，在那許多談話中，我真誠的努力，雖然不幸沒有成功。

五五

但是對于這樣的一位國王，我應甚【當】加以大大的原諒，他完全及其餘世界隔絕生活著，因些【此】一定全不熟悉在別國最普通的風俗習慣，缺少那種知識，將常產生許多偏見及一種思想上的偏狹。而且若是這麼迂遠的一個國王的善惡觀念，要拿來作全人類的標準，實在是困難的。

為著要證明我現在所說的話，並且要表明一種閉門教育不幸的結果，我在將插敘困難使人相信的一段，希望自己更得皇上的寵倖。

我便告訴三四百年以前，製作一種新發明的火藥。使最小的火花落進一堆火藥去，頃刻間把全部都燃著了。即使大如高山，都使他完全一起飛上空中，其聲比雷還大。

將這火藥以相當量數，搗塞進一根空鋼筒或鐵筒裡去，按照他的大小，可以將一個鐵彈或鉛彈十分猛烈的放出去，沒有東西可以抵住得【得住】他力量。

最大的彈丸這樣的放出去之後，不但立刻將全軍毀滅，並且將最堅固的墙攻破倒在地上，將每船載千人的一些船隻沉沒到海底去。若是用鏈條連在一處，便轟斷船桅及船索，從腰轟斷數百人的身軀，毀壞眼前一切。我將這火藥放進大的空心鐵球裡，去用一種機器，把他放進敵人城裡。

五六

我說火藥既攻入城便要轟裂，炸碎房屋，碎片爆開四射，凡走近的人，頭腦都被打破。我知道他的成分極細、賤而且普通，並且能以指導他的工人們，他製造那些筒子其大小及屋上國內一切別的東西相等，最大的無須乎過一百呎長。二三十這樣筒子裝上火藥，及相當量數的彈丸，將在幾小時內轟倒他國內最堅固的城墙，或毀壞全京城。若陛下要用這物件，我便指導工人當作一件小小的貢品，答謝我所受陛下無量的皇恩與保護。

我關于這些可怕的機器敘述，我的建議把國王嚇住了，他驚奇說：「如汝無能的爬行的一個昆蟲，能懷這樣殘忍的觀念，而且態度十分自由。對于自己所形如畫的，那些破壞機器的通常結果，一切消【流】血及慘淡的情景，是惡魔、是人類的仇敵。情顧失去王國一半，也不願與聞這樣一個祕訣。」遂命令我永遠莫要再提。

五七

皇帝說：「人智不可過於發達，過於發達則天下愈亂。譬如汝說火藥，不過是助長君王侵略主義，多殺害生靈，我斷下【言】如汝這種殘忍性的小蟲類，必然惡報，自招滅亡。

我從前近鄰也聽說有個國，他國中學者過多，智慧過多，發明甚麼機械可以代人力做工，卻招致無數之失業者，大半餓死。最後有幾個哲學者，說著人生不如死，與其生而陰險而鬪爭、而腐化、而驕傲、而流離悲慘，不如死後可做自由神仙，免食不飢，免穿不寒，又可免勞動工作，人人平等，皆具有至尊重的皇帝稱號，彼此加害不得。

此種邪說一傳播起來，國民次第自殺避妊，不二百年間全國滅亡，死屍無人替伊收拾。朕聽說那國的人眼睛是四個的，這麼爾這小蟲類，眼睛單單兩個，也有這般惡智慧。」

我又一日對皇上條陳政治上的意見，他說他深惡而且藐視的是一切詭祕、文飾及陰謀。治道無他，不外常識、常理、公平、正義及寬仁。民刑事件迅速判斷，免使人民遲延受虧。話說這個大人國是沒有法律，他的字母僅有二十二個，任何法律上寫一條說明，乃是一個死罪，至於民事之涉訟為例極少。

五八

他的國有術印刷，與支那一般的年代久遠，但是他的藏書不多。國王藏書最多，也沒有千本以上，放在千二百尺（呎）長的房廊中，我可以自由從那裡借看。

　　有一個木機械，高可二十五尺（呎），狀如雲梯，步步每個五十尺（呎）長，確是一個可移動的雙梯，最下的一開放在離屋牆十尺遠的地方。我有心要讀的書，拿出來靠著牆放好，我先登上梯子的一層，轉臉向書，從書頁頭開始，如此走向右向左約有八步或十步，按照字行的長短，直到我的眼睛的水平線下一點，于是便漸漸下來，直到我來到梯底的時候。在這以後我又上去，同樣的開始讀別一頁，所以我翻過書頁，這我能用兩手容易的辦了。因為書頁厚紙板一樣的厚，而且硬，最大的書頁不過十八呎或二十呎長。

　　他們的文體是明白的、有勁的、流暢的，但並不精麗，因為他們最避免加添不必需的字，或用各種說法。我細讀他的許多書，尤其是關歷史及道德的書。在其餘的書中我非常的高興一本小小的書，常放在格蘭達臥房裡，屬于他保姆的，這位是一個嚴肅老了的上流婦人研究關於道德及虔敬的著作。這本書論人類的弱點，除非是在婦女庸俗的人之中，這本書並不好受什麼重視的，不過我好奇，要看這個國度的一個作家對於這樣的一個題目怎麼說。

五九

　　這位作家將歐洲道德家通常論題，統統說一遍，顯出人在他自己自然中是如何微小、可恥、且無助的一個動物。對於天氣的嚴厲或野獸的暴怒，如何不能自衛，在體力上一種動物比他大好多，在速度上另一種物比他快好多，在先見上第三種物比他強好多，在勤勉上第四種物比他將【勝】好多。

　　他接著說，自然在近來這些世風日下的年頭退化了，現在及古代的人種比較起來，僅能產生這些微小的人種。他說我很可以按情度理的推想，不但人種原先是大的多，並且在古時一定有巨人的，歷史與傳說這樣斷言。偶然在本國幾處，掘出來巨大的人骨與頭殼這樣證實，那些都遠超過我等今日普通縮小的人種。

　　他辯論道，先是自然法則便因對需我等，在起初要把身體造得比現在大而且強壯，不這樣便容易滅亡，為著每件小小的意外之事，如一片瓦從房上落下來，或一塊石頭從幼童手中取來，或溺死在一道小河溝裡。從這種推論法，作者推出這條幾在人生為上有益處的道德的應用，但是這裡無須乎再說

了。至于我自己，我不免細想這種才能傳得何等普遍，就我等及自然所起的爭論，尋出道德上的訓誡，而且我相信，嚴刻的究問起來，我等那些爭論或者顯出來是沒有什麼根據，如同那種人中的爭論一樣。

至於他等的軍務，他每矜誇國王的軍隊中，包括有十七萬六千步兵及三萬千騎兵，若是那可以叫作一個軍隊的，那是幾個大城裡的作生意人及鄉下農人組成的，他的司令官都是貴族及縉紳，沒有新奉【薪俸】報酬。他等在操練上的確是十分完美，而且訓練的好，在這方面我看不出大的功勞，因為每個農人都歸他的地主統率，每處市民歸他自己城裡的要人統率，照威呢司辦法，用祕密投票選舉出來的。

六十

我時常看羅布拿的義勇軍列隊出來，在靠近京城有二十平方哩的大操場上操練，總共不過兩萬五千步兵、六千騎兵，但是因為他等所占地方面積太大，要我計算的數目是不可能的。

一個騎兵上了一匹大戰馬，差不多有一百尺高，我看見這全體馬隊聽見一聲號令，立刻拔出他的劍在空中舞起來。想像再畫不出如此堂皇、如此驚人、看來好像萬道閃光同時從天上各方打著似的。我好奇想像說，[17]沒有任何別的國家及這位君主的領土有道可通，他如何會想起來軍隊或教他的人民演習軍事呢？

但是我不久便從談話裡及讀他的歷史中知道了，因為在許多年代中，也為著與害著吾輩人類的同樣痛【病】所苦，貴族時常爭論、人民爭自由、國王爭專制，這一切雖然為那個國王的法律調和得順利，有時為三黨每一黨犯了，有一兩次發生內亂，最後為這位君王的祖父以總和解方法順利結束。那時大家同意設立義勇軍，從此以後便使之守著最謹嚴的職任。

我時常有一個堅強的信心，要想急速恢復我的自由，雖然估量用什麼方法，或立一個什麼計策，想有一點成功的希望都是不可能的。我所乘的船是

17　按：原刊此處有衍字「則」。

所知道的，第一不能到那個海岸所能看見的地方，而且國王下了一道嚴厲的命令，若是在任何時候另一隻船出現了，要把船弄上岸來，將所有的水手旅客即時都帶到羅布拿來。他一心要想給我娶一個和我一般大的小女人，給我充妻室，因而傳種。

六一

但是我想，我與其受這種侮辱，生下一般子孫，像金絲雀一樣關在籠子裡，而且將來要在國內賣給國人當作奇物玩弄，還不如死了好。我是實在大受恩遇，我是一個偉大的國王、是我王后的寵人，享受宮廷的快樂，但是站在這樣的位，于人願的尊嚴是不相宜的，我永不能忘掉我留下的那些家人。但是我的救命星在我未想到前先到了，這被拯救的法子並不是普通，這全部的故事與情況，我將忠實的敘述出來。

現在我在這國度已經兩年了，約在第三年春初，格蘭達及我跟著國王及王后，出巡到本國的南海岸去。我照常是裝在旅行箱內帶著，這箱子我已敘過，是一個極方便的私室，我吩咐要一張吊床，用絲繩繫在箱子頂四個枋角上，因此當一個僕人在馬上把我帶在他的前面的時候，可以減少顛簸，而且我在路中的時候，我時常便在吊床睡著了。

在我私室的頂上，正在吊床當中上面，我吩咐細木匠挖一個一方尺大的眼，天熱時好透空氣。當我睡著的時候，這個眼我隨便起閉，用一塊木板從一個槽子裡前後推移。

我等一行來到行程終點的時候，國王想在靠弗蘭夫列他的一個別宮住幾天，弗蘭夫列是離海岸過十八英哩的一個城。格蘭達、我都被累了，我得了小傷風，但是這可燐【憐】的小姑娘，關在他的房裡也不舒服。我渴望去看海洋，那是我脫跳【逃】唯一的地方，若是我脫跳【逃】的話。

我假裝比我實在的情形還不好，請求允我去呼吸海上的新鮮空氣，帶著我最愛的一個僕人，他有時受託照著我，我將永遠不忘他。格蘭達帶著如何不願意的樣子允許了，以及伊對于那個僕人嚴重的囑咐要他當心我，同時淚下如雨，好像要永別的樣子。

六二

　　我在箱子裡，僕人帶我出去離宮，走了約有半個小時，向海岸的岩石走去。我吩附他把我放下，把我的箱格開一個，向海拋了許多留意的展望的眼色。我著自己不舒服[18]，便告訴僕人我想在我的吊床上睡一會，希望睡了與我有益。

　　我上吊床，僕人把窗戶放下，不使涼氣進去。我不會便睡著了，我所能想猜的，就在那睡著的時候，僕人以為不會發生危險，便到岩石中去我【找】鳥卵。我先前從窗戶看見他四處尋找，在裂縫中拾起一兩個。

　　究竟是什麼一回事，我就不知道了。我就是覺得自己忽然被什麼在我的蓋鐵環上猛烈的一拉驚醒了，那鐵環原是為著攜帶方便釘上的，我覺得我的箱子升的極高，到空中，于是被帶著前去，非常速力。頭一次怕顛簸，幾乎把我從吊床上顛下來，但是以後運行平穩極了。

　　我呼喊幾次，盡力提高我的聲音大叫，但是統統無用。我向窗戶後看，除了雲與天之外，什麼也看不見。我聽見一種響聲正在我的頭上，好像翅的拍扇聲，於是我才曉得我所處的禍患情況。

　　鷹用他的喙唧著我的箱上鐵環，立意要讓他像一個烏龜在殼中一樣，落在一塊岩石上，於是喙【啄】出我的肉體吞吃。因為這個鳥嗅覺靈敏，使他遠地就能發現他的捕食物。不多時，我注意聽出翅擊的撲動聲極很快，我的箱子上下搖著，像刮風天的招牌一樣。我聽見幾次拍擊聲，我想是拍擊那鷹的，因為這樣，我確信一定是鷹用他的喙唧我的箱子的鐵球【環】。

　　忽然之間，覺得我自己一直落下有一分鐘，但是帶著這樣難信的速度，我幾乎斷絕呼吸了。我的墜落被一陣可怕的濺水聲所阻止，其響聲在我的耳朵聽來比尼亞加拉的大瀑布還大。

　　在這以後又在墨【黑】暗中間有一分多鐘，于是我的箱子開始升到那麼高，我能從我的窗頂看見光，我現在明白，我落到海裡來了。我的箱子因為

18　按：此句文字或有錯漏。

我的身體重量，裡面物件及上下四角牢固的寬鐵片，入水約有五呎深漂著。

六三

　　我那時而且現在都猜想，那隻帶著箱子飛跑的鷹是被別的兩三隻鷹追著，不得已才把我丟下。我所住的箱子，因為釘在箱底的鐵片是最極結實，故在箱子落下的時候，保持著平衡，防止箱子不至于破在水裡。每因【個】關節都彫得極好，不是用鈕叩關閉的，乃是像窗格一樣捉上放下的，這使我的私室十分緊密，僅有少水進來。

　　我十分困難〔的〕下了吊床，首先向後推箱蓋上的滑板，我先前說過這是為放空氣進來作的，因為缺少空氣，我覺得自己幾乎悶死。我那時如何時常希望我自己及我親愛的格蘭達一塊，單單一小時，我及他分開得遠了。我可以老實說，在我的不幸之中，我不能不禁的悲惋我那可憐的看護，不知因我失去，要如何傷心，王后若不悅，他的命運不知如何。我在這個關頭所遭的困苦及苦楚更大，因為我的箱子若被撞成碎片、或者被一陣風刮翻、或被一大浪沖翻、或在一塊琉【玻】璃上生一個裂口時，能立刻死亡。

　　我看水幾處裂縫進入私室，雖外漏不甚厲害，得以努力阻止。我不能推開我的頂參蓋，我坐在蓋上細想比坐在牢獄內還慘，我除卻望上帝庇護而外，我想不免在此箱中被凍殺與餓殺。我悶坐在箱中，漂流在大海上，經過約四個鐘頭，我看看我的死期似暫迫近。目前因為我身體漸感覺寒冷，肚腸漸感覺飢餓起來。

六四

　　我再告訴讀者我的箱用兩個極堅牢的環釘釘住，僕夫帶我及箱子上馬時，係用一根皮帶穿過環釘扣在他的腰間。我此際忽感覺有一種磨擦的聲音發生於環釘上，我的箱子又似乎被物自海中曳起。我乘機一手攀住用螺旋釘釘住的椅子，一手推窗蓋，向外大聲呼救。我又將我的手巾縛在洋【手】杖上，向窗外空中搖了幾次，當做我的求救的信號，但是一切都沒有看見什麼的效果。

如是又再經過約一個多鐘頭，我的箱子一邊似碰著某種堅硬的東西，我恐怕就是岩石，而且自己感覺比前更受顛簸。我分明聽得我的私室蓋上起一陣響聲，像錨鍊聲及錨鍊穿過鐵環的磨擦聲，覺得箱子比前再提高數尺，因此我再把縛手巾的手杖，挑向箱外呼救，張喉亂喊，幾乎到失聲的時候。對於我的呼救得回答，卻聽見有一陣的大喊聲，重複幾次，給我非常狂喜。

六五

又閱過十分鐘到，我的箱頭上似有人用英語向我大聲力叫，我在箱中急忙答道：我是一個英國的人，運乖在行旅中受莫大之慘害，懇求他作【儘】速設法救我所居的暗牢。

他問我牢中有幾多人？我答應他只有我一個，卻是尚平安的。我問他我現落在何處？他說落在伊的船上，他說叫木匠來。未幾，木匠就到，其大與我身體一般。我在箱隙中望見。又幾分鐘，木匠用鋸直鋸箱子，我在箱中只一味念上帝，滿船都笑我是瘋子，我卻不管他。

木匠既鋸開箱子，放下一張小梯子容我爬起，出窗入船。滿船的人無論為水手、為船長，看見我都驚，問我千言萬語，我都無心回答他。因為我在大人國許久，看見船中的人都成小人，船中用具，無異玩具，所經過的地方宛然蟻穴。

船長維珂克司君是希洛省的人，是一個極誠實溫厚的君子，看見我要昏倒，便把我帶入他的臥房，叫我安靜睡在他的床上，閉目休息一會。

六六

我在未睡著之前，我想叫他知道我的私室內有些貴重的器具，以免失掉太可惜。一張精美的吊床、一張漂亮的寢床、兩張椅子、一張棹子、一個匱【櫃】子，全在我的私室各方掛著，或者墊著絲綢或花。倘若願叫一個水手把我的私室拿進這艙房來，我願在他面前打開，把那物件指給他看。

船長聽我說這些可笑的話,便斷定我是個瘋子。不過[19],他允許,他到船面上派幾個人下我的私室裡去,從那裡把我一切的東西都扯上來。但是椅子、桌子、櫃子、床都是釘在地板上的,因為水手無知都扯壞了。他用力把他扯起了,又敲下幾塊木板給船上用。當他將有心弄到手的東西弄到手的時候,便叫空箱子拋落海中,因為箱底給弄了許多裂口,照直沉下去了。

我睡了幾個鐘頭,但是常為我所離開的地方與我所避免的危險,種種的夢所驚擾。不過醒來以後,我覺得復元了。此刻約在夜間八點鐘,船長立刻吩咐開飯,以為我斷食太長了,他大大的厚待了我。

他看我並不是野蠻的樣子或說話矛盾,在單剩我兩個人的時候,他請我給他敘述我的遊歷,以及我所遭遇什麼意外,被放在那大木箱裡漂著。他說約在正午,他從他的望遠鏡看見的時候,他偵察出來木箱在遠遠的一個地方,以為是一隻帆船,有心去趕上他,因為離他的進行方向不大遠,希望去買點餅乾吃。

六七

如是追趕,約走近一點的時候,發現自己錯誤了。他派戈船去偵察我是什麼東西。他驚恐回去,說他看見一個漂泅的房子。他便笑他愚昧,自己坐小船去,叫他帶上一條結實的錨鍊。他繞我幾週,看出我的窗戶及保窗戶的鐵絲網,他又看見一邊有兩個鐵鉤,這一邊全是木板,沒有透光的道。

他命他找到那邊去,將鐵鍊繫在一個鉤上,叫他拉著這大箱向大船去。到了那裡的時候,他指揮船夫另用一條錨鍊繫在蓋上的鐵環,用滑車拉起我的大箱,所有的水手都不能拉到兩三呎以上。他說他看見我的手杖插出箱外來,便斷定一定是什麼不幸的人關在這個箱裡。

我問他水手曾否在空中看見大鳥,約在最初發現我的時候?對于這點他答道:在我睡的時候,他及水手閒談這件事,其中有一個人說他看三隻大鵬向北飛去,但是並沒有〔說〕比平常的鷹兒大。我想一定是由于他飛的太高

---

19 原註:我猜想他是安慰我。

之故，他猜不出我問話的原由。

　　我於是問船長，以他計算，我離陸地有多遠，他說至少離陸地有三百哩。我向他確說，他幾乎錯一半。因為我離我所從來的國度還不過兩個鐘頭，我便落到海裡來。因此他又開給想我的頭腦亂了，他便給我一個暗示，勸我到艙房去再睡一會。我向他說我因他的厚待，經是神清氣爽了，而且神志清白，與平日一樣，毫無有異。

六八

　　于是他問我，究竟犯著甚麼重罪，被何國野蠻人種囚在這大箱裡，又如何被拋入海中，內中又不安置食糧，這真是亙古未聞的死刑辦法。

　　我答應他：我的精神並不是錯亂，我平時不會說謊，我對再造我的生命的恩人更不敢含有半句說慌【謊】，我又不曾犯著甚麼罪。因為我離開英國，船隻遇風，碰到大人國，這般這般。

　　這位船主是極慈祥有見識的紳士，卻傾信了我，囑我更舉起實證，我求他吩咐把我的櫃子拿來，我口袋裡有開箱的鑰匙。我在他面前將箱開了，把我在那個國度裡所搜集的一點奇物給他看。

　　「我從那裡奇怪的被解救了。這裡有梳子，我用國王的胡鬚做的，另一把用同樣材料作的安在皇后剪下的一塊大拇指甲上，那指甲便作梳背。還有一堆一呎半或半碼長的針及釘，四根蜂針，像細木匠的尖頭小釘樣。王后頭上梳下來的那些頭髮，一個金戒指，這是有一天他作出最有禮貌的樣子，送我的一件禮物，從他手指上摘來，拋在我的頭上像一個項圈。」

　　我請船長收下這個戒指，他拒絕不要。我又給他一個冷眼看，說是我親手由一個宮娥腳指頭上割下來的痂，約有一個那【凱】特蘋果大，變得那麼硬。當我回到英國時候我把他挖成一個酒杯，鑲上白銀。最後我請他看我穿的短褲，那是一隻老鼠皮作成的。

六九

　　我什麼東西都不能送給他，只送他一個僕人的牙，因我看他帶著好奇的

心觀察，他稱謝收下這樣的一件小東西。實在不值得那麼謝，這是一個拙劣的牙醫在錯誤中，由格蘭的一個僕人嘴裡拔下來的。但是這個牙宛然若象牙一樣的完好，因為我把他弄淨了，放在我的匣子裡，約有一呎長，直徑有四吋。

船長對於我所給他這簡明的敘述，非常滿意，並說他希望我回到英國的時候執筆之于書，以饗當世，使大家都知道。我回答是遊記的書，我已經堆積太多了，我思量世上有些作家多少顧事實，一味誇張，故我決心除包括普通事件之外，沒有那些大多數作家所饒有關於奇怪的植物、樹木、鳥雀、動物、或關于野蠻民族的風俗，與拜偶像等等，粉飾描寫。不過我感謝他的好意，而且允許將這件事放在心裡。

船長對於我說話時聲音宏大比常人數倍，非常懷疑。我說那大人國的大【人】聽覺遲鈍，而且離我太遠，不如是不能使他聽取清楚。居住既久，遂變成一種習慣，聲音愈練習愈宏大起來，我也自己不知其所以然而然。但是他等說的話不論如何微細，卻能聽取明白。其時一水夫笑說，如是則時常竊聽皇帝及皇后的情話。我說我孤獨好久，教我如何不能動心。

七十

船長更向【問】：爾而今到了這安全地帶的船中，第一要作何感想？我答應說，第一是感謝上帝，第二是感謝船內船長及諸同胞，待我這般親切。但是我好久住慣的的大人國，人物廬舍件件都是大極，今看這小船及諸位同胞……，我下句便躊躇不敢說出。船長料想我一道是藐視了他，乃帶著微笑，也說些諷話，說我在船中所飲啖的，依然無幾，怎樣眼孔比肚腸大的數十百倍。

我更【便】答應他，譬如有一個年少的人家，做了幾篇極不通的文字，便蔑視如沙翁的那老大家，說我的文字是創作，是空前絕後的未有文字，是新式的，是適合時勢的，在他人看來卻是極幼稚的文字。這也是僅大向眼孔，肚腸卻不曾大的。船長點頭，連稱我善辯。閒話休說，船長時來便來和我問答，因為問答太多，我也一一不能記得，但是他已明白我非說謊，又非精神

錯亂的人。

七一

　　船長曾到安南、東京，在回英國的途中向東北航行至緯線四十四度，經線一百四十三度。但是在我上船後兩天，遇見貿易風了。我向南航行好久，沿著新荷蘭海岸向西南偏西走，又向西南偏南走，直到我繞過好望角。

　　我們的航行是極順利的，船長駛入一兩個海口，派小船辦食物及汲水，但我永不下大船，直到我進入黨斯。這是在一七〇六年六月三日，在我逃避以後約有九個月了。

　　我提議留下的物件作付運費的抵押品，但是船長不肯。我與船長等彼此一一殷勤道別，我使他允許到列德利夫我家裡來看我。我用五先令僱一匹馬及引路人，這是我同船長借來的金子。

　　我在路上看見房屋、樹木、家畜及人民的矮小，我開始以為我尚在里里浦小人國的思想，我恐怕踐踏每個行人，時常大聲喊，要他站開路，以為我或者一定要由於魯莽，碰破一兩個人的頭顱。

七二

　　我一面卻將自己主意拏定，既是歸本國，事物當然一一還原。我既不應小視里里浦的人，更不應藐視大英國的同胞。除卻大人國而外，我大英國同胞個個便是頂天立地的有用國民。

　　當我來到自己家裡，有一個僕人來開了門，我便不知不覺低了頭、縮了身，進入門去，因為還怕不如是即碰著頭顱。我的愛妻跑出來，抱住了我，卻見我屈身到他膝下，以為不如是，他達不得到我的嘴。我的女兒跪下問我好，但是我看不見他，直到他起來。我用一隻手將他拉過來。

　　我看僕人及那些在我家裡的友人，都像小人。我告訴我的妻，說他太儉省了，因為我看他和他的女兒都餓完【瘦】了。總之我的【行】為如此奇怪，以致對他等無異船長最初見我的時候意見一樣。

　　不久之後，我及我的家眷朋友得到一正確的瞭解，但是我的妻宣告了我

以後永不再往海上去了。雖然我的命運這樣安排，使他沒有力量阻止我。我的驚魂為此次航險遇險，閱約一二個月始定。

載於《臺灣日日新報》，一九三〇年七月六日～十二月六日

大理石女子

作者　雷尼耶
譯者　李萬居

【作者】

雷尼耶像

雷尼耶（或譯為「雷尼埃」，Henri de Régnier, 1864～1936），廿世紀初法國重要的象徵主義詩人、小說家。出身古老的諾曼第家庭，在巴黎學習法律期間，受到波特萊爾（Charles Pierre Baudelaire）、馬拉美（Stephane Mallarme）等象徵派詩人的影響，於一八八五年發表第一部詩集《明日》（*Lendemains*）。爾後陸續發表了《田園和神聖的遊戲》（*Les Jeux rustiques et divins*, 1897）、《泥土勳章》（*Les Medailles d'argile*, 1900）、《生翅膀的涼鞋》（*La Sandale Ailee*, 1906）等。一八九六年與詩人埃雷迪亞（Jose Maria de Heredia）的女兒瑪麗（Marie）結婚，婚後放棄早期自由不羈的風格，傾向於古典形式，寫出了大量回憶過往生活的小說，尤其緬懷十四世紀和十八世紀的義大利和法國，如《雙重的情婦》（*La Double Maitresse*, 1900）、《愛的恐懼》（*La Peur de l'amour*, 1907）、《女罪人》（*La Pecheresse*, 1912）、《愛之旅行》（*Le Voyage d'amour*, 1930）等作品。雷尼耶高尚的品德，與貴族特有的氣質和趣味，在兩世紀交替之時，成為法國知識界的重要人物。（潘麗玲撰）

【譯者】

李萬居，見〈噴水泉〉。

　　我賭誓說，在碰到姬麗達‧特爾‧洛科（Giulietta del Rocco）的時候，我很少想看她裸著身體。

　　這是在一個夠美麗的夏季午後，雖然天空的澄徹沒有完全像某幾天晴到幾乎變成莊嚴的樣子。空中沒有片雲，但是一縷枯燥的蒸氣濛混了日光。沒有暴風雨朕兆的暑氣是沉悶的。因此，在郊外散步了好久以後，我便感覺倦怠了。

　　然而我仍繼續跑著。地勢是凸起的嶇坡。雖是疲倦，我依然決定穿過那條通到洛科（Rocco）的高原的農村的曲徑，由這兒可以眺望一片曠野和漠特朗（Motterone)那些紆曲的池沼。那邊有座松林。空氣比較低原新鮮得多。我想躺在樹陰之下一直休憩到黃昏，以便由涼爽和已幽闇的道路進城。在農村我找得到一碗牛奶，幾顆橄欖和一簇葡萄，以供晚餐。

　　為得要走捷徑，我應當從柏爾那都（Bernarde）老人的葡萄園經過。我一計算，已經五年以上沒有看見這位誠實的人了：在這五年，工作的熱心把我關閉在我的家裡。我的娛樂興趣，偷懶的習慣，乃至食慾一切都被這意外的魔力所制服了。往時我是那麼嗜好看饌和果子，現在呢，一次都沒有坐到桌上去過。站著吃一片麵包，匆忙中喝一杯葡萄酒，這就是我一切的營養糧食。這兒要來敘述以前為得要看柏爾那都老人牽著他的驢子從草場（Plaie aux Herbes）的角落跑出來，而我曾伺候過他的故事。

　　柏爾那都揮起他那粗大的棘棍打在驢子的灰色臀部上，堅硬的驢蹄步著坦平的石板。我聽見嬌小的姬麗達在笑著，柏爾那都為得帶她一同上菜市場去，把她安放在籃子圍繞的中間，這位小姑娘手中拿著由漠特朗河邊採來的菖蒲根，轉身看著她的祖父咕嚕咕嚕在咀咒著和驢子屁股「嗶嗶」地在發響。柏爾那都照例為我帶些果子和青菜來，並且替我留下的，比較他要拿去菜市場上出賣的東西還要好。

　　這位高傲而嚴肅的老人故意表現出使我注目的傲氣，可是，自從那天我不留心驢步的聲音，又不來籃中選擇我所喜歡的東西以來，他那「園藝家」的氣概便受了傷創，以後他自己便漸漸地放棄他的職務了。從此我就沒有看見他，而且我永遠不會再看到他了，因為他老了，他的年紀一年一年變成衰耄，而且狡詐。

　　像我在前面所說的那樣，蟄居在我的家裡的那幾年，叨天庇佑，使我得到了意外的效果。在這個時期，柏爾那都老人的田地獲得了非常豐盛的收成，而我的收成，雖是另一種穀子，然卻與他的同樣的高貴，諸君應當知道在這五年間，我已由畫徒而成為藝術大家了。

　　我確實對這迅速的進步和成功，覺得非常快樂和非常驚異。現在我應當

使我的技能與這樣榮譽相稱，平時我應當用自己眼光來加以批判，為什麼呢？因為人的最真摯的義務不是被他人強迫的，而是由自己的內心出發的。

從這時候起，我的思想不安定的動搖，使我感覺得我的住所狹隘了。我悵惘而狂熱在市街上跑，我到野外去，我徜徉於孤寂的處所，時而漠特朗河畔，時而山上。假如我不去躺在堤岸上傾聽黃濁的河流，或蘆葦的枯葉在那潤濕的莖邊「淅淅」地顫響，我便攀登山坡，坐在巉巖之上。沉靜的石子，和流水潺潺的音調，輪流地與我的孤寂的冥想攀談。

一直到我告訴諸君的這天，我沒有到過洛科農家，又沒有去過他的松林，這算是一椿偶然的事。往時我常常到這兒來。松林中充滿著山鳩，我喜歡拿弓弩來射擊它們。我頗長於射擊。我的矢對於瞄準的鵠標差不多是無虛擊的；可是好久以來，我便拋掉這無謂的遊戲了。我今日來悶坐在這紅簌簌的樹幹旁邊，並不是要射擊。我想塞著耳朵，閉上眼睛，躺在這兒，化一個鐘頭的時間來鎮靜我的心靈的煩亂。

我到了柏爾那都的葡萄園。這園是一層一層作成階段形的。成熟的葡萄懸掛在葡萄棚上面。我嘗了一顆。我不喜歡那熱澀而濃甜的味道，我吐出了那太甜的皮殼。有人在我的背後笑著；我轉過身來。

一位女郎站在那盛滿著葡萄的大籃前面。她的手臂高舉起要摘的葡萄穗，我覺得她豔麗而強壯。她的肉體的美麗在那粗布的長袍和小襯衣下面顯露出來。

從小時我便留心生物和靜物的形態，就連雲的彩紋、石紋和樹瘤的形狀，我都作過長時期的審視。我能夠在這些形狀裡面分別出人們瞧了許久還不明晰和不可思議的種種事物。我喜歡翫賞風景；各種動物，都引起我的興趣。在射獵的時候，我一面在盡力追逐鳥獸，一面仍在讚賞它們的疾跑或飛颺。

我的生活與我看見的人生是一樣的。我經過了戰爭和戀愛。劍與劍相擊和脣與脣相吻都會同樣地鼓盪我的熱情。有一天我的愛人用了一種非常動人的姿態擁抱著我，除了腦中的記憶之外，我想另外把它雕成一個紀念品。人的記憶是很不確定的，猶如給記憶以最快樂的感動的意像是靈時而容易消逝

的東西一樣。藝術是從這纖弱的經驗產生出來的，希望使生命持續，若無藉藝術的幫助，那僅是過眼的煙雲。我願意摹倣他人所能夠創造得很精純的藝術。啊！我不懂得妙奪天工的技巧。我的紙上祇繪著畸形的符號，祇保留著無意義的形狀。我因憤激和無能力而悲哭。

無論什麼我都應當學習。我學習了。好多次我都想要放棄。我仍是熱心。五年過去了，五年後我已經知道調勻色彩和鐫刻大理石，而類似一切世上存在的事物。我祇甄選了我所希望的永存不滅的東西。我決定雕刻一個女子的形體，來紀念那位以接吻啟示我的女子……。

當這位採葡萄的女郎採完了她所探尋的葡萄的時候，她把葡萄順序地放在籃子裡面。她已不笑而瞧著我。

——先生，你要止渴，葡萄太熱。她用著一種溫柔而端莊的聲音對我說，葡萄要等到冰涼的時候才好。但是如果你口渴，請你跟我到村莊去。我們家裡的井水是清涼的，我的祖父也很喜歡再會會你，假如你沒有忘記柏爾那都老人。

她又笑起來了。我好像認識她。我對她說道：

——哦，你是那位騎在驢子背上，拿橄欖、西瓜和菖蒲給我的那姬麗達小姐嗎？人家把你安置在籃子中間。現在你長得這麼大，這麼漂亮！

——是的。她羞答答地回答，我是姬麗達，是柏爾那都老人的孫女，我長大了。

她抬起籃子。這隻柳枝編成的籃子被葡萄壓得「喳喳」地響著，但是她用那有力的手把籃耳攫住，並把這重擔放在她的肩上。她挺直著身體去支持這重量。我看見她的腰間束著布裙。她已在我面前移動她的腳步了。

我跟著她。她那掛在頸窩上的頭髮編成為硬髻。她跑路的步調是安穩而整齊的。她那強韌的腰部成為彎弓形。她那件小縐紋的布袍好像浮石一般，她好像是用高尚和有力的線條鐫刻在浮石上面的。她那赤裸裸的兩臂和頸項的肌肉好像微溫的大理石一樣，她的身子形成了一個雕像。她的身上發熱，一片汗流溼透了她兩肩上的襯衣。

　　農家是一座四方形的屋子，建築在那石塊砌成的庭中。我們跑近，一隻狗迎面而吠，一隻牧牛在牛欄裡「嗎嗎」地叫。一些羊兒在小屋裡悲切地叫著。柏爾那都老人出來站在門檻上。

　　五年以來，他除了長而且白的鬍子長得更長更白之外，模樣兒卻很少改變。我讚美他那雙手；那雙手長大而帶著泥土色。這位老頭子完全像一株直立的樹。他的頭髮捲在額上，宛如曬乾的蒼苔一般，他的鬍子好像纖細的草。他那雙赤著的腳，立在地上好像樹根。齷陋的臉皮上露出嘴的裂痕和鼻頭的瘤。閃耀的眼睛似兩滴露珠，一對耳朵人家以為是生在老幹底下的脆弱的菌子。他現出山林中隱者的一種「碧梧翠竹」的風采。

　　他殷勤地招待我，可是帶些嚴肅的樣子。或者他因看見我與姬麗達同來而不高興，或者他怕我有那種貴族們所不禁止的而跟那些漂亮的村姑娘往來的豔事。姬麗達沒有講一句話，把一個用藤包裹著的瓶子和一個冷水壺放在桌上的漆黑的橄欖盤旁邊，隨後驟然不見了。祇剩著我們兩人。柏爾那都一面輕輕地嚼著他的長鬍，一面靜靜地凝視著我。靜默繼續了好久。

　　──我們的姬麗達，你看她漂亮吧！他在倒水給我喝的時候，突然對我這樣說。

　　什麼我都沒有回答。他再說道：

　　──她漂亮，不是麼？

　　他又停了一下，當我把盃放在我的面前的時候，他一面把兩肘靠在桌上，一面補充的說：

　　──為什麼你不把她的肖像雕刻在木塊或石塊上呢？

　　他的話匣開了，正像往日他絮絮地向我誇耀他靠在驢子禿背上的那隻胖手裡拿著的果子鮮美時的神情。

　　──你那兩位朋友，國爾科侖（Corcorone）貴人好些時候沒有看見你，常常跟我談著你。你知道這兩位國爾科侖堂兄弟嗎！他們是誠實的貴族子弟。從前我曾跟他們的祖先去打過仗，所以他們兩人都敬重我，並跟我親密地往來。他們是誠實的貴族子弟。長的像弓一樣的敏捷，小的像矢一般的活潑。他們告訴我，你已成為精通繪畫和雕刻肖像的專家了，如果你願意做的

話，你能夠再畫一幀聖達敘亞拉（Santa Chiare）火災時燒燬的祭壇的圖畫，並能夠重新修塑當戰爭時在聖密塞爾（Santa Michel）御門被打壞了鼻孔和手臂的聖徒。姬麗達又漂亮，又聰明，我想把她雕成聖母的形像。她的容貌說不定會永遠存留在祈禱、蠟燭和香花裡面。這樣就會給她幸福並灌輸她以智慧和信仰。

——啊！我答道，柏爾那都你錯了。我從來沒有雕刻過聖像，也沒有畫過聖像，把這椿事業讓給較有才藝和較虔誠的人去幹吧。至於我呢，祇能規規矩矩繪畫事物的形狀，尤其是繪畫人的身體和容貌。

他用手捻著鬍子。

——國爾科侖兩位堂兄弟對你說錯了，柏爾那都。

——我看見從土中挖出來的古代的雕像。這位老人聲音很低，好像是對著自己說話一般。那些雕像埋在地下已有數百年了；既沒有衣袍，又沒有帽子；那是完全赤裸的。然而不但沒有人笑，並且大家尊重地圍繞著它們。我想是因為人家看見那些雕像美麗的緣故。

他的聲音放得更低而繼續地說：

——我看見人家開掘墓穴和毀壞銅棺。那裡面藏著用金黃色的綾羅包裹著的骸骨。人人都掩著鼻孔，有些人用腳踢那骸骨。那是戰爭時代，當我們佔領格敘亞（Guescia）以及人們掠奪那些公爵的墳墓時的事情……。

柏爾那都對我談到他少年時代隸屬大國爾科侖旗下時的許多戰績。我喝了冷水並吃過橄欖。老人送我到門口說道：

——對不起，恕我不遠送了，我的兩條腿很笨重。

這時候僅有我自己一個人。我朝著松林跑去。當我跑進那裡面時，那些煩悶的山鳩便不「嘒嘒」地啼了。有的「嗶嗶嘰嘰」地鼓著兩翼飛去了。一顆爛熟的蘋果落在我的足邊。

真的，這椿事情我已經說過了，現在我重覆地再說一遍，不，當我在葡萄園碰著姬麗達的時候，我毫沒有想看她裸著身體的念頭，我補充一句，我看著她那種赤裸裸的肉體的時候，我的心中沒有起半點慾望。

　　每天早晨，姬麗達按照她第一次來時的鐘點到我的家裡來。這是我去訪問柏爾那都老人的第三天，我看見姬麗達跑進我在工作的房子裡面來。我以為她是替我拿什麼忘掉了的東西來的。我等待她說話，我一面微微地笑，一面凝視著她。

　　她沒有說半句話，便著手脫掉她的衣服。她舉動像踐行什麼命令似的。當她衣服脫光的時候，她對著我的面，靜靜的站著。

　　我有許多日子面對著她的肉體美。我禁止一般人進門。賣大理石和著色泥土的商人到我的家裡來：這就是我的最習以為常的賓客。國爾科侖兩位貴人也來會我，可是空跑了一趟，他們十分驚異而歸。

　　平時他們兩人都隨意進我的家裡。當我最嚴格蟄居的時期，他們也穿進了我的寂寥的地方來。我愛他們兩人。我們的祖先互相認識，並且始終同屬在一個黨派之下。在少年時候，我們也一樣為著同樣的目的而拔劍，我們的血曾流在同一個戰場上。

　　這兩個堂兄弟有點相似，因為他們是柏爾那都的上司老國爾科侖的兩個兒子所生的，但是密切的友誼把他們連鎖得比親兄弟更密切，這或者是從態度以至容貌的外表關係所看不出的。一個身材魁梧，一個身材矮小。兩個人都生得非常漂亮。他們住著兩座毗連的府第，但是一切東西都是共同的，甚至婦人他們都時常用著兄弟的情誼來分配。一個寧以愛情來得女人的歡心，一個則寧以肉體的快樂誘惑她們。亞爾白都（Alberto de Corcorone）是矮小的，顯出激烈和肉感，孔拉洛（Conrado de Corcorone）是魁梧的，表現著溫雅和玄想的樣子。亞爾白都用著熱情待他的情婦們；孔拉洛卻用溫柔；因此，孔拉洛的情婦們容易忘掉孔拉洛是鍾愛她們的，然而亞爾白都的卻永遠懷念著他們的愛情。

　　他們兩人是我的朋友，我喜歡跟他們交遊。在他們的面前，我隨意工作。他們關心我的努力。他們兩人站在我的面前，孔拉洛把手放在亞爾白都的肩上，亞爾白都把手臂抱在孔拉洛的腰間，因為他們兩人的身材是高低不同，性質也隨之而異。他們穿著既簡便又華麗的服裝，同時腰間各佩著一把短劍。亞爾白都的劍柄頭嵌著一顆大的紅寶石，而孔拉洛的則鑲著一顆長形的珍珠。

　　然而我卻不得空閒去拜訪這兩位姓國爾科侖的朋友，因為姬麗達把我的全身——自手以至思想都纏住了。因此，我祇好寫信給他們，說明我有孤寂的必要，並說我的工作完成的時候，便會把結果通知他們。

　　姬麗達每日靜默地站在我的面前，我熱心研究她那值得讚賞的肉體。我按次序地把她的肉體描寫、繪畫和雕塑，以明瞭配合，構造和線條。現在我所剩下的工作祇有把她的身體刻在大理石上面。

　　我叫人拿了一塊純潔華麗的大理石來；這塊大理石微現淡紅色，好像受了傷創而不流血的堅韌的肉體一樣。可是每次把鑿子打到石上，姬麗達就顫動，好像打中了她的肉體一樣，又像內部的交感，把她那活的肉身融合在物質裡似的，她的形體使這物質漸漸地活起來了。

　　當我熱心而快樂地工作著時，雕像在粗削的石上已稍具雛形了。臉龐慢慢地誕生出來。我促成它的靈秘的降身。我把它粗陋的外表斲成了。後來，大理石像竟活起來了。

　　沉悶的姬麗達目不轉睛地盯視著我。她靜寂地看著她自身的降生。再過了一星期，就是次星期五黃昏的時候，我便把鐵鎚放下。我的工作完畢了，雕像完全雪白的站在柔光裡。

　　輕輕的音響教我轉過頭來。

　　姬麗達緩步挨近石像，她髣髴撫摩似的，溫柔地抱住大理石，然後把她那生命短促的嘴兒吻在那永劫不滅的唇上。她們倆的微笑互相接觸著，姬麗達向它告別之後，再穿上了衣服。當她朝著門走去的當兒，門開了，兩位國爾科侖堂兄弟到門檻上來了。前晚我通知他們這天來會我。他們分開，讓姬麗達過去。她從他們兩人的中間經過。

　　我告訴他們道：

　　——她是柏爾那都老人的孫女，我所雕的石像，就是用她的身體當作「模特兒」的。

　　我用手指捻著一撮大理石粉。閃爍的灰粉如從臨時作成的濾砂器中漏下來一般，使我幾乎相信它的消逝是指示一個莊嚴的時間的經過。

　　我又感覺得非常疲倦了。工作把我弄得精疲力盡，我儘量的睡吃來調養，

我飽食足眠。我覺得祇有這時候的肉最有滋養，這時候的果子最有甜味。我想起了往日柏爾那都用驢子載來給我的東西。那是不是抵得上姬麗達的可愛的美麗的肉果呢？

我既沒有再看見姬麗達，也沒有會著兩位國爾科侖堂兄弟。我的孤寂的生存使我與一切朋友離開。因此我就過著與外邊斷絕消息的生活。我不知道我的庭園的牆後所發生的事故。有時候一隻山鳩從天空飛過。我看見它那搖曳的影兒映在池塘的水面，我就想起松林，洛科的農家、柏爾那都和姬麗達。

許久以來，我就想帶點禮物送給這位少女，藉以答謝她的幫助和勞苦。那麼我就到玉器鋪去了。我揀了一個戒指和一對珊瑚耳環。這些東西與匠人正在嵌鑲的寶石比較起來，算是很微小的了。玉器商拿出一串紅寶石的和一串珍珠的項圈給我看。這兩項東西都是國爾科侖的一位貴人所定製的。

幾天後，我到柏爾那都的農家去了。我離開了漠特朗的平坦河岸，攀登崎嶇的路，截過葡萄園。到了農家，我看見所有的門都關上，僅僅家畜欄是開的，但是裡面空無所有。家屋似乎沒有人照管了。

我呼喚；沒有人答應。柏爾那都和姬麗達往那兒去了呢？枝頭一隻鳥兒都沒有，樹梢尖沒有一絲風吹著。凝結的松脂由那淡紅色的樹幹流下來。松葉毛氈似的鋪在地面；一跑進那裡面去，腳步便沒有音響了。

我坐下去。一個小孩在那兒。他拾著松子裝進佩在他的肩上的一只大網袋。這個小孩足有十歲光景。我叫他。他停住了。

——你知道柏爾那都老人在那兒嗎？

小孩用手打了一個十字架的模樣。我知道柏爾那都死了。他確實在前星期就死了。我從樹間望見鄉村的教堂的小鐘曾為舉行他的葬禮而敲響。這樣，柏爾那都便長眠在荒塚的松柏之下了。這有什麼奇怪呢？他的年紀老了，凡人都有死的。

小孩又再開始拾他的松子。

——姬麗達呢？我問他。

他笑起來，露出雪白的牙齒，「刮刮」地鼓著舌，好像要傚傚那被激怒的馬的聲音，然後，用著指尖作鳥飛的模樣。

林中靜默無聲，已沒有一隻山鳩啼叫了。

姬麗達已做了亞爾白都的愛人。她穿著豔服並佩著華麗的寶石，亞爾白都帶著她在城內散步。鉅大紅寶石的項圈纏在她雪白的頸項上。也許除了我一人外，大家都知道這樁事。不久以後，我經過漠特朗河的橋上時，偶然看見他們。又有一天，我去找一個小孩，並跟他的家庭商量，要他到我家裡來給我作為我所計劃的凹浮雕的「模特兒」。我想在這凹浮雕上面，雕刻一圈供獻松子、昆布、海苔和貝殼等而居在海濱和山林中的小孩子。

就是這天，我回來恰恰碰著亞爾白都和姬麗達。這是冬季天氣晴朗的時候。秋雨已止，時常被泥垢滾得黃濁的河水，已澄清了。綠澄澄的水在弧形的橋下流著。我憑著欄杆眺望那無情的河水一直流去。飄浮在水面的纖長的草好像披散的頭髮。據說那些看不見的河中的女神（Les Nymphes）在晶瑩的水裡奔馳時，僅僅露著在河中產生的頭髮。流動的、生絲一般的潺潺水聲擾亂了我的不安定的幻想。

當馬蹄的音響報告我說，騎馬的人已上了橋了，我正立在那兒。我又看見亞爾白都和姬麗達。他們倆到了我的背後就停住，讓馬去休息。亞爾白都騎著一匹黑馬，而姬麗達則騎著一匹栗子色的牝馬。兩匹馬的腹部互相挨著。亞爾白都一手擁抱著姬麗達的腰身。我十分遲疑不敢轉身去跟他們談話；本能的沉默使我伏在欄杆上，繼續瞧那流著的水。我站起來的時候，一對戀人並不認識我，便跑了，為什麼呢，因為愛情只認得它本身。

我跑回家時，想到許多事物和那些我所要聯成一圈的熱戀的，居住海濱和山林中的小孩子，這圈小孩子是要雕在姬麗達的石像臺上的。我的腦筋裡面想像著大理石的形狀。到了家裡的時候，我跟孔拉洛劈面相遇。他的模樣兒雖異常改變了，差不多使人認不出來，然而我卻仍舊覺得是他。他的魁梧的身材變得這麼羸弱。寒熱病一般的蒼白色罩滿了他的面龐。他僅僅回答我所問的話。似乎有一種沉痛侵襲著他。他現出不安的神氣踱來踱去。我不敢問他為什麼緣故，雖然只有我們兩人在，但他卻費了一種痛苦的氣力才低聲問我：姬麗達的雕像在那兒？

　　我領他到大理石雕像的面前。赤裸裸的大理石好像活著而在呼吸似的。當他看見雕像的時候，我以為他會跌一跤。我瞥見他在垂淚。

　　下面就是孔拉洛告訴我的一段可怕而簡短的故事。

　　從我的家裡出去，就是他們看見姬麗達的那天，這兩位堂兄弟忽然分開，照常他們都結伴同回他們所居住的那兩座在舊廣場（Vieille Place）的府第。「在那瞬間，孔拉洛告訴我道，我意識到我們的命運已分開手了。姬麗達已成為我們兩人愛的對象了。我們兩人共同戀著一個女子，而這次我們覺得是情敵了」。

　　他們實在暗中已起了敵視，他們兩人已不再談話了。兩人都追求姬麗達。柏爾那都老人病了，他們托詞探視他，每天都到洛科農家去。他們相繼挨近這位老人的枕畔和姬麗達的身邊。一個上來，一個下去的時候，他們往往在途中相遇。

　　孔拉洛這樣告訴我道：「我們相覷的眼睛都帶著殺氣。我不知道為什麼我們彼此沒有撲到身上去。我又不知道為什麼道理，當我看見亞爾白都偕著他的愛人經過我的窗前，這卻使我不能跟到面前去破壞他那唯一的幸福」。

　　他靜默了一下以後再說道：

　　——雖然姬麗達不討厭我，但我卻不相信她不愛亞爾白都。啊！因此我即刻起了真實的嫉妒。

　　在柏爾那都老人去世的第二天，孔拉洛便和姬麗達在松林裡面。亞爾白都來了。他們兩個人就叫她選擇一個。

　　——啊！孔拉洛叫起來，我愛她……她對著亞爾白都微笑了，但她的微笑卻是挪揄我。亞爾白都被她愛上了。親吻她那櫻桃般的嘴的、吸她的氣息的，擁抱她的肉體的都是他，可是我呢，我呢……

　　他站在門口，預備要出去。他的眼睛呆呆地凝視著姬麗達的肖像。一絲淚痕淌在他的面頰上。我的心裡起了悲切的同情。夜中我夢見他。他那蒼白色臉上的淚痕還沒有乾。

　　翌日我叫人把姬麗達的肖像運到他的家裡去。我寫信告訴他道：「把它收起來吧。這是你的；希望它慰藉你的孤寂。不必感謝我。但願這永劫不滅的

肖像能夠以她那活一般的東西治療你的疾病！」

　　每年春來的時候，城市裡舉行化裝節。這些化裝節聚集了許多偕著內眷的有數的貴族：人人都想在這會上擺出豪華；但是我卻偏愛這些堂皇的行樂中那最親密的化裝跳舞會，在這會裡，有些青年帶著他們的愛人，並且有許多遊女代替主婦來參加。就是在這次的會裡我驚駭地再看到亞爾白都。他看見我的時候，就避開而另去坐在一邊的桌端。姬麗達坐在他的身邊向著我點頭，表示殷勤的招呼。我看見她異常漂亮，可是顏色格外蒼白。

　　大家到花園去呼吸空氣的時候，我登上階段形的假山。漠特朗的河水奏出雜沓和潺緩的音調而在城壁下流著。反射的燈光在那兒閃曳。濁水的氣味由那兒蒸散出來，暗裡攙雜著夜花的薰香。要回家的時候，在一條小路的拐彎處，亞爾白都攔住著我：

　　──「我有話跟你說！」他用著短促而輕微的聲音告訴我，在這句話裡面我意識到一種沉怒。

　　我們坐在一條凳子上面。我聽著亞爾白都的劍鞘在陰暗中摩擦石頭。他那只看不清楚的手在轉動著劍柄。

　　──「你確實把肖像給孔拉洛了嗎？」靜默一下以後，他又突然這樣說。

　　我低下頭，可是模糊的態度使他以為我不回答他，他再用著暴躁的音調反覆地說：

　　──你把肖像給孔拉洛了嗎？

　　──是的。

　　一絲絲的風吹動著樹葉。一盞懸著的燈光不時照映著我們。亞爾白都怒目視我。在匕首的柄端，紅寶石血點似的映出紅光。

　　──你嫉妒嗎？我問他。

　　我用著激烈嚴重的聲調跟他談了好久。他沉悶不言。他突然大笑起來了。

　　──你有道理，我錯了。我埋怨你。其實石像在那兒或這兒有什麼關係呢？一具無用的死石像算什麼呢？從前我很想跑進孔拉洛的家裡去把它奪來，不過我一看見孔拉洛，我要把他殺掉的。不，為一個真實的活女子不決

闢，反為一具大理石女子像而廝殺！呀！呀！……

他有了這念頭，似乎十分快樂的樣子，他的手放在我的肩上。他附著我的耳朵低聲告訴我：

——多麼痛苦唷！孔拉洛愛大理石像，她是不會動的，冰冷的，沉默的，無感覺的東西。他講話，她不會回答。他繞著她的周圍踱來踱去，她那雙空洞洞的眼睛卻看不見他。她像活人的模樣，但永遠不會活。是，真的，我錯了。可憐的孔拉洛！他愛過姬麗達；我呢，我愛姬麗達，但是我得了她的愛。瞧，她多麼漂亮呀。

姬麗達朝著我們走來。像黃脂油般的月亮從東方昇起。人家聽見遠遠的地方在奏著音樂。姬麗達坐在亞爾白都的身邊。亞爾白都一手握住他的愛人的手，一手貼著她那裸白的乳部。他用著展開的手掌撫摩她奶子的周圍，托住她的奶頭；然後，他把那輕輕壓著細膩的奶尖從他的指縫突出來，好像戒指嵌上寶石一般。亞爾白都俯視著我。窺探我，我想假如我有點表示愛姬麗達的樣子，他怕會殺掉我。

他不斷地把姬麗達那動人的奶子左摸右摸。我泰然自若沒有垂下眼簾。

我們離開了樹陰，三人一齊回家。風吹動燈光。天氣沉鬱，乍寒乍熱，簡直的說，有發生傳染病之虞。並且城裡常常不安寧，尤其是在春秋二季。漠特朗河沿岸的傳染病產生危險的瘴氣。在這兩季，寒熱病不斷地籠罩著，這使此地的一些婦女時常衰弱、憔悴和生病。

因此之故，當時我在柏爾那都老人的葡萄園看見姬麗達的肩上載著盛滿葡萄的重籃，她那健全的肉體美使我驚歎。她那細膩而美麗的肌膚是從山嵐之氣、家畜欄的芳味和松脂的香氣得來的。可是現在她兩頰的豔色已消失了。今晚深灰色籠罩了她那雙眼睛的周圍；她的容顏蒼白，假使我要用我的技術來把她描刻在適當的材料上面，我不會借用大理石的皎潔色地，但是要借用青銅的薄暗色。

壞空氣在入秋前就發生了影響。夏天初熱的時期，意外和可怕的流行病便在城裡猖獗了。病癘傳播得又凶猛又迅速。每天教堂的鐘為安葬那些意外

的死者而敲響。姬麗達就是那些不幸的最後的犧牲者之一。我早就在她的臉上看出她的壽命快完結了。她死了。

蓋在棺材裡的並不是個蒼白色的死者，而是個銀灰色的屍骸。她的死並沒有帶去她那臨終時的美麗的儀容，她離開了塵世，而她的儀容還時時在我們的眼簾反映出她是睡著的活人的幻覺。亞爾白都不得不放下兩手所擁抱的惹人嘔吐的死體，他的脣亦不能再吻這腐爛的脣了，他絕望地戀著他所鍾愛的人兒。

當漂亮的姬麗達的遺骸收埋在墓裡面以後，人家偕著她那踉蹌悲慟而半發狂的情郎回家，我幫助人家扶持這個不幸的人。一列哀慘的參葬者慢慢地經過了幾條街道。後來便到了「舊廣場」了。我無意中舉起眼睛瞥見亞爾白都的鄰居的府第，這是孔拉洛住的，平時關閉的窗門今日卻是開著的。亞爾白都的住宅的窗戶因悲痛而關起來，他潛藏在房子的深處，逃避日間的光線。他整日靜靜的坐著，眼睛凝視著他所看不到的姿容。

當他在悲痛的時期，我常常來訪他。要往他家裡去的第一次，我在「舊廣場」遇著了孔拉洛，他的樣子使我極度的驚異。奧妙的喜氣照耀著他的面孔。當他在遠處向我作出謎一般樣子時，我跑近他，他一面放一隻手指在脣上，一面逃跑。他的舉動不僅使我驚訝，凡是看見他的人，個個都注目。

我知道他常常沿著街散步；他沒有跟任何人說話，但是有時一面跑路，一面唱歌。人家看見他一到葡萄棚下面就坐著。他擺兩隻杯在桌上。他斟滿了兩杯酒，但是始終僅喝乾一杯。這些風聞刺激了我的好奇心，我就去看他。人家不讓我進去。

幾天後有人送一封信來給我。孔拉洛告訴我道：「朋友，姬麗達回來了。她使之活動的無用的肉體，現在在地下朽爛了。從今以後，她皈依在永劫不滅的形態裡，這個形態是你替她雕刻在那不會朽腐的大理石上面的。謝謝你，我快樂。」

亞爾白都站起來，努力跑了幾步，便跌倒在椅子上。他對我說道：

──完了，她已死了。墓蟲完成了它們的地窖中的工作。我費盡氣力撲

殺，我已沒有辦法了。墓蟲吃完了在墓穴中的姬麗達的肉體，它們在我的記憶裡毀滅了它。她變成了塵埃；她被忘卻了。我時時刻刻看著這兩重的消滅。我覺得她的肌膚粉碎下去，而紀念亦消散了。假如我挖開她的棺材，我祇能找到一堆模糊的塵埃，這塵埃等於她遺留在我的腦筋中的殘灰。閉上眼睛的時候，我再看不到她了；我覺得她變成模糊莫辨的東西了。

第二天，他補充的說：

──假使有一瞬間，我再看見往日你雕刻在大理石上面那不能動作而無生氣的她，我都會覺得她是再活起來的。我的眼睛會為她擬造形狀，而我的靈魂會替她造生命。啊！為什麼道理你把姬麗達的肖像送給孔拉洛呢！

幾天後，他又告訴我道：

──啊！你幹了一樁多麼不幸的事情。

隨後他哼了些聽不清楚的話，他的牙幽「嗑嗑」地響著。他匆促地踱來踱去；在精疲力盡的時候，他再坐下去，我又聽見他低低地哼道：

──我要去了，我要去了，我要去了……

他去了。國爾科侖兩位堂兄弟之間不知道發生了什麼事故？亞爾白都怎樣進去孔拉洛的家裡？誰都不知道。有一天早晨，人家僅僅發見他們兩人都死在姬麗達的石像面前。一個的心臟上插了一把劍端嵌著珍珠的劍尖；另一個則有一把鑲著紅寶石的劍插在喉嚨上；他們兩人的血在石板上漬成一片紅水溜。

我從塚地回來，到了孔拉洛的府第時，已乾的血痕還看得見。我進去沒有碰著一個人。我藏著一把堅硬的鐵鎚在我的上衣裡面。我到了安放石像的廳堂，最後我再看了這具肖像一次，於是舉起手來，沉重地打下去。

每次鐵鎚打下去，大理石便破裂四迸，而顯露出雪白的傷痕。隨著鐵具點下或擦著，這塊高貴的物質便像受了侮辱似的哀叫或呻吟。她用活一般的堅強來抵抗我的氣力。這不能說打壞它，可說是和它戰鬪。犀利的屑片迸中了我的頭額；我流著血。一種使人變成狂暴的憤怒襲住了我。有時候我自己覺得慚愧，好像在毆打婦人一樣。有時候我又覺得是在抵抗敵人的自衛。我感覺一種異常的憤怒，感覺一種莫明其妙的東西。我用鐵鎚憤憤地打那缺少

了奶頭的乳部。臂膊折了；我打她的兩膝；一腿斷了，再打別腿，肖像搖動
而倒在它面前的石板上。現在已是模糊莫辨的石塊了。脫掉的頭顱摔下來，
一直滾到我的腳邊。我拾起這顆頭來，頭是完整而沉重的。我用大衣裹著它
跑出城外去。

　　我跑了好久，莫特朗河在黃土色的平原中映出銀灰色來。我朝著山跑去。
到了小松林，我就跪下，挖地。當我吻了它那不幸和臨終般的美麗的嘴唇以
後，便把大理石的頭埋下了。它只今仍安息在那兒，在那松脂滴下好像灑著
透明的香淚的絳色的樹幹中間。

　　　　載於《文藝月刊》，創刊號，一九三○年八月十五日；亦收錄於
　　　　李萬居：《關著的門》（臺北市：正中書局，1947 年）；以及許
　　　　俊雅編：《李萬居譯文集》（臺北市：萬卷樓圖書公司，2012 年）。

箒

作者　繆蓮女士
譯者　晴嵋

繆蓮女士像

【作者】

　　繆蓮女士，今多譯為海爾密尼亞・至爾・妙倫（Hermynia Zur Mühlen, 1883～1951），奧地利作家、童話家、翻譯家，出身奧匈帝國貴族家庭，但畢生關懷無產階級革命。童年與青年時期在奧地利風景區薩爾茨卡默古（Salzkammergut）度過，亦曾隨同父親前往中東和非洲，旅居君士坦丁堡、里斯本、米蘭和佛羅倫薩，學過多種語言。一九一九年遷居法蘭克福，加入共產黨。她是威瑪共和國時期最知名的無產階級童話作家，這些故事旨在教導無產階級家庭的子女理解社會的複雜與經濟模式，並給予他們一個更好的世界的模型。同時她也創作廣播劇、偵探小說。隨著納粹思想在德國興起，一九三三年她搬回維也納，同年德國納粹便將她的作品列為「不良且有害的文學作品」，一九三九年她更移民英國以逃離納粹的迫害。代表作品為童話故事集《真理的城》（*Das Schloß der Wahrheit*, 1924）（許舜傑撰）

張采真像

【譯者】

　　晴嵋[1]，即張采真（1905～1930），河北霸縣人。燕京大學文理學院畢業，主修西洋文學，次修中國文學，因此他的畢業論文有兩份：翻譯莎士比亞的劇本《如願》以及《陶淵明評傳》。燕大文學會發起人之一，於課餘時間參加《燕大週刊》的編輯工作，同時，於《語絲》、《晨報副刊》、《京報副刊》發表其創作和譯作。一九二七年初放棄孔德中學的教職，到武漢加入國民革命軍，及至

1　按：「嵋」，原刊之偏旁誤從「日」，今改。

寧漢分流，選擇投身共產陣營。一九二八年冬，負責編輯上海中共中央機關刊物《布爾什維克》雜誌。爾後，積極參與左翼文學活動，結識了柳亞子，曾以筆名「晴嶠」在《創造月刊》、《語絲》等刊物上陸續發表匈牙利革命兒童文學家繆蓮女士（Hermynia Zur Mühlen）的作品《真理之城》等作品，隨後集結出書，但該書被國民政府以「提倡階級鬥爭」而查禁。一九三〇年，任中共中央長江局秘書長時被國民政府逮捕，關押武漢監獄後不久槍斃，年僅二十六歲，柳亞子亦為他寫了悼詩。（許舜傑撰）

　　某大森林中住有一個魔法使，他時時到村裡來看看人們和他們工作的情形，以助善人、罰惡人為常。

　　冬天正中的某日，他到村子來。夜嚴寒，道路鋪滿著滑冰，年老的他給滑倒了，而且挫了腳。他的杖落下了，杖在閃閃發光的冰上滑到他手伸不到的地方去。年老的魔法使可憐倒在那裡，祇呻吟著，動不得身。

　　這時已經黃昏時分，夜色裹著人家，很少往來的人。

　　魔法使在冰冷的地面直凍，很耽心地四邊望望，看有沒有誰來幫忙一下。

　　終於聽到了踏在雪上的細碎的聲音，立刻走來了三個年青的人。

　　最先的是此地附近一等富農的兒子梅希阿爾，穿著天鵝絨的胸衣和暖毛皮的上衣，拿著鑲銀頭的手杖走上前來，跟著，瘦而震搖著的，學校教師的兒子法郎慈走來。最後，無父無母的窮工人卞爾拖著沉重的工作疲罷了的腿走來了。

　　梅希阿爾看見魔法使倒在地上就大聲笑出來，嘲笑地叫：

　　「在光滑的冰上魔法都不行了罷，老東西，隨便什麼時候都給我倒呀，我的父親告僕人的時候，你說不利父親的證言，此刻我報復你了！」說著笑得肚皮幾乎都要破了。

　　但是，法郎慈深深歎了一口氣，用憐憫的聲，同情地說：

　　「可憐的老伯，冷罷。村裡的人不撒灰在路上真糟糕，祇要撒點灰便不會有這樣的事的。可憐，連杖都丟了。」

　　他抬起曲了頭的杖給魔法使拿著，離開點站著，抱歉似的望著老人深深

的歎息。

　　但是卞爾卻一句話也不說，抱起魔法使，這才開始說：「老伯，我扶你回家去罷，沒有拐杖你不能走呀！」

　　他拖著跛腿扶老人到家裡去。

　　第二朝，魔法使的女兒順次訪問三個青年，送贈品給他們三個。

　　富農的兒子發聲笑了，他大喜得了金錢呢。但是「如果我都得了被我侮辱了的老頭兒一枚金錢，那末，給他拾杖的法郎慈，尤其是扶他到家的卞爾一定更得了很多是無疑的。」他轉念了。

　　這樣轉念之後，金錢便一向成為不感謝的東西了。他每看見牠時就想：「我雖手無一枚，但十枚、二十枚、百枚、千枚我都想的。」

　　魔法使的女兒交一個筆頭給法郎慈，說：「這是家父對你的同情的謝禮。」

　　教師的兒子吃驚注視了筆頭，因為他是善良的人，一點也沒有希望什麼謝禮的。他再三的道謝後接受，插在筆管上。

　　魔法使的女兒贈一個箒給卞爾，說：「這是我的父親答謝你的幫助的。」

　　「受什麼禮物，這些不敢當。我是祇要別人家須要幫助，我時常都給幫助的。」卞兒【爾】不好意思地說。於是他正想把箒還她，但魔法使的女兒的姿態立刻消去了，沒有法子，他只得將箒憑在屋角裡，不怎樣放在心上。

　　殊不知這老魔法使是個很高明的魔法使，在他的贈物中是籠有魔法之力的，牠立刻就現在青年身上來。

　　梅希阿每次看見所得的金錢，就在心上聽到：「想更多的金。金！金！一切都是金！」的叫聲。父親死了，繼承家業之後，他想的就止積金的事情。他對傭僕給不到啜粥程度的工錢，卻祇家畜一般的虐使，他欺騙寡婦孤兒買取羊毛。他的耕地擴大了，牛馬充滿了家畜的小屋，然他一點也不滿足、不死心，越發想錢。

　　後來他聞說地中出金的國在老遠的北方，他就無日無夜的做那不可思議的國的夢，於是在眼的附近就看見從地裡湧出的金、大箱小箱放不盡的許多的金了。於是他賣掉住宅，到北國掘金去，但是他的氣運一點也不好，同住在小屋裡的同伴從地中見了金，他卻連石頭也不看見。

他發狂似的想金，他忘記了一切。他忘記了他的伙伴誠心誠意的給他看護，忘記了兄弟似的共過患難。某夜，他正打算偷伙伴的金，伙伴醒了。兩人遂開始格鬥，梅希阿拔刀想刺伙伴，伙伴拿金塊擲梅希阿的腦袋，梅希阿倒地死了。

在法郎慈的身上又發生了別的事情，他為求學出城去了，帶了魔法使贈他的筆頭。他還沒有用過牠呢，他因為窮不能不特別儉約的。某日，他拿這筆頭來的解宿題，殊不知寫出來的不是數字卻是文字，而且續續的寫起文字來，一直寫滿了兩頁才止住了。

法郎慈讀寫成功的東西，那知道這是歌詠貧人的悲苦和富人的不仁的，讀之令人垂淚的漂亮的詩呢。某新聞紙把牠揭載出來，法郎慈便成了詩人。長年之間，法郎慈用美筆訴貧人的苦悲，促富人的反省。然而窮人的苦一點不變，富人更是不改。終至於某日窮人自己定起法律來了，於是再沒有寫美麗的言詞訴苦的必要，而活動成為必要了。

祇以執筆為生涯，過歡氣的生活的法郎慈，可憐如今窮於進退了。為著激勵自己，他拿那魔法使的筆頭記道「實行」，於是他把筆頭折了。他流著淚，遁去某高山，在那裡他以隱者終其生。

還沒有講的是卞爾和魔法使的奇怪的贈品——箒的事情。

這箒真是奇怪的箒呢。每逢附近那裡做了什麼不正的事，箒子就「掃除呀，掃除呀」的嚷。卞爾常常聽到這話，便深深的想。他想世間的事情，知道了有掃除必要的東西是怎樣的多，懶惰而以他人的勞動為活的幾多的人們無異於塵芥。於是，他時時把箒子拿在手上，緊握著誓道：我做到能幫助掃除為止，決不懶志，決不息身。在這時候卞爾亦離去他的村子，做一個流浪各國的工人，箒子亦到處反覆的叫喊。

於是，卞爾更明白世界上行著怎樣不義的事情，工人是怎樣慘酷的被人搾取，懶惰的是過的怎樣奢侈的生活。他又知道好聽的話和同情是不中用，不義非以強腕來掃除不可。

於是，他無論到那裡都不離高明忠實的箒子。他立刻想到把箒子的話反

覆的告他的朋友，他的朋友亦以箒子的話是對的，非按著牠的話去活動不可了。

於是他們亦把這話傳給朋友，聽過這話的人更講給別人，這樣一來，這句話立刻就傳播了全世界。

於是不久，世界中不正不義到了極慘酷的這時候，聞到箒子賢明的話的人們都一齊起來了。掃除國內一切的不義和一切的污物，建設清新的社會都成功了，卞爾又拿著他的箒子參加了這番事業。

然而，在其他各國，窮人們還來使用掃除一切污物的箒子，還是依舊不變呵，已是非開始掃除不可的時候了。污物已如山積，就要把人類埋在牠的底下了。

載於《臺灣新民報》，第三九五號，一九三一年十二月十九日

被棄的兒子

作者　莫泊桑

譯者　陳村民

【作者】

莫泊桑（Guy de Maupassant, 1805～1893）[1]，見〈二漁夫〉。

【譯者】

陳村民（？～？），生平不詳。〈被棄的兒子〉譯自莫泊桑的短篇小說 *"Un Parricide"*（應譯作〈弒親者〉，或譯為〈一個殺害父母的人〉），這篇作品首次發表於一八八二年九月二十五日的《高盧人報》（*Le Gaulois*），一八八五年收入短篇小說集《白天和黑夜的故事》（*Contes du jour et de la nuit*）。此文譯者是胡適，為陳村民冒名，胡適譯文篇名作〈殺父母的兒子〉。（許俊雅撰）

一

那位律師曾說被告一定是瘋了！不然，這件奇怪的罪案又怎樣解釋呢？有一天早晨奢托地方附近的一塊河邊草地上，發見了兩個死屍，一個男的，一個女的，他倆都是地方上著名有錢的人。他兩年紀也不少了，大約是三十餘歲了，他倆去年才結了婚，那時這婦人已經做了三年的寡婦了。

地方上的人都知道這倆人是沒有仇人的，他們死的原因，並不是被強盜搶劫了的，據死屍看來，大概是先被人用鐵鍬打死了，後來才被丟下河去的。那時警察的檢驗也找不出什麼頭緒，河邊有幾個撐船的，也都考問過，也沒有消息，警察都失望了。

正想要把這件案子擱起來，忽然來了一個鄰村的少年木匠叫做喬治路易，綽號叫做「上流人」的出來自首，承認這兩人是他殺的。隨人怎樣問，他只有答道：「我認得這男的有兩年了，那婦人不過有九個月而已，他們時常僱我去修理家用木器，因為我是一個很聰明的工匠。」官問道：「你為什麼要

1　按：原刊作「Mr. Mayrassant」，拼字有誤。

殺他們呢？」他答：「我殺了他們，因為我要殺他們。」問來問去他只是這幾句話，沒有別的，這少年木匠大概是一個私生子。

二

　　寄養在別處，後來彼拋去的，他只叫做喬治路易，沒有姓氏。但是他長成時，既有絕頂聰明，又帶著一種天生的上流的儀表，所以他的朋友都叫他做「上流人」。他做櫥棹的手藝，實在很高明，人都說他是一個社會主義的信徒，深信共產主義和虛無主義的破壞主義者，讀了許多慘酷小說，很喜歡認【談】政治，每到工人及農民開大會時，他總算得一個能動人的演說家。

　　那位律師曾說他是神經病了！律師說，據彼【被】告的帳薄看來，死者夫婦兩人曾於兩年之中照顧了彼【被】告三千多弗郎的生意，他若不是瘋了，怎麼肯殺了這種好主顧呢？如此看來，一定是這個瘋了的「上流人」胡思亂想的，就把那兩個「上流人」殺了！以為這是對於一切的「上流人」報仇雪恨的法子了！律師得意揚揚地接著說。

三

　　「這樣一個無父無母的貧人，人家偏要挖苦他，叫他『上流人』，這種刻薄挖苦還不夠使他發瘋嗎？他還是一個共和黨員呢！你們不知道嗎？他的同志的人從前被政府槍斃了許多，也曾逐了許多，如今可是不同了！政府張開了雙臂去歡迎這一黨。他這一黨本來是用放火作主義的，謀殺作常事的。那種不道德的學說，現在到處歡迎，可就害了這個小（少）年人了。

　　他聽見共和黨的人……甚至於婦女，是的……要流剛伯達先生的血啦！要拿葛雷威的命啦！他聽了這種話，自然動心，所以他要流血，要那些上流人的血。所以我說你們不該懲罰這個少年木匠，那有罪的人不是他，是那市民政府！」

　　法庭上許多觀眾，聽了這位大律師的雄辨【辯】，大家紛紛贊歎，都以為被告的案子是贏了！代表審廳的律師也不起來反對他。承審官照例向彼【被】告說：「被告的犯人，你對於自己的辨【辯】護還有什麼話要說嗎？」

四

那被告聽了判官的問話，站了起來。他的身體矮小，頭髮作淺黃色，眼睛又是灰色的，露出一種明瞭鎮靜的眼光。他說話時，口齒清楚，音又響亮，不消幾句話，便把法庭上許多人剛才所有的成見都變換了！被告說：

「官長，依這位律師的話，我簡直是要入精神病院！但是我不願入精神病院，我甯可死，都不願給人家把我當作瘋人，所以這樣我還是自己招認了吧！……我所殺的那兩個男女，是我的父母……諸位且請聽我說完理由，然後下評判吧！……

有一個婦人，生下了一個男孩子，把他送到別處去撫養，這個私生子永遠是沒有出頭的希望，永遠受苦，簡直是受死刑一樣。為什麼呢？因為有時月錢斷絕了！那狠心的乳娘竟可把孩子凍死餓死，這種的情形，那親生的母親可知道嗎？……

五

幸而撫養我那位乳娘倒有點良心，比我自己的母親好得多呢！她把我撫養長大……其實她不該如此，正該把我弄死了好呢！你們想看大城鎮附近村鄉裡那些丟下的私生子，最好凍死餓死，似垃圾一樣，倒了就完了！……我從小到大，總覺得身上一種羞恥的印像【象】。有一天，幾個小孩子叫我做『野種』。他們在家中聽得這二字，其實並不懂得什麼是野種，但我自己也難得了解這句的意思，不過我覺得很難受……

官長！我不會說謊話的，我在學堂裡要算是一個頂總明的孩子，要是我的父母不下這狼心狗腸把我丟下，我也許會成一個很有學問的人……是的，我的爹娘，對於我真是犯了一椿罪過，他們犯罪，我來受苦，他們很[2]著心腸，我卻無處伸冤，他們應該著愛我的，誰知卻把我拋棄了！……

2　按：很，通「狠」。

六

我難道不曉得我這條命是他們給我的嗎？但是給這條命有什麼用處？依我看來，這條命反是一椿大不幸。他們既然把我丟卻，我對他們是無恩可說，只記著仇恨。他們對我犯了一椿最殘忍，最無人心，最大的罪惡！如果一個人被人羞辱了，可以打他；被人搶劫了，可以奪回來；被人欺騙了，可以報復他；被人陷害了，可以殺他。但是我比以上幾樣還要深得多呢！我替自己報仇！我把他們殺了！是應有的權利，我把他們的快活生命來代替換他們硬給我這苦命！……

你們一定說我是殺了父母的逆子！我老實為著他們受了無限的苦痛，受終身的羞辱。這兩個人可以算得是我的父母嗎？他們自己要尋快樂，無意之中生下了一個孩子，他們硬要把這孩子壓下去，不料後來也輪到我來壓下他們了！其實我從前本意認他們，有意去愛他們，這男的兩年前初次到我這裡來，我毫不疑心，他買定了兩件家具。

七

後來我才知道他暗地裡早從本地各處打聽我的來歷了！從此時常來戕【找】我，也照顧我許多生意，每回價錢都很過得去。有時他和我閒談東又談西，我那時著漸覺得喜歡這個人。

今年春上，他帶了他的妻子同來，他的老婆就是我的母親。一進了門，她就遍身發抖，我還以為她發了什麼神經病呢！後來她坐下討了一杯水喝，她沒有說什麼，只癡癡的看我做工。那男的問她時，她只胡亂答一句『是』或『不是』。而她走了以後，我還是想她一定是有了什麼神經病。

過了一個月，他們又來了！這回那女的卻很鎮靜了。那天他們談了一回，定下許多木器家具。後來我還見過那女的三次，總是不曾起什麼疑心。有一天，那女的問起我的家世和我的歷史。我答道：『我的爹娘真不是人，把我丟卻。』那女的聽了把手抓住了胸口便暈倒了。我立刻明白了！曉得這婦人就是我的娘，但是我裝做不知，好留心觀察他們。

從此我也打聽得她的歷史，才知道我的母親剛做了三年的寡婦，他和她到了去年七月才結婚的。外間傳說我母親的前夫未死時，他們倆早有了愛情的事，但是這事可沒有憑據。我就是憑據了！他們先隱藏著，後來要想毀滅的憑據就是我！她因為很早就嫁，據人家說我母親在十七歲時就生了我。是假是實我卻不知道，她現在已三十有五了！

八

我靜待了不多時，一天晚間，他們又來了！這一天那女的好像有點感動，我也不知為什麼緣故。女的臨走的時候對我說：『我祝你事業發達，你看來很誠實，又肯發狠做工。將來你總得娶一個妻子，我來幫助你自由揀一個配得上你的女子。我是曾嫁過一個我不愛的丈夫，所以我深知道，這種婚姻的痛苦。現今我有了錢，沒有兒女，自由享受我的財產。我這手裡便是送你妻子的嫁資……』她說時，伸出手來，手裡拿著一個封著的封套。

那時我直望她說道：『你是我的母親嗎？』她退了幾步，把雙手蒙著臉，不敢看我。那男的扶著她，喊著對我說道：『你瘋了嗎？』我說：『我並不瘋。我知道你們倆是我的父母，不必瞞我，你認吧！我絕對守秘密不告訴外人。我也不怨恨你們，我還做我的木匠。』那時男的扶著女的向門口退下，女的哭了！

九

我把門鎖了！把鎖匙放在我的袋裡，對她說：『你瞧他這副情形，你還敢賴不是我的母親嗎？』那男的越發生氣了！臉上變了色，心裡也有些害怕了！守了許久的醜事，如今要發作了！他們的身分、名譽，都要失掉了！

他說：『你是一個光棍，你想訛詐我們的錢嗎？我們好心想要幫助你下等人，不料反受這種氣。』

我的母親不知如何是好，口裡只說：『我們去吧！我們去吧！』那男的走到門邊，見門鎖了！喊道：『你要不立刻開門，我就告你訛詐錢財，捉你到官裡去坐監牢。』我也不理，他把門開了！

　　望著他們出去看不見了，我那時好不難受呀！就像我本有父母此刻忽失卻了！彼【被】丟下了！逼到走頭無路了！又彼【被】罵為下等人。這樣的毒，噫！天呀！上帝呀！我心裡非常的痛苦，夾著一股怨恨，一般怒氣，我周身都震動了！

　　實在忍不下這種不平，看不過這種下流的手段，受不了這種的羞辱。我的腳也自己不知不覺地向前跑，想趕上他們。我知道他們一定要經過賽因河上奢託的車站去，我不久就趕上他們了！那時天已黑暗，我悄悄地跟著他們，不使他倆聽著我的腳步。

　　我的母親還在哭著，我的父親正在說道：『這都是你自己的錯處，你為什麼要見兒子呢？我們現在居什麼地位？這不是發癡嗎？我們儘可遠遠地幫助他，何必親自去找他？我們既不能認他，何必冒這些危險呢？』

　　我聽了這話，便衝上前去，哀求他們：『你們果然是我的父母，你們已拋去了我一回，難道要第二回的拋去我，不認我嗎？』官長，那男的動手打我！在公堂上發誓，他動手打我。我抓住他的硬領，他伸手向袋裡拿出一枝『皮思脫兒』要我的命。那時我的血都冒上頭來，我自己也不知做什麼事了！

十

　　我袋裡帶著我的鐵圓規[3]，我摸出來拼命打了他無數下。那時我母親大喊道：『救命呀！殺人呀！』她一面喊一面抓住我的頭髮⋯⋯人告訴我把她打死了！我怎會知道那時做的事呢？後來我見他們都倒在地上，我也不用思想，把他倆都拋到賽因河裡去了！我的話說完了！請你定罪吧！」

　　彼【被】告坐下來，有了這番的供狀，審判官也沒有一時判決。這案子須等下次才能判決。有罪呢？無罪呢？尚不知道。如果若給我們當做判官長，這件殺父母的兒子的案件，應該怎樣判決才有理呢？好研究法律的先生們，大家可以答復我吧！

3　原註：畫圖所用。

希望諸看報的先生們一些的回答吧！

一九三一・八・二十七

陳邨民

於赤崁城西

載於《三六九小報》，第一五四～一六三期，一九三二年
二月十六日～三月十六日

太子的死

作者　阿爾封斯‧都德

譯者　邱耿光

【作者】

　　阿爾封斯‧都德（Alphonse Daudet, 1840～1897），見〈最後一課〉。

【譯者】

　　邱耿光（？～？），生平不詳。臺灣文學評論家。作品僅存三篇，譯有都德（Alphonse Daudet）〈太子的死〉、大町桂月〈作文十則〉（1932），以及文學論述〈創作動機與表現問題〉（1934）。後兩者皆在討論文學上的創作問題，尤其是〈創作動機與表現問題〉可謂其最富盛名的作品。該文以廚川白村「苦悶的象徵」破題，認為文學創作的根源是「苦悶」，而非僅限於生活上的窮迫與唯物史觀的框架。藉此表達了反對當時文壇炙手可熱的左翼文藝思維與普羅文學路線的想法。（趙勳達撰）

　　小太子病了，小太子死了。舉國所有的教堂都日以繼夜設著聖餐，燃燒著火燭，為著高貴的太子的痊癒。古都的街衢，慘澹地，寂靜靜地，鐘聲不再悠揚地響了。馬車懶慢地走著，王宮外面，有許多人民好奇地向著鐵欄柵覷瞧，腹部佩著金質物的衛兵，帶著鄭重的神經在宮院裡交談。

　　整個的王宮騷動了，宮臣和總管在大理石的樓梯匆忙地上下，走廊裡充滿了穿著綢緞的侍僕和朝臣，一群一群低聲地交頭接耳的探問消息。在廣闊的石階上，涕哭的妃嬪用著繡麗的手怕拭淚，彼此行著敬禮。

　　在橘園裡有一大群穿著長袍的醫生，朝窗子看去，能瞧見他們揮舞著長而黑的衫袖，和傾斜的大鎚般的假髮髻。小太子的保姆和御馬司在門前徘徊著，等候會議的決斷，廚役經過他們身邊，也沒有向他行禮。掌馬宣誓如一異教徒，保姆背誦鶴菜土【萊士】（Dsorace）的詩篇，在這時候，廄房裡有一聲悽傷的馬嘶，這就是小太子的馬，在空空的馬槽前的悲嘶聲。

　　國王呢？國王在什麼地方呢！國王是孤單的在王宮的一間房裡，貴人們

是不喜歡被人看他流淚的。皇后呢？那又不同了，她坐在小太子的枕邊角，可愛的面龐充滿著眼淚，大聲涕哭的在眾人之前，好像一個麻布商人的妻子似的。小太子在鑲花邊的小兒臥床上，面色比他躺著的墊褥更倉【蒼】白，瞑著兩眼休息。他們以為他睡了，但是不，小太子是沒有睡。他轉回頭來向他的母親，瞧見她流淚，說道：

「母后，你為什麼流淚呢？是不是因為你相信我會死呢？」

皇后想回答，但嗚咽哽住了她的話。

「請你不要哭泣，母后！你忘記我是太子麼？太子不能這樣就死的呵！」

母后嗚咽更厲害了。小太子開始驚起來，他說：「我宣佈，我不願死神來拿我，我將找方派阻住他的到來！即刻給我遣四十非常強壯的騎兵，圍衛著我的床，調一百大礮，點著火藥，在我的窗下守衛著，假使死神敢行近我們，便加禍於牠！」

為要使高貴的太子喜歡，皇后便做了一個手勢。不久他們就聽到大礮的隆隆聲經過宮院，四十高大的騎兵，手裡捏著戟，圍站在房裡，他們都是有灰白的鬍髭的老兵。小太子看見他們，就拍起手來，他認識他們中的一個，叫道：

「多倫！多倫！」

這兵走近床去。

「我很愛你，我的老多倫。讓我看一看你的大劍，假使死神要來拿去，你必定要殺牠是不是？」

「是的！我公！」多倫回答，兩行淚跟從他的古銅色面頰滾下。

在這時候，牧師行近小太子身邊，指示一個十字架給他看，低聲的和他說了很久的話。小太子用很驚訝的神氣傾聽者，突然打斷他話說：「你說的我都懂得，牧師先生，但告訴我，假使我給我的小朋友伯羅許多錢，他能不能替我死呢？」

牧師繼續低聲說話，小太子的面色變得更加驚駭了！

當牧師說完時，小太子長歎一聲說：

「你所告訴我的都是很悲傷的，牧師先生。但有一件慰藉我的，就是去

那有繁星的天堂，我將仍然做著太子。我知道那好的天主是我堂兄弟，他不會不照我的等級款待我。」

然後他繼續回頭對他的母親說：

「叫他們帶給我最高貴的衣服，白色銀鼠的緊身衣襪和絲絨緞鞋。為著天使，我要把我自己妝飾得標緻，穿著太子的服裝走進天堂。」

牧師第三次走近小太子身邊，低聲說了很久的話。他熱烈地說到中間時，這高貴的小孩憤怒地插嘴道：

「怎樣，那末，太子也算不得什麼了！」

小太子，他不再聽什麼了，面向著牆壁悲傷地流淚。

──譯自 *Short Stories by Alphonse Daude*[1]

1　按：原刊作「*Lhort Stoies pum Olphonse Dande*」，出現許多拼字錯誤，今改。

五樓的戀愛

作者　西加羅米原
譯者　彬彬

【作者】

　　西加羅米原（？～？），僅知《臺灣新民報》在一九三三年十一月二十六日曾刊登其作品〈五樓的戀愛〉，其餘生平不詳。（顧敏耀撰）

【譯者】

　　彬彬，即莊松林（1910～1974），其筆名尚有朱鋒、峰君、嚴純昆、KK、CH、尚未央、赤嵌樓客、牛八庄豬八戒、己酉生、圓通子、進二等，文友則暱稱為「臭頭松林」。今臺南市人，臺南商業補習學校畢業，前往中國福建留學，就讀於廈門集美中學。期間在一九二八年加入臺南赤嵌勞動青年會、臺灣工友總聯盟，翌年畢業回臺，成為臺灣民眾黨員，積極參加社會運動。一九三一年邀集林秋梧、盧丙丁、趙啟明、林占鰲、林宣鰲等創辦旬刊《赤道報》。繼而一邊在鐵工廠當外務員，一邊研究新文學、世界語以及臺灣民俗文獻。一九三五年與朋友組織「臺南市藝術俱樂部」。曾撰寫〈鴨母王〉、〈林投姊〉、〈賣鹽順仔〉、〈郭公候抗租〉、〈鼓吹娘仔〉、〈和尚春仔〉，發表於李獻璋編「臺灣民間文學」，另有〈臺南年中行事記〉、〈臺灣神誕表〉等刊於臺日學人合辦之《民俗臺灣》雜誌。戰後就職於中國國民黨臺南市黨部，一九六三年退休。期間也在一九五一年開始擔任臺南市文獻委員會聘任為該會委員，有許多論述刊於《臺北文物》、《臺南文化》、《南瀛文獻》、《臺灣風物》、《臺灣文獻》等。（顧敏耀撰）

一

　　五樓有拾間獨身房。當走廊的電燈扭光的時候，左右的房門像旅館裡似的整然排列著。門上吊著片單，人們住在這片單的下面。

　　五樓的人們，不是老年家，也不是少年家。老實說，實在年青的只有淨掃這拾間房的侍女思麥女舍而已。她是替這些人們備辦伙食的，每天一面監

視這些人們，一面唱歌啦，做工啦，過著日子。

　　她知道這些人們的秘密，把這秘密搬來弄去，說是道非，博人家的視聽。她又好譏笑人家，她是從很遠的鄉下來這裡的，所以她會唱許多鄉下歌曲。對於人生有她獨自的見解，她憎惡都市，譏笑一切東西，一切的人類，但其中頂被她譏笑的，就是住在五樓的十個人。

　　四個獨身的漢子，六個過了青春期的老處女。這六個老處女，各人都想：自己最年青，只有自己沒有老。實在上了年紀的是住在第七號房的產婆，然而這個產婆自信，又要叫思麥女舍相信：她離出世有多少光陰？……不錯，的確是一瞬間吧。

　　麗鳥娘姑娘已經不是年輕的少女了，雖然她有個很美麗很響亮的名字，總是面上有三粒疣：二粒在右邊的頰上，一粒生在鼻下。假使這粒是生在男人的鼻下，已經有髭了。疣上生著小毛，不是黑色，也不是褐色，是灰色的，這是證明麗姑娘已經度過四十多回的青春的確實的證據。

　　這個產婆很曉得這些老處女的年齡，至於她自己的年齡，她始終守著沉默。然而思麥女舍卻不沉默著，思麥女舍深知道，產婆的頭髮是染色的，若沒染的時候，好像老姥姥一樣難看。

二

　　漢子的裡面，一個帶眼鏡、闊肩頭的教書先生，人家說他是個好教員，可是，因為他的咳嗽，不時跑掉了學生。他的咳嗽或者是神經質吧，因為咳嗽和別人家的呼吸一樣自自然然。無論冬天或夏天，總是穿著厚的內衫，不肯喝著沒混入牛乳的的茶的怪癖的、寡言的年老的獨身者。

　　他所有的唯一的寶貝，一把大的雨傘，不時帶在身邊，很罕離開他的。他離開大家，大家都說他是看破世情……然而，照思麥女舍的話說：他起初搬過來的時候，時常來廚房吩咐茶，有時停在廚房太久，因為怎樣用手作孽，結局一回被思麥女舍賞個巴掌，對這他只咳嗽著。現在他在房裡還不斷的咳嗽著吧。

　　思麥女舍說他每兩禮拜，就招個不認識的女人來房裡。

──面孔那樣難看，面皮那樣皺紋……

時常她告訴其他的鄰人們：「教書先生今天有好日子……」

房門開了，大家躡著腳跑出來，開始評長論短的議論。

誰都好譏笑別人。因為在這五樓很少有歡喜和快樂，假使對待別人惜著一點點的人情、友情，別人是時時以討厭、惡口、輕蔑的東西奉送過來。

思麥女舍說麗姑娘有個戀人，產婆聽見，心裡的嫉妒的情火沸騰起來，一對眼睛，像老貓追逐老鼠般，爆出火星。

──思麥女舍，別說謊！

──實在！賭咒你看吧！

──那個是麼樣人呢？老年？

──不，年青，很年青。

產婆的面孔蒼白起來要笑，要譏笑，然而她的嘴唇，好像喝著苦湯似的不停地抖動。

──免講！你的確說他很漂亮吧！思麥女舍！

──他實在漂亮，可惜……

──可惜怎樣？

──他是用一隻眼睛看人的。

產婆這時才心平氣定，她的身體若不是這樣笨重，一定喜得跳起來吧。陌生的青年剩著一隻眼睛，是無上幸福、無上歡喜。

──思麥女舍，你聽，設若麗姑娘的戀人是個瞎子，於他自己更好吧，因為他不能看見麗姑娘面上的疣。

產婆笑著，思麥女舍也笑著。

麗姑娘同獨隻眼相好吧！

三

假使五樓的人們，大家較溫順些，較好肚量些，他們的中間會生出數組的夫婦吧！然而老處女無論如何看不起獨身的漢子，而獨身的漢子也不肯垂青老處女，兩派互相憎惡著年老，互相忌避著。

各人住著各人的房間，互相像敵人看待，各自鎖著房門自亨【享】自樂，不肯來來往往。

若要探聽別人家的秘密，只要跑去找思麥女舍，她便詳詳細細地告訴你。

思麥女舍曉得產婆有一個戀人，她的戀人年青，老實年青。雖然產婆的年齡有較老，可是她有實用的本領，且有一大注的錢放在銀行。關於這件大家都曉得。

思麥女舍又曉得，晚上偷入去，門上吊著「盧查・輕遇曼免許產婆及麾【摩】擦術」的招牌的第七號房的那個青年的事情。

當產婆從裡面把門鎖起來的時候，思麥女舍即時跑去第三號房——麗姑娘的所在。

——麗姑娘，他已經在那裡啦。

——她鎖起來了嗎？

——是！

——咦！不要臉的老處女！——麗姑娘說。

——我要告訴那個姑娘說：一切老處女，都是不要臉的。

思麥女舍這樣應著，她幾分自信地微笑著。她嘲弄人家，人家對她不能如何。

麗姑娘好像吞著苦藥丸似的，咬緊著牙齒。

——不曉得她怎樣打算？同他結婚嗎？

——恐怕會吧……他雖然年青，總是很懶惰的、流氓的、貧窮的渾蛋。他來的時候空著肚子，轉回去的時候盧查姑娘給他些零星錢。

——她要買他做老公吧？

——不止她一個人這樣，就是其他的……鄉下氣的思麥女舍狡猾地應答著。

載於《臺灣新民報》，第九九五～九九九號，一九三三年十一月二十六、二十八、三十日

得救的鄉村

作者　Alexander Barta
譯者　李萬居

【作者】

　　Alexander Barta（？～？），匈牙利作家，其作品〈得救的鄉村〉曾由李萬居翻譯，刊載於《時事類編》一九三四年第二十二期，其餘生平不詳。（顧敏耀撰）

【譯者】

　　李萬居，見〈噴水泉〉。

Alexander Barta, "Le Village Sauvé " Monde, Septième Année, No 298,31 Mars 1934.

　　譯自法國《世界周刊》第七卷二九八期，一九三四年三月三十一日。

　　這個小鄉村好像獅子爪中的一隻老鼠似的，蹲在山壁下。房屋一層一層地排疊著。這與平原鄰近的鄉村不一樣：平原鄰近的鄉村裡的大街道有塗漆著薄紫色和黃色的房屋的腰石，好像真珠綴成的花圈一般。

　　當人家還在繼續採伐森林的時候，每家的煙囪上面都冒出一縷輕煙。但是自從這項工作結束，紅軍顛覆之後，這些森林大部分禁止給捷克人採伐，土著的樵夫出賣的柴比較在捷克人的柴店還要貴——鄉村宣告破產了。

　　六十三個女人個個都比較旁人窮苦！因為有錢，有馬匹的人好久就搬跑了。有些人為得逃避窮苦而跑去阿根廷。還住在這個地方的人，其中有許多人首先就跑到鄰近有鋼鐵廠的城市裡面，其餘的則到葡萄區找尋工作去了；再有一部分人也到布達伯斯特（Budapest）去，但是大部分人不久就帶著他們的瘦弱的身體回來。

　　好久，好久以來，他們只有流著眼淚，跑到森林墾植辦事處，人種主義者的議員的家裡，每兩星期來讀一次彌撒的鄉村的牧師那兒。但這是徒然的事，這些地方都沒有給他們的任何幫助。這些鄉人早就自認他們的生命完全失掉了。但是在伯斯特的一家報紙上曾登一篇關於這個鄉村狀況的很詳細的

文章:「大家救濟這個真實的匈牙利鄉村吧！」這篇文章似乎是一個新聞記者,即人種主義者的議員所做的。這是奇蹟中的奇蹟啊!

秋季的某一天,有一輛輕車停放在鄉村地保的門前[1],這天既不是星期日,又不是什麼節期,但是從車上卻下來一個鄰鄉的牧師和一個高雅而雄偉的城市人。十分鐘後這個鄉村的地保就打鼓召集全鄉的民眾。當居民聚集在地保的門前時,牧師向民眾演說。他所說的話還要比他的說教漂亮。

鄉村的慘苦狀況,感動了各地。著作者、新聞記者、議員和首都的幾個大貴族決定救濟這個鄉村。他們深刻地考慮這個鄉村的窮苦事情以便救助它。他們首先審查建議移殖這些居民的方案,隨後審查國家照他們的建議把地價貶低的事宜。

但是這個計劃,他們似乎無法接受。第一因為生產者已經太多了,第二因為沒有餘錢來建設一個移民地。這些事既沒有做,他們因為山野的空氣好,遂決定把這個小鄉村改為重要的療養地。「這位先生是住在首都的,他直接從布達柏斯特來的,他是受一般人委託來把這鄉村改設為幸福的新邨。請大家仔細地聽,並感謝這位布達柏斯特的先生吧。」

這位從城市來的先生輕輕地咳嗽著。

「親愛的鄉友們!大家請聽我所要講的事吧。關於 —— 我現就要談到這個問題 —— 關於要把這個鄉村弄成每月有八百片俄[2]的收入」。

聽講者睜開大眼睛。他們挨近了。

「利益是少而又少的。但是請諸位絲毫不必憂慮,這第一步就是要謀鄉村的繁榮和建設療養地。親愛的同胞!我們大家仔細聽下面這些話吧:每個高貴的家庭都可以招待住客以及寄宿沒有毒症的精神病者。……你們了解我的意思,不是嗎?並不是接待瘋子,而是接待犯神經質的人,這班人裡面也常常有些是狠[3]有教養的人……」

死一般的靜默回答他。牧師很快地用熱烈和同情的聲音來打破這冷森森

1　原註:村長住在隔鄰的大鄉村裡。

2　原註:匈牙利貨幣名。

3　按:狠,通「很」。

的靜寂空氣。

「親愛的朋友，這些事體要有習慣就可以做了。這班可憐的病人絲毫不會麻煩。整日他們坐在他們的房子裡或門前的長凳子上面。這不過是上帝的可憐創造；任何正直的人，任何虔誠的基督教徒都不能拒絕救助他們，因為救助他們，也就是救助自己，創物主也是這樣的命令著我們。」

人群中輕輕地動了一下。

「膳費並不那麼高。他們大部分也需要狠少的食物，我們也不應該給他們吃太多東西。住宿也是一樣的，他們在一定的地方過夜。報酬既不高，但是也不低，我們應當想病人的費用完全是國家負擔的，什麼人都沒有替他們付賬。……簡單地說：國家每月付給每個病人十六片俄，此外，每個病人又各收到草褥，被蓋，一床的褥單，並且每月又有半基羅的肥皂和一瓶安眠藥給他們，夜間睡不著時，可以鎮靜他們。」

當報告錢的時候惹起極大的騷動。每月十六片俄……五十基羅麵包！

「如果有人要接待病人到他的家裡，須到本鄉地保的家裡去登記。」

這位從城市來的先生又再說了上面這段話。

「萬分感謝！」

當那位城裡面的人和牧師上車的時候，那群人這樣呼著。

「永遠——亞門」（In deternum——Amen）。

那位虔誠而使人感動的人從已經開動的車中發出熱烈的聲音這樣回答著。

好久以來，這個鄉村就完全靠這些病人而生活著。這些病人確實大部分像那牧師所說的一樣：天真、靜默和神經衰弱。這班可憐人，沒有人替他們付錢，也沒有人為他們憂慮。他們裡面也有幾個瘋子。這些可憐人都是被他們的家庭所拋棄的。

這班人裡面最有趣味的是那個瘦削而兩頰有鬍子的阿龍・法魯維奇（Aron Faluvegi）。大戰前他是個托蘭西爾瓦尼亞（Tranèylvanie）地方的錄事官。他加入羅馬尼亞的隊伍以後，因宣傳意大利民族主義，而坐了三年的

牢獄。刑期滿了之後，這位大英雄逃到匈牙利去。但是，布達柏斯特的意大利民族運動委員會卻不招待他。人家給他一個書記的位子，但是不久他就被排擠出來了。他在一輛破貨車中跟一班土人一塊兒生活著，直至他失掉理智時為止。

阿龍・法魯維奇每天寫一張關於他受犧牲的不平事情的請願書，隨便給一個人，後來他同樣地寫了一張給教皇。在他這些願書裡面，他寫著他痛恨另一個書記名為瓦洛（Ignace Varro）的，搶奪他的位子，他說瓦洛是個羅馬尼亞的間牒，他的真名實在是叫做密勒斯基（Csicsa Mirescu）。過了好久，他在請願書裡面說明瓦洛又名密勒斯基，不僅是個羅馬尼亞的間牒【諜】，而且是屬於猶太種族的，他要求化驗瓦洛的血。

法魯維奇早晨寫願書，隨後便帶去讀給母雞聽，他把母雞養成與他在一塊兒的馴熟習慣；幸喜有麵包屑，這些母雞好像小雞跑去找尋孵蓋牠們的母雞一般地跑到他的身邊來。

如果他的誦讀停頓，公雞振起燦爛的羽翅而開始啼叫時，法魯維奇便帶著怕人的怒氣跑進去。

「臭畜生！」——法魯維奇這樣叫著，他那兩頰的鬍子便駭人地顫動起來，「你相信我吧，我不知道你的名改為什麼『Hahn』[4]？」

他於是喘氣、吐痰，而離開那些受驚駭而飛跑的雞群，然後跑到鄰鄉的郵局裡去。

首先法魯維奇就笑起來了。我們也可以說，他在這個鄉村的大窮苦中得到了什麼快樂似的。鄉裡的人都得到一班病人的好處，這些可憐人在苦惱中，所以吃得少。

第一次的聖誕節安靜地過去了。但是冬天愈繼續下去，在這些房屋裡面的生活愈加苦悶起來。後來，有一個瘋子想把一個頭髮怪紅的小女孩丟下古井裡的時候，鄉裡便潛伏著狠大的憂慮。這個瘋子上城去了，鄉人的精神才鎮靜下來。但是這椿事情的發生遂使一般人不敢多譏笑這班瘋子。

4　原註：公雞。

　　一個月一個月過去了。差不多每家的屋角裡都坐著一個靜靜的瘋子。鄉人甚至可以利用他們去做工作。有很多家因有這些人在，遂感覺很愜意。雖然是這樣，但是當日晝開始長下去的時候，整個鄉村的人便可休息了。許多人秘密地決議，等他們的環境改良之後，便把這班瘋子辭退出去。但是到了年底，大部分居民便又重新訂立契約了……

　　第二年的冬天開始時就不好了。有一晚，一個病人在他主人的房子裡放火。人家立刻瞥見火燒，很快地就撲滅了。這個病人被送出境了，但是自從那時候起，鄉裡人在家裡已不能安靜睡了。

　　但是誰能夠接受這種意思，在這冬天把這些人送出去呢？不是有幾百人要求這項事嗎？鄰村的居民已經在嫉視他們這鄉了。

　　他們想，冬天將要過去，春天快來了，它會用金色掃帚來掃除全鄉的人的腦筋裡的恐懼的。

　　偶然有一個女人產生了一個怪東西。於是大家又不安心起來。晚上，鄉人因害怕而防禦他們日間所避開的病人。自此以後，常常發生事情：小孫子和女人晚上驚醒起來，尤其是晚上病人不能安靜睡覺的那些家裡。

　　這班神經衰弱的人使整個鄉村感覺到痛苦。但是應該忍受和抱著希望，因為他們都是靠這班神經病者生活的。

　　這班人漸漸不敢多講話了；他們慢慢地順從了病人的一些習慣。起初他們彼此不敢提起這事來，但是，到後來漸漸成為公開的，有許多人在夜裡二次或三次溜下床舖，去檢點家戶有無燒起火的事情。

　　看護病人，這塊麵包是狠苦的。

　　第二年仍是過去了。這個鄉村吐了一口輕鬆的氣。工作呢？森林異常的靜默。也許這一年這種可怕的病就會好吧，這病的名是他們所習知的，即各報紙所登載危險症。

　　但是危險症並沒有好。到了秋天的時候，大部分的鄉人又重新訂立契約。

　　從這天起，大家的心情只有更加惡劣。病人也改變了。尤其是在晚上，他們更加騷擾。其中甚至有可怕的瘋子；但是居民生怕弄不好，而失掉了每個月的十六「片俄」。大家煩悶著，恐怕冬天的到來。

有一晚，阿龍‧法魯維奇乘著月光砍殺了鄉中的長老斯特豐‧茨克勒（Stefan Szekeres）。這個可憐的老人，徒然哼哼地說他與羅馬尼亞的間牒【諜】瓦洛‧密勒斯基毫沒有關係，他的祖先都是虔誠的基督教徒。

經過三天的考慮之後，全鄉決定把殺人的事守著秘密。他們恐怕此事被人家知道，就會失掉全部的病人。

悲苦的靜默和煩悶籠罩著整個的鄉村，沒有一個人感覺他們的生命是安全的。無論什麼地方都不聽見高聲談話，又聽不見真實的笑。漸漸地有許多人坐在床上過夜，於是居民也漸漸地變成像病人一般的緘默，一般的衰弱。

一個月之後——這時候他們還以為沒有一個會知道這回殺人的事，雖然鄰鄉已在暗地裡議論著——老鄉民茨克勒被殺的消息傳到憲兵、警察的耳朵中去了。憲警找著了這個老頭子的屍骸，他們把阿龍‧法魯維奇和他的主人帶去，好在後者沒有發見犯罪的事實。

過了兩天後，一個醫務團在鄉村地保的家裡出現了，他們來了檢查某幾個病人是有危險的，然後把這些人帶到城裡的療養院去。

當歐戰的時候，鄉裡的人從沒有這樣細心牽他們的馬去給檢查，好像今天帶他們的病人去給醫師委員會診斷那樣。他們各人都稱讚他們的病人好，雖然是一個既不安靜又不溫和的病人。但是醫務團應須嚴格地檢查，因為有一家報紙曾把事實大大地擴大。

當消息傳出，鄉裡的病人半數在這冬天須帶到城裡去的時候，全鄉的人都集合在鄉村地保的門前。最初一群人靜靜地站著，後來就向窗門投石了。醫師們個個都沒有拿大衣就逃出鄉外去，鄉人帶著鐵叉和斧頭一直趕出鄉外。

但是第二日，醫務團又再出現了，這次有一大隊警察護送著，聽見他們來到的消息，全部鄉人都關在自己家裡。內外的門都堵塞起來。

憲警用武力才打進鄉人的家裡，但是他們到處都遇著激烈的抵抗，病人呼叫著，他們的主人則用異常激烈的態度保護著病人。

當起初那六家被破門而入的時候，城裡療養院的主任醫師已受了許多流血的和拳打的傷痕，遂停止了檢察。

「全鄉都患了瘋病——他對著醫務團的其他團員說——整鄉瘋狂，要澈

底檢驗病症，這是科學史上所沒有的先例。」

醫務團退回去研究這是什麼病症。

自此以後，鄉村便又安靜了。

但是晚上有人起來，坐在床上高聲大叫。這是一個病人呢？抑是一個康健的人呢？這只好讓給醫務團去決定。

重要的問題就在匈牙利的真實鄉村，只有整個社會的改造，才能得到救濟。

載於《時事類編》，第二卷第廿二號，一九三四年

鄉村中的鎗聲

作者　Josef Halecki
譯者　李萬居

【作者】

Josef Halecki（中譯為「哈爾基」），波蘭作家，李萬居曾翻譯其〈鄉村中的鎗聲〉，刊載於《時事類編》一九三四年第二十四期，其餘生平不詳。（顧敏耀撰）

【譯者】

李萬居，見〈噴水泉〉。

Josef Halecki: Coups de feu dans le Village "Monde" Septiéme Année No 307, 10 Août 1934.

譯自法國《世界週刊》第七卷三〇七期，一九三四年八月十日。

這天是星期日。農民霍慈西赫（Wojciech）穿著漂亮的衣服。

太陽照著他那幢農村式的家屋的白灰壁。

他的妻子跪在聖母像前，合著掌在哭泣。她的嗚咽與蒼蠅的嗡嗡的聲音混成一片。她這樣歎息著：「聖母，聖母……。」

這個農民穿好了衣服。慢慢的踱著，同時現出愁悶的神情。他比較平常的星期日跑得更慢，並現出更愁悶。他常常停住了腳步，茫然地注視著他的面前，眼睛是失掉了光彩的。他在想著他的兒子放在驗屍所。他穿衣服就是去料理喪事……。

他的兒子放在驗屍所，在患瘋癱病者佛蘭克和約翰的屍邊。

這三具死屍都是放在舁床上面，他們是被打死的。

他們都是被小鉛彈打穿的，約翰的肚子多了一個很大的傷痕。霍慈西赫還看見約翰的屍身倒在他的面前，被一個警察用刺刀戳破。

霍慈西赫向著警察撲去，用力揮起短棍子打破他的腦蓋。他看見警察拿著鎗的兩手起了痙攣，約翰和那個佩鎗而暈倒的警察並排躺著。從這時候起，

戰鬥發生了，警察開了火。

成群結隊的農民們逃散在樹木後面，拾起石子拋擲警察。子彈從教堂對面的屋子飛過來。警察藏在那兒的警車後面，這輛車是從城裡載他們來的。霍慈西赫和他的兒子潛伏在一個洞穴裡面。穴裡還有最近下雨而未曾乾的水。但是，不要緊，藏在那裡面是安全的。

霍慈西赫一直爬到被他父親打倒的警察那邊去。這個老頭子懂得了。他看見他的兒子去奪一條棍子，藏在穴裡面的警察拔出手鎗，取出盒子裡的子彈。「手鎗啊」——這個老農叫著！已經太慢了，警察已經看見，而瞄準著他的兒子射擊。這個青年趕快逃回穴裡。但是他也有手鎗，同時也有子彈。他開鎗了。

霍慈西赫注視他的兒子：他即刻唸著「彌撒」，他脫下帽子，像在每座聖母像前一樣地做著祈禱，他盲目地服從《聖經》的誡律。農民霍慈西赫看著他的長子正向警察開鎗，他說道：「服從官府吧。」

這個青年聽從了父親的話。

他的鎗射得很準。他剛剛從軍隊中回來三個月。在軍隊中人家教過他射擊的！忽然喇叭響了一聲，一輛警車風馳電掣地到了街心。農民們認識這種信號。城中的第一輛警車發出了這樣的信號。現在第二輛警車到了。在距離五千公尺的地方，車就停在菜市場了。

——向後退，有人在叫著！

那個人是不是患瘋癱病的佛蘭克？抑是旁的人呢？管他呢，正是他。

霍慈西赫的兒子拿著手鎗，跳起來，朝著近邊的一株樹那面跑去。老頭子跟著他。他們兩人再跑。於是到了柏勒斯陂特的園子。穿過園子的時候，他們想打從樹林穿過。這個青年爬到籬笆那邊，攀上去，站了幾分鐘，後來栽倒在草地上。他的父親趕忙跑去看他。他明明看見攀過籬笆時他兒子的長藍布衣破了洞。

他背著他的兒子，後來把他的頭放在自己的膝上。這個青年滿嘴血淋淋的，他明朗地說：「逃吧，爸爸！」這個老頭子逃了。

他從樹林中逃了。鳥兒婉囀啼著，好像沒有什麼事的樣子。

　　樹林中的青草已經枯槁了，地面上鋪著一層厚厚的松枝，變成滑滑的，這個老頭子到了樹林中，便坐在一株樹幹上。他想：「這個患瘋癱病的佛蘭克是有道理的。」

　　大家常常嘲笑這個患瘋癱病的佛蘭克，村長這樣說：「他一隻腿已經跛了，他的腦已經壞了。」

　　但是在他，他怎樣說呢？他說：「牧師是騙子，佔有本村大部分土地的村長是個賊。他從城裡回來，就不再到教堂裡去，他屢屢的說：『他們會來牛棚裡拉去你僅有那隻母牛』，『他們』就是官府啊！」

　　農民是貧苦欠債，擔負著很重的租稅，官府是沒有顧慮到這事，頑固的，總之他們的母牛卻不會被人率去。

　　啊！他是對的。

　　人家來拉牛。並不是要拉霍慈西赫的，卻是要拉馬西克的，馬西克跑遍全鄉，高聲叫著有人要來搶他那只僅有的母牛了。

　　農民麕集在馬西克的家裡，霍慈西赫和他的兒子也在裡面，患瘋癱病的佛蘭克也來，他說大家不該讓稅務員拉去馬西克那隻母牛，他這樣叫著：「明天他們又會來強拉旁人的牛和馬啊。」

　　稅務員到鄉村警察所去找尋警官。警察所長要馬西克把母牛放手。馬西克緊緊地拿著牛韁繩，警察一腳踢去，這個老農滾在地下。其他的農民都跑來援救，警察長和稅務員匆忙地離開了這農家。

　　一個鐘頭之後──農民已經回家去了──由城裡開來的警車到了。

　　警察用橡皮棍子和鎗柄毆打農民。農民想要自衛，鎗聲開始響了。

　　葬儀規定今天──星期日舉行。

　　農民霍慈西赫穿著潔淨的衣服，要去埋葬他的長子。

　　母親在聖母像前哭。

　　他的兒子死了。約翰死了。同時患瘋癱病的佛蘭克也死了！

　　另有八個人躺在城裡的醫院，又有十四個人被捕！

葬儀

農民集合在教堂門前。

他們是從四鄉集合起來的。

並沒有人請他們。但是他們知道這次的慘案，沒有一個人不來參加這三個被害的農民的葬儀，農民知道有好幾百警察佔領著鄉村。這些警察向許多地方安著機關鎗！……

「他們會再開鎗的。」一班孩子這樣說：「這次我們要把他們趕出去！」他們緊緊地握著硬棒，舉得高高，做著要打的樣子。

一班老農民靜靜的沒有做聲。但是他們的眼睛顯露出堅強鬥爭的意志。

緊張的空氣籠罩著一萬農民的中間。

許許多多的人聚集在酒店裡。大家在那兒爭論著此次的事件。

強烈的酒激起他們講話。

有一個農民高聲向老板娘說：「白琳淑，不要再賒賬給警長了，他是一隻狗，他曾帶城裡的一群狗來。」

「這個醉漢不要再來這裡。」一個腿彎彎的而身材短小的農民這樣叫著：「我們絞死他吧！」──「靜靜不要亂講。」村長這樣勸告他。

霍慈西赫現出愁慘的神情看著村長，這樣說：「叫我們鎮靜嗎？他們拉去你的牛或打死你的兒子，你怎樣呢！」大家靜靜沒有做聲。

村長覺得不大好意思。他的臉上現出渾紅的。「白琳淑，拿半瓶酒來。霍慈西赫，一塊兒喝罷！」「不，不跟你在一塊兒喝！」霍慈西赫站起來，用拳頭拍著桌子，一只酒杯摔破在地上。「你是袒護他們的。」村長站起來，慢吞吞地走出去，霍慈西赫狠狠地盯視著他。

「骯髒的狗村長，他的家裡有錢，他的肚子餓就吃，在這邊他幫著殺人。」

鐘聲響了。「彌撒」開始了。農民們一個一個離開了酒店。

「彌撒」是在村中的大廳堂舉行的。大廳堂是寺院式的建築，因為木板造成的舊教堂被火燒掉了。屋頂有兩支塔尖的大建築物──新教堂還沒曾完工。

這個大禮堂容納不了那麼多的來賓，他們排成一個長列，直到菜市場。

當霍慈西赫帶他的女人來到的時候，佛蘭克的姐姐跟在旁邊，農民們恭敬地請他坐下。許多人默然地跟他握手，表示同情。這位老農民穿過了許多行列。他的兩邊，有女人在哭著。

約翰的老父親跛著腳，眼睛潤濕的，跟著他們。

祈禱開始了。牧師穿著白絲的祭袍，上面繡著許多東西。他用著聽不清晰的聲音唸著拉丁的祈禱文，音樂隊的小孩歌唱了。

霍慈西赫常常聽過這篇祈禱文，大部分他已經記在心裡了。他永遠料不到他能體會這篇祈禱文。他把它看做一條都不可更改的法律，是一種比較任何東西都更為自然。今天，當聖水灑在他兒子的身上時，他便體會了。他需要一個能夠解答他這些問題的。他的女人在嗚咽著，低低地唸著「善哉瑪麗亞」（Ave Maria）。她的兩肩急速地動著，卻沒有聲音，她的指頭在數著念珠。

霍慈西赫不做祈禱。他也捻著一串念珠，當旁人跪下去的時候，他也跪下去，但是他的脣上卻說不出半個字。「為什麼祈禱呢？要禳災嗎？為什麼他們殺掉了我的兒子呢？我反要為兇手禳災嗎？」這個老頭子痛恨殺害他的兒子的兇手。因為他既然始終對於他們誠實盡忠，他們反殺害了他的兒子。所以他痛恨他們，霍慈西赫不做祈禱。

牧師最後又灑一次聖水在那些死者身上，於是人家便把死屍抬出去了。群眾唱著《聖詩》，牧師領隊前行。

棺材抬到墓地去了，牧師在那兒舉行落葬禮。農民圍著新挖好的墓穴，棺材放進去了，村中的老輩撒了幾撮土在那上面。婦女們在啜泣，牧師伴著音樂隊在唸祈禱詩。於是他開口了：「可怕的災難襲擊我們的鄉村。上帝懲罰我們這地方。鄉民抵抗了法律和官府，上帝創立官府，就是要我們服從的，如果他們有了過失，上帝會責罰他們的。因為上帝是無所不知的，無論什麼事件的發生，都是他的意旨！」農民喃喃地說著話。他們不喜歡這種落葬禮的說法，聲調高起來了，各處都聽到一些感歎的聲音。

忽然有一個人站出人群的外面。一手拿著花圈，一手舉起一面旗子。這個人挨近正在倒退的牧師，這個人站在他的位子這樣說：「鄉民們，我來跟你

們講，並不是上帝在責罰你們。這三個人被害，並不是因為他們犯罪，乃是因為他們擁護自身的利益和身體。這樣，在官府的眼中看來就是罪人了。人家殺害他們，因為他們窮的緣故！」

農民們變成呆了，一個不相識的人打斷牧師的話頭，並站在他的位子講起話來。因此，他們驚訝地靜靜站著，但是大家卻好奇地想知道這樁事情的結果。他們是尊敬牧師的，但是卻喜歡這個人有勇氣敢於反對牧師。這個不相識的人是一個農民，他們立刻從他那緩慢而激烈的動作和聲調認識了他。他獲得了他們的同情，大家精神興奮著在聽他的說話。

「對的，對的！」有人這樣叫著。他是鄉裡的靴匠斯特菲克。「因為他們的壓迫，我們餓死了。他們拉去我們的母牛和僅有的馬匹。既沒有同情，又沒有人心。如果我們自衛，他們就把我們當做狂狗一樣的射擊，或把我們當作強盜監禁。為什麼他們不監禁那些偷我們東西的大地主！因為有他們保護，強盜不偷強盜的東西。」

牧師變成石一般呆的樣子，雖然他的精神已經恢復，朝著這個不相識的人跑來，但是這個不相識的人卻推開了他。——「他所講的是不錯，讓他講下去吧，我尊敬的神父。」霍慈西赫這樣懇求著。

這個不相識的人繼續講下去：

「他們到我們鄉裡，搶我們的東西，殺我們的子弟，非懲戒不可，我們要替這三個人報仇。」

「報仇啊！」霍慈西赫忽然跳起來，興奮地反覆地念著這個字。

「報仇……！」農民們揮起他們的棍子這樣叫著。

這個不相識的人展開了旗子。

大家的眼睛盯住這面在飄揚的旗子。大部分的農民都看過它的。十二年前，他們在戰線上襲擊拿這面旗子的人，那時候這面旗子在他們的眼中是恐怖、死亡和災禍。他們對它好像怕「鼠疫」似的，把它當作魔鬼一樣的恨。

但是現在這面旗子在他們的鄉裡出現了，而執旗的人跟他們一樣的，也是個鄉民。他用鄉下的簡單話語向他們講，他們都能了解。

他所講的話是對的，好的。比較牧師的傳教更對而且更好，牧師是教人

服從殺人的兇手！他們覺得旗子似乎是在另一陽光之下飄揚著。

　　隊列中動了一下：「他們來了！」後面的人叫著。真的十二個警察拿著鎗，鎗梢安著刺刀，準備射擊，到墓地來了。他們在距離這群農民五十步的地方停下。後面的人退了，靠近墓邊的人擠成一堆。

　　好像城砦似的，他們停在那邊。毫無一點聲息。安在鎗尖的刺刀向著太陽發亮。

　　「農民們！」一個警官叫著。「我們毫不礙你們。我們來找尋那個擾亂做禮拜的人，叫他出來吧。」

　　「這個人是我們裡面的，旗子也是我們的。」霍慈西赫的聲音雷響似的從農民們的頭上發出來。他從這個不相識的人手上拿過旗來，緊緊地握著。

　　「離開鄉裡吧！」這個不相識的人叫著。

　　農民們再這樣叫：「離開鄉裡吧！兇手，兇手！」

　　他們忍耐了這麼久。他們始終服從，絲毫不敢抵抗。他們的牙齒咬得「嗑嗑」的響，握著拳頭拍桌子，但是仍是服從。現在他們長久蘊蓄著的仇恨爆發了。他們現在覺得集合在墓地的一萬人一切都準備著。

　　警察倒退了幾步，於是農民們的勇氣更形增加，並且萬眾一心地合作。

　　幾顆石子在警察的頭上響著，警察回答了一聲鎗聲。

　　這時候農民們無限的憤激，他們像雪崩似的向著整隊的警察撲來。

　　幾次鎗聲斷斷續續的打破了空氣，但是警察受惡狠狠的群眾所威嚇而逃了，好多個人拋掉了他們的鎗。

　　幾個農民拾起鎗握在手裡，勝利地玩弄著寶貴的勝利品，他們開始追趕在逃的警察。

　　「你們停下！」這個不相識的人下命令。他打著前鋒，霍慈西赫站在他的身邊，手上執著旗子。

　　「叫女人和小孩向前進。」這個不相識的人下命令，大家聽從他的指揮。婦人和少女跑出了人群，用手挽著小孩。

　　「到村裡的市場去吧！」

　　婦人和少女向前進。她們的花花綠綠的頭巾和花花綠綠的上衣與她們的

寬大的純白的裙子正好相反。在她們的背後,男子組成了一列,霍慈西赫打著前鋒。

　　警察停在市場上。鎗在他們的手中顫動。騎在馬背上的警察長看見旗子。他指揮的那班警員的鎗已經落在農民的肩上。他不下令前進。他知道他如果礙著一個農民的女人,這群不怕大事的人就會砍殺他以及這排警察。

　　他下令全隊警察退卻。

　　農民在呼喊復仇的聲中佔領了菜市的廣場。

　　他們的頭上,旗子在飄揚著。

　　　　　　　載於《時事類編》,第二卷第二十四號,一九三四年

鷹的歌

作者　高爾基

譯者　宜閑

高爾基像

【作者】

高爾基（Maxim Gorky），原名阿列克謝・彼什科夫（Aleksei Maksimovich Peshkov, 1868～1936），俄國文學家。他在一八九二年發表處女作時選擇以「高爾基」為筆名，在俄文中意為「痛苦」，代表其以生存的「痛苦」為創作起點的美學。基於對人生痛苦的超越，他的浪漫主義強調希望的未來。高爾基曾在俄國十月革命前寫下詩作〈海燕之歌〉（The Song of the Stormy Petrel, 1901），以海燕象徵不屈不撓的革命精神並且暗示革命的勝利，這首詩因而經常在革命聚會上被朗誦。此外，劇作《底層》（The Lower Depths, 1902）與小說《母親》（The Mother, 1907）亦為其代表作。尤其是《母親》，列寧給予極高的評價，後來這部小說在蘇聯成為經典著作。一九二七年，蘇聯科學院決定就高爾基開始寫作三十五周年授予他無產階級作家的稱號，他接著又被授予列寧勳章，成為蘇聯共產黨中央委員會成員，其誕生地也被改名為高爾基市。一九三六年病逝於莫斯科，被尊稱為「二十世紀最偉大的普羅小說家」。（趙勳達撰）

【譯者】

宜閑，即胡仲持（1900～1968）之筆名，字學志，浙江上虞人。中共黨員、報人、作家、翻譯家。一九一九年開始發表作品，一九二一年成為文學研究會第一批入會者。一九二〇年後歷任上海《新聞報》、《商報》及《申報》外勤記者、編輯，被稱為「申報四進士」之一。中日戰爭期間，在上海進行文化抗日，參與合辦《譯報》等刊物。一九四〇年遭日本政權通緝，旋轉往香港，先後任《香港華商報》編輯主任、桂林文協總務部主任、

胡仲持像

廣州《現代》半月刊主編。中華人民共和國建國後入黨,歷任《解放日報》編委、《人民日報》圖書資料組組長、中聯部亞非研究所研究員、中國人民保衛世界和平委員會常務理事等職。一九五二年加入中國作家協會。著有《世界大都市》(1949)、《抗美援朝運動史話》(1956)等。譯作則以《蘇聯小說集》(1938)最為馳名。(趙勳達撰)

這篇是高爾基所作最著名的短篇小說之一,盧那卻爾斯基在去年九月為高爾基文學生涯四十年所作的記念文裡,除了《母親》等幾部長篇小說以外,特別說到這一篇以及《海燕的歌》這首詩。

一條草蛇在山裡高高的地方爬了一會,于是把身子盤在潮濕的山峽裡,看著下面的海。

在高高天空,太陽照耀著,山上熱騰騰的呼息便昇向天空去,下面波浪翻騰著,間歇地拍著石巖。

泉流急急地衝過陰暗的濕漉漉的山峽去,沿路潺潺地滾動著石頭。浮面滿是白沫的、強盛的、灰沉沉的泉流在山裡衝成了一條路,便帶著憤怒的吼叫,落到海裡去。

忽然間,一隻鷹跌落到草蛇躺的地方了,他的胸膛截破了,他的毛羽沾著血……

當他落到那面的時候,他只叫了一聲。他的兩翼振一振,在發洩不出的憤怒中間猛拍著石巖……

草蛇吃了一驚,然而不一會,她就明白這隻鳥只有幾分鐘的性命了。

她向鷹爬過去,便對著他的臉,輕聲說道:

「你快死了,可不是麼?」

「唔,我快死了!」鷹深深地嘆了一口氣回答:

「可是這麼多麼光榮的生命呵!幸福是怎樣的我知道了……我這麼勇敢地鬥過一番了。……我見到天了……要這麼迫近地見到天,你是永遠辦不到

的罷！……哦，想起你來，好不難受呵！」

「天？哦，這不是虛空，是什麼呢？我怎麼爬得到那裡呢？況且，這裡也覺得很好……潮潮的暖暖的！」

草蛇用這樣的話回答了自由的鷹，心裡卻笑著他的胡說。

於是她思量著：「不管你飛著呢，還是爬著，結局總是一樣的。我們大家都得回到地裡，我們大家都得變成灰……」

然而勇敢的鷹卻忽地使了勁，把身子昂起了一點兒，向四下裡看望。

灰色的石巖上，潺潺地汆著水，空氣是悶沉沉，在陰暗的地方還有著發霉的氣息。

于是鷹抖擻了全身的氣力，用了苦痛的聲氣叫喊。

「哦，只要我能夠上天當一回……我就可以把我的仇敵緊緊地撤到我的胸頭……我的傷口……叫他用我的血哽住了他的喉嚨！……哦，戰鬥的光榮呵！」

于是草蛇想：「他這樣地想上天，一定天空的生活是快活的。」

于是草蛇向自由的鳥提議：「你怎麼不走到山峽的邊緣，把身子投下去？你的翼膀也許會舉起你來，你便可以在你們的境界裡再住幾時了。」

鷹抖了一陣，驕傲的一聲叫，兩腳抓著浮泥下面的石巖，向懸崖走去。

待到他走近崖岸的時候，他張開了兩翼，深深地吸了一口氣，便睜著閃閃的兩眼跳下去了。

像石頭一樣，他飛快地跌下去了，他溜過石巖的上面，折斷了兩翼，脫落了毛羽……

泉流的波浪急急地捉住了他，洗淨了他的血跡，把他裹在白沫裡，便帶到海裡去了。

海的波浪帶著哀悼的叫號，拍在石巖上……現在呢，在廣漠的海裡，那隻死鳥的身子再也看不見了。

草蛇躺在山峽裡，尋思著那隻鳥的死，以及他那對于天的熱切的愛。于是她便向那老是用了幸福的夢來撫慰人的眼睛的遠遠的地方看了一會。

「他在那邊有什麼看見了吧？這隻快死的鷹，在這沒有底又沒有邊際的

大【天】空裡，為什麼他這類的東西雖是快死了，還有要飛上天去的熱狂打擾著靈魂？那邊他們這麼開心地看見的是什麼呢？哦，只要我上天去一會兒，這個我就能夠明白了。」

草蛇照她所說的辦了。她把身子盤成了一個圈籬，高高地射向空中去，閃耀在太陽裡，好像銀色的絲帶。

凡有天生著用肚子爬的東西是不能飛的……忘卻了這個道理的草蛇，便跌到石巖上，可是死卻沒有死，于是她大笑了！……「原來這就是飛上天去的滋味的！這就是你得跌下來的意思。這些鳥好不滑稽呵！他們沒有認識地，他們在地上覺得無聊了，這才拚命要到高高的空中，在那火熱的天空尋生活。那邊是什麼也沒有，只有虛空。那邊有著高高的光明，卻沒有吃的東西、養你身體的東西。那麼他們為什麼這麼驕傲，這麼嘮叨著呢？大約為的是要遮蓋他們的欲望的痴狂、掩飾他們的不適於實際生活罷？這些鳥是多麼可笑呵！……」

「可是他們的話卻再也騙不過我了！現在我自己什麼都知道！我看見天了……我向天飛騰過，把牠打量了一番，我明白了這就是要跌的意思。可是我卻沒有受了傷，現在我愈加堅定了我自己的信仰，讓那些不能愛地的人們靠欺騙過活罷。我知道真理了，我不會上他們的當，我是地的生物，我是住在地上的。」

於是得意洋洋的草蛇把自己的身子盤在巖上。整個的海閃耀在明亮的太陽光裡，波浪示威似的打在岸上。

在波浪的路上，震天價轟唱著關於驕傲的鳥的歌，石巖在波浪的打擊下震動了，天空在他們雄壯的歌聲裡顫動了：

「光榮呵，勇士的愚行！」

「勇士的愚行是生的智慧！哦，勇敢的鷹呵！你在和敵戰鬥的時候流了血了……可是時候要到了，你的一滴滴的血，火花一樣熱的，會在生的黑暗裡迸發了火焰，來燒旺許多堅強的心裡對自由的渴望！」

「你死了──可是這算得什麼……在勇敢者的歌裡你可以永遠活著，作為自由的，尋求光明者的象徵！」

「光榮呵，勇士的愚行⋯⋯」

載於《臺灣文藝》，第二卷第五號，一九三五年五月一日

心碎

作者　華盛頓·歐文
譯者　驥

【作者】

華盛頓·歐文像

華盛頓·歐文（Washington Irving,1783～1859），美國作家。青少年階段曾先後在幾個律師事務所學習法律，一八〇四年赴歐洲養病，一八〇六年回國，擔任律師，後協助兄長經商。第一部重要作品《紐約外史》（1809）推出後就風靡一時。一八一八年遷居英國，以寫作為生。一八二〇年出版散文集《見聞劄記》，十分膾炙人口。爾後陸續發表《布雷斯布里奇田莊》（1822）、《旅客談》（1824）、《哥倫布的生平和航行》（1828）、《攻克格拉納達》（1829）、《阿爾罕伯拉》（1832）。繼而獲聘擔任美國駐英國大使館秘書，獲頒牛津大學名譽法學博士、英國皇家學會勛章。一八三二年返回美國，曾前往西部考察，撰寫《草原遊記》。一八四二年出任美國駐西班牙大使，一八四六年回國。晚年的作品主要是三部傳記：《哥爾德斯密斯傳》（1840）、《穆罕默德及其繼承者》（1849～1850）以及五卷本《華盛頓傳》（1855～1859）。文筆優雅自然，清新精緻，富有幽默感以及樂觀的精神，許多優秀作品被傳誦至今。本篇原刊《小說月報》第六卷第五號（1910），標示為「美國華盛頓歐文原著」，臺灣《風月》轉載時刪略。（顧敏耀撰）

【譯者】

驥，真實姓名與生平不詳。本篇於《小說月報》刊載時，譯者標示為「浮海」，臺灣《風月》轉載時與原著者一併刪去，僅標示「驥」。篇中文字頗有改動，如「裁制」改為「制裁」、「淪亡」改為「淪胥」、「漸滅」改為「消滅」等，故事之背景亦有變更，「愛爾蘭」改為「清末」，「西西利」改為「西湖」等，茲不逐一標示。（許俊雅撰）

　　游優半生，已過用情之韶華。或生而無憂，虛度黃金之光陰者，咸不信天壤間有所謂相思種子、癡情兒女。偶遇苦情哀豔等作，則視為稗官詩人之寄情託意，掉弄筆墨而已。情烏可死人耶？間嘗鑽研人類心理，其結果乃使余不能與此輩表同情。

　　余維人藏其心，奧愛【窔】之處，恆有烈火潛伏，雖因世事纏繞，社會制裁，表面上暫呈冷靜喜悅態度。然一經感觸，立見爆發，且有終不可撲滅者。余實為司愛神之一誠實信徒，頗能澈悟其道。蓋余深信情能使人腸斷心碎而致人於死也。然余非謂情能常常致吾輩男子於死，但深信天下美女，為情憔悴，先期入墓者，不可勝計耳。

　　人為生物界中之最有興趣、最有奢望者，不畏難、不苟安，奮身投入此煩惱世界之戰爭漩渦中，畢生不懈者，天性有以使之然也。名利之念，充滿方寸，日思有以顯著於世，以駕軼儕輩。戀美之情，不過為點綴少年生活之一幅畫圖，或暇時之一闋消愁曲耳，非正業也。

　　女子一生，實可謂之一部愛情歷史，心即其理想中之世界，所謂情天也。畢生志慮，胥受此種糾纏，榮辱幸福，亦須依此求之，其用情也，如駕一葉扁舟，蕩漾於波濤萬丈之情海中，一旦遇險舟破，立即絕望，蓋心碎矣。

　　愛情失望之於男子，有時亦能使其感受最大痛苦，或傷其一部之情感，或促其將來之幸福。然男子之天性，因【固】活潑而恣肆者也，職務繁劇，娛樂多端，在在可以忘情紓慮。即所受苦痛較大，或故土風物，一觸眼簾，皆足引起舊感，則四海為家之男兒，尚可任意所之，隨遇而安也。

　　女子生活則較為固定，境遇既常岑寂，性情又復緘默，常居伴侶，惟其情思。情思轉而成愁，尚有何者可以自慰耶？其最大希望，即情有所鍾，得其所天。不幸而情海生波，則其心即若被據之礮壘，卸其武裝，填以沙石，而荒涼置之矣。

　　嗟呼！盈盈秋水，漸覺慘澹無神；嬌紅桃腮，日見憔悴轉黃。天下美女子之不以壽而終者，在在皆是。而其致死之由，乃無人能言之。夫鳥有中箭待死者，後猶緊斂其翼以覆傷處。女子之情亦若斯也，相思至死，猶不肯以苦先【告】人。

　　蓋其性情緘默羞怯，即克如願相償，亦惟有私自慶幸而已。一與願違，則深埋胸中，相與消瘦，次【以】期偕亡，至是則生趣盡矣。一切娛樂精神，健強身體之事，皆懶為之。終宵惡夢，不獲一息之安。愁如渴蛇，掏其心而飲其血，直至孱弱軀殼，禁不住些須風寒。

　　他人固不得而知也，至見淚濕新塚，始互相驚駭。謂彼非前日尚秀媚如花者耶？何澽逝若斯之速耶？詢之家人，則以風寒所襲，或某種病症對，而卒無人能知其所以致病之心病。哀哉！

　　是蓋如林中蔥蘢之樹，形勢整齊，枝葉鮮妍，而蟲蛀其心。吾人方期其華實，忽然一日枯萎，枝垂葉落，漸漸腐朽於林中。偶經其地，嗟嘆之餘，試猜其枯萎之因，則若【苦】不憶何時有如此之暴風烈雨以摧殘之也。

　　余遇此等女子，已不止一人，以生為苦，自暴自棄，漸至淪胥，而與世辭。宛若一盂清水，蒸發騰定【空】，漸就消滅者然。每每懸想，循其病勢之變遷，可自死而追溯其起源。其癆瘵之所以成，由於外邪，外邪之能入，則其精神虛弱軀體憔悴之故。虛弱憔悴，憂鬱愁悶之結果也，而其動機，則莫不由於愛情之失望。邇來又有一事見告者，其中情節，則其里黨人無不詳道者，謹就所聞，紀敘於次。

　　民國黨人少年某乙之痛史，當無不憶之者，蓋感人甚深，不易忘也。當清末革命之亂，少年被拘，讞定，以謀逆而處死，論者無不為之扼腕痛惜。少年年富才奇，英勇豁達，凡吾人所希於完全少年所應有之品性，彼無不具之。受審之態度，亦極慷慨瀟洒，其詆毀滿清腐政之口才，及臨刑前之可歌可泣，求諒後世之痛語，見者無不深入肺腑，為之泣下。即行刑者亦復感動於中，而悔其手段之太酷。

　　況心乎少年者，聞少年之死，悲從中來，更非筆墨所能形容。少年平日為一容顏絕世、饒有興趣之女郎所愛。女郎為某顯宦之女，其愛少年也。一出於女子最高最好之純潔愛情。後少年為黨事家破名裂，女郎不惟不棄之，反愈加憐愛。夫臨行時，至能感動仇讎之心，則平日以之為意中人者，其悲痛又當何如乎？噫！三尺壟起，死者不能復出，生者不得而入。死者已矣，生者奈何？其伶仃之苦，相思之痛，傍觀者當不能懸揣其萬一也。

　　尤難堪者，此可傷可怖之孤墳，以死者為遭刑戮而死也，乃愈增其荒涼。平時葬儀，雖覺悲慘，然足以崇死者之名，而慰生者之哀。今則並此無之，除此一掬可憐之情淚外，別無一物，足以表記【紀】念而誌別離。哀哉少年，痛哉女郎！然其心之痛苦，苟為朋輩之弔唁安慰所可解者，則女郎尚不至懷憂而終也。蓋女郎之不幸，尚不止此，愈以增其孤苦者，則因戀愛有逆父命，而見逐於父也。如此哀情沉痛之事，竟傾動一時。

　　軍官某，英勇多情，極感女郎之心，以其既如斯之不忘情於死者，必能篤情於生者，乃向女郎求婚，女郎拒之。蓋力寸之心，已全為死者所佔有，更無隙地，以容他人之愛也。而軍官堅求不已，且謂非以其多情而求之，乃以其可敬而求之，非敢望鶼鰈之愛，但願得如賓之敬。

　　其後女郎頗感其義，且以己之孤苦無依，靠友誼以生，終非長計，乃漸有允意。後軍官終獲女郎之許。惟鄭重要約，是不變初心耳。

　　結婚後，攜之游西湖，冀風景一新，或有以消除其宿恨也。女郎固溫婉，克盡婦道，且亦勉為歡娛。惟苦情隱憂，刺激已深，終莫能醫。玉容日漸消瘦，卒之花落香消，沉淪於黃土壠中。殆亦余所謂心碎腸斷而死者也。

　　　　載於《風月》，第五～七號，一九三五年五月二十六日～六月三日

棺材商人

作者　普式庚

譯者　李萬居

【作者】

普式庚像

　　普式庚，今譯為普希金（Alexandre Sergueïevitch Pouchkine, 俄文為 Александр Сергеевич Пушкин, 1799～1837）。俄國著名文學家、詩人及現代俄國文學的創始人。出生於貴族家庭，十二歲時就讀「皇村學校」。此間接觸民主進步思想，並積極從事詩歌創作。一八一七年畢業後任職外交部，並參加一些進步團體的活動，嚮往自由民主，轉而與同情人民疾苦的人士交往。這一時期他寫的詩歌表現出對社會現實不滿和反抗的情緒，也對沙皇和他的臣僕們進行了諷刺。因而引起上層統治者的不悅，遂被流放南方。卻也因此更能接觸人民與了解社會，思想也更為成熟。一八二五年因聲名遠播受到沙皇敬重，因而結束流放生活，返回莫斯科。一八三七年由於私鬥而身負重傷在家中逝世。普希金只活了三十八歲，留下數百首抒情詩，詩體長篇小說《葉甫蓋尼・奧涅金》（Eugène Onéguine, 1823～1831）與悲劇《鮑里斯・戈都諾夫》（Boris Godounov, 1825），堪稱其代表作，特別是後者標誌著他離開當時陳腐詩風的開始，在俄國文學史上別具意義。普希金早期的作品富有浪漫氣息，但是後來日益貼近社會，著意反映現實生活。又從人民活的語言中汲取豐富營養，奠定了現代俄羅斯文學語言的基礎，因而被譽為「俄羅斯詩歌的太陽」。（趙勳達撰）

【譯者】

　　李萬居，見〈噴水泉〉。

一

　　每日都帶著它的棺材，

它的皺紋到衰老的世界來。　　　　　　　　　　　　　　——Derjavine

棺材商人亞特里安・普洛霍洛夫裝好了他那些剩下的舊東西，坐上掛著兩匹瘦馬的柩車，第四次從巴斯馬乃伊向著他移居的地方尼基茨楷亞的路前進。亞特里安把他的舊店舖關起來，在門上釘著一張招貼：「出賣、出租均可」，於是便跑了。

當走進他好久以來就在注視著的，最後他用了相當的數目買來的這棟黃色小屋子時，這個老棺材商人驚訝他心裡怎麼沒有感覺快樂。

站在這很零亂的新居的門檻上，他懷念起他那舊陋的小屋子來了，這棟屋子他住了十八年都是弄得很有秩序的。他責備他那兩女兒和女僕做事遲緩，後就開始幫助她們工作。

一下內房裡面統統整理好了：衣櫃上面排著神像，碗櫥裡面排著杯盤、桌子、「里曼」椅和床舖，這位棺材司務所製造的東西：各色各樣的棺材以及安置燭臺，喪帽和喪服的架子放在廚房和客廳裡面。馬車通行的大門上掛著一面招牌，招牌上面雕刻著一個手中執著倒垂的燭炬的肥壯的愛神像和字句：

「這兒出賣並備有不加油漆的和油漆過的棺材。出租以及修理用過的棺材。」

二

這兩個少女退到她們的小房間裡面去，亞特里安回轉他住的房子，坐在窗門旁邊，看著滾壺水。

有見識的讀者都知道莎氏比亞和華爾特・斯谷特為得要用這個對照來刺激我們的想像，把挖墓穴的人表現為惹人笑的和滑稽的人。我們要尊重真實，須仿照他們的例子，須承認我們這個棺材商人的性格完全適合他那辦理喪事的職業。

亞特里安・普洛霍洛夫常常是悲哀而沉思的。當他意外地看見他那兩個女兒坐在窗門前無所事事，看著來往的過路人而要勸誡她們的時候，或在那些需要棺材的悲慘的人們面前[1]抬高他的棺材的價錢時，他才打破了靜默。

1　原註：或者有時是在開玩笑的。

三

不過，亞特里安坐在窗門旁邊，喝著第七杯的茶，照習慣在靜靜地做著煩悶的默想。他又在追想早八天前一列參加那個退職的憲兵隊長的葬式的人在城門附近遇著驟雨的事。大衣是怎樣的縮做一團！帽子濕得不成樣子了！這次使他無法避免破費，因為他所保存的舊喪服已成可悲的狀態了。

真的，他好好地打算利用差不多快一年還沒有死去的老商婦德麗芙嬉娜。但是德麗芙嬉娜會在拉茨古里耶去世的，普洛霍洛夫生怕那些繼承人，毋寧說是生怕他們不跑那麼遠的路來找他，不把他看做是那區的喪事包攬人，雖然他們有著約束。

門上敲了三拳突然打斷了他這些默想。

——誰在那兒？普洛霍洛夫問。

門開了。第一眼看去就認識他是個德國職工跑進了房間，挨近這個棺材商人，充滿著快樂的神情：

——親切的鄰居，對不住，他用著常常使我們發笑的德國聲調說——請恕我來麻煩你，我沒有工夫等待你的許可。我是業鞋匠的。我的名字叫做歌德里布·斯施慈，我住在這條街的那邊的小屋子，正好對著你的窗門。明天我要舉行銀婚式的典禮，請你和你那兩位女兒不要客氣到我家裡來吃午飯。

這樣的請客受了誠意的歡迎。這個商人請皮鞋匠坐下，端茶敬他。斯施慈有著誠懇的天性，很快地就使他開始狠親切的談話。

——閣下的生意好嗎？亞特里安問。

——嘿！嘿！馬馬虎虎，斯施慈回答。我也不懊惱；況且我的貨物與你的不同：一個活人可以不穿靴子，可是一個死人不能沒有棺材！

——這倒是真的！亞特里安說。對不住，一個沒有錢買鞋子的人狠可以赤著足跑路；但是最窮苦的死人不管能不能付錢，總要有棺材才行。

四

他們的談話像這樣地還延長了一些時間。隨後這個鞋匠站起來，向亞特

里安告辭的時候，又再提起他的請客的事。

　　第二天正午鐘響的時候，普洛霍洛夫和他的兩個女兒從天井的門跑出了他們的新屋子，三個人一齊往他們的鄰居的家裡。

　　違反現代我們這班小說家的習慣，我既不描寫亞特里安‧普洛霍洛夫的俄國式的更換衣服，也不敘述亞古麗娜和達麗亞的歐洲式的裝飾。不過我認為敘述這兩個少女戴上黃色的帽子和穿著紅色的鞋子，這是她們在隆盛的祝典中的裝飾，並非多餘的事。

　　鞋匠的狹窄的房子充滿著賓客：大部分都是帶著他們的女人和他們的助手的德國職工。說到俄國的官吏只有一個巡查芬蘭人育可，他得到我們的主人的特殊招待，雖然他的身分低微。二十五年來他「忠誠和切實地履行著他的職務，像波昂勒斯基[2]的御者一樣。十二年的火災一面燒毀了莫斯科，一面同樣地消滅了他的黃色的站崗室。

　　但是，在敵人被驅退的不久之後，在同這個位子就出現了一間新的站崗，這間站崗室是用白的「托里斯式」[3]的柱子造成的。育可「執著斧鉞，穿著灰色布的鎧甲」，在這間站崗室的前面重新執行他的職務。住居尼基茨楷亞城門附近所有的德國人差不多都認識育可，甚至其中有些人到他地方——崗位去，度過星期日與星期一的晚上。

五

　　亞特里安殷勤地跟這個他遲早總會需要的人結識，當來賓開始入席的時候，他便坐在他的身邊。斯施慈夫婦和他們的女兒，十七歲姑娘露倩，一面吃著飯，陪著賓客，一面幫著女廚子的忙，麥酒潮水似的倒下來。育可大吃而特吃。亞特里安對他表示反抗，他那兩個女兒撅【噘】起小小的嘴巴。一點鐘過了一點鐘，談話一直喧嘩起來了。

　　主人突然請大家靜默，開了一瓶緊塞著的酒。用俄羅斯話高聲呼道：「祝我的賢良的露綺施健康！」泡沫沸騰的酒蒸發起來了。靴匠溫存地用嘴唇吻

2　原註：Pogorelskg，與普式庚同時代的俄國作家。

3　原註：Doride 是希拉式的建築之一種。

著他那位四十左右歲的女人的光潤的臉上，賓客喧嘩地乾著杯祝這位賢良露綺施的健康。

「祝諸位親切的來賓的健康！」主人一面在開著第二瓶酒的塞子，一面高聲呼著。來賓重新又道謝並乾杯，祝福的乾杯一直繼續下去。各個人互相祝健康的乾杯，大家祝莫斯科的健康的乾杯，隨後祝十二個德國的小城市的健康的乾杯，祝一般的職業團體的健康乾杯，隨後祝個別的職業團體的乾杯，隨後祝主人的健康的乾杯，祝工頭的健康的乾杯。亞特里安好像是舉行他的銀婚式的那樣快樂，他幾乎要快活的乾杯起來了。

隨後一個胖大的麵包舖老闆舉起他的杯，這樣說：「祝我們為他們而工作的人健康：Unserer Kundle ut[4]！」這次的提議像其他的提議一樣，都被全場快樂地接受了。

隨後賓客開始互相行禮，裁縫匠向鞋匠行禮，鞋匠向裁縫匠行禮，麵包舖老闆和裁縫匠兩個人互相行禮，大家向麵包舖老闆行著禮，這樣地繼續下去。全部互相行禮之後，育可轉身向著他的鄰居高聲叫道：「喂！山【小】伯伯。祝你那些溺死的屍體的健康，乾杯吧！」大家笑起來了。

棺材商人的自尊心受了傷創，蹙著額頭，沒有半個人注意到。來賓繼續喝了下去，當他們離席的時候，正是教堂敲鐘在做著晚禱。

大部份人都頗有醉意。肥胖的麵包舖老闆和那個容貌像紅臊羊皮的書封面的裝釘工人用手臂挾住育可，送他回到他的站崗室去。他們兩人隨便說了一句俗語：「錢還了，債主就高興。」

棺材商人帶著醉態和憤激回家去，「嘿，什麼！她高聲在咕嚕著，我的職業比較旁人的不高貴嗎？棺材商人總不是劊子手的兄弟。這班喪德的東西把棺材商看做卑劣的人嗎？那句話實在沒有什麼可笑的。我打算請他們來參加搬家的典禮，並在巴爾薩若地方宴會他們。對這班人我完全不理了！我要招待的就是我的顧客，那班正教派的死人！」

4　原註：我們的主顧。

六

　　——喂，小伯伯！女僕在替他脫鞋的時候，對他說；你在喃喃地念什麼呢？趕快作禱告吧。招待死人來參加搬家的典禮！多麼可怕啊！

　　——啊！我賭誓要請他們。亞特里安又說，最遲明天就要請他們，請來吧，親愛的奶父 Chers Nourriciers，明天晚上我要在這兒備豐盛的宴席請你們。

　　講這幾句話的時候，棺材商人跑上床了，在床上他立刻鼾聲大作起來。

　　在天還未亮的時候，有人來把他叫醒起來。女商人德麗芙嬉娜在夜間死了。她的佣人，疾忙地差一個人來通知亞特里安。

　　棺材商人給他十個「哥伯克」[5]的酒錢，匆忙地穿上衣服，跑往拉茨古里埃去了。死人的門前已經有巡查站守著，許多做生意的人好像死屍招引來的烏鴉似地麕集一處。躺臥在一張桌上的死人[6]黃到像蠟一樣，還沒有腐爛。親戚、鄰居和僕人都擠在她的身邊。所有的窗門都打開了。大蠟燭在燃燒著，牧師唸著祈禱。亞特里安挨近穿著漂亮禮服的青年商人。

七

　　托【德】麗芙嬉娜的侄兒身邊，通知他棺材、蠟燭、死人的衣服和其他埋葬的用品都會不延遲地辦得好好的交給他。這個承繼人茫然地對他說聲道謝，他相信普洛霍洛夫的誠實，沒有爭論到價錢上面。棺材商人照習慣總說價是最公道，跟用人[7]交換會心的眼色，就出去備辦必需的物件去了。他整天在拉茨古里耶和尼基茨凱亞城門之間跑來跑去。

　　到晚間的時候，一切都預備好了。普洛霍洛夫辭退了他的馬車夫，步回家裡，月亮放著光輝。棺材商人愉快地達到了尼基茨凱亞城門，在亞山松教堂附近被巡警育可叫住了。育可是認識他的，向他行禮請晚安。夜已深了。當棺材商人忽然似乎看見有人在他的門前，開著門，跑進裡面就看不見的時

5　原註：Copeks 俄國的貨幣名。
6　原註：依照俄國的習慣。
7　按：用人，同「佣人」。

候，他已經跑近了他的屋子。

「這是什麼東西？」普洛霍洛夫想。「還有什麼人需要我嗎？嘿！不是強盜嗎？也許我的兩個女孩在做無聊的事，偷漢子吧？這是狠可能的！」

八

於是普洛霍洛夫就去叫他的朋友育可來援助，但是在這時候又另外有一個跑近來了，這個人正要經過門，看見房主人便站住，脫下他的三角帽。亞特里安相信看過這副面孔，但是，沒有細心去視察他：

——你到我的家裡來嗎？他帶著狠急促的喘息說。對不住，請進來吧。

——不必客氣，我的小伯伯，另有一個人用著沉重的聲音說。從面前經過吧。請指示你的客人們的道路吧。

客氣，亞特里安沒有什麼時間去講究它。門關了，他扒上樓梯，另一個人跟著他。亞特里安相信聽見房子裡面有腳步聲。

「是什麼鬼怪？」他急忙並跑進去的時候這樣想著……。他的腿在下面跑不動，房子裡面充滿著死人。月亮從窗子射進來，照著他們在黃的和藍的面、他們的凹下的嘴巴，迷亂的半閉的眼睛，扁著的鼻子……亞特里安恐怖的認得這些都是他替他們入棺材的人。

最後來的那個，是最近在大雨中被埋葬的憲兵隊長。所有的男的，女的都圍著棺材商人，向他行禮，打招呼。除了一個沒有半文錢付埋葬費，因穿襤褸衣服而不好意思和膽怯的窮鬼外，所有的人各各都謙卑地距離著站在一角落。有的人穿得狠漂亮，有戴帽子和束帶子的死人；有穿著的分等級的上級軍官們，但是鬍子卻沒有收拾好，作生意的人穿著的是節日所用的衣服。

九[8]

——普洛霍洛夫，我們大家都是起來赴你的招待的，那個代表全體高貴的同伴的憲兵隊長說。不能跑動的人以及那些只剩一重皮的人只好留在家

8　原文誤作「八」。

裡，可是其中還有一個抵抗不住他想要來的慾望的人……

　　在這時候有一個小骷髏在這鬼群中鑽來鑽去，挨近亞特里安。他的頭蓋骨親切地向著棺材商人微笑。淡綠和紅色的破布以及布片掛在他身上好像掛在竹竿上一樣，他那雙穿著大鞋的脛骨搖擺著好像是春臼裡面的杵子。

　　——普洛霍洛夫，你不認識我嗎？骷髏說。你記不起退職的巡查昆奧托爾·伯托洛維基·古力金嗎？一七九九年你第一次賣棺材給他的。你是用松柏來代替橡樹！

　　講這幾句話時，骷髏展開兩隻手。亞特里安大聲叫起來，盡力把他推去，昆奧托爾·伯托洛維基蹣跚著，變成一塊一塊的倒下去。

　　死人中間起了憤慨的喃喃的聲音。大家去保護他們的同伴的體面，用詛咒和威脅攻擊亞特里安。這個可憐的主人被他們的聲音叫聾了，有一半窒息。他狼狽不堪，倒在巡查的殘骸上面，昏迷下去了。

十[9]

　　太陽很久就已照射著棺材商人躺著的床。後來他睜開了眼睛，看見女僕站在他的面前在預備滾水壺。他戰慄地想起夜間的所有事變：德麗芙嬉挪【娜】、憲兵隊長和巡警古里【力】金混亂地在他的記憶裡出現。他靜默地在等待女僕告訴他夜間冒險的事。

　　——罷了！人家可以說你睡夠了，我的小伯伯！亞克施妮亞拿一件在睡房穿著的長袍給他的時候這樣說。我們的鄰居裁縫師已經來看過你，隨後區內的巡查來通知你，今天是警察節。但是你睡得這麼好，睡到使我們不願叫醒你。

　　——死去的德麗芙嬉娜那邊有人來沒有？

　　——死去的女人嗎？她真的死了嗎？

　　——但，你是蠢東西，昨天你不是親自幫忙我收拾她的喪事嗎？

　　——你在那兒說什麼，小伯伯？你失掉了知覺嗎？抑是你昨晚的酒醉還

9　原文誤作「九」。

未醒呢？你講什麼喪事呢？昨天你整日在德國人的家裡遊玩，你帶著酒醒【醉】回來，你倒在床上，一直睡到現在，已經過了「彌撒」的時間了。

——沒有這回事！很快活的棺材商人說。

——確實是這樣，女僕說。

——罷了！如果是確實的話，趕快替我端茶來，去找我那兩個女兒來吧。

載於《中央日報》，一九三五年六月四～二十一日

在輪船上

作者　高爾基
譯者　張露薇

【作者】

高爾基（Maxim Gorky, 1868～1936），見〈鷹的歌〉。

【譯者】

張露薇（1910～？），原名張文華，後改名賀志遠，中國左翼作家、翻譯家。曾在報刊上發表翻譯高爾基的作品多篇，享譽文壇。一九二八年入東北大學讀書，一九三一年九一八事變後，隨東北學生流亡北京，入清華大學求學。一九三二年底加入中國左翼作家聯盟北方部。一九三四年從事革命活動，編輯左翼文藝月刊《文學導報》。一九三五年，張露薇以高爾基作品翻譯權威自居，攻擊魯迅及左翼文學。原被魯迅稱為「張英雄」的張露薇，已被左聯目為叛徒。一九三六年更名為賀志遠。中日戰爭爆發後，張露薇投入汪精衛政權，後又受聘為滿州國出版協會委員。戰後被中共當局關押，刑滿後住在山西，爾後不知所終。（趙勳達撰）

河水是平靜的，有著深灰的顏色。水流是極容易看得出來的，好像在午間的熱霧之下差不多一點都不流動似的，你祇能由於那兩岸風景的變化中，才看得出來這河是怎樣恬靜的、怎樣坦然的在牠的表面上載著那雙【隻】衰老的黃色的輪船，在上邊有一個白色邊緣的煙窗[1]，在後邊的水跡中還拖著一雙【隻】笨重的運貨船。

浮在水面上的明輪悠然的拍著水，機器在艙板的下邊不停的工作著。蒸氣很尖利的叫著，還喘著氣，有些時候那機器房的鐘聲衝進耳朵裡。還有些時候，那舵軸的鏈子前後的滑著，帶著一種沉重的、聒噪的聲音。然而，因了那無限的寂靜，籠罩住了這條河，這些聲音便不會使你去注意了。

因為夏天很旱，所以水勢是非常小的。在船頭上，有一個和皇帝一樣的水手，那是一個生著一副清癯的、焦黃的、暗黑的面孔和一對睡不醒的眼睛

1　按：煙窗，通「煙囪」。

的人，他時時從船上往水裡拋一塊光滑的木頭，用著正消解著的苦悶的聲調唱著：

「七呀、七呀、六個啦！」

好像他在悲歎著：

「吃呀、吃呀、吃什麼！」

同時，那輪船因了在後邊拖著的運貨船兩邊亂擺的關係，也很小心的向這岸或向那岸來回的轉動牠[2]的鮭魚似的船頭，那灰色的大纜緊緊的繃著、顫動著，還放出來金光燦爛的火光。那在艦橋上的船長也時常的用一個喇叭筒很粗暴的喊道：「轉過去，向那邊！」

在運貨船的船頭下邊，有一個大浪，分成了一對白色的羽翼，蜿蜒著向兩岸飛去了。

在遠遠的一塊滿生著青草的濕地上好像正燃著火，而在那黑色的樹林的上邊聚集著的乳白色的煙雲也籠罩著那鄰近的濕地。

左右邊河岸聳起來崇高的、嶮峻的，有粘土性的山崖，中間有許多滿生著白楊和樺木的峽谷。

岸上的一切東西都帶著一種靜逸的、燥熱的、和荒涼的樣子。甚至那蔚藍的、酷熱的蒼穹中除了一輪白熱的太陽而外，也是什麼都沒有。

在無窮的林蔭路上都是些青草，中間點綴著一些樹——那些樹都很孤獨的睡著覺，還有一些地方，從上面露出來一個看起來好像白日裡的星宿似的鄉村教堂的十字架，或是一個風車的蓬帆。再離河岸遠一些的地方，則遍佈著已熟的莊稼的織成的錦衣，這兒那兒都有人的影子。

各處的景色都是很模糊的，景色中的一切都是寂靜的、非常簡單的、親切的、明晰的、使內心暢快的。景色既然那麼多，所以你可以看到那較高的一岸所呈現的變化很慢的林景、延亙不斷的草原，和樹林接近河水的地方的綠色的枝環，顧影自憐的在水鏡中照著自己，又退後到那平安的距離。當你凝視著這一切的時候，你一定會想起沒有一個地方會比這條大河的恬靜的兩

---

2 按：牠，通「它」。

岸更質樸、更可愛的了，沒有比這兒更美麗的了。

　　雖然在緊靠著河岸的地方有一些小樹已經開始辭退了黃葉，但是全部的景色卻含著曖昧的、沉默的笑容，如一個年青的新婦似的。她，正生下她的第一個孩兒，對著她的眼前的東西立時感覺到膽怯的和欣喜的情緒。

　　時間是過午了，三等的客人們熱得非常疲倦了，都飲著茶，或者是啤酒。他們大都坐在船舷上，靜靜的觀望著兩岸。艙面搖動著，碗廚裡的碗碟嘩啦嘩啦的響著，在船頭上的水手還迷迷糊糊的嘆息著：

　　「六呀！六呀！六個半呀！」

　　從機器房出來了一個骯髒的火夫。他向四周瞧著，把他的光著的腳在艙板上擦著嘁嘁的響聲，他向著水手長的小屋子。我們所說的那個水手長是一個鬚髮都很漂亮的科思特拉馬人，他正站在門口。那當長官的帶著嬉笑的樣子，閉上了他那對粗俗的眼睛，問道：

　　「幹麼那麼忙呀？」

　　「找米卡打架去。」

　　「好啊！」

　　火夫擺一擺他的黑手便走了，那水手長打著啊【呵】欠，用眼睛跟隨著他。在機器房的天窗附近的一個碗廚那兒坐著一個身材不大的人，他穿著一件肥大的皮外褂，戴著一頂新便帽，腳上登著一雙帶著許多乾泥點的靴子。

　　那水手長因為正注意著這件事情，覺得非用勢力壓人不可了，所以很嚴厲的向著那人喊道：

　　「嘿，在這兒，你這該死的東西！」

　　那個在碗廚上的人轉過身來——很靈敏的轉過身來，真像個老牛翻身一樣。這就是說，他是連整個的身體都轉過來的。

　　「為什麼你到那兒去坐？」水手長問：「佈告上明明告訴你不要上那兒去坐，你卻偏上那兒去坐！你不能看佈告嗎？」

　　那客人站了起來，看著那碗廚，而不是看著那佈告的。然後他才回答道：

　　「看嗎！我能看的。」

「那末[3]為什麼你偏坐在你不應該坐的地方呢？」

「我沒看見任何的佈告呀。」

「啊，那兒無論如何是很熱的，還從機器裡跑出來一些油味呢……你從那兒來？」

「從卡西拉來。」

「離家很久了吧？」

「差不多有三個星期了。」

「你們那兒下雨了沒有？」

「沒有。你問這個幹什麼？」

「那末為什麼你的靴子上弄了那麼多的泥呢？」

那客人低下頭去，很仔細的看看這隻腳，又看看那隻腳，又把兩隻一齊看看，然後才回答道：

「您瞧，這不是我的靴子呀。」

那水手長哈哈大笑著，以致使他的美麗的鬍鬚都從下頦上豎起來了。他說：

「我想你一定喝點兒酒了。」

那客人再沒有出聲，祇靜靜的離開這兒，慢慢的向船尾去了。

他的短褂的袖子一直到他的手腕的大下邊，從這一點看，那件衣裳一定是別的人穿來的。至於水手長，則觀看著那位客人走路時候的小心過慮的樣子，他皺著眉頭，舐著他的鬍鬚，向著一個正在很使勁兒的用一隻光著的手掌擦船長室門上的銅皮子的水手走去，輕聲的說：

「你注意到那個穿一件很亮的短褂和一對髒靴子的小人走路的樣子嗎？」

「我注意到了。」

「那末，你瞧這兒，你要注意的看著他。」

「幹什麼呢？他不是一個好人麼？」

3　按：那末，通「那麼」。

「有點不像，我想。」

「那末，我就看著他吧。」

頭等艙口放著一張桌子，有一個穿著灰色衣服的人在那兒喝啤酒。他已經到了剛剛喝醉了的樣子，因為他的眼睛已經像看不見什麼似的凸出來，不轉眼的向著對面的牆望著。同時有一群蒼蠅在桌上的黏水上聚集著，或者爬上他的灰色的鬍子和他的一點不動的五官上的紅磚色的皮膚。

水手長向著他那方面丟個眼風，說：

「他有點喝醉了。」

「他總是那樣。」一個沒有眼眉的麻臉的水手回答道。

那喝醉了的人打噴嚏了，結果一群蒼蠅都從桌上飛起來了。水手長瞧著那些蒼蠅，和他那同伴一樣的嘆息著，他若有所思似的觀察著：

「啊，他一定要打噴嚏趕蒼蠅麼？」

我自己所選擇的住處是在汽鍋前邊的一個柴胡堆上，當我躺著的時候，我可以看到小山漸漸的用一張憂悒的黑幕遮暗了水，靜靜的向著輪船侵蝕，而在那草原上有一線夕照拖長的光輝染紅了樺木的樹幹，使著一個村舍的新修茸的房頂看起來好像是用紅絨舖的一般。

附近一切其餘的東西也都宛如在火中飄遊似的，並且抹去了一切東西的外形，把整個的風景都溶化在紅色的、橙色的、和藍色的光線中，除了在那村舍鄰近的一座山上有個黑色的樅樹林，帶著很緊張的、敏銳的、和明顯的樣子。

在一座山下有一群漁人燒著一堆火，我們可以看到那火花在一個白色的船殼上跳躍著、偷跑著。小船裡邊有一個男人的黑影子，一個在幾枝木椿子上掛著的魚網，還有一個穿著黃馬甲的女人坐在火堆的旁邊。在那燦爛的金光之中，還可以看得出來那個女人坐著在底下遮陰涼的樹的下部樹枝上的葉子的飄動。

河是完全靜的，也沒有一點聲音打破了兩岸上的寂靜，而那三等艙的蓬帳下的空氣更覺得和上半天的時候一樣的悶人。這時候，客人們的談話被黃

昏的黑影給打斷了，結果祇剩了如蜜蜂嗡嗡一樣的輕微的聲音。而且在這種談話中你也辨別不出來誰說的話是好的、究竟討論的是什麼問題。因為談話中每一個字都像不聯貫似的。即或是大家和和氣氣的在一塊兒討論著一個問題，你也是聽不清楚的。

有時候可以聽到一個年青的女人的乾笑聲，在艙裡有一群人打算合唱一個大家都很熟悉的歌，然而為了選擇一隻相當歌而失敗了，還在爭論著用低音和輕的重音的問題，而在那每一種聲音中都有點黃昏的、溫柔的憂愁，好像默默的念經一樣。

在我左近的柴胡堆的後面有一個粗魯的、直梗的聲音慢慢的說：

「當初他是一個極有用的小伙子，又清潔、又整齊，但是，他後來變得又襤褸、又骯髒，簡直要與群狗為伍了。」

另外的一個聲音很響亮很粗暴的答道：

「哈哈！踢開女人們，要不就得迷了路。」

「這句成語真跟一條魚總要向水深的地方鑽一樣的對。」

「而且，他是個傻子，這更糟糕。聽說他是你的一個親戚，是麼？」

「是的。他是我的弟弟。」

「真的嗎？那末請原諒我。」

「沒什麼，然而老實說起來，他的確是個傻子呀。」

這時候我看見了那個穿著肥大的短褂的客人走向那突出來舷門，用他的左手抓住一個支柱，又向著柵欄走去。在那兒的下邊，明輪攪著水呻吟。他在那兒站住，搖幌著，從船舷往外瞧著。正好似一隻蝙蝠在用牠的翅膀捉到點什麼東西的時候，在空中的猶疑不決的搖幌的樣子。那人把帽子緊緊的拉在耳朵上，使著那耳朵凸出來的樣子幾乎太可笑了。

他又轉過身來，瞧著蓬帳底下的暗處，然而，他好像沒有注意到睡在柴胡堆上的我。這使我可以清清楚楚的看到那帶著一個尖鼻子的面孔，在頰上和下頦上的幾撮淺色的髭毛，和一對小的滴溜溜的轉著的眼睛。他在那兒站著，好像在聽什麼事情似的。

他忽然又很堅決的走向突出來的舷門，從鐵欄杆那兒拿起一把擦地板的

布箒，把牠拋下水去，然後他又拿起一個相類的東西來拋。

「嘿！」我向他喊道：「你在那兒幹什麼呢？」

那個人跳著轉過身來，一手摸著前額來尋找我的地方。他很溫和很迅速的回答我，不過有點口吃：

「你管這個幹麼？你滾蛋吧！」

我聽了他這樣魯莽的話，又羞又恨，幹【趕】忙的跑上前去。

「你做這種事情，水手們是完全負著賠償的責任的。」我說。

他捲起他的短褂的袖子來，好像他已經預備著要打一架似的，然後他把一隻腳踏在光滑的欄杆上，喃喃的說道：

「我看見那布箒鬆開了，很有因為船震而掉在水裡的危險。我就想去抓住，可是不成，結果從我的手裡掉下去了。」

「但是，」我很驚奇的說：「我相信你是故意把布箒弄開，將牠朵【掉】在河裡的！」

「啊，啊！」他說：「我幹什麼那麼做呢？如果那麼做，那是多麼出人意外的事情啊！怎能夠那樣呢？」

他很乖巧的躲閃著我，再弄弄他的衣裳袖子，便揚長而去了。他那件短褂是很長的，總使人感覺到他的腿是特別的短的，在我覺得他的走路的樣子總是要鞋拖著地走，還有點躊躇的樣子。

我回到我原來的地方，又躺在柴胡堆上，來聞松脂的氣味了，還聽得我周圍的幾個客人慢慢談話的聲音。

「啊，好先生呀。」在我的旁邊發出一個粗暴的譏諷的聲音來，但是立時就有一個更粗暴的聲音把這聲音給打斷了：

「幹什麼？」

「哦，沒什麼。祇是要說問一個問題是容易的，而回答則似乎是難一點的。」

「真的。」

從山谷中散放出來的煙霧佈滿了河上。

　　不一會兒天便完全黑了，大家也都走入了睡鄉，也沒多少說話的聲音了。於是耳朵便用來聽機器的狂暴的吼聲，測量明輪的韻律，在起初並沒有注意到在以前極熟悉的睡覺的人的鼾聲中發生的新的聲音，和輕輕的腳步聲，還有悄悄的耳語聲：

　　「我向他說過——是的，我說，亞莎，你不應當做這件事情，你不要做這件事情。」

　　看不見兩岸了。真的，你祇能由慢慢走過去的岸上的一堆一堆的火堆上，和在火堆周圍的比其他地方更黑更濃的昏暗上，才感覺到兩岸的存在。繁星朦朧的反照在河水裡，好像是絕對的不動似的。而那船燈的拖長的，金色的映在水裡的光輝卻總是顫動著，好像要努力不再飄流，一直逃到黑暗的地方去，同時還起了許多泡沫，像薄薄的貼著我們的船身一樣。正在我們的船後邊，有時還稍稍過去一點，拖著一隻運貨船，在船頭上有兩個燈，在一根桅杆上還有一個。這些燈有時候照耀著繁星反映在水裡的影子，有時又溶化在這一岸或那一岸的火光之中。

　　離我睡的地方很近的一盞燈的下面放著一條橙子，有一個肥胖的女人在那上邊睡熟了。她用一隻手按在她的腦袋下的一個小包袱上，她把她的馬甲也解開來放在膈肢窩[4]下邊，所以很可以看到那突出的白肉和一撮毛。她的臉是很大的，眉是濃黑的，她的顎很高，幾乎使雙頰和耳朵緊緊的貼著，她的厚嘴唇還張著，帶著一種難看的死屍般的笑容。

　　從我這比她稍高一點的地方看去，我恍恍惚惚的往下看著她，還回想著：「她的年紀不過剛過四十，而且可以說是個和善的女人。她來坐船走是因為她要去看她的女兒和女婿，或是看她的兒子和媳婦，所以她頗帶了一些禮品。而且在她的寬大的心中還帶著更多的特別的母性的愛呢。」

　　忽然在我的附近有什麼亮了，好像是點著了一根火柴。我睜開眼睛，看見那個穿著奇特的短褂的客人，正在方才說的那個女人的旁邊站著。他把燃著的火柴放在他的袖口裡，現在他伸出手來，很小心的把那點火花往那女人

4　按：膈肢窩，通「胳肢窩」。

膈肢窩底下的一撮毛上送過去，於是發生了一點輕微的噝噝聲音，還有一種燒毛髮的難聞的氣味一直衝到我的鼻孔裡來。

我跳了起來，捉住那個人的領子，很用力的搖幌著他。

「你幹什麼呢？」我問道。

他轉過腦袋來，用著差不多聽不見的，可是很清楚的是反抗的聲音說，嘻嘻的笑著：

「我不嚇得她好一跳麼，啊？」

他又加了一句；

「現在，鬆開我吧，我說，鬆開我！」

「你丟了你的心了麼？」我喘著氣問。

他還霎[5]著眼睛，從我的肩上往外看點什麼東西，過了一會兒，才向著我輕輕的說道：

「請你讓我走吧。說老實話，我是因為睡不著，所以我才想到來和這個女人開個小玩笑，這有什麼關係呢？你看啊，她仍然好好的睡著呢。」

我把他的兩條短腿踢開，那兩條腿似乎像割斷了似的，在他的身子下邊蹣跚著。這時候我想：

「不，我並不錯。他的確是很有用意的把布簍扔在水裡，這是個幹什麼的傢伙呀！」

機器房裡的鐘聲響了。

「慢點！」有一個很歡樂的喊著。

蒸氣便依著這個聲音很尖銳的叫起來了，使得那個女人也猛然的抬起頭來醒了，而當她用她的左手去摸膈肢窩卜【下】的毛的時候，她的摺皺的五官更皺得出許多摺紋了。於是她看著燈，自己坐了起來，並且指著她的被燒了毛的地方，向著自己輕聲的說：

「哦，聖母啊！」

輪船現在駛進了一個碼頭，柴胡噼拍噼拍的響得很利害[6]，有人拿起來，

5　按：霎，同「眨」。
6　按：利害，通「厲害」。

投在爐口裡，還帶著一種粗鄙的報告的聲音喊著：「低下頭呀！」

從一個背山的城市的上邊升起了那蒼白色的月亮，照耀整個的黑黝黝的大河，並且使著這大河去聚集生命，如光輝把風景沿在溫水裡一樣。

我向船尾走去，自己坐在一些柴胡堆裡，觀看著這個城市的前部。在這個城市的一頭，立著一個像手杖似的工廠的煙窗，而在其他的一頭，則正如中間一樣，立著一些鐘樓，其中的一個有一個鍍金的尖塔，另外又一個則有一個綠色的或藍色的尖塔，但在月光下看卻是黑色的形狀好似一個破爛的畫筆。

正對著碼頭有一座二層樓的寬大的山牆，上邊有一盞燈在放著光亮，然而從那骯髒的玻璃透出來的祇是一點慘淡的微弱的光亮，那座房子的前邊掛著很長的一塊破舊的招牌，從那張招牌上可以看到很大的黃色的字，模模糊糊可以看得清的是「客棧和——」幾個字，其餘的再不能看得見一點兒。

在這朦朧的小城市中還有幾處是掛著兩三盞燈的，而凡在這些燈放射著朦朧的光線的地方，總很顯然的立著許多山牆和褐灰的樹和刷著白色的假窗子，在一種深色的石頭顏色的一些牆的上邊。

我總覺得這景況是很蕭條的。

同時這隻船繼續的放著汽號，牠前後的搖動著，做出一種木頭的輾軋的聲音，和一種很迅速的撥水的聲音，和牠的兩邊同碼頭相擦的一種聲音。這時有一個人很魯莽的叫著：

「混蛋，你應該睡了！那個起重機，你說？啊，起重機就在船尾上，你這可惡的東西！」

「又走了，謝謝天！」從柴胡堆後面可以很清楚的聽到一個使人不高興的聲音，接著又有一個同樣的熟悉的聲音打著呵欠說：

「我們走的時間到底到了！」

又一個粗糙的聲音說：

「看這兒，小伙子，他喊的是什麼呀？」

有一個人很慌張很含糊的，又總弄得嘴唇作聲，結結巴巴的回答著：

「他在喊：『親戚們呀，不要殺我呀！看基督的面子，饒了我吧！我可以

給你們做任何的事情——真的，你們永遠是有福有壽的呀！把我放走吧，饒
了我的過錯，給我念幾句經救救我的靈魂吧！哎，我可以遠走高飛，一背【輩】
子也不回來，以【一】直到死。他們再不會聽到我說話，也再不會看到我了。』
然後那皮特叔叔在他的腦袋上打了一巴掌，他的血都噴在我身上了。

　　當他倒下的時候，我——我跑了，跑向客棧去，我在那兒敲門，還喊著：
『姊妹，他們把我們的爸爸打死了！』她聽了這話便把她的腦袋從窗子裡伸
出來，祇向我說：『那一定是那老東西向著老白乾磕響頭了！』……唉，那時
候真可怕呀——那天晚上！現在我還覺得害怕哪！

　　我最初想跑到樓頂上去，可是我自己一想：『不成，他們一會兒就會捉到
我，也同樣的會把我結果了，因為我是直接繼承的兒子，我應最先得到剩下
的財產。』因此我便爬到房頂上去，在煙窗的後邊藏著——手腳都抱在一起，
嚇得簡直一句話也說不出來了。」

　　「你怕什麼呢？」一個粗魯的聲音打斷了他的話。

　　「我怕什麼？」

　　「無論如何你是和你叔叔商量好來殺你的爸爸的，不是這樣麼？」

　　「在那樣的一個時候是沒有功夫想什麼的——你要殺了一個人，正因為
你已不能維持自己了，要不然就是因為覺得人太容易殺了。」

　　「對的，」那粗魯些的聲音用沉重有力的調子說道：「血既要流，就會流
得更多一些。假若一個人要出去殺人，他是不管有什麼理由的——他所找到
的最好的理由都先運用到手上去了。」

　　「然而假若這小伙子說的話是真的，他是有一種正當的理由的——然
而，依常理而論，就是財產也不該引起吵鬧的事情的。」

　　「如此的說起來，正當一個人選擇的時候，他就不該殺人了。犯這種罪
的傢伙是應當使他們改過自新的啦。」

　　「是的，然而，使他們改過自新是不容易的啊。譬如說，這小伙子在獄
裡住了一年多，他是什麼也沒有改過來的。」

　　「『什麼也沒有改過來』麼？為什麼？他沒有把他的爸爸推到屋裡，又把
門關上，把衣裳蒙在他的腦袋上麼？這是他自己說的。『什麼也沒有改過來』，

真的！」

我從前從某一個談話的人那兒聽到過這件事情，這一串一串的悲慘的、不連貫的話又重新說出來了。我猜想一定是那個穿著髒靴子的人說的，因為他說過這件謀殺的案子是不止一次的了。

「我不想替我自己辯白什麼，」他說：「我祇要說，在我捉到法庭去的時候，我什麼事情都說了，因此就把我放了，然而我的叔叔和我的哥哥卻都處徒刑了。」

「然而你知道他們是同意要殺他的麼？」

「啊，我最初的意思不過是要好好的嚇唬他一下而已。因為我的爸爸總不把我當做他的兒子——他總把我叫做耶穌【穌】。」

兩個聲音中較比[7]粗魯的一個叱責著現在說話的人了。

「你想想，」那聲音說：「你很能一點也不隱藏的說出來呢！」

「為什麼我不能呢？我的爸爸很引起許多的無知的人掉過些同情之淚呢。」

「一個引人掉淚的無用的東西！假若我們掉淚的原因祇在於被人謀殺，那末這些事情將變成什麼樣的情形呢？流出來眼淚吧，但是總不要流出血來，因為血不是你要流的東西。而且，假若你更相信你的血的確是你自己的，那末你要知道事實卻不是如此的，因為你的血並不是屬於你的，是屬另外某一個人的啊。」

「問題的中心是我爸爸的財產。這完全表明一個人可以生活一些時候，又可以自己餬口，然後卻忽然著了迷，失掉了自己的理性了，結果甚至於被騙得來怨恨他自己的爸爸了……現在我得睡一會兒了。」

在柴胡堆後面的一切都漸漸安靜了。我於是趁這個時候起來向那個方向望著。那個穿著短褂的客人正縮做一團，靠著一盤繩子坐著，把兩隻手插在袖管裡，他的下頦搭在他的胳臂的上邊。當月光直射著他的的面孔的時候，我看到他的面孔真如死屍的面孔一樣的青黑，而那兩條眉毛也從兩隻窄小

7　按：較比，通「比較」。

的，低賤的眼睛上面吊下來。

　　在他的旁邊，緊靠著我的腦袋這一邊，在那盤繩子的頂上直躺著一個肩膀很寬的農夫，他穿一件短短的衣服和一雙上補綻的白氈子的靴子。這個人的彎曲的鬍鬚向上面捲著，他的手在腦袋的後邊交叉著，他用牛一樣的眼睛望著天空，在天空中稍稍的有幾顆星閃爍著，月亮也要落下去了。

　　正這時候，那個農夫用了一個喇叭一樣的聲音[8]問道：

　　「我想你的叔叔一定在那隻運貨船上了？」

　　「他是在那上邊的，我的哥哥也在那上邊呢。」

　　「你也在這兒！多麼奇怪啊！」

　　那隻黑暗的運貨船是在輪船的藍灰色的浪波中拖著的，牠像一架耕地的犁耙一樣的劃開了那浪波，而在月光之下，運貨船的光亮是顯著白色的。那船殼和那囚犯的籠子從水中高出來許多，就好像在我們的右邊的黑色的鋸齒般的河岸曲曲折折的滑過去一樣。

　　得【從】整個柔和的、消溶的、流動的景色上觀看，我所得的印象是很憂鬱的。這使我的心裡帶著一種不穩固的、一種缺乏安定的感覺。

　　「為什麼你旅行呢？」

　　「因為我要和他說一句話。」

　　「和你的叔叔麼？」

　　「是的。」

　　「關於財產的事情麼？」

　　「還會有別事情麼？」

　　「那末你瞧這兒，我的小朋友，全扔了吧——連你的叔叔帶那些財產，你自己倒【到】廟裡去，上那兒活著，上那兒念經去吧。因為假若你曾經流過血，而更流過你的親人的血，你就把一切化為方外的了吧！並且流血總是一件危險的事情，終究有一天你是要受到報應的。」

　　「然而財產呢？」那個小伙子抬起腦袋來問道。

8　原註：雖然他似乎已經盡力的放低了聲音。

「隨牠去吧。」那個農夫合上了眼睛說。

那個小伙子的臉上的毫毛都跳動著，好像有風鼓動著似的。他喘著氣，向著那人看了一會兒。然後，他瞧見了我，用著一種憤怒的聲調喊道：

「你瞧什麼呢？你幹什麼總是跟著我？」

那個個兒很大的農夫也睜開了他的眼睛，先瞧瞧那個人，然後又瞧瞧我，才喊道：

「不要在那兒嚷，你這用舊羊毛織臉的東西！」

當我再回到我那個角落裡躺下來的時候，我回想著那個個兒很大的農夫說話實在對極了——那個小伙子的臉的確很像一個破舊的羊毛織的手套。

現在我做著夢，說我正在畫一個鐘樓。而在我畫著的時候，有一些巨大的、睜著圓眼睛的穴鳥，圍繞著我的鐘樓的山牆上頭，用著牠們的翅膀撲著我，來攔阻我的工作，一直到我想法把牠們打跑的時候，我也失了腳，墜在地球的上面。待驚醒之後，才覺得我在一種沉重的、病態的、痛苦的、倦怠的與疲勞的情緒之下哽咽著，眼前還顫動著萬花撩亂的東西，弄得我頭暈目眩了。從我的腦袋上，在耳朵的後邊，流下一些血來。

我自己很困難的站了起來，我向著一個水管走去，在一道噴出來的冷水的下邊洗了我的腦袋，用我的手絹綁了起來，然後轉過身來很驚異的看著我睡覺的地方，看看究竟為什麼鬧成了這個樣子了。

在我睡覺的地方的近處正立著一堆小塊的木頭，預備給船上的廚房用的，而在我的腦袋躺著的地方正放著一捆樺木枝子的柴胡，而那柴胡的綑繩也已經解開了。當地【我】把這捆倒了的柴胡拿起來的時候，我瞧見這捆柴胡是很乾淨的，上面盡是柴樺樹皮，當我提起的時候還沙沙的響著。結果，我想到這輪船的猛烈的動蕩，一定是使著那捆柴胡倒在我的腦袋上了。

這種關於我所說的，那不幸而可笑的事情的似是而非的解釋，使我的膽子壯了起來。然後我向著船尾走去，那兒已經再沒有悶人的氣味了，而且還可以看到一個很好的風景的。

這是黑夜的最後掙扎的時間，是在熹微之前的最緊張的時間，這時間是，

當全世界像在一種甜睡的神妙中而不會醒來的時候，當靜的極致使靈魂有一種特別的感覺的時候，當那繁星好似很奇怪的貼近地球，而晨星又像一個小小的太陽一樣亮的閃爍著的時候。蒼空已開始變成冷清清的灰白色，放鬆了夜間的輕軟和柔溫。那群星的光輝也像花瓣一樣的凋落了，而那從前是金黃色的月亮現在也變得蒼白了，還遮上了一層銀色，一點一點的離開了地球，那河水不知不覺的脫去了牠的濃厚的、膠黏的光輝，並且很快的映出來，又退下去，那在天空中變化著的各種顏色的鬆散的、珍珠般的影子。

在東邊起來了一層粉紅色的薄霧，掛在那黑黝黝的松林的枝頭上，那薄霧的新鮮的顏色漸漸的亮了起來，密度也愈發大了起來，而更勇敢的、更清晰的站在前邊，甚至像一個膽怯的祈禱者小聲的念著經，而慢慢的雀躍起來唱謝恩的歌了。又過了一會兒，松樹的尖銳的樹峯渲染成了紅色，宛如聖廟裡的供神的蠟燭一樣。

接著來了一個看不見的手，從水面上掠過去，造成了一面透明的許多顏色的絲網。這是早晨的微風，曙光的前驅者，牠穿著一件綢子似的帶著銀花的外衣，吹皺了河水，一直使眼睛漸漸的不願意看那黃金般的、真珠般的、粉色的、淡綠色的從那太陽改變著的天空反映出來的把戲了。

過了一會兒，最初的劍形的白晝的光輝，像一把扇子似的自動的展開了。牠們的鋒芒帶著眩人眼目的白色，而同時你也可以聽到從一個不上多們【麼】高的地方降下來一股銀鈴的響亮的聲浪，這聲浪跳躍著去歡迎太陽，那太陽的玫【玫】瑰色的邊緣已經可以從樹林的上邊看到了，恰似一個酒杯的邊緣，這酒杯中裝滿了生命的精靈，現在要把杯中的果【東】西完全傾在地球的上邊了，並且要把創造力的慈善的洪水灑在沼澤上，因而升起了一種如香煙一般的紅色的氛圍。

在大河的較比嶮峻的一岩上，有幾裸【棵】離河邊最近的樹把柔和的綠色的影子投在水裡，而像鍍了金似的露珠在青草上閃爍著。小鳥們也都醒過來了，當一個白色的海鷗平著翅膀掠過水面的時候，那兩隻翅膀的蒼白的影子一直跟著那隻鳥飛上了五顏六色的蒼穹，而那太陽，從樹林後邊放散出火焰來，正如一隻神話中的帝王的鳥雀，越飛越高的飛上了深綠色的天空，一

直到那銀色的愛神，消逝了，她自己看起來就和一隻小鳥一樣。

在河沼邊的一條黃沙堆上，時常有長腿的沙鷗來回的跑著。有兩個漁人在一隻小船上飄蕩著，他們搖著櫓跟著輪船的水流走。我們聽到岸上有許多早晨的清朗的聲音，如雞鳴的聲音、家畜的吼吼的聲音，和總在吵嚷的人們的聲音。

在船尾上的淺黃色的柴胡也漸漸的變紅了，那個個兒很大的農夫的灰色的鬍鬚也變紅色的了，他的笨重的身體仰面朝天的倒在船艙上，張著嘴睡熟了，鼻眼呼呼的打著鼾聲，眉毛好像受驚似的豎了起來，濃厚的髭鬚時時的在跳動著。

有一個人在柴胡堆中喘著氣，而正當他侷促不安的時候，也正是我向著那方面瞧著的時候。我看到那一對小的、窄的、閃著光的眼睛，和在我前面的那一個襤褸得像破布似的面孔，然而現在看起來卻好像比昨天晚上更瘦了一些、更蒼白了一些似的。

很顯然的，這個面孔的主人是有點願【頗】感覺到冷了，因為他把下頦夾在兩膝蓋的中間，把兩隻生滿了毛的胳臂抱緊了他的大腿。他的眼睛很憂悒的望著我這一邊，帶著一種尋找什麼東西的樣子。然後他很疲倦的、很沒精神的說：

「是的，你已經找到了我。現在你可以打我一頓了，假若你要打我的話——你可以給我一巴掌，因為我曾經打你一巴掌來的，所以你要打我就算報上仇了。」

我覺得非常的驚異，於是便小聲的問他：

「就是你打來的麼？」

「是的，你的心跑那兒去了？」

他說這話的聲音又粗暴、又刺耳、又氣人，把兩手還分開來，腦袋往上一揚，那豎起來的耳朵也從那緊緊拉下的帽子底下凸了出來，那樣子真好笑極了。然後他又把兩隻手插在短褂的口袋裡，用了一種挑戰的聲調重說了一遍：

「我說，你的心跑那兒去了？你快滾魔鬼那兒去吧！」

　　我從他那兒立時看出來有點無望的和像田雞的樣，這引起了我的很大的反感。從此後，我既起了反感，便不願再和他說話了，甚至想報他打一巴掌的仇，我於是一聲不響的走了。

　　但是過了不多的功夫，我又碰見他了。我看見他還像從前那麼樣的坐著，用兩隻胳膊抱著膝，他的下頦也放在膝上，而他的紅色的，不得睡眠的眼睛，正很無神的望著那隻運貨船。那船是由於輪船在起波浪的水的寬帶中拖著的——這些寬帶在太陽光中閃耀著，好像釀酒者的桶子中的麥子和水一樣。

　　而那些個眼睛，那種死的、疏遠的表情，那早晨的快樂的樣子，和天空的清朗的光輝，和兩岸的溫和的顏色，和六月裡的空曠的聲音，和空氣的特別的新鮮，和這整個的圍繞著我們的景色，祗是要把我們投到更其悲劇的現實中去的。

　　正當輪船離開桑笛爾的時候，那個人便自己跳下水去了——他是在萬目睽睽之下跳下水去的。他一跳下去，大家都哄起來了，他們亂擠著往船邊上跑，爭看著從這岸到那岸都帶著眩目的光華的河水。

　　口笛很急的響了，水手們把救命圈扔了下去，船艙在眾人亂擠亂跑的情形下像鼓似的彭彭的響著，蒸氣用著勁兒嘟嘟著，有一個女人瘋狂的哭喊起來了，那船長也在艦橋上發了緊急的命令：

　　「往下扔重的的救命圈！現在那混蚤【蛋】可以抓住一個啦！你這該死的東西，旅客們都靜靜吧！」

　　有一個生著兩個膽怯的圓眼睛的、頭不梳、臉不洗的和尚，用他的肥肩膀撞著一些人，腳也絆著人家跌交[9]，他到這兒把又長又亂的頭髮向後一甩，然後來回的叨咕著：

　　「一個男的呢？還是一個女的呢？一個男的，是麼？」

　　當我開路向船尾去的時候，那人離得運貨船的船尾已經很遠了，他的腦袋在鏡子一樣的水面上已經像蒼蠅那麼大小了。然而向著那個蒼蠅去的還有

9　按：跌交，通「跌跤」。

一隻漁船，跑得有水蟲那麼樣的快法，使著那兩隻槳顫動著，現出紅和灰的顏色，而從那兩岸的會合處，又很迅速的出來一隻小船，這隻船在輪船的水流中跳蕩著，頗具著一條小牛犢的華美的樣子。

忽然有一個喊著「啊——啊——」的微弱的悲慘的聲音，闖破了船艙上的憂愁的騷動。

為了響應這個聲音，有一個尖鼻子的、黑鬍子的、穿得很整齊的農夫吮著嘴唇喃喃的說道：

「啊！那是他喊哪！他簡直是一個瘋子！他準是個奴才，不是麼？」

有一個生著彎曲的鬍子的農夫帶著一種反駁一切人的話的聲調，響應著說：

「那是他的良心使他那樣做的，你們愛怎麼想便怎麼想，但是永遠不能泯滅良心的啊。」

從此，便互相爭論著，這兩個人便自願的給大家講述那個生著很漂亮的頭髮的小伙子的悲慘的故事了，這小伙子巨【已】經被幾個漁人撈出水來，他們極用力的划著兩隻槳，迅速的奔著輪船而來。

那長鬍子的農夫繼續著說：

「自我認識他以來，他便是跟在水手的老婆的背後胡鬧的——」

「而且，」另一個農夫打斷了他的話：「那財產沒等到他爸爸死去便分到手裡了。」

那個長鬍子的農夫聽到這話以後，便忙著講述著由於兄弟、姪子、和一個兒子所做成的謀殺案的故事，而那整齊的、吝嗇的、穿著很好的衣服的農夫也加入這次大體上還是低聲的談話，他很歡喜的、很使人不高興的說著、評論著，好像他是在打賭要去扶起一道籬笆一樣。

「每個人都是找最容易走的路子走的。」

「所以魔鬼是要把他帶去的，因為向地獄的路子算是最容易的了。」

「啊，我想你一定不會走那條路了，你總不想到那條路吧？」

「我幹麼想那個呢？」

「因為你說那是最容易走的一條路呀。」

「啊，我不是一個聖人呀。」

「不是嗎？哈哈！你不是呀。」

「你的意思是說──？」

「我什麼意思都沒有，假若一條狗的鏈子短了些，他並不是一定要慚愧的。」

　　於是他們便面對著面的吵了起來，他們用的話是簡單的，可是恰好是夠用了的，他們的意見祇有他們自己知道罷了。有一個農夫是個很瘦的傢伙，四肢很長，眼睛是冷酷的，含著嘲弄的意思的。面孔是瘦黑的，他說話的聲音非常宏亮，說話時還常常的幌著肩膀。而那另外的一個農夫是個肥胖而寬大的傢伙，一直到現在他好似還帶著沉默的、自信的態度，他也是一個能決定自己的見解的傢伙，很粗暴的呼吸著，他那牛一樣的眼睛帶著一種熱情，閃著光輝，以至使他的臉完全漲紅了，他的髭鬚也從下頦上撅起來了。

　　「譬如說，你看這兒，」他打著手勢，還轉動著他的沉重的眼睛，咆哮著：「那怎能夠呢？上帝還不知道一個人應當怎樣的遏止住他自己麼？」

「假若惡魔是一個人的主人，上帝就不管這些閒事了。」

「胡說！究竟誰是最先揚起了巴掌打他的同伴的人呢？」

「該隱。」

「那末誰是最先懺悔一樁罪惡的人呢？」

「亞當。」

「啊！你瞧呀！」

　　這當兒正有一片喊「他們已經把他撈上來了！」的聲音打斷了他們的爭論，大家一齊從船尾上跑回來，連那兩個爭論的傢伙也拉來了──那較比吝嗇的農夫彎下了肩膀，一邊走著，一邊扣上了他的短褂上的紐子，而那長鬍子的莊稼人緊跟在他的後邊，他把他的帽子從這個耳朵移上那個耳朵，帶著一種粗魯的神氣向前伸著他的腦袋。

　　輪子很謹慎的拍著輪船鼓起來的波浪，船長要不讓那運貨船貼在輪船的船尾上，於是用號筒大聲的喊道：

「把她拉過去！把她拉過──過去！」

不一會兒，那隻漁船便攏近了，那個溺得半死的人，帶著一種軟弱得像裝了一半的口袋似的的樣子，從一個縫子裡都流出水來，他從前的憔悴的臉現在變得平滑而光光的了，現在已被拉到船上來了。

那些水手們把他放在行李艙的門口，他坐了起來，把身子向前拱著，用他的兩隻手掌擦光了他的濕的頭髮，然後呆呆的問了一聲，可是他並沒有一定向著那一個人：

「他們把我的帽子也上弄【弄上】來了麼？」

在圍著他的這個人群中有一個人用著譏諷的語調說：

「你並不該想你的帽子，而該想一想你的靈魂了。」

他聽完這話便大聲的、自然的打著噴嚏，像一個駱駝似的，並且從他的嘴裡吐出一些涎水來。然後，用那沒神的眼睛看著圍著他的人們，他帶著滿不在乎的聲調說：

「請把我抬到別一個地方去吧。」

那水手長聽到這話便立時很嚴厲的叫他自己躺下去，這個小伙子便躺下了，用著他的兩隻手托著腦袋，眼睛也閉上了，而那水手長隨即又向那觀眾們很粗魯的說道：

「往後點，往後點，諸位。這有什麼可看的呢！這也不是一齣戲啊……嘿，你這傢伙！為什麼你跟[10]我們開這麼個玩笑？你這混蛋東西！」

然而觀眾卻都沒有往後退，祇在那亂七八糟的評論著。

「他殺過他的父親，不就是他麼？」

「什麼？就是那個可惡的畜生麼？」

至於那水手長則蹲下去了，他又繼續著逼那個被救上來的傢伙，很細密的問著他：

「你買的票是到那兒的呢？」

「波木。」

「那末你就該在[11]卡珊下船。你的名字叫什麼呢？」

---

10 按：原刊此處有衍字「生」。
11 按：原刊於此處有衍字「船」。

「亞考夫。」

「你姓什麼呢？」

「巴式金——然大家也都知道我們家是姓布可洛夫的。」

「那末你們家裡是有兩個姓了，是吧？」

那個長鬍子的農夫用盡了他的喇叭樣的肺子的力量[12]插進來說：

「雖然他的叔叔和他的哥哥也【已】經受了刑罰，並且也一同在運貨船上來了，可是他——啊，他已經被人釋放了！而且，這也不過是個人的事情。假若不顧那審判官所說的一個人永遠不當殺人的話，那末良心就不能忍受血的思想了，甚至於差不多要變為一個殺人者也是不對的事情。」

這時候，客人們都睡醒了，也都從頭二等艙裡出來了，滿聚攏到這兒來了。一個黑鬍子紅面龐的大副在這種混亂的狀態中向一個人問道：「我想你不是一個醫生麼？」接著就得到了驚慌的、高聲的回答：「不是，先生，根本沒做過醫生。」

又有一個人囁嚅著加了一句：

「幹麼要一個醫生啊？這個人不是一個不關緊要的傢伙麼？」

河上邊聚集著的夏日的白晝的光輝更增加了力量，更因為這天是禮拜日，所以從一座山上響著令人神醉的鐘聲，還有一對穿著上宴會的衣服的女人，她們沿著河岸走，向著輪船揮舞她們的手絹，還歡呼著些什麼。

這時那小伙子絲毫不動的躺著，閉著兩隻眼睛，脫去了他的短褂，解開了那濕濕了的貼身的衣服，看起來他比從前更顯得均【勻】稱了——他的胸部好像發展得很好，他的身體是膨大的，他的臉也近乎圓形，而並不是怎樣醜的。

大家瞧著他，或帶著可憐或不滿意的樣子，或帶著嚴酷或恐怖的樣子，這種事情便是這樣子的，大家祇能不用什麼儀式的瞧著，簡直完全不像他曾做過一回活人來的。

譬如說，一個穿著灰色的單外衣的瘦小的紳士，向著一個戴著上邊有粉

---

12 原註：顯然他是生氣了的。

色的綾帶子的黃草帽的太太說：

「在我們那地方，就是在里亞山，當某一個製錶的師傅去已【上】吊在一個通風機上的時候，他先把他的舖子裡的鐘的錶了【鐘錶停了】。現在的問題就是：為什麼他把牠們都停了呢？」

「簡直是個特別的案子！」

在另一邊，有一個濃眉的女人，她把兩隻手藏在她的披肩的底下，在那兒站著靜靜的凝視那個被救上來的傢伙，她轉過半邊身子來向著他。當她那麼看著的時候，眼淚已經在她的灰藍色的眼睛裡汪著了。

現在出現了兩個水手，其中的一個向著那小伙子彎下腰，用肩膀觸著他，說：

「嘿！你起來吧。」

那小伙子於是就起來了，也能隨隨便便的走動了。

又過了一會兒，當他再在甲板上出現的時候，他身上清潔了，也乾了，還穿著一個廚子的白衣的寬外衣和一個水手的藍色的嗶嘰褲子。他把雙手背在後邊，聳起了肩膀，腦袋向前伸著，很快的向船尾走去，後邊有一群閒人——起初是一個一個的，以後便成三個一群一直到十二個一群了——跟著他腳步。

那個人自己坐在一盤繩子上邊，像狼似的伸長了脖子向著旁觀的人們看著，皺著眉，把手放在鬢角上，觸動著他的如麻似的頭髮，他的眼睛緊緊的釘著那隻運貨船。

大家站在或坐在熱烈的太陽光中，總是瞧望著他。很顯然的，他們是想著，而又不敢和他去談話。現在那大個兒的農夫也出現了，他看了一看這裡的情形，遂把帽子摘了下來，擦著他的臉上的汗水。接著又有一個紅鼻子，長著疏稀了【的】幾根鬍子和一對汪的水的眼睛的白髮老頭兒在打掃著他的嗓子，而用著一種甜蜜的聲調先開頭說話了：

「您可以給我們大家講講事情的經過麼？」他開始說了。

「我幹什麼要告訴你們？」那小伙子聲色沒動的答覆著。

那老頭兒從心坎兒上掏出了一條紅色的手絹，用手甩了一甩，很小心的擦著他的眼睛。他一邊摺著手絹，一邊用著那百折不回的人的平心靜氣的語

調說：

「幹什麼，你說？因為偶然碰到這麼個事情，這事情是大家都應該知道真像【相】——」

那個長鬍子的農夫搖搖擺擺的走上前來，帶著一種使人不高興的聲調打斷了他的話：

「是的，你把一切的事情都告訴我們聽聽，你的事情一定容易辦一些了，因為罪惡總是應該教別人知道的。」

這時候，有一個聲音，像一個回聲似的，用著勇敢的和譏諷的語調說：

「最好是把他抓住，綁起他來。」

那小伙子聽到這話以後稍稍的抬起一點眉頭，低聲的回答道：

「讓我舒服一會兒吧。」

「這混蛋！」大家喊起來了。而那老頭兒，輕輕的把他的手絹摺上放在原來的地方，伸出來一隻像雞爪一樣乾瘦的手來，然後帶著一種尖利的、會意的笑容說：

「也許這般人所以要請求你講的緣故，並不是由於一種無聊的好奇心吧。」

「你滾蛋吧！」那小伙子惡狠狠的罵著。那個大個兒的莊稼人聽到這話，便用一種暴躁的聲音喊道：

「什麼？至少說，你還不能告訴我們你的目的地麼？」

以後這個說話的人繼續的講什麼人道、上帝和人類的良心——他一邊說著一邊瞪著眼睛看著周圍的人們，並且揮舞著他的胳膊，越說越發狂，一直到大家都非常奇怪的瞧著他。

大家也隨著一點一點的興奮起來了，並且為了鼓勵那個說話的人而不住的喊道：「對！這話真對！」

至於那個小伙子，先是靜靜的聽了一會兒，一點兒也不動。以後他直起腰，站起來了，把他的手插在褲袋裡，把身子前後的搖幌著，才開始來用那兩隻特別閃著光亮的綠色的眼睛注視周圍的人們。他於是挺起胸脯來，大聲的喊道：

「所以你們要問我為什麼跳起來麼？我跳起來是為的強盜的休息，為的強盜的休息！在那兒，除非你先把我捉住，還用鐵鏈鎖上我，要不然我一定要砍掉我見到的每個人的腦袋的。是的，我會犯幾千百次殺人罪的，因為一切的人都是會和我一樣的，我不能赦免任何一個靈魂。哎，我入監牢的時候已經到了，你們如果能捉我、綁我，便來把我捉起來綁上吧。」

他的呼吸已經很緊促了，而正當他說話的時候，他的肩膀也覺得沉重了，他的腿也不住的顫慄著。而且，他的臉變成了灰色，顫慄得已經扭歪了。

大家聽到這話，便立即起了一陣粗暴的、醜陋的、和抱怨吼聲，漸漸的離開他走了，而且，在走了的時候，那些個人們多半很奇怪的看著那個人，和那個人一樣的低下頭，閉上嘴，讓他們的眼睛滴溜溜的轉著。很顯然的，那個人是有一種極大的被打的危險的。

忽然他重現出了他的馴順的神情──他，在那兒和以前一樣，已經溶化在太陽光裡──一直到他的腿忽然站不住了，他的臉現出悔罪的樣子。他於是向前跪了下去，和立直了一把斧子一樣。以後他用手抓住他的喉嚨，用著一種奇怪的聲音叫喊，一個字緊接著一個字的說著：

「請告訴我，我這幹的什麼事情，這全是我的錯麼？在我要跑出來和結果被人放出來的時候之前，我在監牢裡已經住了好久了。可是──」

他涕淚交流的搖[13]幌他的腦袋，好像要從眼窠那兒找個縫兒撇開似的。然後他又繼續說道：

「可是我還沒有自由，而且我更沒有權力來說我將來怎麼沒的，因為留給我的既沒有生又沒有死了。」

「啊哈！」那個大個兒的農夫喊道。大家聽到這一聲便都驚慌的往後退下去了，還有幾個一齊走了。至於剩下的人們[14]，當那個小伙子用著破裂的聲音，搖著腦袋，繼續說話的時候，他們則怒恨的擠在一起，瘋狂的、勉強的聚成一群：

「哦，以後我可以睡上十年的覺了！在那時候我可以反省一下，並且決

---

13 按：原刊於此處有衍字「搖」。
14 原註：差不多有一打左右吧。

定我到底是不是真犯了罪的。昨天晚上我用著一把柴胡打了一個人。正當我在那兒走著的時候，我看一個討厭我的人在睡著覺，於是乎我就想：『來呀！我得打他一下子，可是我真能做這樣的事情麼？』我便打了他一下。那是我的錯麼？我總這樣的問著我自己，『我能不能做一件事情呢？哎，完了，我算完了！』」

那個人一說出這些話來，顯然是筋疲力盡了，因為現在他的腿不知不覺的跪下了——然後在他那邊呢，用兩隻手抱住他的腦袋，他的聲音終究又說出這樣幾個字來：「最好你們把我殺了吧！」

立時鴉雀無聲了，因為大家現在都很害怕很鎮靜的站著，他們顯著一種更灰色的，更柔順的樣子，這使一切人更學【覺】得和他們的同伴一樣。老實說，這時的空氣完全緊張了，好像每一個人胸中已經深入了潮潤的、膠質的地球的一種廣大的、溫軟的土塊。一直到最後才有一個人用一種微弱的、羞慚的、而友誼的聲調說：

「好弟兄，我們並不是你的法官啊。」

又有一個人也同樣和藹的態度加了一句：

「真的，我們並不比你強啊。」

「我們可憐你，可是不能裁判你。我們是祇准可憐的。」

至於那穿得很漂亮的農夫則用著很響亮的得勝的聲調說：

「讓上帝裁判他吧，人們是寬容他的。既然裁判了一個另外的人，那便算夠了。」

又有第五個人，當他要走的時候，對著一個朋友說道：

「我們對這件事怎樣了呢！要按照事上說，這小伙子是該立時判定是否有罪的啊。」

「該走就走吧，反正三十六計中走為上計啊。」

「是的，因為我們太快了啊，那件事情能怎樣做呢？」

「哎，怎樣做呢？」

那個濃眉的女人也走上前來了。她把她的披肩搭在肩膀上，把參雜著灰色的頭髮攏到一個很亮的藍色的領巾的下面，又很敏捷的往旁邊拉一拉裙子

邊兒,她那末樣的坐在那個小伙子的旁邊,好像要用她的身材遮住群眾似的。然後,抬起了一張和藹的面孔,他向著旁觀的人很文雅的可是很有權能的說道:

「你們大家都走開吧。」

於是大家都開始散開了──那大個兒的農夫在走時他說:

「哼!事情果不出我所料了。良心會問他自己了。」

那話並沒有帶著揚揚得意的神氣──而且,還更帶著一種害怕的樣子呢。

至於那個紅鼻子的老頭兒,像一個影子似的在方才說話的那個人的身後跟著,他打開了他的鼻煙壺,用他那兩隻潮濕的眼睛看著裡邊,自己喃喃的說道:

「一個人太常看到別人玩弄良心了,真的,甚至他這麼個混蛋也這樣!他把良心當做一個遮著他的奸惡和欺騙的屏風了,花言巧語的隱瞞了一切。真的,我們知道事情是怎樣做的,甚至於每個人都可以瞧著他而對著另外的一個人說:『他的靈魂是多麼熱烈的照耀著啊!』哎,無論在什麼時候,祇要把他的一隻手放在他的心上,那一隻手就會放在你的口袋裡了。」

那個喜歡說格言的人,他自己沒有扣上短褂的鈕子,把兩隻手插在外衣後身的底下,用著很大的聲音說:

「古語說得好,你能夠打住任何的野獸,如狐狸,或是刺蝟,或是蝦蟆,但是不能──」

「真對,先生。普通人們實在太退化了。」

「是的,他們還沒發展到他們應當達到的地步。」

「不對,他們受的拘束太多了,」這是那大個兒的農夫的粗暴的話:「他們沒有生長他【的】地方啊。」

「是他,他們生出來了,然而像對於髭鬚一樣,像一株樹長枝子和樹液一樣。」

那老頭兒向著那格言的買辦者看了一眼,接著說:「真的,普通的人們真是太受拘束了。」說完便撮了一點鼻煙放到鼻孔裡去,仰起他的頭來預備著打噴嚏,可是並沒有打成。然後他又用他的張著的嘴唇做了一次深呼吸,當

他用著眼睛打量那個農夫的時候，他說：

「我的朋友，你是能想到後來的一種人了。」

那個農夫點點頭。

「終究有一天」他說：「我們要得到我們所需要的東西！」

現在，卡珊已經在我們面前了，卡珊的教堂和清真寺的尖頂一直插入蔚藍的天空，看起來好像色情的花冠似的。在她們的周圍立著克里木林的灰色的牆垣，在牠們的上邊還立著嚴肅的蘇木比克大塔。

在這兒，一個一個的都上岸了。

我又上船尾看了一次。那濃眉的女人從那個在她裙子下邊放著的一個麥子口袋裡弄出去幾撮，她一邊撮一邊說著：

「現在我們將來喝一杯茶了，我們雖到克里斯多波那麼遠的地方也要在一塊兒的。」

那小伙子聽到這話便去湊近了她，默默看著說【她】兩隻大手，跟【那】兩隻手雖然是慣於勞苦的工作，可是還是非常的細膩的。

「我跟著他們來的。」他說。

「跟著誰呀？」

「都有。我是很怕他們的。」

「為什麼呢？」

「就因為我怕。」

那女人又撮了一撮小麥送給他，還很安詳的說：

「你太受累了，現在，我可以告訴你我你【的】歷史，或是我們先吃杯茶去麼？」

在岸上那方面現在可以看到烏思龍的快樂的、富足的城外的前景，有無數花枝招展的婦女在街上穿梭似的走著，而那動蕩的著【著的】河水也在太陽的光輝之下熱烈的，而有點朦朧的，燦爛著。

這真是好像在夢裡看到的一片風景。

載於《臺灣文藝》，第二卷第七期，一九三五年七月

鼻子

作者　芥川龍之介
譯者　張我軍

【作者】

芥川龍之介像

芥川龍之介（あくたがわ　りゅうのすけ，1892～1927），號澄江堂主人，俳號我鬼，日本小說家。一九一五年短篇小說《羅生門》出版後，芥川被引介給日本當時傑出的小說家夏目漱石。在夏目漱石的鼓勵下，芥川開始寫出一系列的短篇小說，大多取材於十二和十三世紀日本故事集，但他是根據現代心理學來重述這些故事，風格獨樹一幟。芥川一生寫了超過一百五十篇短篇小說，有許多故事具備一種狂熱的張力，而這種張力卻十分符合其往往可怕的主題。作品關注社會醜惡現象，但很少直接評論，而僅以冷峻的文筆和簡潔有力的語言來陳述，讓讀者深深感覺到其醜惡性，這使得他的小說極具有高度的藝術性又成為當時社會的縮影，其代表作品如〈羅生門〉（1915）和〈藪の中〉（1921）等已然成為經典之作。一九二七年因「恍惚的不安」服藥自殺身亡，震撼了日本社會。一九三五年其畢生好友菊池寬設立了以他的名字命名的文學新人獎「芥川賞」，現已成為日本最重要文學獎之一，與「直木賞」齊名。（趙勳達撰）

【譯者】

張我軍像

張我軍（1902～1955），出生於今新北市板橋區。少時家貧，學習過製鞋，一九二一年前往廈門鼓浪嶼新高銀行謀職，開始接觸中國白話文學。一九二四年赴北京求學，由於深受五四運動影響，同年四月與十一月分別於《臺灣民報》發表〈致臺灣青年的一封信〉與〈糟糕的臺灣文學界〉，兩篇文章抨擊臺灣舊文學傳統，引發新舊文學論戰。同年三月亦創作第一首新詩〈沉寂〉送給

日後的夫人羅心鄉，兩人隨後回臺。一九二五年十二月張我軍自費出版《亂都之
戀》，是臺灣新文學的第一部詩集。一九二七年進入國立北京師範大學國學系就
讀，創辦《少年臺灣》。一九二九年留校任日文講師，且於北京大學兼課。張我軍
在北京深受周作人的提攜，開始大量譯介日本文學作品，周氏並親自為其譯作寫
序。一九四六年返臺，曾任臺灣省教育會編纂組主任、臺灣茶葉商業同業公會秘
書、臺灣省合作金庫研究室主任。（許舜傑撰）

　　提到禪智內供[1]的鼻子，在池尾[2]這地方沒有不知道的。長有五六寸，從
上唇的上面一直垂到下巴底下。形狀是從頂到底，一樣的粗細。直捷地說，
是一條細長的香腸般東西，從顏面的正當中直溜溜地垂掛著。

　　年過五十的內供，自從他當沙彌[3]的昔日直到陞充主持的現在，在心底裡
始終以這個鼻子為苦。表面上，就是現在也裝著不那麼在意的處之泰然。這
不只是因為他認為自己是個理應一心渴仰將來之淨土的和尚，實在不該愁著
鼻子，那不如說是因為不願意叫人家知道自己在介意鼻子的事。內供最怕的
是在日常談話中提到鼻子。

　　內供之苦於鼻子，理由有二。——一是因為事實上，鼻子長是不方便的。
頭一件，喫飯的時候也不能夠自己一個人喫。要是一個人喫，鼻尖便頂到飯
碗裡面的飯。於是內供便叫一個小徒弟坐在檯盤的對面，用了寬一寸長二尺
左右的木板子一直托到喫完飯。這樣地喫飯，在替他托著的小徒弟和叫人家
托著的內供，都決不是好辦的事。有一次，替這個徒弟托著的小僮打了一個
噴嚏，手跟著一抖擻，把鼻子掉在粥裡面，這段話當時被宣傳到京都了。——
不過這在內供，絕不是所以苦於鼻子的重要理由。內供其實是為了由這個鼻
子而被毀壞的自尊心而難堪的。

　　池尾鎮上的人們，替長著這樣的鼻子禪智內供設想說，內供幸而是個出

1　原註：內供，臣職名，內道場供奉之略稱。內道場係皇宮禁內設立之佛事壇場，
　　初召一、二名素有智德兼備之僧人於內，專司祈祝皇上玉體安和之佛事，嗣後漸
　　增添定員至十人。
2　原註：池尾，日本京都市郊外之地名。
3　原註：沙彌，梵語 Sramanera，初入佛門得剃度式後，學業未完成僧之稱。

家人。因為他們以為長著那麼一個鼻子，總不會有一個女人肯嫁給他。裡面甚至還有人批評道：大約是為了鼻子那樣才出的家。可是內供卻不以為因為自己是個和尚，所以少為這個鼻子煩惱若干。內供的自尊心，欲其受所謂娶親這種屬於結果的事實所支配，卻長得過於微妙複雜些。於是內供，或者從積極方面，或者從消極方面，總想著要設法恢復這個自尊心的毀壞。

頭一項為內供所考慮的，是叫人家把這個長鼻子看得較比[4]事實上短些的方法。這事，他曾經當沒有人時候，照照鏡子，一邊從各種角度照著臉。一邊苦心孤詣地揣摩了。有時候，僅僅改換臉的位置，他還不能放心，曾經用手支著下巴，或用指頭拄著下巴，一心一意地照著鏡子。可是鼻子看來短得連自己都滿意的事，歷來卻是一趟都沒有過。有時候，甚至覺得愈是下功夫，看來便好像愈長。這種時候，內供總是一邊把鏡子收到箱子裡，一邊恍然若悟似的嘆口氣，又回到經機去誦觀音經了。

還有，內供不斷地惦記著人家的鼻子。池尾的廟是常有僧供講經的廟。廟中僧房櫛枇【比】無隙地，澡房則廟中僧眾無日不燒水。從而出入廟中的僧俗之類也多得很。內供一心一意地物色了這些人們的臉。因為他希望找出長著和自己一般的鼻子的人——哪怕只有一個也好——藉以寬寬心。所以子在內供眼中，青紫的絹衫和素白的苧衣都看不見。何況杏黃色的僧帽和壞色的袈裟之類，唯其眼熟，所以即便有也等於無了。內供不看人，只看鼻子。——然而，鷹鼻子倒有，只是像內供那樣的鼻子，一個也見不著。見不著而至於再、至於三，內供心裡便漸漸地又不痛快了。內供一壁和人家談話，一壁無意地搯一搯那溜溜地垂著的鼻尖。虧他活到那麼大的歲數，還漲紅臉，這完全是為了這種不愉快而然的。

末了，內供甚而曾經想要在內典外典中，尋[5]找長著和自己一般的鼻子的人物聊以自慰。無奈任何經典也沒有記載著目連[6]和舍利弗[7]的鼻子是長的。

4　按：較比，同「比較」。
5　按：原刊此處有衍字「甚」。
6　原註：目連，梵語 Maudgalyayana，目犍連之略。係佛陀十大弟子中之一。有神通第一之稱。
7　原註：舍利弗，梵語 Sariputra，佛陀十大弟子之一。有智慧第一之稱。

不消說龍樹[8]和馬鳴[9]也都是長著普通人的鼻子的菩薩。內供在聽了震旦的故事的時候，附帶著聽說蜀漢劉玄德的耳朵是長的，這時候心想：假如那是鼻子的話，我心裡不知道要壯多少哩！

內供一面這樣消極地費盡心機，一面還積極地試行縮短鼻子的方法，此事無須乎特地在這裡說出。內供在這方面，也殆已下了應有盡有的功夫了。也曾煎烏瓜試喝過，也曾拿耗子尿在鼻子上試擦過。然而無論拿什麼怎樣辦，鼻子不還是直溜溜地在嘴唇上垂著五六寸長嗎？

可是有一年秋天，從一個徒弟學了把長鼻子弄短的法子——這是徒弟因事上京時，從知已【己】的醫生學來的。那個醫生，原是從震旦渡來的人，當時正充著長樂寺[10]的供奉僧。

內供一如往常時，裝著不把鼻子之類放在心上的樣子，成心不說要把那個法子立刻拿來試試。而一方面則以輕描淡寫的口吻，每當用飯時便說著什麼叫徒弟這樣費事，心裡著實難過一類的話。內心不消說是等著徒弟來說服他，叫他試試這個法子的。徒弟方面也自無不知內供這種策謀之理。然而內供所以採取那種策謀的苦衷，也許打動了徒弟的同情心，有甚於對於那種策謀的反感罷，徒弟便不出內供的意料，開始極口勸促他試試這個法子了。而內供自已【己】也適如所期，結果決計聽從這番熱心的勸告了。

那個法子是極簡單的——只是把鼻子用開水燙過之後，叫人踩踏那個鼻子。

開水在廟中的澡房見天燒著，於是徒弟立刻就從澡房拿一個壺，汲了連指頭都伸不下去的熱開水來了。可是，如果一直把鼻子放進這個壺去，難免有把臉叫熱氣燙傷的危險。於是就拿一個木盤子開一個窟窿當壺蓋，從那個窟窿插入鼻子。光把鼻子泡在這熱開水裡面，是一點兒也不燙的。不大的功夫，徒弟就說了：

8　原註：龍樹，梵語 Nogarjuna 佛陀滅度後六、七百年之時，生於南印度之大乘佛教家。著有《大莊嚴論》、《大智度論》等。
9　原註：馬鳴，梵語 Aravaghosa 佛陀滅度後六百年之時，生於西印度，一生努力宣揚大乘佛教，著有《大乘起信論》等。
10　原註：長樂寺，在京都市東山，為天台宗之寺廟，日本延曆年中，僧最澄所創建。

「這會兒大半燙透了。」

內供苦笑了。因為他想：光聽了這句話，誰也不會想到是說鼻子的罷。鼻子叫熱開水蒸燙，癢得好像叫跳蚤咬了似的。

內供從木盤子的窟窿拔出鼻子，徒弟就使勁兒用兩隻腳開始地踩踏那還冒著白煙的鼻子。內供躺著，一邊把鼻子放直在床板上，一邊瞧著徒弟的腳上上下下動著。徒弟時時落出過意不去的面容，一邊俯視內供的禿頭，一邊說道：

「您不痛嗎？醫生說啦：要著實著實地踩哩！不過，您不痛嗎？」

內供想搖搖腦袋表示不痛，可是鼻子被踩著，所以腦袋不能夠隨便動。於是把眼珠往上翻，一邊瞧著徒弟腳上的凍瘡，一邊使了不勝其煩似的口氣答道：

「告訴你說不痛嗎！」

事實上鼻子正癢癢的，踩著不但不痛，反而是舒服的。

踩踏一會兒，跟著就有了小米粒似的東西，開始往鼻子上長出來了。那就好比似將小鳥摘了毛整個拿去烤過的樣子。徒弟一看見這個，就停了腳，自言自語似的說：

「他說啦，叫拿鑷子把這給拔掉！」

內供有些不平似的凸著臉，一言不發地任憑徒弟安排了。徒弟的熱心，不消說他並不是不知道。知道雖然知道，只是把自己的鼻子檢直[11]當作什麼東西似的對待——因為他覺得這件事有些不痛快。內供露著像受著不依信的醫生的手術的患者似的神氣，無精打彩地瞧著徒弟用鑷子從鼻上的毛孔拔油脂。油脂狀似鳥的羽毛的根，拔出來的一根總有四分左右長。

不大會兒，約略拔完了，徒弟便露出好容易告一段落的神氣，說道：

「再把它燙一過[12]就成了。」

內供照舊皺著眉頭，露著不平似的神氣，一任徒弟的安排了。

說也奇怪，把第二次燙過的鼻子拔出來一看，果然，不知不覺就變短了。

---

11 按：檢直，通「簡直」。
12 按：一過，猶言「一遍」。

照這樣子，便和普通的鷹鼻子差不多少了。內供一邊摸著變短了的鼻子，一邊不自在似的搯著一把汗，照了徒弟替他拿出來的鏡子。

　　鼻子——那個一直垂到下巴底下的鼻子，萎縮得叫人不敢相信，此刻僅在上唇的上面，頹然苟延著殘喘。這裡紅一塊，那裡紅一塊，這大概是被踩踏的痕跡。無疑的，再不會有人訕笑了。——鏡子裡的內供的臉，瞧著鏡子外的內供的臉，心滿意足似的眨眼了。

　　不過那一天，還提了一天的心，生怕鼻子還要長回來。於是內供，無論在念經的時候，或在用飯的時候，只要有空兒便伸出手來，輕輕地摸摸鼻尖看。然而鼻子卻只是規規矩矩地在嘴唇上高踞著，也並沒有從那裡再往下垂下來的形勢。後來睡了一夜，第二天清早一醒，內供首先第一便摸摸自己的鼻子看了。鼻子仍舊是短的。內供於是心暢神怡有如積了鈔寫《法華經》的功德當時那樣，這是幾年來所沒有的。

　　可是過兩三天之後，內供卻發見了意外的事實。那事實是這樣的：恰在那時候因事來訪池尾的廟的一位武士，露著比從先還要好笑似的神氣，話都沒有好好地說，瞪著眼一味望著內供的鼻子。

　　不但如此，像曾經把內供的鼻子掉落於粥裡面的那個小僮，在講堂外和內供碰頭的時候，起初是低著頭憋著不敢樂出來，但是大約是憋不住了，終于大樂而特樂了。聽著內供的吩咐的下法師們，只在面對著面的時候，唯謹唯恭地聽著，可是內供一轉身，他們馬上就嗤嗤地笑起來，這也不只是一次兩次的事。

　　內供起初認為這是為了自己的臉改了模樣。然而僅以這個解釋，總覺得好像得不到充分的說明。——不消說小僮和下法師訕笑的原因無疑是在那裡。可是一樣訕笑，和鼻子長的往日，笑法不定哪兒有些異樣。如果要說，看不慣的短鼻子比較看慣的長鼻子看來更逗樂，那也就沒說的了。可是那裡還似乎有玩藝兒。

　　——從前並沒笑得那麼沒完沒了的呵！

　　內供時時念經念到半途就停住，一邊歪著禿頭一邊這麼自言自語。可愛

的內供，每當這樣的時候，必定發愕著，一邊望著普賢的畫像，一邊想起鼻子長的四五天以前的事，正如「于今萬分地倒了霉的人在回想當年的榮華」似的懊惱了。——說也遺憾，內供是沒有答覆這個疑問之明的。

人心有兩種互相矛盾的感情。任何人也沒有不同情於人家的不幸的。可是那個人一旦能夠設法脫了那不幸，這回這邊便不由得感到空虛。稍微誇大地說[13]，甚至覺得想把那個人再推進同樣的不幸之中。於是不知不覺之間，雖然是消極的，總會對那個人懷一種敵愾心。——內供雖然不知道理由，卻不由得感到不痛快，這無非是為了他在池尾的僧俗的態度上茫然感到這種傍觀[14]者的利己主義。

於是內供的心一天比一天不順了。不管是誰，第二句話他就把人說得狗血淋漓。末了，連那個給他治鼻子的徒弟都在背後說他「必得受法慳貪的罪！」尤其把內供弄急的，是照例那淘氣的小伙計。有一天，因為狗叫得太兇了，內供便有意無意地踱到屋外一看，那個小伙計正揮著二尺來長的木板在追趕一隻毛長身瘦的獵犬。那又不光是在追趕，嘴裡還嚷嚷著「不叫打鼻子，喂，不叫打鼻子！」一邊在追趕。內供從小伙計手上搶過木板，著著實實地打了他的臉。那木板是從前托鼻子用的。

內供反而埋怨，鼻子為什麼多此一舉地要變短了。

於是一天夜晚，天黑了之後，大約是忽然起風了，塔上風鐸鳴聲擾人的送到枕畔。加以冷氣頓加，上了歲數的內供，想睡也睡不著。於是在床上翻著眼，這時忽然感覺到鼻子發癢——這是一向所沒有的現象。伸手摸摸著，卻是帶著潮氣似的浮腫著。而且單單這地方，彷彿還發燒。

「說不定是因為硬把他弄短了，弄出病來了。」

內供用了好比似供奉香花於佛前那樣必恭必敬[15]的手勢，按著鼻子這樣自言自語了。

第二天，內供一如往日，清早就醒了。一看，廟裡的銀杏和七葉樹，一

---

13 按：原刊此處有衍字「圓」。
14 按：傍觀，通「旁觀」。
15 按：必恭必敬，語意接近「畢恭畢敬」。

夜之中都落了葉，所以庭院亮得好像鋪了黃金似的。塔頂也許是為了下霜，朝暾還柔輕而九輪卻已射出刺眼的光芒。內供在掀開了護屏的廊緣，深深地吸了氣。

差不多將要忘掉某種感覺重回內供的，正是這個時候。

內供慌忙把手送到鼻子上。手所觸到的，可不是昨夜的鼻子了。是從上唇的上面垂下五六寸，一直垂到下巴底下的，往日的長鼻子。內供明白了，鼻子在一夜之中又變成像元[16]先那麼長的。而且同時，感到和鼻子變短的時候一樣的，痛快淋漓的心情，不定從哪兒回來了。

「要是這樣，無疑的，再不會有人訕笑了！」

內供在心裡這樣向自己唧咕了。——一邊在晨間的秋風裡搖幌著長鼻子。

原載《北平近代科學圖書館館刊》，一九三九年第六期，亦收錄於《張我軍譯文集（下）》（臺北市：海峽學術出版社，2011 年），此處版本依據前者。

---

16 按：元，通「原」。

武勇傳：思谷蘭國女王[*]

作者　奧爾答思各卓
譯者　謝雪漁

奧爾答思各卓像

【作者】

　　奧爾答思各卓，由日語譯音「ウォルター・スコット」轉譯而來，即 Sir Walter Scott（1771～1832），今譯為「華特・史考特」或「沃爾特・司各特」，英國小說家、詩人。生於蘇格蘭愛丁堡（Edinburgh）。一七八九年入愛丁堡大學攻讀法律，一七九二年畢業後成為律師，一七九九年任塞爾寇克郡（Selkirk）副郡長，一八〇六年任愛丁堡高等民事法庭庭長，後又投資出版業。公餘之暇，關注地方文史，曾廣泛搜集民間歷史傳說和歌謠，在一八〇二年出版《蘇格蘭邊區歌謠集》（*The Minstrelsy of the Scottish Border*），引起廣泛迴響。一八〇五年，首部長篇敘事詩《最末一個行吟詩人之歌》（*The Lay of the Last Minstrelsy*）問世，甚獲好評。爾後陸續發表《瑪密恩》（*Marmion*, 1808）、《湖上夫人》（*The Lady of the Lake*, 1810）、《唐羅里克的夢幻》（*The Vision of Don Roderick*, 1811）、《羅克比》（*Rokeby*, 1812）等詩作。一八一〇年開始創作小說，從《威弗利》（*Waverley*）之後連續發表廿餘部作品，包括《羅伯・羅依》（*Rob Roy*, 1817）、《艾凡赫》（*Ivanhoe*, 1819）、《昆廷・達伍德》（*Quentin Durward*, 1823）等，極受讀者歡迎。因為傑出的成就，在一八二〇年獲頒「從男爵」封號。但是在一八二五年由於出版業合夥人破產，陷入龐大債務債務，只好勤奮筆耕以還債，健康嚴重受損，病逝於蘇格蘭梅爾羅斯（Melrose）。

---

[*]　此譯作之原始文本為 Sir Walter Scott 創作之敘事長詩作品《湖上夫人》（*The Lady of the Lake*, 1810），然而謝雪漁在一九三九年漢譯時所根據的版本則是當時已經出版的日譯本，可能是鹽井正男譯：《湖上の美人》（東京：開新堂書店，1894 年）、馬場睦夫譯：《湖上の美人》（東京：植竹書院，1915）、藤浪水處與馬場睦夫共譯：《湖上の美人》（東京：洛陽堂，1921 年）、幡谷正雄譯：《湖上の美人》（東京：交蘭社，1925 年）、木原順一譯：《湖上の美人》（東京：外國語研究社，1932 年）以及入江直祐譯：《湖の麗人》（東京：岩波書店，1936 年）等，確切來源尚待查考。

　　他擅長以中古時期蘇格蘭與英格蘭的歷史事件或民間傳說為題材，表現情節曲折的戰爭與愛情冒險故事，讚揚勇於抗暴的英雄人物，描寫栩栩如生的自然美景，穿插朗朗上口的民間歌謠，具有浪漫主義色彩，至今仍然膾炙人口，影響十分深遠。（顧敏耀撰）

謝雪漁像

【譯者】

　　謝雪漁（1871～1953），名汝銓，以字行，號奎府樓主，晚署奎府樓老人。原籍臺南，日治以後，遷居臺北。入國語學校就讀，為第一位以秀才身份考入該校者。畢業後奉職督府學務課，參與編輯《日臺會話辭典》。旋任總督府警察官練習所教務，一九〇五年擔任《臺灣日日新報》漢文欄記者，一九一一年赴馬尼拉擔任《公理報》記者。大正年間擔任臺北州協議會員，一九二八年轉任《昭和新報》主筆，一九三五年後出任過《風月》、《風月報》主筆。一九〇九年曾與洪以南等倡設瀛社，與櫟社、南社並列全臺三大詩社。謝雪漁任第二任社長前後三十年，鼓吹詩學不遺餘力。戰後，林獻堂聘為臺灣省通志館編纂。畢生熱衷寫作，以古典詩歌為主，兼及文言通俗小說。所詠詩作不少，多揭櫫報端，著有《詩海慈航》、《奎府樓詩草》、《蓬萊角樓詩存》。通俗小說之作，尤好歷史小說與偵探小說等類型。作品呈現雜採傳統與現代的特質，亦常流露帝國認同的色彩。（趙勳達撰）

上

　　思谷蘭國為今之英吉利一部。思谷蘭乃國於深山中，時歐洲紛亂，各以其武力爭雄，割據河山，稱王道霸。思谷蘭國建業，傳經數代，因無男子承統，遂以女子嗣位。那女王名柔文斯，生有膂力，武藝超群，又嫻習兵書，足智多謀，豐姿艷冶，絕世佳人。

　　距今百四五十年前，英人奧爾答思各卓氏，摭其事跡，全本以綺麗文詞

寫成，宛若西廂記體裁，各國傳誦，俱有譯本。日本小說家亦撮取大意，寫為稗史。余讀之，覺有趣味，因以意譯之，深加潤色，觀之，未免與廬山真面目不同，讀者諒之。

一 游荒郊

女王柔文斯，因國內安定，政務多閑。文武臣僚，亦甚和睦，熱心輔佐。一日朝罷，退處深宮，散步御園，見好鳥枝頭，上下飛鳴，百花爭艷，紅紫萬千。蓋時已暮春之初，天氣溫和，女王忽思郊外游春，遂喚其女侍兩人，一名英卓群，一名彼斯丹，告以欲微服出游。

英卓群曰：「欲騎乎？抑欲步乎？」女王曰：「欲騎。」彼斯丹曰：「只下臣兩人伴駕乎？抑欲撥女軍一隊保駕乎？」英卓群曰：「以吾王之英勇，更有吾兩人隨侍，又國中無事，何用女軍保護？」

女王曰：「既欲為微行，召女軍反宣揚矣。只各騎駿馬，徐出後門可也。」於是兩人同往御廐牽馬，整頓鞍轡。女王上馬，他兩人亦隨後上馬，加鞭自後門出御，直向郊原。

行十里許，女王停鞭，謂英卓群曰：「卿知加卓鄰湖是從那條路去？」英卓群曰：「臣閱地理誌，知湖即在此間，然不知距此有若干路。」

適前路有一老叟扶杖，徘徊道左，彼斯丹曰：「待臣往問之。」遂策馬向前路去，旋回馬來，謂女王曰：「那老人云，轉過此林外，就是大湖。」於是彼斯丹如老人言，加鞭向前，女王繼之，英卓群殿後。

未幾，行過長林，果見大湖，至湖畔下騎。女王命兩女侍牽馬放牧，獨自由小徑登高岡，振衣千仞，俯瞰湖景，優游自適。彼斯丹追蹤而至，曰：「陛下得無飢乎？」

女王曰：「在此荒涼郊野，四無人煙，飢亦無可如何。」彼斯丹曰：「前面林中，隱隱有炊煙起，當有人家，待臣往覓之，或有物可買，亦未可知。」女王曰：「孤亦欲下，可與英卓群同跨馬，就前林覓之。」於是君臣相踵，由來處仄徑而行。至駿馬放牧處，英卓群正牽馬就湖側淺處飲。彼斯丹告以王饑餓，欲往前林炊煙起處，就人家覓食。

　　英卓群曰：「村間野人之物，王那能下咽？妹不記去年失敗事乎？去年王曾微服出游，過午尚不得食。因獵得一鹿，乃命隨行軍士，剝皮割肉，炮而食之，聊以止饑。有鑑於此，御馬雕鞍內層，每早皆納乾糧，以備行廚之用，吾儕侍衛之鞍內亦然。夜乃撤棄，晨復更新，已成為例，蓋以王好游也。」

　　彼斯丹曰：「古人云，聰明一世，莽憧【撞】一時，今吾乃然矣。」語畢，就御馬之鞍內，取乾糧捧王，乃是乾肉及饅頭，兩女侍之鞍內亦然，各飽食一頓。英卓群又由水筒取湯與王飲，王又上馬前行，兩女侍隨其後，循湖畔而行。水禽逐隊，掠波唧魚，忽上忽下，總是鷗鷺之屬，甚有趣味。水光雲影，真個涵虛混太清。

　　女王思欲乘舟游湖，四無舟影，遠見湖心有一孤島，大小諸舟，盡泊彼岸。蓋舟人皆居島中，似有頭領節制之也。顛轉尋思，無可為計，遂自鞍前解下金角，遙向對岸，猛然吹鳴，則有一少女搖櫓，自對岸浮舟而來。

二　宿孤島

　　至離岸約一箭之地，女王以手招之，那少女遂操舟向王立馬之處駛來。少女停舟，王亦下騎，兩女侍亦相繼下騎。少女見他三人，俱是武士裝束，風采堂堂，威儀奕奕，負槍帶劍，又皆為女流，知必不是等閑，不覺起敬恭之念。

　　女王亦見那少女，姿容明媚，體態輕盈，金髮垂雲，碧瞳翦水，身穿縞衣，足踏革靴，別有一種風雅，不似尋常舟子，以操舵為業者。年可十六七，女王知必有來歷。因問之曰：「我等欲觀湖中風景，汝可載作清游乎？」少女曰：「可，但日已向暮，游亦無多時，如欲宿島中，別無問題。如欲歸家，距城甚遠，夜色沉沉，似亦為難。」

　　女王躊躇半晌，乃曰：「我今夜欲宿島中，不知可有旅舍否？」少女答曰：「此地荒僻，人煙稀微，過客殆無，故無旅舍。敝家亦是宦族，移住島中，雖無高樓大廈，然頗為寬敞【敞】，可以下榻。家父性情慷慨，素喜延賓，今日與伯兄等往湖外深山射獵，尚未歸家。小輩與家伯母，可以代理款待，敢請止宿。」

女王稱謝。彼斯丹曰：「三騎如何安頓？」女王沉思，無有辦法，英卓群低聲曰：「小臣保駕，彼斯丹帶馬星夜歸城。明午再與馬丁引馬到此，以待王歸。」王可之，彼斯丹自引馬去。

女王與英卓群步往湖側，少女以踏板跨岸，使他兩人下船。少女推舵挽帆，趁著風勢。時日影銜山，湖心斜照，金波蕩漾，游魚喋喋，歸鳥飛鳴，漁歌唱晚，渡水聲清，人如在畫圖中。

女王心曠神怡，不覺呼快。暗思此湖乃自國疆城【域】，宜相度地勢，整理道路，以便交通。又宜適應氣候，栽培花木，以添風景。

未幾，船已泊島灣，少女卸帆收纜，自提踏板，跨於船首，覺力量不少。少女登岸，挽住船索，使不動搖，女王先登，英卓群繼之。少女遂為引道，轉彎抹角，行約里許，乃抵其家。雙扉輕掩，少女以手推開，延他二人入客室坐，入告其伯母。

女王舉目四顧，見其屋宇構造，以桐及樅二木為材，不加雕削，全為天然，縱橫連架，只是平家。四面累土為牆，活現山居景象。室之一隅，置有許多兵器。女王心中暗思，是等甲冑刀劍槍盾之屬，似皆為戰利品，中有一枝大刀，形狀頗異，似曾於何處見過，但一時想不出。

須臾之間，少女自內大步踏出，後隨一半老婦人，年可五十許，笑容可掬，對女王行禮，曰：「貴客惠臨，蓬蓽生輝。但房屋卑陋，床帳蕪穢，何堪留客？況孤島蕭條，物資不備，不足款客。失禮之處，尚希海涵。家小叔與賤息，出獵未歸，更多簡慢。」女王曰：「迷路之人，遂為不速之客，肯假我以床帳，度此島之清宵，於願足矣，敢望其他？」

那半老婦人更問曰：「貴家何處人？」英卓群代對曰：「我兩人俱居城內，他為我主，我乃其僕也。吾主為國王近親，名柔文斯，現為顯官，為賞鑑湖景，早晨到此，因風光綺麗，徘徊不忍去。遂至日暮未得歸，承此貴女好意，蕩舟相迎，願留戾止，是以敢來打擾。」語畢，亦自道其名。

女王問其家世，老婦含糊不肯明告，但言其家世代為王臣，立有勳名，為王所怒，是以遷居來此。少女接言曰：「此島原極荒涼，人煙稀少，只有四五漁家，結廬以居，就湖撈取魚蝦，賣與近村，以資生計，幾如化外。自吾

家移來，招撫遠近村民，失業閑游者，相與墾荒，今經五年，望風歸附者，無日無之，已結成數村，總計有千餘人，皆聽家父指揮，不敢為惡。」

女王笑曰：「然則貴家乃此島之王族矣。」少女曰：「家父盡忠蘭國，何敢僭越稱王？不過為蘭國更闢新土耳。」女王曰：「令尊何名？」少女曰：「家父名塔語剌思，此家伯母名敏達其，我名伯黎。」

言次，有兩少婦捧杯盤出，如法配置，旋出家釀二瓶，敏達其為二客酌酒。兩少婦又捧四人分烹調出，每分四盤，半為魚蝦之屬，餘則臘肉新蔬，亦覺芳香可口。女王稱為美味，敏達其曰：「貴客平時未嘗此鄉村割烹，是以為佳也。」食罷，女王微醺，遂入室安眠。

下

三　舊勳臣

翌日晨起，又進早餐，伯黎與其伯母敏達其，提出自繪地圖，按圖指點，細言湖中形勝，島內民情。英卓群曰：「敢煩貴女為吾主引道，實地查勘何如？」伯黎許諾，女王對敏達其稱謝。

時已旭日麗空，漁人相踵出湖捕魚，農人亦相率下田種蔬。伯黎導女王登島之高峰，島為龜形，地勢不甚高，只海拔幾百尺而已。暖風徐拂，湖水微波，萬頃蒼茫，小島在湖之中，宛如一點之芥子。

女王竊思：「此島乃屬吾蘭國領土一部，何可不編入版圖，任命官僚，管轄人民，施行教育，整理田疇，使成樂土？幸而現時管理者，尚屬正人。苟非其人，於此招亡納叛，割據稱雄，終為國家禍患，孤決行於今年實行。」

於是伯黎再以輕舟載他君臣出湖。時日方中，蓋料彼斯丹必帶騎到湖邊相候也。伯黎欲留他午餐，女王辭之。伯黎引到湖邊，仍以昨日載他來之舟，順風蹴波，遙向對岸而行。駛至湖岸，已見彼斯丹與兩個馬丁牽女王及英卓群所騎駿馬，並他所騎來駿馬，在林中囓草。

伯黎撐舟至，送他兩人上陸，女王以一金指輪與之，乃實告之曰：「孤乃蘭國女王柔文斯是也。汝父射獵歸家，可告以孤歸朝之後，不久必派官來此

治民。為孤開拓荒島，厥功不小，孤必有以報他，願他仍為國效忠。」伯黎聞女王言，在舟中敬謹行禮曰：「當遵王命，以告家父。」

女王上騎別去，伯黎亦舟移回島。將及岸，則見四艘大舟，順風揚帆，遙遙而至，認是乃父所乘者。伯黎小舟停泊，其父之大舟亦到。

這塔語剌思究為何等人？亦於此要為表明。他曾為蘭國宰相，代代為王卿士，勉勵忠貞，在貴族之中，最有聲譽。其族眾多，朝廷優遇，服官從政，不乏其儔。塔語剌思相國，當女王柔文斯幼少之時，曾為王之太傅，人品高潔，武藝絕倫，內外推服。

因其族人有不逞者謀反，一家連坐，重則處死，輕亦流徒。塔語剌思為王深信，雖得免於罪，然引咎辭職，徙居於此。有奇僕號阿南，攜一豎琴，暇時揮弦，能就其香【音】變調，以判事之吉凶，應驗如神，卜居此處荒島，亦由此奇僕審音以定之者。

此島原有獰禽猛獸，山魈水怪，朝夕出沒，以為人害，無敢居者。他有從兄之子，名露禮立巨，生有膂力，兩臂能舉千勻，赤手可裂虎豹，一手使刀，重有百斤，一手使矛，長有丈八，重亦百斤，無能敵之者。通國指為怪物，曾為御前侍衛，其性悍戾，倘為所怒，靡不遭他毒手，摧折筋骨，人不敢犯。島中所有獰禽猛獸，死在他手者，不計其數，餘亦逃出湖外。曾誅一山魈，斃兩水怪，自是不出為魅，人得安居。

露禮立巨愚蠢，不思族人為非，一門全部處罰，理所當然，反恨國王無情，不念世代功勳，頻聞指天指日，欲為報仇，覆滅王國。塔語剌思深以為憂，凡有機會，取譬而論，欲其悔過，他總作馬耳東風。

又有其長兄之子，名茅孔，即老婦敏達其所生者。性聰穎，能翰墨，其勇力雖不及於露禮立巨，然武藝精絕，為露禮立巨所不及，一片忠誠，與其叔塔語剌思相似。自恨族人魯莽，大逆不道，作奸犯科，不敢怨王。

露禮立巨若說起前事，咬牙切齒，欲為報仇，他必與之爭辯。以為罪在吾族，實不在王。若謀反之人，不嚴重懲辦，將人人效尤，置王何地？何以為國？有時至於用武，叔到乃解。兩人性質相反如此。

伯黎乃聰察機敏之女子，素知露禮立巨執拗，若王果再來，不知將生出

甚麼禍端，遂不敢於眾人之前，明告其父，恐為其從兄所聞。且以其父射獵歸來，例必宰割禽獸之肉，設宴歡飲，興高采烈，恐王欽諭言辭，以告其父，阻礙清興，遂暫緘默不語。

是夜在家設宴，酒酣耳熱之餘，奇僕阿南持出慣彈之豎琴，筵前奏技，其音高下清溫，抑揚頓挫，使人聽之心悅。彈至入妙，忽然音調激變，嗚咽淒涼，殺伐氣象。

阿南停彈，置琴於案曰：「怪哉此彈，宛如當時族中罹禍之音。豈將復有意外之事耶？」時露禮立巨酒已半醺，曰：「有我在，怕甚麼？」

茅孔曰：「強中自有強中手，汝無自誇。」塔語剌思曰：「侄醉矣，可歸寢。」露禮立巨囈語曰：「當時族人謀叛，王不原諒，舉族受貶，非叔阻我，看他王位保得住乎！」茅孔曰：「勿嘵嘵，遵阿叔言，睡可也。」

露禮立巨去後，伯黎乃將王來遊並投宿之事以告。茅孔曰：「王欲將此島收入版圖，設官治民，沐浴請他【清化】，亦是當然。所慮者，從兄從中阻梗，煽惑島民，群起為亂，與王為仇，將奈之何？」

塔語剌思歎曰：「他如不聽我言，殺之可也。大義滅親，勢不得已。」阿南曰：「我再一彈，聽所變為何音，或有所補救之策。」於是阿南又彈，最後忽成先殺伐後平和之音。阿南捨琴，喜而言曰：「可救可救。」

塔語剌思笑曰：「女王柔文斯少時，我為太傅，任教育事，曾教王以騎馬之術，發槍之法。其待我之親愛，常行營降卑，不讓於我之子姪也。王苟欲我之自首，我可自刎而與之，不稍吝也。」更深乃散。

四　明松火

翌夜，島之中央高峰，所設大十字架，松火忽明，其光燭天。是乃島中全體信號，若有緊急事，欲通達全島居民，知所戒慎，則燃架上松火，所謂非常召集。

松火既明，不分男女，五十歲以上者，集於陣後運搬糧食，救護死傷；五十歲以下者，集於陣前，執弓放箭，持刀橫盾，與敵人戰，保衛疆土。全島居民，皆於成年之際，每夜集於演武場，由露禮立巨教練，皆聽其指揮，

有敢違命者，各有罰規。雖云要經塔語刺思承認，然露禮立巨每擅便為之。此次之明松火，亦未經請命於從叔，倒行逆施，欲與王敵也。

蓋彼酒半醺之後，歸臥自室，終不成寐，披衣復起，潛至屏後。伯黎曰女王微行來島，一切情形，細告其父，乃阿南老僕彈琴變音，謂此安樂窩之龜島，不久將有大禍。諸語皆為所聞，他復歸已【己】家，酒氣半消，在床輾轉沉思，一夜不曾合眼。想及免官被放前事，怒上加怒，恨上加恨，遂決計高明松火，通達全島居民，協力以拒王命。

伯黎與其伯兄茅孔，老僕阿南，先後俱見松火，接踵來告塔語刺思。茅孔直指為露禮立巨所為，老僕阿南曰：「他平時行動舉止，非常乖戾，除他而外，誰敢如此胡為？」

塔語刺思怒曰：「他如此作為，非滅吾族不止，那容得他？」遂命伯黎往喚之來，茅孔曰：「他必不肯來矣，喚之何益？」老僕阿南曰：「待我往諭之，或能回心轉意，亦未可知。」塔語刺思曰：「試往說之，再作後圖。」

伯黎曰：「王來當在此數日間，事勢危迫，兒與兄茅孔潛淙【踪】渡湖，於道恭迎王師，以吾島所產物品，犒勞軍士，輸誠納貢。王必鑑我等忠心，命為嚮導無疑。」

塔語刺思曰：「兒之謀甚善，島中無好產物奈何？」茅孔曰：「我家素獵取各種禽獸，製剖羽毛皮革，以及乾臘之獸肉魚蝦，儘可奉納，在意不在物。」塔語刺思曰：「然則汝兄妹可選擇其佳者，往為納貢。若問汝父何不來迎，推病可也。但此許多物產，以何法運往？」伯黎曰：「兒有一艘自用小舟，則以之載之出湖。」

茅孔曰：「到湖邊何人挑往？」伯黎曰：「平素所教練優秀青年，一隊百名，此時正用著他，兄何不密召之來？」茅孔曰：「我固有暗號與他，以備緩急之用。但恐他等先應松火之公召，已奔赴露禮立巨之處，暗號惟見與他等知之，他人莫之知，見急傳之何如？」

茅孔【伯黎】曰：「露禮立巨亦有親衛兵一隊，數有百名，犬吠桀驁，與我優秀青年隊，素不相能。吾隊有什長十人，今夜往告他等，知我行動，作為內應，以除露禮立巨，救全島生靈。」塔語刺思曰：「可命他等，若見露禮

立巨謀叛，則齊集我處，聽我調度。」

　　未幾，阿南歸，茅孔曰：「露禮立巨來不來？」阿南曰：「他誓必抗主，且云：『蘭國創業之先君，能引二百觔之重弓，我之力且倍之，他可為蘭國之王，我獨不可為蘭國之王？我獨不可為蘭國之王乎？人被我以黑鬼之名，我必洗此惡名，而為新蘭國之主。』」

　　塔語剌思曰：「家門不幸，出此孽子，敗祖宗之名譽，真不得不忍而置之死地也。」又將伯黎之謀告阿南，阿南曰：「事宜速為，不然恐有漏洩。」於是伯黎、茅孔、阿南三人，選擇貢品，納諸木箱之中，茅孔自去尋他青年隊之什長。

　　蓋露禮立巨傳集島民後，則造一篇無實言辭，煽惑民眾，謂：「女王柔文斯微服，自來偵探，見本島風光美麗，土壤肥沃，產物豐富，欲收入版圖。以吾輩不請王命，擅行開闢，不納租稅，乃是一種叛民，欲盡驅除出境。試思吾輩數年以來，開闢洪荒，始成今日樂土，不以為功，且欲加罪，如此王家，絕無恩義。汝等甘願出境者，可自準備。若不願出境者，可集我麾下，殺他片甲不回，保我疆土。」

　　島民未受教育，絕無智識，信以為真，皆曰：「願與協力，以拒王命！」乃約定每日午後齊集訓練，暫行解散。

五　村食邑

　　茅孔與伯黎準備停當，將欲乘夜起程。塔語剌思搔首躊躇乃曰：「我以為還是侄兒暫留在家，可與所訓練優秀青年隊，聯絡聲氣。且使露禮立巨悍倒，稍知忌憚，阿南與女兒同去何如？」

　　阿南熟思良久，曰：「出迎王師於道可，不迎亦可。島中人皆遵主公約束，服服貼貼，無敢違逆。惟露禮立巨一人，恃有膂力，且野心勃勃，思欲竊國篡位耳。茅孔公子與主公協力，是以除之，若王派官來島，欲設衙署，施政治民，主公艤舟迎接。茅孔公子統率青年隊偵察露禮立巨行動，假為與他同志，出其不意殺之，則無禍患矣。」塔語剌思以為然，茅孔亦贊同其說，遂不出迎。

　　經旬日，女王柔文斯好勇，每自以為武藝精熟，超群絕倫，出遊歸城。翌晨坐朝，文武臣僚，奏聞國政，逐條批答。後將孤島復勘情形，詳述與諸臣知悉，決意收該島入版圖，設官治民，擴大疆域，諸臣唯唯。

　　有一老臣津宜助，出班伏奏曰：「塔語剌思乃前朝宰相，曾為吾王師傅，一片忠心耿耿，為前王追放，非其罪也。且教育吾王，甚有勳勞，宜將該舊臣收錄，以他所開闢荒島，與為食邑，封贈酬庸，庶足以勸忠。」

　　女王曰：「師傅深恩，孤常念之，但不知其受累得罪逃居何處，今既知之，正宜赦罪服官，卿言甚合孤意。速為孤寫一封詔書，並策封文憑印信，即日馳馬宣諭，並召他女伯黎入宮隨侍。」

　　津宜助為前朝舊臣，與塔語剌思交誼甚摯，因此乘機奏聞。不日欽差到島宣詔，塔語剌思伏接朝廷如此恩遇，不獨他舉族感泣，全島居民亦俱歡呼。有家無國之民，今得有國籍，同沾王化。

　　欽差歸城之後，塔語剌思乃集島民訓告，大意皆是勸他等盡忠報國。露禮立巨雖屬莽夫，然見他徒【從叔】復官，得受封邑，舉族光榮，亦怠【怒】氣全消。

　　塔語剌思就命他將訓練之親衛隊，與茅孔所教練之優秀青年隊，各自成一軍，分區保境，辦理民事。於是塔語剌思準備入朝謝恩，伯黎亦準備入宮隨侍。

　　瀕行，宏開祖道之宴，阿南掀髯曰：「老僕之琴，信有靈驗，禍變為福，此所謂有救也。」伯黎又請再彈。其音清婉，彈罷，阿南浮一大白，賀曰：「老僕自彈此琴，音調未有如此之得心應手者，前途厚福自多。」

　　塔語剌思入朝面王，君臣之情，師弟之恩，女王十分優遇，賞賜許多瓊寶，永垂子孫。伯黎在宮供奉，最得女王憐惜，女王自己成婚後亦為配於貴族之嗣子為室。女王亦常駕臨龜島，賞鑑湖景，指示整頓方針，遂成蘭國一名勝，畫家繪之，騷人歌之，內外遊客，至今絡驛云。

載於《風月報》，第八十八～八十九期，一九三九年六月十七日
～七月七日

斯遠的復讎

作者　不詳
譯者　沈日輝

【作者】

不詳。

【譯者】

沈日輝，僅知曾於一九三九年七月七日在《風月報》第八十九號發表譯作〈斯遠的復讎〉，由文中出現部分臺語漢字可知應為臺灣在地文人，此外也通曉外語以及中國白話文。其餘生平不詳。（顧敏耀撰）

斯遠雖是純然的田莊人，卻是很好的使女，無論什麼時候都很活潑地，大聲唱著故鄉的歌曲，或是「唦唦」的拿刷子擦東西，或是掠著蕃薯皮，給我們夫妻倆，極效勤勞。

而且和我的女人由夫耶敏大相耍和[1]，一日之中，若是有了餘裕的時間，就談天說地的過著嬉笑愉快的日子，所以現在的她對于沒有孩子的我們夫妻，是不能沒有她的。

斯遠也終于有了愛人的一日來了，牠【她】的愛人叫偉里安，身材未躴[2]，舉動很是柔和，而且性質又很好的俊美的青年。

「奶奶，偉里安啦⋯⋯」

從那日起，斯遠的活潑歌調，竟換成了偉里安的名字。我的屋子本是狹小的，所以從斯遠的嘴裡說出來的「那偉里安啦」的高而且響的聲音，頻頻穿到我的書齋裡來。然而她的真摯的情癡，有時卻像清涼劑似的，所以我也未嘗責備她，任她大發憨態。

「奶奶，偉里安啦，不久就會做到玄關番長[3]，現在雖然是玄關番次長。

1　按：原文便是如此，由上下文推測應指彼此相處十分和諧。
2　按：「躴」應為臺語漢字，指身材高大。
3　原註：守門長。

奶奶，他的薪水，一週間是十八志呀，說起十八志是將近一鎊的。奶奶，而且偉里安啦，又是很好人家的後裔，我想他的種種超過了我，所以我近來覺得很不安適。」

「唉！斯遠！偉里安和你正是郎才女貌的，有什麼事可煩惱呢？（安）啦！斯遠！他豈不是已和你訂婚約了嗎？」

沒有孩子的我的女人，對于斯遠的無論如何的事情，都很願意做慈母似的來指導她。

「不，不，奶奶，我尚未和他訂婚呀！但是已和他訂了婚約是一樣的，他為要買訂婚的手指[4]，狠命地在節約著經費。」

次週的星期日。

「奶奶，偉里安啦，好像暫暫【漸漸】出身呢。」她嘆了一口氣。

「那豈不是好的事嗎？斯遠，偉里安的出身，結局[5]也是你的出身呀！是不是斯遠？」

隔了一週間的星期日，斯遠等偉里安的來訪，等的四肢疲【疲】倦，終于不能看見他的半隻影子。又隔了一週間的星期日，而偉里安的腳跡，連一步都未曾踏入門來。

「斯遠啊，近來的偉里安，好像沒有看見呀？」塞【寒】酸氣的我的女人，終于禁不住的問她。

「是的，奶奶！」

近日來有些殺氣的斯遠的眼兒，滾出一顆顆光耀的淚珠。

「奶奶，我每日思想著，假使我會彈比亞奴[6]的事。」

突然地她卻嗚咽起來了。

「是怎麼一回事呢？斯遠！」

我的女人一時模【摸】不著頭腦，只呆呆地注視著她的臉。

4　原註：指環。
5　按：結局，臺語漢字，意指「終究」。
6　按：即ピアノ（Piano），鋼琴。

「你說怎麼一回事，奶奶你給我想想呀！偉里安將有錢的老小姐把我換了，那個老小姐比偉里安更長了好幾歲，況且分毫都沒有美麗頭髮，也不是金色的，只有了幾塊錢，開著店子，會彈比亞奴而已的女子呢。」

斯遠好像很怨恨似的。

「斯遠！像偉里安那樣的薄情郎，是沒有什麼可思戀的事呀！像斯遠這樣的好孩子，也要欺騙……」

我的女人只得這樣的安慰她。

「不不，奶奶！不是偉里安的不是呀！是那女子，是那個老小姐買收他的，他只缺少了剛毅的心腸呢。」

現在是已被他葉【棄】掉了的斯遠，猶不耐煩聽別人講起他的是非，而替他辨【辯】白的這樣還依舊愛著他。

又是隔了一週間後的事。

斯遠對我的女人說：

「奶奶！今天是偉里安的結婚式，那個人從人儳裡發見我的時候，不知要裝何面孔，我要看一看。奶奶！你給我些時間吧。」

我的女人好像中止她一聲，然而結局她卻走出去了。

沒有許多久，斯遠抱著頑石似的淡青色的臉回來了。她初踏入門，便隨時很快地，開了藏物室的柴扉，把前日所調理好的鞋子，弄得「哈嗒哈嗒」的發出響聲。那個聲音靜寂了的時候，她就跑下來了，我和我的女人不約而同的詢問她。

「結婚式到底怎麼樣了？斯遠！」

她呆了一會才說。

「結婚式是很順調，真的，偉里安很美麗呀。但是他的視線跲著我的時候，就變了臉色了。然而他很快的把視線移到別處，而和那個女子好像很幸福似的一步步步要行入去，新娘的姊妹們，有的擲白米的，給一對鴛鴦祝賀，于是我也想要祝賀，恰巧穿著長的皮靴，就照準著新娘，狠命的打去。然而卻不對了，那長靴正正落在偉里安的額骨，那時偉里安就倒在地上了，聽別人說腫起一個很大的肉瘤。噫！我本是要給新娘祝賀祝賀，來聊表我心裡的

微忱呢！怎麼卻……。」

一九三九‧五‧二三，脫稿

載於《風月報》，第八十九號，一九三九年七月七日

血戰孫圩城

作者　火野葦平
譯者　林荊南

【作者】

火野葦平像

　　火野葦平（ひの あしへい，1907～1960），本名玉井勝則，日本昭和時期小說家，戰爭文學的代表人物。他兼具士兵與作家兩種身分，先後參加了徐州會戰、武漢會戰等多次戰役。一九三八年以《糞尿談》獲得「芥川獎」，且在戰地舉行頒獎儀式。代表作為《麦と兵隊》（麥與士兵，1938）、《土と兵隊》（土與士兵，1938）、《花と兵隊》（花與士兵，1939）共三部長篇小說，以正面的筆法描寫在中國的日本軍隊，支持大東亞戰爭的進行。曾以這「士兵三部曲」獲得朝日新聞文化獎、福岡日日新聞獎，成為昭和天皇最賞識的作家。其作品發行上百萬冊，尤其是描寫徐州會戰勝利的《麦と兵隊》，還被改寫成流行歌，在前線與後方廣為傳唱。本書所選〈血戰孫圩城〉便是譯自《麦と兵隊》。火野葦平等被稱為「筆部隊」的作家，是「思想戰」與「宣傳戰」的主體。戰後被批評為「第一號文化戰犯」，一九六〇年自殺身亡。（趙勳達撰）

【譯者】

　　林荊南（1915～2002），本名林為富，筆名嵐映、懶糸、薇郎。臺灣小說家、漢詩人、茶道家。出生於彰化北斗農家，幼時入私塾習古文，奠定漢學基礎。一九三五年參加《臺灣新民報》徵文獲佳作，始有文名。一九三七年中日戰爭爆發之後，擔任《臺灣新聞》記者，因報導日人資本家欺壓農民的事件，險遭日警收押，卻也因暴露問題使得農民解除困境而聲名大噪。一九三九年春畢業於東京海外高等實務學校，返臺後奉職於臺北市役所。未幾轉職於炭礦業。一九四〇年起編輯《風月報》，並於該誌發表諸多文學作品。戰後，短暫編輯《民報》副刊、《東臺日報》，後遭當局構陷下獄兩百餘天。出獄後歷任報界、雜誌界主筆多年。一九七六年以白話註解《陸羽茶經》，成為知名茶道家。其後，陸續完成自傳性長篇小說《窮與罪》（1978），詩集《望佛樓詩稿》（1977）、《芥子樓詩稿》（1989）等。

一九九八年施懿琳整理出版《林荊南作品選集》，紀錄其文學生涯的精華。二〇〇二年病逝。隔年，林荊南在白色恐怖時期所受之冤獄終於獲得平反。（趙勳達撰）

譯者的話

這篇的原作是火野葦平先生的《麥與兵隊》的真髓，世人盡知，《麥與兵隊》是占得現代戰爭文學的首席，與前之德人雷馬克氏的《西線無戰事》可謂是個很好的對手。且火野葦平先生以《麥與兵隊》一舉名聞天下而發了一筆僥倖的大財，這也可以特筆的。

他不旦【但】是在文壇上是位拏筆桿的戰士，而且是位很勇敢的在沙場上扛槍桿的戰士哩！他的本姓名是玉井勝則，在杭州灣上陸的當時還是一位步兵伍長，但是現在的他已是一位軍曹了，照這推想亦足可以知道他在沙場上怎麼辛苦去奮鬪呀！

這《血戰孫圩城》是他奮勇傳中最值得記述的名篇，較於杭州灣敵前上陸、攻略海南島、攻略白耶斯灣、占領廣東等是更要鬼神號哭、人人感嘆而驚異的血戰記！當激戰的時候，他亦不敢夢想在孫圩城會得平平安安的生還，唱凱歌回到故國。

於《血戰孫圩[1]城》篇中，他的記述，誠可以代表帝國的男子們，在萬里無涯無沿的戰線上發揮大和魂！

做銃後的同胞們，而處在帝國南方國防重鎮的我們臺灣的父老弟兄們，應該是更一層去體諒在前線粉身碎骨的勇士們的辛苦！這篇能得值到裨益世道人心與否且莫論，能得聲助建設東亞新秩序，使六百萬的島民，一致協力，固守南方國防，做完成興亞大業的一份子。以上不過是譯者的夢想，又是譯者夢想中希求島內的父老弟兄們，聲援這夢想中的希求！

譯者疏才陋學，對於飜譯上難免有錯誤的地方，這層願島內外諸彥揮鞭指教！

1　按：原刊此處有衍字「的」。

昭和十五年二月五日于稻江寓居

荊南識

　　火野葦平氏這個名字，在這次事變，已是誰都知道了。他是一位在前線奮鬥的軍曹，同時也是一位東洋的戰爭文學家。他的戰爭著作很多，受過翻譯的有《兵與兵》[2]和《煙草與兵隊》。《血戰孫圩城》是荊南君從他的傑作《麥與兵隊》裡，戰事最激熱的孫圩城翻譯出來。自本期起連載於本報，這應該是諸君所歡喜的。至於火野葦平氏的文學天才和荊南君的翻譯筆法，當然不用我的多贅，已有許多人公認過了。何況《麥與兵隊》這部書是和德國的《西線無戰事》在世界戰爭文壇上佔著同樣的地位。（沙[3]）

寫在前邊

　　這篇是我參加所謂歷史的大殲滅戰，從軍徐州會戰時的記。

　　於這回的支那事變，我在去年 X 月 X 日受光輝的動員令出征。十一月五日，於杭州灣北沙敵前上陸。那時，從我初潛狙擊我生命的彈丸以後，在相當的激戰中，曾幾回時置身在生死之巷，很不思議，幸得拾得一條的活命回來，現在還是置身在有光輝的戰場上。

　　我在戰場的當中經過難於言容的梟首般的修練，於此壯大的戰爭的念想中，甚麼也不知道，盲目的似的。比方說，我把這當做文學的時期到來，也在遠於前的時候，多啥【久】能得再踏了故鄉的土地？離開了戰場了後，才靜靜的回顧一切，沒有把它整理，現在對此偉大的現實，我是沒有甚麼適切的語言可以道明呀！

　　對於戰爭要說的真實的報告，自信是我畢生當然要幹的使命，而且有價值的。因為種種的關係，而今對於戰爭想是沒有甚麼可以說呢！然而，又有別的意思，現在於戰場上做一個兵士直接經驗來的記錄留下來，又想是：「豈不是或許有甚麼用處的事情嗎？」所以，把所有的蒐集下來了。那是，還言之，做個兵士在戰地的我，甚麼時候要戰死也難於豫測的靈肉哪！我自己做

2　按：應作《土與兵》或《花與兵》。

3　按：即吳漫沙（1912～2005），時任《南方》主編。

一個兵士，自參加杭州灣敵前上陸的戰鬥而經嘉善、嘉興、湖州、廣德、蕪湖入南京，一途南下，十二月二十六日，杭州入城，嗣後帶警備的任務駐在美鹿【麗】的西湖湖畔，又依軍令配屬於軍報道部[4]，便命令從軍徐州會戰。……這是和徐州戰線全般的戰況，或是關于作戰上是沒有何等的關係，不過是把我從軍中每天所寫的日記整理清書下來的，本來就不是小說。

……………………………

在徐州會戰從軍的當兒，從軍報道木村大佐、馬淵中佐、米花少佐、佐伯少佐、囑託兒島博氏、柳兵衛氏等各位所示的好意是永久也不會忘掉。又在從軍中時常受高橋少佐的指導，而今又很快樂地想起中山中佐十二分地理解我的恩情，並且始終共做行動，挽救這本從軍記的乾燥無味，給我攝了很多豪華的記錄寫真的軍報道部寫真班梅本左馬次君的友情，不勝感謝之至。謹記於此作為謝詞。

最後，經過十幾天的工夫，渡淮北之平原，在無沿無涯的麥田裡同被塵埃，有時共浴彈丸，共唱徐州進軍行的○○部隊將兵們，頌祈武運長久！

昭和十三年六月十九日

火野葦平

一　茫漠麥田行路難

這回的徐州大包圍戰是要一舉攻城蔣介石費盡七箇年的歲月而築城的堅陣，和殲滅在那的有五十萬的敵兵。

這次的大作戰，在北方有北支的日本軍，既在幾箇月前就進行攻略的軍兵，中支軍欲遮斷敵兵的退路，陸續從南方北進著。關于作戰上的事情於此省略，但是，沿著津浦線的 XX 部隊，打蒙城向永城左邊迂迴的 XX 部隊，和那中央的 XX 部隊，都是各各在北進著，那北上軍的其中，豫想最有「趣味戰」的，並且，能得先攻入徐州城的，大家都想是 XX 部隊，所以軍報道部的主力或是各報社的從軍記者，也下全機能和同部隊作共同行動。

佐伯少佐回來，展開地圖說道：「至昨天難【雖】然知部【道】○○本部

4　按：軍報道部，即「軍報導部」。報道（ほうどう），日文漢字，即中文之「報導」。

的位置，但是，今天已不知出在何方了！有路與無路且莫論，有路了吧？過得去過不去也難於知道；若是到懷遠去，便有兵站部，到那裡去打探，昨日本部駐營的地方據說是在這個仁和集……」說吧！我向佐伯少佐辭別，寫真斑【班】的梅本君也說要同途，於是便坐在西君開的汽車裡。出發，已是九點多鐘了。又叫領《大阪朝日新聞》的青色大汽車一塊兒去，所以便同途而行。

不是前天走過的路，順著淮河向懷遠出發。那是很好的道路，前邊可以瞧著露出青色石皮的山峰。來到懷遠了。因為手搖車的通過，狹隘的道路弄得很混雜。走入北園 XX 部隊，說道：「這裡是藤田部隊 XX 啦！」到離開這裡有五百來米地的織田 XX 事務所一打探，已不知道部隊進到甚麼地方了。

道路也再三里來地的前方到蘇集是的確過得去的，但是，前面是不能明細了！怎麼說，路是弄壞了，還是有敗殘兵，況且，恐怕埋設地雷，昨天的手搖車碰上。「兵站雖是欲排除萬難駛手搖車追及，但是，不去偵探是不可輕舉妄動的。」——倭身材的少尉這麼說。從那裡出來的西君顯著揪心臉容說道：「雖是怎麼樣也要到現場看一看，折回去是不成的呀！」

「甚麼？不要緊啦！」——我說。

工兵正忙著修理凸凹不平的道路。在灌注淮河的渦河有工兵隊架設一座很壯觀的橋樑，命個漂亮名，叫著「觀月橋」，在懷遠的城外。探聞擎著紅旗站在橋邊的工兵軍曹，他說：「本部的位置是在甚麼地方也不知道，到包頭集一定是過得去。前刻工兵的手搖車才積載器材去，你們可以隨後趕上去吧！」因為叫我們慢一點走，所以我們祇好靜靜兒走過觀月橋，等穿過被破壞了的部落一望，無際的麥田豁然展開在眼前。

照地圖的方角[5]行進，泥濘汪激的道路原形凝結著，我們仍舊搖搖擺擺地前進，好幾回腦袋去碰上汽車。啊！甚麼地方也瞧不到工兵隊的汽車。前頭走過的路是按著地圖的，但是，一出蘇集，路便東西南北縱橫，一面已走入麥田裡了，已不能辨出方角來了。

---

5 按：方角（ほうがく），日文漢字，即中文之「方向」。

那不是頭首就有這條路，因為部隊通過這麥田所以才自然生出這小路。正沒有法子要稍停一會兒的時候，打我們走來的方向便來了兩臺的小汽車，裡頭坐著四五個的將校，說要上本部去。正好，便隨著那小汽車走了。好像沒路，同在一個地方走去了又折回來，繞著灣[6]兒走，因為路過於壞了，那個小汽車說：

「那就不行了！等路好了再前進吧？從後方會來也不一定？」

那個小汽車這麼說了便要折回去，而今已投入在一望無涯無沿的麥田了！瞧一瞧地圖，又拿出了羅針盤要辨出方角，現在呢？是在甚麼地點啊？也瞧不出做目標的地方，方向仍舊是弄不清楚！正在躊躇，忽聽得西君輕聲地說道：

「那不是敗殘兵嗎？」

二　種麥主人今何在

不錯！兩三個像中國人的影子在樹林中隱約可現。雖然說是土民嘍，可是，這就糟了！雖是說要折回去，但是，而今還可以回去嗎？「不要緊啦！橫豎稍向西邊兒北進就好了，再走點兒看一看吧？」說了又說：「若是去碰上了地雷火可要怎麼好？沒有辦法，稍停點兒吧？」說了便蹲在麥田裡。朝日的青色大汽車也說：「這就困難了！」

任怎的，這一望無際的麥田實在叫人們駭怕的東西呀！雖然麥穗初熟了，卻是，左近的鄉下百姓總不知道逃向甚麼地方去了，於是，就沒有把它收穫的主人了！

看那風一吹來，沙拉捲起青色的盤渦，形似波浪煞是好看哪！祇有點點的土平房好幾家密集在一塊兒的模樣，卻不知道有沒有名的村莊也沒有座山，以外都是洋海一樣的麥田。處處有高粱地，這是離沒有一尺來遠……「來了！來了！」西君這麼說了。看一看，打蘇集的方角，好像浮在水平線上的艦隊一樣的手搖車隊遠遠地而來。等開到跟前一打聽，說是織田部隊、渡邊部隊要追趕 XX，於是，跟在他們的後邊繼續行進。

6　按：灣，通「彎」。

　　到處的路都弄壞了！橋梁也都被破壞了！到了那樣的地方，坐在前頭手搖車的工兵們便紛紛地跳下，迅速地去修理。在河溝淺的地方把砍倒了的樹木或是高粱桿橫鋪上，做成應急的通路，沒有像手搖車那麼勇猛的，我們的汽車和朝日的青色大汽車，好幾回窪住，叫他們推，又是拴上了繩子拉，然後才渡過河。照這樣難關說：「若是單人匹馬走了，要追趕 XX 的事情，真是妄想也不達目的呀！」

　　XX 通信隊架設的電線杆子，在麥田裡一直的張立到很遠的地方，順著電線杆子走了便可以到本部的位置。到甚麼地方都是麥田，兩三頭的肥豬繞著灣兒逃跑，長耳朵而且油黑身子的小毛驢也在彷徨著。牠們忽然的停住，豎起左右的耳朵，好似驚怪的樣子照著手搖車隊的通過，小雞兒從村莊沒有主人的房子背陰，逍逍遙遙地一面找著餌食，一面唧唧的走出來。野犬非常多，在麥田裡扯壞了甚麼東西咬著。

　　在一個我們稍停腳的堡子，為甚麼外頭沒有個人影？那裡在桑樹下的圓筒形的石頭上，獨坐著一個怪可憐見的老婆子。最初這個老婆子鬼鬼祟祟的扭著日本的兵隊，然而，等她站起來，彎著腰走出去，不知怎的手一上一下，指天畫地哭起來！正在料想她是怎麼一回事，梅木君便「那中國兵一走入堡子裡就是——米、錢、衣裳、姑娘，也不管乾淨地刷洗清楚，拏上去。日本的兵隊甚麼也不去盜他掠他，又很忠實，所以她是叫俺們追隨她去啦！」這麼說了。

三　柳樹蔭下聽戰況

　　在一個很小的部落有四五十個的兵隊休憩著，是我最初看著的步兵部隊。穿著給汗滿濡叫紅土弄髒了的軍衣，不管怎的，有的坐在土平房的背陰，有的坐在土壕上，於柳樹下拴著兩頭托著東西的，耳朵妄長的小毛驢。

　　有一個叫做廣瀨准尉的講談渡過淮河最初的激戰的地方，所謂張八營的戰鬥情形給我們聽，大概是一場非常的苦戰！說是：「六日的早晨，開始攻擊的人見部隊，竟戰死一百多人，受傷的也有好幾百個人。然而，因為到了晚上下了大雨，所以紅土盡化做泥沼，游泳般的在其中前進，輕機關槍和步槍

都浸在泥濘裡而失掉了效用。走入泥裡行進，抬頭一瞧，跟前就是敵人，演出這種泥沼裡的衝突戰！」真是一段叫人們戰慄的談話呀！好似瞧著很珍貴的東西，我把他們瞅一回眸。

廣瀨准尉還是說著苦戰的狀況：「如藤野部隊長和十七個的兵士混在一塊兒去突擊，占領了又被敵人逆襲兩回，橫豎當然是把他們擊退了。但是，可嘆呀！結果把我的小隊也被打殺了五個人，受傷者也有十六多人呀！」廣瀨准尉暗然的臉容又說了這般的戰況！

四　槍聲發自樹林中

朝日的青色大汽車在途中冷熱器起了故障，說要求工兵隊修理，於是折回去了。戰車隊從後頭追來而趕過去，這也就怪極了！手搖車似發愁的樣子陣陣地通過去。

排除困難而前進的中間，漸漸增多了兵隊的影子，然後就看見部隊了。夕陽在麥田上好像紅火球般的落去，到那個時候，或右或左、或前或後都被前進的部隊所圍上了，在前面響著轟轟的大砲的爆音！

一面走，一面在想：大概離開前線不遠了吧？從離開堡子約有五十米突的右邊兒，有兩個將校揮鞭飛馬而來，直至手搖車隊的跟前站住，說道：「危險啦！可別前進呀！」

不覺地已走到前線了，邁下麥田裡一瞧，右方的斜角不大遠的地方竟響出利害[7]的槍聲，前面的森林中捲起茫茫的白煙。流彈如作管笛之音飛上來，並且，可以聽到爽快的飛行機的爆音。等一打聽，據說本部是在跑馬將校出來的堡子裡。「噯呀！」我想不到本部是在那裡！

通信隊一面前後而走，一面忙架設著電話線。背電線梯子的兵隊們急喘得利害，這也是一樁太累煩的工作呀！穿過麥田，走入堡子去，瞧著本部是剛到來的模樣，繫馬於樹底下，解下東西給牠飲水。

堡子是祗是名稱，祗有十多間土壤築成的倭[8]平房，等後來探聞才知道是

7　按：利害，通「厲害」。

8　按：倭，意同「矮」。

叫做泰家的地方。找了高橋少佐，等拐過一間骯髒的茅屋的拐角，碰頭便是
一個相當年齡的魁偉的將校坐在一隻粗糙的椅子上。「噯！」怔神一看，那肩
章映入眼簾，很清楚的告訴我，這個人就是部隊長呀！慌慌張張的對他敬禮。

　　找來找去都找不見高橋少佐，已是迫近黃昏的時候了，在前面的森林中
戰鬥，刻一刻劇烈起來的模樣，機關槍的響聲頻頻透入耳膜，各報館的新聞
記者們來了很多。

　　「你們的汽車沒有來嗎？」我這麼問了，他們說道：

　　「到底不是過得去的道呀！」

　　「XX 的車還是未到，報道部的搶先到哪！」

　　堡子郊外的麥田裡的前面，立著兩根約莫二十尺長的竿子，頂上綁著三
角形的紅旗，又拉了一條的繩子，當間吊著藏著甚麼東西的包袱。飛行機在
那頂上旋迴不絕，豎竿子的周圍是「對空班」，麥田裡展開暗示隊號的布板[9]。
飛行機又旋轉兩三回，漸漸地低下，趕緊開始緩轉推進機，唔然降下來，近
得似要吻住橫張著的繩子。

　　從機上放下綁著秤鉤的兩間多長的繩子，忽然將繩子和包袱吊上去了。
於機上扭著繩子，真是很奇異的方法嘍！這隻的飛行機是 XX 來的，戰鬥本
部和前線部隊於戰線上一切的連絡，大概是由機上投下通信筒及吊上通信袋
去的吧？

　　仍舊在麥田裡找來找去，從響著槍聲的森中方角的麥田裡，瞧著高橋少
佐跑馬向這裡而來的雄姿。雖然是黃昏的時候了，但是，軍報道部的袖章和
那長的鬍鬚是特別顯眼。等接近的時候，少佐也很驚訝的樣子，說聲：「呀！
你倒來呀！」

　　他叫太陽曬得勵【厲】害，下馬又道：

　　「你真的來呀！道路是壞得那麼樣，XX 的車還是沒有來，已便是斷念
沒有法子了呀！」

　　說罷，領我到 XX 部隊長、參謀、副官部等處去相會。

9　按：布板，指「布板信號」（ふばんしんごう），舊時日軍的地上部隊向空中飛機
　　駕駛傳達訊息的一種方法。

五　喫飯容易做飯難

「那是很窄的地方，忍耐些兒吧！」管理部的小泉小尉這樣的說了，分給我一間的房子。因說：「糧食上那裡去領吧！」於是便走到分配所去領了。

領了梅本君、西君三個人四日分的米糧七升二合，和晒乾的細蘿蔔、蘑菇、酸梅干。因有濁流的河溝，於是，用飯盒子洗淘了米，才弄出飯。很多的兵隊也是用那濁水淘著米，有的打著給馬飲的水。

做了分隊長，從杭州灣上陸以後，分隊的兵隊都是一塊兒給我做飯，自己淘了米，或是自己去攔了水的事是太不幹啦！這就好了，到而今，祇是仿效而已，比較甚麼也不知道的梅本君或是西君卻有些內行。

做飯一任兵隊們去幹，要怎麼攔水，能夠弄好了不？實在有點兒不安！給敵人瞧著起火是不行的，所以沒等到日暮的時候，兵隊們便隨意去選個地方，用木頭和土堆築鍋竈，橫著棍子掛起飯盒，開始燒起高粱桿弄飯。

我們喫了蚌埠帶來喫剩的飯，所以今晚上做的飯就留下明天早晨喫。雖然飯是做得不大好，卻又不很壞。做飯做不上來是最關係兵隊的名譽，所以做兵隊的無不在做飯上加一點認真呀！

六　忽然喚起故鄉思

「出發是在戰線的都合[10]如何，所以不能知道，你們今天都疲倦了吧？今天請睡覺了吧！」高橋少佐這麼吩咐著。

房子都是像牛棚似的亢【骯】髒異常，本部的房子也是窄的叫腦袋去碰上呀！點起蚋灼[11]，披開地圖，辦起事務。兵隊們去找來了蓆子、秫楷，有的造了小房子，有的排在地上露營。

敵人好像很頑強的樣子，槍聲依舊不絕。朦朧的天空中走出了彎彎的月亮，水窪裡的青蛙頻頻地叫著，在戰場聽著青蛙的叫聲，真是令人生出一種特別的淒涼呀！

10　按：都合（つごう），日文漢字，即中文之「情況」。
11　按：蚋灼，臺灣民間使用的臺語漢字，即「蠟燭」。

　　然而，這小毛驢也就很難為情了！如同馬、牛、雞混在一塊兒的聲調，又好似拔洋桶一樣，這呀！真是筆墨難以形容的聲音呀！卻不是用嘴和聲子哼出來的，鼻孔咯！耳朵咯！全身幌動，不知身處此世與否？很開心似的叫喚著！叫人們聽牠的聲調不能不笑。有很多馱著東西的毛驢，替換地叫喚著。恰巧拴在我們坑傍邊有三頭的怪東西，不客氣的一晚中叫喚不停。

　　我們在房之中，秫稭舖上蓆子睡著，討厭的，又有難於勝數的跳蛋【蚤】，結果，一晚中因被跳蛋【蚤】和驢馬的吵鬧，所以沒睡點覺。很不耐煩的走出屋外一瞧，月光晶明，兵隊們因為白天裡累得疲倦了，所以便在急造的烏窠裡呼眠著，還可以聽到兵隊們呼嚕的熱眠聲或是嚼齒的聲音。

　　驢馬們叫喚著照舊的討厭的聲調，本部還沒有睡覺的模樣，從茅屋的小窗洩出蚪灼的亮光。無線電機發電的動靜，好似遠遠地聽著艦艫的音調一樣地醬醬的，感覺很悲哀。

　　槍聲依然不絕！青蛙還在叫著！那些的種種各異其相的音響在這朦朧的月夜裡，漂著無限的寂靜！拴在樹下的軍馬又是那麼蠢笨。把眼光放到前面，在堡子郊外的一棵大樹下站著一個步哨的黑影子，刺劍射出凜凜的光芒，忽然教我生起思鄉的念頭！

七　一堆紅糞是忠魂

　　烏鴉啼叫著討厭的聲息！走出外頭一瞧，天色還是微暗，兵隊們這裡那裡燒起火來，掛著飯盒做著早飯。雖然沒有槍聲了，但是，隱隱的聽得見砲聲。湯開了水，喫著了泡上茶的飯。

　　「畜生呀！一晚上吵鬧得不能睡覺！」

　　兵隊擎起木棒打著驢馬的庇【屁】股而慢【謾】罵了，昨晚上牠們妨害了安眠！

　　兵隊們跑到麥田裡拉屎去，因為麥桿挺高，所以兵隊們一蹲下去，就沒見影子。想做沒有人們在那，一會兒在麥叢中，煙捲兒竟然捲起了悠悠然的白煙！那裡一條煙，右邊又是一條煙，忽然麥田裡捲起了無數的白煙條，煞是好看，拉完了的才從麥田裡露出影子。

——話雖有點兒骯髒了，一面留意著別去踩著兵隊拉下來的東西走，一面瞅著自己排泄出來都是紅屎的時候，精神上便悶得很難為情呀！

我們從杭州灣敵前上陸直到現在，腹子裡雖沒有甚麼失去了調和，祗是拉紅屎這樁事情就很著慌了！小便也是紅得很！

回想前頭，在泥濘之中，或是浸在河溝裡給雨打！在那泥水浸到腰間的河溝裡度到天亮，雖然冷得顫慄了，但是，幸得連一個人也沒有著了涼去壞了身體。不過，兵隊們大都拉著很難為情的紅屎呀！最初我很駭怕，等一打聽，知道兵隊都是這麼樣，末後我才放心了。不用說，不是痔瘡再發作的前兆？……沒有多久的日子大便又還元了黃黃的原色了。

打開了徐州會戰的火蓋，渡過淮河，開始進攻的時候，恰巧是我到蚌埠的當兒。——那給人們掃興的雷鳴，又是頻頻下著惱人們的豪雨！呵！紅土都變成泥沼了！遙想在那的兵隊們，可不是在那紅土化為泥沼之曠野上打起仗來？據說張八營的戰鬥，好像在泥海中游泳般地攻打著，那是不用說，這種的苦戰，不祗張八營而已。……

我不是醫學家，所以對於拉紅屎的原理，當然是沒有生理的底論理可以說明，然而，現在我瞅著這些殘剩在麥田裡的紅屎，也都變成土色了！小便是沒有痕跡，若是小便也有痕跡，小便一定也是紅色的吧？……

尤其是看那一面辦好了事，一面喫著煙捲兒悠悠而回的那些兵隊的勇姿！呀！真是給我禁不住無限的感嘆喲！將心比心，我痛感他們的勞苦！但是，另一面看來，那些兵隊們好像沒有其麼感覺的樣子。噫！真是個勇猛無敵的雄姿呀！世界上的兵隊還有多少像這麼梟勇的嗎？

「哇！哇！哇！」

忽然聽著有喊聲！向前一看，有兩頭褐色的牝牛，拚命地大起角鬥著，兵隊們想不出在沙場上有這種的玩藝，歡天喜地圍在一起觀覽著。老牛祗是在廣場裡東奔西走，縱橫地跑個不停，捲起濛濛的土煙，老是勝敗難分！這邊的牛，都是很壯大而且美毛可觀的黃牛，卻沒有看見水牛。

「不是打架啦！那是清早的見面禮哪！鄉下的牧場每天早晨都幹著哪！」

那裡有個像年青的兵隊這麼說著。

八　炎熱天下蒙黃塵

出發！在無沿無涯的麥田裡進軍。太陽一昇起來便漸漸地熱起來，一下了雨便變成泥濘的道路，等天氣好便乾得如灰一樣，黃色的土煙濛濛立昇，在煙幕中進軍的兵隊，好像影戲似的見而又不見。跑馬的對空班擔著綁著紅旗的竹竿在先頭走著，那後方有給騎兵在前後護衛著的部隊本部在行進著，幾十頭的騎兵隊，蕭蕭的前進，卻好似圖畫般的颯爽可觀。

因要遮避炎熱，馬都帶笠子和羅登莎帽，祇剩耳朵兒的地方，帽子上開個窟窿給兩邊的耳朵兒豎豎起來，有的帶著手巾，亦有把有葉兒的樹枝戴上馬的腦袋。給驢馬隊駄了東西，各社的新聞記者們跟在牠們的後邊走。因為連日的行軍，有的腳起疱，搖搖擺擺而走不動。為了黃色的塵砂，嘴裡祇是喳啦啦啦的討厭，牙齒也嘎吱嘎吱地響，吐出了都是黃色的唾沫！汗珠淋漓地流下，濕透了軍裝，流出來的汗沾上了黃色的塵土，一擦了便成花斑，好像不善於化粧的鄉下戲子的打扮一樣。

兵隊們不說甚麼，祇管向前進軍，想要和他們說話，他們把好像發怒的臉容來對待你，老是給人們要掃起興來！若是稍停一會兒，就是不管塵埃之中或是馬屎之上，「碰！」像投下甚麼東西也似的躺下，仰天而休息。背囊上綁著藏著好幾天食米的袋子，背囊裡一定積著不少的零碎的東西吧？大概也藏著子彈或是手榴彈吧？

倒下去的兵隊們不敢輕輕地過了一寸的光陰似的，伸伸四肢，緩緩背，把水壺裡倒出了一口的涼水，很為重的流入喉裡去，在炎熱行軍之中祇好賴此水壺裡流出來的水，這一杯的涼水喲！

盡是一望無際的麥田呀！河溝非常少，譬而有了吧，溷濁的水是喝不成啦！清早湯【燙】開裝在水壺裡的熱水，總是視為這一天的救命甘露而不得不把它珍重！

前進吧，前進！又是繼續地在黃塵裡進軍，背囊的皮帶緊緊地綁住肩兒，槍是有時擔在右，有時換過左肩，但是，這個背囊要拿下來是不行的喲！胸

膛緊緊，往上擎一擎，瞬間的舒服，又是蝕起肩膀來。雖然是那麼樣，可是兵隊們卻是好像沒有甚麼似的臉容，進而復進！被上黃塵，好像泥塑成的土人，叫汗濕著走！

這麥田真是叫人們駭怕的東西呀！大麥、雀麥、小麥等等，祇是茫茫然的麥海！從這裡這種令人駭怕的麥田要連續到甚麼地方？想像也是難以知之！這裡不只是種麥或是耕作似的那等容易的感覺，不錯，這一棵一棵的麥子，都是經中國農民的手耕種的、培活的。遠望給無情而隆盛的塵土所壓倒的，這一望無際的麥子，便叫我想起蚌埠難民大會所見代表農村的百姓們，那種鈍笨而不屈的表情和金剛葉似的，又寬又大的手掌，可不是來完成這麥田嗎？那也僅是大地的人們才得成就這種的事業。

九　萬里沙場調野味

——在小堡裡喫午飯，桑杏在桑樹上熟著，那底下兩尺來高的地方，有個土塔。因為帶著一頂的草帽子，想是有甚麼，所以把它窺視。不是甚麼，那是蜜蜂的窩子，好像粘著不少的圓珠子一樣，蜜蜂結群在那上，兩三株的荊槐樹滿開著白顏色的花朵。為的瞧著附近有幾隻的小雞，便把牠哄，又是追搏去，好歹才捉住了一隻。罕有見到的有一塊菜園子，裡頭有些小蔥和豌豆，我也就不客氣地，替它的主人收成了些兒。

約近午後四點，在叫著馬集的堡子裡宿營。仍舊都是土平房子，走入小泉少尉配給我的草房，收拾——了。參謀部的中山中佐和高橋少佐也在一塊兒，「這層事真是有生以來的。」梅本君一面這麼懊悔著，一面擦著縮頭縮腦的小雞，掀起羽毛做起菜來。

梅本君和管理部的人們因為要去領導載糧秣的手搖車，所以開了汽車到附近的堡子去，沒有一會兒就折回來了。捷克機關槍聲響頻頻，說是很危險所以才折回來的。因為找不到鍋祇好把飯盒做起雞湯，恰巧，在那個房子有個裝著鹹鹽的小罐，飯盒中的雞湯正在沸騰著，便抓住了兩小把投入湯裡去，是好像染上墨汁的岩鹽。伺候高橋少佐的齋藤一等兵和跟中山參謀的川原一等兵，趕來收拾房裡，兩個人都是年青似的而可愛的兵隊。

「呀！叫你們受累呀！」

高橋少佐回來這麼說著。遂後，新聞社的記者們也湊上來了，高橋少佐領他們走出後面的庭中，打開了地圖，發表著戰況！

天色有幾分的黑了。有鴨子在竈的背蔭，便把牠抓住，綁上了腳，放在後面的庭角給牠打滾。因為要喫飯，便在房之中舖上蓆子。

「怎麼樣？這一碗野戰場上罕喫的雞肉湯，請你嘗一嘗！」

我盛了一碗的雞肉湯送別高橋少佐的跟前這麼說了，高橋少佐說聲：「多謝多謝！」喫了一口又說：「很好喫呀！」然後我們喫了一喫，鹹得沒有法子，而且雞肉又是硬得要命，那裡有甚麼好喫哩！

十　槍聲未了人已醉

據說村外有水池，便走去洗了洗臉，朦朧的月亮在上昇著。睜睜眼睛看一看，沒邊沒沿的麥田叫微風波動，宛然給我站住海邊，遠遠地站住一個步哨。遠得好像沒有聽見的槍聲微動胸脯，還有狗的遠吠聲，想是槍聲在右邊響著。忽然，左邊的方角也可以聽到，彷彿後邊也有機關槍的聲音！周圍可不是都是敵人嗎？等走回房裡，中山參謀很擔心地說道：

「任怎麼想去也要靠汽車，過於輕舉是不行的嘞！你們的任務不是在打仗，報道才是任務啦！」

是怎麼一回事呢？忽然想起白天裡，因為沒有路，所以坐上了汽車，離開了部隊望右方迂迴的時候，猛然一個傳信的騎兵飛馬而來，說道：

「那個地方有敵兵伏在，你們可經部隊的左邊走吧！」

中山參謀所說的原因，大概是這個事情也不一定。

中山參謀是個胖得壯實的，而且很磊落不撓的武人，他非常酷似最近我身邊那一個的臉龐。忙於談話的當兒，參謀部「高橋少佐即刻前來！」的傳令到了。「是傳單的事情吧？」高橋少佐一壁兒說著，一壁兒和中山參謀同行走了。

舖上蓆子，打算要睡點覺。「今晚上恐怕又要喫跳蛋【蚤】的為難！」睡在鄰近的牛棚裡的兵隊們，好幾個人破嗓子說著話。他們找著老酒喝著，未

幾，醉得顛來倒去，說話也就不顧前後了，說甚麼：

「哼！徐州！徐州！等這個月亮入望的時候，一定要把他攻破呀！放你娘的屁的小獸子！臭東西！……如蝗撲火的敵人呀！要逃跑那裡去……？」

這麼說個不了，又是陣陣的笑聲，繼而提高嗓子唱出鴨綠江節，或是磯節。[12]

是甚麼人哭起來嗎？

「這個獸子！甚麼叫你悲傷？高興嗎？……」

這些的喝聲透入耳膜，更一層大聲鬧起來了！差不多都是「哈哈哈哈！」的笑聲混在這沒氣味的沙場上。一面聽著他們的笑聲，一面便走入邯鄲路上，在夢鄉裡暫慰一天的疲倦！

十一　跳重【蚤】臭蟲難為情

一覺醒，陽光已經曬遍大地。熱熱飯，作了蔥鹽湯，在一個很大的缸裡有比較的清淨些的水，黃色的泥土沉澱在底下。走到後面的庭裡看一看，昨晚上綁著給牠在庭裡打滾的鴨子連個影子也沒見了。但是，在那裡換個很大的鴨蛋流轉著。昨晚上聽著好幾回「叭啞！叭啞！」的叫聲，那是個「金蟬脫殼計」，到更深，放下一個蛋當作禮物，便三十六計遠走高飛逃生去了。

昨晚上酩酊鬧個不了的兵隊們，把大鍋做得了的飯，盛在飯盒裡，一面尖著嘴吹著熱騰騰的飯，一面又是要命地喫著。還有一個鍋裡，亂滾著一大鍋的大醬湯。是從甚麼地方找上來的中國大醬吧？……

有個身體不大高的兵隊，昨晚上給了臭蟲的殘酷光顧！

「這就是最可恨的臭蟲嘯！」那個兵隊這麼說了。還有一個兵隊說道：「那個？給我看一看！」

大家湊上來爭臭蟲！

「給這麼樣的中國臭蟲挑難，真是太沒體面呀！」

也是這中國臭蟲的最期吧？有個兵隊給牠死在軍靴之下。

---

12 原註：所謂節的都是一種的歌謠，都帶有濃厚的鄉土色彩，尤其是那浪花節的調子頂好。

走出外面看一看，在堆土的頂上有一塊直下一尺來長的石頭。等把它挪開一看，有個很深的窟窿。裡頭噴出熱氣，大概很寬的吧？卻是黑墨墨的看不清楚。

「可不是防空壕嗎？」

甚麼地方的庭前都有這種的設備，卻不是為戰爭的目的而造的，料想是貯藏甚麼喫糧品的地場。是拿跑去了吧？到處的窟窿都是個空壕。

把鴨蛋供進高橋少佐，少佐接上去說聲：「真是好東西呀！」便生喝下去。出發，已是午前十點鐘了。高橋少佐說道：

「今天不過是整備隊伍而已，別要過於動彈！」

進軍了！道路又是茫漠無際的麥田，到甚麼地方都是仍舊沒變換的風景哪！在東北的方角，雖有遠點兒，卻是很清楚的送來了陣陣的激烈的槍聲。是因風的推移吧？聲響有時很幽微，有時聽做在另一方面的樣子。

蒸蒸的太陽光曬遍麥田，光炎曬上麥梢，煞是可觀。

要近正午的時候已走到王西庄了。那是一個小堡子，堡裡不上二十間的矮土房。在這附近像洋海似的麥田裡，零零落落的小堡子好像島嶼點綴著大地的風景，這麼卻有點兒可以留筆的地方。但是，這些的小堡子都給茂盛的樹木蔽住，差不多都是楊柳樹，綠色的新葉盈盈然，這一點瞧起來煞是爽快呀！一面去收拾分配了的房子掃一掃。那是窖地一樣的房子，但是那裡知道這麼窖而又狹的房子會做有為的人物？

抓上了一大把的高粱桿裝飾破家具亂擲的房裡，當做我們的新居。忽然，叫了無數的跳蚤為難！從草叢中，或是壁上乒乒然跳上來。等出外頭，簹上也是紛紛地跳下來。趕緊去取了殺蚤粉撒佈。「因為殺蚤粉的香味，跳蚤視為頂好的東西，所以醉生夢死跳上來受刑哪！」梅本君這麼地說明著。

是那的效果嗎？等撒佈了殺蚤粉，更加無數的跳蚤湊上來，……「這就難敵了呀！」正在這樣想著，又是聽見將本部回來的高橋少佐：「這裡有不少的蠍子，可不小心是不成的嘞！前刻參謀部打殺了八個。穿鞋的時候，不把裡頭瞧一瞧，留留神是不行的。給蠍子咬了，肉就會腐爛呀！」這麼叮嚀著。靴裡早已化做跳蚤的溫床了。但是，在這沒有臭蟲的為難，就可以了。

十二　沙場風景多感慨

　　東北角的槍聲逐漸地激烈起來的樣子。汽車滿載著給前線的傳單前來，照區署去整理交給各部隊。本部召集了各部隊的命令受領者，參謀川久保中佐發著作戰的命令，空氣卻有點緊張了！為的要傳達命令給○○部隊本部和遞送傳單，又帶高橋少佐要給○○部隊長的東西，便搭上了汽車望孫庄出發！

　　仍舊是同一樣的風景，看不出顯著的目標，不能詳細的事情非常多。不得已在途中打聽兵隊們，他們不知道而假粧【裝】知道的樣子，說東說西，甚麼那個樹林子咯！北邊咯！只是把我弄得頭暈目眩！在麥田裡，左往右生，弄不能清楚！

　　頭一次迷入去的堡子裡，有兵隊們赤裸裸地洗著襯衣。忽然聽「哇！哇！」的喊聲，等近前一看，那是叫老牛角鬪著，一面鼓掌喧嚷著，好像砲兵隊的樣子。等停住了汽車，眼前的樹蔭排著粗糙的椅子，在戶板或是甚麼的頂上，有四五個的將校打開著地圖。

　　「要求見○○部隊長一面……」等我這麼說了，在那最有年歲的身體壯大的就是部隊長啦。等把高橋少佐寄託的東西呈上，他用很壯嚴[13]的聲調說聲：「謝謝！」等讀過高橋少佐給他的名片，又是一聲：「謝謝！」我拿回了名片，他便打電和各部隊取聯絡。大概部隊來到沒有一會兒吧？因為整備攻擊的隊形，所以看起來，好像立刻要出發的樣子。

　　在途中有蔥園，我就拔了些大蔥和韭菜回去。部隊和同盟通信的汽車恰好才趕到的樣子。說道兵站汽車開到了，同盟的須藤君拿了兩瓶的啤酒上高橋少佐那裡去，給我一瓶。我說：「祗有兩瓶呢！何用這麼……？」我客氣似的不敢受。

　　「別那麼拘泥哪！」──高橋少佐說著，實在我的嗓子已在鳴著了，很感激的領略起來。先把它供在壁上的架子上，慢慢地方把它喝個乾淨。晚飯的時候，梅本君、西君、齊藤君、川原君，五個人各喝了一杯，老是很合口

13　按：壯嚴，通「莊嚴」。

味。於此沙場上，有啤酒可喝實是想不到的事情呀！在外頭要造一個鍋竈的時才感覺，我們的新居是至我們到來的時候，好像還是快樂的少年夫妻的新居，用紅紙寫著「佳寓同心」四個字貼在門楣上，門扇的兩邊也寫著兩行字：

　　良緣由人結。

　　佳偶自天成。

　　這附近的堡子，無論甚麼家，任怎麼粗糙的屋子，在門口或是門楣上，一定寫著綺麗的字，綴成富有吉慶而漂亮的文句在紅紙上貼著。這麼，在貧弱的土平房實在有幾分配不上啊！那是總是為求一家的幸福的話頭而已。這種的念頭，不用說，的確和這一望無際發散著強烈的土香的麥田有連繫的事理。

　　這裡的農民們不知道逃跑於甚麼地方，在這附近更沒有村稼人的影子了。但是，在這沒有人們住的地方，和都魯都魯結實的廣大的麥田，在沒有主人的土房子殘留著幸福的紅紙。這些的事情，都要表現極其執拗而且有浩大的生命力。

　　除卻一家的繁榮和麥子的收穫以外，甚麼思想或是政治也罷，就是國家這一項他們大概是沒意味的吧？就是戰爭這個事情在他們的理想，的確和蝕害農作物的蝗蟲，或是洪水、旱魃一樣的災害！打仗如風吹過一樣，那末，他們也好像沒有甚麼打擊似的，他們的確仍舊以不屈不折的精神來繼續「土的生活」呀！

　　別的堡子裡也有，直下二尺來長的圓筒形的石頭滾轉著，大概這個東西是等麥子收成的時候，把麥穗鋪在地上，叫驢馬拉，在那上打落麥粒吧？還有照柳樹的原形做了兩叉，或是三叉的翻場叉子。「這就巧極了！」叫我感心了他們。

　　兵隊們有的下手預備著飯，有的三三五五穿著一條的襯衣在樹蔭底下休息著，老沒有洗的襯衣給泥土和汗染成紅顏色。他們在行軍時候那樣發怒也似的面龐不知道拿到那裡去，不斷地大發牢騷，很高興地說笑著。那不是在戰場上片刻的動作呀！

平穩的日子在故國的職業場上，午飯後混在一起說笑一樣的快活。在死的戰場趕上戰線，這頃刻間的休息，他們也這樣的快活，叫人們一見老是不可思議呀！然而，在他們從事打仗的時候和疲倦的時候，其餘都是快活著。我想他們這麼不敵的勇姿的瞬間又是感覺一種的不氣味[14]呀！兵隊們照舊混談著凱旋之日的事情也不一定。

十三　跳蚤寒氣襲人肌

在麥田裡架設子彈糧秣的集結所，前後趕來的手搖車搬下藏子彈的箱子，在麥田裡堆積得很高。真有漸漸地開始本格的底戰爭的感覺啊！衛兵所是用高粱桿架成的，很嚴重地警戒著，為的怕中國人看不上來，便用草字寫「えいへいじよ」[15]做標識。

天空漸漸黃昏了，被著夕暈的月亮在上昇著。遠遠的東北的角【角的】樹梢，反射著雲霞，頻閃著藍色的亮光，還有砲聲似的音響！

「是在戰鬥嗎？」我這麼推想而眺望著。

老是像閃電的樣子，聲音好似雷鳴，也許是下雨也未必知。

中山參謀躞近門口，一面瞅著倭而又瞳【燻】得黑似煤煙的壁，一面說道：「站在這個窖地好像地鼠一樣喲！然而，這裡頭卻沒有伺候的美人……」然後大家笑著。松澤參謀走上來。

「今日聽說趙家集的地方有三千的敵兵，約一個大隊，現在已把他們擊破了，遺棄屍體五百個……」那麼說了便回去。

打馬集出發了後，途中頻聽著的槍聲，大概是那場的戰鬥吧？

管理部分配了種種的食糧，然而，「你們要覺悟此後的糧秣會漸漸不能順調才好！」給他這麼宣告了。為的領了日本米，我們就感到無上的高興了。又領了些醬大頭魚、細蘿蔔、鰮魚罐頭、大醬粉等等的東西，都裝在小袋子裡，使用法記著：

---

14 按：不氣味（ぶきみ），日文漢字，意指「令人害怕的」。
15 按：即「衛兵所」的日語讀音。

「要做大醬湯，一袋配兩合的湯[16]溶化，或是用同量的水給它煮開頂好。」

麵餅或是裙帶菜也像裝在那裡，這是最初，於是，日本的兵隊會得喫著日本的大醬湯，我也就感到很滿意了。

躺在床上，跳蚤的夜襲那就很難為情了！老是睡不能覺，踱出外頭，那是很清朗的月夜。走入在樹蔭底下的汽車裡去睡覺，已有先客在那了，西君在那呼嚕呼嚕熱睡著。睡了片刻，因受了更深的寒氣迫緊便覺醒了，為的耐不住寒冷，於是再下了悲壯的決心，走入跳蚤成群的屋子裡。

甚麼屋子裡都叫跳蚤為難著的模樣，兵隊們一夜中出出入入煞是可憐！白天裡熱得灼燒似的，一到晚上溫度便急降下，這樣就不敢輕輕地在外頭露營。然而，房子很少，兵隊們便在各處架造了臨時的小房子，在這裡那的露營著。是不能睡覺的緣故嗎？可以聽到輕輕的說話聲，從秫稭壁子的空隙，可以看見煙捲兒的紅火頭在藍白色的月明中吐著微弱的亮光。

十四　任務不一辛苦同

五月十一日。各社的新聞記者，都到地窖裡來聽發表。戰況說了後，高橋少佐：「說了戰爭這個事情，除了打仗以外，在那裡頭雖然有發揮著顯著的功績，卻是有少了人們知道的苦勞著的部隊。像某某部隊占領了甚麼地方，或是奪取了甚麼地方的新聞，你們把他發表了是很好的。然而，那樣華美的事情以外，也有隱暗的部隊，對他們的辛苦功績，你們若不把它探訪加之顯彰是不行的喃！

譬而，通信部隊的苦勞，真是令人一見就要感泣呀！這個部隊是平松部隊，你們在行軍的途中也是直看到現在的，那是在軍的作戰上不可給它生出了障礙。話到要完成這種通信網的辛苦，真是太累了甚麼呀！

所謂平松部隊的，雖然人馬一共幾百的部隊，但是，在別部隊休憩的時候，他們老是連慢慢地休養一會兒的時間也沒有。白天裡自然是不得不儘力去工作，從清早天未亮到晚上的更深，這樣鬼神不及的工作，老成他們的腔

16　原註：飯盒蓋有一小杯。

調。並請要和主力部隊作同樣的行程。

在堡子裡，有電線被切斷的恐懼，所以不回避是不行的，而且要選定短距離,對敵人的顧慮是一刻也不可忘卻,結果不跑到近於第一線是不行的嗎！在初五六那幾天的大雨傾盆中，瞧著架設電話線的兵隊，到現在想起了他們那種的工作，還要叫我搭拉了頭呀！

初九的傍晚，有三十來個冒著危險突入板橋集去完了通信的使命！固不是祗通信隊而已，新聞記者諸君，自然是不能棄掉了新聞，然而在戰場上，像這種少有花彩的部隊，對他們的苦勞我很希望你們多寫一點哪！

像兵站的苦勞，或是輜重隊、衛生隊等的辛苦，從事戰線的連絡的飛行機，一天八九點鐘頭屈坐在機上的偵察將校的話等，話題可不是很豐富，往時『輜重輸卒若兵隊，蝶蝶蜻蛉也——』是甚麼，說著那語言道斷的事情，現在雖然沒有人們說那些蠢話……」

一面那麼說了，一面又是：「你們都是對於日本的軍隊，第一登城的在那裡是甚麼部隊，爭先恐後的拿做特別的新聞。然而記者爭載前陣的新聞，已在鎌倉時代就有了，這樣是戰爭上必幹的事啊！」這麼說著。

十五　敵人屍體棄路傍

近午後二點的時候，便和中山參謀、高橋少佐、梅本君同道，領著兩個護衛兵，分坐兩臺的汽車，走到昨天激戰過的趙家集。有二里來遠的東北邊，道上竟是捲著很大的暴土，在前面走的汽車隱在黃色的土煙裡看不見，好像一塊的黃煙在疾走著。

走到六間多寬的道路，在左邊有圍壁的堡子裡停住。僅是用些壞土造成的，土堤似的簡單的牆壁啊！周圍那是河溝，在路傍的凹地裡，有兩個中國正規兵的屍體。

杭州灣上陸之後的戰鬥，瞅慣的竟是像孩子一樣地瘦而弱的兵隊，而今瞅著這體格肥壯的兵隊，真是特別顯眼。是何等壯實的體格呀！血還未都乾，蒼蠅一大堆集結著，在周圍也有手榴彈，也有子彈散亂著。

在一個兵隊的胸兜裡，露出了一張的紙片，把它抽出來看一看，那是以

大洋拾貳圓五角買得錶子證明書似的東西，上邊捺著中華民國廿七年四月廿六日的文字，又寫著：「五個年內發生故障或是缺乏油膩，免費修理」的字句。把他的襯衣檢一檢，果然有一個礦刻的懷錶，錶子的鏡子染著血，看一看，秒針還在轉動著，提近耳朵傍邊聽，唧唧唧地響【響】得正確。叫了異常的感懷所衝動，我把那個錶子投在屍骸的衣兜兒的深處。

十六　兩軍激戰趙家集

　　道路好幾個地方，掀倒了附近的楊柳作遮斷通路的幻【勾】「當。肥豬彷徨著，以外誰都沒有。卻是有一個老婆子坐在河溝傍沿的樹底下，等走近她的身邊，她卻把圓扇子掩著臉子。

　　約莫一間米高的圍牆，傍邊兒掘著一條細長的、急造的散兵壕，散亂著無數的子彈殼，有陣陣的煙硝的臭味。處處有中國兵脫扔下來的軍裝，大概是裝做便衣逃跑了吧？走入堡子裡，為的是有一個單穿襯衣的給太陽晒黑了的兵隊，便打聽中隊的本部。

　　在房子裡或是房子外面，舖上秫稭，很多的兵隊在那上呼睡著。那甜睡的影子，令人感到一種凄慘的狀態，那是完了一場的死鬥又要繼續到次回的死鬥的如泥的安眠。不知怎的自己的胸脯卻要發痛——殘留的從事著驚【警】備的是吉田部隊，走入雜亂得沒有頭緒的倭平房的部隊本部，「部隊長正在休息著。」兵隊這麼說。也是想打擾了他的睡覺是對不住的，高橋少佐說：

　　「那麼，等一會兒也行……」

　　說著等我們便要走，是瞧做我們特地要來探他的吧？一個身材高一等的長著鬍鬚的中尉，一面結著鈕子，一面的從裡頭走出來。高橋少佐說道：「太累煩呀！辛苦！辛苦！」他很謙遜地說聲：「沒有幹過甚麼啦！」

　　稍停了一會兒，他以感慨無量的語調說道：「真是太幹甚麼啦！從昨天早晨九點半鐘就開始戰鬥，到占領的時候已費盡了六個鐘頭。敵人非常頑強，真是好驚人的勇敢呀！他們不是沒甚麼就要逃跑的，身體露出圍牆的頂上射擊，或有擲著手榴彈，攻入城裡去也是在各處演著壯烈的戰鬥，近這外面也演過了大打仗。

　　等了後看見了敵人所帶的像陣中日記的東西，才知道在這裡，敵方的部隊，約有一個聯隊，在初八[17]從基地出發，初九才到趙家集，好似受了『命令死守』的樣子。照那本的日誌和兩三的書類瞧起來，想是在這裡的部隊，是宋哲元的直系部隊，三十七師和大學生軍等混成的部隊。

　　雖然不能判明實在的兵力，但是，想像總有近於三千人，遺棄屍體也有五百多，因為放射著臭味，於是把他扛到麥田裡去埋葬。敗殘兵好像還在附近的樣子，是負傷不能逃跑才躲在這兒呀！清早也在麥田裡找出了十幾個，真是可憐呀！」忽然地部隊長把語調低下：

　　「這邊也殺了好些的兵隊，我們是清水部隊，清水部隊長也和敵兵格鬥，真是危機一髮的樣子呀！將校也很擔心，實在兵隊很使勁的打了仗，占領後，敵人還是兩回來逆襲，卻是不難而把他們擊退，鹵【擄】獲品很多，你們要看嗎？」

　　捷克的機關槍、像蜂巢小眼的伯爾曼槍、小槍、子彈、短劍等等，堆滿在房子裡，有旅長捺即【印】的紙條記著：

步榴彈　一萬粒

輕機栓彈　八千三百三十粒

手抱彈　六百三十粒

木柄彈　百三十二粒

擲彈　二十二粒

　　是歡手交給的彈藥備忘錄吧？聽了戰死傷者的氏名，走出外面。都是些土平房子，僅有圍牆所以房子就稍大一點，門口和門扉照舊貼著寫著些有文句的紅紙，簷頭上依舊是「紫氣東來」、「天地皆春」、「人生春臺」、「根深繁茂」，貼上這些文句，門扉竟是貼上：

春為一歲首

梅花百花魁

　　這樣的對聯。土的壁上用白墨大寫著：「打倒日本地【帝】國主義」、「武

17　原註：不知道甚麼地方。

裝起來保護鄉土」、「歡迎浴血抗戰將士」、「追放日本倭奴」等等的文句。我們歸去的時候，兵隊也是和我們到來時一樣地昏昏地熱【熟】睡著，我走過他們的傍邊總不給靴子發聲。

十七　情書難作護身符

歸去的時候，有個慢慢地走著的兵隊，於是，把他打聽了，才知道他是弄了腳氣，他說：「從這兒要上病院裡去。」我便叫了汽車給他送到病院裡。等回到王西庄，湊巧來了連絡的兵站的汽車，於是，拜託給他坐上。

衛兵所的柱子上綁著一個搏【捕】虜[18]，那是剽悍的臉容，通譯審問著種種的事情。想是好像甚麼人？忽然Ａ的面影浮在眼前，若不是顏色稍黑一點便是酷似的。銳利的眼光閃灼著，聲音稍微，一面驚驚惶（惶）的，一面回答著。

這個搏【捕】虜三十二歲，姓雷，名國東。百二十三個師的所屬，生於湖南省，雖然曾參加了上海戰，可是沒有槍砲給他。給養，米是一天一斤，不給副食物。給餉，一個月一圓八角錢，頂多也不過兩元三角錢，在招募廣告上可是八元三角錢。然而，控【扣】除了伙食、衣服類等等，連買煙捲錢也沒有。

在板橋集北方，叫做小隆集的打仗，自己的黨軍都留神逃跑了，祇剩了自己一個人。步槍以外還帶著手槍，皮革作的錢包裡，裡頭藏著有眼兒的一厘小錢、兩個殼子還有一封信等。打開一看，那是情緒纏綿說不盡的戀文：

「雷國東：我的親愛的哥哥，來書十六號接得，心裡是娛樂的本意」做起筆，中間寫著：「我為你肝腸想，我想為你結為夫婦，我為總想百年諧【偕】老！」最後寫著：「情長紙短，千祈千祈回音！劉玉珍，上言。」

雷國東以極無表情的臉容，瞅著讀著這封「紙短情長」的戀文的日本兵隊。

---

[18] 按：捕虜（ほりよ），日文漢字，即中文之「俘虜」。

十八　驀進徐州憶英雄

　　天色亮了便跟著出發，仍舊在沒有變換的像洋海般的麥田裡進軍，左右都是蜿蜒連續著的部隊在塵土裡前進。一面和梅本君說話，又想起這廣漠的平原，往昔有項羽在這兒[19]築城為中心，還有三國時代的英雄們在這裡大操干戈，東跑西顛的地方罷？回想起來，真是太幹甚麼啦！而且，當年，跑到這麼地方而使中國人寒膽的日本倭寇，而今還是要佩服他們的場勇呀！

　　在麥田裡避難的中國農民，前後的挨著。走她們四面給日本的兵隊圍繞，而左往右生。肥豬好像很驚慌的疾走著。中國的肥豬像野豬一樣，耳朵很寬，若是鼻子長一點，確是與像【象】爺無疑了。到而今跑過的小堡裡並不看見土民的影子，大概是跑到甚麼地方，亦是在附近的地方集結著吧？人數很多了，有的牽牛或有牽著驢馬的，還有挑著裡頭藏著種種的東西的籠子，又有兩輪車積載著如山的家伙。

　　抱著小孩子的女人多，他們一明白了日本的兵隊不加害他們，於是，站住瞅著兵隊的通過。他們的臉容雖有多少的困窘，卻沒有絕望的表情。我們稍停腳，在堡子裡的中國人便抓了小雞兩隻手低接來說道：「給你們吧！」

　　等兵隊們追捕著小雞，他們也掔起竹棍幫忙，還給剝了殺死了的豬皮。兵隊們一面瞅著將要被殺的豬，一面說道：「若有甚麼不滿的議論，請告訴蔣介石去」。

　　中國人瞧著日本的兵隊，嘿嘿！做著問候的例矣，感覺這邊像給他愚弄了似的，但是，他們欲逃了這個危機，看起來也很使勁。那種切實的努力，自然有不能不笑的事理。於是兵隊騎上的【了】驢馬的背上，分配著很多小雞。這些的小雞，挾閉挾閉而轉睛著。手搖車的後邊也投著綁住雙腳的小雞，還吊些晚餐用的豬腳、股肉等等。在炎熱下行軍，兵隊給汗濕著，默默地只管跑。

19　原註：徐州。

十九　彼我已入酣戰中

　　將近傍晚，西邊的樹林子起了熾烈的槍聲，本部走入叫做李庄的堡子裡。輕機關槍聲繼續地作響，那山砲的勵【厲】害的轟聲竟震衍了樹林子，接連不斷的轟轟的砲聲！有時子彈飛上堡子裡來，狹窄的堡子裡給車輛、馬、兵隊混雜得亂極了。等跑到山飽【砲】的陣地，瞧著部隊長、參謀……站在楊柳樹底下用望遠鏡瞅著樹林子的地方。在砲兵的觀測所，荒川部隊長窺視鏡頭，還有一罷些的土饅頭般的墳墓。

　　攻擊部隊已進出前線和敵人對峙著吧？前面的樹林子裡昇起濛濛的砲煙。增援部隊展開陣形陸續前進，在麥田裡分散陣形，於是漸漸地分出小隊，伏在麥田裡，看不見。

　　接二連三的山砲作響，稍近一點，於是似要震破耳膜。睨視鏡頭的砲兵伍長：「友軍在右邊兒迂迴。……前進了，友軍所打的砲彈很精確，敵兵似的影子在左邊兒的堡子拐角隱現……」這麼一一報告著。

　　等芹川部隊長：「好！打那左邊兒的敵軍。」發言，小隊長便「砲手二十個向左！」命令，又是說聲：「打……！」和這凜然的號令，土煙捲起，砲聲轟轟作響。瞬間，前面的樹林子裡像撲吐也似的白煙立昇。

　　「鐺！」傳到砲彈炸裂的爆音！離敵陣一千來米突，一臺的飛行機在敵陣的上空旋迴著，旦！旦！旦！突然起了悽然的音響，把炸彈連續地拿下去似的，濛濛然從樹林子頂上高昇。從右邊也起了劇烈的機關槍聲，敵彈漸漸地劇烈，接二連三的飛上來。

　　「敵人似乎在狙擊著，請走入堡子裡！」——參謀這麼說著。部隊長和參謀部的人們都走入堡子裡，梅本君老是很勇敢的只管攝影，兩人並給土饅頭也似的背蔭遮蔽著。

　　忽然耳朵邊兒「吧呻！」響來一聲，梅本君「碰！」把臉龐伏在地上，動也不動。想是叫它碰上了吧？似乎打著傍邊的桑樹才曲射過來，剝去了樹皮，露出蔥白的樹肌。抬起頭來說道：「可叫它嚇壞呀！」身上似乎都沒有負傷。

　　高橋少佐跑上那？甚麼地方都看不見他的影子。走入堡子裡，因為不知道參謀部在那，所以在堡子裡繞著走了幾回，好歹才判明。恰逢命令傳達中，也瞧著高橋少佐的影子。

　　天色已經稍黑了，流彈帶著幽微的音聲，到甚麼時候依然從腦頂飛過去。在堡子裡有幾個負傷的，聽著戰死了一個。我們的新居雖似牛小棚子，然而收拾收拾起來卻也可睡一覺。

　　所說高橋少佐繞著戰線的右方到第一線去視察回來，說道：「所謂戰爭的事情真是很為難的嘞！像所欲行的是不行的啦！徐州的敵軍已察覺給友軍把他們的退路遮斷了似的，為打開五十萬大軍的血路，現在對陣角開始血鬥！他們於是決死的覺悟嘞！換言之，現在日本軍已走入在敵陣裡了！所以此去的戰鬥是更一層困苦哪！只好等皇軍的精銳以外是沒有法子呀！」這麼說得很悲壯。

二十　男子都是懶東西

　　皎皎的明月，滿圓的月夜。聽那槍聲還是不斷地響著，頻頻地響著討厭的音響的槍彈，從房頂上掠過，時而打到房頂或是牆壁，發起了劇烈的音響，使人們感到異常緊張的空氣，可是聽不到大聲。

　　但是在這子彈亂舞之下的靜寂裡，照舊的驢馬依然晃動全身，很奇妙的叫喚，而破了子彈下的淒槍【愴】！一頭叫著，那裡一定有一頭出來呼應。橫豎在這個時候好似驢馬的交尾期呀！牠們這種使人們很難受的叫喚，好似要找姘頭的樣子。又是徹宵叫喚！

　　兵隊都舖上高粱桿，在月色晶瑩裡睡著。

　　等到東天發亮已沒有槍聲，輕戰車五六臺向戰場疾走而去。今日仍舊是好天氣。

　　用麵醬袋裡的麵醬做大醬湯，雖是有鹹一點，卻有日本大醬的氣味。大米飯亦是日本米，那就香極了。自從泰家領悟了用飯盒炊爨的要領以來，西君和梅本君也都自己去弄。然而，總是因為時常換了米，一面又是換了水，竈的高矮亦是柴火的不同，所以「這頓就做得好了」是絕對沒有的。

　　況且，原來男子對於做飯是極沒有講究的，喫飯的時嚼嚼地要命喫，好了！等一喫完了飯，要叫他們自己去收拾收拾，真是別想的事啦！棄之不顧自然是沒有人們要給你幫手。沒有法子，祇好自己去收拾收拾，洗了洗飯盒。到這個田地，在打仗中才知道老婆子的好處呀！……叫你們去嘗過這個事情。

　　在我們度到天亮的牛小棚裡壁上，用計繡了些有各色樣的東西裝飾著。附在洋襪子上的廣告紙、姊妹牌香煙的商標，像眼藥的廣告畫一樣，繪著一個大眼珠子，五張蓋著戳記的舊中華民國郵政的郵票，兩個小孩子的洋火商標。恐怕是百姓們並沒有甚麼意思的，祇為裝飾牆壁的，才雜然地貼上了吧？而且，在那還貼著一張名片，於是把它扯下來，等看一看，那是「國民革命軍第二十八軍警衛第一團二營八連連長譚選魁元鄉陝西」這麼令人駭怕的東西呀！兩邊掛著柿子色的對聯：

　　興家立業財源主，

　　治國安邦福祿神。

　　一張四方的紅紙，對角線上僅寫著「福」字【字】一個字。在牆壁上或是門口也貼著好幾張。甚麼房子都是這樣的，這些誠可以表露老國中華古來文化的一片面啊！

二一　高橋少佐告戰況

　　高橋少佐招集了新聞記者發表昨天的戰況，第一：「唐集子西北方地區兩籽邵庄附近的戰鬥，部隊是：松山、三上、前田、西村、駒井、松田、荒木等諸部隊。經唐集子沿澮河前進中，在西方約一籽的地點，發見向北方退卻中敵兵有五百來個，便將隊形展開於左而加了攻擊。因為敵兵大起狼狽逃入附近的堡子裡，於是把他們包圍，然而，他們卻以迫擊砲抵抗著。松田砲兵部隊和各步兵部隊協力，到午前十點遂把它占據了。然而，敵方漸時增加了兵力，因為敵方的兵已超過千人了，於是叫福田戰車部隊協力，到午後零點半，大體奪取了敵方的據點，敵軍好像打崩了雪似的向北方退卻了。損害不明，伊佐部隊三上中尉，肩胛骨貫通槍創，中森少尉，受了追【迫】擊砲彈而負傷。」

第二：「大寺、谷田、上田、阪、須磨、鎌田、大田、荒田各步兵部隊，
以片山砲兵部隊，在吳家集東北三粁孫瓦房最前線衝突，敵軍以機關槍猛射，
我軍之一部轉向南方，主力打東向西突進，雖使了砲兵的協力以攻擊之，但
是，敵方的兵力漸增，雖擬到薄暮移入突擊，卻不能奏效，結果叫本部增加
了兵力。敵是非常頑強的，紅槍隊的慓【剽】悍好像也雜在那……」

第三：「集昨天傍晚，在本部附近的戰鬪目下繼續下，還是不明。」

二二　眼見傷痍情難禁

受傷兵都用擔架子抬來，給他們在衛生隊的房前躺著。在周圍的兵士，
有的給他們蓋了毛氈，有的點了煙捲給他們喫，還把軍裝撕破了當做繃帶，
血都滲上了繃帶上。

芹川部隊的野原砲兵伍長傳達命令，飛馬上前線，完了任務，正欲趕回
來的時候，打著馬，真的沒有法子了！要回步走，左腳竟中上了貫創。因為
走不動。他便穿著麥田，爬回來復命。

野原砲兵伍長回來：

「我騎馬去才成了他們的目標吧？在要緊的當中我也提先知道這椿的事
情。馬中上了子彈，我便棄了馬給牠跑，已經完了傳達的任務才喫了虧，這
樣我想是『死了』也滿足呀！」這麼說了，撫弄美髯而笑著，在那傍邊有一
個捧著飯盒給一個受傷兵喂[20]飯。

「對不起，對不起！」那個滿生著胡鬚的受傷兵一面這麼說著，一面像
小孩子一樣的張開著嘴，叫人們喂著。

「我感覺很不思議的嚙！」

那個須磨隊的藤井伍長，卻露著很奇怪的神色說道：「我從上海以後這是
第四回，雖不受重傷，可是一碰上了，便退去後方。等上了第一線就再給它
碰上，這回是大腿部貫通，中隊長真是太有武運呀！可謂是個福將嚙。我是
指揮班，時常都是和須磨部隊長在一塊兒，祗是我一個人喫了槍彈的虧，部

---

20 按：喂，通「餵」。

隊長連微傷也沒有受過。……徐州已經控在前了，想到不得不再退去後方的事情，真是叫我很抱歉呀！」

藤井伍長這麼悲痛說得快要滾出了珠淚，眼睛射出亮光！

等走到衛隊本部一打聽，到現在判明的，戰死二人，負傷三十五名。在每回的戰鬥而增加了這等的犧牲者，對這些犧牲者，真是叫我情難自禁呀！

部隊長一一的慰問著受傷的兵士。

「辛苦啦！」雖是祇說了這句話。

「你們都肯善戰啊！」這麼敬虔的無言的感謝的心，判然的在溫容可親的部隊長的表情裡，可以看出來。

二三　為見杏花惹鄉愁

高橋少佐總像弄壞了肚子似的，說今天不騎馬，要坐汽車去。

出發，午前九時。南風強一點，昇起了濛濛的土煙。排成了好幾列在麥田裡北進著。午後兩點許，在一個小堡子休憩了好一會兒。在西北方響出很壯烈的槍聲。較於昨天還近，流彈飛上來，碰著樹木，樹葉子便嘩拉嘩拉的落下來。戰車從麥田裡驀進去了！

用洋油筒打來了河溝裡的水，把它湯【燙】開了，然後，裝在拾來的藥罐裡，雖是很熱，可是，把這些不大像茶水的溫茶，溜到了嗓子裡，那就覺得很舒服了。是很香的，於是連喝了幾碗，汗珠便涔然而下。

水壺也裝滿了，剩的卻不多，都變成了些不好色的泥，沉澱在底下，我將想要把它扔去，「有茶水嗎？」在後邊竟出了聲。回頭一看，有兩個砲兵的兵隊，滿身叫汗濕著，站在我的背後。等我說聲：「有啦！」他們便現出了一種蘇醒了似的，上等兵的「給我倒些兒來吧？」這麼說了便坐在地上。

他們穿著這次才改正的折襟軍裝。說是新的，也許是剛領的時候新的，已經給汗和塵土以及油混塗得連看個新的影子也沒有了。一面拭著給塵埃化粧而剝掉下來的黃黑色的臉，一面說著：「我們要去和他部隊連絡已經晚了，啊！這茶水真是香極了！大概於兩三鐘頭以前過去的，可是沒見重砲隊嗎？……哎呀！這個茶實在香極哪！」連喝了好幾碗，然後又說道：「拿些兒

去行嗎？」便把剩下的裝在水壺裡去。

「實在感謝之至。」

他們的心裡好似這麼感激，於是，又走出炎天下，從一腳一腳踏起來的黃塵路上走去了。我們眼送著他們後影，也不管那是喝剩下來的開水是怎的，心裡想起來總想【像】做了一件無比的好事似的，卻是心頭覺得有甚麼要嘔出來的東西。

附近有幾株的杏樹，結著不少的青色的珠子似的杏子，把它摘了一個投入嘴裡，嚙一嚙，又硬又酸，橫豎連好喫的樣子也沒有。惚【忽】然的，我想起了出杭州的時候，正在杏花滿開的時候，紅的、白的、桃色的花，湊在一個枝上亂開著，這麼，不由我生起了無限的鄉愁呀！

二四　苦心戮力渡澮河

出發，太陽漸漸落下了，槍聲還是不絕。暗想，或者會在這個堡子裡宿營，卻不然，於五點許又開始前進了。排成好幾列，依然在黃塵亂舞的麥田裡進軍。那是沒有河川，於是鑿著河溝吧？但是在那河溝裡卻沒有多大的水，沒有下雨的緣故吧？很用心使力做成的河溝也沒有點兒的水溜【流】著，有好幾處變成道路的地方。

雖然往麥田裡的窪地，當做通路進行著，但是，若下雨了，連這個窪地會變成河溝也未可知。冒著塵埃而前進的當兒，忽然有一隻的飛行機在前面的堡子上旋回著，響出了很利害的爆炸的聲音！

等到了韓村集，澮河的橋樑已被破壞了，聽說車輛部隊不能渡河。手搖車、乘用車、輜重或砲兵的車輛等，都在繞著韓村集的河溝橋前廣場停住。祗見了步兵部隊腳蹴著塵埃，走入韓村集突過韓村集而進行著[21]，可以聽到右手近處的槍聲不間斷的響著，流彈也是不間斷的從腦頂掠過。前刻的爆炸大概是韓村集，好像沒有占領的工夫，離開堡子繼續交戰著的樣子。

在堡子的中央有一座的望樓，架著無線電的受波線。無線電臺吧？土堤

---

21 按：此句語意複沓，疑有衍文，茲保留原貌。

上的散兵壕，卻掘得到處都可以發槍，淺而且窄，看起來一定是慌慌張張的急造的東西。有很多的一尺多高的小山羊，露出一種奇異的臉來，眺望著部隊的通過，在東跑西顛著。

聽說部隊本部已經走到大前邊了，於是走出堡子頭一看，那紅色的太陽，在縹渺的麥田上剛要沒下去，很清楚的顯示著它的輪廓，真紅的太陽已經三分之一沉沒在一直線的麥田裡了。部隊蜿蜒地繼續跑著，左右邊很遠的地方，捲起像雲霞一般的土煙裡，可以看見一個騎馬部隊，似乎本部的樣子。

雖是聽著車兒過不去，可是，高橋少佐說：「能走到那便走到那看一看。」於是便坐在汽車，從麥田裡飛跑，追過了部隊，從凸凹不平，很累煩的道上走了好久，便到了澮河的邊頭。減水的緣故，在中央淺的地方僅是五米來寬的流水而已。

起初看著流水的心懷嗎？反映薄暮的天空感覺非常的澄清。下流的橋樑已被毀壞了，祇好選了個淺而窄的地方，用木頭組成急造的通路，在那前後都是泥濘，汽車是走不動，我們便邁下來，苦心的結果，好歹才渡過河的對岸。

二五　碧空明月照澮河

在向著那邊土堤上駛跑裡，太陽完全地沉沒了，換上了皎皎的明月。走到了樹林中停住的本部位置，於兩個鐘頭的大休憩以後，說要動了夜行軍，大舉追擊退卻中的敵軍。在那個時候，說不可給敵人看見火，趕緊做飯。於是，便走到澮河的河邊，用澮河的水淘了米，那是很綺麗的水，又是美麗的月亮上昇著，還是滿月的月夜。呵！多麼難得的良宵呀！

在水邊的近處挖了個坑當做鍋竈，看見很多的兵隊的影子從土堤的背蔭裡跑下來，和我們一樣的在水邊淘著米、挖著坑。等一會兒，便開始燒起火，漸漸地增加了火圍【團】的數目，這邊的土堤，一面排著火列，一直的接到那邊，好像薪燎一般。在月明中真是有說不上怎麼的美麗，然而那些火團在一瞬間便消失了，於是便現出了藍色的月夜。

兵隊們是打算早一點做上了飯，把煮得了的飯早一刻撥入嘴裡，到夜行

軍要出發的中間，就是一分鐘也想要多睡點覺呀！沒有一會兒，於澮河的土堤上，因為白天裡行軍的疲倦，一躺下去便呼呼地睡覺了的兵隊已經滿了。剎那間，便聽著這邊那邊打起呼睡的聲音。

有一隻的小螢火蟲從這邊飛過對岸消失，在月光下呼睡的兵隊的勇姿，喚起了我們無限的憐愛呀！我和梅本君看著那樣的風景，沒有甚麼因由，竟從兩邊對了臉，你瞅我，我瞅你，不由得交相微笑起來。

我們坐了汽車折回到數刻前渡河的地點，硫【渡】過澮河的僅是報道部的汽車吧？不但在敵中進軍，而且路途又是不大清楚，原來就沒有點前燈的，因為是太危隣【險】，所以汽車是不得徒自夜裡行軍的。前刻渡河的地方，工兵隊拼命地作業著，那是為後續部隊，所以徹夜要完成渡河的據點。他們從附近的樹林裡砍來了樹林，有的往裡頭打木橛，有的定著釘子，⋯⋯那是忙得要命的作活呀！

月光在水流裡破碎著。我們一共四個人，好像拉成飯丸的進到汽車裡，耳朵聽著大忙而特忙的工兵隊作活的吵嚷聲！定木橛子的音響，谺然在樹林子裡呼應。在這些錯雜的聲響中，不知是甚麼時候，我們竟在給東亞的美麗圓月的光芒所射的玻璃而好像水族館似的車蓬裡踏入睡鄉了。

二六　我不禁幾回微笑

五月十四日的早晨，在月光下有很多的車輛部隊咕啦咕啦發出了壯絕的轟聲而前進著，我們也是出發了。在地平線上，橢圓形的真紅的太陽上昇著，它叫上下壓潰了，恰像雞蛋的樣子。依然不變的寬闊的麥田，跟前恍然可以看見座山，那是起初看見的山形呀！

走了三點多鐘，好歹才追上了本部，肚子還是不大舒服，好像高橋少佐的，在那邊又騎了馬折回去，走入百善稍前面的堡子的院套裡。這裡好像鄉下豪農的家，院套裡有好幾棟的房子。胡匪大概是這個地方的名物，大地主都在他的房子周圍高築了很堅實的土牆，四面又掘了河溝，構造了望樓，開著無數的槍眼兒，那是預防胡匪來掠奪的。

晌飯殺了一隻的小雞，又擱入了一些找來的麵，想夠做了些雞肉鍋子就

滿意了。尋思那是麵，等煮了一看，那竟是像蒟蒻一些的東西，又硬得老是煮不好。何況我們從來是沒有學到做雞的手藝，我們從前的生活又是不大規律的。瞅一瞅兵隊，他們都是很老練的樣子，都做得很好的菜，兵隊們對這一點想是快樂的事情。

他們在繼續艱苦行軍的當兒，總想今晚上要在甚麼地方宿營？有甚麼地方宿營？有甚麼菜可做？而且，互相計議著，一進了堡子裡，甚麼也不管，兵隊們祗是先找了菜鍋或是飯鍋。兵隊們次於戰鬥的重要工作便是做菜做飯。這回要怎麼做法？做甚麼？這是不但材料相當受制限，況且，連暖暖屁股也沒有工夫似的急行軍，兵站所配給的糧秣都是很難圓滑，在途中徵發的雞或是豬、羊、砂糖或是醬油、鹽等的調味料又不是那等的豐富，當然是沒有的時候多。

然而，兵隊受了長期間的訓練，實在已得了相當的要領，做得很好的野戰飯菜來。他們在槍彈亂飛的中間，也要去掘地瓜或是去拔蘿蔔，做飯班的真是太忙碌呀！不管是誰都像廚子一樣的做得很好的飯菜，大概一個分隊的人們，都用一個大鍋共同炊爨。

看著這麼快活的光景的我，自己從杭州灣上陸以來，時常想起和分隊一塊兒，這麼快樂地做著野戰的飯菜，又是禁不得幾回的微笑。堆了土煉瓦，我們雖是手頭笨，可是也很有趣的調理著。等把土煉瓦推翻了，有一個肚皮青白色的蠍子，挺著螃蟹也似的鋏子，緊緊貼住著。

二七　再也不忍看捕虜

在入口門前的樹底下有四個的捕虜，都是正規兵，而且都是慓【剽】悍而頑強的體格。日本的兵隊湊在周圍，裡頭有稍解北京語的，說東說西，大聲地笑著，又是抽出煙捲兒點上了火給捕虜喫著。……

時常那麼想著，我看見中國的兵隊或是土民，會生起了奇怪的癖氣，是他們酷似日本人的事情啦！並且在那裡頭看見像我們的朋友的臉容的，不得說是稀有的嘞！那是，確是酷似的沒有法子呀！還是或者是一種過於卑鄙的感傷也不知道。

這是有個很大的意思，我們和他們是同文同種，受了同樣血統的亞細亞民族，全部離了這麼高遠的思想，看做眼前的仇敵而加之戮殺了的敵人，總是和我們的臉龐酷似，實在有鄰居般的感覺呀！想到這些的事情，又難免叫我生起討厭的念頭。

我想當然是有充分可以憎惡的理由，然而，這種沒有辦法的心地，卻使我常常去嘗了它的滋味呀！我忽然想起日前在王西庄，懷中裝著一封情意綿綿的戀文，酷似Ａ的臉龐的雷國東來。我再也沒有能力可以看了這個抱著「死」的覺悟的捕虜！

　　　——原來這〈血戰孫圩城〉的譯稿是在事業忙碌裡，每期每期寫的，連清書都沒有空兒。這樣難免對於翻譯上有不剴不周的地方。讀者諸君指教！本稿於來期起，便得進入本格的底戰鬥，當然「血戰孫圩城」五個字會在你們臉前顯現！——「南」——

二八　欲潔其身甘炸死

高橋少佐和中山參謀招集了新聞記者說著戰況，先頭部隊似乎和敵人演著相當的衝突！聽說在百善的地方也演著激烈的仗，下去的話便是松澤的事情。平常，松澤參謀是很沉著豪膽，積極的遂行任務的人，前回也領了傅騎三人搶先走入韓村集的事情，或是跑到很危險的砲火前面去，自己去搜索敵人的狀況，在稍前面發見連絡線敵人切斷的松山部隊的事情，或是……說出了些其餘的話：「在上海事變的時候也是那麼想，……他是真是個名參謀喇！」……我平時所敬佩的名參謀中山參謀這麼說著。還有一段老給人們感激的話，那是：

「在先到韓村集的時候，看見前方有一個敵兵，然而等這邊跑近去的瞬間，他竟然從雜囊裡投擲了一個手榴彈，給它發火。想做對方是要投向這邊的，竟出想像之外，他把手榴彈抱在懷中，伏在地上，在轟然一聲的音響裡，他竟然自炸而死了！原來他是覺悟沒有抵抗的能力，同時欲保全他抗戰的潔白的身體，不願做捕虜，污其英名啊！……」

近傍晚的時候，天色就變起來，颮【颸】起了像呼喚雨的風，楊柳枝梢

亂搖著，弄出婆娑的音聲。比甚麼還要駭怕敗殘兵和地雷和雨的西君，又現出一幅【副】很沒神彩的臉容來。雨！嘩啦的降下來。

「又是不行了呀！」——西君這麼說著，而浮出沒有身世也似表情。

午後七點鐘出發，那是夜裡行軍。因為天氣不好，所以汽車隊都集結在百善，叫他們明天早晨再追趕，於是不得不放下了西君出發。

一下雨，汽車就怎麼也來不了，要遲了幾天的日子是不知道的，所以把三天分的米和罐頭用包袱包好帶著走，梅本君好像叫皮囊壓得很沉的樣子。

開始進軍，左邊、右邊都是蜿蜒長列蹴著塵埃而前進的部隊的隊伍。等再走了些兒，在麥田的當中有一個小岡，在那土岡上有部隊的本部，也許在那上按著地形吧。

等出發了一會兒，西邊的天空就亮起來。沉下去的太陽在橫長流著的雲彩裡頻投著紅色的餘光！呵！是多麼美極的火燒雲啊！已經到了晚上，天頭老是像要下雨，又是像要放晴。一走動便覺身子發熱，汗珠滴滴地落下。等休息了一會兒，往麥子裡坐，卻是爽然地發冷。在夜裡雖沒有看見塵埃，但是嘴裡嚙著塵埃喳拉喳拉，足可以為暴土立昇的證據，真是像在灰裡走的樣子，噗咕噗咕的有聲。

部隊整著長蛇也似隊伍，從靜夜廣漠的麥田裡走著，排頭雖是稍偏西，卻是在北進。我一面走，一面想起，曾費了四天的工夫從嘉興至湖州二十四哩的水路坐舟艇走的事情，那個時候，從有桑田的廣漠原野縱橫而流的河溝，好容易不錯目的地能得航進，直到而今還是很佩服呀！現在到甚麼地方也是沒沿沒涯，同是在沒有甚麼可以做目標的風景裡，想是不稍走錯了路，真是感到偉大極了。

往前行進的當兒，陰著的天空，便漸漸地晴起來，朦朧的月亮露著混混沉沉的臉孔，等再前進，月亮逐漸地現著清晰的面貌來，遂成了皎皎的月色，卻是圓月。在月亮下不知道連結到甚麼地方的部隊，仍舊往前繼續先進的部隊在走著。雖然是過於不應該的話：我們的包袱沉得老沒有法子，竟在途中扔下了一半。

二九　濉溪口城望徐州

午前兩點許，到著叫很堅固的城壁圍住的濉溪口，在夜裡眼睛雖一點看不清楚，然而卻也有瓦房的小市街，城壁也修得兩重等。從最初走入城門，在一挾【狹】窄房子的左邊排著手搖車和汽車，似乎有軍報道的旗子。等近前一看，真的汽車先到了。等往裡頭一瞅，西君蓋著毛織手巾在運轉臺呼呼地睡著，等呼醒了他，「哎呀！這兒來嗎？」他很得意的說著，又是：「有好東西呀！」這麼說著。等到後面一看，洋油筒裡盛著像山積一樣的雞蛋。

奪取濉溪口的前衛部隊的兵隊，在附近的屋子裡弄起火來做飯盒炊爨，聽說趕快地喫了飯於三點鐘再也不得不出發。在於濉溪口至昨天似乎還有中央軍的大部隊，等到先遣部隊到著的時候，辨認出來的敵兵也僅是若干名而已。

因為很熱，一大夥的裸體的兵隊走入狹窄的屋裡。在紅焰的火光裡，他們晒得黑呼呼的身板和臉龐滴拉滴拉地叫汗珠弄得發著光，那給紅堂堂的火光所照的瞅來真是有一種淒愴的光景呀！

他們因為疲倦的很，於是歪著腰兒坐下，有的像木棒也似的身體投在地板上，一面瞅著漠漠而滾的飯盒，一面還是說著笑著：「驀進徐州！驀進徐州！草木也是這麼叫喊著，徐州是停腳好呢？還是長住好呢？」

從後頭趕來的部隊，命令等前衛部隊出發才可以進入屋裡。

「太辛苦啦！使勁的幹吧！」管理部的蓮花大佐對那些慌慌張張預備著出發的兵說著。白天裡像碎嘴子一樣的蓮花大佐，而今我聽了他這麼溫暖的話兒，著實使我起了一種幻妙的感激，暗地裡我的心裡也那麼喊著。在狹窄的夜城裡，沒有一會兒，前衛部隊便整齊了隊伍，向著月光映照的城外進軍。

三十　卻登薰和望平原

已經是五月十五日。兵隊們因失火都驚醒了。我們睡覺的地方，是油房哩？或是製造著甚麼的工廠，在架打很大的木頭的底下，有不少的大紅埋在池子裡，叫磚壁繞住的嚴【儼】然好像倉庫的建築物，炊爨的火或是甚麼，

兵隊們竟失起火來，僅僅的燒失了遮塞窗戶的高粱桿便熄火了。

　　無論甚麼堡子的房子，只把牆壁修得很結實，若是一旦失了火也不延燒到鄰家般的結實。經過火災的痕跡僅是殘留著結實的牆壁。又是蒙上了草帽一般的草房頂，就是失了多少回火，燒去多少遍，很簡單的就可以修復，恰是很理想的規模呀！

　　等走到參謀本部一看，川久保參謀召集了命令受領者傳達命令！各部隊的命令受領者都浮出很緊張的臉容。傳達了必要的戰鬥命令之後，參謀於最後附言說道：

　　「徐州漸漸地接近了，徐州戰線的敵軍遭逢神速果敢的日本軍的包圍，陣極呈動搖，全面的退卻中，然而，雖是想做像魚洩了網逃脫去似的跑了嗎？──我是對這層最懸念的呀！但是，還有很多的魚呢！要把這夥捕捉殲滅的便是我們的任務，所以，更一層給我使勁邁進吧！」

　　到出發還有多少的工夫，於是和梅本在城裡逛！在住的人不過幾多個，給兵隊們打水或是運搬著東西。裡邊的城壁或是城門是在這附近罕見的壯麗呀！城門的正面鐫著「薰和門」，城壁整列的排著槍眼。

　　城壁的兩邊用白桐油漆著，右邊是「肅清漢奸鞏固後方」，左邊是「大家合力保衛祖國」。以外甚麼地方都沒有看見寫著抗日的文句。「天地皆春」、「根深繁茂」、「紫氣東來」、「人生春臺」、「人生盛盛」、「春雨江南」等等的文寫照例的字，在紅紙貼在各各的大門上，罕見的瓦房也有幾十家。

　　這個城子好像是個老酒的產地，「金溪銘酒」四個字為招牌的舖子也有好幾家。時常給我深深在佩服的，不論那一箇都比我寫得好還要漂亮。登上「薰和門」眺望路途，從沒沿沒涯的麥田裡通過，兩邊竟是楊樹在接續著，過了滄河以後，地土肥沃的緣故哩？麥子都長得很好，樹木幾乎都是楊柳，還要高聳而繁茂著。恰是配合於大陸的光景呀！

三一　燒酒洗腳幾處有

　　受了命令出動前線的部隊，陸續潛過「薰和門」，穿過大街，往裡門出去。等出發時間的部隊槍都在叉在大街的兩邊，兵隊都在簷下坐著，不論那一個

兵隊的腰上都圍著給汗染了色的千人針，從肩膀上掛著護身符。

為的是要避炎夏的太陽的晒照，戰鬥帽的下面都結著手巾或是手帕，甚麼地方拿來的中國扇子往懷裡煽【搧】著風，又是拿了抗【骯】髒的毛巾擦了澄【溢】流在他們身上的汗。那條的毛巾真是骯髒得難堪，粘著土，浸著汗，不管它有發酵著很不可聞的臭氣，因是沒有換的，也就不得把它棄掉呀！

大概沒洗了臉，原來又沒有入浴，襯衣也沒有可換，又是生著蓬蓬的胡鬚，像刷了白粉一般的臉給黃土曝著，⋯⋯若得一分鐘的工夫，也想要坐下去休息一會兒。

還有很多的兵隊脫了靴子，急行軍兵隊都叫水疱弄腫了腳，拿出來透著氣。原來兵隊一天連過一天的長路行軍，兩隻腳都叫水疱包圍了，剛用典化精粗粗地治一治，又是踏破了好幾粒的水疱。實是把自己的腳虐待的進軍呀！腳不敢踏落地一樣的疼痛！心裡想是不行了！卻是堅咬著牙齒忍著疼而先進。走到走得去的地方，磨掉了腳指蓋，也不太像自己的腳了！有時疼得很難受，心裡也想道：「這時敵兵出來最好！」。真的，能夠使用的東西，亂七亂八的把它使用也可堪！我真是這樣佩服著。能夠忍耐克服這樣的困苦的氣力，我自己也感覺到很驚嘆的事情呀！

我瞅著那些兵隊們拿出來的特別骯髒的腳，卻使感到一種無上尊貴的東西呀！然而，在這個地方兵隊們卻有點兒作鬧啊！——這個地方是酒的產地，似乎有很多的酒缸，拿燒酒洗了腳。這啊！冷冷的涼得舒服得多，一到出發的時間，兵隊都穿了靴子，就和前進的命令走出！最初一見是很怪可憐兒的姿勢，跛著腳走了兩三步，走沒有一會兒便又恢復的他們確固的腳步，開始接續著無限的進軍。（待續）[22]

載於《風月報》第一○三～一一一期，一九四○年二月十七日
～六月十五日

---

22 按：連載中止，未刊畢。

青年的畫師

作者　克萊

譯者　楊鏡秋

克萊像

【作者】

　　克萊（Bertha M. Clay, 1836～1884），本名 Charlotte Mary Brame，英國女詩人、小說家，民初林紓曾譯名為「克雷夫人」。出生於英格蘭，善於以英國下層階級為對象，書寫感傷的愛情故事，受到廣大的歡迎。她是位多產作家，作品多發表在英國各類刊物，除少數長篇外，多未結集成書。過世以後，其作品在英格蘭與美國被大量出版，Bertha M. Clay 這個筆名便因此在美國聲名大噪，因此她也常被誤以為是美國作家。代表作為《朵拉‧瑟恩》（*Dora Thorne*, 1878）。林紓翻譯其小說《想夫憐》（1920）、《僵桃記》（1920），是最早的漢譯版本。（趙勳達撰）

【譯者】

　　楊鏡秋（？～？），臺北市人。父親楊仲佐（號嘯霞）是臺北著名的詩人，有《網溪詩集》行世。楊鏡秋在家中排行老二，上有哥哥楊承基，曾任報社記者，後經營了藝文人士絡繹不絕的「維特酒家」，亦使楊鏡秋濡染文藝風氣。下有弟弟楊三郎（曾改名楊佐三郎），為知名畫家。日治末期，是楊鏡秋的文學活動較活躍的時刻，一九四一年任《臺灣藝術》「青年文壇欄」編輯。文學創作上以現代文藝為主，亦有翻譯文學、短篇小說、現代詩等。作品多刊登於《南方》、《南國文藝》。詩作〈最近的心感〉（1941）由五組短詩構成，以隱喻方式批判戰爭中的白色恐怖、社會貧困化與無謂犧牲等現象，透露出反戰思想，是較傑出的作品。（趙勳達撰）

　　從前在英國有一位青年，姓列佛司，名蘭道富，是列佛司威兒地方的貴族，擁有極大的家產。他的祖先，都是英名嚇嚇[1]，在祖國建功立名，不像那

1　按：通「赫赫」。

些庸庸碌碌的富翁，偶然交了好運，就自以為不可一世的了。

蘭道富從年幼的時候，就有一種美的傾向，對於宇宙的奇觀，天然的美景，他都歡喜細細地去研究，去欣賞。有時無意中，也會畫成一二幅風景畫，固然不能和那些老於繪畫的比美，但是他的天才，卻也能落筆成趣，使一草一木，都綠油油地活躍紙上。列佛司一家的人，除了列佛司太太，沒有一個不稱贊他的聰明，視他前途的有望。

列佛司太太是一位驕視一切的貴婦，他生了二位女兒，卻只有這一個兒子，去承繼這麼大的家產，使列佛司族向來的令名，不致消滅。列佛司太太為了這一層意思對於她的兒子小列佛司，是非凡奢望的。

她終身的希望，都集中在她這個兒子身上。望小列佛司長大起來，會成一個政治舞臺上的大角色，一點不願意他成就一個無足重輕的畫師，辱沒了他先人的光榮。

所以在別人稱道她兒子的當兒，列佛司太太終是改【故】意做出一種輕視的模樣，想把兒子的志向，改變轉來。小列佛司不以他母親的反對而中止他的畫圖，他仍是一心一意地，去研究他的美術，享受那一幅天然的圖畫。對於社會中的富貴名利，只是淡淡的看去。他的心中，可說沒有他祖先建功立名的野心。

小列佛司現在已經長成一個偉男子了，他的體幹挺直，面目清秀，一望而知是一個天生成的貴族子弟。聽說他的母親，明年就要為他舉行宴會，在至親貴客之前，正式介紹他一番，還想宣佈她兒子和她已選定一位女子的關係。那位女子就是瑪耳女士，也是一個擁有巨資的貴婦。不用說列佛司太太看中她的緣故，就是為了門當戶對罷了。

不料列佛司蘭道富正是為了她是一個富家小姐，如其娶了過來，不見得會有愛情上真正的結合。恐怕大家預先懷著虛榮的心，反而在夫婦的愛情上，加了一層黑雲。蘭道富年紀還祇二十歲，對於金錢的結合，已明明知道是弊多福少的了。

蘭道富既已知道他母親的用意，和他自己的意見是相反的，他就立志要得到一個解脫的方法。他現在求他母親准他先往歐洲各國遊歷一年，一則可

以增些知識，一則可以欣賞各地的風景，收羅一些繪畫的材料。他母親雖然心裡不贊成他獨自一人隻身遠遊，但是也沒有理由去反對他，所以蘭道富究竟得到老母的許可，束裝動身到法國去了。

法國有一個風景美麗的小鎮，名聖畢納司。那地方有高參雲際的古樹，青翠碧綠的草地，還有金黃色的日光，籠照在古樹的頂上，有一部分穿過了樹葉，直射在綠草地上。遠遠地看起來，像是一個黃金鋪成的極樂世界，不是那美術家和小說家所能描寫的了。

這時列佛司已經到聖畢納司。一日早晨，他獨自一人，在樹林中散步，又在溪水旁邊靜坐一會。賞玩之後，他便開始做他的工作，先把他的畫具放在路旁，然後提起毛筆，和了顏料，在畫布上一筆一筆地畫起來。

在他正畫得出神的時候，從樹林中，忽然走出一位淡裝女郎，年紀約在十八九歲左右。蘭道富仍是埋頭在他畫架上，不斷地畫他的風景畫。這位女郎慢步走到前面，和他很自然的打個招呼，問他可否允她看他將要完工的畫稿。蘭道富不看獨可，抬頭一看，見那走來的一個女郎，有一對動人的眼珠。她的目光，直射在這青年畫師的身上，顯出一種天真爛漫的狀態，使蘭道富起了敬愛的心。

她於是賞玩了那幅圖畫，然後她用很溫和的聲音，批評道：「可惜你還不曾畫出真正的光彩呢！那日的光彩，本是帶著一些琥珀色的，並不是這樣淡黃色的。」蘭道富先道謝了她的批評的好意，兩人就談起話來。他早已看出她是一位美麗活潑的女子，所以格外的待她客氣，請她常常過來批評他的作品，沒有一絲一毫的階級思想存在頭腦裡，自以為是天之驕子呀。

他們倆這樣在樹林中，或溪水邊，時常談談笑笑，倒也覺得樂不可支。一個是青年的畫師，正在尋求多情的佳偶，一個是情竇初開的村姑，偶遇遠地知己的良友。古人說：「有緣千里來相會，無緣對面不相識。」正是指著他們倆說的了。

但是愛河中，未始沒有情波，玫瑰花難免隱藏利刺。這位村姑，姓裴，名芝蘭，本來不是一個無知無識、沒有主見的蠢物，她平素抱著一種意見，就是世界上的人，生來都是平等的。凡係一切的權利和義務，都該公平地分

配，不該有什麼貴族，獨享權利，還要平民去恭維他們。所以各等貴族中人，在她眼中，都是不齒人口的怪物，沒有一個值得恭敬的了。

芝蘭的父親本來是一個醫生，因為傳染了病人的疾病，所以早已去世。她的母親，因為憂勞成疾，不久也離芝蘭而去。芝蘭那時不過五六歲，已經成了一個孤苦零丁的孤兒了。幸而她還有一個姑母，名哀撒敦，情願把芝蘭寄養在她的家裡，親自教養她。

講到哀撒敦姑母，那時已經過了青春的時期，對於愛情二字，可說是已經宣告死刑。她尤其是痛恨英國的貴族中人，因為從前有一個英國青年的貴族，和她發生愛情，約定早晚要來娶她。不料那個青年的情郎，去如黃鶴。哀撒敦姑母一年一年的等待他，但是到底失了希望，不見她的情郎再來。

看來為了這樣一個打擊，哀撒【撒】敦所以十分痛恨貴族中人，並且咒咀一切的愛情。她每在教訓她姪女芝蘭的時候，總要用最惡的名稱，加在他們身上。她每教歷史的時候，總要引些法革命的故事，無非想教芝蘭仇視貴族罷了。

蘭道富在芝蘭談話的中間，早已看出她是不喜歡貴族的，所以從來不曾提起他的身世，只當是一個平常的畫師，他所以還可以博得她的同情。後來這件事被哀撒敦姑母知道了，她便大發其怒。一方面吩咐蘭道富以後不許在鄰近的地方繪畫；一方面不許她的姪女，出外遊玩。因為她不但憎惡貴族，也是咒咀一切的愛情。

凡事壓力愈大，反動力也愈大。芝蘭姑娘受她的姑母的壓迫，自然不甘服的。本來她對於那畫師，並不發生什麼愛情，不過當他是一個朋友，到底還談不到愛情上去。現在被姑母這樣的反對，心境裡反而常常想到那畫師了。她自忖道：「為什麼一個女子和男人，連談話也不可以呢？」同時候，蘭道富也正在思忖說：「這樣一位美麗的女子，不幸生在一個小小的鎮中，一天到晚沒有一個青年的朋友和她交往，不是要老死在這鄉下麼？」況且他又是一個富有感情的男子，既然傾心芝蘭在前，自然也不願失之交臂了。

蘭道富在這事發生以後，每次趁著哀撒敦姑母出外的時候，更【便】去拜望芝蘭姑娘。送花贈戒，已經不止一次。芝蘭姑娘自然也歡迎他時常來和

她談心，並不貪他什麼禮物。有一次蘭道富特別贈送二品讚【鑽】戒，大約有黃荳那樣大，價值不下數千金。

　　芝蘭把鑽戒接到手中，心裡雖然歡喜，總於覺得他似乎太耗費了。芝蘭就問他說：「這只鑽戒，諒已費去你許多金錢，我想你一定先賣去了你的作品，再去買這個來的呢？」蘭道富只含糊地應了一聲。其實他的家產極大，這區區數千金，本不在他的眼中。

　　芝蘭每每勸他節儉一些，他總想把自己的身世，老老實實的說出來。又細細一想，芝蘭口氣中，一點也不肯改變仇視貴族的意見，他所以總不敢說出。

　　現在蘭道富看看事已成熟，只得暫且拿畫師的資格，向她求婚。芝蘭因為看出他是發於至誠，也慢慢地承諾了。她的姑母，起先自然不肯允許，後來因為蘭道富堅持著原議，芝蘭姑娘又始終承諾，所以勉強許可了。

　　聖畢納司禮拜堂的大鐘，發出結婚的聲響，堂中的牧師，就為這一對璧人舉行了結婚禮。芝蘭辭別了她的姑母，同蘭道富前往巴黎、瑞士、意大利各地名勝，渡他們的蜜月去了。在這遊歷的當中，兩人遊水登山，情投意合，自然不用多提的了。

　　蘭道富的母親因為她的兒子，久客他鄉，不知道他近來是好是歹，她老人家心中好不自在。不常[2]寫信給她的兒子，叫他快些回到英國。但是蘭道富伴了美妻，遊歷各國，到現在已經數月，還是樂不思蜀，一些不動思鄉之念。

　　一日晚上，他忽然接到一封電報，又是她的老母從英國寄給他的。信中的大意，不外乎叫他快點回家。那大宴會的日子，也已定好，不願他在外面，貪圖遊樂，忘卻自己遠大的前程。

　　蘭道富看了這封信，心中十分為難。他明知他的老母，不贊成他自做主，娶了一個平民的女子。但是家中又是不得不去，若是帶了愛妻回去，到了英國被他老母看見，不是要大加反對，引起母子惡感麼？況且芝蘭到現在，還不曾知道他是一個貴族子弟，還道是一個有名的畫師。如其真個露出馬腳，

2　按：由前後文語意脈絡推敲，此處「不常」應為「時常」、「常常」或「不時」等之誤。

恐怕還要發生離婚的問題，因為她是始終反對貴族中人。

這樣細細地想了一遍，蘭道富覺得自己正在進退兩難之中，祇得寫了一封家信，先去安慰老母，但是他自己心中，總是悶悶不樂，坐立不安。

芝蘭本是一個怜悧的女子，近來看看她的丈夫，已經大不如前，終日愁眉不展。她還以為是他的經濟困難，告借乏術，所以便對蘭道富說：「我近來看你已和從前不是一樣的快樂，我想這大約是為了我們在客旅中，太耗費了一點，此後還是節約一些，早日束裝回國好了。」

她便在他的額上吻了一下，「至於你近來所作的畫稿，可以重理一番，不妨估價出售。我呢，可以到公司裡去當一個夥計，對於家中的財政，也不無小補呀！」

蘭道富聽到這裡，忍不住笑了一聲。自忖我是一位富翁，家產鉅萬，何必抱杞人之憂。但是細細一忖，如其實說出來，未免不妥。他就胡亂的答道：「我的愛妻呀！你所說的不錯，但是我所籌算的，只是關於日後的生計，現在還用不著你替我設法呢。」

在意大利有一家大旅館，蘭道富和芝蘭已經住上二三個禮拜，在那裡結識了不少的朋友。芝蘭和一位富商克司東的夫人，結了好友。克司東夫人有一個兒子，漸漸的也和她熟悉了。私心常常仰慕芝蘭的美貌，連帶的妒忌蘭道富。

他私下地想道：「這樣的一個美人，怎樣落在一個寒酸的畫師手中？」所以他常常想法子，去破壞他們的愛情。又疑他當了一個畫師，用途卻很闊綽，不知道他從那裡張羅來的。

一日，有一個英人從英國來到意大利，也是住在這家旅館，偶爾和那富商的兒子遇見。那富商的兒子無意中，提起那個畫師的事情。這個新來的客人，忽然聽見他的老友也在這裡，不覺吃了一驚。便不假思索的答道：「蘭道富是我的朋友，我和他本是同學，他也是列佛司威兒地方的財主。但是關於他新近結婚的事我卻不曾知道。」

富商的兒子聽了他的一番報告，心中知道有機可乘，笑嬉的問道：「這樣說來，他們是祕密結婚無疑的了。我一定要設法去破他的陰謀，拯救那被拐

無辜的女子。」

　　他就立刻到他母親那裡，把這件新奇的新聞，詳細地敘述一遍。克司東夫人又把這事，報告給芝蘭聽了。芝蘭聽了這一番話，正如同受了一個天打，心中好難過。但是口中，還是為蘭道富辯護，談他一定不是那個所說的貴族，還要等丈夫回來的時候，再向他問明一番。

　　日落的時候，蘭道富從外面買物回到旅館中。芝蘭就把克司東夫人的一切話，都一五一十地說給她丈夫聽。蘭道富到了這個地步，只好老實地招認了。再三的說明自己沒有惡意，無非為著深愛芝蘭的心急切到十二分，所以不敢把自己的身世說出，並不是有意愚弄他所心愛的人。

　　芝蘭責他終不該瞞著家中的老母，私下和她結婚，又使她違背良心，和仇人相愛。蘭道富祇得誠懇地，再三指出她姑母哀撒敦的偏見，並且起誓說：「如其芝蘭只為了他是貴族，所以恨他，他願意拋棄一切的尊爵和家產，改做一個平民，只賴繪畫生活好了。」

　　芝蘭到底已經愛上了蘭道富畫師，不能因為他加了一個頭銜，便硬著心腸，從此和他分手。所以改變了初衷，不願他受無謂的犧牲。只是叫他快些寫信給家中的老母，把一切的隱情，詳詳細細地報告一下，務必求得她老人家的諒解。

　　從此芝蘭是叫列佛司太太了！第二日早晨，蘭道富伴著他的夫人，在眾目注視中，束裝回國。他們到了列佛司威兒堡先拜見了老太太，後受家人的祝賀，安享他們甜蜜的生活了！

　　　　　　載於《南方》，第一三七號，一九四一年九月五日

林太太

作者　賽珍珠
譯者　黃淑黛

賽珍珠像

【作者】

　　賽珍珠（Pearl S. Buck, 1892～1973），美國女作家。父親是前往中國傳教的基督教長老會牧師，因此她在中國渡過青年時期，後來更在南京任大學教師。賽珍珠以描寫中國生活的小說著名，代表作為《大地》（The Good Earth, 1931）。一九三二年因此成為第一位獲得普利茲小說獎的女性。一九三八年又藉著《大地》獲得「對於中國農民生活的豐富和真正史詩氣概的描述」的好評，獲頒諾貝爾文學獎。她也是唯一同時獲得普利茲獎和諾貝爾獎的女作家，作品流傳語種最多的美國作家。並曾任美國作家協會主席。賽珍珠一生中創作了超過一百部文學作品，題材包括小說、短篇故事、劇本和兒童故事。作品和生活有著緊密的聯繫。繼《大地》之後她又出版了《兒子們》（Sons, 1932）、《分家》（A House Divided, 1935），合稱三部曲《大地的房子》（The House of Earth, 1935）。晚期作品包括長篇小說《龍種》（Dragon Seed, 1942）、《威嚴的女人》（Imperial Woman, 1956）都是較為知名的作品。（趙勳達撰）

【譯者】

　　黃淑黛，生平不詳。僅知為臺灣女性，譯作多發表於《南方》，除本篇外，尚有譯作〈復歸〉，亦為賽珍珠作品。（許俊雅撰）

上

　　賽珍珠（Pearl S. Buck[1]）這位中國通的美國女作家，她不但熟識中國的都市社會組織，就是中國農村的農民生活和風俗人情，她都深切地體驗過，

1　按：原刊拼字誤作「Peove S. Bucb」。

從《大地》她那一篇巨著裡，我們是看得出的。

　　這一篇〈林太太〉原名〈跳舞〉，是從她的小說集裡譯出來的，作者不必多介紹，譯者的文筆，是很可介紹的，她是一位本島女性，願讀者不要把它忽略過。原文頗長，所以把它分上下兩次發表。（沙[2]識）

　　上海法租界的一間燈光輝煌的跳舞廳裡，林太太背靠著壁在那裡冷靜地坐著，兩只纖麗的手合著放在膝上，銀色的綢旗袍更添了她一點威嚴。她是一個幽閑淑靜的女人，周邊的一切，一點也不能搖動或擾亂她的心境。

　　在這裡足足有三個鐘頭之久，曾沒有一個人來和她談話，但她時時很自然地微笑著，隨即又復歸于平靜。她身上的任何部分都不曾見搖動，但假使更詳細地觀察她一下，便可以看出她的眼睛在移動著。在舞眾前後上下地在地板上移步的當中，她的探求的眼光，她緊著舞眾穿出或穿入。

　　她的周邊有各種民族及各種國度的人，但她所看的只有其中之一個。她的眼睛是很忠實而憂愁地繫留在一個穿著灰青綢長袍的較年老而肥壯的男人的。他很矮小所以大概的舞伴都較他高一些，但他對于這一點似乎很不在意，無論是誰做他的舞伴他都是一樣，他用同等的熱情把她們抓到自己的懷裡，只有自己的便便大腹稍感不便。他的圓滑的面孔，浮現著始終一律的幸福而帶幾分傻氣的微笑。

　　當她的女朋友來看她時，在上海華界的她自宅的肅靜裡，曾告訴她說她的丈夫很不自重。她起初卻很不介意，她的丈夫已經是中年，而她同她的女家族作了幾個鐘頭的閑談之後，知道在中年的女人應當預料到，她的丈夫會漸時做出一些不尷不尬的行為。假如他的妻子能夠忍耐，他是會毫無痕跡地恢復原形的，何況她能夠容忍他的漸時外蓄呢。那不過是一個很短的時期而已，因為一個很有體面的男人，像她的丈夫，一定會很及早省悟，而覺到他的年紀，已經是那麼樣的年紀，他的兒子和他的孫兒會注視他們，會背地鄙笑他，而這些便會使他的靈魂康健。

2　按：「沙」即吳漫沙。

對于有了年紀的人，年青者的嘲笑，是一種最好的制裁。威嚴是老年人所僅存的武器，假如他們喪失了牠，他們便沒有可以對付年青者的。事情弄到最壞的地步，也不過是蓄幼妾，較其餘的家族太年青，也不方便。當她的丈夫繼續著他的夜遊的時候，她歎息著想到蓄妾的事情，她便覺悟，她只希望她[3]是一個美麗的、單純的無知的女子，而不是一個現代的有受過教育的浪婦。

就是在這個時候，她的五個朋友來看她，喝了茶，吃了小餅，又打過五六個鐘頭麻雀之後，她看出她們來有目的，並帶有幾點心事，所以她便留請她們吃飯。等到家裡的婢女和未婚的女孩兒們就寢之後，那裡坐著只有她那三個妯娌和一位伯母，和幾個較有了年紀的從兄弟及幾個老婢。在此閑坐當中，她才發覺了所謂壞事，她的丈夫的所為並不是世間所常有的對于一個中年人所可允許的事體。

他不是出入于古式的善良的歌館，也不是尋訪高尚的固定的妓樓，更不是為僱傭的情婦創造臨時的邸宅。不，最壞的事情，已經發生了。他已經墜落到不堪設想的地步了，他所出入的，無非就是外國租界的跳舞場。在那裡只有摩登女子、白種女人、中國女人、俄國女人、法國女人，都是一樣危險，因為她們全都摩登，全以破壞安定的古式的家庭為目的。

林太太聽著這些話的時候，她的眼睛不斷地向著她周邊的臉面溜轉。她們都可憐她、同情她，並沒有一個人責罵她，她們都知道她是一個最良的賢婦。她平時用很寬容的態度來處理她的大家庭，奴僕們很滿足她，她的養女很信賴她，她的丈夫夫也很敬重她，曾沒有責罵過她，因為她舉了五個男孩，並沒有死過一個。憑了特別的運氣，她所失掉的三個孩子，都是女兒。她自問是沒有一點可以自責的地方，但這卻偏偏落到她的身上！

起初，她決不相信這個。她抽一抽她的白銅製的水煙管，斷然的說：「我決不相信這個，他總會說出一些，他簡直就像小孩子那樣好說話，如果他曾徬徨過什麼新奇的地方，看過什麼新奇的物事，那是一定會漏泄出的。對于

3　原註：妾。

女人，她或許會守秘密，但對于新奇的外國光景他是決不會守秘密的。」

於是除了告訴她真實以外，當然是沒有辦法的。吳太太擰出她的大手巾，很擲【鄭】重地拭一拭她的眼角說：「我的第二個兒子的第三個兒子，是一個很放恣的青年，我們都很討厭他。本月十三日，他走到一個俄國人所經營的跳舞場，他很不相信他的眼睛，但他總有看見過林先生的影子在那裡，走著像這樣子他們叫做跳舞，並且他的臂搏【膊】挾著一個女人！」

「是那麼樣的顏色的一個女人？」林太太問。

「我不敢問他。」吳太太很嚴肅地說：「但在這樣年頭，那總是會帶著某種顏色的。」

於是，李太太輪到她的班，接續著說：「兩天前的晚上，差不多在夜半的時候，在法租界的最大的馬路附近的一個法國人所經營的給大眾跳舞的娛樂場裡，我的朋友的丈夫，他也是一個很擔心林先生的眼前的弊病的一個人，看見林先生把一位的女士——當然是外國人，因為她的頭髮是紅的直像蠻人的鬍子一般——緊貼在他的懷前，也同她走著。我的朋友的丈夫很鄙笑他，並且對他的妻子說出些很鄙視林先生的話，他說外國女人的身材很高，而林先生的臉只能達到她的胸坎，看來簡直是一種很奇怪的東西。」

這個時候眾太太們都不期然而然地沉默下去，很巧妙地把她們的眼光移開了，林太太接著欷噓歎息的聲音便佈滿了室內。林太太向她們道了謝，說她想明天這裡也許會下雨的。過了數刻之後，她的朋友們達到了今天所以來的使命，便互相告辭了。

她的親戚們非常地擔心她，聽他們的勸告，她抽了幾口鴉片，為得是要促進快睡，然而無論如何總是睡不著的。她眼醒醒地趟【躺】著好幾個鐘頭，一直等到林先生醉態蹣跚地回來，她總不罵他。

她等到林先生睡覺了之後，然後俯下去把他深深地聞了一聞，他真的有一點外國氣味。他的身邊蕩漾著一種外國的香氣，是她所未曾聞過的，因此她就知道那些話都是真的。

她現在會坐在這個華美而喧噪的大舞廳，就是為了這些原因。

她眼醒醒地趟【躺】著，在計畫她應如何行動，一直等到天亮。到了第

二天晚上，當林先生穿上了最好的衣裳，油擦好了禿頭周邊的疏髮，及剃光了稀疏的鬍鬚之後，說：「我出去和幾個朋友玩玩」的時候，她慢慢地答道：「我聽到你常在外國市鎮遊玩，我很久以前就想著去看一看，帶我去吧！」

他簡直嚇了一跳，嚇得眼瞪口呆。他眼睛緊瞪著她：「我愛的，」他說：「你絕對不會喜歡這樣。」

「為什麼呢？」她問：「豈不是那邊沒有女人嗎？如果那邊沒有女人，那末就請赦免我吧。」

他猛瞅著她想著。她知道他是在計算著向她說慌【謊】是否安全，她很天真地說：「我聽到在外國市鎮，男人和女人是在一塊兒玩，像小孩子一般的。」於是他知道他最好只要不說慌【謊】，所以他咳嗽一下，又裝起笑臉說：「無論如何，同我來吧！我很高興。」

於是她就爬上她們的大汽車，坐在他的身傍，他們靜默地很有威嚴地坐在盛裝的車夫的後面。到了跳舞場的時候，她跟著他從大門進去，而坐在他為了她特別設定的坐席。

她向周邊一瞧，那裡並沒有像她那樣年紀的女人。所有的女人，也許有幾百人吧，都是年青的，年青而美麗，並且都是一樣怪奇的。雖然她們中間有各種各樣的民族，並且所穿的服裝也都不一樣，但是她們全部扮裝著一樣的體貌，一種太修飾、太熱情、太美麗、太偏急、太貪慾的體貌。

她即時就嫌惡她們全部。但她只向他的丈夫很快活地微笑著說：「找你的朋友去吧，我就坐在這裡喝茶觀賞觀賞，我喜歡這樣。」

下

他走開了，一種稚氣的狐疑的神色浮上他的月亮般的臉上。

起初很客氣地慢慢地蹈著腳步跳舞著，他的舞伴，手挽著他那短短的臂膊的末端。他不斷地向他老婆瞧了幾下。一次他走近她的身傍說：「你知道這就是一種極好的運動，像我這樣肥胖的人，是很值得推獎的。」

她把她的恐慌藏在微笑裡面，很甜美的說：「我知道這是一種很好的運動，請繼續下去吧！那個真的怪有味兒的。」

　　很明白地，他不知道怎麼樣來處置她，所以他立即走開。在一兩巡的跳舞中間，他獨自狂飲起來，於是他忘記了她。此後林太太便看見她最愛的丈夫的可怕的光景，一個很有體面的人物，在上海華界最富裕的綢緞商的一個人，和那些最難看的女人團團地舞在一起。

　　當她看見他舞得極其拙劣的時候，尤其未免增加了她一點怒氣。但當她在憐憫著他那可笑的舉動的中間，她又憎恨著那些和他跳舞的女人，因為她知道她們不懂他的好處。她們只想他是一個傻裡傻氣的富裕的老人，而她們都是為著錢才和他跳舞的。

　　然而不久，她的怒氣消掉，而沉入于很大失所望的狀態。她很優美地毫無動靜地背靠著壁，聳坐著，強烈的白亮的電光落在她那精緻優美的面容，淚珠開始閃爍在她那兩個眼睛。她高傲地張開著她的眼睛，她總不想把牠拭掉。牠們[4]慢慢地凝集在一團，而轉落到她那硬直的繡緞衣裳，因為這些衣裳不吸收牠們，所以又轉成一團濕潤的小球而墜落到塵埃的地板上。

　　現在她所看的就是她的完全的毀滅。這些女人並不是有體面的高尚的妓女，她們並不是那些在人生的設計圖裡居處著很卑賤的地位，專以靜穩的方法取歡於男人而討生活的。她們就是她所曾聽過的大膽的摩登女人，她們緊緊地抓住了一個男人，要求他認定她為家庭的唯一的女人，而同時又緊緊地保守著她們的肉體，叫囂、拒絕，一直等待到為了她們的緣故失去了所有的一切，甚至於離婚他的正妻，把她趕走，使她含妒忍辱，然後將這個——這個描寫成像的女人來代替她的地位。

　　她緊瞧著她的丈夫。她的臉很滑澤，淚珠聚集在她的雙眼。他的臂膊上挽著一位身材短小的年青女子，薔薇色的圓臉和光亮的黑眼睛。她穿著貼身的猩紅綾緞袍子，開裾直達屁股，露現出她的裸體。這個傢伙一定是要代替她那妻子的地位的，她相信一定是這樣。

　　她知道她的可憐的老傻子，她知道他那種微顫的癡傻的神氣，那種神氣現在已經浮現在他的顏面。當他現出這種神氣的時候，一切都完了。因為當

4　原註：淚。

她年紀尚青的時候，她也曾利用過這種神氣的。有一次她得到了她所愛的一對瑪瑙，而第二次第三次以至于無數次，那是實在的。當他現出像這種神氣的時候，他照例是服從她的。何況最極端她也未曾顯出那種誘惑的手段，像這個女子那樣。他們越舞越近來，她一點也不動，她很高傲地坐著。

然而她的丈夫那樣接近她，會對她如何，她總是不管的。在稠眾的中間，她能夠探尋出他的影子，悲歡著，然而他總是稠眾中的一個人。到了他接近來的時候，她很詳細地將他一看。她看見他那熟悉的顏面，他的肥老的身軀，她所熟悉的衣裳，那是她特為他定製的，專揀著較合適於有年紀的人的淺灰青色的。這個和那嫩紅的顏色靠貼在一起，覺得未免有點太不相稱。

現在他們面正對著她。她很憂愁地瞧著她的丈夫的顏面，他連瞧也不瞧她。他正注視著，他的眼睛閃亮，他的口張開而微笑，那和他的臉距離沒有五六寸遠的小小可愛而無猜的臉面。那個女子也正在凝視著他，微笑地，不可思議地，侮蔑地，有所要求地。林太太已經忘失了自己，她匆促地站起，兩眼凝視著他們兩個人，於是放聲大哭，兩手緊握著壓住她自己的口，然而她的丈夫依然不理睬她。

於是那個女子看見了她，她一直凝視著林太太的眼睛，她的纖細的臂膊從那肥滿的老人身邊垂下來。她向林太太走進兩步，於是林太太便聽到一種溫柔的急促的聲音灌注她的耳朵裡：「坐下吧，看來你的顏色很不好，究竟是為什麼一回事呢？我不知道我怎樣才好？為什麼你到這裡呢？」

林太太感覺到兩只很有力的小手將她的脊背扶壓著使她坐下，同時那些聲音繼續著說：「這裡坐吧。我願意遮掩住你，使他人看不見你，請告訴我有什麼不對的地方？」

林太太懇求地抬頭凝視著那年青女子的臉面，那真是出乎意料之外地美麗，放恣而褊急。她所最怕的也就是在這幾點。然而她卻很親切，她最驚異的就是她很親切！

「他是我的丈夫。」她訥訥地說。「我懇求你放開他吧，他是我的丈夫。」

這個女子轉向過來，驚慌地凝視著林先生，他走上來抹拭著他的眉毛。「走開吧。」她說。「我要和你的夫人談一談。」

　　於是這舞場當中，林太太聽到她自己在向這個她所嫌惡的女子，傾吐她所畏懼的一切。——她的丈夫是如何每夜走到這裡，而她是如何料見她自己會被離異而被送到鄉下的家庭去待死。現在是有那麼多年老的女人這樣的，因為年青的女人看見他們富裕，遂把她們的老丈夫奪走了。想到這一點，她遂把她的頭俯瞰著這個瘦小而年青的身體，重新抽噎起來。

　　「哦哦……」她聽到那放恣而年青的聲音由上面喊起來，她望上去，那邊她的丈夫站著。這個重新使她傷心起來，因為那邊有甘心供這個女人頤使的她的丈夫。無論如何，一切是已經完了。她只是一個年老的女人，她是不應當走到這裡來的，這邊沒有他的地位。現在無論什麼地方，也是沒有他的地位的。

　　男人們所喜歡的是年青而美麗，能讀能寫，尤其是能夠跳舞的女人。她斷不能跳舞，斷不能用那幼少時代所卷纏的小足跳舞……她用她的綾緞手帕拭一拭她的眼睛，然後緊緊地將她的兩手握在一起，因為牠在顫抖著。她聽到她的丈夫發笑，發出一種無意義而有點困惑的笑，他開始說：

　　「呃！這是……」

　　然而這女子很無慈悲地將他的談話截斷，她的聲音，直像一把匕首向他戳入。「我知道她是誰，她是你的老婆。你是一個傻裡傻氣的老肥男子，同她回去就和她住在家裡吧。你想我愛著你嗎？誰能夠愛著你呢？你的肚子，好像一個飯桶，除了你的老婆是沒有一個人能夠愛著你的。她愛著你，因為她尚記著你過去的種種。但是我沒有你的記憶，對于我，你一定常是那樣的你——只是一個肥滿的老人，一個好玩的肥滿的老人，很富裕，然而很肥——肥肥——而且老。」

　　於是她變換她的聲調，撫恤地俯視著林太太：「沒有人看著你，無論如何，他們總只把我當做你的女孩子——我不喜歡他，我喜歡他的錢，我很明白地告訴你。我須要討我的生活，但我不想要從傍的女人討生活——尤其不想要從像你一般的年老的女人，一個很好而年老的女人——」

　　有人喊著她，那是一種很快活而響亮的聲音。那是一個男人，高大而年青。她的臉色突然爽朗起來，她忘記了這兩個老人。

「你在那裡呢？哦，你在那裡呢？」她叫著走近他：「我等著你有好幾個鐘頭了！」

他把她帶著走入輝炫的舞群裡面。

於是那兩個被留放在那裡兩個老的。林太太靜默地坐著，眼睛看下。她突然怕起他丈夫來，也許他會很嚴厲地責罵她一頓，因為她把他的快樂剝奪去了。然而他並不說出一句話。

她偷偷地向他瞧一下，他在凝視著那些搖移跳踢波動著的影像。他突然顯出很疲乏的樣子。他吞了一兩口唾沫，而更詳細地一看，她看見他很狙【沮】喪。突然，她翹望著能夠替他做些什麼，給他拿一杯茶，或者溫柔地將他扶倒下一個很舒服的椅子，使他安易[5]而快活，恢復他的精神，使他知道他依然是有體面的被尊敬的一個家庭首腦。她突然站起來。

「我疲倦了，想回家去。」她說。

「當然，」他說。「我倍【陪】你走吧！」

他們一道走出跳舞廳。她回頭一次，向四下裡一顧。很遠的，她看見一道猩紅的閃光很熱烈地緊貼著一個高而黑的衣裳。她放開步走。

他們爬入了汽車，把絨氈蓋在他們的老膝蓋上面。

此後，一瞬息間，她使著眼角向她丈夫瞅了幾下。他畏怯地、沉默地坐著，他的圓臉垂下，微笑統通消逝了。她戀慕著他，無論如何她總該沒法使他知道，她是絕對不再提起前事、不責罵他的。她輕輕地咳嗽一下。

「這些摩登女人，」她說，她的聲音謹慎而輕快，「真是有趣，我才喜歡看她們一次哩。這於我，是一個很有興趣的晚上。」

於是等了一會，她很殷勤地說：「你的腳疲乏了，我想。等回家裡，我用油把你的踝骨摩擦摩探就是。你真好極了，和那樣粗暴的年青女子跳舞！我氣得簡直要死，因為她對你未免太粗暴些。」

她等待著，他大聲的咳清他的喉嚨。

「是的，」他終於說。「然而實在說，我要跳舞未免太老了，何況我是從

5　按：安易，通「安逸」。

事實業的人，沒有花費這種事情的時間。」

　　「實在你沒有。」她很溫存地說：「你是一個很重要的人物。」

　　「是的。」他說：「我真的很忙，明天，我應當——」

　　她不傾聽，她仰後一伸，微笑著，疲乏而安靜。

　　那個年青的女子，那個可愛的年青的女子——這些摩登的女人，真奇怪——真奇怪。

載於《南方》，第一四〇～一四二號，一九四一年十一月

一、十五日

愛蟲公主

作者　不詳

譯者　懶糸

【作者】

　　不詳。〈愛蟲公主〉（日文為〈虫愛づる姫君〉）是《堤中納言物語》中的一篇。《堤中納言物語》包含十篇短篇故事與一篇未完成的片斷。十一篇故事中除了〈逢坂越えぬ權中納言〉之外，其餘皆不知作者與成立年代，僅能推知是平安時代的作品。由於十一篇故事都未提及「堤中納言」這位人物，因此堤中納言究竟是何人，以及故事集為何以他命名，至今依然無解。（趙勳達撰）

【譯者】

　　懶糸，林荊南筆名，見〈血戰孫圩城〉。

譯者的話

　　〈愛蟲公主〉是《堤中納言物語》的十篇的短篇小說中的最大眾化的傑作，這篇曾被聞名的《源氏物語》英譯的 Arthur[1] Waley 氏翻譯做英文，譯做 *The lady who loved Insects*，一千九百二十九年在倫敦發行。這篇於是成為世界的有名的作品了，也不用我再來褒獎她吧。

　　我幾次想要譯些有意義的作品，這個抱負曾告訴於帝國大學東洋文學研究室的稻田尹氏，他馬上推薦這篇〈愛蟲公主〉。我說沒有這個資料，他於是特地把研究室所藏的堤中納言的短篇創作集供給我，而且給我解釋裡頭的奧義，於此深深地對其好意鳴謝。我把她帶回家裡，讀了一回又一回，總不能充分去發見她的真的生命力。再讀了一回，又是吟味了大半天，才領略她的偉大來。

　　最後，我冀望諸位不可跑馬看花式的來辜負這篇的真價才好。

1　按：原刊拼字錯誤，作「Apthul」。

一

　　愛蟲公主住的鄰近，有按察使的大納言[2]的公主的邸宅。這個邸宅的主人，愛蟲公主的爸媽非尋常的慈愛來養育她，看她像掌上的珠兒一樣地痛愛著，所以她也就脫不出嬌生慣養的毛病了。

　　「世間的人們，說甚麼花呀蝶呀，在讚美著，真是淺近的觀念。人不是浮動的可以了卻一生的，事事總要認真檢出物的奧義，才得做人的目的，心兒才得安樂的。」

　　她這麼說著，抓集種種令人駭怕的蟲兒，看牠們怎麼樣在變幻著，把牠們投在各樣的籠子或是箱子裡。瞧了瞧，其內也有毛蟲，裝著深沉的樣子。她很得意的羨慕著牠，從早晨忙到晚上，沒有工夫可以梳頭髮，鬆亂的雲鬢遮著耳朵兒。拿了牠放在掌上，任牠輾來轉去，熱心地瞧著牠的動作，好像留神著舞臺上的俳優們一一的表情。

　　那些年青的女官，一看見了就駭怕起來。她湊集了不知物之恐怖的、堅實的身分卑鄙的男子，命他們捉了箱子裡的蟲兒，或是問問蟲兒的名，若是還沒有看過的，就給牠命名，給他們很有趣味地回去。

　　所謂人間的是要聽自然的推移，萬事要遮掩是不好的。照這樣的見地來說：拔下了眉毛的化粧[3]是傻子！說到染黑齒[4]的風俗，也就太為難了人。那些是最不上體態的，於是她總不願那樣的化粧。到了結婚的時期，還是不變孩子時代的觀念，露出了白白的齒牙，一壁兒笑，一壁兒為那些蟲兒們朝晚忙個不了。

　　那些年青的女官們若是駭怕的走了，她覺得很不思議地，痛快地把她們咀咒著。她對那些的女官說：「沒辦法的俗人！」而從黑色的蛾眉下睜開了白眼，卑視著她們。她們瞧著這樣的光景，似乎感覺得連壽命也快要短縮下去。

　　公主的爸媽雖是把她看做一個不思議的怪東西，然而一壁兒又暗想道：「大概她有甚麼打算吧。無論怎麼也是個奇態的女兒呵！」雖然有時也把她

2　原註：官名。

3　原註：這篇是平安時代的末葉約九百年前的作品，當時有流行著拔下眉毛的化粧。

4　原註：當時的風俗，說女子到婚期的年齡，總要把牙齒染成黑顏色。

勸告，但是她時常激烈抗辯著，她的爸媽想得沒有法子，祇好說道：「真是難於教養的東西！」

她不顧自己是個女子，對她這麼偏於理論的地方，世間的人們大有引以為不快。「呀！議論雖是那麼也不一定，那些在外頭可不是不好評判？世間的人們都是喜歡幽雅的，喜歡美麗的東西，像你這麼盡日家和那些毛蟲度活，而快活著，對人們的議論你也要想一想才好。」她的爸媽有時也對她這麼地勸告著，然而她固執著自己的人生觀而抗辯著說：

「那樣的事情是不成問題哪！無論甚麼事，總要探出那個根源，觀察那個變化之後，才有趣味的發見的。把那些說是不好，未免太過於幼稚呵！爸爸，媽媽，你們認真聽我說：毛蟲是會變成蝶兒哪！怎麼樣的變成蝶兒？喲！爸爸媽媽！你們把這些東西瞧一瞧吧。」說著拿出給他們瞧。接下去又是說道：

「說是絹咯，世間的人們看做寶貝一樣地穿著，究竟那樣的絹是在蠶子未曾發翅的時候吐出來的東西哩！一旦變成了蝶兒，可不是結果了牠的一生，也沒有甚麼價值而死了不是？」

她的爸媽聽著她這麼說，總沒有話兒可以回答她，目瞪口呆的意為了然的東西，不過，做她的爸媽的立場是很難為的。

「橫豎鬼和女子是不出人前才好！」她是這麼意想的公主。但是，今天又稍捲起了客廳的簾子，踱近了桌子邊，得意似的，擺著這樣的理論。

聽著這麼說著的年青的女官，不覺地說：「雖是很會擺理論的架子，然而把那樣的毛蟲玩弄著，一見了著實奇怪得很！不知道甚麼人才得奉伺愛蝶兒的公主？好是令人羨慕的呀！」這個女官這麼說了，就有一個叫做兵衛的女官，愚癡似的說：

「——怎麼？我沒有慎重的走出來啊？而陷入伺奉這個愛毛蟲的公主的關頭啊？」她這麼說了。有一個叫做小大輔的說：

「咳呀！是何等令人羨慕的事情啊？世界上的人們，似乎為花兒或蝶兒在快樂著，何故祇我一個人做著似乎毛蟲的人生，過著無聊的日子？」

小大輔笑起來，一同異口同音，你一言我一句，說：「呀！且慢！那麼說

起來，公主的眉兒真是像毛蟲一樣，那些白色的牙齒，那些可不是脫了皮兒的毛蟲？」

有一個女官吟道：「──冬來沒有掛慮衣裳，都是穿著毛皮兒的毛蟲！」「說是沒有穿衣服也可以罷？」

正在議論紛紛的當兒，有一個脆【詭】辯的老年的女官竊聽著。

「你大家，呀！到底是在說著甚麼？祇有愛蝶的公主一途才是好的，我是難得相信呵！哎呀！那樣的事情，我倒要想為不可思議的。不是抓集了毛蟲，就會化做蝶兒的人吧？不過那個毛蟲變脫了會成做蝶兒的。對那個他【地】方，公主是很有領悟，所以才要做的哪！那些著實有深深的考慮的。結果，所謂你們羨慕著的蝶兒，一把牠捉上來，粉末就落在掌上，實在可不是很討厭的東西？一把牠捉了毒煙襲人，使人們討厭的東西……呀！……是何等討厭的蝶兒啊？」

她這麼說了，越使年青的女官們反感起來，偷偷地憎惡著她！

公主對於撲毛蟲的孩子們，無不給他們貴重的東西，或是給他們賞品。孩子們也很歡喜，去撲捉了種種色色的可怕的毛蟲來奉上公主。

毛蟲的毛的組織和顏色各有不同，她若是瞧著在歌謠或是故事中沒有的，很為不快。抓集了螳螂或是蝸牛，而發出了嘹喨的嗓子，朗吟關於那些的詩或是歌。她的聲著實不下於男子。

「在蝸牛的角上爭著甚麼？石火的火中寄託這個身子。」[5]這樣地朗吟著種種的詩歌。

說孩子們的名字過於沒有意義，而給他們號了蟲兒的名。說甚麼螻蛄男咯！草螟公咯！杜甫兒咯！蝗兒咯！把他們一一地使喚著。

二

這樣的事情給世間知道，受了極其不好的風評。

5　按：此句為白居易〈對酒〉之詩句，原詩為：「蝸牛角上爭何事，石火光中寄此身。隨富隨貧且歡樂，不開口笑是痴人。」

那裡頭有個上達部[6]的女婿，血氣方剛不怕任何東西，而且很漂亮的青年。他聽著公主的評判，而暗忖道：「任她怎麼，這個東西她也就縮腦了吧。」

他把了一條綺麗的帶子，巧做蛇形，而且構造給牠自己會顫動伸出來，投在一箇像鱗片兒製成的袋子裡，打算造給公主。看他結在那箇袋子的信兒：「雖是妄想，然而我總希望要跟在你的身邊，那是永久不變的我的心喲！」寫著一節的歌兒。

這個禮物，總沒有甚麼遲疑送到公主的跟前。

「這麼重的袋子，連要打開也不容易哪！」說著，把袋子的口兒扭開，隨之伸出了長長的頸兒的那是一條的蛇。

女官們看見這樣的光景，仰天大騷然起來。對這些，公主裝著悠然自在的臉容，靜靜地「南無阿彌陀佛，南無阿彌陀佛」念起佛經來。

「前世的莊家了吧？那麼大驚小怪做甚麼體統？……」飜成顫動的聲息，而且露出不快活的臉容。

「那樣地大起騷擾，連這條優雅的蟲兒，也會覺得麻煩而喫驚了不是啊？真是個凡俗無為的東西……」說著，一壁兒喃喃地說，一壁兒要把牠拉近前來。

但是，女官們依然是駭怕著，不得靜靜地站在那裡，好似蝶兒站起來又是坐下去，聽著公主的話兒也覺得奇怪得很，結果她們蝶兒似的飛的走了，躲在一角嘲笑著她。

停了一會兒，有一個女官走出「這麼麼麼——了……」告訴了公主的父親。

他聽著這個消息很不高興：「是甚麼一回事呀？好氣殺我呀！瞧著那樣的東西，一同故意逃跑開了嗎？」說著，皺起了眉頭握住了大刀，跑到公主的房裡來。

仔細看了，才知道不是真的蛇。實是巧妙的製品，喝然的把它拉起來：「實在很會模造呀！」他嘟喃嘟喃地說著，又轉向公主說道：

6　原註：官名。

「你得意的說著，聽著你愛玩著毛蟲，像是甚麼人做的惡戲。寫了信兒回答——，趕緊好弄完了這層事。」他說著就回去了。

一旦跑了的人們，聽著是偽物，又慢慢地湊集上來，憎怨似的：「噯呀！是何等善於模倣的人？」女官們站在一邊輕聲細語著。

「若是不回答後頭的事情又是免不得掛心……」因為女官這麼說著，她感覺很不好意思，愴愴惶惶的寫在華箋的是：「若有姻緣的話，來世再生為人類，在極樂的世界和你見面吧。這麼蟲兒的容姿可不是很不適合呢？……極樂了吧。」

三

前頭的發信人右馬之助[7]接讀了這的消息，想道：「好是個趣味的女子，想出了甚麼方法和她見了一面。」

他和一個叫做中將的妥議，變裝做卑賤的女子的模樣，等她的父親按察使中納言外出的時候，才趕到公主的邸宅。偷偷地躺在公主的房子的北邊的花架下瞧著。

這時有一個孩子在園樹下，且走著且停腳，像著瞧甚麼東西的樣子。不覺地那個孩子喊道：「哎呀！在這株樹有很多啦！真稀奇啊！」

「請瞧了這些……」說著捲起了簾子。

「很趣味的毛蟲哩！」

接著有嘹喨的聲音，「哦，很美麗、很美麗的東西，快拿到這裡來。」那是公主的聲音。

「要一一地把牠分別，著實不能，呀！我把牠放在這裡，你來看吧。」那個孩子這麼說了，公主就惶忙似的腳步走出來。

看見她握著簾子，探頭瞧樹枝，看她的裝束，衫子好[8]像蓋在腦頂的樣子，極沒有體裁。頭髮的底下，美麗雖是美麗，大概是沒有插篦兒的緣故，鬆亂非常。眉毛黑漆漆地突起著，一見是很清雅的。嘴角也有愛嬌，總體的雖是

7　原註：上達郎的女婿。
8　按：原刊此處有衍字「子」。

漂亮，也是沒有把齒牙染黑吧，無論怎麼總沒有女兒家的樣子。

「若是化粧了，一定會增加了不少的美麗。真是怪可憐呵！」右馬之助暗忖著。

這麼長大成人了，還是帶著天真爛漫的風致，著實有很多可取的地方。那麼淡粧的體態、優雅的姿容，好像有甚麼傑出的機能，可惜！穿著一條熟絹的外衣，又套上了一條織成蟲兒的模樣的短衣，白顏色的袴子得意似的穿出來。

她好像要把那些蟲兒仔細看，於是踱近了園樹下。「哎！很美麗！難受陽光的曬照，所以才走到這裡來的，這些不可給牠走了一條，都把牠集上來哪！」

她吩咐了，孩子就走近前，拿了一根甚麼東西打上去，便吵吵地掉下來。

她抽出了一柄的白扇子——黑得不成樣子，扇上寫著粗魯不堪的漢字——命令著那個孩子說：把牠放在這裡吧。」孩子把牠投在扇上，不覺地要令人失笑。

「這個府裡，真是多事多難的家，自這麼樣的公主誕生了後，是甚麼因果呵？……」右馬之助想起她這個身世，不覺地替她可憐不已。

忽然那個孩子瞧著花架子下有人影，於是急的喊道：「有人躲在花架下，雖是漂亮的男子，然而，卻很奇怪的嘞！向這裡注視著了。」

「哎呀！這就糟了！無時在熱狂著蟲兒，她一定走出人們注目的地方，我快告訴她吧。」

有一個叫做大輔之君的女官這麼說著，走來一看，公主仍舊踱出簾外，揚聲命令孩子撲了蟲兒。

大輔之君驚得手亂腳錯，忙向公主說：「請退入那裡去吧，這裡要受人們的注目。」

她不快似的答道：「好了吧，那麼事！甚麼人也沒有想是羞恥的哪！」

「嘎嗳！是怎麼呢？你想是我在撒謊嗎？在花架子下可不是有人站在那裡？請你快走裡頭去吧。」大輔之君這麼說了。

她於是命令了螻蛄男說：「那麼，螻蛄男！你到那裡去偵察吧。」

孩子馬上跑上去，說道：「實在的，站在那裡哩！」聽著了這句話的她，

一壁兒把毛蟲收入袖兒裡，一壁兒愴惶地跑入家裡。

　　那是配著不高不倭的身材，頭髮也很多，約有外衣的長。髮際雖沒有整齊，五官卻生得很端麗。雖沒有化粧，然而，倒覺得可愛的很。

　　「沒有這麼器量的,若是和世間的普通的人們似的態度,可不是很缺點？這個公主，雖是受了人們不好的評判，實在卻是很美麗，而且很有品氣的。祇是玩弄蟲兒的麻煩的癖兒，是玉之有裂痕啦！真是可惜得很！怎麼變成那樣的沒氣味的心性呵。有那麼好好的器量——」右馬之助不覺地又是這麼慨嘆著。

　　「就這麼回去未免太沒有意義，那不得的，給她知道我已有窺著了她的臉容。」右馬之助總【從】懷裡掏出了紙，把草汁留下了字條：

　　「毛蟲似的眉兒，你的臉容我已拜見了，這一見呵，已經給我永遠不會忘記的幻影喲！」

　　他寫好了，把扇子拍拍地打了幾下，裡頭走來了一個孩子。

　　「這些替我奉上公主。」他交給那個孩子。

　　孩子就拿給大輔之君，說：「站在那裡的人，說這個要奉上公主。」

　　大輔之君把它受取了。「哎！糟了！是右馬之助弄出來的事哪！玩弄著可憎的蟲兒而快樂著的臉容，一定給他看見了吧？」

　　大輔之君先擺著愚癡的架子，而告訴著種種的事情給她知道。

　　對這樣的事情,她煥然地說道：「若有覺悟了，有甚麼羞恥不羞恥的事情？如夢如幻的這麼樣的世間，甚麼人也到甚麼時候還在生存著，說甚麼好！還有看著和批評著的人吧？」

　　無論怎麼說也沒有辦法，年青的女官們的心內無不為她憐惜著。

　　右馬之助和那些的隨員——「有回答也不一定。」——暫時站在那裡等著。女官們把孩子們都叫入裡頭去，回答的事情，也就忘記了。

　　「哎呀！太沒情呵！」

　　女官的中間，也有想沒有給他回答是不行的吧？結果，在外頭等著的人們，倒想得可憐，於是替公主說：「不似世間的普通人的怪女子的我的心裡，像我時常在撰【探】索著毛蟲的名字一樣地，自聽著你的名字之後就想要告

訴你的。」

　　對此，右馬之助：「一見似乎毛蟲的你的眉毛，能夠和它出來對抗的人類，這個世間是再也沒有吧。不消說，我也非是不足為數的東西。」這麼說著，一壁兒笑著，一壁兒回去的樣子。——完——

　　　　　　載於《南國文藝》，第一期，一九四一年十二月一日

愛與神

作者　托爾斯泰
譯者　黃淵清

【作者】

托爾斯泰（Leo Tolstoy, 1828～1910），見〈小孩子的智慧〉。

【譯者】

黃淵清（？～？），生平不詳。臺灣作家。作品有雜文〈給一位看護婦〉（1940）、〈閒話〉（1941），譯作〈鬼與人間〉、〈愛與神〉（1941），俱登載於《南方》與《南國文藝》。（趙勳達撰）

作者的略歷

俄國的大作家托爾斯泰（1828～1910），生在莫斯科南方的叫做保爾安那的城市裡。他是從貴族家裡出來的，耗竭了他的少年期在莫斯科及佳山的書院裡以後，他加入了軍隊在加科釋斯及其林緬亞的兩戰役裡打仗。

他的最初的寫作《兒童時代》、《童年時代》及《少年時代》就是在這個時期寫的，同時由他在戰役中所得的經驗產生了叫做《世莫斯多保》的見聞錄。在他離開了軍隊後就獻身於文學，《戰爭與和平》就是他的最長亦是最好的寫作，那是敘述拿破侖的侵略露西亞的故事。

其餘還有很多名著，如小說《安那加連麗那》和《復活》。在他的晚年他就從事於重述耶穌在《蒙得山上的講道》裡所給的《人生活則》，並提高他國裡的無知農夫。

到了末日，可是他寫了好多關於宗教問題的小冊子，和很多美麗的短故事，那都是簡易的，就是教育至少的讀者也會了解。下面就是其中之一。最後我要無愧地來承認我這篇實在譯得不成樣子，因為一來我對於文學毫無門徑，又【尤】其是對於譯作更無經驗，二來我要盡量地保有著原文的字句。

　　一個城市裡的一間半沉到街道的平面下去的小房子，住著一個叫馬丁的補鞋匠。那間房子有一個窗子正開在路上，他從那個窗子能夠看到走路的人。雖然馬丁只會看到她／他們的腳，可是他從他／她們的鞋就會認得所相識的人。他住在那間房子，已有好多年了，所以相識的人也不小【少】。在這附近幾乎沒有一雙鞋一次或是兩次不經過他的手，有的重換鞋底，有的補綴，有的更換新的鞋頭。

　　從那個窗子他常常會看到他的得意的手工。他因縫得工夫，所以他的工作也多起來，他用的是好皮，工錢又適宜，同時又守約。他未曾騙過人家，他能夠把工作在約定的日子做完才取承辦，如果不能的話，他就坦白的說出來，個個人都知道他，所以他未曾缺少過工作。

　　馬丁老是一個仁慈的人，但在他接近了老年，他開始倍加的思慮著他的靈魂和接近上帝。在他還是一個學徒時，他的妻就亡去，放下了一個三歲的孩子給他，以外的子女都沒有活，他／她們都在幼稚時代就死了。馬丁初要把他的幼子送到鄉間和他的妹妹同居，可是後來可憐他。「給我的小加必頓生長在一個異家庭，那太苛刻他了。」他想：「我要自己養活他。」

　　馬丁離開了他的教頭，就到那間小房子來和他的孩子一塊兒過活。可是他看起來似乎沒有兒子的福氣，那個孩子正長大得能夠開始助他的爸爸時——他是他的生命之光——他病了，熱了一個星期，他就亡去。

　　馬丁葬了他的孩子，他的內心充滿了很大的失望，就是對上帝也出怨言。他那樣地被不幸淹沒著，他只求死。譴責上帝的不捉他，一個老人家，而捉去他的唯一的愛子，由是馬丁就不再上禮拜堂去。

　　一天，一個和馬丁同鄉的老人從多太修道院來探他，他已做了八年香客，馬丁就把他的生活講給他聽，並痛苦地訴著他的悲傷。

　　「我已沒有希望再活下去，神的人啊！」補鞋匠說道：「我的意志是速死，那是我唯一祈求，我現在是一個無所希望的人了。」

　　「馬丁你是在說著邪惡的語，」那個老人說道：「我們不可判斷上帝的方策，不是我們的理解力，而上帝的判斷是至尊的。上帝注定著你的孩子要死而你要活，那麼最好就是這樣。如果你失望，那這不過是因為你要為著你自

己幸福而生。」

「那麼我還要為怎麼而生呢？」馬丁問道。

「你要為上帶【帝】而生，馬丁。」老人說。「他使給你生命，你必要為他而生。你開始為上帝而生時，你就會忘卻一切悲愁，那麼你就覺得一切要樂起來。」

馬丁靜默了片刻。

「一個人要怎麼樣來為上帝而生？」他問道。

那個老人就說：「耶穌有教我們如何來為上帝而生，你會不會讀？那麼買一部《福音》來讀，你就會知道要怎麼樣來為上帝而生。那都說明在那本書裡。」

那些話深入馬丁的內心。他就在那天買了一部大字《福音》開始讀起來。

他初打算只在要【安】息日讀，但到了他開始讀時，那些話使他愉快得他變為天天必讀的習慣。有時候他被吞入似地讀到燈裡的油燒完了，他還不能夠與那本書分離。

他開始在每個晚上讀，他愈讀愈會了解著上帝對他的要求，和要怎麼樣來為上帝而活，他漸漸地變得快樂和滿足。先前他上了床時，他常常在悲嘆呻吟和想念著他的小加必頓，現在他只說：「上帝榮光，上帝榮光！你的願要完成！」

從那個時候起，馬丁的全生活改變起來──以前他在安息日常常到客棧裡飲茶去，有時候一杯白蘭地酒，他也不拒絕，他總是和一個友人同飲。雖然他未曾酩酊過，可是他藉著酒的壞處，無智地喋談和人家爭論與口角。

現在他已脫離了這一切，他的生活變得安靜和滿足。早晨他就坐下去工作，工作時間過了時，他就從鉤上拿下燈來放在棹上，由架上拿那本書開著就坐而讀下去。他愈讀愈明白起來，他變得較平靜和愉快。

一天，馬丁坐讀到深夜。他是在讀著〈路加福音〉第六章，他讀來到這段：「有人打你這邊的臉，連那邊的臉也由他打；有人奪你的外衣，連裡衣也由他拿去。凡求你的就給他。有人奪你的東西去，不用再要回來。你們願意人怎樣待你們，你們也要怎樣待人。」

　　他讀著耶穌說的那段：「你們為甚麼稱呼我主啊，主啊，卻不遵我的話行呢？凡到我這裡來，聽見我的話就去行的，我要告訴你們他像甚麼人——他像一個人蓋房子，深深的挖地，把根基安在磐石上。到發大水的時候，水衝那房子，房子總不能搖動，因為根基立在磐石上。惟有聽見不去行的，就像一個人在土地上蓋房子，沒有根基，水一衝，隨即倒塌了，並且那房子壞的很大。」

　　馬丁讀了這些話，他的靈魂是愉快。他拿下他的眼鏡，把牠放在冊上，他的肘倚在棹面，深深地思著，由他正讀過的句，考量著他自己的生活。

　　「我的房子甚麼樣蓋呢——在石上還是在土地上？」他想：「如果蓋在磐石上，那就好了。但這雖是這麼容易，獨坐在這裡，看起來你真的有做了上帝所命令的一切事情，但你在片刻間的忘忽，你再墜落罪惡。我仍要試鍊下去，我覺得很快樂。助我，主啊！」

　　他坐想到久過了他的睡眠的時間，他仍不能夠離開那本書。他開始讀第七章，他讀關於那百夫長和那寡婦的兒子，和關於對約翰的門徒的回答於是來請耶穌到他家裡去的有錢的法利賽人的故事。他讀著那個有罪女人怎樣地油抹他的腳用眼淚去濕。

　　他讀來到四十四段。「於是轉過來向著那女人，便對西門說：『你看見這女人嗎？我進了你的家，你沒有給我水洗腳，但這女人用眼淚濕了我的腳，用頭髮擦乾。你沒有與我親嘴，但這女人從我進來的時候，就不住的用嘴親我的腳。你沒有用油抹我的頭，但這女人用香膏抹我的腳。』」

　　「你沒有給我水洗腳，」馬丁重讀：「你沒有與我親嘴，你沒有用油抹我的頭。」他拿下他的眼鏡，把它放在冊上，他於是重再迷失在深思中，「如果我正是那個法利賽人！和我一樣的，他只想他自己！什麼[1]樣來飲茶溫暖地臥著和安樂，但未曾想著他的賓客。他留心著他自己，但沒有留心著他的賓客，那個賓客又是主本身。如果他來探我，我還要同樣地做嗎？」

　　馬丁把他的頭倚靠在兩手上，他不知覺地入了睡鄉。

1　按：本文有多處「什麼」，即「怎麼」，茲保留原貌。

　　突然地有什麼東西似的微吹入他的耳朵——「馬丁，」那個東西耳語著。

　　馬丁從眠中驚醒過來，「什麼人啊？」他問道。他轉過來看看門，一個人都沒有，他再睡下去。突然地他聽得很明：「馬丁！馬丁！明天看到街上去，我將要來。」

　　馬丁再醒過來，從椅上立起，擦擦他的眼時【睛】，可是不能夠確定他是真的聽到那些話還只是做夢？於是他吹滅了燈，上到床裡去。

　　次晨，天明以前他就起來，向上帝祈禱，燒起火爐，豫備著卷心菜湯和蕎麥粥。把茶壺盛了水放下給牠沸，蓋上帷裙，坐在窗邊工作。

　　他在工作中，他的思想專注在昨夜發生的事情。他想了又想，總是不會確定，到底他只夢著那個聲音還是真的聽到？

　　「那樣事情將會發生。」他自己說著。

　　他那樣地坐在窗邊，思慮著。一日中他看到街上去的時間還比他的工作來得多，每看到穿著不熟識的鞋的人走過去，他必彎下去從窗裡看上去，看鞋一樣的看看面。守門的人，穿著氈鞋走過去，於是那個運水夫，然後一個老年爾古納斯一世時代的兵士，穿著一雙舊修補過的氈靴並帶著一枝鋤。

　　馬丁由他的靴認得他來，他的名字叫做史地芬，他和一個鄰近店主同住，那個店主由於惻隱之心，給他一間房子。他的職業是在幫助著那個守門的人。他開始在馬丁的窗前清掃著雪，馬丁看了他就再繼續著他的工作。

　　「我年老了漸漸地發狂起來，」他想著，「史地芬在清掃雪而我想像是耶穌要來探我。我是年邁龍鐘的人了！」

　　他再縫了幾針，由是他覺得愛來再看一看史地芬。他看到外面去，他看見史地芬把鋤倚在牆上而在休息試來暖暖的自己。他是很老又耗瘦，看起來他就是剷除雪的力量也沒有。

　　「我想我必須給他些茶，」馬丁想著，「啊，茶壺也正沸過。」他把鑽子刺在工作中的東西，立起來把茶壺放在棹上，泡了茶，於是輕叩著窗子。

　　史地芬轉過來行到窗前來，馬丁向他招手，於是去開了門。「入到裡面來暖暖吧！」他說：「你必凍寒了。」

　　「上帝祝福了！」史地芬說道：「我的骨實在痛啊！」他入到裡面，拂去

了雪，拭著他的腳，才不會污地板，他實在衰弱得在這些動作中也是蹣跚欲跌。

「免勞苦著拭了的腳，」馬丁說道：「我將會掃地板，那是我的職務。你坐下去飲茶吧。」

馬丁盛了兩杯，拿一杯給他的賓客，他倒自己的在茶船裡吹著風。

史地芬飲完了茶，把茶杯反倒過來，把所剩下的一些糖放在杯上，開始向馬丁說謝，可是無疑地他還需要的。

「再飲一杯，」馬丁說道。他再盛了兩杯。在他飲著的時，他不停的看到窗外去。

「你是在待著什麼人麼？」他的賓客說道。

「啊，我說我所等候的人我實在慚愧，而我也不能夠說我是真的等候著人，可是有一句話走入了我的內心。到底那是一個幻想還是真的我聽見，我不會說。你看那是這樣，兄弟，昨夜我在讀著關於小父親耶穌的福音，他怎樣地活在人間和怎麼地受苦。大概你也有聽見，我想……」

「是，我聽著，」史地芬說道：「可是我是一個無知的人。我不會讀。」

「那，你看，我是在讀著關於他和他怎樣地活在世間，我讀他什樣的來到法利賽，和法利賽人的怎樣地沒有歡迎他。在我讀的時候，我自己考慮著：這個人怎麼會這樣的不親切迎接耶穌，小父親？如果，我想，我會遇著那樣事情，何以我不會知道要怎樣充分地來歡迎他。可是那個法利賽人毫不顧他！那麼，小兄弟，我正在思想中，我睡去，當我在酣睡中，我聽到有人在叫我的名，我驚起來，我似乎聽著一個聲音在耳語著：『等候我，我明天將要來。』那個聲音說了兩遍。你能夠相信，雖然我罵了我自己，那些話深入了我的心中，我仍不得不等候著他。」

史地芬搖搖頭而不說話。他飲了他的茶，把茶杯放在茶壺邊，馬丁立起來再給他盛了一杯。

「盡量地飲下去。你看，我曾想著小父親生在我們人間時，怎麼人他都不輕視，他大抵向卑賤的人講道，他大抵和貧窮的人同行。又他從我們兄弟中，和我們一樣的罪人、勞動者，選擇他的門徒。他說：『褒揚自己者必被貶

黜，貶黜自己者必被褒揚。』『你叫我主，』他說，『但我將要洗你的腳。』『誰願為第一人者，』他說，『讓他做眾人的僕人。』因為，他說，『貧窮的、謙讓的、溫和和仁慈的受著祝福。』」

史地芬忘卻他的茶。他是一個老人家，易被感動得流淚，坐在那裡聽著，眼淚滾落到面來。

「那麼，再飲些。」馬丁說。

可是史地芬自畫了十字形，說了謝，推開他的茶杯，立起來：「謝謝你，馬丁，」他說：「你已有供餵我和安慰我，肉體與靈魂。」

「十分歡迎，」馬丁說道：「請再來，我老是歡喜有一位賓客。」史地芬離去，於是馬丁把所剩的茶倒出來飲下去，把碟子拿開，重坐在窗邊工作。在他縫紉中，他仍是一次又一次的看到窗外——等候著耶穌想他和他的工作。他的內心充滿著耶穌的陳述。

兩個兵士走過，一個穿著政府的靴，一個穿自己的，於是那個鄰屋的屋主穿著閃亮的鞋走來。繼之那個烘麵包者帶著他的筐，他們都走過去，最後來了一個穿著毛襪和鄉間做的鞋的婦人。她仍走過去，可是她停近在那窗檻。

馬丁從窗子看上去，他看見她是一個陌生的人，貧窮地裝束著和帶著一個嬰孩。她立在牆邊，背向著風，試要遮蓋著那嬰孩，只是她沒有東西可來蓋他。她的衣服只合著夏天，貧窮又是年邁。從那個窗子馬丁會聽到嬰兒的哭聲和那婦人的要來安藉他，可是那個小孩不能夠受安藉。

馬丁立起來，開了門，上到階級去，叫了出來：「呵，婦人啊，呵！」那個婦人聽見轉過來。「你和嬰孩立在嚴寒中做什麼？入到裡面來。你會在溫暖中較佳的安藉他，入到這裡來。」

那個婦人對他的話有些驚愕，但是看見是一個帶著眼鏡和蓋著帷裙的老人叫她入到一間屋裡去，她隨了他。他們下了階段，進入了那間小房子。馬丁引那個婦人到他的床。「在那裡，」他說道：「坐在那裡，親愛的，較近火爐，溫暖你自己和餵那嬰孩！」

「我沒有乳，」婦人說道，「我從早晨就沒有食過。」她仍把小孩懷抱著。

馬丁搖搖頭，走到棹邊，拿一塊盤和麵包，開著爐門，傾些卷心菜湯在

盤裡，於是走到鍋邊去盛了粥，可是粥還沒有熟，所以他只把湯放在棹上，他切了麵包，從鉤上拿了一條棹巾敷在棹上。

「坐下去食，」他說：「我來顧那小孩。我曾有我自己的孩子，所以我知道要怎樣來處理他們。」

那個婦人自畫了十字形，坐在棹邊開始食下去。同時馬丁坐在床上近著嬰兒，他對嬰孩試嗫著他的唇作聲，可是他，因沒有齒，不能夠充分地嗫出聲來。那個嬰孩仍是哭下去，於是馬丁試以他的手指假攪撥他似的來娛他。他的手指震顫，把牠撞入到嬰兒的嘴裡去，他快速地攫出來，他怕給小孩子吸他的指頭，因牠是給鞋蠟污黑的。那個嬰孩看了看他的指頭，終停止了哭泣，並開始發笑，馬丁愉快了。

那婦人在食下去時，她開始告訴他是什麼人和她的要到那裡去。

「我是一個兵士的妻子，」她說：「他們八個月前把我的丈夫送到遠遠的地方去，自從那個時候，我得不到一點關於他的消息。我給人家做廚子，但於是那個孩子生出來，他們不許有了孩子的我住下去。我已經沒有地方掙扎地度活了三個月了，我把我所有一切的束【東】西賣來買食。我要去做乳母，可是沒有一個人願雇我，他們說我過瘦。我剛才從一位店主娘那裡出來的，一個從我的鄉里來的婦人在那裡作工，她答應要雇我，我想她會許我即刻來的，可是她告訴我下星期才可以去。她住得很遠，我和這親愛的小生命已經很耗倦了，我是多麼的感激我們的寄宿舍的主婦可憐我，讓我們免費的住在那裡，不然我知道我們將使怎樣活下去。」

馬丁嘆息：「無論如何，她沒有溫暖的衣服嗎？」他說道：「我什麼會有呢，小伯伯？昨天我把我最後的圍巾當了五角錢。」

於是那個婦人走到床邊抱起嬰兒，馬丁立起來，到衣櫥伸到裡面搜索，拿出一件陳舊的短衣。

「這，」他說道：「這沒有什麼好，可是牠仍可以用來掩蔽的。」

婦人看了短衣，又看了馬丁，她接過短衣，由是哭得滿面淚雨。馬丁轉過去，再潛到床下拖出一個小匣子，裡面搜索了片刻，再來坐在婦人的對面。

「上帝祝福你，小伯伯。」婦人說道，「那必是耶穌送我到你的窗前來。

這小孩子必會凍死，我出來時天氣還很暖和，而現在是這樣的凍寒。不錯，這必是耶穌使你望到窗外去，小伯伯，而來可憐我這可鄙之人。」

馬丁微笑地說道：「是的，他有告訴我，我不是無由地望到窗外去。」

由是他告訴她他的夢，和他什【怎】樣聽那聲音，答應耶穌於今天將要來探他。

「凡事皆會遇著，」婦人說道，於是她立起來穿上那件短衣，把孩子也包在裡面，再度虔誠地向馬丁說謝。

「為著耶穌把這拿去，」馬丁說道，他送給她五角錢，「那麼去討回你的圍巾。」他們兩個人各畫了十字形，馬丁開了門，那婦人行出去。

婦人走後，馬丁飲完湯，把那些東西拿開，重坐下去工作。在他的工作中，他未尚忘記看到窗外去。有了黑影遮蔽著窗子，他必立刻的看看他是什麼人，陌生的，相識的，走過去，總沒有一個關要的。

嗣後一個賣蘋果的老婦正停在他的窗前，她攜著一籃蘋果，她已賣去了很多，只剩下幾個而已。在她的肩上，她握著一袋碎屑，那大概是她從新蓋的屋子集來，要帶回家裡去的。她明顯地為著那袋子而疲倦，因她停住要把牠移到那邊肩上去，她把蘋果籃放在一枝柱上，把袋子置在人行道上，於是開始搖震著袋子使碎屑堆合起來。

在她動作時，一個戴著破帽子的男孩子走到籃邊，掠了一粒蘋果，快速地逃開。那個婦人看見他，轉過來，扯住了他的袖。那個孩子要命地掙扎，可是那個人雙手緊緊地執著。

嗣後，她把他的帽子叩落，捉住著他的頭髮。那個小孩哭聲叫喊而那個婦人罵著。馬丁不得待到把鑽子插在棹上，他把東西拋在地上，走出去，蹣跚地上了階段，打落了他的眼鏡。

他走來到街上時，那個老婦正在掌那孩子的耳光，咀咒和威嚇要把他拿交警察，那個孩子仍在掙扎和叫喊：「我沒有拿！你打我做什麼！放我去吧。」馬丁走到她們的中間，把她們分開，他握著孩子的叫道：「放他去吧，小伯母，他不會再偷奪，放他去吧，為著耶穌。」

老婦放了手。那個孩子將要逃去，可是馬丁緊緊地握住他。

「向小伯母說個不住，」他說道：「不可再竊偷，我看見你偷的。」孩子哭了出來，向老婦說了不是。

「那就好，那麼這個蘋果給你，拿去。」馬丁從籃子拿一粒蘋果給那個孩子。「錢我會付，小伯母。」他回婦人說。「如此你會打壞他們，流氓，」婦人說道：「他應該要受報才好，讓他一個星期也不會坐下去。」

「啊，啊，小伯母，」馬丁說道：「在我們的眼中，這許是不錯，可是在上帝的眼光這是錯，如果他因拿一粒蘋果要受笞打，那麼對於我們的罪過將要什麼辦呢？」

老婦無言。

馬丁於是把關於一個國王赦免一個欠他很多錢的人，而那個人什麼樣地去迫害一個欠他些少錢的另一個人的寓言說給她聽，婦人在聽，那個孩子也靜立的聽他。

「上帝吩咐我們寬恕，」老補鞋匠說下去：「不然我們就不得受赦免，什麼人都要受赦免，尤其是兒童，他／她們沒有理解力。」老婦人搖搖頭，嘆一口氣。

「不錯，」她說道：「那都是好得很，可是他們將要悲慘地壞下去！」

「那就是要我們老年人來教他們做好。」馬丁說道。

「那就是我所說的。」老婦答道：「我有七個子女，但現在只剩一個女兒。」由她開始告訴他，她如何和她的女兒同住，和她有幾個孫兒。

「我現已是無力量，可是我仍繼續勞下去。我愛好孩子，而他們也是好孩子。沒有一個人如他們一樣地愛我。小小的要了我在家裡不能夠離我，老是這樣的：『仔媽，親愛的仔媽，心肝仔媽——』」老婦十分的被克服。

「當然的，」她看了孩子說道：「他還是一個孩子，上帝祝福他。」

她將把袋子拿上肩上去，那個孩子走上來說道：「讓我代你攜吧，小伯母，我是打你的路走的！」

老婦人搖她的頭，可是她讓他攜。

她們一同由那條路走下去，那個婦人也忘記向馬丁要蘋果錢。馬丁良久站在那裡望著她們的背影，在她們彼此談著話一塊兒走去。

他到了她們不見了才入到裡面去，覓見著他的眼鏡，完好地落在階上，拾起他的鑽子，再坐下去工作。

不一會兒天就暗了，他不能夠把線穿過空兒去，他也看到點燈的人走過去點路上的燈，他想：「我想這諒必是上火的時候了。」他修剪著他的燈火，掛上去，重繼續著他的工作。

不久，他把他縫著的鞋做好，他轉著鞋，看一看，他看見牠做得很好。他於是修起了工具，掃清了剪下的東西，把他的線鑽子和皮集起來，拿下燈放在棹上。從架裡拿出《福音》來，他打算開在他前晚用一條皮做記號的地方，可是牠開在別處。馬丁由是突然地想憶著他昨夜的夢，他似乎聽見一種聲音在他的背後時，他幾乎把牠忘記——腳步聲在房裡。他轉過來。看在那黑暗的屋隅有人站在那裡似的——模糊的人形，他不能夠看出來。

一個聲音在他的耳朵語著：「馬丁，馬丁！你不識我嗎？」

「什麼人？」馬丁問道。

「那是我。」那個聲音說。

由是史地芬的形從黑暗的屋隅走出來，微笑著，雲一般的消失，那裡於是一個人都沒有。

「這是我。」那聲音說著。那個婦人帶著嬰兒由黑暗中現出，婦人微笑而嬰兒笑著，她們也消失。

「這是我。」聲音又說道，那個老婦和那個小孩子現出，微笑而消失。

馬丁的靈魂充滿著喜悅。他自畫了十字形，掛上眼鏡，於是說著那本書正開著的地方，在那頁的起始，他讀下去。

「我是一個飢餓的人，你給我肉；我口渴而你給我水；我是一個陌生的人而你引我入去。」

在那頁的下面他讀——

「既然你們有做給我的兄弟們至小的一個，你們就是做給我。」

馬丁由是明白他的夢沒有欺騙他，耶穌在那天果然有到他這裡來，而他有真實地歡迎他。

載於《南國文藝》，第一期，一九四一年十二月一日

海洋悲愁曲

作者　多田道子
譯者　薇郎

【作者】

多田道子（ただ みちこ，？～？），日本女作家，東京人。父親為在臺著名詩人多田利郎，筆名多田南溟漱人。一九二九年多田利郎於臺北創辦日文詩誌《南溟樂園》，一九三〇年改名《南溟藝園》。此詩誌對於孕育臺灣青年詩人頗有貢獻，陳奇雲、郭水潭都曾在此發表詩作。尤其陳奇雲投稿在《南溟藝園》的詩篇中，採選五十首而成詩集《熱流》，亦由多田利郎催生、出版。多田道子亦是藉由父親的資助，先後出版《亞熱帶の陽》（1932）、《綠色のカーテン》（1932）、《朗》（1932）、《龍眼肉樹の花》（1933）、《蛟龍》（1933）、《激浪は躍る》（1933）等小說。一九三四年，多田道子與其母在臺北松山經營「曉星學園」，專門教育貧人子女。（趙勳達撰）

【譯者】

薇郎，林荊南筆名，見〈血戰孫圩城〉。

三晝夜的航程，輪船自上海向基隆港，真切地航行著……

自上海飄然向臺灣而來的永井道，一想起國際都市——魔都，上海，街頭巡警的怪可厭的臉容而苦笑！

雖是那麼，然而想起上海的混合洋酒和鄭氏阿燕的愛情，他就要寂然不知所以了……洋紙牌、麻雀、撞球、高爾夫，甚麼也儘管拿上來的他，對阿燕的熱情，在跳舞的時候，額上和掌中流出來的汗珠好像炭酸水發哮【酵】！……一切一切無不要叫他恐惶的！

疲倦得無可奈何的他，瞧著稅關官的穎敏的六感，不覺頻捲了舌頭；於是決心放下了戀人似的態度，光著身體跳出來而失笑。

福建丸出帆了。

　　荒木船長湊集著舒暢的頭等船客們，而繼續著自由的航海。在同船中以北京語而湊巧的認識了中國俳優孫文濱的永井道，他真是快活極了。在一行百多人中，文濱那是幹部俳優的一個，一行是打算到臺北公演後，順序的到中壢而欲赴南部方面興行的。

　　「孫君！怎麼不在基隆公演？」

　　「基隆是要在『新聲館』公演……然而總沒有甚麼人氣，我們也是常到的。不過臺灣中是沒有比較善於鑑賞京戲的中壢……而更有理解的地方。」

　　文濱不再說下去。停了一會兒，荒木船長一壁兒笑著，一壁兒說：

　　「孫君！在中壢有好的收穫嗎？……」

　　文濱沒有回答。船長又說：

　　「比於碧眼姑娘們，依然是偺們東洋人的戀愛精神，較之高尚。」

　　文濱和道無不叫同感！……那麼事情，橫豎是不管的，要之在乎稱呼做愛人是較之造化的。他暗忖自己會略知北京語，那是自認識阿燕了後的。

　　船入基隆港。道於是和文濱各自向目的地離開……再會再會！……兩人緊緊地握手。

　　道受了頑固的 YVZ 支配人園部氏的依賴，要契約壹萬元的烏龍茶和臺中青果組合的手形而來臺的。他打算暫時滯在臺北鐵道旅館。……他認識了和他同時來臺的婦人記者兼子孃，一邊又認識了高校教諭增川毅，而過著快樂的日子。

　　在滯北的期間中，道和增川在大稻埕環遊著。他瞧著那一行貼出了「王昭君出世」和「紅蓮寺」的廣告。他很留戀的看到出神！……中國俳優的女主角文濱，實在很好！他把增川說的話聽到如醉如癡。

　　北京俳優一行在臺北「臺灣新舞臺」開演了。

　　接前踵後的，梅蘭香、綠青丹、蝴蝶、孫文濱……他們都在「臺灣新舞臺」得了不少的利益。他們南下去了！不消說，那是到中壢去的。

把古時的臺詞表演，尖端的底現代青年，簡直是聽不懂的，會迎合於異國中壢的純風俗，也要說是眉清目秀的扮女角的文濱吧。

位鎮大街角的中壢座，文濱所扮演的王昭君抱著無限的悲愁彈著琵琶。時常夾在客席跟著月琴聲而輕唱著的玉蓮，她的眼睛恍惚像懷慕著文濱的樣子，都要令人觸醉喲！只是和看王昭君所作的場面而啜泣的觀眾們——

舞臺上的文濱明知道玉蓮的存在，那麼還是認真地演著王昭君悲嘆的場面，汗珠涔然而下。

沒有分幕的京戲——

文濱真疲倦得喘息不堪了！誰知道他不是只愛這個地方對於京戲有夠理解……他從四年來的思慕……而今完全有所囚償了。

在中壢，生為一個中產農民的三姊妹的小妹玉蓮，她已是長到給人們不大歡迎的年齡了（最少也知道所謂迷信的事情……）。她已為人們的話柄了！玉蓮的父親楊肇明，沒有想到自己是個小康的家庭，把長女順序地築在尊重封建習慣的聘金制度上。玉蓮兩個姊姊只管照爸媽的意見，像沒有靈性的泥孩兒似的，做有錢人的太太去了。然而卻不是甚麼幸福的。

祇是為著忍耐和虛榮而做著一大精神上的嘆息！失掉了感情的底微笑，而過著婦人的生活。那樣的生活，做玉蓮是忍受不了的，怪可憐的把一個純潔的處女的心寄託於旅役者文濱……懂得北京語的她，靈魂兒早給漂亮的女角文濱的動作和清秀的眼睛拉上去了。玉蓮的靈魂已經在舞臺上動作著了。

……她現在已被賣落煙花界了。那個頑固的父親楊肇明，知道她和旅役者中國俳優誓約終身事，無法無天的女兒，再也不能配為良家的太太的。被賣掉了的玉蓮是不得不服從老呂所命令的生活呀！雖是那麼，但，她握住每年一回渡臺的文濱不自由的手，而繼續著她一縷的希望！

絕對贖身！文濱決心了！老呂用通譯和他在商議著。

——贖身是孫君的自由哩！XXXX 元。一文錢也少不得！那麼若是沒有異議！……玉蓮是個很伶俐的女兒哪！……要帶上中國去，後頭的事情，那是孫君的自由哩！……不過玉蓮的年紀還是不多，但，玉蓮的媽媽說無論多大的金錢，她總不願意把玉蓮嫁給中國人！……那樣的話自然是不成什麼問題的，她是老呂的東西，XX 日假定給老呂一半的贖身銀子——不消說，玉蓮和孫君是一見而傾心相愛的情侶哪！……哈哈哈哈！……哈哈！……

批準【准】了約束。做青年的文濱，著實可憐！那裡知道本島人花間的手腕？那麼為難的事情，他想好歹的都容易可以解決！怎麼呢？老呂、通譯、鴇母、烏龜等，這一夥都有密接的關係，文濱是不知道他們在計劃他和玉蓮折【拆】散的！

「——那麼我先納了一半吧。」
「——然後有錢的時候才把玉蓮交給你。」
約束的證據書已經交換了。

翌日玉蓮被送到臺北的花間。然而玉蓮也自臺北到中壢來看文濱在舞臺上的扮演。

文濱用北京話說著情話，玉蓮用臺灣鄉土語供述著不幸的身世而悲嘆著！他們倆情緒纏綿說個不了。

景氣不好的街市，鄉村流著害毒似的流行歌，在平民階級的中間給人們爭唱著！……不管是郡守或是視學、警察課長、校長都皺起眉端……結果歌的流行，上司的命令也是沒奈他何的了。

……自那個時候……已是初夏了，藍色的海洋閃著嶄新的波光。這時抱著悲哀的孫文濱，坐在往上海的輪船上。母子之情不變，……文濱也是人之子！……比所愛的玉蓮，他媽媽的危篤的電報，是更一層要使他急死的嘞！
——原諒吧！殘金是不能支拂啦！找個良人去過日，我恐怕不能再上臺

灣來了！……文濱急寫著這麼北京語的信兒送給玉蓮。

決斷！密航於上海吧！……不知已去了的文濱的心，右手握住讀不上書的信兒的玉蓮！……沒有一會兒，就給基隆水上警察拉住而痛哭著！

——無智的怪可憐的女子呀！……不過，做賣笑婦是過於純情的嘞！

取調的李警察官說著。

把臺中青果組合的取引辦妥的永井道，一樣的在福建丸的甲板上和文濱握手。

「——哎呀！孫君！怎麼呢？臉色不好呀！」

「——嘎唉！異國之戀，真是難於收拾！」

敏感的永井道能夠推察到文濱心裡的悲愁！

「——老媽渴望著我哩！」

又是打動了永井道的心肝兒！

「——是呀！我也是一樣，在博多住的老媽也渴望著我呀！……」

那個中間，在上海乍浦路住的愛人阿燕，於永井道不在中，給無賴漢侮辱去了！

玉蓮不久就釋放了。然而交過辛辣的老呂的手，玉蓮便起瘋狂了！

永井和文濱各敘了不同的感情和悲哀的人生，為這些所發生的問題而絕望！不過文濱卻深深地感念著骨肉的底母子愛，像南溟的洋海的溫暖而呼吸著。

十，七，於稻香軒

載於《南國文藝》，第一期，一九四一年十二月一日

復歸

作者　賽珍珠
譯者　黃淑黛

【作者】

賽珍珠（Pearl S. Buck, 1892～1973），見〈林太太〉。

【譯者】

黃淑黛，見〈林太太〉。

上

小林[1]很沉悶地站在大客廳的一隅，瞧著他那八九對的朋友很認真地在跳落。管樂團的音樂不斷地從盆栽的棕樹叢中咆哮出來，當然他知道舞是一個很富麗奢華的房室，因為牠是屬於上海主要銀行家之一的老方的。老方最難忍一切不富麗奢華的物事，所以房室的四壁懸掛著一些現代的油畫，和一些古代的纖麗而精緻的書畫卷子。老方時常向人家說：「我有頂好的各種物件，新的和舊的，我家裡還有專貯藏這些物件的房室。」他的肥亮的臉，展開成為哄笑的厚笨的皺紋。

現在老方坐著在瞧視那些年青人跳舞，他的身傍坐著兩個標緻的姑娘，一個是他的女兒，叫做「菲麗士」，還有一個就是他的最少的姨太太，是一個年青的女優。她們兩個年紀很差不多，但樣子卻很不相同。

菲麗士，大必在今晚老早就判定為是這室中最標緻的姑娘。他總不這理解，為什麼像老方那樣肥醜的人，會有那樣纖竹般的姑娘做女兒。因為她簡直就像一根纖竹，她生成一付蒼白的臉，高些兒的身材，差不多像他一樣的高。她穿著柔軟的綠長旗袍，她那不加塗飾的臉，有點像新彫的象牙。

她的頭髮竝不像其餘的女人的頭髮一般裁剪，縐縮捲屈，或其他等等。她那長直而能黑的頭髮，很整齊地梳上去，在後頸上作成一個很堅固的髮結。

1　原註：大必。

她很閑靜地坐著在瞧視她的客人，她那美麗的唇邊，現出一種寧靜的怡悅。

說到那個姨太太呢，她只像一個女優。她睜開眼睛，把身驅向四邊旋轉，她的頭髮像火焰一般，從她那太紅了一點的圓臉搖曳上來。大必很快地向她瞪了一眼，立即便嫌惡她起來。她很喜歡說話——很喜歡用些華英雜用的蠻話瑣嘴。

他許久便想去求菲麗士同他跳舞，但卻被這個女優制住。萬一，他心裡想這個女優，伸出她的手來——她老是向接近她的年青人伸手的——他是會不由心地，不得不同她跳舞的。他決不，他向自己說。和那種縐捲頭髮的女人跳舞，不連那些塗擦或粉飾的臉，他都不願意同她跳舞。

她們的頭髮，會使他的脖頸發癢，她們的粉臉會污損他的西裝。他瞧瞧他的肩旁，用手掌把牠拭掉，因為那上面有一片的粉跡，這是因為今晚早點兒李多麗士的粉臉曾擱上那邊。他很討厭李多麗士——一個傻瓜，她裝腔作便地好像她已經忘記了說自國話，因為她住過巴黎那末久。

他決未曾和菲麗士跳舞過，因為這是他和她頭一次的見面。她在某地方，不是在本市的學校工作，現在她因春假回家。老方介紹她說：「她是我的一個勤勉的女兒。其餘的是滿足無事作的。」

「你很可以誇揚她了。」大必低聲的說，眼睛逃避著她的臉，他是很倦厭女人的臉面的。

然而老方只是高聲大笑，「誇揚她麼，她又並不是掙什麼大竿的錢給我。」他很快活地說，「她不過做些消遣罷了。」

於是他向她看了一下，——一個姑娘，她以工作來做自己的消遣！他決未曾看過這種束西，幾個月來他是頭一次，然而僅只一瞬間，對于姑娘發生興味。用一種比他平日所慣用的微笑更深長的含意，他說：「可同我跳舞吧？」然而她已經約定了各回的跳舞了。

霎時間，他覺得非常傷心。之後他又向自己說這是沒有關係的，總說一句她不過只是老方的女兒，是陌生的姑娘。他今天下午的大半天曾漫然和幾個姑娘跳舞過了，現在他簡直就不能追憶起她們。她們幾乎全部都有留些粉跡在他的上衣上面，然而他總記得很糢糊。

　　於是老方決計著不因秩序單輪完而²終止。他喜歡跳舞，像一個大氣珠
【球】在他那浮蕩的綢長袍裡面一般。他滿室內跳來跳去，他的圓臉浮現著
微笑，當他通過的時候，萬一誤踏著人家的足，他的哄笑便爆吼起來。

　　現在，他由棕叢間窺看著樂師們，他呼嘯著：「多吹三曲吧，獎洋加倍！」
他說著，拉起他姨太太的手一同走了。她很決活地，倚靠著他那突出的便腹，
她的眼睛從他的身上，向全室中徘徊去了。

　　這就是大必的機會。很快地，因為他看見三個穿得很漂亮的小傢伙向菲
麗士圍攏上來，他趕緊走到她的近前，「可許我──」

　　然而那些年青人，也不願落後──「可許我──」、「可許我──」、「可
許我──」他們的聲音好像是在他們所受過教育的美國學校裡所唱慣了的輪
迴唱歌一般。

　　他很恭謹地退後幾步站住──聽她選擇。她很容易地選定了，她站起來，
走向近他，「你算第一著吧？」她說。她的聲音很愉悅而低細。「是的。」他
說，於是他們一齊走入室中。

　　在音樂的吵鬧中，要談話是說不到的。然而雇傭雙團的管樂隊來助興晚
餐，卻很使老方高興。現在這些吵鬧的聲音幾乎要撼動了全體的房室。他照
現代的風俗所承認的方式，把她牽攏近來，胸對著胸，腿對著腿，她的顴頰
摩接他的肩膀。

　　他知道他跳得很好，然而到此刻，他才感覺到她也是如此。她很隨便的
順從他倚靠著他的身體，所以這點很使他懷疑而看不起她。她豈不是有點太
隨便的讓給人家嗎？他已經倦厭了那些太輕易地讓給人家的姑娘了。

　　但是她那嬌小而蒼白的臉，卻很冷淡，她的眼睛，當牠很美麗地張開著
向著他底的時候，全無感情。她微笑著說出些什麼？但他全然聽不著她的聲
音。他吊起他眉毛，而她只是笑著，他們不再嘗試了。

　　跳完了舞的時候，那些年青人都不約而同地在等待他，所以，他就放她
走，道一聲只不過他日常所用的慎重而率直的謝詞：「你跳得很不錯呵？蜜司

───────────────

2　按：原刊此處有衍字「珠」。

方。走吧，找一個好舞伴是很好的！」

「謝謝你，方先生。你也跳得真好呵！」她很隨便地答。

他不再跳舞了，雖然那邊還有幾個姑娘沒有舞伴的。李多麗士便是其中之一個，她頹喪地走過來，而又笑著走過去了。然而他卻蹲下去，假裝著，紮起他的靴紐子。他並不是準備再跳舞。

霎時間他追憶著菲麗士，雖然好久他就全然沒有想過了姑娘。其實除了他的工作以外他是全然不想到別的，他最喜歡的是工作。那就是他父親的印刷廠裡的一個經理的工作，他始終想著改良他們的書籍的印刷技術。

他時常想起很多的姑娘，然而立即就厭倦她們，她們全部都是一樣的。每一個姑娘在上海，每一個都是互相一樣的，他很早就這樣斷定了。當他的友人為一個新見的美人而興奮的時候，他總是冷嘲地靜聽著，那是絕對不會有那末一回事的。

晚餐完了，人們開始分散，快活的男女手攜著手一塊兒地走尋他們別的快樂去了。管樂已沉默下去，而空中又充滿著道謝與告別的吵鬧聲，中國話和英國話混雜成為字或句。那是極其時髦的說法，好像綽號外國的名字一般地時髦。

有必要的時候，他還能說齦舌語。其實他能說好幾種話，他能說美國大學生或者牛津大學生的英語，也能說他父親要求他說的正確的老中國話，還能夠說現在他的朋友所說的華英雜用的齦舌語，這全然都是看他在什麼地方而決定的。

然而他卻暗地裡最喜歡中國話，雖然在他的朋友面前曾鄙視它。他們異口同音反覆地說：「有很許多的物事，我們不能用中國話說的。譬如——怎麼說呢？」他時常表示著同意，於是他們故意把嚴肅的古話牽強造作，譬如說：「熱媽」、「你是我的兒」、「我熱愛你」等等來開心。

然而，說過了之後他又感覺得非常不舒服，因為他感覺得好像教一個小孩天真爛漫地說了一些卑鄙的事一般。古話是不說這些的，像這樣牽強造作說得全無意義，全是空話，他們超然孤立，而且拒絕曲解。

他到了門口就加入如潮湧似的群眾。菲麗士站在那邊，微笑著，很快活

地打招呼，很自由地伸出她的手替給她的客人。他向她瞪了一眼，愀然地想：或許他錯了，把她令眼看待。現在看來，她似乎和他人沒有差別——和任何姑娘都是一樣的。也許她也塗擦粉了吧。他不期然地看看自己的肩旁【膀】，但是不，那邊卻很乾淨。他立即拿定了主意。

「可許我少停一下，和你說一說吧？」他問。

她沉吟一下。「我要和朋友到卡絲若舞場去。」她說。

「可許我一同去嗎？」他即刻問。

「好吧，我想。」她說。

一個僕人拿她的外衣來，他把牠接起，替她掛在肩上。突然地他瞥見她那小巧的頭髮在脖頸上，烏黑稱著象牙般的滑澤的肌膚，他感覺到一種愉快的奇異的衝擊。

這就是事件的起始，然而終末也差不多同時就存在了。因為不待今夜渡過，他就很猛烈地愛上了她，雖然他對一切的姑娘所懷蓄的嫌厭，比平常還要更加利害。他憎惡而痛絕今夜他在卡絲若舞場所看到的一切姑娘，他想這些就是她們一類中的最懷【壞】蛋，他的鄙夷的心理，藏在他的笑臉背面。

當他得不到手菲麗士的時候，他便和她們跳舞，留心保持一種輕爽的態度，而心內卻常存著厭惡。他牽起手來，他立即便嫌惡牠的巧美和牠的猩紅的指甲。他抱一種好奇心理，想要知道菲麗士的手，究竟如何。他當盡他的可能，頭一瞬就看牠。

當他在一個小亭子裡，和傍的姑娘休息的時候，他很冷淡地給她親嘴，因為她俯下來懇求他這樣。親嘴一個姑娘，於他是沒有什麼的。他假裝著挪出手巾揩臉，而卻偷偷地拭了拭自己的嘴巴，他討厭臙脂——菲麗士的唇——他開始疑心她的嘴唇。

那末，有了，一旦他開始了這種疑慮，他是不能自止的。春天的陽光，一天一天地催迫著他，何況她是再要到傍的地方去的。他須要著急，他向他父親請了假而天天糾纏著她，用盡百般的技術。究竟他向自己說，她也是一個摩登姑娘，她大概也喜歡這一套玩藝。他送給她花朵和糖菓，他檢起新印的書籍，挾在胳臂中間去看她，她沒有一次去看他不帶禮物的。

下

　　然而當然這一切禮物，都應該有含意的，他注意看她是否看出這些含意。「喜歡糖菓嗎，小羊？」他獻出五英磅一盒的外國朱古力隨便的問。她的臉稍微低垂一下吧。

　　然而，她發出的聲音，細心而且熱誠。「哦，喜歡極了，小鴿。」她說。「當真你喜歡這個嗎？」他斟酌地說。「簡直為它而顛狂。」她答。

　　他緊瞅著她。她說著，恰像他們都說著一樣，然而究竟總不像她的話。她打開盒子，很愉快地嚷說：「哦，好不可愛──哦，好不甜美！」於是把牠放在桌上。

　　是的，他用了他的技術，全部的現代技術，他們都互相應用過了。他帶她到過各處，去遊玩，去看戲，而且她很願意走。在汽車裡面，他伸過手去把她的手抓住。他曾很熱烈地計畫著這一回的，比他很長久以前在這樣東西所感覺到的更加熱烈。

　　然而，失敗了，他毫不感覺到熱烈。她的頤頰，非常的冰冷。她並不把她的手從他的拉開，只被動地放在那裡，而他卻希望著把牠放下，不至成為鹵莽。

　　然而他卻始終愛著她，因為他懂不了她，所以愛上了她。她並不拒絕他，決不拒絕他。她參加他的一切計畫，她毫無可以拒絕他的事。假如他抓起她的臂膊，她便略微偏靠他一點──她全然沒有古風的態度。其實她卻是古派的，她做著這些，好像是循守一種模型，她被教為合該如此做的。

　　這是關于她的一種技術，是為了她們倆方的一種愛的技術。他冀望她會知道他在愛她，而除了用這種現代的方式以外，他卻沒有方法可以告訴她。「我顛倒著你，小羊。」他說。「真的，我也顛倒著你。」她慇懃地答說，於是他的心灰冷下去。

　　這樣子地好幾天的光陰，他所有的這短月裡的好幾天的光陰過去了，尚且他一點也不能夠破壞這現代技術的障礙。有一次跳了晚舞之後，他在門口向她俯下去，「親我一個晚安的嘴吧，菲麗士？」

「好的。」她應聲的答。

這全都是空虛的。他們並不漸成接近，反而愈離愈遠。單只話語和接觸，只是驅使他們離開，他不知道怎麼樣才好，所以他只有依照從來的所為做下去。

於是，在她將要出發的前天，他們忽然互相發見了。當他們在卡絲諾舞場，密接地互相猥貼著跳舞的時候，她突然停住，從他退後幾步，眼瞪瞪地瞅視著他。

「你真的喜歡這一些嗎？」她問。他說他嚇了一跳。她的聲音變了，更溫存地、更深沉地。她用中國話說，用她們的本國話！為什麼她們不曾說中國話呢？那邊有異種方言的笑話。

她並不是上海的道地人——她的家族從北方來的——英語比較時髦些，所以他們都借口說牠較容易說。然而，事實卻並不是如此，他完全能以中國話了解她。他很詳細地回顧著她，現在這華麗的舞場從他們的周邊褪色了。「我斷不喜歡這個。」他答說，「我不能對你說我是多麼厭惡這個。」

「那末，我們走吧。」她很坦白地說。

她完全和他先前所知道的關於她的事情，不一樣了，在汽車裡面，她坐著保存一種忌憚與尊嚴，使他不想去抓他的手。在這個時候，他總比較接近她些，雖然他並沒有抓住她的手。在她的門口，他逡巡著。然而她說：「你可要進來嗎？我想我們還有互相要討論的話。」

「我有很多的話要說。」他答說。

確實，他們似乎未曾談過話。他們所應答的一切太無意義的外國話，並沒有說什麼。現在轇集到他的舌頭的，是另一種話，是他們自己的話。一切的事情，都保留著未曾說。

她坐在舖套綾緞的長椅子，而他坐在靠近她的另一把椅子。她向他瞅視一下，然後向室中四顧，「我厭惡這一切。」她說。把她手向空中一揮，「你完全不知道我，連我的真實名字你也不知道，現在我將要走到傍的地方去了，我希望你知道我是一個很古式的。我在這一個月裡，曾和你做了一些我所厭惡的事情。知道，對於你是有好處的。我不喜歡跳舞，我厭惡外國糖菓，我

不喜歡親人家的嘴，親任何人的嘴，或使任何人的口唇觸到我的臉上或手上，都使我感覺得不舒服。——連你的口唇，我都不喜歡。」

「等著。」他攔住說：「我覺得我把你的一切全都知道了，我知道為什麼我們不能夠親近。為什麼你要同我去跳舞？為什麼你要讓我親嘴呢？假如你說你不喜歡這一種，我是一定不做這樣的。」

她低垂下頭，看她那緊緊地扭握著而放在膝上的手，她很害臊地答：「我想你喜歡這些外國的方式，而我又希望著能夠合你的脾胃。我想萬一我拒絕了，你或許會不——再來吧。」她的聲音很低，當她說到最後的一句的時候。

「你的真名字叫做什麼？」他問她說。

「明心。」她答說。

「我的叫做勇安。」他說。

他們沉默了一刻。

於是他再繼續下去。他坐在他的椅子裡把上身俯偏向前。

「你說——你真的說，你確實最喜歡我們的方式嗎？」

「最最喜歡的。」她木訥地說。

「你不喜歡像這樣房屋嗎？」他很嚴肅地盤問說。

「不。」她逡巡地說。

「不喜歡跳舞、不喜兜汽車、不喜歡女人終日所做的這一些事嗎？」

「不！」

「我們決不再這樣的花費我們的時間了。」他停一刻後說。

「決不！」他【她】答說。

他再等一刻：「我還不喜歡親嘴。」他宣言說。

「那末我們不再互相親嘴就是了」她說。

「我們應該說我們的國語，而我決定要把這些外國衣裳脫掉，再穿我的長袍，依照我們的舒服的方式生活，抽著水烟管。」

「我決定不再穿皮靴子。」她說：「我決定不再吃我所厭惡的牛奶油，不再吃外國餐，我們的食棹須要陳列著大碗和筷子，我還要蓋一所有庭院而無樓梯的房子，而我希望有很多的小孩。」

當她說出的時候，他看見那些的一切，他們的房屋，他們的家庭，一切他們自己的束西，和他們自己，都好像他們實在希求的東西一般。他開始傾瀉出他的話，「那末你願意同我結婚嗎？我們可──」於是他停住。他站起，堅決地站在她的面前。「不，」他說：「方小姐，我的父親會寫信給你的父親的，牠不久就會到的──即刻──」他已經半近著門口了。現在他已經到了門口，他回著頭看她。

她站起來，鞠一個躬也站著瞅視著他，驚醒著，而像薔薇一般地溫存。他頭一次看見她，她是多麼純真呵，這個他們自己的可愛的自然的創造物呵。他們決定在庭院的池子裡，培養些蓮花，栽種些叢竹，在夏天便在那裡吟詩──古式的四句絕詩。他時常希望有時間，來做這種消遣。

「你走啦，林先生？」她用舊來的告辭的方式問。

這句話從她的口裡，來得那麼甜美，使他的腳不知覺地退向後一步。然後他恢復了自已。不，「不再用外國方式了。」他堅決地說。他站出，而步入廳堂。於是他再把頭伸進去，再看她一下。

她很閑靜地坐在她的長椅子上面，她的手攏握著，她的小足很清楚地攏在一起，完全像他自己的老母親在姑娘的時候坐著的體式一般。她正凝視著她的前面，他知道她正看著房屋、庭院、很多的小孩，安全的古式的生活方式。她在那裡等待著，那麼美麗，那麼美麗──「究竟還是早些。」他修正著大踏步走了。

載於《南方》，第一四四～一四五號，一九四二年一月一、十五日

秋山圖

作者　芥川龍之介
譯者　湘蘋

【作者】

芥川龍之介（1892～1927），見〈鼻〉。

【譯者】

黃成春（？～？），號湘蘋，臺北萬華人。曾加入一九三三年創立的臺灣文藝協會，從事現代文學創作，並於機關誌《第一線》（1935）上發表〈秋雨〉、〈是深秋〉、〈有酒〉等三首新詩，另有雜文〈一個模範田主鄭板橋先生〉一篇。文友有朱點人、王詩琅等人。戰爭期間，轉攻漢詩。然不同於一般傳統文人漢詩創作帶有吟風弄月或歌功頌德的習氣，其漢詩有其承繼自新文學運動的批判精神。例如一九四一年七月《風月報》改題《南方》時，湘蘋有賀詩云：「細寫蒼生真面目，少登風月舊歌詩」、「連篇慶語刊何用，一代民情待發之」，都展露了貼近人民情感的文學觀。現存二十餘首漢詩，多刊載於《南方》。（趙勳達撰）

上

「——講到黃大痴，那麼大痴的〈秋山圖〉你曾看過嗎？」

是一個涼爽的秋夜，訪到甌香閣的王石谷和主人惲南田兩人，在細啜香茗的談話中，這樣的動問。

「不，未曾看過哦！你呢？」

——大痴老人黃公望和梅道人並黃鶴山樵，共是元朝中繪畫的神手。

惲南田這麼的答著，先前曾經看過的〈沙磧圖〉和〈富春卷〉，就髣髴一縷輕煙似的，浮映到眼底來。

「哦！可以說看過的好，還是可以說未曾看過的好？如今成個疑題呢！」

「可以說看過，也可以說未曾看過？」

惲南田怪疑似的，視線投到王石谷的臉上去。

「敢不是看見仿本？」

「不，卻也不是看見仿本，確是看見真蹟，──而且看過的也不只我一人，關係這秋山圖底事，煙客先生王時敏和廉州先生王鑑，各人都有一段的因緣。」

王石谷又把茶啜了一口後，像很沉思的發出微笑。

「如不感覺著討厭，我便說給你聽聽吧。」

「謝謝你。」

惲南田把銅檠裡的炭火，挑了挑火焰，慇懃地敦促著客人。

是元宰先生董其昌在世的事。有一年的秋天，先生和煙客翁在暢談畫論的中間，突然向煙客翁問他是否看過黃一峯底秋山圖。煙客翁，人人都曉得他的畫事，是尊宗大痴的人。所以凡屬大痴的畫，苟有存在世間的，應有盡有，堪稱都已看過，可是祇有那幅〈秋山圖〉，卻未曾經眼的。

「哦？還敢說看？連名字也未曾聽過呀！」

煙客翁這樣的同答，似乎成覺著羞愧。

「那麼有機會，總要看牠一回的必要。牠較那〈浮嵐圖〉或〈夏山圖〉又高一等底出色的傑作呢！大概大痴老人的諸本中，想是以這為白眉也未可知。」

「如許的傑作嗎？那麼是必須要看的。但到底是誰存著呢？」

「存在潤州的張家的。若往金山寺的時，順便遶路叩他的門看看──我給你寫介紹書吧。」

煙客翁捧了先生的手簡，隨即遶投潤州去了。既是有藏著如許的妙畫之家，到了那處，除這黃一峯的畫〈秋山圖〉而外，一定尚有種種歷代的妙墨可看無疑──這樣設想的煙客翁，便一刻也不能夠默默坐在西園書房似的，心裡急燥起來。

那知道一到潤州看時，他所愉快期待的張家，果然是一座結構宏壯的大廈，可是感覺到非常的零落。屋外的圍牆蔓延著藤蔓，廣闊的庭裡，長滿繁

茂的雜草，裡面的那些牲畜，雞咧，鴨咧，一睄¹來訪的生客，都像在詫異的
樣子──看這情景的煙客翁，真的想不出這荒廢不堪的舊家，藏著大痴先生
的名畫，一時幾欲懷疑元宰先生的話來。

可是一旦來了，若不投一張名帖便回去，不用說也非本意的。於是對待
回稟的小廝，好歹把要拜觀黃一峯的〈秋山圖〉底來意傳達後，又把思明先
生的介紹書遞交那個小廝。

不久，煙客翁便被接到花廳，那廳裡的陳設，雖然曾亦排著很清雅的紫
檀木机，可是滿廳裡瀰漫著塵埃幽冷的臭氣。──仍然可以說得一遍荒廢之
氣漂在朱色的館甍上面。

但幸出來的主人，雖然帶看病弱清瘦的顏容，可是人品卻生成不錯；不，
寧說那蒼白的臉兒和豐麗的手的模樣兒等，看來都像貴族品格的人。煙客翁
便對著這位的主人，約略說完初逢的套語，接看便將欲拜觀著名的黃一峯的
〈秋山圖〉底話說了。怎麼的，據煙客翁的話，說那幅名畫不知怎的，若不
趁這個時候趕緊來看看，便會像煙霧一般消失去似的，像帶點迷信底心地哩。

主人隨時快諾，立刻在那花廳的粉壁上，掛起一幀繪幅來。

「這便是你老人家所盼望的〈秋山圖〉啦！」

煙客翁仔細把那幅畫一看，不覺洩出驚嘆的聲音。只見那圖是以青綠設
色的，溪水委蛇的流處散佈著村落和小橋，那頂面突起的主峯的山腹，悠悠
罩著的秋雲卻是用蛤粉的濃淡堆成的。山是經了新雨的翠黛，尤其是以硃點
潑的處處的叢林所映發的紅葉的美麗，殊不知要用什麼來形容才好，言語覺
得不能喻其佳妙的。這樣說來，不過只像美麗的圖而已，其實那布局非常的
雄大，筆墨亦極其渾厚──是燦爛的色彩之中，橫溢著空靈澹蕩的古趣底繪
畫。煙客翁心裡像放鬆了。很久很久的把那畫看得入神，那圖竟是越看越添
出妙趣。

「怎麼呢？能合尊意嗎？」

主人含著微笑，斜斜一瞻煙客翁的臉。

---

1 按：查無此字，茲保留原文。疑作「時」。

「果然神品呀！元宰先生的讚賞，真是一點不錯。老實若和此圖比較起來，我從來所看的諸名本，一概要居了下位了。」

煙客翁在說話的中間，那雙熒熒的眼睛，總不離開那幅〈秋山圖〉。

「哦，真的如許傑作嗎？」

煙客翁不覺把驚異的眼光，轉向主人那邊去。

「怎麼尚且這樣不相信嗎？」

「不，不是不相信，實在──」

主人像閨女般的紅了臉，但勉強漏出寂寞的微笑，畏縮地，望著壁上的畫，這樣的接著講去：「實情每次望了此圖，我便感覺得眼睛明明光著，偏猶朦朧地像在做夢一樣的心地。不錯，秋山確很美麗，然而那種的美麗，只有我才能夠看到的美麗，不是嗎？我以外的世人，不過以為是一幅平凡的繪畫看而已嗎？──不知怎的這疑念，時常來苦悶我，這不知是我迷了，還是這幅圖在此世間，未免太過於美麗所致。畢竟執在那方的原因，總是不知道的。這種微妙的心情，遂致對於你老人家所賞讚的，不覺也來一番斟酌的追問起來呢。」

然而此時的煙客翁，對主人這樣的辯解，也沒有特別加以留意。這不獨是只因看了〈秋山圖〉出神，而卻以為是主人轍頭轍尾把自己沒有把握的鑑賞力隱藏，胡亂敷衍出來的懶語，入耳朵而使然的。

煙客翁未幾，便辭了廢宅似的張家。

但牢而不能忘掉的是那幅駭人心目底〈秋山圖〉。實情以繼了大痴衣缽的煙客翁身上來想，無論什麼東西丟掉，只此〈秋山圖〉總要弄到手的。不但如此，翁是一位蒐集家，但他家藏的妙墨之中，說以黃金二十鎰換到的那幅李營丘底〈山陰泛雪圖〉，來比到這〈秋山圖〉的神趣，難免要遜色得多了。是以煙客翁以蒐集家的立場，自然對此稀代的黃一峯傑作，要的了不得了。

於是客在潤州的中間，便遣人到張家，把〈秋山圖〉讓給的事情，交涉好幾次，可是主人絕對不肯應諾。據差去的人所說，那個蒼白的主人的話說：「既然這樣的中意此圖，那麼我便歡歡喜喜的借給先生賞玩賞玩吧，獨是割愛兩字總求愿諒的。」

　　偏偏又是負氣的煙客翁，聽了此話，心裡有些懊惱不悅起來。——怎麼，現在也不免借給我，有一時的確看我得到手吧。——煙客翁這樣的暗暗自期，終於放棄〈秋山圖〉的念頭，離開潤州。

　　從此經一個年後，煙客翁重到潤州之便，再往張家看看，只見那絡在頹垣的蔦蘿，和繁茂在庭裡的草色，和先前沒有變換的。但一詢那個回稟的小廝，說主人出外不在家裡的。翁便把不會主人無妨，只那幅〈秋山圖〉再給他看看的話，慇懃央託好幾次。

　　可是，任他如何的敦託，那小廝總以主人不在家裡作話梢，老是不肯引進裡面去的。不，最後還關起門來，連個回答也不應了。於是煙客翁不得已心裡徒有懷著這荒廢不堪的舊家裡面的一處，寶藏著所有名畫的事，胡思亂想，惆悵地獨自回來了。

　　那後來，會著元宰先生，先生又再對翁把那個張家不獨藏有黃大痴的〈秋山圖〉，另外還存著沈石田的〈雨夜止宿圖〉和〈自壽圖〉等傑作的事告了煙客翁。

　　「前回都忘記對你說，這二幅和〈秋山圖〉一樣，堪稱繪苑的奇觀，我再給你寫張書信，的確也把這個看看的吧。」

　　煙客翁立刻差人星夜奔赴張家去。——那個差使携了元宰先生的手扎【札】而外，又授著欲購此幅各【名】畫的橐金去的。——然而主人，仍和從前一樣，絕對把黃一峯的不肯放手。

　　至此煙客翁只好把〈秋山圖〉的意念擯棄，而外再沒有別的方法了。

下

　　王石谷些時噤了口。

　　「以上是煙客翁講給我聽的話呢。」

　　「那麼煙客先生一人，的確把〈秋山圖〉看過嗎？」

　　惲南田一手撫摸頸下的長鬚，叮問似的向王石谷望了一望。

　　「先生說看過的。但，真的看過沒有，誰也不懂的。」

　　「然而據你說的情形都像——」

「哎，再聽往後的話吧，話聽完了，又是自然會生出和我不同的心思也未可知。」

煙客翁講這話給我聽的，是他初初看到〈秋山圖〉的時候起，已經將近閱過五十年的星霜吧。時那元宰先生早已物故不在世間，而同時張家也不知不覺換到三代了。是以那幅〈秋山圖〉現在藏在誰家——不，還得保全看龜玉的完璞否，這我們也不得而知的。煙客翁像能活現到眼前的樣子，把〈秋山圖〉的靈妙詳細講完後，悔恨似的這樣談起來。

「那個黃一峰的，和公孫大娘的劍器一樣。雖有筆墨，而不見到筆墨，只有一種不可名狀的神氣，直迫到人的心坎來。好像只看到龍翔鳳舞底上下盤旋而舞劍的人兒，和冷森森的那把劍兒，我們是看不到的一樣呢。」

從此大約經過一個月後，慢慢地春風飄動了，春水也潮生了，我便想趁這時候，孤帆南渡，作個遠遊。於是把這話對煙客翁說了。

「那麼整整有這好機會，順便去探探〈秋山圖〉吧。看它能夠再一度出現世間，也算是繪苑的慶事了。」翁這樣的回了我。

這原本是我的希望，隨時央托先生給我寫一封手札。但一上征途，也許因到的地方過多，不容易往潤州探訪張家的空閒。

我白白的懷著翁的批信，一直到杜鵑啼血的時候，終於還沒有探探〈秋山圖〉。

嗣後，偶然傳到耳來的，是貴戚王氏，把那〈秋山圖〉弄到手的消息。那麼說來，當我遊歷的中間，把煙客翁的書信，遞給人看的當時，一定有混著和王氏相識的，王氏便從這人曉得那幅〈秋山圖〉藏在張家底事吧。

據坊間流傳的話，說張氏的孫兒，接到王家的差使，便將傳家的商彝、周鼎啦、名人書帖啦等等，並那幅大痴的〈秋山圖〉也一齊獻上去了。因此王氏非常的歡喜，把張氏的孫兒招到府去，尊為上席，盛設饗宴，奏起悠揚熱鬧的音樂，呼出如花似月的家姬，作種種的厚待，最後還再千金給他的。

我幾欲似雀兒跳躍的歡喜起來——因為經過滄桑五十載的現在，這幅〈秋山圖〉還能無恙保存著原來的面目，不但如此，那圖猶是落在和我有一面之

識的王氏的手裡。昔日，煙客翁任何費盡苦心，二次要看這圖，可是一切都歸了失敗，幾欲怨天罵地起來。然而現在，也免介意到王氏肯不肯，自然地這幅圖，蜃氣樓似的浮映到我們的眼前了。這真的可以說天緣湊巧啦！

於是我也不顧收拾東西，趕緊便奔赴金閶王氏的府第看〈秋山圖〉去了。現在還顯然的記憶著，那是王氏庭裡的牡丹，在玉欄杆外，開得非常嫵媚可愛的沒有半點風兒底初夏過午時候，我一瞧到王氏的臉，作揖也作沒個明白，便嬉嬉的笑出來了。

「〈秋山圖〉已是咱們的了。怪可憐的煙客翁先生，被這圖用盡許多的勞苦，可是現在可免憂慮了。只想到這點，也叫人快活極了！」

王氏也滿面非常得意。

「今日煙客先生並廉州先生說也會來的，但依屈駕的次序，便請足下先行玩賞吧。」

王氏隨時在傍邊的壁上，令人掛起〈秋山圖〉來。——臨水的紅葉村舍，籠罩山谷的白雲，再如遠近巍然聳立似屏風的數峰青——

忽然我的眼前浮映著較大痴老人造出的天地更加靈妙底小乾坤來，我的胸裡，一上一下的歡喜，直望著壁上的畫。這雲煙邱壑，絲毫不錯，是黃一峰的。看它皴點加的這麼多，而墨色靈活得很，設色這麼濃厚，而筆法顯然。這手法除了痴翁，無論是誰，絕對做不到的。

然而——然而眼前的這幅〈秋山圖〉，和昔日煙客翁在潤州張家看過一次的那幅，的確是別的黃一峰的，且比那幅恐怕還要居到下位。

那時，我的周圍，除主人王氏，並在座的眾食客們，都在窺我的顏色。

所以我很用心，把我失望的神色，絲毫也不令流露。但，任何的努力，我的不服的神情，不知不覺的顯現出來。王氏經過少時的沉默，很擔憂似的向我開口。

「怎麼呢？這圖……」

我言下隨即回答。

「果然神品！可不是麼，照這樣的驚倒煙客翁，也不算什麼詫異吧！」

王氏的顏色微點好了。但，仍是對我的讚辭，眉宇之間留著幾分不滿的

氣象。那時候恰好來到的，是給我說〈秋山圖〉之神趣的煙客翁。

翁向王氏施禮的中間，面上呈出嬉嬉的微笑。

「五十年前看這〈秋山圖〉，是在荒廢不堪的張宅，而今卻又在這富貴之家，重逢這圖，實情是夢想不到的意外的因緣啦。」

煙客翁一邊這樣說，一邊仰視壁上大痴的畫。眼前這幅的〈秋山圖〉，是否先前翁所看過的？不用說，誰也不能比翁再熱識的。因此我也和主人王氏一樣，對著翁在看這圖的神情，很關心的注視著。果然轉瞬的中間，翁的臉上，不是現著憂色嗎？

經過少時的沉默之後，王氏愈懷著不安似的，怯怯的向著煙客翁問道：

「怎樣呢？剛才石谷先生也非常褒賞過的，可是……」

我以為正直不過的煙客翁，絕對不會作那無責任的回答，心裡暗暗的危懼著。然，使王氏失望，到底煙客翁也過意不去吧。翁看完〈秋山圖〉，便對王氏懇懇地答道：

「能把這弄到尊手，算是運氣好極了，貴府家藏的諸寶，從此要添出一段的光彩吧。」

但，王氏聽到這話，依然臉上的憂色，愈加濃厚起來。那時假使廉州先生，雖然遲些，若不來到，我們一定更加感到不高興的吧，然而幸得先生當煙客翁底讚辭，說到羞澀的時候，快活地來參加一座了。

「這便是所說的〈秋山圖〉嗎？」

先生簡截的純禮後，對著黃一峰底畫，只管默然地，嚙看口角的髭鬚。

「煙客先生在五十年前，曾看過這圖的。」

王氏很關心的，這樣加了說明。

廉州先生還沒有受煙客先生給他說這圖的神妙。

「怎麼呢？你的鑑賞底高評？」

先生只洩出一個嘆息，仍舊目不轉睛的眺望那幅〈秋山圖〉。

「不客氣的尊評，領教領教──」

王氏勉強作著微笑，再催促先生的回答。

「這嗎？這……」

廉州先生把口又停了。

「這怎麼？」

「這是痴翁第一的名作吧。——你看這濃淡的煙雲，豈不是活氣淋漓嗎？林木等的設色，也堪稱作天造的。那處屹起的一座遠峰有看到吧？全體的布局，為這峻峰，不知活得多少了。」

剛才默默不作一聲的廉州先生，回顧王氏，一一指著〈秋山圖〉的佳處，風起雲湧似的，頻發出感歎的聲來。隨著這感歎的聲音，王氏的臉兒，便漸漸的明亮起來，把疑惑的憂愁解開了，我在那中間，暗地裡很細聲的偷問煙客先生。

「先生！這便是那〈秋山圖〉嗎？」

煙客翁把頭搖一搖，使著奇怪的眼色。

「簡直的萬事都像做夢一般。或者當前的那個張家的主人是狐仙，還是什麼東西，亦未可知？」

「〈秋山圖〉的話，就此終結啦。」

王石谷說完後，徐徐地把一甌茶，啜個盡了。

「果然，奇怪的事呀！」

惲南田自前刻來，便注視銅檠裡的火焰在發怔著。

「後來，王氏也很熱心的，種種探尋，可是一說到痴翁的〈秋山圖〉，除這以外，張氏再也不懂別的呢。因此昔日煙客翁所看的那幅〈秋山圖〉，現在還流落在那一處，或者不過是先生記憶的錯誤，我皆不懂的，難道，先生往張家看〈秋山圖〉的事，全部是屬虛無飄渺的幻話不成？」

「但，煙客先生的心裡，很清楚的刻著那幅可怪的〈秋山圖〉吧。以及你的心裡也……」

「山石的青綠，紅葉的朱色，現在還是歷歷可見的。」

「那麼雖然沒有〈秋山圖〉，也無什麼遺憾不是嗎？」

惲、王兩大家相為鼓掌，哈哈的大笑起來。

載於《南方》，第一四六、一四七號，一九四二年二月一、十五日

超乎恩仇

作者　菊池寬
譯者　張我軍

【作者】

菊池寬像

　　菊池寬（きくち かん，1888～1948），日本小說家、劇作家。曾用筆名菊池比呂志、草田杜太郎。生於香川縣高松市。一九一六年畢業於京都大學英文科，畢業論文是《英國及愛爾蘭的近代劇》，就學期間曾與芥川龍之介等主辦第三期和第四期的《新思潮》雜誌，成為「新思潮派」（即新現實主義派）的代表作家。一九一四年在《新思潮》上發表劇本《玉村吉彌之死》以及《懦弱的丈夫》等。一九一六年於《新思潮》連續刊出《屋頂上的狂人》、《海上勇士》與《閻魔堂》（後改題為《奇蹟》）等。一九一七年發表獨幕劇《父歸》。一九一九年之後陸續將劇作《藤十郎之戀》、《父歸》、《超乎恩仇》正式演出，獲得極高評價。此外也創作了《義兵甚兵衛》、《時間之神》、《戀愛病患者》等劇作。其劇作具有構思新穎、結構嚴密、人物生動等特色。自從小說作品《珍珠夫人》（1920）問世之後，逐漸成為通俗小說家。一九二三年創辦《文藝春秋》，成為日本極具影響力的文學刊物，迄今仍在刊行。（顧敏耀撰）

【譯者】

　　張我軍（1902～1955），見〈鼻子〉。

一

　　市九郎把主人殺過來的單刀沒招架俐落，由左頰到頤邊挨了一刀，雖然是輕微的傷，意識著自己的罪戾——和住家的寵妾發生了亂倫的姦情這樁自己的滔天大罪，縱然是對方的挑逗——的市九郎，自認主人揮起的單刀是應有的刑罰，縱有閃避那刀鋒的掙扎，卻是毫無換手的意思。

他只覺得為了這種一時的糊塗而斷送一命，未免太冤，所以心想能夠逃免就逃逃看。於是主人對他數斥不義、揮刀殺過來的時候，當時就抓起眼前放著的燭臺，招架著主人的銳利的刀鋒。雖然年近五旬，筋骨卻還猛逞的對方，手中的單刀是一刀緊似一刀，這邊卻又可憐見的還手不得，不覺就沒有招架俐落，先在左頰挨了一刀。

可是，一經見血，市九郎的心立地一變了。他那顆是非分明的心，便暴躁起來，好似挨了鬥牛者的槍刺的牡牛了。一想到左右只有一死的了，那裡便也沒有社會、沒有主僕了。一向當作是主人的、對方這漢子，這會兒看來只是正在來要自己的命的一隻動物——而且是獰猛的動物了。

他奮然轉取攻勢了。他「唉！」了一聲，把手上的燭臺衝著對方的臉上擲過去。看取了市九郎是為了防身而防身，而大意著的主人三郎兵衛，招架不住那座無意中打來的燭臺，蠟盤的一角，著著實實地打了他的右眼一下。市九郎趁著對方顛擺的空兒，拔起腰刀立地撲去。

「小子，你敢還手嗎？」

三郎兵衛氣得冒火了。市九郎不答話橫刀殺去。主人把那將近三尺的單刀和市九郎的短短的腰刀，激烈的碰打了兩三下。

主僕拚命地鬥了十數回合之間，主人的刀尖在低矮的頂棚擦碰過兩三次，頗有失去操刀的自由之慨。市九郎的刀乘機而入了。主人感到地勢的不利，便想走出靈便的屋外，倒退兩三步，來到走廊外了。市九郎又趁機撲過來，主人叫聲「看刀！」暴躁地砍了下去。可是來得太躁了，那把單刀竟砍進垂在走廊和房屋之間的橫楣兩三寸。

「糟糕！」三郎兵衛要拔出單刀那一會兒，市九郎撲過去，使勁兒把主人的脅下刺進一刀了。

敵人一倒下去，市九郎可就駭然明白過來了。一向興奮而至於迷糊著的意識，漸漸鎮靜下去，他立即想到自己犯了弒主的大罪，為了後悔和恐怖，竟倒臥在那裡。

時在初更以後。本房和家勇監獄隔離很遠，所以主僕的一番死鬥，除了住在本房的女僕外，似乎還沒有一個人知道。那些女僕，為了這一番駭人的

格鬥，個個六神無主，聚到一間房裡，只在那裡發顫。

市九郎陷於深甚的悔恨了。他雖是個好色之徒，是個無賴的年輕武士，卻還沒有做慣壞事。何況要犯八逆的第一條弒主的大罪，真是他自己所想不到的事。他收起了沾著血的腰刀。和主人的妾暗通曲，因而行將受罰之時，反把主人殺了。無論怎麼想，於他也沒有好處。他斜眼瞟著還一抽一抽地在動彈的主人的屍首，無言地下了自殺的決心。於是乎，就在那一會兒，從套間發出了彷彿從一向那場重大的壓迫逃脫出來似的女人的聲音：

「真是的！我想這可怎麼辦，捏了兩把汗哩！心想你挨一刀劈成兩半之後，恐怕就該輪到我了。剛才就在屏風之後面，摒息吞聲瞧著呵。可是，這可太合適了。事到如今，一刻也不能耽擱下去，所以這麼辦罷——把現款都搶了，逃命去罷。家勇們好像還不知道似的，要跑就得趁這會兒呵。奶媽和女僕們好像都在廚房那邊抖裡抖擻地發顫著。所以我去叫她們不要亂動亂嚷去。來呵，你去尋找現款去罷。」

那聲音確乎是發顫著。不過似乎拿著女性特有的強烈的執拗勁兒制壓著，勉強裝著鎮靜。

市九郎——完全失掉了主意的市九郎，一聽見女子的話聲，蘇醒過來似的活起來了。他與其說是拿自己的意志動作，不如說是由著女子的指使行動的傀儡似的站起來，立刻把手放到安置在屋裡的桐木的碗櫃裡去了。而在雪白的木紋上斑斑霑上帶血的手印兒，來回在抽屜裡尋找起來。可是直找到女子——主人的愛妾阿弓——回到那裡，只找到了二朱銀[1]的五兩包一封而已。阿弓從廚房回到那裡一看那些錢：

「這一點兒零錢夠幹什麼？」

說著，親自下手把抽屜亂翻了一趟。末了連鎧箱也翻到了，就是一枚小元寶也沒找到。

「是個小心眼的人，哼【，】是拿個罐子裝起來，找個地方埋起來了罷。」

這樣狠狠地說罷，立刻把值些錢的衣類呵、拜匣呵，之類打成包裹。

1　原註：一朱合一兩二十四分之一。

這樣地一對姦夫淫婦，奔出淺草田園町旗將[2]中川三郎兵衛的家了，時在安永三年[3]初秋。之後，只留下當年僅三歲的，三郎兵衛的獨子實之助，躺在乳母懷中安安適適地睡著——不知父親的慘死。

二

市九郎和阿弓奔出江戶之後，成心不走東海道，而取道東山道，一壁避人耳目，一壁朝著上方[4]而去。男的，為了弒主之罪，始終受著良心的責備。可是伊呂波茶館[5]的女侍出身的毒婦阿弓，每見市九郎有些垂頭喪氣，就說：

「左右是殺人犯了，盡發愁著就有什麼法子嗎？拿準了主意，過個有樂子的日子，才是上計呵。」

這樣在市九郎的心頭，朝朝暮暮推波助瀾，打信州來到木曾原驛的時候，兩人的盤纏已經剩不到一百錢了。兩人一窮起來，可就不得不做壞事了。起初是以美人騙局為業，因為這是這樣勾搭起來的男女最容易幹的。

這樣地就在信州至尾州之間的各驛，剝了過往商民等的盤纏。起當初是由於女子極力的唆使，終于幹起壞事的市九郎，末了也嘗出了壞事的味兒了。對於浪人[6]打扮的市九郎，遭殃的商民人等，雖被剝了金錢，卻很柔順。

壞事愈做愈進步的市九郎，由美人騙局進而做起更加簡便不費事的明奪，末了，甚至把殺人強盜當作正當的職業了。

他不定從什麼時候，竟在由信濃至木曾之間的東山道險隘鳥居嶺土著起來了。白晝開茶館兒，夜裡就幹強盜。

他對於那樣的生活，已經不感到任何的遲疑和不安了。看準了腰纏富有似的行人，要了命，搶了金錢和衣物，立即把屍首收拾俐落。一個年頭幹他三、四案，他就是足夠喫喝一年了。

2　原註：原名旗本・德川時代武士一階級。
3　原註：西紀一七七四。
4　原註：今之京都及其附近。
5　原註：茶館字號以兼暗娼而著名。
6　原註：無主家或棄職的武士。

這是他們離開江戶第三年的春間。為了參觀交代[7]的北方諸侯，接連通行兩批，木曾街道上各驛，呈現了近來所僅見的熱鬧。尤其是那時節，信州以次，自越後和越中而至的朝詣伊勢[8]的香客，官道上足跡不絕。那些人裡面，很多藉便延長遊玩的旅程，才往京都以至大阪的。市九郎打著主意，想挑兩三個來下手，以便得到那一年的生活費。

是木曾街道的、點綴杉柏之間開著的山櫻花起始飄落的一個傍晚。市九郎的店兒，有一對男女行人來歇腳了。那無疑地是夫妻。男的年在三十以上。女的約莫就在二十三、四的光景。看來是特地不帶跟人來個輕鬆的旅行的、信州方面的豪農的少夫婦。

市九郎一看見兩人的裝束，就在心裡盤算著想拿這兩人做今年的犧牲者了。

「這兒到藪原驛，也許沒多遠罷。」

這樣說著，男的在市九郎的店前，就要重新結結草鞋的帶子。市九郎正要答話，阿弓已從廚房走出來，搶著說了：

「是的，您哪。下了這個嶺頭，就剩不到半里地了。您多歇一歇再走罷。」

市九郎一聽見阿弓這話，心裡就明白阿弓已經在打算叫他去實行可怕的計畫了。這裡到藪原驛還有二里[9]來地，卻造謠說得好像沒有多遠，讓行人放下心，乘著他們的路程入了夜，他乃抄近路在驛站的進口處截搶，這是市九郎素往的手段。那個人，連夢也沒想到有那麼一個可怕的計畫，一聽到阿弓的話，他就說：

「那麼就要他一杯茶喝罷。」

已經陷進他們的頭一道圈套了。女的摘下帶著紅帶子的菅葉笠，挨著丈夫坐下去。

他們在這裡歇息了爬上嶺頭的一番疲乏，過了半小時之後，付了茶資，

7　原註：德川幕府制，各藩諸侯年須一度晉江戶謁大將軍述職。
8　原註：伊勢神宮乃日本國民的信仰聖地。
9　原註：一里約合我國六里。

朝著暮色蒼茫的小木曾的溪谷[10]下了嶺頭去。

　　兩人的影子沒入暮靄之中了，阿弓立即使了眼色。市九郎把腰刀插上，立刻像個追逐鳥獸的獵人似的，一溜煙地趕兩人背後追去了。打官道大路右邊，順著木曾河流，在險阻的道上沒命地跑去。

　　市九郎來到藪原驛前方那段兩行樹木的路口時，三春永日已經完全昏暗，初十前後的月亮行將東升，淡白的月色照得木曾諸山微淡地浮現出來。

　　市九郎隱身在一叢順著官道長著的白楊樹下，靜待著那一對夫妻來到。日漸兇悍的他，心坎裡也不由不想到，無端把一對正在幸福地旅行的男女的性命要去，是怎樣地罪業深重的呵！但是一旦著手的事情不做了就回去，卻有這會兒還壓住他的阿弓管著，是不由他的心的。不過他，倒是不願意這對夫妻流血。心裡想著，最好是對方碰上我的威迫，能夠沒有第二句話就依從。心裡想著，倘若他們獻出盤纏和衣飾，我斷不肯殺生的。

　　他的心計安好了的時候，正看見打官道的那邊走快步往這邊過來的那女的影子。

　　兩人為了自嶺頭而來的路遠得出乎意料，看來是筋疲力竭了，互相挨扶著一聲不哼地趕路而來。

　　兩人走近白楊樹叢的時候，摒息吞聲等候著的市九郎，突然跳出，站在官道中了。接著嚷了一套歷來一趟又一趟說熟了的威迫的言詞。然而男的，卻沒有像他所預料那樣害怕，反而彷彿要拚命似的，拔起護身刀來，就拿身子擋著妻子，一邊打個架式。市九郎碰了一個釘子。但是他，大聲嚷道：

　　「我說，過路人，何必還手白送性命！我沒說連命都要的。把你身上的錢財衣飾都獻出逃命去罷！」

　　對方定睛瞪著他的臉，忽然想到似的：

　　「嘿，你不是剛才嶺上那茶館兒的老闆嗎？」

　　這樣一嚷，那個男的怒氣衝天的撲過去了。市九郎想，這可有什麼說的！心想，我的面孔已經叫人家看出來了，為自己們的安全起見，再不能讓這對

---

10 按：谷，《張我軍譯文集》誤作「穀」，應是將原稿之繁體先轉為簡體，在臺出版時再次轉成繁體所致。

男女活著了。

　　對方拚命地殺過來，他靈巧地閃開，忽然手起刀落，在對方的脖子上砍了一刀。男的「唉！」地大叫一聲，面朝天倒下去了。一看，同道的女子彷彿失了神似的，蹲在道旁，抖裡抖擻地在發顫。

　　市九郎著實不忍殺這女的。不過他覺得無以處置自己的危急。心想趁著殺了男的這股殺氣未平罷，揮著血刀走近女的身旁了。女的合掌拜著，求市九郎饒命。市九郎被她的瞳仁一釘住，那把刀就怎樣可也下不去了。不過他想非殺掉她不可。這時市九郎的慾心想著，可別拿刀殺這個女子毀了她的衣飾。這麼一想，他就摘下腰邊掛著的手巾、繞到後面勒了女子的脖子。

　　市九郎殺掉了兩人之後，忽然感到殺人的恐怖，覺得一會兒也不能在那裡呆著了。他搶了兩人的腰圍[11]和衣類，匆匆忙忙從那裡一溜煙地逃跑了。感到了背後有什麼在追著似的焦躁。他雖然歷來傷害了十來個人，卻都是鬢髮斑白的老人或商人——儘是那種階級的人，年輕的成對夫妻之類，還沒下過一回手。

　　他一壁受著深甚的良心的責備，一壁回到自己的家了。一進了家門，馬上把男女的衣服和錢，像擲掉污穢的東西或什麼似的，往阿弓那邊擲過去了。可是阿弓，還是一如素日的她。不慌不忙地先拿起銀錢點點看了。所帶的錢沒有他們意料的多，超過二十兩沒有多少的。

　　阿弓把被害的女子的衣裳拿到手上一看，就說：

　　「唷，黃綢子上衣，花縐綢襯衣呀！」

　　吐露了女性對於衣飾所特有的感歎之聲。但是立刻又說：

　　「我說您！這女子頭上的東西，怎麼啦？」

　　她責問似的，回頭向市九郎說了。

　　「頭上的東西！」

　　市九郎不明白女子質問的真意，含胡答應了。

　　「是呀，頭上的東西呵。穿的是黃綢子縐花綢呀，頭上戴的難道會是隨

─────────────

11　原註：出外人放錢的地方。

隨便便的櫛笄嗎？我呀，才剛那女子摘起菅葉笠的時候，瞟了一眼的。沒錯的，是玳瑁的全份兒。」

阿弓聲色俱厲地說了。壓根兒沒想到殺害了的那女子頭上的東西的市九郎，真叫無言答對了。

「我說您，總不至於忘記拿的罷？倘若是玳瑁的話，七兩八兩銀子是錯不了的呀。也不是初出洞門的賊，我問你，殺人為的是什麼呀？害了穿著那麼講究的衣服的女子，卻想不到頭上的東西，我說你是打多咱幹起這賊生意的？多麼一個愕賊呵！你說，說給我聽！」

阿弓大發雌威，恨不得把市九郎給吞下去。

在為了殺害兩個男女的悔恨，連心坎底下都難受著的市九郎，女子的話太叫他傷心了。

他毫無後悔忘記拿回頭上的東西，這件按賊道說是失敗或無能之意。他想，我是只因覺得殺害兩條人命是壞事，所以動了惻隱之心，而忘了女子頭上戴著將近十兩銀子的首飾的。市九郎此刻還沒有悔不該忘記的意思。雖然落草為強盜，為了利慾而害人性命，卻沒有喫人鬼似的把對方的骨頭都給啃掉──想到這事，市九郎心裡也就不難受了。

然而阿弓就不然了，她眼看著自己的同性慘遭殺害，連身上穿的內衣都成了獻給兇手的貢品放在自己面前，而無底洞似的慾心，且及于漏出壞人市九郎的眼睛的頭上物。這樣想起來，市九郎對阿弓便不覺感到一種卑鄙了。

阿弓似乎不知市九郎的心中正在發生這樣的激變，又說：

「唉，我說您，您走一趟罷。好容易到了咱們手上的東西，難道用得著客氣嗎？我瞧你也不是客氣的材料呵。」

彷彿相信自己的話是理由十足似的，顯出了傲岸的表情。

但是市九郎閉著嘴，沒有答應。

「唔，挑了您的眼兒，您惱了是不是？真的，您不打算去嗎？您打算把將近十兩的利頭眼巴巴地給推出去嗎？」

阿弓再催迫市九郎了。

素常對於阿弓的話倒是惟命是從的市九郎，這會兒他的心正在激變之

中，要去理會阿弓的那一套，卻是朝著相去太遠的方向動著。阿弓看見市九郎不作聲，似乎焦躁起來，說了：

「怎麼說你也不去嗎？那麼我可就要走一趟了。地點是哪兒？還是素常那個老地方罷？」

對阿弓開始感到禁壓不住的厭惡的市九郎，無甯樂得阿弓趁早離開自己的眼前。他打算叫阿弓趁早離開自己眼前，好像啐口痰似的說了：

「還用說嗎？照例，藪原驛前方兩行松樹那裡呵。」

「那麼，我走一趟去罷，好在有月亮，外面是亮的。……真是叫人操心的賊大爺！瞧你這廢物！」

嘴裡臭罵著，阿弓把大襟挽起來，穿上草履，立即往月光下的馬路，一溜煙地跑去。

市九郎一見阿弓的背影，就為了卑鄙之感，心裡都裝滿了。一見為剎奪死人的頭上物，兩眼冒火地奔出去的女子的影子，市九郎唯其對那女子曾經鍾情過，心裡不由得感覺著卑鄙了。

況且，當自己在做壞事的時候，即使是當慘無人道地在殺人的時候，或是在劫掠銀錢的時候，自己做壞事常是莫名其妙地會替自己辯解，其卑鄙之感也就淡薄了。可是一旦冷靜地旁觀別人在做壞事，那份可怕，那份卑鄙，便徹底地非刺入市九郎的眼簾不甘休的。

一見自己賭了性命得來的女子，為了不過值個五兩十兩銀子，便摔出女性所有的柔情，彷彿一隻咬住屍首不放的狼似的，尋著女屍奔去，市九郎是片刻也不能再同這個女子一起在這所罪惡之家呆著的了。

想到這裡，一向他所犯的罪業便一樁樁蘇醒過來，起始咬割他的心。勒斃的女行者的瞳仁、渾身是血的蠶繭商的呻吟、一刀砍下去時那白髮老翁的慘叫，這些糾成一團來攻市九郎的良心了。

他為了罪業的可怕而戰慄，想趁早逃出自己的過去了。他甚至想從他自己本身逃脫出去。尤其極力想從自己一切罪惡的淵藪的女子逃脫了。他毅然決然地站起來了。拿了兩三件衣服用包袱皮包起來。把剛才由男子的身上搶來的腰圍揣在懷裡，以充暫時的盤纏。

　　他連霑著血的衣物都沒有換就跑出門外了，但是，走出不到五十步，忽然想到自己帶的銀錢和衣類都是搶來的，當時就被彈回去似的返回去，使盡平生力氣，把衣類和銀錢往自己家的門框裡擲進去了。

　　他避著阿弓，打沒有道的道，順著木曾川，一溜煙地跑去了。也沒有準地方說是往哪兒奔。只是想著往遠方——哪怕是一寸也好、一尺也好，遠離自己的罪惡的根據地——逃去。

三

　　市九郎無分山野的，只是跑了又跑。只一口氣就跑了二十來里[12]地，第二天傍晚已來到美濃大垣莊了。他直至來到這裡以前，也沒有準地方說是要停在哪裡。也沒有個準人說是要投奔何某。只是亂闖亂跑的。一心想著逃脫自歷來的生活。

　　他無意中來到大垣莊的淨願寺這座大廟的山門前了。聽到了暮鐘時，他那顆無依無靠的心，無端發現了可以依憑的最後的東西。

　　淨願寺是美濃全藩真言宗的總管。市九郎拚命叩求現主持[13]明遍上人的點化，從心底懺悔了。上人終究還是沒有棄掉這罪業深重的人。市九郎懺悔之後，說要向官人自首，但他卻攔阻著，教化道：

　　「罪業累累的你，交到有司手上把你棄市，自己去受現世報，倒也是滅罪的一法，可是，那可免不掉永受焦熱地獄的苦哩。與其如此，不如皈依佛法，為濟渡眾生捨身命以救人，同時又救你自己，這才是上計呵！」

　　市九郎聽了上人的一番教化，滿心更燃了懺悔之火，當時下了出家的決心。他由上人手下入了佛門，法號了海，一心一意為修佛道而焦頭爛額了。也許是因為道心勇猛，修行不及半載，道行已經皎似冰霜了。朝凝思三密的要法，夕不離秘密念佛的安逸，智度之心早已萌出，成功了第一等智慧。他一經自覺自己的道心已定，再不會動搖了，使求得師傅的允許，發起普救眾

12　原註：合我國百餘里。
13　按：主持，通「住持」。

生的大願，啟程出去雲遊世界了。

　　辭別美濃，首先打算到京洛地方[14]。他曾經害過好幾條人命，所以雖然身為方外之人，卻不由想到自己這樣活著是一件難堪的事。他，即從那種心情，也心想要為眾生而粉身碎骨，以償自己的罪障於萬分之一了。尤其想到自己曾在木曾山中為害行人，對著官道上碰頭的人們，覺得好像有著無法補償的擔負似的。

　　起居坐臥之間，也無時不想為人謀。一碰見行路艱難的人，他就或拉其手，或推其腰，助他走路。也曾經背負病苦中的老幼行走多少里地而不以為苦。便是離開官道的村路的橋樑破壞的時候，他也親自入山砍樹搬石去修繕了。看見道路崩塌，他就搬運土砂來修繕。如是由畿內諸藩[15]而中國[16]一帶，雲遊所至，一心只為積善根而苦心孤詣了。

　　但是他一想到重重累累於一身的罪業高於山，而所積善根又是低於土堆，他而今更悲半生罪業之深了！他知道靠著自己所做的些絲的善根抵償不了自己的極惡，不禁黯然。當在逆旅茅店之中夜半醒來，甚至想到自己這樣作著前途無望的報償，而尚留戀著餘生，著實太無聊了，於是也曾想過要自行縮短性命。不過每當這樣的時候，他就奮起大無畏的勇氣，祈願得行普救眾生的大業的機緣來臨了。

　　這是亨【享】保九年秋的事。他從赤間關[17]渡海而至小倉，到豐前藩宇佐朝拜八幡宮之後，打算順著山國川逆流而上，去朝詣閣屈山羅漢寺，便是從四日市南過赤土茫茫的曠野，順著山谷川的谿谷走去了。

　　築紫[18]之秋，換一次驛路的宿頭，就深似一次，雜木林中櫨樹紅得斑斕，四野稻穗黃熟，農家屋簷，一串一串地大紅珠似的掛著此地名產的柿子。

　　那是入了八月不幾天的一日。他右首瞧著輝煌於秋晨的光芒中的山國川

14　原註：京都地方。
15　原註：京都一帶五藩為畿內。
16　原註：非中華民國之中國。
17　原註：今之下關。
18　原註：即九州也。

那一泓清冽的流水，由三口越過佛坂的山道，近午時來到樋天驛了。在淒寂的驛站用了午齋之後，復順著山谷豁南進了。出了樋田驛的鎮外，道又挨著山谷川，順著火山岩的河岸蜿蜒著。

在行走艱難的崎嶇的石頭路上，市九郎扶著棍子走著，這時忽然看見道旁，有四、五個人——大約是這左近的農民——在叫嚷吵鬧。

市九郎一近前，內中的一個早已發現他的模樣，央求他說：

「師傅，您來得可真湊巧。這是枉死的可憐的亡者。趕上您路過此地的緣分，求您給念一通經懺罷。」

聽說是枉死的時候，心想不會是叫路劫給害死的行人的屍首罷——這麼揣摩的市九郎，想起自己過去的罪業，就在剎那之間湧上來的悔恨的心頭，感到兩條腿戰抖了。然而那，卻是叫水淹死的一具男屍。

「看來是個淹斃的人，可是這裡那裡皮破肉綻，卻為的什麼呢？」

市九郎揣著兩把汗打聽了。

「師傅想必是過路人，大約您是不知道的，這條溪往上去不到二百步，就有一處險阻叫鎖鍊渡。那是山谷豁第一個險隘，南北來往的人馬都受到苦頭的地方。這漢子是家住這上游柿坂鄉的馬夫，今兒早上在鎖鍊渡的半途，因為馬驚奔起來，解將近五丈的高處，兩腳朝天掉了下去，您瞧，死得多慘呀！」

內中的一個說了。

「提起鎖鍊渡，倒是早已聽說過是個險隘，這樣的慘事常有嗎？」

「一年有三、四個，多則十個要慘遭滅頂。因為險阻無比，所以即便風吹雨打，那懸橋朽敗了都不能如意地去修繕哩。」答著，農民們著手收拾屍首了。

市九郎為這個不幸的遭難者誦完了一遍經懺，便提快腳步往那鎖鍊渡趕去了。

到那裡也不過二百步罷了。一看，矗立川左的山，就在下臨山國川的地方，斫截而成將近十丈高的絕壁。在那裡露著灰白色的，鋸齒似的皺紋極多的肌膚。山國川的水，彷彿叫那絕壁給吸過來似的，直往這裡流過來，一壁

沖洗他的下邊，一壁打著漩渦。

　　鄉民們所說的鎖鍊渡，大半就是這個了，市九郎這麼想。平垣的道叫那絕壁給堵住，卻有一條用鎖鍊串結松杉之類的木材而成的棧道，看來有多麼危險地懸在那絕壁的中腰。縱然不是纖弱的婦女子，俯瞰五丈有餘的水面，仰觀壓頂的將近十丈的絕壁之時，也都要魂銷膽戰，這也是理所當然。

　　市九郎扶著岩壁，把發抖的腳踏實了，好容易渡過去，而後回頭望那絕壁。就是那一剎那，一種大願突而勃然起在他的心頭。

　　以為應積的贖罪太小的他，正祈願著遭遇一個難業可以讓他精進猛勇之心。而今在眼前看見行人艱難，一年被奪去將近十條人命的險隘之時，想捨一己身命以除這險隘的心願油然而起，也在情理之中。想把長有百數十丈的絕壁打穿以通兩頭的道，這椿驚人的誓願湧到他的心頭，也在情理之中。

　　市九郎想了：我個人走遍天涯所尋找的，好容易在這裡找著了。他以為一年要是救人十命，那麼十年得百，百年得千，千年之後，可以救得成千萬的人命了。

　　一經下了這樣的決心，他就一心一意著手實行了。從那日起，他就在羅漢寺掛褡，一邊向山國川沿岸各村募化，求大家捐助開鑿涵洞的大業。

　　可是，誰也不去理會這位在這一圈兒沒有一個熟人的雲遊和尚的話。

　　「說是要把百來丈的大磐石鑿通！不是瘋子嗎？哈哈哈！」

　　這樣嗤笑他的，還算是好的呢。

　　「那是大騙子！拿著打針眼窺天似的事做題目要來騙錢——是個大騙子！」

　　甚至有人這樣說，對市九郎的勸募想加以迫害了。

　　市九郎費了將近一個月的功夫，努力去勸募了，末了知道誰也不聽他的，便奮然下了決心要獨力擔起這椿大事業。他把石匠所用的鐵槌、鐵鑿弄到手，立即自己一人站在這個大絕壁的一端了。那是一個漫畫。雖說是容易削落的火山岩，把壓著河川矗立著的一座蜿蜒的大絕壁，市九郎是要拿一己之力給打穿的了。

　　「終于發瘋了！」

行人指點著市九郎的模樣嗤笑了。

然而市九郎是不屈不饒的。他在山國川的清流沐浴，一心祈誓于觀世音菩薩之後，運出渾身力氣打下了第一槌。但是，應聲而奔跳的，只是兩三片碎片而已。再運出渾身力氣，打下了第二槌了。還只是兩三片小石碴，由巨大的無限大的大石塊分離而已。但是市九郎，一點也不失望。第三、第四、第五……他拚命地下槌了。肚子餓了，就向四鄉托缽，喫飽了，就向絕壁下鐵槌。懈怠之心一起，就念真言藉以奮起勇猛之心。一天、兩天、三天、……市九郎的努力不停地繼續了。行人每次走過他的旁邊，都贈與嘲笑的聲音。但是市九郎的心，卻不因此而屈撓些絲。一聽到嘲笑的聲音，他就更加用力於手中的鐵槌了。

不久，市九郎便在絕壁近旁搭了一間木寮，以避雨露了。晨間，打山國川的流水倒映星光的時候就起來出去，夜晚，直到灘聲響徹靜寂的天地的時候，都不肯收下鐵槌。但是行人仍然不止住那嗤笑的話。

「真是不自量的癡漢！」

這樣說，不把市九郎的努力放在眼中。

然而市九郎，一心不亂地下鐵槌了。只要下著鐵槌，他的心頭就不生起任何的雜念，殺了人的悔恨，那裡也就沒有了，想往生於極樂的祈求也沒有了。那裡有的，只是爽朗的精進之心罷了。他感到，出了家以後，每當夜半醒來必定難堪不過的，自己的罪業的記憶，日漸稀薄了。他越發奮起勇猛之心，一心一意揮他的鐵槌了。

新歲來到了。春至夏來，早已過了一個年頭。市九郎的努力並沒有白費。大絕壁的一端，叫他打進了將近一丈的洞窟。那倒不過只是小小的洞窟，然而市九郎的強烈意志，卻顯然留下了最初的爪痕。

但是，四鄉的人們，還嗤笑了市九郎。

「大家瞧！瘋和尚打進了那麼些咯。掙扎了一年，不過那麼些呀……」

市九郎一看自己打進去的洞，就喜歡得流淚了。那無論怎樣淺，也無疑是自己精進之力的一種事實的顯現。又過了一個年頭。市九郎經年之後，更加發奮了。夜晚在漆黑的黑暗中，端坐在白天還有些發暗的洞窟裡，一味彷

佛發瘋似的揮著右手。在市九郎，唯有揮動右手是他的宗教生活的一切了。

洞窟之外，日耀月輝，下雨又是大風吹打。但是，洞窟之中，只有不停的槌音罷了。

第二年快過盡了，鄉民也還不止住他們的嗤笑。不過那已是沒有說在嘴上了。只是看見市九郎的模樣之後，你看我我看你互相嗤笑而已。但是，又過了一個年頭。市九郎的槌音和山國川的水聲一樣，不停地響著。村裡的人們，再不說什麼了。他們那嗤笑的表情，不知不覺變成驚奇的表情了。市九郎因為久不梳頭，頭髮不知不覺披到肩上。因為不洗澡，渾身泥土，看來不像個人了。他在自己所打鑿的洞窟裡，蠢動如獸，不停地瘋也似的揮動著他的鐵槌。

村民的驚奇，不知不覺開始變成同情了。市九郎偷了一些空兒要出洞去托缽，就往往無意中在洞口發現一碗齋飯。市九郎因此，能夠把費在托缽的時間用在絕壁上了。

到了第四年終末了。市九郎所打鑿的洞窟，早已深達五丈了。但是比起百來丈的絕壁，可就微之又微了。村民雖然驚駭于市九郎的熱心，可是還沒有一個肯協力於這種過於明白的徒勞的人呢。市九郎只好獨自繼續地努力了。但是在鑿通的工作上已經入了三昧境的市九郎除了下鐵槌以外，什麼念頭也沒有。除了地鼠般，活一天便下一槌以外，沒有什麼可想的。他獨自一人，不倦地往前打了。洞窟之外，春去秋來四時的風物隨時而易，但是洞窟之中，只有鐵槌的音響罷了。

「可憐的和尚！瞧那樣子是痰迷心竅的，盡在那兒打大磐石哪。怕打不到十分之一，他的命也就完了！」

過往行人開始悲歎市九郎的徒勞了。但是一年過了又一年，恰在第九年終末的時候，市九郎所打的洞，從洞口到頂裡頭，量起來已打到十三丈零二尺了。

樋田鄉的村民，這才感到市九郎的事業是可能的了。若說一個瘦巴巴的乞丐僧，拿九年的力量能夠打鑿這麼遠，要是增加人數，累年積月，那麼會鑿通這個大絕壁，未必是不可思議的事。這個念頭，漸漸印入村民們的心裡

了。

九年前全體拒絕市九郎之募化的，山國川沿岸七鄉的村民，這回卻自動要捐助開鑿了。數個石匠，為援助市九郎的事業而被雇來了。市九郎再不孤獨了。往絕壁打下去的許多槌音，雄壯地熱鬧地，起始從洞裡發洩出來了。

但是到了明年，村民們量一量工程的進度之時，發現那還達不到絕壁的四分之一，他們便有漏泄失望懷疑的聲音了：

「就是加工，也是萬無成事之理。胡里胡塗地上了了海師的當，真是多此一舉！」

對於進行不如意的工程，他們不知不覺地開始厭倦了。市九郎又不得不獨自被留在那裡。他覺到在自己身旁揮鐵槌的人，今天少一個，明天短兩個，終于一個也沒有了。可是，去者他是決不追的。默默地，自己一人繼續揮他的鐵槌。

村民的關心，完全從市九郎的身旁離開了。尤其是洞窟愈打愈深，在那個洞窟深處揮鐵槌的市九郎的影子，便和行人愈離得遠了。人們定睛瞧著那鎖在黑暗中的洞窟，總說：

「了海師還在幹嗎？」

說著，發生疑問了。但是那種關心，末了也逐漸稀薄下去，市九郎的存在，幾次三番行將消失自村民的念頭了。不過，猶如市九郎的存在對村民不起交涉，村民的存在也和市九郎不起交涉了。在他，只有眼前的大岩壁存在著。

市九郎開始在洞裡端坐以來，已是十年有餘，這其間總是坐在又暗又冷的石頭上，所以面色蒼白，雙眼窪凹，骨瘦如柴，看來不像個活人的樣子。但是市九郎心裡大無畏的勇猛心不停地燃燒著，除了往前打的一念之外，什麼也沒有的。一分一寸也罷，岩壁削落一塊，他就發出一次歡聲。

市九郎獨自一人被撇下，轉眼又過了三年。於是不知不覺地村民們的關心，重行開始回到市九郎身上了。他們偶爾為了好奇心的趨使，把洞窟的深度量一量看，全長竟達三十八丈，向河那一面的岩壁打穿了一個採光的窗子，知道這麼大岩壁的三分之一，大半已由市九郎的瘦腕給打穿了。

　　他們重新睜了驚奇之眼。慚愧過去的昏聵了。對於市九郎的崇拜，重行復活於他們的心上了。不久，各方捐助的將近十個石匠的鐵槌之音，又和市九郎的槌音相和起來。

　　又過了一年。在一年的光陰過去之間，村民們不知不覺地開始後悔前途渺遠的支款了。捐助的人夫，不知不覺地減去一個，減去兩個，末了，只剩市九郎的槌音在搖撼洞窟的闇暗了。但是，無論旁邊有人沒有人，市九郎揮槌的力氣是沒有兩樣的。他只是機械似的運了渾身之力，舉起鐵槌，又運渾身力氣打了下去。他把自己的一身都忘記了。弒主的事、做了盜賊的事、殺人性命的事，一切都往他的記憶圈外淡薄下去了。

　　一年過去，兩年又過去了。一念所動，他那消瘦的胳臂，竟不屈如鐵。正是第十八年的終末。他不覺把岩壁打穿了二分之一。

　　村民一看見這種可怕的奇蹟，已經是毫不懷疑市九郎的事業了。他們從心裡慚愧前二次的懈怠，七鄉的人們盡了協力之誠，開始齊心援助市九郎了。那一年，中津藩的郡太守出巡到此，對市九郎很誇獎了一番。從四鄉到近鄰，收集了將近三十名石匠。工程進行速如風捲殘雲了。

　　人們對衰弱得叫人心疼的市九郎說：

　　「您這會兒就當石匠們的監督罷——用不著親自下槌子。」

　　這樣勸他。可是市九郎怎樣也不聽。他彷彿是想著，用盡渾身力氣，不稍異於從前。

　　不過，人們勸市九郎休息，也是有理的。也許是因為在日光照不到的岩壁深處，一直坐了將近二十年的緣故，他的兩條腿為了多年的端坐而受傷，不知不覺地失卻屈伸的理由了。隨便走幾步也非拄拐杖不濟的。

　　況且，也許是因為多年坐在黑暗中不見日光的緣故，再也許是因為不停地在他身旁飄落的粉碎的石片，傷了他的眼睛，他的兩眼已經迷糊失光，連物體的顏色都認不出了。

　　好個大無畏的市九郎，也有痛心老之將至的心事。因為他對於身命的留戀雖然沒有，卻生怕中道而殂呵。

　　「再忍二年就成了！」

他在心裡這樣喊，想忘記其老之將至，拚命地揮動了鐵槌。顯示著不可侵犯的大自然的威力，堵在市九郎面前的岩壁，不知不覺地為一個衰殘的乞丐僧那顆鐵似的心所打穿。貫串其中腹的洞窟，彷彿長著性命的生物似的，一意要鑿穿他的核心。

四

鑿通的工程行見完成，市九郎的健康跟著為了過勞，毀壞得令人痛心了。但是對於他，還有比那更加可怕的敵人，正在要收拾他的性命。

為了市九郎死於非命的中川三郎兵衛，只因死於家臣手下，被判持家無法，著令毀家。那時三歲的獨子實之助，決交由三郎親戚撫養了。

實之助長到十三歲的時候，纔聽說自己的父親是死於非命的。尤其是對方不是對等的武士而是自己家裡所用的奴僕 —— 一知道這事，少年的心恨得咬牙切齒了。他立即將報仇一事深銘肺腑。他進了柳生[19]的道場，肝腦塗地去修煉劍術了。到了十九歲出師，他就欣然發奮前赴四方尋覓仇人了。——受著親戚們的一番激勵謂：倘若順利地報得父仇回來，大家還要幫著重建一家。

實之助是沒有出過門的，真是歷盡千辛萬苦，走遍天涯，一心在尋覓仇人市九郎的居處。在沒有見過市九郎一面的實之助，那簡直是海底撈針似的飄渺的搜索。五畿內、東海、東山、山陰、山陽、北陸、南海，他在遊子生涯中年去月來，徒勞往返地奔波到二十九歲了。對仇人的怨與恨，幾次三番將見消磨到旅途的艱難中去。但是一想到死於非命的父親那份怨恨和重建中川家的重責，便奮然振起了志氣。

辭別江戶來恰是第九年的春間，他正來在福岡城下。他是在本土[20]徒勞往返之後，忽然想起來把邊陲之地九州也探訪一下的。

由福岡城下轉到中津城下的他，在二月裡的一日，到宇佐八幡宮拈香，求願素志早日得償。實之助參拜完畢，當在廟境內的茶店歇息。那時，無意聽到旁邊一個農民模樣的人，向坐在那裡的香客說了這麼一段話：

---

19 原註：劍道的一宗。
20 原註：本州。

　　「那位師傅，聽他們說原本是打江戶來的人哩。說是懺悔年輕時候殺人的罪過，發了普渡眾生的大願。剛才說的樋田鄉的鑿通工程，差不多可以說是這位師傅一人的力量做出來的。」農民這麼說了。

　　聽了這段話的實之助，感著九年以來所沒想到的興奮了。他稍微急促地打聽了：

　　「恕我冒昧，我給你打聽一點事情。你說那個出家人，有多大歲數呢？」

　　那個漢子，似乎覺得自己的談話吸引了武士的注意是一件光榮，便說：

　　「是的，我倒沒瞻仰過那位師傅，就聽人講過，說是快六十了。」

　　「身材是高是矮？」

　　實之助緊接著問了。

　　「那也不很清楚。您想一想他是深居洞窟裡面的，所以不很清楚。」

　　「那個人的俗名叫什麼，你不知道嗎？」

　　「那也簡直說不清。就聽人說，生在越後柏崎，年輕時到江戶去的。」

　　農民這麼答。

　　實之助聽到這裡，喜歡得跳起來了。當他出發江戶時，親戚的一個曾向他提醒過，說仇人是越後柏崎的生人，或者會轉回老家去難逆料，越後務要特別加意尋覓。

　　實之助心想，這豈非正是宇佐八幡宮的神佑？覺得精神百倍。他問明瞭那個老和尚的名字和到山谷谿去的途徑，立刻運起渾身力氣於兩條腿，急奔仇人的所在──雖然已在未刻。當日將近初更時，竟走到了樋田村。他很想當時就奔到洞窟去，但又思量道，做事不可太急，那一天就在樋田驛的店兒過了焦心的一夜。翌日清早起來，就輕裝奔向樋田的鑿通工程處去。

　　到了洞口時，他就向那挑運碎石出來的石匠打聽了：

　　「聽說這個洞窟裡面，有一位道號了海的師傅，那沒錯嗎？」

　　「沒有還成嗎？了海師，他簡直地就是這個洞的洞主呵。哈哈哈！」

　　石匠很自然地笑了。

　　實之助心想，償素志已在眼前，喜歡而踴躍了。但是他向自己說：「先別慌！」問道：

「我問你，出進只有這一個口嗎？」

因為想可不能叫仇人逃跑呵。

「那還用說嗎？為了往那一頭打個口，了海師才肝腦塗地喫著大苦的呵。」

石匠答了。

實之助想到多年的仇敵，像釜中之魚似的放在眼前，心花怒放了。心想無論他手下所用的石匠有多少個，要殺死他也不費事的，勁頭十足。

「有一點事托你。煩你告訴了海師說，我是為見他一面老遠找來的。」

石匠進了洞窟以後，實之助將一把刀的鞘口給弄濕了[21]。他在心裡揣摩著有生以來初次見面的仇人的相貌。要說是監督洞窟的開鑿，縱然是五十開外的人，大約也是筋骨猛逞的人。尤其說是年輕時很練過刀法，所以心想萬萬大意不得。

然而不久的工夫，有一個乞丐僧，從洞口出來，走到實之助面前了。那與其說是走出來，不如說是蝦米似的爬出來，反倒適宜的。那與其說是人，無寧說是骷髏。身上的肉都乾[22]了，露出骨頭來，腳的關節以下幾處潰爛，令人不忍正視。由於襤褸的袈裟，雖說可以知道是個僧人，但是頭髮長得極長，遮掩著滿是皺紋的天靈蓋。老和尚眨著現出灰色的眼睛，抬頭看實之助，說了：

「老眼迷糊，認不清是哪一位了。」

實之助那一顆緊張到一百二十分的心，一見這個老和尚，當時就綿軟了下去。他所要的是一個能夠從心底惡恨的野和尚。然而他的眼前，卻蹲著一個不像是人又不像是屍首的、半死的老和尚。實之助鼓舞起開始感覺失望的自己的心，聲色俱厲地問了：

「來的人，叫做了海嗎？」

「的確是的。您呢？」

老和尚怪訝似的抬頭看了實之助。

---

21 原註：弄濕蓋為便於抽拔。

22 按：「乾」於《張我軍譯文集》誤作「幹」，殆亦為由繁轉簡再由簡轉繁所致。

「了海聽著：任你怎樣毀容改裝僧相，你也不至於忘記罷？你名叫市九郎的年輕時，害了主人中川三郎而逃跑一案，總該記著罷？某就是三郎兵衛的獨子實之助。你可明白，再也跑不了的。」

實之助的話，始終是沉著的，不過那裡有一步也不放鬆的嚴正勁兒。

但是市九郎聽了實之助的話，一點也不驚，說了：

「唔，中川爺的哲嗣實之助少爺嗎？是的，害死令尊而逃跑的，不錯，是我了海。」

他，與其說是見了拿他當仇敵來結果的人，不如說是拿一種欣逢舊主人的遺兒的答了。但是實之助卻知道，可別為市九郎的聲音所欺騙！

「為了收拾你這殺主棄兒潛逃的不義之徒，某在千辛萬苦之中度了將近十年的歲月。現在既然見面，該明白是逃不了的。照規矩來決個雌雄罷！」

市九郎一點也不畏怯。不等到那早已不過一年就可以成功的大願的成就而死，這倒是有點傷心，然而一想到那也是自作自受，他便下了就戮的決心了。

「實少爺！你這就把我殺了罷！您大概也聽人講過的，這是奴才了海為滅罪而發願開鑿的洞門，費了十九年的光陰，工程做到九成了。了海縱然喪了命，再不出一年也就完工了罷。如果在這個洞口流血，死在您刀下當個犧牲，也就沒有什麼可留戀的了！」

說著，眨一眨他那看不見的兩眼。

實之助和這個半死的老和尚見著面，就感到那一份對殺父的仇人所懷抱的惡恨，不知不覺地消散了。仇人為懺悔殺父之罪，粉身碎骨喫了半輩子的苦。而且自己一經說出姓名，立刻唯唯諾諾要獻出他的命。要了這種半死的老和尚的命，究竟算得上報仇嗎？實之助這麼想了。

但是此仇不報，自己又無由截止多年的遊子生涯而返回江戶去。何況家門的再興，更是無法設想的了。實之助與其說是由於惡恨，不如說是由於打算盤的心事，想要縮短這位老和尚的命。可是，不感到激烈如焚的惡恨，而由利害的打算來殺人，這在實之助是件難堪的事，他鼓舞起行見消散的惡恨之心，要殺那不值一殺的仇人了。

就在那時候，從洞窟中跑出來的五、六個石匠，一見市九郎陷於危急，嚇得把他護起來說：「你要把了海師怎麼樣？」

責備了實之助，他們面上現出決然的神氣，視情形如何，或不輕輕放過。

「只因這個老和尚是我仇人，近日內無端見了面，要報仇雪恨呵。要管閒事，不管是沒干係的人，我也不饒他的！」

實之助厲然說了。

但是這其間，石匠的人數加多了，過路的人們也站住了不少，他們圍住實之助，個個心想不容其插一指于市九郎身上，摩拳擦掌著。

「報仇不報仇，那是還在人間世的事。您也瞧見的，了海師已然更衣薙髮[23]，遁入空門。況且在這山國谿七鄉民人，都尊崇他是地藏菩薩的現身呢！」

人叢中有這樣堅持著說得彷彿實之助的報仇是不合人情的非望似的的人。

但是這樣受到四圍的人的阻礙，實之助對仇敵的憤然，不知不覺地又抬起頭了。他，為了武士的意氣，勢不能拱手而去的。

「縱然置身沙門，弒主的大罪也免不掉的呵。有妨礙報父仇的，一個也不饒他！」

實之助說完，拔出了一把刀來。圍住實之助的人群也都準備開打了。於是市九郎，當時拉開沙啞的嗓門說了：

「你們大家都請住手！了海是該當挨刀的。鑿打這個洞門，也只是為求滅這罪業的。現在死在這樣的孝子刀下以終半死之身，正是我了海一生的願望。你們大家千萬別攔著！」

這樣說話，市九郎要往實之助的身旁爬去。一向過於知道市九郎那個強烈的意志的人群知道無由推翻他的決心了。自然都想市九郎的命從此完了。那時，石匠的工頭走到實之助面前說：

「武士老爺，您大概也聽人講過的，這個鑿通工程乃是了海師畢生的大願，為了將近二十年的辛苦而粉身碎骨了。怎樣說是自作自受，把大願成就

---

23 按：「髮」於《張我軍譯文集》誤作「發」，殆即繁簡字多次轉換所致。

之日放在眼前而絕命，夠多麼難受呀。我們大家一致懇求，請您把了海師的命，暫時交存我們，存到這個工程完成，不必太久，只要鑿通了，那時立刻把了海師任憑您發落。」

「有理呀！有理呀！」

叫他這麼一說，實之助也不便不聽從那哀願了。他想了：與其此刻在這裡想報仇，受到人群的妨阻而有所差錯，不如等待工程完成，屆時，即此刻尚且自願受戮的市九郎一定是感於情誼而授首的了。再則，即便離開那種算盤，雖云仇深似海，但使這個老和尚償此大願，也決不是不愉快的事。實之助看看市九郎又看看人羣，叫嚷道：

「看在了海的僧相，答應你們的央求罷。約定的話，可不許忘記！」

「這是哪兒的話！一分也罷，一寸也罷，這鑿通工程通到那一頭的時節，一定當場請你加刀于了海師。這其間，您慢慢地在這裡住著罷。」

石匠的頭目和氣地說了。

這件糾紛安靜解決，市九郎就覺得為了這事所空費的時間太可惜的，兩手扶著地，往洞裡進去了。

實之助為了緊要關頭上意料不到的妨礙以致達不到目的，著實氣憤不過。他捺住無可如何的鬱憤，叫石匠的一個領著進了木寮。

剩下自己一人的時候一想，想到「放著仇人在眼前而不能報」這種自己的沒出息，不由扼腕難堪了。他的心不知不覺地裝滿了焦躁的憤怒。他已經整個失掉了待到工程完成那種寬待仇敵之心了。他打定主意了：今夜就偷偷走進洞裡，把市九郎殺掉就走。但是，猶如實之助看住了市九郎，石匠們也有意地看住了實之助。

起初的兩三天，無可奈何地無為而過了。恰是第五天夜晚裡。因為夜夜如此，所以石匠們的戒備也就怠慢了似的，將近四更時分，個個都深入睡鄉了。實之助心想，今夜不下手，更待何時？他一翻身爬起來，立即從枕畔拉出一把刀，輕輕走出了木寮。那是初春夜月皎潔的一夜。山國川的水，在月色之下蒼茫地打著漩渦流著。然而不遑顧及這樣的風物，實之助躡足偷偷來到溝口旁邊了。削落的石塊到處棄置著，走一步腳就痛一下。

洞窟裡面，只為了由洞口照入的月光，和由幾處鑿通的窗子射進的月光，處處微微發白而已。他挨著右邊的岩壁，用手摸索著，直往裡邊走去。

從洞口走進了七十來丈深的時候，他忽而聽到咯噠咯噠的音響，旋起旋停，由洞底發出來。他起初不曉得那是什麼聲音。但是往前進一步，那音響就大一些，末了，甚至在洞中的夜的靜寂裡發出回音了。那顯然的，無疑是鐵槌打鑿岩壁的音響。實之助覺得自己的胸臆，被那悲壯而帶凄烈的音響，震得發顫了。

愈往裡面去，一種打碎玉似的尖銳的音響，在洞窟的四面發出回音，猛然來襲實之助的聽覺了。他順著這音響爬著前往了。心想，使這槌音發出的主兒，一定是仇人了海無疑。偷偷地把刀鞘的機關寬好，摒息吞聲近前面去。那時，他忽然在槌音停住的空兒，聽見了海在微語般呻吟誦讀經文。

那沙啞的，悲壯的聲音，彷彿澆了冷水似的澈入實之助的心脾。在夜深人靜，草木皆眠的當中，只管端坐在漆黑中揮著鐵槌的了海，他的姿態在漆黑如墨之中，猶瀝瀝【歷歷】映到實之助的心眼。那已經不是人的心了。那時超越了喜怒哀樂之情，一味揮著鐵槌的勇猛精進的菩提心。

實之助感到握得緊緊的刀柄，不知不覺地鬆弛了。他忽然回顧自己了。對於已得佛心，為眾生而粉身碎骨的聖僧，乘深夜的黑暗，盜賊般、猛獸般，拔著嗔恚之劍近前而去——回顧這樣一個自己，他當時就覺得很激烈的顫慄渾身亂串【竄】了。

震撼洞窟的強大的槌音，和悲壯的念佛之聲，把實之助的心打得七零八落了。他想，只好痛痛快快地等待完工之日，以踐日前之約的了。

實之助懷抱著深刻的感激，朝著洞外的月光，爬到洞窟外面。

經過此事之後，實之助就在洞外的木寮中，一天過了又一天，平心靜氣地等待著鑿通的成就。他已經絲毫沒有想把老和尚弄死而逃跑似的險惡的心。一經明白了海既不逃脫又不隱藏，他就想拿一番好意，靜待了海成就其一生大願之日了。

他一個人無所事事白【的】過著日子，石匠們卻是寸陰也愛惜的，拚命在做事。彷彿了海素日的精神，不知不覺地也沁入了石匠們的心窩似的。

他們對實之助，朝夕總是說些中聽的寒暄，例如說：

「武士老爺，今兒您上哪兒啦？」

每次叫他們這麼一問，他就感到自己的沒著沒落的生活有些介意了。四圍的人們都瘋也似的在做事，在這中間，自己一人遊手好閒地過著日子，這事起始叫他覺得很難為情了。

這樣胡里胡塗地過了兩個月之久，這其間他忽然想到了。他想，與其這樣無所事事地空等著，不如自己也對這椿大事業助一臂之力，由此或者多少可以促他成就之日提早些。他想，這樣一來報仇的日期或者也就可以縮短。這樣一想，由那一天起，他就雜在石匠群中，開始揮打鐵槌了。

這樣地兩個仇人就開始並肩揮動鐵槌了。實之助祈願著素志得償之日早日來到，拚命地下鐵槌了。了海自從實之助出現以來，也許是想著，但願早日成就大願，將萬死不辭的命交給孝子手上的罷，他拿出一向也未嘗見過的猛勁兒，瘋也似的打鑿著岩壁。

這其間，日去月來。起初是只為了自己而揮著鐵槌的實之助，也甚至於以為這個鑿通大業是值得做的工作了。瞧著阿修羅般揮動著鐵槌的了海的模樣，他就為其勇猛心所打動，動輒就要忘掉了仇敵的怨恨。

有時，石匠們在歇息著白天的乏累的夜半，這一對仇人也還默然揮著鐵槌。

那是了海向樋田的岩壁打下第一把鐵槌算起第二十一年，實之助碰見了了海以後經過一年另六個月的延享三年九月初十夜裡。這一夜，石匠們也照例都返回寮中，只剩下了海和實之助不屈於終日的疲勞，拚命地在揮著鐵槌。就在那一夜將近三更時分。了海運著渾身力氣打下去的一槌，脆弱有如打著朽木，所以不料用力過猛，握著鐵槌的右手碰了岩石上了。

就在那時候，他不期然大聲「唉」了一聲。在了海那朦朧的老眼也不含糊的，從那一把鐵槌所打破的小孔，瀝瀝【歷歷】可見被月光照耀著的山國川的影子。了海「呵！」地發出了叫全身顫抖似的，無法形容的喊聲，跟著，一種彷彿令人疑心是發了瘋似的的歡喜的苦笑，淒壯地震撼了洞窟。

「實少爺，您瞧！二十一年的大願，今夜無端地成就了！」

了海說著把實之助的手拉過來，從小孔叫他看那山國川的流水。緊挨著那個孔的下面，看得見黝黑的土，那無疑是靠河堤的官道。一對仇人就在那裡手執著手，為了大歡喜而嗚咽著。但是了一會兒，了海就往後一退，說：

「來呵，實少爺，約定的日子到了。您殺罷！如果在這樣的法悅當中往生，未來一定生於淨土是無疑的呀！來呵，您殺罷！等到明天，石匠們也許要阻礙的。來呵，您殺罷！」

他那沙啞的聲音，在洞窟之夜的空氣中響亮了。但是實之助，只在了海面前拱手靜坐著嗚咽。瞧著為了從心坎裡湧現的歡喜而雀躍的，凋零的老和尚的面孔，要把他當做仇敵加以殺害，這是萬萬做不到的。心頭所填滿的，與其說是殺敵報仇之心，不如說是對於仗著這贏弱的人的兩隻手而成就的偉業的驚奇和感激之念。他用兩膝往前走去，重行拉著老和尚的手，兩人就在那裡，忘掉了一切，儘泡在感激的淚泉之中。

譯後記

一、菊池寬氏生於明治二十一年十二月二十六日，今年五十五歲。原籍香川縣高松市，但自大正五年畢業於京都帝大英文科以後，一直在東京居住到現在。他在現今是日本最負盛名的作家，這裡不必多事介紹。

二、本篇原名《恩讐の彼方に》，最初發表於《中央公論》[24]，後來又編成劇本，本文根據的是改造社版《現代日本文學全集菊池寬集》，因為《菊池寬全集》和《三代名作菊池寬集》本所收全篇，文字上和本文偶有出入，特此聲明。

三、本篇是作者極多的作品中藝術價值最高的一篇，可惜譯者為了忙和

---

24 原註：綜合雜誌。

病，譯得連自己都不滿意。譯文中有如註解之小字，是譯者所加的註解，並
此聲明。

民國三十一年五月譯者記於北京

載於《現代日本短篇名作集》（北京市：新民印書館，

1942 年 8 月）；後收錄於《張我軍譯文集（下）》

（臺北市：海峽學術出版社，2011 年）。

女僕的遭遇

作者　林芙美子

譯者　岳蓬

林芙美子像

【作者】

　　林芙美子（はやし ふみこ，1903～1951），原名宮田芙美子。日本女小說家。她的寫實主義小說反映了城市工人階級的生活。她是一個藝妓的私生女，一九一六年以前常因繼父經商失敗而過著漂泊不定的生活。高中畢業後當過女僕、女工和店員，用業餘時間寫詩和兒童故事。在第一部作品自傳小說《放浪記》（1930）和《貧困生活》（1931）中描寫自己忍飢挨餓、遭到屈辱的經歷。筆下的婦女反映了在金錢萬能的社會中的不幸命運，卻都無所畏懼。雖然作品往往有些感傷，但以其寫實主義和直率的風格而得到彌補。由於此時的小說反映了昭和恐慌的時代背景，深受讀者歡迎。一九三三年因支助日共刊物《赤旗報》，遭到拘捕。第二次世界大戰以後延續其創作風格，《商業區》（1948）和《浮雲》（1949）等作品，均反映了日本戰後滿目瘡痍的景況，因而聲名大噪。一九五一年因勞累過度而逝世。（趙勳達撰）

【譯者】

　　岳蓬（？～？），生平不詳。一九四三年六月，於北大文學院的北大文學會所辦的學生刊物《北大文學》季刊（實際只出版一期）發表譯作〈青年與死〉（原作者芥川龍之介），該刊作者尚有沈啟無、朱肇洛、傅芸子、鄭騫、林榕以及日本增田涉的論文，錢稻孫、朱芳濟的譯文。主要文學活動在一九四〇年代，譯作為多，翻譯過林芙美子、勞倫斯、芥川龍之介、阿部知二、吉田弦二郎、富拉比等人作品，刊《吾友》、《東亞聯盟》、《國民雜誌（北京）》、《婦女雜誌（北京）》等，岳蓬也曾於戰時翻譯中村哲〈關於臺灣的文學〉一文，介紹臺灣文學的現況。戰後曾在《四川文藝》上發表數篇評論。（許俊雅撰）

上

　　開開窗子將潮氣放出後，芳惠用手巾蒙住頭，便坐在潮溫的床蓆上穿她的襪子。無論那間屋子裡怎樣陰沉沉的長著蜘蛛網，但是稍一掃灰塵就會紛紛的落下來。窗外有書童橫井在打掃著由搖動樹而滿落有枯葉的大院子。

　　芳惠假裝做不知道，故意的在各處嘩嘩的掃著，但是她忽然好像想起甚麼似的，由腰帶中間拿出一塊碎粉，用髒污的粉撲往鼻頭上拍了拍。是個大風的早晨，開著窗子，那間屋子的門，都起一種如有女人似的騷擾聲了。

　　「橫井先生！天棚您給掃嗎？」

　　「天棚嗎？好，我掃吧！」

　　「那您現在就給掃了吧！」

　　芳惠這麼說著，由窗子往院中一看，橫井就在窗下站著，雙方的臉不知不覺的貼近，兩個人都吃了一驚。

　　「這次的房子大是大，可不是所好房子啊！」

　　「這不也是先生買的嗎？」

　　「那倒是。大概是用先前那所房子的一半的價錢買的吧。」

　　嘴上纏看手巾，用笤箒在掃著天棚的橫井，一聲不語的聽著芳惠的話。他只是呆呆的想件事——在一所屋頂下，雙方都過了兩年多，雖然像方才的惶張勁兒，芳惠還是頭一遭，但是為甚麼早並沒有發覺呢？芳惠也真有個樣兒，她從下面望著那用手巾包著的大鼻子和厚嘴唇的橫井的頭，竟想些奇怪的事。她想：像這樣悠然的人也能夠滿足的娶個妻子，而過其家庭生活嗎？

　　在敞開的門前，停下了一輛自轉車。好像個跑外的夥計，按著帽子進來了。

　　「勞駕……」

　　「…………」

　　「您搬來了？我是這下坡內舖的，請您……」

　　芳惠忽然裝出主婦的樣子，用造作的聲音說：「再來再說吧！」，傲慢的連一眼也沒有看他。半天，那賣肉的男子對在掃天棚的橫井的手出神了，但

是不久，他說聲：「請您多照顧。」然後把舖子的大片子放在房廊下，便很輕巧的騎上自轉車，在矮石牆外的坡道上，一溜煙的走下大街去了。片子不久便翻飄落到院中乾草地上。

「這間屋子也不是老爺住？」

「噯呀，說不定也許是東面的那間屋子吧！因為這間三面臨著房廊怕是住不著實的。」

「是嗎？」

橫井就那麼站著點上了煙捲，正在吸得很香甜的時候，芳惠稍伸出舌頭來說：「也給我一枝」，橫井很吃驚似的：

「芳小姐甚麼時候學會的？」

「我嗎？唔……這是初次啊！因您抽的太香甜了麼。」

橫井拿出一枝蝙蝠牌的煙，由他唇上拿下抽著的煙遞給她時，她把能被風吹跑的煙火那面，吸在自己的煙頭上。深深的吹了一口，然而這一口吸進去的煙，在芳惠的舌上盤桓起來，把將要躦進鼻孔裡的煙急忙噎住，做了個如同孩童所做的誇大的辣臉，眼裡滿含看淚水，帶咳嗽的笑起來了。——兩年之間，雖然是也沒緣也沒分的兩個人，但是在橫井的臉上，卻浮著一種生氣，就在芳惠的心裡也有種如同釣魚時的滿足。她覺著自己稍做笑臉，橫井那樣傻瓜就好像會容納她的任意所為。

「橫井先生！」

「甚麼？」

「哈哈哈，沒事兒喇！」

橫井紅臉往廚房打水去了。以為他們那管離開主人的眼一天也會舒暢的，但是很奇怪，他們的心中卻都很游移不定，快樂得像個小學生。所謂那屋子裡面一件東西也沒有，所以他們兩個人也感到寂寞了。

芳惠很想用甚麼方法來嚇嚇那騷然的在往水桶裡打水的橫井，於是便用大聲喊了下：「橫井先生！快來呀！」橫井濕著手就由廊下跑來了，一看才知她是被爬在床蓆上的小毛毛蟲嚇的。

橫井對她這種小孩子氣，感到了無聊，同時更感到自己是被戲弄了。橫

井雖然一聲不響的把那毛毛蟲扔到院子裡（裡）去，但是對芳惠卻一句戲謔的話也沒說。芳惠自己也好像覺到了方才的技術不太妙，變得非常的掃興，神妙的擦了半天床間[1]和床蓆。

　　芳惠同主人們搬家是在刮風的第二天，帶著雨氣的早晨。橫井穿著學生服，和頭一趟的家具一起坐在貨物車上的傍面走了。芳惠更同一個叫做溫諾——名字很奇怪的——做雜活的老太婆留在了舊房子裡做事後的掃除。太太因為要生產，又入了麴町的產婦病院也不在家，其他的家族也就只剩有先妻的女兒千鶴子一個人了。

　　主人叫吉澤寬三，他雖然沒有一定的職業，但也到歐洲漫遊了兩次，卻是個時常以自費來出版裝訂著很漂亮的關於「煙紙」書的趣味家。

　　千鶴子這個孤女兒雖然才在高女一年級，但是體格卻和芳惠一般的粗壯。也許是沒了母親的關係，性情頗像大人，對於書童的操勞幾乎不像十四歲少女所做的那樣周到。

　　芳惠不大喜歡她，在她上學後，芳惠便藉打掃為辭，進千鶴子的屋中去。在玻璃書箱的底下，便時常發現藏有裝 XX 帶的空鐵罐，也有新買來的裝有厚粉撲的高貴的紅胭脂，和皮面的日記本擺飾在桌上。

　　她呼喚女僕也是滿帶有大人的口吻，所以這點使那十九歲的芳惠非常不高興。「再客氣點見叫多好哇！」芳惠在內心中是不服的。

　　搬家那天，主人寬三和千鶴子都為了整理各自的屋子，只是一心的忙著。芳惠曾說是老爺的那間三面有拉隔扇的屋子，現在卻成了太太的寢室，而寬三的屋子卻是東面的那間洋式的大屋子。

　　芳惠是和溫諾老太婆住在家族便所傍面的一間四疊半的小屋子裡，比先前窄了一疊半，心裡倒有些不平。但是西窗下面就是街，到了晚間每家的燈，由那窗子望去卻是很美的。

　　芳惠眺望著那每家的小燈，心中很奇怪這世間倒底是怎樣的廣闊，雖然

1　原註：內地客廳擺裝飾掛畫幅的地方。

都說世間這東西如用眼望去是更廣闊的。在芳惠自己雖然覺到了這間屋子比先前又窄又老，然而在她生活上卻有著變化一事，倒是可喜的。並且當她知道了那瞧著自己的橫井的眼光近來現出非常親密的樣子來的時候，她愉快而又煩惱得幾乎想深深的歎口氣。

芳惠是信州生人，也許是在山裡長大的緣故，對吃食上卻一些也沒有挑揀。——起初從鄉間出來，由同鄉的首事者剛一領到這吉澤家的時候，她便在常春樹花盆的蔭影下，抱著籃子哭起來了。「才十六總是個孩子，又完全是個鄉下人……」首事者也曾經將哭著的芳惠挾起來走到大門外，再替她對那怒氣沖沖的太太也真夠勁兒，反說「雛」比別的都好，便很痛快的把她領到正在女僕屋中往被裡續棉花的叫做溫諾打下雜的老太婆處去了。

後來整整過了三年，芳惠也會說城市的話了。十七歲那年夏天身體也變化了。太太愛芳惠超過愛千鶴子，每逢把她哄到無人處，便教給她該怎樣收拾這穢物。

橫井來當書童是在芳惠到這家來已經住了半年後的春天。

據千鶴子說，他是從 K 大學的共濟部來的：「晚間還叫他教給我些英語呢！」她時常自滿的這樣說。橫井與芳惠們一起吃飯，芳惠們問他一句甚麼話，他回答一句甚麼，是個寡言的人。溫諾老太婆便稱讚他說在現今的學生裡真稀罕，雖然芳惠不知何故也是愛大學生，並且芳惠對那體育家似的大骨骼也抱有好感，但是她輕視他那吃東西時候的樣子——的直叭噠嘴和像貓似的嘴的四邊。

溫諾老太婆若問：「您的老家是那兒呀？」他便同答句：「是福島。」假若再一問：「是福島的那兒呢？」他更【便】會單獨的回答句：「是個叫做白石的地方。」

「誰呀，是白石嗎？白石真是個好地方啊！我在早先和老伴兒也去過的。那兒住著有仙臺藩的王爺片倉小十郎，聽說那地方是有三萬二千石的財富呢！」

「唔，是嗎？您真詳細啊！」

「那兒，我這也是早年聽我的爺爺說的。」

　　就連生在白石的橫井辰一，也為之吃了一驚。她告訴橫井說她家是三代的東京人，而且祖先是福島兩棵松的人。

　　「出嫁後，立刻就同老伴兒到白石賣毛氈去了。兩棵松是個好地方，這可是我爺爺的話——聽說那時王爺是丹波左京太夫，您要知道那地方是有十萬石的財富呀，當時，怎麼唱來著——把里數都變成歌辭兒背住了，可是……反正，由江戶到兩棵松聽說是六十一里，到板倉內膳是七十一里麼，福島的板倉王爺有三萬石，這是因為他的奉錄【祿】太少了。」

　　橫井雖然為了她的博識吃驚了，但是芳惠比橫井更佩服溫諾老太婆的話。說起來，溫諾老太婆假若早晨不用鹽刷了牙，洗完手，穿得整整齊齊後，她絕不洗米的。看見芳惠到了澡塘子，把肥皂沫入水中時，她便會大聲的喊起來，是非常的好生氣。就是打下雜的時候，也是一年到頭的穿著青襪子，並且每年到人形街茗尚號賣襪子的家去一次，這一次便定做好幾雙合自己腳的襪子。夏天就把染得很漂亮的手巾疊得小小的，每次用它擦汗。

　　在鄉下，只見慣了燻得很黑的鍋蓋的芳惠，對這家廚房的清潔，就只當做是貴族的廚房，並且主人寬三和溫諾老太婆還是個極其講究的吃主，就連鹹菜都要挑揀挑揀。

　　自己的村子里（裡）只有一盞街燈還很黑，然而這家就連便所里（裡）都點著輝煌的燈。芳惠對這家的豪華，是頗吃驚的，四圍總是響著歌聲和樂器聲。連二分錢一本的筆記本都買不起的村中的陰沉，在這家裡是見不到的，到處都是過於奢侈，她如若買便宜貨回來，太太便時常向溫諾老太婆說：「鄉下就這手兒不好辦。」芳惠也時常想過：「鄉下人就是那麼不好辦的人種嗎？」只要價高，就是買貴了也不會受誰申斥的。

　　這種奢侈的生活，使初做事的芳惠感到了極其的奇怪，她不知道這些錢都是由何處湧出來的。

　　「我說您知道這地方的人都是怎麼活著的嗎？」

　　她因為太奇怪了，所以有一天對溫諾老太婆這樣的發問了。於是，溫諾老太婆便現出很輕視的看這傻姑娘的眼神來說：

　　「那……，這地方的人們都是大財主，錢一兩輩子是用不盡的呀。我們

老爺也是富翁啊！在美濃的高富那地方，有個大生絲工場，嘻，就是遊手好閑任事不做，利錢這東要【西】也會不斷的進來的呢……」

「甚麼，製絲工場？我也在那兒做過半年事，可是……是，是的，我們的老爺是那麼有錢的人嗎？怎麼會成為富翁的呢？……製絲工場那地方，又濕又潮，手指都要爛掉的，那地方真厭死人了。」

「喝！你是，是甚麼，當過女工嗎？」

「是的，只是半年多點兒啊。」

「女工是真討厭哪。」

「女工怎麼討厭？」

「不知道，我煩他。」

不知怎的，「我煩他」這句話，是無可反駁的，所以芳惠也不心輸的說了句：「因為東京人狡猾，所以我也煩他。」這回溫諾老太婆卻說了句：「同是當女僕的，也不能夠為美所以就輸給你吧。」巧妙的逃避了。

每天由病院給溫諾老太婆打許多次電話來，「生產還得十天以後吧？」溫諾老太婆推測著，用高貴的白法蘭絨做了幾件產衣。——十二月天，冷氣襲人。搬過來整已經兩個禮拜了，芳惠們這才隱下心去。

據說再住一個禮拜孩子就會生出來的。一個禮拜六的晚間，千鶴子帶了溫諾老太婆，抱著白菊花束到病院住去了。家中只剩書童橫井、主人寬三和芳惠三個人。

芳惠做針線活到九點，一到了十點，她便要到寬三的寢室舖床去的。但是當走過書齋的前面時，寬三卻「喂！喂！」的把她叫住了。芳惠擰了把手，將門開開一看，寬三穿著珈琲色的睡衣在屋中徘徊。當芳惠恭敬的行禮時，主人說了句：

「我要喝杯熱茶呢。」

芳惠在食堂泡了一壺冒熱氣的茶，來到寬三的屋子。可是袖子被掛在白把手上，咄嗟之間，將壺中的熱茶全撒在柔軟的地毯上了。芳惠恐慌的了不得，取來手巾爬著在濕得如同海綿似的地毯上四下擠著水。

寬三始終是沒有開口而靜觀她那狠狠的情形。每逢她將手伸出來的時

候，薔薇色的袖里（裡）便翻出來，芳惠的兩隻白白的胳膊也隨之一現後消滅了。

　　寬三似乎是發現了甚麼奇事，凝視著發怯的芳惠。身段和腳都很調整，頭髮沉重的捲著，耳朵像朵小花。「可貴之天然物，獨一無伴侶。」忽然，寬三記起這樣的一句話。

　　在她第二次又端來了新泡的茶時，他又老老實實的看看芳惠的臉了。有些好像看見了佛像，是個雄壯的臉，皮膚綢似的細膩，眉間頌揚著青春。

　　「唯！」

　　「是。」

　　「你把眼睛閉上……」

　　芳惠照他所說，把眼睛閉上了，但是她卻想喊出來，不能馴順的站著了。——可倒是剎那的事，在桌上的燈滅了又著了的時候，芳惠把寬三的大麻紗手絹兒裝在衣袖袋里（裡）了。

　　就是在她回到自己屋中後，動搖也沒有鎮靜下去。她懷疑，她以為方才的事是中於錯覺所生。芳惠坐立不安，被強激的情感給難纏住了。走到廊下，看見書童的屋中雖然還點著暗淡的燈，但是那燈的主人的存在都已經小得如鼠，想要對橫井表示的戀意，在關上拉門竄進被窩的一瞬間，就已經像雪崩似的從芳惠的心中倒掉下來了。

　　「自己是值得那樣的一個高貴的女子嗎？……」芳惠想起這些事，窒息得睡都睡不著，乓的一下擰著了電燈，把小鏡子立在枕邊，往嘴唇的上面處濃濃的抹了抹口紅，嗤的一笑時，牙齒如同植物的根，白而發光。芳惠直到深夜輾轉反側的沒有睡著。

　　今天早晨芳惠比那天都起的早。一面翻著屋窗的雨窗子，一面想看不正道的事——自己若是這家的主婦，那該是多麼的神氣啊！寬三似乎是十點左右起來的。雖然電鈴響了，可是她沒能痛快的應鈴而去。橫井卻用著沉重的腳步進到寬三的屋去了。過了會兒，橫井一回來，芳惠便走出廊下問：「老爺有報紙嗎？」

　　大概是從鄉間寄來的，橫井穿件青印花布的衣服，在朝光中雖然看著很威風，但是芳惠卻以為自己是跳級高昇了，並沒有像平日那樣的眨眼。

　　「勞駕給泡壺茶！」

下

　　橫井用柔和的眼神往芳惠的眼睛盯來了，可是當芳惠回答了「好」以後，便做出「那些事我顧不了」的神情，往食堂跑去了。泡了芳香的珈琲茶，一面注意著心中急迫的悸動，走到寬三的面前。

　　寬三在默默的看報，身子動也不動。隔著玻璃拉門，在冰笋將要溶化的青草地上，許多麻雀在成群的飛著。她輕輕的把珈琲茶放在寬三頭面的小桌上後就走出來了，但是她又回想了一次 —— 難道昨晚那不是現實的事？為甚麼在食堂侍候著寬三，他還要立刻按電鈴叫橫井呢？

　　「千鶴子怎樣了？」

　　「是馬的事嗎？」

　　「對了。」

　　「自從前些天受點兒傷以後，再沒有怎麼長進。」

　　「不多掉下幾回是不成的。」

　　很悠閑似的談起乘馬的話來了，她偷看在寬三的眼中並沒有一處與平日不同的地方。橫井出了食堂後，寬三才稍看了看芳惠的臉，但是昨晚那種「可貴之天然物」的優美處 —— 在芳惠的姿態中再也尋找不出了。

　　寬三雖然在今天早晨自己曾經在心中幻想著安閑於自然中的芳惠的姿態，但是方才拿珈琲茶來的時候，芳惠的態度和表情，就如同被人飼養的猴子一般，有些拘緊。寬三所描想的柔和而使人憐憫，被朦朧的氛圍氣所包圍的不幸的女子的姿態，在芳惠身上的任何處也找不到了。

　　假裝看不見而在內心里（裡）描想著芳惠的容態的寬三的心情，和芳惠的那戰戰競競【兢兢】的神情，已經不是主從之戀，也不是男女之戀，而是比別人遠離有幾千里之遙了。第一，寬三對芳惠不滿意在僅隔一夜的今天早晨，就刀尺起來而抹上口紅。

「不好看，還是不化粧好吧。」

不知不覺就變成粗暴的話了，芳惠紅了臉深深的低下頭去。寬三自己也不痛快起來，怒沖沖的站起來走了。芳惠顫抖著站在那裡好久，後來便傳來了寬三在千鶴子的屋中輕輕彈起鋼琴的聲音。芳惠聽了那乾燥的鋼琴，很想就收拾收拾回鄉間去。

溫諾老太婆和千鶴子回來的時候已經快到正午，在院中的枯樹下，有由外而回來的千鶴子在教給狗跳高的橫井的傍面，斯文的收縮著手腳在樹枝上打著滴溜。

溫諾老太婆便老實的坐在食堂裡，把據說是太太給的點心分了一半給芳惠。溫諾老太婆看了一眼抹有濃口紅的芳惠的臉，便在心中想道：「嚇，這可是個了不起的女人。」書僮倒是個規矩人，但是芳惠卻太野性，有處好像猛犬。溫諾老大婆裝模著臉悄悄的問：「並沒有甚麼事發生嗎？」

「沒甚麼事呀！」

溫諾老太婆由於生疏的情形以為有了甚麼事，嘻嘻的笑著，把眼睛移到在院子里（裡）和狗一起玩的橫井身上了——由午後，寬三說是要上病院，坐著汽車走了。芳惠為收拾書齋，拿了苕箒和撢子去。看見柔軟的櫈兒和長椅子，心胸麻痺了似的難過，很想丟出苕箒和撢子去而哭它一場。

她隔著玻璃往擺在飾裝架上的太太年青的照片直抓，寬廣的桌面上放著好幾枝煙斗，鋪在桌上的原稿紙上面寫著：「菸草精患者。」芳惠用嘴唇吸了吸用野櫻根做的大烟斗，一種極辣的味刺著舌頭。

芳蕙小聲說了聲：「把眼睛閉上。」心中又在想——雖然老爺只向我生了這一句，但是應該比電影戲和小說中的「愛你」、「我喜歡你」這類話是更豐富，在愛情上是更有曲折的話啊，然而他關於愛你這類話，卻一句也沒有向自己說過。

到了晚間，千鶴子說是去聽少女歌劇，把橫井領走了。芳惠把她們送到門口一看，橫井的鞋比那時擦得錚亮，這又使她發怒了。橫井把自己的大衣和千鶴子的大衣落在一起拿著。

「父親一定在病院呢，也許同他一起回來的，你可以把大門關上，回來

時我們再按電鈴……」

千鶴子一面穿著鞋，囑咐看溫諾老太婆和芳惠要留心的看家。芳惠並不把這些話聽進耳中，只是眼瞧著炕蓆，一心的願望周圍能夠快些安靜。當嘩啦嘩啦的開了磨玻璃門兩個人走出去的時候，不知從何處漂來了一陣水仙花似的香味。在門嘰嘰的關上後，兩個青年人的腳步聲向著下坡走去了。

溫諾老太婆說是累了，很早就躺下了，芳惠便在做活，但是悲哀得總好像要流出淚來。很奇怪，怒沖沖的生起氣來了，但她也沒有罵寬三的勇氣。雖然橫井時常用有所表示的眼神來看她，但是他今天卻又高興的同千鶴子出去了，芳惠看看這情形，無情的怒起來了。──當無線電報時的時候，門外響起輕輕的鈴聲了，芳惠開了門，走到門口一看，寬三吸著煙在站著。

「您回來了。」

「真冷啊！」[2]

芳惠感到了能夠安睡下去似的和平的心情。──溫諾老太婆都由澡塘子出來了，可是芳惠仍然以夢幻的心情在澡塘子裡（裡）泡著。

在將近聖誕節的一個晴朗的早晨，太太抱著剛生下來的孩子，坐著汽車回來了。是個男孩子，雖然長著口袋似的臉，但卻很像寬三。一生下孩子來，家中就好像有許多人似的喧囂起來，如同每個人都在自言自語的說話，芳惠在心中感到了孩子的哭聲太煩人。

寬三歡喜的了不得，從一早就貼到孩子的床前不動。太太雖是比先前瘦了，但是這次回來卻變得美了。因為只有她的眼睛黑而又大，所以當芳惠走到她的面前時，不知不覺的就畏縮成一團了。

「芳惠也長得像個大人，不是也很漂亮麼！」

太太搬到新房子來，好像很高興由她的屋中能望見院子。

「假若到了夏天，草地都綠了，枯木也都長滿葉子的話，這院子裡（裡）的景緻會更美的。」太太輕浮的在向丈夫撒嬌。孩子又煩人又愛哭，溫諾老

---

2 按：本段與後段之間，仍有一段文字，在刊出時遭到塗銷。推測可能是描寫較為露骨所致。

太婆做出虛假的歡喜來看著孩子，千鶴子便在嘴邊浮盪著微笑[3]，到繼母處說好聽的巧話去了。

橫井是不管太太在不在，總是一樣的表情。每天早晨，一到了時間便教給狗跳高，橫井喜好植物和動物。

太太看見了那素撲【樸】而在逗狗的橫井便說：

「千鶴子，你說他是不是像保羅【羅】穆尼。」千鶴子閃耀著聰明的眼光，眺望著院子笑了。

芳惠在這家迎接了二十歲的新年。

是個連雨暗澹的正月。她雖然不滿意寬三那冷淡的態度，但是一走到寬三的面前，傭人的性情就先表現出來，驚驚然手足便失所措了。溫諾老太婆也不嫌膩，每天將六個飯桶洗得乾乾淨淨，手幾乎都沒有乾的時候，終日的站在廚房里（裡），芳惠每天就得洗孩子的襁褓。

她洗著襁褓想，自己真好像是受著大家的侮蔑。不知是由何處來的威容，她想將那被侮蔑似的心情告給寬三，但是芳惠一走到寬三的面前就感到被壓制住似的說不出話來。

寬三一看見像受屈似的站著的芳惠，就如同對礙眼的狗或貓那樣生氣，就是生氣也不氣出聲來的，只是在表情上做出可怕的樣子來，所以弄的芳惠手足失措。就是被煙染得如糖色的寬三的牙色，在當時也變成非常的微賤，很有教養的寬三的日常生活，在芳惠的眼中都被毀滅了。

她不希望寬三再向她說甚麼柔綿的話，而只希望他成為一個與世上一般人們互相談話的溫厚的紳士，並且也希望他不要在自己的面前切齒發怒，做那種下賤的舉動，然而想只是想，她卻說不出口來。她也曾經想過告下假來到那裡再找個地方，但這對芳惠仍舊是不安。

在寬三同妻子和睦的談著話時的眼睛中，有像青年羨慕行旅之處，這時如若芳惠有事進來了，寬三就如同被神給驅跑了的人，焦燥得不安，並且這

3　原註：好像在說，繼母生了孩子一定放心了。

焦燥也只是芳惠所能了解的焦燥。

「怎麼讓芳惠這樣躑躅呀，都二十了，多少也得刀尺刀尺呀。不是過年麼……」

搖動著幌椅，太太一向芳惠挑斥，寬三就立刻站起來回到書齋去了。太太不知道這里（裡）的詳情——就是寬三回到書齋去，也幾乎不能就坐下，非常的生氣。雖然不知道是生芳惠的氣，還是在責備自己，但總是在生氣。

他也曾經向自己的獸心責備過自己不應侮辱無教養的女子，但是他又想現在即不是芳惠的身體有了甚麼異狀，又不是發生了撫養終生的問題，所以想要把芳惠怎樣的念頭，如同故意用指爪抓破薄薄的隔扇而留痕跡一般，於是他便不再剝這瘡疱【疤】了。

到了二月，寬三領了家族，到伊豆的溫泉浴治去了，剩下的有溫諾老太婆、橫井和芳惠。把一家送到東京站的橫井一回來，溫諾老太婆便對芳惠說：

「我們也應當吃它一頓火鍋，芳姑娘，你也到這坡下的肉舖去一趟怎樣。不能讓你們破費，我今天拿錢請你們。」

當芳惠聽了又復加的一句「要嫩的」，便跑往下坡肉舖處去了。以前似乎來拉過主顧的男子，頭上纏著藥布站在舖子前面。人家把肉包好了後，芳惠又拿自己的錢，買了十多個雞蛋回來了。——隨帶著把鐵格子門也關上罷，芳惠想著，把冰冷的門關上了。和洋狗撕撓著跑來的橫井，把芳惠的後背拍了一下。橫井紅著鼻子站在那裡，無數的星星在流動很快的雲中閃耀著。橫井說聲「冷」後，便喊了聲「回去！」狗便自己爬進門傍的窩去了。

「只減少了孩子的哭聲也是好的啊，因為甚麼沒有把芳姑娘帶去呢？」

「不願跟他們去。」

芳惠沒有說：「因為寬三煩我。」而只「嘿嘿嘿」的笑了笑。橫井穿著黑制服，光著腳，躑躅著木屐。

「我在這個三月，也許走。——整二年，甚麼也沒有做。」

「是嗎？出去到那兒？有地方去嗎？」

「那當然得戕【找】了，稍有些錢就閑著的家，我是受不了的。」

「可是……」

「既沒有正式的休養，又沒有正式看書的時間，這家只靠著錢，一切準備都沒有啊，所以像溫諾老太婆那樣的人才住得住呢！」

「真的，我也想走。」

「累人啊。」

「可不累人麼，您看，就連手都這樣了。」

把拿著包袱的右手翻過來放在橫井的面前。橫井看了腫得發紫的女人手背後，只好附和著說聲：「真利害啊！」

「走的時候告訴我呀，我也想在那時走的，一定……」

因為狗直嚎叫乞憐，兩個人進到屋子裡了。溫諾老太婆放了個佔滿飯廳大小的飯桌，在桌上放了個小鐵爐子，用嘴在吹炭火。

「真像回事啊！」

橫井響著手指，也好像很快活，由爐子冒出青火來。新鮮蔥的味兒、蒟蒻、紅肉色，雖然沒有說出口來，橫井和芳惠都在心中想這兒的主人恐怕不知道這樣香的晚飯。他們二人的眼睛都注視在溫諾老太婆往酒壺裡倒酒的手勢，「上了年紀就好冷，所以叫買送來了二合多，您喝杯怎樣？」溫諾老太婆說著，把酒杯遞給了橫井。

芳惠好久沒有得到這樣溫暖的心情了。比一樣樣的教給怎樣放碗、怎樣擺筷子吃飯來得痛快。

「那位太太是我們老爺看上她了，所以才娶來的，為了這個，千鶴子姑娘的母親，仍然在受很大的罪呢！」

溫諾老太婆把沾布弄錯，當手巾擦頭了。趕【感】到醉了，她就用啞了的嗓子唱歌，裝腔做勢的說了聲風流的話——「諸位請隨便。」雖然是個孤獨者，但她有東京人剛強的性情，不大講自己的境遇。

當晚，芳惠總也沒有睡著。已過之事無須想……漸漸，好像奇怪的事也不奇怪，神祕的事也不神祕了。緊閉了眼，使寬三和橫井兩人排在自己的前面。假如有大地震的時候，應當往他們兩人那面去求助呢？她驀然的跑去，好像纏到那如老鼠一樣小的橫井身上去了。

「就照他對我那樣耍戲過，別的就不會含有甚麼意思的。」她如同高貴

的女子，被人家羨愛的女子，儘是往大處想的自己，如昆蟲似的游移不定了。她都想到了可不要生孩子的事來。

芳惠無論怎樣的冷，她也絕不舖墊子，在沒人的地方就用身子撞牆。——橫井很健康，每天坐在桌前看書。「橫井先生畢業後當甚麼？」溫諾老太婆問。「醫生，」他說畢了業立刻回到鄉間在村子開個病院。

在二月中旬，千鶴子因為要滑雪去，所以一個人由伊豆回來了。給溫諾老太婆和芳惠都帶來了沙豆糕類的土產，但是橫井桌上的千鶴子的土產物卻是個高而大的箱子。溫諾給千鶴子做著她愛吃的雞蛋豆腐，在嘻嘻的笑。

「小姐，近來走到您跟前去，總是香氣噴噴的。」

「是的。那麼香嗎？」

「香得利害呀，甚麼香水？」

「不過把母親的稍要來一點兒。」

千鶴子把發育的圓肩收縮著，跑進了自己的屋中，練習曲聲傳到院中了。因點著了電燈，芳惠為關雨槅扇走到廊下去，看見了橫井在教給狗拾球。她看著橫井那勇敢的姿態，忽被一種想要走出此家的衝動所驅使了。「他不是傻瓜喲，是個堂堂的男子啊！」芳惠呆傻的站在那里（裡）看著。

練習曲的聲音也夠喧嚷的了，但是間或發出了如露水似的高而清涼的音響來。芳惠對這聲音忽然感到了悲悽。「他不是說過『把眼睛閉上』來著嗎？」想著望了望突出在院中的寬三的屋子，感到了難過。

當晚，芳惠在溫諾老太婆睡後，悄然的走到橫井的屋中去了。橫井點著枕傍的電燈睡著。當芳惠把他推醒時，叫了一小聲，如同說：「誰？」似的便起來了。是個寂靜的深夜。芳惠說明天就想由這里（裡）走，問他能不能帶她一起走。橫井吃驚的回答說：

「先生們回來以後不好嗎？」

芳惠坐在枕傍後，很想把同寬三的事表白出來。橫井點上煙，很香甜的吸著說：

「即便是走，也得等春天走吧，這樣不是較好些嗎？」

這話也倒是有理，不過，衝進來的這莫可名狀的激烈的心情，芳惠很想

一時全爆發了它。橫井屋中的牆上，立著千鶴子和他的兩對滑雪刀。芳惠看見了那昂貴的滑雪刀，便認定了每個人都是只想以玩來送【過】其一生的，而且也感到了自己的日子和鄉村生活太寂寞了。

很珍奇的下了場大雪。在掀開一點雨楣扇往外眺望著的橫井臉上，好像現出了明天滑雪的快樂來。

「近來您漸漸與小姐要好了，想要走這話恐不是真的吧。」

「給人家做工的期間這卻是責任啊，不是沒辦法嗎？太太和您都說千鶴子不好，其實她是個活潑而聰明的人哪！」

橫井把搬家時呆傻的臉已經忘掉了似的嚴肅起來了。橫井做出「先到那兒找個做工的地方才好」的神情，逗得永久是在那愚呆的坐著的芳惠生氣了。

「我雖然很喜歡我和芳惠小姐做朋友，不過在半夜偷進人家的屋子可不是好事啊！」橫井說了句強硬的話。「在你又說這樣強硬的話」，芳惠在心中一面想一面說聲：「太對不起了。」便猛然的站起走了。

回到屋子，竄進被窩後，自己的心身好像石頭緊緊的收編著，「想死去。無論誰也不體貼我麼？死了又有甚麼？死後，他也會要可憐可憐我的吧。」芳惠竟耽思於這些胡亂的事而睡不著了。——帶有羅馬字雪白的手絹兒，不知是由甚麼聯想到的，在芳惠的腦中迴轉，消滅的反覆了數次，並且那消滅如同沉到水底中似的。溫諾老太婆使骨頭響著，惰懶的打翻身的聲音，切實的傳到了芳惠的耳中。芳惠閉著眼把腰帶在胸部緊緊的握住了。

載於《南方》，第一七三、一七四號，一九四三年四月十五日、
五月一日

安南的傳說

作者　不詳
譯者　陳玉清

【作者】

　　不詳。凡屬民間傳說，往往並非一人、一時、一地之作，而是透過各地民眾長期之口頭傳播而由眾人共同創作完成。（顧敏耀撰）

【譯者】

　　陳玉清（？～？），目前僅知曾於一久四三年八月在《南方》第一八〇與一八一號發表中文譯作〈安南的傳說〉，其餘生平不詳。（顧敏耀撰）

一　蒟醬的傳說

　　蒟醬是一種屬于胡椒科的蔓莖植物，其葉成心臟形。把牠和檳榔、石灰一同入口中咀嚼起來，便覺帶有些少苦澀的味道，最後卻令人神清氣爽。這物不特為安南人所嗜好，就是柬埔寨人、泰國人，也是有同樣的嗜好。他們咀嚼著蒟醬的時節，那紅色的唾液會津津的流出到口角，把口唇染得似抹了臙脂一樣，分外紅艷奪目。這種特別的顏色，也是安南習俗所鍾愛的東西。可是初到此地的人們，看見這種情形，和看見他們那些隨地吐痰的一樣，對他們總覺得有些討厭的樣子。

　　安南人咀嚼蒟醬的習慣，並不是始于現代，相傳是經過了二千多年的時日。據安南教育局編纂的歷史教科書所載：這種習慣是起于西歷紀元前三三三年前後，他們的祖先——越族，初時是居住于中國的浙江，後來被楚國驅迫，乃南下至現在的東京和北安南的地方，建設了一個國家，叫做「文郎國」。

　　在那文郎國的雄王四世的治世，有一位姓高的官吏，生下了一對雙生兒子，一個名叫做「贊」，一個名叫做「郎」。兄弟兩人，在父母庇蔭之下，生活倒也不錯。不料天不作美，剛到十八歲的時候，他們的父母親便相繼與人世長辭了！

　　這失了怙恃，伶仃孤苦的小兄弟，一日，忽異想天開，相約去尋求不死之術。他們自從家中出發以後，經過了若干時日，果然碰見一位修仙鍊道的人，兄弟兩人當時就拜他為師傅，執弟子的禮儀，一同去到他的家中。

　　誰知事有湊巧，這位鍊仙的人，卻有一個女孩，年紀和他們兄弟差不多，生得如花似玉，標緻非常。高家兄弟二人，一眼望見這位娘子，不覺神魂飄蕩，以為一定是仙女下凡，立刻想拜倒石榴裙下。從此兄弟兩人，都如痴似夢，行止坐臥，捨不得離開。娘子也無分彼此，愛著他兄弟兩人。

　　最初娘子自念：一女同時匹配二夫，心中卻七上八落，後乃決定把其中的哥哥，來做他的夫婿。可是，他們兄弟二人，是一對同胞出世的雙生兒，聲音笑貌，完全相同，很難辨別出誰是哥哥弟弟。

　　後來想到安南是一個禮義之邦，食飯的時候，很有長幼尊卑的次序，最先舉箸的，無疑就是高贊了。自是，遂于食飯的時候留心，注意他們兩位中，那一位最先舉箸，卒和先舉箸的哥哥——高贊，結了美滿的姻緣。

　　誰知抱著美麗的嬌妻，度其甜蜜的新婚生活的高贊，於不知胡天胡地當中，竟把往日難兄難弟的手足之情，漸次放在腦後，對他的弟弟高郎，也就忽然疏遠起來了。

　　遭遇著兄的變心冷遇，和為失戀而苦悶著高郎，於百無聊賴之際，想起人生在世，最難過的就是寄人籬下，與其依靠兄嫂生活，倒不如另尋出路。旋整備了行裝，也不告知兄嫂，偷偷的出了家門，走入森林中去了。

　　行行重行行，經過了多少時日以後，忽走到一條小溪的岸旁。這時高郎已筋疲力盡，再也不能走了。乃坐溪邊，回思往事，不覺悲從中來，繼就如喪了考妣一般，呼天喊地，號聲大哭起來。因為太過悲傷，和大哭了一番的結果，高郎便氣息奄奄的，立地變成一塊石頭！

　　方從燕爾新婚的無我夢中，漸次醒覺起來的哥哥阿贊，因為許久不見弟弟回來，也就受不住良心的苛責，悔不該冷遇同胞的弟弟阿郎，致弄到他天涯漂泊，音信杳然！想了一回便決意親自訪尋弟弟，立即束裝就道，迤入森林中去。

　　行了許久的日程，恰巧又到著同一溪邊，疲倦至極了的高贊，望見那邊

一塊石頭，連忙坐下。他的本意，是擬坐在石上，休息片時，然後再行打算的。不料方才坐定，便不由自主的萬感交集，大哭特哭起來，哭了一會氣息乃漸漸停止，當時變成一株綠樹。

那在家中寂寞無聊地等待著夫婿歸來的娘子，見經過了許多時日，總不見夫婿回來，也就心急起來，跟著夫婿的蹤跡，入森林中去了。在渺茫無際的森林中，忍著飢餓和疲勞，徬徨了多日，結果又是到著前說的小溪旁邊。他見那可愛的綠樹，陰涼得很，不覺一手攀將過去，正擬靠著那株綠樹來休息片時的當兒，想起夫婿的事情，不覺放聲大哭，哭到魂不附體的時候，忽化為一條籐，纏著那株綠樹。

自是以後，那小溪附近的村莊裡頭，有一位村長之類的老人，忽於某夜夢見一位美女，帶同兩個少年，詳述她和他兄弟們的戀愛，及如何死在溪邊，現已變為石頭、綠樹、藤……等的經過。

那老人一覺醒來，心裡還是半信半疑，及偕村人，親自到溪邊調查了一回，始知夢中所聽說石頭、綠樹、藤等，都歷歷在目。乃將其事遍告村人，合同釀金，建造了一座祠廟，把來紀念那為夫婦愛、為兄弟愛而死的三位青年男女。

及後不到數年，文郎國內突發生了從古未見過的大旱災。因為雄王是個愛民若赤的君主，見了這種情形，便命駕巡各地，觀察旱害情況，以便設法救濟。不料車駕所至，祇見赤地千里，草木枯槁，無一幸存。獨巡至小溪岸旁的時候，見那綠樹和纏在樹上的藤，依然欣欣向榮，非常暢茂，旱魃並不能肆虐，覺得很是奇怪！召集村人，詢其來歷，始知道其中有三人遺下的靈跡存在。

聽完了這段故事的雄王，心中對那三位男女確是非常羨慕。立即命部下去摘那結在綠樹和藤上的子實，把它放入口中。最初咬了一咬的時節，因帶些少苦澀味道，以為是有毒的東西，隨即由口中吐出，恰好吐在那石塊上面。只見唾液，立刻變成紅色，自己口中，旋亦覺得有一種說不出的爽快清涼的味道。

雄王自是便念念不忘，還到宮中以後，立刻下令去採取那同樣的綠樹和

藤的果實，並取同樣的石塊過來，把三者一同放入口中去試嚼了一嚼，果然和從前的一樣——一些少苦澀味道，過了以後，有不可思議的涼味遺留口中。試驗已畢，王念：這是由于三人的誠心感召得來的東西，乃立即下詔，令國人常用此物，藉此紀念三人的愛情，和昭示國民宜兄友弟恭，夫和妻順。

　　現在這種蒟醬，安南到處都盛行咬嚼著，特別在婚姻的時候，已成為絕不可缺的東西。當她和他訂婚後，男女雙方的父母、媒妁、親戚、朋友，便集中一起，男女兩家，各出其珍藏，或買來蒟醬，任那些親朋大嚼。

　　他們的意思，就是想借著這種有夫婦情死的來歷之物，去祝他和她的愛情，永久不變！及屆舉行婚禮那一天，男女兩家，又同樣的會集一堂，循例大嚼，因此在安南人的家庭，沒有一家不備有做蒟醬的器具的——其中施以雕刻等等的很講究的藝術的，卻也不少。

二　雨季的傳說

　　安南的降雨季節，是因地方而有多少不同，大抵從三月中旬起，至七月中旬止，連續降雨四箇月，在此降雨期間，是不乏滂沱暴雨。茲且介紹關於他們的雨季傳說於下：

　　在前述雄王四世時代，有一個貧窮的樵夫名叫阮順。他有一天入山砍伐下一條大樹，正欲再加以斧鋸的時候，恰好紅日已沉了，只得放工回家，待明天再行打算。不料詰朝一早入山，見昨日斫下的大樹，依然屹立在那邊，心中疑思道：分明那條樹昨日已經斫伐下來的，何以會依然屹立不動？莫非是夢？旋即把那條大樹，再行斫伐下來。

　　翌日入山，又見屹立如故。至第三日，他更【便】思疑起來，伐了樹後竟在山中過夜，看有什麼神鬼作祟。一直到夜半的時候，在月影朦朧，忽現出一位仙女般的美人，手中持著拐杖，把杖叩那倒下的大樹，樹即應杖而起，再叩則復歸原位，依然為一株參天的大樹了。

　　阮順見了這個情形，再也不能忍耐下去了，立刻上前和那美人糾纏，質問她為什麼要來妨害他的工作？美人微笑道：「妾是大白星君，因為非常中意在這樹下乘涼，所以不忍人傷殘此樹，但是，既有妨害你的工作，那末，委

實是對你不住了！現在把這支杖送給你，以賠償你的辛勞，勸你此後不必斫伐樹木，把這支杖去醫貧病的人們，就可一生吃著不盡。這杖叫做魔法杖，凡有患毛病的人們，把牠來輕輕敲打一下，無論什麼毛病，都可霍然而愈，好好的去拯救貧病者吧！」

阮順得到那杖子以後，翌日便棄去樵夫的業藝，持杖出門行醫去了。卒到處受人歡迎，救治了無數的貧窮患病者。

一日，阮順行到一條小溪的旁邊，見有許多頑童屬集在一起，玩弄一條半死的小蛇。阮順一眼望見那小蛇時，覺得牠頭上有一個王字，心中知道不是平常的蛇，或者是神的化身。立刻趕開那些頑童，行前去認真一看，知確是神蛇，趕忙將魔法杖在牠的頭上，輕輕敲了幾下。那小蛇便活潑起來，一直投入河中去了。

隔了三四天的時候，忽有一位很漂亮的貴公子，攜帶了許多黃金、黑玉，和其他寶貝來到阮順的家中，說要面會老爺。見著阮順，恭恭敬敬的說道：「鄙人是南海龍王的兒子，名喚小龍公。前日因為遊戲溪邊，被一群頑童捉去，受了許多苦楚，幸賴先生拯援，始得苟全性命。現在攜來各種禮物，原來不成敬意，為報再生之德，特請屈為哂納！」

阮順聽了這番話說，心中暗想到：與其接收這些禮物，倒不如謝絕，看他有何話說？接著便說：「小小的應做事情，怎敢當這麼多的貴重禮物！」極力辭謝不受。

小龍公見他如此，只好收回禮物道：「既然如此，那就請先生到我海底龍宮去遊玩一回吧！」阮順聽了，不覺喜出望外，立刻便隨小龍公到龍宮裡去。

抵龍宮後，那海龍王和他的臣子、家族們，都表示出萬二分的感謝，連日設宴歡迎！食不盡山珍海錯，著不盡綾羅錦緞，在龍宮逗留了多日以後，遂向龍王請求得一部魔法的書籍，攜歸作紀念品。

阮順得讀了那部魔法書後，果然神通廣大起來——能呼風喚雨，凡百無不從心所欲，如願以償，因此也就列入神仙籍中去了。因為他覺得自己所居

的昇龍地方[1]人情風俗不見得好，遂決意遷到民俗純樸的鄉村去住。卒由昇龍搬到福祿縣去，在那叫做山傘圓山的名山之上，築了一座壯麗無比的城池。

　　當時文郎國的雄王，生下了一位很美麗的王女，名叫做美娘。她生得體態苗條，娉婷娟好，具有一種見了她的便要相思她的魔力。那時阮順已成為「天下的山神」，小龍公也昇為「世界的海神」了。會雄王偕他的愛女——美娘，去禱告山海之神，請保祐國泰民安，風調雨順。因此山海兩神，都為美娘的魔神力所攝，同時患著單思的毛病，據說除親美娘芳澤之外，別無妙藥可醫的了。

　　兩神乃同時遣人向美娘求婚，謂任她提出什麼要吮要舐的條件，都甘願接受。雄王見到這種情形，覺得這掌上明珠，委實是魔力宏大，但一女何能配得二夫呢？因對來使說：「美娘無論嫁山神也好，嫁海神也好，自己完全沒有主張，但明天早上能拿最好最多聘禮來的，就把愛女——美娘匹配他。」使者還報，那山海兩神，馬上就叫手下去備辦禮物，吩咐明天一早就要送到王宮裡去！

　　在未登仙籍時，攜著大白星君所賜的拐杖，到處去為貧民療治疾病的山神——阮順，以作善必降祥，故那主婚姻的月下老人，都要特別維護他，使他得享受王女的艷福吧？等到翌晨，一切做聘禮的黃金珠寶、珍禽奇獸，都不期而然的備辦得非常齊全，馬上打發人夫，送到王宮裡去。

　　雄王見了這些珍貴的禮物，很是喜歡。尤其是就那九支牙的象、九個爪的雞、九個鬃的馬，是他老人家見所未見，覺得珍貴已極。便實踐前言，把愛女——美娘，匹配山神去了。

　　誰知事有湊巧，美娘出了門後，那海神——小龍公的禮物，也送到來了，這回的聘禮雖然豐富和珍貴過山神的東西，可是後了一腳，「佳人已屬沙舍利」，美娘經山神帶回家去，度其甜蜜燕爾新婚了。

　　海神聞言，不覺放聲大罵，怒火沖天，宣言要奪回美娘。立刻帶了一般【班】蝦兵蟹將，由昇龍騰雲駕霧，飛上天空。弄了法術以後，忽風雷大作，

1　原註：現在的河內。

飛沙走石，暴雨隨至，河水大漲特漲，竟向山神住地——傘圓山攻來。

山神為對抗起見，立命附近居民，築堤防止，挽弓矢向洪水發射。一方面驅山中虎豹獅象之類，和龍王決一死戰。因此，兩軍每一交鋒，天空便黑得如墨，雷電交作，大風驟至，河水因之暴漲，卒繼續戰了四箇月期間，才將龍王打敗，使退卻于下龍灣地方。但山海兩神，因此積怨日深，自後每年到了同一時節，便各自調兵遣將，繼續戰爭四箇月而後已。

因為海神辜負人家救命之恩，反去和恩人為爭美而戰，每戰必敗，固是天理使然。可是，難以理喻的海神，到底每年還是要和山神戰爭一次，這個戰爭期間，就是安南降雨的季節。

三　漁夫張智的故事

從前有位很有錢的宰相，真是富過國王，且有權有勢，闊綽至極，可是年過四十，膝下猶虛。迨到五十歲的時候，始生下一女，命名明娘。誰知這女出生不久，她的母親，便與他【她】長辭了。宰相因愛她如掌上明珠，覺得沒了母親的女兒，很是可憐，便千方百計去揀選乳母、侍醫等等，把她撫育成人。

流光易逝，一轉瞬間，那明娘便長成起來了。終日閉鎖在深閨裡頭，或彈琴或讀書，或執女紅，從來未與世間接觸一回，只平平常常的度過了她的快樂生活。宰相見她長成如許，因于河邊建築了一座和她身分相等的別墅，命名為觀月殿，金碧輝煌，無與倫比，並在庭園中種下許多珍奇樹木，芳草幽蘭，真是仙境不如。宰相也每日一定要到觀月殿兩回，和他的愛女作共同的賞樂。

離這別莊不遠，有一處碼頭，為來往船舶停止之所，其中有一個漁夫，名叫張智，面貌生得半似人，半似鬼，見者莫不竊笑。他所有的東西，就是一隻小艇和釣竿釣線，並無父母兄弟親戚。不論晴雨，都在那河中釣捕多少魚蝦，來維持他的兩餐。

但是，這位張智，雖然生得那麼醜陋，卻有一種天賦的美聲，為任何人所不能及的。因是，他雖貧到了不得，依然有他窮風流、餓快活的樂境。當

月白風清的晚上，他便憑著那特別的美聲，唱出一種音韻悠揚的歌調，把日間的苦勞，丟到九霄雲外去了。

有一天，恰降了一陣暴雨，人們都困悶得很，耐不住那火燒般的酷熱，各自入屋裡避暑去了。獨張智卻把他的船划到觀月殿前，汗流浹背的，熱心去補捉魚蝦，因此遂較往日稍有所獲，不覺喜出望外，循例唱他的歌道：

「鶴港湖邊，羽毛似帶，帶纏娘腰，隨風飄盪。孝莫大于事親，悲莫悲於生離！」

那時明娘正在閨中，把身斜倚榻上，一面聽那清越的歌聲，一面做她的刺繡，聽得入神的時候，不覺如醉如痴，把手中的刺繡放下起來，一直到漁歌遠去，還是竚立榻前。古諺說得好：「銅不如竹，竹不如絲，絲不如肉。」可知道任何簫鼓絃笛之音，都敵不過肉聲的歌調。明娘被張智的美音炫惑，絕不是無因而致的了。

自後張智每晚必到同一場所，不論是天晴下雨，都要放縱他的美聲，快活的唱那歌調，明娘也每夕必聽罷歌聲，才能夠就寢。並且在歌音歇了之後，覺得神魂飛越，有不由自主的樣子。如此經過半月，歌聲便絕響不聞了。

誰知明娘的容光，以此日益瘦削起來，寢不安席，食不甘味；對于刺繡，刺了二三針，即行放手；對于彈琴，彈了兩三下，便嘆一口大氣，身體瘦得和白鶴一般。

她的父親見她那麼消瘦，也曾親自詢過她的原因，可是，處女心事，那裡容易講出！詢問了幾次，都說：「沒有什末原因。」父親沒有法子，只得叫愛女的侍婢來問，才知道她的毛病，是起于漁夫輟歌的那一天。

她的父親聽了這些原因，沉吟半晌的想了一回，馬上就吩咐差人，暗中去打探漁夫的消息，碰見後，立即迎他到別墅來！差人見了張智，即道達來意，囑其同往宰相別墅——觀月殿。那時張智雖明知自己鄙野，面貌不揚，不能作金枝玉葉的貴人夫婿，無奈差人催促，只得相將去了。

宰相聽見差人回來，心中暗想到：那能使自己愛女發單思病的歌人——張智，雖然沒有學問，卻一定是很漂亮的青年。誰知引見的時候，露著襤褸的

衣衫，和一副四不相[2]的面孔，不覺吃了一驚！繼念：愛女已為他輾轉床第，無論如何，都非採取忍耐主義不可。

因對張智道：「聞你有特別唱歌技能，能否在我家中，立志做人？」張智跪著答到【道】：「真正能匹配令孃的話，上天下地，都任大人差遣。」宰相又說：「那末你入鄰室去，為我試歌一曲！」張智隨即依命入宰相所居的鄰室，拚命唱了一曲戀愛的歌調。那時病在床上的明娘，抬起頭來凝神聽了一會，面上便紅潤起來了。

宰相見了這種情形，知道愛女的病，確是患著單思，立命起床打扮，準于晚上定婚。明娘知瞞不過父親的慧眼，只得和盤托出自己得病的原因。並立刻由病榻起來，塗脂抹粉，粧得似天仙一般，娉婷的行到會客廳。

及至見了未婚夫張智，卻著了一驚！與其心中所想的美貌歌人，完全相反。大失所望之後，只得忍聲下氣，以為是前世的冤孽！任大家去吃蒟醬，從此就定下了婚。

翌日宰相見愛女的病，已霍然而愈，但細察其心，卻無意于那醜鬼——張智。乃命部下給與銀一千兩，立刻命張智出去謀生，不准住在觀月殿內。張智無法，只得出去，其時適河水大漲，乃唱一句：「今世不能親娘子芳澤，等待來世罷！」立刻投河而死。

自後經過半年，觀月殿庭前的檀香木上，忽生出一個木瘤，瑩澈如水晶。宰相見了，急命匠人雕成一杯，確是無價之寶！一日，明娘又得起病來，心煩口渴，部下把那杯盛茶進上。

明娘忽見杯內有一人影，細審辨時，卻和張智的相貌一樣，並聞細聲歌著：「今世不能親娘子芳澤，等待來世吧！」明娘心中忽然感動起來，自思道：「那末等待來世！」同時並落下珠淚二滴于茶杯中，茶杯便在明娘手中消失了。自是明娘的病，便不再發，成為一個很強壯的女子。

載於《南方》，第一八〇、一八一號合刊，一九四三年八月十五日

2　按：四不相，通「四不像」。

無家的孤兒*

作者　愛克脫・麥羅
譯者　簡進發

愛克脫・麥羅像

【作者】

愛克脫・麥羅（Hector Malot, 1830～1901），今多譯為赫克脫・馬洛。一九一二年中國包天笑（包公毅）由日文中譯愛克脫麥羅《苦兒流浪記》，即使用此譯名。他雖然攻讀法律，卻熱愛文學創作。在他擔任公證人的父親處工作時，即開始寫作，第一本作品《情人們》（*Les Amants*, 1860）就非常成功，自此寫作不輟，成為流行多產作家。作品多描寫典型通俗劇式的情節。其中"*Romain Kalbris*"（1869）、《苦兒流浪記》（又稱《無家的男孩》，*Sans Famille*，1878）與《小英的故事》（又稱《無家的女孩》，*En Famille*，1893）為十九世紀末法國社會的寫實見證。特別是《苦兒流浪記》與《小英的故事》，是愛克脫・麥羅的代表作，不僅受到法國民眾的熱愛，也風行全球，多次改編成舞臺劇本、漫畫及電影。（趙勳達撰）

【譯者】

簡進發（？～？），生平不詳。曾於《臺灣新民報》發表中篇小說〈革兒〉（1933），以知識青年「革兒」為中心，描繪臺灣社會的赤貧化、批判日本資本主義擴張及隨之而來的九一八事變，以及因階級門第的懸殊造成感情路上困挫等現象。面對這些問題，〈革兒〉皆以馬克思主義的觀點闡述，並透露出嚮往蘇維埃政權、以馬克思主義作為出路的個人選擇。此外，對於九一八事變之批判，是當時臺灣左翼小說中相當罕見的主題。一九四〇年曾出版施學習《白香山之研究》。一九四三年翻譯 Hector Malot 所著《無家的孤兒》（今譯《苦兒流浪記》），發表於《南方》。（趙勳達撰）

---

* 按：原名 *Sans Famille*，今譯為《苦兒流浪記》。

一

我的名叫做可民，我今年僅僅九歲呢，我這時著眼的只有一人，我假定要呼她為我的母親。每當我啼哭的時候，她便牽著我的手腕替我揩淚，又頻頻地拍著我的肩膀兒教我不要啼哭。我每夜又一定要和她接吻了後，始得安心就床睡覺，不然就得不到溫甜的美睡呢。

窗外砭骨的寒風儘刮著，玻璃窗上滿落著點點的雪花的寒夜裡，她為要使我多得一點的溫暖，便擁著我的兩足，口唱著催眠的甜歌，要使我早入睡鄉，那歌調的句節髣髴還記在我的腦裡哩。

記得是夏天的一天下午，我在曠野牧牛的時候，忽然遇著沛然的暴雨，滿身淋漓，她便冒雨走來負我回去。有時我和鄰家的孩童諍爭哭泣的時候，她又照例的走來安慰我，摟抱我，把我的全身吻遍。所以每當我失意的時候若看見她，就好像得到萬分的慈慰一樣的覺得異常的心快。她有時雖然嚴厲地呵責我，但是她那富有愛情的眼光，是使我永不會忘記的。唉！老實說，我對她好像是自己的母親一樣地孺慕著，但是可惜她不是我真實的生母呢。

我居住的地方是叫做青鳩村，是法蘭西中央部的一極寒寂的荒村，村雖貧寂，可是這並不是村民的惰逸，其實是地質不肥所致的。近邊一帶的荒地滿生著直騰騰的灌木，處處起伏著高低不齊的小丘。山澗的小流發出潺潺的聲音，直穿過樹林徐徐地流入小溪，最後流入羅鴉爾河。村裡的人大部分居住在這河的兩岸，時常可以聽到淙淙的溪流奏出自然的音樂，使這寂寞的村民感到一種特別的快慰。我就是在這村裡長大的。

我在家裡未曾看見過男人，而我呼為母親的她也不是寡婦。她有丈夫，是在巴黎當石工的，因為他好久沒有回來，我也無從知道他是種什麼樣人。只有同到巴黎為石工的村裡人回來的時候，傳語報了平安，或帶回多少工資，對我呼為母親的她道：「你的丈夫達爾權現在平安無事，身體又很頑強，你安心吧，這是他托我帶回來給你的，你檢收起來吧！」她——我的養母聽到這話，覺得異常愉快，她以為她的丈夫在那奢侈繁華的巴黎尚能憶念著家裡的人，積蓄多少的金錢寄回來，一定是他自己克勤克儉過著辛苦的日子得來的，

這些話是我的養母親口時常對我說過的。

是十一月中的一天晚上，我正在門外打折枯柴的時候，忽有一素不識面的男子走來我的門前輕摩著我的頭髮問：

「好孩子，司蒂姆是住在這裡嗎？」

司蒂姆是我養母的名，我回答他說是住在這裡時，那男子就很不客氣地走入我的家裡，好像是走入自己的家裡一樣的自然。我看這人的衣服滿污著泥土，帽子破的不像樣子，兩靴好像由泥田中上來一般地破爛。我雖靜默著不發一語，可是我很明瞭地可以察知這人一定是跑了幾十里的惡路才到這裡的。

聽著客人的聲音，由裡面跑出來的養母忽和這人相撞，她吃了一驚，猛睜著那人問：

「你是那裡……」

「我是由巴黎回來，順路來此的，達爾權最近因……」客人說到這兒忽停住著不說，好像要觀察這話對她有什麼反響似的沉吟著。

「達爾權怎麼樣呢？你快一點說，唉！我的天！」我的養母看那客人吞吞吐吐地不敢遽然說出，早就料到她的丈夫達爾權一定是在巴黎發生了什麼事故，便這麼慌狂地追問著。

「你別驚慌，達爾權雖然受傷，但總不致於喪命吧，他現在病院治療中，想不久就可以出院回來的，其實我也是受了傷在那病院醫好回家順路來這裡的……」客人說到這兒回頭看一看外面，像感覺著什麼似地再向我的養母道：

「噢！將近黃昏了，我非早一刻回去不可，我是要再跑三里多路的。」客人說著翻轉身就要出去。

「哼！你用不著這樣著急，橫豎天已晚了，今夜就住在這裡，明朝早一點走也是一樣的。因為在這荒寂的寒村，山中有很多的虎狼，在夜裡時常出來噬人，真不是玩的。就是對於達爾權的事，我還要問你一個詳細。」我的養母阻攔著他，強要他在我的家裡過夜。

客人起初雖再三推辭，後來因挨不過我的養母好幾次的要求，也就決意在我的家裡過夜了。晚餐的時候，客人坐在火爐邊，毫無客氣地，一壁兒吃，

一壁兒絮絮地談起達爾權的事來了：

「達爾權是被僱於某建築工場的，他在做工的時候，因失足墜落地上受了重傷，包辦的人因為他不在應在的場所受傷，便推東托西不負賠償的責任。唉！達爾權真的倒運，要不是這樣，怕他一輩子就可以無憂無愁地過日子。包辦的人真是貪圖無厭，可惡至極呀！我教達爾權去訴訟，也許因此可得到多少扶助的金錢……」

「什麼，訴訟？這不是要費許多的金錢嗎？像我這樣的窮人家怎擔負得起這麼多的……唉！」我的養母聽到訟訴兩字，一時目瞪口呆，不知所措，很失望地長嘆著。

「是的，一時雖多費了一點，可是一旦打贏了官司的話，一輩子就可以……」客人看見我的養母這麼長吁短嘆著，也不禁替她流出幾點同情的眼淚，一直談到更深夜闌的時候才上床睡了。

翌日的早晨，天剛一亮了客人就回去了，我的養母因為昨夜未曾合起眼簾好好地睡過，覺得精神異常地頹喪。她很想自己到巴黎去看她的丈夫達爾權到底是怎麼樣，但是她一想到路費無從出處和要費許多的時日時，她又不得不把這念頭打消了。

她苦慮了好久，便決定到教堂去請問牧師，看他的意見怎麼樣。牧師聽完了我養母的話，斜看頭把我養母的話來回地思忖了一遍，露著同情的神色，對我的養母道：

「照我的意思，最好先寫一封信到巴黎的病院去問他一個詳細，等到他的回信來了再打算吧！」

「那也可以……」我的養母沉吟了好一刻兒，覺得牧師的話說的有理，便順從著他的意思輕聲地應著。

牧師寫好了信，我的養母接著說聲謝謝，就離開牧師一溜煙地投函去了。

約莫經過了十多天，我的養母就接到她的丈夫達爾權的回信了。信裡是寫受傷治療的經過很好，教她無須到巴黎去的必要，因為他現在正和包辦的人在打官司，需用金錢甚急，囑她想法子多寄些錢去。

我的養母接到這信了後，一面雖喜歡著她的丈夫受傷的經過良好，但是

對於金錢這方面難免要使她勞心焦急了。她很知道打官司這樁事情是要很多的開費的，是窮人家做不到的事，可是對她的丈夫達爾權的要求又不得輕輕放過的。她受達爾權再三的推迫真的進退維谷了，她千思萬想的結果，便決意把他們一家視為養命之源的紅犁賣掉，將所得的金錢寄給她的丈夫了。

紅犁是我家的牝牛，法蘭西的鄉下人看這牛好像是自己的家族一般地保重。若賣這牛的人家，就可以推察那家庭一定是淪落到不得已的異常悲慘的境地的。因為鄉下人雖貧窮的不得轉身，若有此牝牛，全家的人就可以得到充分的滋養而不致於餓死了。所以除非有特別的事情以外，是斷不輕輕地賣掉的。

我和我的養母司蒂姆，時常好幾箇月未嘗吃過肉類，幸喜有此紅犁，我們就可以得到滋養無缺了。所以我們母子兩人視此紅犁好像自己的家族一般地保重，無論怎麼樣也不肯放手。但是為要救我養母的丈夫達爾權於困難之中，除此以外是沒有較好的辦法的。

二

牛販來我的家裡了，他斜著頭把紅犁仔細地端相了一刻，故意露著失望的神情向我的養母司蒂姆道：

「這牛瘦削的很，乳質又劣，怕不適於製造牛酪，真是遺憾的很，可是我很同情你是一個誠實的婦人，若價格便宜點，就順手買回去吧。」

「我是窮人家，又很急於需用金錢的，是初次的買賣，也不知道市價怎麼樣，總之，由你自己估價加添一點就算了。」養母垂下頭，靜默地深思了好久，好像斷念了一切似的，看一下紅犁低聲地說。

「價格這點你別擔心，我們是舊交，現在你立在厄難的地步，理當我是要援助你的，怎得刻薄你呢？比市價加算了一點給你吧！」牛販聽到我的養母這話，表面故意裝做很同情著她的神情，但是其實在他的內心裡好像做了一場很好的生意般地偷偷地喜歡著。

紅犁的買賣成立了。牛販把錢交給我的養母司蒂姆了後，就走到馬柵裡紅犁的後面，想去促牠走動。可是沉寂地在聽著他們談話的紅犁，這時好像

知道他們的話意一樣的，舉起牠的後蹄頻頓著地上，表示著不肯服從他的命令般地一些也不前進。牛販到此有點生氣了，他揚起鞭子，瞄準著紅犁的背上很用力地想要打下。司蒂姆看著連忙制止著他的手道：

「用不著打，紅犁是善良的好牛，讓我去教訓牠吧！」

司蒂姆說著便走到紅犁的背後，很溫柔地輕打著牠的屁股，自己牽著繩子道：

「紅犁！出來吧，我今天要和你分離了，這不是我的本意，我很不忍心，但是為要救達爾權於危窮之中，是不得不暫時和你分別的，這點請你原諒我吧，紅犁！」

司蒂姆說完覺得異常的難過，兩眼早已飽貯著瑩瑩的熱淚，紅犁也如似體會了她的話意，斷念了一切似地徐徐地由馬柵走出來。牠目光灼灼地眝視著我們，就像有許多的話要對我們說而說不出來一樣的，眼簾一開一閉地頻動著，同時由眼角流出兩泓的清淚。我看到這兒，整個的心房兒如受萬針齊刺般地，覺得異常的猛痛。這樣，在異常的悵惘中，牛販便把紅犁繫在貨物車的後面，舉起鞭子就一溜煙地跑動了。

唉！我們靠以為命的滋養品乳酪斷絕了，從此以後，我們的朝餐和晚膳除非一塊的麵包和馬鈴薯，加上少許的食鹽以外，是再也望不到什麼了。

紅犁賣掉後經過了不久，法蘭西的祭日謝肉祭就迫近了。這天是兒童們最待望躍舞的好日子，家家都有製造餅餌果實，例如燒鍋的餅、粉製的果實，件件都是兒童們喜歡可口的東西。

我回想到去年的謝肉祭那天，我的養母司蒂姆特別為我做了許多的餅果，她露著微微的笑容看我一口一口地吃下，是多麼幸福，多麼得意呀！這些情景現在還歷歷地閃映在我的腦中，使我一刻也不會忘記。

反之我一想到紅犁賣掉後的今年的謝肉祭，沒有牛酪時，真的要使我流淚，這是我不要去想，而又蠕蠕地盤繞在我的腦中的一幕不堪設想的情景。這樣我在失望中悶悶地過了數日就是謝肉祭日了。

這天我一清早就起來了，因為悲念看紅犁的長別，整個上午悄悄地不發一聲。等到將近正午的時候，我的養母司蒂姆好像感到什麼得意的事情般地

露著微微的笑痕呼著我道：

「可民！你看，這是什麼呢？」

我走到養母的身傍一看，她正在為我燒餅呢，我不禁吃了一驚，很狂喜地睜視著她的面上問：

「媽媽！你由那裡辦來這麼……」

「可民！你是個好孩子，今天是謝肉祭，家家都有製造餅果，紅犁賣掉了的現在，我們雖不能得到好的牛酪，但是我是不忍使你失望的。這些是媽媽特地為你買來的，不但這樣，你再打開那個提箱的蓋兒看一看，裡面還有許多的食品呢。」養母指著桌上的一個提箱笑嘻嘻地說。

我慌忙地打開提箱的蓋兒一看，裡面有一缽的牛乳和一小皿的牛酪以外，還有四五箇的雞卵和三粒的蘋果，件件都是我最喜歡渴望的可口的東西，我這時真的驚喜得欲狂了。

媽媽命令我削著蘋果的皮兒，自己才動著兩手去調解牛乳和雞卵，這樣紅犁雖失去了，可是我們的口福卻未嘗減於去年的謝肉祭呢。這完全是我的養母愛我而不使我失望所致的，我感激的幾乎要流出眼淚來。

天昏了，我的養母呼著我道：

「可民，你去斫取柴枝來燒火吧，我已經把餅弄熟了。」

我在灶裡燒了火後，便把汽鍋放在上面。祭禮的蠟燭很光輝地照耀著室的四周，我的養母在這燦爛的光輝中微動著她的手兒在調理晚餐。這時芳香的餅味猛撲到我的鼻尖，吱吱的煎油的聲音，好像是一種微細的音樂一般地使我覺得異常的心快。唉！這是我好幾箇月來未嘗聞過的香味呀！

這樣，我正在狂喜今夜可以得到好吃的晚餐的時候，忽聽見有人踏入我家的腳步兒的聲音，如似要來奪我的幸福般地使我猛嚇了一下。我料想是鄰家的人要來借火，倒不關心。但是經過了沒一霎時，再聽見一陣用手杖猛烈地敲門的聲音，同時門聲一響，一個穿白色衣服的工人，手拿著棍子走了入來。養母因為正在忙於調理晚餐，也不轉過頭來，她只屬聲地問：

「是誰啊？」

「是我啦！」那人說著昂然地走近我養母的身邊。

「哦！你不是達爾權嗎？」轉過頭來看一下那人的養母，好像發現著什麼寶貝似的滿面笑容地驚喜著，她牽著我的小手兒走到那人的面前道：

「可民！他是你的爸爸啦！」

我聽到爸爸兩字，便很恭敬地走近他，好像孩子孺慕著慈母一般地要吻他、親他。可是不知道怎樣，他不但不許我親近，反倒以棍子隔開我、阻攔我，怒視著我的養母道：

「咄！這個頑劣兒留在家裡何用，快不把他打出去嗎？司蒂姆，你真會對我說謊呀！」

「那裡的話，他是個好孩子，我很痛愛他……」司蒂姆很不滿意地狠狠地應。

「什麼？痛愛他，說得真好聽，司蒂姆你真會騙我呀！」達爾權露著卑鄙的獰笑，把巨大的棍子橫靠在肩上，走近前我幾步，圓睜著兩個眼睛死盯著我的臉龐。

我不禁退了幾步，全身異常地抖戰著，司蒂姆看到這兒便把我扭回她的身邊，擁抱著我，輕輕地打著我的肩膀兒道：

「好孩子，你不要驚慌，他是你的爸爸呢！他是由巴黎回來的。」

「唔！今天是謝肉祭嗎？好體面的祝儀，恰巧我腹裡餓的要命，你要什麼給我吃呢？我是走十多里路來的……」達爾權回顧著室的四周，向我的養母司蒂姆問。

「汽鍋裡的燒餅已經熟了，你自己吃去吧！」司蒂姆這麼說著便放開我，再繼續去調理晚膳。

「燒餅，哈哈！你想這些可以飽我的餓腹嗎？我餓的兩隻腳兒幾乎要硬直了。」達爾權瞧一瞧司蒂姆歪笑了一聲說。

「我沒有準備什麼，因為我不知道你今天要回來，就是你要回來時也應該要寫信通知我才對……」司蒂姆較前柔和了一點說。

「什麼，沒有準備，那麼晚餐也做不成嗎？」

達爾權注目著小皿中的牛酪，再繼續地說：

「唔！這裡有牛酪，其他還有什麼呢？」

他說完再把眼睛移到梁上的鐵鉤兒，在這裡他又發見著玉蔥和蒜頭，他舉起手中的棍子狠力的擊了一下，玉蔥和蒜頭就像斷線的珠子般地接連地落了四五個，他拾起落在地上的玉蔥自言自語地道：

「有這玉蔥和牛酪就不愁沒有好的晚餐了，咄！你這個頑皮兒快不給我滾開嗎？」

他走到我的身傍，舉起他手中的棍子威嚇著我，把我置在灶上的滿貯著燒餅的汽鍋翻落在地上，狠狠地怒視著我的養母，厲聲地喝道：

「司蒂姆！你在那裡磨蹭著什麼，快不來幫我做羹湯嗎？」

我縮攏在達爾權指示給我的食卓的一隅，全身異常地抖顫著，司蒂姆順從著達爾權的命令在做羹湯。我由食卓的一隅偷眼觀察著達爾權的行動，他看起來約莫有五十歲的光景，是個顏面獰猛、性情不好的男子。因為顧部受傷，頭斜傾在右方的肩膀上，更顯其容貌的惡劣難看。

「什麼，僅僅這些的牛酪嗎？咳！」

他說著便把小皿中的牛酪全部投下汽鍋裡了。

唉！我心念的牛酪和煎餅全部沒有了。但是不知道怎樣，我這時的心理對於這些牛酪、煎餅、果實的喪失倒不感到失望，只覺得這個兇惡的男人是我的爸爸的一種恐怖的念頭緊壓著我的心胸，使我幾乎喘不過息來。唉！這個兇猛的男人如我的養母司蒂姆所說，當真的是我的爸爸嗎？我不相信，我真真的不相信呀！

三

對於達爾權的事，我老實一些也不知道，我相信他既是我的爸爸，一定是和司蒂姆一樣，是個溫柔可親的男人。但是現在露現在我眼前的他，不但不是我想像中的那個可親的慈愛的爸爸，而是個我連想也不到的兇惡可恨的男人，這怎教我不恐怖苦惱呢？

「你這個餓鬼兒在那裡發獸什麼，你也不是木雞，快不把羹湯的皿排起來嗎？」

達爾權忽又這麼對我狂喝著，使我不覺猛嚇了一跳。我微顫著兩手慌忙

地把羹湯的皿取出來排在桌上，司蒂姆就把羹湯一一地注入皿裡了。達爾權這才離開煖爐走到食卓，坐下就開始吃起晚餐來了。

我坐在食卓的一隅，不敢和他正視，只是偷偷地窺視著他，全身好像著了魔似地頻顫著。而剛才勃呈於我心胸的食慾霎時冰消霧散，而換來的是一種恐怖壓迫的心情。達爾權時常停住著匙子瞠著我，有時不期然地兩人的視線打了一個瞧面，使我不禁把頭垂下，覺得異常的不快。

「這個頑皮兒時常這麼少吃嗎？」達爾權用匙子指著我，向司蒂姆問。

「不，他平素倒不是這樣，他很會吃……」司蒂姆看一下我，簡單地應著。

「你不覺得餓嗎？」停了一會，達爾權忽又這麼向我問。

「不。」我低聲地應。

「你既不餓，那麼到臥房去睡吧。」

達爾權好像有什麼秘密的話怕我聽見似的緊促著，我這時注視著司蒂姆看她有什麼表示。可是司蒂姆沒有說些什麼，她只向我使了一個眼色，像是同意我去睡覺似的，於是我就離開桌食了。

法蘭西之中流以下的農家，大部分是寢屋兼用庖室的，我家也是脫不出這個例外的，火爐的近邊陳設著食桌和廚櫃兒。對面靠壁的一隅是我的養母司蒂姆的寢床，我的小寢床是安設在另一隅垂著紅布的壁廚內。

我急忙地脫下外衣就上床捲入被窩裡了，可是我一些也不感到睡意，兩眼只是圓睜著，無論怎樣也睡不下去。而整個的心房兒就像觸了電般地覺得異常的困迫，使我幾乎要哭了出來。

「唉！我的父親是個這麼兇惡的人嗎？他要是我真實的父親，就不該這樣難為我、埋怨我呀！」我在內心裡不由地這麼自問自答著。

我面對著壁，勉強不要去想這些事情，極力想要睡下，可是不知道怎樣，我的眼簾不但不聽從我的命令好好地合了起來，反倒比前特別地睜大。這樣我正在胡思亂想的時候，猛覺得有人迫近我床邊的笨重的腳步聲。我由平素的行動推察，早就斷定這並不是我的養母司蒂姆。經過了一忽，又猛感到一陣熱烘烘的氣息緊壓在我的面上，同時屬聲地這麼向我喝著：

「可民，你睡熟了嗎？」

我被這喝聲驚動，猛怔了一下，覺得全身發著無名的抖顫，只得裝作沉入深睡般地，連一系系[1]的聲息也不敢透出來。司蒂姆這時好像感覺著什麼似地，向達爾權輕聲地道：

「可民已經睡熟了，他平素剛一上床經過了沒一忽兒就走入睡境，不辨一切，你要講什麼話盡可以講出來，用不著擔心……」

達爾權這才翻轉身回到原位坐下，司蒂姆再繼續地問：

「達爾權！打官司的事現在弄到什麼地步呢？這是我最擔心不過的一件事呀！」

「……打敗了。」達爾權對司蒂姆這問，覺得異常的心痛，他很想不要回答她，使她徒增了苦惱，但是事情弄到這麼田地的現在，他又不得不明白地說出來了，他沉吟苦慮了好久才毅然地這麼應出來。

「什麼？打敗？唉……」司蒂姆聽到這話，好像當頭一擊般地一時覺得茫然，停了好一晌，才很失望地這麼苦嘆著。

「唉！官司打敗，所有的積蓄開光，自己又變成一個廢人回來，我真的倒霉，我不知道造物主為什麼對我這樣殘忍，唉！我的前途真的不堪設想呀！我們此後的生活怕難以繼續，還留那個餓鬼在家裡何用，你還不照我的意思把他……」達爾權一面悲嘆著他的將來，一面又難免要為這家的生活心勞著，他想到沒法的時候，只得這樣怨嘆著自己的運命。

「那麼殘忍的事，我無論怎樣也做不到……」司蒂姆看一下達爾權說。

「把他送入孤兒院去不就算了嗎？是極其簡單的事……」達爾權向我這邊觀照一下，好像怕見我聽到似的很低聲地說。

「哼！權！他是用我的奶喂[2]大的，是個好孩子，教我怎得忍心把他送到那麼悲慘的地獄般地孤兒院去呢？」司蒂姆微紅著眼眶，輕聲地說。

「雖是用你的奶喂大，可是他不是你親生的兒子，就狠心地……」

「我一時雖也想從你的意思殘酷地把他……恰巧那時遇著他生病……」

1　按：糸，通「絲」。
2　按：喂，通「餧」。

「好了的時怎麼不帶他去呢？」達爾權顰蹙著臉問。

「因為沒有好到十分，時常咳嗽的要命，那時若真的忍心把他送入孤兒院的話，現在怕已不在這人世了。」司蒂姆一壁兒說，一壁兒掏出手巾頻頻地揩著她的眼眶。

「那麼現在怎麼樣呢？他不是這麼活潑頑健嗎？」達爾權比前強了一點說。

「是的，他很活潑，可是他現在已經長大了，虧得我們特意照應到現在……」

「他今年幾歲呢？」

「九歲，雖還年輕，可是他是個聰慧明敏的好孩子，更使我不忍心離開，留在家裡再等幾年就可以幫手了，就是將來長大成人，誰又料得到他不是個有用的人物呢？我們老境的時候，或得靠他……」司蒂姆緊縐著雙眉，很無氣力地說著。

「咳！你想我們將來可以靠他生活嗎？這是你的奢望，也就是你的空想，你要知道我們眼前的事都顧不得，怎得再等到五年十年後的事呢？現在對他雖殘忍了一點，但是我們是不得管他同情他的，他不過是走他應該走的路罷了。」達爾權聽完司蒂姆的話，不禁大惱起來，狠狠地這麼說著。

「唉！權！我不準【准】你這樣啊！」司蒂姆也有點氣了。

「什麼？不準【准】我？你說什麼話，多麼好聽，你要知道我是這家的主人，我沒有權利嗎？哼！我已經決心了……」達爾權也氣極了。

這樣兩人都氣的滿面怒容，互相沉默著不發一聲，我的澎湃的心潮也就跟著他們談話聲的中斷，一時洶湧出來，而剛才他們倆的中間所說的話，一言一句都明明地浮泛在我的腦中，使我幾乎要放聲哭泣起來。

「唉！我真是個薄命的孩子啊！我真實的媽媽和爸爸是誰呢？現在住在那兒？你們真的太無責任呀！你們既然生我，就應該要負養我的義務的，怎可這樣放我流浪無依呢？可幸司蒂姆對我很好，無異於我真實的母親，不然我怕早已在黃泉之下了。但是此次達爾權的出現，對我此去的生活難免又要生起曲折多端了。由他的話推想起來，他是要把我送到孤兒院去的，這在他

的立場著想起來，也許是出於萬不得已的事情。可是我呢，要是真的被送入孤兒院的話，我的一輩子，唉！那種活地獄的生活，教我怎得挨下呢？我的不幸也許從今天起要再開始了。唉！司蒂姆，我的媽媽！我是要踏著紅犁的後塵和你永別了！」

　　我正在這滿佈著異常悽慘的空氣中怨嘆著自己的運命的時候，忽又聽見司蒂姆用那極其低細而較前溫柔了好多的聲音向達爾權道：

　　「權！你自到巴黎回來完全變了一個人啊！」

　　「當然的，我出門時是健全的軀體，現在變成一個廢人，此後一家的生活要怎樣維持呢？身邊連一錢的積蓄也沒有，視為養命的紅犁也已經賣掉，從此自己的三餐恐難繼續，怎有餘力照應人家的餓鬼呢？司蒂姆，你靜神地再想一想看，我的話對不對啊？」

　　「理雖這樣，可是他是我的奶喂大的，簡直說一句是和我親生的兒子一樣，無論怎樣我也捨不得他。權！請你同情他，可憐他吧！」司蒂姆的聲音異常的柔細，好像囚人要求著法官的寬赦一般地哀求著。

　　「什麼？親生的兒子？虧你說得出來，可不要笑破人家的嘴，看起來他像一個農家的兒子嗎？我在晚餐時仔細地觀察著他，他的全身異常的瘦削，脛骨和手骨幾乎要露出皮膚，全體的骨格也生得不好，就是長大起來又有什麼用處呢？哼！你真是頑迷不悟呀！」達爾權頻搖著頭，表示著無論怎樣也不能贊成的樣子。

　　「身體雖較弱一點，可是他是這村莊頂有器量而柔和的孩子呢！」司蒂姆也毫無讓步地辯解著。

　　「咄！有器量和柔和當得飯吃嗎？他是都市的孩子，我們農家是不夠用的……」達爾權還是固執著他的意見，一些也不聽她苦勸。

四

　　「權，可民是個正直的孩子，稟性又好，將來也許不至於落薄[3]吧，萬一

3　按：落薄，同「落魄」。

長大成器，我們或可霑他的光呢！」

「混蛋！你想我們可以從容地等著他嗎？我現在是個廢人，不能再到外邊去做工，從此沒有收入，此去的開費要由那裡找出呢？」達爾權回顧著自己殘廢了的腳，不禁一陣心酸，眼角早已湥出幾點瑩瑩的珠淚。

「萬一他真實的父母前來迎接他的時候，要是他不在的話，看要怎樣回答呢？」

「哼！你還想他的父母來迎接他嗎？別說笑話，他的父母若真的有那麼心思，不知道來訪過幾百次了。我到這時候才反悔著，那時不該貪一時的謝金把此棄兒抱回家裡，徒增了我無謂的懊惱。噫！這是我一生的失策。但亦難怪，因為他那時是用上等的綢布包裹著，他的父母也許已經死了，現在想起來真的可恨呀！」達爾權垂下頭很無氣力地說著。

「唉！你這個人老是這麼妄斷，我總想他的父母還活在這世上，終有一天會來接他回去的……」

「哼！你們女人家總是這樣不死心，真的沒法呀！」

「他的父母真的來接他時看要怎樣呢？」

「別管他，只教他們到孤兒院去接就算了。司蒂姆！關於這話我已經聽得討厭了，我很不高興，請你別再提起來說吧。我明天要到村公所去斟酌，我想你也是無異議的。我現在要去探訪友人，大概一點鐘就可以回來……」達爾權向司蒂姆這麼說著就推開門出去了。

我抑壓著呼吸靜默地在聽著他們倆的說話，一些也不敢動彈。這時因聽見達爾權的腳步聲已經遠了，我竟忍不住地爬起來坐在床上大聲哭泣起來。司蒂姆也許是被我的哭聲驚動，急慌地走到我的床邊，抱起我連發著「怎麼樣呢？怎麼樣呢？」的問聲。

「媽媽！我不要到孤兒院去，那裡我很討厭！」

「哦！可民！我無論怎樣也不把你送到那兒去，你別擔心。」司蒂姆加緊地摟抱著我、吻我，使我全身覺得異常的烘熱。

這時我猛感到額上忽然熱濕了一陣，我很詫異著，但是經過沒一霎時我就斷定這是司蒂姆的淚痕，是慈母的清淚。這使我感到幾分的安慰，而剛才

洶湧得很厲害的熱淚也漸漸地停住，我終於不哭了。司蒂姆輕摩著我的頭髮，頻揩著我的眼淚柔和地道：

「可民，你還未睡熟嗎？我的乖乖！」

「媽媽！我睡不下去，我一些也沒睡過……」我抽噎地說。

「哦！你睡不下去嗎，實在難怪……」

「你們在那裡說話教我怎睡得下呢？媽媽！爸爸不是要把我送入孤兒院去嗎？」

「沒有這事，這是你的猜疑……」

「爸爸剛才對你說過，我是聽得很明白的……」

「哦！那麼我們的說話你盡皆聽過了嗎？」

「是。爸爸又說你不是我真實的母親，媽媽！當真的嗎？」可民盯視著司蒂姆的面上，嗚嗚咽咽地問。

「當真的，這事我老早就想把其經過詳細地說給你知道，只因怕你知道了起了悲傷，弄出意外的事來。不但這樣，我視你如我親生的兒子一樣，你也當我是你真實的母親一般地孺慕著。所以一直到今天我還不忍把這些事情說給你知道，徒增你的哀痛。但是現在你已知道了，我就順這機會說給你聽聽吧。

說起來你是一個棄兒，你真實的父母的生死現在還無從探問。我總記得是八年前的有一天，你的養父達爾權吃完了早飯出門要去做工的時候，來到廢兵院前忽聽見嬰兒哭泣的聲音。他很詫異地向四處尋覓著，這時他忽發見著那聲音是由一家的鐵格子門外傳來的。他愴惶地近前一看，才知道是一個被棄的嬰兒。

這時因為是春天的二月裡，破曉的寒氣迫人，初生的嬰兒怎得忍耐呢？你的養父呆然地把那嬰兒抱在懷裡向四周觀望著，就在這時候，他忽看見樹陰裡一個男子好像怕他看見似的開步跑了起來，這一定是那棄兒的父親看見有人抱此嬰兒便安心遁走了。

嬰兒的呱呱的哭聲更加利害，把你的養父弄的茫然自失，不知所措。恰巧同夥的工人由那裡經過，便教他到巡警派出所報去。這時嬰兒想是饑餓的

不堪，老是繼續著哭泣不止。你的養父到此真的沒法了，便把嬰兒抱到近邊的人家懇托婦人餵些乳水。這麼一來，嬰兒也許是得到了飽暖就昏昏沉沉地深睡了。

這嬰兒看起來是個產下經過了五六箇月的男孩，全身的皮膚好像玉雪一般地綿軟，薔薇的臉色更顯其嬌少可愛，真是一個不可多得的男孩子呀！就是包裹在他身上的衣裳也全部是上等的羅衣，可以推測這一定是富家的嬰孩為著特別的事被破棄，或是被奸人竊盜偷出來放下的。

巡警詳細地調查了一遍，因為沒有特別的證據，便教你的養父把那嬰兒送入孤兒院去。你的養父因思念此嬰兒乃是上流的人家拋棄，將來他的父母聞知的時候，一定會拿著很多的謝金前來贖回。簡直說一句，就是為貪一時的小利，便對巡警請願要負責任養育這個嬰兒。巡警因被他的熱意所動，也就允他抱回撫育了。

唉！可民！你想這個嬰兒是誰呢？他就是你啦。這就是我為你的母親的歷史呢……」

司蒂姆一氣地說到這兒，長嘆了一口氣，但是她接著又道：

「那時我還有一個兒子，名叫做愛德姆，是和你同年紀的，他自你來我的家裡以後不出三月就死了。可幸還有你在我的身邊，倒使我不感到怎樣寂寞。不但這樣，眼看見你一天一天地長大起來，更使我覺得你的天真可愛，就像自己親生的兒子般地一直養育到現在。可是你的養父因為經過三年還沒有人來承認，在內心就有點懊惱起來，便決意要把你送到孤兒院去，後來因受我極力的反對，一直到現在還沒實現……」

「噢！媽媽！我不要到孤兒院去呀，請你對我的爸爸懇求吧！」我聽完司蒂姆這話，覺得異常的心痛，悲慘的熱淚奪眶流下，抱住著司蒂姆鳴鳴咽咽地哀願著。

「唉！可民，我的乖乖，你放心吧，媽媽無論怎樣也不離開你的。你的爸爸雖是那麼獰猛，可是他不是你所想像的那麼值得害怕的惡人。其實他因為貧窘的緣故，時常獨自苦惱著，所以動不動就要罵人，喝人……我想我們雖然貧窘，若三人和心協力勉強一點，想也不至於餓死吧。可民，你可會做

活嗎？」司蒂姆緊擁著我，在我的額上深深地印了一個吻痕說。

「唉！媽媽！我會做，我什麼都會做，只要媽媽不把我送入孤兒院就好了。」

「哦！我的乖乖，你安心吧，媽媽是不會使你失望的，你是個明曉的孩子，你好好地睡著吧，不然你的爸爸回來看見了又要喝罵你了……」司蒂姆很柔和地這麼安慰著我，教我面著壁躺下，就離開我的床邊了。

我一時因受激烈的感動，整個心房亂跳著，一些也不許我安睡。同時一種疑問的心情湧上我的心來，更使我莫名其妙。我想，我深深地想，如司蒂姆所說，她不是我真實的母親，這由她剛才說過的話推想起來就可以斷定是事實的。她對我是那麼慈藹柔和，那末真實的母親對我又是怎麼樣呢？她是個比司蒂姆較溫柔懇切的嗎？我不相信，我相信司蒂姆在這世上對我是個頂慈善可親的母親。

唉！我的真實的母親，你現在住在那兒，你實在太無責任，你是犯著棄兒的重罪，你真的太忍心呀！我一面對司蒂姆表示著十分的感激，一面又難免要使我怨起我真實的母親來了。

我這時又想起我的父親來了，我相信既是生我的真實的父親，一定不像達爾權那樣獰厲可怖，舉起棍子要來威喝我的男子，而是個慈藹溫和的善人。但是我的養父達爾權是強要把我送入孤兒院去的，對此我的養母司蒂姆有什麼方法可以阻止他呢？這是我不願想而又不得不想的痛心事。

我很明瞭地記憶著這村裡有兩個孤兒院的孩子，他們的脖子懸掛著記入番號的洋鐵的小牌，好像腌髒的花子一樣的衣服，異常的襤褸，成為村裡人恥笑的中心。甚至有的更動起手足去打他、踢他，孩子們又像驅著野犬一般地追逐著他們的後面譁噪著。

唉！沒有父母的孤兒真是不幸，他們的沒有護持者，就像喪家的野犬一樣的可憐。唉！我無論怎樣，就是死也不願和這些孤兒們陷入同樣的運命。唉！脖子上的洋鐵牌，村裡人的獰厲的恥笑，這是我最討厭難堪的，教我怎得忍受呢？

我想到這事，不覺全身寒顫牙齒打鼓起來，一些也不許我寧靜，兩隻眼

睛只是灼灼地較前睜大，老是睡不下去，同時達爾權的獰猛的面孔忽然閃映在我的腦中，更使我心寒膽怯起來。

唉！達爾權要回來了，他回來了又要對我怎麼樣呢？不要再來難為我，威嚇我嗎？噫！我恐怖，我驚慌……這樣我正在胡思亂想不知不覺之中，睡魔竟襲我的不意，把我帶到黑酣鄉去了。

我雖在睡覺，可是我整夜裡都得不到安穩的熟睡。不但這樣，我作了一場的惡夢，髣髴像自己被送入孤兒院內一樣的，使我異常的悲痛，我終於放聲哭出來了。

這哭聲驚動了我，竟把我這場的惡夢打破了。我慌狂地掀開被窩，坐在床中，睜開著眼睛，很疑訝地把室內環視了一遍。再用手摸摸自己的睡床，覺得自己還在家裡，而剛才看過的幻影是一場的惡夢的時候，才很安心地繼續睡下。

天亮了抓【我】起來，達爾權對我也沒說過什麼，就是和司蒂姆的中間也無說起關於我的話來，我料想一定是司蒂姆經已得到達爾權的合意，決定不把我送到孤兒院去了。這使我異常的心慰，不禁在內心裡私自偷喜著。

可是，到了正午的時候，達爾權忽命令我戴上帽子跟他的後面出去。我很驚愕著，我不期然地把眼睛移到司蒂姆的面上一看，司蒂姆對我作了一個手勢，好像是在說「可民，沒要緊，你跟他去吧。」

我因得到了司蒂姆這暗示，相信她一定是不會騙我，便戴上帽子，跟著達爾權的後面出去。唉！達爾權要帶我到那兒去呢？司蒂姆雖不會騙我，可是我不知道怎樣，總覺得一種可怕的心情緊縛著我的心胸，兩雙腳兒覺得異常的無力，幾乎跑不起路來。

五

村公所離我的家裡很遠，跑起來也要費一點多鐘，我是要被帶到那裡去的。在這長道中，達爾權只和我說過一回的話，他照例頭傾在右邊，點著腳兒慢慢地走著，更顯其行動的奇異。他為要看我有無跟在他的後面，時常翻過身來監視我，愈使我感到一種的不安。

　　我想萬一在我的身上發生了什麼危險的時候，便決意要跳入水溝逃走，所以我極力想離開他、躲避他。可是達爾權好像察覺了我的用意似的，突然轉過身來把我的手股緊緊地握住著，一些也不肯放鬆。唉！我完了，我沒有逃走的希望了。

　　達爾權扭住我的手股，狠狠地走入村裡的時候，路上遇見的人，個個都露著驚異的眼光回顧著我們，也許我的行動看起來像是一隻用繩子牽著的盜犬一樣的情形吧。

　　來到村裡的一家珈琲館前，立在門口的一個男子忽開聲叫著達爾權，教他入去館裡坐坐。因此達爾權便放開我的手，揪住我的耳朵兒，命令我先進入館裡去，這倒使我好像卸下了重荷似地輕快。因為珈琲館這東西在我的眼光看起來並不是怎麼危險的所在，是一種風流的人出入的地方。我老早就想到裡面去參觀一次，看看陳設的成個什麼樣子，恰巧今天能夠照我的願望來到這裡，可謂不幸中之幸了。

　　「那脫達爾姆」客棧的珈琲館，這是個多麼風流的名辭呀！我時常由這個珈琲館前經過，看見村裡的人喝的滿面通紅，東倒西歪地由裡面擺動出來，是多麼快活愜意。不但這樣，那由半開的小窗中透出來的一陣一陣的音樂和男女談笑的肉麻的聲音，教由這裡經過的人聞之無不為之心迷意亂起來。

　　咳！到底那些村裡人在那裡作些什麼，在那紅色的窗帷中又是發生些什麼事情呢？這是我每經過這裡都感到的一種不可思議而莫名其妙的一件事。但是這些秘密現在都很明顯地露呈在我的眼前，使我喜歡的全身覺得怪不自由，而剛才的恐怖的念頭也不知道飛到那裡去了。

　　叫達爾權那個人是這珈琲館的東家，他們兩人在一張圓桌對坐著坐下，好像怕人聽見似地交頭接耳地在說些什麼。我是坐在離開他們不遠的煖爐邊的床几上，對於他們的談話一些也不關心，我只張大著眼睛把這室內的東西一件一件地細察著。

　　這時我忽發見著我對面屋角的一隅坐看一個鬚髮白得像雪一般的老人，因為他穿的服裝和普通的人有些不同，使我覺得異常的奇異怪疑。他的銀色的長髮分為數房，直披到他的兩肩，用綠色和赤色的羽毛裝飾著的灰色的高

帽子戴在白髮的頭上。羊皮的短褂和青剪絨的窄袖子，其色已經褪了大半，穿著羅紗造的大褪綁的脛部，以紅白兩色混雜著作成十字的模樣，更使人覺得稀奇可笑。

老人靠著椅子坐下，左手放在後面，一隻腳兒屈曲在椅子的橫木，右肘放在上面托頤著，好像村裡教堂內聖人的木偶一般地端坐著一些也不動彈。老人的面前有三隻小犬，互相潛伏在一塊取著暖兒不動。一隻是縮毛的白犬，一隻又是毛茸茸的像獅子一樣的黑色犬，另一隻是極其玲瓏可愛的小犬兒。使我頂奇異的就是白色犬兒戴著巡警的舊帽子，用皮紐交結在牠的頤下。咳！原來這個白髮的老人到底是什麼人呢？

我露著驚異的眼光再把室內仔細地查察了一遍，這時我看見我的養父達爾權正和珈琲館的東家在那裡絮絮地談個不休。他們的談話聲雖低細的幾乎聽不明白，但是由他們的舉動和說話時頻頻地回顧著我的那種態度推察起來，就十分地可以斷定是關於我的身上的事了。

最後，達爾權比前較大著聲音這麼說：「我已經決定不把他送到孤兒院去了，照舊留在家裡養育，我現在要到村公所去懇請他們代我對孤兒院要求多少的津貼……」這些話是我傾耳注神地親自聽過的，我到此才曉得司蒂姆對我的暗示是無差的，是不會騙我的。覺得異常的欣快心慰，而感激的熱淚滿貯著微紅的眼眶，幾乎要滴了下來。

傾著耳熱心地在聽著他們倆說話的白髮的老人，這時好像感覺著什麼似的，突然手指著我向達爾權問：

「談話中很對不住，你們所說的麻煩的孩子是這個嗎？」

「是啦。」達爾權端視了一下老人遲疑地應。

「你們相信可以由孤兒院要求津貼嗎？……」

「有無倒不能斷定，可是這個孩子是個棄兒，是我對巡警懇求帶回家裡養活到現在的，就是對孤兒院要求多少的津貼也不算是無理的……」

「理雖這樣，可是在這世間不是單只窮根究理就得通過的，我敢斷定你就是到村公所去也是白勞的……」

「那末只有把他送到孤兒院去了，難道他們可以說不收留嗎？老伯伯！」

「是你自己懇求巡警說要養他的，現在要他們收留怕是困難的事呀！」白髮的老人斜著頭靜思了一會說。

「要是孤兒院不收留的話，這九年間就算做被他白吃，把他趕出去了吧……」

我聽到這裡，整個心房如受猛擊一般地痛得異常的利害，這時老人忽露著微微的笑容道：

「這孩子不是你親生的，你既然厭惡他，就請你讓渡我吧，我正想得一個小孩子作伴兒……」

「咳！老伯伯！別取笑兒，你要這個餓鬼作甚呢？」達爾權一面喜歡，一面又很疑訝地問。

「當真的，我不是打趣你……」老人說著便站起身來走到達爾權的面前。

這時我看見老人穿在身上的羊毛的短襖蠕蠕地微動著，使我覺得異常的奇異，我料想這老人的腋下一定還有一隻小犬在裡面。

老人坐在達爾權的面前繼續地說：

「你的希望是這孩子從今天起不要白吃你的飯，或是要吃你的飯時要給你津貼，是不是這樣嗎？」

「是啦。」達爾權點著頭說。

「那麼現在就請你給我收留吧。」

「什麼，這個孩子給你？」達爾權突然變著顏色瞋著老人反問。

「你的意思不是早一天把這個餓鬼攆出去，不要白吃你的飯就算了嗎？」老人微皺著眉頭說。

「哦！慢一點，給你是要再考慮的，要的人家多著哩。不是我的自誇，其實像這麼好的孩子很少呢！老伯伯，你再仔細地端相[4]了一下吧！」

「我已經看得很詳細了。」

「可民，你來這裡吧！」達爾權也許在他的內心裡早已料想到，今天可以因我而得到一筆的金錢，所以很溫柔地這麼叫著我。

4　按：端相，同「端詳」。

　　我抖戰著全身，一步一步地走近他的身邊。

　　「好孩子，用不著害怕……」老人看見我恐恐驚驚的不敢近前，便這麼哄騙著我說。

　　「老伯伯！你再看一看，不是個好孩子嗎？」達爾權看一看我，又看一看老人的面上，好像要買這老人的好似的露著諂媚的顏色說。

　　「因為他是個好孩子我才要收留他，要是像個鬼怪我就無用了。」

　　「是的，他又會做活……」

　　「他的年紀很輕，身體又很纖弱，是不耐於做活的。」

　　「什麼，身體孱弱？別說笑話，你看一看他的脛兒吧，不是這麼……」達爾權捲起我的褲子誇示著老人很得意地說。

　　「噯！瘦削得像蚊子的腳一樣……哈哈！」老人摩挲著我的腳，斜著頭微蹙著臉冷笑著。

　　我這時忽想起先前牛販來我的家裡要買紅犛時的情景來了，那時的牛販就像現在這老人一樣的摩一摩紅犛的背上，又打一打牠的屁股，同樣的把頭斜在一方，緊縐著雙眉，露著很不滿意的臉色說：「這牛瘦削的很，乳質又劣，是不適於製造牛酪的，買了後想再找個買手怕是難上之難啊！」牛販雖是這麼說著，可是他終於還是把紅犛買去了。

　　這麼推想起來，這老人是要把我買去的。唉！司蒂姆，我的親愛的媽媽，你若在這裡一定是會救我的，可是現在，唉……我也許從此要和你永別了……我很悲傷地在內心裡這麼狂叫著，很想放出聲來哭個痛快。但是在達爾權的面前，我是沒有這麼勇氣，我只得吞聲飲淚靜待著他們的處置以外是沒有辦法的。

　　這老人把我的全身打量打量，再閉著眼簾沉吟了好一刻兒，才向達爾權道：

　　「別打價兒公平來說，他是個都市的孩子，農家的活是做不來的。」

　　「沒有那麼事，他什麼都會做，你再看一看他的肩膀、胸膛吧，不是這麼強壯有力嗎？」達爾權解開我的衣服，輕打著我露出的胸部誇示著老人說。

　　這樣，我被夾在達爾權和老人的中間，東一推西一扭地踱來跑去，好像

小孩子戲弄玩意兒一般地使我感到十分的不快。

「那末這麼你覺得怎樣，我別把這小孩買斷，就以一箇年間十塊錢的租金租給我好不好？」停了好久老人好像感到什麼似地忽又向達爾權這麼提議著。

「什麼，一箇年間僅僅十塊錢？太簾【廉】啊！哈哈！」達爾權露著不滿的顏色冷笑著說。

「十塊錢算是很高價了，我又得先付你銀子，你也省得一層的麻煩，不是一舉兩得嗎？」

「可是老伯伯！我若留在家裡養著，每月可以由村公所領到三塊餞的津貼……」

「就算你每月可以得到三塊錢的津貼，可是你是要飯給他吃的。」

「我要他做活，想不至於白吃吧。」

「你想可以教他做活嗎，哈哈，他若會做活，我想你也不以他為麻煩的東西了。原來你的話說得太矛盾，借孤兒院的孩子出來做活，我想你不但領不到津貼，反倒要納他的工資呢！」

「無論怎麼樣，我每月非得到三塊錢是不撒手的……」（待續）[5]

載於《南方》，第一八四～一八八號，一九四三年十月十五日～

一九四四年一月一日

5　按：本文連載中止，未刊畢。

洗澡桶

作者　德田秋聲

譯者　張我軍

【作者】

德田秋聲像

　　德田秋聲（とくだ しゅうせい，1871～1943），日本小說家。生於金澤市，青年時代就開始創作文學作品，早期加入「硯友社」，師法尾崎紅葉，與泉鏡花、小栗風葉、柳川春葉四人並稱為紅葉門下四大天王。一九〇八年發表中篇小說《新家庭》，帶有自然主義的色彩。爾後陸續出版《足跡》、《霉》（1911）、《爛》（1913）、《粗暴》（1915）等長篇小說，塑造了許多不同類型的女性形象。此外也寫過取材於身旁瑣事的私小說，如《一個妓女的故事》、《蒼白的月亮》等。一九三五年出版長篇小說《化裝人物》，榮獲「菊池寬賞」。一九四一年開始連載長篇小說《縮影》，被譽為現代日本文學的一個高峰，中途因軍部干涉而中斷連載。一九四二年，「日本文學報國會」創立，擔任小說部部長，翌年病逝。作品語言質樸，格調深沉，善於描寫底層平民的生活，揭露社會的黑暗面。（顧敏耀撰）

【譯者】

　　張我軍（1902～1955），見〈鼻子〉。

小引

　　島崎藤村和德田秋聲，在現代日本小說家中可以稱為二元老，兩人都過了五十年的作家生活。今年八月走了藤村一老，十一月十八日秋聲逝世的消息也傳來了。藤村享年七十二，秋聲享年七十三，論他們的歲數都沒有什麼可說，然而數月之間二老相繼逝去，不得不說是日本文學界的大損失！

　　秋聲是日本自然派的開拓者，而且始終守著自然主義的壁壘。關於他的事蹟，我豫備要另寫一文介紹，這裡不詳述。他的作品，我國也早已有人介

紹了。我在這裡，臨時選了這篇譯作中文，是取其短小精悍。原題《風吊【呂】桶》，是大正十三年的作品，雖不是秋聲的大作，卻是極引人注目的一篇。（民國三十二年十一月二十六日）。

　　津島近來無論看見什麼，總覺得那彷彿都是計量所剩無幾的自己的性命度量衡似的。便是看見自己所好的草花，一想到非待明年這時候不會再開出一樣的花，也覺得等待那花再開的心情是寂寥的。便是喫著年只一度盛時有定規的竹筍或松菇一類的東西，也在同樣的意味上有如履薄冰之感。

　　一看見居恒散策著的馬路兩旁的樹，枝幹日見其粗大，也不由想到那些樹被移植到那裡已經將近十年的光陰過去，而自己的性命又是迫促了那麼些，心裡是不會好受的。

　　但是到了津島這般歲數，也就和臨死的肺病患者照例充分可以解脫到反乎死的觀念的彼岸一樣，比較地可以過得泰半擺脫自年齡觀念的日子。一來是因為胡鬧著爭先恐後的年輕時的焦躁，像用老了的髮條似的鬆弛，感觸力稀薄起來。一來也是對於那算是性命之連續的孩子們的生長，生起的欣慰的心和哀憐的心，饒免了自己的夏【憂】愁。

　　那天早上，津島和一個客人在談天。那種時候，除非談話會引起特別的興趣，或使他感到親密，他的心情是要焦躁起來的。簡直就像特別想起素日並不見得感到的時間的可貴似的，彷彿覺得在蒙受無法挽回的損失而焦躁起來。可是那個人要是知趣而勢將告辭，他又過意不去，想留人家再談。

　　津島那時，忽然惦記起一件怪事。那事和客人元[1]是風馬牛不相及的，可是一經惦記起來，再也不能沉著地應答了。他只是空空洞洞地哼哼嘿嘿著而已。那是在隔著一扇板屏的——由津島的書房說算是在前面——一所房子的廚房，指揮著恰在那時候來到那裡的木匠的太太咲子的話聲，怪刺激了他的神經。

　　津島那些時好容易把那個房子的房客攆走，多少覺得鬆些神。他年年覺

1　按：元，通「原」。

得自己的住房太狹隘。當然的，一家十口人，所住的房子拿疊數來說也不過是二十疊以至二十五疊那麼小的[2]。所以怎樣也住不開，這事不待女人們說話，就是一向對住房的事完全不加以任何注意而且也沒有注意餘裕的津島本人，也是痛感著的。這兩三年，孩子們日見其長大，這個問題便更加切迫[3]起來了。

津島那些時，把居住了多年的本宅，和由於地契的關係附屬於本宅的另外一所房子無意中弄到手上了。在這以前，自己的住房差一點就落到新房主手上，這時他受到搬家的迫促了，無奈正鬧著住宅荒，容易找不著房子。

他那時深深感到跟前有許多孩子而被迫促搬家的悲哀和找房子的困難了。嗣後經朋友的幫忙，總算永遠可以在這所老房子住下去，一時吐了一口氣放心了。可是那一點房間，無論如何是住不開的，這事後來更加使他愁眉不展了。

他除了添蓋房子或者另租一所房子以外，沒有第二個辦法。他或者替不日將應入學考試的孩子在左近租間房子給他住，或者忙的時候自己也到外邊去。或者租間公寓的屋子自己住去；但是與其如此，不如請前面那一所房子的住戶——以前和他是一個房東的房客——搬走，不知方便多少哩。

那一所房子，截成兩院分租給兩家。津島的意思，是兩家搬走一家也可以，試行交涉了。可是靠尋常的交涉，絕無騰房的希望。嗣經一再交涉的結果，終于告到法院了。事件交到法律家手上之後，問題只是更加陷於困難。簡直形同陷入泥塘，他和房客統統地被引入進退維谷的窮地了。

津島常常透過板屏的漏隙去窺探其中一院的房間構造，這房子直到二年之後才容他插足進去。這是另一個律師在一夜之間替他辦妥的。

那房子，荒廢得整像沒人住的。拾掇到孩子們可以住那裡排上桌子，很費了不少事。然而津島他們卻能夠寬鬆多少了。

「暫時把那裡當洗澡房罷。」津島有一天到廚房去看，忽然想到這事。

2　原註：「疊」即炕蓆，日本式房屋，一間屋子或者是三疊，四疊半，或者是六疊，八疊等，所以房間的大小均以疊數表現之。一疊寬三尺，長六尺。

3　按：切迫，通「迫切」。

　　他自從現在放著零星雜物的洗澡房塌壞之後，好幾年之間一直在外邊的澡堂洗澡來著。大約是他的太太懷了第三個胎的時候，津島為她物色了一個半舊的洗澡桶來安置在洗澡房。過了兩三年之後，一個朋友特別定做而後因為房子的關係又不用了的一個堅固的方式洗澡桶，被搬到那裡了。可是洗澡房壞了以後，不久那個桶也漏了。

　　他一年比一年覺得在外邊的澡堂，和種種人見面或打招呼，有些不耐煩了。有時候也得要給孩子洗洗澡。跟著鬢毛之類變白，他不由感到這事頗有些慘的。他先就感到洗澡房此【比】什麼都必需了。

　　「好辦得很！」太太也贊成了。

　　所以，她這會兒在那裡和她叫來的木匠，商量可以怎樣來改造這間廚房，這是毫不足怪的。而且即使她的嗓音大些，也犯不上去介意。

　　無奈正趕上那些時，對太太有些不高興，所以不由得想道：為拾掇那麼一丁點兒活，一清早就拿著還住在那一院的房客和鄰居都聽得響亮的嗓音，在那裡講著些什麼，這縱使不是素日她那種沒價值的虛榮心使然，也簡直是對工匠之流要顯白自己是絕頂聰明伶俐似的無聊的機靈。而覺得她那種跡近成心的腔調是萬分難堪的。

　　不消說那也許是津島一個人所能夠感到的，然而或許是上了年紀之後才出現的她的討人嫌的一點也說不定。男人是越上年紀越完成起來。但是女人則反之，他想。

　　「幹什麼喊那麼大的嗓子！」

　　過了一會兒，咲子回到這邊來，在餐間的廊沿，把晾在那裡的腳套移著地方，這時津島走到堂屋的廊沿這麼說了。

　　咲子把有些驚訝似的臉朝向這邊了。兩人是昨天以來不說話的。

　　「什麼？」

　　「雞貓喊叫地說得那麼起勁，你是打算蓋一所什麼樣的洗澡房？」

　　「誰也沒大聲喊叫呵！」

　　「連這裡都聽得響亮呵。鄰居不用說是以為要大規模翻蓋的了」。

　　「那有什麼關係？也不是做什麼壞事」！咲子這麼說著，要走進屋裡又

說道：

「麻煩死了！」皺起眉頭。

津島和咲子交相感著不愉快，也是為了一向常常發生的她弟弟的事。她弟弟對津島，在金錢上有些不規矩的行為。存在他那裡的東西，他拿去當了也不贖回，這事很傷了津島的心。

那種不規矩的事，咲子雖然也很生氣，但是另外還有一點金錢上的交涉，而咲子對於金錢上腦筋來得不靈活的津島，加以多少袒護弟弟的說明。津島對那個弟弟也曾經予以相當的幫助，但因儆於屢次的幫助也幫不出什麼來，所以決計不再和他發生那樣的交涉，他卻乘虛挖一下子，這事叫人生氣。

咲子也十二分地知道弟弟的不是，經她說得好像津島有天大人情在她弟弟那裡，津島卻又覺得有點不好意思了。但是那一次，或許是做點面子，或許是並不覺得，總而言之想到胡亂了之。

不過那先不說，津島頭一步想把押在當鋪的東西拿回來了。而且終于自己掏腰包，好容易拿了回來。款項雖然不大，只是他那種把人當傻子的態度是可惡的。他對咲子也不得不撒氣了。那種時候，溺愛孩子們的咲子她們媽缺乏誠意一事，也使得津島不痛快。

津島因為遷移到咲子身上的不愉快，還在肚子裡剩著殘渣，所以咲子那種腔調立時觸動了他那極旺的肝火。

津島和咲子拌了三言兩語的嘴，就伸手打了她。咲子照例是不躲也不逃的。一直叫他打到有人來攔阻。自己舉手求饒的事，也數見不鮮。

津島痛打了一頓。他儘管意識著她素日常鬧頭痛是為了自己的拳頭打出來的，然而還是不打不甘休。在近來的他，那著實兒得出奇。有人攔著的時候，他甚而拿出日本刀來，幾乎要把出鞘。自己都不相信自己真做得出那樣的事。

他雖然慚愧那不過是形同兒戲的威嚇，卻也覺得不定哪兒伏著保不住做不出那種事的野獸性似的。那種時候，他總要想起他幼小時，父親被狗咬了一口，為打死那條狗，提著長鎗追出去的老父那模樣兒。

很老了而身體的起居坐臥已不能自由以後，整像嬌養慣了的兒子似的，

揮起旱煙袋要打母親那時的父親那種可笑的表情也泛到眼中。母親用了傻頭傻腦的手勢，做出好似舞踊的身段，反而把父親逗笑了。

　　但是，咲子雖是嬉皮笑臉的女子，卻是絕不舞踊的。她青著臉皮反抗了。

　　到了傍晚以後，津島把木匠釘好的洗澡房的木板，拿鐵鋤給打毀了。

　　津島認為還是利用洗澡房上算，和太太一起買了洗澡桶，是由那日過了半個月以後的事。第二天，洗澡桶送到了，臨時等不及安煙囪，便點上煤火了。

　　津島能夠在家洗澡了，這是久矣乎沒有的事。但是因為周圍不大雅淨，所以並不覺得怎麼舒服。而且一向在寬敞的澡塘洗慣了，所以那樣蹲在洗澡桶，覺得很侷促。

　　「這個桶不曉得可以用幾年？」他由於素日的癖習想著這樣的事。

　　「有這一個桶就夠用到我死罷？」也這麼想想看。

　　於是乎，便漸漸覺得那彷彿就是自己的棺材似的。

　　　　　　載於《日本研究》，一九四四年第二卷三期；後收錄於《張我軍譯文集（下）》（臺北市：海峽學術出版社，2011 年）。

二老人

作者　國木田獨步
譯者　張我軍

【作者】

國木田獨步像

　　國木田獨步（くにきだ どっぽ，1871～1908），幼名龜吉，後改名哲夫，筆名除了獨步之外還有孤島生、鏡面生、鐵斧生、九天生、田舍漢、獨步吟客、獨步生等，日本小說家、詩人。生於千葉縣，一八八八年入東京專門學校（今早稻田大學），就學期間受洗成為基督徒，一八九一年休學，繼而歷任小學教師、記者、編輯等。一生之中創作了數十篇短篇小說與大量詩歌、評論、書簡、日記等。主要成就是小說創作，深受華茲華斯（William Wordsworth, 1770～1850）的唯情論和「返回自然說」之影響。一八九八年發表著名散文〈武藏野〉，表達對於大自然的喜愛。一九〇八年因肺結核病逝，絕筆之作即本篇〈二老人〉。其他著名短篇小說作品還有《源老頭》（1897）、《牛肉和馬鈴薯》（1901）、《春鳥》（1904）、《窮死》（1907）、《竹柵門》（1908）等，大部分小說收錄於《武藏野》（1901）、《獨步集》（1905）、《命運》（1906）、《濤聲》（1907）、《獨步集續編》（1908）等小說集。早期作品具有濃厚的浪漫主義色彩，以後轉向現實主義，有些作品傾向自然主義，流露出感傷與悲觀的情緒。此外還著有詩集《獨步吟》（1897）以及日記《誠實日記》（1908～1909）等。（顧敏耀撰）

【譯者】

　　張我軍（1902～1955），見〈鼻子〉。

上

　　十月小陽春的時分，姓石井的一個老人坐在日比谷公園的長凳上歇著。雖說是老人，年紀卻還只有六十，腿腰還硬，是一個極康健的人。

　　日頭稍微傾西，紅蜻蜓的翅膀閃閃發光，沒有風卻好像有風似的飄飄搖搖飛著。老人眨眼望著那個——有意無意地望著。空空寂寂，大有心如止水之概。

　　老人的面前，有幾批人走過去了。有老的有少的，也有病的也有壯的。然而並沒有一個人留意到這個老人，老人也是人去也罷，狗來也罷，一概不管。悠悠行路人，無緣眼前即千里，唯有靜而且穩的蒼天，無時無刻平等地覆蔽著。

　　右手插進左袖中在那裡摸索著，不一會兒掏出一支「朝日」煙送到嘴上。這回掏出了洋火，匣子半破了，裡面只剩五六支。不湊巧划壞了兩支，第三支好容易才點上了火。

　　一口一口吸著，確乎很香似的。青的煙、白的煙，在眼頭上透明地閃著光，打著漩渦消逝而去。

　　「嘿，那不是德兒嗎？」

　　石井看見一個在消逝而去的煙絲末端浮現的，身著西裝的青年紳士，這麼想了。隔著草地相去總有十一、二丈，所以看不清楚。看不清楚，然而很像。從肩膀的長像以至走路的樣子，想來確乎是武，但是他走得很快，已經走過去，隱沒在樹蔭底下了。

　　霑了這個影子的光，石井再不便老處在空空寂寂之境了。

　　侄子山上武，兩三天以前曾經去找石井老人，極力攻擊了他的無為主義。武，石井老人多咱也管他叫德兒。那是武的乳名叫做德助，到了十二、三歲的時候，德助的父親順著時潮，將其改名為武的。

　　一見德兒的影子，老人便想起了兩三天前的德兒所說的話。

　　德兒所說的話也並非無理。道理是有的，但是那德兒說的話並非出於本心。並不是那個傢伙真是那麼信著而說的。那是順著時潮的道理，人人這麼說的，質言之是一種口頭禪。德兒的本心，還是想把我拉出來，哪怕是五元也罷、十元也罷，要我做事掙錢的。

　　這個解釋是有根據的。直到前些日子他還說著：「無所事事的過日子是可惜的，在腰腿還硬棒的期間，如果是掙得來的錢還是掙來合算。只要姨夫有

出來的意思，我一定給介紹，反正只當是為消閒而作事，所以便是十元錢也絕不足以為恥。」

然而這回又是怎麼樣？他說：「人的一生，但凡有生命之間，是不應該無所事事過日子的。但凡沒有病，便須做事做到死，這是人的義務。」道理的根本豈不是完全變換了嗎？——還是打算要讓我做事掙錢的呀……想到這裡的時候，老人恰恰吸盡了一支紙煙。

石井老人在一年前辭去官職，現在是每年領得三百元恩給的人了。按月計算是二十五元，家中除老妻以外還有兩個姑娘——一個名叫阿菊，今年二十歲；一個名叫阿新，今年十八歲——共計一家四口人。存在銀行的存款也有限，所以按普通來說，是不夠生活的。然而石井老人一點也不在乎。

他引車夫和工人為例，主張說是沒有生活不下去之理。不消說倒沒有不夠喫的道理。房租、米錢以至阿新的上學費用全部計算起來，誠然要拿二十五元來湊合倒是可以湊合的。

於是石井老人的意思，是只要可以湊合便要這樣湊合下去。到而今我再說是消閒而做事，帶著飯匣子上公司也罷，上衙門也罷，或者去當個醫院的會計，月月去掙個五十元的，那又該怎麼樣？我將多年的服務告終，國家說是「唉唉你可辛苦了」而賞了我恩給——我已經是這樣的人了。

幸逢泰平盛世，也未曾做錯了什麼事，也未曾患過久病，既未曾為上司所嫌，又未曾為僚屬所怨，順順利利地服務下來了。走到這裡，像我這樣的人便是所謂盛世逸民。僅拿恩給總算過得了日子，那麼我就感恩戴德拜而受之，完全脫淨慾念，一家和睦地快活地過日子，這是當然的事。

縱然二十五元再加上十元，日子就過得好到哪兒？——全都是慾念，慾念是無底洞——一旦任職，便是五元或十元，逢雨逢雪也不便在家裡歇著了。還是非得帶著飯匣，流著鼻水，雜在年輕人隊中，蹣跚地走著去上班不可。唉，夠多討厭！

他是這麼說的。所以當他辭了差的時候，朋友和親戚們曾經勸他做一點小事消閒，內中甚至有把事情說妥之後來勸他去的，但是都拿了上述的理由加以拒絕了。妻子的為人又是隨和的，是一種任何事都放得下的性兒，所以

一句廢話也不說。阿菊、阿新兩人也幫著母親，也會做飯，也肯上油鹽店買東西。唯其如此，石井老人的無為主義也才能夠實行著。

但是武的母親是石井老人的妻子的妹子，所以才替他們危險，她說：姊姊雖然盲從著他這個無為主義，但是女人還是女人，如果由於姊夫的消閒小差事在二十五元加了十元錢，不曉得要舒服多少哩！於是打算叫武去把石井老人說服。

最初要給他介紹事情的人說他是個怪物而撒手的時分，一個星期日的下午兩點鐘前後，武為要看情形到赤坂區南町去找石井了。在洋車拉不進去的小胡同裡，一棟三間房子的最末一間便是他的住宅。

房子是半新不舊的，所以不那麼難堪。進門一間「四疊半」[1]，也算是門房也充作餐間，裡面放著高桶火盆和一應物件。鄰室「八疊」，算是上房，此外間就只有在廚房旁邊的光線不好的「三疊」室了。

朝南走廊護外長不到一丈的細長的院子裡，搭著木架子，排著老人藉為娛樂的花盆。雖然狹隘，整個房子卻調理得很好，絲毫沒有亂雜的情形，門框、柱子、走廊，都擦得光亮著。

「有人嗎？」武說著推開一進口的隔扇，但是餐間沒有一個人。

「我是武呵。」再添了這麼一句話，於是上房。

「德哥嗎？上來罷！」這麼說的是姨母。

武脫鞋上去，推開隔扇一看，在上房正當中姨父、姨母對坐著正在下圍棋！姨父看了武一眼，只是微笑著拿眼睛向他寒暄。姨母則說：

「德哥，請你等一會兒，就要分勝負了。」說著，聚精會神下著。

「請您慢慢的下。」所謂德哥的武，也除此以外無法寒暄。只是愣著，無所事事的看著盤面。

「德哥會下棋不？」姨父一邊下棋一邊問。

「我是一竅不通的。」

「那麼『四子殺』[2]總該會的罷？」

1　原註：一房子鋪著四張半炕蓆。炕蓆一張長約六尺寬約三尺。
2　原註：利用黑白子的一種棋。

「『排五子』[3]倒是會的。」

「哈哈哈哈，排五子可差一點兒！」

「姨媽會下棋，我可是一點也不知道。」

「我嗎，別瞧我這樣，我的棋可很有歷史了哩。」姨母這麼說了，但是回頭都不回頭。

「您常下著嗎？」

「不，瞎鬧地下起來，是搬進這個房子以後。——這一子請等等！」

「不成！」石井老人這樣說，點上一支煙，一口又一口，悠哉悠哉地吸著。

「可是，這裡的斷，我是完全沒有看到的呵。」

「所以我不是剛才就幾次三番給你警告說『不許回手呀』、『不許回手呀』！」

「『不許回手』是你的口頭禪呵。」

「是誰給我造的這個口頭禪？」

武不由得噗嗤地笑出來了。

「那麼，無論如何不讓回手嗎？」

「差不多罷，怕成了習慣。」

叫他這麼一說，姨母便把盤面統統看了一遍，想了一想之後說道：

「那麼我就擲了罷。這裡被斷了，還下什麼？」

「差不多就是這個意思罷。」

於是姨母把這盤一擲了。然後大家從新寒暄一過，便閒談起來。武聽他們講：姨父姨母幾乎是天天這樣對坐著下棋，兩個姑娘今天到土野公園去散步了……等等等等。

是這麼一種情形，所以所謂德哥的武也只好撒手。但是過了半年多，看來母親還是惦記著，托他設法把姨父說服了。於是武也認為拿消閒小差事的九元十元說，無論如何不能把夫妻對坐下棋來說服，這回卻提出「遊食罪惡

3　原註：也是利用黑白子的一種棋。

說」，滔滔不絕地試著遊說了。

　　石井老人讓所謂德哥的武說得天花亂墜之後，才說道：

　　「那麼隱居山間食果飲露的人該怎麼樣呢？」

　　「那是仙人。」

　　「仙人也是人呀。」

　　「那麼姨父是仙人嗎？」

　　「我便只當是個隱居城市的仙人。」

　　於是，武又被擊退了。

下

　　再說石井老人，吸完了一支煙就要站起來的，卻為了德兒的「遊食罪惡說」有些介意起來，所以又抽一支吸起來了。德兒的本心是看透了，而且拿出「仙人說」把他擊退了，然而不錯的，身體還好好的，卻遊手好閒地喫著，不由覺得這並不是可以恭維的事。

　　那麼做什麼好呢？帶飯匣去上班，我可不幹。下鄉種地去罷？這個或者不錯也未可知，但是現下沒有田地。老人想不出主意，正返回辯護「仙人主義」的立場一陣兒胡思亂想著，卻又一個人彷彿是整個人擲下去似的，嘣噹地往一條長凳坐下。回頭一看：

　　「喲，不是河田老嗎？」

　　看來對方是完全未曾察覺石井老人坐在那裡，叫老人這麼一打招呼，當時就跳起來，脫了帽子；

　　「唉唉，感【敢】情是石井老嗎？一點也沒有想到是您，失禮得很！」說著直鞠躬。而其臉上有些發紅的情影【形】，看來似乎頗為慌張失措，也是一個六十開外的老人。

　　「請坐罷——後來一向都做些什麼呢？」

　　「唉，簡直就不用提了。」說著一邊坐下一邊又說：

　　「依然故我，慚愧得很！」使出粗大的五指，像一把熊掌似的使勁兒撓著半白的頭髮。

石井老人穿的雖然是棉布衣裳，卻還整齊。這位老人卻穿著一身在柳原估衣鋪買的，蘇格蘭粗昵【呢】子的舊西服，腳上一雙張著嘴的皮鞋。

「可是，總做著些什麼事罷？」石井老人兩眼望著河田老人問了。而且在肚子裡想著：「不錯，確乎是依然故我的！」

「不，簡直就不用提了……」說著仍舊在撓頭，隨即掏出了鹿皮的黑漆漆的煙絲口袋和扁曲的扁豆形旱煙袋。但是不湊巧，煙絲只剩些雜著沙土的粉末，所以重又收回去。石井老人看見這個，便把「朝日」連盒子拿出來說：

「請吸罷！」

「這個可真是……」河田老人不客氣地抽出一支，由石井老人借了火。

這兩個老人，不但在三十歲前後的時候曾經在一個衙門同過一年多的事，並且說是石井的親戚和河田也是親戚，所以石井一家時時談講起的河田老人的事說著「這會子不曉得在做什麼？」、「真是像他那麼可憐見的人也就沒有了罷？」一類的話。

「不過，也不會是閑著罷？」石井老人始終多麼介意著似的問。

「不，簡直就不用提了……」

這是河田老人的一種性癖，當著人是想說的話也說不出來，在不相干的地方自行謙卑著。

「上次你到我家以來，已經五年了哇？」石井老人想起了以前的事。

「有那麼久啦嗎？可真過得快呵。」

「那時候，你喝痛快了，唱著『雨夜睡個胡里胡塗漂流而至日本近邊』而舞踊的時候，太有意思了呵，哈哈哈哈……。」

「哈哈哈！」河田老人只是和他一起笑，什麼話也沒有說。而他的神氣彷彿有些坐不穩的樣子。

三十歲那年拗不過一位恩人的硬撮合而去做了養老女婿，卻為了那一家的姑娘的半瘋而忍受不了，終于帶著一個兒子名叫敬太郎的逃跑出來，把兒子交給姊姊那裡撫養。自是以後決意不娶妻，過著純然的獨身生活，終于過到六十來歲，這便是河田老人的一生。

究竟是這獨身生活成了老人的不遇的原因呢，或是不遇，做著獨身生活

的因素呢，這是無法分清的。

是一個好人，酒也不勉強去喝，又沒有什麼特別的娛樂，對於來往交際
的人是極守道義的，而且始終不遇，無時不飄飄搖搖而不得安居之所直到而
今的這位老人的命運，只能說是不可思議的事。

所以石井一家人以次，凡是認得老人的人，都說著「怪可憐見的」，又是
評論著說這是不可思議的事。然而也並不是沒有仿如大家商量好了似的一致
的「理由」。頭一條，石井這人沒有骨頭。那證據是：石井在要去做養老女婿
以前，本有山盟海誓的女子，當他決計去入贅的時候，竟拿出五塊錢買了半
幅的腰帶送去，哭了一鼻子和她散了。第二樣，這人意外地頑固，有一種高
傲的地方，為了一點小事就生氣，立刻吵架摔掉事情就走。第三樣，有一種
怪客氣的地方。

誠然，這麼一說，老人的朋友們所謂的「理由」，倒是多少成為「理由」。

然而另外還非有大的理由不可。一個人如果由壯年一直到老過著純粹的
獨身生活，換一句話說，甚至脫離了父母子女兄弟姊妹的關係，孑然一身住
在今日的社會，差不多的人難道不會都陷於與河田老人一樣的命運嗎？難道
會老而益富且貴嗎？

老人的兒子敬太郎，與老人毫無關係地長大成人而且走進社會了。二十
五、六歲的時候曾經開過油鹽店，不久便歇業作了賣卜者。況且現在也不知
去向了。由此看來，河田老人本身的血脈不會是流著「放浪」的血嗎？那血
液不會是也流進在敬太郎身上嗎？

石井老人不消說也並不去考究那些事情，只因為他是值得同情的同夥的
一個，所以想著總要設法把他現下的境遇也打聽一下，試把陳事也掏出來說
了，但是河田老人卻一點也不起勁。只是坐也坐不隱【穩】似的。

「幾點了？」河田老人忽然這樣問了。石井老人由腰帶間掏出一個大銀
錶看了說：

「三點半。」

「得，那麼我得走了。」河田老人急口地說，忽而放低嗓音，睜大眼睛，
來回望了四周：

「不瞞您說，我這些日子在一個婦女會當著收款員，所以天天要在東京市裡來回地轉腰，這般歲數可真是受不了的。於是到處托人給找個省些勁的事，好容易找著了一口差事。這口差事是喫住歸東家管，月薪給七塊錢。而且說是很少勞動身體的事，所以馬上就決定了，但是，」說著望望周圍，又把脖子伸長來回望了左近，更加放低嗓音：

「我做下了了不起的事哩。月月總是不夠的，一塊兩塊的侵用，終于把會的收款侵用了十五塊左右。得，這筆款要不還人家把賬目弄清楚，現在這一口好差事也無法去就的了。所以這四、五天，為湊齊這十五塊錢，可把鞋都跑破了。好容易有一個住在三十間堀的舊友的兒子野口這人，說是只要有法子還款就可以替我墊這筆，約妥今天四點到五點之間上他家裡見面。大體是這樣的困難情形，所以……。不過，侵款一事情請您千萬要守密！」說著站起來，石井老人還說不出一句話來，河田老人已經鞠了幾個大躬走了。

石井老人被留在那裡，茫然目送著河田老人的背影。

河田老人所以伸長了脖子來回望到遠處，為的是怕有巡警聽著。所以老人和巡警碰了頭走過去的時候，河田老人趕緊把手放到帽子上行禮了。石井老人瞧著，不解其意。

（明治四十一年一月作，民國三十四年一月譯）

譯後記

國木田獨步是在日本最初做成功「近代的」短篇小說的作家，又被推為與俄國的契訶甫和法國的莫泊三這兩個世界的短篇作家可以並駕齊驅的短篇作家。他的短篇小說，篇篇珠玉，很難以說是哪一篇最好，不過〈二老人〉確乎是他的代表作品之一，並且未曾為介紹於我國，所以現在把他翻譯出來。

獨步生於明治四年七月，卒於四十一年六月，享年僅三十八歲。本篇作於明治四十一年一月，距其死僅五個月，屬於他晚年的作品。寫這一些篇作品的時候，他已病入膏肓，是在茅崎南湖院養病——肺病——的人了。一生

不遇的獨步，直到這時代名乃大噪，然而不數月竟與世長辭！他的作品，沒有一篇不帶著一種「哀愁」，正和他的命運一致。獨步，有人說他是富於理智的浪漫派作家，有人說他是富於情感的自然派作家。平心而論，他可以說是浪漫派和自然派的過渡期作家。他的作品，永遠是新鮮的，永遠有性命。

載於《藝文雜誌》，一九四五年第三卷三期；後收錄於《張我軍譯文集（下）》（臺北市：海峽學術出版社，2011 年）。

詩　歌

關不住了！

作者　蒂絲黛爾
譯者　胡適

蒂絲黛爾像

【作者】

蒂絲黛爾（Sara Teasdale, 1884～1933），美國女抒情詩人。出生於密蘇里州聖路易市的一個上流社會富商家庭，自幼體弱多病、多愁善感，所以詩歌的內容大多是詠嘆年華的消逝、愛情的幻滅和往事的緬懷。詩風樸素細膩、簡潔清新，形式短小輕盈且音韻甜美，十分耐讀。她的第一本詩集《給杜斯的十四行詩及其他》（*Sonnets to Duse and Other Poems*）於一九○七年出版，之後陸續出版了《奔流入海的河流》（*Rivers to the Sea*, 1915）、《戀歌》（Love Songs, 1917）、《火焰與陰影》（*Flame and Shadow*, 1920）、《月亮的黑暗面》（*Dark of the Moon*, 1926），和《奇異的勝利》（*Strange Victory*, 1933）等詩集。一九一八年，以代表作《戀歌》贏得美國詩協會年度詩人獎，以及哥倫比亞大學詩協會獎（普立茲詩獎的前身），為其創作生涯的高峰。一九二九年，與丈夫離婚後，離群索居，健康狀況日益惡化，並患有精神衰弱症。一九三三年，服用過量的安眠藥而過世。本篇轉載時未標作者。（趙勳達撰）

【譯者】

胡適，見〈最後一課〉。

我說「我把心收起，
像人家把門關了，
叫愛情生生的餓死，
也許不再和我為難了。」
但是屋頂上吹來。
一陣陣五月的濕風。
更有那街心琴調。
一陣陣的吹到房中。
一屋裡都是太陽光。
這時候愛情有點醉了。
他說「我是關不住的。
我要把你的心打醉【碎】了。」

載於《臺灣民報》，第一卷第六期，一九二三年八月十五日

女人啊！

作者　太戈爾
譯者　楊雲萍

【作者】

太戈爾像

太戈爾，今譯為泰戈爾（Rabindranath Thakur, 1861～1941），印度詩人、哲學家和印度民族主義者。一九一三年他憑藉宗教抒情詩《吉檀迦利》（*Gitanjali*）獲得諾貝爾文學獎，是第一位獲獎的亞洲人。獲獎原因為「由於他那至為敏銳、清新與優美的詩。這詩出之於高超的技巧，並由於他自己用英文表達出來，使他那充滿詩意的思想業已成為西方文學的一部分」。他與黎巴嫩詩人紀・哈・紀伯倫（Khalil Gibran）齊名，併稱為「站在東西方文化橋樑的兩位巨人」。泰戈爾用孟加拉文大量創作，其作品最主要描寫自然和生命，同時反映了印度人民在帝國主義和封建種姓制度壓迫下要求改變自己命運的強烈願望，充滿了鮮明的愛國主義和民主主義精神，同時又富有民族風格與特色，具有很高藝術價值。重要著作有《吉檀迦利》（*Gitanjali*, 1910）、《心中的嚮往》（*Manasi*, 1890）、《金帆船》（*Sonar Tari*, 1894）、《收穫集》（*Caitali*, 1896）、《戈拉》（*Gora*, 1910）等。（潘麗玲撰）

【譯者】

楊雲萍像

楊雲萍（1906～2000），本名楊友濂，臺北人。詩人、作家、歷史學者。一九二六年赴日修習文學，一九三二年返臺，投入南明史、臺灣史的研究，成為文史雙棲的學者。一九二五年與江夢筆創刊臺北第一本白話文雜誌《人人》，為新文學運動草創期的啟蒙先驅者。一九三四年參加臺灣文藝聯盟。一九四六年與王白淵等成立臺灣文化協進會，創辦《臺灣文化》雜誌。戰後，先後出任臺灣省行政長官公署參議、臺灣省編譯館委員等職務。一九五○年後，任

臺灣大學歷史系教授。一生致力於臺灣文學與歷史之研究，著有白話文小說〈月下〉（1924）、〈光臨〉（1926）、〈弟兄〉（1926）、〈黃昏的蔗園〉（1926）、〈秋菊的半生〉（1928）、〈青年〉（1930）等。另有日文詩集《山河》（1943）及未完成的日文日記體小說〈部落日記〉（1943）。其早期白話文創作有著鮮明的人道寫實主義風格，創作大都簡短精練，站在庶民的觀點批判、諷刺統治階級，頗能抓住事實的真相，讓人看見字句裡隱藏的另一個又廣又深的世界。（潘麗玲撰）

　　女人呀！奶們不只是被神創造的，又是被男人所造的。看呀！男人們為欲裝飾奶們，何等地無他念呵！

　　為著奶們，以形容之金絲，而織絹的是詩人之業，贈與奶們之姿容的永遠生命，這是畫家之務呢。海以真珠，山以黃金，而夏天的花園，以繚亂的花、薰、映，使奶們聖、淨！

　　男人的心願，盡灑在奶們青春之上了。

　　奶們的身心，半是女人，半是夢！

一九二四・一〇・二六

載於《人人》，第一期，一九二五年三月十一日

譯薛萊的小詩

作者　薛萊
譯者　胡適

薛萊像

【作者】

　　薛萊，今譯為雪萊（Percy Bysshe Shelley, 1792～1822），英國浪漫主義詩人，被認為是最出色的英語詩人之一。出身鄉村地主家庭，父親為爵士，政經背景皆顯赫。一八一○年進入牛津大學就讀，詩作開始獲得出版，隔年因撰寫反宗教的哲學論文，遭校方開除。爾後又因寫詩鼓勵英國人民革命以及支持愛爾蘭獨立運動，被迫於一八一八年遷居義大利。在義大利，他仍支持當地人民的民族解放運動。一八二二年於渡海時因暴風雨而發生船難身亡，得年二十九歲。雪萊的浪漫主義詩情與拜倫（George Gordon Byron）齊名，其詩風熱情不羈又富哲理。重要作品有抨擊宗教偽善的敘事長詩〈麥布女王〉（*Queen Mab: A Philosophical Poem*, 1812），描寫反封建起義的故事詩〈伊斯蘭的反叛〉（*The Revolt of Islam*, 1818），表現革命熱情與勝利信念的〈西風頌〉（*Ode To The West Wind*, 1819），取材於古希臘神話、表現出瞻望空想社會主義前景的〈解放的普羅米修斯〉（*Prometheus Unbound*, 1820）。〈西風頌〉為其代表作，詩中名句「如果冬天已經來臨，春天還會遠嗎？」已成為經典。他在英語文學史上已有其不朽之地位。（趙勳達撰）

【譯者】

　　胡適，見〈最後一課〉。

（Music, when Soft voices die,）

歌喉歇了，
韻在心頭，
紫羅蘭病了，
香氣猶留。

薔薇謝後，
葉子還多，
鋪葉成茵，
留給我¹情人坐。

你去之後，
情思長在，
魂夢相依，
慰此孤單的愛。

十四・七・十一

載於《臺灣民報》，第九十三期，一九二六年二月廿一日

1　按：「我」，胡適譯文作「有」。見胡適：〈譯詩三首〉，《現代評論》，第 1 年紀念
　　增刊，1926 年 1 月，頁 64～65。

月光裡

作者　湯瑪士·哈代
譯者　胡適

【作者】

湯瑪士·哈代像

　　湯瑪士·哈代（Thomas Hardy, 1840～1928），英國作家。生於農村沒落貴族家庭。父親是建築工，早年隨父工作，一八六一年到倫敦學建築工程，並從事文學、哲學和神學的研究。當過幾年建築師，後致力於文學創作。他的小說多以農村生活為背景，以優秀的藝術形象記述了英國農村社會的歷史變遷，對角色的內心世界有寫實的描寫，並對資本主義社會的文明和道德作了深刻的揭露和批判，但帶有悲觀情緒和宿命論色彩，晚年轉向詩歌創作。《黛絲姑娘》（Tess of the d'Urbervilles, 1891）是其最富盛名的作品。其他如《瘋狂佳人》（Far From the Madding Crowd, 1872）、《嘉德橋市長》（The Mayor of Casterbridge, 1886）、《無名的裘德》（Jude the Obscure, 1895）等亦是知名力作。其中《嘉德橋市長》中的主角「韓洽德」這個悲劇英雄常被拿來與莎士比亞的李爾王相提並論，在英國文學中具有舉足輕重之地位。（趙勳達撰）

【譯者】

　　胡適，見〈最後一課〉。

（譯 Thomas Hardy's In the Moonlight）

「喂，孤寂的工人，你為什麼
癡癡地站在這兒瞪著伊的墳墓，
好像偌大的墳園只葬著伊一個？」

「萬一你那雙絕望的眼睛，
在這凄冷的月光裡惱怒了伊的魂靈，
萬一伊的鬼走了出來，可不要嚇死了人？」

「你懂什麼！那就真趁了我的心願了！
我寧見伊的鬼，不願看誰的面了。
可憐，我怕永沒有那樣的奇緣了！」

「這樣看來，伊一定是你戀愛的人，
安樂與患難變不了你的心，
如今伊死了，你便失去了你的光明？」

「不是的，伊不曾受過我愛情的供養，
我當時總覺得別人都比伊強，
可憐伊在日，我想也不曾想伊一想！」

　　　　　　　　　　十四・七・二十三。（載《現代評論》第一週增刊）

　　　　載於《臺灣民報》，第九十三期，一九二六年二月二十一日

救主孫中山

作者　林保羅
譯者　蘇兆驤

【作者】

林保羅（1914～？），美國人，生平不詳。父林百克為孫中山生前好友。保羅年 12 作此詩，頌揚孫中山先生革命、建國的豐功偉蹟。

【譯者】

蘇兆驤，生卒年不詳，僅知活躍於上海文壇，於《民國日報・覺悟》、《文學週報》、《小說世界》、《平民》等刊物發表作品，如〈蠶娘〉（描寫農民生活）、〈磷火的嚮導〉、〈你可以進來的〉、〈池水浴〉、〈寒夜〉、〈芭蕉底心裡〉等，曾與魏冰心主編世界書局《國語讀本》。趙景深《新文學過眼錄》說：「蘇兆驤是與蘇兆龍同在英文雜誌和英語週刊寫稿著名的。他好像在《文學週報》上連載過英國賓那脫（ArnoldBennett）的《文學的趣味》（Literary Taste）。」〈救主孫中山〉譯詩原刊一九二六年十月十九日《民國日報・覺悟》，一九二七年四月三日《臺灣民報》轉載。（許俊雅撰）

從前管轄中國的是：
滿洲人、蒙古人、韃靼以及其他種族、
中國人受盡了無限的荼毒、
只到孫中山先生才起始反抗的啊。
　　　X　　　　　　X
把驅除國內的孟賊做黨底職志，
佢們奮臂一呼：
滿清倒了、
新中國就產生了。
　　　X　　　　　　X
中山先生是中國第一任的總統、
他是抗拒北兵唯一的人物、
他是輕視佢們唯一的人物啊。
中山先生的朋友袁世凱、（一個狡猾而奸詐的小人、）
很冠冕堂皇地承認、
願和中山先生襄成治國的大事。
　　　X　　　　　　X
中國人民希望治國的心大（太）熱了。

他竟大著膽子、
把政權交付給袁世凱、
交付給那個狡猾而奸詐的惡魔。
　　　X　　　　　　X
當中山先生飄然遠引於海外、
袁世凱的覬覦的心暴露了、
他盜竊了國人生命靠托的財寶、
他擁有不義的財產和姬妾、
他竟把國人獻給的救主中山先生的酒、

供他一己濫飲。

X　　X

中山先生歸國了、

他和黨人驅逐了袁氏的軍隊、

中國國民是要復仇的、

但是中山先生卻已把仇復了。

X　　X

一年一年的過去、

國賊忽起忽滅、

救主卻勞瘁而死了、

四萬萬人民哀感呼號也無用了。

X　　X

你們要永遠紀念著中山先生、

他是威武不能屈的、

他做了許多光榮的事業、

使百兆的人民得著解放和自由。

但是、朋友、

國民黨仍是在驅除國內的蟊賊哩。

X　　X

等著吧！等著吧！外國的人們啊、

中國是正在澄清宇內哩、

等著（誤作「裏」）吧！

中國的底澄清時期快要到了。

載於《臺灣民報》第一五一期，一九二七年四月三日

希望歌

作者　柴門荷夫

譯者　梵駝

【作者】

　　柴門荷夫（L. L. Zamenhof, 1859～1917），亦譯作柴門霍夫。生於波蘭一個猶太人的家庭，曾當過內科兼眼科醫生。少年時親見俄國人、波蘭人、德國人與希伯來人之間發生的民族之爭而感到痛心，他認為這是由於彼此之間的語言不通造成了民族間的壁壘。一八八七年，他創造了國際人造語言，出版了《國際語》。這種新的語言，原來被稱為「希望者（Esperanto）的語言」，現簡稱為Esperanto（譯為世界語）。它以印歐語系的語言為基礎，在語音、辭彙、語法上加以改革，使之易於學習。為了改進和試驗這種語言，他還翻譯了大量著作，包括《舊約》、《哈姆雷特》、安徒生的《童話集》以及莫里哀、歌德和果戈里的戲劇。一八九四年，柴門荷夫全家遷往格羅德諾（前蘇聯的一個地區），與俄國著名作家托爾斯泰聯繫，托爾斯泰說：「至多經過兩個小時的學習，我即使不能夠用這種語言來寫作，但至少也可以自由地閱讀它的原文了。」從一九〇〇年到一九〇五年，世界語運動發展得更快了，已有十二個國家建立了世界語的團體，並創辦了雜誌。一九〇五年，在法國的布洛涅城召開了世界上第一次世界語會議，他參加了這次會議，並做了深受歡迎的演講。可以說，他將全部業餘時間用於宣傳和推廣世界語的工作，直到逝世為止。（許俊雅撰）

【譯者】

　　梵駝，生平不詳。譯詩載自《民鐘》，極可能是連溫卿引介，連氏在一九二六年十月《臺灣民報》發表過〈什麼是世界語主義？〉。民鐘社是廣東新會無政府主義者組織的一個雜誌社，也是一個無政府主義團體，頗多無政府主義者對世界語有著學習的熱情。當時胡愈之、巴金、葉籟士、索非皆熱衷於世界語。一九二二年《民鐘》在廣州新會創刊，第一卷共出十六期，第二卷出了七期，最後三期移至上海出版，一九二七年停刊。（許俊雅撰）

新的情感己【已】到了世間來，
剛強的呼聲遍揚於世界。
到如今憑著順風的翅膀，
讓它一處又一處的飛翔。
它並不牽引人類的親眷，
去就那渴求著血的刀劍。
對於那長久戰爭的世界，
它卻允許有神聖的和諧。
在希望的神聖徽號之下，
聖攏來了和平的奮鬥者。
那事業得以迅速地發生，
全憑那些希望者的辛勤。
幾千年的障壁牢牢高建，
在那分離了的民族中間。
但堅牢牢的障碍一朝傾墜，
以神聖的愛而打成粉碎。
在中立言語的基礎上面，
彼此間都得以推誠相見。
各民族將同心來建設起，
一偉大的家屬似的團體。
我們這克苦勤勞的夥伴，
在和平工作中不會厭倦。
為著那永久的祝福起見，
直至人類美夢得到實現。
（由民鐘）

載於《臺灣民報》第二四一號，一九二九年一月一日

瑞士民謠

作者　不詳
譯者　鄧季偉

【作者】

不詳。

【譯者】

鄧季偉（？～？），曾加入國民黨的友好政黨「民社黨」，一九四二年任北平支部委員，一九四七年民社黨改組，亦為重要幹部。其後民社黨隨國民黨來臺，成為國民黨刻意扶植的在野勢力，然鄧季偉是否隨之而來，至今無法得知。（趙勳達撰）

　　──給我的國家──
　　此身此心全屬於你！
　　瑞士呀，永作我之情侶呵，
　　你啊，你是我的搖籃，
　　你那般美麗那般美麗！

　　那親愛的自由神呀，
　　蹈徧我國家，
　　漫種著她的鮮葩，
　　使人們的心倪【兒】暢達【達】。

　　那裡，金色的麥稻
　　飾滿了山川，
　　那嵯峨的峯頭呵
　　生息著茸茸淺草！

願上天永佑此土，
我們的親愛的瑞士！
友人們呀，來高歌
這優秀之邦呵！

載於《臺灣民報》，第一七五期，一九二七年九月二十五日

堀口大學詩抄

作者　堀口大學

譯者　白璧

堀口大學像

【作者】

　　堀[1]口大學（1892～1981），新潟縣長岡市人，生於日本東京，因出生時父親正在就讀東京帝國大學，且出生地也在該校附近，故以「大學」為名。幼年期間在長岡度過，也畢業於長岡中學校。一九一〇年進入慶應義塾大學文學部預科。期間陸續將詩作發表於《スバル》、《三田文學》等刊物，並且與同學佐藤春夫（後來成為知名小說家）結為好友。一九一一年中斷大學學業，隨著擔任外交官的父親前往墨西哥、比利時、西班牙、瑞士、法國、巴西以及羅馬尼亞等國，一九二五年才回國，期間曾出版處女詩集《月光とピエロ》（月光與 Piero）、處女歌集《パンの笛》（牧神之笛），具有灑脫、知性與抒情的特色。此外也大量譯介法國近現代的詩歌和小說，帶給日本文壇深遠的影響。尤其是一九二五年九月出版的譯詩集《月下の一群》，在當時詩壇掀起了新風潮。太平洋戰爭末期隨父返回故鄉長岡。戰後在一九五〇年遷居神奈川縣湘南。一九五七年成為日本藝術院會員。一九七九年獲頒文化勳章。著作甚多，目前已編成《堀口大學全集》（東京：小澤書店，1981～1988）。（顧敏耀撰）

【譯者】

　　白璧，即劉吶鷗（1905～1940），見〈描在青空〉。

我

這心的悲哀

這靈魂的貧困

1　按：本篇原刊標題之「堀」誤作「掘」。

我的口中是為我的味而苦的

怎麼才好呢？
想到何處去呢？
要什麼呢　我的心呵？
靈魂呵
你為什麼老不能得到安慰呢？
這兒不是有書籍也有戀人嗎？

我有青春　有健康
有錢　有才能　世界是美的
但是但是　啊啊　但是

這心的悲哀
這靈魂的貧困
我的口中是為我的味而苦的

沙定魚的罐
我的心臟是一個沙定魚的罐
規規矩矩地
投出著白的素足
死了的戀人們並睡著

罐頭的沙定魚一般地
可是她們沒有頭
啊啊　沒有臉
不曉得誰是誰哪

貓

夫人

我的戀的小貓

是單在睡眠的時候

在撫摩著的手裡覺得優雅而柔軟

你說要再把

我的戀的小貓喚醒嗎？

不　夫人　那是不行的

我的戀的小貓

是單在睡眠的時候

在撫摩著的手裡覺得優雅而柔軟

月夜

把燈一熄

月光流進來

書齋

變為寢室

青色的月光的水流著

啊啊　寢室是水族館

袒裸的她是人魚

啊啊　她的游泳

她的襪子

襯衫尚且應該脫去的

但是她的襪子遂做了
她的皮膚的一部分嗎
從膝上梢【稍】高一點的地方起
透出淡墨色的文身的
毫無皺紋的絹的夢

稍離開黃金色的麥穗的波浪和
在那桃色的樣子很好的小丘間
燃燒著的美學的中心

她的襪子是
啊啊　對照
合奏

室內

你去了之後的我的室內
留下著一種優柔的溫暖的香味
在我的周圍氤氳　我的心裡循流
這是我們的愛撫所生的微妙的有機體

像一個有銀紫色的翼的大夜蝶
沉重地疏懶地動著翼翅
香味沿著壁向窗邊流去
生怕香味逃了去
我把窗和門緊緊地關上
因為香味是可懷的你的記憶

不管壓平了的墊子和皺亂的白布和

我們的夜所做的美麗的無秩序
在優柔溫暖的戀的香味氤氳著的室內
我等著新的夜來把你運到我門口

手帕的雲

關上了窗和門之後
少女呵
你便脫帽子
用小小的手帕的雲
把鎖穴塞了吧

砂枕

砂的枕頭是容易崩潰的
少女呵　　大家整整行儀吧
許多星兒看著哪
把袒露的膝頭藏起來吧

少女對媽利亞的祈禱

聖母媽利亞
不受污而懷孕的
聖母媽利亞
請聽我的祈願
我的祈願是相反的
縱使我受了污　　受了污
也別給我懷孕呵

乳房

德不孤

乳房有兩隻

乳房有兩雙
手掌也有兩隻

乳房呈著
我的手掌形

乳房是為手掌而造的
手掌是為乳房而造的

乳房　手掌的饗宴
乳房　微圓的極樂

乳房　雙峯山
乳房　兩半球

乳房　白色的振羽
乳房　紅嘴的鳩

乳房　女體的幾何學
乳房　女體的 balance

乳房　戀愛的詩法
乳房　愛撫的韻律

乳房　眠著的白蛇
乳房　溫帶的氣候

由她的乳房的軟硬
知道夜的時刻

乳房　顫動著的生物。
乳房　喘息著的果品。

侵曉的乳房
白色的茶花

入浴的乳房
緋色的蓮花

乳房　無形的形
乳房　謹慎的淫逸
乳房　用媚眼的矢射的
男子的慾念的鵠

怕乳房萎落
她用薄紗包它

乳房　男子最初的餌
乳房　男子最後的渴

乳房　女體的二層樓
乳房　情慾的圓屋頂

她睡著的時候

乳房閉著瞳子

乳房　女體的月光
乳房　戀人的肥皂泡

乳房　女性的住宅
乳房　人體美學的眺樓

乳房　乳房　乳房
手掌的戀人

　　堀口大學是日本新人中的流行詩人，又是法國文學的專家。多年的外國
生活使他有一種新的感傷，新的感覺，詩裡到處充滿著奇言妙想、色情和犬
儒。是一個輓近派詩體的創設者。他的作品除了《堀口大學詩集》之外有
《月下之一羣》（譯詩）和其他許多法國小說的譯品。（譯者附記）

　　　　　　　　載於《新文藝》，第一卷第四期，一九二九年十二月

是社會嗎？還是監獄嗎？

作者　不詳
譯者　孤魂

【作者】

不詳。

【譯者】

孤魂，本名黃天海（1905～1931），生於宜蘭郡宜蘭街乾門一二六番地（今宜蘭市西門里境內），宣揚無政府主義、同情無產階級的社會運動者，推行新劇運動的文化人。一九二七年三月因涉及策動臺灣獨立，遭到日本當局逮捕，後因罪證不足釋回。同年，參與創立「新文化協會蘭陽分部」，擔任幹部。翌年，邀集十二名同好共同組成「宜蘭民烽劇團」，由張維賢指導，編寫托爾斯泰的作品及《金色夜叉》、《行屍》等劇，努力排練。「民烽演劇研究會」在一九三〇年成立後，受邀擔任「近代劇概論」講師，不久因資金不足，活動停止。同年，與林斐芳共同創辦《明日》雜誌，該刊具備「臺灣勞動互助社」機關雜誌的性質，致力於宣揚無政府主義，撰稿者除了編輯黃天海本身之外，還有張維賢、王詩琅、若雲、若愚、子野、陳崁、毓文等。在第四期遭查禁後，因經費困難而停刊。

在《明日》正式發行的三期之中，曾多次署名「孤魂」發表多篇創作與譯作，此筆名淵源於周合源、林斐芳、張維賢、楊德發、楊清標、蔣德卿等人所創組的「孤魂聯盟」，代表的意涵正如張維賢所闡述：「孤魂是活在世間孤苦伶仃，死後無人理睬的可憐靈魂，這些孤魂的悲劇，恰似我們無產階級的農民痛苦生活，可憐之情，令人心寒，因此我們在此組織孤魂聯盟，目的是要發動無政府主義運動，為展開光明的前途而奮鬥。」

黃天海先後在《明日》發表過的作品有：第一期的散文〈創刊宣言〉、〈對現社會一考察〉、〈回顧我的故鄉宜蘭〉、〈生與死〉以及詩作〈明兒到了〉、譯詩〈是社會嗎？還是監獄嗎？〉、〈無益之花〉；第二期的散文〈給與全人類〉、〈對藝術與新興藝術的管見〉；第三期的詩作〈孤魂〉以及戲劇譯作〈蟲的生活〉。

一九三〇年與志同道合的許月里（1912～2008）結婚，育有一子。翌年病逝

故鄉宜蘭，年僅二十六歲。（顧敏耀撰）

互相
你怕著我、我怕著你。

互相
你對著我，我對著你，
為要保護自己，
在這兒組織了社會。

你是我的敵人啦。
我是你的敵人啦。
你以為我一定要做，
我以[1]為你一定要做，
對了一切的惡意和暴行，
定了民法和刑法的幾千條。

這就是
你和我的社會啦。
你和我的監獄啦。

載於《明日》，第一卷第一期，一九三〇年八月七日

1　原刊此處有衍字「以」。

無益之花

作者　不詳

譯者　孤魂

【作者】

　　不詳。

【譯者】

　　孤魂，見〈是社會嗎？還是監獄嗎？〉。

　　生是永久的鬥爭。

　　和自然鬥爭，

　　和社會鬥爭，

　　和其他的生鬥爭，

　　是個永久不可解決的鬥爭。

　　鬥爭吧！

　　鬥爭是人生之花。

　　是多可結實的人生之花。

　　屈服於自然力的生的失望，

　　屈服於社會力的生的失望，

　　為這樣將生的鬥爭回避了。

　　於是不會結果的生的花開了。

　　宗教就是這個啦。

　　藝術就是這個啦。

　　呵！你只知搜尋無益花之蜜的毛蟲之徒呀！

載於《明日》，第一卷第一期，一九三○年八月七日

新俄詩選　泥水匠

作者　嘉洵
譯者　曇華

【作者】

嘉洵像

嘉洵（Всéволод Михáйлович Гаршин，1855～1888），俄國小說家，其作品在十九世紀末的俄國引領了一波短篇小說的寫作潮。早年致力於和平主義，但一八七七年俄土戰爭被徵召擔任步兵，戰爭未結束便在保加利亞受傷提前退伍。從軍期間遭遇的震撼使他遺傳性的精神病發作，終於在一八八八年跳樓自殺。短篇小說亦以從軍的經驗為題材，帶有強烈的自況，代表作〈四天〉便是他歷經俄土戰爭的內心獨白。其短篇小說作品以心理分析著稱，受到托爾斯泰、屠格涅夫的稱讚。故事特點是富有同情心與憐憫，這一點類似杜斯妥也夫斯基的短篇作品，另一方面，故事中具悲劇性的諷刺感，使他也成為契訶夫的先行者。《紅花》（1883）描寫一個瘋子發現世上所有的邪惡承載於他醫院花園中的一朵罌粟花，最後他終於突破花園警衛的看守，毀了那朵花後死去。這是他最著名也最典型的故事，開啟了近代一連串以瘋子做為主角來批判現實社會的小說寫法，其中包括魯迅的《狂人日記》。（許舜傑撰）

【譯者】

葉靈鳳像

曇華，即葉靈鳳（1905～1975），南京人，原名葉韞璞，筆名還有霜崖、L・F、葉林丰等。現代作家、翻譯家、美術家，晚年以藏書家名世。從小喜歡閱讀《新青年》、《香豔叢話》兩種刊物，形成他「正經與不正經」雙管齊下的寫作風格，被魯迅評為「齒白唇紅」和「才子加流氓」，李歐梵《上海摩登》便認為他是中國浮紈主義第一人。一九二伍年後加入創造社，文藝生涯始於一九二六年，當時他仍就讀於劉海粟創辦的上海美專，在繪畫練習簿上寫小說。由於繪畫與文學雙才，負責《創造月刊》的封面

設計、插圖、裝幀，另外主編過《洪水》、《幻洲》、《現代小說》、《戈壁》等刊物。一九三七年「八一三事變」後還居香港，編輯《立報‧言林》、《星島日報‧星座》，同時對香港歷史掌故進行大量的蒐集，成為香港重要的文史專家。主要著作有成名作《女媧氏之遺孽》（1928）以及《紅的天使》（1930）等具現代市民意識與活力的作品。譯作有《新俄羅斯小說集》（1928）、《蒙地加羅》（1928）等。（許舜傑撰）

　　　薄暮中我蹣跚歸家，
　　　疲勞正是伴著我的一位同志，
　　　我的單衣為了黑暗而歌，
　　　歌著磚兒堅強的 X 曲。

　　　把唱著那鮮 X 色的東西，
　　　我望了上面送著送著的，
　　　一直送到房屋的頂上，
　　　他們那叫著天的房頂。

　　　我的眼睛轉向歡樂，
　　　風兒也有了幽暗的聲腔，
　　　清晨像一位工人一樣，
　　　也舉起了她自己的一方 X 磚。

　　　薄暮中我蹣跚歸家，
　　　疲勞正是伴著我的一位同志，
　　　我的單衣為了黑暗而歌，
　　　歌著磚兒堅強的 X 曲。[1]

　　　　　　　　　　　載於《赤道》，第一期，一九三〇年十月三十日

---

[1]　按：缺字之處，在原刊便即如此。推測應皆為「紅」字，刊出時遭刪。

新俄詩選　工廠的汽笛

作者　加斯特夫
譯者　曇華

【作者】

加斯特夫像

　　加斯特夫（Алексей Капитонович Гастев, 1882～1939），或譯為「卡思捷夫」，俄國革命先驅、工會活動家、前衛詩人。出生於俄羅斯西部古城蘇姿達爾（Суздаль）的教師家庭，求學時代考進莫斯科師範大學，但因為參加革命而被退學。一九〇七流亡法國，因而熟悉法國工會的運作，吸收不少經驗應用在他日後的俄國工會運動中。一九一七年結束流亡回到俄國，參與「聖彼得堡金屬工人聯合會」（The Petersburg Union of Metal Workers），一九一八年擔任主席。一九二〇年創辦「中央勞動研究所」（The Central Institute of Labor，簡稱 CIT），該機構把人視為一種有機的機器，希望能透過訓練讓人類在工作時也能發揮像機械般高效率的工作節奏，不耗費任何步驟與能量，將人的生產潛能發揮到最大。這項計畫明顯看出加斯特夫的詩人性格，極左的他意外地與義大利極右派的未來主義者馬里內蒂存在一樣的人類改造想法，加斯特夫的詩歌便是受到惠特曼、凡爾哈倫、俄羅斯未來主義者的影響。最後蘇聯也發現加斯特夫的理想是種資產階級對機械的審美樂趣。一九三八年被指控反革命而遭逮捕，隔年被槍殺在莫斯科郊區。（許舜傑撰）

【譯者】

　　曇華，葉靈鳳筆名，見〈新俄詩選　泥水匠〉。

　　當村中的工廠吹著□清□汽笛的時候[1]，

1　按：本篇缺字之處，在原刊便即如此。此句在畫室（即馮雪峰）所譯之版本作「在勞動者的街區，早晨的汽笛鳴響著的時候」，見其《流冰》（上海市：水沫書店，1929 年），頁 45。推測本篇「□清□」可能是「大清晨」。

這不再是作奴隸的呼喚，
這是未來的聖歌。

有一向的時候，我們在可憐的了店中苦役著，
每早在不同的時刻開始去工作
現在早晨八時的汽笛一響，
成百萬的工人同時動手。

現在我們是在一分鐘之內一齊動作，
在一分鐘之內，
一百萬人同時舉起了他的□□[2]

我們的第一下雷響在一起，
那汽笛所唱的是什麼？
他們是全體聯合的清晨的聖歌。

載於《赤道》，第二期，一九三〇年十一月十五日

2　此句在畫室（即馮雪峰筆名）所譯之版本作「幾百萬的人都在同一的瞬間裡取起
　　鏈」，見其《流冰》（上海市：水沫書店，1929 年），頁 45。推測本篇空格中可能
　　是「鐵鏈」二字。

生命

作者　高茨華

譯者　青萍

【作者】

高茨華，今譯為高爾斯華綏（John Galsworthy, 1867～1933），見〈死人〉。

黃啟瑞像

【譯者】

青萍，本名黃啟瑞（1910～1976），字青萍，今臺北市人。日本京都帝國大學法學士，日本高等文官司法科考試及格。一九三九年返回臺北市任執業律師，一九四三及一九四四年間，為同業推舉為臺北辯護士會（律師公會）副會長。一九四五年出任臺北市政府參事兼民政局長。一九五〇年當選第一屆臺北市議員，並擔任議長。一九五四年出任中國國民黨中央委員會副祕書長，一九五五年任《中華日報》董事，同年任《國語日報》董事長，一九五六年奉派擔任我國駐聯合國代表團顧問。一九五七年起曾參選並當選第三、四屆臺北市長。一九六七年任私立中國市政專科學校（今中國科技大學）校長，一九七三年任《臺灣新生報》董事長，一九七六年任臺灣電視公司董事長，旋即病逝。平素雅好文藝，在日治時期曾加入臺灣文藝協會，譯作有〈生命〉、〈雷雨〉、〈星兒〉等。（趙勳達撰）

　　生！生是什麼？
平坦坦的波浪的舞踊，
　　冷冰冰的灰燼的光芒，
死靜靜的荒塚的勁風！

　　死！死是什麼？
永長長的太陽的消滅，

　　長孜孜的月兒的睡眠，
無頭緒的小說的了結！

載於《第一線》，第一期，一九三五年一月

雷雨

作者　達斐斯
譯者　青萍

達斐斯像

【作者】

　　達斐斯，今多譯為戴維斯（William Henry Davies, 1871～1940），英國威爾斯詩人、作家。為鐵製模工之子，家境困頓，早年的學徒生涯並不順利，後遠走他鄉，先是漂泊歷險於美國，後來在加拿大跳火車時失去了一條腿，最終回到英國。這段遊歷的過程，成為他作品中最重要的題材，作品主題往往體現出大自然的奇觀，以及關於生活的艱苦觀察，被評價為具有「孩童般的寫實主義」的風格，呈現出簡單、樸實的個人特色。儘管他發表第一首詩時已經三十四歲，卻無礙其成為當時最受歡迎的詩人之一。另有兩本小說與一部自傳作品，代表作為《超級流浪漢的自傳》（*The Autobiography of a Super-Tramp*, 1908）。（趙勳達撰）

【譯者】

　　青萍，黃啟瑞筆名，見〈生命〉。

　　我的心窩中包藏著雷雨——抱懷著悲傷，
他們未和我交話時，
　　我的心緒是凋零的殘花
失意的啞鳥。
　　雷雨呀！來吧——撫育著雨的憂鬱
你們若和我交言時，
　　我的心靈是舞躍的花兒，
喜悅的鳴禽。

載於《第一線》，第一期，一九三五年一月

星兒

作者　韋羅柳

譯者　青萍

【作者】

韋羅柳像

　　韋羅柳（Henry Wadsworth Longfellow，今譯為「朗費羅」或「朗斐羅」，1807～1882），十九世紀最著名的美國詩人，堪稱十九世紀美國文化生活的指標性人物。自小喜愛詩歌和語言，進入緬因州鮑多因學院攻讀語言和文學之後，更展現出高度認同偉大傳統的歐洲文化與思想的熱情，曾兩度赴歐學習法、意、德、丹麥、瑞典和荷蘭等語言，二十八歲即任哈佛大學現代語言教授。一八五五年以芬蘭史詩《卡勒瓦拉》（*Kalevala*）為藍本，寫出史詩《海華沙之歌》（*The Song of Hiawatha*, 1855），成為其代表作。此外，朗費羅的〈人生頌〉據云是世界上第一首被譯為中文的英語詩。時任清國總理各國事務衙門全權大臣的董恂曾將〈人生頌〉書於扇面，並轉交給遠在波士頓的朗費羅，此扇現存朗費羅故居。（趙勳達撰）

【譯者】

　　青萍，黃啟瑞筆名，見〈生命〉。

夜靜天青，
森羅萬象寂無聲，
　要聽大海的音樂，
星兒探出頭來。

　愈集愈多的星兒，
竟把青天充塞著，
　殺氣屏息地傾聽著，
地上壯嚴[1]的祈禱聲。

載於《第一線》，第一期，一九三五年一月

1　按：「壯嚴」意同「莊嚴」。

給某詩人們

作者　雷石榆

譯者　魏晉

【作者】

雷石榆像

　　雷石榆（1911～1996），原名雷社穩，廣東臺山人。中國左翼作家。一九三三年赴日留學，在東京中央大學修習經濟系，期間曾參與中國左翼作家聯盟東京分盟，主編盟刊《東流》、《詩歌》，亦參加日本左翼詩歌運動，著有散文〈慘別〉，出版日文詩集《沙漠の歌》，是其代表作，受到日本文學界好評。一九三四年在日本結識《臺灣文藝》東京支部的負責人吳坤煌與賴明弘，並在該誌發表文章，其中〈我所切望的詩歌〉（1935）一文是臺灣文學史上首篇以左翼理論評價詩歌的論文，別具意義。中日戰爭期間，投身抗日救亡文化活動。一九三九年到昆明，主編《西南文藝》。戰後應邀來臺任《國聲報》主筆兼副主編。一九四七年任臺灣大學法學院任副教授，教授國文。一九四七年五月與臺灣舞蹈家蔡瑞月結婚，定居臺北。其後因政治因素遭臺大解聘，一九四七年六月遭逮捕，驅逐出境，輾轉前往中國。一九五二年任河北大學教授，先後曾任中國現代文學教研室和外國文學教研室主任，教書育人，桃李滿天下。一九九六年病逝。（趙勳達撰）

【譯者】

魏晉像

　　魏晉（1907～？），中國左翼作家、詩人。原名魏運織，字雲孫、支石，江西贛州人。於日本東京留學時結識太陽社詩人盧森堡（任鈞），回國後經任鈞介紹加入中國左翼作家聯盟，不久，左聯領導的中國詩歌會成立，魏晉成為會員。一九三三年九月與妻隨同林煥平、麥穗等到日本東京，隨後左聯成員相繼到達東京。一九三四年三月，東流文藝社成立，魏晉參加了成立會，並從《東流》第二

卷起，與張香山一同擔任編輯，直到一九三六年十一月十五日第三卷第二期出版後停刊。此後，東京左聯又創辦《詩歌》雜誌，由雷石榆、魏晉主編，共出四期。一九三六年十月十九日魯迅病逝上海，十一月，東京左聯召開魯迅先生追悼大會，魏晉擔任大會主席。一九三七年三月八日，日本政府以「反日作家」罪名將魏晉、張香山、林林、林煥平、魏猛克等東京左聯盟員關入東京拘留所，四月一日被驅逐回國，詳見〈從東京被放逐回來〉、〈關於東流、詩歌的回憶〉之文。左聯時期，他在《東流》、《雜文》、《詩歌》、《東方文藝》、《今代文藝》等刊發表詩歌〈污染鋼刀的鮮血〉、〈我們〉、〈再生〉，論文〈德國的移民文學〉，翻譯論文〈紀德與小說技巧〉（法國 Cremieux, B.作）、〈給初學寫作的人的一封信〉（蘇聯庫次米夫作）、〈憶先驅詩人石川啄木作〉，小說〈華爾娃拉的空想〉（蘇聯潘非洛夫作）、〈愚蠢的妻〉（蘇聯左琴柯作）、詩歌〈給姊姊〉（日本小熊秀雄作）、〈失眠的歌〉（俄國普式庚作）、〈幸福的父親〉（蘇聯貝洛托夫作）等。曾於一九三五年六月十日將雷石榆〈給某詩人們〉翻譯成日文刊載於《臺灣文藝》第二卷六期。（許俊雅撰）

（祖國的感想之一）

——雷石榆詩集《沙漠之歌》

黑暗的牢獄把你們的眼睛塗成了灰色嗎？

沉重的枷鎖把你們的手足弄得軟弱無力了嗎？

可是，現在你們是從牢獄裡出來了

自由了，自由了，而且自由的「轉向」了。

跪在鐵一般的現實之前啊！

從此你們的嘴巴便噤錮[1]起來了嗎？

還是再歌詠呢？歌詠什麼呢？

倘若是歌詠聖經祈禱的文句

　　幸福就會來吧！

可是，偉大的現實自身就在歌著

而且，訓練了無數的歌士，

聽吧！

多數鬥爭者的昂揚之聲。

你們的嘴巴便噤錮[2]起來了嗎？

還是再歌詠呢？歌詠什麼呢？

如果是歌詠聖經的祈禱的文句，

便只有上帝可憐你吧。

一九三四・一二・一八

載於《臺灣文藝》，第二卷第六期，一九三五年六月十日

1　按：「錮」，偏旁「金」誤從「口」。

2　按：「錮」，偏旁「金」誤從「口」。

寄給郭公鳥

作者　胡裕胡斯
譯者　夢湘

【作者】

胡裕胡斯，僅知其原作〈寄給郭公鳥〉曾由夢湘翻譯，在一九三五年八月刊登於《臺灣文藝》第二卷第八、九期合刊，其餘生平不詳。（顧敏耀撰）

【譯者】

夢湘，僅知曾有譯作〈寄給郭公鳥〉在一九三五年八月刊登於《臺灣文藝》第二卷第八、九期合刊，其餘生平不詳。（顧敏耀撰）

躺在草地上
聽著你郭郭的叫聲：
好似由遠處又如由近處
也像過著一山又一山

你不過向山谷，祝頌著
太陽的光輝與花的事罷了
但於我是憶起了美夢多的少年的時代底事情

那是我在校中時代
澄清著耳所過的那聲音啦
於那聲音使我這裡那裡地
眺望空中、樹木、雜藪之中

為著探尋你我是屢次穿林
彷徨於綠草地
你是什麼時候都是我、的望、的愛

雖常憧憬地而來，總不得見著你

現在我也還為你的聲音澄清著耳鼓
為求那快樂時代再來
躺在荒野澄清耳；為你聲音

一九三五・暮春（處女譯）

載於《臺灣文藝》，第二卷第八、九期合刊，一九三五年八月四日

西條八十詩抄

作者　西條八十
譯者　劉吶鷗

【作者】

西條八十像

　　西條八十（さいじょう　やそ，1892～1970），日本詩人、作詞家、法文學者。生於東京府，先後畢業於櫻井尋常小學校、早稻田中學、正則英語學校（今正則學園高等學校）、早稻田大學文學部英文科。大學就讀期間曾與日夏耿之介、原朔太朗、佐藤春夫等組成「藝術詩派」，然而與其他幾位不同的是其詩風多幻想、空想、明快、華麗，並無一般象徵詩的幽暗。一九一九年自費出版第一本詩集《砂金》，進一步確立其象徵詩人之地位。爾後前往法國留學，學成歸國後受聘為早稻田大學法文學科教授。戰後擔任日本音樂著作權協會會長。一九六二年任日本藝術院會員。著作已集結為《西條八十全集》（東京：國書刊行會，1991～2007）。（顧敏耀撰）

【譯者】

　　劉吶鷗（1905～1940），見〈描在青空〉。

年

我想到北國去，
去會巨大的，美麗的冰河，
想把悲哀的歲月之花束
拋在月光的燦爛的胸上。

陰天，戀人裹著黑外套，
我們將跨著蒼白的馬。
在展開的路上鵪鳥啼著，

在夕陽中粉雪飛舞著。

戀人將失去紅色的昨日的小鞋，
在那裡春天將到，Digitalis 花將開哪？
不，我們還要靜聽那遠處響來的
幽微的黃金之鈴音吧。

那是山上的羊羣，
雖然頭上搖著智慧之鈴，牠們都是盲目的。
看牠們走過去的空洞的眼神，
牠們的神情多麼
像我的父親和母親啊。
不要流淚吧，戀人，
暫且，……牠們都消隱在山上的雲裡了。

戀人啊，下了馬吧，
這裡有我們底壯麗的冰河，
這是夜裡輝煌的水銀燈，是白晝的無言的燧石，
來吧，把我們祕藏的馥郁的花束拋擲吧。

薔薇，百合，薄荷花，罌粟，毛茛，
素馨，香的紫蘿蘭……
我們流著淚拋擲的花束
像星兒，像火兒，無限地飛舞著，
粉雪飄搖於夕陽中。

我們的腕累了，戀人的額上汗珠寶玉般煇煌[1]，
多麼美麗的冰河啊，
這安靜地負著我們的年齡的花束
永刼地凍結在青空之下。

我想到北國去，
再去會巨大的，慈愛的冰河，
啊啊，在那月光燦爛的胸上，
現在都無限地埋藏著褪色的少年時的花束。

桐花
想起來
也可怕
忘在
大理石的浴盆裡面
那桐花。

夜深後
尼姑們
都下庭去聚首。

什麼人
犯了的罪
在月暈
朦朧的時候。

---

1 按：「煇煌」意同「輝煌」。

空洞的
石盆內
桐花
多妖媚。

梯子

下來吧，下來吧，
昨日和今日
都懸在
木犀的林中的
黃金的梯子，
瑪瑙的梯子，
下來吧，等著哪──
嘴爛紅了的小鳥啊，
病了的鸚哥啊，
老眼的白孔雀啊。
月埋藏著，
青空凍結著，
就在木犀的黃花朽腐
而攀著瑪瑙的階段的時候。

下來吧，倚著哪──
色
光
留著遠的殘響
幻覺的獸類們，將往何處去？

等著的是

背著月
木犀花片所幽靜地
埋藏了的女人的跫音。

白天是寂寞的，
昨日和今日
都有幻覺的獸類們
綺麗地
在黃金的梯子上上下。

海上
數數星兒有七顆
金的燈台有九盞
白牡蠣雛在岩陰
無限地生，
但我的戀衹有一個
寂寞啊。

胸上的孔雀
如果忘了
幾時才捉得到，
從胸上過去的
孔雀之羣。

午睡的夢中
白色的月
無聲地昇上來，
而又沉下去。

在衰弱的
肋骨的阡陌間，
幽微地
風吹青麥。

踏著它
過去的孔雀，
一隻，兩隻，
朦朧的天空。

金絲雀
——忘了歌的金絲雀，棄在後面山上吧！
——不，不，那是不行的。

——忘了歌的金絲雀，埋在村後的叢林裡吧！
——不，不，那也不行的。

——忘了歌的金絲雀，拿柳鞭來打吧！
——不，不，那太可憐了。

——忘了歌的金絲雀，
坐在象牙的船上，搖著銀櫂，
浮泛在月夜的海上，
就會想起忘了的歌，

山上的母親
不時做的夢，

寂寞的夢，
月夜更深的
山上。

濡著
青色的光，
我的母親
祇是一個人。

草都不生的
石山上的
白白的跣足，
我思慕著。

流著淚招呼
都不響，
風裡搖的
祇有影子。

醒來總覺得
寂寞的夢，
月夜更深的
山上。

載於《現代詩風》，第一冊，一九三五年十月

白群

作者　不詳

譯者　白弄青

【作者】

不詳。

【譯者】

白弄青（？～？），臺灣日治時期新詩作家，以中文創作。現存〈黃昏〉（1937）、〈秋風〉（1937）、〈深夜〉、〈春日哀歌〉、〈希望之歌〉、〈戀歌〉（1940）等詩作。除〈黃昏〉登載於《臺灣新文學》雜誌，其餘皆在《風月報》上發表。（趙勳達撰）

徬徨著綠的山崗，
往那兒去呢？
雪白的羊兒。
是思慕了友人而去嗎？
汝……
白的羊兒，
思慕著那遠迢迢的山上的，
比雪還白的一群。
停住腳步吧！
在這曠野，
你若走到了山的頂邊，
就會看見呢，
看見那白的群，
就是幻滅在長空的，
長空的白雲。

載於《風月報》，第廿期，一九三七年二月十五日

足跡

作者　相馬御風
譯者　洪炎秋

【作者】

相馬御風像

　　相馬御風（そうま ぎょふう，1883～1950），日本詩人、歌人、評論家。本名相馬昌治，新潟縣魚川市出身，高田中學（今新潟縣立高田高等學校）畢業，進入早稻田大學就讀，一九〇三年與岩野泡鳴等人共同創辦《白百合》雜誌。一九〇六年從早稻田大學畢業之後，參與《早稻田文學》雜誌之編輯，並且與野口雨情、三木露風等人創設「早稻田詩社」，推動「口語自由詩運動」。一九一一年成為早稻田大學的講師。一九一六年返鄉歸隱，陸續發表許多童話與歌謠之創作。著作有《御風歌集》、《還元錄》、《大愚良寬》等。（顧敏耀撰）

【譯者】

洪炎秋像

　　洪炎秋（1899～1980），彰化鹿港人，著名詩人洪棄生之次子。幼年在父親教導下奠定深厚的漢學基礎。一九一八年短暫赴日本求學。一九二三年考取北京大學預科乙組英文班，兩年後升入本科教育系，一九二九年畢業，先後任職於河北省教育廳以及北平大學，中日戰爭期間任教於北平大學以及北平師範大學。戰後返臺任臺中師範學校（今台中教育大學）校長並參加參政員選舉。一九四七年因二二八事件被撤職，旋獲平反。爾後擔任臺灣省國語推行委員會副主任委員以及《國語日報》社社長，對於臺灣的「國語」推行，著力甚深。此外也曾兼任臺灣大學中文系教授，一九六九年當選立法委員。著作以散文為主，包括《閒人閒話》、《廢人廢話》、《又來廢話》、《忙人閒話》、《淺人淺言》、《閑話閑話》等。（顧敏耀撰）

從遙遠的海角，
雲峯高高地湧起著。

日是正午，磯頭兩人，
旅人正分了袂。

各自西東，踏砂而行，
足跡連續得很長。

足跡雖然連續得很長，
可是這兩人何時可以相遇？

一條砂上的足跡，
總也不久就得消滅。

旅人舉著篛笠，
暫時互相招呼。

從遙遠的海角，
雲峯高高地湧起著。

載於《北京近代科學圖書館館刊》，第四期，一九三八年七月

常青樹

作者　島崎藤村
譯者　張我軍

【作者】

島崎藤村像

　　島崎藤村（しまざき とうそん，1872～1943），日本詩人、小說家。原名春樹，別號古藤庵，又號藤生。生於長野縣築摩郡。一八八七年入明治學院，接受基督教洗禮，為《女學雜誌》翻譯介紹英國詩歌，結識北村透谷等人後，開始創作新詩。一八九七年發表詩集《嫩菜集》，宣告了日本近代抒情詩的成立，接著陸續發表《一葉舟》（1898）、《夏草》（1898）以及《落梅集》（1901），在一九○四年彙編成《藤村詩集》，詩作中歌頌勞動和愛情，要求個性解放。爾後陸續發表數本長篇小說：一九○六年出版《破戒》，揭露野蠻的封建身份制度和各種惡勢力，博得廣泛讚揚；一九○八年出版《春》，反映明治時期新興小資產階級知識分子的抱負和苦悶；一九一○至一九一一年間出版的《家》（1910～1911），描寫了遺傳以及性慾對人的影響，被視為自然主義的代表作；一九三二至一九三五年間出版的《黎明之前》（1932～1935）則描寫了明治維新前後近三十年的重要歷史事件，創作手法由浪漫主義轉為現實主義，兼具自然主義特點。一九三六年榮獲「朝日文化賞」。逝世之後由筑摩書房編輯出版《藤村全集》。（顧敏耀撰）

【譯者】

　　張我軍（1902～1955），見〈鼻子〉。

　　唉呀，雄偉哉悲壯也，
　　那常青樹的不落不枯！
　　常青樹的不枯，
　　比那百草千樹的黃落，

悲壯猶甚也！

掛在他梢頭的朝陽，

旋繞他枝幹的夜月，

為何行旅是這般迅速？

為何奔馳如閃電一般？

蝶兒舞，

花兒笑，

為何人世歡樂之日這樣短？

為何那陶醉會醒得這般快？

蟲兒在草葉間悲啼？頓時已見霜落；

鳥兒在潮音中驚惶，

頓時已見雪降。

金風高吹秋落寞，

大自然的色彩褪淡，

但是，大力沖貫雲漢；

那地軸還是終無靜息。

萬物枯乾得那般早，

竟不知有那麼長的寒冬；

這其間，你永遠是呼嘯著，

獨自矗立著，這是仗著什麼力？

白銀的花霏霏，

風雪的煙罩暗天色之時，

到處堅冰凍鎖，

江海也屏息吞聲之時，

你那綠蔭依然不敗，

淩空虎視著，這是仗著什麼力。

矗立罷，零丁的郊野的帝王！
傲然高高矗立罷，常青樹！
倘無你那久遠的春色，
山的壽命也將衰老罷；
倘無你那深沉的氣息，
谷的音響也將中絕罷。
晨朝有撲葉的雪雨，
暮夜有打枝的細雹，
在百草千樹一無所知的，
冬日的暴風中呼號的愁悶！
待到何時，
冰融雪化，
那葉上的淚珠兒，
才會消散？
唉，好罷，那麼：
雲兒飄起，
你就當他是無縫的天衣，
風兒吹起，
你就當他是不朽的神琴，
莊嚴地矗立罷，常青樹！
──直至枝幹也許摧折，
最後的色澤也許落盡之日。
唉呀，雄偉哉悲壯也，
那常青樹的不落不枯！
常青樹的不枯，
比那百草千樹的黃落，
悲壯猶甚也！

　　此詩原名〈常盤樹〉，作於明治三十二年，為先生二十八歲時所作，收
在《落梅集》中，距今已經四十四年。

　　　　　　　　　　　載於《中國留日同學會季刊》，第四期，一九四三年六月。

　　　　　　　　　　　　　　亦收錄於楊紅英編《張我軍譯文集（下）》

劇 本

愛慾（共四幕）

作者　武者小路實篤
譯者　張我軍

武者小路實篤像

【作者】

武者小路實篤（むしゃこうじ さねあつ，1885～1976），日本作家兼畫家。一九〇六年東京大學哲學科入學，隔年肄業。一九一〇年和志賀直哉、有島武郎、有島生馬等人創辦深具影響力的文學刊物《白樺》，標舉人類理想，批判自然主義，尤其受托爾斯泰、梅特林克（Maurice Maeterlinck）的影響，作品風格平易近人，富人道主義色彩。他在〈白樺運動〉一文中提出：「白樺運動是尊重自然的意志和人類的意志，探索個人應該怎樣生活的運動。」主張「通過個人或個性發揮人類意志的作用」，因而成為日本人道主義文學的代表。一九一八年在宮崎縣發起興建「新村」的公社運動，實地投入社會改革，但終歸失敗。昭和初期，撰寫《井原西鶴》等多部傳記與美術評論，同時發表文章支持日本對外戰爭，二戰後因此被開除公職，但仍持續旺盛的文藝創作。重要作品有《友情》（1919）、《愛與死》（「愛と死」，1939）；一九五一年獲頒文化勳章。東京的藝術社、新潮社、小學館都曾先後出版《武者小路實篤全集》。（許舜傑撰）

【譯者】

張我軍（1902～1955），見〈鼻〉。

介紹武者小路氏大作──〈愛慾〉引言

武者小路先生，名實篤，年四十歲。他是日本第一流的創作家，日本有了這位創作家，在世界的文壇，便可以爭到一個地位，這是我敢斷言的。他並且以「新村」的建設者著名。

我所讀日本作家的作品，未嘗受過如讀他的作品那樣大的感動──無論是〈未能力者之群〉或〈一個青年的夢〉或〈那個妹妹〉……等。

〈愛慾〉是一篇戲曲，登在《改造》新年號。他這篇大作一出，東都文藝批評界齊筆稱讚不已。試看左記諸氏在「新潮合評會」對於這篇的批評，就可以想見其一班了：

正宗白鳥氏說：「……到了這裡，方才覺得是接觸了有世界的文學的價值的文學——與其說是接觸了新年號的創作。」

藤森淳三氏說：「……對於〈愛慾〉，我無條件地佩服了。我感心了，心底想：武者小路氏何以能夠進到那步！」

宇野浩二氏說：「這篇作品是將武者小路氏向來的作品集大成的。」

廣津和郎氏說：「這一個月的創作，我大概沒有過眼，所以今天本來想要缺席，但是，因為讀了武者小路氏的〈愛慾〉，而且覺得讀了這篇便像有出席的資格，這才到來。對於這篇創作竟感動到這步。」

其餘各批評家盡說這篇是新年創作界第一位作品。

我現在要將這篇翻譯登在《民報》學藝欄，願我同胞平心靜氣地來和這篇大作接觸。譯文的笨鈍難免要多少削減原作的光彩，這是我不得不先向作者與讀者原諒的。

人物

　　野中英次（二十九歲）

　　野中千代子（二十五歲）

　　野中信一（三十六歲）

　　小野寺夫妻

第一幕

　　英次的房間，下午一點鐘頃。

英次　我的事請放心罷！因為我自己的事，我願意自己去打算。

　友　你不會幹那短氣的事嗎？

英次　誰會去幹那些短氣的事？看我是那樣的人嗎？

　友　你像很寂寞似的。

英次　我並沒有說不寂寞。但是，生乎今之世，哪裡還有不寂寞的人？還有不感著如獨自一個人被棄擲暗影之中的人嗎？究竟，現在的人，要信奉什麼才好呢？即使不能信奉任何物，也沒有去死的事。我對於自己還沒有看破呢！從此還想幹些什麼有趣的事咧。

　友　聽了這話，我也放心了！我們很信著你的將來呢！此刻讓你死去，在我們未免太難受啦！

英次　感謝你！然而，我是不死的。我也想死了倒快活，可是對於這人世，卻又抱著非常地強烈的留戀哩。也想做什麼事都沒有用，但是什麼事都不做也不好。我最近打算做出一點能夠叫諸君喜歡的事。

　友　請你決定試一試！

英次　可不知道辦得到不？

　友　是你，我想辦得到。

英次　我的內部，好像有勃勃欲活的「什麼」，因此，我非等到讓他活了，死不得的。

　友　大家都在佩服你咧。

英次　是嗎？我以為在給大家笑著呢！

　友　知道的人是知道的。

英次　可是無奈不知道的人多哩！而且，就是我自己也不盡以為我所取的態度是對的。我也以為那是太沒有志氣的話。我也想生氣或者才是應該的。而且我也想，所以沒有生氣者，是由於沒有志氣所致。

　友　然而，大家相信著你哪。不過，就怕你在寂寞的跟前失了力吧〔罷〕了。

英次　那用不著操心。便是我，看對方的來勢如何，也不想屈折自己。無論對方的來勢怎樣。也只有讓自己「活」吧〔罷〕了。這點，我是個個人生主義者。便是我，一時也窘了咧！因為在大家感到之前，雖是半信半疑，我經已先感得了哪。因此，大家感到之時，我已經打定主意了。而且不能夠讓好事家喜歡了。我還得了勇氣了。因為我又決了心啦。並且，我也在同情哥哥與賤妻。我想也並非無理。若當自己是在

過獨身生活就得了。

友　聽了你的決心，高興極了！大家也許可以放心了吧。那麼，失陪了。

英次　那麼，請問大家好！而且告訴他們說，我的事不用操心了。我所介意的，只是靠哥哥吃著飯這點罷了。正如讓大家以為我是因了這層，致不得向哥哥發脾氣，而受著侮辱一樣，我終於屈伏了。但是，好，愛這樣想的人讓他去想罷，其實也正如此咧。

友　那麼，失陪了。

英次　再來罷！

友　謝謝！

　　兩人退場，一會兒英次又登場，不安之狀，信一登場。

信一　英次！我有一點話給你說。

英次　什麼？哥哥。

信一　千代子君在哪兒？你要是知道，請告訴我罷！

英次　千代子可不是跟阿哥在一起嗎？

信一　千代子君就在前天到我那邊見我一面罷了。

英次　我這邊自從前天就不見回來了。我直以為是跟阿哥在一起哪。

信一　千代子君沒有什麼奇怪的地方吧？我正在操心哪！

英次　我並不是千代子的看守呀。法律上許是千代子的男人吧。然而，事實上我和千代子是絕無相干的人呵。千代子的事我不知道。

信一　千代子每常說著誇獎著你呵。

英次　千代子在我的跟前，沒有誇獎過阿哥的事呵。

信一　請你不要事事盡來得佻皮！是我不對，所以沒有什麼話說，但是，今天我著實掛念著。

英次　我固然也尊敬阿哥，可是我知道阿哥是個弄策略的人呵。阿哥所說的話，我是不能夠正面去相信的。譬方吧，我會這麼想，便是阿哥帶了千代子，來到那拐灣（彎）的地方，阿哥尚且會泰然地說出像剛才阿哥所說的話——阿哥是這樣的人，所以我不能夠跟阿哥在一起掛念著千代子的事。

信一 被你這麼一說，我倒無一言可對，但是，究竟千代子君呢？

英次 請不要什麼千代子君了！固然，願意加一個「君」也可以請便，但是，請你不要故意似的叫。因為我是認千代子作阿哥的女人的呀。

信一 那麼，千代子君的話不再提了。但是，你確鑿不知道千代子君的下落嗎？真了不得！老是感著好像有什麼駭人的事，在什麼地方出現了似的。覺得像是千代子此刻就要鮮血淋漓地跑了出來似的。

英次 將從這欄杆的下面吧。

信一 不是那樣說。

英次 也不能以為不是那樣吧？

信一 千代子懼怕著你呵。

英次 千代子懼怕著的人是阿嫂吧。

信一 你在疑心田鶴子嗎？

英次 沒有在疑心你的床底下。但是，能夠看見阿哥認真地掛念千代子的事，這在我實在是出乎意料之外。我這麼想著：什麼千代子，在阿哥不過是十幾個女人裡頭的一個吧〔罷〕了。

信一 看我是那樣的人嗎？

英次 怎奈你是紅冠一代的優伶呢！對於女人大概不曾有過什麼不自由吧！

信一 我只求得千代子沒有死就好了。

英次 阿哥以為千代子或者真的是死了嗎？以為或者被什麼人殺了嗎？

信一 沒有這麼想。可是，昨天作了奇怪的夢哩。

英次 千代子的夢嗎？我直以為千代子是和阿哥在一起呵。

信一 說是作的夢，千代子好像告訴我，被你殺了似的話，在這個房間。

英次 在這間房子，也曾想過要殺伊，可是殺不成的。

信一 千代子這樣給我說，在半夜裡伊曾看了你在瞧著單刀哩。

英次 也許有過那麼一回事。想到那裡，我於是乎能夠全部的愛伊了，併千代子的缺點。那是因為千代子，那時，當那時全部的動彈了啦，因為當那個家伙在愛我時，不能夠懷疑那個心兒啦。

信一 那個家伙確鑿在愛你。倘若得你嚴重一點監著，伊就陷到這步田

地──有一次伊對說了這樣的話。

英次　那個家伙怎麼樣的都敢說哪。我不知道有多少次受過那個家伙希望我的死哩。女人不做到寡婦是不能享福的，這是那個家伙的口頭語。那個家伙還望著阿哥的死呢。我也曾經從心裡怕被那個家伙收拾這條命。可是，那個家伙，心腸又是柔脆，所以我要稍微傷了指頭，便大驚小怪起來，好像我受了有危及生命的大傷似的而哭泣，且替我操心。那個家伙，死這類的事是做不到的。

信一　但是伊給我說過，說覺得好像將被什麼人殺死似的。

英次　那是那個家伙的自誇呀。想說一說那樣的事，是那個家伙的癖呢！

信一　那麼你是想那個家伙是活著吧！

英次　不用說是想伊是活著呀。但是，便是死了。阿哥也並無何等不得了吧！

信一　死了就糟糕！死了你不要緊嗎？

英次　倘得伊死了，我想那倒好。不過，在我無論怎麼說，那個家伙是唯一的女人。──雖然是一個沒定性的。[1]

載於《臺灣民報》，第九十四、九十五期，一九二六年
二月二十八日、三月十四日

---

[1]　按：本文中止連載，未刊畢。在《臺灣民報》第 96 號（1926 年 3 月 14 日）〈餘錄〉云：「前號所載〈戲曲：愛慾〉因有特別事情，不能續稿，請讀者原諒。」

蟲的生活（序曲、三幕、終曲）

作者　不詳

譯者　孤魂

【作者】

不詳。

【譯者】

孤魂，見〈是社會嗎？還是監獄嗎？〉。

場面

序曲　　森林之中

第一幕　蝴蝶的世界

第二幕　爬蟲的世界

第三幕　蟻的世界

終曲　　死與生

登場人物

浮浪人

昆蟲學者

克里低 ⎫

爵　陶 ⎪

佛衛里克斯 ⎬ 蝶

伊里斯 ⎪

佛克督爾 ⎭

蛹

甲　蟲

甲蟲之妻

第三甲蟲

馬尾蜂

馬尾蜂的女兒

蟋　蟀

蟋蟀之妻

寄生蟲

其他的昆蟲多數

時間係的瞎子

技師長

次席技師

發明家

傳命　　　　　　　蟻

信號士官

新聞記者

慈善家

黃色軍總指揮官

其它

第一

第二　　蛾

第三

第一蝸牛

第二蝸牛

樵夫

女

學校生徒等

序曲（森林之中）

　　浮浪人放開手足睡在森林之中。身邊放著酒瓶。很多的蝶兒在舞臺上飛來飛去。昆蟲學者手提採集網出來。

　　昆蟲學者　　在那兒飛著！在那兒飛著！真是美麗的標本：亞巴洲納・伊

里斯啦──亞巴洲納‧克里奢啦──水色的蝶兒，艷粧的貴婦人，你少待些，我要將你拿住！你要飛到那兒去──獸子，你怎麼不少待些！呵！給牠走了──呀！有人在那兒，牠們要歇在那個人的身上，好！留神！不要驚動牠，躡足走！一，二，三！

　　一集蝶兒歇在浮浪人的鼻尖，昆蟲學者用採集網輕輕的打了一下。

浮浪人　　喂！你在幹什麼？要拿蝶兒嗎！

昆蟲學者　你不要動！你不要動！牠要再歇了。真是奇怪的東西，我以為要歇在泥土上或塵埃的裡頭，怎麼還飛來歇在你那邊。

浮浪人　　饒了牠吧，牠們那樣才能得到快樂的啊！

昆蟲學者　可惜，可惜！給牠走了。呵！飛了，飛了。

浮浪人　　罪過！罪過！請你饒了牠吧……

　　昆蟲學者向右走過去。浮浪人伸開兩腕取了空瓶呷了一口，嘆了一口氣，跟了站起來，而又再倒下去。

浮浪人　　（向觀眾說）不要緊──不要緊！你們可用不了替我憂慮。一定不會負傷的。我知道你們的意思──在你們──在你們之中也有以為我是醉著酒的，這是沒有的事──這未免是很卑鄙的見解──你們的見解不過是這樣吧。你們是不知道蹌蹌跟跟【踉踉】的我的事情，敢不是這樣嗎？我是像一個大木，或是像演戲的主人翁那樣倒了下去的。我就是在練習人類滅亡的戲呢！人類滅亡！就是你們的好寫照吧！啊！你小花們──你們沒想我是醉酒吧？你們未免過於尊敬了我！我是人，所以我是萬物的靈長啦！你們知道嗎？人類是個很偉大的呢！「那麼進來吧……」世間的人們對我說的就是這樣。倒是很趣味！「將那唐鞍給我掃個乾淨吧！我給你壹百錢。」他們是這樣的。人們老實敢不是很偉大的嗎？

　　他將自己的身軀取了一個體勢。

　　昆蟲學者由右邊出來。

昆蟲學者　兩隻──很美麗的蛺蝶。

浮浪人　　請你不要幹那樣的罪過！先生！他們在那樣快樂地遊戲著，你拿
　　　　　牠們要幹什麼？

昆蟲學者　遊戲？喂！你真是沒有科學的知識。那是謂之「自然之法」的序
　　　　　幕，自然要保持增殖的平均，自然是有自然的法則，像你說的
　　　　　「遊戲」那是序曲。男性追女性。女性要誘惑啦、拒絕啦──或
　　　　　是選擇──那是性的永遠的循環啦！

浮浪人　　先生！你到底拿了牠們是要幹什麼？

昆蟲學者　要幹什麼？那是我有將昆蟲分類、做表、完全地將牠集起來的必
　　　　　要。若採了蝶兒，將牠殺了，仔細地用針釘了，再將牠乾燥起
　　　　　來！使牠不要落了粉，再使牠不要染了塵埃、吹了風，而且還要
　　　　　用些香加里。

浮浪人　　為什麼要這樣幹呢？

昆蟲學者　為著愛自然──你若像我這樣愛著自然──啊！留神──不是我
　　　　　不要說──又給牠走了。不要緊，我再拿住牠給你看，你少待
　　　　　些。

　　　　昆蟲學者退場。

浮浪人　　諸位先生是個很有用的人。而我呢？這個我是個醉漢，但是詳細
　　　　　地想起來也不全是我的眼目的所為。

　　　　　什麼都成雙，什麼都成對。

　　　　　空中有小鳥兒……我看得很詳細。

　　　　　唷，唷，唷……怎麼樣……那一夜守著不離。隨牠吧。噯喲……
　　　　　蝶兒再來了。

　　　　　做什麼把戲──說得很好聽，牠們是拚命地戀著嗎，但是一定有
　　　　　一日會達到了目的吧！

　　　　　牠們都是做著同一樣的事，不然就是想著同一樣的事吧……你們
　　　　　知道女性是要順從男性的事麼？──若是不知道就飲了一杯吧。

　　　　　是的，那就是世界啦！是浮浪人的我，看看發生在這個世界的事
　　　　　物也不是沒有用吧。

第一幕　胡蝶的世界

一個山丘，有很多的花和幾個美麗的坐毡，中央有一個小卓【桌】子，那周圍有高背的椅子，冷的飲料和插有麥藁的玻璃杯。

浮浪人　呵，呵！很美麗，很美麗！真是可愛的世界，完全是樂園——不錯——完全是樂園！哼！好香氣！那是奧羅古崙的香氣吧。

克里低笑著走了出來，爵陶隨後追了出來。

爵陶　我愛你呀！克裡低！（兩個人走過去）

浮浪人　蝶兒嗎？是的，是的，蝶兒在那兒遊戲，我暫時在這裡看看牠吧，若是不許我在這裡——也可以無用憂慮，不過被牠們趕了出去吧〔罷〕了，暫時在這裡睡一個覺吧——這裡確實很清爽——在這裡睡一睡吧。（他取了幾個坐毡排下，用疲乏了的口氣說）就這樣吧——不錯。

詩人的蝶子佛衛里克斯登場。

佛衛里克斯　（熱心地）伊里斯！伊里斯！你在哪裡，伊里斯！我想要給你作詩！

我的一切願望　是美麗的伊里斯……

這個不好，平凡，平凡。

我所憧憬的明星呀！

伊里斯！光輝光茫【芒】的伊里斯

這也是不大好，是的！若能拒絕了我這個熱情，一定會寫出很好的哀調的詩來，譬如不是這樣：

卿卿之心如邪而冷落，我願以溫情柔卿之心（裡面發出笑聲）

誰的聲音！一定是伊里斯（牠立向舞臺的側邊用兩手蒙面）

伊里斯出來，佛克督爾也隨出來。

伊里斯　只有你一個人在這裡嗎？佛衛里克斯先生！你怎麼這樣悲哀，好像是繪在畫的□□□□[1]。

1　原刊此處殘缺空白。

佛衛里克斯　啊！是你嗎？我思不出是你。

伊里斯　　你怎麼不到那邊去？那兒有很多標緻的姑娘。

佛衛里克斯　大概你也知道吧——我對別的姑娘是沒有趣味。

伊里斯　　真是怪人——這是怎麼說？

伊克督爾　「是個採花的男性」若是這樣說，你是對那些姑娘還沒有生出趣味來吧。

佛衛里克斯　老早就沒有趣味了。

伊里斯　　佛克督爾先生！你聽見吧？他以為是在我的面前他便說出那好聽的話來，不要管他，頑固兒，請靠到我這裡來……不是這樣——靠到我身邊來吧，靠我的身邊敢不是這樣？我的好人兒，你說給我聽吧，你真的對女性己【已】沒有趣味了嗎？

佛衛里克斯　是的——我對那些姑娘真是討厭極了。

伊里斯　　（嘆息）呀！男子真會議【譏】諷人。男子誰也是這樣，盡力地將人家玩弄了，然後就是這樣說（學佛衛里克斯的聲調）「我對那些姑娘真是討厭極了！」做女子真是可怕。

佛克督爾　怎麼說？

伊里斯　　我們女性對戀愛是一些兒也不會有飽厭的，佛衛里克斯先生！你有沒有經過什麼苦味的經驗？你的初戀是在那時？

佛衛里克斯　我不知道，不，我是忘記了，是很早的事情，那時我還是學生時代。

佛克督爾　啊！你原也是個毛蟲吧，食過了樹木的葉。

伊里斯　　是的，是的，是個可愛的毛蟲，那你的對手是個黑色標緻的姑娘吧。

佛衛里克斯　是的，是位很標緻姑娘，好像……

伊里斯　　好像什麼？

佛衛里克斯　像你這樣標緻！

伊里斯　　那個人愛著你嗎？

佛衛里克斯　我不知道，我還沒有和她說過話。

伊里斯　　　　那麼將那個人怎麼了？

佛衛里克斯　　我是在遠遠地眺望著她。

伊里斯　　　　坐在綠色的葉上嗎？

佛衛里克斯　　做了詩或文章──寫了我的處女作的小說。

佛克督爾　　　毛蟲所食的樹葉真是驚人的數量。

伊里斯　　　　佛克督爾先生，請你不要說話呀！你看他，他在流淚呢。

佛克督爾　　　流淚？呵！可憐蟲！

佛衛里克斯　　不是，不是，我不是流淚。

伊里斯　　　　那麼你給我看一看，向這裡來──快些。

佛克督爾　　　一，二，三，四──啊！人真是忍不住了。

伊里斯　　　　佛衛里克斯先生，我的眼兒是什麼色？

佛衛里克斯　　是藍色──像天空的。

伊里斯　　　　你的眼兒是鳶色呢──金鳶色呢，我最討厭的是藍色的眼兒，我總是覺得很淡冷。克里低敢不是綠色的眼兒？你敢不是很愛克里低的眼兒？

佛衛里克斯　　克里低的眼兒？我不知道，是──很縹緻眼兒吧。

伊里斯　　　　但是她的腳不是很肥大麼？你們討人對女性怎麼那樣沒有判斷力。

佛克督爾　　　你曾讀過佛衛里克斯先生近日出刊的詩麼？題名是〈春的詩選〉。

伊里斯　　　　趕快！請你讀給我聽吧。

佛衛里克斯　　使不得！使不得！你不可讀給她聽，那個詩是很不好──更是一個舊作──我老早就離開了那你【樣】的詩境。

佛克督爾　　　詩題是〈永遠之生〉。

佛衛里克斯　　請你不要讀吧。

佛克督爾　　　（讀）

　　　　　　　沒有真誠，

　　　　　　　天地創造之初便是虛偽之世，

卿卿和我之偽，

戀成之日花蕾爆開。

伊里斯　　　真是機感，佛克督爾先生你以為怎樣？「戀成之日」是什麼？
　　　　　　佛衛里克斯先生。

佛克督爾　　那就是所謂戀──是由拉丁語生出來的文句──是說戀要達到
　　　　　　目的。

佛克督爾　　那就是所謂那目的。

伊里斯　　　呵！佛衛里克斯先生你真是討厭的人呢？我很怕你了。

佛衛里克斯　有什麼可怕，這不過是劣拙的詩吧。

伊里斯　　　你怎麼說是劣拙？

佛衛里克斯　那首詩是沒有真誠的熱情。

伊里斯　　　佛克督爾先生，你能給我找扇子麼？

佛克督爾　　是，若是我妨礙著你們。（佛克督爾退場）

伊里斯　　　快些，佛衛里克斯先生──你快說真實的事給我聽吧，快，趕
　　　　　　快，什麼都說給我聽吧。

佛衛里克斯　伊里斯，你怎麼和那樣的人往來？那個打馬屁、那個戴高禮帽
　　　　　　的採花蜂！

伊里斯　　　說佛克督爾嗎？

佛衛里克斯　那個人是常常抱著惡劣的心意，無論是對戀愛、對你、或是對
　　　　　　什麼事。

伊里斯　　　可憐──他是一個很有趣味人呢！那麼不須管他，我們來談談
　　　　　　詩的話吧。我是很愛詩的……
　　　　　　「創造之初便是虛偽之世」你真是很有才能的人呀……
　　　　　　「戀成之日花蕾爆開」佛衛里克斯先生，詩人真是很有熱情的
　　　　　　呀！不是這樣嗎？

佛衛里克斯　伊里斯！我寫在那裡面的事情是經驗了很久。

伊里斯　　　但是我想那個「戀成之日」的文句，若是那不那樣下品的意思
　　　　　　那就很好，若能那樣我無論什麼事，當真的無論什麼事我都忍

耐得來。佛衛里克斯先生！你對女性一定是個溫情的人，假如我允許你接吻之時，你一定不會說出那樣討厭的話吧，對不對？

佛衛里克斯　伊里斯！老實我實沒有那樣勇氣敢斷然對你接吻。

伊里斯　沒有勇氣是不中用的，要是意志薄弱決不念【會】成功呀——到底那首詩的【是】為誰而寫的？是給克里斯低嗎？

佛衛里克斯　不是，決不是

伊里斯　那麼給誰？

佛衛里克斯　也不給誰，當真的，都不是給誰寫的，不如說是給全世界中的女性所寫的。

伊里斯　唔！全世界中的女性——佛衛里克斯先生！你真是個可怕的放蕩人，我要問你一句話——那，那你的（低聲）你的可愛的人兒是誰？

佛衛里克斯　你是不可說給他人知道——真的不要說給人們知道才好。

伊里斯　決不說。

佛衛里克斯　還沒有愛過一個人——我沒有撒謊。

伊里斯　你真說得出這樣謊話來！你敢不是向一般的女性都是這樣說嗎？佛衛里克斯先生！我什麼都知道呢，你真是個可怕的人。

佛衛里克斯　伊里斯！請你不要取笑我吧，我在我自己的想像之中，有很苦的經驗呢，而且有很可怕的絕望，無數的戀感事件，但這不過是夢中之事。可是夢幻就是詩人生命呢。我是知道一切的女性，然而卻不曾認識過一個女性——這是確實的。

伊里斯　那麼你怎麼說對女性厭飽了呢？

佛衛里克斯　伊里斯！無論什麼人其最心愛的人，就是其所貶斥的人呢。

伊里斯　你是說那黑色的姑娘吧？你是愛滑里低——那個貓兒吧。（以下連續）[2]

載於《明日》，第三期，一九三〇年九月七日

2　按：本文中止連載，未刊畢。

黑暗（獨幕劇）

作者　前田河廣一郎
譯者　張我軍

【作者】

前田河廣一郎像

前田河廣一郎（まえだこう ひろいちろう，1888
〜1957），宮城縣人，日本小說家。一九〇五年宮城縣
立第一中學校（今宮城縣仙臺第一高等學校）肄業後前
往東京，師事知名作家德富蘆花，參加新紀元社。一九
〇七年在德富蘆花的支助下，赴美半工半讀。一九一一
年任《芝加哥晨報》的「日本文壇」主筆，並創作英文
小說。一九一六年任紐約日本人會幹事。第一次世界大
戰後任《日美週報》總編輯。一九二〇年回國，任《中外》總編輯，發表《二等
船客》，博得好評。厥後成為《種蒔く人》（播種人）與《文藝戰線》之同人，在
左翼文學陣營十分活躍，曾與被稱為資產階級文學代表者的菊池寬發生論戰。太
平洋戰爭期間，疏散至千葉縣，任職於千葉新聞社。晚年專心研究德富蘆花，著
有《蘆花傳》等。代表作還有《紅馬車》、《麵包》、《大暴風雨時代》、《支那》、
《十年間》等[1]。（顧敏耀撰）

【譯者】

張我軍（1902〜1955），見〈鼻子〉。

時代　某時代的俄國
地點　一個闊綽的大屋子
人物
　　父親（沒有出臺）
　　姑娘　奧爾葛

1　楊紅英編：《張我軍譯文集（下）》（臺北市：海峽學術出版社，2011年），頁69。

廚子　杜米特利

聽差　尼基達

怪客

青年　瓦斯利

憲兵三個

工人多人

舞臺

　　笨重的，家紋已散碎的，弊【敝】舊的官舍。

　　右首²置一大鋼琴。剛【鋼】琴上方的壁上有燭臺，插著兩支蒼白的長蠟燭。兩燭臺中間，在稍為上方，有古派的油畫的肖像畫。是這一家的主人的半身像。鋼琴和壁之間置一桌。上置音譜。

　　中央最後面是壁，其前有小型的桌子，以及油亮亮的椅子之類。壁的兩端有厚門，左通大門口，右通餐廳。壁上也有一兩件油繪和古式武器之類，散見於高燭臺之間。下首，便是一個大壁爐。左端兩窗，面向比此屋低一階的街道。其下置沙發。

　　中央稍前方有大柏木桌。上置函件、鵝毛筆、報告書之類、椅子。

　　壁爐額（Mantel－piece）上置一座鐘。此外如用於吸煙的用具之類。

　　時候正是初秋，日近黃昏。淡紅的夕照從窗間射入。地板上鋪著織成花紋的絨緞。從開幕稍前，就微微發出鋼琴的聲音。（如其是哲科夫斯基的《幽格涅·奧涅銀》的一節，更好。）

姑娘　　（停止打³琴，在薄暮中昏昏沉沉地想著）……他為什麼不來呢？──從前天起，壓根兒就不露個臉。像那樣一⁴句話不說，一說起話來，說到第二句，就在那湖水般澄清的眼底，罩上薄淚的

───────────────

2　按：「首」，《張我軍譯文集》誤作「手」，原刊無誤。

3　按：「打」，《張我軍譯文集》改為「彈」，此據原刊本。

4　按：原刊此處有衍字「一」。

霧。——是了，他一定又是老想著一樣的事，說我事事猶豫不決啦、
什麼啦。自從前天那一會兒，一直到昨兒……今兒，唉，我真沒有想
到一天是這麼長、這麼長……唉，斯瓦利，我怎麼好呢？怎麼好呢？
你知道我是這樣地難受嗎？（啜泣）

屋中的不定那裡發出鈴聲。

姑娘　來了，來了！

聽差　（從右邊的門出來）小姐，點燈罷？

姑娘　這到〔倒〕不用忙。你快到門口瞧瞧！

聽差　是。（從左門下去）

　　　姑娘從左邊的窗子往外看。大門口有人聲。

聽差　（推開門）你還在這裡等著？您要是約好了，就是等著也可以。——
不過您瞧瞧，就是小姐一人在家哩。

怪客　（開始脫外衣，但是好像重有所感似的，又把它穿上）喲，小姐嗎？
（側近小姐，想要拉起皺【皺】著眉頭的她的手接吻，但是躊躇一
下，把腰彎下去了。）

姑娘　（向聽差說）那麼，就把燈點上。

聽差　是的，就點去。（往左門退去。當門開的時候，漏出盤碟⁵玻璃杯類的
聲音。飯廳已點著燈。）

怪客　我說小姐，我從先前就在街上等著老爺啦。（以手撫弄帽子）今兒晚
上，不會有宴會或者會議之類罷？實在是因為有點緊急的事……。

姑娘　那我可不知道。今兒晚上一定得遲些回家也說不定哩。——要是什
麼，您有什麼事就告訴我可以嗎？

怪客　不，這倒可以不必。那麼，回頭再——您還得吃飯，就我等一等再來
打擾吧。我想一想……唔……可是有一件要緊的……（故意似的從衣
袋中掏出一封介紹信）

5　按：原刊於此處有衍字「破」。

姑娘　嗳唷，怪黑的！─尼基達幹什麼去了？請您等一等，我去看看就來。

　　　（姑娘從右邊往後面去）

　　　怪客巡視室中一遍，一邊點著頭，一邊拿起筆來，不知道寫了些什麼在那裡，從左門出去。大門口發生笨重的關門聲音。

　　　怪客又躡足走進來，伏在大鋼琴下面。

聽差　（手上拿著蠟燭進來）嘿！奇怪。──不在。許是走了罷？那麼，大門響的聲音，就是那個人開的了？（在一條一條的蠟燭上點火）這人可是很怪的。

姑娘　（從飯廳出來）怎麼啦？

聽差　小姐，那人不見了。瞧他那樣是很急的，所以一定是等不了，跑了。

姑娘　唷，真是怪人！

聽差　（正要移燈到右端壁上的燭臺而走著，忽然發見桌上的紙片）唔，還是走了。還籤【簽】著名字，說是從薩辣多夫來的。

姑娘　這種人趁早走了好。反正不是什麼好東西。──那一副怪眼睛，那像德意志人的紅鬍子。真有些叫人惡【噁】心。

聽差　那樣的人裡面，常常有虛無黨哩。（微笑）

姑娘　說到虛無黨，我真想見識見識。

聽差　這先不說，我說今天晚上，老爺許回得晚罷？可還沒告訴廚子哩。

姑娘　我不曉得。我先問你，今天沒有另外來什麼客人吧？

聽差　您今兒一天在屋裡也知道的，誰也沒有來。

姑娘　信也沒有？

聽差　任何學生打扮的青年也……（笑）

姑娘　討厭的尼基達。你到那邊去罷。我還要打[6]鋼琴哩。

聽差　我說，您可別再彈那些法蘭西革命歌了，老爺聽見了，可又要挨說哩。

6　按：「打」，《張我軍譯文集》改為「彈」，此據原刊本。

姑娘　你管得著嗎？（走向鋼琴。突然大門口的鈴聲。聽差手拿蠟燭，從左門下）

姑娘　（急忙走到窗前，關上木柵）瓦斯利來了，一定的。

　　　青年從左門入。聽差在大門口點燈，不登臺。

姑娘　等急我了！我是怎樣地等著你呵！瓦斯利，我的愛，我（愛）的只有一個的瓦斯利！（兩人接吻）

　　　有頃。

姑娘　怎麼啦？——你臉色可是蒼白的呵。手這麼冷。噯唷，渾身發抖！什麼事情？你說罷！瓦斯利，怎麼啦？……你在氣什麼？

青年　奠【奧】爾葛，我——唉，不能說。這樣的事，即告訴你，有什麼好處？幾點鐘了？我，我是見你一眼，同你告別的……。

姑娘　告別？你說什麼？那麼不吉利的話！

青年　還是別了好，反正是一定得別一次！好罷，奠【奧】爾葛，你修【聽】好，請你一乾二脆的忘掉我罷！只當是沒有遇見我，你也就不會有什麼難受了。再則，一度見面，來這麼一趟萬分難受地分手，這不久也許就會忘掉了。……一天，兩天，三天——，這樣地日久月深，無論怎樣要好的情侶，不久也就被入投【投入】忘卻的海裡了。老說實【實說】，我是不打算來的。但是……無論如何，我的心還是軟的。不，是愛情太強了。這兩條腿，不期然就一步一步地走到你這裡來了。已經沒有時間了！

姑娘　那麼，你要上哪兒？

青年　……

姑娘　你這些日子的情形，我一點也不明白！究竟你想你放下我[7]到哪裡去？無論有什麼事情發生，咱們不是應該到天涯海角也一起走的嗎？——瓦斯利，你這些日子，有什麼秘密著不讓我知道的罷？你說

7　按：原刊於此處有衍字「能」。

罷！請你說！咱們倆，再不能像以前那樣，快樂的事情、愉悅的事情、以至於經過心中像拿刀子剜了那種痛苦之後，再用眼淚去浸潤的時候那種無可言喻的欣喜，再不讓咱們倆享受了嗎？而且我一個人，不得不永遠抱著這個小小的心的痛苦活下去嗎？——瓦斯利，你還想著咱們的階級的不同罷？一定是那麼的。一定是的。……儘管我是這樣地想著你！（倒在青年懷中哭泣）

青年　（坐立不安地頻頻瞧著鐘）這是沒有的事。實在是因為我忽然被這個地方驅逐的。現在我無論如何非到車站去不可。

姑娘　我不信，我不信你的話。——

青年　學校是昨天開除出來了。已經下了出境命令，所以這一帶，也許已經有便衣跟著我了。

姑娘　那麼我就告訴我父親，讓他說去，不要他們有那麼混蛋的事。好罷，你就同我父親見一面？

青年　（轉過臉去，視線正與從左門露出臉的聽差相觸，陡覺駭然）我說，你父親……今兒晚上許回得晚罷。

聽差　（咳嗽）對不起！小姐，今兒晚上有客嗎？（姑娘離開青年）

姑娘　有的，就是一位。

青年　那，那，無論如何，我——是不能那麼樣的！（起身要走。姑娘忙著拉著他）

姑娘　尼基達，你在那裏愕什麼？我叫你去就去，趕快給我預備客座去！

聽差　是，是，是的。（往右後下臺）

姑娘　咱們這麼說著話，我父親的馬車就回來了。反正他離開衙門回來，一路上總得到一家兩家坐一坐，不過……那趕車的尼科來你認得罷？把帽橫著帶，紅著他那禿鷲似的鼻尖，用很能幹似的手勢，向空中抽那鞭子。再說我父親，大家對他都在說長道短，其實那都是衙門裡頭的事哩。他雖然掛著一副怕人的面孔，他的心可是好比似嬰孩般單純。

　　　　好罷！無論如何見一見他！

青年　（狂囈般）見！見！……唉！可是，馬車也快來了罷？

　　　　這時候，廳的門稍開。

姑娘　這就來了。——聽，那馬蹄也許就是哩。是不是，瓦斯利，拿出勇氣
　　　　來！你千萬不要因為他是一個官兒，想著那些階級一類的事。心裡想
　　　　著什麼就說什麼，像個大丈夫樣真實地說罷！

青年　拿出勇氣，勇氣……正是那勇氣！（忽而把她推開，要往大門口跑。
　　　　姑娘從後面拉住他）

姑娘　幹什麼那樣拚著命，往哪兒跑？

青年　我再不能這麼著！大家等著我哪！奧爾葛，撒手罷！

　　　　姑娘猛然跳開，伸開兩手，擋住走往大門口去的門。

姑娘　不許你去！不許你去！你一定有什麼瞞著我。你若不說出來，我不讓
　　　　你走出這個門！

　　　　青年從衣袋中取出一信，感極而泣。

青年　……理由就寫在這裡！請你待我離開這個屋子三分鐘之後再看！以後
　　　　呢，是的，以後要怎麼樣都可以。你肯嗎？一定等到三分鐘。

姑娘　（哭泣著）如果那，是為了咱們兩人的幸福……如果不那麼做，咱們
　　　　的戀愛就不能成功……那麼。

青年　（露出果決的氣色）奧爾葛！你是那樣的愛我嗎？那麼，我就通盤托
　　　　出告訴你罷。——聽著罷！人世之上，有一種人，自以為是做著正當
　　　　的事，可是那在別的人看來，未必不是做著非常壞的事的。那個人，
　　　　一如歷來世人所做那樣，一如世人以為那是可以似的，一如所謂法律
　　　　也者所規定著，總之，一概依靠那個去想，而又依照他所想去做，而
　　　　也許被政府認為偉大的人物罷。一如你剛才所說似的，你的父親……
　　　　甚至你那父親，那樣成了工人和農民的詛[8]罵的中心，可是一旦回到

_____

8　按：「詛」，《張我軍譯文集》改為「咒」，此據原刊本。

家裡，卻又單純有如嬰孩了！而且他，即在表面上，當他作工廠的規則的時候怎麼樣？賣給農夫的土地？只消那農夫支不起地價的利錢，立刻就把那可憐的農夫作為奴隸了！是不是？你可別生氣，這只是一個例罷了。這是組織不好，是深入人心的，這個可恨的，枷鐐手扣[9]似的組織不好！理由就寫在這裡面。請，請，請你走開！

姑娘　……那麼，噯唷，瓦斯利……你是要把我父親！瓦斯利，瓦斯利，你明白告訴我罷！——只有你，總不至於——唉！我在想什麼呢？那裡會有那樣怪事！是罷，瓦斯利，只消一句就行，請你在離開這裡以前，那麼說一句叫我放心罷！

青年　不能說！我沒有那樣超人的力量！

姑娘　對這樣愛著你的我，也……？

青年　（哭）就壞在這個愛！……唉！我本來是沒有享受什麼戀愛之類的奢侈品的資格的呵！

姑娘　（將手中的信撕開）那麼，我就要看了！

　　青年慌忙地抱住他的手，這時候伏在鋼琴背後的怪客站起來，從外衣的衣袋中掏出手槍。

姑娘　（一邊讀著一邊大聲叫嚷）呵！要把我父親……

　　這時候，轟然發出手槍聲。就在這個當兒，青年脫開姑娘的手，不顧她已昏倒，像流彈般奪門奔出大門口。聽差從左門出，手持冒著煙的手槍，看了倒在鋼琴之前的怪客一眼，趕緊跑到奧爾葛倒臥的地方。拿燈仔細地照了姑娘的體軀，又用兩手把她扶起來，讓她睡在沙發上。

聽差　可真危險極了！元來是個間諜呵！——小姐，小姐，還沒有醒過來嗎？（頻敲她的手）

廚子　（從左門跑出）怎麼啦？什麼？尼基達，小姐被誰打了？

聽差　杜米特利，水，趕快給我拿水來！

9　按：「手扣」意同「手銬」。

廚子　怎麼，只是暈過去呵？（從右門下）

聽差　（側耳聽著外部。撿起脫開自姑娘手中的信，放到燭臺上燒掉。燒完即將紙灰丟到壁爐內。）

聽差　還沒有呵？──（以手遮耳）壞事了嗎！真是，那麼一個鬥志堅強的青年，碰到這樣的情網，也沒有辦法了。好！這回我可要接過來幹了！（重看手槍）

廚子　（用玻璃杯盛水來）你，那個槍是怎麼來的？

聽差　晤【唔】，這個嗎？這是老爺發給我的，例如虛無黨的人們，像這樣地（手指鋼琴前的客）不知不覺之間偷偷跑進屋裡，險些要了小姐的一命之時──老爺就是為應付這種時候發給我的。

　　　兩人向奧爾葛灌水又呼喚她，要使她醒過來。姑娘逐漸蘇醒。

姑娘　（頻伸其雙手）尼基達，信呢？那個人──瓦斯利呢？

廚子　不怕了，小姐，那個什麼瓦斯利的王八蛋，你瞧，尼基達已經把他解決了。再也不必擔心了。況且老爺也就（回）家來了，您拿出精神罷──放心罷！

姑娘　唉，難受！

聽差　把窗子開開罷？（打開左首一個窗子的木柵，推開玻璃窗。窗外微有風聲。大街上的燈閃鑠【爍】。天已完全黑了。）

　　　暫時沉默。

　　　遙聞槍聲三響。

　　　三人都駭然起立。

　　　槍聲完了，接著是群眾的有如波濤澎湃之呼喊。

姑娘　（以手掩面）……明白了……這是多麼可怕的心理呵！

廚子　今兒晚上那兒來的這麼些槍聲？怎麼回事呢，那叫嚷？──老爺也該回來了，不然給他豫備的麥粉湯都要涼了。

姑娘　杜米特利，我父親，再也不回來了！

聽差走近死了的怪客旁邊，趁兩人沒有看見，把他懷中所有的東西都掏出來，放進自己的衣袋內。靠大街那邊，有慌忙地奔馳的足音。群眾的騷音追其後。

青年　（忽然從開著的窗子跳入）來，奧爾葛！——你，你就拿這個打死我罷！這把手槍，是我斃了你父親的兇器……我，因為希望，至少也要見你一面謝過而死在你手上，所以才衝出憲兵隊的重圍，跑到這裡來的。……奧爾葛，緊緊握住這個手槍的把！

姑娘　辦不到，這事情我辦不到！我父親是壞人。我沒有裁判你的權利。你，不如趕快地逃命罷！……從後門……這裡有錢（從中央的桌上拿出紙包交給青年）。尼基達，趕快，你在那裏愕什麼？趕快把瓦斯利帶去，從廚房，到馬棚——我那黑龍就行，趕快讓他騎著走！

有多數人亂敲大門之聲。

青年　不，奧爾葛，我不逃命！我再沒有像現在這樣冷靜的了。尼基達君，把大門打開讓憲兵們進來罷。告訴他們說：不必那麼慌張，我是好好地在這裡等著他們。（端坐桌前）

聽差　（躊躇一會，然後走向大門。人聲稍微靜些。他再走出來的時候，雜在多數工人裏面，低聲說著些什麼。一步一步走近左邊的窗子，將其閉上。）終於成為防寨了嗎？

工人多人　火種點上了！

聽差　（走到右端，將此家主人的肖像畫扣上。這其間，工人多人繞著青年，親密似地在握手，或抱擁〔擁抱〕。）好，同志們，請看這個地圖！

工人多人鳩首到聽差所展開的市街地圖。

聽差　請來兩位，去巡哨！（工人二，將要分往前門與後門。廚子慌忙攔住要到後門去的一個。）

廚子　後門外給我，我也得去瞧瞧麥粉湯，所以我去罷。（往右端後面

　　　去。）

姑娘　　（拿臉去磨撩【擦】青年）我呵，你到那兒，我就跟著到那兒。

　　　這一剎那，有人喊「憲兵！憲兵來了！」，同時，從右門，三個憲兵提
　　　著槍進來。

聽差　　（將手上的燭火吹滅）糟了！杜米特利也是間諜！（室中的人，一齊
　　　來吹滅燭火。）

憲兵之一　叛徒們，看槍！

　　　二三發槍聲，說不定是誰的喊聲。不穩的足首【音】，接著有從左方開
　　槍者，人倒地的聲響。

　　　憲兵之一跑進明亮的飯廳。工人多人追之而下台。在室之中央擦洋火的
　　聲音。倒臥於蒼白的燈光下的奧爾葛的死臉被映出。

聽差　　（向著黑暗的地方）瓦斯利，瓦斯利不在嗎？

　　　左隅有幽微的呻吟。

聽差　　（在黑暗中）兩人都──是悲壯的戀愛！然而，在曙光未射到俄國以
　　　前，這樣的情侶，也許將不盡地死下去罷！

　　　　　　　　　　　　　　　　　　　　　　　　　　　　　──幕──

　　　　　　　　　　　　　　刊於《文藝月報》，一九三三年第一卷三期

慈母溺嬰兒

作者　山本有三

譯者　月珠、德音

【作者】

山本有三像

　　山本有三（やまもと ゆうぞう，1884～1974），本名山本勇造。日本劇作家、小說家、政治家。歷任帝國藝術院會員、貴族院議員、參議院議員。早年於東京帝國大學攻讀德文，並與菊池寬、芥川龍之介等人結成文藝家協會，批判內務省的檢閱制度。一九二〇年以劇作〈生命之冠〉登上文壇。所寫小說與劇作多從人道主義的立場出發，探討有關社會、家庭等問題。借鑒歐洲近代戲劇之特色，創作批判性的現實主義文本，對日本近代戲劇發展頗有影響。戰後從政，又從事文字改革運動，推動憲法口語化等運動。1965 年獲文化勳章。主要作品有劇本〈生命の冠〉（1920）、〈嬰兒殺し〉（〈慈母溺嬰兒〉，1924），小說〈波〉（1923）、〈路傍の石〉（1941）、〈真實一路〉（1935）等。（趙動達撰）

【譯者】

蔡德音、林月珠像

　　月珠、德音。即蔡德音（1910～1994）、林月珠（1913～1998）夫婦。蔡德音，今臺南市人，作家、音樂家、舞蹈家，是一九三三年文藝社團「臺灣文藝協會」發起人之一，藝術興趣廣泛。自幼跟隨經營中藥生意的養父到廈門，學得北京話，回臺後便於桃園教授北京話，並與臺灣文化協會的廖漢臣、王詩琅等人學詩寫作。亦與新文學作家楊逵以及稍晚的鍾肇政熟識。早年是《伍人報》重要撰稿人之一，與朱點人負責《先發部隊》和《第一線》的小說、戲劇編輯。主要作品有短篇小說〈補運〉（1935）、民間故事〈圓仔湯岑〉（1935）以及劇本〈天鵝肉〉等。戰後在白色恐怖時期遭受

蔣政權迫害，入獄二十幾次，重獲自由後放棄寫作，改推廣土風舞。其妻林月珠
為臺灣日治時期少數的女性新詩人之一（另一位為葉陶），出身今桃園市富商家
庭，新竹女中畢業，不願父母定下的婚約而與蔡德音私奔，一生詩作甚豐，以日
文詩為主。蔡氏夫婦在晚年舉家移民美國。（許舜傑撰）

人物

　　巡警　小山圭介（四十三、四歲）

　　其女　阿次（十八歲）

　　農夫

　　做舊貨買賣的　以下略稱「舊」

　　鄰婦

　　酒店的小店員　以下略稱「小店員」。

　　女工　杉原朝（以下略稱「阿朝」，三十歲）

時代

　　現代，春天

地點

　　近於城市的某郡部

　　一間兼著住居的巡警駐在所。接連著這駐所有居室和廚房。廚房的門關
著，這是後門。後門的窗兒的那邊，開著櫻花。其女的阿次，沒精打采的在
座敷上[1]獨自個兒坐著。

　　那時候兒小山巡警開了駐在所的玻璃門兒回家。

阿次　爸爸，恁回來啦。

小山　哼，剛回來。塵埃真厲害呀！（脫著鞋上去）

阿次　趕快換衣裳的好呢。（阿次站起來拿給她父親衣裳）

小山　哼，就換吧。（脫了制服換上和服）

1　原註：一種日本式的床，所以充作應接室或餐廳。

小山　外邊看花的很多呢。

阿次　是的，不是很熱鬧嗎！這兒也有很多的看花的人兒來回的過著呢。

小山　明兒個輪到我休息，我替你守家兒，你也去看看花兒好嗎？

阿次　我嗎？

小山　你看護得太乏了吧，去看一會兒花兒，把心兒清爽點好呢。

阿次　我真不愛看花兒呢。我好像太乏了，無論做什麼，一點兒趣兒都沒有哇。（外邊有叫著「誰有舊貨兒要賣呀？」的做舊貨買賣的喚過。）

小山　那是難怪的。

阿次　我看那班花天酒地的看著花兒的人們就討厭起來呢。（「誰有舊貨兒要賣嗎？」的做舊貨兒買賣的聲音又喚著。）

小山　買舊貨兒的吧。把他叫來吧。

阿次　是的。（從廚房的窗口，低聲的叫著做舊貨兒買賣的）買舊貨兒的！買舊貨兒的。

　舊　（開了後門）是先生叫我嗎？

小山　請你進來吧！

　舊　嗄，謝謝恁！這幾天天氣很好哇！（進了屋裡）

小山　開了押入²，從箱子裡取出衣裳六、七件給買舊貨兒的看。

小山　你有買著這樣的東西嗎？

　舊　哦！這樣的衣裳比什麼更好，我當多算高價。

小山　都是舊的東西呢。

　舊　豈敢！豈敢！不敢當！老實說，先生，做舊貨兒的有好多種。說到我來，收買舊貨兒的中間，就是這樣的衣裳頂專門的，所以價錢也比別人更公道高價（且說且檢著衣裳），都是女人的東西呢。

小山　因為我的妻去世啦。

　舊　那倒傷心哪！不是很不自由嗎？我的老婆也是去年死了的呢，真不得了哇！嗄！（再檢著衣裳），小孩子的衣裳也有混著呢。

2　原註：Obi ire，一種日本式的廚子，和床接著造在一塊兒。

小山　接著，大的兒子也死了，所以這些兒都沒用了。

　舊　連大的公子！那不是更了不得嗎！是多咱失掉的呢？

小山　剛上月的事情呢，老實真沒法子。

　舊　既然這樣，我當更算好價。

小山　你打算多少買？

　舊　差不多……（考想著）總共算七塊半吧，這是頂好價呢。好吧？

阿次　爸爸，把那件賣了，不是太可惜嗎？

　舊　（把外套示阿次）這件嗎？姑娘，可是這不合你穿呢。

阿次　是的，雖不是我要穿的……

　舊　這件要是沒缺了半個就好，可惜缺了半個。是嗎，先生，要是整個的就多算一點兒給你。

小山　你想好嗎？多算一點兒怎樣？

　舊　真的……那末，多算三毛錢吧。這應【樣】算起來，我一點兒都沒賺了呢。

小山　好吧，就這應【樣】算吧。

　舊　好嗎。謝謝你！掏出鈔包兒給錢，那末，這兒七塊又八毛，請檢一下兒！

小山　（接過錢）生意好嗎？有賺嗎？

　舊　在先生的面前，或者有點對不住。老實世上漸漸的難渡日子起來了呢。只要吃三頓稀飯都不容易。

小山　哼，當真的！

　舊　實在世上真難得過了。聽說前天不是有一個女人穿著男人的服裝去做工嗎？

小山　是的，報紙也曾登過的樣子。大概是女人的工錢不能生活吧。

　舊　要是照實做事，真難吃得飯的。人們真沒法辦【辦法】，為著要難得飯吃，無論什麼事情都不得不做的。我真牢騷啦，得罪得很！謝謝！（退場。到外邊立刻就喚：「沒有舊貨兒要賣嗎？」且叫且走。）

阿次　把那些東西賣掉了，真可惜呀！

小山　雖然是這麼樣，但是留著恐怕常要去想到它，多麼難過，倒不如硬著心兒賣掉的好！又是藥錢也不得不給人家的。

阿次　啊？還沒給嗎？

小山　我常想著要是能多了一點藥錢和冰錢就好呢。

阿次　沒這樣都不易容【容易】啦，再給那筆大錢，更要怎樣做得到呢？

小山　所以我說，要是能得多些錢或者還可以救得他們。

阿次　我也想著，要是能得照我們想的法子辦去就好啦。

小山　想到這兒，就像是我沒責任的把他們處於死境。叫我難堪得很！！

阿次　哦！爸爸不能這麼樣說！爸爸沒有不是的！

小山　不是！因為我沒那個氣力，所以這是我的罪呢。

阿次　但是在這世上，因為沒錢，不能滿足病人的需要的人多著呢。並不是只有爸爸一個人，爸爸不能自責是自己的過失。

小山　就是這麼樣，所以更不行的！世上要絕沒有這樣的事情不知多麼好呢？

阿次　是，自然是這樣，啊！真是如能得多一點兒錢就好呢。

小山　別再提它啦！吃飯吧！我的肚子太餓了。

阿次　是的。但是沒有菜兒呢，我買點豆腐去吧。

小山　不要再買什麼，定還有豆兒吧？

阿次　是的。

小山　那個就好，那個就好啦。
　　　阿次拿出茶臺³，打點晚飯。那個當兒小山點上了電燈，燒著線香捧於佛壇。外頭夕陽西斜——轉暗。於是父女倆靠近晚飯的桌傍坐下。

小山　靠近這飯桌就覺得無聊難堪。

阿次　假使謙弟還在……

小山　哼，要是那孩子還在，是多麼熱鬧的——啊！不堪回想！別想吧！
　　　父女兒倆靜默的用飯。駐在所的玻璃（門）忽地裡開，一個做莊稼的

3　原註：Chiabudai——一種擱在座敷上的進食的矮桌。

跳進來。

農夫　老丈在家嗎？

阿次　是誰呀？

農夫　事情不好啦！要請老丈去一下呢。

阿次　發生了什麼事情了嗎？

農夫　是的。

小山　又再轢死人了嗎？

農夫　不！不是那個！更厲害的事呢！

小山　到底怎麼樣了？

農夫　竹林裡有一個小孩子。

小山　小孩子?!小孩子怎麼樣？！！！

農夫　我打算明早要趕快上市，趁早兒到我們的竹林裡去挖筍──我的天
　　　兒！──誰知道我抬起來的頭兒上有一個死了的小孩子。我想這事不
　　　是平常的，不能把它不報。所以立刻趕來駐在所。

小山　這麼樣，好！我立刻就去吧！

農夫　費神得很！

阿次　爸爸要再出門？

小山　是的，拿衣裳給我！

阿次　是的！（取出制服）

小山　（穿著制服）到籌備處（役場）去報過沒有？

農夫　曾打發過人去了。這是天大地大的事情，不是開玩兒的，沒有趕早請
　　　過老丈去看一下兒，是不敢動手的。

小山　理當這麼辦。

阿次　爸爸，飯呢？

小山　你先用，我立刻就回來。

阿次　是的。

小山　那麼我去看看。

　　　跟著農夫退場。阿次獨自個兒的吃飯。那時鄰婦打後門進來。

鄰婦　姑娘，吃過飯了嗎？

阿次　鄰家的嫂兒嗎？請坐吧！（要停飯）

鄰婦　還用著飯嗎？不敢當！吃完再說吧。

阿次　徧著，對不住！

鄰婦　姑娘，用過飯了一塊兒洗澡去吧。

阿次　我也想要跟你一同去呢。

鄰婦　爸爸不在嗎？

阿次　是的，因為有了要緊的事情，剛剛回來又立刻出去的。

鄰婦　真忙呵！有了什麼事兒呢？

阿次　聽說在竹林裡發見了孩兒的死屍呢。

鄰婦　哦！真可怕啊！我想那一定是女人做壞事偷生了孩子，窘著沒有去
　　　處，把他丟在那兒的呢。

阿次　哼，一定是這樣。

鄰婦　真要累民的！每有事爸爸不得跑一趟。真不得了呢。

阿次　但是職務上沒有這樣是不行的。

鄰婦　不管他職務不職務，別人是不願這麼勞苦的呵！我更恨的，就是府上
　　　一家人都這麼老實，為了什麼這樣不幸，太太跟公子也不商量的跑他
　　　們的路去了。

阿次　都是蒼天註的呀！我也真了然啦啊！

鄰婦　雖說是蒼天註的，我看姑娘是難得了然吧。

阿次　歸根結底，也除非了了然以外還有什麼辦法不成？（吃完飯）

鄰婦　世上真是罪惡了！把我的肚皮都氣裂了。

阿次　（走進廚房洗著食具）哦！那怎麼說？

鄰婦　我今兒個在工場裏，一路貼著洋火的箱子，一路想著像現在這樣的濁
　　　世，我一點兒覺得我是一個人都沒有。

阿次　不能這麼樣說！

鄰婦　不當真的！不論它是蒼天註的不是，我想我真不如去變成洋火兒的
　　　好。

阿次　嘿嘿嘿嘿……！

鄰婦　你可知道這不是說笑的呢！你細細的想看吧！頭一層，洋火兒可不是
　　　肚子不會餓嗎？這麼一來它就不必做工了，也不必受工頭的喝罵了。
　　　這是多麼快樂、多麼揚氣。

阿次　話雖如此……

鄰婦　不！真是這麼樣！變成了洋火兒啦，是多麼被重視。你要是有空兒，
　　　請到我們工場去看看啦。什麼不能放在地上嘍、不要打濕嘍、也不能
　　　過燥嘍、不能這個、不能那個──就像疼愛著一位華族的公子哥兒似
　　　的！把話兒轉過來這邊，說到我們手藝人兒們，是多麼凄苦呦！他們
　　　不高興就來「你怎麼打瞌睡！」、「怎麼那麼多嘴！」、「怎麼做事那麼
　　　慢！」。差不多每天都要挨罵、挨唬。真真討厭！老實進了那裡的人
　　　們沒有一個不想「人們真比不上一枝洋火兒」。

阿次　哦！真是那麼樣兒嗎？

鄰婦　我們鍋兒裡要是有幾顆米，我定不願到那種地方去的。最可恨的，就
　　　是人們的肚子會饑，實在倒霉得很！！！

阿次　老實沒有比吃飯問題更苦的呦！！

（酒店的小店員從門進來。）

小店員　太慢啦，對不住！（把東西擱在廚房）

　阿次　拿了豆醬來了嗎？

小店員　是的，還有洋火兒和生火種。

　鄰婦　你也比不上洋火兒吧。

小店員　不，我們的洋火兒很好。

　鄰婦　不是啊，不是說你們的東西不好呢。

小店員　哦……

　鄰婦　你真會做活吧？

小店員　真當不住！二十四點鐘都要做活呢。

　鄰婦　那麼你的睡相定不好吧。

小店員　為什麼？

鄰婦　　要是二十四點鐘都要做活，夜裡不是也要在路上滾來滾去了嗎？

小店員　太太的嘴真毒哇！（嘴裡說著，眼睛望床下找著什麼似的）

阿次　　小孩子你怎麼那麼細看著床下，失掉了什麼嗎？

小店員　不，是要找有沒有狗。

鄰婦　　狗？這兒怎麼找得狗？在床下的，只有老鼠罷了。

小店員　那不定會走進來吧。

阿次　　小孩子，你要弄狗兒，我敢去告訴你的老板哪。

小店員　不怕你告訴。

鄰婦　　這孩子真狡猾。

小店員　有五百塊可領你知道？

鄰婦　　你說什麼五百塊？

小店員　你不知道嗎？我們這兒不是有一座很大的洋樓？那個財主的啊。
　　　　他們不見了一隻狗。說有人找到了要賞五百塊。

鄰婦　　別說話！不過只為了一隻狗，就肯拿那麼多的錢出來。那麼，你
　　　　看，我們這兒張著肚皮的不是多著呢？只為了一隻狗，肯拿那筆大
　　　　錢出來，怎麼不拿些給我們呢！

小商員　聽說他們那邊每天都用豬肉餵著狗吧【呢】。

鄰婦　　我想他們也定把壞米給他們店員吃吧。

阿次　　他肯拿五百塊做狗的搜查費，未免太過於浪費吧。

鄰婦　　闊人兒們的浪費多著呢。

阿次　　一方面要用錢的人，一點都沒有。啊！要是有那筆錢，死人也可以
　　　　免了死吧。

鄰婦　　話雖然是這麼說，姑娘，有錢的倒又是早死呢。

阿次　　怎麼又會早死？

小店員　大概是會食癆吧，哈哈哈哈……！（一面笑著，順勢挑起桶兒要
　　　　走）

小店員　失陪啦，謝謝！（退場）

鄰婦　　啊！！說得把事兒都忘記。我要先去，待爸爸回來你就來吧。

阿次　是的，回來了我就去。

鄰婦　那麼，失陪啦！（到外頭看看天）呵！真是討厭的天氣！

阿次　又下雨了嗎？

鄰婦　還沒下，滿天都是烏雲。花開時的天氣真了不得。失陪啦！

鄰婦　失陪啦！慢慢的走。

　　片刻。小山巡警從前門回來。

阿次　爸爸，你回來啦！

小山　…………

阿次　要拿掛在柱子上的衣裳。

小山　不必換，這麼就好。肚子餓了，先吃完飯再換吧。

阿次　要先用飯嗎。剛要綴食具的堂兒，恰巧有人來，我想爸爸定立刻就回
　　　來啦，還沒有點綴。（一面說著，一面拿出茶臺於小山的面前，並替
　　　他盛飯）

　　小山吃飯。

阿次　爸爸，丟了孩子的抓到了嗎？

小山　還沒抓到，只發見了死屍吧〔罷〕了。但是犯人一定立刻就會抓到
　　　的。那個沒良心的，蒼天一定不饒命。

阿次　這是真的啊。有了那寶貴的孩子的命兒不要的，我真想要把它拿來給
　　　謙弟。

小山　真的呢。那孩子雖然瘦，可是真是一個可愛的孩子呢。大概是用了什
　　　麼絞死的，喉嚨的地方有點兒紫色。

阿次　怎麼有敢做那種事情的，未免太兇啦。

小山　不曾死過人的，真不知道生命的寶貴。平平凡凡的把孩子害死，真兇
　　　得像鬼。所以我想到抓那個大膽無忌的犯人就壯氣起來！喂！把茶給
　　　我！

阿次　用好了嗎？

小山　是的。

阿次　爸爸乏了吧，洗洗澡好嗎？

小山　不，我不要洗。你去洗吧，不是隔了四五天了嗎？

阿次　是的。

小山　不趁早兒去，這兒真危險，趕快去的好！

阿次　那麼去一會兒就回來。

小山　那麼的好。（從口袋兒裡掏出一本小簿子，寫著什麼似的）

阿次　我把後門關起來吧，小心一點好呢。

小山　（還寫著）是的，替我關起較為妥當。

　　　阿次下床，開了床門，要關上牆門的剎那間——

阿次　呵——！

小山　（嚇了一跳）怎麼啦？

阿次　不知什麼！在那兒！黑的東西！

小山　黑的東西？！（趕快跳進廚房來）

阿次　在那邊來回的走著！我怕得很！

小山　（望了外頭）沒有什麼嗎！

阿次　不，有！那個！在那兒！

小山　哼，有人兒在那兒的樣子，（向外頭的人）是誰！（不聽到回答）哼！做什麼啊？認不得路嗎？

外頭的人　不，是有點事要費神你的。

小山　有什麼事嗎？

外頭的人　是的。

小山　有事怎麼不進來？何必在後門鬼頭鬼腦的做什麼？

外頭的人　對不住！因為不好生氣，不敢進去。

小山　有事到前門來！（向其女）後門我關，你快去洗澡。

阿次　是的。

小山　要小心著，要下雨了的樣子，雨傘要帶去。

阿次　是的。

　　　阿次要從前門出去，開了玻璃門，外頭女工杉原阿朝怕什麼似的站著。

阿朝　剛才對不住得很！

阿次　沒有什麼，請到裡邊坐吧。

阿朝　謝謝！（恐懼地進入駐地所。服裝是剛散工要回家去似的）

阿次　（向小山）我要去啦。（退場）

小山　是你嗎？說有事的？

阿朝　是。

小山　到底什麼事？

阿朝　（把餅盒子捧在小山面前）這個請你不棄的收起！。

小山　不能這麼做！

阿朝　給小孩子。

小山　沒有，我沒有孩子。前幾天死了的。

阿朝　（傷心的）你的孩子！那真……（吞聲的）

小山　那不必再提。你說有事，是什麼事。

阿朝　好嗎？老丈？請你把這個收起來吧，我有事要煩你呢。

小山　有什麼事我都要聽，那個東西絕不能收的。

阿朝　老丈不收嗎？

小山　因為你是女人，或是不知道規矩。做官人是絕對不能收人家的東西
　　　的。所以你別那麼掛心，我決沒有分別有東西給我的和沒有東西給我
　　　的。快說你的事吧。

阿朝　（怕著）是的……

小山　那麼餅盒子收去！到底有了什麼事？

阿朝　（沉默片刻）老丈，生了孩子一定報嗎？

小山　那自然一定要報的。

阿朝　可是那個孩子立刻死了。因為死了可以不報吧？

小山　不行！就是死了也應當要報一聲呢。

阿朝　可是，要說是生了，又是立刻就死啦。沒有生一樣吧。

小山　不行！不能這麼說。

阿朝　也一定要報嗎？

小山　你生了孩子嗎？

阿朝　（沉默片刻）是的。

小山　這麼到現在還不報。

阿朝　因為沒有幫手。

小山　叫你的丈夫來報就好嗎？

阿朝　他不在呢。

小山　死了嗎？

阿朝　是的。

小山　那麼我替你報吧。雖是慢了，可是也是屬於不得已。

阿朝　一定要報才行嗎？

小山　自然才行的，不報有罪呢。

阿朝　（低拉頭）糟了，老丈（說著把剛才的餅盒捧近小山的面前），一定要煩你呀，只老丈一個人知道就好，不要給我報好嗎？望你原諒啊！

小山　那能這麼辦，不行。

阿朝　老丈，望你不要給我去受罪呀！要替我祕密呀！老丈，慈悲呀！

小山　（急抓住女人的肩臂）喂！！你害死了孩子嗎？

阿朝　豈——豈有此理！我，決沒有那，那麼……

小山　說謊，要是沒有，你怎麼不敢來報！

阿朝　不，我，我那，那有害害死。

小山　那麼孩子是怎麼樣死的？

阿朝　自己死的。

小山　怎麼說自己死的？

阿朝　病、病、病死的。

小山　病死的？多時死的？

阿朝　前、前天。

小山　前兒個？（冷靜的）那麼，那個身屍呢？

阿朝　…………（默著脫開了巡警的手要走）

小山　你真大膽！

巡警立刻追上。把女人捉住。綁著。

阿朝　老丈，要做什麼？（掙扎著）

小山　要抵抗是不容的！

阿朝　現在被你綁去了！我現在要是被你綁去就……（抬高悲痛的聲音抵抗著）

小山　噪耳的！要動嗎！

阿朝　（暈了）現在被綁去……（伏著哭）

小山　（綁上了阿朝）你真好大膽！也敢想拿餅要來收買我！喂！抬起臉來！

阿朝　（依舊跟【跪】在地上哭）

小山　叫你抬起臉來不抬起來嗎？（抓住阿朝的領兒，把她的臉抬上。）
　　　阿朝依舊沉默著的抬了臉。她的眼睛發著痛裂的光炎。

小山　喂！你怎為什麼害死了孩子？快說！

阿朝　…………

小山　你為什麼那麼兇？快說來！

阿朝　…………

小山　怎麼樣？不招嗎？（推著人）
　　　阿朝沒力被推倒。可是依舊沒有回答。

小山　你真狡猾！怎麼默著？不說嗎？

阿朝　…………

小山　怎麼樣？你做了壞事吧？你剛才不是說沒丈夫嗎？那麼孩子是偷生的吧？

阿朝　（搖頭）

小山　說謊！你一定是怕給人家，所以學了那可怕的行為。男人是誰？男人是那一個？說來！

阿朝　（很低聲的不知道說了什麼）

小山　什麼？不是偷生的。是你的丈夫的，你可不是說你的丈夫死了嗎？

阿朝　（最低聲的）前後不久，三個月前才死的。

小山　三月前死的？那麼一定是你丈夫的孩子吧。

阿朝　（帶哭的）是的。

小山　喂！那麼你真比鬼婆更兇吧！現在你害了孩子是多麼非人道的！孩子你不要嗎？

阿朝　（哭著）

小山　我是幾天前剛死了兒子。雖然是病死的，我說還不甘心。不料你也敢做出這麼兇的事來。

阿朝　孩子實在是真可愛的，老丈，我知道的。

小山　別說那麼甜的話！你怎麼也知道孩子的可愛！那麼可怕的心！

阿朝　老丈，就是窮人，疼愛孩子的母親的心兒是一樣的呢。

小山　那麼，為什麼害死啦。你想說些可憐話叫我同情你嗎？不是那麼容易的！為什麼害死啦！說吧！為什麼？

阿朝　（哭著）因為孩子太可憐，所以把他害死的。

小山　什麼？因為太可憐孩子才把他害死的？說笨話！要是真有疼痛孩子，不是要小心養育才應當嗎？怎麼把孩子害了，又說孩子是可愛的，豈有此理！

阿朝　實在是這麼樣的。

小山　那末，為什麼又做了這麼可怕的事？

阿朝　（揩【揩】淚）細心養孩子是母親的職務。這是世上的母親的習慣，理當這麼樣的。可是我們真沒有那個能力。

小山　怎麼做不到？

阿朝　無論怎樣都做不到，老丈。

小山　說明白吧！

阿朝　反正說也沒法呢。真難說的啊！

小山　好！那麼我問你吧，你說你的丈夫三月前死了，是怎麼樣死的？

阿朝　病死的。

小山　遭了什麼病死的？

阿朝　說大概是肺病吧，吐了一升血就死了。

小山　哼，那麼你是自從那個時候就去做工的嗎？

阿朝　不，一年半前就去的。

小山　那麼，你的丈夫自從那個時候就病了嗎？

阿朝　老早就病了呢，不過到那時候才做工的。

小山　你就這麼替你的丈夫去做工吧？那麼，你的家兒很窮吧？

阿朝　也曾很多次三四天沒有吃飯。還不要緊的，但是那當兒又死了兩個孩
　　　子。

小山　也是遭了肺勞【癆】嗎？

阿朝　是的，儘管吐血。也常常堵在嗓子哀【裏】，我就把我的手指兒伸進
　　　嗓子去釣【鉤】出血塊來。

小山　那麼你這一年半的中間，就死了丈夫和兩個孩子吧？

阿朝　是的。

小山　既然這麼樣，現在生了的孩子，可不是要細心的養嗎？

阿朝　應當要這麼才是。

小山　那麼，為什麼你又把他害死了？

阿朝　（放聲大哭）

小山　喂！怎麼了？

阿朝　（趴下哭著）老丈，你們是不能知道的。

小山　為什麼？

阿朝　我們的孩子與其給他活著不如死了的好，我無論怎麼想，無其讓他活
　　　在這麼辛苦、無情的世上，不如在不知道的當兒死了的好。

小山　你瘋了嗎？

阿朝　不，我沒有瘋。你說，老丈，可不是這樣嗎？看護的人一個沒有，叫
　　　病人自己睡著，真可憐！可憐得很。

小山　可是把好好的孩子害死，不是更罪惡嗎？

阿朝　雖然是這麼說，可是那個孩子的生命也定不能長久的，現在家兒還有
　　　一個較他大的孩子病在床上呢。

小山　可是也不必把他害死吧。

阿朝　是的。我也想了好多次了。我想了又息，想了又息的想到今兒個。其
　　　實在肚中的時候兒，也就要打胎了，可是恐怕我的身子當不住——
　　　不，我決不是惜著我的生命，我雖然死了倒為快活，可是我是不能
　　　死，我死一定會把病著的孩子和老了的父親餓死的。

小山　那麼，你家兒就孩子以外還有老人家嗎？

阿朝　是的。

小山　老人家年紀大不能做工的嗎？

阿朝　不，斷了胎【胳】臂的！

小山　單臂的？

阿朝　被機器折斷了一隻胳臂了。就那麼樣，我不去做工是不行的，我盡了
　　　我的力量去做工。到生了孩子的前一天，我也還拼命做去！老丈，我
　　　不會說謊，生過孩子的，無論窮到怎麼樣，孩子依然是可愛的呵！就
　　　是一點兒奶都沒有，他看了我的臉，眠【抿】著笑著，可愛得想要咬
　　　他一口哇！

小山　那是當然的。

阿朝　可是要照著世上的人們的樣兒去看顧他，我們要瘰了肚子了。要是單
　　　我一個人挨饑是沒有問題的，可是老人家和病了的小孩子是不成的。

小山　哼，那麼是因為有了孩子就不能任意做工，所以把他害死的嗎？

阿朝　是的，我可不是不耐他擾我的，不過因為有了他拌住我的腳了，我就
　　　不能去做活了。

小山　哼，是吧。（長嘆一下）

阿朝　老丈，我做得真錯了。

小山　你真沒有設想啊，你不知道害死了是有罪嗎？

阿朝　知道的。

小山　那麼，為什麼又敢這麼做呢？

阿朝　沒有別法子。

小山　抱給人家就好嗎？

阿朝　給人家吧，老丈，沒有帶錢去誰要呢？沒有帶錢的孩子，誰願意抱去

　　　　呢？窮人不知道要悽慘到什麼地！老丈，可不是沒法子辦嗎？望你赦
　　　　我吧！

小山　聽你說來十分可憐，但是我的職務上是不能聽了不報的。

阿朝　因為事情是這麼不得已的，望老丈做情吧！

小山　不能這麼辦。死屍還沒被發掘的當兒，或者還有法子，孩子的遺骸已
　　　　經被掘到了，現在更是難辦。

阿朝　什麼？孩子？

小山　是的。你不是把孩子埋在竹林裡嗎？

阿朝　哎呀！不好了！（掩著臉兒哭）

小山　既然事情到這麼田地了，你一定要照實說的好，罪就會輕呢。你叫什
　　　　麼名子【字】？

阿朝　（哭著不說）

小山　喂！不說反是不好哇！叫什麼？

阿朝　（且哭）是的，我叫阿朝。

小山　（且記著簿子，冷靜的接著訊問）丈夫呢？

阿朝　杉原定二郎。

小山　三個月前死的嗎？職業呢？

阿朝　也是做工的。

小山　住址那兒？

阿朝　下目黑。

小山　府下，荏原郡，目黑村，下目黑──門牌幾號？

阿朝　三千三百五十七號。

小山　三千三百五十七號。不是同居嗎？

阿朝　不同居。

小山　孩子多咱生的？

阿朝　大上月的初十。

小山　二月初十。男孩子嗎？

阿朝　是的。

小山　多咱害死？

阿朝　（悽苦的）大前天的晚上。

小山　怎麼害死的。

阿朝　就像今天散工要回家，揹了孩子到行人坂的地方，孩子不息的哭，想把奶喂〔餵〕他，又沒有奶，真沒有辦法。

小山　為什麼沒有奶？

阿朝　一定食物不好，這五、六天一點兒奶都沒有。

小山　那麼──？

阿朝　那麼想沒有法子，雖然沒有奶，也就把奶給他含著。

小山　後來怎麼樣？

阿朝　後來哭了一會兒，放了奶就睡著啦。

小山　那時候你就把他害死的嗎？

阿朝　（沉默）

小山　是拿什麼害死的？

阿朝　……

小山　喂！拿了什麼？

　　　忽然阿朝起了腦貧血，仰空倒下。小山吃了一驚正要前打救，阿次開了門進來。

小山　啊？真恰好你回來，快幫我忙吧！

阿次　是的。

小山　喂。要把她抬上床上（和阿次兩人連忙（把）阿朝擱在床上，讓她響【躺】著），不用枕頭要把她頭低下，腳抬高起來。

　　　把阿朝的腳托在踏板上，於是把阿朝的草鞋脫下。小山把玻璃杯盛水拿來望人的頭和胸脯吹噴著）

阿次　爸爸，沒有把繩子解開真可憐哪！

小山　是的，不快把繩子解開不行！（說著快把繩解下）

阿次　（撝摸著女人的腳）這個人兒可憐得很哪！

小山　剛才說的，聽見了沒有？

阿次　聽見啦。我因為不敢進來，站在外面。

小山　聽見嗎？世上可憐人兒多著呢！

阿次　啊！蘇醒了喘著氣息似的。

小山　且別去擾她。因為產後不久，又要拼命做工，又要煩惱事情，所以起了腦貧血的。

阿次　爸爸，你還要抓她去嗎？

小山　是的，不能不這麼辦，可是究真起來，我也犯了和她同樣的罪了。

阿次　為什麼？

小山　這個女人害死了孩子——我也是害死了孩子和妻子了，不一樣的地方，不過或者可說是直接的罷了！

阿朝　（忽然站起來）是的，我做錯了！我害死了的，這是我的不是！

小山　哦！醒過來了嗎！

阿朝　是的！我醒過來了！我做了壞事啦！我真做了壞事啦！可是，老丈，我以後定要改過，赦我吧！（認到阿次）哦！姑，姑娘！剛才真對不住！定把你驚壞了吧！我錯了！我是做了壞事的，所以我怕著進來，人們實在不能做壞事，我想著要把這事裝做不知道，可是不成！孩子的臉兒無論日天還是夜裡，我都不斷的看他在我的眼前。我無論什麼東西的當兒，立刻就覺得那埋了的孩子的頭在那兒動著。那時候站也站不住。我本來早就想要自招了，但是又再想到我家的事情來，要是現在被抓去了，他們要怎麼的好呢？所以到老丈這兒來求你饒我。（不覺看到自己的手覺到繩子被解開了。向小山）老丈，把繩子解下了嗎？感謝得很！感謝得很！（現得十分歡喜似的向著小山道謝）

小山　（沉默）

阿朝　（向了阿次姑娘）我被救啦！我被救啦！（從心裡述了禮。阿次窘迫得低頭無言。）我雖然每天只領有五毛錢，可是我要是能得去做活，就可以潦草過得日子。老丈救我吧，我以外沒有別的話了。感謝得很！

阿次　爸爸，她說得這麼可憐了，沒有方法救她嗎？

小山　（緊閉著嘴，把頭低下）

阿朝　哦？那麼，我依然要去嗎？啊！（掩著臉哭）

　　　沉重的靜默了片刻。

阿朝　（還掩著臉哭）老丈，把我綁起來！

阿次　現在綁去了，你不難堪嗎？

阿朝　了然啦！已經了然啦！

阿次　可是啊……

阿朝　像我這樣的窮人，一生都被綁住著似的。無論怎麼樣都一樣。

阿次　可是，病了的孩子和老人家，可不難過嗎？

阿朝　我想到了就……（抽抽咽咽的哭了起來）

小山　喂！給你到家裡會一會孩子吧。這樣的小事情，我還做得到的。

阿朝　（一邊哭著）別去見吧，見了倒會覺得不甘離他們。

小山　那也有理呢。

阿朝　老丈……

小山　什麼？

阿朝　要煩你。

小山　什麼事情？

阿朝　這兒有剩著錢，可以煩你拿去我的家兒嗎？

小山　頂容易的，我替你拿去。

阿朝　感謝得很！就煩你吧（把錢袋交給小山）

小山　好，我就收起來，我定要替你交哇！

阿朝　好的，謝謝！

　　　片刻。

阿朝　老丈……

小山　哼。

阿朝　不知道要關多少年呢？

小山　是啊，我倒不能明白得詳細，說不定要兩三年吧。可是事情是出其不
　　　得已的，或者寄罪就放也說不定。無論什麼都直供的好。

阿朝　謝謝！（片刻）老丈。

小山　哼？

阿朝　可以再請問一個嗎？

小山　什麼都要問的好。

阿朝　你說孩子被堀【掘】起來了，現在在那兒呢？

小山　那個交給籌備處。

阿朝　不能再給我看一看嗎？

小山　不行，那不去看他的好。

阿朝　真的呢。

小山　看了，要常常去想他，倒是不好。

阿朝　真的呢。可是自從要埋他的時候，他雖然展著埋怨似的眼睛，打那穴
　　　裡瞪著我……啊！要是想到那個……
　　　片刻。

阿朝　老丈，拿繩子……

小山　不用，這麼就好。

阿朝　（在心窩對小山述著深深的謝意）

小山　那麼，我到本局去一會兒。

阿次　是的。

小山　阿朝退場。阿次送著。跟著起了寂寞的聲音下了雨。

　　　　　　　　　　　　　　　　　　　　　　　　　　　——幕——

　　　　　　　　　　載於《先發部隊》，第一期，一九三四年七月五日

散文

史前人類論[*]

作者　崔南善
譯者　朴潤元

崔南善像

【作者】

　　崔南善（최남선，1890～1957），朝鮮詩人、出版家、媒體人，也是確立了韓文近代文體的語言學者。生於漢陽棲上洞（今南韓首爾境內），一九〇四年以皇室留學生的身分前往日本東京府立第一中學校留學，翌年退學歸國，並因《皇城新聞》筆禍遭拘留一個月。一九〇六年赴東京就讀早稻田大學高師部地理歷史科，不久就因「早稻田大學模擬國會事件」遭退學返鄉。爾後創辦出版社「新文館」以及少年雜誌《少年》、《青春》，陸續於刊中發表新詩與小說。一九一九年參與起草《獨立宣言書》，隨即因「三一獨立運動」入獄兩年。一九二五年開始在《東亞日報》連載社論，翌年出版詩集《百八煩惱》，歷任朝鮮總督府聘任朝鮮史編修會委員、滿州國《通蒙日報》顧問、滿州國建國大學教授等，後移居京城市城北區牛耳洞（今首爾境內），其宅邸名為「素園」。戰後在一九四九年因日治期間行事被認為有親日色彩，根據新制訂之「反民族行為處罰法」遭受處罰。翌年韓戰爆發，所有藏書焚燒一空，長女遭共軍虐殺，三男失蹤。執筆撰寫《朝鮮歷史詞典》並在陸軍大學開設國史講座，且擔任首爾市史編纂委員會顧問。創作文類以新詩與小說為主，許世旭曾翻譯其詩作收錄於《韓國詩選》（臺北市：文星出版社，1964 年）。（顧敏耀撰）

【譯者】

　　朴潤元，朝鮮人，出身義州（今屬北韓）。一九一九年至一九二一年間因擔任記者而旅居臺灣。在一九二一於《開闢》第十三期發表〈臺灣에서 生活하는우리兄弟의狀況〉（生活於臺灣的朝鮮同胞之狀況）。同年三月，在《臺灣文藝叢誌》第三卷三期翻譯刊出其〈堅忍論〉以及〈史前人類論〉。一九三〇年任

[*]　原文出自崔南善《時文讀本》第4卷第21課。

職於東亞日報社義州支局，在該年十二月十日至十二日於《東亞日報》連載〈臺
灣蕃族與朝鮮〉。許俊雅、黃善美曾於二〇一〇年十一月在清華大學臺灣文學所
主辦之「跨國的殖民記憶與冷戰經驗：臺灣文學的比較文學研究國際學術研討
會」發表〈朝鮮作家朴潤元的譯作及其臺灣紀行：兼論《西國立志編》在中韓的
譯本〉，對於了解朴潤元及其作，有相當的幫助。(顧敏耀撰)

　　太初有史以前之人類，及有史以後之人類，以其人類之靈能言之，則均
是一也，蓋人類自現其形體於地上之當初，特有為萬物靈長之神威，又對於
自然之壓力，頗示勇悍之抵抗標，而世界之氣候及光景，判異於現今，又到
今日已絕種之動物，姑彷徨於地上之時，人類自該時而存在，然該動物未能
制地氣天候之虐待，并無形影而滅絕於地上之後，人類獨如前存在，故類學
者之所謂古石器時代，自人類同一棲息到於今絕種動物之時而始也，肆乃此
時代歐羅巴之人類，與至【亘】象、穴熊、麋犀、野馬、馴鹿等而同處焉。

　　人類自出現於地上之當初，所謂言語即保有他動物未有之有力交通機
關，而言語者，自有人類以後，為最初最大之發明，此為吾人共同生活之始
初。

　　人類，古石器時代，已知機械以代用手足之勞，故以易琢之燧[1]石，為
簡單之器具，間或燧石之外，以動物之骨角齒牙及其他物質，為生活上之什
器，及爭鬥用之兵器，則人類自此時代，自證機械使用之動物。

　　人類際此時代，先有家屋之制，該時之家屋制度，掘土之人造窟、岩間
之天然窟，故埃及之託爾太地方，尚存此時代人類之士【土】屋茅家的生活
痕跡。

　　人類自存在於地上之當初，育他動物，而用於自已之使役，故古石器時
代，犬及馴鹿，已為家畜，而作人類之奴隸。如斯自然界之征服，先自動物
而始。

　　人類之最初生活：狩獵及漁撈，古石器時代之人，若非獵夫則是漁夫，

1　按：「燧」，誤作烽。

然厥者非以生活而生活之單純動物，至此時代，已有生活以上之高尚趣味，有彫刻物形於骨角象牙者，蓋彫刻之物體，總是動物之形像，有刻馴鹿者，有刻巨象者，藝術始自太初時代，而駸駸然不絕，隨其人類之進步、人智之開發，而至於古石器時代之末葉，生此驚天動地之大發明。此大發明，非若言語之發生，而自然的完成者也，生於今時，則生世界光景之大變化者，此果何物？木燧之發見是也。生此發見，而古石器時代告歸，新石器時代來到矣。

始自古石器時代，而征服野獸，為家畜之運動，去益進步，牛、馬、羊、雞自此時代，皆失野性而為家畜，故獵夫之多數，變為牧者。

新石器時代，人類之多數，皆為牧者，牧營為生活，如前飄泊，而一族或一種族，追逐於水草之間，徘徊於地球之上者，厥者之生浩【活】狀態。

飄泊生活，如彼之間，厥者之進步，益益不絕，以征服動物界，而作此家畜之手段，更進而征服植物界，經綸為人類隸屬之方法。野草化為小麥、大麥、燕麥、米等，及許多之蔬菜，實由於厥者之努力。人類始利用土地而生活，故奮鬪而得若干之餘裕，生個人之感，悟來生之覺，此時代葬送死者之形式，明證此之事情，又觀祭物以貢獻於死者之痕跡，則厥者之信仰來生之存在，尤益明白。

人類實由於木燧之發現，而漸免石器之時代。古石器時代，難見之陶器，現出於新石器時代者，誠是火之力也。火之力益去進步，侵入鑛物界，而銅為人類之利用，故名【石】器時代移為銅器時代，然銅是軟質之鑛物，銅製之器，自是平和之器具，及至武器之效用，非是石器之所擾，故銅器時代，石器遂為并用，土地耕耘，自此而始。從事於游牧生活之一部人類，乃建家屋，乃築土城，始經土著生活，而陶器初出於此時代，石器為精巧磨礱而用之。人類之進步，去益不休，有從事於紡績者。

蓋觀古石器時代葬送死者之形跡，則其時代人類之信仰來世之存在，少無推測之形式矣。該時代之人類，奮鬪生活，而汨沒於周圍之應接，乃無分別周圍及自己之自覺，隨無個人感，而又無念到方來生之機會。然至於新石器時代，人類始為思索研究之動物。

厥者之進步，去益不休，故和合銅九分及錫一分，而覺悟為青銅之法。青銅強於銅者，故石器到今而為無用之件，石器時代過去，而青銅器時代當到矣。

際此前後之時，始為都市之建設。都市，文化之倉庫，文化由都市而為涵養。人類之政治的生活，文字的使用，自此而始。

言語、木燧、文字之發明，人類之三大發見。言語之所用，及於文字之發明，愈廣愈大，而同情之區域，從此極廣，同情之熟度，從此極高，故始得改治社會上不動之基礎。

最初之文字，今世亞米利加之印度人所用之畫文字，其次可謂意思畫之會意文字。發明文字之後，進進無已之人類，闊步長進，遂為用鐵之世。而銅器時代已過，鐵器時代當到矣。西曆紀元前一五〇〇年，亞細亞之人，已皆用鐵。

載於《臺灣文藝叢誌》，第三卷第二、三期，
一九二一年二月十五日、三月十五日

堅忍論（二）[*]

作者　崔南善
譯者　朴潤元

【作者】

崔南善（최남선，1890～1957），見〈史前人類論〉。

【譯者】

朴潤元，見〈史前人類論〉。

　　看彼南北戰爭，林肯天縱之英傑，克蘭斯頓稀世之將帥，且戰士百萬，戰費無窮。初敗於波蘭，銳氣先折之後，敗績常多於勝利，他邦之同情，反在於敵軍。外勢雖甚不利，至於得其最後勝捷，乃使心弱氣短者，果斷必敗。不止一二，設或再起於一敗，三奮於再蹶，若非能忍堅忍，而連敗連起者，則最後之勝敗，分明為易地矣。人道之義戰，必未結勝利之終局，以林肯及克蘭斯頓之人物而論之，英邁非因戰爭而表現，實因際難局而剛毅不挫，臨危機而堅忍不組【沮】而彰著也。

　　看彼渚拉巴爾牙之納爾遜，及羅馬之加里巴利得，其所優越，固非艦船軍術之美，實是忍口【々】獲勝而已之精神也。其所壯大，固非人數器械之精，實是忍忍遂志而已之¹氣魄也。故有透徹之堅忍，而敗殘乃己者，未之有也。蓋堅忍元氣，其他組織，元氣固強，則外祟自去，內健自增。若反是而元氣一虛，則筋內之強，肌理之滑，肢節之敏，用之何處？雖曰小勝，不驕慢而期獲全勝；雖曰始敗，不挫折而確信終勝。積勞而不倦，進前而不息，則循環之天運。久塞必亨，而況利運吉會，本為有志有為能勤能忍者而所存哉！林肯之挫其南軍之強，此也；納爾遜及拿破崙之破大，此也；加里巴利得之成就長靴半島統一之偉業，此也。

---

* 原文出自崔南善《時文讀本》第3卷第11課，原題〈堅忍論（下）〉。因《臺灣文藝叢誌》有缺期，今未見〈堅忍論（上）〉。

1 原刊此處有衍字「之」。

三

　　人之一生，洽如戰場之勇士。問其奮戰激鬥之主力，則是堅忍之巨砲；看其至強極毅之原動，則是堅忍之石炭。起身於貧賤，立志於艱苦，或隻手以回轉天日，或孤勢以經綸世界，或闡明天藏地秘，或搜討玄門妙海，或積傾世之富，或垂窮刧之勳。其所過程及歷事，固非尋常一樣，不問可知者也。實現高貴之理想，而忍過之患害幾何，施措遠大之經綸，而忍受之嘲侮無數。忍於為獲終一而犧牲始全，忍於為全大功而拋棄小私，忍於為大義而滅親，忍於為永生而就死，甘困苦之飴，享逼迫之樂。堅忍且忍而後，始乃頭戴月桂冠，手把優勝旗，此忍力毅魄，不過於消極的以堪耐窮悲極慘，積極的以排除千障萬礙。扶植倒者，挽回頹者，使廢復興，使敗更勝。

　　聖人之所以為聖，英傑之所以為英，極底深奧，必有堅忍之護神，共通之事實。雖曰英才，若無堅忍，則見負於堅忍之凡才。雖曰傑人，若無堅忍，則有減於堅忍之庸人。故究竟之，英鈍始以堅忍而為判斷，嚴正之傑庸，亦以堅忍而為決定。試翻歷史，占有最為榮光頁數之人物，實在於其時代，而非稟質之卓越。寧是忍耐之堅剛，抑以材器幹局之同等，或勝或敗，一歸於水流雲空，一歸於沒世不忘者，明證由於能忍之忍，能堅之忍，到極與否。故對於人生之成敗，而可知堅忍之緊重，果如何也。

四

　　所同於人，非易之事。其人之其位，素非容易之所獲也。所勝於人，至難之事，同位以超越，同等以勝過，則毋論要其素養之功力，而況後於人而追先，敗於人而角勝者乎？論今日之勢者，幾分色難，幾分心沮，決非怪事？若無堅忍者必有會利運之天理，則毋論何人，難禁深憂。人是白晝，我則膝【漆】夜；人享極樂，我在火宅；人迎陽春，我處窮冬；人皆喬木，我獨蔦蘿。認此而無所計者，不知恥者也。立計而未覺難者，昧於事理者也。知難而不動心者，反是神經頑鈍之人也。

　　然長者何也，非謂小兒以體智長成者也？富者何也，非謂貧人以財貨積

聚者也？文明何也，非謂蒙昧開發，而殘劣強壯者乎？注力於育養體智以忍為長者之小兒，安有未為長者之道？注力於增殖產業以忍為富者之貧人，安有未為富者之道？注力於發達教化及財力以忍至文明富強之域者，安有未為文明富強者乎？亞剌比亞之樣野，乃得大忍兒穆宰默德之堅忍大忍，以能為世界的之大建設。蘇克蘭之榷鹵，乃得大忍兒羅克斯之堅忍巨忍，以能為世界的大創始。誠能有志有為，而徹底忍住者，則天下無有未做得之事矣。雖日暮途窮，而無庸悲嘆，日沒則月出，今日盡則明日繼。雖事艱計疏，而勿為落心。鍛鍊浮鬆而成剛硬，組織疏漫而成緻密，雖立於窮境，當於難局，而所憂慮者，元非境之窮而局之難也。實是自白日而至夜月，自今日而至來日，自浮鬆而至剛硬，自疏漫而至緻密，能忍之與否，是所深自省而大致意者也。

　　蓋萬事最後之成敗，時間以為決完，多有前盛榮而後淒涼者，一時寂寞而萬古繁華者，故論定事物真價之標準，其實力之強弱是也。嚴正實力強弱之標證，堪耐持久即堅忍力是也。能認堅忍之意義，能有堅忍之決心，則一時之屈弱，何有於永久之地位勢力。堅忍以并駕人優越人，堅忍以逐否會迎吉運，堅忍以剩得最後及永遠之勝捷而已。拿巴倫曰：「勝捷是最後之五分間」云，絕世英才，得意擅場之最大能事，猶以最後之堅忍，乃作成功之秘訣，而況逆境之凡夫，當至大之試驗乎？

　　　　《臺灣文藝叢誌》，第三卷第三期，一九二一年三月十五日

二個太陽輝耀的臺灣

作者　賀川豐彥
譯者　黃郭佩雲

賀川豐彥像

【作者】

　　賀川豐彥（かがわ　とよひ，1888～1960），日本兵庫縣人。就讀德島中學（今德島縣立城南高等學校）時受洗成為基督徒，後入神戶神學校（後改名中央神學校），一九一四年至美國普林斯頓大學的神學校就讀，一九一七年返國，前往神戶貧民窟進行免費巡迴診療活動，並參加友愛會，組織關西勞働同盟會，任理事長，積極參與勞工運動。繼而擴展到農民運動與無產政黨運動，一九二六年勞働農民黨創立，任執行委員，同年末該黨分裂之際退黨。爾後將重心轉移到基督教傳教，一九二九年在日本的基督教聯盟的特別協議會主導推動「神の國運動」，以「百萬人之救靈」為目標，在國內巡迴傳教，不久又前往中國、加拿大與美國各地佈道，亦曾數次來臺灣演講，鼓勵臺灣青年學子培養自己的文化，二戰期間參加「國際戰爭反對者同盟」，曾被憲兵隊逮捕審問。戰後初期敕選貴族院議員，創組日本社會黨。一九四七年與一九四八年兩次成為諾貝爾文學獎候選人，一九五四至一九五六年間連續三次獲推薦為諾貝爾和平獎候選人。著有《死線を越えて》（越過死亡線）與《一粒の麥》（一粒麥子）等。（顧敏耀撰）

黃郭佩雲像

【譯者】

　　黃郭佩雲（1902～？），原籍福建同安，父親為駐日公使館二等秘書郭左淇，母親為日本人，自幼生長於日本。一九二二年由父親許配給當時在早稻田大學就讀的黃朝琴（1897～1972，戰後曾任臺北市長、臺灣省參議會議長等要職），繼而因夫婿進入美國伊利諾大學就讀，陪同赴美。夫婿學成之後，聯袂前往中國，因黃朝

琴奉派擔任駐美國舊金山以及印度加爾各答總領事，亦隨之前去駐地。戰後來臺，曾任中華婦女反共抗俄聯合會常務委員，參與各地勞軍活動，亦曾擔任金陵女中第二屆董事。著作在目前僅見一九二二年十一月發表於《臺灣》第三卷第八期的譯作〈二個太陽輝耀的臺灣〉。（顧敏耀撰）

　　賀川豐彥先生，是大正文壇的新人，勞働問題的大家，前年所著的《越死線》受中外非常歡迎，不至數月，竟出二百餘版，足見先生的人格何等崇嚴，先生的筆法何等有力。這編乃先生去年到臺灣旅行回來之後，記在他所新刊的《自星裡到星裡的通路》書中，對臺灣的觀察批評，甚是有理。他山的石，做我們參考的地方，實在不少，所以佩雲不愧自己的粗劣白文，放膽翻譯出來，無外欲貢獻關心時事的諸君。

一　生蕃的神話

　　生蕃有這種神話……

　　太古，臺灣的島上，有兩個太陽照下，所以熱的了不得，真是令人抵當¹不起，故住民之中，有個勇敢的漢子，說非射落一個不能安居，即到欲射太陽的地方。

　　雖然，這個好漢，弓矢欲射到太陽，自知一代萬不能達到目的，轉思一想，遂即背負他的孩子，一同動身。

　　他背孩子上了射太陽的長途，每日不厭辛苦，漸漸的進發。可惜這個漢子，到了中途，竟不能堪這跋涉山川的艱難，果然一命歸陰。後來他的孩子，幸喜遵守父親的遺言，繼續前進，果然射落一個太陽。太陽受射之後，忽然縮小，變成一個涼快的月娘。

　　這種神話，吾想表情臺灣的風土，極優秀的傳說。臺灣的熱度、生蕃的好漢、臺灣的景致，實在一代不能成的，這種神話，說得明明白白。

　　臺灣確是有兩個太陽，像臺灣這樣的熱度，似乎沒有冬天，無怪生蕃想

1　按：「抵當」義同「抵擋」。

射太陽。

　　臺灣果然有兩個太陽，一個照臺灣，一個照內地，所以離內地到臺灣想
長久居住的人很少，想回內地的較多。

　　臺灣政治的勢力是內地的延長，但是社會的勢力不論甚麼都在三百年來
居住的漢民族，在這個地方，太陽亦可看做兩個。

　　兩個太陽自然過熱，不論那個，非射落一個不可，可是果到欲射的時
候，一代的工夫，總是不濟於事的。吾想如生蕃好漢的樣子，背他的孩子，
慢慢的進發，最可達到目的地。到臺灣的內地人，十分之一是官吏，除了官
吏與其家族，到底有多少的內地人在這裡呢？除起製糖會社即做茶米的而
外，不可不說很少，未滿二十萬人，果能幹出甚麼事呢？勞力不足，便想招
募中國工人，而日本人的南方發展，可得達到嗎？吾一想到，不到不生起疑
問。

二　疊與袖的遺傳

　　到殖民地，我最驚騷者，日本人全然不合殖民地，家屋的構造、衣服的
形狀、食物的滋味，全不與殖民地相符。日本人到了殖民地，像臺灣這樣熱
度，所建的房屋都與內地同樣，仍然四通八達，沒有防日光的設備。如果日
本人能得傚漢民族的做法，居在瓦造的家，四圍有防備熱氣的構造，大概稍
可較涼一些。吾想內地人全不關心內地的風俗，不想改良，仍然喜用高價的
疊子[2]，非在這疊床上睡覺，似乎不能開心，真是討厭的事。若有敷用疊子
的錢，來敷西洋地氈，改用椅桌，立體的活動，不是非常的活潑？特特要用
這不經濟的疊子。

　　疊子上的生活，是足利時代，支配階級的安逸生活，與禪宗偶然意氣相
投，漸漸的變成出來的方法，與現在生活方法，自然不能適用。銀閣寺初敷
四疊半子的疊子，堺街繼有敷疊子的大安寺，日本人就習這安逸生活的模樣
起來了。

2　原註：疊為鋪設之一種，房內必鋪之。

　　將這個特地拿到殖民地，不苦遙遠，叫內地的疊子店，遙遙前來，實在是不便得很。被孩子放小便的地方，便即腐壞，足見這個的不好處。我看臺北的洋式市街，暗喜日本人必然去彼就此，豈知我的豫想，全然不對。

　　衣袖問題亦是如此。

　　我看打內地來的婦人，仍然穿長的袖子，丸髻的頭髮，拿到殖民地來，不覺為之一驚。臺灣人的結婚禮服，上等的亦不過六七十圓，日本人的衣服，不佀【但】價錢高貴，袖子既長，上下相差，加費雙倍衣料，日本人算是連不用的東西，亦穿在身上。我想日本人能統治臺灣人，皆是洋服的庇蔭。

　　最可怪者，蕃童學校的先生穿洋服，使學生穿這個不適合活動的和服，衣裙皺風，真是莫名其妙。

　　有一位本島人，對我話【說】這種話：

　　「甚麼同化主義咧，內地延長主義咧，便將這簡便的的臺灣服視為廢物，叫人穿的不經濟不流行的日本服，實在沒有法子。」

　　我的意見亦是如此，中國服真是非常吟唎，若日本服萬不能如此的舒服。我在上海漢口，看他們的婦人勞働者，做事非常活潑，皆是服裝使其利便的，無不羨慕佩服，若是日本的女工，必定不能如此方便。我到臺北看打東門外行過的女工，亦是如此感想。我不信將中國服飾改用日本服，便是同化政策，不如聽其自由，使其美化，再為善導，斷不可將這不便的日本服，強制異人種。

三　食生魚的二腳動物

　　我漫遊臺灣各地，到處無不受餐生魚，熱帶的地方，傳染蒼蠅甚多，日本人何故必欲食這不安的東西？這點不如學那漢民非煮不食的生活較為合理，臺灣菜非常好吃，我很感心臺灣菜的便宜，他們的豐富煮法，人人要學的。

　　豫防蚊蟲的法子，我喜歡像米國在巴拿馬運河地方的樣子，將市街全體、屋子全部，畫為豫防區域，敷造水溝，窗門用鐵網圍好，便可驅除，如

臺灣的熱帶地，須與鄰家隔二三間，這種建築法，真是不知地理的辦法。在北海道的日本人概用西洋式生活，實在愉快，到臺灣我就不快這點，就是這裡的生活全不適殖民熱帶地的樣子，經濟照現代式，生活要取簡便，不可不想發明新樣式。

　　這個算是日本婦人缺點的地方，我甚要喚起他們快快覺醒。

四　教育的好處

　　又感著臺北的醫專，實在真好。我到臺北、臺中、臺南、高雄、屏東、新化、萬丹、東港、岡山、鳳山、新竹，各地本島人的基督教會，連連講演數十回，宿在本島人的家庭，受本島人的歡迎。他們之中，醫學校出身者甚有勢力，他們對地方上，所貢獻的所在，亦是不少，我很佩服他們。

　　我想本島人若早受完全的實業教育，必定更加進步，我甚希望各地多設農工學校。本島人的向學心，非常發達，可惜現在公學校只能收容就學兒童的三分之一，我聽到此不覺為他們同情。若教育他們，他們反要離開，這是大大的錯想，受教育者決不會違背。我想公學校的使命，此去真是重大。

五　奇怪的事

　　我在臺灣與本島人，交際約三四星期，未曾聽見革命的言辭，打算他們的生活亦可自安，故而安身樂業。但是發見多數本島人與官吏，並設何等內質的接近，就是內地所來的官吏，對本島人內部的生活，全然我不關焉的狀態，此如羅馬人不關心希臘人的宗教，似有不密接的地方。我不曉得他們如何施行政治，算是督府的官吏，尚在行政上表面敷衍而已，臺南的國姓爺立做縣社，到底使本島人如何滿足，不覺難解。（十月十日）

載於《臺灣》，第三卷第八期，一九二二年十一月四日

歌意

作者　北原白秋

譯者　洪炎秋

【作者】

北原白秋像

　　北原白秋（きたはら　はくしゅう，1885～1942），日本詩人、歌人、童謠創作者。本名北原隆吉，生於今福岡縣柳川市，一九〇四年就讀於早稻田大學英文科預科，翌年以詩作《全都覺醒賦》獲得《早稻田學報》懸賞一等入選，受到文壇矚目。一九〇六年參加與謝野鐵幹等人組織的新詩社，陸續在《明星》雜誌發表詩作。1908 年與石井柏亭等人創組「牧神會」（パンの会），反對自然主義，傾向象徵主義、耽美主義。一九〇九年參與《スバル》雜誌創刊，同年出版第一本詩集《邪宗門》，帶有濃厚的感性而唯美之風格。一九一一年發表第二本詩集《回憶》（思ひ出），抒發對於少年時代和故鄉風物的眷戀。一九一三年發表歌集《桐花》，其獨特的抒情特色，讓他在歌壇佔有一席之地。一九二二年任文化學院講師。一九二五年遊歷樺太（今庫頁島）與北海道，一九三〇年應南滿州鐵道之聘，前往滿州旅行。一九三四年因臺灣總督府招聘，來臺遊歷。晚年曾當選藝術院會員，後來因糖尿病而失明，但仍持續創作詩歌。著作等身，作品總數多達二百餘部，除了前引數本之外還有《白秋詩抄》、《北原白秋歌集》（高野公彥編）、《白秋愛唱歌集》（藤田圭雄編）等。一九八五年適逢其百歲冥誕，在柳川市正式成立了「北原白秋紀念館」。（顧敏耀撰）

【譯者】

　　洪炎秋，見〈足跡〉。

　　曾經有過這樣的事。

　　有個以歌自誇的人，到真間來訪問，叫我看看他的歌。我說散散步去

吧，就帶著他一塊到外邊去。這個人在路上總不知道老是說些什麼，我卻一心一意地看著黃昏的天空和田圃的景緻。

紅紅的夕照還留存在西邊的空中。在真間的小河堤上走路的時候，這個人忽然彎下腰去拾小石。一看看是幹什麼呢？乃是個很可憐的繪畫的模樣啊，我不知不覺就站住了。

在這裡有鮮麗的白底的葉的河楊，搖蕩於水面。在那彎下搖動的一枝的枝上，還有一隻小燕子站著。又來了一隻。枝越搖起來。枝的末梢碰水，把波攪起。燕子們把紅嘴巴並列著，好像害怕的樣子叫喚起來。又來了一隻，枝更搖起來。因為一不小心就要滑落下去，所以現在拼命地抓住。那種嬌豔的黑色的裂羽，可愛的啼聲，光只這些，已是可愛了，又有一隻搏著翅膀，跑到旁邊來，枝上的燕子一看到牠，慌慌張張，好像說不行不行地叫喚。如果再有站住的，枝就要完全浸入水中了。空中的一隻，要停又不停，很寂寞地一邊啼叫，一邊飛去了又靠近來，靠近來又飛去。

是對著這個燕子把小石扔去的。

我怔了一怔，但卻默默不言，我一面帶著寂寥之感地微微而笑，一面仍然滿不在乎地繼續散步。這樣走去，到了某地方，把這個人送走，說聲：「再見。請再來玩。」就握著分別的握手。因為這樣，歌也終於沒有看就了結了。不用看也是可以知道是什麼程度的。不用說，也可以知道是個做出什麼程度的歌的人。

為什麼呢？

這是因為用這一樁事，我就可以明白知道這個人的人物，還是沒有成就的。心如果沒有成就，歌是成就不了的。

——《洗心雜話》

載於《北平近代科學圖書館館刊》，第五期，一九三八年十二月

遺產

作者　劉捷
譯者　哲也

【作者】

劉捷（1911～2004），字敏光，筆名郭天留、張猛三。生於屏東縣萬丹鄉廣安村，負笈日本，半工半讀完成中等教育，繼而先後就讀於明治大學法科、日本速記學校，一九三二年畢業後返臺，先後任《臺灣新聞》、《臺灣新民報》記者，並且參與臺灣藝術研究會、臺灣文藝聯盟，陸續在報刊發表作品。中日戰爭時期前往中國謀生，戰後返臺任職《國聲報》，一九四九年遭蔣氏

劉捷像

獨裁政權誣陷下獄長達五年。出獄後曾以替人看相、算命為生。一九六四年創辦《農牧旬刊》，提供畜牧各類知識，後又與戈福江等人組織「臺灣生養豬協會」及「中華民國養豬協會」。晚年與王昶雄共同創組「益壯會」，聯繫許多資深的文藝界人士。其創作文類包括詩、小說、評論、報導文學、命理學、禪學等，已出版者有《臺灣文化展望》、《光明禪》以及《我的懺悔錄》。（顧敏耀撰）

【譯者】

哲也，應為臺灣文人，僅知曾於一九四一年七月一日在《南方》第一三三期翻譯劉捷原作〈遺產〉，其餘生平事蹟不詳。（顧敏耀撰）

　　這篇的原文曾刊在《臺文》第二卷第七號，標題是〈民間文學的整理及其方法論〉的。並不是甚麼我們的先代遺下來的田園或是財寶，但是，過去我們的先代的生產舞臺和生活樣式及其意志、感情、思想等是比較田園或是財產更可貴重的。生為後代的我們，既然不能相續先代的田園和財寶，既然不能保守我們先代所遺下的物質，難道還得把先代的意志、感情思想棄之不顧嗎？大家要重新認識，「發掘民間文學是後代人應幹的重大使命，尤其是文化人不得不效勞的大業！」所以我們於今年春初設立了「臺灣土俗學研究

係」，以資全島民奮起收拾先代所遺下的文化財。

　　我冀望讀者們別要誤會，我不是在叫全島民還返於過去的生活樣式。目的是要知道偺們的先代也有遺下那麼一大筆的文財化【化財】的，我又不是在讚美先代所遺下的文化財的，目的是要知道臺灣過去的文化生活史，有夠裨益偺們的，也不妨把她模倣，所謂「取長補短」的方法，是過度【渡】期的環境裡所必研究的條件。（譯者）

　　此後真的為要生產我們的感情和意志，以思想而組織的藝術，我們從甚麼也要再認識我們的鄉土臺灣。

　　這是不得不要切實地認識我們今日的生活現狀和文化的現狀及步過的過程。知道過去的生活或是文化的問題，是知道過去的生產舞臺和生產樣式，抓得今日的臺灣社會共通感情、意志、思想，使其明白是比甚麼還要捷徑的。

　　這個島裡的文化財產，尤其是於藝術分野的遺產，真是不堪於批判的程度，貧弱不過的東西。有的因為和東亞的老大國（中華民國）一脈相繁【繫】所以脫不出對【封】建時代的遺風，著實鈍重不活潑的東西。

　　然而，不得不創造適合於新時代的文化或是藝術的要求，不旦【但】周圍在要求著，連我們的內部自身也感覺很必要的樣子來了。不過要建築新的文化和藝術，把過去的舞臺和生活樣式不顧，會得創造與否？……

　　若是說，臺灣的文化和藝術、文學等會自然發生的誕生，今後會自然發生的成長，那是一大誤謬的。都和人類的歷史一樣，文化亦是人類把她創造的。我們若是沒有意識的底努力要把她造出，要生產何等有體係【系】、首尾一貫的文化是絕對不可能的。

　　到這兒，我們的意識的努力不得不向過去的文化的遺產攝取，俗語說，採長捨短的方法，對我們也很重要的。

　　若是新的文化要否定過去一切的文化的發展，不把她破壞建設而進取的，人類是永遠的停滯於初步的底文化的階段吧？

　　那末，我們要怎麼承繼過去的遺產……先考兩個方面。

　　即是領臺前的清朝時代還是於鄭氏時代，或是和蘭時代，乃至於有史以前的本島住民的生產關係、生活樣式、言語、習慣、風俗道德等的研究。就中鄭氏時代到領臺和我們最有密接的關係，這個時代的文化遺產，給我們今日的生活樣式做基礎多著哩！

　　例而，於島民今日的思想，可見儒教浸潤之甚，於家族制度，可見封建的血緣地緣！對於語言文字現在還保持著非常的勢力把我們支配著。

　　然而對這個方面的探求或是分析，從來都叫人們閑卻的，雖有幾個這方面的研究家，結果介在研究各個人的方法和態度，到底是不能究明我們社會的本質，都是歸納於皮相一面的底觀察為多。

　　要照明剩下來的真的容相，除卻生於這地方、吸了這個地方的空氣，在這個地方生活，把實踐體驗過來的青年的島民的力是沒有的[1]。

　　這麼要承繼藝術上的遺產，作家批評家是要知道過去，跨入現在的生活，洞察大眾所要求的動向，拿出了藝術家的才能和良心，用了敏感的知覺去表現他們的在搖動著的情勢。

　　結果，假使一般文化的研究家，理論的由抽象的、具體的把我們的生活在考察著，藝術家文學家是要具體的突入大眾的生活，忠實地把現代的大眾所持的意德沃羅基[2]反映。

　　還有一層，是領臺後四十年間，自日本或是中國所移入的世界文化，我們把她咀嚼消化，以為我們的血肉的方法。這種的方法相信現在很活潑在推行著，然而對其根本的態度是不得不置於最適要的地方的，若是沒有這麼幹恐怕沒有多大的效果而且是會遊離我們所必要的吧？

　　逢著藝（術）上的創造也是別要忘卻這個共通的基本態度，批判攝取而加工了，可成為我們的東西。

　　近來日本文壇在唱著古典文學的再認識，托爾斯泰、牧兒薩斯、瑟斯此亞、丹地、游傲、海寧等等都受了再批判，外國古典文的研究在盛行著，這麼事情給我們也是極其緊要的，並不是無為的。

1　譯者註：還要父老們的協力。
2　譯者註：意識。

　　高爾基主張「不得不提早承繼過去的文化遺產的時候」，受了許多的機械主義者的反對，然而經過一些的日子，受了政治的批評，才認定他的意見是正當的。

　　於這個意思著論，新的臺灣文化的建設，藝術的創造，我確信不是自然的，由真空管中跳出來的，那是把過去的遺產，多角的去批判、攝取，加工才得健實的建設。還要知道臺灣的特殊事情，重在民族文化的立場，雖然那個形式創造得夠有鄉土味，但是，那個內容須要適合於國際的全人類——把民族的偏見除卻的作品才是[3]。

　　　　　　　　　載於《南方》，第一三三期，一九四一年七月一日

3　譯者註：前頭說過，這篇的原文標題〈民間文學的整理及其方法論〉，我這兒譯出來的〈遺產〉是其中的第一節，遺產再認識。其餘這有五節，詳細參觀——《臺灣文藝》第二卷第七號第百十六頁。一六，六，一四早晨於稻江寓居

我的婚姻

作者　不詳
譯者　詹聰義

【作者】

　　不詳。原作刊於美國雜誌"*The American Mecury*"（1924 年創刊，1981 年停刊），作者為一位女性的無名氏。（顧敏耀撰）

【譯者】

詹聰義像

　　詹聰義（1921～1988），字青涯，號自虔，法號慧明居士，亦署愚園主人。臺灣臺北人。東京外國語學校、早稻田大學法學系畢業，國際文化學院大學及瑞士聯邦州立 Bern 大學法學博士，亦擅詩經、書法學。曾於一九四一年四月十五日於《風月報》第一二八期發表譯作〈人生〉，同年九月十五日在《南方》第一三八期發表譯作〈生活與我們的態度〉（原作者為 G. F. Millerger），同年十一月在《南方》第一四○、一四一期發表譯作〈我的婚姻〉。曾任軍法官、教官、教授、律師，臺北市書法研究會常務理事兼秘書長，中華民國硬筆書法學會理事，「中國書法學會」常務理事，「中國詩經研究會」副理事長，《中華書學》發行人，日本硬筆書道教育會及全日本書道作家聯盟顧問，全日本書道合會名譽理事，國際書道協會名譽會長，亞洲藝術家協會國際理事，臺北市民間遊藝協會理事長，國術會唐手道委員會主任委員，臺北市律師公會常務理事、監事等，第二屆世界詩人大會中華民國代表，曾以書法訪問大韓民國、日本等數十次，推展漢字書法交流。（許俊雅撰）

　　　　　　　——譯自 *American Mescury*，作者為隱名氏——

　　凡結過婚的人很少有人承認他們未來的快樂是最脆弱的事——必須保護、扶育才能得到。我願意向新結婚的人建議：「影響我們未來的沒有比婚

姻再重要了，婚姻本身不該受到絲毫損傷。」

　　我承認我的婚姻是成功的，我們的快樂是得自彼此的調整。我常發現我的丈夫使完牙膏後，永不把蓋子蓋上。雖然這是一點小事情，但是我感到非常不快。事後我向他解釋，現在他把蓋蓋得費了半天勁我才開得開。這種小的調整，也就是大的調整的表像。由於此種調整，我們的生活才能是莊嚴的、幽默的。

　　我們彼此尊重個人的祕密。在進臥室之先他一定要先叩門，我也是如此。他向來不拆開我的信，我也這樣。雖然我們都認為這是不關緊要的事。

　　我們不贊成把丈夫的、妻子的範圍分得清清楚楚，例如房間、娛樂，但我們遵【尊】重彼此的意思、行為的絕對自由。

　　我丈夫回來晚的時候，一定事先打電話通知我，求我諒解，我也如此。所以我們之間，絕不曾因向【回】來遲而不快，他對我的一些朋友不大喜歡，他的一些朋友我也有些不歡迎，不過，我們絕沒有發生任何的苦惱，因為友愛絕不能干涉到我們夫妻的愛。有時我們也許發生意見，但我們妥協，使事態迅速完結。

　　我認為解決共同生活困難問題的法子，便是妥協。所謂妥協，並不是個人的犧牲，婚姻內絕沒有犧牲的地位。犧牲是人工的、自憐的。在婚姻的過程中，雙方都有一定的責任──男人管財務，女人管社交和家務事。有很多夫妻，忽略這種事實。不惡語相向，夫妻間的鬥嘴是不可能的，因為夫妻倆的爭吵的原因，十有八九是極幼稚的。

　　個人的時候，個人花自己的錢沒有任何問題發生。但是兩人一到一起──結婚，則問題即像野草似的到處都是。最好的法子，就是彼此合作，如同共同經營事業一樣，接受彼此的預算表。我與我的丈夫在銀行中有一個共同的存款，我們倆的收入都放在一起。我保管存款摺，並且擔任開付負債的責任。到每月十號左右，我們就作一次共同的清算和討論，每月都有一次的計劃：「是否這月裡應當有一次電影，或二次、三次，或者一次不看。保險的利息的準備，各種財務的結核。」這樣一年有十二次在一定的日子清算，所有家庭內的經濟問題都可簡單化。

　　我們中間不許第三者參與，這是我極端遵守的規則。第三者包括朋友、親戚、小孩子們。孩子睡覺時，我們才用各人意見討論他們，在面前我們絕口不談。孩子在眼前。我們努力使我們任何事情都是不可分的陣線。

　　讀這篇文字的人，曉得我所說的小的調節就是大的調節的道理嗎？當然，對於我們中間，或者任何正在相愛的人的中間的嚴重問題，我沒有談到一字，不過那種事，是不能用言語來說的。然而不論夫妻間的問題是個怎樣的嚴重，可以用以上那種對付小事的法子對付，都可解決因為所謂小的事情，在世界上，它們是對於我們最有意義的事。（完）

載於《南方》，第一四〇、一四一期合刊，一九四一年十一月一日

南海前線空戰記

作者　不詳

譯者　朱學誠

【作者】

不詳，僅知其一是日軍在新幾內亞的高射砲隊將校，其二則是在所羅門群島的空軍將校。（顧敏耀撰）

【譯者】

朱學誠（？～？），僅知曾於一九四三年九月十五日在《南方》第一八三期發表譯作〈南海前線空戰記〉，其餘生平不詳。（顧敏耀撰）

以下收集的是兩篇南海前線的空戰實錄，第一篇是〈新幾內亞決戰記〉，為我高射砲隊某將校手記。第二篇是〈空中實戰談〉，是記述皇軍某空軍將校在所羅門群島雪朗德陣地擊落美機的戰記。

一

磯中尉指揮的高射砲隊，挺進至布那附近，為去年 X 月十二日，任務是迎擊襲擊該處機場之敵機。

新幾內亞的大雨，具有南洋豪雨的特性，真的是勢如傾盆，常常一連數天的狂瀉不停。因此，飛機場給雨水泛成一片汪洋，美國空軍以為良機已至，不斷的展開猛烈的攻勢。

我方高射砲隊默默地督率工兵，構築堅固的陣地，工事迅速，不出二三天，早已全部完竣。十六日晨，終於在隊長一聲命令下，打破了四周沉寂的空氣。這一天早晨恰巧有一隊六架北美式轟炸機，由培三六式及卡基斯霍克 P 四〇式戰鬥機護衛，飛越我軍高射砲陣地上空，測其方向，大約是想去轟炸 XX 友軍陣地。

敵機初不知此處業已構築了我軍高射砲新陣地，所以儘自悠悠然飛近上空來。高射砲射手訓練純熟，富有經驗，一聲令下，高射砲彈便紛紛向敵機

飛迸。站在砲側拿望遠鏡窺視敵機的隊長，不時浮起一陣會心的微笑。只見三千公尺高空中的北美式敵機早已中彈，朝左右簸盪了幾下，便剌斜裡落向地面來。

整然飛翔著的敵機群，猝遇意外的襲擊，頓呈異常慌亂，宛如落葉般的四散奔逃。

我方高射砲射手們。由於一架北美式轟炸機的擊墮，精神益振，因而射擊也越發正確起來。只見一架敵機倉忙中正擬向東遁走，但已不及，早給連珠般的彈幕罩住，左衝右突，飛不出緊密的火網，終於為無情的砲彈命中了。

轉瞬間，敵機已為煙火包圍，很快的墮入後面的密林中。高射砲隊因為出馬順利，士氣昂奮，尤其砲手的眉宇間，充滿著喜氣。敵機逃散以後，他們便在熱帶特有的藪林裡，仔細一瞧，立刻明白是敵機來襲。於是我就把坐機減低高度，對準敵機群猛進。無奈早有許多友機混在六十架大隊中，忙著整理砲腔，準備第二次的邀擊。

第三天，果然又遇十六架布利斯總爾式的敵戰鬥機出現在陣地上空。敵機似乎對於前天意外的奇襲，依然不知警戒，從東方沿著海岸，一面開著機槍掃射，朝機場飛來。

「敵人多麼昏愚！」

砲手們瞧著漸漸逼近的敵機，笑著說。但隊長磯中尉，卻咬著嘴唇，兩眼湊在望遠鏡上窺敵，一言不發。

一分鐘，二分鐘，時光流水般消逝，陣地四周覺得意外的岑寂，益顯得暴風雨前的靜謐。砲手們早已準備妥當，嗡嗡的機聲漸漸逼近頭上來。

「發射！」

高射砲彈隨著隊長的號令拍拍拍拍的響了起來。敵機對此一瞬間爆發的襲擊，那裡來得及應戰。忽見兩架敵機先後從發動機上冒著火，次第曳著白煙墮毀於密林之中。

不一會，背後第三架敵機機體，又中了高射砲彈，砲彈正中在敵機標徽——六角星的中央，穿過了機體，大致駕駛員已給射斃，敵機頓時喪失駕

駛力，一個傾側，便流星般向地面落下。

其餘十多架戰鬥機紛紛四散而逃。但是竟也有一架勇敢出眾的敵機，這一架敵機，忽把機首向下一俯，餓鷹攫餌般的撲了下來。我以為這架戰鬥機想用機鎗掃射陣地了，誰知它竟對準一架高射砲筆直的俯衝下來，真是飛機和高射砲一對一的拚死決鬥。

在這千鈞一髮時，藤原軍曹很快的對砲手發了一個緊急命令：「信管一秒射擊！」在這緊張萬分，間不容髮的瞬間，一秒鐘一發的高速度砲彈，急雨般向猛衝下來的敵機直噴。巨型的直擊彈，一顆，二顆，三顆的次第貫穿敵機的機身。但這架敵機卻並沒吐火，向著離陣地五六十公尺的附近落了下去。敵機落在地面還能在椰子林中滑走了二十多公尺，轟然一響，漸漸冒出紫黑的煙火來。

大約過了十餘天後，高射砲隊長所日夕希望的日子，終於到來。磯中尉只聽得美軍方面把所謂「空中要塞」的波音式轟炸機，誇張得驚世駭俗，但是迄未有與彼決一雌雄面【而】予以擊毀的機會。這一天，忽有一波音式轟炸機，帶著布列斯德爾戰鬥機從三千公尺高空，驟然低飛下來，飛翔在陣地上千公尺左右的低空之間。埋在密林中的我方高射砲陣地，睹此良機，便下令攻擊，砲火敏捷地噴射上去，「空中要塞」也不敢怠慢，從肚腹裡瀉下幾顆炸彈來，戰鬥機也同時遠遠的開鎗掃射著。

敵機的炸彈，墮入右方沼澤中炸裂，沖起漫天的泥水，陣地絲毫未受損失。同時這架波音式敵機，卻給高射砲射中吐著白煙，誰知一剎那間白煙忽又消失，可是接著第二彈又命中了，命中在敵機左邊第二號的發動機，這回機上冒著火。匆遽地向海面逃逃。良久，忽見渺小的重傷的敵機，從遙遠的天際，一翻身向著海面倒撞下去。

二

本年六月，我在敵機來襲的一小時前，剛駕著戰鬥機出發作試飛。但回到機場附近，忽見上空佈滿著飛機，甚為疑敵機中與敵機酣戰，所以一時竟不容易分辨出敵機或友機來，所以不敢輕易亂射。繼見幾架敵機的炸彈落入

海中，下面的小船在紛紛逃避。因知來襲的是敵軍的艦上轟炸機，我認清之後，立即開始射擊。但因距離較遠，終難射中，心裡不禁焦躁，乃推動坐機，對敵機進逼過去。但我機一接近敵機，敵機又慌忙遁走了。我隨即覷準 XX 公尺低空飛行逛逃的另一架敵機，緊追不捨。

我突採一種奇異戰法，更較敵機低飛，在海面掠水飛去，迅即飛在敵機的下面，向敵機機體下猛射，敵機雖已受創，但還是拼命逃走。我想這不是辦法，立即改變方針，預備攻擊敵機的駕駛員。於是把機首一抬，改向敵機側面進迫。不料敵機見我從側面進攻，忽然撥動迴旋鎗，向我射擊起來。結果仍然給我射中要害而起火燃燒，只見全機給火圍燒著，剎那間便墮入海中不見蹤影。當敵機起火燃燒的時候，一眼瞥見戰友 F 軍曹駕著新銳戰鬥機刺斜裡疾飛而來，似乎皿 F 軍曹也曾在追擊這架敵機，一見敵機焚燒墮海，還以為他自己擊墮的，舉起雙手來，似甚喜慰。

接著我便駕機繞到前方，預備巡擊逃來的敵機。一會兒發現有一架艦上轟炸機，從一朵淡淡的白雲下面飛來。我即出其不意，突然穿出密雲，開足馬力，跟在後面猛射，正在邊追邊射的時候，忽而機鎗發生障礙，我心裡一驚，趕緊修理完好，重又繞著島岸拚命的追擊，約追擊了十分鐘左右光景，忽然彈丸告罄。

這樣一來，使我吃驚非小，然而很奇怪，敵機方面竟也沒有彈丸射來。我稍稍逼近去一瞧，好像敵機的戰鬥員已經死掉，機關鎗口朝上，毫無動靜。我心想這倒很巧，那末我就是沒有彈子也要追一追，至少可似儘量的嚇他一嚇。於是我把機首一拚，緊緊的跟在敵機的斜後方追逐不休，雙方都沒有開鎗射擊，只是一追一逃，真是一種奇突而可笑的戰鬥。

　　我想把敵機的情形更看得清楚些，乃打開了風房仔細一瞧，誰知那邊也打開風房除掉避風眼鏡在看我。我就對他微微地笑了一笑，但對方卻一點表情也沒有。我已經沒有子彈，什麼辦法都沒有。我左思右想，想設法把它誘同機場去，但忽聽敵機上的傳聲管咕嚕的響了一陣，方才我以為已經死掉的戰鬥員突然漸漸將身體支撐起來，想把機關鎗撞過來，我沒有法子，只得捨之而返。

　　　　　　　　　　載於《南方》，第一八三期，一九四三年九月

其他

滑稽談集

作者　不詳

譯者　南歌生

【作者】

不詳。譯者從日本東京諸新聞雜誌輯錄而來。（顧敏耀撰）

【譯者】

南歌生（？～？），真實姓名不詳，臺籍文人，居於臺北，通曉日語。目前所見三篇作品皆發表於《臺灣教育》，包括第二九七期（1927 年 3 月）的〈如是見聞〉、第二九八期（1927 年 4 月）的〈滑稽談集〉、第二九九期（1927 年 5 月）的〈臺北見聞〉，其餘生平待考。（顧敏耀撰）

排日如何

或曰依英京來電，言米國桑港再起排日風，可惡至甚。一漢學家泰然解曰：「請諸君安心，何者？日本若排米，即饑餓起；米國若排日，即世界暗。」

生徒豫習

一日先生叱某生徒曰：「君何故不豫習來校！」生徒答曰：「昨夜附近有出火事故。」先生驚懼且同情曰：「所燒幾戶耶？」生徒答曰：「時偶成熟睡中，全不知焉。」

時候不順

某生與一醫院長書云：「時候不順，想先生必也多忙，恭喜恭喜。」

感化院落成式

某處設感化院，新築落成。是日來賓某君讀祝詞，其中有言：「吾人當

祈本院將來益盛益大。」

算術時間

　　某校算術時間中，先生問曰：「二九幾何？」肉店之子直立答曰：「肉（二九）百目一圓五十錢也。」

所得稅

　　一警部怒叱：「汝何故不從正業，處處浮浪，無惡不作？」浪人答曰：「予非惡徒，唯恐財產屢積，所得稅屢多而已。」

電報

　　一日父誡子曰：「汝讀書，不但知讀法，須記字畫。方可書信。」子答曰：「否否，我每打電報，較速且便。」

不可言虛

　　一日先生曰：「諸君不可言虛。」生徒答曰：「強盜入宅時，我若正直說明金頂在處，先生之修身點將與甲否。」

朝刊

　　父曰：「每朝讀朝刊新聞，可明世界。」子曰：「當然，每夕獨夕刊新聞，可知日暗。」

良心

　　巡查曰：「汝豈無良心乎？」盜賊答曰：「嗚呼！兩親已俱亡矣。」

恐犬

　　甲曰：「予每想欲訪問足下，但恐貴宅犬吠。」
　　乙曰：「安心安心！諺云『吠犬則不咬人。』」

甲曰：「貴宅之犬君，有知此諺乎？」

坐食

母曰：「汝真不規矩，何故立食耶？」子答曰：「不然不然，古人云，坐食則山崩，故立食耳。」

富豪

甲曰：「有速成的富豪術否？」乙曰：「有有，請君作集金人。」

下女

一日巡查來調查戶口，向一下女曰：「汝長女或次女乎？」下女正襟答曰：「妾乃本邸下女而已。」

赤心

先生曰：「赤心之語何意？」生徒答曰：「露西亞人之心也。」

代議士

父曰：「今年予運動不足，故代議士落選。」子曰：「我今學期運動過多，終得落第，不知何故？」

顯微鏡

甲曰：「予家藏一顯微鏡，可觀五百倍大。」

乙答曰：「善哉善哉，如此一錢銅貨，可觀作五圓金貨。」

愛汝敵

一耶穌教信徒曰：「酒為人類大敵，故米國已勵行禁酒。」不信耶穌者曰：「汝真可惡，汝忘教祖耶穌遺訓耳，昔耶穌曰：『愛汝敵。』」

西洋崇拜

　　一老人嘆今日學者過於西洋崇拜。老人曰：「英和辭典之用語乃不當之適例，須作和英辭典。」

社會與會社

　　甲曰：「今日社會，有種種問題，實難應接。」
　　乙曰：「不錯不錯，會社多破產，想君亦受影響。」

香水

　　甲曰：「君今日衣服香氣甚好。」
　　乙曰：「然，予點香水將往寫真店撮影也。」

無線電話

　　甲曰：「無線電話已發明了，可知人智無限。」
　　乙曰：「電錢電話無難，借近鄰所有電話利用，即無錢電話，可知君有誇大癖，予忠告之。」

　　　　　　　　　　　　　　　　　　　　——東京諸新聞雜誌所載

　　　　　　載於《臺灣教育》，第二九八期，一九二七年四月一日

附錄：臺灣日治時期中文翻譯文學作品一覽表

篇名	作者	譯者	刊名、卷期	日期	備註
童話					
某侯好衣	安徒生	不詳	臺灣教育會雜誌，第50期	1906年5月25日	
克老司	安徒生	不詳	臺灣日日新報	1924年8月5、6、8日	
魚的悲哀	愛羅先珂	魯迅	臺灣民報，第57期	1925年6月11日	
狹的籠	愛羅先珂	魯迅	臺灣民報，第69～73期	1925年9月6日～10月4日	
露西亞偶語四則	伊索等	薛瑞麒	臺灣教育會雜誌，第191期	1918年5月1日	
池邊	愛羅先珂	魯迅	南音，第1卷第5期	1932年3月14日	
小孩子的智慧	托爾斯泰	春薇	臺灣文藝，第2卷第7期	1935年7月1日	
小說					
陣中奇緣	不詳	謝雪漁	漢文臺灣日日新報	1905年7月1日～12月30日	本書未收錄
丹麥太子	莎士比亞	觀潮	漢文臺灣日日新報	1906年6月5日	
志士傳	二楸庵主	逸濤山人	漢文臺灣日日新報	1907年2月8、13、14日	
花麗春	馮夢龍	中洲生	漢文臺灣日日新報	1907年5月1日	
降任錄	不詳	中西牛郎	漢文臺灣日日新報	1907年10年16、17、19日	本書未收錄
決鬥奇談(一)／冰中決鬥	不詳	嘯霞	漢文臺灣日日新報	1908年11月14日	本書未收錄
決鬥奇談(二)／氣球決鬥　繩上決鬥	不詳	嘯霞	漢文臺灣日日新報	1908年11月22日	本書未收錄
小人島誌	斯威夫特	蔡啟華	臺灣教育會雜誌，第91～94期	1909年10月25日～1910年1月25日	

（續）

篇名	作者	譯者	刊名、卷期	日期	備註
法國演戲	不詳	不詳	漢文臺灣日日新報	1910年4月26、27日	本書未收錄
赤穗義士菅谷半之丞	不詳	異史	漢文臺灣日日新報	1910年5月29日～8月11日	
塚原左門	不詳	雲林生	漢文臺灣日日新報	1911年1月22日～5月27日	本書未收錄
寶藏院名鎗	不詳	魏清德	漢文臺灣日日新報	1911年5月30日～10月2日	本書未收錄
塚原卜傳	不詳	魏清德	臺灣日日新報	1912年1月7日～2月14日	本書未收錄
排崙君子	不詳	囂囂生	臺灣日日新報	1912年2月17日、21日	
八重潮	不詳	魏清德	臺灣愛國婦人，第75～77卷	1915年2月1日～1915年3月25日	本書未收錄
黃金村	不詳	陳國璠	臺灣愛國婦人，第75～88卷	1915年2月1日～1916年3月1日	本書未收錄
意大利少年	亞米契斯	包天笑	臺灣日日新報	1915年3月10～12日	譯者原未署名
醫生之決鬥	不詳	小青	臺灣日日新報	1915年4月16、17日	譯者原未署名
忠勇愛國之小女	不詳	楊萬吉	臺灣愛國婦人，第78卷	1917年5月	
三造之敵	不詳	楊萬吉	臺灣愛國婦人，第79卷	1917年6月	本書未收錄
再世約	不詳	飛雲	臺灣愛國婦人，第85、87卷	1917年12月1日、1918年2月1日	
佳人奇遇	柴四朗	小野西洲	臺灣時報	1918年7～10月	
疆場情史	不詳	碧梧	臺灣日日新報	1920年12月6～13日	譯者原未署名
不憾	不詳	西巫時用	臺灣文藝叢誌，第3卷第2期	1921年12月15日	

（續）

篇名	作者	譯者	刊名、卷期	日期	備註
鬼約	不詳	蜀魂	臺灣文藝叢誌，第3卷第4期	1921年4月15日	
旅順勇士	押川春浪	湯紅紱	臺灣日日新報	1921年8月27日～9月5日	譯者原未署名
女露兵	龍水齋貞一	湯紅紱	臺灣日日新報	1921年9月13日～10月2日	譯者原未署名
鷹中鷹	不詳	許寶亭	臺灣日日新報	1922年10月7日～30日	
最後一課	都德	胡適	臺灣民報，第1卷第3期	1923年5月15日	
智鬥	不詳	餘生	臺南新報	1923年9月26日～10月13日	本書未收錄
有罪有罰	杜思妥也夫斯基	張耀堂	臺灣教育，第303卷	1923年11月1日	
百愁門	吉百齡	胡適	臺灣民報，第2卷第1期	1924年1月1日	
二漁夫	莫泊桑	胡適	臺灣民報，第2卷第3期	1924年2月21日	
女郎之自述	查爾斯·蘭姆	黃超白	臺灣民報，第2卷第5期	1924年3月21日	
俠盜羅賓漢	不詳	不詳	臺灣日日新報	1924年4月16日	
比勃里斯	皮埃爾·盧維	周建人	臺灣民報，第3卷第8、9期	1925年3月11、21日	
我的學校生活的一斷片—自敘傳	愛羅先珂	胡愈之	臺灣民報，第59、60、62期	1925年7月1日、7月11日、7月26日	本書未收錄
噴水泉	列尼葉	李萬居	注釋國文副讀本（中冊），北平：中華書局	1925年6月	
鄉愁	加藤武雄	周作人	臺灣民報，第63、64期	1925年8月2、9日	
約翰孫的懺悔	霍爽	朱賓文	臺灣民報，第182期	1927年11月13日	
描在青空	小川未明	劉吶鷗	莽原，第2卷第23～24期	1927年	
蛇蛋果	左拉	李萬居	臺灣民報，第197期	1928年2月26日	
威爾幾妮與保羅	維利耶	李萬居	臺灣民報，第198期	1928年3月4日	

（續）

篇名	作者	譯者	刊名、卷期	日期	備註
生活騰貴	Pierre Valdagne	劉吶鷗	無軌列車，第5期	1928年11月16日	
兩個勞働者的對話	不詳	曉芳	臺灣大眾時報，第2期	1928年5月10日	本書未收錄
死人	高爾斯華綏	可夫	臺灣民報，第216期	1928年7月8日	
七樓的運動	橫光利一	劉吶鷗	色情文化，上海：第一線書店	1928年9月	
縹緻的尼姑	北村壽夫	楊浩然	臺灣民報，第260、261期	1929年5月12、19日	
礦坑姑娘	松田解子	張資平	臺灣民報，第260、261、262期	1929年5月12、19、26日	
難堪的苦悶	不詳	張資平	臺灣民報，第260期	1929年6月2日	本書未收錄
小人國記	斯威夫特	不詳	臺灣日日新報	1930年3月3日～5月17日	
大人國記	斯威夫特	不詳	臺灣日日新報	1930年7月6日～12月6日	
大理石女子	雷尼耶	李萬居	文藝月刊，創刊號	1930年8月15日	
簪	繆蓮女士	晴嵋	臺灣新民報，第395期	1931年12月19日	
被棄的兒子	莫泊桑	陳村民	三六九小報，第154～163期	1932年2月16日～3月16日	
太子的死	都德	邱耿光	南音，第1卷第11期	1932年9月27日	
五樓的戀愛	西加羅米原	彬彬	臺灣新民報，第995、997、999期	1933年11月26、28、30日	
得救的鄉村	Alexander Barta	李萬居	時事類編，第2卷第22期	1934年	
鄉村中的鎗聲	Josef Halecki	李萬居	時事類編，第2卷第24期	1934年	
鷹的歌	高爾基	宜閑	臺灣文藝，第2卷第5期	1935年5月1日	
心碎	華盛頓‧歐文	驥	風月，第5～7期	1935年5月26日～6月3日	譯者是「浮海」

（續）

篇名	作者	譯者	刊名、卷期	日期	備註
棺材商人	普式庚	李萬居	中央日報	1935年6月4～21日	
在輪船上	高爾基	張露薇	臺灣文藝，第2卷第7期	1935年7月	
鼻子	芥川龍之介	張我軍	北平近代科學圖書館館刊	1939年第6期	
武勇傳：思谷蘭國女王	奧爾答思各卓	謝雪漁	風月報，第88、89期	1939年6月7日、7月7日	
斯遠的復讎	不詳	沈日輝	風月報，第89期	1939年7月7日	
血戰孫圩城	火野葦平	林荊南	風月報，第103～111期	1940年2月17日～6月15日	
鬼與人間	不詳	黃淵清	南方，第134期	1941年7月15日	本書未收錄
青年的畫師	克萊	楊鏡秋	南方，第137期	1941年9月5日	
林太太	賽珍珠	黃淑黛	南方，第140、142期	1941年11月1、15日	
愛蟲公主	不詳	懶糸	南國文藝，第1期	1941年12月1日	
愛與神	托爾斯泰	黃淵清	南國文藝，第1期	1941年12月1日	
海洋悲愁曲	多田道子	薇郎	南國文藝，第1期	1941年12月1日	
復歸	賽珍珠	黃淑黛	南方，第144、145期	1942年1月1、15日	
秋山圖	芥川龍之介	湘蘋	南方，第146、147期	1942年2月1、15日	
超乎恩仇	菊池寬	張我軍	現代日本短篇名作集，北京：新民印書館	1942年8月	
女僕的遭遇	林芙美子	岳蓬	南方，第173、174期	1943年4月15日、5月1日	
安南的傳說	F. Cesbron	陳玉清	南方，第180、181期合刊	1943年8月15日	
孟加拉灣歷險記	不詳	朱學誠	南方，第180、181期合刊	1943年8月15日	本書未收錄
西班牙風光	不詳	徐導之	南方，第180、181期合刊	1943年8月15日	本書未收錄

（續）

篇名	作者	譯者	刊名、卷期	日期	備註
無家的孤兒	愛克脫・麥羅	簡進發	南方，第184～188期	1943年10月15日～1944年1月1日	
洗澡桶	德田秋聲	張我軍	日本研究，第2卷第3期	1944年	
二老人	國木田獨步	張我軍	藝文雜誌，第3卷第3期	1945年	
詩歌					
關不住了！	蒂絲黛爾	胡適	臺灣民報，第1卷第6期	1923年8月15日	
女人啊！	太戈爾	楊雲萍	人人，第1期	1925年3月11日	
譯薛萊的小詩	薛萊	胡適	臺灣民報，第93期	1926年2月21日	
月光裡	湯瑪士・哈代	胡適	臺灣民報，第93期	1926年2月21日	
救主孫中山	林保羅	蘇兆驤	臺灣民報，第151期	1927年4月3日	
希望歌	柴門荷夫	梵駝	臺灣民報，第241期	1929年1月1日	
瑞士民謠	不詳	鄧季偉	臺灣民報，第175期	1927年9月25日	
堀口大學詩抄	堀口大學	白璧	新文藝，第1卷第4期	1929年12月	
是社會嗎？還是監獄嗎？	不詳	孤魂	明日，第1卷第1期	1930年8月7日	
無益之花	不詳	孤魂	明日，第1卷第1期	1930年8月7日	
新俄詩選 泥水匠	嘉洵	曇華	赤道，第1期	1930年10月30日	
新俄詩選 工廠的汽笛	加斯特夫	曇華	赤道，第2期	1930年11月15日	
生命	高茨華	青萍	第一線，第1期	1935年1月	
雷雨	達斐斯	青萍	第一線，第1期	1935年1月	
星兒	韭羅柳	青萍	第一線，第1期	1935年1月	
給某詩人們	雷石榆	魏晉	臺灣文藝，第2卷第6期	1935年6月10日	
寄給郭公鳥	胡裕、胡斯原	夢湘	臺灣文藝，第2卷第8、9期合刊	1935年8月4日	
西條八十詩抄	西條八十	劉吶鷗	現代詩風，第1期	1935年10月	
白群	不詳	白弄青	風月報，第20期	1937年2月15日	

（續）

篇名	作者	譯者	刊名、卷期	日期	備註
足跡	相馬御風	洪炎秋	北京近代科學圖書館館刊，第4期	1938年7月	
大詔降下-銘記呀！昭和十六年十二月八日	勝田穗策	竹堂哲夫	南方，第149期	1942年4月1日	本書未收錄
常青樹	島崎藤村	張我軍	中國留日同學會季刊，第4期	1943年6月	
劇本					
愛慾	武者小路實篤	張我軍	臺灣民報，第94、95期	1926年2月28日、3月14日	
蟲的生活(序曲、三幕、終曲)	不詳	孤魂	明日，第3期	1930年9月7日	
黑暗(獨幕劇)	前田河廣一郎	張我軍	文藝月報，第1卷第3期	1933年	
慈母溺嬰兒	山本有三	月珠、德音	先發部隊，第1期	1934年7月5日	
散文					
史前人類論	不詳	朴潤元	臺灣文藝叢誌，第3卷第2、3期	1921年2月15日、3月15日	
堅忍論(二)	崔南善	朴潤元	臺灣文藝叢誌，第3卷第3期	1921年3月15日	
二個太陽輝耀的臺灣	賀川豐彥	黃郭佩雲	臺灣，第3年第8期	1922年11月4日	
歌意	北原白秋	洪炎秋	北京近代科學圖書館刊，第5期	1938年12月	
遺產	劉捷	哲也	南方，第133期	1941年7月1日	
我的婚姻	不詳	詹聰義	南方，第140、141期合刊	1941年11月1日	
南海前線空戰記	不詳	朱學誠	南方，第183期	1943年9月15日	
其他					
滑稽談集	不詳	南歌生	臺灣教育，第298期	1927年4月1日	

編者簡介

主編

許俊雅

　　臺南佳里人，臺灣師範大學國文研究所碩士、博士，現任該校國文學系教授，曾任臺灣師大人文教育研究中心秘書、推廣組組長、國立編譯館國中國文科教科用書編審委員會委員、教育部課綱委員等職。學術專長為臺灣文學、國文教材教法以及兩岸文學等，著有《日據時期臺灣小說研究》、《臺灣文學散論》、《臺灣文學論——從現代到當代》、《島嶼容顏——臺灣文學評論集》、《見樹又見林——文學看臺灣》、《無悶草堂詩餘校釋》、《梁啟超遊臺作品校釋》、《瀛海探珠——走向臺灣古典文學》、《裨海紀遊校釋》《低眉集》、《足音集》等，編選《王昶雄全集》、《全臺賦》、《翁鬧作品選集》、《巫永福精選集》、《黎烈文全集》等，曾獲第二屆、第三屆全國學生文學獎、第十七屆巫永福評論獎、第三屆傑出臺灣文獻「文獻保存獎」等。

編撰成員
按姓氏筆畫排序

許舜傑

　　中山大學中國文學系碩士，臺灣師範大學國文所博士班就讀中，著有《裸狼——張愛玲及其作品的性別原型與象徵：以〈茉莉香片〉為核心》（中山大學中文系碩士論文，2008 年），此外也雅好古典文學與現代文學創作，現代文學方面榮獲中山大學西灣文學獎、聯合報文學獎、全國學生文學獎、中國時報文學獎、南華文學獎等，古典文學方面則有全國大專聯吟年度詩人獎、教育部文藝獎、臺南縣南瀛文學獎、臺北文學獎等。

趙勳達

　　成功大學臺灣文學系碩士、博士，曾任臺灣師範大學國文系、中央大學人文中心博士後研究員。著有《《臺灣新文學》（1935～1937）的定位及其抵殖民精神研究》（成功大學臺文系碩士論文，2002 年）以及《「文藝大眾化」的三線糾葛：一九三〇年代臺灣左、右翼知識份子與新傳統主義者的文化思維及其角力》（成功大學臺灣文學系博士論文，2008 年）等。

潘麗玲

　　華裔馬來西亞人，先後畢業於臺灣師範大學國文系、臺北市立教育大學中文系碩士班，曾任臺灣師範大學國文系專任研究助理。著有《李永平小說中的原鄉想像研究》（臺北市立教育大學中文系碩士論文，2008 年）等。

顧敏耀

　　臺中霧峰人，中央大學中文系碩士、博士，曾任中央大學中文系兼任助理教授、臺灣師範大學國文系博士後研究員，現任國立臺灣文學館副研究員。著有《陳肇興及其《陶村詩稿》》（臺中市：晨星出版公司，2010 年）、《臺灣古典文學系譜的多元考掘與脈絡重構》（中央大學中文系博士論文，2010 年）等。先後榮獲中央大學研究傑出研究生獎學金（2006）、張李德和女士獎助學金（2009）、演培長老佛教論文獎學金（2009）等。

附記

　　本冊圖片出處包括臺灣新民報社編《臺灣人士鑑》日刊一週年紀念出版（臺北市：臺灣新民報社，1934 年）、臺灣新民報社編《臺灣人士鑑》（日刊五週年紀念出版，臺北市：臺灣新民報社，1937 年）、興南新聞社編《臺灣人士鑑》（日刊十週年記念出版）（臺北市：興南新聞社，1943 年）以及Wikipedia、Ggoogle 等網站。

文學研究叢書·臺灣文學叢刊 0810004

臺灣日治時期翻譯文學作品集 卷三

總 策 畫	許俊雅	
主　　編	許俊雅	
執行編輯	張晏瑞　趙勳達　顧敏耀	
	游依玲　吳家嘉	
校　　對	許俊雅　顧敏耀	

發 行 人	林慶彰
總 經 理	梁錦興
總 編 輯	張晏瑞
編 輯 所	萬卷樓圖書股份有限公司
排　　版	浩瀚電腦排版股份有限公司
印　　刷	百通科技股份有限公司
封面設計	斐類設計工作室

發　　行　萬卷樓圖書股份有限公司
　　　　　臺北市羅斯福路二段 41 號 6 樓之 3
　　　　　電話 (02)23216565
　　　　　傳真 (02)23218698
　　　　　電郵 SERVICE@WANJUAN.COM.TW
大陸經銷　廈門外圖臺灣書店有限公司
　　　　　電郵 JKB188@188.COM

ISBN 978-957-739-880-2
2020 年 12 月初版三刷
2015 年 12 月初版二刷
2014 年 10 月初版
定價：新臺幣 18000 元
全五冊，不分售

如何購買本書：

1. 劃撥購書，請透過以下郵政劃撥帳號：
　　帳號：15624015
　　戶名：萬卷樓圖書股份有限公司
2. 轉帳購書，請透過以下帳戶
　　合作金庫銀行　古亭分行
　　戶名：萬卷樓圖書股份有限公司
　　帳號：0877717092596
3. 網路購書，請透過萬卷樓網站
　　網址 WWW.WANJUAN.COM.TW
大量購書，請直接聯繫我們，將有專人為
您服務。客服：(02)23216565 分機 610

如有缺頁、破損或裝訂錯誤，請寄回更換

國家圖書館出版品預行編目資料

臺灣日治時期翻譯文學作品集 /
許俊雅 總策畫.
　-- 初版.-- 臺北市：萬卷樓, 2014.10
　　冊 ；　公分. -- (文學研究叢書. 臺灣文學叢
刊 ; 0810004)

ISBN 978-957-739-880-2(全套：精裝)

813　　　　　　　　　　　　　　103015988